TOPOGRAPHIE UND ILLUSTRATION : N.HELFRICH

chrismegan

Beltaine

Eine mythische Erzählung

Arun

chrismegan
Friedhofstraße 19
63322 Rödermark/Urberach

chrismegan@freenet.de
www.chrismegan.com

Arun-Verlag, Engerda 28, 07407 Kirchhasel-Uhlstädt
Tel.: 036743-233-0, Fax 036743-233-17
email: info@arun-verlag.de, Internet: www.arun-verlag.de
Titelblattmotiv: Arun-Verlag
Gesamtherstellung: GGP Media GmbH, Pößneck

ISBN 3-935581-47-5

Zueignung

Ich widme diese Erzählung
meiner Schwester Evi, meinem Schwager Andi
und ganz besonders Sara Lena und Niklas,
denn unsere Kinder sind unsere Hoffnung,
Lichter in einer finsteren Welt.

Faid saoil chugat, a Fhiannai!

Langes Leben dir, Geschichtenerzähler!

Werte Leserin, werter Leser!

Als ich vor mehr als zehn Jahren begann, Beltaine zu schreiben, glaubte ich, mit diesem Werk meinen Beitrag zur Schaffung der Einen Welt geleistet zu haben.

Fast mein halbes Leben steckt in diesen vier Bänden, mein Glaube an den keltischen Weg verbunden mit dem Wissen, daß es der Mensch allein ist, der entscheidet, ob er glücklich ist oder nicht, auf den Wegen, die ihm die Götter eröffnen.

Eigentlich wollte ich Beltaine den Menschen als mein Vermächtnis hinterlassen und mich dann in die Wälder zurückziehen, in meine Eine Welt.

Aber wie soll aus diesen tausend Welten Eine werden, wenn ich mich nicht auf die anderen Wesen, Seelen, Leben und Welten einlasse und sie respektiere, sie ergänze, erweitere und auch mich vervollständige.

Wer für Menschen schreibt, muß sich auch unter sie begeben und sein geschriebenes Wort leben, damit sie erkennen, daß es lebbar ist.

Denn die Eine Welt kann nur lebendig werden, wenn wir ihre lebendigen Bausteine sind, der Tempel der Weltenseele, jeder ein Mosaikstein, der paßt, gleich welche Farbe, welche Form er für sich wählt.

Nur gemeinsam können wir eine friedvolle und eine liebevolle Eine Welt leben.

Beltaine ist der keltische Schlüssel für eine Tür auf der Freiheit steht, die Freiheit des eigenen Seins und der des Anderen.

Es ist ein Schlüssel, eine Möglichkeit.

In einer Welt, in der es kein richtig und kein falsch gibt, ist es Beltaine, das erweitern soll, das zeigen soll, daß es möglich ist, die Eine Welt, in der alle Welten im Gleichgewicht tanzen, zu vereinen.

In den lichten Wäldern habe ich den Worten Goleudydds gelauscht, hörte ich die goldenen Gesänge der Bäume und die Erzählungen des Tierreichs. In silbernen Mondnächten tanzte ich mit den meinen über lebende Wiesen und wurde selbst Teil davon, ein Teil des Teils, der alles ist!

Komm, gib mir deine Hand und spring in das Abenteuer, das du selber bist.

Ich bin hier und ich warte auf dich.

· chrismegan ·

Die Straße gleitet fort und fort,
weg von der Tür, wo sie begann,
weit überland von Ort zu Ort,
ich folge ihr, so gut ich kann.
Ihr lauf ich müden Fußes nach,
bis sie sich groß und breit verflicht,
mit Weg und Wagnis tausendfach.
Und wohin dann?
Ich weiß es nicht.

John Ronald Reuel Tolkien / Der Herr der Ringe / Die Gefährten

Inhaltsverzeichnis

1. Kapitel
Der Aufbruch

Der Wächter 11
Der Geis 13
Schwert und Gerte 21
Das Tor zum Garten 35
Tir na Samradh 45
Der ungeladene Gast 53
Der nächtliche Unruhestifter 63
Rhiannon 75
Tara 84
Unerwartete Begegnungen 95
Der Wolf 107
Die Feuerlichtung 114
Die wilden Dreizehn 126
Macha 137
Die Grünäugigen 150
Der Comoír 160
Misnéachard 172
Unterwegs 182
Unter Dieben 193
Der Sperber 206
Der Weltenwanderer 216
Der Coven 226
Camchéachtas Gefühle 237
Die Schattenbringerin 249

2. Kapitel
Die Suche

Die Alte vom Berge 262
Tauben zum Frühstück 265
Schwarze Lilien 278
Ein neues Leben 290
Die drei Birken 301
Das Angebot 312
Der Kuss der Göttin 323
Nächtlicher Besuch 336
Der Wasserfall 346
Hammel und Katze 356
Das Netz 366
Lyr 376
Der Spiegel 386
Glühende Herzen 394
Toit 404
Drachen 415
Nächtlicher Überfall 425
Der Rat der Weisen 436
Überraschender Besuch 447
Síofra 458
Die Fuchsjagd 468
Der Schwur 477
Tagträumer 486
Die drei Schwestern 496
Der falsche Bote 504
Der erste Geís 513

3. Kapitel

Der Weg

Schicksalsmahl	524
Demne	528
Die schwarze Perle	538
Die Geschenke der Götter	548
Alte Narben	557
Im Steingarten	566
Fionn mac Cumhail	576
Vogelfrei	587
Síochantas Geschenk	593
Zerronnen - Gewonnen	602
Das Netz	611
Diarmaid und Fionn	618
Das Siegel	644
Das Lied	652
Rosenknospen	661
Der zweite Geís	669
Das Blaue Schwert der Wahrheit	676
Schnee	690
Das Opfer	698
Eine Einladung	711
Lose Fäden	718
Der Wind des Schicksals	725
Shetiyyah	732
Der Wurm	739
In der Waldstadt	751
Der dritte Geís	758

4. Kapitel

Die Entscheidung

Comhaontas	768
Uisneach	772
Die Wunder der Zeit	783
Der Kiebitz	792
Zu Hause	806
Salz	815
Der Gehörnte	824
Der Öffner aller Wege	832
Der Hirsch	841
Der Berg der Síofra	852
Fallen	861
Auf der Breiten Straße	869
Pryrias Geschenk	877
Wasser	884
Die Wildkatze	893
Der Schlaf des Gerechten	900
Athraighs Wege	908
Das Lied der Elben	918
Tuans Opfer	928
Das Geschenk	938
Beltaine	949
Endlich	962
Der kleine Tod	975
Néarts Ruf	984
Aufbruch	993
Die Schlacht	1002
Die Tränen der Königin	1015
Imbolc	1021

Anhang

Namen - Aussprache - Bedeutung	1023
Erius Völker	1027
Keltische Begriffe und deren Bedeutung	1029
Geographische Begriffe und deren Bedeutung	1034
Quellen	1035
Danksagung der Verfasserin	1036

Der Wächter

Mächtig ragte der Tafelberg aus dem Land zu seinen Füßen hervor. Noch sollte kein Mensch erfahren, welches Geheimnis in seinen Tiefen darauf lauerte, wieder an das Tageslicht zu dringen. Denn wenn auch draußen in der Welt der Wandel herrschte, an diesen Ort hatte er seinen Weg noch nicht gefunden. Es war wie jeden Morgen um die achte Stunde, als sich der Wächter von seinem Steinbett erhob und in das helle, blau leuchtende Wasser watete. Alles Licht in dieser Höhle kam von einem unterirdischen See, der glatt wie ein Spiegel, vor seiner kleinen Steinkammer lag. Aber es war nicht der See, der so hell leuchtete, daß die Höhle in blaues Licht getaucht zu sein schien. Das Wasser verstärkte nur das Leuchten, das aus der Mitte des flachen Sees kam. Dort stak ein metallisch glänzender Gegenstand aufrecht im Grund.

Ein Schwert. Breit war seine Schneide. Verziert mit uralten Zeichen. Das Heft bestand aus drei Spiralen, von denen sich zwei wie Hörner rechts und links der Schneide emporwandten. Die dritte Spirale, der eigentliche Griff, war so lang wie die Elle eines erwachsenen Mannes. Doch an der Stelle, wo sie umfaßt wurde, war sie bauchig, als dränge sie sich geradezu in die Hand des Kriegers.

Das Blaue Schwert der Wahrheit.

Seit Jahrhunderten schon war dies der Ort seiner Wiederkehr. Hierher kehrte das Schwert zurück, wenn es das Schicksal seines Führers zum Throne Erius, der Grünen Insel, gelenkt hatte. Oft schon war es den Händen des Wächters entrissen, und doch immer durch des Schicksals mächtige Hand zurückgebracht worden. Lange Zeit wartete er so. Denn er wusste, daß einer kommen würde, ihn abzulösen, damit er wieder zurückkehren könnte in seine Heimat. Einst diente er einem mächtigen König. Aus diesem Dienst erwuchs eine große Freundschaft. Dann trennten sich ihre Wege durch der Götter Willen. Der Wächter vermißte ihn sehr und wünschte sich an seine Seite zurück. Doch jetzt stand er in dem kalten Wasser und begann mit der schon seit Jahrhunderten überlieferten Waschung des Wächters des Schwertes. Schwach war er geworden, alt, schwer lastete das Gewicht des Panzerhemdes auf seinen müden Schultern.

Doch dann kam der Augenblick, der ihm all die Jahre die Kraft gab, am Leben zu bleiben, der ihn sein Zaudern vergessen ließ. Als er seine Arme in die Höhe hob, um der Göttin für sein Dasein zu danken, da drang der erste Strahl der Sonne in die Höhle, und alles, was eben noch blau und geheimnisvoll war, ward jetzt golden und heilig. Mit Tränen in den Augen ging der Mann weiter in das Wasser hinein, schöpfte ein wenig davon mit seinen faltigen Händen und trank es. Dann nickte er kurz dem Eingang zu, drehte sich um und ging zu seinem Steinbett zurück. Einen merkwürdigen Traum hatte er heute nacht gehabt. Ihm träumte von einer Gemeinschaft, neun Gefährten an der Zahl, die in seine Höhle kämen. Merkwürdige Gestalten waren darunter.

Ein Menschenpaar, jung und stark; ein alter Greis, wie er einer war; ein Narr; ein Zwergenpaar, wie es schien; ein Elbenpaar und noch etwas, von dem er nicht einmal ahnte, was es sein könnte.

Schweißgebadet war er erwacht. Auf seinen Lippen den Satz:
"Einer wird kommen, neige dein Knie."

Der Geis

Heftig prasselte der Regen auf das Dach der Hütte. Tropfen fielen durch den Abzug zischend und knisternd in das Feuer. Dennoch wollte es drinnen nicht warm werden. Draußen heulte der Wind wie ein hungriger Wolf. Doch die zwei Frauen in der Hütte waren viel zu sehr damit beschäftigt, sich um eine Dritte zu kümmern, als daß sie es bemerkten.

Schmerzvoll krümmte sich die Hochschwangere. Ihr langes dunkelbraunes Haar war getränkt von Schweiß. Blut rann ihren Beinen entlang. Immer wieder gab ihr die Hebamme einen Sud, der die Wehen verstärken sollte. Aber ihr Kind schien sich nicht von ihr lösen zu wollen, um in sein verheißungsvolles Leben zu gleiten. Schon die ganze Nacht glaubten die Frauen, daß der Zeitpunkt endlich gekommen war. Draußen lagerten die letzten Verbündeten ihres ehemaligen Königs, um den Säugling gleich nach seiner Geburt an einen sicheren Ort zu bringen. Nur so bestand eine geringe Hoffnung, daß er überlebte.

Sáile, seine Mutter, hatte noch nie solchen Schmerzen standhalten müssen. Sie glaubte, innerlich schier zu zerreißen. Wäre doch nur der Vater des Kindes hier. Er hätte sie teilhaben lassen an seiner Ruhe und Kraft. Aber er hatte sie im Stich gelassen. Wichtiger war ihm seine Ehre als das Kind, in dessen Adern doch auch sein Blut floß. Immer wieder durchströmte sie der Schmerz. Bilder von Fionn, ihrem Geliebten, und ihr tauchten vor ihrem inneren Auge auf und verblaßten wieder. Sie hatte ihn geliebt, den alten Mann. Zuletzt hatte sie ihn wirklich geliebt. Als Sáile merkte, daß sie schwanger war, konnte sie es fast nicht glauben. Fionn war weit über die besten Jahre eines Mannes hinaus.

Tiné, ihre Zofe, tupfte ihr die Stirn. Sie war die erste, die der mächtige Unterkönig Fionn mac Cumhail in ihren Dienst stellte. Sicherlich würde Sáile nie mehr als die Geliebte des Königs sein, aber das genügte ihr auch, damals.

Hechelnd ging ihr Atem, als das kleine Köpfchen endlich zwischen ihren Beinen zum Vorschein kam. Fast nahm ihr der Schmerz den Atem.

Die Hebamme versuchte, dem winzigen Körperchen zu helfen. Noch einmal durchzog die Gebärende der Schmerz, dann glitt das Kind in die Arme der Amme. Erleichterung und Freude legten sich auf die Seele der Mutter.

Die Frau durchschnitt die Nabelschnur des Säuglings und badete ihn vorsichtig in warmem Wasser.

Erschöpft streckte Sáile die Arme aus.

"Amme, gebt mir meinen Sohn!"

Doch diese hielt das Kind fest in ein Wolltuch gewickelt.

"Herrin, verzeiht, aber ihr wißt, daß ich das nicht darf. Es würde den Abschied nur noch schwerer machen."

"Gebt mir mein Kind. Ich habe es geboren, und ich will es im Arm halten, bitte!"

Die Hebamme wechselte einen Blick mit Tiné und gab dieser den Jungen.

Vorsichtig legte sie den Sohn in die Arme seiner Mutter.

"Sei willkommen, Solasard, Sohn des mächtigen Fionn. Die Große Mutter möge dich allzeit beschützen und ihren Mantel der Liebe um dich hüllen."

Drängelnd stand die Amme neben ihr.

"Herrin, ich bitte euch, wir vertun wertvolle Zeit. Wenn ihr wollt, daß euer Sohn lebt, gebt ihn mir. Er wird zwar nie König werden, aber er wird leben."

Stolz richtete sich die Mutter von ihrem Lager auf.

"Er wird nie König werden? Woher willst du das wissen? Laß mich allein mit meinem Sohn und meiner Zofe. Bitte, nur für einen kleinen Augenblick, dann will ich ihn dir gerne überlassen."

Mißtrauisch blickte die Amme in die Augen der Mutter und ging hinaus. Sáile sammelte sich, nahm alle ihre letzte Kraft zusammen und sagte:

"Hör mir zu, Tiné! Hör gut zu! Denn du wirst die einzige Zeugin sein. Du, ich und er. Eine von uns wird ihn erinnern müssen, wenn seine Zeit gekommen ist. Eine von uns beiden."

Erschrocken sah das Mädchen ihre Herrin an.

"Nein, nein! Das ist doch nicht möglich. Sagt mir, daß ihr das nicht tun werdet! Sagt es mir! Nicht das, was ich glaube. Keinen Geís! Herrin, bitte, ich flehe euch an, im Namen eures Sohnes!"

Wie ein Zauberbann hing ein Geís über dem damit Behafteten und durch nichts vermochte sich dieser ihm zu entziehen. Es gab nur zwei Wege: entweder seine Erfüllung oder der Tod. Das ganze Leben eines Menschen konnte es in Anspruch nehmen, diesen Spruch zu erfüllen.

Manche Gessa waren Gebote oder Verbote, andere wiederum verlangten das Lösen schier unüberwindlicher Aufgaben. Allen aber war gemein, daß sie befolgt werden mußten. Zu versuchen einem Geís zu entgehen, hieß seinem Schicksal entgegenzuschreiten. Kein Weg führte an ihm vorbei, keine Brücke über ihn hinweg.

Behutsam legte Sáile ihre Hand auf den kleinen, unschuldigen Körper und sprach die magischen Worte mit fester Stimme.

"Höre, mein Sohn, höre tapferer Solasard mac Annir, denn dies wird fortan dein Name sein. Nicht eher wirst du dir ein Weib suchen und sie ehelichen, bis du das Blaue Schwert deines Vaters gefunden und an seinen rechtmäßigen Platz gebracht hast. Erst dann soll es dir gewährt sein, in Frieden zu leben."

Die Mutter zeichnete die Lebensspirale auf die Stirn ihres Kindes und gab es ihrer leichenblassen Zofe. Dann brach sie erschöpft zusammen.

Starr vor Schreck stand Tiné noch immer im Raum, als die Amme wieder eintrat und ihr den Säugling abnahm.

Mit Sáiles Sohn auf dem Arm ging sie hinaus.

Dort hörte die junge Mutter laute Männerstimmen und das Schnauben vieler Pferde. Aber all das war Sáile nun gleichgültig. Ihr Sohn war in Sicherheit. Sie hoffte nur, daß er eines Tages diesen Geís erfüllte. Wenn sie wieder ganz genesen war, würde sie sich auf die Suche nach ihrem Kind machen.

Diese Verrückten glaubten doch nicht wirklich, daß Sáile ihn so im Stich lassen würde, so wie es sein Vater mit ihr getan hatte.

Wenn ihr Sohn schon keinen Vater haben sollte, dann doch wenigstens eine Mutter. Sie würde ihm dann schon erzählen, wer sein Vater, und wo Solasards rechtmäßiger Platz war.

Ein Leben auf der Flucht war ihr Geburtsgeschenk an den Sohn. Aber ihr war keine andere Wahl geblieben. Der neue Hochkönig, Broc mac Cíocras, haßte Fionn und trachtete ihm nach dem Leben, vor allem aber seinen Nachkommen.

Dabei hatte alles so schön begonnen, damals auf Almhuin, Fionns weißer Burg.

Sie hatte gern in der Weißen Burg gelebt. Ein Niemand war sie gewesen, eine Sklavin, bis zu jenem Abend, an dem der Herr der Burg ihre weiblichen Vorzüge entdeckte. Sie war zwar groß gewachsen und schmal, aber sie hatte schöne Brüste, ihr ganzer Körper verhieß einem Mann unendliche Freuden; und Sáile war schlau.

Sie wollte nicht nur der Tau einer Nacht sein, sie wollte der Brunnen seiner Gier werden.

Nachdem Fionn Grainne, die er begehrte, nicht heiraten konnte, sondern mit deren jüngeren Schwester Ailbhe Vorlieb nehmen mußte, schwor er sich, diese nie anzurühren.

Der Einfall seines Sohnes, nach dem Tod seiner ersten Frau Maghnis, Grainne zu heiraten und alles, was darauf folgte, war die Ausgeburt von Wahnsinn. Nie hätte er Diarmaid, seinen Freund und besten Mann, verloren, diese Schuld auf seine Schultern geladen, wäre er allein geblieben.

Auch Sáile mochte ihre Herrin nicht. Wollte die verschmähte Frau doch allen am Hofe beweisen, daß der König sie doch liebte.

Aber so wurde die Magd Sáile zur Herzkönigin Fionns. Jetzt wurde sie bedient, ihr Wort galt nun etwas. Natürlich wurde sie nur Hofdame, aber sie hatte eine Zofe, Tiné, die ihr treu ergeben war. Schön war die Zeit auf Almhuin. Aber dann verließ Fionn die weiße Burg, um das Blaue Schwert zu suchen.

Das Blaue Schwert.

Das sollte seiner gepeinigten Seele, seinem Gewissen Linderung verschaffen. Und tatsächlich, nachdem er es gefunden hatte, wurde er ganz irr im Kopf.

Die Götter mußten ihm ihren Segen entzogen haben. Männer! Wer weiß, wie nah er und dieser Diarmaid sich wirklich gestanden hatten. Jedes Weib wußte, was über die Fianna erzählt wurde. Das war ja auch kein Wunder.

Ja, die Fianna jener Kampfverband treuer Krieger, die sich einzig ihrem Volk und ihrer Heimat verpflichtet fühlten. Daran hatten sie sich gebunden mit Herz und Hand. All die Jahre der Ausbildung, in denen sie vorangetrieben und geschunden wurden, um diese einmalige Einheit zu bilden. Unabhängig von König und Krone, Untertan und Diener nur ihrem Land. Sie bildeten den Schutzwall gegen Feinde von Außen und Innen. Fionn hatte sie ausgewählt und nach seinem Bild geformt. Straßenräuber waren sie gewesen, Landstreicher und Diebe. Aber der gerissene mac Cumhail hatte sie alle unter seinem Banner vereinigt und aus ihnen die ersten Ritter geschmiedet. Er hatte ihnen Wissen gegeben, hatte sie ausbilden lassen, Kopf und Hand, und so ihre Herzen gewonnen. Am Ende des Weges war sie unschlagbar geworden und zu Feinden jeden Königs, der nicht im Sinne und zum Wohle seines Volkes herrschte.

Von Kindesbeinen an wurden die Söhne einer jeden Familie dazu erzogen, richtige Männer zu sein. Sehr früh schon lernten sie, Waffen zu tragen und damit umzugehen. Der Kampf war der Platz der Bewährung und andere Krieger der einzig passende Umgang für einen Mann, die einzige Richtung, nach der es sich auszurichten galt, wenn er etwas werden wollte.

Wie sollten sie da nicht Anerkennung und Liebe füreinander empfinden. Wie sollte ein Gefährte nicht den lieben, in dessen Händen vielleicht eines Tages sein eigenes Leben liegen könnte?

Wie der Wagenfahrer, der seine Speere in die feindlichen Linien warf, seinem Wagenlenker nicht zugetan sein? Wochen- gar monatelang waren sie gemeinsam unterwegs. Sie ritten zusammen, sie kämpften zusammen, sie aßen zusammen, und warum sollten sie dann nicht auch zusammenliegen.

Sáile verstand sehr wohl, warum die schönsten, höflichsten und anständigsten Männer Erius bei den Fianna zu finden waren.

Der Göttin sei Dank benutzten einige dieser Helden auch die Vordertür und nicht nur den Hinterausgang, sonst wären ihre Nächte ohne Fionn gar zu einsam gewesen.

Schöne Männer waren sie gewesen, kein Fett war an ihren Leibern, ihre Zöpfe immer ordentlich geflochten, ihre Kleidung immer sauber.

Herrlich waren sie anzusehen, wenn sie auf ihren stolzen Rössern aus der Burg galoppierten, wie junge Götter, die ihr Schicksal suchten.

Wenn sie von ihren Ausritten zurückkamen, umwehte sie wie ein Wohlgeruch der Schweiß der Pferde, der sich mit ihrem eigenen vermischte.

Ein Duft, der die Frauen vor Verlangen schwach werden ließ.

Sáile haßte sich dafür, daß sie geglaubt hatte, der alte Mann würde sie zu seiner Frau machen, wenn sie ihm einen Sohn gebären würde. Alles hatte sie dafür getan, daß sie einen männlichen Nachkommen unter ihrem Herzen trug.

Aber er wartete nicht einmal die Geburt seines Sohnes ab. So oft hatte er ihr nachts, wenn er wieder einmal nicht schlafen konnte, von seinem Freund Diarmaid erzählt. Von seinem Mord an ihm, von Grainne.

Zu oft hatte sie die Tränen des törichten Narren mit ihrem dunklen Haar auffangen müssen. Sie hätte wissen müssen, daß er eines Tages davonlaufen würde.

Aber dann kam Broc mac Cíocras an die Macht. Ein Hochkönig, der nicht bereit war, Fionn seine Machtstellung als Anführer der Fianna und Unterkönig zu lassen. Broc wollte die alleinige Macht über alles; das Heer, die Unterkönige, die Königliche Garde und auch die Fianna. Zu mächtig waren sie ihm geworden, deshalb befahl er, die Gemeinschaft aufzulösen.

Jetzt stand Sáile nicht mehr in der Gunst eines Königs. Jetzt war sie wieder ein Niemand, aber ein schwangerer Niemand. Schwanger von Fionn mac Cumhail, dem Unterkönig und Stammesführer des mächtigen Clans der Basna.

Die Fianna, die einzigen, die ihr noch ergeben waren und sehnsüchtig auf die Rückkehr Fionns warteten, wurden aufgelöst und gute volkstreue Leute durch Männer Brocs ersetzt.

Söldner, die ihr Kind, die Sáile töten sollten.

Aber jetzt war ihr Kind unterwegs an einen sicheren Ort. Auch Tiné würde sie verlassen. Sie hatte nur noch bis zur Geburt gewartet. Ihr zukünftiger Mann wartete bereits im Westen der Insel, in Inis-Diomain auf sie. Er war cenn-fine, das Oberhaupt eines kleinen Clans. An seiner Seite würde die Zofe jetzt die Geschicke ihrer eigenen Familie leiten.

Zwei Wochen noch blieb die junge Frau bei ihrer Herrin. Dann verabschiedete sie sich und machte sich auf in den Westen, wo ihre Zukunft lag.

Sáile blieb zurück, allein und verzweifelt. Alles, was ihr etwas bedeutet hatte, war vergangen oder verloren.

Nur einmal noch kehrte sie auf die weiße Burg zurück. Aus Fionns Kammer holte sie sein altes Schwert und brachte es an einen sicheren Ort an den Ufern des Flusses Siona. Von dort würde sie es holen, wenn sie ihren Sohn wieder gefunden hatte. Dann würde sie es ihm geben, damit es ihn beschützte auf seinem gefahrenvollen Weg zur Erfüllung seines Geis.

Auf der Burg schloß sich ihr eine junge Frau an, die in den Diensten von Fionns Gemahlin stand. Gealán, so ihre Name, war es leid, den Launen der hochmütigen Frau ausgesetzt zu sein und hatte beschlossen, die Burg zu verlassen, um sich eine neue Herrin zu suchen. Gealán war von zierlicher, für eine Frau fast zu schmaler, hochgewachsener Gestalt. So schloß sie sich Sáile an und gemeinsam machten sie sich auf, Solasard zu suchen.

Es war nicht immer einfach mit Sáile unterwegs zu sein. Oft schoß sie über das Ziel hinaus, verausgabte sich völlig und wurde doch wieder und wieder enttäuscht.

Fast hätte Gealán sie auch noch verlassen. Aber die junge Frau war ihrer neuen Herrin treu ergeben und dankbar, daß sie sie einfach mitgenommen hatte.

So zogen sie über die Insel. Tag für Tag, Jahr um Jahr.

Das Kind aber blieb wie vom Erdboden verschluckt.

1.

Kapitel

Der Aufbruch

Schwert und Gerte

Frühling. Der sonnengelbe Stechginster blühte, vermischte seinen berauschenden Duft mit dem der Sternhyazinthen, die jede Wiese in ein blaues Meer verwandelten. Voller Stolz zeigten die Bäume ihr erstes Grün. Lämmer und Mutterschafe tummelten sich auf den Wiesen und Wegen, genossen das Licht und die Wärme nach dem viel zu langen Winter.

Leise noch summten die Bienen das Lied der ewigen Wiederkehr. Langsam nur erwachte die Natur aus ihrem Winterschlaf. Zuweilen versuchte der alte Winter nochmals anzuklopfen, aber nur der heiß ersehnte Regen wurde erwartet und willkommen geheißen, so daß man zwar das Geschenk entgegennahm, doch dem Gast selbst den Zutritt gehörig verweigerte. Das ganze Land leuchtete weithin in saftigem Grün und warmem Sommergelb.

Hier oben aber auf den Aill de Mothar, den fast kahlen Klippen, war das Gras noch gelb und verdorrt. Lange würde es dauern, bis es wieder grün und saftig werden würde. Ducken mußte es sich vor dem rauhen Wind, der mit eiserner Hand über die Höhen strich. Heiß ersehnt im Sommer, gefürchtet im Winter.

Ein schmaler Pfad führte von den hohen Felsen, die ihre Klippen wie gierige Finger in die stürmische See krallten, hinab ins ungeschützte Tal, wo sich einige Hütten eng aneinander schmiegten. Als könnte ihnen die kühle Brise so nichts anhaben. Ried bedeckte ihre Dächer, ihre Wände waren aus Holz und Lehm. Wie eine Herde Schafe standen sie beieinander.

Nur ein Haus unterschied sich von den anderen. Dieses Haus war nicht aus Holz erbaut, sondern einzig Stein für Stein sorgsam ineinandergefügt, daß dazwischen kein Fingerbreit mehr Platz war. Gleich einem Hirten stand es etwas abseits.

In diesem Haus nun ging ein junger Mann schon fast den ganzen strahlenden Morgen lang auf und ab, raufte sich sein blondes Haar und suchte nach den richtigen Worten. Überlegte hin und her, faßte neue Gedanken und verwarf sie wieder. Unterhielt sich mit der Luft, stampfte mit den Füßen auf und kam doch zu keinem Ende.

"Sohn, du wirst uns noch wahnsinnig machen mit deinem Hin- und Hergelaufe. Sicherlich hast du schon mindestens einmal die Insel umrundet, rechnete man die Anzahl deiner Schritte zusammen.

Sie ist dein. Du selbst weißt, daß sie dich liebt. Und keinen anderen gibt es, den sie erwählen könnte. Amadán heißt wie das, was er ist, ein Narr.

Außerdem wird sie nicht den unwissenden Sohn eines Hirten ehelichen wollen. Du selbst weißt wie hoch ihre Ansprüche an ihren zukünftigen Mann sind. Na ja, und Tarbh, der Sohn meiner Schwester, ist zwar sehr schön, aber iß aus einem schönen Topf, wenn er leer ist. Wenig kann er ins Rennen einbringen außer seiner Eitelkeit. Der einzige, der dir wirklich gefährlich werden könnte, ist Teanga.

Es könnte sein, daß sie sich von seinen kunstvollen Gedichten um den Finger wickeln läßt.

Aber das mußt du nun einmal verhindern. Du mußt dir eben etwas einfallen lassen.

Dein Geschenk muß so einzigartig sein wie du selbst. Du mußt dir überlegen, was du ihr wirklich schenken willst. Ich für meinen Teil werde dich jetzt wieder verlassen, mit Verlaub, die Decke fällt mir auf den Kopf, wenn ich noch weiter dem Geräusch deiner Schritte lauschen muß."

So ging der kleine, dickliche Mann nach draußen und überließ den Ziehsohn seinem Schicksal.

Vor vierzehn Tagen war Beltaine gewesen. Eines der vier großen Hochfeste auf der Insel Eriu. Jenes Fest, das das Durchschreiten des Wintertores in den Sommer feiert. Ein Fest des Übergangs aus der Zeit des Hungerns und Verzichtens in die Zeit der Fülle und des Übermaßes. Überall brannten Ebereschenfeuer in der Nacht, die Geister und andere Unwesen von den Hütten der Menschen fernhalten sollten. Die Nacht gehörte der Anderen Welt und nur wenige reichten jenen die Hand, die vormals die Herren ihrer Insel gewesen waren. Der Tag aber ein Fest, sich des Winters erinnernd eilte die wilde Jagd durch den Wald, den Beltainé-Hirsch zu fangen und den güten Göttern darzurbringen. Am Abend die Kräuterfeuer, die Heil und Segen bringen sollten, den Tieren wie den Menschen, dem Geschöpf und der Schöpfung. Am Vorabend der Feier zogen alle Bewohner des Dorfes in einen nahe gelegenen Hain, wo sie sich zusammenfanden, um zu beten, sich rituellen Waschungen zu unterziehen. Dort erzählten sie sich uralte Sagen und Legenden.

Junge Burschen machten sich auf, den Festbaum zu fällen und kamen mehr oder minder zerschunden und zerkratzt zurück.

Die Mädchen sammelten Blumen und Kräuter, mit denen sie am nächsten Tag ihre Häuser und den Festbaum schmücken wollten.

Am Morgen dann wurde der Baum von den kräftigsten Ochsen ins Dorf gezogen und von den stärksten Burschen aufgestellt.

Auch Amhrán hatte sich auf diesen Tag gefreut. Sie war die Ausgeburt weiblicher Listigkeit. Sie wußte genau, was sie wollte. Und bevor sich Solasard überlegen konnte, daß er sie vielleicht gar nicht wollte, hatte Amhrán ihm schon den Torques seiner Gefangenschaft um den Hals gelegt. Aber bald würde der Jüngling zum Manne werden, und sie wußte nicht, an welche Ufer ihn seine Neugier treiben würde.

Sie war in ihrem sechsten Sommer gewesen, als der Achtjährige in die Familie des cenn-fine, des Familienoberhauptes der größten Familie von Inis-Diomain, dem kleinen Dorf auf den Klippen, aufgenommen wurde. Carraig und Tiné hatten den Jungen angenommen wie eines ihrer eigenen Kinder und wie ein solches liebten sie ihn auch, vielleicht sogar ein wenig mehr.

Ihre ältesten Kinder wohnten nicht mehr bei ihnen, und ihr jüngster Sohn Dreoilín, ein ungestümes und jähzorniges Kind, der mit Solasard gleichaltrig war, hatte sich früh ihrem Familienleben entzogen und war seiner eigenen verworrenen Wege gegangen. So war es kein Wunder, daß sie Solasard ihm weit vorzogen.

Von Anfang an war er etwas Besonderes gewesen. Neugierig war er wie kein Zweiter, alles mußte er wissen.

Immer war es sein Traum gewesen, eines Tages den Fianna anzugehören. Jener wilden Kampftruppe, deren Zweck es war, das Land zu verteidigen. Mittlerweile hatte sie der neue König Broc aufgelöst, aber der Traum blieb. Immer noch hielten sich Gerüchte, dass sie sich an einem geheimen Ort verborgen hielten, wartend, auf neue Zeiten, auf einen neuen König.

Als erster von Tinés Söhnen lernte er den Umgang mit Stab, Schwert und Messer. Immer war er an der Seite des weisen Taliesin zu finden, wenn man ihn suchte. An allem zeigte er große Anteilnahme. Allem, außer dem Leben des heldenhaften Königs Fionn mac Cumhail.

Er wußte, es hatte etwas mit dem verrückten Herrscher zu tun, daß er seiner Mutter gleich nach der Geburt fortgenommen worden war.

Wieviele fremde Gesichter hatten seine kleinen Augen seitdem gesehen, durch wie viele Hände war er gegangen, bis er wie ein Schiff nach einer langen Irrfahrt in den Hafen von Carraigs Familie eingelaufen war?

So gab es noch nicht einmal Erinnerungen, und er empfand in seinem Herzen eine tiefe Leere, wo die Liebe für seine leibliche Mutter verwurzelt sein sollte. Nichts war ihm geblieben bis auf den kalten Haß auf Fionn, der ihm seine Mutter genommen hatte, und sein Name: Solasard mac Annir, das Große Licht, der Sohn des Mädchens.

Dennoch hatte er sich schnell in seiner neuen Familie eingelebt.

Die ältesten Söhne Tinés hatten ihre eigenen Familien gegründet, und es gab wenig, eigentlich nichts, was ihn mit Dreoilín, seinem mürrischen Ziehbruder verband.

Tiné gab Solasard ihre ganze Mutterliebe und durch diese vergaß er bald seine Trauer darüber, nie seine leibliche Mutter gekannt zu haben. Doch der Haß auf Fionn blieb. Solasard war jetzt in seinem achtzehnten Sommer.

Er kannte Amhrán schon von Kindesbeinen an. Sie war die einzige, die seine Trauer verstand.

Amhráns Mutter war bei ihrer Geburt gestorben. Shem, ihr Vater, der Schmied und Pferdeknecht Inis-Diomains, schickte sie deshalb oft zu Goleudydd, der Hohepriesterin der Dorfgemeinschaft. Dort lernte sie mit Kräutern umzugehen, das Wetter zu bestimmen und manches mehr.

Goleudydd war eine gute Priesterin, aber sie war schon sehr alt. Bald würde eine andere Frau ihren Platz in der Gemeinschaft einnehmen müssen. Sie wünschte, dies könnte ihre junge Schülerin sein. Lieber als mit Goleudydd aber war Amhrán mit Solasard zusammen. Er behandelte sie nicht wie ein kleines, unmündiges Mädchen von sechzehn Sommern.

Mit ihm konnte sie richtig raufen. Immer kannte er ein paar neue Kniffe, die er ihr gerne beibrachte. Manchmal kämpften sie sogar mit Holzschwertern gegeneinander. Es gab nichts, worüber sie nicht miteinander reden konnten. Ihren ersten Kuß schenkten sie sich, als Amhrán gerade elf Sommer alt war und übten noch sehr fleißig, um später einmal nicht von anderen ausgelacht zu werden. Dann kam jene schicksalsträchtige Vollmondnacht in der Mitte des Weidenmonats Sáile dieses Jahres.

Die Beltaine-Nacht.

Am Vorabend brachten sich Freunde und Nachbarn die blühenden Äste von drei verschiedenen Bäumen, die Wünsche und Hoffnungen zum Ausdruck brachten. Später am Abend wurde das Vieh zwischen zwei mächtigen Feuern hindurchgetrieben, damit es auch dieses Jahr wieder von Krankheit verschont bliebe. Dann wurden die Schafe auf höhere Weiden getrieben.

Um Mitternacht kam Goleudydd in ihrem dunkelblauen Festgewand zum silbernen Eichenhain. Dort segnete sie das Land, und dort wurde auch ein weißer Ochse den Göttern geopfert. Aus seinem Fleisch, seinem Blut, Met, Wein und geheimen Kräutern wurde dann der Beltainewein bereitet. Selig waren alle, trunken von Wein und Glück und Freude.

Als es immer später wurde, und schon manche ihrer Freunde über das reinigende Feuer gesprungen waren, nahmen sich auch Solasard und Amhrán an den Händen und sprangen. Beseelt vom Wein und angetrieben von der Lust liefen sie aus dem Hain und warfen sich in eine weiche Wiese.

Sie ließen sich nicht viel Zeit, sondern rissen einander die Kleider vom Leib und ergaben sich einander völlig. Dann lagen sie nebeneinander und betrachteten die Sterne. Jedenfalls eine Zeitlang. Beim zweitenmal ließen sie sich mehr Zeit, und ihre ganze Liebe wurde offenbar. Sie liebten sich zärtlich und lange. Selig schliefen sie in der Morgendämmerung ein. Merkwürdig war es für beide, den Freund jetzt als Geliebten zu sehen.

Es war einfach gewesen, in Amhrán nur die Freundin zu sehen. Nie hatte er die Frau in ihr gesucht. Immer war sie ihm mehr eine Schwester gewesen.

Aber als sie in der Beltaine-Nacht unter ihm bebte, sich ihm entgegen bäumte, seinen Namen stöhnte, konnte er dem nicht mehr entfliehen.

Als er ihren nackten Körper im Vollmond silbern leuchten sah, begehrte er nur noch die Frau, die vor ihm lag. Er konnte nicht glauben, daß er jahrelang so blind gewesen sein konnte.

Wie etwas Heiliges, Unantastbares war sie ihm vorgekommen. Angst hatte er gehabt, dieser wundervollen Seele zu nah zu kommen, sie zu verderben.

Natürlich trieb sie ihre Späße auch mit anderen, aber immer wußte sie, wo ihre Grenzen lagen. Sie konnte über den Tod eines Schmetterlings bittere Tränen vergießen und sich ein paar Augenblicke später vor Lachen krümmen, weil ein Lamm einen Hammel für seine Mutter hielt.

Nichts nahm sie einfach hin, alles mußte genauestens erforscht werden. Sie war ein Mädchen auf der Schwelle zur Frau.

Viel zu nah waren sie sich, viel zu gut kannten sie einander, um sich zu verlieben. Solasard konnte es immer noch nicht fassen. Und heute war schon der Versprechungsabend. Der Abend, an dem sie sich den Mann aussuchen würde, den sie später heiraten würde, und er hatte noch nicht einen vernünftigen Satz auf den Lippen. Der Brautwerber wollte sich gar nicht ausmalen, was sich die anderen Jünglinge für Amhrán ausdenken würden. Allen voran Teanga mit seiner geschmeidigen Zunge. Er konnte diesen aalglatten Kerl einfach nicht ausstehen.

Sicherlich würde er eines seiner wundervollen Gedichte für sie aufsagen. Außer dem Dichter aber konnte ihm niemand aus dem Dorf ins Gehege kommen. Was machte er sich Sorgen, schließlich liebte sie ja ihn und nicht Teanga.

Aber das Glück bevorzugte immer den, der besser vorbereitet war. So nahm er seine Wanderung wieder auf, in der Hoffnung, doch noch die richtigen Worte zu finden.

Amhrán war in ihrem sechzehnten Sommer, und heute abend würde ihr zu Ehren ein Versprechungsfest abgehalten werden. Die Jugend und darunter natürlich ganz besonders die jungen Männer des Dorfes wurden dazu eingeladen. Aus ihnen sollte sie sich den Mann für ihr zukünftiges Leben aussuchen.

In der Festhütte des Dorfes stand nun die junge Frau mitten in dem großen Raum und beobachtete, ob ihren Vorgaben auch so nachgekommen wurde, wie sie es sich wünschte. Das war ihr Fest heute abend und sie wollte, daß es genauso ablief, wie sie es geplant hatte.

Lange hatte Solasard gebraucht, den Weg zu finden, der ihn schließlich in ihre Arme treiben sollte. Sie würde sich nie einem Mann anbieten wie eine billige Sklavin. Der Torques, den sie um den Hals trug, hatte ein Öffnung. Sie war eine Freie und nur schwer würde sie auch nur einen Teil dieser Freiheit aufgeben.

Sicherlich liebte sie Solasard, und zufälligerweise hatte er auch alle Eigenschaften eines guten Familienoberhauptes.

In ihren Augen war sie noch jung. Würde sie jedoch noch länger mit der Hochzeit warten, wäre sie zu alt und würde keinen Mann mehr finden, der sie ehelichen würde. Die meisten Mädchen heirateten in ihrem dreizehnten oder vierzehnten Sommer und hatten mit sechzehn bereits zwei Kinder.

Aber Amhrán wollte ihre Freiheit so lange wie möglich genießen. Die Federn würden ihr schon früh genug gestutzt werden.

Endlich war alles so aufgebaut und vorbereitet, wie sie es sich vorstellte. Taliesin, der Dorfdruide, würde ihr heute abend mit seiner Harfe die Ehre erweisen und für sie aufspielen.

Es war Zeit, die Hütte ihres Vater aufzusuchen und sich zu waschen und zurecht zu machen für den großen Abend.

Ihr dunkles Kupferhaar, rötlich in der Sonne schimmernd, würde sie zu vielen kleinen Zöpfchen flechten, die noch einige schöne Muscheln schmücken würden.

Sie würde ein langes weißes Wollunterkleid anziehen, das ihre schlanken Fesseln schamhaft verbarg. Darüber einen dunkelroten Überwurf, der von zwei silbernen Fibeln zusammengehalten wurde. Wie immer um diese Jahreszeit würde sie barfuß gehen.

Schmuck würde sie keinen anlegen, den hoffte sie von Solasard zu bekommen.

Geschwind sprang sie auf, warf noch einmal einen Blick in den Festsaal und ging dann in die Hütte ihres Vaters. Jedes Mal, wenn ein Lichtstrahl ihr Haar traf, leuchtete es wie die Abendsonne, die ihr Wegbegleiter war und langsam hinter den Klippen im Meer versank.

Sie war glücklich. Das war ihr Fest heute abend und wie so viele Vertreterinnen des weiblichen Geschlechts liebte sie es, im Mittelpunkt zu stehen. Noch war sie jung und hübsch, wenngleich ihr Vater immer behauptete, ihr Hintern sei zu dick.

Sie glaubte ihm nicht, daß es stimmte. Sicherlich wollte er sie nur zu übertriebener Eitelkeit anstiften, weil er selbst gern jungen, hübschen Frauen nachschaute, obwohl er sich nach dem Tod seiner Frau keine Gattin mehr genommen hatte. Amhrán liebte ihren Körper.

Sie war nicht hochgewachsen, sondern von sehr fraulicher Gestalt. Wahrlich, mit einer Elbin, schlank und von gelassenem Gemüt, konnte man sie sicher nicht verwechseln. Stark, wild und unbändig war sie wie eine Conmacne-mara-Stute. Zähmen mußte ein Mann sie erst für sich, sonst zöge sie ihm gehörig das Fell über die Ohren, was Solasard bestimmt auch noch oft genug bevorstand während ihrer Ehe. Amhrán war immer für eine Überraschung gut.

Sie liebte es, sich mit Männern zu messen ob im Reiten, im Kampf mit Schwert oder Messer. Die Frauen ihres Dorfes waren keine guten

Gegnerinnen für sie, diese bevorzugten eher den Fechtkampf mit Nadel und Faden, der Amhrán höchst zuwider war.

Es war nur gut, daß Solasard so ruhig, so besonnen war. Sie war so verrückt, wild und unbändig. Die unmöglichsten Gedanken flogen in ihrem hübschen Kopf umher.

Das war die eine Seite, die Solasard so sehr an ihr mochte. Die Seite, die er verstehen und nachvollziehen konnte.

Doch es gab auch die stille Amhrán.

Die Amhrán, die stundenlang im Regen den Klippen entlang ritt und traurige Lieder sang.

Die Amhrán, die den Kelch der bittersüßen Schwermut bis zur Neige leerte und genoß wie jeder Tropfen durch ihre Kehle rann.

Ein Frühlingskind war sie und so viele Gesichter wie dieser hatte auch sie. Unmöglich für jeden zu wissen, was sie im nächsten Augenblick tun würde.

Nicht so besonnen und vorsichtig wie Solasard, der jetzt in seinem achtzehnten Sommer alles stets zweimal überprüfte, bevor er einen Schritt vorwärts machte. Nie schüttelte er seine blonde Mähne wie sie, immer trug er sie sorgfältig geflochten wie es sich ziemte für den Ziehsohn des cenn-fine, des Clan-Oberhauptes.

Immer war seine Kleidung tadellos. Meistens trug er blau, passend zu seinen alles erfassenden Falkenaugen. Sein eiserner Wille zwang ihn, alles bis zur bedingungslosen Vollkommenheit zu betreiben. Sei es ein Kampf oder die Suche nach Wissen.

So sehr er auch von den Fianna träumen mochte, so sehr fehlte es ihm an ihrer Sprunghaftigkeit und Biegsamkeit. Bis Solasard seine Richtung änderte, mußte immer etwas Zeit vergehen. Denn die Gründe für einen Wechsel mußten schließlich reichlich überlegt und abgewogen sein. Er war kein Freund von schnellen Entschlüssen. Aber Träume formen Menschen.

Nie hatte er daran gedacht, was es für Folgen nachsichziehen könnte, den Erzählungen von Fionn mac Cumhail, dem großen Führer der Fianna, des Mannes, der ihm seine Mutter genommen hatte, jegliche Anteilnahme zu verweigern. Aber das sollte er bald nur allzu schmerzhaft erfahren.

So gingen die Stunden dahin, und der Abend näherte sich. Nebel zog auf und wallte ins Tal, wo die ersten Kerzen entzündet wurden.

Die Jugend des Dorfes hatte sich schon in der Hütte versammelt. Dort saßen sie nun auf ihren Bänken, harrend, was der Abend bringen mochte. Dann trat auch schon Amhrán über die Schwelle der Festhütte. Alle Blicke wandten sich ihr zu. Sie duftete wie der leibhaftige Frühling und strahlte über das ganze Gesicht. Anmutig nahm sie an der Tafel neben Shem, ihrem Vater, Platz.

Stolz saß der Schmied des Dorfes auf der Bank. Seine muskelbepackten Arme waren übersät mit zahlreichen Brandnarben, Lehrgeld für viele Lehrjahre.

Er war ein guter, ein freundlicher Mensch, obwohl sein Äußeres geradezu das Gegenteil verhieß. Doch die Dinge sind selten so, wie sie erscheinen.

Der Mann erhob sich und sprach mit bebender Stimme:

"Ein besonderes Erwählungsfest feiern wir heute! Das Versprechungsfest meiner schönen Tochter Amhrán. Sie wird sich heute einen der Fische aussuchen, die ihr ins Netz geraten sind. Doch prüfen muß sie erst die Ware, bevor sie sie kaufen wird. Nun, frage ich euch edlen Jünglinge, wer will meiner schönen Tochter einen Antrag machen?"

Da standen sie auf, fünf junge Männer, die um sie werben wollten mit Worten und Taten, Geschenken und Versprechungen.

Vorsichtig blickte Solasard in die Runde.

Da stand Amadán, der Amhrán schon immer nachgespürt hatte und Tarbh, der Neffe des cenn-fine.

Auch Teanga gab sich die Ehre. Diese drei hatte er erwartet zu sehen, nicht aber Dreoilín, seinen Ziehbruder. Mit einem verächtlichen Blick nickte dieser dem vermeintlichen Mitbewerber zu.

Sein schwarzes Haar, das er wohl über Nacht geflochten hatte, fiel in wilden Locken über sein feuerrotes Hemd. Die dunkle Lederhose trug er wie immer viel zu eng geschnürt.

Solasard verstand die Welt nicht mehr. Mit allem hatte er gerechnet, mit allem, nur damit nicht. Aber so war Dreoilín, hinterlistig, durchtrieben und falsch.

Wer wußte, was er heute abend noch von ihm zu erwarten hatte?

Mit Sicherheit liebte er Amhrán noch nicht einmal. Begehren ja, aber lieben? Solasard glaubte nicht, daß Dreoilín dazu überhaupt fähig war. Immer schon war die Beziehung seines Ziehbruders zu ihm geprägt von Neid, Haß und Mißgunst. Einmal hatte er Solasard sogar angeschrien:

"Was du bist? Du bist ein Dieb! In dunkelster Nacht hergebracht wie der Balg eines Verräters, hast du dich eingeschlichen in meine Familie und all die Liebe, die mir zustand, die mir gegolten hätte, an dich gerissen.

Wie oft noch muß ich mir dieses 'Nimm dir doch einmal ein Beispiel an deinem Ziehbruder' anhören?"

Auch Shem blickte nicht gerade wohlwollend zu dem Jüngling hin, um dann fragende Blicke mit Solasard zu wechseln. Mit Sicherheit war dieser finstere Geselle der letzte Mann im Dorf, den er sich als Schwiegersohn wünschte.

Solasard hätte gern gewußt, was Carraig davon hielt. Doch dieser war wie alle erwachsenen Männer des Dorfes nicht eingeladen. Ein

Versprechungsabend war ein Fest der Jugend, und Taliesin und Shem nahmen nur deshalb daran teil, weil der eine für Musik sorgte und der andere die verstorbene Mutter Amhráns vertrat.

Noch immer war sich Solasard Amhráns wildem Herz nicht sicher. Die Göttin möge wissen, welche Laune sie heute wieder reiten würde. Und schlimmer noch war, er wußte nicht, was für ein Brautgeschenk Dreoilín bereithielt.

Die unmöglichsten Menschen kannte sein Ziehbruder. Überallhin hatte er zahlreiche Verbindungen, sogar nach Alba.

Da riß ihn wieder Shems Stimme aus den Gedanken.

"So setzt euch wieder. Amhrán möge bestimmen, wer den Anfang machen soll."

Die Jünglinge nahmen wieder Platz, dann zeigte die angehende Braut auf Amadán.

Dieser erhob sich und ging vor die Tafel, wo für die Vorstellung der Bewerber Platz gelassen worden war.

Hier sollten sie sich in ihrem besten Licht zeigen, was Amadán aber nur schwer gelang. Zu gut hatte er schon dem Met zugesprochen, kaum daß er sich gerade halten konnte.

"Nun, ja, meine, äh, Schöne! Ich kann dir zwar nicht viel bieten, dies aber von ganzem Herzen. So will ich dir versprechen, dich immer zu ehren."

Die Menge, einschließlich Amhrán lachte laut auf. Bei jedem Erwählungsfest versuchte der arme Hirtensohn sein Glück. Aber bis jetzt konnte er noch keines Mädchens Herz für sich gewinnen. Langsam verebbte das Gelächter, Amadán setzte sich wieder auf seinen Platz, und Amhrán blickte zu Tarbh hin.

"Nun, Tarbh, was kannst du mir bieten, das mich unweigerlich in deine Arme treiben wird?"

Ein wunderschöner Mann stand auf. Seine leuchtenden blauen Augen strahlten beifallheischend umher. Anmutig bewegte sich der blonde Jüngling zur Tafel hin.

Kunstvoll waren seine Haare geflochten, ein goldener Ohrring blitzte an seinem rechten Ohr. Sein silberner Torques wies die schönsten Verzierungen auf.

Wundervoll verschlungene Linien waren auf seine Arme tätowiert, das gleiche Muster, das sich auf seinen silbernen Armreifen fortsetzte. Sein Hemd war aus feinstem Linnen und schimmerte so türkis wie das Meer an einem ruhigen Sommertag. Dazu trug er eine Bracca aus dem gleichen Stoff von dunklerem Blau. Höflich verbeugte sich der Schönling vor ihr.

"Sei mir gegrüßt, meine Abendsonne. Meinen Anblick biete ich dir, jeden Tag, und jede Nacht die Kraft meiner Lenden. Achte dies nicht gering, denn bin ich auch tags stolz wie ein Stier, so will ich des Nachts nur dein Hengst sein.

Die meisten Kinder im Dorf werden wir haben. Gesunde Kinder, kräftige Kinder, schöne Kinder."

Freundlich lächelnd nicke Amhrán ihm zu, während er sich formvollendet vor ihr verbeugte und an seinen Platz zurück ging. Als er an Solasard vorbei kam, griff er sich wie zufällig an sein Gemächt. Dieser konnte sich nur schwerlich ein Lachen verkneifen.

Verlegen wandte sich die allgemeine Aufmerksamkeit Teanga, dem Sohn des Druiden, zu, einem Jüngling, der später vielleicht in die Fußstapfen seines Vaters treten würde. Alle alten Erzählungen und Lieder kannte er schon als Junge auswendig. Kein Freund des Schwertes war er, sondern ein freundlicher Mann des Wortes. Sein Gesicht umrahmte dunkelblondes Haar. Auch trug er einen langen Vollbart. Kräftig gebaut war er. Wo seine Faust hinschlug, wuchs kein Gras mehr, aber nur selten nutzte er die Stärke seiner Arme. Teanga bevorzugte die Kraft der Weisheit. Bedächtig trat er vor das Mädchen. Teanga hatte etwas Väterliches an sich und wirkte trotz seiner jungen Jahre wie ein reifer Mann.

Er mochte Amhrán, weil sie so lebendig war. Doch von Liebe konnte keine Rede sein. Dennoch hätten jetzt viele Frauen gern mit ihr den Platz getauscht. Die Männer Erius waren mehr Männer des Mets und ihrer wilden Geschichten als gute Familienväter. Doch Teanga machte hier eine große Ausnahme.

Er liebte seine Frau und seine Kinder aufrichtig. Er wollte Amhrán zu seiner Nebenfrau machen, damit ihr kein Mann jemals einen Schaden zufügen könne. Amhrán und seine Frau, Leoithne, kannten sich schon von klein auf und mochten sich sehr.

Leoithne war eine gute und fromme Frau, aber Amhrán hatte ein Hauch der Göttin gestreift und Großes stand ihr noch bevor. Teanga sah nicht die werdende Frau in Amhrán, den Körper. Er sah nur die Seele und diese wollte er vor allen schlechten Einflüssen bewahren.

Teanga war weder schön noch reich, aber er konnte Gedichte machen, die kostbarer waren als Gold und Silber. Sanftmütig war er, kein Streuner, der sein Lager jede Nacht bei einer anderen aufschlug.

Oft träumte er davon wie sie als Hohepriesterin mit ihm sein Druidenleben teilen würde.

Teanga glaubte nicht, daß Solasard, der nur in seiner Wirklichkeit lebte, sie verstehen könnte. Sicher würde er einen guten Mann abgeben, sie lieben und ehren, aber würde er auch bemerken, daß sie die Pflichten einer Mutter und Frau nicht befriedigten, sondern ihren freien Geist verkümmern ließen?

Da stand er nun vor ihr, räusperte sich und sprach:

"Sei mir gegrüßt du Kind der Großen Mutter! Gold und Silber kann ich dir nicht bieten, doch am Reichtum meiner Weisheit lasse ich dich gern teilhaben. Ich möchte es dir ermöglichen, auf dem Pfad des Wissens zu wandeln und dort deinen eigenen Weg zu suchen.

Die Sicherheit meines Hauses und meiner Familie würde ich dir gewähren. Die schönsten Geschichten würde ich dir erzählen und die schönsten Gedichte dir zu Ehren vortragen. Eines nun höre. Ich machte es nur für dich, denn gering ist die Möglichkeit, daß ich dein werde.

So höre denn, verstehe und teile mein Leid.

Wie Wasser vom Mond,
auf deine Liebe zu hoffen,
wie Tränen von Steinen.

Wie Wasser vom Mond,
deine Küsse zu spüren,
wie Blüten am Stab.

Wie Wasser vom Mond,
deinen Körper zu spüren,
auf Liebe zu hoffen,
und bei dir zu sein.

Wie Wasser vom Mond,
deine Stimme zu hören,
in deine Augen zu sehen,
zu wissen um dich.

Wie Wasser vom Mond,
wie Wasser vom Mond.

Ich habe das Wasser vom Mond gesehen,
ich sah es in deinen Augen,
ich glaubte, es sei die Andere Welt.

Doch sie ist für mich erreichbar.

Große, dicke Tränen liefen dem Mädchen über die geröteten Wangen und schwer rang sie um Fassung, bis sie ihn leise bat, sich wieder zu setzen.

Zu deutlich zeigte ihm ihr Schluchzen, daß sie diese Ehe nicht eingehen konnte. Sie liebte Solasard.

Langsam beruhigte sich das junge Herz, doch ihre zittrige Stimme verriet, wie sehr sie die Worte des Dichters berührt hatten.

“Nun, Solasard, Ziehsohn des cenn-fine, was kannst du mir bieten, was noch keiner mir angetragen hat?”

Stolz erhob er sich und ging selbstbewußt nach vorn. Dort blieb er vor ihr stehen und lächelte zaghaft.

"Mit Wenigem komme ich, denn was ich dir zu geben vermag, ist nicht sichtbar, für jene, die nicht sehen können. Doch du blickst in mein Herz, wo meine Liebe zu dir hell und warm leuchtet. Aufrichtig ist diese Liebe und stolz mein Herz, daß sie erwidert wird.

Und noch etwas bringe ich dir."

Langsam zog er sein Schwert aus der Scheide und legte es vor die zukünftige Braut auf die Tafel.

"Dieses Schwert und die Hand, die es führt, werden immer da sein, um dir Sicherheit und Schutz zu gewähren. Deine Ehre werden sie verteidigen, wenn es denn einer wagen sollte, diese in Frage zu stellen.

Ich bin dein, mit Hand und Herz.

Und doch sind Herz, Hand und Schwert nicht genug, um dich für mich zu gewinnen.

Eines braucht es noch. So wie eine Prinzessin ihren Palast hat, so sollst auch du Herrin sein, über mein Land und mein Heim."

Da griff er in seine Hosentasche und holte einen Stein und eine Handvoll Erde hervor und legte sie zu dem Schwert.

"Dieser Stein wird ein Stein des zweiten Steinhauses Inis-Diomains sein, und auf dieser fruchtbaren Erde wird unser Vieh weiden. Dies ist alles und mein Leben.

Wähle nun du, ob ich würdig bin, deiner versprochen zu werden."

Dann verbeugte er sich höflich und ging an seinen Platz zurück.

Nun blieb nur noch einer und niemand wußte, was er ihr bieten konnte, außer seinem Neid, seinem Haß und seiner Falschheit. Aber es wurde jeder gehört. So sollte auch ihm nicht das Wort verweigert werden.

Gemächlich stand Dreoilín auf, die Aufmerksamkeit aller genießend. Schlacksig ging er bis vor Amhráns Tafel, wo er mit einem breiten Grinsen stehen blieb.

Unverschämt, lüstern musterte er Amhrán, die seinem Blick kalt und beherrscht standhielt.

"Nun, Dreoilín, Sohn des cenn-fine, was bietest du mir außer deiner Frechheit und der Kraft deiner Lenden, für deren Stärke es keinen Beweis gibt."

Kühl antwortete dieser:

"Versuchst du mich zu reizen, stolze Distel? Dabei wissen wir doch beide, daß du gar keine Dornen hast."

Mit Mühe behielt Solasard die Ruhe, aber er wußte, wenn er sich jetzt einmischte, würde dieser Abend mit Sicherheit nicht friedlich enden.

Dann geschah das Ungeheuerliche.

Mit einer schnellen Bewegung warf Dreoilín einen Halfter und eine Gerte vor Amhrán, die er in seinem langen Überrock versteckt hatte.

Langsam beugte er sich zu Amhrán nieder, packte sie und zog sie hoch zu sich.

Voller Unverständnis sah sie in diese kalten, seelenlosen Augen.

"Das biete ich dir. Zaumzeug und Gerte; meine kleine Stute. Auch wenn mein Ziehbrüderchen vielleicht glaubt, dich gezähmt zu haben, einreiten werde ich dich, daß du nach meiner Hand schreist, die dich einführt in die Kunst, eine wahre Stute zu sein. Eine lustvolle Dienerin wirst du mir sein, meine Sklavin! Ich werde dich zu einer richtigen Frau formen und du wirst es genießen, glaube mir, Mädchen."

Vier Männer hielten Solasard, der aufgesprungen war. Der Zorn stand ihm ins Gesicht geschrieben, nur mit Mühe konnten ihn die Männer zurückhalten.

Dann nahm Dreoilín ihr Kinn und drückte ihr einen schmierigen Kuß auf die Lippen. Mit einem verächtlichen Blick zu Solasard rief er:

"Der da wird es dir nie so gut besorgen können wie ich. Schließlich bin ich der wahre Sohn des cenn-fine und nicht dieser dahergelaufene Hund!"

Dann ließ er sie los, machte auf dem Absatz kehrt und ging hinaus.

Angewidert wischte sich Amhrán mit der Hand über die Lippen. Tränen ließen ihre Augen glasig werden, aber sie riß sich zusammen. Dreoilín war keine Träne wert. Langsam setzte sie sich, legte den Kopf in den Nacken, holte tief Luft und atmete kräftig aus.

"So meine Freunde, dies war der lustige Teil des Abends, nun wieder zurück zum Ernst des Lebens. Möchte noch jemand vorsprechen oder waren dies alle Bewerber um meine alleinige Gunst."

Nichts rührte sich.

"Dann soll Taliesin uns zum Tanz aufspielen und singen wollen wir, bis ich entschieden habe, wer sein Leben in Zukunft mit mir teilen wird."

Taliesin stand auf und begann, auf seiner Harfe zu spielen. Es wurde viel getanzt an diesem Abend. Manche Frauen des Dorfes brachten frisches Brot, saftiges Fleisch, köstlich zubereiteten Fisch und Met und verschwanden wieder.

Einige der jungen Leute holten Flöten hervor und bald schon hörte man Flötenklänge und rhythmisches Klopfen auf den Tischen aus der Hütte.

Es war schon weit nach Mitternacht, als sich alle wieder auf ihre Bänke setzten, viele nicht mehr ganz so nüchtern wie zuvor.

Stille kehrte ein und Shem stand auf, erst leicht wankend, doch dann stand er.

"Nun ist die Zeit der Entscheidung gekommen, liebe Tochter. Keine Mutter hast du mehr, die sich nun aufmachen müßte, Schüssel, Wasser und Tuch zu holen. So werde ich es wohl tun müssen."

Wie ein Schiff bei schwerem Seegang rollte er vorwärts zum Eingang, wo er alles bereitgestellt hatte.

Er legte sich das Tuch über die Schultern, nahm die Schüssel auf, die mit Wasser gefüllt war, und ging zurück zu Amhrán, vor der er alles auf die Tafel stellte. Dann setzte er sich wieder. Lächelnd begann die zukünftige Braut zu sprechen:

"Freunde, ein schönes Erwählungsfest durften wir miteinander feiern, sogar einen Überraschungsgast gab es, doch darüber wollen wir schweigen ein ums andere Mal. Wie mein Vater schon sagte 'Die Zeit der Entscheidung ist gekommen' und entschieden habe ich mich."

Dann stand sie auf, nahm das Tuch und die Schüssel.

Einmal ging sie rund um die Hütte, bis sie vor Teanga stehen blieb. Freude strahlte in seinen Augen.

"Teanga, guter Freund, dein Angebot ehrt mich und glaube mir, ich weiß es wohl zu schätzen. Doch es wäre keine Liebe, was uns verbindet. So treibt mich das Schicksal zu einem anderen hin. Doch meinen Dank wollte ich dir sagen. Du bist ein wahrlich guter Mensch."

Daraufhin ging sie schnurstracks zu Solasard, dessen Herz noch immer stehengeblieben schien.

"Solasard mac Annir, Ziehsohn, und der Göttin sei Dank nicht Sohn des cenn-fine! Mein Herz entbrannte schon lange für dich, doch der Schein anderer Feuer war wohl zu hell für dich. Doch heute nun will ich dich erwählen, mein Liebster, mit mir mein Leben zu teilen, wenn es die Göttin so wünscht."

Fast hätte sie das ganze Wasser verschüttet, doch der Rest reichte immer noch aus, Solasard damit die Hände zu waschen. Sanft trocknete sie ihm die Hände ab, zerriß das Tuch, knotete es wieder zusammen und rief:

"Du bist erwählt, du bist erwählt, du bist erwählt."

Dann drückte sie ihm drei dicke Küsse auf seine schmalen Lippen. Plötzlich war da ein Johlen und Schreien. Hoch sprang der junge Mann, packte das Mädchen an der Hüfte und wirbelte sie durch die Luft.

Die Freude kannte kein Ende.

das tor zum garten

Am nächsten Morgen erwachte Amhrán müde und mit scheinbar bleiernen Knochen. Auf dem Tisch in ihrem Zimmer lagen die Perlenohrringe, die sie sich so sehnlichst gewünscht hatte. Solasard hatte sie ihr auf dem Heimweg gegeben.

Sie war so glücklich. Draußen sangen die Vögel ihr Morgengebet zur Göttin und leise in sich tat Amhrán das auch. Gewiß war Amhrán nach außen hin nicht so fromm wie andere Frauen des Dorfes, die täglich Opfer zu heiligen Stellen im Wald oder an Quellen brachten. Doch ihr erschien das mehr als eine Beleidigung für die Götter, weil die Frauen es nicht für die Götter selbst taten, sondern nur für ihr Ansehen im Dorf.

Amhrán hingegen pflegte ein häufiges Zwiegespräch mit ihrer Göttin, auch wenn diese ihr so manche Antwort schuldig blieb.

Ihr Glaube war der Anker, der ihr Schiff auch im Sturm ruhig hielt. Früh schon hatte sie gelernt, unsichtbaren Göttern mehr zu vertrauen als greifbaren Menschen.

In vierzehn Nächten nun würde ihre Hochzeit sein. Sie freute sich wie ein kleines Kind.

Dann, im nächsten Frühjahr würde Solasard mit dem Bau des Hauses beginnen, und über Winter konnten sie vielleicht schon darin wohnen und ihr erstes Kind zur Welt bringen. Sie würden Vieh haben und gute Pferde züchten. Ihre Kinder würden keinen Hunger leiden.

Vielleicht konnte Goleudydd sie ja noch ein wenig in die Heilkunde einweisen oder in die Kunst, eine gute Hebamme zu sein. Sie malte sich ihre Zukunft so schön aus und doch sollte alles anders kommen.

Schwerfällig stand sie auf, wusch sich und zog sich an. Es dauerte lange, bis sie ihre lange Mähne gestriegelt hatte. Wieder einmal hatte sie vergessen, ihre Haare zu flechten, bevor sie sich niederlegte. Ein weißes Band flocht sie noch in ihr Haar, dann machte sie sich auf zu Solasard.

Zuversichtlich klopfte sie an die Tür des Steinhauses. Geöffnet wurde diese von einer überglücklichen Tiné. Sie erinnerte jetzt kaum mehr an die schlanke, junge Frau, die sie bei Solasards Geburt gewesen war. Viele Kinder waren im Steinhaus geboren worden, und das war an ihrem Körper nicht spurlos vorbeigegangen. In ihr schlug jetzt das große Mutterherz, an das sie ihre Liebsten gerne drückte.

Nur selten erlaubte sie sich an jene Winternacht zu denken, in der ihr jetziger Ziehsohn geboren worden war. Niemand in Inis-Diomain wusste um das Geheimnis Solasards und um den Geís. Auch Tiné hatte all die Jahre geschwiegen und Sáile aus ihren Gedanken verdrängt.

Sicher, sie war ihre Zofe gewesen, hatte geholfen dieses wundervolle Kind auf die Welt zu bringen. Aber wer weiß, vielleicht vergeht ein Geís, wenn derjenige, der mit ihm behaftet ist, gar nichts von ihm weiß. Und es war doch schon so viele lange Jahre her und nie war etwas geschehen. Tiné liebte Solasard so sehr. Mit einem Lächeln wischte sie die trüben Gedanken bei Seite.

"Oh, mein Kind, wie schön dich zu sehen. Ich danke dir für die Ehre, die du mir und meinem Haus erweist."

Herzlich drückte die kleine, dralle Frau ihre zukünftige Schwiegertochter.

"Komm nur, komm herein. Setz dich ruhig. Einen Becher frische Milch? Solasard und Carraig werden gleich wieder hier sein. Sie sind schon früh ausgeritten. Ein Schaf, das lammte, hatte Schwierigkeiten dabei, so daß der Hirte heute früh zu uns eilte."

Da hörte Amhrán schon feste Schritte von draußen und ein gewaltiges Poltern vor der Tür. Prompt wurde diese auch aufgestoßen und herein kamen Vater und Ziehsohn. Sanft schritt Solasard auf Amhrán zu, küßte ihre Wangen, ihren Mund und sagte:

"Einen wunderschönen Guten Morgen wünsche ich dir, meine zukünftige Frau.

"Welche Wege führen dich her?"

"Die Wege, die draußen vor der Tür verlaufen, künftiger Gemahl! Ich wollte nur noch einmal nachfragen, wann nun genau die Vermählung stattfinden soll. In vierzehn Nächten wie es Brauch ist?"

"Sicherlich doch, mein Herz,," brummte Carraig, "oder hast du noch Bedenken, ho, ho, ho?"

Vorsichtig kam Tiné hinzu und begann zu sprechen.

"Carraig, ich würde gerne meine Schwester noch einladen. Sie lebt aber an der Ostküste und so schnell wird sie mit Sicherheit nicht hier sein können."

Verwundert blickte der cenn-fine auf.

"Du hast eine Schwester? Wie schön, daß ich auch schon so früh darüber unterrichtet werde. Dürfte ich vielleicht erfahren, warum du mir das all die Jahre verschwiegen hast?"

Ratlos blickte Tiné unter sich, kaum wagte sie ihrem Mann in die Augen zu sehen.

Ungeduldig trommelte dieser mit seinen Fingern auf den Tisch.

"Bekomme ich vielleicht heute noch eine Antwort? " knurrte der kleine Mann in den Raum.

Verängstigt zuckte seine Frau zusammen.

"Wir haben uns nicht in Frieden getrennt und ich dachte, die Hochzeit Solasards wäre ein guter Anlaß zur Versöhnung."

Wütend antwortete Carraig.

"Du hast gedacht. Das ist ja wunderbar. An mich hast du dabei aber nicht gedacht, oder? Ob es mir zum Beispiel überhaupt recht sein könnte?"

Heftig krachte die Faust des Mannes auf den Tisch, und er fuhr wütend fort:

"Ich glaube es einfach nicht. Die eigene Frau. Wer weiß, wovon ich noch nichts weiß?"

Kreidebleich stand die kleine Frau im Zimmer.

Vorsichtig legte Solasard seinem Vater den Arm um die Schultern und lächelte ihn besänftigend an.

"Nun, gut, Weib, daran, daß du eine Schwester hast, können wir jetzt wohl nichts mehr ändern, oder? So wollen wir sie auch einladen, wenngleich ich nicht weiß, welcher Schmetterling aus dieser Puppe schlüpfen wird.

Wir werden deshalb und nur deshalb nicht in zwei Wochen, sondern am Hochfest Lughnasadh im Steineichenmonat Tinne eure Hochzeit halten. Dann habt ihr nicht nur den Segen unserer Hohepriesterin, sondern auch den all unserer Götter. Dies mag ein gutes Vorzeichen für den Verlauf eurer Ehe sein.

Doch eine weitere Verzögerung werde ich nicht dulden, auch wenn du noch einen Bruder haben solltest, Weib! Ich hoffe, daß du das begriffen hast."

Um Verständnis heischend nickte die verschreckte Frau und ging dann in die Küche. Tränen standen ihr in den Augen.

Draußen vor der Tür hörte man das Schnauben eines Pferdes, dann harte Schritte vor der Tür. Mit Wucht wurde die Tür aufgerissen.

Herein kam Dreoilín. Er grinste hämisch von Ohr zu Ohr.

"Oh, wie schön, daß ich die ganze Familie hier so vereint antreffe. Na, Amhrán, hast du dich doch noch für mich entschieden und willst jetzt deine Entscheidung rückgängig machen?"

Stolz schritt er auf das Mädchen zu, das sich immer mehr zum Ende der Bank hin schob.

Da stellte sich ihm Carraig in den Weg.

"Raus," flüsterte der Mann fast ohne Stimme, "raus. Du bist nicht mehr mein Sohn. Meine Söhne haben Ehre und Anstand. Hinaus und wage es nicht, noch einmal dieses Haus und unser Land zu betreten."

Voller Verachtung lächelte der Sohn seinen Vater an:

"Aber Vater. Ich bin doch dein Sohn. In meinen Adern fließt doch dein Blut? Oder nicht, Mutter? Wie könnte ich da keine Ehre haben? Nun denn, eigentlich bin ich auch nur noch einmal hierher gekommen, um mich von euch zu verabschieden.

An der Ostküste erwarten mich dringende Geschäfte.

Und dieses kleine Vögelchen hier in der Ecke wird mich begleiten. Du findest sicherlich eine Bessere für dich, geliebter Ziehbruder."

Gerade als er Amhrán am Arm gepackt hatte, spürte Dreoilín Solasards Dolch an seinem Hals.

"Ich würde sie loslassen, Dreoilín. Du weißt, ich kann mit Waffen nicht so gut umgehen wie du, und es mag sein, daß ich jemanden unabsichtlich verletze. Laß sie los."

Mit der freien Hand versetzte Dreoilín seinem Ziehbruder einen Stoß in die Rippen, daß dieser kurz zusammenzuckte und zog Amhrán hinter sich zur Tür.

Doch bis dahin kam er schon nicht mehr.

Mit einem gewaltigen Satz war Solasard über ihm und brachte ihn zu Fall.

Erschrocken floh Amhrán in die Arme Carraigs.

Heftig kämpften die beiden Männer am Boden, bis Solasard schließlich die Oberhand gewann.

Das Gesicht wutverzerrt setzte Solasard seinen Dolch an die Schläfe seines Ziehbruders und zog einen dünnen Strich bis zum Kinn.

"Das ist mein Abschiedsgeschenk für dich, Dreoilín. Von nun an wirst du ein Gezeichneter sein, und jeder wird bei deinem Anblick erkennen, daß es besser ist, sich von dir fernzuhalten.

Solltest du mir wahrlich noch einmal in diesem Leben unter die Augen kommen, dann schwöre ich dir bei Sonne und Mond, Wasser und Wind, Tag und Nacht, Meer und Land, daß ich dich töten werde."

Völlig unbeeindruckt griff sich Dreoilín an die Wange. Blut tropfte auf den Boden, rann über seine Finger. Hocherhobenen Hauptes ging er zur Tür.

Dann drehte er sich noch einmal langsam um.

"Dafür wirst du mir bezahlen, Solasard, teuer bezahlen. Ich bin dein Ziehbruder! Wie konntest du mich für so ein unerfahrenes Stück Fleisch so verraten? Wir hätten sie uns doch teilen können."

Nur leicht verfehlte der geworfene Dolch sein Ziel.

Augenblicke später war nur noch der rasende Galopp eines Pferdes zu hören.

Weinend brach Amhrán zusammen. Sie war nur noch ein Heulen und Schluchzen. Immer wieder holte sie tief Luft und schluchzte vor sich hin.

Fest hielt Solasard seine Braut im Arm. Nur langsam beruhigte sie sich. Dann putzte sie sich ein letztes Mal die Nase und schlief erschöpft in den Armen ihres Geliebten ein. Tiné holte eine Decke und wickelte sie darin ein.

Noch früh am Abend wachte sie wieder auf.

Behutsam fragte Carraig seine zukünftige Schwiegertochter:

"Nun, meine Tochter, wie geht es dir? Ich hoffe, du hast den Mittag gut überstanden. Er wird bestimmt nicht noch einmal herkommen. Aber nun eine andere Frage. Freust du dich schon darauf, bald hier einzuziehen? Schließlich kannst du nicht bei deinem Vater bleiben. Du gehörst dann ja zu uns, zur besten Familie des Dorfes. Und sorge dich nicht wegen Dreoilín, bitte."

Beschwichtigend fiel im Solasard ins Wort:

"Laß es gut sein, Vater, vergessen ist er. Laß keinen Schatten auf das Glück deines Ziehsohnes fallen. Wir wollen ihn streichen aus unseren Herzen und Gedanken.

Laßt froh uns sein und guter Dinge! Unsere Hochzeit steht bald bevor!"

Mittlerweile hatte er es sich neben Amhrán bequem gemacht.

"Und du, meine Liebste, freust du dich auch schon so sehr wie ich?"

Über das ganze Gesicht strahlend antwortete sie:

"Oh, ja, sehr. Doch ich muß jetzt gehen. Ich habe Goleudydd versprochen, heute Kräuter mit ihr zu sammeln, weil sie sich doch nicht mehr so gut bücken kann. Sehen wir uns später? Wir könnten ja ein wenig über die Klippen reiten."

Geschmeidig stand sie auf.

"Natürlich, wenn du willst. Ich muß erst noch zu Tarbh, eine offene Rechnung begleichen und dann werde ich für uns einen großen Lachs fangen. Ich kann kein Fleisch mehr sehen. Komm her und laß dich küssen, du Schöne."

Beide hielten sich engumschlungen , als sich Carraig leicht räusperte.

Freudig hüpfend sprang Amhrán aus der Tür, die hellsten Jauchzer von sich gebend.

So trennten sie sich und trafen sich dann später wieder, um auszureiten. Zu lange schien ihnen die Zeit, bis Amhrán mit ihrem Angetrauten unter einem Dach leben konnte.

So ging die Zeit bis zur Hochzeit dahin und wurde doch nicht langweilig. In der letzten Woche des Monats Uath, in nur mehr als einer Woche würde die erste Heuernte eingebracht werden.

Zu viel war dann noch auf den Feldern zu tun. Das wurde an Lughnasadh nachgeholt, dem längsten Hochfest im Jahr. Jede Familie war damit beschäftigt, sich für die Festlichkeiten vorzubereiten. Denn das Fest dauerte mehrere Wochen, und während dieser Zeit ruhte alle Arbeit auf den Feldern. Nach den Festlichkeiten würde erst das hochstehende Korn abgeerntet und dann die zweite Heuernte eingebracht werden.

Aber bis dahin war ja noch Zeit.

Auch heute waren Goleudydd und Amhrán wieder gemeinsam in Feld und Wald unterwegs, um den Kräutervorrat für den Winter aufzufüllen.

Schon ganz zu Beginn ihrer Freundschaft hatte Amhrán festgestellt, daß es schöner war, das Leben der Natur in dieser selbst zu begreifen.

Es war ein schöner Sommertag. Die Sonne ließ die goldenen Ähren blitzen. Krähen krächzten hoch über ihnen. Zärtlich liebkoste der Wind Amhráns von der Sonne gewärmte Haut.

Das Mädchen konnte sich kaum satt sehen an den Farben der Natur. Da waren roter Klatschmohn und weiße Gänseblümchen, gelbe Butterblumen und blaue Kornblumen. Die Schafgarben verströmten ihren würzigen Duft, und das Flüstern des Korns war Musik in ihren Ohren.

"Komm, Goleudydd, erzähl mir von Lughnasadh. Es ist schon wieder ein Jahr her, und sicherlich habe ich vieles vergessen, was du mir damals erzählt hast."

Die alte Frau hakte sich bei ihr ein und begann zu erzählen:

"Das Fest Lughnasadh ist nach Lugh benannt, dem Sonnengott. Ich denke, du wirst ihn kennen, oder?"

Freudig antwortete die aufmerksame Schülerin:

"Laß mich überlegen. Nun, Lugh war der Sohn von Ethniu, einer Formorerin und Cian, einem Mann aus dem Volk der Tuatha de Danaan. Aber die Tuatha de Danaan sind untergegangen. Sie sind jetzt Elben, nicht wahr?"

"Ja, Amhrán, das sind sie. Aber was weißt du denn noch von ihm?"

Das Mädchen forschte in seinem Gedächtnis.

"Warte Goleudydd, ich muß nachdenken. Ich glaube, es war Lugh, der den Tuatha de Danaan den Sieg bei der Schlacht von Mag Tured gegen die Formorer verschaffte. Er ist Heiler, Magier, Künstler, Dichter, Bauer, Krieger so wie Dagda, der Allvater."

Leicht enttäuscht schmunzelte die alte Frau:

"Ach, Amhrán! Da erzählt man dir tagein, tagaus die alten Geschichten und wenn es drauf ankommt, vermischst du alles. Mit Sicherheit ist Lugh kein Allvater. Er ist noch nicht mal ein verbessertes Abbild von Dagda.

Für Lugh ist der Kreis des Lebens etwas Selbstverständliches, nichts wofür er verantwortlich ist, so wie Dagda."

Leicht gereizt fragte die Schülerin die weise Frau:

"Das ist ja schön und gut. Aber was hat das mit Lughnasadh zu tun?"

"Vielleicht ist es ja auch mal gut über den Tellerrand zu sehen, junge Frau. Erst mußt du das ganze Bild betrachten, bevor du dich in einen Teil davon vertiefst.

Vergiß nie, daß auch ein einzelnes Haar einen Schatten wirft. Und außerdem lernst du so etwas über unsere Götter. Ich nehme nicht an, daß sie sich dir persönlich vorstellen werden."

Amhrán lachte auf.

"Gut, gut, gut. Ich ergebe mich ja schon. Was hat Lugh denn an Lughnasadh getan, damit dieses Fest ein Hochfest unseres Glaubens wurde?"

Verschmitzt grinste Goleudydd, als sie ihrer neugierigen Schülerin die Frage beantwortete.

"Nichts!"

"Wie bitte? " fragte eine verdutzte Amhrán.

"Er hat nichts getan. Lugh gab dem Fest nur seinen Namen. Das große Hochfest spaltet sich noch einmal in zwei Feste auf. Das Fest zu Ehren von Tailte, Lughs Ziehmutter, an der er sehr hing, und das Fest zu Ehren von Carmann. Sie war eine große Zauberin, deren Söhne von Eriu verbannt worden sind.

Du weißt, für unser Volk ist die Verbannung aus der Heimat noch schlimmer als ein unehrenhafter Tod. An diesem Fest nun gedenken wir ihrer und trauern auch um die Verstorbenen unserer Familien.

Verstehst du? Das Fest heißt zwar Lughnasadh, aber innerhalb dieses Festes gibt es noch einmal zwei Feste. So als würde Lugh die Schutzherrschaft für diese übernehmen."

Unsicher antwortete Amhrán:

"Ich glaube, das habe ich verstanden. Das Tailte-Fest und das Carmann-Fest sind Bestandteile des großen Festes Lughnasadh, aber keine eigenständige Feiern. Sie gehören zu Lughnasadh, so wie meine Hand zu meinem Arm, richtig?"

Stolz umarmte die alte Frau das Mädchen:

"Das ist meine Amhrán, wie ich sie kenne. Nun aber weiter, du möchtest doch sicher so viel wie möglich darüber lernen, oder?"

Wißbegierig nickte die Schülerin, bis die Hohepriesterin fortfuhr:

"Nun, Lughnasadh ist das wichtigste Fest für das Volk, denn es ist die Vorbereitung auf die Kornernte. Diese muß unser Überleben sichern. Die ganzen Opfer und Geschenke sind eine Bitte an die Götter, die Ernte nicht verderben zu lassen.

Und die an Lughnasadh gezeugten Kinder sind die kräftigsten Kinder, weil sie in der wärmsten Jahreszeit geboren werden und einen ganzen Sommer wachsen und gedeihen können.

Darum gibt es ja auch die Tailte-Ehe. Sie kann nur am Fest der Tailte abgeschlossen werden und dauert ein Jahr und einen Tag, das heißt genau dreihundertfünfundsechzig Tage.

Will sich das Paar dann wieder trennen, müssen sie nur dort, wo sie getraut wurden, jeder für sich in die entgegengesetzte Richtung gehen. Der eine nach Norden, der andere nach Süden."

Schweigsam lauschte Amhrán, bis sie, neugierig wie sie war, wieder eine Frage einwerfen mußte.

"Dann könnten Solasard und ich uns ja auch nur für ein Jahr vermählen und uns dann wieder trennen?"

"Genau so ist es, Amhrán. Aber Lughnasadh ist nicht nur ein Fest der Verbindung von Mann und Frau, und du solltest keine Scherze mit deiner Ehe treiben.

Lughnasadh ist ein Fest des Lebens und des Todes. Jetzt vor dem Winter gibt es noch genug zu essen, doch Gewitterregen, Kälteeinbrüche, Dürre, Schädlinge oder auch ein Brand können die Ernte vernichten.

Du weißt, ein Ernteausfall würde unweigerlich den Tod in unser Dorf bringen, Tod und Trauer.

Deshalb feiern die Menschen Lughnasadh, und deshalb klettern sie auch in der Nacht vor dem Fest auf die höchsten Berge unserer Insel, um auf die Sonne zu warten. Es ist wie es das Alte Wort schon sagt: Im Sommer erinnere dich des Winters."

Erstaunt blickte Amhrán über die Felder.

"Aber das würde ja bedeuten, daß das Fest ihr geweiht ist, Goleudydd."

"So ist es. Es ist die mächtige Morríghan, die verehrt wird. Sie, deren Namen kaum jemand auszusprechen wagt, aus Ehrfurcht vor ihr. Aus Angst vor dem Tod, den sie bringen kann.

Ist es nicht traurig, daß die Menschen noch immer nicht gelernt haben, den Schlüssel für die Andere Welt ohne Klage anzunehmen?"

Verwirrt sah das Mädchen in die Augen ihrer Lehrerin.

"Ich verstehe dich nicht, Goleudydd. Welchen Schlüssel in die Andere Welt?"

Wissend lächelte die alte Frau.

"Den Tod. Der Tod ist der Schlüssel für ein neues Leben in der großen Spirale, nur nach dem Tod kannst du wiedergeboren werden."

So weit hatte Amhrán noch gar nicht gedacht.

"Das würde ja bedeuten, daß Morríghan zwar Leben nimmt, aber dadurch und nur dadurch auch neues Leben schenken kann."

Erfreut klatschte Goleudydd in die Hände.

"Richtig, Amhrán. Du mußt dir das wie am Hofe eines Königs vorstellen. Der alte König stirbt, damit der junge, starke König den Thron besteigen kann. So wird die Nachfolge gesichert.

Nur weil sie den Tod bringt, ist die Morríghan noch lange keine schlechte Göttin. Oder glaubst du wirklich, daß Dagda, der Allvater, auch nur Gutes tut, weil er Leben schafft? Um ein Gleichgewicht zu schaffen, muß in allem ein Teil von allem sein, im Guten vom Schlechten, im Männlichen vom Weiblichen und umgekehrt. Wie wüßtest du, ob etwas schlecht ist, wenn du das Gute nicht kennst, Amhrán?"

"Das verstehe ich. Dann ist ja Lughnasadh eher ein Fest für die Frauen, oder?"

"Siehst du, deshalb lehre ich dich gerne die Weisheiten unseres Volkes. Wo du auch immer lang gehst, du kommst ans Ziel.

Nach dem Fest läßt das Mädchen seine Jugend zurück und wird zur Frau, die Kinder gebären kann. Kinder, die die Nachkommenschaft und das Überleben eines Stammes gewährleisten.

An diesem Fest wird der alte König verabschiedet und der junge König willkommen geheißen."

Neugierig fragte Amhrán:

"Und ist das bei uns auch so? Ich meine, wird der Hochkönig an Lughnasadh seinen Thron einem Nachfolger übergeben?"

"Eines Tages sicherlich, Amhrán, doch nicht dieses Jahr. Laß uns umkehren! Wir sind schon ein ganzes Stück gelaufen."

Gemeinsam erreichten die beiden das Dorf.

In allen Hütten wurde geputzt, gebacken und gekocht, damit zum Fest alles fertig sei.

Auch in Carraigs Haus köchelte es über der Feuerstelle. Carraig hatte mit Solasard einige Lachse gefangen, die den Gästen gebraten und mit Honig gereicht wurden.

Tiné hatte so vieles für die Hochzeit vorzubereiten. Die Räumlichkeiten mußten geschmückt werden. Für die Feier war eigens eine neue Scheune außerhalb des Dorfes gebaut worden, in der später auch das Korn gelagert werden würde.

Kleider mußten geflickt und für Amhrán und Solasard neu genäht werden. Für Essen, Trinken und Übernachtungsmöglichkeiten mußte gesorgt werden.

Tiné hatte alle Hände voll zu tun. Doch trotz der Unruhe im Haus war sie freundlich zu jedermann. Manchmal fast schon zu freundlich, als habe sie irgend etwas wiedergutzumachen. Schwer und schwerer wog die Last der Erinnerung auf ihren Schultern. Immer öfter kam es Amhrán so vor, als habe die kleine Frau gerade geweint, wenn sie unerwartet vorbeischaute. Sie wirkte auch so zerstreut.

Immer wieder mußte Tiné noch einmal anfangen, einen Kuchen zu backen, weil sie dieses vergessen oder jenes in der falschen Menge zugefügt hatte.

Der Bote, der an die Ostküste geschickt worden war, kam mit der Nachricht zurück, daß Tiné entweder keine Schwester habe oder diese unauffindbar sei. Amhrán kam es so vor, als wäre sie nicht besonders traurig darüber. Aber vielleicht hatte sie sich ja auch geirrt und in Wahrheit war sie es, die etwas neben sich stand. Schließlich würde sie ja bald heiraten.

Carraig war auf dem Rückweg nach Inis-Diomain. Er hatte auf den Feldern nach dem Rechten gesehen. Dieses Jahr würde es eine gute Ernte geben. Nicht wie letztes Jahr, als der Sommer nur ein von wenigen Sonnentagen unterbrochener Regen war.

Eigentlich wäre es ja gar nicht erforderlich gewesen auszureiten, aber Tiné tobte zu Hause umher und hielt alles in Trab.

Gestern abend mußte er nach dem Abendessen immer wieder in sein Festtagszeug schlüpfen.

Nachdem man dann seine Hose gekürzt und andere Knöpfe an seiner Weste angebracht hatte, eine Naht hier aufgetrennt und eine andere dort wieder zusammengenäht hatte, konnte er endlich mit Shem, dem Schmied, einen guten Tropfen zu sich nehmen. Schließlich waren sie ja bald eine Familie, und das war allemal ein Grund sich zusammenzusetzen und ein bißchen dem Met zuzusprechen.

Sogar die Hunde ließen sich seit Tagen nicht mehr im Hause blikken, sondern zogen den Pferdestall ihrem sonstigen Lieblingsplatz, der Küche, vor. Beim Hausputz waren so oft irgendwelche Gegenstände nach ihnen geworfen worden, daß die Hunde sich für die Gesellschaft der Pferde entschieden hatten. Carraig verstand sie wohl und beneidete sie um die Ruhe, die im Stall herrschte.

Langsam ritt Carraig in den Hof.

Amhrán war die letzten Tage bei Goleudydd geblieben. Irgendwie hatte sie doch ein wenig Angst davor, sich so förmlich zu binden. Lieber wäre sie einfach mit Solasard in die Wildnis gegangen und hätte dort gelebt. Aber obwohl er sonst nicht auf derartig prachtvolles Gepränge Wert legte, diesmal verlangte er es unerbittlich.

Goleudydd liebte Amhrán, und obwohl ihr deren Glück heilig war, hätte sie es doch lieber gesehen, wenn Amhrán in einen Coven gegangen wäre. Ihr Dorf würde bald schon eine neue Hohepriesterin brauchen, und das Mädchen hatte alle Voraussetzungen dazu.

Amhrán war wißbegierig, hatte einen Blick für das Wesentliche und ließ sich etwas sagen. Sicherlich war es schwer sie zu unterrichten, bei all den Zwischenfragen, die sie immer wieder stellte und den Ablenkungen von außen, denen ihre Aufmerksamkeit immer wieder zum Opfer fiel. Vor allem aber hatte sie ein sehr inniges Verhältnis zu ihren Göttern, und diese schienen ihre Hand sicher über sie zu halten. Sie hatte Amhrán schon einiges vom Leben im Coven erzählt. Wie oft hatte sie Amhrán den Weg dorthin beschrieben, falls sie eines Tages doch dorthin gehen wolle. Aber jedesmal hatte sie gelacht und gesagt, sie werde jetzt mit Solasard Pferde züchten. Ihr Vater wolle ihr zwei seiner besten Pferde als Mitgift geben, und Solasard würde von seinen Zieheltern eine kleine Koppel samt Stall und Haus mit in die Ehe einbringen. Sie würden die besten Pferde des Reiches züchten. Doch Goleudydd sagte dann immer schmunzelnd:

“Was ich auch immer in deiner Zukunft sehen mag, Amhrán, eines ist gewiß, du wirst bestimmt keine Pferde züchten.”

Tir na Samradh

Verhängnisvoll sollte die Suche nach Solasard von Sáile und Gealán an einem Morgen, vier Wochen vor der Samhain-Nacht, enden. Sie hatten am Ufer eines Loughs übernachtet.

Nebel stieg in Schwaden auf. Der Wind strich leise durch das Schilf. Sanft nieselte der Regen auf die Wasseroberfläche.

Sáile stand am Ufer, lauschte in die Stille, in sich hinein. Sie war so müde, war dieses entbehrungsreiche Leben so leid. Sie mußte nur geradeaus weiter gehen, dann würde diese Qual ein Ende haben. All dieses auf und ab, die Hoffnung, ihren Sohn doch noch zu finden und immer wieder eine Enttäuschung nach der anderen zu erleben, stürzte sie in tiefe Hoffnungslosigkeit.

Sie war so erschöpft, so leer.

Das Wasser war kalt. Aber die Kälte betäubte nicht nur ihren Körper. Es schien ihr, als werde sie immer weiter in den See gezogen. Schon reichte ihr das Wasser bis an die Hüfte, als sie hinter sich Gealán aufschreien hörte.

Sie wußte, drehte sie sich jetzt um, würde sie umkehren. Ein Blick in Gealáns Rehaugen würde genügen, ein Blick voller Liebe und Mitleid. Aber auch das konnte sie nicht mehr ertragen.

Sáile ging stur weiter in den Nebel. Ein besseres Leben wartete auf sie. Salzige Tränen tropften ins Wasser, als sie hinter sich Gealán weiter in den See waten hörte. Sie ging weiter.

Gealán konnte nicht schwimmen. Sie würde umkehren, wenn es zu tief für sie sein würde.

Keine Treue war so groß, um dafür zu sterben.

Dann schloß sich eine kalte Decke aus Wasser über ihr und Sáile fiel, sank in die Tiefe wie ein Stein.

Über sich kämpfte die treue Freundin. Gealán hatte etwas Besseres verdient. Lange fiel Sáile so. Sie hatte ihre Augen geschlossen.

Plötzlich drang ein gleißendes, blaues Licht durch ihre Lider. Die Frau riß die Augen auf und sah nichts, nur Licht. Dann verlor sie das Bewußtsein. Lange lag sie so, verging die Zeit.

Das erste, dessen Sáile gewahr wurde, als sie aufwachte, war der Geruch von Frühling und das Zwitschern von Vögeln über ihr.

Neben ihr hustete und wimmerte etwas. Langsam öffnete Sáile die Augen. Über ihr schimmerte die dunkelgrüne Decke eines Zeltes.

Dann erblickte sie Gealán, die wie sie in viele Decken gewickelt auf der anderen Seite lag. Nur zwei Nachtlager waren in dem Zelt.

Was sie zuerst für eine Unterlage hielt, war einfaches Gras. Sie wollte sich aufrichten, aber ihr Körper gehorchte ihr nicht. Gealán wimmerte noch immer im Traum. Auch Sáile fiel nach wenigen Augenblicken wieder erschöpft in einen schweren, traumlosen Schlaf.

Das nächste Mal wurden die Frauen von einem kleinen Mädchen geweckt, das erst Sáile und darauf Gealán mit einer kräftigen Brühe fütterte.

Immer wenn Sáile erwachte, wollte sie mit dem Herrn des Zeltes sprechen, aber entweder war niemand im Zelt oder das Mädchen drückte sie wieder sanft auf das Lager zurück.

Wie lange sie schon hier waren, wußte sie nicht.

Schließlich hielt sich Sáile für stark genug aufzustehen. Als sie vor das Zelt trat, machte sie vor Schreck einen Schritt zurück.

Vor ihren Augen tauchten lauter spitzohrige Elben auf, gekleidet in den schillerndsten Farben und den feinsten Stoffen. Regungslos stand sie da. Das helle Licht blendete sie, obwohl sie keine Sonne sah. Über ihr beschattete die größte Eiche, die sie je gesehen hatte, viele fremdartige Zelte.

Dann kam eine alte Frau auf sie zu. Sie mußte sehr alt sein, wenn sie schon für eine Elbin so alt aussah. Freundlich nahm die Frau Sáile am Arm und führte sie in das grüne Zelt zurück. Beide setzten sich auf das Lager, als die alte Frau zu sprechen begann:

"Sei mir gegrüßt, Menschenkind. Du bist in Tir na Samradh, dem Sommerland, der nun einzigen Heimat der Sidhi. Mein Titel und mein Name ist Máthair. Das bedeutet Mutter.

Sorge dich nicht, denn Misnéachard, der Sohn des Königlichen Paares, hat euer beider Leben für sich erbeten."

Zornig blickte Sáile auf.

"Hat er das? Ich hoffe, er wird mich nicht vor dem verschonen, vor dem ihr mich gerettet habt."

Erschreckt blickte die Alte auf.

"Verbittert seid ihr, diese Wunde vermag selbst ich nicht zu heilen. So höre denn, wenn es dir und deiner Freundin wieder besser geht, wird es ein Comoír geben.

Dann wird das Königliche Paar entscheiden, was mit euch geschehen soll. Vorerst werdet ihr hier bleiben.

Es ist euch jedoch untersagt, ohne Begleitung das Zelt zu verlassen. Um euer Wohl werden sich meine Tochter Fia und ich kümmern. Es wird euch an nichts mangeln."

Dann stand die Frau auf und verließ das Zelt.

Der Tag verging mit Warten. Ab und zu brachte ihnen eine der Frauen etwas zu essen. Später erwachte Gealán.

"Herrin, wo sind wir? " fragte sie noch schwach.

"Ich für meinen Teil bin nicht da, wo ich hinwollte. Wir sind in Tir na Samradh, dem Reich der Sidhi, Gealán."

"Der bitte was?"

Die Dienerin der Frau glaubte nicht richtig gehört zu haben.

Sáile verzog bitter den Mund.

"Der Elben, wenn dir das geläufiger ist."

"Herrin, ihr beliebt zu scherzen. Es gibt keine Elben mehr," stellte Gealán hoffend fest.

Überheblich blickte die Frau ihre Dienerin an.

"Nein, gibt es nicht? Dann geh doch vor das Zelt, Gealán!"

Mühsam richtete sich die junge Frau auf ihrem Lager auf. Sie fühlte sich wie gerädert. Langsam und gebückt ging sie zum Zelteingang, nahm eine der Stoffbahnen und zog sie zur Seite.

Geräuschvoll atmete sie ein, als sie das bunte Treiben draußen sah. Wie gebannt betrachtete sie ihre neue Umgebung. Ihre Augen schlossen sich fest, aber als sie sie wieder öffnete, hatte sich nichts geändert.

"Wie kamen wir hierher? " fragte Gealán.

"Der See war wohl ein Weltentor. Obwohl das nur ein Teil der Anderen Welt ist. Denn das hier sind keine Götter."

"Götter? " rief die Dienerin erstaunt aus.

"Ach Gealán, weißt du nicht, daß die Götter sich in die Andere Welt zurückgezogen hatten, nach der Großen Schlacht?"

"Ja, schon, Sáile, aber dies hier ist wahrhaftig ein Ort, an dem sie sein könnten."

"Sicher, aber sie sind keine. Dessen sei gewiß."

Vorsichtig begab sich Gealán wieder auf ihr Lager und starrte an die Decke.

Sidhi! Alles drehte sich in ihrem Kopf. Gealán hatte geglaubt zu sterben, als sie das Licht sah. Und jetzt war sie hier mitten in einer Stadt der Sidhi.

"Hast du schon mit jemandem gesprochen, Sáile? Wann lassen sie uns wieder gehen?"

"Du Närrin, hast du jemals von jemanden gehört, der aus der Anderen Welt zurückgekehrt ist?

Ich nur von Bran, und der kehrte wieder hierher zurück. Es muß damit zusammenhängen, daß die Zeit hier anders vergeht."

"Das verstehe ich nicht, Sáile. Was willst du mir damit sagen?"

Bedeutungsschwanger atmete die Herrin ein.

"Was ich damit sagen will, Gealán, ist, ich glaube nicht, daß sie uns gehen lassen. Wir werden hier leben müssen. Ein Prinz hat sich unsere Leben erbeten, was das auch bedeuten mag. Es soll wohl so eine Art Versammlung geben, wo das entschieden wird."

"Und wann soll das sein? " fragte die Dienerin neugierig.

"Ich weiß es nicht, Gealán."

"Aber die können uns doch nicht einfach hier behalten, Sáile? Wir sind doch Menschen. Wir gehören hier doch gar nicht her."

Verzweifelt traten Gealán die Tränen in die Augen.

"Ich glaube, das ist ihnen ziemlich gleichgültig, meine Liebe."

"Aber mir nicht. Wir müssen etwas tun, Sáile!"

"Und was soll das sein? " erwiderte die Angesprochene kalt.

"Das weiß ich doch nicht. Dich scheint das hier alles gar nichts anzugehen. Ist dir das alles so gleichgültig?"

"Ja, weder das Leben hier noch das Leben bei den Menschen ist mir wichtig. Ich wollte sterben, Gealán! Verstehst du das?"

Hart verließen die Worte Sáiles Mund.

"Und ich? Ich bin dir gefolgt, weil ich zu dir gehöre. Ist dir mein Schicksal auch gleichgültig?"

"Gealán, du bist für dein Leben genauso verantwortlich wie ich für meines. Ich hatte dich nicht gebeten, mir zu folgen. Das war deine eigene Entscheidung."

"So dankst du mir nun meine Treue, Sáile? " fragte die Dienerin enttäuscht.

Die Herrin schwieg. Sie war des Redens müde.

Die Frauen konnten jetzt nur warten. Sáile wollte nur ihre Ruhe. Am liebsten hätte sie sich ein Loch gescharrt und sich darin vergraben. Sie war das alles so leid, die Suche, das Leben. Das Schicksal war nicht gut zu ihr gewesen, warum sollte sie dem Schicksal weitere Möglichkeiten bieten, sie in die Knie zu zwingen?

Sáile legte sich auf ihr Lager und versuchte zu schlafen. Wenn sie schlief, konnte sie wenigstens träumen, aber auch ihre Träume boten keinen Trost.

Alte Bilder zogen an ihr vorüber. Fionn wie er sich über sie beugte, sein unverwechselbares Lachen im Gesicht. Sein langer rotblonder Bart, der ihre Haut kitzelte. Damals war sie jung gewesen, jung und voller Kraft.

Jetzt war sie nur noch eine leere Hülle. Es kam ihr vor, als spüre sie regelrecht, wie sich das Alter in ihre Knochen fraß. Sie waren so glücklich gewesen. Er hatte sie vielleicht nicht so geliebt, wie sie es gerne gehabt hätte. Aber er schenkte ihr seine Aufmerksamkeit, sprach mit ihr, ließ sie an seinem Leben teilhaben.

Wie teuer mußte sie noch für dieses kurze Glück bezahlen?

Sollte ihr Leben denn nur aus Leid bestehen?

Als eine Sklavin war sie auf seine Burg gekommen. Aber sie hatte nie aufgegeben und es geschafft. Sie würde keinen geschlossenen Halsring mehr tragen. Ihr Torques hatte eine Öffnung. Denn das erste, was ihr Fionn schenkte, war die Freiheit, war ein offener Torques aus schwerem Gold. Sáile war jetzt frei.

Aber was hatte ihr diese Freiheit gebracht? Ihr Sohn war tot oder lebte an einem Ort, den sie nicht mehr erreichen konnte, und sie selbst lebte an einem Ort, den sie nicht mehr verlassen konnte.

Vielleicht würde Solasard ja über den Geís zu ihr finden.

Das war ihre Hoffnung. Seit er ihr fortgenommen worden war, schien es ihr, als sei ein Teil aus ihrem Körper weggeschnitten und die Wunde einfach offen gelassen worden.

Was hatten sie und Gealán nicht alles versucht. Für jede Meile, die sie gegangen waren ein Goldstück und sie könnte ihr Gewicht dreifach in Gold aufwiegen. Aber was hätte Saíle schon davon? Ihren Sohn bekam sie dadurch auch nicht zurück.

Was hatte sie nur getan?

Und doch formte sich langsam in ihrem Kopf ein Gedanke, der sie nicht ruhen ließ, ein Weg, der sie zurückbringen konnte.

Máthair betrat leise das Zelt.

"Sei mir gegrüßt, Sáile. In ein paar Tagen wird ein Comoír stattfinden. Hier habe ich euch zwei Gewänder mitgebracht, die euch passen müßten. Morgen früh werden wir an den Bach gehen. Dort könnt ihr euch richtig waschen."

Gealán richtete sich langsam auf und fragte neugierig:

"Was ist ein Comoír?"

"Ein Comoír ist eine Versammlung des Volkes im Grianán, dem großen Zelt des Königlichen Paares. Alle sind gefragt und jeder darf sprechen. Morgen wird entschieden werden, was mit euch geschehen soll.

Das Königliche Paar ist sehr unentschlossen und weiß nicht wie es euch behandeln soll. Am liebsten würden sie euch zurückschicken, aber das wäre euer Tod. Niemand verläßt dieses Land so, wie er es betreten hat.

Die Grenzen sind an manchen Stellen der Insel sehr weit von Eriu entfernt und an anderen wiederum sehr nah.

So weiß niemand, wieviel Zeit in eurer Welt vergangen ist, seitdem ihr hierher gekommen seid.

Misnéachard, der Prinz, hatte euch am See der Tränen gefunden. Ihr wärt gestorben, hätte er euch dort liegen lassen. Aber er kann es nicht ertragen, wenn ein Geschöpf leidet, deshalb nahm er sich eurer an.

Aber das bedeutet bei uns, daß er jetzt auch für euch verantwortlich ist.

Seine Eltern sehen das allerdings anders."

Kalt blickte ihr Sáile in die gütigen Augen.

"Ich auch. Ich will zurück. Ich muß meinen Sohn finden. Das wird mir hier schwerlich gelingen. Nichts kann mich hier halten. Jede Gelegenheit werde ich nutzen, um von hier zu fliehen, und wenn es mich umbringt."

Gealán schnappte nach Luft.

"Sáile, sag so etwas nicht. Wir sind Gäste hier, uns wird schon kein Leid geschehen," sagte Gealán hoffnungsvoll.

"Leid oder nicht Leid, das ist doch nicht die Frage. Die Frage ist Leben in einem Käfig oder sterben in Freiheit, Gealán. Ich ziehe das Zweite dem Ersteren bei Weitem vor.

Laß uns jetzt allein."

Mit einem wunderlichen Blick verließ die alte Frau die beiden.

Gealán war empört.

"Ich verstehe dich nicht. Warum willst du dein Leben so einfach wegwerfen? Es gibt auch ein Leben ohne deinen Sohn."

"Aber nicht für mich. Mein Sohn könnte mir all das wiederbringen, was ich unrechtmäßig durch Broc verloren habe."

Verbittert seufzte Sáile.

"Sáile, du bist seine Mutter. Hast du ihn all die Zeit nur gesucht, um wieder das zu werden, was du einst warst? Die Geliebte eines Königs? Was willst du werden? Hochkönigin? Dein Sohn lebt mit Sicherheit sein eigenes Leben. Ein Leben, in dem vielleicht kein Platz sein wird für eine Mutter, die den Thron neben seinem einnehmen will. Hast du denn gar kein Gefühl für ihn? Hast du dies alles nur für dich selbst getan? Er hält dich wahrscheinlich für tot. Du solltest nicht auf so etwas hoffen."

"Ich bin seine Mutter. Unter Schmerzen habe ich ihn geboren, und seit er geboren ist, ist mein Leben ein einziger Schmerz. Ich finde, das ist er mir schuldig, oder?"

Gealán erwiderte fassungslos:

"Fionn mac Cumhail hat dich verlassen, aber du bürdest seinem Sohn die Schuld dafür auf! Du bist schuld, du allein. Du und dein Ehrgeiz, die Gier etwas Besseres zu sein als eine einfache Sklavin."

Wütend holte Sáile aus und schlug ihre Gefährtin auf die Wange. Ein roter Striemen zeichnete sich auf Gealáns Gesicht ab. Der Schmerz brannte auf ihrer Haut.

"Schweig, du weißt nicht, was es heißt, von heute auf morgen wieder ein Nichts zu sein. Du bist nichts und du hast auch nichts, aber in den Adern des zukünftigen Hochkönigs Erius fließt mein Blut. Das wird auch kein spitzohriger Sidhé ändern."

Verletzt drehte Gealán ihr den Rücken zu. Heiße Tränen liefen ihr über das Gesicht.

Wem hatte sie da nur ihr Leben in die Hände gelegt? Jetzt erst offenbarte sich der Wolf im Gewand des Lammes.

Es war nicht der Sohn gewesen, den sie gesucht hatten, es war der Thron von Eriu. Wie tief mußte eine Mutter fallen, um ihr Kind so zu verraten, es für ihre eigenen Zwecke so zu missbrauchen?

Hatte sie schon immer solche Gedanken gehabt? Hatte Sáile sie so gut täuschen können?

Leid tat ihr diese Frau. Wo mochte ihre Seele sein? Wie konnte ein Mensch nur so verbittert, so kalt werden? Sie hatte tatsächlich geglaubt, die Mutter suche ihr Kind. Gealán konnte es nicht fassen.

Diese Frau schien wahrlich nur von Hochmut und Stolz am Leben gehalten zu werden.

Was sie ihrem Sohn angetan hatte, schien sie völlig kalt zu lassen. Er war für sie nur Mittel zum Zweck. Aber das mochte sich eines Tages vielleicht noch böse rächen. Selten geht das Schicksal den Weg, den man ihm vorschreibt.

Gealán blieb nur übrig abzuwarten. Bestimmt würden sie die Sidhi nicht töten, und was war das für ein Prinz, der ihr Leben für sich erbeten hatte? Vielleicht brauchte er noch zwei Dienerinnen für seinen Haushalt oder Ablenkung.

Gealán war gespannt auf diesen Comoír. Sie hätte Máthair gerne noch so viele Fragen gestellt, aber das hatte Sáile ja zunichte gemacht.

Manchmal fragte sich die junge Frau, warum sie jemals mit Sáile aufgebrochen war. Es mochte ihr gutes Herz sein, der Glaube an das Gute im Menschen. Ein Glaube, der schon oft bitter bestraft wurde. Aber was sollte sie jetzt tun?

Müde legte sie sich auf ihr Lager. Immer tiefer glitt sie in einen schönen Traum. Sie war wieder zu Hause auf dem Gut ihrer Eltern und spielte mit ihren Geschwistern. Die Sonne schien, und keine Wolke trübte den Himmel. Hunde liefen umher. Ihr Vater hackte Holz, ihre Mutter molk die Kühe. Das Gras stand hoch. Die Erde auf den Wegen zwischen den fruchtbaren Feldern war warm. Barfuß tollte sie umher. Der Wind strich durch die Blätter der Bäume und wehte den köstlichen Duft des Stechginsters zu ihr. Hoch oben ließ sich ein Adler im Wind treiben.

Wenige Schritte vor ihr glitzerte das Wasser des Loughs. Kühles Wasser. Schnell hatte sie sich ihrer Kleider entledigt und glitt vorsichtig hinein. Sie setzte sich auf einen vorstehenden Fels und ließ sich von dem kühlen Naß umspülen.

Dann legte sie sich in das Gras und ließ ihre Haut von Sonne und Wind trocknen. Gealán schloß ihre Augen und lauschte den Stimmen der Vögel in den Bäumen.

Da spürte sie ein paar vorsichtige Hände, die sie leicht an den Schultern rüttelten.

“Herrin, Herrin! Ich bin es, Fia. Ich bringe euch etwas Brühe und Holunderküchlein. Die werden euch schmecken und wieder auf die Beine bringen.”

Noch halb im Schlaf öffnete Gealán die Augen. Süß duftete es auf einmal. Das Mädchen hatte die Teller auf den Boden vor sie hingestellt und ging dann wieder nach draußen.

Gealán versuchte Sáile zu wecken, doch diese schlief tief und fest.

Die Brühe schmeckte vorzüglich, aber sie war gar nichts gegen die leckeren Küchlein. Sie mußte das Mädchen unbedingt fragen, wie man so etwas Schmackhaftes zubereiten konnte.

Nach einiger Zeit kam das Mädchen wieder, um die Sachen abzuholen.

Neugierig fragte Gealán Fia.

"Sag, wie macht ihr diese Küchlein?"

"Das ist ganz einfach. Du nimmst Mehl, Salz und Milch, rührst darin die Eier ein, vielleicht machst du noch etwas Met oder süßen Sirup hinein. Dann schneidest du ein paar Dolden von einem blühenden Holunderbusch ab, tauchst sie in den Teig und brätst sie von einer Seite. Daraufhin schneidest du die Ästchen ab, so daß nur noch die Blüten in dem Teig hängen, das dauert ungefähr so lange, bis eine Seite gut ist. Dann wendest du das Küchlein und läßt es auf der anderen Seite auch noch backen.

Das ist ein altes Rezept meiner Mutter. Ich habe das früher auch gern gegessen, vor allem, wenn ich krank war. Es freut mich, daß es dir geschmeckt hat."

Das Mädchen strahlte über das ganze Gesicht.

"Oh ja, es hat wundervoll geschmeckt. Vielen Dank, das ist sehr nett von dir. Sag, weißt du, was bei diesem Comoír geschehen wird," fragte Gealán neugierig.

"Nun ja, alle für die es wichtig ist, erscheinen unter der großen Eiche im Königlichen Zelt. Jeder sitzt dort auf dem Boden, nur die Königin und der König sitzen auf ihren hölzernen Thronen. Dann wird vorgebracht, was verhandelt werden soll. Jeder hat das Recht etwas dazu zu sagen. Wenn jeder gehört worden ist, fällt das Königliche Paar eine Entscheidung."

"Gibt es noch mehr Menschen hier, Fia? " fragte die junge Frau.

"Nein, eigentlich nicht. Allerdings ist eine andere Menschliche, die hierher kam, eine Beziehung mit einem Sidhi eingegangen. Sie hat ihm einen Sohn geboren, der jetzt schon erwachsen ist. Ein Mann namens Madhra, der selbst nicht weiß, ob er Mensch oder Sidhé ist. Er hat die Möglichkeit, Tir na Samradh zu verlassen, wenn er es möchte, aber er ist bis jetzt jedes Mal zurückgekehrt."

"Warum? " wollte die Dienerin überrascht wissen.

"Nun, eure Welt ist nicht unsere Welt und Madhra ist von sehr menschlichem Geist und Sinn."

"Das tut mir leid," erwiderte Gealán.

"Ja, mir auch. Ruht euch jetzt lieber noch ein wenig aus. Der morgige Tag wird anstrengend für dich und deine Herrin."

Fia lächelte freundlich.

"Gut, dann werde ich auch wieder ein bißchen schlafen."

Sáile hatte sich die ganze Zeit nicht gerührt und schlief scheinbar.

Es dauerte nicht lange, da war auch Gealán wieder eingeschlafen.

Der ungeladene Gast

Draußen wurde es immer dunkler. Ein Sturm braute sich zusammen. Die Wolken flohen am Himmel wie Schafe vor dem Wolf. Das Licht der silbernen Himmelslaterne flackerte nur schwach. Alles was Rang und Namen im Umkreis von vielen Meilen hatte, war bereits heute nachmittag vor dem Sturm hergeeilt, um nicht auf dem Weg zur Hochzeit von ihm überrascht zu werden.

Im Hof des Steinhauses war kaum mehr Platz für die vielen Wagen und Pferde, so viele Gäste waren angereist. Gegen abend strebte dann alles Volk zur neuen Scheune Carraigs.

Dort war der ganze Innenraum festlich geschmückt. Kränze aus Eichenlaub und bunten Blumen hingen über jedem Tor. Ranken aus dunkelgrünen Steinpalmblättern und gelben Stechginsterblüten, himmelblauen Kornblumen und rosa-weißen Buchackerwinden schienen aus dem Boden an den Wänden emporzuwachsen.

Der große Festsaal war mehr ein Festgarten als ein Saal. Die Tische waren in der Form eines Hufes aufgestellt worden. An der Spitze saßen Solasard und Amhrán. Links von ihnen nahmen des Bräutigams Zieheltern Platz, rechts von ihnen Shem. Alle waren in prächtige Festgewänder gehüllt.

Solasard war geschmückt mit einem Silberreif auf dem blonden Haar. Seine Mähne war an diesem Abend durch einen Zopf gebändigt worden, in den Tiné grüne und blaue Bänder eingeflochten hatte. Über einem weißen Linnenhemd trug er ein helles Lederwams, das mit kostbaren Edelsteinen besetzt war. Dazu passend hatte ihm Tiné eine neue Lederhose und neue Lederstiefel genäht, die ihm sehr gut standen.

Um den Hals trug er einen schweren silbernen Torques mit einem Falkenkopf an jedem Ende. Die Augen der Falken waren aus dem hellen Blau eines Achats, das gleiche Graublau, das aus Solasards Augen strahlte.

Auch Amhrán trug ein weißes Linnengewand. Ihr kupferrotes Haar fiel in dichten Locken über ihre Schultern. Die hübschesten Blumen waren darin eingewirkt, und Weizen, der für die Fruchtbarkeit ihrer Ehe stand. Den kostbaren Schmuck ihrer Mutter an den Armen, stand sie neben ihrem Bräutigam. Vor ihnen standen die beiden Silberkelche, die sie tauschen, und das Brot, das sie teilen sollten.

Goleudydd, im Nachtblau der Hohepriesterin gekleidet, begann zu sprechen:

"Geliebte Schwestern, geliebte Brüder. Es war ein guter Sommer, und Zeit ist es, die Ernte einzubringen. So wie diese beiden Liebenden vor mir stehen, um die Ernte ihrer Liebe einzubringen.

Nur noch schwach weht der Sommerwind, und der Herbst steht schon mit einem Fuß in der Tür. Zeit ist es, das Haus winterfest zu machen. Zeit ist es, die Ährenhalme zu schneiden, damit das Samenkorn zurückkehrt in den Schoß der Mutter Erde. Bald wird der Winter kommen. Aber es wird auch wieder ein Frühling folgen.

Auch eure Liebe wird nicht immer nur ein Frühling sein, aber ohne Winter gibt es keinen Sommer. So laßt uns denn nun den Segen der Göttin auf uns herabrufen."

Alle Anwesenden standen auf und reichten einander die Hände.

Viele schlossen die Augen, als Goleudydds Stimme durch den Saal hallte:

"Gesegnet seist du Dreifaltige, gesegnet die Kraft deiner Jugend, gesegnet die Weisheit deines Alters und gesegnet der Tod, den du bringst, um uns ein neues Leben zu schenken. Halte deine schützenden Hände über uns und hülle uns ein in den Mantel deiner Liebe. Unser aller Mutter bist du, die du alles geschaffen hast und erhältst.

Durch dich wird alle Natur stumm und sinkt in tiefen Schlaf, und wenn es dir gefällt, sendest du wieder aus das Licht des Lebens und erweckst die Schlafenden. Du nährst das Leben.

Du bist die Große Mutter aller, die Quelle der Kraft von allem, was war, ist und sein wird. Ohne dich wird nichts geboren und nichts wird vollkommen.

Deinen Namen rufe ich an und bitte dich, uns und diese Gemeinschaft zu segnen, so wie wir dich segnen." Stille senkte sich über die Menschen in der Scheune, Frieden.

Dann, unerwartet und heftig, hämmerten harte Schläge gegen das Tor. Gewaltsam flogen beide Torflügel auf, krachten mit ohrenbetäubendem Lärm gegen die zärtlich geschmückten Holzwände., daß das Gebälk in seinen Grundfesten erbebte. Ein eisiger Windstoß blies alle Kerzen aus; nur vereinzelt brannten noch Fackeln an den Wänden Schwarzer Regen peitschte, saftige von fruchtbaren Feldern gestohlene Erde in die Halle, tränkte die Gewänder der Anwesenden und drang ihnen bis auf die Haut. Einsame Blütenblätter wirbelten, aus Gebinden gerissen, umher.

Ein Reiter, dunkel und entsetzlich, stand unter dem Torbogen. Sein hageres Gesicht war von einer dunklen Kapuze beschattet, der Rest seines ausgemergelten Körpers war verborgen unter einem langen, schwarzen Mantel, der bis zu seinen schweren Stiefeln reichte.

Stolz schritt sein gewaltiges nachtschwarzes Roß in den Saal hinein. Totenstille, nur das laute Schnauben des Tieres war zu hören. Draußen zuckten helle Blitze am Himmel, und grausame Donner krachten in die Nacht. Langsam, sehr langsam, glitt die schwarze Kapuze von dem Kopf des Reiters. Kaltes Grausen erfaßte die Gesellschaft.

Es schien, als sähen sie sich einem Totenschädel gegenüber, so abgemagert war der Mann. Ein langer, aus weißem Haar geflochtener

Zopf glitt geschmeidig über seine Schultern. Sein fahles Gesicht schien im Dunkeln unwirklich zu glühen. Und immer näher und näher kam er, in der einen Hand die Zügel, in der anderen ein Schwert, unglückverheißend und unentrinnbar. Dann stand er vor dem Tisch, und seine schnarrende Stimme erfüllte den Raum:

"Viele Grüße sendet dir deine Mutter, Solasard, und dies."

Mit einer kaum sichtbaren Bewegung warf er das Schwert auf den Tisch vor den jungen Mann.

"Sie erinnert dich nur ungern an den Geís, gesprochen bei deiner Geburt. Schon wegen des schönen Vögelchens an deiner Seite."

Ein hämisches Grinsen entglitt seinen Lippen in Amhráns Richtung. Stolz richtete er sich auf, und mit tiefer Stimme verkündete er:

"Nicht ehelichen wird er sich, bevor er nicht das Blaue Schwert der Wahrheit König Fionn mac Cumhails gefunden und an seinen rechtmäßigen Platz gebracht hat. Kein Weg führt an diesem Geís vorbei, nur der Tod. Hattest du gedacht, seine Mutter würde diese Worte vergessen, Tiné?"

Entsetzen stand in den Augen der Ziehmutter.

"Das glaubtest du doch nicht wirklich, oder? Du warst ihre Zofe. Von allen kanntest du sie am besten."

Geschmeidig drehte er seinen Kopf wieder in die Richtung Solasards.

"Dir, Solasard, sage ich nur eines: Viele Wege wirst du gehen, manchen davon vergeblich. Glaube an dein Herz, auch wenn deine Augen etwas anderes sagen. Zwinge niemanden, mit dir in die Gefahr zu gehen, aber halte auch keinen zurück, der dir folgen oder sich dir anschließen will. Hilfe wird dir zuteil werden, wo du dich verlassen glaubst, und Haß wirst du finden, wo du auf Liebe gehofft. Einer jedoch ist auf deiner Seite, und er sendet dir eine Nachricht, die dir helfen soll. Doch lebt er in seiner eigenen Welt, einer Welt, deren Worte Menschen eher verwirren als ihnen helfen.

Doch er bat mich, die Macht der Worte deiner Mutter zu besänftigen durch seinen Spruch. Vielleicht mag er dir dereinst eine Hilfe sein. Höre nun die Worte, und suche den Schatz, der tief in ihnen verborgen liegt.

"Vertraue des Königs Wort,
und folge seinem Weg.
Hinter grünen Wänden
in schwachen Greisenhänden
wirst du finden den gesuchten Hort.
Die dunklen Mächte fürchte nicht,
denn mit dir reitet ein göttliches Licht."

Hart riß der Reiter an den Zügeln seines Pferdes, hoch stieg der Rappe und stob aus dem Saal. Mit einem lauten Knall fielen die Torflügel zu.

Langsam nahm Amhrán den Kranz aus ihrem Haar. Schweigen. Da stand sie. Alle Blicke waren auf sie gerichtet, und sie schwieg, stand dort und sagte nichts.

Was hätte sie auch sagen sollen? Schließlich setzte sie sich in Bewegung und ging wie der Welt entrückt nach draußen. Kälte schlug ihr entgegen, Regen durchnäßte ihr Kleid. Wie ein Geist schritt sie durch die Nacht. Irgendwo hatte sie ihre Schuhe verloren und ging nun barfuß zum Dorf zurück.

Ihre Haare fielen ihr in nassen Strähnen ins Gesicht. Aber sie ging langsam ihren Weg. Schloß sie ihre Augen, sah sie nur dieses todesfahle Gesicht vor sich. Irgendwann war sie zusammengebrochen und begann hemmungslos zu weinen. Tränen vermischten sich mit dem Regen und ihr lautes Schluchzen wurde vom Gesang des Donners übertönt.

Amhrán weinte, bis sie keine Tränen mehr hatte, bis ihre Kraft versiegte. Könnte sie doch sterben.

Aber wie immer, wenn der Mensch dem Tod befehlen wollte, lachte dieser in sich hinein und strafte den Bittsteller mit dem Leben.

Dort lag Amhrán, bis ihr Vater sie fand und nach Hause trug. Er zog sie aus, legte sie ins Bett und deckte sie zu. Die ganze Nacht wachte er an ihrer Seite, doch am Morgen hatte das Mädchen so hohes Fieber, daß er sich nicht mehr zu helfen wußte. Schnell war er mit seinem besten Pferd zu Goleudydd geritten.

Nachdem sie das Nötigste zusammen gepackt hatte, eilte sie zu ihrer Freundin.

Amhrán hatte neben dem hohen Fieber noch eine schwere Erkältung. Sie vermochte kaum aufzustehen.

Immer wieder flößte ihr Goleudydd einen Trank aus Kamillen- und Lindenblüten, Huflattich und Königskerze ein. Zu Essen gab es nur einen Brei aus Hafer und Hagebutten. Die meiste Zeit des Tages schlief Amhrán. Erst langsam genas sie wieder. Schon drei Wochen hatte sie das Bett nicht mehr verlassen, doch es ging ihr langsam immer besser.

In all dieser Zeit versuchte Solasard sie zu besuchen, aber sie war zu schwach, um ihn zu empfangen.

Vielleicht war es besser so. Es gelang ihm nur schwer, Herr zu werden über seinen Zorn. Er hatte sogar noch versucht, dem Reiter nachzulaufen, aber die schwarze Bestie war schneller als er. Tiné, die ihm etwas hätte sagen können, schwieg.

Aus Hilflosigkeit hatte er den Blumenschmuck von den Wänden gerissen und die Tische umgeworfen. Unauffällig zogen sich die Hochzeitsgäste in ihre Herbergen zurück.

Solasard konnte diese Ungerechtigkeit einfach nicht verstehen. Was hatte er denn getan, um so eine Strafe zu verdienen?

Er hatte sich diesen Abend so anders vorgestellt, diesen Abend und den Rest seines Lebens.

Wie nur kam seine leibliche Mutter auf die wahnwitzige Idee, ihm das anzutun?

Nur langsam begriff er, daß er sein gewohntes Leben jetzt hinter sich lassen mußte. Er hatte Angst vor dem Weg, davor seine Zieheltern zu verlassen, Amhrán im Stich zu lassen.

Im Augenblick war er richtig froh seine leibliche Mutter nicht zu kennen. Erst verhängte sie einen Geís über ihn, dann verließ sie ihn auch noch, und jetzt tauchte sie einfach wie ein Schatten aus der Vergangenheit wieder auf.

Sie mußte wirklich verrückt sein.

Dabei hatte er ein so ruhiges, beschauliches Leben führen wollen. Das Schicksal war ungerecht. Er mußte unbedingt mit Amhrán reden.

Diese lag auf ihrem Lager und genoß die Stille in ihrem Zimmer. Gut, daß keiner da war, der sie mit Fragen bestürmte, die sie noch nicht beantworten konnte.

Gedanken jagten durch ihren Kopf und immer wieder sah sie das Bild dieses Mannes auf seinem Rappen. Immer wieder das Schwert auf dem Tisch, das hämische Grinsen. Wie hatte Tiné ihnen das nur verheimlichen können?

Deshalb wohl hatte sie immer wieder einen Grund gesucht, die Hochzeit zu verschieben. Wie groß mag ihre Angst gewesen sein vor dem heutigen Tag?

Und mit niemandem hatte sie reden können. Schwer wog das Geheimnis.

Doch das Schicksal ging seine eigenen, für die Augen der Menschen oft verworrenen Wege. Und diese Wege waren wie Quellen, die hier versiegten und dort plötzlich wieder zutage traten. Wie gerne wäre sie jetzt Solasards Weg gegangen. Aber sie wäre nur seinen Weg auf ihre Weise gegangen. Keiner kann in den Schuhen eines anderen laufen. Und sie, Amhrán? Vielleicht hatte Tiné ja auch an sie gedacht. Vielleicht wollte Tiné sie vor einem Abend wie diesem schützen. Was sollte sie jetzt nur tun?

Heiße Tränen liefen über rosige Wangen. Im Dorf konnte sie nicht länger bleiben. Und das Haus bedeutete ihr nichts ohne Solasard. Fort, sie mußte fort von hier! Nie könnte sie das Mitleid der anderen ertragen. Aber wohin? Ratlosigkeit packte das Mädchen. Sechzehn Sommer und kein Ziel. Wohin nur konnte sie sich wenden?

Wollte sie überhaupt auf Solasard warten?

Ein gefahrenvoller Weg lag vor ihm, und viele Jahre konnte es dauern, bis er wiederkehren würde. Was gar, wenn er starb? Was, wenn sie ihr Leben verschenkte für einen Toten? Vielleicht fände er eine andere Frau auf seinen Reisen oder sie einen anderen Mann.

Sich in sein Schicksal fügen, mußte man das wirklich?

Wie groß war die Macht eines Geís? Hatten Worte mehr Macht über einen Menschen, hatte Angst mehr Macht als die Vernunft? Was war es nur, was Menschen dazu trieb, ihr Leben nach dem Spruch anderer auszurichten, sich von einer Drohung abhängig zu machen? Der Tod?

Aber der Tod war doch der Schlüssel zum Leben! Dieses Leben war nur ein Leben in der großen Lebensspirale und der Tod nur ein Übergang in ein Neues auf der anderen Seite. Das war es doch, was Goleudydd ihr über die göttliche Morríghan und den Tod erzählt hatte. Das war doch der Weg, dem alle Menschen folgen mußten.

Was brachte eine Mutter nur dazu, dermaßen in das Leben ihres Kindes einzugreifen?

Angst, Hilflosigkeit, Rache, Haß? Die Unfähigkeit, den anderen so anzunehmen, wie er war?

Sie mußte fort, fort an einen Ort, wo sie nachdenken konnte. An einen Ort der Stille, allein ihre Gedanken schrien ihr zu laut. Tausend Geister stritten sich über die Richtung, die sie einschlagen sollte. Wohin? Wohin konnte sie gehen?

Es war schon spät am Abend. Draußen regnete es. Da klopfte es mit einem Male fast zärtlich an die Tür. Amhrán hatte keinen Besuch erwartet, aber so schüchtern klopfte nur ein Mensch. Goleudydd.

Naß bis auf die Haut stand die alte Frau in der Tür. Ein sanftes Lächeln auf den Lippen, Trost im Blick. Vorsichtig trat sie ein. Amhrán wickelte ihr eine Schlafdecke um die Schultern und ging zur Feuerstelle, über deren letzter glimmender Glut ein Kessel mit Wasser hing. Schnell legte sie Holz nach und entfachte das Feuer. Bald würde es wärmer sein. Dann bereiteten sie sich einen Trank und setzten sich vor das Feuer.

"Nun," begann Goleudydd, "was willst du jetzt tun? Hierbleiben oder weglaufen?"

"Habe ich eine Wahl? Die arme kleine Amhrán, werden sie sagen, und das vor der Hochzeit. Das arme Ding, der Göttin sei's gedankt, daß sie nicht meine Tochter ist."

Das Mädchen verzog ihr Gesicht und schüttelte den Kopf.

"Amhrán," sagte die alte Frau sanft, "Mitleid ist nicht das Schlimmste, was einem Menschen widerfahren kann."

"Ich werde gehen, Goleudydd, vorerst. Zurückkehren kann ich immer noch. Oder was meinst du?"

Achtsam erwartete sie die Antwort der alten Frau.

"Natürlich hast du recht, wenn du sagst, daß du immer zurückkehren kannst, Amhrán. Aber wohin willst du zurückkehren? Gingest du, wäre es so, als schlössest du das Tor zu einem Garten, der dir gehört. Nach Jahren öffnest du das Tor vielleicht, aber es wird nie mehr derselbe Garten sein, den du verlassen hast. Wenn du gehen willst, wirklich gehen willst, und dieses Tor schließen willst, dann geh! Aber du könntest doch auch mit Solasard gehen."

Stolz erwiderte Amhrán:

"Das kann ich eben nicht, Goleudydd. Sein Weg kann nicht der meine sein. Umherziehen, um ein rostiges Schwert zu suchen. Das kann doch einfach nicht der Sinn meines Lebens sein. Das wäre der falsche Weg. Ich spüre etwas in mir, das wie eine verschlossene Knospe nur darauf wartet zu erblühen. Es ist nicht mein Schicksal mit Solasard zu gehen. Frage mich nicht, warum. Ich weiß es einfach."

Zärtlich nahm die Frau ihren Schützling in den Arm.

"Ich wollte dir ja auch nur noch einen anderen Weg aufweisen. Du weißt selbst, daß es mir lieber wäre, wenn du in Danus Coven gingest. Aber es ist deine Entscheidung und nicht meine.

Dort wärst du auch nicht allein. Ich habe eine Tochter, die dort lebt. Ihr Name ist Sadv."

Erstaunen huschte über Amhráns Gesicht.

"Goleudydd, die Weise, hat eine Tochter? Nie hast du auch nur ein Wort von ihr erwähnt."

"Ja, ich habe eine Tochter, Sadv ist ihr Name. Doch sie hat ihr Leben der Großen Mutter geweiht. So habe ich meine Tochter verloren, doch die Große Allmächtige hat eine gewonnen!"

"Das klingt verbittert, Goleudydd, ihr habt euch nicht in Frieden getrennt?"

Wie abwesend blickte die alte Frau in die Ferne.

"Nein, wir trennten uns nicht in Frieden. Ich hatte gehofft, daß ich sie ausbilden könnte zu einer Weisen Frau und daß sie meine Stelle in der Gemeinschaft des Dorfes einnehmen könnte. Aber sie wollte das nicht. Sie wollte ganz und gar der Göttin gehören, nur der Göttin. Sie hatte immer Angst vor Menschen, vor der Verantwortung, die sie übernehmen müßte als Weise Frau. Schon als Kind hat sie sich wie eine Einsiedlerin völlig von ihrer Umwelt zurückgezogen und nur in ihrer Welt gelebt."

Sanft strich Amhrán ihrer Freundin über den Arm.

"Vielleicht ist es ja besser so. Sie wäre vielleicht nur ein Abbild deiner gewesen, wäre vielleicht nur deinen Weg weitergegangen, anstatt ihren eigenen zu suchen. Erzähl mir mehr von diesem Coven."

"Weißt du, mein Kind, es gibt viele Arten von Coven. Manche sind nur Männern vorbehalten, manche nur Frauen, andere sind gemischt. Manche Coven sind reine Orte des Gebetes, in denen Menschen beten und sich durch In-sich-selbst-Versenken Klarheit über die Welt, das Leben, ihr Leben und die Göttin zu verschaffen suchen. Manche sind reine Stätten des Wissens, des Lehrens und Lernens.

Manche dienen mehr der Heilkunde als der Göttin selbst, und manche sind Stätten des Kampfes. Ich jedoch finde, Glaube sollte kein Schwert, sondern ein Keim sein. Danus Coven ist all dies und ist dies doch nicht. Danus Coven ist wie ein Garten.

Jedes Wesen, das dort lebt, denn dort leben nicht nur Menschen, ist wie eine Pflanze. Sie wird in den richtigen Boden gepflanzt und gepflegt, damit sie sich auf ihre Weise entfalten kann. Es gibt in Danus Coven keinen Zwang. Jeder entscheidet selbst, welchen Weg er gehen will. Manch einer geht dorthin, weil er sein Wissen in der Heilkunde verbessern will, und kehrt als ein Sternenkundiger wieder heim. Dort stehen dir alle Wege offen, und du allein entscheidest, ob du dies tun oder jenes lassen willst. Und du entscheidest auch, ob du einen Tag, eine Woche oder ein Jahr verweilen oder für immer dort bleiben willst.

Viele Hohepriesterinnen und Druiden kommen aus ihrem Coven oder haben dort die Reise ihres Lebens angetreten. Es ist aber natürlich nicht ganz so einfach, wie du es dir vielleicht jetzt vorstellen magst.

Schon allein, weil dort viele verschiedene Völker und Ansichten aufeinander treffen. Das oberste Gebot dort ist das der Freiheit, der eigenen und der anderer. Dort herrscht nicht die Macht des Schwertes, sondern des Wortes. Und dort wird auch Unaussprechliches ausgesprochen. Aber ich habe dir jetzt genug gesagt. Du mußt selbst entscheiden, was du tust, Amhrán. Willst du diesen Weg eine Weile gehen?"

Amhrán hatte schweigend den Worten der Frau zugehört. Was da rief, war die Möglichkeit, seine Grenzen zu suchen, zu finden und zu überschreiten. Wenn es ihr dort nicht gefiel, konnte sie ja immer noch einen anderen Weg wählen.

Erneut klopfte es an Amhráns Tür. Fest und energisch. Als sie die Tür öffnete, blickte ihr Solasard entgegen.

"Bist du allein? Ich glaubte, Stimmen gehört zu haben?"

"Ja, das hast du auch. Goleudydd ist hier. Komm herein, eine Tasse von dem Trank ist noch übrig."

Unsicher betrat er den Raum.

"Wie geht es dir, Solasard?"

"Wie soll es mir schon gehen, Amhrán? Mein Leben wurde aus den Angeln gehoben. Was soll ich tun? Auch wenn du mich nicht mehr liebst, muß ich gehen. Unglaublich, mein Schicksal auf diese Weise zu erfahren. Es tut mir so leid für dich. So leid."

Tränen stiegen in seine Augen.

"Verzeih mir, Liebste! Eigentlich liebe ich ja Abenteuer. Ich war immer so traurig, wenn mir Taliesin alte Geschichten erzählte, daß ich nie eine solche Geschichte von mir zu erzählen wußte. Aber ich wollte doch nie Teil einer Erzählung sein. Ich wollte immer ein edler Fürst sein in meinen Träumen und jetzt stehe ich mitten in einem Strudel. Ehrenhaft und gut wollte ich sein, immer bei dir, in deiner Nähe."

Verachtung schlich sich in Amhráns Herz wie Eis über einen See in einer klaren Winternacht.

"Ja, das träumtest du vielleicht. Aber jetzt kannst du dich nicht mehr hinter deinen Träumen verstecken, Solasard! Jetzt heißt es, seinen eigenen Weg zu gehen. Auch ich wäre lieber hier im Dorf geblieben und hätte ein Leben wie andere Frauen auch geführt. Aber das ist mir ja jetzt verwehrt."

Zornig schaute der junge Mann auf.

"Ist das etwa meine Schuld?"

"Ich weiß nicht, wessen Schuld es ist, Solasard. Das ist doch auch unwichtig. Wir müssen die Schwierigkeiten beiseite schaffen und uns nicht die Schuld zuschieben.

Dadurch wird sich nichts ändern. Du mußt deinen Weg finden und ich meinen. Deshalb glaube ich, ist es ist für uns beide erst einmal besser, wenn jeder für sich überlegt, was er wirklich will.

Du auf deiner Suche, und ich werde wahrscheinlich in einen Coven gehen. Wenn die Götter wirklich wollen, daß wir heiraten, werden sie uns auch wieder zusammenführen."

Erstaunen blitzte aus Solasards Augen.

"In einen Coven!? Was willst du denn dort?"

"In Ruhe nachdenken über mich und dich, über uns. Mir geht es doch auch nicht anders als dir. Oder glaubst du, ich wäre froh über unsere jetzige Lage? Es ist nun einmal eine Tatsache, daß du fort mußt, Solasard," erwiderte Amhrán ernst.

"Oh ja, das muß ich wohl. Wie soll das nur enden? Das ist der Tod unserer Liebe. Ich weiß es. Und das Schlimme ist, ich kann nichts dagegen tun, gar nichts."

Tränen liefen über seine Wangen. Zärtlich legte er seinen Kopf an Amhráns Schulter, die ihm sanft über das Haar strich.

"Ach, Solasard, vielleicht ist es ja auch besser so. Wer weiß, was das Schicksal für Überraschungen für unsere Ehe bereit gehalten hätte. Bitte, du mußt auch das Gute sehen, nicht nur das Schlechte. Aus allem Schlechten, was geschieht, ergibt sich auch immer etwas Gutes."

"Du hast gut reden, Amhrán. Was glaubst du, wessen Weg gefahrenvoller ist? Aber du hast ja recht. Das Schicksal hätte diesen Geís nicht zugelassen, wenn daraus etwas Schlechtes für mich entstehen würde.

Ich würde nur zu gerne wissen, was mich mit diesem Fionn mac Cumhail verbindet, daß er immer wieder meine Fährte kreuzt. Fast will es mir so vorkommen, als verfolge er mich. Warum nur hat meine Mutter mir das angetan?"

Goleudydd räusperte sich leicht, um sich möglichst unauffällig bemerkbar zu machen:

"Sicherlich wollt ihr noch einiges bereden, ohne mich. Ich lasse euch jetzt allein. Sei bedankt für den Trank, meine Schwester, und ruh dich aus."

Bedächtig ging die alte Frau hinaus. Leise zog sie die Tür ins Schloß.

Müde blickte Solasard aus dem Fenster und heftete seinen Blick auf einen Punkt, von dem er selbst nicht wußte, wo er lag.

"Es tut mir so leid. Glaub mir, alles wäre anders gewesen, wenn ich von dem Geís gewußt hätte."

"Ach, Solasard," seufzte Amhrán, "nichts wäre anders. Belüg dich doch nicht selbst! Wir haben nicht mehr die Zeit, uns hinter Mauern aus gutem Willen zu verstecken. Du hättest mir nie davon erzählt, weil du Angst gehabt hättest, daß ich dich verlasse, oder?"

Leise, aber wohlgeformt verließen die Worte ihren Mund, genau gezielt, wie ein Stein die Schleuder verließ. Und genau so trafen sie auch die Herzensmitte des Mannes. Solasard drehte sich um. Traurig lauschte er den Worten der Frau.

"Nichts wäre anders gewesen, mein Lieber. Deshalb entschuldige dich auch nicht."

"Trotzdem tut es mir leid, so unendlich leid. Ich hatte mir unseren Hochzeitstag so anders vorgestellt, diese Nacht."

Verbittert antwortete Amhrán.

"Nur die Märchen zahnloser Frauen enden glücklich, aber das Leben ist kein Märchen."

Tränenüberströmt stürzte sie sich in seine Arme, aller Stolz war vergessen, und ihre Tränenbäche wurden zu einem Fluß, einem Meer aus Traurigkeit.

Sanft hob er sie hoch und trug sie auf seinen Armen ins Bett. Er griff nach ihrer Decke, deckte sie damit zu und setzte sich an den Rand. Sanft strich Solasard ihr durch das Haar.

"Wann wirst du gehen, und wirst du allein gehen? " fragte Amhrán.

"Ich weiß es noch nicht. Ich muß mich erst einmal umhören. Du weißt ja selbst, wieviel mir an Fionn liegt. Ich weiß so gut wie nichts über ihn, geschweige denn über sein Schwert. Und du, gehst du wirklich in einen Coven?"

"Ja, ich brauche jetzt ein wenig Zeit für mich, Ruhe, um Kraft sammeln zu können. Ich muß erst einmal mit mir ins Reine kommen, bevor ich endgültig entscheiden kann, was aus mir werden soll. Hier bleibe ich auf keinen Fall. Laß mich eine Nacht darüber schlafen."

Lächelnd sagte Solasard:

"Du und dein Stolz, eines Tages wird der Himmel noch über dir zusammenbrechen. Nur eine Göttin könnte sich deinen Stolz erlauben. Nun ja, wenn Goleudydd recht hat, steckt ja in jeder Frau ein Teil der Göttin. Dann rück' mal ein Stück, meine Göttin. Ich bin müde und muß mich ausruhen. Große Herausforderungen stehen mir bevor."

Schnurrend rückte sie ein Stück. Und so lagen sie für lange Zeit zum letzten Mal beieinander. Draußen tanzten die Regentropfen zu ihrer eigenen Musik, und der Wind strich über die Klippen sein altes Lied singend.

Der nächtliche Unruhestifter

Schweiß rann den beiden Männern über ihre nackten Oberkörper. Ihre langen Haare hatten sie zu Zöpfen geflochten. Seit Sonnenaufgang waren sie damit beschäftigt, die dünnen Bäumchen für die Schlafhütten ihrer Gefährten zu fällen. Jetzt konnten sie mit deren Bau beginnen.

Erst wurden sechs junge Birkenstämme, die sie von ihren Ästen befreit hatten, im Abstand von drei oder vier Fuß in einer geraden Reihe in den weichen Waldboden gerammt und mit schweren Steinen befestigt, so daß sie wie eine Reihe von Masten nebeneinander standen.

Dazwischen woben sie biegsame Birkenzweige, geschnittene Binsen, manchmal auch Brombeersträucher zwischen die Stämme, bis das Geflecht mannshoch und oben gerade noch ein Fuß Platz bis zum Ende der Birkenstange war.

Das war nicht immer leicht, denn kaum stand eine solche Wand, fielen manchmal die Zweige wieder heraus, weil sie zu lose geflochten worden waren.

Dann hieß es noch mal anfangen, bis die Wand wieder stand. Als nächstes nahmen sie wieder sechs Birkenstämme, die schräg gegen die senkrechte Wand gelehnt wurden, je einen geraden Baumstamm zu einem angelehnten.

Oben wurden die Stammenden mit Lederschnüren zusammengebunden, damit der Schlafplatz nicht nachts plötzlich über den Schlafenden zusammenbrach. Wie bei der Wand wurden auch diesmal wieder Zweige, Gräser, teilweise ganze Sträucher zwischen die Stangen gewebt. Später wurden noch Zweige darüber gelegt. Schließlich sah das ganze aus wie eine Flotte grüner Segel ohne Boote in einem grünen Meer ohne Wasser.

"So, das hätten wir. Jetzt noch die Kochstelle und den Feuerplatz, dann können wir uns auf die Jagd machen."

Sliabhan wischte sich den Schweiß von der Stirn.

"Oh ja, deine Jagdbeute kenne ich. Meist sind sie vollbusig, rothaarig und nicht unbedingt des Bauern klügste Töchter, aber dafür die Gierigsten!! Nicht wahr, Sliabhan?"

Der Fianna setzte ein freches Grinsen auf.

Kameradschaftlich schlug der breitschultrige Mann seinem Freund auf die Schulter.

"Oh Gleannglas, höre ich da etwa einen leichten Unterton von Neid?" erwiderte der Angesprochene.

"Das glaubst du ja wohl selbst nicht. Oder denkst du wirklich, daß es in deinem Leben eine Türe gibt, die ich nicht schon einmal durchschritten habe?"

Entweder würde jetzt der übliche Schlagabtausch folgen, oder sie würden einfach weiterarbeiten. Es war nie einfach zu wissen, welche Gedanken gerade in den Köpfen Fionns ehemaliger Gefolgsmänner herumspukten.

"Laß uns friedlich sein, und fang du schon mal an zu graben. Ich sammle in der Zwischenzeit die Steine."

Sliabhan, der ältere der beiden, ließ es selten auf einen Streit ankommen.

"Ja, Freund, laß gut sein, aber verlauf dich nicht."

Lächelnd schaute Gleannglas seinem Freund nach.

Ein wirklich schönes Plätzchen hatten sie für die folgenden Nächte in der Nähe von Cill-airne ausgesucht.

Die Bäume schienen wie ein hohes Gewölbe über der grünen Lichtung zusammenzuwachsen, wie die Festhalle in einer Burg, die Gleannglas einst von innen gesehen hatte.

Ein klarer Bach mit kühlem Wasser umfloß die Wiese. Wenigstens mußten sie nicht meilenweit zum Waschen und Kochen laufen wie sonst immer. Und Wild, jedenfalls vierbeiniges, schien es auch in Hülle und Fülle zu geben. Heute abend würde keiner Hunger leiden.

Heute abend würden wieder alle mit vollen Mägen am Feuer sitzen, Lieder singen und tanzen oder Geschichten erzählen. Geschichten von besseren Tagen, Tagen, als die Gemeinschaft der Fianna noch keine Räuberbande war, sondern ehrbare und geachtete Krieger. Aber dann hatte Fionn sie verlassen. Er, den sie fast mehr liebten als ihr Land, ihren Hochkönig. Einfach fort.

Danach begann das Trauerspiel, Cormac mac Art starb und der neue Hochkönig war mehr als geizig. Lieber verpraßte er allen Reichtum Erius an seinem Hof, als daß er den Fianna unter die Arme griff.

Wer sollte die Schergen Albas wieder zurückschlagen am Clohanavowry weit im nördlichsten Norden, wenn nicht die Fianna. Aber sie brauchten auch Pferde, Waffen und Verpflegung. Die meisten hatten schon ihre Familie und ihr Heim für Eriu aufgegeben, da konnte doch wenigstens der Hochkönig für sie sorgen. Aber der sagte, es seien Friedenszeiten, und so wurden die Fianna einfach aufgelöst.

Ewige Zeiten waren sie die Hüter Erius gewesen, und jetzt wurden sie wie ein leidiges Geschwür entfernt. Und damit nicht genug. Verräter hatte man in ihre Mitte gesetzt, damit die Einigkeit der Gemeinschaft schnell auseinanderfiel. Nur das Volk hatte sich gefragt, wer jetzt an den Grenzen die Augen aufhalten sollte.

Wer würde es beschützen in der Nacht, wenn nicht das eigens dafür geschaffene Heer der Fianna?

Es war eine Schande. Nur immer ein halbes Jahr am Hofe zu leben war dem König schon zu kostspielig, zu teuer für die Sicherheit seines Landes. Viele folgten noch der alten Überlieferung und lernten zwölf lange Jahre, den "Weg des Kriegers" zu gehen, und mit einem Mal sollte all das vorbei sein. Verboten, verachtet.

Es war nicht einfach, die glanzvollen Tage zu vergessen und in die Wildnis zu gehen. Immer tiefer zogen sie sich in die großen Wälder Erius zurück, gejagt von den Schergen des Königs.

So erpicht war der Hochkönig auf die Auflösung, daß er sogar die Leute der Grenzwachen abzog, um die wahren Wächter des Landes von ihrer Insel zu vertreiben. Immer schwieriger wurde es für die Fianna, ihre Heimat Eriu zu beschützen und doch der Königlichen Garde zu entgehen.

Wie Geister huschten sie durch die Nacht. Auge und Hand für Eriu.

Bald schon wären sie Vergangenheit gewesen, ginge es nach dem Wunsch des Hochkönigs. Aber das Volk vergaß seinen Wachhund nicht. Selbst jetzt, da ihnen der Zutritt zum Hofe verweigert wurde, wußten sie über die Vorgänge dort bestens Bescheid. Das Volk wußte, was es seinem Wächter schuldig war und so wie Fionn nach seinem Tod in dem Berg Binn Gulbain auf seine Wiederkehr wartete, wußten auch die Fianna, daß dies nur ein Winter war.

Ein Winter, auf den dereinst wieder ein Frühling folgen wird.

Einen Sonnenstrahl hatten sie ja schon. Iolaranam, die Adlerseele. Wie der junge Lugh war er aus dem Nichts aufgetaucht. Und schlau wie jener führte er sie jetzt an. Auch er schien alle Künste zu beherrschen. Er mußte durch eine harte Schule gegangen sein, um so ein Krieger, so ein Führer zu werden. Schön war er anzusehen mit seinem glatten, fast nachtschwarzen Haar, seinen blauen Augen und seinem sehnigen Körper.

Er wirkte sehr südländisch auf seine Weise, als wäre er ein Sproß der Míleser. Und so feurig war auch sein Gemüt.

Wahrlich, er war ein wahrer Meisterdieb, wenn es darum ging, etwas zu bekommen, was auf ehrlichem Weg schier nicht zu erlangen war.

Vorsichtig schlich sich Sliabhan an seinen Gefährten an, um ihm um so heftiger auf die Schulter zu schlagen.

"Na, Gleannglas, du Schlafhaube, träumst wohl wieder von vergangenen Tagen?"

"Was, wie, äh, oh, ach, du bist es, Sliabhan! Entschuldige, du weißt, ich bin aus zu altem Holz, als daß man mich auf so einer Lichtung allein lassen könnte."

Er lachte.

"Ist ja schon gut, mein Freund, dann laß uns mal anfangen. Die Männer haben nachher sicher knurrende Mägen. Und wenn wir keine Feuerstelle gebaut haben, um das Bret zu braten, bis sie kommen, kannst du ihnen ja erzählen, wovon du geträumt hast, während sie dich um das Lager jagen."

Die beiden Fianna waren noch eine ganze Weile beschäftigt, bis abends die restliche Gruppe ihrer Gefährten das neue Lager erreichte. Wieder ein Tag, den sie überlebt hatten.

Leise knackte und knisterte das Feuer vor sich hin. Vereinzelt saßen noch Männer zusammen, doch die meisten lagen schon auf ihren Binsen und schliefen den Schlaf der Gerechten. Es war kein leichter Tag für die Fianna gewesen. Bei Morgengrauen waren sie auf die Garde des Königs gestoßen.

Die jungen Häscher wollten sich natürlich leidenschaftlich gerne das Kopfgeld für Iolaranam und ein paar seiner Gefährten verdienen. Der Herrin sei Dank konnte ihr Anführer sie vom Hauptteil ablenken und in eine völlig andere Richtung locken, aber es dauerte lange, bis er wieder bei ihnen war.

Jeder Soldat des Königs konnte die Beschreibung Iolaranams und seines Pferdes auswendig vor sich hersagen. Aber eine Königliche Garde konnte die Fianna nicht ersetzen. Stolz wären diese Trottel gewesen, sich seinen Kopf zu holen, aber leider sattelten sie zuweilen sogar ihre Pferde rückwärts auf.

Später hatten Iolaranams Männer ein großes Rudel Wild aufgetan. Sie erlegten mehrere alte und einjährige Böcke, damit sich das Rudel nicht zu sehr vermehrte und dem Wald schadete. Zehn Mann waren zum Ausnehmen und Kochen ins Lager geschickt worden.

Die anderen hatten noch einige Gehöfte aufgesucht. Manche Bauern gaben ihnen Brot, Wurst, Käse oder manchmal auch Met. Andere berichteten, was sie über die Machenschaften am Hofe des Königs in Erfahrung bringen konnten, und anderes, was für die Fianna aufschlußreich sein könnte. Jetzt, da sie nur noch wenige Mittelsmänner am Hofe hatten, waren solche Leute überlebenswichtig für sie geworden.

Auf ihrem Weg zum Lager leitete sie der gute Geruch von saftigem Wild und würzigem Met. Nach dem Dankgebet an die Göttin stürzten sie sich auf das Essen. Seit Tagen wieder das erste Fleisch. Später erklang eines ihrer alten Lieder :

Ich sing' euch ein Lied aus Fionns alter Zeit,
zu Pferde durchs Land, im Kampf, nah und weit,
voll Lachen sein Herz, voll Kraft war sein Arm,
sein Leben war frei, bis Morna dann kam.

Als Basna geboren, schon damals gejagt,
die Fehde des Clans auf sein Blut vertagt,
verborgen geboren, den Vater verlorn,
er war nur ein Junge, zum Kampf auserkorn'.

Er folgte der Straße, wich keinem je aus,
half immer den Armen und hat kein Zuhaus,
sein Ruf wurde lauter, sein Name bekannt,
gejagt von den Mornas, ein Held für das Land.

Am Samhain im Stillen des Hochkönigs Gast,
als Dichter erschienen, ganz frei, ohne Hast,
reicht er ihm die Hände, löst so seinen Bann,
wird Herr der Fianna und Morna sein Mann.

Wir kennen sein Leben, wir sehn' sein Gesicht,
es endet in Frieden und Freundschaft nicht,
es lebe das Feuer der Rache, das Blut,
erst wenn sie erloschen, erlischt auch die Glut,
erst wenn sie erloschen, erlischt auch die Glut.

Schweigsam lauschten sie, die Männer wie die Frauen. Bei den Fianna spielte es keine Rolle, woher man kam oder wer man war. Zu Beginn war das anders, aber jetzt, da es keine Auszeichnung mehr war, ihnen anzugehören, war es völlig unwichtig, ob jemand Mann oder Frau, Bauer oder Adeliger war. Jetzt zählte nur noch, was alle gemeinsam für ihr Land tun konnten.

Weit nach Mitternacht kam Unruhe auf. Einer von den Spähern ritt wie ein Besessener in das Lager. Ein Reiter sei am Waldrand gesehen worden. Bald schon müßte er das Versteck erreichen. Blitzschnell wurden die Feuer gelöscht und die Glut mit Tannenzweigen abgedeckt. Totenstille herrschte im finsteren Wald.

Dann erklang das sanfte Lied einer Nachtigall, eine Lerche schien aus dem Lager zu antworten.

Ein Käuzchen uhute durch die Nacht, um dann von einer kräftigen Stimme unterbrochen zu werden:

"Genug jetzt des Singens, Iolaranam! Ich bin es, Camchéachta, und ich bringe wichtige Neuigkeiten!! Soll ich noch ein bißchen pfeifen, oder reicht das endlich?"

Schmunzelnd antwortete der Angesprochene.

"Ruhig, mein Freund, den Wald dürftest du ohnehin schon geweckt haben. Folge mir. Sliabhan, entfacht die Feuer wieder! Ich sehe schon, das wird eine lange Nacht."

Neben einem einsamen Fuchs huschte ein stämmiger Schatten vorbei. Die Feuer wurden wieder entzündet und an Iolaranams Seite wurde noch ein Holzklotz für den Riesen aufgestellt.

"Komm her, Großer Bär, und setz dich zu mir. Deine Mutter wußte auch nicht, was sie dir antat, als sie dir diesen Namen gab!"

"Es schmeckt mir halt, im Gegensatz zu dir, du Klepper."

Der Schein des Feuers spiegelte sich in den Gesichtern der beiden Männer, und ihre Schatten verzerrten ihre Züge zu wahren Räubergesichtern.

"Nun, mein Dickerchen, was gibt es? Es muß ja schon sehr wichtig sein, wenn du den halben Wald dafür weckst."

Iolaranam hatte Mühe sich zu beherrschen.

"Mach dich nicht lustig über den alten Bär, oft genug schon hast du ihm dein Leben zu verdanken, Spargelbein. Aber nun Scherz beiseite, Iolar. Es gibt ein paar Gerüchte, die mir gar nicht schmecken. Ich habe zwei meiner besten Pferde zuschanden geritten, um sie dir mitzuteilen."

Fast fiel der Holzklotz um von der Heftigkeit mit der sich der Neuankömmling setzte.

"Und vielleicht teilst du sie mir ja noch heute mit?" fragte der Anführer der Fianna ungeduldig.

"Höre, irgend jemand hat sich auf die Spur des Blauen Schwertes gesetzt. Dieser Jemand stellt Fragen über Fionn, über das Schwert, über alles, was damals von Bedeutung war. Du weißt, was das für uns bedeutet?"

Besorgnis klang aus seiner Stimme.

"Ja, aber wer stellt diese Fragen?" erwiderte der Angesprochene ernst.

"Ein gewisser Solasard mac Annir, ein Jüngling von gerademal siebzehn oder achtzehn Sommern. Es heißt, seine Mutter sei eine Sidhé oder so etwas Ähnliches. Sie habe bei seiner Geburt einen Geís ausgesprochen, daß ihr Sohn nicht eher heiraten dürfe, als bis er das Blaue Schwert wieder an seinen rechtmäßigen Platz gebracht habe. Du weißt, wo sein rechtmäßiger Platz ist, nicht wahr?" fragte der Große Bär fordernd.

"Natürlich weiß ich das, in der Hand des Königs von Eriu, des Hochkönigs von Eriu. Solasard mac Annir, das Große Licht, Sohn des Mädchens, ein merkwürdiger Name, und sicher ist der Familienname seiner Mutter nicht einfach nur Mädchen.

Ich denke, dieser Bursche hat etwas zu verbergen. Oder? Weißt du vielleicht, welchem der verruchten Thronanwärter seine Mutter damals helfen wollte? Genug gab es ja."

Ratlos überlegte Iolaranam.

"Nein, Iolar, man weiß über beide so gut wie gar nichts.

Sie sollen wohl aus einem Dorf an der mittleren Westküste stammen, aber das ist auch alles. Was willst du jetzt tun?"

Camchéachta schmunzelte leicht. Er wußte nur zu gut, wie der Anführer der Fianna offenen Fragen begegnete.

"Das ist eine gute Frage. Ich denke, wir sollten erst einmal sehen, wer dieser Kerl ist. Eine neue Figur auf dem Spielbrett sorgt sicherlich nicht nur bei uns für Unruhe. Wir werden den Wellen bis zu ihrem Ursprung folgen und sehen, was für ein Vögelchen sich hinter den Federn versteckt."

Aufmerksam folgten die anderen Fianna dem Gespräch, denn jetzt folgte der spannende Teil.

"Ich würde nicht alle Fianna der Insel versammeln, sondern nur mit einer kleinen Gruppe unserer Leute losziehen. Das ist nicht so auffällig," sagte Camchéachta.

"Sicher hast du recht, Cam. Ich denke, ich werde mit elf Mann gehen."

"Und wer sind die elf Männer? " fragte der Große Bär lauernd seinen Freund.

"Laß mich überlegen.....Auf jeden Fall Gleannglas und Sliabhan...."

Zu gut kannte Iolaranam die nächsten Worte.

"Vielleicht auch ein paar richtige Männer? " brummte Camchéachta.

"Sind Gleannglas und Sliabhan weniger Männer als wir, weil sie mit einer Pflugschar und nicht mit einem Schwert in der Hand auf die Welt gekommen sind? " erwiderte der Anführer der Fianna.

"Oh ja, da sind sie ja endlich wieder, die weisen Worte, die ich so vermißt habe. Du wirst sicher eines Tages ein weiser, alter Druide, der junge, bereitwillige Schüler aufnimmt, um sie zu guten Männern zu schmieden. Und in Scharen werden sie zu dir kommen. Nun denn, wen noch?"

Ungeduld kribbelte den erfahrenen Krieger.

"Dúghorm, den Blaublütigen; Oighrigh, den Eisigen; und Seabhaceo, den Nebelfalken" und grinsend fuhr Iolaranam fort: "Von den Frauen nehme ich Sionnach, die Füchsin mit, Glaslasair, die Feurige, Cioná, Gormeala und Crónachan."

"Eine gute Mischung, bis auf Oighrigh, ein Kind ist er fast noch, dazu in meinen Augen zu viele Weiber, aber laß es gut sein. Ich weiß schon, was du sagen willst. Wie soll einer Erfahrungen sammeln, ohne welche zu machen, oder? Und wohin genau ziehen wir an die mittlere Westküste?"

Iolaranam antwortete ihm:

"Das werden wir dann schon sehen. Erst einmal immer dem Gerücht nach. Morgen Nacht ist Vollmond. Dann brechen wir auf. Laß uns jetzt noch ein wenig ruhen, bis die Sonne uns weckt."

Und so wurde auch das letzte Feuer gelöscht.

Schon bevor sie ihre Augen öffnete, hatte sie ihn an seinem Gang erkannt. Kurz blinzelte sie und stellte sich weiter schlafend. Kurz darauf spürte sie, wie er ihre wilden Haarsträhnen sachte aus dem Gesicht strich. Glaslasair, die eine Hütte mit ihr teilte, drehte sich knurrend zur Seite. Sie hatte den tiefsten Schlaf des ganzen Lagers und ließ die anderen gerne an ihrem Schnarchen teilhaben.

“Sei mir gegrüßt, du Blüte meines Lebens. Ich hoffe, du hattest einen erholsamen Schlaf.”

Sie liebte seine weiche Stimme.

Müde lächelte Sionnach und kuschelte sich näher an ihn heran.

“Nie war es gut, wenn du dich so besorgt stelltest, Iolar, sprich, was steht uns bevor.”

Wie eine Katze richtete sie sich auf und ihre grünen Raubtieraugen nahmen jeden Wechsel seiner Züge wahr. Ein Blick aus der Hütte zeigte ihr, daß der Rest des Lagers noch schlief. Wahrscheinlich waren nur die Späher wach und kämpften gegen ihren wohlverdienten Schlaf.

Die Frau streckte sich genüßlich, stand auf, um sich abseits der Hütten zu erleichtern und ging dann zum Bach, die allmorgendliche Waschung wagend.

Nicht vieles gab es, was ihr so verhaßt war wie eiskaltes Wasser am frühen Morgen.

Kaum hatte sie sich nach ihrer Katzenwäsche angezogen, eilte sie wieder zu Iolaranam, der ein kleines Feuer entfacht hatte. Freudig, fast verspielt, sprang sie ihm in die Arme.

“Nun, mein großer Krieger, sprich!

Immer muß ich als erste Zuhörerin dienen, wenn du neue Pläne geschmiedet hast. Sicherlich hat es mit Camchéachta, dem alten Bären, zu tun.”

Iolaranam lächelte leicht.

“In der Tat, du hast recht. Es gibt einen neuen Anwärter auf den Thron. Wir wissen aber noch nicht, wer der Kerl ist.”

Mit stolzer Miene fuhr seine Geliebte fort:

“Und deshalb willst du mit einem unauffälligen Trupp losziehen, um das herauszufinden. Laß mich überlegen, da heute Nacht die Mondin wiedergeboren ist, werden wir nach Beginn der Abenddämmerung losreiten. Und da du mich zu dieser frühen Stunde weckst, um mich alleine zu sprechen, wirst du mich bestimmt gleich wissen lassen, ob das ein Abschied ist, dann dauert die Reise allerdings nicht lange oder ob du mich mitnimmst.”

Schmunzelnd blickte er sie an:

“Ich hasse es, wenn ich dir einen Köder hinwerfe und du den Jäger gleich mitverschlingst.

Nun gut, wir werden heute abend aufbrechen, du und ich, der Blaublütige, der Eisige, Nebelfalke, Gleannglas und Sliabhan.”

“Du lügst!

Du würdest es nie wagen, nur eine Frau mitzunehmen, wenn ich mitkomme. Nun, wer noch? ” rief sie aus.

“Zurecht nennen sie dich nur Fuchs, du Füchsin.

Glaslasair, Cioná, Gormeala und Crónachan werden uns noch begleiten,” fügte er hinzu.

"Eine gute Mischung, wenngleich in meinen Augen zu viele Männer. Ich nehme an, du kümmerst dich um die Männer, und ich bin für die Frauen zuständig."

Zu lange war sie schon an seiner Seite, um nicht seine Pläne zu kennen.

"Du bist unglaublich!," lachte er heraus.

"Ja, und deshalb liebst du mich ja auch. Dann wollen wir mal das Lager wecken, oder möchtest du vorher noch frühstücken?"

In weitem Bogen holte Iolaranam aus und schlug seiner Gefährtin mit aller Kraft auf den Allerwertesten.

"Hätte das nur deine Mutter erledigt, wärst du nicht so eine Wildkatze geworden."

Aber die schlanke, hochgewachsene Frau schüttelte nur ihre wilden Locken und trollte sich lachend davon.

Tief atmete Iolaranam ein und brüllte dann laut:

"Gefahr, alles zu den Pferden, der Feind ist über uns!"

Blitzschnell war das Lager wach, jeder stürzte in seine Hosen, schnappte sich seine Waffen, rannte zu seinem Pferd und sprang auf.

Es dauerte nicht lange, da standen mehr als drei Dutzend Reiter fertig zum Angriff vor ihrem Anführer.

"Gut gemacht! Ich denke, es wird schwer sein, uns zu überraschen.

Ach, Glaslasair. Ich glaube, es wäre das beste, wenn du mit dem Pferdekopf nach vorne reiten würdest, oder soll ich für dich bei der Königlichen Garde nachfragen, ob sie noch einen Platz für dich frei haben?"

Gelächter erscholl durch die Menge, als jeder die fast schon wieder Schlafende falsch herum auf ihrem Pferd sitzen sah.

"Nun hört, Männer und Frauen, tapfere Fianna, so werden unsere Pläne für die Zukunft aussehen.

Ein neuer Thronanwärter hat sich auf den Weg gemacht, die Macht zu erringen aus der Hand des feigen Geizhalses. Doch dazu braucht er das Blaue Schwert der Wahrheit. Dies zu suchen, ist sein Ziel. Wir wissen weder wer er ist noch was er vorhat. Doch wir werden uns wie Hunde an die Spur des Ebers hängen, ihn verfolgen und finden. Dann werden wir sehen, ob er Freund oder Feind sein mag.

Kein Hochkönig sitzt lange auf seinem Thron ohne die Unterstützung der Fianna. Vielleicht werden wir Waldläufer dann wieder teilhaben an der Geschichte unseres Landes wie zu Zeiten Fionns.

Bis dahin müssen wir die Pflichten unserer Heimat gegenüber heimlich verrichten.

Sicherlich wißt ihr, daß ich euch nicht alle mitnehmen kann, denn schnell und unauffällig müssen wir sein, des nachts unterwegs und tags ruhend.

Ich denke, daß elf meiner besten Leute genügen sollten, um hinreichend Verteidigung bei Gefahr zu bieten.

Ich traue Broc mac Cíocras alles Erdenkliche zu, wenn er seinen Thron bedroht sieht. Er hat am meisten zu befürchten, sollte es wirklich einen neuen Thronfolger geben.

Der Rest wird hierbleiben und die Aufmerksamkeit der Garde von uns ab- und auf euch hinlenken. Aber führt sie nicht hierher in unser Lager. Seid vorsichtig. Wir werden euch Nachricht zukommen lassen, wenn es uns möglich ist. Die, die zurückbleiben werden, müssen stets bereit sein, uns zu folgen. Ich habe kein gutes Gefühl bei dieser Sache.

Camchéachta wird ebenfalls einer der zwölf sein. Ich brauche ihn bei mir, so daß ihr euch sozusagen selbst überlassen seid.

Dann könnt ihr euch jetzt wieder an eure Arbeiten machen.

Gleannglas, Sliabhan, Dúghorm, Oighrigh, Seabhaceo, Sionnach, Glaslasair, Cioná, Gormeala und Crónachan! Ihr werdet nach euren morgendlichen Arbeiten an mein Feuer kommen.

Ich denke, es gibt sonst keine Fragen mehr, oder?"

Schweigend stiegen die Männer und Frauen ab und brachten ihre Pferde wieder zu ihren Hütten.

Auch Iolaranam ging zu seiner Hütte, wo sein rabenschwarzes Pferd stand. Zärtlich tätschelte er den Hals des anmutigen Tieres.

"Na, mein Schöner, ruhst du dich aus?"

Sanft schnaubte der Hengst, als ihm Iolaranam über den Kopf strich.

"Du wirst mich nie im Stich lassen, nicht wahr?

Wie oft hast du mich schon wohlauf aus größter Gefahr getragen und sicher heim geleitet?"

Vorsichtig rieb das Tier seinen Kopf an seinem Arm, bis Iolaranam genug davon hatte und in seine Hütte kroch.

Aus eben dieser klangen schon den ganzen Morgen merkwürdige Pfeif- und Schnarchgeräusche.

Seine ganze Kraft mußte Iolaranam aufwenden, um den Fleischberg, der da vor ihm lag, hin und her zu wälzen. Aber nichts.

Camchéachta schlief wie ein Toter, und diese sind ja bekanntlich auch nur sehr schwer wieder zum Leben zu erwecken. Es half alles nichts.

Jetzt gab es nur noch eine List, die angewendet werden konnte, diesen Riesen aus seinem tiefen Schlaf zu reißen. Sicherlich würde der Große Bär für den Rest des Tages unansprechbar sein, aber immerhin würde er wach sein, wach und wütend wie eine gereizte Biene.

Geschmeidig erhob sich Iolaranam und ging vor die Hütte, wo ihm Dúghorm begegnete:

"Sag, Dúghorm, guter Freund, gibt es hier im Lager vielleicht irgendwo eine Feder?"

Schmunzelnd antwortete der Angesprochene:

"Solltest du sie für deinen Freund Camchéachta benötigen, fürchte ich, wird sich keiner in die Gefahr begeben, dir eine zu verschaffen. Der letzte, der sich dieser Tat schuldig machte, wurde von ihm, wie du dich vielleicht noch zu erinnern vermagst, an einem Strick mit dem Kopf nach unten in einen Fluß gehängt. Und dies so lange, bis er schwor, es nie wieder zu tun."

Laut lachte Iolaranam auf und legte seinem Gefolgsmann den Arm um die Schulter.

"Und wenn ich sie mir selbst besorge und deinen Namen geflissentlich verschweige?"

"Tust du dies jedoch trotzdem nicht, werde ich noch gereizter sein als Camchéachta. Und ich werde die holde Füchsin gegen dich aufhetzen, daß du keine ruhige Stunde mehr hast."

Dúghorms blaue Augen blitzten gefährlich auf.

"Gnade, Gnade. Besser wird es wohl sein, einen anderen zu fragen, bei den Waffen, die du gegen mich richtest. Du selbst weißt, wie schwer ich trage am Zorn meiner sanften Herrin. Reizbar ist sie in ihrem Zorn wie ein Fuchs, der in seiner Höhle einen Dachs antrifft."

Der Blaublütige neigte sich zu Iolaranam und sagte:

"So hörst du auch nicht, daß an der Hütte von Seabhaceo ein großer Goldfasan hängt, erlegt von ihm mit viel Geschick, dessen lange Schwanzfeder dir sicherlich sehr dienlich sein wird?"

"Kein Wort, mein Freund, habe ich gehört, nicht eine Silbe, sei gewiß," versicherte der ihm.

Da hörte man mit einem Mal ein Brummen und Gähnen, ein Ächzen und Stöhnen aus der Hütte, und eine tiefe, gebrochene Stimme fauchte aus dem Schatten:

"Soweit ist es denn gekommen, daß gute Freunde sich wider meinen gesunden Schlaf vereinigen, Verräter werden am hellichten Tag. Und dies, ohne Schimpf und Schande zu empfinden."

Lachend sprach Ioloaranam:

"Verrat, Freund, fürchte nicht, denn Verrat ist eine Falle, die sich selber fängt. Zu oft schon sind wir hineingeraten und heraus, doch niemals entging uns der Fallensteller.

Steh auf, du alter Hackklotz und murre nicht!

Eine schwere Probe ist dein Winterschlaf für uns ein jedes Mal, und oft schon war dein Zorn der Grund, dich schlafend zurückzulassen, gewiß, daß nur durch mühevolles Suchen du uns wieder finden würdest."

Da bebte es in der Hütte und halbnackt trat der Riese hervor, sein wolliges Brusthaar kraulend.

"Mühevolles Suchen? Ich? Nur einen nenne mir aus diesem zusammengewürfelten Haufen, der die Spuren besser liest als ich. Immer hab ich euch gefunden. Mir denkt kein einziges Mal, da ihr mir durch die Lappen gegangen seid."

Dúghorm antwortete ihm:

"So, erinnerst du dich nicht mehr daran, als du auf deinem alten Klepper im Sumpf standest? Kaum war sein Kopf noch zu sehen, ob des Gewichtes, das ihn in die Tiefe drückte?"

Mit bedrückter Miene antwortete Camchéachta:

"Fehlgeleitet wurde ich von einem alten Weib, die ich nach dem Weg fragte."

"So brauchtest du nun doch ein altes Weib, das dir den Weg zeigte!"

Dughórm lachte laut heraus und Iolaranam schlug beiden auf die Schulter und sagte:

"So wollen wir es genug sein lassen, Freunde, für heut. Wach bist du und besserer Laune als jeder gehofft. So soll jeder sich nun vorbereiten für den langen Ritt. Wir sehen uns dann heute abend, kurz vor dem Aufbruch."

So trennten sich die drei. Iolaranam und Camchéachta krochen in ihre Hütte, um dort wohl weiter miteinander zu flachsen.

Rhiannon

Regen tropfte auf ihren Mantel. Sie war noch nicht lange unterwegs. Im Morgengrauen hatte sie den Entschluß gefaßt, dieses Leben hinter sich zu lassen. Sie konnte nicht mehr länger so tun als schliefe sie. Ihre Gedanken ließen sie einfach nicht zur Ruhe kommen. So war sie denn aufgestanden, hatte sich angezogen und vor das schon weit heruntergebrannte Feuer gesetzt.

Weit schweiften ihre Erinnerungen zurück. Amhrán hatte eine schöne Jugend gehabt. Voller Liebe. Ihr Vater hatte zwar nicht immer Zeit für sie gehabt, aber immer Liebe, immer ein gutes Wort. So oft hatte er ihr von ihrer Mutter erzählt. Vielleicht war dies auch der Grund, warum er sich nie eine zweite Frau genommen hatte, wie das sonst üblich war. Er mußte immer noch sehr an ihr hängen. Und dann die schöne Zeit mit Solasard. Sie fielen in ihre Liebe wie in ein weiches Daunenkissen.

Oh ja, die Göttin war gut zu ihr gewesen. War das jetzt der Preis, den das Schicksal eines Tages dafür forderte? Nun dann mußte sie ihn jetzt wohl zahlen.

Amhrán dachte an so vieles. Schließlich erlosch auch das letzte Flämmchen, und rotglühende Dunkelheit breitete ihre Schwingen aus. Vorsichtig setzte sie sich auf ihr Lager. In Gedanken glitten ihre Finger durch Solasards Haare, über sein Gesicht, küßte sie ihn dreimal auf den Mund.

Dann stand sie auf, legte ihren Mantel an und ging hinaus. Sie war jetzt auf dem Weg nach Cluain-maccu-Nois. Und sie würde aus ihrem bisherigen Leben nichts mitnehmen bis auf das, was sie am Leibe trug. Leise schloß sie die Tür, die sie nie wieder öffnen sollte. Jetzt war sie an dem Punkt angelangt, über den sie mit Goleudydd so oft gesprochen hatte. Jetzt hatte sie eine weitere Strophe ihres Lebensliedes abgeschlossen.

Das Tor zum Garten war ins Schloß gefallen. Kein Weg führte jetzt mehr zurück. Ein tiefer Atemzug, und schon waren die ersten Schritte ihres neuen Lebens gemacht. Ob der Regen sie rein wusch von ihrer Vergangenheit? Dann mit einem Mal rannte sie los und lachte.

Und es hatte doch alles seine gute Seite, nicht?

Oh ja, so war sie, so war Amhrán. Selbst in der dunkelsten Finsternis fand sie noch ein Licht. Jetzt schaute sie nur noch nach vorne. Die Entscheidung war gefallen, und alles Vergangene war vergangen. Ihre Füße waren schon naß, aber das machte nichts, abends würde sie schon irgendwo ein trockenes Plätzchen finden. Sollte der Göttin etwas daran liegen, daß sie in dem Coven ankam, würde sie schon ihre Hand über sie halten.

Langsam hellte es auf, und die Sonne vertrieb den Regen. Die Vögel kamen aus ihren nächtlichen Unterschlüpfen und badeten in den Pfützen. Hasen hoppelten auf einem Acker umher. War das Leben in einem Coven auch so friedlich?

Wie oft war sie mit ihrem Vater hier spazieren gegangen, am Tag, in der Nacht? So wertvoll waren ihr diese Stunden erschienen, und jetzt war sie einfach gegangen ohne Abschied. Aber es wäre für beide nicht gut gewesen, sich diesem Schmerz auszusetzen.

Die Gefühle danach wären nur eine Bürde für sie beide gewesen, und Amhrán mußte jetzt frei sein von solchen Gedanken.

An einem klaren Bach löschte sie ihren Durst. Von einer Wiese zupfte sie sich einige Sauerampferblätter. Die Sonne hatte schon fast den Mittagspunkt erreicht, als sie einen schattigen Hain durchquerte. Hier aß sie genüßlich ein paar kleine, süßlich schmeckende Haselnüsse. Die Sonne lachte den ganzen Tag und schien nie wieder untergehen zu wollen. Am späten Nachmittag erreichte sie den großen Wald, der ihr Dorf von dem Coven trennte. Den ganzen Tag war sie sorglos vor sich hin gewandert, aber als sie den Wald betrat, fiel alle Unbesonnenheit von ihr ab wie ein zerbrochenes Schneckenhaus.

Der Wald!

Das war kein Ort für Menschen. Menschen waren hier allenfalls geduldet, doch nie, niemals willkommen.

Der Wald gehörte dem Kleinen Volk, oder das Kleine Volk dem Wald. Nach der letzen großen Schlacht gegen die Míleser flohen einige wenige der überlebenden Hochelben hierher. Der große Stamm der Hochelben teilte sich nun in die Völker der Wald- und Hochelben. So sehr liebten manche ihr Land, den Wald und das Meer, daß sie sich nicht davon trennen konnten.

So blieben manche als Waldelben in ihren Wäldern, während sich die Hochelben in Sidhé, sogenannte Erdhügel, unter die Erde zurückzogen, wo sie sich eine eigene, die Andere Welt schufen. Auch einige Abtrünnige der Menschen kamen hierher in den Wald und verbanden sich mit den grünäugigen Waldelben. Ob diese jetzt noch auf Erden wandelten, wußte niemand.

Aber daß es das Kleine Volk noch gab, die Nachkommen der Vereinigung zwischen Menschen und Waldelben, das wußte jedes Kind.

Klein und tückisch oder groß und plump sollten sie sein, grünhaarig oder elbenblond. Jeder hatte sie schon gesehen, aber die Beschreibungen waren ein jedes Mal anders.

Eiskalte Schauer liefen Amhrán über den Rücken. Ganz eng zog sie den Mantel um sich. Dabei schien der Wald ganz friedlich zu sein. Dieser Wald hier war keiner der Kiefernwälder, deren trockene, heiße Luft einen im Sommer zu ersticken drohte.

Dieser Wald bestand aus mächtigen Eichen, deren Kronen sich zu einem riesigen Nest vereinten.

Schon waren einige der goldenen Blätter auf den Weg gefallen, und das trockene Laub raschelte sacht unter Amhráns vorsichtigen Schritten. Lichte Buchen, silbernen Säulen gleich, säumten den Weg. Die letzten bunten Schmetterlinge des Jahres flogen umher, und ein rotes Eichhörnchen brachte seinen Wintervorrat vor Amhrán in Sicherheit.

Die Sonne strebte der Erde zu, als das Unterholz links und rechts des Weges immer dichter wurde. Die Abenddämmerung ließ nur noch wenige kraftlose Strahlen durch die Äste sickern. Ängstlich verharrte das Mädchen, das Dunkel fürchtend und doch erwartend. Noch einmal blickte sie zum Himmel empor, wo sich die ersten Sterne zeigten, dann, langsam, wie sich eine Katze an ihr Opfer anpirscht, kam die Finsternis. Um Amhrán herum war alles dunkel, kaum konnte sie die Hand vor Augen sehen.

Neumond.

Das hatte sie wohl nicht in ihrem voreiligen Plan bedacht. Wütend schalt sie sich, aber auch das nützte ihr jetzt nur wenig. Hilflos stolperte sie vorwärts, bemüht, auf dem Weg zu bleiben.

Da vernahm sie kaum hörbar Schritte. Entsetzen packte sie, ihr Herz raste. War das vielleicht das Kleine Volk? Hatten sie gar schon die Steine in ihre Schleudern gelegt, um sie schnell und lautlos zu töten. Amhrán konnte nicht unterscheiden, ob die Schritte vor oder hinter ihr waren. Auch wurden sie nicht schneller. Da hörte sie eine alte, aber freundliche Stimme:

"Sag mir, Kleines, was treibt ein junges Mädchen wie dich, um diese Zeit in den Wald? Entweder bist du sehr mutig oder sehr töricht."

"Ich sehe euch nicht, wo seid ihr denn? " fragte das Mädchen ins Dunkel.

"Natürlich siehst du nichts, aber ich bin hier neben dir."

Angstvoll wollte sich Amhrán umdrehen, als sich eine feingliedrige Hand fest um ihren Arm schloß.

"Merkst du, hier bin ich. Du brauchst keine Angst zu haben. Ich bin Rhiannon! Sei mir gegrüßt! Aber sag mir nun, wohin dein Weg dich führt."

Die alte Frau erwartete die fast geflüsterte Antwort.

"Sei auch du mir gegrüßt, Rhiannon. Mein Name ist Amhrán, und mein Weg führt mich zum Coven der Danu."

"Da tust du gut daran, dich mir anzuschließen, denn wir haben dasselbe Ziel. Und ich glaube wahrlich nicht, daß du den Weg alleine finden wirst."

Das anfängliche Mißtrauen Amhráns wurde durch die Dankbarkeit gemindert, nicht mehr allein zu sein.

"Gerne nehme ich euer Angebot an. Hakt euch ruhig ein, dann wollen wir weitergehen."

Hatte Amhrán anfangs eine hochgewachsene Frau erwartet, so wurde sie enttäuscht. Die Frau mußte um einiges kleiner sein als sie, so tief zog sie der Arm nach unten. Eine Weile führte Rhiannon Amhrán schweigend durch den Wald, dann erreichten sie eine große Wegkreuzung.

Endlich konnte sie die Sterne wieder über sich sehen, und endlich konnte sie auch ihre Begleiterin genauer betrachten. Zierlich war diese Frau, die doch so viel Kraft in ihren Armen hatte. Dunkel war sie angezogen, so als könne sie sich gleich verstecken und mit dem Wald eins werden, wenn Gefahr drohen sollte. Ihr langes weißes Haar hatte sie kunstvoll zu einem Zopf geflochten. Auf dem Rücken hatte sie einen breiten Reisesack.

"So jetzt ist es nicht mehr weit, bis wir zu einer Stelle kommen, wo wir ein Feuer machen können. Ich nehme an, es ist deine erste Nacht in einem Wald."

Sie schien keine Einheimische zu sein, denn die Worte kamen nicht fließend, sondern langsam, fast stockend und wohl überlegt aus ihrem Mund.

Mehr und mehr kehrte Amhráns Mißtrauen zurück, auch wenn die alte Frau nicht den Eindruck auf sie machte, etwas Böses im Schilde zu führen. Verlegen antwortete sie:

"Ja, es ist meine erste Nacht im Wald."

"Dann wollen wir einen Schritt schneller gehen, damit du bald an ein Feuer kommst und mich endlich richtig betrachten kannst. Hast du Angst?"

Zögernd antwortete Amhrán.

"Nicht vor euch, aber vor dem Wald. Er ist so finster, und ich weiß nicht, was hinter dem nächsten Baum auf uns lauert. Und dann diese merkwürdigen Geräusche. Ich bin es nicht gewohnt, nachts durch Wälder zu streichen. Aber es ist leichter mit euch."

"Es wird nicht mehr lange dauern. Es sind nur noch wenige Schritte."

Und so war es auch. Als sie wieder an eine kleine Kreuzung kamen, wand sich Rhiannon nach rechts und führte Amhrán ein Stück tiefer in den Wald, bis sie zu einer Lichtung kamen. Dort stand eine kleines Wetterhäuschen, vor dem eine Feuerstelle angelegt und von einer großen Holzbohle abgedeckt war. Sogar ein Kessel war vorhanden, um wenigstens Wasser erwärmen zu können. Und jetzt hörte Amhrán auch ein kleines Bächlein hinter der Hütte plätschern.

"Mädchen, hinter der Hütte müßte ein Bündel trockenes Holz liegen. Es ist Sitte unter den Waldläufern, für den nächsten das Holz zu suchen. Holst du es bitte!"

Mutig schritt unsere Freundin aus, um im nächsten Moment zielsicher über eine Baumwurzel zu stolpern. Aber geschickt fing sie sich und gelangte sogar ohne große Schwierigkeiten sicher mit dem Holz zur Feuerstelle.

"Gut, daß der Sand abgedeckt war. Nicht vorzustellen, wenn er jetzt naß gewesen wäre und das Holz kein Feuer gefangen hätte. Ich meine, mir macht es ja nichts aus, im Dunklen zu nächtigen, ohne Licht, ohne Wärme, aber für dich wäre es vielleicht weniger angenehm gewesen. Hier, setz dich auf diesen Stamm, aber lege dir etwas unter, nicht, daß du dich erkältest."

Amhrán tat wie ihr geheißen. Rhiannon zündete in der Zwischenzeit ein wenig Stroh an, das sie aus ihrem Reisesack gezaubert hatte. Dann packte sie zwei Äpfel aus, getrocknetes Fleisch und ein Brot. All diese feinen Sachen, ein Festmahl in den Augen des Mädchens, steckte sie auf einen Ast und ließ sie über dem Feuer warm werden. Vorsichtig fragte Amhrán.

"Ihr seid nicht von hier, oder?"

"Hört man es noch immer so genau? Dabei gebe ich mir doch die größte Mühe. Nein, ich bin aus Alba, oder besser, dort wuchs ich auf. Geboren bin ich als Kind Erius so wie du, aber ich wurde zur Insel Jona geschickt, um zur Hohepriesterin ausgebildet zu werden. Lange war ich dort, sehr lange, und doch bin ich schon länger wieder in meiner Heimat, als ich fort war."

Die alte Frau nahm das Brot von dem Ast, brach es und gab dem jungen Mädchen die Hälfte davon. Schweigend saßen sie in Gedanken versunken beieinander.

"Komm Amhrán, ich werde dir eine Geschichte erzählen, dann brauchst du nicht zu reden."

Erleichtert atmete Amhrán auf. Sie hatte schon damit gerechnet, dieser Frau ihre Lebensgeschichte erzählen zu müssen. So machte sie es sich auf dem Klotz so bequem, wie es ihr möglich war, und genoß die Leckerbissen, auf die sie vor ein paar Stunden nicht einmal zu hoffen gewagt hatte.

"Amhrán, wenn du magst, kannst du dich auch schon hinlegen. Ich weiß, daß es für einen Po, der es gewohnt ist, weich zu sitzen, mit der Zeit schwierig wird, wenn er auf dem harten Holz sitzt."

Überrascht drehte sich Amhrán zu der Frau hin.

"Oh, nein danke. Ich halte das schon aus. So verwöhnt sind mein Po und ich nicht."

Doch für sich dachte Amhrán, was diese Alte wohl von ihr denken mochte, als hätte sie noch nie auf einem Baumstamm gesessen. Rhiannon lächelte noch immer.

"Es war nur ein Angebot. Ich wollte dich nicht in deinem Stolz verletzen. Nun denn.

Dann hoffe ich, daß du bequem sitzt. Kennst du die Geschichte von der rothaarigen Macha und den Männern von Ulster?"

Amhrán mußte dies verneinen. Sie kannte nur wenige der alten Geschichten.

"Nun, so will ich sie dir erzählen. Auch sie handelt von einer stolzen Frau, aber diese Frau war eine Göttin."

Still knisterte das Feuer vor sich hin, als Rhiannon zu erzählen begann.

"Eines Tage kehrte Macha in das Haus des Herbergsvaters Crunnchu ein. Sie sah ihn und beschloß, dort zu bleiben. Sogleich ging sie ungefragt in die Küche, ein Mahl zu bereiten. Auf die Frage, wer sie sei, antwortete sie nicht, sondern führte den verblüfften Crunnchu zu Tisch, brachte ihm die wohlschmeckenden Speisen und machte sich daran, den Rest der Hausarbeit zu erledigen. Nachdem sie dieses getan hatte, ging sie hinaus und kümmerte sich um den Hof und das Vieh. Crunnchu verfolgte dies alles hoch erstaunt. Als es Abend wurde, kochte sie ihm wieder ein vorzügliches Essen.

In der Nacht legte sie sich zu ihm, und sie genossen die Freuden ihrer Körper miteinander. So ging es viele Nächte und Tage. Der Hof wuchs und gedieh. Macha, die stark war wie ein Bulle, schnell wie ein Pferd und geschmeidig wie eine Katze, gab alle Kraft, die sie aufbringen konnte.

Eines Tages nun wurde sie schwanger. Als die neun Monate fast vorüber waren, und die Geburt nicht mehr lange auf sich warten ließ, begab es sich, daß der König von Ulster die Ulates zu einer Versammlung zusammenrief, an der auch Crunnchu teilnehmen sollte. So bat ihn Macha sehr vorsichtig zu sein, mit dem, was er von ihr erzählte. Leichthin winkte er ab und ging von dannen.

Die Versammlung dauerte drei Nächte und Tage, am dritten Tage aber sollte zur Freude der Teilnehmer ein Wettrennen zwischen den besten Pferden des Königs und denen der Versammlungsteilnehmer stattfinden. Crunnchu hatte sich bis dahin ruhig verhalten, obwohl ihm immer öfter die Zunge aus dem Halfter springen wollte. Als jedoch der König sagte, kein Wesen wäre so schnell wie seine Pferde, nicht einmal der Wind, hielt es den so gut Gesegneten nicht mehr länger auf seinem Platz.

Laut brüllte er in die Masse, er könne über den Wind nur lachen und ganz besonders über die Pferde des Königs. Seine Frau würde sowohl des Königs Pferde als auch den Wind schlagen. Hellhörig geworden horchte der Herrscher auf. Er konnte es sich nicht leisten, das Ansehen seines Volk wegen eines vorlauten Herbergsvaters zu verlieren.

So wurde Macha herbeigeschafft. Die roten Haare hingen ihr in schweißnassen Strähnen ins Gesicht, ihren dicken Bauch schob sie wie eine Kugel vor sich her. Jedermann hätte Gnade gehabt, wenn ihr Mann alles zurückgenommen hätte, aber so viel sie ihn auch anflehte, er ließ sich nicht erweichen.

Als sie sah, daß ihr Mann nicht zur Umkehr zu bewegen war, wandte sie sich an den König. Aber auch dieser zeigte kein Erbarmen. So stellte man die hochschwangere Frau neben die Pferde des Königs. Höhnisches Gemurmel drang aus dem Volk.

"Die hat doch mit einem Pferd gar nichts gemein. Höchstens ihre Eselsohren. Und schau dir diesen Bauch an, die schafft es nicht mal von hier bis da."

Macha stand nur da, sie hatte nichts zu sagen, noch nicht.

Würden die Männer dieser Stadt das Rennen zulassen, würde ihre Rache furchtbar sein. Aber nichts, kein einziger Mann schien mit der Frau Mitleid zu haben. So gab der König den Befehl, das Rennen beginnen zu lassen. Und so geschah es.

Tatsächlich lief Macha schneller als die Pferde des Königs, schneller noch als der Wind. Auf der Ziellinie aber brach sie zusammen. Sterbend schenkte sie noch einem Zwillingspärchen das Leben. Als jedoch jeder glaubte, sie hauche ihren letzten Atem aus, raffte sie sich noch einmal auf und sprach laut und klar:

"Männer von Ulster, ohne Verstand und Ehre habt ihr euch erwiesen. Dies hättet ihr verhindern können, aber das Leben eines Weibes erschien euch nicht wertvoll genug. Jeder, der diese Worte hört, und jeder Ulate wird sie hören, wird sich neun Wochen lang wie eine Wöchnerin fühlen. Und immer, wenn Ulster eure Stärke am nötigsten braucht, wird dieser Schmerz über euch kommen, neun Geschlechter lang.

Dies ist alles, was ich euch als Siegespreis zu geben vermag."

Dann schloß sie die Augen und starb.

Schweigend blickten die beiden Frauen in das Feuer, bis Amhrán traurig fragte:

"Warum nur hat er das getan? Sind alle Männer so?"

Rhiannon lächelte verschmitzt, als ob eine längst verblaßte Erinnerung sich in ihre Gedanken eingeschlichen hätte.

"Nein, nicht alle, aber einige sicherlich. Die Männer sind ein seltsames Volk, aber das werden sie auch von uns Frauen sagen."

"Aber welchen Grund hatte Crunnchu denn, Macha so zu verraten? Er hatte ihr doch alles zu verdanken. Das wußte er doch. Andrerseits frage ich mich, warum sie es überhaupt so weit kommen ließ. Schließlich war, ich meine, ist sie doch eine Göttin."

Sanft schaute die alte Frau in die Augen der Jungen:

"Du scheinst nicht viel über die Seele unserer Götter zu wissen. Vielleicht brauchen die Götter die Menschen ja genauso wie wir Menschen die Götter.

Vielleicht konnte Macha ihre Kraft, ihre Liebe nur entfalten, wenn dies in Verbindung mit einem Menschen, einem Mann geschah. Vielleicht braucht sie diesen Seelensplitter des Menschen, um in ihrer Splitterseele eins zu sein mit sich selbst. Vielleicht schlummern all diese Kräfte in ihr, aber um sie zu wecken, braucht sie die Aufmerksamkeit, die Liebe eines Menschen."

"Aber," unterbrach sie Amhrán, "aber trotzdem frage ich mich, warum Crunnchu sie so verraten hat. Warum ließ er das nur zu?"

"Weißt du, Männer muß man immer auf zwei Weisen sehen.

Einmal allein als Mensch und einmal als den Teil einer männlichen Gesellschaft. Denn unsere Gesellschaft ist nun einmal leider vorwiegend männlich bestimmt, auch wenn wir mehr Rechte haben als die Frauen anderer Völker.

Als Mann mag er Macha geliebt haben und durch diese Liebe die besonderen Stärken seiner Frau angenommen haben.

In den Augen der anderen Männer aber mußte er schwach erscheinen, weil er alles, was er war und hatte, seiner Frau verdankte. Sie war es, durch die Haus und Hof gedieh. Vielleicht war es dieser unerträgliche Gedanke, der ihn dazu trieb, dies alles zu opfern.

Macha ihrerseits beendete dies alles vielleicht nicht, weil sie noch Hoffnung hatte für den Menschen, den Mann.

Und als sie erkennen mußte, daß ihr Mann sie doch opferte, ging sie den uralten Weg aller Göttinnen.

Macha ist eine Göttin, und als Strafe für die Verschwörung der Männer, verhängte sie ihr Leiden, ihren Schmerz über jene, denen sie ihn zu verdanken hatte."

Empört richtete sich Amhrán auf.

"Was ist denn dabei, wenn eine Frau so für ihren Mann sorgt. Ich meine, wenn das die Art der Männer ist, danke zu sagen, wende ich mich lieber Frauen zu."

Rhiannon brach in schallendes Gelächter aus:

"Meinst du, Frauen sind anders? Sie sind auch nur Menschen. Aber ich weiß auch nicht, worin für Crunnchu die Schwierigkeit bestand. Vielleicht war er auch nicht reif für eine solche Frau.

Wir sind jetzt allerdings reif, um ans Schlafengehen zu denken. Komm, laß uns die Decken im Wetterhäuschen auslegen und schlafen. Wir wollen das Feuer löschen."

Erschrocken rief Amhrán:

"Nein, bitte nicht, ich kann dann doch nichts mehr sehen."

Besänftigend sprach die alte Frau:

"Ich denke, du solltest jetzt müde genug sein, nichts mehr sehen zu müssen. Leg dich hin und schlafe. Es wird dir nichts geschehen. Ich bin bei dir. Warte, ich decke dich zu. So, und jetzt wird geschlafen! Ich werde Wache halten. Frauen meines Alters brauchen nicht mehr so viel Schlaf wie die Jugend. Schlaf jetzt, und träume etwas Schönes."

Dann ging Rhiannon zur Feuerstelle und warf etwas Sand über das Feuer, bis nur noch die Glut vor sich hin schwelte.

Da lag Amhrán. Müde vom Laufen, müde von den Erlebnissen des Tages und hellwach aus Angst vor der Dunkelheit. Immer noch war sie nicht sicher, ob sie Rhiannon vertrauen konnte. Sie wälzte sich hin, sie wälzte sich her, aber gerade als sie in einen wohlverdienten Schlaf zu fallen schien, spürte sie wie feingliedrige Finger ihren Arm berührten.

Blitzschnell sprang sie auf, packte die alte Frau und rief:

"Hab ich dich! Was soll das, wolltest du mir still und heimlich den Hals umdrehen?"

Enttäuscht antwortete Rhiannon.

"Ich wollte dich nur wieder zudecken. Durch dein ständiges Hin- und Herdrehen hattest du deinen Mantel völlig verzogen. Nun ja, ich kann dein Mißtrauen verstehen, versuche zu schlafen oder bleibe wach. Aber ich wiederhole es noch einmal. Es wird dir nichts geschehen. Am allerwenigsten durch mich."

Beschämt zog sich Amhrán die Decke bis an den Hals. Erschöpft fiel sie in einen traumlosen, schweren Schlaf.

Tara

Tara. Die Königin aller Burgen. Sitz des Hochkönigs, der Mittelpunkt von Erius weltlicher Macht, Herzschlag seiner Seele. Eine mächtige Festung seit Jahrhunderten schon.

Weit blickt sie über das Land. Nichts und niemand könnte sich unbemerkt anschleichen, so hoch erhaben steht sie, und doch sind ihre Wurzeln mit dem Gebein der Mutter Erde verwachsen. Ihre weißen Steine waren mit dieser Landschaft aus Grün und Gelb eins wie die Blüte einer Margerite mit ihrem Stiel.

Fette Rinder weiden zu ihren Füßen, ganz so, als sollten sie ein Auge auf den größten Schatz Erius haben. Viele Könige hatten in ihren Mauern gelebt. Gute und schlechte, große und kleine, wenig gerechte.

"Schenke, hole mir Rabharta!"

Broc mac Cíocras, der Hochkönig, war heute noch schlechter gelaunt, als es sonst der Fall war. Nicht nur, daß Réalta, seine, wie sie immer wieder selbst beteuerte, ach so treue Gattin, ihre Nacht wieder in den Ställen bei einem gewissen Stallburschen verbracht hatte. Nein, seit heute morgen waren schon wieder drei Weise Frauen im Schloß gewesen, um ihn wissen zu lassen, daß für sein Reich die Abenddämmerung eingesetzt habe. Womit hatte er all das nur verdient, und sein Metkrug war auch schon wieder leer.

Schnelle, scharf gestochene Schritte rissen den Hochkönig aus seinen Gedanken. Rabharta betrat den Saal. Die grünen Augen hatten sofort den Zustand des Hochkönigs erfaßt. Sein feuerrotes Haar hatte er im Nacken zu einem Pferdeschwanz zusammengebunden. Gereizt zog er die Lederbänder fester. Wie immer trug er ein anscheinend zu großes Wollhemd, eine dunkle Lederhose und dazu kniehohe Lederstiefel.

"Herr, wie kann ich euch dienlich sein?"

Er machte eine unhöfliche Verbeugung vor dem König, die dieser wie immer geflissentlich übersah.

Auch wenn dieser Mann den König nicht liebte, so diente er ihm und dem Reich doch gut.

"Ich möchte, nein, ich will, daß jedes alte Weib diese Burg im Umkreis eines Tagesrittes meidet. Vorgestern waren es sieben, gestern fünf und heute drei. Alle aus verschiedenen Ländereien. Ich kann es nicht mehr ertragen, Rabharta. Und das Schlimme ist, vielleicht haben sie recht."

Der Hauptmann erkannte, wie sehr ihn die letzen Tage migenommen hatten.

"Herr, beruhigt euch! Schenke! Holt Met für den König! Überlegt doch selbst, was sollte denn geschehen? Wir hatten eine gute Ernte, es hat genug geregnet, und seit Jahren läßt sich kein Feind mehr blicken."

Die Angst schien nicht aus den wäßrigen Augen des Hochkönigs weichen zu wollen.

"Ach, Rabharta, und wenn der Feind gar nicht von außen kommt? Was, wenn der Feind aus meinem eigenen Reich kommt? Und Feinde habe ich wahrlich genug. Schon allein dieser Iolaranam läßt mich jede Nacht schweißüberströmt aus dem Schlaf fahren, wenn er mit seinem schwarzen Biest durch meine Träume jagt. Drachenblut soll in den Adern dieses Pferdes fließen.

Ich bin alt, Rabharta. Ich kann nicht mehr gegen einen Geist kämpfen, kann nicht mehr kämpfen wie noch vor zwanzig Jahren."

Der König nippte an seinem wieder gefüllten Becher. Der Hauptmann konnte diese Trunksucht kaum ertragen.

"Herr, ich bitte euch, das Kämpfen ist doch auch meine Pflicht."

"Oh ja, aber was wird das Volk sagen? Schaut ihn euch an, den alten Broc, kann kaum noch sein Schwert heben mit seinen schlaffen Armen. Und für Beltaine müssen die Jungfrauen bestochen werden, damit sie sich zu ihm legen."

"Herr," sagte Rabharta sanft, "jeder Mensch wird älter, auch der Hochkönig Erius."

Bitterer Schmerz der Hilflosigkeit verzerrte Brocs Gesicht.

"Geh jetzt, und erledige meinen Auftrag. Hab dank für deinen Trost, du bist wahrlich mein bester Hauptmann und wohl auch mein letzter. Geh schon!"

Eilenden Schrittes verließ Rabharta den Raum. Er haßte es, wenn sich der König in Selbstmitleid suhlte. Als er noch jung war, mußte er ein großartiger Kämpe gewesen sein. Aber jetzt war er nur noch das schaurige Abbild einer Vogelscheuche. Von Tag zu Tag trank er mehr. Vor einer Spinne hatte er mehr Angst als vor dem größten Feind Erius.

Ein kleiner, untersetzter Mann kam ihm entgegen. Seine schwarzen Augen waren nur Schlitze, und doch konnte man das Böse darin funkeln sehen. Die riesige Hakennase schien ständig nach allen Seiten zu wittern. Zu allem kam noch sein schaurig schiefer Mund, der dieses Antlitz noch mehr verzerrte. So schwarz wie seine Augen war auch seine Kleidung. Das Gesinde sagte, daß ihn die Nacht einst verschlungen, dann aber doch wieder ausgespien habe, weil sein Blut aus purem Gift bestünde.

"Oh Rabharta, mein Freund, du warst wohl beim König?"

Zuckersüß glitten die Worte über seine schiefen Lippen.

"Wie geht es ihm denn? Es scheint, als sei ihm nicht wohl. Nun ja, es sind ja auch schwere Tage für ihn und, wie es heißt, auch seine letzten."

Rabharta erwiderte geschmeidig:

"Das alles ist dir doch eine Freude, Cruimh. Aber merke wohl auf: Wenn es seine letzten Tage sind, so sind es auch sicherlich die deinen, dafür werde ich schon sorgen!"

Drohend machte Rabharta einen Schritt auf den häßlichen Zwerg zu, der vor ihm zurückwich.

"Oh, mäßigt euch, mäßigt euch. Vergeßt bei euren wilden Plänen nicht, daß es noch andere gibt, die ein Vorrecht auf meinen Untergang haben. Ich stehe nicht nur auf eurer Liste, Hauptmann. Dann will ich euch mal nicht weiter aufhalten, ihr habt gewiß wichtigere Geschäfte zu erledigen, als mit einem alten Mann zu plaudern. Einen schönen Tag wünsche ich euch noch, junger Held."

"Spar dir dein Gift für die Ohren des Königs. Bei mir wird es bestimmt seine Wirkung verfehlen!"

Leise murmelte der Königliche Berater:

"Da wäre ich mir nicht so sicher" und machte sich davon, wie immer sein schiefes Grinsen auf den Lippen.

Zügig überquerte des Königs Hauptmann jetzt den Hof. Er folgte der inneren Schloßmauer, die aus einem großen Steinring bestand, und lief eine kurze Strecke auf den Wiesen bis zu den "Häusern der Götter," die zwischen dem inneren und äußeren Steinring angesiedelt waren. An der ersten Rundhütte sprach er leise einige Worte, dann wurde die Tür geöffnet.

"Du kommst spät, Rabharta."

Vorsichtig trat er ein. Eine einzelne Kerze spendete mehr Schatten, als sie Licht abgab. An einem Tisch in der hinteren Ecke konnte er fünf dunkle Gestalten ausmachen.

"Sei mir gegrüßt, Tuan. Du hast Besuch? Ich dachte, du wolltest mich unter vier Augen sprechen?"

Vorsichtig versuchte er die Männer zu mustern.

"Mach' dir keine Sorgen. Sie sind auf unserer Seite. Setz dich, Rabh. Es gibt Neuigkeiten, die dich überraschen werden. Aber zuerst, wieviele Frauen waren heute beim König? " fragte der Mann neugierig, fast hoffnungsvoll.

"Drei, warum fragst du? Glaubst du etwa an dieses Ammenmärchen?"

Rabharta schüttelte ungläubig den Kopf.

"Seit zwei Stunden ja. Diese fünf Männer kamen vor zwei Stunden von dem Coven der Danu. Vor einer Woche soll dort ein Mädchen aufgetaucht sein, das nicht Hochzeit halten konnte wegen eines Blauen Schwertes."

"Das Blaue Schwert?"

Der Hauptmann runzelte die Stirn.

"Es scheint so. Deirdre, eine mir treu Ergebene, hat mir deshalb sofort Nachricht durch diese Reiter gesandt."

"Und es gibt keinen Zweifel? " fragte Rabharta.

"Zweifel gibt es immer, aber die einzelnen Teile fügen sich doch erstaunlich gut zusammen," erwiderte der Hochdruide und mächtigste Mann des Reiches neben dem König.

"Zu gut. Und was willst du jetzt tun, Tuan?"

"Ich, ich werde gar nichts tun. Ich bin nur der alte, gebrechliche Druide des alten, gebrechlichen Hochkönigs. Der König muß etwas tun. Er muß seinen Niedergang selbst vorbereiten, so sagt es das Alte Wort. Und morgen schon wird er seinem Schicksal die Türe öffnen," sagte der Greis voll Genugtuung.

"Mir gefällt das alles nicht. All das ist so unbegreiflich für mich. Ich liebe meinen König zwar nicht, aber ich diene ihm gerne, denn er dient dem Land. Was wir hier tun, ist Verrat, Hochverrat, und du weißt das."

Ein gutmütiges Lächeln überzog das Gesicht des alten Druiden.

"Da haben wir ihn doch wieder, den guten, getreuen Gefolgsmann Rabharta. Mach' dir keine Sorgen, mein Freund! Das Rad des Schicksals dreht sich diesmal zum Wohle derer, die dem Land wohl wollen. Wenn der kommt, den wir erwarten, wird Eriu wieder eins sein."

Aus der Dunkelheit kam ein tiefes Räuspern.

"Und was ist unser Dienst dabei? Was sollen wir tun? Sollen wir hierbleiben oder zurückkehren? Deirdre sagte, daß das Mädchen diejenige ist, auf die sie schon so lange gewartet hat. Aber sie sagte auch, daß der Weg, den sie beschritten hat, noch lange und steinig ist. Ich weiß von all diesen Sagen und Legenden nicht viel, und als ich sie danach fragte, sagte sie nur:

Du gehst zu einem Meister, wenn du bei ihm bist, frage ihn. Vielleicht könntet ihr, werter Tuan, uns ja sagen, worin wir verwickelt sind. Wir wüßten schon gerne, auf welcher Seite unsere Herrin steht."

"Nun, Dallóg, so ist doch dein Name? Da du, wie viele andere aus unserem Volk, von diesem und seinen Geschichten nicht viel weißt, will ich versuchen, dir zu erklären, worum es hier geht.

Als Broc mac Cíocras geboren war, wurde vorausgesagt, daß er einst ein großer König werde.

Seine Macht aber würde schwinden, wenn ihn an vier aufeinanderfolgenden Tagen, jeweils am ersten sieben, am zweiten fünf, am dritten drei und am vierten eine Weise Frau beehrten, um ihm dies mitzuteilen. Zu dieser Zeit würde auch das Blaue Schwert König Fionn mac Cumhails wieder seinen Weg in die Hand des rechtmäßigen Königs finden.

Eine neue, gute Zeit soll dann anbrechen im Zeichen von Licht, Liebe und Gesang. Was auch immer das bedeuten mag. Morgen aber, am vierten Tag, wenn die letzte der Weisen Frauen durch Taras Pforten schreitet, wird er beginnen, seine Gessa zu brechen.

Damals hieß es, sein Reich wird enden, wenn der König sich selber äße, er einen Drachen reite, und wenn er den curad-mír, das beste Stück von der Tafel des Hochkönigs, die Keule des Schweins, einem Hund gäbe. Wie du wohl mitbekommen hast, sind gestern und die Tage davor diese Weisen Frauen hier gewesen.

Und glaube mir, das Schicksal wird auch morgen wieder seinen Lauf nehmen."

Da meldete sich Rabharta zu Wort.

"Aber was ist denn so verkehrt an Broc? Er war doch ein guter König, und er hat das Land zusammengehalten!"

"Sicher war er das, aber jetzt ist er alt, alt und zahnlos, gierig und faul geworden. Er hat die Zügel schleifen lassen. Du weißt doch selbst, was an unseren Grenzen vorgeht. Viehdiebe aus Alba kommen sogar am hellichten Tag, um unsere besten Rinder zu stehlen.

Hast du die Väter gesehen, die wegen ihrer verschleppten Töchter vor dem König stehen und zetern, weil sie auf eine große Mitgift ihrer Kinder hofften?

Aber er mußte ja die Fianna auflösen. Dem Volk preßt er die letzten Brotkrumen ab und verpraßt es hier in Saus und Braus.

Wie ein alter Dachs sitzt er in seiner Höhle und keift, wenn ihm einer seinen Platz streitig macht. Aber kämpfen kann er nicht, der alte Mann, nur drohen.

Ein Land wie unseres aber braucht einen starken, einen jungen König. Was hinterläßt er uns denn? Er hat keine Töchter, keine Söhne. Und ich möchte auch nicht, daß ein Nachfahre dieses Geizhalses noch mal über dieses Land herrscht. Wie konnte er damals nur die Fianna auflösen?

Nein, mein Junge, deine Treue in Ehren, aber das Land braucht einen jungen, starken König, einen König, der neue Wege zu gehen wagt. Erinnere dich doch nur an Fionn und sieh, was dieser Geizkragen aus seinem Erbe gemacht hat. Er hätte uns nie verlassen dürfen. Aber die Wege des Schicksals sind unergründlich."

Wieder räusperte sich jemand im Hintergrund.

"Nun gut, aber welche Rolle spielen wir in diesem Königsspiel?"

"Unser aller Rolle muß es sein, unserem neuen Herrn den Weg zu bereiten, dafür zu sorgen, daß es keine Unruhe, vor allem, daß es keine Unfälle gibt. Dein Aufgabengebiet, Dallóg, ist es, daß Nachrichten von mir zu Deirdre und umgekehrt gelangen und nicht verlorengehen. Sag ihr aber, daß fünf Mann wahrlich zu auffällig sind. Einer allein geht verloren, zwei werden gefangen, aber von dreien bleibt immer einer übrig.

Geht jetzt, ruht euch aus, oder tut was ihr zu tun beliebt. Aber fallt um der Göttin Willen ja nicht auf, und schon gar nicht schlecht.

Rabh, bleib bitte noch einen Augenblick. Ich muß noch etwas mit dir besprechen."

Langsam schoben sich die fünf Gestalten aus dem Raum zur Tür hinaus.

"Du mußt verrückt sein, solchen Leuten davon zu erzählen. Genausogut hättest du es auf dem Markt verkünden lassen können," sagte der Hauptmann, und seine Augen funkelten in dem dunklen Raum.

"Keine Sorge, es werden nicht die kleinen Leute sein, die unseren Plänen gefährlich werden können. Es sind Leute wie der Königliche Berater, die mir Sorgen machen. Menschen wie er wollen selbst aus einem leeren Sack noch etwas für sich gewinnen.

Zu gerne wüßte ich, was er vorhat. Er wird sich nicht so ohne weiteres seinen Platz streitig machen lassen. Deshalb bitte ich dich auch, ab morgen den König nicht mehr aus den Augen zu lassen. Du kannst jetzt gehen, ich danke dir."

Niedergeschlagen ging Rabharta hinaus. Diese ganze Sache gefiel ihm nicht, warum mußten auch immer so viele Fäden gesponnen werden an einem Hof. Er fühlte sich wie eine kleine Fliege in einem großen Spinnennetz. Sicherlich war Broc mac Cíocras kein guter König. Aber wer gäbe ihm die Gewähr, daß diese neue Hoffnung, von der Tuan sprach, besser wäre.

Auf eine merkwürdige Art und Weise fühlte er sich wie der Handlanger des Hochdruiden und Rabharta war kein Mann, der sich gern von anderen benutzen ließ.

Diese ganze Geschichte war so unwirklich, so fern und doch zu nah, zu bedrohend. Er mußte etwas tun. Das Letzte, was er jetzt brauchte, war die Übersicht zu verlieren. Es war so schon schwer genug, diesen Ameisenhaufen zu überblicken.

Schmeichlerische Höflinge, die Königliche Garde, das verlogene Gesinde, die jungen, gierigen Recken, die Druiden, das Volk.

Wenigstens hatte er seine Leute im Griff. Ihm würden sie folgen, auch in den Untergang. Schließlich hatten sie ihm ihr gutes Leben auf der Burg zu verdanken. So geizig Broc auch war, aber wenn seiner Ängstlichkeit auf die Sprünge geholfen wurde, rückte er brav den Sold und noch einiges mehr an Vergünstigungen für die Männer des Hauptmanns heraus. Schließlich waren sie auch für die Sicherheit des Hochkönigs verantwortlich.

Sicherlich haben auch die Fianna ihre Finger im Spiel. Ihnen entgeht es ja noch nicht einmal, wenn die Flöhe auf Brocs Haupt niesen.

Und wer mochte dieses Mädchen sein? Dieses Mädchen mußte unbedingt zur Rede gestellt werden.

Sie war eine Gefahr für das Reich. Für das Reich von Broc, der immer noch Hochkönig war, sein Hochkönig. Sie war der Schlüssel, war der Weg zu diesem Thronräuber.

Wie konnte dieser Wahnsinnige glauben, das Blaue Schwert zu finden und zu behalten?

Selbst Fionn, der es in Händen gehalten hatte, warf es wieder fort. Fort in den Brunnen des Connla.

Wer weiß, von wem dieser Verrückte noch Unterstützung erfuhr.

Über Rabharta zogen die Wolken dahin. Bald würde es regnen. Zielstrebig schlug er den Weg zu den Unterkünften seiner Männer ein. Wieder durchquerte er den inneren Steinring der Burg und betrat die Große Halle des Hochkönigs.

An den großen Feuern standen höfische Frauen und Männer, schnatternd wie Enten. Er ging durch die Halle in die Küche, die gleich an den Saal anschloß.

Hier herrschte ein reges Treiben. Töpfe klapperten, Mägde, die von einem Herd zum anderen eilten und dabei jedermann im Wege standen. Der Wohlgeruch nach frisch gebackenem Brot drang an seine Nase, und Suppe brodelte in riesigen Bottichen vor sich hin. Über dem Feuer drehten sich mehrere Fasane am Spieß. Im Vorübergehen verschwand ein Schlegel und landete zufälligerweise in Rabhartas Hand. Mit Genuß biß er in das zarte Fleisch. Schließlich wandte er sich wieder nach draußen, wo im Hof einige Männer beieinander saßen, ihre Waffen pflegten und die Geschirre ihrer Pferde putzten.

Als er so aus der Küche in den Hof trat, hoben die meisten der Männer den Kopf, nahmen ihn zur Kenntnis und fuhren dann mit ihrer Arbeit fort.

Seine Beine unterschlagend machte es sich der Hauptmann auf einem großen Stein bequem und befaßte sich wieder mit seinem Schlegel.

Irgendwie mußte er an das Mädchen herankommen. Er mußte einfach erfahren, wer Brocs Thron stehlen wollte, und er mußte es als erster herausfinden, so früh, daß man ihn noch aus dem Weg räumen konnte. Aber Rabharta konnte seine Stellung in der Burg nicht verlassen. Sicher hatte er in Measartha einen würdigen Vertreter, aber er wollte einfach nicht die Zügel aus der Hand geben.

Welchen seiner guten Männer sollte er nun auf die Reise schicken. Es war nicht einmal sicher, ob derjenige überhaupt ankommen geschweige denn wieder zurückkehren würde. Die Wege waren tückisch geworden in Eriu, das heißt weniger die Wege als das Gesindel, das auf ihnen verkehrte.

Ganz hinten in der dunkelsten Ecke des Hofes saß Scathcrobh. Ein finsterer Geselle, dem er immer noch nicht ganz über den Weg traute. Zu unauffällig benahm er sich, doch die Fragen, die er stellte, bewiesen, daß er nicht der Dummkopf war, für den er gern gehalten wurde. Als einziger seiner Truppe kämpfte er nicht mit dem Schwert. Seine Waffe war die Axt, und diese beherrschte er bis zur Vollkommenheit. Quer hing die riesige Lochaber über seinem Rücken, wenn er in einen Kampf auszog. Für den Kampf Mann gegen Mann hatte er sich von einem Schmied zwei kleine Schwestern der großen Axt anfertigen lassen.

Diese trug er im Bund seiner Bracca. Bei Gefahr schleuderte er sie so schnell, daß seine Hand nur ein dunkler Schatten in dem Blickwinkel seines Gegners war. Immer war er mürrisch, ungesellig und von bedrückendem Schweigen.

Außer auf dem Schlachtfeld hatte ihn Rabharta noch nie lächeln gesehen.

Kühl nahm der Krieger seine Befehle entgegen, als wäre ihm alles gleichgültig. Doch im Kampf war er ein blutgieriges, mordendes Tier, das im Rausch eiskaltes Wasser zum Kochen bringen konnte. Bei den heftigsten Wunden schien er keine Schmerzen zu empfinden, sondern kämpfte einfach weiter, lachend.

Immer wieder ließ sich Scathcrobh sein schwarzes, dichtes Haar vom Kopf scheren, wenn es einen Monat gewachsen war, doch dafür ließ er sich einen gewaltigen Bart stehen.

Seine dunklen Augen blitzten wie die eines aufmerksamen Raubtieres, denen nichts verborgen blieb.

Gab es ein Gefahrensignal, war er der erste, der kampfbereit vor dem Hauptmann stand.

Seinen dreißigsten Sommer mochte er gerade überschritten haben, doch konnte er es mit jedem jüngerem Krieger leicht aufnehmen.

Schwer fiel ihm, das Raubtier in sich zu verbergen.

Keine Freunde hatte er am Hof, nur selten sah man ihn an Tuans Seite. Doch dann erstaunlich gesprächig. Lässig sprang Rabharta von seinem Stein, warf den nun abgenagten Knochen hinter sich und ging auf den Mann zu. Diesem war es nicht entgangen, daß er beobachtet worden war, dennoch schärfte er seine Axt scheinbar aufmerksam weiter.

"Sei mir gegrüßt, Scathcrobh. Ich habe einen Auftrag für dich. Folge mir in mein Zimmer, wo wir ungestört sind."

Wortlos folgte ihm der Mann über den Hof in die Unterkünfte der Krieger. Durch den großen Mannschaftsraum ging es, bis sie vor Rabhartas Kammer standen, die er allein bewohnte.

Rabharta öffnete die Tür, die schon lange nicht mehr geölt worden war. Karg war der Raum eingerichtet, kein Feuer brannte, wenig Licht fiel hinein.

"Setz dich, Scathcrobh!"

Der Angesprochene setzte sich auf den einzigen Stuhl in dieser Behausung, während Rabharta ein Feuer machte.

"Wie ich bereits sagte, ich habe einen Auftrag für dich. Allerdings ist dieser Auftrag kein Gewöhnlicher. Du wirst allein nach Cluainmaccu-Nois reiten und zwar so schnell du kannst. Von dort wirst du mir Nachrichten bringen, wichtige Nachrichten und nur mir. Ich muß dir aber sagen, daß es nicht mehr so einfach wie früher ist, dorthin zu gelangen. Erius Wälder sind nicht mehr die zu Zeiten Fionns. Es mag durchaus sein, daß du deinem Tod begegnest."

"Beginnt nicht jeder am Tag seiner Geburt zu sterben und endet das Sterben nicht erst mit dem Tod, Hauptmann? " fragte Scathcrobh gelassen.

"Wahrscheinlich siehst du das wirklich so, dennoch wirst du sicherlich mit einigen Schwierigkeiten zu kämpfen haben," erwiderte Rabharta.

"Vielleicht, doch der kluge Mann umgeht Schwierigkeiten und läßt sich nicht mit ihnen ein."

"Und woher, bitte, weiß ein kluger Mann, was eine Schwierigkeit ist, Scathcrobh?"

"Da gibt es nur zwei Möglichkeiten, Hauptmann," gab der Gefragte zurück.

"Die da wären?"

"Nun, entweder ist sie ein Teil der Lösung der oder sie ist ein Teil der Schwierigkeiten."

"Du hast merkwürdige Ansichten, Krieger. Ich hätte nie solche Weisheit hinter deiner Maske vermutet."

"Die Dinge sind nicht immer, wie sie scheinen. Ich war auch nicht immer nur ein Krieger, Herr. Was soll ich tun, wenn ich in Cluain-maccu-Nois bin? " fragte der Krieger neugierig.

"Es gibt einen Coven dort. Den Coven der Danu. Ich selbst weiß nicht, wo er ist, aber du wirst ihn finden. Dort gibt es eine Frau. Ihr Name ist Deirdre. Von ihr läßt du dich zu einem Mädchen bringen. Ihren Namen weiß ich nicht, aber sage nur "Blaues Schwert," dann wird die Frau wissen, welches Mädchen du meinst.

Sage ihr, du kommst von Tara, von Tuan, falls sie Fragen stellt. Das Mädchen aber frage nach dem Thronanwärter, nach seinem Namen, seinem Aufenthaltsort. Versuche so viel wie möglich über ihn herauszubekommen. Aber erwähne nicht meinen Namen. Dann kehre zurück und erstatte Bericht.

Siehst du etwas, woran du scheitern könntest?"

"Ja, ich habe kein Pferd. Meines wurde bei den letzten Geplänkel mit Flußpiraten getötet."

"Dann wirst du dir eben eines deiner Kameraden leihen," sagte Rabharta.

"Wer sich vom Feind die Waffen leiht, ist schon geschlagen, bevor die Schlacht überhaupt beginnt."

"Du erzürnst mich langsam, Scathcrobh stelle meine Geduld nicht auf eine zu harte Probe. Was soll das heißen? " fragte Rabharta.

"Das soll heißen, der, dem das Pferd gehört, kennt es natürlich besser, als der, der es leiht. Besser wäre es, auf dem Markt eines zu kaufen, das nicht den Stempel seines Vorgängers trägt, und meinem Kameraden das seinige zu lassen."

"Da magst du recht haben. Nun gut, geh zum Schatzmeister, sage ihm Grüße von mir, und er solle dir Geld geben, um auf dem Markt ein

Pferd für dich zu kaufen. Kaufe dir dann eines und behandle es umsichtiger als das Letzte. Teure Kämpfe wären es, verlören unser Krieger immer ihre Pferde.

Geh jetzt, Auge Taras, heute abend wirst du mich nach Sonnenuntergang in den Stallungen erwarten. Reisefertig."

Dann stand Rabharta auf, öffnete die Tür und entließ seinen Mann. Da stand er nun und überlegte, ob das, was er tat, richtig war. Aber die Zeichen der Zeit standen auf Sturm, und er mußte vorbereitet sein auf das, was da auch immer auf ihn zukommen mochte. Lange und hart hatte er dafür arbeiten müssen, um diese Stellung im Hause des Hochkönigs zu erlangen. Kampflos würde er das alles bestimmt nicht aufgeben.

Jetzt galt es die Augen offenzuhalten.

Wie in allen unruhigen Zeiten waren es weder Waffen noch Gold und Silber, die am wertvollsten waren. Einzig und allein, wer wem welche Nachrichten voraus hatte, war wichtig. Was Rabharta jetzt brauchte war ein Überblick, waren Neuigkeiten, die ihm fehlten.

Wenn er schon wie eine Fliege im Spinnennetz gefangen war, wollte er doch wenigstens genau mitverfolgen, wie alles zugrunde ging.

Rasch schüttelte er diese Gedanken ab, schloß seine Tür von außen und machte sich auf den Weg zu den Stallungen. Dort stand seine kleine, graue Stute. Er ließ sich Zeit beim Aufzäumen. Dann führte er das Tier am Zügel aus dem Stall über den Hof und blieb stehen. Measartha, sein Nachfolger, kam ihm entgegen und hatte ihn mit seinem jugendlichen Gang schnell erreicht.

Fünfundzwanzig Sommer zählte der Jüngling, der Rabharta in seinem Wesen und seinem Denken sehr ähnlich war.

Ein ruhiger, ausgeglichener Mann war Measartha, der kaum Gefühlsausbrüche kannte und vor allem zuverlässig war. Für den Hauptmann in seinem fünfunddreißigsten Sommer ein guter Nachfolger.

"Grüße, Measartha, ich werde noch einmal kurz meine kleine Freundin bewegen. Bis Sonnenuntergang werde ich wieder zurück sein. Halte du hier Augen und Ohren auf.

Wo steckt eigentlich unsere hohe Herrin? Suche sie! Wahrscheinlich steckt sie wieder ihren schlauen Kopf mit dem von Cruimh zusammen. Gemeinsam werden sie sicher eine Lösung für ihre Schwierigkeiten mit dem Namen Broc mac Cíocras finden. Ich traue ihr ohne weiteres zu, daß sie ihn durch einen Stallburschen, den wir beide kennen, ersetzen will."

Der junge, braunhaarige Mann zauberte ein Lächeln in sein kantiges Gesicht, seine braune Augen strahlten, als er antwortete.

"Ihr werdet nie die Zügel aus der Hand geben, nicht wahr, Rabharta!? Nun gut, ich verlasse mich darauf, einstweilen. Ihr wißt, den letzten beißen die Hunde, dem ersten werden sie den Kopf abreißen, aber die in der Mitte werden einfach unbeachtet übersehen. Und in der Gewißheit dessen kann ich tun und lassen, was ich will. Bleibt mir als denn obenauf. Ich will gerne nur die Hand sein und nicht der Kopf.

Réalta, unsere Hoheit, sah ich heute vor Sonnenaufgang in der Tat aus dem Stall kommen. Ihr blondes, langes, welliges Haar war ziemlich zerzaust und das Stroh rieselte nur so daraus hervor. Und fragt mich nicht, was sie anhatte. Jede Magd trägt mehr im Bett. Ich behalte sie im Auge.

Und was ist mit Scathcrobh? Vorhin sah ich ihn auf dem Markt mit einem merkwürdigen Tier am Zügel. Hätte ich es nicht mit meinen eigenen Augen laufen sehen, ich hätte gesagt, es ist ein totes Pferd.

Nun ja. Ich weiß auch nicht, was er damit will. Ihr vielleicht?"

Ein wissendes Grinsen überzog Rabhartas Gesicht.

"Vielleicht weiß ich es, aber du willst es doch gar nicht wissen, oder?"

Unschlüssig blickte Measartha in die Augen des Hauptmannes.

"Wenn ich es gar nicht wissen will, Rabharta, ist es wohl auch besser, wenn ich es nicht weiß, oder?"

"Richtig, vorerst ist es besser, wenn niemand außer mir und ihm etwas darüber weiß. Halte die Augen offen. Ich habe auf der anderen Hügelseite etwas zu erledigen."

"Du willst zu ihnen? " fragte Measartha erstaunt.

"Ich denke, sie werden mich auch dieses Mal empfangen. Obwohl ich jedesmal heilfroh bin und der Göttin auf Knien danke und opfere, wenn ich lebend zurückkehre. Sie sind uns so ähnlich und doch so fremd. Nun denn, einer muß gehen."

Kraftvoll schwang er sich auf sein Pferd, grüßte und trabte aus dem Hof. Als er fast schon das Tor im inneren Steinring erreicht hatte, hielt er an und drehte sich noch einmal zu Measartha um.

"Sag, edler Krieger, woher weißt du, was eine Magd im Bett trägt."

Ein verschmitztes Grinsen strahlte aus den Augen des jungen Mannes, der mit den Schultern zuckte.

Rabharta setzte seinen Weg fort.

Unerwartete Begegnungen

Leise ging er durch die Stille der Nacht. Es war kein allzu weiter Weg, und morgen früh schon würde er in Inis-Diomain sein, in Solasard mac Annirs Dorf. Solasard mac Annir, das große Licht, Sohn des Mädchens, ein seltsamer Name.

Wer weiß, wessen Sohn er war, und was für eine Geschichte sich hinter dem Namen verbarg. Andererseits er, Athraigh, hatte gar keine Eltern und auch keinen Namen außer diesem seinem Vornamen. Mit Freuden hätte er den Namen Solasards angenommen.

Als Vollwaise war er vom Fahrenden Volk aufgenommen worden und hatte fast sein ganzes Leben bei ihm zugebracht. Manchmal allerdings hatte auch er Glück und konnte für längere oder kürzere Zeit bei alten Frauen mit großem Herzen oder jungen Strohwitwen mit kleinem Gewissen unterschlüpfen.

Er nahm alles, was das Leben zu bieten hatte. Was sonst hätte er auch tun können? Immer schon träumte er von einem Leben bei den Fianna. Aber einer wie er bekam selten die Gelegenheit, sich zu beweisen, und selbst wenn...

Athraigh war kein grobschlächtiger Krieger. Athraigh war ein feingliedriger, gutaussehender, hochgewachsener Mann mit meerblauen Augen und schulterlangem, schwarzem Haar, seine Lippen krönte ein pfiffiger Schnauzbart, über den er gerne mit seinen Fingern strich. Er verabscheute es, sich in Pfützen zu prügeln wie ein gewöhnlicher Maulheld, dafür war er zu eitel. Vor allem war seine Kleidung zu kostbar.

Athraigh hatte eine Vorliebe dafür, die feinsten Stoffe und die schillerndsten Farben zu tragen. Einen Großteil seiner Silberlinge gab unser Freund dafür aus. Aus diesen Gründen beseitigte er seine Feinde auch lieber aus einer gewissen Entfernung. So entschied er sich schon sehr früh für das Messerwerfen. Er konnte auf fünfundzwanzig Schritte einen Spatzen im Flug erlegen.

Schärfer jedoch als jedes seiner Messer war seine Zunge. Scharf war sie, flink und gefährlich. Früh schon hatte er lernen müssen, daß Worte schlimmer noch als jede Waffe verletzen können. So lernte er die Worte zu beherrschen, denn wer die Sprache beherrscht, beherrscht seinen Gegner.

Oh ja, er war so zuvorkommend, so wohlerzogen und artig. Die Frauen lagen ihm in Scharen zu Füßen, und er wußte das auch geschickt für sich auszunutzen. Dennoch schaffte er es, jede glauben zu machen eine Königin für ihn zu sein. Es waren schöne Jahre gewesen beim Fahrenden Volk, lehrreiche Jahre. Cluanaire, der Anführer, hatte ihn als Ziehsohn angenommen.

Aber jetzt brauchte er eine andere Herausforderung, als im Sommer auf Jahrmärkten den Gaukler zu spielen und im Winter das bloße Überleben. Vor einem Monat dann war diese alte Frau bei ihnen aufgetaucht.

Sie war geradewegs auf ihn zugegangen, als gäbe es nur ihn im ganzen Lager. Dann hatte sie ihm von Solasard erzählt und seiner Suche nach dem Schwert. Wer weiß, was dabei für ihn heraussprang, und Spaß würde er dabei bestimmt auch jede Menge haben. Und vielleicht würde er auf der Suche ja auch erfahren, wer er selber war.

Eigentlich wollte er lange abwägen, ob er sein sicheres Leben gegen ein unbekanntes eintauschen sollte.

Aber schon während die Alte die Geschichte erzählt hatte, kribbelte es ihn in den Zehen. Und so war er heute abend zu dem Ältestenkreis gegangen und hatte gesagt, daß er den Zug verlassen werde. Entsetzen zeichnete sich in den Gesichtern der Alten ab, denn in ihren Augen hatte Athraigh eine geradezu unnatürliche Begabung.

Cluanaire warf einen Blick in die Runde am Feuer. Er rieb sich seine dicken Hände und legte sie auf seinen großen Wanst.

"Du willst uns verlassen, Athraigh, Namenloser? Ich hoffe nicht, daß du vergißt, woher du kommst, mein Junge, wenn du mit diesem Solasard unterwegs bist. Du gehörst zu uns. Wir sind deine Familie, die Mornas.

Mir scheint es, als hätte ich den Namen des Jungen schon einmal gehört, aber das ist viele Jahre her. Mir kann es ja gleich sein, Hauptsache, in seinen Venen fließt kein Basna-Blut. Paß auf dich auf, mein Sohn!"

Fast schien es Athraigh als wisse der schwergewichtige Mann mehr über ihn und auch diesen Solasard als ihm lieb war. Aber das konnte auch einer seiner Tricks sein, um ihn zu verunsichern und zum Hierbleiben zu bewegen. Aber Athraigh hatte sich entschieden, auch wenn er die Alten des Stammes enttäuschte.

So machte er sich auf den Weg. Seine Habseligkeiten hatte er in zwei Reisetaschen verteilt. Ein Pferd wollten ihm die alten Herren allerdings nicht mitgeben. Geizhälse!

Gerade verschwand der letzte Wagen um die Ecke. So ging er durch die Nacht. Die Sterne seine Wegweiser, die Mondin seine Laterne. Viele Stunden ging er so, bis es langsam aufgraute und der Tag die ersten Farben freiließ, die die Nacht unter ihren Fittiche gefangen hielt, allen voran das Morgenrot. Nebel stieg auf, und die letzten Rehe kehrten in ihren Wald zurück.

Von einem Hügel aus konnte er das Dorf schon sehen. Und viele Schritte später kam er an die erste Hütte. Irgendwo wieherte ein Pferd, und ein Hund bellte wohl die Antwort, still zu sein.

"Guten Morgen, Fremder, wohin des Weges um diese Zeit?"

Ein älterer Mann sprang aus einem Gebüsch auf den Weg.

"Auch dir einen Guten Morgen, Nachbar, und möge dein Acker immer fruchtbar sein. Ich bin auf dem Weg zum Hause eines Solasard mac Annir. Von einem Abenteuer habe ich gehört."

"Woher kommt ihr?" fragte ihn sein neuer Wegbegleiter.

"Von Bealaclugga," erwiderte Athraigh knapp.

"Soweit schließlich ist die Kunde schon gelangt, dabei ist es erst drei Monde her. Es geht nie mit rechten Dingen zu, wenn sich Neuigkeiten so schnell verbreiten. Doch dies mag nicht euer Verdienst sein. Folgt diesem Weg bis zum Dorfbrunnen. Neben dem Brunnen auf der rechten Seite steht ein Haus, ein Strauß aus Wiesenkräutern ziert die Tür.

Dort klopft an! Aber wartet damit, bis die dritte Stunde nach Sonnenaufgang vorüber ist. Ich kenne den Hausherrn, und laß dir sagen, er liebt morgendliche Besuche nicht sonderlich. Sag ihm einen Gruß von Thorson, und auf den Feldern sei alles ruhig. Möge die Göttin ihre starke Hand über dich halten, Fremder."

Sogleich sprang der Mann wieder über den Weggraben und verschwand nach wenigen Schritten in einem kleinen Hain.

Das Dorf schien langsam zu erwachen. In einigen Häusern klapperten Töpfe und Kessel, aus anderen hörte man die ersten mürrischen Frühstücksgespräche.

Athraigh setzte sich auf die Bank neben dem Brunnen und betrachtete das Haus. Ein sauberes Haus, eine ordentliche Hausfrau mußte hier wohnen, und arm waren diese Leute gewiß auch nicht. Immer mehr Menschen waren auf der Straße zu sehen. Schließlich faßte sich Athraigh ein Herz. Langsam ging er zu dem Haus und klopfte dreimal leise an die Tür.

"Wer, bei der dreifaltigen Göttin, wagt es, nennt euren Namen und euer Begehr!" polterte eine kraftvolle Frauenstimme.

"Mein Name ist Athraigh. Ich hörte von einer alten Frau, euer Sohn suche das Blaue Schwert und ich..."

Schon wurde die Tür aufgerissen, eine Hand schnappte ihn am Gelenk und zog den verwirrten Mann ins Haus.

"Seid gegrüßt, Athraigh, der wohl keine Mutter hat, die ihm einen Familiennamen hätte geben können. Verzeiht den Empfang, aber unser Leben ist nicht mehr dasselbe wie in alten Tagen. Die Nachbarn gieren nach jedem Wort, über das sie sich das Maul zerreißen können, und wir nach unserer Ruhe. Aber setzt euch erst einmal, eine warme Brühe vielleicht? Mein Sohn wird gleich hier sein."

Geschwind stellte Tiné ihm einen Teller Suppe hin und eilte davon, so daß sich Athraigh in Ruhe umsehen konnte. Nein, arm waren diese Leute gewiß nicht. Edles Geschirr hing an den Wänden, und schönere Möbel hatten seine Augen zuvor noch nie erblickt. Aber war das ein Wunder, wo war er denn schon gewesen?

Eine kleine Katze schmiegte sich an seine Beine. Er nahm das Tier hoch und streichelte es. In einem Nebenraum hörte er ein lautes Rumpeln, dann schnelle Schritte. Mit einem neugierigen Blick kam Solasard herein, Athraigh freundlich musternd.

"Sei mir gegrüßt Athraigh, du hast wohl keine Mutter gehabt, wie? Von wo kommst du?"

Ein verschmitztes Lächeln huschte über sein Gesicht, verschwand aber sogleich hinter seinen Ohren.

"Welche Wege führen dich zu mir?"

"Sei auch du mir gegrüßt. Und um deine Fragen zu beantworten, nein, ich hatte keine Mutter. Jedenfalls keine, deren Namen ich tragen könnte.

Sie starb bei meiner Geburt, und das letzte, was sie aus ihrem Mund hauchte war Athraigh, mein Name. Aber niemand wußte ihren Namen, so daß ich bis heute namenlos geblieben bin. Viele Grüße von Thorson, und auf den Feldern sei alles ruhig. Nun zum eigentlichen Grund meines Besuches.

Eine alte Frau erzählte mir von deinem Hochzeitsabend und von der Suche, die du bald beginnen wirst. Ich habe viele Jahre beim Fahrenden Volk gelebt. Als ich deine Geschichte hörte, dachte ich, vielleicht könnte meine Erfahrung eine Hilfe für dich sein. Wie groß ist denn dein Gefolge schon?"

"Mein Gefolge? Ach ja!"

Ein kurzes Lächeln huschte über Solasards Gesicht, bevor er fortfuhr:

"Aah, nun mein Gefolge.... Laß mich rechnen."

Er zählte ein bißchen an seinen Fingern, machte ein eindrucksvolles Gesicht und sagte dann:

"Genau, mein Gefolge besteht bis jetzt aus zwei Mann, dir und mir."

Ein erschrecktes Staunen glitt über Athraighs Gesicht.

"Und laß mich raten, bis wir losziehen, werden sich uns auch nicht viel mehr Männer anschließen?"

"Wenn ich ehrlich sein soll, denke ich, daß du das Wahrscheinlichste ausgesprochen hast. Es weiß ja auch niemand, wo dieses verdammte Schwert liegt. Und bei diesem Boten sieht mir das auch nicht nach einer Fahrt ins Grüne aus. Wer weiß, wer noch hinter diesem Blauen Schwert her ist, Athraigh.

Ich weiß ja noch nicht mal, was das überhaupt für ein Schwert ist. Vielleicht ist es ja ein magisches Elben- oder Zwergenschwert, vielleicht aber auch nur ein einfaches Holzschwert, das blau angemalt ist."

"Und wie willst du herausfinden, was es ist, Solasard?", fragte der Mann aus dem Fahrenden Volk.

"Ich werde mich erst einmal hier in der Umgebung umhören. Unsere Hohepriesterin weiß bestimmt etwas darüber und Taliesin, unser

Druide, ebenso. Währenddessen kannst du schon einmal die Reise vorbereiten. Wir brauchen Essensvorräte und Wasser. Vor allem aber brauchen wir eine Richtung. Vielleicht könntest du ja bei Taliesin nach einem geeigneten Weg nach Cill-dara fragen. Dort soll noch der Knappe Fionns leben, ein uralter Greis. Der kann uns bestimmt einiges über Fionn und sein Schwert erzählen.

Aber bist du dir auch sicher, daß du wirklich mitkommen willst, Athraigh? Ich will dich nicht beleidigen, aber auf mich machst du nicht gerade den Eindruck eines zuverlässigen Gefährten."

Gelassen antwortete der Fremde:

"Du wirst schon noch feststellen, wie zuverlässig ich bin. Jahrelang zog ich auf den Straßen Erius landauf, landab. Du weißt nicht, worauf du dich hier einläßt.

Wie heißt es so schön im Alten Wort: Von dem, was man nicht kennt, kann man nicht reden. Vielleicht wirst du den Göttern noch danken müssen, daß ich einem unerfahrenen Wanderer wie dir Gesellschaft leiste."

Athraigh strich sich lächelnd über seinen Bart.

"Nun gut, Namenloser, bleibe einstweilen hier. Horche dich um, vielleicht kannst du ja auch etwas in Erfahrung bringen über das Blaue Schwert. Ich indessen, werde zu unserer Hohepriesterin gehen. Bestimmt kann sie mir einige gute Ratschläge geben. Wir sehen uns dann wieder hier."

So richtete sich Athraigh im Hause Carraigs ein und Solasard machte sich auf zu Goleudydd.

Die Hohepriesterin wohnte hoch oben auf den Klippen. Vielleicht glaubte sie, so ihren Göttern näher zu sein. Vielleicht liebte sie aber auch einzig die Lieder der Höhen.

Lieder, kunstvoll gesponnen aus dem Gesang des Windes und dem Rauschen des Meeres. Herangetragen aus der Tiefe von weit unten, wo sich die Möwen auf den Wellen treiben ließen.

Er hatte nur wenig zum Essen mitgenommen. Der Weg war nicht weit, aber gefahrenvoll. Das heißt, eigentlich war der Weg dorthin ja harmlos. Aber er mußte an einem Steinkreis vorbei. Solasard fürchtete solche Orte zutiefst. Er hatte große Achtung vor der Kraft und der Macht solcher Stätten. Stätten, vollgesaugt mit der Magie vieler Jahrtausende. Immer wieder war es vorgekommen, daß er in der Nähe dieses Steinkreises Dinge erlebte, die seiner Meinung nach nicht natürlich waren. Dinge, die andere Menschen nicht wahrnehmen, wenngleich sie neben ihm gelaufen waren.

Einmal war er in der Nacht vor Beltaine an dem Steinkreis spazieren gegangen. Plötzlich wurde es hell in der Mitte des Kreises. Ein herrlich warmes Licht glomm auf und wurde immer stärker. Wunderschöne, fremdartige Melodien suchten ihren Weg zu seinem Ohr. Verschwommen schien er auch Menschen zu erkennen, die sich zu dieser merkwürdigen Musik bewegten.

Aber als er sich mehrmals die Augen gerieben hatte, stellte er fest, diese Wesen konnten unmöglich Menschen sein. Viel zu leichtfüßig und zierlich waren sie. Sie waren größer als alle Menschen, die er bisher in seinem Leben gesehen hatte, und so schmal, daß sie fast zerbrechlich zu sein schienen. Ihre Gesichter waren schmal und hager mit sehr hohen Wangenknochen. Dies verlieh ihren Augen einen katzenhaften Ausdruck. Jede Hast schien aus ihren Bewegungen herausgenommen. Alles war geschmeidig und fließend.

Während die Männer ihre Haare in Pferdeschwänzen zusammengefaßt hatten, trugen die Frauen ihr Haar offen. Allen gemein waren die ins Haar geflochtenen bunten Blumenkränze. Schließlich setzten sie sich an eine lange Tafel und unterhielten sich. So schön waren sie anzusehen, doch als Solasard versuchte, auf sie zuzugehen, kam es ihm vor, als entfernten sie sich immer mehr von ihm. Plötzlich schien es ihm, als bliese der Wind das Licht einer Kerze aus, und er war wieder allein.

Heute aber geschah nichts dergleichen.

In der Abenddämmerung erreichte er das Haus der Hohepriesterin. Goleudydd selbst stand in der Tür, als hätte sie ihn erwartet. Er trat ein. Über der Feuerstelle hing ein Topf mit köstlich duftender Suppe. Auf dem Holztisch standen zwei Teller und die übliche Holzplatte mit Brot, Butter und Käse, falls ein müder Wanderer einkehrte. Als Solasard in die Ecke der Hütte schaute, entdeckte er dort noch ein frisch gemachtes Strohbett, bestimmt angereichert mit den sorgsam zusammengestellten Kräutern, die einen geruhsamen Schlaf bringen sollten. Goleudydd sah ihn freundlich an und begann zu sprechen:

"Du staunst wohl, daß du alles auf deinen Besuch vorbereitet findest? Wundere dich nicht, als ich dich am Steinkreis sah, wußte ich, daß du dich langsam auf den Weg machst, deinen Geís einzulösen. Ich wußte, du würdest kommen. Ich kann dir nicht alles sagen, was du wissen mußt, aber ich will dir vom Anfang unserer Welt erzählen. Doch zuerst setz dich und iß. Du hast einen anstrengenden Weg hinter dir, und bestimmt sitzt dir die Kälte der Ebene noch tief in den Knochen."

So setzte sich Solasard an den Tisch, brach nach alter Sitte das Brot und reichte die andere Hälfte Goleudydd. Die Suppe dampfte schon aus seinem Teller. Solasard war müde, und mit jedem Bissen Brot und jedem Schluck Suppe wurde er noch müder. Kaum hatte er seine Suppe aufgegessen, legte er sich auf das Bett, wo er auf der Stelle in einen erholsamen Schlaf sank.

In seinen Träumen war er ständig von einem Mädchen, einer Frau und einer Alten umgeben, die sich an den Händen haltend im Kreise drehten. Immer schneller drehten sie sich um ihn, bis er nur noch ihre Gesichter sah. Plötzlich wachte er auf. Sein Körper war schweißgebadet.

Seine Gedanken drehten sich im Einklang mit seinem Magen im Kreise. Es dauerte einige Augenblicke, bis er seine Augen wieder öffnen konnte. Als nächstes fiel sein Blick auf Goleudydd, die auf ihrem Bett lag und ihn belustigt betrachtete. Die Ähnlichkeit zwischen den drei Frauen und ihr war erschreckend.

"Laß uns erst frühstücken, bevor wir über deinen Traum sprechen."

Gemeinsam standen sie auf. Während er sich anzog, hatte Goleudydd schon die Milch gewärmt, für sich einen Trank gekocht und das Brot geschnitten. Noch müde setzte er sich an den Tisch.

Gedankenverloren aßen sie vor sich hin. Schließlich räumte Solasard mit ihr den Tisch ab. Später setzten sie sich nach draußen auf eine Holzbank, die die Sonnenstrahlen des Morgens schon erwärmt hatte.

"Was du glaubst, gestern nacht geträumt zu haben, war kein Traum. Was du gesehen hast, war die Zeit des Menschen. Das Mysterium unseres Lebens.

Die Jungfrau wird geboren, wird zur Frau, zur Mutter, zur Göttin. Sie gebiert den Sohn, die Hoffnung dieser Welt. Er kann die Vorsehung herausfordern und durch sein edles Tun ändern.

Er kann wachsen, und wenn seine Kraft am stärksten ist, den alten König von seinem Thron stürzen.

Dann wird auch er einen Sohn zeugen. Er wird ihn lehren, was ihn auch sein Vater lehrte. Und dann eines Tages wird der Sohn den Vater stürzen, töten und seinen Thron besteigen und auch er wird einen Sohn zeugen.

So geht es in einem fort und nie wird es sich ändern. Niemals.

Das Geheimnis dieses Kreislaufes ist das Mysterium der Mutterschaft in der Göttin.

Ein Kind wird geboren. Dieses Kind ist die Hoffnung, dem Kreislauf zu entfliehen und in die Andere Welt zu gelangen. Der Ort, wo sich die Menschenseele auflöst, um eins zu werden mit der Seele allens.

Auch die Göttin ist immer dieselbe, unwechselbar, ewiglich. Sie mag ihr Aussehen ändern, doch das Herz, das in ihr schlägt, ist immer dasselbe, ob als Jungfrau, Mutter oder Alte.

Auch deine Jugend geht vorbei, Solasard, aber wenn du schlau bist, erhältst du sie dir bis ins hohe Alter."

"Und wie, weise Goleudydd, soll ich das können? Ich bin jetzt in meinem achtzehnten Sommer, und ich werde sicherlich nicht jünger."

Ein leichtes Schmunzeln überzog das Gesicht der alten Frau, deren Augen irgendwie zu jung waren.

"Du sahst gestern die Frauen nicht zufällig tanzen. Ich wollte, daß du sie siehst. Ich wollte, daß du erkennst, daß du nicht vor dem Alter fliehen kannst. Genausowenig wie du vor deiner eigenen Geschichte fliehen kannst. Eines Tages wirst du sie annehmen müssen. Diese Frauen gestern tanzten nur für dich. Zu schnell ist die Gebrechlichkeit des Alters da, zu schnell ist die Gelegenheit verpaßt, etwas rückgängig zu machen. Warte nicht darauf, bis du es nicht mehr kannst. Auch du tanzt in diesem Kreis, als Kind, als Mann, als Greis. Lebe und sieh zu, daß du nichts zu bereuen hast, Solasard!

Vergiß nie, alles, was dem Menschen im Leben widerfährt, verliert er nie.

Du wirst nie eine Stunde deines Lebens verlieren, weil du sie in dir trägst, tief in deinem Herzen. Was du aus deinen Erfahrungen gelernt hast, wird dir immer in Erinnerung bewahrt bleiben. Jedes Lachen, jede Träne.

Auch die Große Mutter ist nicht nur die Große Mutter, ist nicht nur eins. Auch sie ist das Mädchen, die Frau, die Alte. Sie ist die Mutter, die Leben gibt und Leben nimmt. Sie ist alles, der Kreis des Lebens und des Todes, der sich nie öffnet und nie schließt. Bedenke dies, wenn du dich mit ihr beschäftigst auf deinem Weg. Und bedenke auch dieses, Solasard:

Tu alles, was du willst, aber bedenke vorher gut, was dein Wille ist. Denn alles, was du tust, ist ein Anfang, und aller Anfang fordert ein Ende und dennoch endet nichts.

Vergiß nie, du bist nichts in der Weite dieser Welt. Der Mensch, mein Freund, ist nur ein Geschöpf dieser Welt.

Er glaubt, sie zu beherrschen, aber es werden die Zeiten kommen, da die Mutter Erde ihre Zügel zerreißt, und dann bleibt uns nur noch, auf ihre Gnade zu hoffen.

Der Mensch ist nicht diese Welt, und er ist nicht die Weite all dessen, was ist. Die Wichtigkeit des Menschen ist die Wichtigkeit eines Staubkornes in der Ewigkeit der Zeit. Nicht der Mensch gibt das Leben. Nein, der Tod gibt das Leben. Alles Leben entspringt aus dem Tod, und der Tod entspringt aus dem Leben.

Nur der Mensch will sich diesem ewigen Kreislauf nicht unterwerfen, glaubt immer noch, die Perle der Schöpfung zu sein, und vergißt dabei, daß Schöpfung nie endet.

Ist nicht all das hier Machwerk der Menschen, vielleicht sogar eine Lüge?

Was du hier siehst, ist ein Haufen Steine, doch wir nennen es Haus. Sein Wert aber liegt nicht in den Steinen oder in dem Begriff Haus, sondern in dem Schutz, den es gewährt, den es Menschen gewährt.

Was gibt der Goldmünze ihren Wert, nur ihr Nutzen. Alles erhält seinen Wert nur aus dem Nutzen, den der Mensch daraus schlagen kann. Aber eines Tages wird er feststellen, daß er Gold nicht essen kann. Lerne du es jetzt schon. Laß dich nicht blenden.

Wenn du ein Haus siehst, laß dich nicht davon blenden, wie schön es ist, betrachte seinen inneren Wert, wer darin wohnt, ob er glücklich ist. Öffne deine Augen zum Sehen, und erinnere dich an meine Worte.

Geh jetzt ein wenig spazieren, und denke über meine Worte nach. Wir wollen uns zum Abendessen wieder in meiner Hütte einfinden."

Und Solasard ging, wenngleich er auch nicht wußte, wohin. Von weitem hörte er die Brandung an die Klippen brechen. War denn das Leben nichts anderes als das Überdauern und Überleben bestimmter Umstände? Irgendwann einmal würde es sein Land nicht mehr geben. Das Meer würde es verschlingen, und trotzdem würde aus demselben Stein irgendwann einmal wieder eine Insel entstehen.

Die Welt wird sich nie ändern und bleibt doch nie gleich. Immer wieder gibt es etwas Gutes, und immer gibt es dazu eine Schattenseite. Was würde wohl mit Amhrán geschehen, solange er fort war? Solasard liebte diese Frau, und er wußte nicht, wohin ihn sein Weg führte. Vielleicht war ihm etwas anderes vorbestimmt als das Schicksal, von dem er geträumt hatte.

Nein, die Götter haben immer nur soviel Macht über die Menschen, wie diese ihnen einräumen. Und Solasard war sehr nahe daran, ihnen jeglichen Platz in seinem Leben zu verweigern.

Wieder lag die grüne Ebene vor ihm, flach, wie von einem überirdischen Schreiner glattgehobelt. Solasard stand am Rand der Klippen und betrachtete die Möwen, ihren Flug, wie sie über der Gischt der Brandung dahintrieben. Sie waren frei zu tun, was sie wollten.

Solasard liebte sein Land, vor allem diese Ebene, die gleich einem Halbmond vor ihm lag, als wäre sie aus grünem Stein.

Die Zeit der Kriege war vorbei, und die Menschen konnten wieder friedlich leben.

Was würde Amhrán wohl gerade tun? Er erinnerte sich noch genau an die Nacht des Beltainefeuers vor acht Monaten, als sie gemeinsam durch das Feuer gesprungen waren. Er hatte so gehofft, daß es für immer sei. Jetzt stand dieser Geís zwischen ihnen. Solasard fühlte sich so klein, so schwach. Einerseits konnte er die Götter so leicht abtun, anderseits unterwarf er sich ihnen, indem er sich auf den Weg machte, diesen Geís zu erfüllen. Solasard haßte sich für diese Schwäche, wie albern hier durch die Lande zu ziehen und ein Schwert zu suchen aus alten, rostigen Sagen. Er wollte nicht glauben, daß er das war, der Verrückte hier. Er wollte nicht mehr dieses kindische Spiel spielen.

Er wollte...

"Findest du es wirklich so unwichtig, diesen Weg zu beschreiten? Du weißt genau, daß es eine Verbindung zwischen dir und Fionn mac Cumhail gibt, Solasard." Erstaunt drehte sich der Angesprochene um. Er hatte keine Schritte gehört, die einen Menschen verraten hätten. Aber das konnte er auch nicht.

Die Worte, gesprochen mit einer melodischen Stimme, verließen ein Gesicht, das alterslos war. Schräge, goldene Katzenaugen blickten ihn freundlich an. Ihr glattes, kupferfarbenes Haar wehte sanft im Wind und entblößte Ohren, die zwar menschenähnlich, aber nach oben hin zugespitzt waren.

Die Frau, der er sich gegenüber sah, war fast so groß wie er selbst und saß auf einem Findling, der in seiner Nähe stand. Plötzlich war sie neben ihm. Sanftmütig legte sie ihm eine Hand auf die Schulter und betrachtete das Land, das einst das ihres Volkes war. Doch zornig antwortete Solasard:

"Und wenn schon, macht mich das für seine Fehler verantwortlich? Ich weiß von ihm nichts, außer daß er eines Tages davonlief. Was immer er dann mit diesem Schwert anstellte oder nicht, ist nicht meine Schuld."

Eine sanfte Brise ließ das perlmuttschimmernde Kleid den schlanken Körper umspielen, als die Sidhé ruhig antwortete:

"Und was ist mit deiner Mutter? Sie ging aus Gram in die Andere Welt. Eine Welt, die für euch Menschliche nur ein Gefängnis sein kann. Ich finde, sie hat zu Recht bei deiner Geburt diesen Geís gesprochen.

Nie hättest du Anteil genommen am Erbe deines Volkes, niemals. Lieber ziehst du dich zurück und verschließt deinen Geist vor der Zukunft deines Volkes. Soll denn alles vergeblich gewesen sein? Kämpfte dein Volk nur ums Überleben, damit du jetzt versagst?

Du magst über den Wert dieses Schwertes nichts wissen, Solasard, aber es ist wichtig, daß es in die richtigen Hände gelangt.

Geh und suche das Schwert, suche es für dich, für deine Ahnen und bereinige die Schuld deines Erbes. Morgen nacht ist Samhain, dann geh in die Berge. Dort wird dir etwas gegeben werden, das wichtig ist für deine Reise. Leb wohl."

Nur für einen kurzen Moment hatte Solasard die Augen geschlossen, doch als er sie wieder öffnete, war die Frau fort, als wäre sie nie da gewesen.

Die Welt war schon merkwürdig. Da wollte er in Ruhe über die Worte Goleudydds nachdenken und traf eine Sidhé. Und jetzt wußte er gar nicht mehr, was er denken sollte. Was hatte sie noch zuletzt gesagt? In den Bergen wird etwas gegeben werden, was wichtig ist für seine Reise? Was konnte das nur sein? Wahrscheinlich irgendeine magische Waffe, mit der man einen Drachen töten könnte. Was sollte er nur tun? Alle erzählten ihm so viele Dinge, von denen er spürte, wie wichtig sie waren. Aber was nur wollten sie von ihm? Er sollte das Schwert doch nur holen.

Oder erwarteten sie noch etwas anderes von ihm?

Solasard war so verwirrt. Nur die Musik des Meeres beruhigte ihn. So schlenderte er am Klippenrand entlang und ordnete seine Gedanken. Als die Abenddämmerung aufkam, machte er sich wieder auf zu Goleudydds Hütte.

Spät abends, nachdem sie gegessen hatten, erzählte Goleudydd die Geschichte vom Anfang allens. Die Geschichte Connlas:

"Am Anfang war nichts. Und nichts war die Finsternis. Durch die Finsternis kam die Große Mutter. Viele Namen trägt sie. So schuf nun die Göttin den Himmel und den felsigen Abgrund. An den Himmel setzte sie ihre Liebe, und so entstanden die Sterne. Der Abgrund aber war tief und kalt. Da warf die Große Mutter den funkelndsten Stern in die Tiefe, und ein warmes Leuchten breitete sich aus.

Aber es grauste ihr so sehr vor dem kalten Fels, daß sie bittere Tränen weinte. So entstand die Quelle der Quellen. Lange Zeit flossen nun die Ströme der Zeit, und vieles reifte heran. Berge wuchsen, Flüsse liefen zusammen zu Meeren, Inseln entstanden, Länder. Doch alles war leer und kahl. Kein Leben regte sich auf der Welt.

Eines Tages schuf sie einen Riesen. Der lief umher, bis er die Quelle der Quellen fand. Dort rief er seinen Namen, und sein Name war Connla. Da wurde es still um Connla, und der Riese hörte die Stimme der Großen Mutter:

"Höre, Connla! Nimm Lehm aus der Quelle und forme das Leben auf der Erde nach den Bildern der Sterne, dann will ich ihnen Leben einhauchen."

Connla tat wie ihm geheißen. Zuerst nahm er Lehm aus der Quelle und formte einen Haselstrauch mit goldenen Nüssen und silbernen Blüten.

Dies waren die Nüsse der Weisheit. Dann schuf er einen mächtigen Lachs aus dem Lehm und setzte ihn in die Quelle. Um sie baute er einen Brunnen, den Brunnen des Connla.

Der Lachs aber ernährte sich von den Nüssen und erlangte so unendliche Weisheit.

Schließlich formte der Riese auch die Pflanzen und Tiere. Doch als er gerade den Lehm knetete, um den Menschen zu formen, fiel ihm eine Nuß vor die Füße. Connla hob sie auf, warf sie dem Lachs zu und formte weiter. Dabei bemerkte er nicht, daß ein wenig Gold an seinen Fingern haften geblieben war. Und so kam es, daß der Mensch ein kleines Stück der Weltenweisheit erlangte.

Nun ging er daran, alles zu benennen. Den leuchtenden wärmenden Stern nannte er Sonne. Doch die Sonne stand den ganzen Tag am Himmel, so daß alles, was wuchs, Durst litt und zu verdorren drohte. Dies brach Connla das Herz, so schuf er einen großen gewaltigen Mann, Grian war sein Name. Riesiger als riesig war er. So schulterte Grian sich die Sonne auf den Rücken und trug sie von Osten bis weit in den Westen.

Doch immer noch war Connla nicht zufrieden. So schuf er Luan, den Wolf. Einen Wolf, riesiger als riesig. Schließlich fanden sich Grian und Luan, und sie mochten einander sehr. Schließlich spielten sie das Sonnenspiel. Grian warf die Sonne morgens vom Osten in den Westen und Luan trug sie abends wieder vom Westen in den Osten zu Grian nach Hause.

Nach vielen Sonnenwechseln aber wurden sie müde. Die Sonne flog immer langsamer über den Himmel, das verunsicherte die Menschen. Sie hatten Angst und beteten zur mächtigen Morríghan. Diese hatte Mitleid mit ihnen und gab Grian und Luan die Kraft der Menschengebete, so daß sie wieder stark wurden."

Während Solasard noch bis zum Morgengrauen wach lag und sich Gedanken machte, was dies wohl alles mit ihm, Fionn mac Cumhail und dem Schwert zu tun haben mochte, schlief Goleudydd tief und fest. Als die Sonne wieder aufzusteigen begann, war Solasard schon wieder unterwegs zu seinem Elternhaus. Dort wartete schon Athraigh, der nun auch von den Dorfbewohnern, die er befragte, der Namenlose genannt wurde, mit Neuigkeiten.

Der Wolf

Immer war das Gras hier grün, immer der Himmel blau, selbst wenn die Tränen der Großen Mutter auf diese Erde fielen, wo sie auch immer sein mochte. Gealán hatte sich oft gefragt, wie die Sidhi diese ihnen eigene Welt schaffen konnten. So lange lebten sie jetzt schon hier, und doch waren sie nie Teil dieser wunderlichen Gemeinschaft, dieses Volkes geworden. Überall wurde ihnen deutlich gezeigt, daß sie nur geduldet waren. Es war nicht so, daß die Sidhi unhöflich waren oder sich ihnen gegenüber ungeziemend verhielten. Vielmehr war es umgekehrt. Sie waren so darauf erpicht, die Fremden durch fast unterwürfiges Dienen auszugrenzen, nur damit diese die Sitten und Regeln der Sidhi nicht lernen konnten. Selten ließ man sie an Festlichkeiten, ob lustiger oder trauriger Natur, teilhaben.

Sie begründeten es damit, nicht aufdringlich sein zu wollen. Sáile und Gealán bekamen zu essen und zu trinken, ihre Kleider wurden gewaschen, und ihr Zelt sauber gehalten. Fast kamen sie sich vor wie bunte Vögel, die zum Betrachten in einen Käfig gesperrt worden waren.

Nur einer kümmerte sich ein wenig um sie, sprach mit ihnen, versuchte Fremdes zu erklären, eine Brücke zu schlagen.

Misnéachard, der Sohn des Königlichen Paares. Er war so ganz anders als sie sich einen Prinzen vorgestellt hatte. Auf seine merkwürdige Art fast menschlich. Wenn Gealán mit ihm sprach, glaubte sie immer, daß die Reinheit seiner Seele in seinen Augen leuchtete wie die Mondin in finsterster Nacht. Er wurde geachtet und geliebt von seinem Volk, doch seine Anteilnahme an den beiden Frauen wurde schon lange nicht mehr nur belächelt.

Schon damals hatte niemand verstanden, warum er die Leben dieser zwei Frauen im Comoír für sich erbat. Niemand glaubte, daß er die Brücke zwischen den Menschen und Sidhi, von der er träumte, jemals bauen werde können. Zu eng war ihm dieser Zaubergarten geworden. Glücklos, ruhelos, war er in all dieser Glückseligkeit. Er hatte seine Augen geöffnet.

Er war oft auf der Anderen Seite gewesen, bei den Menschen. Sie würden seine Heimat zugrunde richten. Vielen seines Volkes waren diese Gedanken gleichgültig. Sie hatten sich mit ihrer ureigenen Macht und Magie ihre Andere Welt geschaffen. Die Welt der Menschen konnte ruhig zugrunde gehen.

Dieses Lied war zu Ende.

Für die Menschen würde es keine zweite Gelegenheit geben, wenn es nach den Alten ginge. Längst waren die Sidhi keine Götter mehr. Sie hatten sich angepaßt an ihren Garten der Götter, aber dabei ihre Göttlichkeit verloren.

Hier lebten sie auf dem Großen Hügel unter den Ästen der Mächtigen Eiche. Ihre gewaltigen, herrlich immergrün belaubten Zweige breiteten sich wie ein riesiger Fächer über große Teile der Zeltstadt zu ihren Füßen aus. Blaublühende Schlingpflanzen umkränzten den Baum, und das Singen der Vögel in seinem Geäst war das erste, was die Sidhi am Morgen jeden Tages über sich vernahmen.

Vier breite, grüne und blaue fast durchsichtige Stoffbahnen waren von den untersten Ästen zum Boden gezogen worden und ließen jederzeit das Sonnenlicht in das Königliche Zelt, das Grianán genannt wurde, fluten. Hier wurden alle Versammlungen sowohl die der Familie als auch die des Volkes abgehalten.

Von ihrem Zelt aus blickte das Königliche Paar über sein Land.

Tir na Samradh, das Land des Sommers. Über die Zeltstadt hin zu den großen Pferdekoppeln und den saftigen Rinderweiden weiter zu dem schattigen Waldrand. Die schnellsten und rassigsten Rösser ließen hier ihre Mähnen im Wind wehen, die stärksten und stolzesten Rinder weideten das saftigste Gras ab und umherziehende Schafherden spendeten die weichste und flauschigste Wolle. Wiesen und Wälder boten süßestes Obst und gesundes Gemüse im Überfluß und Kräuter, aus denen sie die heilsamsten Salben und Tränke bereiteten.

Es war ein schönes Leben hier, und doch erschien es Misnéachard manchmal so, als halte er einen roten saftigen Apfel in seiner Hand, dessen Inneres nur fette, weiße Würmer zusammenhielten.

Oft hatte er mit der jüngeren der beiden merkwürdigen Frauen gesprochen. Sie schien nicht so trotzig und stolz zu sein wie ihre Herrin. Es war bestimmt keine Liebe, was ihn ständig zu ihr trieb, obwohl viele aus seinem Volk das vermuteten. Es war eher das Verlangen, mehr über das Denken und Handeln der Menschen zu erfahren. Er war überzeugt, nie eines dieser merkwürdigen Geschöpfe lieben zu können. Sie waren sehr stolz, diese Menschenfrauen, zu stolz, ohne zu wissen worauf.

Müde von einem langen Ausritt durchquerte der Prinz das Lager, als er Gealán bei ihrem Abendspaziergang begegnete.

"Seid mir gegrüßt, Herrin. Ich hoffe, ihr befindet euch wohl?"

Kein Lächeln war auf seinen Wangen, voller Ernst schaute er ihr in die Augen.

"Seid auch ihr mir gegrüßt, Prinz. Danke, mir geht es gut. Es ist meine Herrin, deretwegen ich nicht in unserem Zelt bin. Ihre ständige Launenhaftigkeit schnürt mir die Luft ab."

Sie gingen eine Weile schweigsam nebeneinander her und blickten über das fruchtbare Tal.

Langsam kam die Abenddämmerung. Doch nach all der langen Zeit hier, konnte sie sich immer noch nicht daran gewöhnen, daß es hier keine Sonne gab.

Hier gab es nur die verschiedenen Farbspiele des Lichtes am Himmel, die sie schon von ihrer Heimat her kannte.

Sie folgten einem breiten Pfad, der sich schlängelnd ins Tal zog, als Gealán wieder das Wort ergriff:

"Ich weiß auch nicht mehr, was ich ihr noch sagen soll. Immer noch quält sie diese Schuldfrage. Einmal gibt sie sich die Schuld, daß sie jetzt hier und nicht bei ihrem Sohn ist. Dann gibt sie sie wieder dem alten Mann, dem Vater des Kindes, der sie verlassen hat. Sie ist so voll von Leid, verzehrt sich vor Haß auf sich selbst und das Leben. Manchmal kommt es mir so vor, als beschäftige sie nur die Frage, wer in ihrem Leben woran Schuld hat. Ihre eigene Schuld aber sieht sie nicht.

Ich sorge mich um ihren Sohn. Niemand weiß, ob oder wie weit er den Weg, den sie ihm vorgeschrieben hat, folgen kann."

Der Prinz hatte ihr jetzt seinen Arm gereicht, damit sie nicht über die Baumwurzeln der schlanken Birken stolperte, die den Weg säumten.

"Ja, in der Tat, eure Herrin ist eine merkwürdige Frau. Aber seid ihr Menschen das nicht alle? Anstatt hier in Frieden mit sich und der Welt zu leben, nährt sie einen Drachen in ihrer Brust, der sie dereinst selbst verschlingen wird.

Sie weiß doch, daß sie Tir na Samradh, das Land des Sommers, nie mehr verlassen wird. Aber sie hat ja noch Madhra, den Hund, den ihr so treu ergebenen Diener, der ein Bindeglied ist zwischen ihrer und unserer Welt. Ich würde mich niemals einlassen mit einem, dessen eigene Pläne ich nicht kenne. Und mit Sicherheit weiß Sáile nicht, wem Madhra in Wirklichkeit dient.

Schuld. Ja, Schuld, stundenlang könnt ihr Menschen darüber streiten. Für euch ist es schon immer wichtiger gewesen, erst die Schuldfrage zu klären und dann die Schwierigkeiten zu lösen, selbst wenn ihr dadurch untergeht. Ich für meinen Teil denke, daß Schuld oder Unschuld immer nur eine Frage des Zeitpunktes sein können. Die Menschen aber vergessen, daß sich die Zeiten und in ihnen natürlich auch die Menschen ändern. Man kann nie zweimal in denselben Fluß springen."

Fragend blickte ihn die junge Frau an.

"Wie meint ihr das mit dem Fluß? Ein Fluß ist doch immer derselbe Fluß, selbst wenn er seinen Weg ändert."

Sanft gebot er ihrem Schritt Einhalt und lenkte ihren Blick in die Ferne auf ein blaues Band, das sich zuweilen rötlich schimmernd zwischen großen Pappeln wand. Wieder einmal fragte sie sich, wo die Sonne war, die diese Strahlen aussandte.

"Das ist der Fluß der Untergehenden Sonne, denn an ihm erkennen wir, wann die Sonne sich aufmacht, ihr kühles Nachtlager aufzusuchen. Jeder Fluß, jedes Leben, alle Zeit fließt dahin.

Es gibt keine Gegenwart. Ein Liderzucken mag gegenwärtig sein. Doch bevor du es wahrnimmst, ist es schon vergangen. Schon während du "jetzt" sagst, ist der Augenblick zerronnen. Alles fließt und alles ändert sich, ständig.

Versuche nur zweimal in denselben Fluß zu springen, die Zeit müßtest du zurückdrehen. Denn sowohl der Fluß als auch du haben sich zwischenzeitlich verändert."

"Ich verstehe. Du meinst, anstatt die Dinge zu nehmen wie sie sind, versucht Sáile das Rad der Zeit zurückzudrehen."

Geschickt wechselte Misnéachard die Seite, ließ die Frau wieder bei sich einhaken und führte sie so zurück.

Seine Stimme war ihr immer angenehm, und sie hörte gern seinen weisen Worten zu. Freundlich fuhr er in seiner Rede fort:

"Ihr genießt dieses Leben hier nicht, aber wenigstens ertragt ihr es mit Würde. Eure Herrin aber haßt diese Welt. Sie kämpft dagegen an, hier nur ein wenig heimisch zu werden. So verhalten sich nur törichte Wesen, gleichgültig ob Mensch oder nicht. Sie wird ihr Spiel nicht gewinnen. Sie kann es nicht gewinnen.

Aber durch Schlechtes mag manchmal auch Gutes entstehen."

Schweigsam blickte sie zu der mächtigen Eiche, immer wieder gaben ihr die Worte dieses Mannes neue Rätsel auf.

Als sie wieder die ersten Zelte erreichten, blieben sie stehen. Höflich verbeugte er sich vor ihr, schenkte ihr eines seiner bezaubernden Lächeln und ging davon.

So war es immer. Er kam und ging, wie es ihm beliebte. Plötzlich war er da und genauso schnell war er wieder verschwunden.

Nie schien er außer sich zu geraten. Immer war er ruhig und besonnen. Sie hatte ihn nie überschwenglich oder tieftraurig erlebt. Als sie ihn gefragt hatte, ob er sich denn nie richtig freue oder leide, hatte er auf seine ihm eigene Art gelächelt:

"Wir sind anders als ihr Menschen, nicht so laut und so hastig. Leid und Trauer, Freude und Glück begegnen wir leise und bedächtig. Beidem geben wir uns ganz hin, nehmen es auf und machen es zu einem Teil von uns. Der Weise verrät seine Gefühle nicht jedermann. Der Weise zeigt Gleichmut, so vermögen seine Feinde nichts zu lesen in seinen Augen und Taten."

Nur einmal hatte sie ihn von Gefühlen aufgepeitscht erlebt.

An jenem Tag jagten sie einen Wolf, der einige Lämmer gerissen hatte. Lasair, sein schönes Sidhipferd, nur leicht aufgezäumt, mit einer bunten Decke auf seinem Rücken, tänzelte ungeduldig unter ihm. Endlich waren alle Reiter zum Aufbruch bereit. Die großen Wolfshunde nahmen die Spur ihres Urvaters auf und folgten ihr.

Gealán, die die Einladung dankend angenommen hatte, ritt einen rotohrigen Silberschimmel. Sáile hingegen war zu stolz, um sich zu so einer Geste des Entgegenkommens herabzulassen und blieb im Grünen Zelt.

So ging es über Feld und Wiesen, bis sie in die Nähe des Waldrandes kamen. Immer wilder gebärdeten sich die Hunde.

Misnéachard war wie ein Speer, der aus der Hand des Werfers schnellte. Er und Lasair waren eins, magisch angezogen von dem Wald, der vor ihnen in Sicht kam. Fast hatten die Hunde den Wolf erreicht, der sich gerade ins Unterholz zu retten versuchte. Die ganze Zeit schien der Prinz im Rausch der Hatz gewesen zu sein, doch jetzt erwachte er.

Zu immer größerer Geschwindigkeit trieb er Lasair an. Schon hatten die ersten Hunde den Wolf erreicht, ihr Bellen und Jaulen tönte aus dem Wald, als Gealán und der Rest der Jagdgesellschaft in den Wald eindrangen.

Vor sich sahen sie Misnéachard, der auf seinem Pferd die Hunde und den Wolf umkreiste. Schließlich sprang er vom Rücken des Hengstes. Der Wolf war schwerverletzt und blutete aus zahlreichen Wunden, als der Sidhiprinz begann, die Hunde von dem Tier wegzuzerren. Voller Wut schnappte er die Hunde gerade, wo er sie zu greifen bekam und warf sie einfach hinter sich ins Gestrüpp. Endlich kam er an den Wolf heran, der jetzt ruhig, fast entspannt, vor ihm stand.

Traurig blickte er in die Augen des Tieres, dann zog er sein Messer aus der Scheide und ging langsam auf ihn zu. Der Wolf machte keinen Versuch sich zu wehren oder zu fliehen, vielmehr schien er sein Ende herbeizusehnen.

Dann strich Misnéachard dem Wolf mit der Hand über den Rükken, zog seinen Kopf nach oben und schnitt ihm die Kehle durch. Ohne sich noch einmal umzudrehen, ging er zu Lasair, stieg auf und ritt davon.

Viele Tage später begegnete er Gealán zum ersten Male wieder seit jener Jagd. Sie blickte in seine Augen und wußte, daß er ihr und ihren Fragen aus dem Weg gegangen war.

Er schien auf dem Weg zum Grianán zu sein, als er sie bemerkte und kehrt machen wollte. Aber Gealán war schneller. Sie lief ihm nach und packte ihn an einem Arm.

"Ihr werdet nicht mehr länger vor meinen Fragen flüchten, oder?"

Traurig schaute er sie an, als erwarte er, daß sie die Antwort wüßte und ihm diese Fragen ersparen könnte.

"Hast du nichts gelernt über mein Volk, über mich, in all der Zeit hier? Nun gut, ich will dir antworten. Die Jagd ist die Jagd. Sie ist erforderlich, weil unsere Lämmer bedroht sind. Aber jede Jagd hat auch ein Ende.

Wir denken nicht nur in unseren Spuren, wir folgen auch der Seele des Wolfes. Wir wissen, was wir tun, wenn wir töten, und wir tun es bewußt. Der Wolf ist ein stolzes Tier, eine Bestie vielleicht, aber frei geboren. Kein freies Tier sollte so würdelos getötet werden. Die Freiheit ist ein hohes Gut. Du solltest sie immer achten. Die deine und die anderer."

Dann drehte er sich um und ging weiter, als hätte dieses Gespräch niemals stattgefunden.

Sie hätte dieses Land lieben können. Die weite Flur, die lichten Wälder. Nichts schien die Grundfesten dieser Welt erschüttern zu können. Nur selten gab es Versammlungen, sogenannte Comoírs. Die Sidhi waren ein friedliches Volk. Nur selten gab es Streitigkeiten, die das Königliche Paar schlichten mußte. Zumeist ging es um Geschichten, die schon Jahrhunderte zurücklagen. Die Sidhi sind ein langlebiges Volk, und sie vergessen nichts. Jeder Bewohner dieser Welt war wie ein Pinselstrich auf einem Gemälde, nur als Teil dieser Gemeinschaft konnte ihr Leben einen Sinn ergeben.

Sie waren so sehr Lughs Kinder. Jenes Gottes, der an Taras Toren erst abgewiesen wurde, weil alle Handwerkskünste, die er aufzuweisen hatte, schon in der Großen Versammlung vertreten waren. Aber dann wurde er doch aufgenommen, denn nur er vermochte es, all diese Künste in sich zu vereinen.

Jeder Sidhé war etwas Besonderes. Die Männer waren tapfere Krieger und zärtliche Dichter, die Frauen weise Heilerinnen und hervorragende Sängerinnen. Sie liebten es, Gegenstände herzustellen, deren Form zu entfremden, und doch dienten sie immer ihrem Zweck. Die einfachsten Dinge wurden hier zu Kunstwerken. Handel, wie bei den Menschen, gab es hier nicht. Jeder bezahlte mit dem, was er am besten konnte.

Doch obwohl die Sidhi sehr gesellig waren, natürlich auf ihre eigene Art gesellig, hatte Gealán nie einen Sidhi betrunken oder ausfällig erlebt. Häufig saßen sie in Sommernächten vor einem großen Feuer, manchmal sangen sie, manchmal schwiegen sie.

Nicht alle wohnten das ganze Jahr über auf dem Großen Hügel. Zuweilen zogen sich Familien oder auch einzelne Sidhi für Wochen, Monate oder gar Jahre in die Einsamkeit der Wälder zurück, um dort wie Einsiedler zu leben.

So kam es, daß sich die Zeltanordnung auf dem Hügel fast täglich änderte. Die Sidhi schienen sich vor allem Endgültigen, allem Eingrenzenden zu fürchten. Deshalb wohl lebten sie in Zelten, die auf der Stelle auf- und abgebaut werden konnten. Nichts hielten sie von Häusern. Ihre Freiheit war ihnen in der Tat das höchste Gut. Gealán hatte nie gesehen, daß ein Sidhé einen anderen zu etwas gezwungen hätte.

Aber auch die Sidhi waren nicht unfehlbar. So legte jeder, der sich etwas zuschulden kommen ließ, die Strafe für seine Untat selbst fest, und keiner schonte sich.

Doch es wurde niemals jemand getötet. Zu wenige hatten die Große Schlacht überlebt, und das Volk schien sich nicht mehr erholen zu wollen von diesem Schlag. Ein Leben war zu teuer geworden, um es einfach wegzuwerfen.

Ihre Zahl war klein geworden. In den Adern jeder Familie floß edelstes Blut. Aber Titel galten hier nur wenig, unwichtig waren sie geworden. Die Freiheit des einzelnen, seine Worte und Taten wogen mehr als Herkunft und Reichtum. Einfach waren die Zelte eingerichtet. Aus Angst vor Feuer gab es keine Kerzen, sondern seltsame Kristallampen. Helle, fast durchsichtige Steine in allen Farben und Formen, die leuchteten, wenn sie sanft berührt wurden. Je länger man die Finger auf ihnen ruhen ließ um so heller wurde der Lichtschein.

Die Lampen waren einige der wenigen Schätze, die sie vom Antlitz der Erde in die Tiefe gerettet hatten.

Einige haßten und verachteten die Menschen, denen sie dies zu verdanken hatten, auch wenn sie ihnen scheinbar gleichgültig waren. Die Trauer über den Verlust ihrer Heimat war noch immer sehr groß.

Gealán hätte diesen Ort lieben können, hätte sie keine Heimat bei den Menschen gehabt und keine Angst vor all dem Neuen hier.

Die Feuerlichtung

Am Morgen wachte Amhrán auf, als sie hörte wie Rhiannon sich hinter der Hütte unter Ächzen und so gut es ging wusch. Dann hörte sie, wie die ältere Frau mit dem Kessel Wasser holte. Bald schon hatte sie ein Feuer entfacht, und der Geruch des Rauches drang in das Wetterhäuschen, das nach vorne hin offen war.

Immer noch hatte Amhrán die Augen geschlossen. Sie schämte sich wegen des Vorfalls in der Nacht und hatte Angst, Rhiannon in die Augen zu schauen. Es war ja auch zu kindisch, dieser netten, alten Frau zu unterstellen, daß sie ihr etwas antun wollte.

Als Amhrán blinzelnd die Augen öffnete, erkannte sie, daß der ganze Wald im Nebel versunken war. Einzelne Nebelschwaden hoben und senkten sich, wo Rhiannon an dem Feuer zu Gange war. Jetzt holte sie einige getrocknete Kräuter aus ihrem Reisesack und warf sie in den Kessel. Ein wohltuender Geruch breitete sich aus.

"Guten Morgen, Amhrán. Ich hoffe, dir war nicht zu kalt unter deinem Mantel. Wenn du aufstehst, um dich zu waschen, sei vorsichtig! Hinter dem Häuschen auf der linken Seite ist eine kleine Pfütze."

Lächelnd, aber immer noch müde, stand Amhrán auf, zog ihre Schuhe an und machte sich auf den Weg hinter das Häuschen. Sie ging erst gar nicht auf die linke Seite, sondern wandte sich gleich nach rechts. Der Bach rauschte viel zu laut, und das Zwitschern der Vögel schien ihr ein Lockruf zu sein, wieder unter ihren Mantel zu kriechen und weiter zu schlafen.

Schließlich faßte sie all ihren Mut zusammen und begann sich mit dem glasklaren und eiskalten Wasser zu waschen. Blitzschnell war Amhrán hellwach, sprang über den Bach und ging ein Stück ins Unterholz, um dort einem dringenden Bedürfnis nachzukommen. Danach ging das Mädchen zurück zum Lager, wo sie Rhiannon am Feuer sitzend fand.

"Und Amhrán, hast du gut geschlafen?"

Zögernd antwortete das Mädchen:

"Nun ja, es ging. Sind alle Herbstmorgen im Wald so neblig? Und so kalt?"

"Ja, meine Liebe, im Herbst schon. Wäre es jetzt Sommer, hätten wir noch nicht einmal das Häuschen gebraucht und wären froh über die Kühle der Nacht. Aber der Nebel wird sich dank der Sonne bald verzogen haben, und dann wird es auch wieder wärmer.

Es sieht so aus, als ob es heute nicht regnen würde. Ich denke, wir werden ein gutes Stück voran kommen."

Achtsam rührte die alte Frau in dem Kessel.

"Rhiannon? Werden wir den Coven denn vor der Dunkelheit erreichen?"

"Das sicherlich, aber nicht heute. Es ist ein langer Weg, und ich bin auch nicht mehr die Jüngste. Vor allem aber wünsche ich dir, daß die nächsten Nächte nicht so aufregend werden, und du bald lernst, mir zu vertrauen.

Auch wenn wir uns in der Dunkelheit trafen, wäre ich doch gerne ein Licht für dich und kein Schatten.

Du mußt jetzt nichts sagen. Ich weiß, daß es dir leid tut, und am besten vergessen wir die gestrige Nacht einfach."

Amhrán lachte über das ganze Gesicht, es tat ihr wirklich sehr leid. Sie mochte diese alte Frau, die ihr dennoch so jung vorkam. Aber sie hatte Angst und war froh, daß Rhiannon Verständnis dafür hatte. Schließlich kannten sie sich noch nicht einmal einen Tag. Auf der anderen Seite schien es ihr besser zu sein, den Wald mit einer erfahrenen Waldläuferin zu durchqueren als alleine. Sie hätte nie geglaubt, daß der Weg so lang wäre.

Goleudydd hatte nur gesagt: Wenn du in den Wald kommst, gehe immer geradeaus, bis du zu einer großen verbrannten Grasfläche kommst, dort wende dich nach rechts, dann läufst du immer geradeaus und fragst dich durch.

Gar nicht auszudenken, wo sie lang marschieren würde ohne Rhiannon.

Ein sanftes Räuspern riß sie aus ihren Gedanken.

"Hier trink doch ein wenig von dem warmen Kräutertrank, der wärmt dich von innen her auf, bis die Sonne aus ihrem Nebelmantel geschlüpft ist. Dann sollten wir aber anfangen zusammenzupacken und uns aufmachen. Der Weg wird länger mit jedem Schritt, den du nicht gehst. Laß es dir schmecken. Ich sammle einstweilen das Holz für den Nächsten, der hier Unterschlupf sucht."

Allein saß Amhrán am Feuer, in der Hand einen Holzbecher gefüllt mit einem warmen Kräutertrank. Hinter sich hörte sie irgendwo Rhiannon durch das Unterholz klettern und fluchen, was für ein altes und ungelenkes Weib sie doch geworden war.

Langsam breitete sich die Wärme des Trankes in Amhráns Körper aus. Mit geschlossenen Augen hielt sie den Becher fest und genoß die Ruhe des Waldes. Die Guten-Morgen-Gesänge der Vögel hörten sich an, als ob sie sich über einander lustig machten.

Zögernd verzog sich der Nebel, und ein blauer Himmel kam zum Vorschein. Auch wenn dieser sich nicht besonders lange halten sollte, war es doch schön, die Wolken ziehen zu sehen.

Der Bach erzählte immer noch die Geschichte von seinem Weg zum großen Meer.

Eine kühle Brise wehte von dort her, und Amhrán kuschelte sich in ihren warmen Mantel.

Sie war fast schon wieder eingeschlafen, als Rhiannon rief, sie möge das Feuer mit ein wenig Sand löschen und es mit der Holzplatte, die neben der Feuerstelle lag, abdecken. Amhrán tat wie geheißen, als die alte Frau hinter der Hütte hervorkam.

"Du hättest ruhig schon mal den Kessel im Bach ausspülen und mit Gras auswischen können. Ich hoffe, du erwartest von mir nicht, daß ich dich die nächsten Tage behandle wie eine gefallene Prinzessin. Wir sind eine Gemeinschaft, und in einer Gemeinschaft trägt jeder zum Wohle dieser bei."

Verdutzt schaute Amhrán auf und antwortete empört:

"Hättest du ein Wort gesagt, hätte ich es auch getan, aber kannst du nach meiner ersten Nacht im Wald erwarten, daß ich jetzt schon weiß, was meine Aufgaben sind? Sei nicht ungerecht!"

So schnell wie Rhiannons Wut gekommen war, ging sie auch.

"Entschuldige, Kind. Ich bin es nicht mehr gewohnt, mit Nicht-Waldäufern unterwegs zu sein, und Geduld war nie eine meiner Stärken.

Bitte geh nun den Kessel auswaschen. Wenn du ihn dann mit Gras auswischen könntest, wäre das sehr lieb."

Eilenden Fußes machte sich Amhrán davon.

Sinnend dachte Rhiannon bei sich, was Amhrán für ein merkwürdiges Mädchen sein mußte. Sie hatte wohl keine Mutter gehabt, die sie zum Gehorsam gegenüber alten Menschen erzogen hatte. In den heutigen Zeiten wurden die Mädchen wieder zu schweigsamen Dienerinnen erzogen.

Amhrán jedoch hatte ihren Stolz und davon nicht wenig. Aber sie mußte noch vieles lernen. Das Überleben im Wald war ein langsamer Übergang des Anpassens an den Wald und kein harmloser Spaziergang.

Eine sorgsame Mutter hätte ihr Kind nie in den Wald geschickt und schon gar nicht ohne Schutz. Aber sollte das Mädchen seine Geschichte erzählen, wann sie es für angebracht hielt. Die alte Frau griff nach ihrem Reisesack und überprüfte, was sie noch an Essensvorrat hatte.

Jetzt, da sie zu zweit waren, mußten sie vielleicht auf die Jagd gehen, um nicht zu hungern. Der Wald würde vielleicht noch ein paar Nüsse und Beeren für sie übrig haben. Da kam auch schon Amhrán mit dem sauberen Kessel zurück, den Rhiannon sogleich in ihrem Reisesack verstaute. Dann brachen sie auf.

Sie kehrten auf den Hauptweg zurück, den sie gestern verlassen hatten. Der Wind trieb einige goldene Birkenblätter vor sich her. Fast sah es aus, als schneie es Gold.

Auch wenn das Sonnenlicht von einem Blatt zum anderen glitt, blieb es doch kühl.

Schüchtern fragte Amhrán:

“Wollen wir nicht etwas singen, der Wald ist so still.”

Verständnisvoll antwortete Rhiannon:

“Du mußt lernen zuzuhören, dann merkst du, wie laut der Wald ist. Hörst du das? So gurren nur Wildtauben. Das Knacken eben war ein Reh auf der Flucht. Vielleicht können wir noch das Röhren eines Hirsches hören. Es ist Brunftzeit. Die jetzt gezeugten Kitze werden im Frühjahr geboren, damit sie den ganzen Frühling und Sommer über fressen können, um den strengen Winter zu überleben. Schau davorn, ein Hase. Vielleicht leistet er uns ja Gesellschaft zum Abendessen. Was siehst du mich so ungläubig an?”

Schmunzelnd fragte Amhrán:

“Und wie willst du ihn dazu überreden?”

Stolz streckte sich Rhiannon:

“Ich habe im Laufe der Zeit meine eigene Jagdkunst entwickelt. Ich habe mir von einem Fischer ein Netz gekauft, kein sehr großes natürlich, aber es mag schon drei auf vier Fuß groß sein. Dann habe ich immer im Abstand von fünf Fingern einen mittelgroßen Stein eingeknüpft. Werfe ich nun das Netz, so daß es sich dreht, breitet es sich während des Fluges aus und fällt auf meine Beute. Der Vorteil dabei ist, daß mein Opfer noch nicht tot ist. Wenn der Hase zu jung oder zu alt ist, kann ich ihn wieder freilassen.

So manches Mal hat mein gutes, altes Netz meinen Abendtisch schon bereichert.

Was starrst du mich so an, mein Kind? Hast du gedacht, ich ernähre mich wie eine Kuh von Gras? Auch ich brauche meine Kraft. Und solange nur jeder nimmt, was er braucht, wird die Große Mutter für uns sorgen.

Schau nicht so erschreckt, hast du Zuhause nicht auch Fleisch gegessen. Wenn du magst, bringe ich dir bei, wie man mit dem Netz umgeht. Dann kannst du schon bald unsere Mahlzeiten bereichern.”

Leicht angewidert wand sich das Mädchen ab. Zuhause hatte ihr Vater immer für das Essen auf dem Tisch gesorgt. Sie hatte sich nie Gedanken darüber gemacht, daß er ein Tier töten mußte, damit sie ein Stück Fleisch auf dem Tisch haben konnte. Und nun sollte sie selbst töten. Das Mädchen fürchtete sich vor sich selbst.

Leise sprach Rhiannon:

“Laß nur, wenn der Hunger an dir nagt und du die Erde unter deinen Fingern lutschst, wirst du dankbar sein für mein Netz. Wir werden jetzt bald an die Feuerlichtung kommen. Dort können wir über Mittag etwas rasten.

Laß uns nun ein wenig weiter ausschreiten, denn der Weg ist zwar nicht mehr weit, aber kurz ist er auch nicht zu nennen.”

Und so gingen sie wieder schweigend nebeneinander her.

Durch das geschwinde Laufen wurde es Amhrán immer wärmer, schon begann sie zu schwitzen. Aber sie wollte nicht anhalten, um den Mantel auszuziehen. Erst einmal hatte sie schon jetzt Schwierigkeiten, mit der alten Frau Schritt zu halten, und dann wollte sie sich nicht unnötig erkälten. Mit jedem Schritt wurde der Mantel schwerer, bis sie plötzlich mitten auf dem Weg stehen blieb und hechelte:

"Halt, ich kann nicht mehr. Mein Mantel drückt mich fast in die Erde und meine Füße glühen. Können wir keine Rast machen oder wenigstens etwas langsamer gehen?"

Voller Mitleid drehte sich Rhiannon um.

"Oh je, schmerzen die Füße des Wanderers, ist seine Seele in Gefahr. Laß uns langsamer gehen, und zieh ja nicht die Schuhe aus, sonst bekommst du sie nicht mehr an. Ich gebe dir nachher an der Feuerlichtung eine Salbe für deine Füße, die sie etwas abkühlt."

"Rhiannon, was ist die Feuerlichtung? Goleudydd sprach von einem Platz im Wald, dessen Grasboden völlig verbrannt ist, ist er das?"

"Ja, mein Kind, das ist er. Du sprachst von einer Goleudydd. War sie auch im Coven der Danu?"

"Sie ist die Hohepriesterin meines Dorfes, Inis-Diomain. Kennst du sie? Sie ist in deinem Alter.

Listig lächelte Rhiannon:

"So!? Wie alt bin ich denn? Sollte Goleudydd wirklich so alt sein wie ich, wäre sie nur noch Staub. Ich bin keine Menschenfrau, Amhrán, jedenfalls nur zur Hälfte. Meine Mutter war eine Frau aus dem Kleinen Volk. Die Frauen aus dem Kleinen Volk werden sehr alt, älter als sich jede Menschenfrau zu erhoffen wagt.

Nun gut, du willst wissen, was auf dieser Lichtung geschah. Ich werde es dir erzählen.

Alles begann damit, daß vor langer, langer Zeit in einem weit entfernten Land im Süden, ein junger Mann auf einem Turm stand und in die Ferne blickte.

Der Name des jungen Mannes war Íth. Er war aufgewachsen an der Küste eines Landes, an dessen Ufer das gleiche Meer brandet, das unsere Insel umspült. Aber dort soll es viel wärmer sein als bei uns.

So lange war sein Volk unterwegs, bis es im Land der Sonnenfrüchte eine zweite Heimat fand.

Angefangen hatte ihre Reise mit dem Auszug aus dem Weiten Land des Sandes über das Meer. Dann rasteten sie eine kleine Weile auf der Insel des Stieres, aber auch dort konnten sie nicht bleiben. Wieder machten sie sich auf und gelangten an den Ort, wo ihre Heimat ist, und dennoch schien ihre Reise noch nicht zu Ende zu sein.

Wie Íth so auf das Meer starrte, schien es ihm, als sähe er am Horizont das Bild einer grünen Insel. Nach wenigen Augenblicken aber war das Bild schon wieder verschwunden. Nachdenklich rieb sich Íth die Augen. Lange schon hatte der Südländer nach einem Weg gesucht,

Ruhm für sich zu finden. Denn da er der jüngere von zwei Brüdern war, würde Míl, sein älterer Bruder, seines Vaters Thron erben und nach dessen Tod herrschen. In seiner Heimat war kein Platz für ihn. Vielleicht, so dachte er, sollte er sich eine neue Heimat suchen, eine Welt, in der noch Platz für ihn war.

Während die Sonne langsam wie ein Feuerball im Meer versank, reifte in ihm ein Gedanke.

Gleich am nächsten Morgen eilte er zu seinem Vater Bregon und erzählte ihm von seinen Plänen, in den Norden zu fahren. Ungläubig blickte der Vater seinem Sohn in die Augen, ob der Gefahr, in die er sich begeben wollte, um Ruhm zu erlangen. Sicherlich verstand er die Gründe seines Sohnes, dennoch fragte er sich, ob Íth den Schwierigkeiten einer solchen Reise gewachsen sei.

Lange redete er auf seinen Sohn ein und sah doch, daß er ihn nicht von dem Gedanken, diese Insel zu finden, abbringen konnte. So mußte der Vater seinem Sohn schließlich sein Ehrenwort geben, mit dem Ältestenrat über den Plan zu sprechen. Bregon tat wie er versprochen hatte. Doch obwohl die Ältesten Bedenken hatten, eine Reise wie diese gut zu heißen, erlaubten sie ihm zu fahren. Wichtiger als Íths Reise war ihnen der Gedanke, daß Míl die Herrschaft seines Vaters schnell und ohne Schwierigkeiten übernehmen konnte, ohne dessen vielleicht neidvollen Bruder im Auge behalten zu müssen.

So geschah es, daß Íth sich noch weit vor Frühlingsbeginn hinaus aufs hohe Meer wagte. Begleitet wurde er von hundertfünfzig tapferen Männern, die wie er hofften, ihr Glück in einer neuen Heimat zu finden. So segelten sie ins Ungewisse, bis sie eines Tages wirklich eine Insel fanden, unsere Insel Eriu. Damals herrschten hier drei Könige über das Land:

Ermit mac Cuill, der Sohn der Hasel und sein Weib Eire, Dermit mac Cécht, der Sohn der Pflugschar und sein Weib Fodla, und Aed mac Greine, der Sohn der Sonne und sein Weib Banba. Alle drei waren sie die Söhne Eochu mac Ercs, dem Sohn des Himmels. Freundlich empfingen die drei Herren den Fremden, obwohl sie untereinander zerstritten waren.

Íth gefiel unsere Insel, so daß er versuchte, Frieden zu stiften zwischen den Königen. Denn jene überlegten, das Land in drei Teile aufzuteilen.

Dabei stellte er sich jedoch so redegewandt und listig an, daß es ihm zwar gelang, die Könige wieder zu vereinen, sie jetzt aber glaubten, daß er vielleicht Anspruch auf einen Thron erheben wollte, um Eriu mit seinem eigenen Volk zu besiedeln. Nach vier Landnahmen durch andere Völker wollte das keiner der Könige seinem Volk ein weiteres Mal zumuten.

Du mußt wissen, die drei Herrscher gehörten zum Volk der Tuatha de Danaan. Sie waren ein wundervolles Volk. Von weither waren sie zu uns gekommen. Schön anzusehen und weise waren sie, Handwerker und gleichermaßen Künstler. Nie hat man verstanden, warum sie ihre Heimat verlassen hatten. Man sagt, daß es in ihrer ursprünglichen Heimat, wie bei uns auch, Delphine geben soll. Wie bei uns, trägt man sie dort auch als Glücksbringer an einer Kette.

Vielleicht wurden sie wie viele andere Völker auch von wandernden Stämmen vertrieben, die ebenfalls auf diese Weise ihr Land verlassen mußten und dafür die Heimat der Tuatha de Danaan in Besitz nahmen. So wurden sie heimatlos.

Prächtige Geschenke brachten sie mit. Aus Falias den Lia Fál, unseren Königsstein, aus Gorias Lughs unfehlbaren Speer, aus Findias Nuadas tödliches Schwert und aus Murias Dagdas Kessel.

Finster war ihre Ankunft, denn eine dunkle Wolke, die die Sonne drei Nächte und drei Tage verdunkelte, ging von ihrem Landungsplatz aus. Sie hatten ihre so schön anzusehenden Schiffe verbrannt. Diese neue Heimat wollten sie nie mehr verlassen. Gleich Göttern herrschten sie und die Große Mutter segnete sie.

Doch dann töteten die drei Könige Íth, und viel Leid sollten seine Wunden hervorbringen.

Schwarze Segel wurden auf allen Schiffen gehißt, als sie ihren Heimathafen wieder anliefen. In tiefer Trauer übergaben die Seeleute Míl die Leiche seines Bruders. Er, der Nachfolger seines Vaters Bregon war, würde diese Schmach nicht einfach hinnehmen.

Sechsunddreißig Schiffe würden ausfahren nach der Trauerzeit. Sechsunddreißig Schiffe mit sechsunddreißig hervorragenden Anführern und Mannschaften, die der Haß, das Unvermögen diesen Mord zu verstehen, vorantrieb.

Allen voran Míl mit seinen sechs Söhnen, die da hießen Ir, Erémón, der Pflüger, Èber, der Blonde, Arannan, Colpan Schwert und Emergin, der Dichter, Geschichtenerzähler und Richter war. Míl würde dieses Inselvolk des Nordens vernichten und ihr Land nehmen für sein Volk. Und so wurde die so unschuldige Suche nach Ruhm zu einem unvergleichlichen Rachefeldzug.

Weit hinauf fuhren sie in den Norden. Die See war rauh, doch die Frühlingswinde trieben sie unerbittlich voran. Viele Schwierigkeiten mußten sie überwinden.

Doch der schlimmste war der Verlust Míls, der an einer Seuche starb, die ausbrach, als sie schon die Küstenstreifen Erius im Nebel sehen konnten. Viele gute Männer der Míleser, wie sie sich nannten, verloren sie dadurch.

Allen voran gingen Éber und Erémón am Fest von Beltaine weit im Südwesten Erius in der Bucht von Ceann-mara an Land.

Merkwürdigerweise schlugen sie nicht den einfachsten Weg nach Tara, dem Sitz des Hochkönigs, ein, sondern zogen über das Sliabh-Mis-Gebirge. Dort trafen sie auf die Tuatha de Danaan.

Und dort fand auch die erste große Schlacht zwischen ihnen statt. Viele starben in diesem Kampf, auch Míls Frau Scota und seine Schwiegertochter Fas. Doch die Zahl der gefallenen Míleser war gering gegen die der Tuatha de Danaan. Die Welt des Krieges war nicht die ihrige. Schließlich brachen die Míleser durch und schlugen den Weg nach Tara ein.

Hörst du mir überhaupt noch zu? Oder langweile ich dich gar mit der Geschichte unseres Landes?"

Erschrocken fuhr Amhrán auf.

"Nein, nein, gar nicht. Es ist wundervoll, daß du mich an diesen Geschichten teilhaben läßt. Endlich erfahre ich, woher wir kommen, und wer wir sind. Erzähle ruhig weiter. Es gibt sowieso nicht allzu viel Schönes zu sehen, bei diesem trüben Wetter."

Zufrieden, dem Kind ihr Wissen vermitteln zu dürfen, begann Rhiannon wieder zu erzählen.

"Wo waren wir stehen geblieben, ach ja, der Weg nach Tara. Und, Kind, es heißt nicht Geschichten, sondern Geschichte. Ach ja, der Zug nach Tara.

Du selbst kennst den Frühlingsbeginn hier. Wenig Obst und Gemüse ist schon soweit gediehen, daß man sich davon ernähren konnte. Ébers und Erémóns Heer aber mußte sich ernähren, um diese große Strecke zu bewältigen.

Was war da nicht einfacher als das Volk, das sie sowieso zu unterwerfen gedachten, auszubeuten und seinem Schicksal zu überlassen.

So zogen sie weit ins Innere unseres Landes, um zu plündern und zu morden. Auch hier waren sie gewesen, doch nicht überall war unser Volk schwach und wehrlos. Hier wurde eine ganze Horde von Mílesern geschlagen. Man brachte sie zu der Lichtung und opferte sie dort dem mächtigen Dagda. Das Gras aber, auf dem sie verbrannten, ist bis heute nicht mehr nachgewachsen. Und deshalb heißt die Lichtung die Feuerlichtung."

Mit Tränen in den Augen schaute Amhrán auf.

"Ich hasse die Míleser! Was haben sie uns anderes gebracht als Leid. Durch sie wurden die Tuatha de Danaan zu Elben und zogen sich unter die Erde zurück. Ich wünschte, sie wären alle tot, und ich hätte nicht ihr Blut in den Adern. Wie konnte sich nur das Volk mit diesen Untieren einlassen?

Wie konnten die Tuatha de Danaan nur aufgeben und sich diesen herzlosen Mördern unterwerfen?

Bin ich gar die Tochter eines schwachen Volkes?"

Traurige Augen blickten die alte Frau an. Geschmeidig kletterte Rhiannon auf einen angemoderten Baumstumpf und sagte sanft:

"Komm her."

Langsam kam das Mädchen heran. Zärtlich umarmte und herzte die Frau ihren Schützling, drückte das traurige Mädchen an ihre kleinen Brüste und küßte sie auf das lockige Haar. Leise flüsterte sie ihr ins Ohr:

"Beruhige dich, mein Herz. Vieles mag sich schlimmer anhören, als es damals war. Du solltest nicht nur das Schlechte der Míleser sehen. Schließlich waren sie es, die uns die Kunst lehrten, Gold zu schmieden. Und sie brachten uns auch die guten Langhornrinder. Und wenn du Hunde liebst, mag es dich überraschen zu erfahren, daß unsere heutigen Wolfshunde Mischlinge sind zwischen unseren einheimischen Wölfen und ihren mitgebrachten Hunden.

Während uns die Tuatha de Danaan Lieder gaben und Geschichten, Götter und Helden, schenkten uns die Míleser das Werkzeug zum Überleben, mein Kind. Sicherlich waren die Schlachten grausam, wie sie es immer sind, wenn ein Zeitalter endet und ein neues beginnt. Aber haben nicht wir damit angefangen, als wir Íth töteten?

Auch das Volk wußte, daß die Zeit der Tuatha de Danaan vorüber war. Es mag gut sein, Lieder und Geschichten zu haben, aber ein Volk kann sich nicht davon ernähren. Denke doch nach, was passiert wäre, wenn die Tuatha de Danaan weiter geherrscht hätten. Sie wären einfach untergegangen. Verloren gegangen in irgendeiner Sage.

Um das zu werden, was sie jetzt sind, brauchten sie die Míleser. Nur diese konnten ihnen ermöglichen, Götter zu werden. Du bist ganz und gar nicht die Tochter eines schwachen Volkes. Dein Volk wollte überleben. Du kannst nicht überleben, wenn du durch Feindeshand stirbst. Du mußt den Feind zu deinem Freund machen. Und das haben wir getan. Nicht alle aus dem Volk der Tuatha de Danaan zogen sich unter die Erde zurück. Noch heute gibt es Elben, die auf unserer Insel leben und wandeln. Manches Mal kann man sie in sternklaren Nächten sehen, wie sie mit leichtem Schritt unter dem Mondlicht einherschreiten.

Wir nennen sie die Waldelben, denn diesen Ort haben sie damals als Zufluchtsort gewählt. Du erkennst sie an ihren strahlend grünen Augen. Sie haben noch ein engeres Band zu uns und behüten und schützen ihre Heimat noch immer.

Die Hochelben jedoch, die in ihren Hügeln unter der Erde leben, zeigen sich nur noch selten dem Menschengeblüt. Doch heute Nacht mag es sein, daß wir ihnen begegnen. Denn es ist Samhain, und die Erdhügel öffnen ihre Tore zu unserer Welt.

So sehr sehnen sie sich nach dem Rauschen des Meeres und dem Wind, der sacht durch die Äste der Bäume streicht und von ihren ruhmreichen Tagen erzählt.

Komm nun weiter, mein Herz, dort vorn ist die Feuerlichtung. Dort wollen wir ein Feuer machen und ein wenig rasten. So wie es aussieht, ist es noch nicht all zu spät nach Mittag. Es mag uns nicht schaden, unsere Füße ein wenig hoch zu legen. Dann kümmere ich mich auch um die deinen."

Amhrán wischte sich die Tränen aus dem Gesicht.

"Heute morgen dachte ich, das wird ein schöner Sonnentag, aber mittlerweile hat sich der ganze Himmel mit Wolken zugedeckt. Werden wir heute Nacht wieder in einem Wetterhäuschen schlafen?"

Unsicher blickte Rhiannon das Mädchen an.

"Es mag sein, daß wir unter dem Dach des Himmels ruhen. Ich weiß, daß es heute für dich doppelt, gar dreifach, schlimm sein muß. Samhain, der Wald und ich. Glaubst du, daß du das schaffst?"

Freundlich lächelte Amhrán die Waldläuferin an:

"Daß mir von deiner Seite aus nichts geschieht, dürfte ich wohl endlich begriffen haben. Ich bin dankbar, daß uns die Große Mutter zusammengeführt hat, mit dir wird mir nichts geschehen und Samhain....

Nun vor Samhain habe ich die wenigste Angst. Gerne würde ich einmal einem Elbenprinz in sein Reich folgen."

"Schweig! Deine Worte mögen sich vielleicht eher erfüllen, als dir lieb ist. Du solltest nicht über Elben sprechen im Alten Wald.

Weißt du nicht, daß sich die Waldelben in Bäume verwandeln können?

Und nicht alle Elben sind den Menschen wohlgesonnen. Sie sind ein stolzes Volk, vor allem die Hochelben. Nicht viel halten sie von uns hastigem Pack. Müde belächeln sie uns. Segen und Fluch ist ihnen ihre Unsterblichkeit. Neidvoll blicken sie so manches Mal auf uns kurzlebiges Volk. Doch davon genug. Sieh, dort vorn lichtet sich bereits der Wald."

Und richtig, vielleicht fünfzig Schritte vor ihnen weitete sich der Weg und gab den Blick frei auf braunes, verdorrtes Gras.

"Der Göttin sei Dank, während du erzähltest, spürte ich meine Füße kaum, aber jetzt mag ich kaum mehr dieses kurze Stück lang laufen."

Endlich erreichten sie die Lichtung. Sofort nachdem sich Amhrán auf den Boden hatte fallen lassen, hatte sie die Schuhe ausgezogen. Ihre Füße waren wund. Auch Rhiannon setzte sich, bis ihr einfiel, daß sie sich dringend erleichtern wollte. Nach wenigen Augenblicken war sie wieder im Wald verschwunden. Amhrán lehnte sich zurück und schloß die Augen. Leise betend bedankte sie sich bei der Göttin, daß sie noch lebte und Rhiannon getroffen hatte.

Es war wundervoll, ihr zuzuhören. Es gab so vieles, was sie nicht wußte, und sie kam sich sehr dumm vor im Vergleich zu Rhiannon. Aber sie war ja auch noch jung. Und sie mußte nichts von sich erzählen, so lange die alte Frau sprach.

Genußvoll atmete sie die Einsamkeit des Waldes ein. Ob Rhiannon recht hatte mit dem, was sie über die Elben erzählte? All das erschien ihr so unwirklich, so weit fort von ihrem Leben, ihrem Denken. Und doch war sie jetzt, zu eben diesem Zeitpunkt, mit einer Frau unterwegs, durch deren Adern Elbenblut floß. Irgendwie schaffte es diese kleine Person, die Dinge nicht nur von einer Warte aus zu sehen.

"Na, meine Herzblume, worüber denkst du denn so angestrengt nach?"

Überrascht zuckte Amhrán zusammen.

"Ich habe dich gar nicht gehört."

Rhiannon grinste über das ganze Gesicht.

"So muß das auch sein, wenn man sich Waldläufer nennt. Der Waldläufer ist immer auch ein Teil des Waldes. Und worüber hast du nun nachgedacht?"

"Ich dachte darüber nach wie weise du bist und wie dumm ich doch bin."

"Du solltest das nicht so sehen. Jeder Mensch hat sein eigenes Wissen. Der Bauer weiß besser über den Boden Bescheid, der Schmied über das Eisen und Waldläufer nun mal über den Wald. Es mag Dinge geben, die für dich so klar sind wie ein Sommertag, und ich vermag sie dennoch nicht zu verstehen.

Der Geist des Menschen ist wie ein Fischernetz, nur indem du es auswirfst, kannst du Wissen fangen.

Alles könnte um so vieles einfacher sein, wenn alle ihr Wissen miteinander teilten. Aber leider gibt es so viele Menschen, die glauben, unentbehrlich zu sein, wenn sie ihr mageres Wissen für sich behalten. Auch das ist so ein Grund, warum uns die Elben belächeln.

Bei ihnen lebt jeder sein eigenes Leben, aber kein Elb käme auf den Gedanken, sich hervorheben zu wollen, dadurch daß er Wissen hortet, das nur ihm und sonst niemandem zugänglich ist. Aber jetzt genug davon. Zeig mir mal deine Füße."

Amhrán streckte der Frau ihre geschunden Füße entgegen.

"Oh je, das sieht ja nicht so gut aus."

Rhiannon nahm den Reisesack ab und holte einen kleinen Tontiegel hervor. Als Deckel hatte sie ein Stück Leder darüber gezogen und mit Lederschnüren umspannt. Gewissenhaft öffnete sie die Knoten, nahm das Leder ab und tunkte ihre Finger in eine grünlich-weiße Masse. Sofort zog Amhrán ihre Füße zurück.

"Was ist das denn? Das sieht ja widerlich aus."

Energisch zog Rhiannon wieder die Füße des Mädchens an sich heran.

"Das ist Schweinefett mit zerriebenem Beifuß darin. Das wird deinen Füßen guttun. Stell dich nicht so an."

Sanft wie ein Lamm ließ sich Amhrán die Füße einreiben.

"Ich habe sie jetzt schön damit eingeschmiert. Laß es einziehen und bevor wir wieder aufbrechen, reibe ich sie dir noch mal ein und lege dir einen kleinen Verband an. Dann reiben sich deine Füße nicht so am Leder der Schuhe."

Sie griff in den für Amhrán so wundersamen Reisesack und förderte zwei rotbäckige Äpfel zu Tage.

"Hier, damit deine Zähne etwas zu tun haben."

Doch das Mädchen hatte sich auf den Rücken gelegt und war eingeschlafen.

Ein merkwürdiges Kind dachte Rhiannon bei sich. Strolcht nachts durch den Wald und schließt sich der erstbesten Gestalt an, der sie begegnet, erzählt, daß sie einem Coven beitreten will und sonst nichts. Was, wenn ich nun nicht mit ihr zu Danu ginge. Die Große Mutter muß einiges mit ihr vorhaben, wenn sie so die Hand über sie hält. Was mag nur die Ursache ihres Aufbruches sein? Sie hatte ja noch nicht mal einen Beutel mit Essen und Trinken dabei. Plötzlich zuckte Amhrán im Schlaf auf.

"Und ich werde doch Pferde züchten, Goleudydd. Lach nur!!"

Geschwind packte die alte Frau das Mädchen und rüttelte sie wach.

"Du sollst dich ausruhen und nicht der Vergangenheit nachhängen."

"Es war ja kein schlimmer Traum, aber ich werde wohl trotzdem besser wach bleiben."

"Vielleicht ist es besser so, auch der Geist braucht manchmal ein wenig Ruhe. Hier habe ich dir einen Apfel hingelegt. Und hier hast du einen kühlen Schluck Wasser."

Rhiannon reichte ihr den Wasserbeutel. Gemeinsam aßen sie ihre Äpfel auf und sammelten wieder ihre Sachen zusammen. Dann rieb Rhiannon noch einmal Amhráns Füße ein und verband sie leicht mit einigen Stoffstreifen. Vorsichtig zog diese ihre Schuhe wieder an. Schon hatte die Sonne wieder ihre Finger nach dem Horizont ausgestreckt.

"Wir sollten links und rechts des Weges nach einem guten Schlafplatz Ausschau halten. Nicht daß uns die Dämmerung erreicht und wir uns noch ein Lager suchen müssen."

Die wilden Dreizehn

Dúghorm wollte zurück zu seiner Hütte, um alles für die Reise vorzubereiten. Doch der schon sehr früh ergraute, junge Mann war noch keine zehn Schritte gegangen, als ihm Cioná, die Heilerin der Fianna, über den Weg lief.

Ihre Miene verriet ihm, daß sie nicht besonders erfreut war, wieder einmal aufzubrechen und über das Land zu ziehen.

Cioná war die einzige Frau im Lager, die alleine in einer Hütte hauste. Schon vom ersten Tage an war sie eine Außenseiterin gewesen.

Einmal kam es zu einem Scharmützel zwischen der Königlichen Garde und den Fianna. Sie war die ganze Zeit um die Kämpfenden herumgeritten, bis alles vorüber war. Als Iolaranam sie deshalb vor allen zurechtwies, hatte sie leise und ruhig geantwortet:

"Ich wurde gelehrt zu heilen und zu retten, Iolaranam. Ist es nicht genug, daß ihr mir meine Kundschaft bringt, soll ich sie mir auch noch selbst beschaffen?"

Wie immer hatte sie ihre schwarzen Haare zu einem kunstvollen Zopf geflochten, den sie wie einen Schal um den Hals trug.

"Na, meine Schöne, du scheinst ob der Ehre, die dir zuteil geworden ist, sehr erfreut zu sein."

Die große, viel zu dürre Frau hielt inne und funkelte den Krieger böse an:

"Nicht alle sind so erpicht darauf, ihren Namen bei den Geschichten am Feuer zu hören wie ihr, edler Dúghorm. Mir genügt es allein, mit dem Leben davonzukommen, ohne Heldentaten zu vollbringen."

Verbittert antwortete er ihr:

"Schweig! Daß ich auch immer wieder vergessen muß, daß sich hinter einem so holden Antlitz eine solches Biest verbirgt. Schweig ja, törichtes Weib!

Sicher weißt du, daß dem nicht so ist und du mich nur reizen willst. Weniger noch als eurer erklingt mein Name, Cioná. Denn die Wunden, die ich riß, ihr heiltet sie. Und dienlicher seid ihr der Göttin als ich. Warum nun sollte meine Name öfter genannt werden?"

Sanfter erwiderte die Frau:

"So edel seid ihr, so bescheiden. Allein, jeder weiß, auf wen der Herr in der Not vertraut. Nur zwei kommen dafür in Frage, der Große Bär und der Edle, der Blaublütige.

Wollt ihr noch immer nicht beim König um Gnade flehen und wieder aufgenommen werden in die huldvollen Hände, die dieses Reich beherrschen?"

Mit Mühe hielt sich der junge Mann zurück. So sorgfältig riß sie stets die alte Narbe wieder auf.

"Wie ein Baum stehe ich, wo ich gewachsen. Mein Vater pflanzte eine Eiche und siehe, sie gedieh im Namen Erius. Doch dann wurde mir die Sonne genommen, mein Licht.

Die mächtige Eiche, fortan sollte sie nur noch ein Bäumchen sein, beschnitten all ihrer Pracht, falsche Blüten sollte sie tragen und dienen wider das Land, das mit ihren Wurzeln sie zusammenhielt.

So sag ich dir, die Eiche wächst, wie sie gesetzt, doch nie wird sie etwas anderes sein, keine Birke, die sich dreht, wohin der Wind ihre Äste treibt."

Da seufzte auch die Heilerin:

"So geht es in der Welt. In so vielem gleichen wir uns und so vieles trennt uns wieder. So will ich weiter gehen und noch einige Kräuter sammeln, die ich brauche, bevor wir aufbrechen heute nacht.

Wohin es geht, wißt ihr es wohl?", fragte die Heilerin.

"So weit ich weiß, nordwärts, doch wohin genau, der Herr wird es wissen. Auch ich will weiter gehen. Der Morgen neigt sich seinem Ende zu, und ich muß noch meine Waffen überprüfen und nach meinem Pferde sehen."

Auch Gormeala und Crónachan bereiteten sich auf ihre Reise vor. Aber sie taten dies sicherlich nicht wie die anderen dies tun würden. Angetan mit ihren bunten Braccas und ihren kurzärmligen Hemden standen die beiden Frauen in dem Bächlein, das das Lager umfloß und droschen mit ihren Schwertern erbarmungslos aufeinander ein.

Ihr Stöhnen und Schreien hallte durch den Wald, daß es einem Manne angst und bange werden konnte. Dazwischen die eiserne Melodie ihrer singenden Schwerter. Wichtiger noch als alles, was sie am Leib trugen, waren ihnen die Prachtstücke ihrer Waffensammlungen. Schon von Kindesbeinen an hatten beide gelernt, zu kämpfen wie ein Mann, doch damals war ihnen der Weg zu den Fianna noch verwehrt gewesen. Ohne weiteres konnten sie sich mit jedem Mann messen.

So lange hatten die Kriegerinnen an ihren verschiedenen Kampfarten gefeilt, bis sie so formvollendet kämpften, daß es aussah, wie zwei Tänzerinnen, die zur selben Musik tanzten. Wie Spiegelbilder waren sie, und doch hatten sie sich erst hier bei den Fianna kennen und lieben gelernt. Näher noch als Schwestern standen sich die beiden Frauen.

Wie Zwillinge, die getrennt waren und sich einzig durch die Fügung des allmächtigen Schicksals wiederfanden.

Die Töchter edler Mütter und Väter waren sie, gebildet und unterrichtet in den meisten Fertigkeiten und Künsten. Aber nichts konnte sie in ihren geziemenden Käfigen halten.

Sie wollten sich nicht opfern für Heim und Hof.

Sie wollten leben, kämpfen, frei sein.

Am selben Tag kamen sie bei den Fianna an. Jede glaubte, keine Schwierigkeiten zu haben, sich als Mann einzuschleichen. Nie zuvor hatten sich Crónachan und Gormeala gesehen, und doch fühlten sie sich vom ersten Augenblick an zueinander hingezogen.

Groß waren sie, schlank von Gestalt. In weiser Voraussicht mochte ihnen die Große Mutter nur sehr kleine Brüste geschenkt haben, so daß sie schon als Männer mit sehr fraulichen Zügen durchzugehen vermochten. So sollten sie gegeneinander kämpfen, um zu beweisen, wie gut sie mit ihren Schwertern umgehen konnten.

Fast weiß waren ihre Haare, so oft hatten sie sie mit Kalk gebleicht. Beide Frauen hatten sie zu einem Pferdeschwanz gebunden. Ihre grünen Augen funkelten wie die rauschende See an einem Sturmtag.

Während Gormeala in Blau gekleidet war, trug Crónachan nur Grün.

Geschmeidig umtänzelten sie einander, immer bereit eine Lücke in der Deckung der anderen auszunutzen.

Aber zwei Feuer mit der gleichen Hitze vermögen nur zu einem zu verschmelzen, nicht aber einander zu verschlucken.

So kämpften die beiden lange und wurden von allen bewundert ob ihrer Geschicklichkeit, Listigkeit und Stärke.

Doch dann durchtrennte Crónachan den Träger von Gormealas Gewand und ihre kleinen Brüste kamen zum Vorschein. Hurtig waren alle aufgesprungen, um gegen die Frau vorzugehen.

Da stellte sich Crónachan mit ihr Rücken an Rücken, riß sich das Hemd vom Leib und rief:

"Wer ihr ein Haar krümmt, wird keinen Kopf mehr haben, auf dem er seine tragen kann.

Halte wacker durch, meine Schwester! Sollten wir sterben, dann ruhmreich!

So manchen werden wir mitnehmen zu dem Mahl an der reich gedeckten Tafel der Götter."

Doch da hatte Iolaranam schon ein Machtwort gesprochen und für Frieden gesorgt.

So geschah es, daß sie am selben Tag ein neues Leben begannen.

Vieles haben beide seitdem durchstanden, und stolz waren sie auf ihre zahlreichen Narben.

"Halt ein," rief Crónachan, "ich denke, es ist Zeit, zum Lager zurück zu gehen. Sicherlich werden wir wieder die Letzten sein. Wir oder Glaslasair."

Sie verbeugten sich leicht voreinander, steckten ihre Schwerter in die Scheiden und stapften aus dem Bach. Mit ihren Mänteln trockneten sie sich ein wenig ab, schlangen diese um ihre Arme und schritten Arm in Arm in Richtung Feuerstelle.

Als sie an dem Ort der Versammlung eintrafen, fehlte in der Tat nur noch Glaslasair, die aber kurz nach ihnen dort ankam.

Ioloaranam saß mit seinen Gefährten in einem Kreis und begann zu sprechen:

"Meine ersten Worte will ich an Glaslasair richten, mit dem Dank, jetzt schon hier zu sein.

Ich denke, daran können wir sehen, daß selbst sie die Wichtigkeit dieser Unternehmung ermessen kann.

Worum es genau geht, kann ich selbst noch nicht sagen. Wie ich bereits erwähnt habe, hat sich ein Jüngling auf die Suche nach dem Blauen Schwert gemacht. Dies geschah bis auf wenige Male immer nur dann, wenn der Träger, der dieses Schwert für sich erlangen konnte, auch später Hochkönig wurde.

Ich meine Hochkönig über ganz Eriu, nicht so wie König Fionn einzig über die Fianna und seine Sippe, sondern Hochkönig wie Cormac mac Art.

Broc erlangte merkwürdigerweise nie dieses Schwert, wahrscheinlich hätte es sich aus Schmach in Rauch aufgelöst, ob der unwürdigen Hände, die es dann halten würden. Über diesen Jüngling wissen wir nichts Genaues, nur daß er aus einem Dorf im mittleren Westen stammt."

Da räusperte sich ein junger Krieger:

"Warum mischen wir uns eigentlich hier ein? Soll er doch Hochkönig werden. Einen schlechteren als Broc kann es ohnehin nicht geben."

Brummend erhob sich Camchéachta.

"Laß mich antworten, Iolar, du sollst deine Stimme nicht an einen solchen Dummkopf verschwenden.

Oighrigh, hast du eigentlich jemals begriffen, aus welchem Grund die Gemeinschaft der Fianna gegründet wurde? Ich meine andere Gründe als den, grünhörnige Kälber aufzunehmen, die nur mit ihrem Dabeisein prahlen. Du solltest dankbar sein, daß du überhaupt mitgenommen wirst. Ginge es nach mir, würde ich dich das Holz hacken lassen für das Feuer.

Wir mischen uns hier ein, weil es hier um unser Land geht, um Eriu, um das Wohl unseres Volkes.

Jetzt, da wir einen Hochkönig haben, der gegen jede Vernunft herrscht, braucht uns das Volk um so mehr.

Noch so einen König wie Broc wird es nicht überleben. Noch schweigt das Volk, aber wenn sich der Hund auflehnt gegen seinen Herrn, was unweigerlich geschehen wird, braucht es erfahrene Hände und einen König, der dem Wohle aller dient.

Gerade jetzt möchte ich nicht die Hände in den Schoß legen und diese Verantwortung dem Schicksal überlassen. Aber mit dem Begriff Verantwortung tust du dich ja ohnehin noch schwer, nicht wahr?"

Verletzter Stolz stand in den Augen des Jungen, der erst wenige Monate bei den Fianna war. Seine Eltern waren arme Bauern gewesen, und als sie nach einem Brand auf dem Sterbebett lagen, mußte ihnen Iolaranam versprechen, ihren Sohn in die große Familie der Fianna aufzunehmen und so war es geschehen.

Obwohl der Junge keinerlei Unterricht genossen hatte und einzig die Weisheiten des bäuerlichen Lebens kannte, lernte er schnell das Wesentliche über das Leben in der Wildnis. Auch konnte er schon recht gut mit dem Messer und dem Schwert umgehen. Doch all seine Liebe galt der Musik. Gesegnet mit einer wunderschönen Stimme und der Fähigkeit aus einem Stück Holz eine Flöte zu schnitzen, war es Oighrigh, der den Kriegern Ruhe und Behaglichkeit an den abendlichen Feuern verschaffte.

Diese Reise sollte die erste einer Vielzahl von Bewährungsproben sein. Er hatte sich selbst gewundert, als er seinen Namen gehört hatte. Oighrigh hatte nicht einmal geglaubt, daß Iolaranam noch seinen Namen wußte.

Aber dieser überraschte ihn immer wieder. Letztens erst hatte er ihm ein Messer geschenkt, das er sehr wohl kannte.

Als Kind hatte er es oft in der Hand seines Vaters gesehen. Iolaranam hatte es ihm mit den Worten überreicht:

"Ich denke, du bist jetzt gut genug, um richtig damit umzugehen. Und denk daran, ein guter Krieger weiß, wann er es nicht gebraucht."

Da meldete sich Dúghorm zu Wort:

"Und wie soll das nun von statten gehen? Ich meine, wohin gehen wir, und was machen wir dort? Warum gehst du eigentlich nicht allein, wozu brauchst du uns und unter welchem Vorwand reisen wir?"

Iolaranam antwortete ihm:

"Als denn, wir werden gen Norden ziehen, irgendwann werden wir auf ein Gerücht stoßen und diesem werden wir bis zu seinem Ursprung folgen, so viel zu unserem Weg.

Sicherlich überlegte ich schon, alleine zu gehen, aber es mag sich ergeben, daß ich schnell Unterstützung brauche.

Denn ich weiß nicht, was uns an der Quelle des Gerüchtes erwartet, deshalb habe ich an euch gedacht.

Wie ihr sicher bemerkt habt, besteht der Großteil unserer Gruppe aus erfahrenen Kämpfern und Kämpferinnen. Cioná begleitet uns in ihrer Eigenschaft als Heilerin. Oighrighs Wert mag sich aus seiner Gegenwart ergeben. Als Gillas werden Gleannglas und Sliabhan vor uns reiten. Ihre Aufgabe ist es, alles, was vor uns liegt, auszukundschaften und für Unterkunft und Wegzehrung zu sorgen.

Mein alter Freund, der Bär, und mein blaublütiger Ratgeber werden mit mir an der Spitze unseres kleines Zuges reiten.

Dann folgen Sionnach und Seabhaceo, die sich bei Gefahr mit Cioná und Oighrigh absetzen und sie in Sicherheit bringen.

Die Nachhut und Verteidigung übernehmen Glaslasair, Crónachan und Gormeala."

"Entschuldigt, Herr," unterbrach ihn Oighrigh, "ich hoffte, meine Fortschritte mit Messer und Schwert seien euch bekannt. Ist es nicht unehrenhaft, sich bei Gefahr so feige zurückzuziehen?"

Zustimmend brummte Camchéachta, doch Iolaranam antwortete:

"Es ist durchaus nicht unehrenhaft, denn sollte Sionnach und Seabhaceo etwas zustoßen, wirst nur du Cioná begleiten und beschützen können.

Wären mir deine Fortschritte nicht bekannt, würde ich dich wohl kaum einer solchen Gefahr aussetzen, junger Freund."

Glücklich und beschämt zugleich blickte der Junge unter sich. Das Gesicht fast genauso feuerrot wie sein Haar.

"Unter welchem Vorwand wir reisen, nun es wird sich einer finden, wenn wir unterwegs sind.

So bist du, Dúghorm, du mußt immer alles durchdenken. Aber das Schicksal hatte schon immer ein paar Überraschungen für uns in seinem Hemdsärmel. Ich glaube nicht, daß es dieses Mal anders sein wird."

Der Blaublütige bohrte weiter:

"Und was, wenn ich noch eine Frage stellen dürfte, machen wir, wenn wir am Ausgangspunkt des Gerüchts angekommen sind?"

"Dúghorm, Dúghorm, was werden wir wohl tun?", erwiderte sein Anführer und fuhr gleich fort:

"Das was wir immer tun. Wir werden suchen wie solche, die etwas finden müssen, und finden wir etwas, so verhalten wir uns so, als ob wir nach etwas suchen müßten.

Geht jetzt, packt eure Sachen zusammen und denkt daran, daß es bald sehr kalt sein wird. Wir reisen zu einem schlechten Zeitpunkt, doch reisen müssen wir, und das mag uns ein Schutz sein.

Überprüft, ob eure Waffen alle in Ordnung sind und versichert euch der Gesundheit eurer Pferde. Wir werden auf Fußgänger keine Rücksicht nehmen können. Im Notfall tauscht oder leiht euch ein Pferd.

Nehmt nur das Nötigste mit und entleert eure Blase, bevor wir aufbrechen. Ich will einige Stunden unterwegs sein, bevor ich die erste Rast einlege.

Vielleicht legt ihr euch noch ein wenig hin. Das gilt natürlich nicht für Camchéachta und Glaslasair, unsere Langschläfer.

Wir treffen uns hier kurz nach der Abenddämmerung und zwar alle. Das wiederum gilt für alle, auch für Crónachan und Gormeala.

Dúghorm, Camchéachta, folgt mir, ihr edlen Herren. Wir wollen uns um eine würdige Vertretung kümmern."

Mit einem spitzbübischen Gesicht machten sich die drei Herren auf und gingen in eine Hütte neben dem Feuerplatz.

"Ich weiß nicht, Iolar," begann der Große Bär, "ob es so richtig ist, den Kleinen mitzunehmen. Irgendwie werde ich das Gefühl nicht los, daß er alles verpatzen wird."

"Camchéachta, bitte! Warst du nicht auch mal jung und hast du etwa keine Fehler gemacht? Selbst wenn er es vermasselt, dann müssen wir eben den Schaden, den er anrichtet hat, begrenzen. Du kannst nicht aus Fehlern lernen, die du nicht begangen hast."

Dieser erwiderte:

"Ich weiß nicht. Ich habe einfach kein gutes Gefühl dabei. Er mag es ja noch nicht mal mit Absicht tun. In meinen Augen ist er einfach zu unerfahren. Es gibt so viele ältere Männer, die stolz wären, uns begleiten zu dürfen."

Iolaranam blieb hart.

"Ja, aber wer soll dann das Lager hier beschützen? Bitte, Camchéachta, wir müssen überlegen, wem wir die Führung überlassen, während wir unterwegs sind. Dúghorm, hast du vielleicht ein paar brauchbare Vorschläge?"

Der Mann fuhr sich durch sein graues Haar.

"Vielleicht Faolchú. Er ist seit vielen Jahren dabei, besitzt großes Ansehen bei allen, ist erfahren im Kampf und hat dann und wann schon kleinere Gruppen angeführt. Außerdem ist er einer deiner treuesten Anhänger. Was man von Siorc nicht sagen kann. Aber der ist sehr ehrgeizig und hat alle Fähigkeiten, die ein guter Führer braucht. Allerdings magst du zurückkehren und die Fianna in seiner Hand vorfinden."

Iolaranam kraulte sich grübelnd das Kinn.

"An Faolchú habe ich auch schon gedacht. Aber an seiner Seite wünsche ich mir keinen Siorc, sondern jemanden, dem er, dem vor allem wir, vertrauen können. Wer fällt euch noch ein? Hast du dir vielleicht auch ein paar Gedanken gemacht, Großer Bär?"

Der Riese, der nur schwerlich genug Platz fand, um seinen kräftigen Körper in der engen Hütte unterzubringen, strahlte seinen Freund an.

"Mit Faolchú bin ich einverstanden. Súil wäre doch was für den Hintergrund. Du magst ihn vielleicht nicht kennen, Iolar, aber er leistete mir schon oft gute Dienste."

"Oh, ja, natürlich kenne ich seine Dienste und ihn, oder glaubst du wirklich der einzige zu sein, dem er die kleinen Geheimnisse der Fianna verkauft. Der Herrin sei Dank habe ich das Vorrecht vor dir und so ist das auch richtig.

Der Junge ist mir zwar nicht besonders angenehm, aber er bekommt irgendwie alles mit und weiß, was er wem wann zu erzählen hat. Es ist immer wieder erstaunlich, wie er es überlebt, selbst dir die unverschämtesten Vermutungen an den Kopf zu werfen, mit der Bemerkung 'Ich bin ja nur ehrlich'. Wenigstens ist er kein Schmeichler und ehrgeizig ist er auch nicht. Außerdem kann er Faolchú nicht gefährlich werden, weil der ihm dann den Hals umdreht.

Was sagst du dazu, Dúghorm?"

Der Blaublütige antwortete:

"Ich denke, das ist eine Lösung. Vielleicht sollten wir uns Siorc vom Halse schaffen so lange wir unterwegs sind. Ich traue diesem Burschen nicht. Der ist zu allem fähig. Ihr wißt das. Außerdem wird er tödlich beleidigt sein und versuchen, Faolchú Steine in den Weg legen."

Camchéachta schlug sich auf die Oberschenkel.

"Du bist vielleicht gut, und wie sollen wir das anstellen? Sagen, du da, wir wollen dich hier nicht haben. Pack' deine Sachen und verschwinde. Nun ja, wenn ich's recht überdenke, ich würde schon mal gerne Hand an ihn legen."

Dúghorm grinste über das ganze Gesicht.

"Wenn du ab und zu deinen Kopf und nicht nur deine Fäuste benutzen würdest, brauchtest du nicht so oft Hand an irgendwen zu legen.

Folgendes, wir sind sicher nicht die einzigen, die von diesem Solasard wissen. Sicherlich weiß man auch auf Tara Bescheid. Was liegt da näher, als ihnen eine Art Beobachter in das Nest zu setzen. Wir könnten sogar so weit gehen, daß wir Siorc noch zwei seiner besten Freunde mitgeben, damit sie Nachrichten hin und her bringen können. Somit sind die auch beschäftigt und können hier keine Unruhe stiften."

Iolaranam schlug dem Blaublütigen anerkennend auf die Schultern und lachte.

"Ich weiß nicht, wo ich ohne Dúghorms Verstand und Camchéachtas Fäuste wäre. Das ist ein verdammt guter Plan, Freunde. Und wen sollen wir ihm noch mitgeben?"

Dúghorm, der bessere Kenntnisse über das Gefüge der Fianna besaß, meldete sich wieder zu Wort.

"Ich denke, am sinnvollsten wird es sein, ihm Fimíneacht und Spíon mitzugeben. Die beiden sind mir seit langem ein Dorn im Auge, ha, ha, ha."

Iolaranam nickte und sagte:

"So werden wir es machen. Habe ich vielleicht noch etwas vergessen? Ich hoffe, mit der Auswahl unseres Gefolges seid ihr ansonsten zufrieden."

Camchéachta und Dúghorm nickten einstimmig.

Iolaranam fuhr fort.

"Sicherlich wird uns noch so einiges einfallen, wenn wir unterwegs sind. Ich für meinen Teil bin froh, mal wieder richtig unterwegs zu sein. So ist es leichter zu ertragen, daß es trotzdem nur eine Flucht ist.

Ich bin nur mal gespannt, was sich hinter diesem Jüngling verbirgt. Wir müssen uns auf alles Mögliche einstellen. Sicher sind wir nicht die einzigen, die rausfinden wollen, wer er ist. Was mir noch Kopfzerbrechen bereitet, sind unsere besonderen Freunde, die Elben. Bald ist Samhain, und ich habe nicht einen von ihnen gesehen. Das gibt mir sehr zu denken. Da ist doch irgendwas nicht so, wie es sein soll. Sicherlich werden wir unterwegs noch auf sie stoßen."

"Ich denke, wir haben alles so gut geplant, wie es möglich ist. Brauchst du uns dann noch?", fragte Dúghorm.

"Nein, aber schickt mir bitte Faolchú und Súil her."

"Wird gemacht, Herr!" erklang es einstimmig.

Dann verließen die beiden die Holzhütte.

Es dauerte nicht lange bis ein kahlköpfiger, gut genährter Mann und ein hageres Männlein eintraten.

Der Dicke begann sofort zu sprechen.

"Herr, ihr wolltet uns sehen. Um was geht es?"

Der Anführer der Fianna antwortete ihm:

"Nun ja, Faolchú, im großen und ganzen geht es darum, daß ich euch eine ungewisse Zeit lang verlasse und jemanden brauche, der mich in meinem Sinne vertritt. Das sollst du sein. Du bist schon lange genug dabei, weißt wie alles ablaufen soll und weißt, was "in meinem Sinne" bedeutet."

Neugierig fragte Faolchú:

"Und was ist mit diesem neugierigen Kerl hier neben mir?"

"Der wird dein dir treu ergebenes Auge sein", eröffnete ihm Iolaranam.

"Und Siorc?", fragte Faolchú vorsichtig.

Beruhigend wurde ihm geantwortet:

"Wird von mir nebst seinen zwei besten Freunden nach Tara beordert. Den Rest seiner Meute behältst du einfach unter unauffälliger Aufsicht. Wir werden, wenn es uns möglich ist, Boten mit Nachrichten zu euch senden. Achte deshalb immer darauf, daß stets zwei frische Pferde bereitstehen. Ich möchte über jeden eurer Standortwechsel Bescheid wissen. Wichtig ist allerdings, daß ihr sicher seid, wenn das keinen Ortswechsel bedeutet, ist es auch gut. Wir werden Zeichen am Wegesrand hinterlassen, denen ihr folgen könnt."

"Die alten Zeichen?", fragte der erfahrene Fianna.

"Ja, die alten Steinhaufen, wie Krieger sie an den Grenzen zum Feindesland stapelten, damit auf dem Heimweg festgestellt werden konnte, wie viele tapfere Kämpfer man verloren hatte. Der oberste Stein wird immer eine Lebensspirale auf der Unterseite haben und der unterste drei sich überschneidende Kreise und einen Strich für die Richtung, der wir folgen.

Sagt den Boten, sie sollen, wenn sie den Weg gefunden haben, die Steinhaufen zerstören. Ich erwarte von dir, daß ich mich ganz und gar auf dich verlassen kann. Wenn wir eure Hilfe brauchen, müßt ihr unverzüglich aufbrechen. Laßt niemanden zurück, es sei denn, wir geben den Befehl dazu. Ich denke, du bist der Sache gewachsen. Du hast mein ganzes Vertrauen."

Dann wandte sich Iolaranam dem hageren Jüngling zu.

"Nun zu dir, Súil. Du wirst deinen großen Mund nur noch für Faolchú aufmachen. Alles, was dir auffällt, und sei es in deinen Augen noch so unwichtig, wirst du ihm melden. Hast du das verstanden?"

"Ja, Herr," antwortete der Dünne kleinmütig.

"Gut, dann geht jetzt. Schickt mir Siorc, Fimíneacht und Spíon. Kurz nach der Abenddämmerung treffen wir uns am Großen Feuer. Geht jetzt und seid bedankt."

Schnell huschten die beiden aus dem Unterstand.

Es dauerte nicht lange, da bückten sich drei nicht gerade sehr vertrauensselige Männer vor der Holzhütte.

Ein groß gewachsener, bulliger Mann mit kurz geschorenem, dunklem Haar und nacktem Oberkörper allen voran. Jeder merkte ihm an, wie wichtig es für ihn war, daß man seine Muskeln sehen konnte. Es schien ihn auch nicht sonderlich zu kümmern, daß noch zwei andere Männer hinter ihm waren, denn er nahm einen großen Teil des Platzes ein, so daß seine Gefährten nur knien konnten.

Ohne Umschweife ergriff Siorc das Wort.

"Wir sind hier, was willst du von uns?"

"Du weißt von unserem Vorhaben, sich dem Thronanwärter auf die Spur zu setzen?"

Iolaranam ließ ihn nicht aus den Augen.

"Sicherlich," antwortete der Mann flapsig.

"Gut, während dieser Zeit wird Faolchú den Befehl für die Fianna übernehmen. Dennoch kann ich auf deine Hilfe leider nicht verzichten. Ich will, daß du dich mit deinen zwei Gefährten hier auf den Weg nach Tara machst. Du wirst alles über Broc mac Cíocras, seine Beziehung zum Thronanwärter und was sonst noch für uns wichtig sein könnte, herausfinden. Ich halte es für sehr wichtig, dort jemanden sitzen zu haben, der die Augen aufhält."

Der Anführer der Fianna beobachtete jede Regung im Gesicht dieses Gefährten.

"Ein wahrlich guter Plan, würde ich nicht deine wahren Absichten kennen. Gibt es jemanden, an den ich mich wenden kann, auf Tara?", erwiderte Siorc unbeeindruckt.

"Ja, den Anführer der Königlichen Garde, einen selten dummen Kerl mit Namen Arcán. Am besten schleust du dich bei ihnen ein. Die anderen beiden hier solltest du aber als deine Diener einführen. Sie werden die Nachrichten hierher und wieder zurückbringen," bestimmte Iolaranam.

"Gut, und wann sollen wir aufbrechen?", fragte Siorc lauernd.

"Am besten sofort," antwortete der Anführer hart.

"So eilig habt ihr es, uns loszuwerden. Schön. Fimíneacht und Spíon! Ihr werdet schon vorausgehen und unsere Sachen packen, vergeßt nichts! Ich komme gleich nach."

Ein freches Grinsen überzog das Gesicht Siorcs. Er führte gerne Menschen.

Fast fluchtartig verließen die beiden Männer, die die ganze Zeit nur verlegen unter sich geschaut hatten, den Ort.

"Ein Wolf, der seinem Rudel nicht traut, Siorc? Der Wolf traut sich wahrscheinlich selbst nicht über den Weg," bemerkte Iolaranam lächelnd.

"Worauf genau soll ich achten?", fragte dieser unbeeindruckt.

"Es gibt am Hof einen gefürchteten Druiden, den Hochdruiden Erius, Tuan. Er weiß immer über alles Bescheid und dann einen kleinen Kriecher namens Cruimh. Um diese beiden kümmere dich, aber sei vorsichtig. Das sind sehr gewitzte Füchse, die du nicht so ohne weiteres an der Nase herumführen kannst. Den Bären, den du ihnen auf den Rücken binden willst, muß hieb- und stichfest sitzen. Sie werden dich auf deine Vertrauenswürdigkeit überprüfen.

Laß sie nicht aus den Augen, aber gelange auch nicht zu sehr in ihr Blickfeld. Sie vermögen dich in ihre Ränke zu verwickeln, ohne daß du es bemerkst," riet ihm Iolaranam.

"Da brauchst du dir keine Sorgen zu machen. Schließlich bin ich nicht irgendwer," versicherte ihm Siorc.

"Tatsächlich? Ich wünsche, daß ihr spätestens in einer Stunde das Lager verlassen habt. Bevor ihr losreitet, sagt mir Bescheid. Verschwinde jetzt!"

Verschlagen grinste der Mann und machte sich davon.

macha

Athraigh, den die meisten nur noch den Namenlosen nannten, hatte vorübergehend ein Heim bei Tiné und Carraig gefunden. Gespannt hörte er sich die Geschichte Solasards an. Gemütlich saßen sie vor der Feuerstelle und tranken ein wenig warmen Met.

"Und, wirst du nun heute nacht in die Berge gehen?" fragte Athraigh neugierig.

Solasard lehnte sich entspannt zurück und fragte:

"Willst du mir nicht erst erzählen, was du erfahren hast?"

Ungeduldig rutschte der Namenlose auf dem Stuhl hin und her und begann zu reden:

"Nun gut, Solasard, ich habe einen Weg gefunden, dem wir folgen können bis nach Cill-dara. Dort in der Nähe steht Fionns Burg oder das, was davon noch übrig ist. Vielleicht finden wir da auch den Knappen. Einen alten Kerl namens Neamhní. Taliesin hat sich lange mit mir unterhalten und erklärt, worauf wir achten müssen, wenn wir losziehen Gehst du jetzt heute abend in die Berge oder nicht?"

Solasard machte ein unentschlossenes Gesicht.

"Ich weiß nicht, ob es so gut ist, auf das Große Volk zu hören. Es mag auch eine Falle dahinter stecken. Lange schon haben sich die Wege der Menschen und Sidhi getrennt, und nicht freundlich war der Abschied."

Sein zukünftiger Gefährte konnte diese Unentschlossenheit nicht begreifen.

"Bist du so ein Zögerling oder tust du nur so? Es wird etwas gegeben werden. Glaubst du wirklich, daß sie dir nur erschienen ist, um dich in eine Falle zu locken?

Sag, war sie wirklich so schön?"

"Athraigh!!"

Solasard konnte nicht glauben, daß ein einzelner Mann so viel an Frauen dachte.

"Ich meine, das hätten sie anders ja wohl einfacher haben können. Ich verstehe dich nicht. Sie wollen dir helfen, aus welchen Gründen auch immer. Willst du jetzt diese Hilfe ablehnen, weil du Angst hast oder ihnen nicht traust?"

Der Mann aus dem Fahrenden Volk verstand den Gefährten nicht.

Solasard erwiderte ihm:

"Das ist eben der Unterschied zwischen uns, Athraigh. Ich wäge eben ab und besinne mich, bevor ich einen Schritt tue. Aber eigentlich hast du recht, selbst wenn es eine Falle sein mag, vielleicht mag es sich doch zum Guten wenden.

Nun gut, ich werde gehen. Und du bleibst hier! Verstanden? Ich will da draußen nicht auch noch auf dich aufpassen müssen."

Beide umarmten sich und lachten. Solasard entschied sich, erst nachmittags in die Berge zu gehen, damit er morgens gemeinsam mit Athraigh ihre große Suche planen und vorbereiten konnte. Sie hatten sich schon von vornherein überlegt zu Fuß zu gehen, denn zwei Wanderer waren unauffälliger als zwei Reiter. Fußgänger konnten ohne Pferde vor allem schneller von der Straße verschwinden. Sie glaubten nicht, daß sie überall willkommen sein würden.

Am späten Nachmittag machte sich Solasard dann reisefertig für seinen Ausflug in die Berge. Er trug ein warmes Wollhemd und eine dicke Lederhose.

In den festen Lederstiefeln steckte noch ein kleines Messer; wozu es gut sein mochte, konnte man nie wissen.

Darüber zog er seinen dicksten Mantel, denn die Nächte waren bitterkalt da draußen. Dann nahm er seinen Wanderstab in die Hand. Mit ihm konnte man sich am besten einen Feind vom Leib halten, ob nun Mensch oder Tier.

Tiné hatte ihm noch Brote und einen Beutel voll Wasser mitgegeben. Sorgenvoll blickte sie ihm nach, als er das Haus verließ.

Dieses Jahr kündigte sich der Herbst mit launischem Wetter an. Solasard fror schon nach den ersten Schritten. Ein rauher Wind blies vom Meer her. Bald würden die ersten Stürme über die Insel fegen. Das Vieh war schon lange von den Weiden geholt worden. Kahle Bäume standen am Wegesrand und wurden in der Dämmerung zu bedrohlichen Gestalten, die mit scheinbar gierigen Händen nach ihm griffen. Meile um Meile schritt er vorwärts, bis er sich müde an den Wegesrand gesetzt hatte, um etwas auszuruhen.

Mit einem streunenden Hund teilte er seine Brote. Jetzt, da er die Ebene hinter sich gelassen hatte, sah er nur hügeliges Land. Auf einem Hügel lag ein kleines, friedliches Dorf. Es mochten um die zwanzig Hütten sein.

Würde sein Dorf auch noch so friedlich sein, wenn er von seiner Suche zurückkehrte.

Würde er überhaupt wiederkommen? Er wußte es nicht. Was trieb ihn nur an Samhain vor seine Haustür? Noch immer fiel es Solasard schwer zu begreifen, wie sehr sich sein Leben seit jenem Abend verändert hatte.

Wo Amhrán jetzt wohl sein mochte? Ob sie sicher im Coven angekommen war? Hätte er das Schwert doch schon gefunden.

Langsam richtete er sich auf, streckte sich, gähnte und ging weiter. Der Hund lief ihm noch einige Schritte hinterher, aber dann überließ er Solasard seinem weiteren Schicksal.

Der Weg war steinig, und es schien ihm, als komme er gar nicht vorwärts. Langsam schlich er die Straße entlang. Jeder Schritt, der ihn von seinem Dorf entfernte, war eine Qual, ein Schritt ins Ungewisse. Langsam senkte sich der Abend nieder. Die ersten Sterne schenkten ihm ihr schwaches Licht.

Samhain. Gestern noch hatte man einige Schafe und Rinder geschlachtet. Ihr Fleisch wurde zu einem guten Teil eingesalzen und haltbar gemacht für den Winter. Anderes würde heute abend zu Ehren des Festes als Speise dienen, den Lebenden und den Toten. Samhain, die Nacht, wenn Dagda, der Allvater, die Lebenskraft der Welt, sich vereinigte mit der mächtigen Morrhígan, der Großen Mutter, der Schicksalsgöttin, der Herrlichkeit der Fruchtbarkeit selbst, Schöpferin und Zerstörerin in einem. Tod und Leben waren eins in dieser Heiligen Nacht, wenn sich die Stille des Jenseits über die Insel ausbreitete. Heil und Segen und doch fürchtete jeder diese Stunden der nie enden wollenden Ewigkeit. Der Sommer verabschiedete sich nun mit den letzten Strahlen des Tages, und der Winter würde erst mit dem ersten Fingerzeig der Sonne beginnen. Dazwischen ein Nichts aus Zeit, ein leerer Raum, alles war möglich in dieser Nacht.

Solasard war ein Wanderer jenseits der Zeit, ein Wanderer zwischen den Welten, und er wusste es.

Nicht ein Mensch war auf der Straße, auf der Welt. Er wartete nur noch darauf, daß der Riese Connla um die nächste Ecke käme, ihn schnappte und auffraß.

Tatsächlich hörte er Schritte hinter sich. Langsame, leicht schlurfende. Er drehte sich nicht um. Niemand drehte sich um nach einem anderen Wanderer an Samhain. Zu groß die Gefahr, dass es ein Besucher aus der Anderen Welt sein könnte. Stur den Kopf gerade aus, ging er weiter. Doch die Schritte kamen näher. Dann hatte ihn sein Verfolger eingeholt. Es war eine vom Schicksal gebeugte Frau, kein Geist. Weiß war ihr Haar, und warm war ihr Blick. In der einen Hand hielt sie wie er einen Stab, mit der anderen trug sie einen Korb, der wohl mit Essen gefüllt sein mochte. Solasard lächelte ihr zu. Wozu den Weg alleine gehen, wenn es sich zu zweit viel angenehmer laufen ließ!

"Einen wunderschönen guten Abend, junger Mann. Wohin nur seid ihr unterwegs in einer kalten Nacht wie dieser? Doch hoffentlich nicht in dieses verdammte Dorf auf diesem Hügel? Ein närrisches Volk lebt dort. Nur Verrückte. Und heute, wo die Samhainnacht ihre Vollendung findet, würde ich dort gar nicht erst hingehen. Doch sprecht, wer seid ihr, und was ist euer Begehr?"

Die Stimme der Frau war leise und rauchig, fast fürchtete sich unser Wanderer ein wenig.

"Auch dir einen schönen Abend, Herrin. Solasard mac Annir ist mein Name, und mein Begehr, nun ich möchte euch nichts dazu sagen."

Neugierig luchste die Frau aus ihren Augen.

"Nun, es ist auch nicht wichtig. Wollt ihr dennoch ein Stück des Weges mit mir gehen? Ich wohne ein Stück hinter dem Dorf, und dort werdet ihr sicher heute nacht eure verdiente Ruhe finden, wenn ihr wollt."

Solasard entschied sich, mit der alten Frau zu gehen. Ein sicheres Dach über dem Kopf in einer Nacht wie dieser war immer noch besser als umherzustreifen, auf der Suche nach etwas, wovon er nicht einmal wußte, was es war.

Samhain war immer noch Samhain.

Von allen Hochfesten war ihm dieses das Unheimlichste. Was ihn schreckte war nicht die Erkenntnis, daß der Sommer jetzt zu Ende war und der Winter seinen Einzug halten würde. Er liebte die Zeit des Geschichtenerzählens sogar. Was ihn schreckte, war der Gedanke, daß an Samhain die Weltentore offen standen und jeder aus der Anderen Welt für eine Nacht in sein früheres Leben zurückkehren konnte.

Solasard war froh nicht mehr allein zu sein. Schweigend liefen die beiden nebeneinander her.

Nässe lag in der Luft, war in den Kleidern, und die Kälte kroch durch den Stoff bis in Solasards Herz. Er sehnte sich nach einem Dach über dem Kopf, einem Bett und etwas Warmem im Bauch.

Bald schon hatten sie den Weiler erreicht. Und tatsächlich waren alle Fenster und Türen verrammelt und verriegelt. Es schien als sei der ganze Ort ausgestorben. Keine Seele war auf den Straßen. Nur der Wind rüttelte an den Türen. Vorsichtig durchquerten sie das Dorf.

Dahinter ging es ein Stück bergauf durch hügeliges Land. Die Gegend selbst wurde immer karger und steiniger, und dann fing es auch noch an zu regnen. Solasard hatte Mühe, noch den Weg zu erkennen. Seine schweigsame Begleiterin hingegen mußte eine Landkarte in ihrem Kopf haben. Sie umging jede Pfütze, in die Solasard so zielsicher stolperte.

Hinter dem dritten Hügel sah er zu seiner Verwunderung eine Hütte im hellen Sternenlicht stehen. Aber das verwunderliche war nicht die Hütte selbst, sondern die Landschaft, die sie umgab. Saftigstes Gras, sogar Bäume wuchsen hier, große, starke, schön gewachsene Birken. Auf der Wiese, die die Hütte umgab, standen zwei Pferde, zwei Rinder und zwei Schafe. Alle dösten friedlich vor sich hin, während eine einsame Eule auf dem Dach saß.

Ein Brunnen war auch vorhanden. Im Sommer mußte die Sonne lange in diesem Tal liegen. Neben der Hütte war ein kleiner Gemüsegarten mit viel Liebe angelegt worden. Gleich einer Insel in der See lag dieser Ort der Ruhe im Schoß des hügeligen Steinlandes.

Frierend und hungrig erreichten sie die Hütte. Die alte Frau trat ein und bedeutete Solasard, sich zu setzen.

"Ich werde gleich Feuer machen, aber erst muß ich mich um meine Tiere kümmern. Einstweilen muß dir das Sternenlicht genügen."

Sie ging hinaus. Solasard zog seinen schweren Mantel aus und hängte ihn an einen Haken hinter der Tür. Auch sein Hemd war durchnäßt, ganz zu schweigen von seiner Hose und den Schuhen. Als die Frau wieder eintrat, schien sie merkwürdig verändert. Sie ging gar nicht mehr gebeugt. Geschickt machte sie Feuer und legte ein paar Scheite Apfelholz hinein.

"Auch ich bin völlig durchnäßt, laß uns einen Trank zu uns nehmen und etwas essen, damit wir innerlich wieder warm werden."

Die Hütte bestand aus einem Raum, der gleichzeitig Schlaf- und Eßraum war. Gemütlich war es hier. Als sie dann mit ihrem Trank vor dem Feuer saßen, merkte Solasard gar nicht, daß es schon mitten in der Nacht war. Dennoch kam es ihm vor, als verwandelte sich die Frau von Stunde zu Stunde, doch er wußte nicht in was. Solasard glaubte er träume, fast schon erkannte er in ihr nicht mehr die alte Frau.

Geschmeidig nahm sie seine Hand. Ein Schauer lief ihm über den Rücken.

"Komm laß uns die nassen Kleider ausziehen," sagte eine Frau, von der Solasard glaubte, sie noch nie gesehen zu haben. Eine Frau, deren Name er noch nicht einmal kannte.

Amhrán, ein anderer Name, kam ihm in den Sinn.

Wer war Amhrán?

Hier war etwas, dem er sich nicht entziehen konnte.

Ohne Scham legten sie ihre Kleider ab. Wie schön sie war! Ihr Haar, das vorhin noch grau war, hatte jetzt den dunklen Ton von Ebenholz. Ihre Augen, eben noch von Falten erdrückt, strahlten jetzt freudig in seine.

Ihr Körper war weich und geschmeidig, der Körper einer jungen Frau, die stolz und mutig genug war, in dieser Einöde allein zu leben.

Schweigend standen sie sich gegenüber, betrachteten die Einsamkeit des anderen in sich selbst. Und plötzlich floß die ganze Einsamkeit der Welt in sie, machte sie eins, ließ sie sich in die Arme fallen, ließ sie sich küssen, streicheln. Zärtlich hob Solasard sie hoch und trug sie auf seinen Armen zu Bett. Sie liebten sich mit inniger Sanftheit, empfindsamer Behutsamkeit. Und als sie den Höhepunkt erreichten, da waren sie eins, und sie flüsterte seinen Namen und schmiedete ihn bis in die letzte Faser ihres Herzens.

Jetzt waren sie eins, und sie hatten das größte Glück der Welt erfahren, ihrer Welt. Kein Mensch würde sie jemals dieses Schatzes berauben können.

Ruhig schliefen sie, eingebettet in die ganze Zartheit der Liebe einer Nacht.

Am Morgen wachte Solasard alleine auf. Auf dem Tisch stand ein Teller mit Brot, Käse und ein Krug Milch. Seine Kleider lagen sauber und ordentlich auf einem Stuhl. Auch ein Krug Wasser zum Waschen fand sich. Noch müde stand er auf und wusch sich. Sie war nicht da. Er zog sich an und frühstückte.

Als er dann vor das Haus trat, sah er sie. Sie saß auf einem Schemel und molk eine Kuh. Langsam ging er auf sie zu, als sie sich umdrehte, durchfuhr es Solasard eiskalt. Er blickte in das Gesicht der alten Frau.

Konnte das nur ein Traum gewesen sein?

"Ist ein Traum, den du mit jemandem teilst, nicht genauso schön, wie ihn wirklich zu erleben? Hier, nimm diese Milch, geh hinein, und packe dir ein Tuch mit Verpflegung. Ich werde dir eines meiner Pferde geben, dann brauchst du nicht so lange, bis du wieder in deinem Dorf bist. Sie ist ein sehr feines Tier und wird zu mir zurückkehren, wenn sie es für angebracht hält."

Solasard lachte über den Scherz, oder war es vielleicht gar keiner.

Plötzlich schien ihn eine Hand zu schütteln und zu rütteln. Die Knie gaben ihm nach und es schien ihm, als erwache er aus einem Traum.

Das Dorf, Amhrán. Würde er ihr jemals wieder in die Augen sehen können? Aber sie war ja gar nicht zu Hause und außerdem war ja nichts geschehen, oder doch?

Solasard fehlten jegliche Worte.

Sprachlos ging er ins Haus und tat wie ihm geheißen. Als er fertig war, ging er vor das Haus, wo die Frau mit einem Pferd stand.

Auf den ersten Blick schien es ein Schimmel zu sein, doch Ohren, Schweif und Fesseln waren fuchsrot und auf der linken Flanke hatte es ein merkwürdiges Zeichen eingebrannt, das einem sehenden Auge glich. Doch als ob das nicht schon ausreichte, war es mit kostbarstem Geschmeide geschmückt, selbst das Leder der Satteldecke war von feinster Natur.

"Komm, ich werde dich noch ein kleines Stück begleiten."

Schlendernd liefen sie eine Weile nebeneinander. Solasard, der endlich seine Stimme wieder gefunden hatte, fragte:

"Wie ist dein Name?"

Freundlich lächelte die Alte.

"Ich habe viele Namen," antwortete sie ihm.

"Dann sag mir den Namen der gestrigen Nacht."

Sanft strich sie ihm über sein blondes Haar.

"Macha, der Name der gestrigen Nacht war Macha. Vergiß mich nicht, denn ich werde die sein, die immer bei dir ist, wenn du Hilfe brauchst."

Verheißungsvoll blickte sie in seine blauen Augen. Da lächelte auch Solasard und sagte:

"Macha? Das ist der Name einer Göttin! Nun, jedenfalls danke ich dir, für alles. Leb wohl, und möge dich die Große Mutter schützen."

Sanft nahm sie seine Hände in ihre.

"Dies wird sie wohl, denn sie ist ein Teil von mir, und ich bin ein Teil von ihr."

Dann drehte sie sich um und ging davon. Einmal noch winkte ihr Solasard nach. Vorsichtig nahm Solasard den Kopf des Pferdes, kraulte es zwischen den Ohren und blies ihm seinen Atem in die Nüstern.

"Jetzt hat sie mir gar nicht gesagt, wie du heißt."

Als er sich umwandte, blickte er in ein Tal, in dem es nur Steine gab. Er lächelte wissend.

"Dann werde ich dich Macha nennen. Du bist doch eine Stute, oder?"

Nachdem sich diese Vermutung bestätigt hatte, stieg er auf, Macha in seinem Herzen. Er hatte noch einen guten Weg vor sich, bis er zu Hause sein würde.

Heftig klopfte es an Carraigs Tür. Wer mochte das nur sein? Besucher hatte man nicht erwartet, und Solasard wollte erst zur Mittagszeit wieder zurück sein.

Carraig hatte sich schnell ein Hemd übergezogen und eilte zur Haustür. Als er diese aufmachte, erschrak er erst einmal tüchtig und fing dann an laut zu lachen.

"Wie siehst du denn aus, und was ist denn das für ein häßlicher Gaul?"

Kaum konnte sich der kleine Mann vor Lachen gerade halten. Da erschien auch Tiné in der Tür.

"Sohn, was ist dir denn passiert? Bist du gar überfallen worden? Du bist ja voller Schlamm! Ich habe ja von Anfang an gewußt, daß dabei nichts rauskommen kann. Ich hab's genau gewußt, aber auf mich hört ja wieder keiner."

Endlich erschien auch der junge Gast der Familie. Auch Athraigh konnte sich ein Bemerkung nicht verkneifen:

"Du siehst ja toll aus. Hast du außer Dreck und Schlamm noch etwas anderes bekommen? Komm' endlich rein! Oder willst du auf diesem Weg zu Ruhme gelangen?"

Da sprang Tiné vor.

"Augenblick! Erst will ich Lappen holen, auf die er sich stellen kann. Der macht mir ja alles dreckig. So was aber auch! Was hast du dir dabei nur gedacht?"

Schnell eilte sie von dannen und kam mit einer alten Decke wieder.

Zielsicher sprang Solasard ins Haus. Sofort bildete sich eine Pfütze auf der Decke. Verärgert warf er die Tür hinter sich zu.

"Was ich mir gedacht habe? Es war nicht meine Idee, mir dieses Untier zu überlassen. In meinen Augen ist sie ganz sicherlich kein Göttergeschenk, sondern eine einzige Bestrafung ."

Athraigh bog sich immer noch vor Lachen.

"Langsam, langsam, mein Freund. Du meinst nicht etwa, daß dir etwas gegeben wurde? Doch nicht dieses häßliche Tier da draußen? Setz dich und erzähle!"

"Der setzt sich jetzt nirgends in diesem Hause hin. Bleib stehen und gib mir deinen Mantel," rief die Ziehmutter des reichlich Beschenkten.

Tiné ging wieder in ihren häuslichen Pflichten auf. Stück für Stück schälte sie Solasard aus seinen dreckigen Sachen.

Wie oft war er so heimgekommen, wenn er irgendwelchen Geheimnissen auf der Spur war. Aber das hier war kein kleiner Junge mehr.

Das war ihr Ziehsohn Solasard, ein Mann und doch ihr Kind, und bald würde er sie vielleicht für immer verlassen. Wehmut erfaßte Tinés Herz. Erst hatte Amhrán sie verlassen und nur allzu bald ginge auch Solasard. Trauer war in seinem Herzen, die er nur allzu gut vor anderen verstecken konnte, doch nicht vor ihr, seiner Ziehmutter.

Endlich begann der junge Mann zu erzählen, kam aber nur sehr langsam voran, weil er ständig von einem "sah sie wirklich so gut aus" oder "wie groß waren ihre, na du weißt schon?" unterbrochen wurde.

Irgendwann verließ ihn die Geduld.

"Athraigh, das nächste Mal darfst du gern meinen Teil dieses Abenteuers übernehmen. Darf ich dann endlich zum Ende kommen? Wo war ich überhaupt gerade?"

Tiné verdrehte nur noch die Augen und schickte ein Stoßgebet an die Göttin, daß Solasard sich hoffentlich nie auf so einen Weiberheld verlassen mußte.

"Als du sie fragtest, wie sie heißt, Mann!"

"Richtig. Ich fragte sie, wie sie heiße, und sie sagte irgend etwas von vielen Namen, dann aber, daß auch Macha einer davon sei. Das war schon alles sehr merkwürdig. Ich meine, ich könnte schwören, daß das gar kein Traum gewesen ist. Du weißt ja selbst wie das ist, wenn man nach der Nacht danach aufwacht. Jedenfalls überließ sie mir dieses Scheusal da draußen. Als ich mich dann noch mal umdrehte, um ihr zu winken, war alles verschwunden. Die Hütte, die Tiere, alles. Ich kann mir das alles nicht erklären. Und ich habe dir noch geglaubt, daß es vernünftig sein könnte, in die Berge zu gehen. Beim nächsten Mal gehst du."

Athraigh erwiderte zustimmend:

"Gerne. Es ist wirklich ein merkwürdiges Tier. Aber es sieht gesund und wohlgenährt aus. Außerdem kann ich nicht unbedingt sagen, daß es häßlich ist, eher seltsam, oder? Und warum siehst du bei so einem prächtigen Reittier aus, als wärest du den ganzen Heimweg auf dem Bauch gekrochen?"

Solasards Kopf begann in einem ganz gefährlichen Rot zu leuchten, als er antwortete:

"Dieses, wie du sagst, herrliche Reittier, ist alles andere als das. Es trägt zwar eine wunderschöne Lederdecke mit erlesenen Satteltaschen daran, aber reiten läßt es sich nicht, jedenfalls nicht von mir. Bindest du es aber an einen Stein, hat es dich nach wenigen Schritten schon wieder eingeholt, so sicher geknüpft das Band auch war.

Kaum hatte ich mein Hinterteil auf seinem Rücken, führte der verdammte Gaul einen Tanz auf, als würde er im heißesten Feuer stehen.

Und beachtet will es auch noch werden. Wenn du die Zügel nicht in die Hand nimmst und es führst, stößt es dir so lange seinen Kopf in den Rücken, bis du es gefälligst tust. Keinen Schritt nehme ich diese Bestie mit. Schade ist es um jeden Grashalm, den sie frißt.

"Ich weiß nicht, Solasard. Du kennst die Götter schlecht, wenn du glaubst, daß sie dir dieses Pferd ohne einen erdenklichen Grund geschenkt haben.

Die Dinge sind nicht immer wie sie scheinen, und hinter dem Pferd mag sich noch etwas anderes verbergen als nur ein Biest.

Aber jetzt nimmst du gefälligst erst einmal ein Bad, nicht nur, daß du aussiehst wie ein Ferkel, du riechst auch so."

Nachdem ihn Tiné auch des letzten Kleidungsstückes beraubt hatte, blieb ihm auch nicht viel anderes übrig.

Athraigh machte sich währenddessen auf zu Shem in die Schmiede, die etwas außerhalb des Dorfes lag. Von weitem sah er schon den Rauch des Feuers aufsteigen. Neben der Schmiede floß ein Bach, so daß immer genügend Wasser zur Hand war.

Der Himmel war bewölkt und ließ vermuten, daß es bald regnen würde. Auf der einen Seite war es gut, daß es bald kalt und naß sein würde. Keiner, der es nicht unbedingt mußte, würde unterwegs sein. Andererseits würden die Reisebedingungen dadurch nicht gerade die besten sein.

Sie würden die Küste in nördlicher Richtung entlang gehen, bis sie bei Gaillimh auf die Breite Straße treffen würden und ihr ein Stück lang folgen, um dann wieder bei Magh-Nudhat südlich nach Cill-dara zu ziehen. Was sie dort erwartete, wußte nur die Göttin. Immer noch waren sie nur zu zweit. Was, wenn sie wirklich überfallen werden würden?

Sicherlich, Solasard konnte einigermaßen mit dem Schwert umgehen, und Athraigh war ein guter Messerwerfer. Aber was würde ihnen das letztendlich nützen, wenn sie in der Minderheit waren?

Der Namenlose hatte die letzten Tage viel darüber nachgedacht, wie ihre Suche ausgehen könnte. Doch nie hatte er darüber nachgedacht, Solasard im Stich zu lassen. Dessen Weg war nun auch der seine.

Fröhliche Hammerschläge dengelten ein Metallstück, als er in die Schmiede eintrat.

"Sei mir gegrüßt, Shem. Ich bin froh, dich besserer Laune zu sehen."

"Sei auch du mir gegrüßt, Athraigh. Dankbar bin ich dir für den Trost, den du mir in den letzten Tagen gespendet hast. Es war schwer für mich, den Fortgang Amhráns als das zu verstehen, was er ist. Eine Gelegenheit, einem alten Stück Eisen eine neue Form zu geben. Sie hat es verdient. Sie ist noch so jung."

Mit seinen großen Händen wischte sich der Schmied mit einem nassen Lappen über das Gesicht, weniger um es abzukühlen, als um kleine Tränenperlen zu verbergen.

Für Shem war es nicht leicht, nun auch noch seine Tochter zu verlieren. Aber er verstand, daß er nur ein Hindernis auf ihrem Weg gewesen wäre, was den Schmerz nicht minderte, aber ein wenig linderte.

Shem wußte, Kinder mußten ihre eigenen Flügel ausbreiten, um selbständig zu werden. Niemand kann sein Leben unter den Fittichen seiner Eltern leben.

Jeden Morgen und Abend betete er für sie. Er hatte sogar einen wunderschönen Torques gegossen und dem Meeresgott Mananann mac Lyr geopfert.

Erst hatte Shem nicht verstanden, warum sie einfach so ohne Abschied gegangen war. Dann nach längerem Nachdenken begriff er, was seine Tochter sofort verstanden hatte. Er hätte sie nicht gehen lassen. Sie wußte, daß er nicht hätte loslassen können.

Athraigh hatte versucht, ihn ein wenig zu trösten und hatte bei ihm vorbeigesehen, als sie morgens verschwunden war.

"Sag Shem, du weißt ja, daß Solasard diese Nacht in den Bergen war. Er hat da ein sehr merkwürdiges Pferd mitgebracht und weil du ja schon ziemlich viele Pferde beschlagen hast, dachte ich mir, du könntest uns vielleicht etwas dazu sagen."

"Wo steht denn das Tier? " fragte der Schmied.

"Bei Carraig vor dem Haus. Es könnte so ein schöner Schimmel sein, aber Ohren, Mähne, Fesseln und Schweif sind fuchsrot," erwiderte Athraigh.

"Dann hat es wohl auch ein Brandmal auf der linken Flanke?"

"Woher weißt du das? " sagte der Jüngling erstaunt.

"Nur so ein Verdacht. Ich habe schon einmal so ein Pferd gesehen. Damals war ich noch sehr jung. Es war an einem lauen Sommerabend. Ich war von Zuhause weggelaufen, weil ich mal wieder etwas angestellt hatte und hoffte, der verlorene Sohn würde in Gnaden wieder aufgenommen, wenn er eine Nacht außer Haus zubrachte.

Auf einem Baum am Waldesrand hatte ich mir eine Art hängenden Unterschlupf gebaut. Dorthin ging ich.

Der Abend verging, die Nacht brach an. Es war Vollmond. Silbernes Licht ergoß sich auf jeden Tautropfen und verwandelte ihn in strahlende Perlen. Der Duft der Wiesenblumen stieg zu mir auf und berauschte meine Sinne. Das Meer sang sein altes Lied vom Werden und Vergehen, die Grillen zirpten vor sich hin. Frieden herrschte allerorts.

Aber die Ruhe, die auf dem ganzen Tal lag, war seltsam, so als erwarte es etwas Besonderes. Alles glitzerte vor sich hin. Ein Hochgefühl ergriff mich.

Die Welt hätte ich umarmen können, obwohl ich doch ein schlechtes Gewissen hätte haben müssen. Fast wäre ich den Baum heruntergeklettert und wieder nach Hause gelaufen.

Ich hatte auch schon den Fuß auf einen dicken Ast gesetzt. Doch ...

Mit einem Mal hörte ich, noch weit entfernt, ein Singen und Flöten, das sich trotzdem schnell zu nähern schien. Frage mich nicht warum, aber ich wußte, daß ich keine Angst haben mußte. Wie in einen schönen Traum gebannt, harrte ich dort auf das, was da kommen möge. Immer näher kam diese Musik, bis ich plötzlich unter meinem Baum zehn Reiter auf eben diesen seltsamen Pferden sah.

Die fließenden Stoffe ihrer Gewänder wehten im Wind und obwohl sie im Galopp über die Wiesen preschten, flöteten und sangen sie die schönsten Lieder, die ich jemals hörte. Niemals werde ich sie vergessen. Es schien fast als schwebten sie davon."

Erstaunt schaute Athraigh auf:

"Wenn selbst ein Mann wie du so verzaubert ist, daß er seine eigene Sprache vergißt und mit den Worten der Elben spricht, müssen dies wahrlich seltsame Wesen sein.

Ich kann mir nicht vorstellen, daß Solasard so kalt bleiben würde, wenn er sie getroffen hätte. Er jedenfalls hat seine Sprache nicht verloren."

Shem bestand darauf:

"Aber es müssen Elben gewesen sein, Athraigh! So schön waren sie anzusehen. Elben aus der Anderen Welt, und wenn gestern Samhain war, ist dieses Pferd bestimmt eines davon.

Wo hat er es denn gefunden? In der Nähe eines Findlings oder am Steinkreis?"

"Er hat es nicht gefunden. Es wurde ihm geschenkt," antwortete Athraigh vorsichtig.

"Was? Von wem? Einem Elb?", fragte der Schmied erstaunt.

"Was es auch gewesen sein mag, mit Sicherheit war es kein Elb. Eher eine alte Frau, die sich einen Spaß mit Solasard gemacht hat."

Doch Shem ließ diese Antwort nicht gelten.

"Nein, mein Junge. Niemand erhält etwas zum Spaß aus der Anderen Welt. Wenn es kein Elb war, so denke ich, war es eine Göttin, die ihm eine Gnade zuteil werden ließ. Der Totenschädel auf der Hochzeit hat es tatsächlich ernst gemeint. Warte, ich will mir das Tier mal genauer ansehen," fragte der Namenlose erstaunt.

Geschwind wischte sich der Mann Gesicht, Hände und Oberkörper ab.

"Und die Schmiede, deine Arbeit?"

"Die Schmiede läuft mir nicht weg und schon gar nicht die Arbeit. Das Pferd vielleicht."

Als sie vor Carraigs Haus ankamen, hatte sich da schon eine kleine Menschentraube gebildet, um das eigenartige Tier zu bestaunen, dies natürlich aus gebührendem Abstand. Die Gerüchte waren jetzt schon so weit gediehen, daß das arme Tier Feuer speien konnte. Bis in zwei Tagen spätestens wurde es mindestens Flügel haben.

Oh ja, ein Narr machte Hunderte.

Zielstrebig ging Shem auf das Tier zu. Niemals hatte er schöneres und auch kostbareres Zaumzeug gesehen.

Die Trense und die drei Schmuckscheiben auf der Stirn und rechts und links der Backenknochen waren aus Silber und Gold, mit feinsten Mustern und Linien verziert.

Voller Staunen platzte es aus Shem heraus:

"Das ist kein irdisches Pferd. Sieh dir nur all das Gold und Silber an. Niemand auf der Insel vermag solche Metallarbeit zustande zu bringen."

Auf beiden Seiten des Pferdes hingen die Ledertaschen, die durch die starke Lederdecke miteinander verbunden waren. Aus beiden ragte der reich verzierte Griff eines Kurzschwertes hervor. Doch als Shem nach einem davon griff, machte das Pferd einen Schritt zur Seite und trat nach ihm aus, als wisse es, welche wertvolle Last es auf seinem Rücken trug. Auf der Straße machte man Platz für Taliesin, der über die Unruhe in seinem Dorf ein wenig besorgt war.

"Platz da, macht Platz, Leute! Was geht hier vor?", fragte der Druide.

"Sei mir gegrüßt, Großer Taliesin. Solasard ist zurück von seinem Ausflug in die Berge, und er hat das hier mitgebracht," antwortete ihm der Schmied.

Alle Farbe wich aus dem Gesicht des Druiden. Vorsichtig näherte er sich dem Tier und betrachtete das Zeichen auf der Hinterhand. Dann legte er seine Hand darauf und schloß die Augen. Mit einem Mal gaben seine Beine nach, und er fiel auf die Knie. Die Menge holte hörbar Luft. Carraig und Solasard kamen gerade aus dem Haus zurück.

"Was ist los?"

Carraig kniete sofort neben dem Druiden und sah nach, ob er verletzt war.

"Komm, Solasard! Tragen wir ihn ins Haus!"

Zu zweit trugen sie ihn ins Haus und Shem schloß die Tür.

"Was war denn?", rief Tiné.

"Er hat das Pferd an der Stelle, wo das Zeichen eingebrannt ist, berührt. Dann ist er umgefallen wie vom Schlag getroffen."

Sofort eilte Tiné herbei.

"Warte, hier habe ich Wasser und ein Tuch, betupfe seine Stirn, bis er wieder zu sich kommt."

Doch der alte Mann rappelte sich schon wieder auf. Noch benommen setzte er sich auf eine Bank, schaute zu Solasard und sprach:

“Was dir die Götter geschenkt haben ist einzigartig. Du mußt sie mitnehmen. Sie ist zu deinem Schutz bestimmt. Mehr kann ich dir nicht sagen. Sie wird dir ihr Geheimnis schon offenbaren, wenn sie es für angebracht hält.”

“Was soll das heißen? Kann sie mir nicht gefährlich werden?”, fragte Solasard.

Der Druide antwortete dem Schwertsucher:

“Das bestimmt nicht. Eher umgekehrt. Wahrscheinlich wird sie eifersüchtig wie eine Frau über dich wachen. Am besten bringst du sie in den Stall. Wann brecht ihr auf?”

“Morgen” schoß es gleichzeitig aus den Mündern der beiden jungen Männer.

“Gut. Ich werde für euch beide beten, auch wenn euch das wohl wenig nützen wird. Was ich euch zu sagen hatte, habe ich gesagt. Lebt denn wohl und kehrt wohlbehalten zurück.”

So verließ der Druide die beiden mit seinem Segen.

Solasard folgte ihm und brachte Macha in den Stall, woraufhin sich die Traube vor dem Haus schnell auflöste. Auch hier ließ sich die Stute die Taschen nicht abnehmen. Er gab ihr Stroh, ein bißchen Getreide und stellte ihr einen Eimer Wasser hin. Dann ging er wieder in das Haus, wo noch alle beisammen saßen.

“Habt ihr denn schon eure Reisesäcke gepackt?”, fragte Carraig, als Solasard eintrat.

“Ja, alles ist gepackt. Wir nehmen an Kleidung nur wenig und lieber mehr Essensvorräte mit, denn das Wild zieht sich jetzt tiefer in die Wälder zurück. Genügend Silberreifen und -stücke haben wir auch dabei. Es wird schon gut gehen.”

Die Zieheltern schwiegen, sorgenvolle Ratschläge wollten die beiden jetzt bestimmt nicht hören.

Vor allem Solasard, dessen Gedanken immer wieder um Amhrán kreisten, sich von ihr entfernten und doch immer wieder zu ihr zurückkehrten.

Er liebte diese Frau und trug sie in seinem Herzen, dennoch schien eine Last von ihm genommen, seit sie fort war.

So vieles war ihm seitdem klar geworden. Auch wenn er schon achtzehn Sommer zählte, fühlte er sich viel zu jung, um für eine Familie zu sorgen und die Verantwortung für sie zu übernehmen.

Viel zu wenig hatte er bis jetzt von der Welt gesehen. Und vielleicht war Amhrán ja doch nicht die Frau seines Lebens, und das Schicksal wollte ihm das auf diese Weise sagen.

Immer wieder verdrängte er solche Gedanken und dennoch suchten sie ihn ständig heim.

Er war froh, wenn sie endlich unterwegs waren.

Dann würde er sich über andere Dinge Gedanken machen müssen.

Die Grünäugigen

Im ersten der beiden gewaltigen Schutzringe, von denen die Burg Tara umgeben war, fand wie üblich der Markt statt. Immer wieder zogen die riesigen Steinwälle, die die Festung vor Eindringlingen schützen sollten, Rabharta in ihren Bann.

Im Vorüberreiten sah Rabharta die schönsten und kräftigsten Pferde des Landes zum Kauf feil geboten.

Er wollte zu gerne wissen, was für eine Schindmähre sich Scathcrobh ausgesucht haben mochte.

Als er aus der Burg hinaus ritt, nieselte es leicht. Zum Glück mußte er nicht allzu weit reiten.

Eine Stunde mochte er wohl unterwegs sein, um vom Tara-Hügel ins Tal und von dort wieder auf dem gegenüberliegenden Hügel an den Waldrand zu gelangen, wo seine merkwürdigen Freunde hausten.

Steinhäusern, Hütten, all dem verweigerten sie sich, allem, was die Menschen so menschlich machte.

Das Kleine Volk hatte sich losgesagt von den Menschen, deren Lebensart und Gedankenwelten. Sie waren es, die rücksichtslos Wald und Feld zerstörten und ihnen so den Lebensraum nahmen. Ihr Leben lang waren sie auf der Flucht. Dabei sehnten sie sich nach nichts mehr als Frieden.

Ihr Wald war ihr Leben. Nur selten suchten sie die Begegnung mit Menschen und der, den sie dafür aussuchten, wurde Wochen vorher beobachtet und jeder seiner Schritte verfolgt.

Aber sie brauchten ihn, brauchten Rabharta.

Ihre Nachrichten waren nutzlos ohne die Nachrichten vom Hof.

Wie ein Mosaik mußten sie zusammengesetzt werden, bis sich ein Bild ergab. Es war keine Freundschaft, was sie miteinander verband, eher die Zweckmäßigkeit, Nachrichten zu sammeln, um sich auf die Zukunft vorbereiten zu können.

Sie fürchteten ihn genauso wie er sie, aber für ihr weiteres Fortbestehen mußten sie einiges erfahren, was ihnen nur Rabharta sagen konnte.

Ihm ging es genauso. So war es Furcht, was ein Land und seine Völker wieder vereinte.

Endlich hörte der Regen auf, und Tropfen perlten aus dem struppigen Fell der Stute. Vor sich sah der Hauptmann schon den Waldrand.

Bald würde Rabharta den großen Findling erreichen, an dem er sein Pferd zurücklassen und zu Fuß weitergehen mußte. Er ließ seine Stute nur noch im Schritt gehen, als er den großen Stein erreichte.

Sich umblickend stieg Rabharta ab. Er verstand ihre Vorsichtsmaßnahmen. Zärtlich strich der Wind über das Gras hinweg, fast liebkosend.

Wie immer konnte er sie nicht sehen, dennoch wußte er, daß sie da waren, irgendwo.

Das Kleine Volk, die Nachkommen der Waldelben und der abtrünnigen Menschen, verdankte seinen Namen nicht seiner Größe, sondern der geringen Anzahl seiner Angehörigen. Obwohl auch Elbenblut in ihren Adern floß, ähnelten sie mehr den Menschen und nicht ihren großen Verwandten. Nicht so sanft und zurückhaltend wie die Sidhi, wild und aufbrausend waren sie.

Vorsichtig ging Rabharta vorwärts. Auf der anderen Hügelseite stand Tara, sein Zuhause. Wenig anderes hatte er bis jetzt in seinem Leben gesehen. Schon früh hatte ihn sein Ziehvater in die Burg gebracht.

Ein arbeitsreiches Leben lag hinter dem Hauptmann. Obwohl seine Eltern nicht arm waren, wollten sie, daß ihr Sohn sich von unten nach oben hoch arbeitete.

Er wurde nicht gefragt, hatte auch nie hinterfragt, ob er diesen Weg überhaupt gehen wollte.

Jetzt war er der Hauptmann des Hochkönigs von Eriu.

Er war nicht stolz auf diese Leistung, sie war die Ernte seiner Arbeit, stand ihm zu. Aber all das erfüllte ihn nicht.

Es war seine Pflicht.

Manchmal träumte er davon, einer aus dem Kleinen Volk zu sein, frei zu sein. Im Wald zu leben, mit dem Wald, ohne eine feindliche Welt in ihm zu sehen. Er bewunderte diese Wesen, die nur für sich selbst Verantwortung zu tragen hatten und nicht für ein Reich. Wann hatte er das letzte Mal etwas nur für sich getan, ohne daß es mit seiner Arbeit zu tun hatte?

Wie gefangen war er in seiner Tretmühle.

Nachts wachte er auf, weil die dicken Mauern Taras ihn nicht atmen ließen.

Aber der König brauchte ihn.

Kühle Luft fächelten ihm die Bäume entgegen. Bald würden sie ihre braunen, verdorrten Blätter abwerfen.

Ein Tropfen fiel auf seinen Kopf.

Dann spürte er eine Hand, die sich schwer auf seine Schulter legte. Ein Zucken ging durch Rabhartas Körper, ruckartig drehte er sich um. Wütend stieß er die Hand herunter.

"Deine Späßchen werden dich noch mal das Leben kosten. Sage dann nicht, ich hätte dich nicht gewarnt."

Ein junger Mann, kaum zwanzig Sommer alt, fletschte die Zähne zu einem breiten Grinsen.

"Kein Steinhäusler wird einen Mann meines Volkes töten. Ihr hört den Wolf noch nicht, wenn er schon an eurer Kehle hängt. Folge mir nun, auch heute verzichten wir nicht auf die gute, alte Augenbinde. Menschen sind treulos, und ihr versteht, daß wir euch nicht unnötig in Versuchung führen wollen."

Unwillig ließ sich der Hauptmann von dem sehr selbstbewußten, jungen Mann die Augen verbinden. Er kannte diesen hochnäsigen, jungen Mann schon von seinen letzten Besuchen und ordnete ihn bei sich unter Großmaul ein. Trotzdem wurde er von ihm so umsichtig geführt, daß er nicht einmal stolperte. Immer wieder blieben sie stehen, und Rabharta wurde im Kreis gedreht, bis er fast umfiel.

Niemals würde er ihr Lager finden. Das wollte er auch nicht. Es könnte eine Meile oder fünf vom Waldrand entfernt sein.

Endlich erreichten sie den Platz des Treffens und dem Hauptmann wurde die Augenbinde abgenommen. Die Lichtung, auf der er jetzt stand, war von Kiefern umgeben und der Boden zu seinen Füßen von Nadeln übersät, die einen weichen Teppich bildeten. Hier saß auf einem fast viereckigen Stein ein Mann, dessen Gesicht von Falten durchfurcht war wie die Rinde eines uralten Baumes.

Freundlich winkte er Rabharta herbei und lud ihn mit einer Handbewegung ein, auf einem Baumstumpf Platz zu nehmen.

Manchmal schien ihm der Greis der einzige Vernünftige bei diesen Verrückten zu sein. Rabharta hatte noch nie einen Menschen gesehen, der so alt war. Die ältesten Menschen, die er kannte, waren vielleicht in ihrem sechzigsten Sommer.

Natürlich war dieser Mann kein Mensch, aber es gab nur wenig, was die Leute vom Kleinen Volk äußerlich von den Menschen unterschied.

So hatten sie von den Waldelben das wilde Grün ihrer Augen geerbt und die Fähigkeit, noch in großer Entfernung genau sehen zu können.

Auch machte sie das Elbenblut in ihren Adern langlebiger, obgleich sie wie die Menschen sterblich waren. Aber sie hatten auch diese elbische Unzufriedenheit in sich. Doch während die Elben eher schwermütig waren, galten die Angehörigen des Kleinen Volkes eher als Waldläufer, die wachsam und schnell ihre Entscheidungen trafen.

Dieser alte Mann, sein Name war Dair, war jedoch anders.

Nie hatte Rabharta einen derartig ruhigen und ausgeglichenen, erhabenen Mann kennengelernt. Fest hielt er die Zügel des Stammes in der Hand, um ihn sicher in die Zukunft zu geleiten. Doch es hieß, ein anderer, ein jüngerer Waldläufer sei ihr wahrer Anführer, immer unterwegs, um sein Volk zu schützen, immer auf der Jagd nach Neuigkeiten. Selten ließ Dair Rabharta aus den Augen. Er war der einzige aus dem Kleinen Volk, dem der Hauptmann so etwas wie Vertrauen entgegenbrachte.

"Sei mir gegrüßt, Rabharta, Hauptmann des Königs, auch wenn du frohe Botschaft bringen solltest, so sind es die unseren nicht.

Ich hoffe, Saileach, mein Neffe, reizte euch nicht allzu sehr, ihm seine Ohren noch ein wenig länger zu ziehen, als sie es ohnehin schon sind, denn ebenso seht ihr aus. Wißt ihr, er ist ein junger Vogel, aber noch nie hat er das Nest verlassen, um seine Schwingen auszubreiten. So bestraft er gerne andere für seine Feigheit. Nicht wahr, Saileach?"

Mit Glut in den Augen sprang der Angesprochene auf Dair zu, blieb aber dann stehen und ging in den Wald davon.

"Er ist ein junger Falke und gefährlich dazu, aber er ist der einzige Mann in meinem Stamm, der Sperber für die Jagd abrichten kann. Ich glaube, er hat langsam auch gemerkt, daß er sich mit seiner Wut nur selbst ein Bein stellt. Nun denn, welche Nachrichten bringt ihr, junger Freund?"

Lächelnd schüttelte Rabharta den Kopf, "junger Freund," wahrscheinlich war er für den Alten gerade einmal trocken hinter den Ohren.

"Es gibt einen neuen Anwärter auf den Thron des Hochkönigs. Wir wissen weder wer noch was er ist.

Ein junges Mädchen spielt ebenfalls eine Rolle in dieser Geschichte," begann der Hauptmann.

"Die Auserwählte, nicht wahr?", fuhr der Alte weise lächelnd fort.

"Welche Auserwählte?", fragte Rabharta verdutzt.

"Wenig versteht ihr Menschen vom Alten Wort. Mit jedem neuen König kommt auch eine neue Königin auf den Thron.

Diese mag wohl das Mädchen sein. Sie konnte den Lebensbund mit ihrem Liebsten nicht schließen, oder?"

Ungläubig schüttelte Rabharta den Kopf ob der Worte Dairs.

"Woher wißt ihr das?"

Der Greis sprach:

"Woher? Das Alte Wort ist so alt wie die Menschen und weitergegeben wird es von Mund zu Mund. Wie sollte ich es da nicht wissen. Ich, der ich so alt wie viele Bäume dieses Waldes bin. Ich, der ich Auge, Ohr und Mund des Kleinen Volkes bin."

Hastig erwiderte Rabharta:

"Ich denke, ich muß das nicht verstehen. Ich bin nur ein Mensch und kann mit dem Alten Wort nur wenig anfangen. Aber wißt ihr vielleicht noch etwas über das Mädchen?"

Dair schüttelte den Kopf.

"Nein. Die Sprache des Alten Wortes ist wie die Noten in einem Lied, die Melodie ist schnell gefunden, aber der Schlüssel nicht."

"Fast hat es den Anschein, als wüßte ich als einziger nichts darüber. Nun, ich werde jedenfalls noch heute abend einen Mann ausschicken, der dieses Mädchen aufsuchen und näher befragen wird," sagte Rabharta.

Dair rieb sich die Hände und lächelte.

"Vielleicht mag dieser Mann mit mehr Fragen zurückkehren als er ausgezogen ist."

"Das werden wir dann ja sehen. Was habt ihr zu berichten?", gab ihm der Hauptmann zurück.

Der alte Mann sprach:

"Aufruhr herrscht im Land. Ich glaube, unser kleiner Stein weiß noch nicht, wie weit die Kreise sind, die er zieht. Im Südwesten sind einige Fianna aufgebrochen und bewegen sich in nördlicher Richtung, aber sie selbst scheinen nicht genau zu wissen, wohin.

Aus Alba ist eine der größten Hohepriesterinnen der nördlichen Welt nach Eriu geeilt. Ihr Name ist Rhiannon. Nur großen Frauen wird ihr Unterricht zuteil. Alt ist sie wie ich und beschwerlich die Reise. Ihre Anwesenheit muß sehr dringlich und wichtig sein, wenn sie all diese Mühen auf sich nimmt. Für ein Menschenkind. Ich selbst kenne sie. Sie ist ein altes, störrisches Biest.

In Wyinklo, südlich von Duibh-linn hat sich eine neue Gemeinschaft um einen gewissen Dragan geschart. Man sagt, er stamme ursprünglich aus dem Westen der Insel, aber wer weiß das schon.

Ein finstrer Geselle soll er sein. Ich glaube nicht, daß er von Geburt an Dragan, der Drache, heißt. Aber aus welchen Gründen auch immer, er will Hochkönig werden. Dennoch hat er seinen Männern ausdrücklich untersagt, nach dem Blauen Schwert zu suchen.

Und nun das Wichtigste und wahrscheinlich Aufschlußreichste.

Die alte Bärin im Norden hat eine Schattenbringerin ausgesandt"

"Wer hat was wohin ausgesandt?" fragte Rabharta.

Dair blickte hinauf zu den Sternen, bevor er antwortete:

"Ihr wißt wenig über euer Land, junger Freund. Wenig über jene, die es wirklich beherrschen. Ich hoffe, daß euch das nicht einst zum Verhängnis wird.

Unwissenheit verursacht Vermutungen, und Vermutungen sind der Anfang jeden Unglücks, Rabharta.

Deshalb mußt du dein eigenes Wissen ständig erweitern.

Wo alle gehen, wächst kein Gras und es mag sein, daß du das, was du suchst, zerstörst, indem du es findest.

Aber das mag das Schicksal von euch Menschen sein.

Öffne nun deine Ohren und höre meine Worte.

Weit, weit von hier, hoch oben im Norden gibt es einen mächtigen Coven. Den Coven der Alten Bärin.

Kein König herrscht ohne ihr Einverständnis, kein Mann, keine Frau wird Druide, Barde oder Hohepriester, ohne daß es ihr wohlgefällt.

Sie ist unseren Göttern am nächsten, weiß um ihre Gedanken und erfüllt das Schicksal von so manchem, wenn es sein muß.

Broc mac Cíocras wird bald sterben. Hier betritt nun die Schattenbringerin den Plan. Meist eine Namenlose, die nur noch ein Werkzeug des Todes ist.

Elbenblut fließt wie Eiswasser durch ihre menschlichen Adern und läßt sie erkalten für jedes Gefühl.

Ich selbst sah sie wandern. Sie ist verloren. Ihre Augen sind nur noch nach innen gekehrt, und ich weiß, was sie begehrt. Die Frau ist nur noch eine schöne, aber leere Hülle. Sie wird ihre Pflicht tun, so wie ihr Menschen es immer tut und dann verloren gehen auf ihrem Weg."

Der Alte schien in eine andere Welt zu schauen.

"Wo lebt die Alte Bärin, Dair, und was ist sie? Wann wird diese Schattenbringerin hier sein, wie erkenne ich sie, und wie will sie Broc töten?"

Rabharta fuhr sich aufgeregt durch sein rotes Haar.

"Geduld, Geduld, mein Freund. Die Alte Bärin lebt in eben jener Höhle, in der Connla den Brunnen schuf, den sie hütet.

Was sie ist, vermag niemand zu sagen, denn keiner hat sie jemals gesehen.

Die Schattenbringerin wird wohl morgen bei Sonnenaufgang auf Tara eintreffen. Doch wann ihr sie zu Gesicht bekommt, weiß ich nicht, ebenso wann oder wie sie ihn töten wird.

Ich weiß nur, daß Schattenbringerinnen keine Gnade kennen.

Niemand ist mir bekannt, der ihre Jagd überlebt hätte," erwiderte ihm der alte Mann.

"Wo bekommt ihr nur diese Neuigkeiten her, Dair? Ich kann so viele Späher aussenden, wie ich will. Nie weiß ich etwas, was ihr nicht wißt," fragte er neugierig.

"Das ist auch kein Wunder. Als Geschenk meiner Freundschaft nun einen Augenöffner für euch.

Die, von denen ihr Menschen glaubt, es gibt sie nicht mehr, es gibt sie doch.

Die Waldelben. Nachts, wenn alles schläft, eilen sie über das Land. Sie brauchen keinen Schlaf wie wir. Oder besser gesagt, ihr Schlaf ist ein anderer und Erholung erlangen sie auf andere Art und Weise als wir. Schnell sind sie und leiser noch wie wir, doch freigiebig mit ihren Neuigkeiten. Immer schon liebten sie es zu lehren.

So schön sind sie anzusehen. Fast wünschte ich für euch, ihr könntet sie nur einmal sehen.

Aber ich komme ins Schwärmen, und wir sind beide nicht hier, um schöne, alte Lieder zu singen.

Was wirst du nun tun, Rabharta?", fragte Dair.

"Was soll, was kann ich tun, wenn Brocs Tod beschlossene Sache ist, von jenen, die unser Schicksal bestimmen, Dair? Ich kann nichts tun. Was werdet ihr tun?" erkundigte sich Rabharta.

"Wir werden beobachten, und das solltest du auch tun. Sichere deine Burg. Dereinst mag sie eine Insel in einem Meer aus Blut sein. Wenn dieser Dragan wirklich Hochkönig werden will, wird ihm jedes Mittel recht sein, auch Krieg. Auch wenn es bis dahin noch dauern mag, sei aufmerksam.

Du bist ein guter Mann, auch wenn du auf der falschen Seite stehst. Euer Schicksal wird sich nicht in dieser Burg erfüllen, Freund.

Doch du mußt deinen Weg alleine gehen. Halte deine Männer beisammen und sei bereit.

Höchstens ein Jahr gebe ich Broc noch und froh können wir sein, wenn sich die Hochelben raushalten.

Doch zu gerne sprechen sie das letzte Wort und manch einer würde gerne wieder unter der Sonne wandeln, anstatt in der Sonnenlosen Welt zu sein.

Abtrünnige gibt es immer, die sich wie Flöhe im Pelz des Wolfes verstecken. Wir werden sehen.

Auf jeden Fall werden wir versuchen, den Mann, den du ausschickst, im Auge zu behalten.

Vielleicht werden wir ihm helfen, wenn er zu scheitern droht," bot ihm Dair an.

"Oh, da sorgt euch nicht. Dieser Mann wird nicht scheitern. Aber ich danke dir trotzdem für deine Hilfe. So wollen wir es für heute dabei belassen. Ich muß bald wieder in der Burg sein, und die Sonne eilt schon dem Horizont entgegen," drängte der Hauptmann zum Aufbruch.

"Vergiß nie, daß du die Schlüssel zu dem Käfig hast, in dem du sitzt. Den Rückweg durch Saileach will ich dir ersparen. Sein Vater soll dich diesmal führen."

Er winkte ihn herbei.

"Ich danke dir herzlich dafür. Er ist sehr frech, diese Grünnase," sagte Rabharta.

Auf ein Handzeichen des Alten löste sich aus dem Gebüsch ein Mann in Rabhartas Alter.

Sorgfältig verband er dem Hauptmann die Augen.

"Leb wohl, mein junger Freund."

Schweigend verließen die beiden Männer die Lichtung.

Diesmal verzichtete sein Führer auf das Drehen. Bald erreichten sie den Waldrand, obwohl Rabharta den Weg trotzdem nicht zurückverfolgen könnte.

Geblendet blinzelte er ins Sonnenlicht, nachdem er die Binde abgenommen hatte.

"Verzeiht Herr, mein Sohn Saileach, er ist noch ein Dummkopf, aber trotzdem meine Hoffnung. Nehmt ihm die Späße nicht übel. Dies Geschenk will ich euch überlassen. Es ist ein Armreif meiner Familie."

Schnell hatte er dem verblüfften Mann den silbernen Reif über die Hand gestreift und verschwand wieder im Wald.

Rabharta spürte, daß er allein war.

Einige Schritte von ihm entfernt graste friedlich seine kleine Stute. Seine Welt hatte ihn wieder.

Er fing das Pferd ein und machte sich daran, zur Burg zurückzukehren.

Als Rabharta die Burg erreichte, hatte die Sonne gerade ihren tiefsten Stand erreicht. In den Stallungen traf er Scathcrobh, der seinen Reisesack auf dem alten Klepper festschnürte.

"Was hast du dir nur dabei gedacht, so ein Tier zu kaufen? Am Ende wirst du es tragen müssen."

Stolz antwortete ihm sein Späher:

"Ich habe seine Mutter gesehen. Freilich wird sie den morgigen Tag nicht mehr erleben, wohl aber ihr Sohn.

Dieses Pferd ist kein Conmacne-mara-Pferdchen, wie du siehst.

Das hier ist ein Pferd. Kein Pferd Erius zwar, aber es kommt von der Großen Insel, unserem Nachbarn.

Sieh nur, wie groß er ist und wie..."

"Und wie klapperdürr," fuhr Rabharta fort, "Hätte es nur drei Beine würde ich beschwören, daß es Morríghans Todespferd ist, mit dem sie die Toten in die Andere Welt führt. Ich kenne dich gar nicht so unbesonnen."

"Macht euch keine Sorgen. Ich muß vorsichtig, daher auch langsam reiten. So hat er Zeit sich wieder rund zu fressen. Er ist ein junger Hengst, und wenn ich seine Schnelligkeit brauche, wird er sie mir geben. Wenn ihr diesen Hengst wiederseht, wird sein schwarzbraunes Fell glänzen, daß ihr das Licht darauf einfangen könnt."

Knapp erwiderte sein Hauptmann:

"Genug davon. Hast du alles, was du brauchst? Ich sehe deine Axt gar nicht?"

"Ja, ich habe nur ihre kleinen Schwestern mitgenommen und einige Messer. Im Wald muß man sicher sein, daß das Opfer keine Gelegenheit zum Schreien hat. Eine Axt ist dafür zu grob," erklärte ihm Scathcrobh und strich sich über seinen Kopf.

"Wie nett von dir, dies zu bedenken, doch genug davon. Komm nur wieder zurück. Folge am besten dem breiten Weg im Wald und laß dir eine Geschichte einfallen, wenn dir jemand unangenehme Fragen stellt. Sei wachsam! Und jetzt paß auf!

Ich möchte nicht, hörst du, nicht, daß du querfeldein reitest. Du bist eine wichtige Figur in diesem Spiel, du mußt zurückkommen! Reite ungefähr fünfzehn Meilen durch den Wald, aber bleib auf dem Weg und schlage dein Lager nur fernab des Weges auf.

Dann kommst du auf die Breite Straße in der Nähe von Magh-Nuadhat, die unser Land einmal in der Breite durchzieht. Ihr folgst du ungefähr fünfzig Meilen, aber du wirst in keinem Gasthof übernachten. Wenn du diese Straße nicht nutzen kannst, gibt es einen Weg, der in gleicher Richtung verläuft. Kaum jemand kennt ihn, und es ist nicht einfach, ihm zu folgen. Er verläuft ungefähr eine Meile neben der Breiten Straße in nördlicher Richtung. Dann gelangst du nach Ath-Luain.

Solltest du verfolgt werden, fahre mit einem Boot die Siona entlang. Bis nach Cluain-maccu-Nois sind es auf dem Fluß ungefähr zwanzig Meilen.

Wo der Coven genau liegt, weiß ich leider nicht, aber du kannst dich ja durchfragen. Hast du sonst noch Fragen?"

Rabharta begutachtete noch einmal die Ausrüstung seines Spähers.

"Ja. Ich nehme nicht an, daß unser Vögelchen freiwillig singen wird, wenn ich bei ihm bin. Wie soll ich ihr Beine machen, und soll ich sie danach töten?", fragte Scathcrobh hart.

"Oh, so bist du, nicht wahr. Keine Frage, du würdest sogar eine Frau töten.

Du widerst mich an. Du kannst alles versuchen, aber rühre sie nicht an. Sollte ich etwas in dieser Richtung erfahren, hast du kein langes Leben mehr. Verstanden?"

Grüne Blitze zuckten aus den Augen des Hauptmanns.

"Ja, Hauptmann, verstanden," gab ihm der Krieger zurück.

"Denk daran, du hast von niemandem Unterstützung zu erwarten. Du bist da draußen ganz allein."

Gemeinsam gingen sie zur Stalltür hinaus.

"Das bin ich auch hier drin."

Scathcrobh tat noch einen Blick in die Runde.

"Das hast du dir ja wohl selbst zu zuzuschreiben, Scathcrobh.

Ich denke, du wirst fünf Tage hin und fünf Tage zurück benötigen und für deinen Auftrag dort drei bis vier Tage. Du wirst demnach vierzehn Tage unterwegs sein. Solltest du nach drei Wochen nicht wiederkommen, wissen wir, daß du in die Andere Welt eingegangen bist. Niemand wird dich suchen und ein neuer Bote wird ausgesandt. Obwohl ich hoffe, daß dies nicht nötig sein wird.

Reite nun, mein Auge, Ohr und Mund. Dein Auftrag ist wichtig für das Reich. Es mag sein, daß wir alle scheitern, wenn du scheiterst. Leb wohl, möge die Große Mutter ihre Hand über dich halten und dich segnen."

"Ich danke dir. Dann will ich mich aufmachen, bevor mich die Dunkelheit überrascht. Ich will schon heute nacht mein Lager im Wald aufschlagen."

Scathcrobh stieg auf und ritt langsam auf den Hof, überquerte ihn und kam zum inneren Steinring. An seiner Seite ging Rabharta. Schließlich erreichten sie das große Tor im äußeren Steinring, das natürlich verschlossen war.

"Warte, Scathcrobh, ich öffne dir das kleine Tor."

Er zog einen Schlüssel hervor und schloß die Pforte auf, die in das Große Tor eingepaßt war.

Die Wachhabenden saßen in ihrem kleinen Häuschen und wußten, daß es besser war, hier keine Fragen zu stellen.

Rabharta stand jetzt neben seinem Späher, als dieser noch einmal von seinem Pferd abstieg und ihn am Arm packte.

"Herr, ich weiß, hier soll der Wolf geopfert werden, um die Schafe zu retten. Werden die Schafe eines Tages erfahren, wer ich war, falls ich nicht zurückkehre?"

"Du erinnerst mich an Cúchulainn, der auf die Vorhersage hin, er werde nicht lange leben, sagte:

"Wenn er mich berühmt macht, so genügt mir ein einziger Tag," sagte Rabharta.

"Strebt nicht jeder Mensch nach Unsterblichkeit, Hauptmann?

Immer schon war ich ein Mann des Kampfes. Sonst hättet ihr mich doch nicht ausgewählt für diesen Auftrag, oder? Es ist ja auch gut so.

Keinen Freund schickt man in den Tod in diesen Tagen, denn diese sind rares Gut.

Dennoch frage ich, werden es die Schafe erfahren?", fragte der Krieger nochmals.

"Höre Scathcrobh, Schafe bleiben immer Schafe, auch wenn der Hirte wechseln mag. Aber sie sollen es erfahren, wenn es wichtig für dich ist."

"Das ist gut. So will ich mich aufmachen. Worte helfen uns jetzt wenig, jetzt müssen Taten sprechen."

So stieg er auf sein Roß und trabte davon.

Der Comoír

In aller Frühe wurden die zwei Frauen von Máthair geweckt und an einen Bach geführt, wo sie sich ungestört waschen konnten.

Dort legten sie sich ihre neuen Gewänder an.

So feinen Stoff hatte Gealán noch nie gesehen. Selbst die Fianna brachten von ihren Streifzügen nicht so etwas Prachtvolles und doch Schlichtes mit. Ihr Kleid schien in allen Farben zu schimmern je nachdem wie sie es ins Licht hielt und doch war es nur grün. Sie hätte gerne gewußt, woraus dieser Stoff bestand. Er war so leicht, daß sie ihn kaum auf ihrer Haut spürte, wärmte sie aber dennoch vor der Morgenkühle. Aber das war wohl eines der vielen Geheimnisse der Sidhi.

Nachdem sie sich gewaschen und wieder angekleidet hatten, fühlten sich Gealán und Sáile schon viel wohler.

Daraufhin wurden sie wieder in ihr Zelt gebracht, wo es Brot, Früchte und einen stärkenden Kräutertrank zum Frühstück gab. Máthair hatte sie verlassen mit dem Hinweis, daß sie noch etwas warten müßten, bis man sie holen würde.

Gealán hatte sich auf ihr Lager gesetzt, während Sáile im Zelt auf und ab wanderte. Die Ungeduld stand ihr ins Gesicht geschrieben. Gealán hätte gerne mit ihr gesprochen, aber sie wußte, es würde in einem Streit enden, so daß sie es lieber bleiben ließ.

Draußen wurde es immer heller. Ein Stimmengewirr war zu hören, in einer Sprache, die sie nicht verstand, aber in ihren Ohren wie Musik klang.

Schließlich wurde es draußen ruhiger und der Lärm verebbte völlig.

Es mochte nach Mittag gewesen sein, als ein junger Sidhé in ihr Zelt trat. In ihrer gebrochenen Heimatsprache bat er sie, ihm zu folgen. Auf dem Weg, der zum Grianán führte, wo sich sonst die Sidhi drängten, war niemand zu sehen. Gealán fühlte sich, als würde sie zu ihrer eigenen Hinrichtung gebracht.

Sáile zeigte wie immer keine Gefühle. Kalt wie ein Stein setzte sie einen Fuß vor den anderen. Stolz reckte sie ihre kleinen Brüste vor. Sie schritt einher, als wäre sie diejenige, die das Urteil festzulegen hätte und nicht die zu Verurteilende.

Während sie vor dem großen Sonnenzelt standen, glaubten sie erst, daß es völlig leer sein müsse, denn es war nichts zu hören. Nicht einmal die Vögel zwitscherten im Geäst der uralten Eiche.

Doch dann zog der Sidhé eine der großen Stoffbahnen zur Seite.

Gealán stockte der Atem und selbst Sáile verlor für einen Augenblick die Fassung.

Der ganze Boden des Zeltes war mit bunten Kissen und Matten bedeckt, daß er einem Farbenmeer glich. Entspannt hatten es sich die Sidhi bequem gemacht. Alles Volk der Stadt mußte anwesend sein. Jeder Platz war besetzt, und doch machte es nicht den Eindruck, als herrsche Enge in dem Zelt. Jeder hatte noch genug Freiraum, um sich zu setzen oder zu legen.

Auch ihre Kleider waren bunt und mannigfaltig. Doch wirkten sie nicht übertrieben. Manche hatten sogar ihre Haare in den verschiedensten Farben gefärbt.

Der junge Sidhé führte sie nach vorne, durch den hohlen Stamm der Eiche, der die Mitte des Zeltes bildete. Auf der anderen Seite angekommen, fielen Gealán sofort die beiden Throne auf.

Nie hatte sie eine solch herausragende Arbeit gesehen. Beide schienen nur aus Verzierungen zu bestehen.

Das Holz machte den Eindruck, als könne es nie und nimmer irgend etwas tragen, so leicht sah es aus. Der linke Thron schien der des Königs zu sein. Die verschiedensten Tiere waren herausgeschnitzt und aus dem Herzen des Holzes herausgearbeitet worden. Ein Pferd, das sich in einen Hirsch zu verwandeln schien. Delphine, die aus vielen kleinen Delphinen bestanden. Kiebitze, Kraniche, Stiere, Lachse. Ihr Auge konnte all den Handlungen und Wandlungen gar nicht folgen.

Der zweite Stuhl schien von demselben Meister zu sein. Doch bestand das ineinanderübergehende Gewirr nicht aus Tieren, sondern aus Pflanzen. Da blühten Sternhyazinthen, Stechginster und Strandnelken. Die Wegwarte schlang sich um Schilf, Blätter von Eichen, Eschen und Erlen. Die Blüten von Holunder vermischten sich mit denen des Haselstrauchs und Weidenkätzchen. Efeu schien daran zu ranken und Birkenblätter wehten im Wind. Das ganze Baumjahr schien darauf dargestellt und die schönsten Pflanzen des Landes.

Vor lauter Bewunderung hatte Gealán alles um sich herum vergessen und erschrak, als der junge Sidhé sie leicht am Arm berührte.

Sie verstand erst nicht, was er von ihr wollte, doch als sie sich umblickte, sah sie, daß alle aufgestanden waren, den Oberkörper leicht nach vorn gebeugt und nach unten blickten. Mit Blicken forderte er sie auf, es den anderen gleich zu tun.

Erst schien nichts zu geschehen, doch dann hörte sie das leise Rascheln von Stoff. Schließlich klatschte jemand zweimal in die Hände, und alle stellten sich wieder auf und blickten nach vorne zu den Thronstühlen.

Die Königin und der König standen vor ihrem Thron, während sich ihr Sohn, der Prinz, fast versteckt im Hintergrund hielt.

Nie zuvor hatte Gealán einen Mann von solcher Schönheit gesehen. Er war das genaue Abbild seiner Eltern, vereinigte die Schönheit der Mutter mit der Stärke des Vaters. Sein Blick glitt über die Menge und hielt bei ihr inne. Er schien nur sie zu betrachten.

Sie und ihre Herrin. Dann lächelte er freundlich.

Die Königin trug ein silbrig schimmerndes, weit wallendes Gewand und hatte einen schwarzen Kreis auf der Stirn. Ihr rabenschwarzes Haar hatte sie in einen strengen Zopf geflochten. Ihren grünbraunen Augen entging nichts. Ihr Mann trug eine golden schimmernde Bracca mit dem dazugehörigen Hemd. Seine Stirn zierte ein weißer Punkt. Wie Mondin und Sonne standen sie da vereint.

Dann vollzogen sie wohl ein Ritual, das Gealán nicht verstand. Immer wieder kreuzten sie ihre Hände vor sich und schienen dann eine Art Band um ihren Kopf zu ziehen. Dann öffneten sie ihre Hände und schienen in jede Richtung etwas unsichtbares zu reichen. Ein in sich verschlungener Tanz. Schließlich verbeugten sie sich vor ihrem Volk und setzten sich.

Die Königin nahm auf dem Thron mit den Tieren Platz, der König auf dem mit den Pflanzen. Der Prinz blieb stehen.

Auch die Sidhi setzten sich jetzt wieder. Nur Gealán, Sáile und der Prinz standen noch.

Die Königin räusperte sich leise und ergriff das Wort:

"Seid mir gegrüßt, meine Kinder, seid mir gegrüßt Fremde.

Merkwürdige Wege läßt uns die Große Mutter gehen, und so seid ihr nun hier in unserer Obhut.

Euch zurückzuschicken wäre vielleicht euer Tod, euch hier zu behalten, ein Bruch unserer wenigen Gesetze.

Was demnach sollen wir mit euch tun?"

Sáile blickte zornig auf.

"Ihr wißt selbst, daß ihr uns gehen lassen könnt. Ihr kennt die Wege in Unsere Welt. Ihr wißt, welche die richtigen Weltentore sind. Wir wissen beide, daß Menschen nicht hierher gehören.

Ich gebe euch mein Wort, wenn ihr uns daran hindert, diesen Ort zu verlassen, werde ich nicht eher ruhen, bis ich von hier geflohen bin. Ich muß zurück in meine Welt, große Aufgaben erwarten mich dort. Laßt uns gehen!

Es liegt in eurer Macht, und kein Schaden soll euch daraus entstehen."

"Und was ist deine Meinung, Mädchen? " fragte die Königin sanft.

Gealán war erstaunt, daß auch sie gehört werden sollte.

"Ich, ich folge dem Weg meiner Herrin."

"Hast du denn keinen eigenen Weg?", fragte sie weiter.

"Ich weiß nicht," antwortete Gealán unsicher.

"Sicher weißt du das. Stell dir einfach vor, du würdest hier allein stehen, ohne deine Herrin. Wie würde dann deine Entscheidung fallen. Möchtest du hierbleiben oder möchtest du in deine Welt zurück?", fragte die Königin sie.

"Ich habe weder an meiner noch an dieser Welt einen größeren Anteil. So ist es mir gleichgültig, wo ich hingehe, denn dem Weg des

Schicksals muß ich so oder so folgen und dorthin gelangen, wohin er mich führt.

Ich bin die Dienerin meiner Herrin."

"Komm her, mein Kind."

Verlegen ging Gealán nach vorn zur Königin. Diese nahm die Hand der jungen Frau und schaute sie mit einem gütigen Blick an. Leise sprach sie mit der Frau.

"Ist es nicht vielmehr so, daß deine Herrin für dich eine Belastung darstellt, weil sie dein ganzes Leben bestimmt? Sie dankt es dir nicht einmal.

Du lebst doch gar nicht dein Leben. Du lebst ihres.

Ich könnte nicht am Leben bleiben, wenn mein Leben so fremdbestimmt wäre. Sie hat dich unmündig gemacht im Laufe der Jahre. Aber du hast ein Recht darauf, deine eigenen Entscheidungen zu fällen. Möchtest du nun lieber hierbleiben oder gehen?"

"Es gibt nichts, was mich in Unserer Welt gehindert hat, meiner Herrin zu folgen. Aber hier könnte ich vielleicht meine Ruhe finden, mein eigenes Leben. Aber ich möchte auch nicht meine Herrin im Stich lassen."

"Sicher, du kannst jetzt zurück zu deiner Herrin gehen."

Sáile funkelte ihre Dienerin böse an, als sie sich wieder neben sie stellte.

Leise fragte die Herrin:

"Was wollte sie von dir, was sie dich nicht auch in meinem Beisein fragen konnte?"

"Nichts.", antwortete Gealán wortkarg.

Die Königin sprach jetzt mit dem König. Auch der Prinz beteiligte sich an dem Gespräch.

"Sag, Fremde, welche große Aufgabe erwartet dich in deiner Welt? Und warum hast du dann diesen Weg eingeschlagen?", fragte die Königin Sáile.

"Mein Sohn, Herrin, mein Sohn braucht mich."

Zweifelnd fragte die Königin:

"Ist es nicht eher so, daß ihr euren Sohn braucht? Ich weiß, was ihr ihm bei seiner Geburt angetan habt. Glaubt ihr nicht, daß es besser ist, sich aus seinem Leben herauszuhalten?"

"Nein, was glaubt ihr denn, wer ihr seid? Eine Göttin? Was unterscheidet euch denn von mir?"

Die Königin zwitscherte ein vergnügtes Lachen, auch die Sidhi lachten leise auf.

"Wenn ich eines gewiß nicht bin, so ist es eine Göttin. Aber im Gegensatz zu euch, scheine ich das zu wissen.

Warum nun gingt ihr in den See, wenn euch euer Sohn doch so sehr braucht, meine Liebe."

“Nennt mich nicht eure Liebe, mich liebt niemand. Der See, ja. Ich weiß nicht, warum ich in den See ging. Menschen machen auch Fehler.”

“Oh, sicherlich, und nicht nur Menschen, glaub mir. Aber wäret ihr nicht durch das Weltentor hierher gelangt, wäret ihr jetzt auf der Anderen Seite der Anderen Welt am Tisch der Götter. Von dort hättet ihr nicht zu eurem Sohn zurückkehren können, Sáile.”

Die Augen der Königin blitzten kalt.

“Aber ich bin jetzt hier, und es gibt die Möglichkeit, daß ich zurückkehre. Es sei denn, ihr verweigert mir diese Gunst. Ihr seid selbst Mutter. Ich kann nicht glauben, daß ihr einer Mutter verweigern würdet, zu ihrem Sohn zurückzukehren,” sprach Sáile mitleidsvoll.

Gelassen antwortete die Königin:

“Das würde ich nie tun, dessen seid gewiß. Doch ihr wollt nicht zu eurem Sohn zurückkehren. Ihr wollt mit seiner Hilfe etwas werden, was ihr nicht seid, oder?”

“Ich sehe das ganz anders, Herrin, denn aufgrund der Geburt meines Kindes steht es mir zu, diese Welt zu verlassen.”

Während Sáile immer mehr versuchte ihren Zorn zu verbergen, schmunzelte die Herrscherin vor sich hin.

“Ihr glaubt wahrlich, daß man bei Königen nach der Geburt fragt. Nicht in unserem Land und auch nicht in eurer Welt. Dessen seid gewiß! Woher ein schlechter König auch stammt, er wird seinen Thron nicht lange inne haben.

Ihr habt auf gar nichts ein Anrecht. Alles, was ihr seid, müßt ihr euch erkämpfen. Und selbst wenn dies alles die Wahrheit wäre, ihr würdet dem Rad des Schicksals in die Speichen greifen. Und das werde ich nicht zulassen.”

Ratlos fragte Sáile:

“Was werdet ihr nun tun?”

“Im Augenblick noch gar nichts. Noch sind nicht alle gehört. Möchte denn jemand aus dem Volk sprechen? ” fragte die Herrin sich an ihr Volk wendend.

Ein hagerer Mann, dessen Schädel bis auf einen langen, geflochtenen Zopf aus weißem Haar geschoren war, erhob sich. Sáile stutzte, er hatte keine spitzen Ohren.

“Ich möchte etwas sagen, Herrin. Wie ihr wißt, war meine Mutter menschlich. Sie verliebte sich in einen Sidhi und lebte mit ihm hier, bis sie starb. Ich bin das Ergebnis dieser Verbindung, ein Weltenloser. Das Blut in meinen Adern erlaubt es mir zwar, zwischen beiden Welten zu wandeln, dennoch ist mir keine davon ein Zuhause. Laßt nicht zu, daß diesen Frauen das Gleiche widerfährt.”

Vorsichtig erkundigte sich die Königin:

“War deine Mutter denn nicht glücklich mit deinem Vater, Madhra.”

"Natürlich war sie das. Er hat sie auf Händen getragen. Aber es gab Augenblicke des Heimwehs, die sehr schmerzhaft waren, Königin."

"Wenn du an meiner Stelle wärst, wie würdest du entscheiden?", fragte die Herrscherin.

"Ich würde sie natürlich gehen lassen. Ich bin auch zur Hälfte ein Mensch," antwortete der Mann.

"Nun gut, du bist gehört worden, und wir werden das Gesagte nicht vergessen."

"Möchte noch jemand sprechen?", fragte der König.

Da trat der Prinz nach vorne.

"Ja, ich."

"Was hast du zu sagen, mein Sohn?"

Die Königin war überrascht.

"Wie du dich erinnern wirst, habe ich die Frauen gefunden und als ihr Gastgeber bin ich verantwortlich für ihre Zukunft," sagte Misnéachard.

"Was möchtest du damit sagen," fragte sie erwartungsvoll.

"Ich möchte sagen, daß ihr wenigstens eine gehen lassen solltet, Lá. Gealán hat eine reine Seele, die noch unverdorben ist von den Gedanken ihrer Herrin. Sie ist ein Grashalm, der dem Ruf des Windes folgt. Findet sie ihre Wurzeln, wird sie auch ihr Leben wieder finden.

Sáile aber erinnert mich an den Priester, der sich tief in die Berge zurückzog, um eins mit sich zu werden. Dort saß er nun, versenkte sich in seine Seele und suchte seine Wurzeln.

Da kam eine Maus in die Höhle und setzte sich zu ihm.

Der Priester aber fühlte sich gestört und sagte: Geh hinaus, ich will mit meiner Seele in Einklang kommen. Doch die Maus ließ sich nicht beeindrucken und sagte: Und wie soll dir das gelingen, wenn du noch nicht einmal mit einer Maus im Einklang leben kannst?"

"Nun gut, was sagt mein Gemahl dazu?"

Lás Blick glitt zu ihrem Gatten.

Der König, der die ganze Zeit geschwiegen hatte, beugte sich zu ihr vor, wechselte einige Worte mit ihr und sagte dann:

"Die Dienerin mag gehen. Sie ist aus Treue hierher gelangt und hat nicht wissen können, daß ihr diese Freundschaft so bitteres Leid einbringen wird. Die andere aber ist nicht würdig zurückzukehren in ihre Welt. Sie hat noch nicht genug gelernt, um das Leben richtig zu schätzen, das ihr wieder geschenkt worden ist."

Lautlos brach Gealán zusammen und blieb ohnmächtig liegen. Sáile beachtete sie kaum und rief:

"Nein, nein! Das dürft ihr nicht! Das dürft ihr nicht! Ich bin diejenige, die ihr zurückschicken müßt, nicht diese dumme Gans hier. Herrin, ich bitte euch!"

Gereizt stand die Königin auf.

"Schweigt, ihr werdet bleiben, und sie wird gehen. Reicht es euch nicht, ihr Leben verdorben zu haben? Gönnst du ihr nicht einmal ein neues Leben ohne euren Hochmut? Unser Urteil steht fest, und nichts kann es widerrufen."

Gealán, die wieder zu sich gekommen war, schwankte zur Königin und warf sich ihr zu Füßen.

"Laßt sie gehen. Ich bleibe gerne bei euch. Was bin ich schon? Ich werde niemandem fehlen. Laßt ruhig sie gehen."

Die Königin bückte sich zu ihr nieder.

"Deine Opferbereitschaft ehrt dich, aber es wird vollzogen, wie ich bestimmt habe. Du kannst gehen, aber sie wird bleiben."

"Dann werde auch ich bleiben."

Ein Raunen ging durch die Menge. Unverständnis war in die Gesichter geschrieben und auch Hochachtung vor der Treue dieser Dienerin zu ihrer Herrin.

Der Prinz machte einen Schritt nach vorne und sprach:

"Wenn es denn dein ausdrücklicher Wunsch ist zu bleiben, so soll deine Seele wenigstens nicht weiter vergiftet werden von ihr. Ich fand euch, und ich bin für euch so lange verantwortlich, bis ihr sterben werdet.

Bald ist Samhain, dann muß ich in die Andere Welt, doch wenn ich von da zurückkehre, wirst du ein eigenes Zelt erhalten."

Doch Gealán winkte ab.

"Nein, Herr, nein, was ihr im Sinne habt, gereicht euch zur Ehre. Doch laßt mich nicht alleine bleiben. Laßt mich bei ihr, sie ist doch das einzige, was ich noch habe."

"Zu nichts sollst du gezwungen werden, was du nicht willst. Aber du sollst wissen, daß du, wann immer es dir beliebt, ihren Dienst verlassen und zu mir kommen kannst."

"Ich danke euch, Herr."

Dann ging sie zu Sáile zurück. Diese nahm ihre Anwesenheit kaum wahr.

Ruhe kehrte ein, und alle setzten sich wieder.

Die Königin sammelte sich noch einen Augenblick, bis sie wieder anfing zu sprechen.

"So ist es beschlossen, daß die Fremden dieses Land nicht mehr verlassen dürfen. Sie können sich überall aufhalten. Es ist ihnen erlaubt, bis zu den Grenzen des Landes vorzudringen, doch nicht weiter. Sollten sie versuchen zu fliehen, wird die Sonne ihrer Welt sie zu Staub verbrennen und der Wind ihn in alle Richtungen verteilen.

Worte sind wie Vögel, hast du sie einmal freigelassen, bringt sie nichts mehr zurück.

Der Spruch ist gesprochen und nichts wird ihn unausgesprochen machen. So findet der Comoír jetzt seine Auflösung."

Das Königliche Paar und der Prinz vollzogen noch einmal das Ritual vom Anfang und verließen dann das Zelt. Auch die Sidhi machten sich auf.

Nur Sáile und Gealán standen allein in dem riesigen Zelt.

"Bist du nun zufrieden, Gealán. Hast du nun deine Rache, dafür, daß ich dich so schlecht behandelt habe?", fragte Sáile haßerfüllt.

"Herrin. Was habe ich denn getan? Ich wäre doch hiergeblieben und hätte dich an meiner statt gehen lassen," erwiderte die Junge Frau ratlos.

"Oh, ja, mein Lämmchen. Ich weiß. Du achtest immer darauf, deine Unschuld ja nicht zu verlieren. Aber das nützt mir auch nichts. Ich hasse diese Welt. Ich hasse Fionn, ich hasse Solasard.

Und ganz besonders hasse ich mich. Wäre ich nicht so töricht gewesen, wäre ich jetzt nicht hier und müßte mir das antun. Geh jetzt, laß mich allein."

"Aber, Herrin!", rief Gealán aus.

"Verschwinde! Ich muß nachdenken. Ich kann dich jetzt nicht gebrauchen."

Verletzt ging Gealán hinaus. Wie konnte sie nur so grausam sein in einem so schönen Land.

Die junge Frau verstand es einfach nicht. Langsam ging sie auf ihr Zelt zu, als sie dem jungen Prinzen geradewegs in die Arme lief.

"Komm, wir wollen ein Stück zusammen gehen. Du hast einen anstrengenden Tag hinter dir und solltest dich jetzt nicht in dein Zelt setzen und grämen. Du hast an all dem die geringste Schuld," sagte er verständnisvoll.

"Mir erscheint es gerade anders zu sein," gab ihm Gealán zurück.

"Nur weil sie diesen Eindruck erweckt, muß es noch lange nicht so sein. Du hast keine Schuld. Du bist ihr doch nur gefolgt. Wäre sie nicht ins Wasser gegangen, wäret ihr beide nicht hier. Aber du solltest dich dennoch von ihr fernhalten. Sie ist kein guter Mensch und übt einen schlechten Einfluß auf dich aus. Du kannst genauso stolz und aufrecht gehen wie sie. Du bist genauso frei wie sie."

Verwundert über seine Gefühlskälte fragte Gealán:

"Hast du denn gar kein Mitleid mit ihr?"

Misnéachard blickte in die Ferne.

"Nein. Sie hat erhalten, was sie verdient hat. Wenn wir sie hätten zurückkehren lassen, hätte sie vielleicht noch den Lauf der Welt verändert. Wir können das nicht dulden. Sie gehört nicht mehr in ihre Welt.

Es ist schon schwer genug, den Stein, den sie zum Rollen gebracht hat, in die richtigen Bahnen zu lenken."

"Welchen Stein?", frage sie verwundert.

"Ihren Sohn. Solasard mac Annir. Er wird es noch schwer genug haben. Das Blaue Schwert zu finden ist nicht einfach. Es aber zu behaupten und den Thron einzufordern eine noch viel schwierigere Aufgabe. Vom Hochkönig sein, wollen wir gar nicht erst reden."

"Und was sagt er dazu?"

Gealáns Neugier war geweckt.

Geheimnisvoll lächelte der Prinz.

"Er? Nichts. Er weiß nichts von all dem. Außer, daß er einen Geís zu erfüllen hat, um seine Hochzeit feiern zu können. Aber selbst die Götter haben ihn unter ihre Fittiche genommen. Großes haben sie vor mit ihm und seiner Zukünftigen. Eine Frau, die ich gerne kennenlernen würde, auch wenn sie menschlich ist. Wie auch immer, Solasard muß seinen Weg zu Ende gehen. Es ist sein Schicksal.

Er kann ihm nicht entgehen, was er auch immer tun wird, er wird auf dem Thron enden."

"Und was, wenn er das vielleicht gar nicht will?", fragte die junge Frau.

"Er wird müssen, denn durch diesen Geís ist sein Schicksal vorbestimmt. Aber solche Menschen sind immer die besseren Könige. Keine Schwächlinge wie die, die sich durch ihren Stammbaum den Thron erschleichen. Außerdem hat er gute Freunde, die auf ihn aufpassen."

Der Elbenprinz lächelte geheimnisvoll.

"Und was heißt, die Götter haben ihn unter ihre Fittiche genommen? Sáile sagte mir, ihr seid keine Götter mehr."

Traurig lächelte Misnéachard.

"Nein, das sind wir auch nicht, aber sie stehen uns näher als euch, denn aus den gleichen Wurzeln sind wir entwachsen."

"Dann muß ich mir die mächtige Morríghan mit spitzen Ohren vorstellen?"

Ein schnelles Grinsen verschwand von ihrem Gesicht.

Der Prinz lachte.

"Nein, du kannst sie dir vorstellen wie du willst, denn sie kann jede Gestalt annehmen, die du dir vorstellen kannst. Sonst wäre sie keine Göttin."

"Dann würde sich Sáile mit den Göttern anlegen, wenn sie in Unsere Welt zurückkehren würde?"

"Das hat sie bereits bei Solasards Geburt getan. Denn kein Mensch darf sich so hoch setzen, wie sie es tat. Aber aus welchen Gründen auch immer, die Götter haben es nicht verhindert. Du brauchst dir keine Sorgen zu machen. Sie wird nicht zurückkehren. Sie würde zu Staub zerfallen. Sie hat keine Möglichkeit, etwas an Solasards Schicksal zu ändern."

Gealán war beeindruckt von den Worten des Sidhi.

"Du sagst viele merkwürdige Dinge, die ich nur schwer begreifen kann. Götter und Sidhi, Geís und solche Dinge. Ich weiß von all dem nichts. Ich bin nur eine einfache Menschenfrau, die wenig weiß."

"Auch das mag von Vorteil sein, denn bedenke, wer Wissen erlangt, der erlangt auch Sorgen. Je mehr du deine Augen öffnest, um so weiter siehst du, um so schwieriger ist es aber auch, die Augen wieder zu schließen."

Der Prinz lächelte sanft.

"Du bist so weise und ich, ich weiß so wenig," erwiderte die junge Frau.

"Die Weisheit hat viele Seiten, aber laß uns nun von anderen Dingen sprechen. Warum möchtest du kein eigenes Zelt? Sie wird dich nur verletzen, wenn du bei ihr bleibst. Du weißt das," sagte er bestimmt.

"Ja, ich weiß. Aber ich bin kein Sidhé, Herr. Und wen habe ich außer ihr. Der Mann, der vorhin für uns gesprochen hat, machte auf mich auch nicht gerade einen vertrauensseligen Eindruck. Ihm möchte ich mich auch nicht anvertrauen."

"Siehst du, du kannst gut von schlecht unterscheiden. Auch ich halte es für besser, wenn du dich von ihm fernhältst. Madhra ist ein innerlich zweigeteilter Mann, der nicht weiß, wo er hingehört. Es mag sein, daß ihn deine Herrin für sich gewinnt. Ich glaube nicht, daß sie von hier aus tatenlos mit ansehen wird, wie das Schicksal seinen Lauf nimmt."

Zu gut schien er die Menschen zu kennen.

"Nein, das wird sie mit Sicherheit nicht tun. Sie führt zu Ende, was sie einmal begonnen hat."

Tapfer kämpfte die junge Frau für ihre Herrin.

"Das fürchte ich auch. Komm, wir wollen zurückgehen," sagte der Prinz.

Die Dämmerung hatte bereits eingesetzt, und es wurde langsam kühl.

"Was macht ihr in Unserer Welt an Samhain?", fragte Gealán vorsichtig.

"Ich sehe nach dem Rechten. Wir müssen uns nicht nur um den zukünftigen Hochkönig Erius kümmern. Ein Land wird nie von einem Mann allein beherrscht, und viele Hände halten den König."

"Ich habe so viel Neues in den Tagen hier gelernt. Wie töricht war es von mir zu glauben, daß es keine Elben mehr gibt."

Sie schüttelte den Kopf ungläubig.

"Ja, ihr seid noch ein junges Volk und habt noch vieles zu lernen. Viele von uns sind Mondkinder, aber ich liebe auch die Sonne, die wahre Sonne, die hier nicht scheint. Ich hätte nichts dagegen, wenn wir unsere Welten einander wieder etwas näher bringen könnten. Wir treiben im Fluß der Zeit, und es mag eines Tages gar keine Verbindung mehr zu unserer alten Heimat geben," erklärte ihr Misnéachard.

"Warum?", fragte Gealán.

"Weil die Menschen Menschen sind. Ein Gipfel wird immer dann zum ersten Mal erklommen, wenn sie vergessen haben, daß es schon einmal jemanden vor ihrer Zeit gab, dem dies gelang. Auch wir werden eines Tages vergessen sein. Die Menschen Erius werden von ihren Göttern so weit entfernt sein, vielleicht auch sein wollen, daß sie sie vielleicht nicht einmal mehr auf der Erde dulden wollen, sondern sie wie andere Völker an den Himmel verbannen. Die Menschen haben eine Verantwortung für ihre Götter, für ihren Glauben. Aber schon jetzt lassen sie sich das Alte Wort lieber auslegen, als selbst darüber nachzudenken. Sie hören auf die Worte des Druiden und nicht auf ihr Herz."

Ärgerlich sprach der Prinz diese Worte:

"Aber das kann doch nicht so schlimm sein. Der Druide sagt doch auch nur das, was das Alte Wort sagt," erwiderte Gealán.

"Das ist ja das Schlimme. Ich selbst muß mit den Göttern sprechen, um sie zu verstehen. Der Druide kann auch nur mit seiner eigenen Zunge sprechen. Aber die Menschen lassen sich immer mehr entmündigen, weil es einfacher ist, sich durch andere führen zu lassen, als sich selbst auf die Suche nach seinem Gott zu machen."

"Aber was soll das für ein Glaube sein, wenn jeder etwas anderes glaubt?", fragte sie nach.

"Ich bin mir nicht sicher, ob das so wäre. Wie heißt es so schön, ein Gott, ein Glaube, viele Priester, viele Glaubenswege."

"Das ist doch auch nicht richtig," stellte die junge Frau fest.

"Warum, Gealán?"

"Weil jeder die Götter dann anders sieht," antwortete sie ihrem Gastgeber.

"Ist das so schlimm? Ohnehin sieht jeder die Götter anders. Aber die Menschen machen sich ja noch nicht einmal auf den Weg. Es ist ja auch viel einfacher, den Hohepriestern zuzuhören und so zu tun, als wäre die Welt in Ordnung," bemerkte der Prinz traurig.

"Irgendwie kommt es mir vor, als habe ich einen Bienenstock im Kopf, wenn du mit mir sprichst. Du sagst so vieles, was so schwer für mich zu verstehen ist. Aber ich höre dir gerne zu und würde mich freuen, wenn wir uns öfters sehen könnten. Ein Prinz in eurer Welt scheint nicht einem Prinzen in meiner Welt zu gleichen."

Gealán lächelte sanft.

"Nein, sicherlich nicht," erwiderte Misnéachard.

Sie waren wieder vor dem Zelt der beiden Frauen angekommen.

Die junge Frau sagte:

"Danke für die Unterhaltung und vergeßt mich nicht. Es tut gut, auch ein paar nette Worte zu hören in einer fremden Welt."

"Ich hoffe, daß sie das nicht lange bleiben wird. Lebt denn wohl!"

"Lebt auch ihr wohl, Herr Prinz! Ich freue mich auf ein Wiedersehen."

Er lächelte ihr noch einmal zu und ging dann davon. Vorsichtig zog Gealán eine Stoffbahn zur Seite und schritt in das Zelt. Sáile lag auf ihrem Nachtlager und starrte an die Decke, bevor sie ihre Worte wie bittere Galle auswarf.

"So, ein paar nette Worte. Ich war wohl nie nett zu dir?"

"Herrin, ich werde jetzt nicht mit euch streiten. Es war ein harter Tag für uns beide, und wir haben vieles gesagt, was wir nicht so gemeint haben," lenkte Gealán ein.

"Ich nicht," sagte Sáile.

"Macht was ihr wollt. Ich bin es leid," sagte die junge Frau trotzig.

"Sind wir stark geworden ja? Durch ein einziges Gespräch mit der hohen Durchlauchtigkeit?"

"Im Gegensatz zu dir, Sáile, ist der Prinz nicht ganz so unzufrieden und höhnisch. Es ist mir ein Vergnügen, mich mit ihm zu unterhalten. Er ist freundlich, zuvorkommend und höflich."

"Und ich?", fragte Sáile erwartungsvoll.

"Das weißt du selbst am besten. Ich möchte mich jetzt nicht mit dir unterhalten."

Sie ging wieder hinaus. Mittlerweile war es draußen dunkel geworden. An einem wolkenlosen Himmel prangten die Sterne und erhellten die Nacht. Der Mond schien sanft über das Land. Es fröstelte sie ein wenig, aber die kühle Nachtluft tat ihr gut. Hier draußen konnte sie atmen.

misnéachard

Der Nachmittag ging vorüber, und noch immer hatten Amhrán und Rhiannon keinen zufriedenstellenden Platz für ihr Nachtlager gefunden.

Erst als es schon begann, dunkel zu werden, fanden sie abseits des Weges hinter einer Wand aus Ginsterbüschen einen guten Platz. Rund um eine kleine Lichtung standen sechs alte knorrige Eichen so eng beieinander, daß sie fast ein dichtes Dach über sich hatten. Mit einem Messer und ihrem Fangnetz hatte sich Rhiannon auf den Weg gemacht, Binsen zu sammeln, auf denen sie einigermaßen bequem liegen konnten. Amhrán legte währenddessen eine Feuerstelle an und sammelte Holz.

Nach einiger Zeit kam Rhiannon zurück. Unter dem rechten Arm hatte sie eine Garbe Binsen, mit der linken Hand schwenkte sie verheißungsvoll einen toten Hasen.

"Es war gar nicht so schwer, ihn zum Abendessen zu überreden. Ich denke, das wird ein guter Eintopf werden. Der wird uns wärmen in der Nacht. Vielleicht sollten wir uns hinter den Ginster legen. Da wird es nicht so ziehen. Meine Knochen sind leider nicht mehr die jüngsten, und wenn sie das Wort Kälte hören, werden sie von alleine steif."

Mit Hilfe des Mädchens breitete Rhiannon die Binsen hinter dem Ginster aus und entfachte ein Feuer. Aus dicken Ästen hatte sie eine Art Gestell für den Kessel gebaut. Jetzt war wieder der, wie Amhrán ihn jetzt immer nannte, Wundersack an der Reihe.

Aus seinem Inneren zauberte die Köchin einige schrumpelige Wildrüben, Nüsse, Beeren und zwei weitere Tontiegel hervor. Dann holte sie einen Wasserbeutel heraus und goß seinen Inhalt in den Kessel. Amhrán drückte sie ein Messer in die Hand, damit sie die Rüben klein schnitt. Danach knackte die Köchin die Nüsse, warf sie in das Wasser, gab einige Wacholderbeeren und ein paar Weizenkörner dazu und ließ das ganze über dem Feuer vor sich hin köcheln. Anschließend stand sie auf, band mit einem Lederband den Hasen an den Hinterläufen zusammen, hängte ihn dann an einen Ast und begann ihm das Fell abzuziehen, ihn auszunehmen und zu zerteilen. Schließlich gab sie das Fleisch in den Kessel, öffnete den ersten der beiden Tiegel und gab eine Brise Salz in die Brühe. Später öffnete sie den zweiten Tiegel und ein würziger Duft, der Hauch einer Erinnerung an Zuhause, zog an Amhrán vorüber. Auch die getrockneten Kräuter warf Rhiannon in die Brühe.

Begeistert schaute ihr Amhrán zu. Hungern mußte sie mit solch einer Köchin sicherlich nicht. Mit einem dicken Ast rührte Rhiannon, die sich vor den Kessel gesetzt hatte, das ganze um. Bald schon roch es gar köstlich, und Amhrán lief das Wasser im Munde zusammen.

Die ganze Zeit sagte Rhiannon kein Wort, sondern richtete ihre ganze Aufmerksamkeit auf ihre Kochkunst. Schließlich platzte es aus Amhrán heraus.

"Habe ich etwas falsch gemacht? Du bist so schweigsam."

Freundlich blickte Rhiannon auf.

"Ich mache mir nur ein wenig Sorgen. Weißt du, es ist Samhain. Alles ist möglich in Nächten wie diesen. Das Schlimme ist, ich kenne die Elben, und glaube mir Kind, ich kenne sie gut.

Sie haben ein Herz für die törichten Worte eines Menschenkindes. Vom Weg aus sind wir durch den Ginster abgedeckt. Menschen werden uns hier sicher nicht finden. Wahrscheinlich ist sowieso niemand außer uns so närrisch, heute unterwegs zu sein. Aber Elben......

Sie haben die Augen eines Adlers und die Ohren eines Fuchses. Nun ja, was sorge ich mich. Wenn der Hammer gefallen ist, weißt du, daß du das Eisen bist."

Fast mitleidsvoll sah Amhrán die alte Frau an. Hatte sie tatsächlich Angst?

"Du mußt dich nicht fürchten. Ich bin doch bei dir. Sie werden uns sicher nichts tun. So vieles hast du mir heute und gestern erzählt. Sie müssen sehr edel sein. Tief in meinem Herzen weiß ich, daß sie nie die Hand gegen Wehrlose erheben würden. Das wäre ehrlos, und ihre Ehre muß ihnen sehr viel bedeuten.

Niemals werde ich sie fürchten. Sie sind die wahren Herren dieses Landes. Sie gaben ihm seinen Namen. Niemals werde ich sie fürchten, und du solltest es auch nicht."

Erstaunt betrachtete Rhiannon dieses Kind, das soeben zu ihr gesprochen hatte, als wäre es selbst eine Sidhé, eine Erdhügelbewohnerin. Ob sie mehr über die Elben wußte als sie zugab? Ob sie gar mit ihnen in einem Bund stand?

Kein Mensch, den sie kannte, hatte so viel Vertrauen zu den Elben. Auch wenn sie noch so edel sein mochten, sie waren auch sehr launisch, und niemand konnte ihr Denken und Handeln vorhersehen. Mit einem kräftigen Umrühren schob sie die unangenehmen Gedanken beiseite. Mit dem Zeigefinger tauchte sie in die Brühe.

"Mmh, lecker. Ich denke, wir können essen."

Ihre müden Glieder streckend stand sie auf und ging zum Reisesack. Aus seinem Inneren holte sie zwei kleine Holzschüsselchen und einen Schöpflöffel hervor.

"Sag, Rhiannon, wenn du alleine reist, warum hast du dann zwei Eßschüsselchen dabei?"

Kaum merklich zuckte die Frau zusammen.

"Vielleicht weil mir schon öfters so verlorene Kitze wie du über den Weg gelaufen sind."

Um sie herum war nur noch Dunkelheit, als die zwei Frauen am Feuer saßen und die Brühe aus den fast schon leeren Schüsseln schlürften. Gerade als sie sich die Schüsseln zum zweiten Mal gefüllt hatten, erhob sich mit einem Mal ein starker Wind, der an den Ästen über ihnen rüttelte. Ein Regen von Eichenblättern fiel auf sie nieder. Sie wirbelten auf dem Boden umher. Das Feuer duckte sich unter dem Windhauch.

Verwundert blickten sich die beiden Frauen an, als sie gleichzeitig von Ferne Hufschläge vernahmen. Rhiannon stellte ihre Schüssel ab, kroch durch den Ginster und schaute auf den Weg. Schnell kehrte sie zurück.

"Du wirst es mir nicht glauben. Elben, ein ganzes Gefolge. Zu Pferde. Bestimmt zehn Mann. Laß uns das Feuer löschen und warten, bis sie vorüber sind."

Amhrán aber erwiderte ruhig:

"Rhiannon. Sie werden nicht vorüberreiten. Du weißt das und ich weiß das. Sicherlich haben sie unser Feuer schon längst gesehen. Es zu löschen würde bedeuten, daß wir etwas zu verbergen haben. Laß uns weiteressen und hier warten. Mögen sie ruhig kommen."

Aufgeregt zitterten die Hände Rhiannons und mit ihnen die Schüssel, die sie hielten.

"Ich verstehe nicht, wie du so ruhig sein kannst. Essen! Der Wind weht mir ständig Blätter vors Gesicht. Außerdem bekäme ich nicht mal den kleinsten Bissen runter. Du mußt verrückt sein. Willst du sie zum Essen einladen?"

Verschmitzt grinste Amhrán.

"Warum nicht?"

Dann ging alles sehr schnell. Die Hufschläge näherten sich. Der Wind legte sich genauso plötzlich, wie er aufgekommen war. Auf dem Pfad, dem Rhiannon und Amhrán zu ihrem Lager gefolgt waren, erschien ein Reiter. Rhiannon ließ erst ihre Schüssel und dann sich selbst in Ohnmacht fallen. Amhrán stellte vorsichtig ihre Schüssel ab, erhob sich, neigte vor dem Reiter das Knie und blickte unter sich. Eine freundliche Stimme drang an ihr Ohr.

"Sei mir gegrüßt, Tochter Erius, und erhebe dich."

Amhrán tat wie geheißen, doch fast zwang sie die Schönheit des jungen Reiters wieder in die Knie. Sprachlos stand sie vor ihm. Auf einem anmutigen Pferd saß er.

Obwohl es einem Schimmel nicht unähnlich sah, waren Ohren, Schweif, Fesseln und die ellenlange Mähne fuchsrot. Wieder vernahm Amhrán diese Stimme, die sie fast willenlos machte.

"Ein schönes Tier, nicht war? Nur in Unserer Welt gibt es solche Pferde. Sein Name ist Lasair. Das bedeutet Flamme. Wenn du magst, lasse ich dich nachher darauf reiten. Doch nun möchte ich dich fragen, ob es dir unangenehm ist, wenn ich mich mit meinen Freunden ein wenig an eurem Feuer wärme."

Besorgt blickte er zu Rhiannon hinüber

"Oh, eurer Freundin geht es wohl nicht gut?"

Bestürzt ob ihrer Unachtsamkeit sprang Amhrán zu Rhiannon hin und tätschelte die Wange ihrer Freundin, die auch gleich wieder zu sich kam. Als sie jedoch einen Blick in die Runde warf, und der Reiter auch nach mehrmaligem Reiben der Augen nicht verschwand, fiel sie wieder zurück. Zärtlich deckte Amhrán die alte Frau mit ihrem Mantel zu. Ihr war nicht mehr kalt.

"Sicherlich könnt ihr euch an unserem Feuer aufwärmen. Viel haben wir allerdings nicht zu bieten. Nur einen mageren Hasentopf."

Geschmeidig glitt der Reiter von seinem Pferd.

"Auch wir haben etwas zu essen mitgenommen, als wir uns auf den Weg machten. Vielleicht können wir alles zusammen tun und teilen. Aber wir wären auch mit einem mageren Hasentopf zufrieden gewesen. Schlimmeres mußten wir essen in den Zeiten der Großen Schlachten."

Seine Lippen pfiffen einen leisen Triller und die anderen Reiter kamen des Weges entlang. Ihre Pferde führten sie an Zügeln und auf den Rücken der Tiere lagen weiche Decken in den verschiedensten Farben.

"Verzeih, daß wir die Pferde mit hierher bringen. Aber wir haben die Verantwortung für diese Tiere übernommen und möchten sie nicht achtlos auf dem Weg zurücklassen.

Hier können sie ein wenig im Wald grasen, ohne daß wir sie aus den Augen verlieren."

Er ging auf sein schönes Pferd zu, nahm Zügel und Decke ab und ließ es in den Wald laufen.

"Verzeih, das ich mich noch nicht vorstellte, aber wir waren überrascht, in dieser Nacht überhaupt auf Menschen zu treffen. Mein Name ist Misnéachard. Auch wenn es dein Wunsch sein mag, edle Amhrán, aber dies ist noch nicht die Nacht, in der ich dich in mein Reich mitnehmen werde. Wir wollen diese Nacht miteinander verbringen, und kein Leid soll dir jemals durch mich geschehen. Doch dies muß dir vorerst genügen als Gabe des Elbenprinzes."

Er machte ein Schritt auf Amhrán zu, hob sanft mit dem Zeigefinger ihren Kopf und aus der Tiefe seiner grünbraunen Augen brannte sich sein edler Blick für immer in ihr Herz. Amhrán konnte ihre Augen nicht von den seinen abwenden. Wenn sein Wesen so war wie sein Äußeres, mußte er wahrlich ein Gott sein. Endlich drehte er sich um, auf eine Frage seiner Männer antwortend.

Rhiannon lag noch immer wie eine Schlafende unter Amhráns Mantel. Die Männer kamen jetzt ans Feuer. Im Gegensatz zu der Waldläuferin trugen sie keine Reisesäcke, sondern längliche Lederbeutel, die ihnen quer über den Rücken hingen. Das Mädchen setzte sich zu ihrer Freundin.

Die Elben hatten sich jetzt um das Feuer gesetzt und sprachen in ihrer wundervollen, melodischen Sprache miteinander, als wäre sie gar nicht da. Einige der Männer schienen über etwas aufgebracht zu sein und redeten auf Misnéachard ein.

Dieser ließ sie ausreden, fiel ihnen nicht ins Wort und gab ihnen ruhig und überlegt Antwort. Erstaunen zeichnete sich auf den Gesichtern der erzürnten Männer ab. Zum ersten Mal betrachteten sie Amhrán genauer und schauten dann ungläubig zu Misnéachard. Dieser nickte nur. Er saß mit dem Rücken zu ihr, sonst hätte er sofort bemerkt, daß sie sich vorkam wie ein seltenes Tier, das ein Schausteller auf dem Markt zum Betrachten feil bot.

Dann sprachen sie wohl über etwas anderes. Die Gespräche wurden leiser. Doch was auch immer gesprochen wurde, nie unterbrach einer den anderen, und wenn auch noch so klar war, daß Misnéachard ihr Anführer war, es zählte die Meinung eines jeden einzelnen, bevor eine Entscheidung gefällt wurde. Schließlich schwiegen sie lange Zeit, als ob sie in Gedanken weiter miteinander sprachen. Dann nahmen sie ihre Beutel vom Rücken und holten allerlei merkwürdige Dinge daraus hervor. Endlich drehte sich der Prinz um und sagte zu Amhrán:

"Komm, laß deine Freundin ruhig schlafen, und setz dich zu uns. Als Ehrengast magst du neben mir sitzen, wenn es dir gefällt."

Unsicher ging Amhrán auf diesen Mann zu. Mit Solasard war sie groß geworden. Er konnte ihr keine Geheimnisse mehr bieten, die sie lösen konnte, fast war er mehr ihr Bruder als ihr Versprochener. Aber dieser Elb war geheimnisvoll und männlicher als alles, was Amhrán jemals in ihrem Leben an Männern zu sehen bekommen hatte. Wenn sie ihn nur berühren könnte. Inbrünstig betete sie zur Göttin, daß er kein Trugbild und sie nicht in irgend einem verrückten Traum gefangen sei.

Er öffnete seinen weiten, glockenförmigen Mantel, um sie zu wärmen und legte ihn ihr und sich um die Schultern.

Wie ein Kätzchen schmiegte sich die Kindfrau an den Prinzen. Ein Elb ging umher, verteilte an jeden einen hölzernen Becher und schenkte aus einem Schlauch einen golden schimmernden Trunk ein. Auch Amhrán gab er einen Becher und füllte diesen.

Vorsichtig hielt sie sich das Getränk unter die Nase, schnupperte daran und glaubte, wäre sie ein Schmetterling, müßte sie sterben vor Freude.

Es schien, als hätten die Elben alle Gerüche eines schönen Sommertages in diesem Trank eingefangen. Als sie daran nippte, breitete sich in ihrem ganzen Mund der süße Geschmack von Honig aus und doch prickelte es auf ihrer Zungenspitze minzig.

"Schmeckt es dir? Die Honigbienen unserer Heimat sind eifrige Sammlerinnen. Und das Wasser unserer Quellen ist klarer als ein Sonnentag im Uath. Wir leben noch mit unserer Welt und nicht nur in ihr. Aber laß nur. Ich weiß, daß meine Worte hier fehl am Platze sind und will nicht unhöflich erscheinen."

Eine gewisse Traurigkeit schlich sich in seine Augen. Er hatte buschige Augenbrauen, die wohl jedermann daran erinnern sollten, daß in jedem aufrecht gehenden Wesen ein Tier steckte, das man nicht unnötig reizen sollte. Aber ihr gegenüber wirkten sie nicht bedrohlich. Sie fühlte sich geborgen und sicher an seiner Seite. Endlich brachte auch Amhrán ein paar Worte heraus.

"Ihr seid nicht unhöflich, ganz gewiß nicht. Ich bin froh, die Gnade erfahren zu dürfen, mit euch an diesem Feuer zu sitzen."

Grinsend zog er eine Augenbraue hoch und sagte:

"Und stillt diese Begegnung deine Neugier über das Volk der Sidhi oder Elben wie ihr uns nennt. Wir Sidhi sind ein stolzes Volk, und wir lassen uns nicht gerne anstarren vom Menschenvolk."

Um Verzeihung heischend blickte Amhrán ihn bestürzt an:

"Nein, nein. Ich wollte euch nicht zu nahe treten. Aber ihr seht nun einmal anders aus als wir. Betrachtet nur eure spitzen Fuchsohren. Außerdem hieß es immer, ihr seid alle blond und blauäugig. Doch obwohl euer ganzes Gefolge diesem Bild entspricht sind eure Augen und euer Haar von so dunklem Braun, daß es fast schwarz ist. Und eure Haut ist nicht so bleich wie die eines Toten, sondern golden wie das Fell eines Rehs im Sommerkleid."

Die Männer des Prinzen atmeten hörbar ein und hielten die Luft an, abwartend, ob dem Donner ein Blitz folgen würde.

Doch die schmalen Lippen ihres Herrn zogen sich in die Breite, und plötzlich brach ein Lachen aus ihnen hervor, als wäre es in einem Sack gefangen gehalten worden und hätte sich jetzt wie ein brechender Damm befreit. Mit seinen schlanken und doch starken Armen schlug sich Misnéachard auf seinen Oberschenkel.

"Oh, ja. Ich weiß, wir sind ja Götter. Leuchtend und golden. Aber die Zeit eurer und unserer Götter ist vorbei. Sie wurden nur zu Göttern, weil ihr sie dazu gemacht habt.

Und wie bei euch sind auch bei uns nicht alle gleich. Das wäre wohl auch ziemlich langweilig. Findest du nicht?

Damals kamen wir aus einer anderen Welt. Das Wissen, das wir mitbrachten, war so ganz anders als das, was wir hier vorfanden.

Und doch nur hier auf dieser Insel konnten wir werden, was wir sind. Nur hier konnten wir uns von den Fesseln des Sterblichsein lösen und frei werden.

Viele von uns gibt und gab es in anderen Ländern, die wir durchquerten auf unserem Zug in den Norden. Doch keines dieser Völker ist so mit seinem Land verwachsen wie wir. Du wunderst dich, warum meine Haut so braun ist?

Ich kann es dir sagen, weil die Sonne sie oft berührt hat. Seit ihr euch selbst untertan seid, müssen wir immer öfter nach euch sehen. Jeder Mensch hat seine Grenzen, doch nur wenige haben die Fähigkeit, die Bande, die sie halten, zu erkennen.

So sind letztlich wir es, die wieder bereinigen, was der Mensch an Unheil anrichtet. Aber ich muß mich schon wieder tadeln. Ich sollte nicht so mit dir reden, als dein Gast an deinem Feuer. Dennoch im Gegensatz zu dir weiß ich, mit wem ich hier spreche, und du sollst wissen, wie mein Volk lebt und denkt. Ich bin nur einer der wenigen meines Volkes, der an den Menschen Anteil nimmt. Vielen von uns wäre es nur recht, schlachtetet ihr euch gegenseitig ab, damit wir wieder wie in früheren Zeiten unter dem Antlitz der Sonne wandeln könnten und nicht wie verstohlene Wölfe unter dem Licht der Mondin.

Sie glauben nicht wie ich daran, daß es eine Gemeinsame Welt, die Eine Welt, geben könnte, für die Sidhi und für die Menschen. Doch nun laß uns ein wenig den Alten Liedern lauschen."

Ein junger, jedenfalls in Amhráns Augen, junger Mann zog eine Flöte aus einem Beutel und begann eine getragene Melodie zu spielen. Sogleich fielen die anderen Männer singend und summend in das Lied ein. Allein der Prinz schwieg. Er schien wie Amhrán, die noch verwirrt war von seinen Worten, nur zu lauschen. Sie mochte die Elben und wünschte sich nichts sehnlicher als die Worte dieses herrlichen Liedes zu verstehen:

Oh Silberlicht, oh Silberlicht,
das sich in unsren Seelen bricht,
der Sonne goldne, lichte Strahlen,
verlorn' für uns, durch tausend Qualen,
die Alte Heimat, Silberlicht,
kehrt niemals wieder, niemals, nicht,
das Meer, die Berge und die Seen,
der Wald, der Wind, sein sanftes Wehen,
verloren für uns, Silberlicht,
was auch das Alte Wort verspricht,
von Liebe, Licht und von Gesang,
wie schon auch ihrer Stimme Klang,
wohin sind die vergangenen Zeiten,
die Täler, Schluchten und die Weiten,
in lichtdurchfluteten heiligen Hainen,
waren wir stets und ganz die Deinen,
in deiner Liebe, Silberlicht,
die keiner andren Liebe glich,
dir folgten wir in Neue Welten,
in Sommerstädte, Gärten, Zelte.

Oh Silberlicht, oh Silberlicht,
das sich in unsren Seelen bricht,
die Alte Heimat für uns verloren,
und doch durch sie auch neugeboren.

Oh Silberlicht, oh Silberlicht,
das sich in unsren Seelen bricht.

Einige Zeit saßen sie so beieinander, bis Misnéachard sich ihr zuwandte und sie leise fragte:

"Ich werde einmal nach meinem Pferd sehen. Möchtest du mitkommen?"

Stumm nickte das Mädchen. Er stand auf und half ihr hoch. Amhrán warf noch einen Blick auf die schlafende Rhiannon, deren Busen sich ruhig hob und senkte.

Sie gingen nur wenige Schritte, als sie schon vor dem prächtigen Hengst standen. Beim Schritt seines Herrn hob er sofort den Kopf und kam auf ihn zu. Zärtlich tätschelte ihm Misnéachard den Hals.

"Na, mein Bester, noch nicht müde? Was? Noch einen kleinen Gute-Nacht-Ritt? Möchtest du mitkommen, Amhrán? Es wird nicht lange dauern."

Und selbst, wenn sie es noch so gewollt hätte, es würde ihr nie gelingen, ihm etwas abzuschlagen.

"Warte hier! Ich muß nur seinen Halfter holen. Er würde ja auch freiwillig folgen, wohin ich ginge, aber manches Mal waren wir beide froh, meiner Führung und nicht seinem Kopf gefolgt zu sein."

Als sie ihn näher betrachtete, fiel ihr auf, daß er unter seinem Mantel nur ein halbärmeliges Hemd trug, das aus so feinem Stoff war, daß er genausogut auch gar keines hätte tragen können. Wenigstens hatte er eine dicke braune Lederhose und feste Stiefel an. Kälte schien ihm nichts auszumachen. Wohingegen Amhrán leise vor sich hin zu bibbern begann. Mit festen Schritten ging er zum Feuer, sagte etwas zu seinen Leuten, nahm Halfter und Zügel und kam zurück.

Schnell hatte er das Pferd aufgezäumt. Dann hob er Amhrán auf den Hengst, stieg selbst auf und ergriff um das Mädchen herum die Zügel. Sie folgten dem Pfad zum Lager, bis sie wieder auf dem Hauptweg waren.

Fest umschlossen seine Arme den Oberkörper des Mädchens, sein Mantel hüllte sie ein und schützte sie vor der Kälte der Nacht.

Kraftvoll trabte das gewaltige Roß an. Amhrán fühlte, wie sich die Muskeln des Tieres unter ihr spannten und lockerten. Seine lange Mähne wehte im Wind. Schließlich fielen sie in Galopp. Ihre Körper waren im Einklang mit den fließenden Bewegungen des Pferdes. Wie berauscht preßte sie sich an den Mann, fühlte wie sein Geschlecht mit jedem Schritt des Pferdes an sie stieß. Sie hatte ihre Augen geschlossen, ließ sich vom Wind der Nacht das Gesicht streicheln und gab sich wilden Träumen hin, während sie schweigend dahinflogen. Immer tiefer schmiegte sie sich in seine Arme. Sein Atem streifte ihren Nacken. Immer fester schlossen sich seine Arme um sie. Nicht einmal ein Lufthauch trennte ihre Körper. Hitze durchströmte Amhrán. Lasair wurde langsamer, bis er plötzlich stehenblieb.

Geschmeidig glitt Misnéachard vom Rücken des gewaltigen Hengstes und zog das Mädchen behutsam in seine Arme. So sehr verlangte es seinen Körper nach ihr. Leidenschaftlich drängte sie sich ihm entgegen, beugte sie ihren Kopf zurück. Ihre Lippen luden ihn verheißungsvoll ein, das Wasser ihres Mundes mit seinem zu vermischen.

Seine Hände glitten an ihrem Körper entlang, preßten ihre Hüfte gegen seine, faßten sie im Nacken. Sie tranken voneinander wie Verdurstende aus dem Brunnen des Lebens. Lange standen sie so, hielten sich engumschlungen, küßten sich. Welten wurden geboren und vergingen in dieser Ewigkeit des Seins. Doch dann löste sich Misnéachard sanft von ihr.

"Wir werden jetzt nicht tun, wonach unsere Körper gieren, Amhrán.

Niemals hätte ich gedacht, daß die Flamme deines Herzens so hell für mich leuchtet, daß ich geblendet werde von der Schönheit deiner Seele.

Du hast nicht verdient so behandelt zu werden, und vielleicht würdest du mich später hassen für mein ehrloses Verhalten. Ich bin ein Sidhé, kein Traum, kein Märchenprinz und kein Mensch, und du bist noch nicht einmal für mich bestimmt.

Vielleicht mag es dereinst soweit kommen, daß wir dieser Welt etwas Besseres schenken als Schwerter und alte Sagen. Aber dann nicht so. Zu kostbar bist du mir geworden in diesen kurzen Augenblicken."

Wie zu Stein erstarrt blickte Amhrán in seine Augen.

Mit beiden Armen packte er ihre Schultern und rüttelte sie, als fielen dadurch diese wilden Gedanken von ihr ab.

"Was, wenn du es morgen bereust? Was, wenn du dich dafür haßt? Nein, Amhrán, wenn du es willst, werden wir uns wiedersehen. Ich verspreche es dir. Aber ich möchte, daß du weißt, was du tust, was du willst. Du sollst nicht nur einfach deinem Körper nachgeben. Zuviel steht auf dem Spiel. Unsere Körper, sie werden nie unsere Herzen sein können."

Heiße Tränen liefen ihre Wangen hinunter. Leise, wie zu sich selbst sprach sie:

"Mein Herz, du fragst nach meinem Herz? Es gehört nur dir."

Fast hätte sie ihr Hemd zerrissen, er hielt ihre Hände fest und doch warf sich die trotzige Kindfrau in seine Arme. Zärtlich strich er ihr über das Haar, küßte es. Leise schluchzte sie aus seinem Mantel hervor.

"Warum nur, warum nur zerstörst du es?"

Sein ganzer Körper verkrampfte sich, als er mit kalter Stimme sagte:

"Weil ich muß."

Schmerz legte sich wie ein kalter Mantel um sein Herz. Was zog ihn nur hin zu diesem Mädchen?

Leise pfiff er nach Lasair, der sofort zu seinem Herrn kam. Wie einen schweren Mehlsack hievte er sie auf das Pferd, dann stieg er selbst auf und stieß dem Tier seine Fersen in die Weichen. Im Galopp ritten sie zurück. Ihre Tränen flogen wie kalte Perlen in sein Gesicht.

Obwohl sie vor ihm saß, waren sie durch Welten getrennt. Dann versiegten ihre Tränen, und sie richtete sich stolz auf.

Er lächelte. Als sie das Lager erreichten, saßen die Männer noch immer beisammen und sangen oder sprachen leise miteinander.

Einer der jungen Männer stand auf, nahm Lasairs Zügel, nachdem beide abgestiegen waren und führte ihn zu den anderen Pferden zurück. Amhrán setzte sich möglichst nah ans Feuer. Ihr war kalt. Als sich Misnéachard neben sie setzte, rückte sie ein Stück zur Seite.

"Wir werden nicht mehr allzu lange deine Gastfreundschaft in Anspruch nehmen, Herrin. Bald wird die Sonne aufgehen, und wir sind mit wichtigen Nachrichten unterwegs. Du solltest dich langsam hinlegen. Du brauchst deine Kraft.

Große Dinge liegen vor dir. Komm, lege dich zu deiner Freundin auf die Binsen. Du bist müde und erschöpft. Ich werde kommen und dich zudecken."

Jetzt wo er es ausgesprochen hatte, fiel es auch Amhrán auf. Langsam stand sie auf und ging zu Rhiannon. Gähnend legte sie sich neben sie. Auch Misnéachard stand auf. Er kam zu ihnen herüber, kniete sich nieder und nahm seinen Mantel ab. Behutsam deckte er das Mädchen damit zu, zog ihn bis an ihr Kinn.

"Schlaf gut, meine Prinzessin. Ich weiß, du wirst mich nicht vergessen. Doch die Zeit wird lang werden, bis wir uns wiedersehen. So leb denn wohl."

Ein letztes Mal strich er über ihr Haar, beugte sich zu ihr, und samtige Lippen hauchten einen Kuß auf ihre Wangen. Einmal noch blickte sie auf und sah in sein Gesicht.

Sie lächelte, ein Prinz mit einem Liebesfleck neben zarten Lippen. Lippen, die sie geküßt hatten.

Wie sagte Goleudydd immer:

"Jeder Abschied ist die Geburt einer Erinnerung."

Unterwegs

Blutrot sank die Sonne in ihr Wolkennest. Allmählich riß die Wolkendecke auf und einzelne Sterne funkelten wie Edelsteine auf schwarzem Samt. Nur schwach leuchtete die Mondsichel. Eine schlechte Laterne würde sie sein heute nacht.

Dreizehn unruhige Pferde standen am großen Feuer. Immer wieder schnaubte eines der Tiere oder scharrte die Erde auf. Auch Iolaranams Prachthengst Gaoth war unter ihnen.

Um das Feuer selbst waren alle Fianna versammelt. Neugierig saßen sie da, während Iolaranam auf einem Baumstamm stehend zu ihnen sprach.

"Ihr edlen Krieger! Zwölf tapfere Männer und Frauen und meine Wenigkeit werden heute abend aufbrechen und sich an die Fersen dieses Solasard mac Annir heften. Wir werden erst dann wieder zurückkehren, wenn wir ihn gefunden haben. Das mag einen Monat dauern oder auch ein Jahr.

So lange ich fort bin, vertritt mich Faolchú. Ihm sollt ihr genauso treu folgen, wie ihr mir gefolgt seid. Siorcs Anhängern kann ich nur raten, dies auch zu tun oder die Fianna zu verlassen. Ungehorsam wird nicht geduldet werden. Wir werden euch Nachricht zukommen lassen, wie und durch wen auch immer. Wenn ihr es für nötig erachtet, könnt auch ihr uns Boten senden. Faolchú weiß, wie ihr uns finden könnt. Ich erwarte von euch, daß ihr immer bereit seid, uns zu folgen.

Es mag sich durchaus ergeben, daß wir eure Hilfe brauchen. Schließlich wissen wir nicht, was uns erwartet. Nehmt Verbindung zu den anderen verborgenen Einheiten auf. Es mag sein, dass wir ihre Hilfe früher brauchen, als gedacht. Sollte Siorc einen Boten mit für uns wichtigen Neuigkeiten senden, zögert nicht, jemanden aufs Pferd zu setzen, der unserer Spur folgt.

Solltet ihr diesen Ort, aus welchen Gründen auch immer, verlassen müssen, laßt uns wissen, wohin ihr gezogen seid.

Laßt euch um der Herrin Willen nicht auf größere Gefechte mit der Königlichen Garde ein! Haltet euch zurück und wartet einfach ab. In Tara werden sie bald genug mit sich selbst zu tun haben.

Ach, Faolchú, sollten sich, was ich zwar nicht glaube, Leute aus dem Großen oder Kleinen Volk hier zeigen, empfangt sie mit der ihnen zustehenden Achtung. Sie mögen euch wichtige Dinge mitteilen wollen und sind sehr empfindsam, wenn sie bemerken, daß sie nicht willkommen sind.

Denkt an mich und meine Worte!

Seid aufmerksam, hört euch um! Zeiten der Unruhe kommen auf uns zu, Zeiten der Verwirrung, da sollen wenigstens die Fianna nicht straucheln auf ihrem Weg.

Vielleicht könnt ihr euch mit anderen verstreuten Gruppen austauschen. Wir sollten wissen, wie groß unsere Anzahl wirklich ist, falls es zu einem Kampf kommt. Ich schätze, das wird sich so oder so nicht vermeiden lassen."

"Warum? " fragte Faolchú.

"Du fragst warum? Sieh dich doch nur um. Das Volk ist soweit, daß es jeden dahergelaufenen Hund auf den Thron setzen würde, ganz zu schweigen von den Stammesvätern und den Unterkönigen.

Wenn sich ihnen nur der geringste Anlaß bietet, den alten König abzusetzen, werden sie es tun, mit oder ohne Gewalt.

Jeder weiß, daß die Tage Brocs gezählt sind, selbst er. Nun ja, das Schicksal wird seine Vollendung finden.

Wir werden jetzt aufbrechen. Seid vorsichtig!

Eriu braucht uns jetzt mehr denn je.

Vielleicht ist das die Gelegenheit wieder das zu werden, was wir einst waren."

Die Menge johlte und begann, um das Feuer zu tanzen.

Vorsichtig stieg Iolaranam von dem Baumstamm und ging zu der kleinen Gruppe, die bei den Pferden auf ihn wartete.

"Wartet noch einen Augenblick! Ich muß noch einmal zu Faolchú. Mir sind da noch so ein paar Sachen eingefallen, die ich mit ihm besprechen muß. Macht euch schon bereit, wenn ich wiederkomme, reiten wir sofort los."

Er ließ seine Gefährten zurück und ging auf Faolchú zu, der mit einigen Männern zusammenstand.

"Faolchú, ich muß dich noch einmal kurz sprechen."

"Was ist Herr?"

"Laß uns etwas abseits gehen. Was ich dir zu sagen habe, ist nur für deine Ohren bestimmt."

Sie gingen ein Stück vom Feuer fort, bis sie sicher waren unbelauscht sprechen zu können.

Iolaranam legte dem neuen Anführer anerkennend die Hand auf die kräftige Schulter.

"Große Ehre wird dir zuteil und gewiß hast du das auch verdient. Ich bin froh, einen Gewährsmann, der mir so treu dient, diese Aufgabe erfüllen zu lassen.

Doch noch eines. Es mag sich ergeben, daß ich unterwegs die Reise in die Andere Welt antrete, dann übergib die Führung an Camchéachta und Dúghorm, von denen dann einer zurückkehren wird.

Sollten diese beiden ebenso meinen Weg eingeschlagen haben, wirst du fortan die Fianna führen.

Wir müssen darüber jetzt nicht eingehender sprechen, aber auch ich weiß, daß ich entbehrlich bin.

Zur Sicherheit für uns sollten wir uns ein Kennwort überlegen. Ich traue Siorc zu, daß er falsche Boten mit falschen Botschaften zu mir oder dir schickt. Oder was meinst du, Faolchú?"

"Ja, ich sehe das auch so. Es gibt nur sehr wenig, was ich diesem Kerl nicht zutraue und dazu gehört nichts Gutes. Was wollen wir für ein Wort ausmachen, Iolaranam?"

"Am besten etwas ganz einfaches, das gar nichts mit der ganzen Sache zu tun hat. Laß mich überlegen."

Schweigsam grübelten die Männer eine kleine Weile.

"Wie wäre es mit "Krähe," Iolaranam? Mit Sicherheit wird dies der allmächtigen Morríghan gut gefallen. Wir sollten uns aber auch ein falsches überlegen, das ich im Lager durchsickern lassen werde.

Dann können wir unterscheiden, ob die falsche Nachricht von uns oder Siorc kommt. Wie willst du eigentlich vermeiden, daß Siorc uns falsche Botschaften sendet?"

"Zuerst wollen wir ein Kennwort suchen. Ich denke "Solasard" wäre ganz gut."

"Ja, das ist gut und was ist mit Siorc?", äußerte sich der neue Anführer besorgt.

"Nun ja, es gibt jemanden auf Tara, der mit Leuten in Verbindung steht, die auch mit uns Umgang pflegen. Siorc hat so gut wie keine Möglichkeit, uns ein Kuckucksei ins Nest zu legen, wohl aber wir ihm," beruhigte ihn Iolaranam.

"Gibt es sonst noch etwas, was ich wissen muß, Iolaranam?", fragte Faolchú.

"Sorgt mir gut für die Hunde, damit wir im Frühjahr wieder auf die Jagd gehen können. Wenn der Winter allzu hart wird, bring die Männer sicher unter, aber laß sie zusammen. Hier in der Gegend gibt es viele Stammesväter, die uns wohlgesonnen sind.

Und gib vor allem auf dich acht! Vielleicht solltest du Fiagaí, den Leithund des Rudels, bei dir aufnehmen."

Iolaranam lächelte.

"Dieses Untier, vor dem habe ich selbst genug Angst."

"Eben drum. Du mußt ihm nur klarmachen, daß du der Herr bist, dann ist er wie ein Lämmchen, Faolchú."

"Sonst noch etwas? Was glaubst du wird noch von mir übrig sein, wenn dieser riesige Wolfshund sich mit mir darüber ausgesprochen hat?"

"Du wirst das schon schaffen. Jedenfalls würde er dir eine gewisse Sicherheit bieten. Ich an deiner Stelle würde es tun."

"Dir leckt er ja auch die Zehen, wenn er am großen Feuer liegt."

"Du weißt, so wie du ein Tier behandelst, behandelt es auch dich. Entscheide selbst, was du tust. Ich muß jetzt aufbrechen."

Iolaranam reichte ihm die Hand, zog ihn aber dann doch in seinen Arm und drückte ihn fest an sich, bevor er ihn wieder losließ.

"Ich danke dir und hoffe, dich bald gesund wiederzusehen. Die Männer werden dir folgen.

Paß auf dich auf!"

"Leb auch du wohl. Die Bürde, die du mir da auferlegt hast, ich trage sie gerne für dich. Aber ich werde auch glücklich sein, wenn du wieder da bist," sagte Faolchú hoffnungsvoll.

"Ich auch, Krieger, ich auch."

Iolaranam lächelte ihm zu und ging dann zu seinem eigenen kleinen Rudel, das auf seinen Leitwolf wartete.

"Auf, auf ihr Heldinnen und Helden. Aufbruch! Aufsteigen und vorwärts!"

Gaoth tänzelte unruhig hin und her, als er das vertraute Gewicht seines Herren auf dem Rücken spürte. Auch er wollte endlich los. Iolaranam schaute sich noch einmal um.

Das große Feuer schickte glimmende Funken zum Himmel empor, als könnten sie damit die Götter gnädig stimmen.

Fast zärtlich drückte er Gaoth die Fersen in die Flanken. Alle waren in dicke Mäntel gehüllt und trugen warme Braccas und Wollhemden.

Vorerst übernahm Iolaranam die Führung. Neben ihm ritten Camchéachta und Dúghorm. Dahinter schlossen sich Sionnach, Cioná, Oighrigh und Seabhaceo an.

Die Nachhut bildeten Glaslasair, Crónachan und Gormeala. Sliabhan und Gleannglas schützten ihre Seiten.

Schweigsam zogen sie durch die Nacht. Noch kannten ihre Pferde den Weg, dem sie folgten.

Der Wald war dicht, obwohl die Bäume ihre Blätter schon verloren hatten. Ein eisiger Wind zwang sie, ihre Mäntel fest um sich zu ziehen. Gespräche waren auf Wortfetzen beschränkt. Merkwürdige Geräusche erschreckten Oighrigh, der sehr nah bei den anderen ritt.

Vor dem Aufbruch war er sehr aufgeregt gewesen, doch jetzt gefror ihm der Angstschweiß auf der Haut. Was in den Gesichtern der anderen vorging, konnte er nur erahnen, sehen konnte er es nicht.

Oft bedeckten dicke Wolken die Sichel der Mondin, das einzige Licht in der Nacht. Hie und da knackte es im Unterholz. Auch seine kleine, sanftmütige Stute erschrak so manches Mal, wenn sie über einen Ast stolperte. Irgendwie kam er sich unerwünscht vor.

Besonders wegen Camchéachta. Oighrigh spürte genau, daß der Große Bär, den er so verehrte, ihm keine große Zuneigung entgegenbrachte.

Nun ja, er würde ihm schon beweisen, daß er den Platz in diesem Haufen verdient hatte.

Langsam begann sein Hintern weh zu tun.

Unauffällig ließ sich Iolaranam zurückfallen, bis er an der Seite des Jungen ritt.

"Na, Junge. Wie geht es dir? Bist du müde?"

Dankbar für die Aufmerksamkeit antwortete er:

"Es geht schon. Ich bin viel zu aufgeregt, um müde zu sein."

Ein Mondstrahl fiel auf Iolaranams Lippen und ließ Oighrigh ein freundliches Lächeln auf diesen sehen.

Der Anführer kannte diese Gefühle nur zu gut.

"Weißt du, Oighrigh, ich weiß, was du meinst. Mein Vater hat mich, als ich von meinen Zieheltern wieder heimkehrte, mitgenommen, den Beltainehirsch zu fangen. Ich war so unruhig, daß ich die Nacht davor nicht schlafen konnte.

Als es am nächsten Morgen so weit war, bin ich im entscheidenden Augenblick vom Pferd gefallen, weil ich beim Reiten fast eingeschlafen wäre. Natürlich war der Hirsch danach über alle Berge."

Neugierig fragte der Junge:

"Euer Vater war bestimmt sehr zornig, oder?"

"Dein Vater, dein. Wir sind jetzt Gefährten, Oighrigh. Mein Vater, er wäre fast geplatzt vor Lachen. Später haben wir dann den Hirsch gemeinsam gefangen. Ein prächtiges Tier war das. Ja, ja. Jahrelang mußte ich mir danach diese Geschichte anhören."

"Und, warst du danach nicht mehr aufgeregt?", fragte der Junge neugierig.

"Doch sicherlich, aber ich habe diese Aufregung in andere Bahnen gelenkt und mir zu Nutzen gemacht, Oighrigh."

"Klingt ja spannend. Zeigst du mir irgendwann, wie das geht?", fragte Oighrigh beflissen.

"Gerne, aber stell es dir nicht zu einfach vor. Ich habe ziemlich lange gebraucht, um das zu erlernen.

Tust du mir einen Gefallen, Oighrigh?"

Die Augen des Jungen verengten sich erwartungsvoll.

"Ja, welchen?"

"Sag mir Bescheid, wenn du müde wirst, ja? Wir müssen es auf den ersten Meilen nicht übertreiben. Versprochen?"

"Ja, versprochen. Und danke, Iolaranam."

Der lächelte freundlich und langsam brachte Gaoth langsam zwischen Crónachan und Gormealas Rappen.

"Na, ihr Hübschen. Alles in Ordnung hier am Ende?"

"Ja. Niemand der uns folgt. Wir werden ein gutes Stück geschafft haben, bis der Morgen graut. Wie geht es Oighrigh? Er sieht müde aus, wie er so auf seinem Pferdchen hängt," fragte Gormeala.

"Das ist er sicherlich auch. Aber er möchte uns nicht aufhalten. Er schafft es schon noch ein bißchen. Er ist ein tapferer Junge. Meldet mir bitte, wenn sich hier etwas tut. Ich muß wieder nach vorne."

Als er an Sionnach vorbeiritt, grinste diese nur frech und wisperte: "Na, du Hübscher."

Es war immer dasselbe. Das Ohr der Eifersucht hört alles, alles was für sie bestimmt war, ging sicher an ihr vorüber, und was sie nicht hören sollte, fand selbst im größten Sturm seinen Weg an ihr Ohr.

Er spornte Gaoth an, der ihn schnell wieder nach vorne an die Spitze des Zuges brachte.

"Na, meine Freunde. Was hat sich getan?", fragte er aufmunternd.

"Bring mich jetzt ja nicht zum Lachen, großer Krieger. Schließlich warst du nicht einmal eine halbe Stunde weg. Was erwartest du? Einen Überfall vom Kleinen Volk?" scherzte der Große Bär.

"Ist ja schon gut, Cam. Bei den anderen scheint alles in Ordnung zu sein. Oighrigh ist etwas müde, aber der Junge hält sich tapfer auf seiner kleinen Stute."

"Das will ich auch hoffen. Ich werde ihn nämlich nicht wieder auf seinen Gaul setzen, wenn er runterfällt."

"Camchéachta! Es ist jetzt gut! Du wurdest auch nicht als vollkommener Fianna geboren."

Schweigen. Nur die Schritte der Pferde. Noch ließ die Morgendämmerung auf sich warten.

Nach zwei Stunden kam Crónachan nach vorne geritten.

"Iolaranam, Oighrigh schläft gleich ein. Wir sollten so bald es geht eine Rast machen. Die anderen sind auch nicht gerade in einem Zustand, der als wach zu bezeichnen ist."

Da brummte Camchéachta:

"Ist es schon so weit, daß sich unsere Gemeinschaft nach einem Bauernbalg richtet?"

Empört atmete Iolaranam tief ein.

"Du kannst doch selbst nicht mehr gerade sitzen, Camchéachta. In ungefähr einer Stunde werden wir eine Lichtung erreichen. Dort werden wir ein bißchen ausruhen."

Die Stunde nahm und nahm kein Ende. Oighrigh wäre wirklich fast vom Rücken seines Pferdes gefallen, rappelte sich aber immer wieder auf.

Cioná ritt neben ihm wie eine Lebende, die zum Sterben verurteilt wurde. Stolz und unnahbar. Oighrigh hätte ihr zu gerne ein paar Worte der Aufmunterung gesagt, aber erstens war er selbst zu müde und zweitens hielt ihn ihr kühles Wesen davon ab. Der Junge konnte sich beim besten Willen nicht vorstellen, hier eine der größten Heilerinnen neben sich zu haben.

Wahrscheinlich gab es nie Beschwerden, weil die Kranken durch ihre Gefühlskälte erfroren und so nichts mehr sagen konnten.

Was ging es ihn an?

Was hatte seine Mutter immer zu ihm gesagt: Einem bösen Hund, gibt man immer ein Stück Brot mehr.

Seine Mutter war eine so gütige und herzliche Frau gewesen. Sie war es auch, die ihm beibrachte, Flöten zu schnitzen und darauf zu spielen.

Bestimmt wäre sie stolz, ihn hier mit den anderen reiten zu sehen. Vielleicht sah sie ihm gerade durch einen Weltenbrunnen zu.

Manchmal schien es ihm, als wäre sie in seiner Nähe, obwohl er genau wußte, daß ihr Körper unter der Erde lag. Aber es gab immer noch die Tore, durch die die Toten an Samhain in ihre Alte Welt zurückkehren konnten. Für einen Tag. Von so manchem Lough erzählte man sich, daß er ein Weg in die Andere Welt sei. Man müsse nur einfach in dessen Mitte schwimmen und sich in die Tiefe sinken lassen.

Endlich erreichten sie die Lichtung. Hier würden sie für ein bis zwei Stunden lagern. Dúghorm und Seabhaceo übernahmen die erste Wache.

Es wurde kein Feuer gemacht, und jeder schützte sich vor dem Wind so gut es eben ging.

Dúghorm und Seabhaceo, der Nebelfalke, gingen schweigsam nebeneinander her. Der Blaublütige hätte ja gern ein paar Worte gewechselt, aber er wußte nicht worüber. Dummerweise war Seabhaceo genau der Falsche für ein Geplauder. Wenig wortkargere Männer als ihn gab es bei den Fianna.

Aus dem Norden war er zu ihnen gekommen. Niemand wußte, warum er einen so weiten Weg auf sich genommen hatte. Sicherlich hätte ihn auch eine andere Fiannagruppe gerne aufgenommen, aber er wollte nur zu Iolaranam.

Bei dem ersten Zweikampf stellte sich dann heraus, daß er bestens ausgebildet war und zwar an allen Waffen. Selbst mit verbundenen Augen konnte er gegen einen Feind kämpfen. Wenn man ihn fragte, wem er dies zu verdanken habe, sagte er immer der Großen Mutter und sich selbst.

Seabhaceo war ein sehr gläubiger Mann, der oft betete.

Er war ein kräftiger Kerl, von seinen Schultern bis zur Hüfte bildete sein Körper ein vollkommenes Dreieck. So breit waren seine Schultern, so schmal seine Hüften.

Seinen mißtrauischen, blauen Augen entging nichts. Sein dunkelbraunes, fast schwarzes Haar trug er kurz, damit ihn keine ins Gesicht fallende Haarsträhne beim Kämpfen stören konnte.

Die Stille wirkte bedrückend auf Dúghorm.

"Es ist so ruhig und kalt heute nacht. Ich möchte gar nicht an die nächsten Nächte denken, ohne die Deckung des Waldes, Seabhaceo."

"Ja."

"Warst du schon einmal an der Westküste?"

"Nein."

"Na, ja, wir werden ja bald sehen, wie es dort aussieht."

"Ja."

Wäre es nicht so traurig, Dúghorm hätte am liebsten laut losgelacht.

Alle bis auf Cioná schliefen tief und fest. Sionnach lag in Iolaranams Armen und hatte sich ganz eng an ihn geschmiegt.

Die Heilerin stand bei den Pferden, streichelte sie und sprach mit ihnen.

Wortlos gingen Dúghorm und Seabhaceo an ihr vorüber.

Als die erste Stunde vorüber war, weckte der Nebelfalke Crónachan und Gormeala, die die nächste Wache übernommen hatten.

"War etwas Besonderes?", fragten sie wie aus einem Mund.

"Nein, nichts. Alles ruhig und sicher."

Die beiden machten sich auf, die Gemeinschaft zu umkreisen. Aufmerksam sicherten sie sich nach allen Seiten ab. Als sie Iolaranam weckten, waren es höchstens noch zwei Stunden bis zur Morgendämmerung

Binnen weniger Augenblicke waren alle wach, packten zusammen und waren zum Aufbruch bereit.

Der Weg führte sie jetzt aus dem Wald in karges Grasland, das immer steiniger wurde und in einiger Entfernung in gewaltige Berge überging. Das bedeutete steile Pässe, eisige Winde, keine Jagdmöglichkeiten, kein Wasser, keine Unterstände. Eine harte Zeit stand ihnen bevor.

Bis sie die Berge erreichen würden, konnten sie sich wenigstens auf einigen Gehöften mit Lebensmitteln versorgen.

Die Menschen hier waren auf nachbarschaftliche Hilfe angewiesen und auch schon oft auf die Fianna. Vor allem aber würden sie sie nicht an die Königliche Garde verraten. An einem Lough tränkten sie ihre Pferde und aßen ein wenig. Weit und breit gab es kein Haus, keinen Hof, keine Menschenseele. Nach einer halben Stunde brachen sie wieder auf.

Im Trab ging es einige Meilen dahin, bis es Mittag war. Am Wegesrand ließen sie die Pferde etwas grasen. Die Reiter streckten sich aus und schliefen so gut es ihnen möglich war.

Wieder kümmerte sich Cioná um die Tiere, achtete darauf, daß keines verletzt war und jedes fraß.

Freundlich lächelnd kam Iolaranam auf sie zu.

"Das ist sehr nett von dir. Aber du mußt das nicht bei jedem Halt tun, Cioná."

"Nein, du willst ja auch nicht nach Hause, aber ich, und die erste Voraussetzung für eine schnelle und sichere Heimkehr sind gesunde und kräftige Pferde."

"Cioná, mach es mir doch nicht immer so schwer. Glaube mir, ich weiß, wie ungern du unterwegs bist, aber ich brauche dich jetzt hier."

"Ich weiß. Ich fühle mich nur so unsicher, so angreifbar," sagte die Heilerin.

“Du brauchst dir keine Sorgen zu machen. Wir werden dich alle beschützen und sogar unser Leben für dich geben,” versicherte ihr Iolaranam.

“Ja, ich weiß. Aber einmal angenommen, es bliebe nur dieses Kind übrig. Ein Kind, das eher meines Schutzes bedarf.”

Sorgenfalten bildeten sich auf ihrem Gesicht.

“Oh, unterschätze dieses Kind, wie du Oighrigh nennst, nicht. Er wird ein guter Fianna werden.”

“Ja, Iolaranam, werden...... Und ich? Werde ich jemals wieder heimkehren?”

“Ich weiß es nicht. Ich will es auch nicht wissen. Du mußt erst fortgehen, um wieder heimzukehren. Verstehst du denn nicht, daß wir das zum Wohle unseres Volkes tun?”, fragte ihr Anführer.

“Und wer denkt an mein Wohl dabei? An die Ängste, die ich dabei ausstehe?”, setzte sie ihm entgegen.

“Warum bist du eigentlich zu den Fianna gegangen, wenn du es so haßt, unterwegs zu sein?”

“Das kann ich dir nicht sagen. Es hängt mit einem Geís zusammen, der über mich verhängt wurde.”

“Dann werde ich auch nicht mehr fragen, verzeih!”

“Es gibt nichts zu verzeihen. Laß mich jetzt allein. Du weißt, ich bin kein Menschenfreund.”

“Gut, wenn du es so willst.”

Betroffen kehrte er zu den anderen zurück, die auf ihren Mänteln lagen und die wenigen Sonnenstrahlen genossen.

Camchéachta stand am Ufer und wusch sich das Gesicht und die Arme. Oighrigh suchte verzweifelt einen Platz, an dem er unbeobachtet seine Blase entleeren konnte.

Crónachan und Gormeala gingen Arm in Arm umher und taten so, als sähen sie nicht, in welcher Not sich der Junge befand.

Seabhaceo saß abseits und blickte über das Gras hin zu den Bergen, die sie viel zu bald erreichen würden.

Dúghorm döste vor sich hin, bis Cioná von den Pferden zurückkam und ihm mit einem Grashalm die Nase kitzelte.

Nachdem Oighrigh sich am See die Hände gewaschen hatte, kehrte er zu den anderen zurück. Geschwind hatte er seine Flöte gezückt.

“Wie wäre es mit einem kleinen aufmunternden Liedchen?”

Schon atmete er tief ein, setzte die Flöte an die Lippen und ließ seine Finger über die einzelnen Löcher tanzen. Ein Lächeln zauberte er auf jedes Gesicht, selbst Cioná und Seabhaceo konnten sich eines kleinen Schmunzelns nicht erwehren.

Mut und Kraft schöpften sie alle. Nachdem der letzte Ton in der Stille verklungen war, machten sie sich wieder auf.

Die Pferde, die es gewohnt waren, lange unterwegs zu sein, zeigten kaum Anzeichen von Erschöpfung.

Entspannt machten sich die Gefährten auf den Weg und ließen den Tieren freien Lauf.

Glaslasair ritt zu Iolaranam heran und fragte:

"Wo werden wir heute nacht lagern?"

"Einige Meilen von hier gibt es ein großes Gut. Dort wird man uns aufnehmen und sicher auch verköstigen. Ich war dort schon oft zu Gast. Die Leute sind uns wohlgesonnen, und wir sollten uns anständig benehmen," antwortete er.

Fröhlich plaudernd legten sie Meile um Meile zurück, bis sie kurz vor der Dämmerung bei dem großen Gut ankamen.

Gleannglas war vorausgeritten und hatte sie bei dem Herrn des Gutes angemeldet. Dieser war ihnen ein Stück entgegengeritten und wartete bereits auf sie, um sie ohne Umwege zu seinem Gut zu bringen.

Zur Feier des Tages gab es Rinds- und Schafsfleisch und viele andere herzhafte Speisen.

Den Abend verbrachten die Gefährten mit der Familie des Gutsherren und seinem Gesinde. Es wurde gelacht und getanzt, Musik aufgespielt und Geschichten erzählt. Erst spät in der Nacht wurde das Feuer gelöscht und die Gäste in eine Schlafhütte gebracht.

Wie Steine schliefen sie. Bis auf Iolaranam und Sionnach, die die Sicherheit eines Daches für ihre Liebe nutzten.

Wann würden sie wieder Gelegenheit haben, so einen schönen Abend zu verbringen?

Am nächsten Morgen hatten sie lange geschlafen und waren erst gegen Mittag wieder aufgebrochen.

Ihr Gastgeber hatte ihnen noch ein zusätzliches Packpferd mitgegeben, das im Fall der Fälle auch als Ersatzpferd dienen mochte. Ihre Trinkbeutel waren mit frischen Wasser aufgefüllt und ihre Reisesäcke mit den feinsten Speisen versehen. Auch ein Bote war ausgesandt worden, um die anderen zu unterreichten, welchem Wege sie folgen würden.

Bevor sie losritten, hatte der Herr des Gutes Iolaranam auf eine leere Scheune einige Meilen von hier hingewiesen, wo sie die Nacht verbringen konnten, bevor sie höher in die Berge vordringen würden.

So machten sie sich ausgeruht und mit gefüllten Bäuchen auf den Weg. Wie ein grüner Teppich war das Gras rechts und links des Weges. Wenigstens würden die Pferde vorerst keinen Hunger leiden. Wenn es für die Gemeinschaft ganz schlimm werden würde, müßte man vielleicht eines der Tiere schlachten.

Die Sonne hatte sich im Laufe des Tages immer mehr in einen dikken Wolkenmantel gehüllt, den sie nicht mehr ablegen wollte. Der Wind nahm wieder zu, so daß alle bald wieder ihre dicken Mäntel anzogen.

Ohne eine Unterbrechung ritten sie durch, bis sie die alte Scheune am Abend erreichten. Besonders vertrauenserweckend schien sie nicht zu sein. Aber entgegen allen Vermutungen war das Dach dicht und sogar einige Ballen Heu darunter verstaut.

Den Pferden überließ man eine Hälfte der Scheune, während in der anderen schnell ein Feuerring angelegt wurde, in dem bald ein lustiges Feuerchen gegen das Schnauben der Tiere anprasselte.

Jeder hatte aus seinem Reisesack das hervorgeholt, was am ehesten verdarb. Wie immer betete der Nebelfalke, bevor er aß. Die anderen ließen sich davon nicht stören.

Später dann erzählte Camchéachta Geschichten aus seinem Leben und brachte alle damit zum Lachen. Iolaranam und Oighrigh übernahmen die erste Wache, aber es tat sich die ganze Nacht nichts.

Am nächsten Morgen wachten alle auf, nachdem Glaslasair versprochen hatte, die letzte Wache zu übernehmen und alle vor Sonnenaufgang zu wecken.

Zum Frühstück gab es einen von Cioná gebrauten Kräutertrank, Brot und Fleisch.

Nachdem alle fertig waren, brachen sie auf. Wenn der Tag keine außergewöhnlichen Begebenheiten bringen würde, übernachteten sie heute bereits im Gebirge.

Unter Dieben

Früh am Morgen waren Solasard und Athraigh aufgestanden. Nach dem Frühstück waren sie an den Klippen entlang gegangen, jeder für sich von seinem früheren Leben Abschied nehmend. Wieder und wieder prägte sich Solasard die Bilder seiner Heimat ein.

Die See war rauh und peitschte gegen die hohen Klippen. Der Wind fuhr eisig über Meer und Land. Lange blickte er über die Klippen zum Horizont und fragte sich, wann er wohl wieder hier stehen würde.

Er hatte Angst, das Schwert nicht zu finden. Aber die Angst, es zu finden wog genauso schwer. Ungewißheit war eine Sache, die er nur schwer ertragen konnte.

Da kam Athraigh auf ihn zu. Sein schwarzes Haar wehte ihm ins Gesicht.

"Komm jetzt, Freund. Du hast genug nachgedacht, und du weißt, dadurch wird der Weg nicht kürzer. Wir werden wiederkommen. Ich weiß es, nun komm schon."

Er legte ihm die Hand auf die Schulter.

"Ach, Athraigh. Ich wünschte, ich könnte so zuversichtlich sein wie du. Ich würde gerne Tiné die Schuld geben, aber ich weiß, ich hätte vielleicht genauso gehandelt. Irgendwie fühle ich, daß ich Amhrán schon verloren habe. Spätestens seit letzter Nacht. Die Wege, die ich jetzt einschlage, sind keine, die mich zu ihr zurückbringen. Dir geht es um Abenteuer, um ein wenig Abwechslung. Aber für mich geht es um mein Leben, meine Zukunft. Ich möchte zu gern davonlaufen, aber das würde mir ja auch nichts nützen. Das Schicksal würde mich irgendwann wieder einholen."

Athraigh holte tief Luft. Eine Reise so zu beginnen, machte wenig Sinn.

"Findest du nicht, daß du es dir ein bißchen arg schwer machst? Du bist noch nicht einmal unterwegs und brichst schon unter deinen Sorgen zusammen. Siehst du denn nicht die Möglichkeit, die dir das Schicksal hier bietet.

Du lebst dein Leben doch nicht für Amhrán. Du suchst dieses Schwert doch nicht für sie. Deine Liebe zu ihr mag die Ursache für diese Suche sein. Aber sonst hat sie doch nichts damit zu tun.

Du mußt endlich verstehen, daß dies dein Weg ist. Du machst das hier nicht für sie oder mich. Du machst das nur für dich. Das ist dein Leben. Amhrán mag ein Teil davon sein, aber am Ende bist doch du es, der die Zügel in der Hand hält und sagt, wo es lang geht.

Hat Amhrán dich nicht auch verloren und das erkannt? Glaubst du, sonst wäre sie fortgegangen? Frauen haben ein Gespür für solche Dinge.

Liebe heißt bestimmt nicht, sich selbst aufzugeben. Du weißt doch selbst, was die Alten sagen:

Wenn du etwas liebst, laß es frei. Nur wenn es zurückkehrt, gehört es zu dir.

Liebe heißt, dem anderen sein Leben zu lassen und ihm nicht seinen eigenen Weg aufzuzwingen. Aber komm jetzt, das sind Gespräche für die abendlichen Feuer. Wir sollten es ausnutzen, daß es heute trokken ist. Mal sehen, wie es unserer schönen Stute geht. Hoffentlich ist sie nicht allzu bockig. Komm jetzt!"

Mit einem letzten Blick verabschiedete sich Solasard von seiner grünen Ebene.

Sie würden noch eine Zeitlang an der See entlang gehen, bis sie den Weg zur Breiten Straße gen Osten einschlagen mußten.

Wie hatte der Totenschädel gesagt: Halte auch keinen zurück, der dir folgen oder sich dir anschließen will.

Bis jetzt hatten sie ihm nicht gerade vor Begeisterung die Tür eingerannt. Aber wenigstens hatte er Athraigh. Er war schon ein guter Kerl, warum blies er auch immer Trübsal. Solasard war froh, daß überhaupt jemand mit ihm ging, der ihn aus seinen Gedanken riß und dann und wann zum Lachen brachte.

Sie kamen gegen Mittag am Steinhaus an. Macha stand schon vor der Tür und scharrte ungeduldig Löcher in den Sand.

Der Abschied gestaltete sich für alle, außer für Tiné, kurz und schmerzlos. Am liebsten hätte sie alle Tücher des Dorfes zugeheult. Aber so waren sie nun mal, die Frauen. Die einen bauten gefährlich nah am Wasser, die anderen standen schon mitten darin.

Endlich gingen sie los. Solasard hatte einen schweren Reisesack auf dem Rücken, das Schwert, das ihm seine Mutter gesandt hatte, an einem Gürtel und Machas Zügel in der rechten Hand. Auch Athraigh trug einen schweren Reisesack, aber kein Schwert.

Dafür war die Vorderseite seines Gürtels mit langen Messern bestückt, die in ihren einzelnen Scheiden steckten und von einem warmen, langen Wollhemd bedeckt wurden. Das Schwert war nicht unbedingt seine Lieblingswaffe. Wäre er auf seine Künste im Schwertkampf angewiesen, würde er wahrscheinlich eher sich selbst als seinen Feind verletzen. Nicht zu vergessen die widerlichen Blutflecken, die einem das einbrachte, vor allem bei Halsverletzungen. Das konnte einem schon ganz schön die besten Hemden zuschanden machen. Aber so, ein gezielter Wurf und das Obergewand des anderen konnte vielleicht noch einem Landstreicher dienen.

Athraigh hoffte immer noch, daß sie sich jetzt, da sie ohnehin ein Pferd dabei hatten, Pferde zulegen und reitend die Reise bestreiten könnten. Nun ja, erst einmal mußten sie sich jedenfalls auf ihre guten, alten Füße verlassen. Sie kamen an abgeernteten Feldern vorbei, auf denen Raben und Krähen einen Festschmaus abhielten.

Ihr Krächzen begleitete sie ein langes Stück. Der Weg entlang der Küste bot nur wenig Deckung, kaum gab es Bäume, die ihnen Schutz vor Wind und Wetter oder neugierigen Augen boten. Macha war ein junges noch verspieltes Pferd. Manchmal lief sie Solasard wie ein Hündchen hinterher oder schmuste leidenschaftlich mit ihm. Eigentlich war sie wirklich ein hübsches Tier.

Die Straße wurde immer steiniger. Hügel türmten sich schon fast zu Bergen auf. Immer öfter war ihnen nun der Blick auf die See verwehrt. Kein Strauch, kein Busch, nichts wuchs hier. Wie es sich Athraigh vorgestellt hatte, begegnete ihnen niemand. Wie eine Bedrohung hing der Himmel über ihnen. Manchmal kam es ihnen vor, als müßten sie nur die Hand ausstrecken, um eine der dicken, dunklen Regenwolken zu fangen. Aber immer noch warteten diese damit, ihre nasse Last auf sie abzuwerfen.

Am Abend erreichten sie einen kleinen Weiler, der sich schutzsuchend an den Bergen anlehnte.

Ein größerer Bach floß an dem Gasthaus vorbei, wo sie Halt machten. Macha hatten sie schon bei einem Schmied am Ortseingang untergebracht.

Ihre Gastgeber waren ein freundliches und sehr geschäftiges Paar, obwohl sie die einzigen Gäste im Hause waren. Das Feuer der Kochstelle brachte etwas Wärme in ihre kalten, müden Knochen, von den Füßen ganz zu schweigen.

"Meine Füße tun mir so weh, als würden sie gleich abfallen. Der Herrin sei Dank hat es noch nicht geregnet. Das wäre wahrlich ein bißchen viel gewesen am ersten Tag. Und mein Rücken tut mir weh. Ein Jammer, daß Macha nichts tragen will. Lieber würde ich ihr das Gepäck aufhalsen als mir," ächzte der Schwertsucher.

"Glaubst du, mir geht es besser, Solasard? Wenn man sein ganzes Leben auf Kutschböcken zugebracht hat, denkt man selten darüber nach, wofür Füße eigentlich geschaffen worden sind."

Leise kam die Gastgeberin mit einer kräftigen Fischsuppe herein. Sie hatte den Raum noch nicht verlassen, da war alles bis auf den letzten Tropfen in den hungrigen Rachen der zwei Wanderer verschwunden. Später gab es dann ganze Berge von Muscheln aller Arten, die sie mit frischem in den Sud getauchtem Brot verzehrten.

"Ihr seid zu einer späten Jahreszeit unterwegs. Gerade hat es angefangen zu regnen. Werdet ihr lange hierbleiben?", fragte die Hausherrin.

"Nein, nur diese Nacht. Wir müssen an die Ostküste. Das Mahl war vorzüglich. Wo ist denn euer Mann, doch nicht schon zu Bett, euch alle Arbeit aufbürdend?", fragte Solasard.

Die Frau saß müde und abgespannt vor dem Feuer.

"Nein, er wollte noch einmal nach eurer Mitreisenden sehen."

"Das ist sehr freundlich und zuvorkommend von ihm. Aber Macha ist bestens aufgehoben bei dem Schmied. Wir werden uns jetzt zur Ruhe begeben. Würdet ihr uns bitte vor Sonnenaufgang wecken?"

Solasard erhob sich sehr langsam. Athraigh folgte ihm keinen Deut schneller nach nebenan. Kaum hatten sie die Tür geschlossen, flogen ihre Kleider durch das Zimmerchen. Wie Steine fielen sie auf ihr Nachtlager. Der Wind klopfte die ganze Nacht an, was sie sehr unruhig schlafen ließ. Aber wenigstens schnarchte keiner der beiden, wenngleich sie sich nur schwer über die Aufteilung der Decken klar wurden.

Als sie morgens geweckt wurden, brauchte Solasard sehr lange, bis er seine müden Knochen zum Aufstehen bewegen konnte.

Athraigh ergriff als erster das Wort.

"Guten Morgen, edler Suchender. Wenn deine Knochen nur halb so schwer sind wie meine, bleiben wir noch ein bißchen liegen, oder, Solasard? Wie soll ich mich nur fortbewegen? Meine Füße verweigern mir ja jetzt schon den Dienst."

"Komm schon, Athraigh, unser Weg ist zu lang, als daß wir am Anfang schon so nachlassen könnten. Steh endlich auf. Sieh mal, ich bin schon fast fertig. Ich gehe gleich ohne dich frühstücken."

Schwerfällig erhob sich auch Athraigh, der seinen todmüden Körper letztendlich unter drei Decken begraben hatte. Mühsam schaufelte er sie zur Seite. Dann zog er sich langsam und sehr sorgfältig an.

Als sie ihre Tür öffneten, kam ihnen ein hübsches Mädchen von vielleicht siebzehn Sommern entgegen. Ihre rotblonden Locken hatte sie zu einem dicken Zopf geflochten.

Aus ihrem Gesicht sprang ihnen nicht nur ein strahlendes Lächeln aus blauen Sternaugen entgegen, sondern auch zahlreiche Sonnenküsse.

Athraigh schenkte ihr eines seiner bezaubernden Lächeln, das sie nur noch schüchtern unter sich schauen ließ. Solasard verdrehte die Augen und Athraigh erwiderte:

"Weißt du Solasard, so bist du. Wolltest du mir diesen Juwel etwa vorenthalten? Wenn diese Perle mich geweckt hätte, wäre ich auch mitten in der Nacht nur allzu gerne aufgestanden."

Solasard schüttelte nur seine blonde Mähne und murmelte ein: Ich glaube es einfach nicht, vor sich hin.

Das Frühstück war sehr reichhaltig. Es gab gebratene Eier mit Speck, Brot, Butter, Honig und frische Milch.

Die Gefährten ließen sich viel Zeit und einer der beiden genoß die unumschränkte Aufmerksamkeit der Tochter des Hauses außerordentlich.

Zwei Stunden nach Sonnenaufgang, als sie sich wieder reisefertig gemacht hatten, kam der Herr des Hauses in die Kammer der beiden.

“Seid mir gegrüßt, ihr späten Wanderer. Gerade war ich noch einmal im Mietstall. Eine wirklich gar zu reizende Begleitung. So hübsch, so rassig. Fast würde ich mich euch anschließen, aber mein Weib würde mir wahrscheinlich eins überziehen, daß ich gar nicht mehr zurückkommen bräuchte.”

Verwirrt schauten sich Solasard und Athraigh an.

“Ja, sie ist eine rassige Stute und sehr anhänglich auf ihre Weise,” sagte Solasard

Jetzt schaute der Mann als habe er sie mißverstanden.

“Nun ja, so würde ich sie nicht gerade bezeichnen. Dann will ich euch noch einen schönen Tag wünschen und möge die Göttin über euch sein. Obwohl ich nicht glaube, daß ihr ihres Schutzes bedürft. Ich muß jetzt wieder fort.”

Kaum war er wieder draußen, brach schallendes Gelächter in der Kammer aus.

“So würde ich sie nicht gerade bezeichnen.”

Athraigh hielt sich den Bauch, als habe er Angst, daß er gleich platze.

Auch Solasard schnappte schon nach Luft, so sehr mußte er lachen. Nachdem sie bezahlt hatten, verließen sie das Haus.

Sie holten Macha bei dem Mietstall ab.

Die Straße wartete schon auf sie.

Sie wollten heute bis nach Bealaclugga kommen, wo sich das Winterlager des Fahrenden Volkes befand.

Ihr Weg führte sie durch eine Art von Landschaft, die Solasard noch nie gesehen hatte. Das Land sah aus, als sei es erst glatt gehobelt und dann der Natur gnadenlos ausgeliefert worden. So weit das Auge reichte sah man nur verwitterten Stein. Es schien kein Ende zu nehmen. Auch die Pflanzen hier schienen aus einer anderen Welt zu sein. Flechten und Moose herrschten hier vor Gräsern, falls überhaupt auf diesem kargen Stein etwas wuchs. Dazu brandete unerbittlich das Meer an die Klippen dieser Unlandschaft.

Die beiden Wanderer fühlten sich nicht sonderlich wohl. Vereinzelte Bäume standen wie Galgen umher, die nur auf sie zu warten schienen. Sämtliche Missetaten ihres Lebens fielen ihnen ein und beschleunigten ihre Schritte. Fast wären sie gerannt. Selbst Macha war unruhig und tänzelte mehr vor sich hin, als daß sie ging. Als Athraigh sich einmal erleichtern wollte und den Weg verlassen hatte, wäre er beinah in eine tiefe Felsspalte gestürzt.

Bei dem Versuch, sie Solasard zu zeigen, wäre dieser fast selbst hineingefallen.

Der Herrin sei Dank konnte er sich gerade noch abfangen und sprang wieder auf den Weg. Sein dringendes Bedürfnis war danach wie verflogen.

Diese Landschaft war wie ein Bild, das man in tausende Stücke geschnitten und dann wieder falsch zusammengesetzt hatte.

Nach dem kleinen Zwischenfall Athraighs wagten sie sich kaum mehr vom Weg. Es war atemberaubend, wie die Wellen des Meeres an diese riesige Felsenmauer brandeten und die Gischt weit über die einzelnen Klippen schleuderte. Immer neue Wogen schickte Manannán mac Lyr, der Gott des Meeres, gegen diese Felsblöcke, um sie abzutragen.

Lange betrachteten die beiden gefangen das Schauspiel der Natur und dankten der Göttin dafür, dies sehen zu dürfen, ohne von den Wellen in Mitleidenschaft gezogen zu werden.

Am späten Nachmittag erreichten sie Bealaclugga.

Das Meer hatten sie jetzt hinter sich gelassen. Die Welt erschien ihnen sehr schweigsam ohne sein Rauschen. Die Berge wurden groß und größer. Torfstecher waren hier am Werk gewesen. Überall lagen gestochene Torfziegel am Wegesrand, und die Luft roch würzig nach ihnen. Morgen würden sie wieder auf ein Waldgebiet stoßen und vielleicht sogar auf die Breite Straße.

Athraighs Erfahrungen mit dem Fahrenden Volk waren wirklich eine Bereicherung auf dieser Reise. Am Ende des Dorfes standen die Wagen des Fahrenden Volkes in einer Art Wagenburg zusammen. Ein leichter Anfall von Heimweh überkam Athraigh. Nachdem er angeboten hatte, um ein Nachtlager zu bitten, ließ ihn Solasard gewähren. Die Sonne begann schon zu sinken und tauchte das Land in ein rotes Licht.

Am ersten Wagen des Lagers ließ er Solasard und Macha zurück. Dann ging er zielstrebig auf den größten, farbigsten und am meisten geschmückten Wagen mit den fettesten Pferden, die daran festgebunden worden waren, zu. Er klopfte an und ein kleiner, dicker, alter Mann mit einem langen Schnurrbart, dafür aber ohne Kopfhaar, sprang ziemlich ungelenk aus dem Wagen. Dann folgte wohl ein altes Begrüßungsritual. Sie küßten sich fast ihre Wangen wund und vor lauter Schütteln mußten ihnen bald die Arme abfallen. Sie lachten viel. Endlich winkte er Solasard herbei, der Macha neben sich her führte.

Als der Dicke die Stute sah, brach er vor Lachen fast zusammen.

"Die muß ich haben, was ist sie euch wert? Ich gebe euch dafür zwei meiner besten Shire. Gut, gut, dann, drei? Aber ich muß sie haben. So ein häßliches Pferd habe ich ja noch nie gesehen."

Gewaltig schwabbelten seine Oberschenkel, als er sich auf dieselbigen schlug.

"Cluanaire, darüber reden wir am Feuer. Wo können wir denn nun heute nacht schlafen?"

"Ihr seid meine Gäste, dann werdet ihr auch in meinem Wagen schlafen. Oder in einem Wagen meiner schönen Töchter. Wir werden sehen. Nicht wahr, Athraigh?

Bindet euer Scheusal einstweilen an meinen Wagen.

Euer Gepäck gebt mir, ich lege es hinein, dort ist es vor irgendwelchen Langfingern sicher."

Die Wagen standen rund um einen großen Feuerplatz. Dort loderte ein großes, warmes Feuer. Gewaltige Baumstämme, die als Bänke dienten, lagen um die Steine, die den Flammen Einhalt geboten.

Hier ließen sich Athraigh und Solasard nieder. Kinderaugen beobachteten sie aus den anderen Wagen. Noch saßen sie allein, so daß sie sich leise unterhalten konnten.

"Athraigh, was ist das denn für ein schmieriger Kerl. Dem würde ich ja noch nicht mal meine Schwiegermutter anvertrauen, wenn ich eine hätte. Ich finde, er ist ein bißchen sehr auf unsere kleine Freundin aus. Oder kommt mir das nur so vor?"

Athraigh blickte sich vorsichtig um, bevor er antwortete.

"Dieser fette, schmierige Wabbelberg ist nicht nur der Meister dieser verlorenen Kinder. Er ist auch der größte Pferdedieb, den ich kenne und er ist mein Ziehvater. Selbst wenn Macha allein nicht schon Anreiz genug wäre, so betrachte doch die Schätze, die sie auf ihrem Rücken trägt. Er weiß nicht, wie schwer es ist, an diese Früchte zu gelangen. Er sieht nur die Beute, denn er ist ein Dieb. Ihr Glitzern ist nur eine Einladung für Cluanaire, eine, der er nur schwer wird widerstehen können." Solasard staunte mit aufgerissenem Mund, bevor Athraigh mit seiner Rede fortfahren konnte.

"Wir müssen heute nacht doppelt vorsichtig sein. Mit Sicherheit will er sich Macha unter seine schwarzen Nägel reißen. Achte darauf, daß du dem Wein nicht zu sehr zusprichst. Halte dich am besten etwas abseits. Du kannst ja sagen, daß du etwas müde bist. Und jetzt höre mir genau zu.

Bevor du heute nacht schlafen gehst, bindest du Macha los. Sie wird bestimmt nicht weglaufen. Aber morgens wird er bestimmt darauf pochen, das alles an und in seinem Wagen auch ihm gehört. Unser Freund hält sich nämlich nie an die Regeln des Fahrenden Volkes. Cluanaire hat übrigens trotz seiner Körperfülle die hübschesten Töchter, die mir jemals untergekommen sind. Im wahrsten Sinne des Wortes, versteht sich. Ich habe beide brüderlich geliebt, bevor ich dein Gefährte wurde.

Altán, die Ältere, hat Haare schwärzer als die Nacht, genauso wie ihre Augen. Ihre Brüste sind wie für meine Hände gemacht und fest wie eine Muschel am Felsen. Vom Rest will ich dir erst gar nicht erzählen.

Eas, die Jüngere, ist zwar so blond wie Sonnenlicht, doch ihre Liebeshaare sind von sonnigem Rot. Sie schlägt vom Körperbau ein wenig nach ihrem Vater. Aber sie ist weich und anschmiegsam wie eine Katze, und weiß, wovon Männer träumen. Er hat noch eine andere Tochter. Eine rothaarige Kratzbürste, die aber kein Wort wert ist."

Solasard schmunzelte.

"Bei ihr hast du wohl auf Granit gebissen mit deiner brüderlichen Liebe?"

Doch Athraigh überging die Frage geflissentlich und sagte:

"Ich kenne Cluanaire und seine Finten gut."

"Sag mal Athraigh. Woher weißt du das alles?"

"Schon vergessen? Ich habe hier gelebt. Erinnere dich auf jeden Fall daran, was ich dir gesagt habe. Trink nicht viel, halte dich abseits und binde Macha los.

Ich kümmere mich um meinen alten Freund und seine Familie. Laß dich um der Göttin Willen auf gar keinen Fall ablenken. Den Rest erledige ich. Bestimmt werden sie zur Feier des Tages einen Ochsen schlachten."

"Und was werden wir jetzt tun, Athraigh?", fragte Solasard.

"Wir bleiben hier sitzen und warten. Schließlich ist die Sonne schon untergegangen. Die Leute vom Fahrenden Volk sind Kinder der Nacht. Jetzt werden sie aus ihren Wagen kommen," antwortete Athraigh.

Der Schwertsucher schüttelte den Kopf.

"Ich glaube das alles einfach nicht. Das nächste Mal werden wir im Wald übernachten. Das tue ich mir nicht noch einmal an. Ich hätte mir ja denken können, wie es ausgeht, wenn du etwas in die Hände nimmst."

"Sei dankbar, Solasard, daß ich dir die Möglichkeit biete, diese Erfahrung zu machen. Andere träumen nur davon. Diese haben zwar auch eine völlig falsche Vorstellung davon, aber das ist ja nebensächlich."

Bunt angezogene Männer kamen jetzt hinter den Wagen hervor und brachten weiteres Holz für das Feuer. An einer anderen Stelle flackerte ein zweites Feuer auf.

Nie bereiteten sie ihr Essen zu, wo sie zusammen saßen. Dort wurde ein Ochse über dem Feuer am Spieß gedreht. Mittlerweile hatten sich Frauen und Kinder eingefunden, die auf den Baumstämmen Platz nahmen. Einige holten Flöten und andere Gegenstände, auf denen sie Musik machten, hervor. Wein wurde herumgereicht. Im Gegensatz zu Athraigh, der trank als verdurste er augenblicklich, tat Solasard nur so, als ob er trinke und gab dann den Wein weiter. Es wurde gesungen und geklatscht. Frauen standen auf und wirbelten in ihren bunten, aus Stoffetzen zusammengenähten Glockenröcken umher. Später dann als der Ochse gar war, gingen junge Männer mit Platten, auf denen Fleisch und Brot aufgetürmt waren, umher und boten sie immer erst den Gästen und dann ihren Leuten an. Langsam brach die Nacht herein. Die schönen Töchter Cluanaires tanzten um das Feuer, daß ihre Röcke nur so flogen und die schönen Beine entblößten. Die Männern ihres Volkes murrten. Ihnen gefiel dies gar nicht, doch ihr Anführer brachte sie mit einem strengen Blick zur Ruhe.

Athraigh war inzwischen heillos betrunken und schäkerte mit der dunkelhaarigen Altán, was ihr Vater mit Freude zur Kenntnis nahm.

Der dicke Mann hatte sich erst spät am Abend zu ihnen gesellt und saß Solasard gegenüber, war aber durch das Feuer von ihm getrennt.

Mittlerweile konnte der nicht mehr genau nachzählen, wie oft schon der Wein an ihm vorübergegangen war. Sein junger Freund hatte jetzt die schwarzhaarige Frau auf seinem Schoß, sie an einer Hinterbacke festhaltend, wo die andere Hand war, wollte Solasard lieber gar nicht wissen. Es dauerte keine halbe Stunde und das Paar war spurlos verschwunden.

Solasard war hoch erfreut über die Opferbereitschaft seines Freundes. Da vernahm er von links eine Stimme:

"Sei mir gegrüßt, Fremder. Meine Name ist Eas. Ich bin Cluanaires Tochter. Die Jüngere. Wie ist dein Name?"

"Sei auch du mir gegrüßt, Eas. Mein Name ist Solasard mac Annir," erwiderte er aufmerksam.

"Woher kommst du und wohin gehst du in Begleitung von Athraigh," fragte Eas neugierig.

"Ich komme von weit her, und ich muß noch weit gehen."

Solasard lächelte geheimnisvoll.

"Du sprichst in Rätseln, Fremder, soll ich dir vielleicht etwas die Zunge lösen."

Die blonde Frau, die neben Solasard Platz genommen hatte, lehnte sich gegen ihn und preßte ihren großen Busen an ihn.

Dann legte sie ihre Arme um ihn und ihren Mund auf den seinen.

Kühl drehte Solasard sein Gesicht weg.

"Ihr müßt das nicht tun, nur weil euer Vater wissen will, wer ich bin, und wohin ich gehe. Von mir wirst du es nicht erfahren. Geh jetzt. Ich werde mich jetzt schlafen legen, allein."

Solasard stand auf und ging zu dem großen Wagen.

Zur gleichen Zeit fand in Altáns Wagen ein Gespräch ganz anderer Art statt. Die schwarzhaarige Tochter Cluanaires hatte gerade begonnen, Athraigh Stück für Stück zu entkleiden, als ihre rothaarige Schwester in den Wagen kletterte.

Sofort polterte die junge Frau los.

"Altán, scher dich raus und komm in einer halben Stunde wieder. Athraigh und ich haben etwas zu besprechen.

Das hätte ich mir ja denken können, daß du kaum angekommen wieder unter einem Weiberrock steckst, Namenloser!"

Altán verließ nur zu gern den Wagen, um den Armen seinem Schicksal zu überlassen.

In Athraigh stieg kurz der Gedanke auf, daß ihm wohl jeder den gleichen Titel gab. Dann erwiderte er höflich:

"Sei auch du mir gegrüßt, Fiántas, edle Tochter des Cluanaire. Ja, auch mir ist es gut ergangen, seit ich euch verließ."

Weniger honigtöpfisch fuhr er fort:

"Was ist mit dir? Du platzt hier herein, vertreibst deine Schwester und beraubst mich so eines herrlichen Vergnügens. Wenn ich dich so störe, laß dir gesagt sein, daß ich morgen schon wieder gehen werde, Fiántas."

Herablassend musterte ihn die Tochter seines Ziehvaters.

"Glaub ja nicht, daß es mir um deine Weibergeschichten ginge. Von mir aus kannst du es die ganze Nacht mit dieser dummen Gans treiben. Mir geht es um etwas ganz anderes. Ich will dich nur erinnern, wo du hingehörst."

Athraigh, nicht mehr ganz nüchtern, horchte auf und fragte:

"Was meinst du damit?"

Fiántas blickte ihm starr in seine blauen Augen, bevor sie antwortete:

"Wir sind Mornas, Athraigh, verstehst du? Wir suchen nicht das verdammte Schwert eines Mannes aus dem Stamm der Basna. Hast du einmal darüber nachgedacht, wer Fionn mac Cumhail war? Er war ihr großer Held und das Blaue Schwert der Wahrheit ist auch nicht irgendein Schwert, das man einfach einem Fremden gibt. Ein Basna gibt so etwas nur einem Basna.

Hast du auch einmal darüber nachgedacht, daß dieser Solasard auch einer von ihnen sein könnte? Ein Basna? Es gibt noch eine Schuld zu begleichen zwischen uns Mornas und den Basna, Athraigh."

Der Angesprochene erwiderte:

"Fiántas, du steigerst dich da in etwas hinein. Solasards Name ist mac Annir und nicht mac Fionn oder so etwas. Außerdem weiß er gar nichts über den alten Helden. Das wäre bei einem Basna bestimmt nicht der Fall, glaube mir."

Doch Fiántas ließ sich nicht beirren.

"Du sagst das nur, weil du seine Haut retten willst. Aber das ist auch nicht wichtig. Ich verlange von dir, daß du ihn tötest, wenn er ein Basna ist. Ich will, daß du ihn tötest, wenn auch nur ein Tropfen von Fionns Blut in seinen Adern fließt. Hörst du?"

Athraigh wollte nur noch seine Ruhe.

"Ja, aber er hat mit Fionn nichts zu tun. Er ist nicht unser Feind, glaub' mir!"

Fiántas sagte kalt:

"Dann ist es ja gut. Aber schwöre mir, daß du ihn tötest, wenn es doch so ist."

Gereizt erwiderte der Namenlose:

"Ja, gut!"

Die junge Frau brüllte ihn fast an.

"Ich will, daß du es schwörst, auf deine Ehre als Ziehsohn Cluanaires."

Solasards Gefährte sprach langsam:

"Ich schwöre, Solasard zu töten, wenn er ein Basna ist. Sonne und Mond mögen mich verfluchen, wenn ich diesen Schwur breche!

Zufrieden nun?"

Fiántas nickte befriedigt und ging, wobei sie fast ihre Schwester umrannte, die mit einem Krug Met zurückgekehrt war.

Voller Freude begrüßte sie Athraigh.

Macha stand ruhig da und schnaubte leise, als Solasard an sie herantrat.

"Na, hältst du mir wenigstens die Treue? Ob wir Athraigh noch mal wiedersehen?"

Das Tier schien ihm nicht antworten zu wollen, so kletterte er in den Wagen. Er konnte nichts sehen, fühlte aber eine weiche Unterlage und legte sich darauf.

Er wollte gar nicht wissen, wo Athraigh jetzt steckte. Die Musik am Feuer wurde immer leiser, bis sie ganz verstummte.

Lange Zeit blieb alles ruhig, bis ein helles Licht in den Wagen fiel.

"Der schläft. Los schaff sie weg, Toit!"

Das nächste was Solasard wahrnahm, war ein sehr lautes, aufgeregtes Wiehern, dann ein paar dumpfe Schläge gegen den Wagen und schließlich jemand, der versuchte flüsternd zu schreien.

"Mach deinen Mist doch selbst, Cluanaire. Ich rühre diese Bestie jedenfalls nicht noch einmal an!"

Mit einem Lächeln auf den Lippen schlief Solasard endlich ein. Ihm träumte, wie er auf Macha über die Aill de Mothar flog. Auf und ab im Wind. Gerade als er spürte, wie sich der Körper des Pferdes in den einer Frau verwandelte, legte sich ihm eine Hand auf den Mund. Er wollte schreien und schlug wild um sich, bis er Athraighs Stimme hörte, die leise flüsterte:

"Still!. Wir müssen aufbrechen. Ich habe keine große Lust mit denen zu frühstücken. Du?"

Solasard schüttelte seinen Kopf, bis ihm einfiel, daß der andere ja nichts sehen konnte.

"Nein, sicherlich nicht."

"Nimm alle Sachen, die du finden kannst, und gib sie mir heraus. Warte, hier, ich habe eine Laterne."

Eine warme Helligkeit breitete sich in dem Wagen aus. Überall glitzerte und funkelte es vor lauter Gold und Silber. Schnell hatte Solasard ihre Habseligkeiten gefunden. Als er aus dem Wagen kletterte, fiel ihm auf wie kühl es noch war.

"Es ist ja noch mitten in der Nacht. Bist du wahnsinnig? Wir sind doch keine Diebe, daß wir uns bei Nacht und Nebel davonstehlen müßten. Oder doch?", fragte Solasard.

"Sie haben versucht, Macha zu stehlen, und glaube mir, diese Leute haben viel Geduld, um sie zu bekommen. Sie werden es wieder und wieder versuchen. Es geht jetzt nicht mehr um das Pferd oder ihren Gold- und Silberschmuck, sondern ihr höchstes Gut, ihre Ehre. Und nicht nur ihre.

Ich denke, es ist besser, wenn wir selbst entscheiden, wann und wie, nämlich lebendig, wir sie verlassen.

Ich gab Altán einen Silberreif für die Nacht. Das wird ihr genügen. Komm jetzt, Solasard!" trieb ihn der Namenlose an.

"Wo ist Macha?", fragte dieser.

"Hier. Los jetzt! Zieh deinen Reisesack auf und dann vorwärts."

Athraigh drückte ihm die Zügel Machas in die Hand und lief los.

Es war stockfinster. Sie stolperten durch die Nacht, bis es anfing zu tagen. Als sie endlich in den Wald kamen, liefen sie ein langes Stück in einem Bach, um ihre Spuren zu verwischen. Schließlich konnten sie vor Müdigkeit einfach nicht mehr weiter. Solasard und Athraigh fanden eine Höhle, in der genug Platz für sie beide und das Pferd war.

Während Solasard schlief, suchte Athraigh trockenes Holz und Tannenzapfen, die für eine warme Glut sorgen sollten.

Er band sich ein großes Bündel von Zweigen auf den Rücken und packte einen Beutel so voller Zapfen, daß er kaum noch gerade gehen konnte. Aber sie brauchten jetzt wenigstens ein bißchen Wärme. Nachdem Athraigh in die Höhle zurückgekehrt war, fand er Solasard noch immer schlafend vor. Macha lag am Eingang, als bewache sie ihren Herrn. Geschmeidig erhob sie sich, als sie Athraigh kommen sah.

So schnell es seine zitternden Finger erlaubten, entfachte er ein Feuer.

Mit einem kleinen Beil fällte er drei junge Tannen, schleifte sie vor den Eingang und deckte ihn damit ab.

Dann legte er Macha etwas zum Fressen hin, wickelte sich in seinen Mantel und schlief ein.

Erst weit nach Mittag wachten sie auf. Das Feuer war schon wieder erloschen. Athraigh ergriff als erster das Wort.

"Die hätten wir uns vom Hals geschafft."

"Das hätte man wohl auch einfacher haben können. Das nächste Nachtlager besorge ich wieder, Athraigh, deine sind mir zu aufregend. Dennoch danke, auch für das Holz und das Feuer. Ich bin immer noch ziemlich müde."

"Hier sind wir erst einmal sicher. Ich denke nicht, daß sie uns, entschuldige Macha, wegen solch einem Pferd suchen werden. Dennoch sollten wir noch eine Nacht hierbleiben, nur um ganz sicher zu sein, daß sie uns nicht folgen. Weitergehen lohnt sich heute sowieso nicht mehr. Ich bin auch hundemüde. Diese Altán kann einen Mann wirklich glücklich machen."

"Athraigh, ich will darüber gar nichts wissen. Schlaf oder erzähl es Macha, aber nicht mir. Ich will nur noch schlafen."

“Du weißt ja gar nicht, was dir entgeht. Die Frauen des Fahrenden Volkes sind einzig in ihrer Art Liebe zu machen, glaub mir.”

“Athraigh?”

“Ja!”

“Ich will es nicht wissen!”

“Aber stell dir doch vor..”

“Athraigh!”

“Jaaah?”

Der Sperber

Rabharta ging in die Burg zurück, wo er sein Zimmer betrat. Heute würde er es nicht mehr verlassen. Der Sinn stand ihm nicht nach Schmeichelei und Lüge. Immer wieder fragte er sich, ob er richtig gehandelt hatte. Aber die Nachricht war mehr als ein Leben wert. Aber war es recht, daß die Leben der Menschen hier über dem eines einzelnen standen?

Nie würden sie es Scathcrobh danken, daß er ihnen sein Leben opferte.

Sicherlich mochte er seinen Späher nicht besonders, aber hatte er es verdient, in den Tod zu gehen? Denn das war es letztendlich.

Die Wälder waren voll von Abschaum, der sich aufs gemeinste an Wanderern und umherziehenden Händlern bereicherte. Für ein Stück Brot löschten sie ganze Familien aus. Die Königliche Garde jedoch sah nur zu.

Je kleiner die Bevölkerung Erius wurde desto einfacher ließ sie sich führen. Sollten sie sich doch gegenseitig abschlachten. So dachte wenigstens Arcán, der Anführer der Königlichen Garde.

Ein selten dummer Mensch, der dafür auch noch die Gunst des Hochkönigs besaß, so daß Rabharta noch nicht einmal bei schwierigen Angelegenheiten eingreifen konnte. Mehrfach hatte er es schon versucht, doch dadurch fast den Befehl über seine Männer verloren. So konnte eine Minderheit doch über eine Mehrheit herrschen.

Manchmal verwünschte er sich selbst dafür, diesem Wahnsinnigen nicht den Hals umzudrehen, aber wozu?

Daß ein neuer den alten Verrückten ersetzte?

Draußen erklangen Schritte im Gang.

Fest und bestimmt klopfte es an die Tür.

Müde stand Rabharta auf und öffnete die Tür.

Es war Tuan. Mißtrauisch betrachtete er ihn.

"Tritt ein, setz dich doch. Was willst du?"

Der Hauptmann setzte sich auf sein Lager und überließ dem Älteren den Stuhl.

"Höre, Rabh, wir hatten da heute nachmittag einen kleinen Streit, und ich erkenne deine Treue zu Broc ja auch an.

Aber wir sollten diese Uneinigkeit nicht so zur Schau stellen. Die Schafe gehorchen keinem ängstlichen Hund, dann folgen sie schon lieber ihrem Hirten. Und bedenke, ein Hirte mag nur um ein weniges schlauer sein als ein Schaf, aber für die Schafe ist er ein Gott. Ihm werden sie folgen. Nicht dem Hund.

Aber das ist nicht der Grund, warum ich hier bin.

Ich brauche deine Hilfe."

Überrascht horchte Rabharta auf.

"Ach, ja? Decke ich diesen Verrat nicht schon genug, Tuan?"

"Es tut mir leid, wenn du damit Schwierigkeiten hast. Verstehe doch, ich kann dir nicht alles sagen.

Ich bin der Hochdruide, und für mich steht das Wohl des Reiches, des Volkes an vorderster Stelle und nicht des Narren, der auf dem Thron sitzt.

Es tut mir leid, daß ich dich da mit hineinziehen muß, aber Arcán ist so dumm wie Bohnenstroh und würde uns sicher verraten, Rabharta," sagte Tuan besorgt.

"Daß ich nicht lache, ein Verräter, der den Verräter fürchtet. Ich bin müde. Was willst du?", erkundigte sich der Hauptmann gereizt.

"Morgen wird ein junges Mädchen kommen. Ihr Name ist Eala. Es ist ganz wichtig, daß sie morgen noch dem König vorgestellt wird."

Mißtrauisch fragte Rabharta:

"Warum?"

Tuan erwiderte:

"Ich kann dir nicht sagen warum."

Rabharta war fassungslos.

"Ich soll meine Hand über ein Mädchen halten, es dem König vorstellen und nicht wissen, warum? Verlangst du da nicht ein bißchen viel, Tuan?"

Der Hochdruide seufzte:

"Nun gut, Eala kommt aus dem Coven der Alten Bärin. Du wirst nicht wissen, was das ist. Es ist auch nicht wichtig. Sie wird jedenfalls meine Nachfolgerin, und ich will, daß sie den König kennenlernt."

"Das kann sie doch auch in den nächsten Tagen, oder? Bist du dir sicher, daß das alles ist?"

Tuans Augen verengten sich zu Schlitzen, seine Stirn zog sich in Falten. Stutzig blickte er Rabharta in die Augen. In denen des Druiden konnte der Hauptmann die Frage lesen, ob und wenn wieviel er von Eala wußte.

Plötzlich schlug sich der Druide auf die Schenkel und lachte laut auf.

"Rabh, du siehst ja schon Gespenster! Was sollte es denn sonst mit dem Mädchen auf sich haben? Trotzdem lege ich Wert darauf, daß der Hochkönig sie morgen kennenlernt.

Das ist kein Wunsch. Das ist der Befehl des höchsten Druiden Erius über seinen Untertan, gleich welchen Rang dieser inne hat."

Rabharta antwortete müde:

"Gut, wenn du das so haben willst.

Laß mich jetzt allein. Ich bin müde und will heute früh schlafen."

"Dann wünsche ich dir eine gesegnete Nacht, mein Freund."

Der Druide stand auf und ging hinaus.

Rabharta legte sich so wie er war in sein Bett.

Die Lügen eines Freundes schmerzten am meisten.

Wie mochte es wohl Scathcrobh gehen?

Im Halbschlaf zogen seine Gedanken zu seinem Späher.

Die Nächte waren sehr kalt im Herbst. Die ersten Stürme waren schon über das Land gezogen, und Scathcrobh hatte gut daran getan, seinen dicken Wintermantel mitzunehmen.

Eingehüllt in diesen saß er am Stamm einer dicken Eiche, während ihm seine Satteldecke als Unterlage diente. Er hatte nicht gewagt, ein Feuer zu entfachen, zu nah war er noch am Waldrand.

Außerdem hatte er ein ungutes Gefühl im Nacken, seit er die Burg verlassen hatte. Gut, daß es schon dunkel war, als er schutzlos bis zum Waldrand geritten war. Die Bäume, die hier einst hätten Schutz bieten können, waren aus diesem Grund gefällt worden.

So konnte man schon auf viele Meilen Entfernung Feinde sich nähern sehen.

Der Waldweg, der ihn nach Magh-Nuadhat führen sollte, war matschig und aufgeweicht. Bessere Spuren konnte man etwaigen Verfolgern gar nicht hinterlassen. Das Beste würde es sein, das Pferd ein Stück im Wald zu führen und irgendwann wieder auf den Weg zurückzukehren. Er könnte natürlich auch mit Kiefernästen seine Spuren verwischen, aber das war genauso wie eine Einladung der Spur zu folgen.

Und mit Sicherheit würde er auch nicht der Breiten Straße folgen. Da würde man ihm nur auflauern. Andererseits könnte man ihm auch auf dem Nebenweg auflauern, weil man davon ausging, daß er die Breite Straße meiden würde. Dennoch glaubte Scathcrobh, daß er auf dem Hinweg mit wenig Schwierigkeiten zu rechnen habe. Schließlich bringt es nichts, einen leeren Krug zu stehlen.

Leise schnaubte sein Pferd vor sich hin. Er hatte ihm noch ein paar Leckerbissen aus der Küche gestohlen. Da fiel ihm ein, daß sein Reisegefährte noch gar keinen Namen hatte.

Gib nie einem Tier einen Namen. Es sei denn du willst die Verantwortung dafür übernehmen.

Weise Worte seines Vaters. Aber deshalb hatte er den Hengst ja gekauft.

Dieser Klepper wird ein gutes Pferd werden. Er hatte ihm das Leben gerettet. Nun, wie wäre es mit Nachtwind oder Schattenfell, aber all das war er ja nicht, noch nicht.

Vielleicht sollte er ihn einfach Klepper nennen oder Schindmähre. Was hatte der Hauptmann doch gleich gesagt, wie Morríghans Todespferd sähe er aus.

Nun gut, dann sollst du Bás heißen, Bás, der Tod.

Müde fielen ihm die Augen zu. Er träumte von wilden Verfolgern, bis ihn die Morgensonne weckte.

Noch konnte er durch das Gebüsch auf der anderen Seite des Hügels Tara erkennen.

Scathcrobh blickte sich um. Nichts, keine Seele war zu sehen. Dann erhob er sich. Das Pferd stand aufmerksam in seiner Nähe und beobachtete ihn.

"Guten Morgen, Kleiner. Du bekommst jetzt einen Namen. Komm her."

Langsam ging er auf den Hengst zu und tätschelte ihm den Hals.

"Ab heute siehst du nicht nur aus wie der Tod, du wirst auch so heißen. Willkommen denn, Bás!"

Das Pferd schnaubte und rieb seinen Kopf am Arm seines Herrn.

Sorgfältig sattelte und bepackte er das Pferd. Der Herrin sei Dank trugen die Bäume noch ihre verdorrten Blätter. So führte der Lebende den Tod am Zügel.

Es mochte die zweite Stunde nach Sonnenaufgang sein. Leise summte der Späher ein Lied vor sich hin, während er sich ständig nach allen Seiten absicherte. Immer noch hatte er dieses seltsame Gefühl nicht allein zu sein.

Einige Rehe knabberten an den Ästen junger Bäume. Sicherlich hätte ihre Flucht einen Verfolger angezeigt, aber sie ästen scheinbar ungestört weiter.

Scathcrobh ging einige Schritte neben dem Weg. Wenn ihm die ersten Menschen begegnet waren, würde er aufsitzen und weiterreiten.

Die Vögel sangen traurige Lieder und verabschiedeten sich von der Kälte. Wohin sie flogen, um dem Winter zu entgehen, wußte nur die Allmächtige. Da hörte er hinter sich das Knarren eines Wagens. Der Späher blieb stehen, und richtig, da kam ein Karren, gezogen von einem mächtigen Shire.

Scathcrobh liebte diese mächtigen und starken Rösser, aber im Kampf waren sie einfach zu langsam. Bestimmt gab es keine größeren Pferde auf der Welt.

Kraftvoll lag auch dieser schwarze Riese im Geschirr. Es schien ihm nichts auszumachen, den mit Holz beladenen Karren zu ziehen.

Als der Wagen ziemlich nah war, bückte sich der Späher, ließ Bás das Bein anwinkeln und tat so, als entferne er einen Stein aus dem Huf. Kaum schaute der Mann auf dem Bock zu ihm hin. Scathcrobh wartete, bis das Knarren in der Ferne verschwunden war und führte Bás auf den Weg.

"So mein Kleiner, dann wollen wir mal sehen, was du kannst."

Er stieg auf, nahm die Zügel aber nicht auf, verstärkte den Druck mit seinen Schenkeln und drückte mit seinen Fersen leicht in die Flanken des Tieres.

Gehorsam setzte das Pferd ein Bein vor das andere. Scathcrobh lobte und tätschelte das Pferd, kraulte es hinter den Ohren, als er über sich den Ruf eines Sperbers hörte.

Der Vogel stand genau über ihm. Dort verweilte er einen Augenblick und flog dann weiter. Der Späher blickte um sich. Nichts. Er war allein.

Dennoch nahm er jetzt die Zügel auf und ließ Bás in leichten Trab fallen. Meile um Meile folgte er dem Weg, bis die Sonne schon lange ihren Mittagspunkt erreicht hatte. Eine Blättersäule wirbelte vor ihm her und graue Regenwolken zogen über den Himmel. Der Reiter zog den Mantel immer enger um sich. Dann kurz vor Sonnenuntergang begann es zu regnen.

Endlich zog er die Zügel an, brachte das Pferd zum Stehen, stieg ab und führte es vom Weg.

Er wußte von einem Wetterhäuschen ein kleines Stück weiter im Wald. Ein ausgetretener Pfad führte dorthin. Doch als er das Häuschen erreichte, stellte er fest, daß es schon besetzt war.

Ein alter Landstreicher, wie es schien, hatte es sich dort bereits bequem gemacht.

Gerade als der Späher umkehren wollte, rief der Greis:

"Junger Mann, hier ist genug Platz für zwei oder zieht ihr den Regen meiner Gesellschaft vor?"

Der Alte schien harmlos zu sein.

"Nein, sicherlich nicht, aber ich wollte euch nicht stören."

"Ihr stört nicht. Ich bin froh für jede Gesellschaft, die ich kriegen kann."

Scathcrobh band Bás an der überdachten Außenseite fest, sattelte ihn ab und brachte seine Sachen in die Hütte. Den graublauen Augen des Greises entging keiner seiner Handgriffe.

"Ihr habt wohl eine lange Reise vor euch. Allerdings sieht euer Pferd eher aus wie der leibhaftige Tod und nicht wie das blühende Leben. Habt ihr dieses junge Tier so verkommen lassen? Das ist kein Pferd Erius! Ich selbst stahl solche oft auf den Weiden Albas."

Mit einem Dieb würde Scathcrobh nun denn seine Nacht verbringen.

Höflich antwortete er:

"In der Tat scheint es mehr tot als lebendig zu sein. Ich kaufte es auf dem Markt von Tara. Und wer seid ihr? Von wo kommt ihr?"

"Mein Name ist Neamhní. Ich war früher häufig auf Tara."

Der alte Mann stand langsam auf. Er wirkte fast zerbrechlich, so schmal und abgemagert sah er aus. Der Greis stützte sich mit einem Stock ab und ging vorsichtig auf Bás zu. Das Pferd schüttelte seinen Kopf und schnaubte aufgeregt. Fast hätte sein Herr einschreiten müssen. Dann sprach der alte Mann mit dem Tier und mit einem Mal schien es ruhig und entspannt zu sein.

"Der erste Pferdedieb wäre ich, der kein Pferd besänftigen könnte. Von Tara habt ihr dieses Prachtstück. Ich will nicht hoffen, daß heutzutage alle Pferde auf Tara so aussehen."

Scathcrobh, der gerade Feuer machte, blickte auf. Der alte Mann war ihm nicht geheuer.

"Natürlich nicht, Herr. Aber wohin seid ihr unterwegs, so allein, ohne Schutz?"

"Oh, junger Mann, mir tut niemand etwas. Ich bin ein alter, schwacher Mann, und die einzigen Reichtümer, die man mir stehlen könnte, sind hier gut verwahrt."

Mit einem Finger tippte er auf seine Stirn. Besonnen sprach er weiter:

"Du fragst nach meinem Ziel? Nun, mein Ziel ist der Weg."

Ein merkwürdiger Mann, und Männer, die in Rätseln sprachen, machten den Späher schon immer nachdenklich. Eine Gefahr ging von ihnen aus, die man riechen, schmecken, aber nie greifen konnte.

Nun dann wollte er mal beginnen, genauso klug daherzureden.

"Ja, unser Verstand ist ein Teil unseres Glückes. Wir sollten ihn nie verlieren."

Der Alte lachte:

"Doch wieviele können ihn nicht verlieren, weil sie ihn gar nicht besitzen. Doch nebenbei gefragt, wohin führt euch euer Weg?"

Nebenbei gefragt, diese Unauffälligkeit glaubte Scathcrobh fast schon nicht mehr.

Schmunzelnd antwortete er:

"So hier hin und dorthin, wenn ihr versteht?"

Der alte Mann lachte und schlug ihm auf die Schulter.

"Ich sehe schon, wir reden viel und sagen doch nichts. Nun denn, dann wollen wir mal sehen, was es zum Essen gibt. Ich habe noch etwas kaltes Wildbret und ihr?"

"Ich habe Brot, Met, einige Äpfel und ein wenig Getreide für das Pferd."

Die Sonne hatte den Himmel jetzt ganz den dunklen Wolken überlassen und sich in ihr Reich des Lichts zurückgezogen. Wind kam auf und spielte mit dem Feuer. Bás stampfte unruhig mit den Hufen, während er das Getreide verschlang.

Die beiden Männer saßen um das Feuer und aßen. Der Met löste ihre Zungen, dennoch sprachen sie nur über das Wetter und die Ernte.

Als der Wind immer stürmischer wurde, löschten sie das Feuer und versuchten, gegen den Sturm anzuschlafen.

Irgendwann war das Unwetter vorbeigezogen und Scathcrobh lauschte in die Finsternis, als Bás laut aufwieherte. Draußen hörte man noch ein Knacken im Unterholz. Dann nichts mehr.

Vorsichtig stand der Späher auf, ein kleines Beil griffbereit in der Hand. Langsam schlich er um die Hütte. Er konnte fast nichts sehen. Als er sich wieder hinlegte, hörte er neben sich den Greis:

"Sie sind zu schnell, diese Waldkobolde. Ich wüßte nur gerne, was sie von euch wollen, bestimmt ist es nicht euer Pferd."

Zu müde, um darüber nachzudenken, schlief der Mann wieder ein.

Am Morgen, als Scathcrobh erwachte, war der Himmel immer noch grau. Der Greis indessen, war nicht mehr da. Ein merkwürdiger Kauz. Nun ja, wahrscheinlich dachte er das auch von ihm. Bás stand ruhig an der Außenwand.

Nur sehr langsam sattelte und bepackte ihn Scathcrobh. Die Morgenzeit war nicht unbedingt die Lieblingszeit des Spähers. Mühevoll schwang er sich auf das Pferd, mußte aber noch einmal absteigen, weil er vergessen hatte, das Pferd loszubinden. Noch nicht ganz wach, überließ er es dem Pferd, den Weg zu suchen.

Der Herrin sei Dank, hatte der Greis das Holz für ihren Nachfolger gesammelt. Wenn er sich anstrengte, würde er am späten Nachmittag Magh-Nuadhat erreichen.

Heute waren mehr Menschen unterwegs. Fuhrwagen zogen an ihm vorüber, Wanderer, die vielleicht Arbeit suchten, mehrere Wagen des Fahrenden Volkes.

Die Zeit verging nur langsam, aber Scathcrobh kam gut voran. Kurz vor Abend erreichte er Magh-Nuadhat. Wie alle kleinen Städtchen an der Breiten Straße war auch dieses Nest eine Brutstätte des Gesindels und diesen Ort ließ er schnell hinter sich. An einer Quelle füllte er seinen Wasservorrat auf, nicht vergessend der Göttin zu danken für ihre Spende an die Menschen. Bei Dunkelheit wollte er wieder im Wald sein.

Es dämmerte schon, als er endlich den Nebenweg der Breiten Straße gefunden hatte. Kaum konnte er den Weg ausfindig machen, so überwuchert war er. Links und rechts säumten ihn alte Bäume, die einen warmen Wintermantel aus Efeu trugen.

Gerade als er abgestiegen war, um Bás ein Stück zu führen, hörte Scathcrobh über sich wieder diesen Ruf. Tatsächlich, hoch oben über den Wipfeln der Bäume stand ein Sperber. Kaum konnte er ihn noch erkennen, aber von der Art im Wind zu stehen, konnte es nur ein solcher Vogel sein.

Auch das ungute Gefühl im Nacken kehrte zurück. Vorsichtig führte er Bás tiefer in den Wald. Notdürftig baute er sich einen Unterstand, unter dem er etwas schlafen konnte. Bás band er an einem starken Ast fest, dann legte er sich hin, denn sein Hunger nach Schlaf war größer als der nach Brot.

Er schlief tief und fest. Am nächsten Morgen wachte er vom Gezwitscher der Vögel auf. Als er im Halbschlaf einige Schritte von seinem Unterstand in den Wald ging, fand er Fußspuren, die noch keinen Tag alt waren.

Jetzt war er hellwach.

Besorgt erkannte er, daß er verfolgt wurde. Er würde wohl eine Falle bauen müssen, um den Jäger zu fangen.

Schnell war er wieder bei Bás, sattelte ihn mit seiner schweren Wolldecke, bepackte ihn in Windeseile und saß auf. Weit und breit war nichts zu sehen. Dennoch ließ er Bás erst antraben und dann sogar ein ganzes Stück galoppieren.

Der Wald strömte seinen süßlichen Herbstgeruch aus und schläferte ihn fast wieder ein. Aber er ritt weiter, und als Bás nicht mehr konnte, stieg er ab und führte ihn an den Zügeln, bis auch Scathcrobh kaum mehr laufen konnte.

Am frühen Nachmittag kam er zu einem alten, verwitterten, in sich zusammengestürzten Wetterhäuschen, das wie ein Gerippe mitten im Wald stand. Hier stellte er Bás ab. Dann suchte er sich mehrere kräftige Kiefernäste, band sie zu einem großen Besen zusammen und folgte seiner eigenen Spur ungefähr eine Meile zurück, wo es eine kleine Kreuzung gab, die völlig zugewachsen war. In diese Kreuzung lief er ein gutes Stück hinein, immer darauf achtend, daß der Verfolger seine Fußabdrücke auch gut sehen konnte.

Dann ging er im Wald ein großes Stück zurück, bis er wieder an der Kreuzung war und verwischte seine eigentliche Spur.

Als er wieder am Wetterhäuschen ankam, dunkelte es bereits.

Er entfachte ein kleines Feuer, gab Bás etwas Getreide und ließ ihn das hohe Gras um das verfallene Häuschen abgrasen.

Scathcrobh knabberte ein wenig an seinem Brot, löschte das Feuer und fiel in einen tiefen, traumlosen Schlaf.

Früh am Morgen weckte ihn Bás, der mit seinen Hufen vor seinem Gesicht scharrte.

Als die Sonne ihren Mittagspunkt erreichte, waren sie schon lange unterwegs. Immer noch war das Wetter trüb. Aber sie kamen gut voran. Morgen würden sie das Ufer des Siona erreichen. Dort könnten sie vielleicht ihrem Verfolger über das Wasser entwischen.

Heute nacht würde er kein Auge zutun. Er würde den Sperber schon fangen. Am frühen Nachmittag hatte er sich etwas hingelegt und zwei Stunden vor sich hingedöst.

In seinen Mantel gehüllt, lehnte er an einer Buche, seinen Kopf auf die Brust gesenkt, scheinbar schlafend.

Die Nachtigall beendete ihr Lied, und die Eule begann mit dem ihrigen. Nichts, immer noch nichts. Der Wind strich durch das Gras. Finsternis. Bás schnaubte leise. Warten.

Dann ein Knacken im Unterholz, fast neben ihm. Blitzschnell war er aufgesprungen, um in zwei erschrockene Rehaugen zu starren. So verging die Nacht. Der Wind strich weiter durch die Äste und sang das Lied des einsamen Jägers.

Langsam, ganz langsam hellte es auf. Eine Lerche zwitscherte einsam im Morgengrauen.

Da plötzlich wieder ein Knacken. Das mußte er sein.

Dort irgendwo lauerte er und beobachtete ihn. Jetzt nur nicht bewegen.

Immer weiter den Feind in der Sicherheit wägen, verletzbar und unaufmerksam zu sein. Nicht rühren. Schritte, die sich näherten. Ein Narr, der sein Opfer noch lange betrachten wollte, bevor er zuschlug. Jetzt war er nur noch wenige Schritte von ihm entfernt. Langsam öffnete Scathcrobh die Augen.

Das waren ja die bloßen Füße eines Jungen. Das war gar kein Mann.

Der Feind schickte ihm ein Kind?

Was sollte das denn?

Stille, kein Vogel sang mehr, kein Windhauch wehte, als Scathcrobh aufsprang und sich auf sein Gegenüber stürzte. Der Junge wand sich unter ihm wie ein Fisch auf dem Trockenen. Nun, wenn er es brauchte. Der Späher packte den Kleinen, holte aus und schlug ihn vor die Stirn. Alles Leben schien aus ihm zu weichen, wie ein Mehlsack fiel er um.

Verwundert schaute sich der Jäger seine Beute an.

Der Junge trug nicht einmal ein Hemd. Seine Hose war aus Leder, aber auf die einfachste Art und Weise zusammengenäht. Scathcrobh fesselte den Jungen und lehnte ihn an den Stamm. Außer einem sehr scharfen Messer schien er keine weiteren Waffen zu besitzen.

Dunkelbraunes, fast schwarzes, schulterlanges Haar umrahmte sein Gesicht. Sein ganzer Körper war muskulös, aber abgemagert.

Zwei kurze Schläge auf die bleichen Wangen ließen diese rot leuchten und den Jungen wieder zu sich kommen. Sofort sprangen seine Augen auf, unwirkliche grasgrüne Augen. Er versuchte seine Fesseln von den Gelenken zu streifen, aber ein Meister hatte dieses Band geknüpft und nur dieser konnte es auch wieder lösen.

"Wie ist dein Name, Junge?", fragte der Späher.

"Niemand"

"Gut, Niemand, wer schickt dich und warum?"

"Niemand schickt mich, ich verfolge dich nicht."

"Du selbst schickst dich, obgleich du mich nicht verfolgst?"

"Ich meine, keiner schickt mich."

"Und wer ist keiner?"

"Herr, ich verfolge euch nicht."

"Ich werde dich jetzt hier liegen lassen, und glaube mir, Junge, du selbst würdest dich hier nicht wiederfinden. Du hast die Wahl zu sterben oder zu reden."

Langsam sattelte Scathcrobh Bás, packte seine Sachen und befestigte sie.

"Junge, ich will dich nicht töten, aber du läßt mir keine Wahl, wenn du nicht redest."

Der Gefangene blieb stumm.

Der Späher schwang sich auf das Pferd und ließ es im Schritt auf den Weg gehen. Er drehte sich nicht um.

Als Scathcrobh schon ein ganzes Stück des Weges hinter sich gebracht hatte, hallte es laut hinter ihm durch den Wald.

"Saileach ist mein Name aus dem Stamm des Kleinen Volkes. Ich wurde von niemandem geschickt."

Scathcrobh zog die Zügel nach links, gab Bás einen leichten Druck auf die linke Seite und grinste.

Der Welten-wanderer

Gealán erwachte früh am nächsten Morgen. Die Dämmerung war noch nicht angebrochen, doch das nächtliche Sternenblau hatte sich schon fast ganz zurückgezogen und in ein sanftes Himmelblau aufgelöst.

Nichts rührte sich, nur der Wind säuselte in den Blättern der großen Eiche. Eine sanfte Musik, die sie genauso liebte wie den Regen, der auf der Mutter Erde tanzt.

Als sie sich gerade noch einmal umdrehen wollte, bemerkte sie, daß Sáiles Nachtlager verlassen war.

Sie riß die Augen auf, weil sie glaubte, nicht richtig gesehen zu haben, aber das Bett blieb leer.

Nun ja, Sáile war für sich selbst verantwortlich. Vielleicht brauchte sie frische Luft oder mußte sich erleichtern.

Gealán zog die Decke höher und schlief wieder ein. Als sie später am Morgen aufwachte, lag Sáile auf ihrem Lager.

Vielleicht hatte Gealán ja auch nur geträumt. Sie ging an den Bach, wo sie sich gestern schon gewaschen hatte und vollzog ihre Morgenwäsche.

Auf dem Rückweg begegnete ihr Máthair.

"Guten Morgen, Gealán! Hast du wohl geruht?", fragte die alte Frau höflich.

"Guten Morgen, Máthair! Ja, danke," erwiderte die Angesprochene freundlich.

"Was hältst du davon, wenn ich dir unsere Wilden Gärten zeige. Dann kannst du immer, wenn du Hunger hast, ein paar Früchte essen und brauchst mich nicht zu suchen oder zu warten, bis ich komme"

"Das ist ein guter Gedanke. Wo liegen denn diese Wilden Gärten?"

"Im Wald."

"Das ist ja ein gutes Stück entfernt von hier. Wie kommen wir denn dahin? Außerdem muß ich noch meiner Herrin sagen, wo ich bin."

"Wir werden reiten. Außerdem mußt du Sáile gar nichts sagen. In eurer Welt warst du ihre Dienerin, aber hier bist du frei und gehörst nur dir selbst. Laß sie ruhig allein, dann kann sie ein wenig über ihre närrischen Worte nachdenken. Komm jetzt, wir wollen zu den Koppeln gehen."

Die alte Frau hakte sich bei der Jungen ein und zog sie mit sich fort.

Vorbei ging es am Sonnenzelt, an der Zeltstadt, bis sie auf den Weg stießen, der ins Tal führte.

Die Blätter der Birken, die den Weg säumten, raschelten und wisperten sich die Geschichten des Windes zu. Das freundliche Sonnenlicht streichelte die Haut der jungen Frau. Die Erde unter ihren Füßen war weich und strahlte Wärme aus, die durch ihren ganzen Körper strömte.

Gealán war glücklich. Ein plötzliches Hochgefühl erfaßte sie, und sie sprang und tollte ausgelassen den Hügel hinab, ohne auf Máthair zu warten, die sich nur wunderte. Das dunkelblonde Haar der jungen Frau umwehte sie wie ein Schleier, und ihr Kleid wirbelte um sie herum, bis sie stolperte und sich weiter lachend im Gras kullerte.

"Ach, ist das schön hier, Máthair. Das ist wirklich das Land des Sommers. Ich war schon lange nicht mehr so glücklich.

Was würde Sáile wohl dazu sagen, wenn sie mich so sehen könnte?"

Sie war wieder aufgestanden und hatte auf die alte Frau gewartet.

"Sie muß gar nichts dazu sagen. Du tust, was du willst und sie tut, was sie will. Komm jetzt, da vorne ist die Koppel."

Vielleicht hundert Schritte vor sich erblickte Gealán die schönsten Pferde, die sie je gesehen hatte.

Sie waren herrlich und doch erkannte man sofort, daß sie nicht irdischen Ursprungs waren.

Da gab es Schimmel und Isabellen, silbern und golden glänzend, Rappen und Schecken. Aber immer waren Ohren, Mähne, Fesseln und Schweif von feuerroter Färbung.

Auf einer Nachbarkoppel standen auch Pferde aus der Menschenwelt, aber sie wirkten wie Veilchen neben Lilien.

Es gab weit und breit keine Zäune, sondern nur kleinwachsende Sträucher, die die einzelnen Weiden voneinander abgrenzten. Als sich Máthair und Gealán den Pferden näherten, hoben diese ihre Köpfe, betrachteten sie aufmerksam und trabten heran.

Erst schreckte die junge Frau etwas zurück, aber in den Augen der Tiere glomm nur Sanftmut.

Ein gewaltiger Schimmelhengst galoppierte heran, den Kopf stolz gereckt, den gebogenen Hals so weit es ging aufgerichtet. Seine feuerrote Mähne mußte länger als eine Elle sein und sein Schweif, den er aufgerichtet wie ein Banner wehen ließ, mußte fast bis zum Boden reichen.

Dieses Tier verkörperte Anmut und Kraft, wie sie es noch bei keinem anderen gesehen hatte.

Vor Máthair blieb er stehen und rieb sich sanft an ihr.

"Na, Lasair, du Schönster der Schönen. Bald ist es wieder soweit. Dann geht es wieder auf eine große Reise mit deinem Herrn, und die Stuten hier müssen dich für eine Weile entbehren.

Das ist Lasair, der Hengst Misnéachards. Ist er nicht wunderschön?"

"Ja," hauchte Gealán, aber Máthair wußte nicht, ob die Frau das Pferd oder seinen Besitzer meinte.

"Dann wollen wir dir mal ein sanftes Reittier aussuchen. Wie wäre es mit dieser kleinen Isabellenstute? Herrlich wie ihr goldenes Fell glänzt. Das Rot von Mähne, Schweif, Fesseln und Ohren schimmert wie das Rot der Morgendämmerung. Sie ist schon etwas älter, nicht mehr so temperamentvoll. Ich werde ihre Mutter nehmen, die ist noch etwas älter und noch weniger temperamentvoll."

Gealán und Máthair lachten.

Die alte Frau sprach jetzt mit den Tieren, und die zwei Stuten folgten ihnen zu einem kniehohen Baumstumpf.

Máthair stellte sich darauf, bis das Pferd neben ihr war und saß auf. Die junge Frau folgte verwundert ihrem Beispiel.

"Brauchen wir keine Decken oder Zügel?"

"Nein, das sind Sidhipferde. Sie wissen, wohin wir wollen, und Decken brauchten sie nicht, weil sie einen so weichen Gang haben, daß du gar nicht merkst, daß du reitest. Entweder fällst du nur einmal von einem Sidhipferd oder nie."

Im leichten Trab ritten sie durch die Wiesen. Sie galoppierten ein Stück in einem flachen

Bach, daß das Wasser nur so spritzte. Gealán lachte laut auf. Dann näherten sie sich dem Wald. Die Bäume wiegten sich im Wind und fächelten den Frauen kühle Luft zu.

Dann mündete der Weg in eine große, offene Lichtung.

Brombeersträucher rankten wie grüne Wände an den Bäumen empor in den Himmel. Die Mitte der Lichtung bildete ein kleiner, klarer Weiher, um den Apfel- und Birnbäume standen. Ein Teil der Wiese war ein einziges Erdbeerfeld. Schönblättrige Bäume mit Früchten, die Gealán noch nie gesehen hatte, standen hier und Sträucher, die verschiedene Beeren trugen.

Ein Bach ergoß sich in vielen kleinen Wasserfällen in den Weiher.

Vor lauter Verwunderung über diesen scheinbar verwunschenen Ort hatte Gealán vergessen abzusteigen. Sie saß auf ihrem Pferd wie festgewachsen, und ihr Mund stand vor Staunen weit offen.

Schließlich kam Máthair mit einem hölzernen Schälchen auf sie zu und forderte sie auf, es mit leckeren Früchten für sich zu füllen.

Die junge Frau rutschte langsam von ihrem Pferd und ging auf der Wiese umher, hier und da von den Bäumen und Sträuchern naschend. Für manche Obstsorten war noch gar nicht die Reifezeit angebrochen, aber hier wuchsen und gediehen sie.

Máthair erklärte ihr, daß in diesem Garten immer Sommer war.

Nie zuvor hatte sie so süße Brombeeren gegessen. Dann gab es noch violette Beeren, die leicht säuerlich waren. Gealán aß, bis sie fast platzte und hatte immer noch nicht von allem gekostet.

Sie trank von dem klaren Wasser, das sie erfrischte. Auch Máthair war satt.

Gemeinsam legten sie sich auf große Steine, die rund um den Weiher lagen. Sie dösten vor sich hin und genossen den fruchtigen Duft in der Luft und den Wind auf ihrer Haut.

Später dann warfen die Frauen ihre Kleider ins Gras und badeten. Das Wasser war nur so tief, daß es gerade Gealáns Brüste bedeckte. So hatte sie keine Angst unterzugehen. Sie ging dennoch erst einmal vorsichtig am Rand entlang und genoß die Kühle. Die junge Frau tauchte sogar kurz unter, damit auch ihr Gesicht und ihre Haare naß wurden. Das Wasser war so klar, daß sie bis auf den Grund sehen konnte.

Schließlich wurde es ihr doch zu kalt, und sie legte sich wieder auf einen der warmen Steine. Zufrieden schlummerte sie ein.

Gealán wachte auf, als sie die melodischen Klänge einer Flöte vernahm. Sie ließ sich ein wenig von der Musik forttragen, bis sie richtig wach war.

Sie öffnete ihre Augen und sah einen Sidhi, der auf der anderen Seite des Weihers auf einem Stein saß und sie betrachtete, während er auf seiner Flöte spielte.

Scham überkam sie, so ihren Körper zur Schau zu stellen. Gealán hielt sich nicht für besonders schön. So stand sie auf und ging zu ihren Kleidern. Es kam ihr so vor als spüre sie die Blicke des jungen Mannes auf ihrer Haut. Die junge Frau drehte sich um und erwiderte seinen Blick verlegen. Auch er lächelte, unterbrach aber nicht sein Flötenspiel.

Gerade als Gealán ihr Kleid anziehen wollte, sprach Máthair sie an.

"Warum ziehst du dich an? Gibt es einen Grund, weshalb er dich nicht sehen darf?

Es ist bei uns nicht üblich, sich aus Scham zu verhüllen. Jedes Wesen gleich welcher Art ist ein Geschöpf der Göttin und als solches sollte es sich auch selbst betrachten.

Du mußt dich nicht schämen, nicht hier. Laß ihm doch die Freude des Betrachtens zuteil werden. Er möchte dich nur ansehen, nicht berühren, wenn es das ist, was du fürchtest. Er würde dir nie etwas tun."

"Wer ist er?" fragte Gealán verwundert.

"Sein Name ist Báistigh. Er ist oft hier und spielt auf seiner Flöte. Außerdem hat er eine Vorliebe für Körper. Ich schwöre dir, er kann dir mit seinen Händen den Verstand rauben."

"Du hast dich von ihm berühren lassen? Du bist doch um einiges älter als er, Máthair."

"Warum sollte ich mich nicht von ihm berühren lassen? Glaubst du, alte Frauen haben kein Bedürfnis nach Zärtlichkeit? Schönheit kommt aus dem Herzen, Gealán. Nur wer sich selbst annimmt, kann schön sein. Alles andere ist eine Maske, die früher oder später abfällt und in tausend Splitter zerspringt.

Auch Falten können schön sein, genau so schön wie die strahlenden Augen, durch deren Lächeln sie entstanden sind."

"Entschuldige, ich habe es nicht so gemeint."

"Sicherlich hast du es so gemeint. Aber ich fühle mich nicht verletzt. Denk an mich, wenn du selbst alt und backrissig wie ein alter Tontopf bist. Leg dich wieder hin und genieße die Aufmerksamkeit, die dir zuteil wird."

So legte sich die junge Frau wieder auf ihren Stein und schloß die Augen. Sie hörte den wunderschönen Melodien zu und flog in ihren Gedanken mit ihnen fort.

Doch auch die Musik endete einmal. Nur noch die Vögel sangen ihr Lied, und das Wasser plätscherte leise vor sich hin. Es war kühler geworden. Als sie aufstand, um sich anzuziehen, war Báistigh fort.

Máthair lag im Gras und schlief. Gealán wollte nach Hause, so weckte sie die alte Frau und gemeinsam brachen sie auf. Es mochte später Nachmittag sein, als sie die Pferde wieder zu den Koppeln gebracht hatten. Gemeinsam gingen sie auf dem sich schlängelnden Weg nach oben, wo sie sich vor der Zeltstadt von einander verabschiedeten.

Gealán ging durch die Zeltstadt, wo ihr der Flötenspieler noch einmal begegnete. Schüchtern blickte sie in eine andere Richtung und tat so als habe sie ihn nicht bemerkt. Schließlich war sie wieder in ihrem Zelt, aber Sáile war nicht da.

Gealán hatte ja auch nicht ahnen können, daß das Fehlen in der Nacht eine Folge davon war.

Gealán hatte tief und fest geschlafen, als draußen vor dem Zelt jemand: "Herrin, Herrin, wacht auf. Ich muß mit euch sprechen" so lange flüsterte, bis Sáile aufgewacht war.

Schnell hatte sie sich ihr Kleid übergeworfen und war vor das Zelt getreten.

"Wer bist du? Mußt du mich aus dem Schlaf holen mitten in der Nacht?"

"Es tut mir leid, Herrin. Aber ich wollte euch nicht am Tage sprechen. Ihr gehört jetzt zu des Prinzen Haushalt."

Die Angesprochene verstand nicht.

"Und?!"

"Ich bin nicht gern gesehen in der Zeltstadt. Aber ich kann euch helfen."

Sáile versuchte den Mann genauer zu betrachten.

"Jetzt erkenne ich dich erst. Du bist der Totenschädel von gestern. Du sagst, du kannst mir helfen. Gibt es denn einen Weg in meine Welt?", fragte die Frau hoffnungsvoll

"Ja, aber den könnt ihr nicht gehen. Aber ich kann euch dadurch helfen, daß ich euch Nachrichten auf die Andere Seite vermittle oder bringe."

"Du tust das natürlich nicht zu deinem eigenen Vergnügen, oder?"

"Ich werde meinen Lohn bestimmen, wenn ihr auf dem Thron sitzt."

Anmaßend lächelte die Frau.

"So soll es sein. Können wir uns morgen sehen. Vielleicht am Nachmittag?"

"Ja, aber niemand in der Zeltstadt sollte uns zusammen sehen. Geht zu dem Bach, an dem ihr euch wascht," sagte der Totenschädel.

"Woher weißt du, wo wir uns waschen?"

"Ich habe euch nicht aus den Augen gelassen, seit ihr hier seid. Euch und eure liebreizende Dienerin. Vertraut ihr nicht zu viel an. Misnéachard hat den schlechten Zug an sich, das Gute in den Menschen zu wecken. Sie würde ihm alles verraten. Vielleicht solltet ihr euch ganz von ihr trennen."

"Diese Entscheidung mußt du schon mir überlassen. Dann sehen wir uns morgen nachmittag an dem Bach?"

"Gut."

Dann schlich der Mann davon, und Sáile ging wieder in das Zelt, um weiter zu schlafen.

Sie grinste eines ihrer hinterlistigen Lachen und dachte sich, wie gut es war, daß selbst hier alles, was Feindschaft betraf, so war wie Zuhause. Wie hieß es so schön: Die Feinde meines Feindes sind meine Freunde. Dann schlief sie ein.

Als sie erwachte, war Gealán schon fort. Wie gut für sie. Sie ging zum Bach und wusch sich ausgiebig. Als Fia ihr das Frühstück brachte, bat sie das Mädchen ihr einen Zopf zu flechten, was diese gern tat.

Überhaupt war Sáile richtig freundlich und nett zu ihr.

Die Stunden gingen nur sehr langsam vorüber. Aber der Herrin sei Dank hatte es noch niemand geschafft, die Zeit anzuhalten.

Schließlich machte sie sich am frühen Nachmittag auf den Weg zu dem Bach.

Als sie so durch die Zeltstadt schlenderte, begegnete ihr Misnéachard.

"Sei mir gegrüßt, Sáile. Wie geht es dir?"

"Oh, es geht mir blendend. Ich gehe ein bißchen spazieren, um meine neue Heimat besser kennenzulernen."

"Es freut mich, daß du deinem Leben hier nicht mehr so feindlich gegenüberstehst. Feinde sind nur so lange Feinde, bis sie sich kennengelernt haben. Wenn du willst, führe ich dich ein wenig herum."

"Nein, nein. Ich kann das schon allein. Ihr habt bestimmt besseres zu tun, außerdem möchte ich lieber allein sein. Das Heimweh, ihr versteht schon?"

"Natürlich, dann möchte ich dich nicht länger stören. Es freut mich wirklich sehr, daß du deine Meinung geändert hast. Es täte mir leid, wenn du in diesem Land unglücklich wärst. Du kannst hier auch glücklich werden und dennoch deinen Weg gehen."

“Sicherlich, das glaube ich nun auch, jetzt, da ich eine Nacht darüber geschlafen habe. Ich wünsche dir noch einen schönen Tag, Misnéachard!”

“Den wünsche ich dir auch.”

Sáile lächelte den Prinzen mit ihrem bittersüßen Lächeln an und brachte die Zeltstadt endlich hinter sich.

An der Stelle, wo sie sich sonst immer wusch, spielten Kinder Verstecken.

Doch Madhra winkte ihr aus einem kleinen Hain in der Nähe des Baches zu.

Sie sprang über den Bach und war nach wenigen Schritten bei ihm. Er sah wirklich zum Fürchten aus. So mager, ja ausgemergelt war sein Körper. Nicht einmal Augenbrauen hatte er, und obwohl es warm war, trug er ein langärmliges, schwarzes Hemd und eine schwarze Bracca. Auch heute hatte er seine weißen Haare zu einem Zopf geflochten.

Schwarz wie seine Seele wohl sein mochte, waren auch die Augen, die erst zu ihrer Scham, dann zu ihren Brüsten glitten, und dann ihre Augen wie Dolche durchbohrten.

Sáile spürte, daß er weniger ein Mensch als ein Tier war. Sie mußte sich vor ihm hüten. Kaum wagte sie darüber nachzudenken, was geschehen würde, wenn sie ihm in den Rücken fallen würde.

Aber er schien auch nicht so gierig zu sein, daß sie ihn einfach bestechen konnte.

Der Augenblick des Betrachtens kam ihr viel zu lange vor.

Er mochte sie wohl nur als eine schwache Frau ansehen, aber vielleicht konnte sie ihn damit ja fangen. Wenn Sáile etwas in ihrem Leben gelernt hatte, dann, daß Männer besser sahen als dachten, und selbst wenn sie dachten, verwechselten sie zuweilen ihr oberes Gehirn mit dem zwischen ihren großen Zehen.

“Nun, ich bin hier,” sagte er hoffnungsvoll.

“Wie ist doch gleich dein Name, Totenschädel werde ich dich nicht nennen dürfen, oder doch?”, fragte Sáile.

“Madhra, der Hund,” antwortete der Mann knapp.

“Ich nehme an, daß du ihn dir nicht ausgesucht hast, Madhra.”

Der Angesprochene überging ihre Worte.

“Was wollt ihr von mir? Gibt es schon etwas, was ich für euch tun kann?”

“Ja. Geh in meine Welt und suche meinen Sohn. Seine Name ist Solasard mac Annir. Das ist alles, was ich weiß. Sicher ist er jetzt in dem Alter, ein Mädchen zu haben. Ich möchte wissen, wo er lebt, was er tut, wie er aussieht, ob er ein Mädchen hat, einfach alles. Wann kannst du losreiten?”, fragte sie unruhig.

“Heute nacht noch, wenn es wichtig ist.”

"Es ist wichtig. Du mußt schnell sein, die Zeit vergeht nicht zu unseren Gunsten. Komm so schnell es geht wieder zurück, um mir zu berichten, was du erfahren hast."

"Gut, aber ich werde mindestens sieben Tage unterwegs sein. Ich kenne jemanden drüben, der mir helfen kann. Ich schätze, ihr wollt nicht, daß euer Sohn etwas von eurer Aufmerksamkeit für ihn erfährt."

"Oh doch, sing es ihm doch vor, Trottel," schnaubte sie.

"Ist ja schon gut. Ich bin in sieben Tagen wieder hier. An diesem Ort. Wenn ich nicht hier bin, hast du mich heute zum letzten Mal gesehen."

"Was soll das heißen?", fragte sie mit gerunzelter Stirn.

"Es heißt, daß die Wege, die ich gehe, nicht ungefährlich sind. Es mag geschehen, daß mich einer tötet, bevor ich sein Hirn in Lehmklumpen geknetet und zur Erinnerung mitgebracht habe."

"Warum tust du es dann? Sicher doch nicht für mich."

Der Totenschädel lächelte sie an.

"Nein, aber ich habe mit jemandem eine Rechnung zu begleichen, und da paßt mir euer Kinderspiel gut in den Plan, um ihn vom Hauptangriff abzulenken."

"Wen ihn?", fragte Sáile neugierig.

"Ich verrate meine Feinde nicht, und schon gar nicht an eine schwache Frau, die glaubt, Männer mit ihrem Körper fangen zu können. Glaubt nicht, daß ich blind bin und nichts über euch wüßte."

"Ich sehe, wir werden uns noch schätzen lernen, Madhra."

"Bestimmt."

Er lächelte sie an und ging.

Die folgenden sieben Tage waren furchtbar. Sáile wußte nichts mit sich anzufangen. Ihr war langweilig und diese Langeweile machte sie nur noch gereizter. Kaum ging sie vor das Zelt. Nachts lag sie wach und überlegte sich weitere Einzelheiten ihres Planes. Alles hing von den Nachrichten Madhras ab, wenn er denn überhaupt zurückkäme. Er mußte einfach zurückkommen.

Doch schließlich waren auch diese sieben Tage vorüber.

Am Morgen frühstückte Sáile, ging dann später spazieren und fand sich am Nachmittag an dem kleinen Hain ein.

Lässig lehnte er dort an einem Baum und erwartete sie.

"Wie ich sehe, hast du überlebt, Madhra."

"Das seht ihr richtig. Wie geht es euch? Habt ihr euch schon eingelebt? Vielleicht ein paar Spaziergänge mit dem Prinzen gemacht und begonnen, ihn um eure schlanken Finger zu wickeln?"

Gereizt erwiderte sie:

"Spar dir deine Geschmacklosigkeiten für später auf. Was hast du in Erfahrung gebracht?"

Gelassen berichtete er:

"Nun, euer Sohn lebt. Er ist bei der Familie des cenn-fine von Inis-Diomain. Die Frau des Oberhaupts kennt ihr vielleicht. Tiné, eure frühere Zofe, wie ich erfahren habe."

Alle Farbe wich aus ihrem Gesicht.

"Weiter, was weißt du noch?"

"Er hat ein Mädchen, die Tochter des Schmieds. An Lughnasadh soll die Hochzeit sein."

"So, so."

Gedankenversunken strich sie sich über das Kinn.

"Ist das alles, ein so, so?", fragte der Totenschädel.

"Ich muß überlegen. Die Tochter des Schmieds. Er scheint es nicht zu wissen. Oder er tut so als ob. Die Tochter eines Schmiedes würde er auf den Thron Erius setzen? Nein, er weiß nichts davon. Er kann es nicht wissen. Wann kannst du wieder fort, ohne Aufsehen zu erregen?"

"Ich kann kommen und gehen, wie ich es mir beliebt."

"Gut. Laß noch drei Tage verstreichen, dann brich dorthin auf. An einer Stelle, die ich dir noch verraten werde, wirst du ein Schwert in einer Scheide finden. Das bringst du ihm. Aber erst an seinem Hochzeitsabend. Hörst du?" fragte sie aufgeregt.

"Sehe ich aus, als wäre ich taub?"

"Es ist wichtig. Ich möchte, daß du ihn an seinen Geís erinnerst. Tiné weiß auf jeden Fall davon. Es wundert mich, daß sie nichts dazu gesagt hat."

"Wie kommt ihr denn darauf?"

"Hätte sie etwas gesagt, gäbe es ja wohl keinen Hochzeitsabend, oder?"

"Richtig. Wo ist das Schwert, das ich ihm bringen soll?"

"Du findest es in einem kleinen Hain in der Nähe von Cluain-maccu-Nois. Dort steht das Heiligtum eines fremden Hirschgottes der Großen Insel. Es liegt in einer Nische, die in den Sockel geschlagen wurde. Du mußt sehr aufmerksam hinsehen. Sie ist nicht für jedermann sichtbar, aber wenn du mit deinen Fingern darübergleitest, wirst du sie finden. Sie ist mit einem Zauber versiegelt.

Darin liegt das alte Schwert seines Vaters. Ich meine das Schwert, das er trug, bevor er das Blaue Schwert gefunden hatte. Ich glaube, Fionn war der einzige Träger des Schwertes, der weder Hochkönig werden wollte noch es geworden ist. Er hat es zu dem gemacht, was es ist."

"Ihr spracht von einem Zauber. Kann ich ihn brechen oder muß ich etwas besonderes tun?"

"Du mußt gar nichts tun. Du kommst in meinem Namen."

"Und das reicht?"

"Ja, das reicht. Ich bin keine mächtige Zauberin wie die Morríghan. Meine Stärken liegen auf anderen Gebieten."

"Ich weiß, auch davon habe ich gehört."

"Was hast du gehört?"

"Oh, ich hörte, was euch die Gunst Fionns eingebracht hat."

"Schweig. Ich erwarte, daß du in drei Tagen aufbrichst. Das ist wichtig. Wir dürfen auf gar keinen Fall auch nur den geringsten Verdacht auf uns lenken. Woran erkenne ich, daß du wieder da bist?"

"Ich werde euch ein Zeichen zukommen lassen."

"Wie willst du das machen? In mein Zelt marschieren und mir ein paar Blumen auf mein Lager legen?"

"Ich stehe nicht ganz so alleine da, wie ihr denkt. Auch ich habe gelernt, daß man überall ein paar Freunde haben muß, auch im feindlichen Lager. Ihr werdet von mir hören. Dessen seid gewiß."

Er wollte gerade gehen, als er sich noch einmal umdrehte und sagte:

"Kennt ihr eigentlich die Worte bitte und danke?"

Dann drehte er sich um und ging davon.

Ein merkwürdiger Mann dachte sich Sáile. Auf der einen Seite ein Tier auf der anderen Seite siezte er sie so beharrlich wie sie ihn duzte. Sie würde ihm schon die Krallen stutzen. Eines Tages würde er ihr schon aus den Händen fressen.

der coven

Lächelnd wachte Amhrán auf. Sie hatte wundervoll geschlafen. Ihr Körper war leicht wie eine Feder. Dann erinnerte sie sich an diesen Traum. Manchmal hatte Goleudydd von den Männern des Elbenvolkes erzählt, aber ein Mann wie Misnéachard konnte nur in einem Traum vorkommen. Niemals würde es ein Antlitz von solcher Schönheit geben. Augen voller Sanftmut und Arme, die sie so sicher halten konnten, eine Stimme, die sie so willenlos machte.

Nie würde sie diesen Mann vergessen. Und doch spürte Amhrán tief in ihm diese Trauer, eine Ohnmacht, die sie dazu trieb, ihn in die Arme nehmen zu wollen und zu schützen vor dem Leid, das ihn zu zerfressen schien.

Noch einmal ließ sie die Bilder an sich vorüber ziehen, hörte seine Stimme, die Worte. Amhrán verstand so vieles davon nicht. Aber das war ja auch nicht wichtig. Im Halbschlaf schmiegte sie sich an Rhiannon, die sie in den Arm nahm. Sie hörte die Vögel und andere Geräusche, die sie nicht zuordnen konnte. Sie genoß die Kühle des Morgens auf ihrem Gesicht und die Wärme, die ihr Mantel ihrem Körper spendete. Enger zog sie den Mantel um sich.

Aber!?

Das war nicht ihr Mantel. Ihre Finger fühlten einen leichten Stoff, der so weich auf ihrer Haut lag wie der Hauch eines Sommerwindes. Erschrocken riß sie die Augen auf und schaute sich um. Tatsächlich, das war nicht ihr Mantel. Das war der Mantel aus dem Traum. Jetzt, da es nicht mehr dunkel war, fiel ihr auf, daß er nicht nur grün war, sondern in allen Farben des Waldes schimmerte, je nachdem wie das Licht auf ihn fiel.

Rhiannon wurde wachgerüttelt, aber der Mantel blieb derselbe.

"Ich habe es dir ja gesagt. Sie sind ein seltsames Volk, diese Sidhi. Hat er gesagt, wer er ist?"

"Ja, sein Name ist," leise hauchte Amhrán ihn über ihre Lippen, "Misnéachard."

"Du hast einen Glanz in den Augen, der mir gar nicht gefällt, junges Fräulein. Misnéachard, Misnéachard? Laß mich überlegen. So heißt der Sohn des Königlichen Paares, aber das bedeutet gar nichts. Schließlich gibt es eine Menge schwarzer Kühe, die weiße Milch geben. Außerdem glaube ich nicht, daß er etwas mit uns Menschen zu tun haben will.

Hat er gesagt, wohin sie unterwegs sind?", fragte sie das Mädchen mit dem verklärten Blick.

"Er sagte irgend etwas von wichtigen Nachrichten, mit denen er unterwegs sei. Rhiannon, was soll denn das alles? Du tust ja gerade so, als wäre er ein Verbrecher? Ist es denn ein Verbrechen, ein Sidhé zu sein?"

Rhiannon antwortete sorgenvoll:

"Nein, sicherlich nicht. Aber ich traue ihnen nicht von der Stirn bis zur Nasenspitze. Du kennst sie nicht so, wie ich sie kenne. Vielleicht mag dieser Misnéachard ja sehr gefällig sein. Aber glaube mir, nicht alle Sidhi sind so ehrenhaft und menschenfreundlich wie er. Ich schätze, wir werden in zwei Nächten im Coven sein. Endlich in Sicherheit! Ich bin zu alt, mit einem Kind durch das halbe Land zu ziehen.

Mit einem Kind, das Elben zum Abendessen einlädt und sich auch noch von ihnen küssen läßt. Was hast du dir dabei nur gedacht?"

"Ich konnte einfach nicht anders, Rhiannon. Ich, ich habe noch nie so einen Mann getroffen. Es war, als ginge ein Zauber von ihm aus, dem ich mich einfach nicht entziehen konnte."

Die alte Frau lächelte sanft.

"Ich weiß. Diesem Zauber hat mein Stamm sein Dasein zu verdanken. Laß uns nun aufbrechen. Sicherlich wirst du nicht so klug sein, den Mantel hier zu lassen, sondern ihn mitschleppen, gleichgültig wie schwer er auch sein mag."

Glasklar antwortete Amhrán:

"Natürlich, was hast du denn gedacht?"

"Nichts, aber dann wirst du den Sack auch tragen. Wir werden heute den Wald verlassen und über die Berge zum Lough Dergdherc, dem See des roten Auges, ziehen. Dort werden wir dann zu Pferd unsere Reise fortsetzen. Laß uns endlich aufstehen, denn..."

"Der Weg wird länger mit jedem Schritt, den man nicht tut."

"Sehr gut, dann auf jetzt!"

Es dauerte nicht lange, da waren die zwei Frauen wieder reisefertig. Den Mantel Misnéachards hatten sie im Reisesack verstaut, den Amhrán stolz trug. Die Sidhi hatten einen Trinkbeutel ihres goldenen Trunkes und zwei hölzerne Becher dagelassen.

Während sich Amhrán überschwenglich darüber freute, murmelte Rhiannon etwas von einer Schuld, die zu begleichen sei.

Den ganzen Morgen verbrachten sie noch in der Sicherheit des Waldes. Doch bereits gegen Mittag begann sich dieser immer mehr zu lichten, bis sie nur noch vereinzelt auf kleinere Haine stießen. Der Paß, dem sie über die Berge folgten, war gut begehbar. An einem Bach füllten sie ihre Wasserbeutel noch einmal auf. In den Bergen gab es zwar Wasser, aber ob das genießbar und vor allem auch greifbar war, wenn sie es brauchten, wußte nur die Göttin.

Hier gab es nichts zu jagen. Vielleicht konnten sie in einem Bergsee ein paar Fische fangen, aber das war fraglich. Rhiannon hatte noch etwas trockenes Brot.

Am Nachmittag begann es zu regnen. Das waren schon keine Tropfen mehr, was ihnen da in den Mantelkragen fiel. Gegen Abend fanden sie ein verlassenes Steinhaus. Das Dach hatte zwar ein paar große Löcher, hielt aber sonst wenigstens den größten Teil des Regens ab. In einer Ecke lag ein Holzbündel, so daß sie sogar ein kleines Feuerchen machen konnten. Sie zogen ihre nassen Oberkleider aus und legten sie zum Trocknen ans Feuer. Zum Abendessen gab es trockenes Brot, an dem sie lustlos herumknabberten und einen Apfel. Sie schliefen früh ein, als Decke diente ihnen der große Mantel des Sidhi.

Schon früh am Morgen waren sie hellwach. Doch die Stille hier oben war nur allzu bedrückend. Nur der Wind sang sein Lied, von Vögeln oder anderen Tieren war weit und breit nichts zu hören und zu sehen. Bald waren die beiden wieder auf ihrem Weg. Auch heute hingen die Wolken sehr tief. Die Landschaft bot wenig Abwechslung. Steine, Steine und nochmals Steine. Hier konnte nichts und niemand leben. Kein Gras für Rinder, Schafe oder Ziegen. Es war kein Wunder, daß sie weit und breit die einzigen menschlichen Wesen waren. Sie fragten sich, wem wohl das einsame Steinhaus gehört haben mochte. Aber die meiste Zeit liefen sie nur schweigend nebeneinander her.

Amhrán war mit ihren Gedanken bei Misnéachard. Sie wußte nichts über diesen Mann, und doch war er ihrem Herz so nah. Wenn sie ihre Augen schloß, sich erinnerte, schien er immer noch bei ihr zu sein. Sie wäre so gerne mit ihm gegangen, aber ihr Weg führte jetzt zum Coven.

Außerdem hatte er ihr ja versprochen, sie wiederzusehen. Die Gedanken an ihn würden die Höhle sein, wenn sie sich vor ihrer neuen Heimat verkriechen wollte.

Ihre Beine wurden immer schwerer, und der Weg schien kein Ende zu nehmen. Rhiannon schleppte sich mehr vorwärts, als daß sie lief. Sie gingen in die Dunkelheit hinein, bis sie sich erschöpft am Wegesrand niederließen.

Ihre Mäntel schützten sie vor dem Wind. Wie zwei Steine saßen sie da. Die Nacht schien ihnen unendlich lang zu sein, aber sie wollten an ihr Ziel, und die Suche nach einem richtigen Nachtlager hätte zu viel Zeit in Anspruch genommen. Sie schliefen unruhig und im Schlaf klapperten ihre Zähne vor Kälte.

Am Morgen des nächsten Tages gelangten sie endlich zum Lough Dergdherc. Der Wind tanzte zu seinem eigenen Lied und leichte Wellen kräuselten die Oberfläche des Sees. Der Himmel war nur leicht bewölkt und zuweilen zeigte ihnen die Sonne sogar ein strahlendes Lächeln.

Ein freundlicher Fischer brachte sie ans andere Ufer. Dort erreichten sie am frühen Abend eine Siedlung, wo man Rhiannon kannte und ihr und ihrem Schützling ein Nachtlager anbot.

Auch wenn die Leute im Dorf arm waren, die Gastfreundschaft Fremden gegenüber war ihnen ein Gebot. Wie die meisten im Dorf verdingte sich auch das alte Ehepaar, bei dem Amhrán und Rhiannon Unterschlupf gefunden hatten, seinen Lebensunterhalt durch Fischen. Die beiden Frauen ließen sich die schmackhaft zubereiteten Speisen auf der Zunge vergehen und Amhrán tat es wohl wieder unter einem Dach zu ruhen.

Weit vor Sonnenaufgang waren sie schon auf zwei schnellen Pferden unterwegs. Sie gönnten sich nur kurze Unterbrechungen, so daß sie bis zum Abend ein gutes Stück ihres Weges hinter sich gelassen hatten. Die Siona, Erius mächtigster Strom, war ihr ständiger Wegbegleiter. Nach der Abenddämmerung übernachteten sie noch einmal in einem Wetterhäuschen, bevor es am nächsten Morgen gleich frisch weiterging.

Vereinzelt lagen kleine Loughs an den Seiten des Weges, wo sie ihre Pferde tränken konnten. Auch die Dichte der Bäume nahm mit jedem Schritt, den sie weiter in den Norden kamen, zu. Der Coven schien mitten in einem riesigen Wald zu liegen, vermutete Amhrán, als sie auf einen Wald stießen, dessen Ende auch am Horizont noch nicht auszumachen war.

Die Bäume dieses Waldes mußten uralt sein, so gewaltig waren sie. Der Boden war wie aufgeräumt, so wenig Unterholz gab es. Überall lagen verdorrte Blätter. In den Pfützen am Wegesrand spiegelte sich der Herbsthimmel.

Die Frauen redeten kaum miteinander, sondern bemühten sich, ihre Pferde anzutreiben. Am späten Nachmittag ruhten sie sich ein wenig aus und tränkten ihre Pferde an einem Bach. Dann stiegen sie wieder auf. Sie ritten noch eine kleine Weile im Wald, als dieser unerwartet endete.

Menschen hatten hier dem Weg des Waldes zum Fluß hin Einhalt geboten und so sollten sie nie aufeinander treffen.

Vor Amhráns Augen glitzerte in noch nicht einmal einer Meile Entfernung die Siona in der Abendsonne. Schwäne zogen auf dem Strom dahin. So sehr bewegte sie die Stimmung dieses beschaulichen Ortes, daß sie zuerst die Hütten übersehen hatte, die auf einer leichten Anhöhe, keine zweihundert Schritte vom Ufer entfernt, standen.

"Ein schöner Ort, nicht wahr, Amhrán?"

"Ja, ein schöner Ort. Ich bin glücklich endlich hier zu sein."

"Dann laß uns dorthin reiten. Sicherlich erwartet man uns schon."

"Warum uns, Rhiannon? Sie wußten doch gar nicht, daß ich komme, oder doch?"

Bevor ihr Rhiannon noch eine Antwort geben konnte, war sie schon auf ihrem Pferd an Amhrán vorbeigeprescht.

Wieder einmal fragte sich das Mädchen, woher eine so kleine, zierliche Person die Kraft nahm.

Sie drückte ihrem Pferd die Fersen in die Flanken und folgte ihr.

Der Coven schmiegte sich in eine Schleife des Sionas. Um eine große Versammlungshütte standen fünf kleine Rundhütten. Die Wände bestanden aus zusammengeflochtenen Zweigen und Lehm. Die Dächer waren aus Ried und reichten bis fast auf den Boden, nur für den Eingang war noch Platz freigelassen worden.

Der Fluß, der sich vor dem Coven fast in einen See ausweitete, strömte auf der linken Seite in seiner gewöhnlichen Breite dahin. Rechts von den Rundhütten stand in ebenfalls kurzer Entfernung ein kleiner Hain.

Drei Frauen kamen ihnen entgegen. Voran ging eine groß gewachsene, sehr schlanke Frau mit langen blonden Haaren. Hätte Amhrán nicht schon einmal diese Art von spitzen Ohren gesehen, wäre sie bestimmt erschrocken.

Die Frau, die verzweifelt versuchte, an ihrer linken Seite Schritt zu halten, schien das genaue Gegenteil von ihr zu sein. Klein und herrlich drall, die dunkelgrauen Haare zu einem geflochtenen Kranz hochgesteckt und nicht wie ihre würdevolle Führerin ernst dreinblickend, sondern mit einem herzlichen Lächeln auf den Lippen.

Auch die dritte Frau lächelte Amhrán freundlich an. Sie hatte braune Kringellocken, die sie zu einem Pferdeschwanz zusammengefaßt hatte und überragte die zweite Frau um mindestens einen Kopf, war aber dennoch nicht so groß wie die blonde Frau, aber fast so schlank.

Als sie Amhrán fast erreicht hatten, gelang es dieser endlich sich aus ihrer Erstarrung zu reißen und vom Pferd abzusteigen.

Rhiannon folgte ihrem Beispiel und gesellte sich zu ihr. Die blonde Frau hatte sie gerade erreicht.

"Sei mir gegrüßt, verehrte Rhiannon. Wir hatten dich eher erwartet. Aber diese hübsche Blume zu pflücken, nahm wohl mehr Zeit in Anspruch.

Sei auch du mir gegrüßt, Amhrán. Ich hoffe, es wird dir hier gefallen. Mein Name ist Síochanta. Ich bin die Hohepriesterin dieses Covens, das heißt, mir obliegt die geistige und weltliche Führung."

Dann trat die beleibte Frau vor.

"Sei auch du mir gegrüßt, Amhrán. Mein Name ist Bó. Ich bin die Druidin des Covens. Sei herzlich willkommen. Ich bin hier so eine Art Mutter für alle. Wenn es Schwierigkeiten gibt, komme ruhig zu mir."

"In der Tat bist du das," bestätigte die gelockte Frau.

"Sei auch mir gegrüßt, Amhrán. Ich bin Cláirseach, die Bardin."

Síochanta lächelte sanft.

"Steigt ruhig wieder auf und reitet schon voraus. Wir kommen zu Fuß nach. Rhiannon, bringe sie in die Hütte von Caitín, Eite und Sadv. Dort soll sie die erste Zeit wohnen. Du kannst dir mit Deirdre ihre Hütte teilen. Das wird sie auf andere Gedanken bringen. Wir sehen uns dann eine Stunde nach Sonnenuntergang in der Versammlungshütte. Ich hoffe nicht, daß ihr zu erschöpft seid und deshalb nicht kommen könnt.

Ich würde das als ein Zeichen großer Unhöflichkeit betrachten. Kehren wir um!"

Amhrán war wie Rhiannon wieder aufgestiegen und brachte ihr Pferd an die Seite ihrer Freundin.

Die drei Frauen schlenderten hinter ihnen her.

"Diese Síochanta, ist sie immer so ernst?"

"Sie ist eine Sidhé, Amhrán, was willst du da anderes erwarten. Die Sidhi zeigen nur selten ihre Gefühle. Und im Gegensatz zu Eite, mit der du zusammenwohnen wirst, war Síochanta noch freundlich."

"Sind alle meine Mitbewohnerinnen Sichi?", fragte Amhrán.

"Nein, nein. Sadv ist ein Menschenkind. Sie ist Goleudydds Tochter. Caitín ist eine sehr quirlige, kleinwüchsige Frau aus meinem Volk. Sie und Eite sind seit vielen Jahren ein Paar. Du siehst, eine bunt zusammengewürfelte Mischung.

Wenn ich an Deirdre denke, kann ich dich nur beneiden. Sie ist eine Gelehrte hier. Aber störrisch, rechthaberisch und besserwisserisch, wie es nur ein Mensch sein kann.

Es würde mich gar nicht wundern, wenn Síochanta das mit Absicht so geplant hätte. Wahrscheinlich ist das so eine Art Geduldsprüfung, als wäre ich nicht schon zu alt für solche Kindereien."

Neugierig fragte das Mädchen seine Freundin:

"Und diese Deirdre? Wird sie mich auch unterrichten?"

"Nein, mein Kind. Jedenfalls vorerst nicht. Du mußt noch sehr viel lernen, aber als erstes mußt du dich selbst kennenlernen. Dafür bin ich zuständig. Laß uns etwas schneller reiten. Ich möchte mich etwas waschen und andere Sachen anziehen. Gib mir bitte den Reisesack."

Als die beiden Frauen die Rundhütten erreichten, brachte Rhiannon ihren Schützling zu der dem Hain am nächsten liegenden Hütte und ritt dann zu der ihr zugeteilten.

Da stand sie nun vor dem Eingang, der durch eine Holztür verschlossen war. Rhiannon war fort.

Allein.

Sie zog die Möglichkeit in Betracht wieder aufzusteigen und das Weite zu suchen, aber das wäre ja lächerlich.

Gerade wollte sie das Pferd festbinden, als ihr ein junger Mann die Zügel abnahm und es in den Stall brachte.

Vorsichtig klopfte sie an. Drinnen rumpelte es. Schritte. Dann wurde die Tür zaghaft geöffnet.

Ein blasses, dunkelblondes Mädchen, vielleicht in Amhráns Alter, blickte schüchtern hervor.

"Sei mir gegrüßt, mein Name ist Amhrán. Ich wurde von der Hohepriesterin eingeteilt, hier zu wohnen."

Aus der Hütte kam ein Vielversprechendes:

"Was noch eine? Laufen wir uns nicht schon genug zwischen den Beinen herum?"

Das dunkelblonde Mädchen drehte sich um und flüsterte fast:

"Du kannst ja ausziehen, wenn es dir nicht paßt, Caitín. Dann hätten wir schon mal wieder etwas mehr Platz.

Komm herein, Amhrán. So ist doch dein Name?"

Unsere Freundin nickte sprachlos.

Die Hütte wurde von einer Feuerstelle, die sich an die Wand schmiegte, erhellt. Vier Nachtlager standen darin, wovon eines als Kleiderablage diente.

Es gab auch einen Tisch, auf dem eine Schüssel, ein Krug Wasser und vier Becher standen.

Zaghaft trat Amhrán ein, schloß die Tür und ging auf das vierte Bett zu. Gerade als sie sich darauf gesetzt hatte, klopfte es.

Das dunkelblonde Mädchen öffnete, und Rhiannon steckte ihren Kopf in die Hütte.

"Schön dich zu sehen, Sadv. Ich hoffe es geht dir gut. Das Mädchen hier ist aus dem Dorf deiner Mutter."

Dann zog die alte Frau ihren Reisesack von der Schulter, öffnete ihn, kramte darin herum und zog etwas langes daraus hervor.

"Hier Amhrán, auf den wolltest du sicherlich nicht verzichten."

Von dem Bett, das in der dunkelsten Ecke der Hütte stand, kam ein:

"Sie, sie hat einen Sidhimantel. Wo hast du ihn her?"

Rhiannon blickte zu der schwarzhaarigen Frau hin.

"Ruhig Blut, Eite, das wird sie dir schon früh genug erzählen."

Dann wandte sie sich einer sehr kleinen Frau zu.

"Und du Caitín, sei vorsichtig und schone sie ein wenig. Das ist eine zarte Blume und kein Hackholz so wie du. Sei tapfer, mein Herz, wir sehen uns dann später."

Dann ging sie hinaus.

Amhrán saß regungslos auf ihrem Bett, den Mantel in ihrem Schoß, als die Frauen plötzlich anfingen, sie mit Fragen zu bestürmen. Schließlich rief die sanfte Sadv:

"Halt, halt, so geht das nicht. Seht ihr nicht, daß ihr sie noch mehr verwirrt, als sie es ohnehin schon ist? Wir wollen sie ein wenig in Ruhe lassen und uns erst einmal selbst vorstellen.

Ich bin Sadv, Goleudydds Tochter. Siebzehn Sommer zähle ich schon. Hierher gekommen bin ich vor sieben Sommern. Jetzt bist du dran, Caitín."

Die angesprochen Frau war nicht einmal halb so groß wie Amhrán. Ihre Haare waren schneeweiß, aber sie schien sehr jugendhaft zu sein. Viele kleine Zöpfe hatte sie in zwei Reihen entlang des Kopfes geflochten, die allerdings nur so lang waren wie ein Fingerglied.

Aus ihrem Gesicht blitzten zwei strahlende, hellwache grüne Augen.

"Sei mir gegrüßt, und verzeihe mir diesen Empfang. Aber im allgemeinen und auch im besonderen pflege ich meine Zunge nur selten im Zaum zu halten. Mein Name ist Caitín.

Ich gehöre zum Kleinen Volk wie die gute, alte Rhiannon. Und ich liebe dieses wundervolle Geschöpf dort. Halte dich fern von ihr, sonst wirst du ihr auch verfallen so wie ich."

"Rede keinen Unsinn, Caitín," erwiderte eine blasse Schönheit mit mandelförmigen Augen und hüftlangem, schwarzem Haar.

Die schwarze Pracht hatte sie zu einem Zopf zusammengefaßt.

"Wie du siehst, schäme ich mich meiner Herkunft nicht. Ich trage meine Fuchsohren mit Stolz."

Anmutig erhob sich die Sidhé von ihrem Lager.

"Sei mir gegrüßt, Amhrán. Ich bin Eite und wie du wohl schon bemerkt hast, bin ich eine Sidhé. Vielleicht magst du mir ja eines Tages erzählen, wie du zu diesem schönen Mantel gekommen bist."

Dann wurden ihre Augen für einen kleinen Augenblick eng.

"Caitín? Wenn du dann das Bett vielleicht freimachen würdest. Laßt uns draußen ein wenig spazieren gehen, damit sich unsere neue Mitbewohnerin etwas frisch machen kann. Wir holen dich dann vor der Versammlung ab."

Schnell hatte Caitín das Bett von ihren Sachen befreit und die drei waren draußen.

Erschöpft ließ sich Amhrán zurückfallen. Endlich war sie angekommen. Vorbei die Nächte im Wald. Ihre neuen Gefährtinnen würde sie zwar nicht unbedingt zu ihrem Versprechungsabend einladen, aber sie hätte es auch schlimmer treffen können.

Diese Caitín war ja unglaublich. Dafür fand sie Sadv sehr nett und Eite, nun ja, sie war nun mal eine Sidhé. Die zweite ihres Lebens innerhalb kürzester Zeit. Dabei hatte sie immer gedacht, die Insel gehöre nur den Menschen.

Mit einem Ruck zwang sich Amhrán auf. Dann entledigte sie sich ihrer Kleidung,, wusch sich den Reisestaub von ihrem Körper und dann zog sie sich wieder an. Als sie gerade dabei war ihre Kleider noch etwas zu ordnen, klopfte es, und Sadv schaute mit ihren großen, braunen Rehaugen herein.

"Bist du soweit?"

"Ich denke schon."

"Dann komm!"

Amhrán trat vor die Tür, schloß sie und folgte den drei Frauen, die den Weg zu der großen Versammlungshütte einschlugen. Hie und da sah sie einige Beete, die vor den Hütten angelegt worden waren. Der Weg war kurz.

Die große Versammlungshütte war der Ort des Zusammenkommens. Hier wurde der Tag gemeinsam begrüßt und auch verabschiedet. Draußen war es inzwischen dunkel. Nebel stieg auf. Doch in der Hütte war es behaglich warm und hell.

Eine große Feuerstelle sorgte für Wärme und Licht. In der Mitte des Raumes stand ein großer, runder Tisch, auf dem Brot, Obst, kaltes Fleisch und zwei Krüge voll Milch und Wasser dargeboten wurden.

Um den Tisch versammelt standen alle Angehörige des Covens. Doch was Amhrán so erstaunte waren nicht die zwölf Frauen, sondern die zwei Männer.

Der eine mochte in der Blüte seines Lebens stehen, der andere war nur wenige Jahre älter als sie selbst.

Doch bevor sie sich weiter darüber Gedanken machte, wurde sie von Sadv an einen leeren Platz geführt.

Síochanta ergriff das Wort.

"Geliebte Kinder der Mondin und der Sonne! Dieser Tag hat uns ein großes Geschenk gebracht. Eine neue Schülerin hat ihren Weg hierher gefunden und dafür wollen wir dankbar sein.

Wir wollen der Herrin danken, wofür jeder einzelne von uns ihr zu danken hat und sie bitten, den Trank und die Speisen auf diesem Tisch und an allen Orten, wo sich Menschen, Elben, Kleines Volk und andere begegnen, zu segnen."

Amhrán blickte in die Runde. Vier der Frauen kannte sie noch nicht. Eine davon fiel ihr besonders auf. Die hagere Frau durchbohrte das Mädchen schier mit ihren Blicken, als wolle sie durch die Augen in ihre Seele eindringen. Kalt lief es dem Mädchen über den Rücken.

Dann folgte der Segen, der mit der Lebensspirale endete. Langsam zeichnete die Priesterin die Spirale des Lebens in die Luft. Alle Anwesenden zeichneten sich mit ihrem Daumen das Zeichen auf die Stirn, strichen über ihre Nase, den Mund und berührten dreimal leicht mit dem Daumen der geschlossenen Hand die Brust. Dann legten sie ihre Faust flach aufs Herz und öffneten sie dreimal leicht zum Himmel.

Schließlich wurden die Speisen umhergereicht und alle aßen. Auch nach dem Essen wurde noch einmal gebetet.

Dann zauberte Cláirseach ihre Harfe hervor und zupfte eine schöne, getragene Melodie. Immer mehr zog das Lied Amhrán in den Bann. Es schien, als trage sie das Lied weit fort. Ihre Glieder wurden schwer und schwerer, bis sie fast vornüber fiel.

Bó, die Druidin, stand leise auf und ging zu Amhrán.

"Komm, Kleines. Ich bringe dich zu Bett. Gewiß bist du erschöpft und brauchst deine Nachtruhe, um Kraft zu sammeln. Hake dich ruhig ein."

Müde schmiegte sie sich in den Arm der Frau und ließ sich aus dem Raum führen. Draußen war es bitterkalt. Schläfrig tappte Amhrán neben Bó her.

Schließlich erreichten sie die Hütte. Fast schon im Schlaf zog sich das Mädchen aus. Bó hatte noch einmal das Feuer in der Feuerstelle entfacht. Amhrán schlüpfte unter ihre Decke und murmelte fast schon im Schlaf:

"Der Mantel, mir ist kalt. Mein Mantel."

Kaum lag der Mantel auf ihr war sie auch schon eingeschlummert.

Leise ging Bó hinaus.

Wieder sah Amhrán dieses Gesicht. Das freundliche Lächeln, die Zärtlichkeit, mit der er sie berührte. Er hielt sie fest, nie hatte sie sich so sicher in den Armen eines Mannes gefühlt.

Nie diesen tiefen Schmerz gespürt, sterben zu müssen vor Freude. Die ganze Welt drehte sich um sie.

Wie sanft er mit seiner Hand durch ihr Haar strich, den Nacken entlang. Er mußte nichts sagen, seine Augen waren gesprächiger, als es ein Mund jemals sein würde. Er hielt sie nur fest.

Die Zeit zog an ihnen vorüber und konnte ihnen doch nichts anhaben. Sie spürte die Wärme seines Körpers um sich. Es kam ihr vor, als gäbe es ein unsichtbares Band zwischen ihnen. Selbst wenn sie es noch so wollte, Amhrán wußte, sie würde nie mehr von ihm lassen können. Aber das, was sie miteinander verband, war nicht von dieser Welt.

Schließlich verblaßte das Bild und Amhrán erwachte.

In der Hütte glühte das Holz und verbreitete einen rötlichen Schein. Sie richtete sich auf und schaute umher. Eites Bett war leer, dafür lagen in Caitíns zwei Körper eng aneinander geschmiegt. Auch Sadv schlief tief und fest.

Amhrán hätte gern gewußt, was die drei träumten. Hatten sie auch ein Geheimnis, das sie mit sich herumschleppten und vor jedem verbargen?

Warum sollte es ihnen auch besser gehen als ihr? Schließlich hatte jeder Mensch Träume, Wünsche und Hoffnungen. Hatte Goleudydd nicht einmal gesagt:

Jeder hat sein Leben selbst in der Hand. Du bist verantwortlich für das, was du tust. Du setzt dir selbst deine Ziele. Bedenke immer, nur die Sache ist verloren, die du verloren gibst. Es ist das traurigkomische am Schicksal der Menschen, daß sie selbst dann nicht zufrieden sind, wenn sie ihr Ziel erlangt haben. Deshalb sei nie zu gierig! Genieße, was dir die Göttin schenkt, wenn du es verdienst, wirst du ohnehin mehr erhalten.

Aber was Amhrán wollte war unmöglich.

Shems Tochter sehnte sich nach Solasard und dem einfachen Leben, das sie teilen würden. Sie würden ein Haus, Kinder haben und glücklich sein. Sie würde eine gute Mutter, eine gute Frau sein.

Aber die unbändige Frau in Amhrán sehnte sich nach etwas ganz anderem. Sie wollte frei sein, ungebunden, ihr jetziges Leben abstreifen so wie Tiere ihr Fell wechseln. Ob jeder Mensch in diesen Ketten gefangen war? Es wurde so viel von ihr erwartet.

War das ihr Schicksal?

Mit dem Mann, den sie mehr begehrte als alles auf der Welt, würde sie nie zusammen leben können, und den Mann, mit dem sie leben könnte, liebte sie nicht genug.

Nun ja, hier hatte sie genug Zeit, um Entscheidungen zu fällen, zu wessen Gunsten auch immer. Dennoch blieb ihr wohl keine Wahl.

Sie konnte wohl weder in dieser noch in der anderen Welt mit Misnéachard leben.

Wie sagte das Alte Wort:

Ein Vogel und ein Fisch können sich verlieben. Aber wo bauen sie ihr Nest?

Vielleicht würde sich diese Schwärmerei für Misnéachard auch in Luft auflösen. Sie war ja noch jung.

Fest mummelte sie sich in seinen Mantel und schlief wieder ein.

Camchéachtas
Gefühle

Frisch war es am frühen Morgen und neblig. Die Wolken schienen vom Himmel gefallen zu sein, so dicht waren die kalten Nebelschwaden, die sie umgaben. Kaum konnten die Reiter ihren Vordermann erkennen, geschweige denn den Weg, dem sie folgten.

Sie hatten noch keine Meile hinter sich gebracht, da gab Iolaranam den Befehl abzusteigen und die Pferde zu führen. Die Tröpfchen des Nebels setzten sich auf ihre Gesichter. Sie sahen aus als schwitzten sie.

Cioná hielt die Zügel ihres Pferdes verkrampft fest. Immer wieder versicherte sie sich, daß noch jemand vor oder hinter ihr ging, bis sich Sionnach schließlich zu ihr gesellte.

"Du brauchst keine Angst zu haben. Hier geht niemand verloren, Cioná."

"Du hast leicht reden. Du bist eine halbe Wilde und kannst überall leben, aber ich?"

"Deine Angst wird immer die Tür zu einer freieren Welt sein. Du mußt sie nur aufstoßen. Ein Wasserfall muß durchquert werden, um zu wissen, daß die andere Seite trocken ist."

"Und wenn sie das nicht ist, Sionnach?"

"Dann kannst du immer noch schwimmen."

"Schöne Worte, Sionnach, wirklich schöne Worte."

"Ich will dir doch nur helfen. Wovor hast du denn eigentlich Angst? Vor dem Tod? Der ist doch überall gleich, ob auf deinem Nachtlager oder auf der Straße. Das Ende deines Weges ist überall das gleiche, das Ende.

Du glaubst doch nicht etwa, daß jeder Mensch einen anderen Tod stirbt. Die Ursachen mögen verschieden sein, aber der Tod macht alle gleich. Nur der Tod schafft, was den Menschen nie gelingen wird, daß nämlich wirklich alle gleich sind."

"Du findest das sehr lustig, Sionnach! Nicht wahr? Aber ich liebe mein Leben, auch wenn unser Glaube den Tod so verherrlicht. Der letzte Ort, an dem ich sterben möchte, ist die Straße."

"Du liebst das Leben? Das ist mir aber neu. Dabei benimmst du dich doch so, als wärst du schon tot. Schließt dich aus unserer Gemeinschaft aus, wo es nur geht und gehst deinen eigenen, einsamen Weg."

Die Heilerin antwortete ruhig:

"Es gibt viele Wege, um ein Ziel zu erreichen, Sionnach. Obwohl ich auf dem Weg der Fianna gehe, ist ihr Ziel noch lange nicht das meine."

"Das merkt man. Warum verläßt du dann die Fianna nicht einfach? Das würde dir und uns das Leben um ein Vielfaches erleichtern."

"Du glaubst gar nicht, wie gerne ich das tun würde, aber es ist mir untersagt. Ich bin nicht aus freiem Willen bei euch. Laß mich jetzt allein, Sionnach. Es ist nett, wenn du mir helfen willst, aber mir kann keiner helfen."

Eine merkwürdige Frau war diese Heilerin, über die sich Sionnach immer wieder wunderte. Sie beschleunigte ihre Schritte ein wenig und ging nun neben Iolaranam.

"Einen wunderschönen, guten Morgen wünsche ich dir, mein Geliebter. Hast du gut geschlafen?"

Leise flüsterte sie ihm ihren Gruß ins Ohr, genauso leise flüsterte er zurück.

"Es blieb nicht mehr viel von der Nacht, nachdem du mich verlassen hattest. Aber die Gedanken an die Nacht wärmen mich an einem Tag wie diesem. Ich hoffe, die Sonne gewinnt ihre Kraft heute noch zurück. Mittlerweile ist es hier so neblig, daß ich kaum noch den Weg sehe."

Die Füchsin antwortete blinzelnd:

"Dann laß uns doch anhalten. Ich könnte dich ein bißchen wärmen und uns die Zeit vertreiben, bis der Nebel sich aufgelöst hat."

"Und was machen die anderen? Zugucken und klatschen?"

"Wenn dir das gefällt, mein Goldadler."

"Du Wildkatze, du weißt genau, wie du mich fangen kannst, um mit mir zu spielen."

"Oh, du armes, kleines Häschen."

"Sionnach, laß das. Wir sind nicht allein."

"Nicht?"

"Ich hasse dich."

"Ich weiß, tapferer Krieger."

"Geh und kümmere dich um die anderen, bevor du mich ganz wahnsinnig machst."

"Das habe ich heute schon bei Cioná versucht, allerdings mit eher mäßigem Erfolg."

Iolaranam nickte zustimmend.

"Sie wahnsinnig zu machen oder dich um sie zu kümmern? Aber Scherz beiseite. Ein ganzes Feld Sauerampfer ist lieblicher als sie.

Manchmal kommt sie mir so ängstlich vor, aber wenn ich sie anspreche, antwortet sie, als wäre sie die Mutter aller Brombeersträucher."

"Ich verstehe nicht, was eine wie sie bei uns verloren hat. Seabhaceo ist auch wortkarg und abweisend auf seine Weise, aber wenigstens auf unserer Seite."

"Ich weiß es auch nicht, mein Sonnenlicht. Kürzlich hat sie mir etwas von einem Geís erzählt. Sie ist eine sehr seltsame Frau. Eine große Heilerin, zweifellos, aber der Weg zu ihrem Herzen ist mit Dornen gesäumt. Es ist, als habe sie die ganzen Aill de Mothar vor sich aufgetürmt, damit auch ja niemand zu ihr vordringen kann. Wahrlich eine sehr seltsame Frau. Wenigstens vertragen sich die anderen halbwegs."

"Bis auf Camchéachta und Oighrigh."

"Das kriegen wir auch noch hin. Du vergißt, sie sind Männer und keine ängstlichen Miesmuscheln. Wart es nur ab, die werden noch ein unzertrennliches Paar."

"Und wie willst du dieses Wunder vollbringen?"

"Wart es nur ab, du wirst schon sehen."

"Ich bin gespannt. Wollen wir heute nacht zusammen eine Wache übernehmen?"

"Ich halte das für keine so gute Idee. Wache ist doch für das, was du vorhast, der falsche Begriff, oder?"

"Sehr lustig, Herr Anführer! Sehr lustig! Aber im Gegensatz zu euch, beherrsche ich meine wilde, ungestüme Gier."

Stolz warf sie ihre Mähne zurück.

"Tatsächlich? Das hast du aber erst heute morgen gelernt, oder?"

"Ha, ha, ha! Ja oder Nein?"

"Wie könnte ich dir eine Bitte abschlagen, meine Füchsin. Aber ich gebe dir mein Wort, daß wir auch wachen werden."

"Ich hatte auch nichts anderes vor."

"Mit Sicherheit."

Endlich begann sich der Nebel aufzulösen. Aber die Umgebung wurde dadurch auch nicht freundlicher. Der Weg, dem sie folgten, führte sie hoch ins Gebirge. Wenige Hälmchen wagten einen Blick über die Erde, nur Moose und Flechten fühlten sich hier richtig wohl. Ein unfreundliches Land, doch in seiner Kargheit wunderschön.

Hier legten sie die ersten dreizehn Steine mit den verabredeten Zeichen nieder. Als sich der Mittag näherte, machten sie keinen Halt, sondern aßen auf den Rücken ihrer Pferde. Die Stimmung war gedämpft, und die Stille ließ dieses leise Flüstern wie einen Schrei erscheinen.

Der Weg war so steinig, daß sie nur im Schritt vorankamen. Iolaranam schickte Gleannglas und Sliabhan aus, um den Weg vor ihnen zu erkunden und nach einem Nachtlager Ausschau zu halten.

Zum Glück regnete es nicht. Doch die Sonne war immer noch zu schwach, um die dichten Wolken zu vertreiben. Die Gefährten lenkten ihre Pferde vorsichtig zwischen den auf den Weg gefallenen Felsbrocken hindurch. So drangen sie nur mühsam in die höheren, noch kargeren Gegenden vor.

Nach einiger Zeit kam Gleannglas zurück. Ein paar Meilen entfernt gäbe es eine Höhle in der Felswand, nicht sonderlich groß, aber geräumig. Wenn sie sich beeilten, könnten sie sie noch vor der Dunkelheit erreichen.

Alle spornten ihre Pferde an, auch wenn Roß und Reiter noch so müde und erschöpft waren.

Kurz nach Sonnenuntergang gelangten sie zu der Höhle. Sliabhan hatte aus der Scheune Heu mitgenommen, was den kleinen Vorrat an Brennholz und Torf ergänzte, den das Packpferd trug. So brannte wenigstens ein kleines Feuerchen auf einem Felsvorsprung in der Höhle.

Oighrigh hatte sich in seinen Mantel und in die Rückendecke seines Pferdes gewickelt und schlief sofort ein. Die anderen saßen noch ein wenig zusammen.

Mitten in der Nacht begann es zu donnern und zu blitzen, aber Regen fiel keiner. Die Pferde waren verängstigt, wieherten und traten um sich. Jeder war damit beschäftigt, sein Tier zu besänftigen. Schließlich war auch das geschafft.

Die Morgenröte zog wie Schleier über die Berge und fand die meisten der Gefährten tief schlafend vor.

Der Sonnenaufgang mochte wohl eine Entschädigung für die unruhige Nacht sein. Cioná hatte einen Kräutertrunk aus Blutkraut, Wacholder, Kamille und Pfefferminze bereitet, der alle wieder auf die Beine brachte.

Langsam packten sie ihre sieben Sachen zusammen und brachen auf. Ein mächtiger Wind mochte ihren Weg als Spielwiese angesehen haben, denn kein größeres Steinchen bedeckte ihn, so daß sie gut vorankamen. Die Sonne blieb den ganzen Tag beständig an ihrer Seite und wärmte sie.

Es wurde viel gelacht. Oighrigh spielte lustige Lieder, die alle anderen kannten und eifrig mitsangen. Iolaranam war glücklich, daß sich seine kleine Gemeinschaft so gut hielt. Selbst Camchéachta äußerte sich nicht mehr über Oighrigh.

Einen Tag würden sie noch in den Bergen sein, dann würden sie Luimneach erreichen. Das war zwar nicht das Land in dem Met und Honig floß, aber immer noch besser als das Gebirge.

Am Nachmittag tränkten sie ihre Pferde an einem kleinen Bach und ruhten sich ein wenig aus.

Ausnahmsweise sandte Iolaranam nicht Gleannglas und Sliabhan aus, ein Nachtlager zu suchen, sondern Camchéachta und Oighrigh. Die beiden schauten sich nur mißbilligend an, als der Befehl an sie erging.

Eine Zeitlang ritten die beiden nebeneinander her, dann brach der Junge das Schweigen.

"Wie lange bist du denn schon bei den Fianna?", fragte er den großen Bären.

"Sehr lange, fast mein ganzes Leben lang. Schon von klein auf wollte ich nichts anderes sein als einer von ihnen. Beim Saugen der Muttermilch hörte ich schon ihre Geschichten, mein Junge," erzählte er freimütig.

"Und wie alt warst du, als du dich ihnen angeschlossen hast?"

"Oh, damals hat man sich ihnen nicht angeschlossen. Man mußte schwere Aufgaben erfüllen, um aufgenommen zu werden," fuhr der Krieger fort.

"Was für Aufgaben?", fragte Oighrigh neugierig.

"Du mußt dir die Zeiten damals anders vorstellen als heute. Die Fianna waren die Krone aller Kampfverbände. Nur auserwählte Kämpen gehörten zu ihnen. Viele beschritten mit sieben Jahren schon den Weg des Kriegers ."

"Was ist der Weg des Kriegers ?"

"Wer ihn betritt, läßt sein ganzes altes Leben hinter sich und wird neu geboren, um ein vollkommener Krieger zu sein. Aber ein tadelloser Kämpe zeichnet sich nicht nur dadurch aus, wie er kämpft, sondern auch durch das Wissen, das er in sich trägt. Auch das Unwissen des Feindes kann eine Waffe sein.

Du streifst so lange in deinem Land umher, bis du jeden Pfad, jeden Schritt Erde besser kennst als dich selbst.

Nach den Sternen suchst du dir deinen Weg. Wälder, Berge, Wiesen sind dein Nachtlager, geben dir zu essen und zeigen dir die Gerechtigkeit der Natur.

Die ersten Lehrjahre gleichen ein wenig denen der Barden.

Neben dem Überleben lernst du auch das Leben zu genießen, zum Beispiel die Dichtkunst, aber Fianna sind Krieger, keine Dichter, auch wenn manch einer das anders sieht.

Zwölf lange Lehrjahre, doch selbst danach bist du noch lange kein Fianna. Erst mußt du die Große Prüfung bestehen."

"Die Große Prüfung ?"

"Ja! Du wirst von neun Männern mit jeweils neun Speeren bewaffnet durch den Wald gehetzt, doch du bist nur mit einem Speer und deinem Schild bewaffnet. Kein Ast darf unter deinen Füßen knacken. Irgendwo auf deinem Weg ist ein hüfthohes Loch, das natürlich verborgen ist, so daß du auch hineinstürzen und dir den Hals brechen kannst.

Das mußt du finden und hineinklettern. Dann wirst du von deinen neun Verfolgern angegriffen aus einer Entfernung von sechs Furchen und mußt dich verteidigen. Selbst wenn dich nur ein Speer streift, kannst du nicht mehr aufgenommen werden.

Daraufhin mußt du weiterlaufen und eine Stange in Stirnhöhe überqueren und unter einer anderen in Kniehöhe durchkriechen, ohne daß sich auch nur eine Strähne aus deinem Haar löst. Trittst du in einen Dorn, darfst du deshalb nicht anhalten, sondern mußt ihn dir während des Laufes aus der Ferse ziehen."

"Das erinnert mich an Wesen, vor denen mich meine Mutter immer warnte, wenn ich in den Wald ging, um Holz zu holen. Sie sollen halb Hirsch, halb Mensch sein, aber ich habe vergessen, wie sie heißen."

"Cerviden, mein Junge. Ja, wir waren ihnen sehr ähnlich, diesen Cerviden. Aber es hat uns auch vieles gekostet," sagte Camchéachta wehmütig.

"Wie lange gibt es denn die Fianna schon?"

"Verbände junger Männer, die das Land beschützen, hat es immer schon gegeben. Aber erst unter Fionn wurden wir das, was wir heute gerne wieder wären."

"Und was ist das?"

Aufmerksam lauschte der Junge.

"Nun ja, ich weiß nicht, wie ich es ausdrücken soll, eben richtige Fianna, die Krone, die Auslese, die Besten der Besten von Erius Kämpen. Heute ist nichts mehr so wie es damals war, Oighrigh."

"Wie war es denn damals, Camchéachta?", forderte Oighrigh ihn auf zu erzählen.

"Könnte es sein, daß das hier eine Geschichtsstunde wird?"

"Ich habe doch sonst niemanden, den ich fragen könnte. So vieles würde ich gerne wissen, aber nie hat jemand Zeit und selbst wenn, selten kann mir einer meine Fragen beantworten."

"Nun gut. Du hast gefragt, wie es damals war. Eriu ist kein Land, in dem es sich in Saus und Braus leben läßt.

Die Erde hier ist nicht überall so fruchtbar wie es unsere Frauen sind. Viele Familien haben viele hungrige Mäuler, aber nur wenig, um sie zu stopfen.

So machte man aus der Not eine Tugend, indem sich die jungen Männer zu kleinen Gruppen zusammenschlossen. Am Anfang waren sie mehr jagende Krieger. Raubend zogen sie durch das Land, mehr gesetzlose Räuber als ehrenvolle Krieger. Aber bis heute unterstanden sie immer nur ihrem Kriegerkönig und nicht dem Hochkönig."

"Und wie wurden aus den Räubern die Fianna?"

"Durch Fionn mac Cumhail," erwiderte der alte Krieger stolz.

"Wie stellte er das denn an?"

"Die ganze Geschichte ist jetzt zu lange. Aber er hat einige Heldentaten vollbracht und ist vom Hochkönig zum Führer der Fianna ernannt worden. Den Aufbau der Gemeinschaft hat er völlig umgestellt. Schließlich gab es vier große Kriegerscharen, eine auf Tara, eine auf Fionns Burg Almhuin, eine in Temhair Luchra und eine in Culleum. Mehr als dreihundert Dutzend Krieger insgesamt.

Von Beltaine bis Samhain bejagten sie das Land, das Fleisch und die Felle waren ihr Lohn. Wir waren unsere eigene Familie. Den ganzen Sommer unterwegs in der Göttin freier Natur. Wie oft verließen wir diese Welt und mußten uns in der Anderen Welt behaupten."

"Warst du auch schon mal da?", fragte Oighrigh erwartungsvoll.

"Früher. Heute haben sich die Sidhi sehr von uns entfernt. Aber damals waren die Grenzen zwischen unserer und ihrer Welt verschwommener, nicht greifbar. Es war eine schöne Zeit. Selbst die Götter wandelten zuweilen auf unserer Erde und erprobten unsere Klugheit und Stärke. Wir waren jung und fühlten uns unschlagbar. Aber aus unbedarften Jünglingen schmiedete das Schicksal harte Männer.

Männer, die sich dem Leben stellen konnten. Die Große Mutter hielt ihre sichere Hand über uns und wir danken es ihr auf unsere Weise."

"Wie war das so, wenn ihr in den Wäldern unterwegs wart?"

"Auch nicht anders als heute."

"Komm schon, Camchéachta!" nörgelte der Junge ungeduldig.

"Wenn ich es dir doch sage. Die einen zogen umher und erfüllten ihre kriegerischen Aufgaben und andere jagten. Die Gillas bauten Hütten aus Stangenholz und Zweigen. Nachtlager wurden aus Moos, Heidekraut und einer Lage frischen Binsen schichtweise errichtet. Wie heute noch teilten sich zwei Männer ein Lager. Frauen und Hunde blieben draußen.

Neben einem Bach wurde eine Grube ausgehoben und mit glühenden Steinen ausgelegt. Dann leitete man das Wasser des Baches hinein und kochte damit. Nach dem Essen setzte man sich dann zusammen, sang, summte oder tat, was zu tun war."

"Und Frauen?"

Camchéachta schaute dem Jungen erstaunt in die Augen.

"Sieh sich doch einer diesen Bengel an."

"Wie war das nun mit den Frauen?"

"Wie soll es denn gewesen sein?", fragte der Krieger unter sich schauend.

"Das will ich ja von dir hören. Es heißt, ein echter Fianna habe in jedem Dorf ein festes Mädchen sitzen, das nur auf ihn wartete."

"Heißt es so?"

"Ja, und gerade die alten Hasen würden die Frauen bei den Fianna gerne wieder rauswerfen."

"Wer sagt das?"

"Erwischt!"

Oighrigh lachte laut auf.

"Ich? Ich habe mit Frauen überhaupt keine Schwierigkeiten, so lange sie sich aus meinem Leben raushalten. Frauen gehören nicht aufs Schlachtfeld, die gehören in die Küche und ins Bett," brummte der Große Bär.

"Ich weiß ja nicht, Camchéachta. Crónachan und Gormeala sind bestimmt nicht dieser Meinung."

"Das sind ja auch keine Frauen. Das sind Tiere."

"Ich mag sie," stellte der Junge stolz fest.

"Ich auch, wenn sie sich von mir fernhalten. Vollführen Tänzchen mit ihren Schwertern, aber wenn sie eins vor die Stirn kriegen, fallen sie um wie gefällte Bäume."

"Das geht ja wohl jedem so."

"Schluß jetzt damit. Wir müssen nach einem Lagerplatz Ausschau halten. Junge! Sperr die Augen auf."

Oighrigh grinste. Nie hatte der Dicke so viele Worte mit ihm gewechselt. Dafür konnte er ihn mindestens noch zweimal ausschelten.

"Camchéachta?"

"Was?", fragte dieser leicht genervt.

"Darf ich dich jetzt öfters solche Sachen fragen?"

"Du hast noch mehr Fragen?"

"Ja, so viele Fragen wie es Bienen in einem Bienenkorb gibt."

"Oh, ja? Welche denn?"

"Na, wer Fionn war? Wie er gelebt hat und so?"

"Ich glaube es nicht. Sehe ich aus wie ein Allwissender?"

"Ich weiß, daß du das weißt. Wirst du mir helfen?"

"Aber nur, damit du bei den nächsten Zusammenkünften keine dummen Fragen mehr stellst."

"Es gibt keine dummen Fragen!" behauptete der Junge sicher.

"Sagt wer?"

"Meine Mutter."

"Ah, ja, und was sagt sie noch?"

"Frage einmal, und du bist einmal ein Narr. Frage nie und du wirst immer einer sein."

"Kluge Frau, deine Mutter, wo lebt sie denn?"

"Sie ist tot," sagte der Junge.

"Das tut mir leid, Oighrigh. Und dein Vater?"

"Auch tot."

Beschämt schwieg Camchéachta und ließ sein Pferd in Trab fallen. Auch Oighrigh ließ sein Pferd antraben und brachte sich an die Seite des Großen Bären.

"Wirst du mir helfen, Camchéachta?"

"Ja."

"Versprich es!"

"Ich verspreche es."

Oighrigh strahlte über das ganze Gesicht. Er gab seinem Pferdchen ein bißchen mehr Druck mit der Ferse und galoppierte ein Stück voraus.

Er genoß den Wind im Gesicht. Tief atmete er ein, als Camchéachta hinter ihm herrief:

"Junge, streng deinen Gaul nicht so an. Wir müssen auch noch mal zurück."

Der Weg führte sie in ein steiniges Tal.

"Wenn hinter dem nächsten Hügel keine Möglichkeit zum Übernachten ist, kehren wir um."

"Und dann?"

"Junge, du kannst vielleicht Fragen stellen. Dann werden wir eben im Freien schlafen."

Als meine es die Göttin gut mit ihnen, blickten sie von dem Hügel in ein Tal, in dem es ein bißchen Gras und ein paar verkrüppelte Bäume gab. Sogar ein bißchen Gebüsch zum Knabbern für die Pferde gab es und eine Art Feuerstelle.

Sie wendeten ihre Pferde und ritten so schnell es ging zu den anderen zurück. Diese hatten sich schon Sorgen gemacht und wollten gerade Sliabhan und Gleannglas ausschicken, um zu sehen, ob etwas geschehen war.

Die Sonne machte sich schon auf den Weg zu ihrem Nachtlager, und die Fianna hatten noch ein ganzes Stück vor sich. Einen großen Teil der Strecke legten sie im Galopp zurück, dennoch erreichten sie den ausgesuchten Platz erst nach Sonnenuntergang.

Seabhaceo machte Feuer und Cioná kochte zusammen mit Sionnach eine warme Brühe.

Als die Gemeinschaft sich zum Essen in einen Kreis setzte, überraschte Camchéachta alle damit, daß er Oighrigh aufforderte, sich neben ihn zu setzen.

Sionnach und Iolaranam wechselte einige Blicke und mußten sich sehr beherrschen, nicht laut aufzulachen. Jeder freute sich für den Jungen.

Während des Essens sprach Camchéachta Iolaranam an:

"Ich weiß ja nicht, hast du auch so ein merkwürdiges Gefühl?"

"Weil du dich jetzt Oighrighs angenommen hast? Nein."

"Schwätzer. Ich meine ein anderes Gefühl. Irgendwie stehen mir die Haare zu Berge. Hast du nichts bemerkt?"

"Nein. Wer soll hier auch sein Unwesen treiben?"

"Merkwürdig ist das schon mit der Feuerstelle in der Wildnis, auch wenn uns das sehr entgegenkommt. Irgendwie fühle ich mich nicht wohl. Nach dem Essen werde ich mich mal umsehen."

"Darf ich mit?", mischte sich Oighrigh ein.

"Wenn du magst," sagte Iolaranam.

Ruckzuck hatte der Junge seinen Becher geleert. Leider hatte Camchéachta einen größeren Bauch zu füllen, so daß Oighrigh sich noch eine kleine Weile gedulden mußte.

Endlich stellte auch der Große Bär seinen Becher zur Seite. Gemeinsam standen sie auf und entschuldigten sich.

Mit einer brennenden Fackel gingen sie um das Lager und leuchteten hier und da in das Gebüsch. Menschen waren hier nicht in der Nähe. Noch einmal umrundeten sie das Lager, aber auch dieses Mal war nichts zu sehen.

Dennoch ließ es Camchéachta keine Ruhe.

Immer wieder stand er auf und ging umher. Oighrigh beobachtete ihn, bis sie das Feuer löschten. Der Himmel über ihnen war klar.

Nachdem sich seine Augen an die Dunkelheit gewöhnt hatten, sah der Junge, daß obwohl Sionnach und Iolaranam Wache hielten, der Große Bär nicht aufhörte umherzustreifen. Oighrigh versuchte einzuschlafen.

Kurze Zeit später mußte sich Oighrigh dringend erleichtern. Er schlich sich in das Gebüsch, erledigte, was er zu erledigen hatte und machte sich auf den Weg zu seinem Platz. Plötzlich legte sich ihm eine Hand auf die Lippen und eine tiefe Stimme brüllte:

"Iolar, ich habe ihn. Ich habe ihn!"

Der Riese schleppte den Jungen zu den anderen. Kaum brannte das Feuer wieder, brachen alle in schallendes Gelächter aus, als sie sahen, wen Camchéachta da eingefangen hatte.

So legte sich auch Camchéachta endlich wieder hin. Jetzt konnte aber Oighrigh nicht mehr schlafen. Er war viel zu aufgeregt. Mit offenen Augen lag er da und starrte in den Himmel. Die Sterne blinkten und blitzten vor sich hin. Wie klein man doch wurde, wenn man die Vielzahl der Sterne über sich sah.

An dem heruntergebrannten Feuerchen saßen Iolaranam und Dúghorm.

"Ich möchte zu gern wissen, wie es zu der plötzlichen Sinneswandlung Camchéachtas gekommen ist."

"Ach, weißt du, Iolar, manchmal springt auch ein Großer Bär über seinen Schatten."

"Merkwürdig ist das schon. Und dann das Herumrennen vorhin. Es sind noch mindestens vier bis fünf Stunden bis Sonnenaufgang. Hoffentlich schläft er jetzt. Ich meine, er hört sonst ja wirklich Ameisen husten, aber er hat nachgesehen, ich habe nachgesehen. Da war nichts."

"Trotzdem bin ich froh, daß wir hier zu zweit sitzen. Ich vertraue seiner guten, alten Nase und seinem Gespür."

"Ich ja auch, Dúghorm. Dennoch können wir nicht mehr als aufmerksam sein."

"Mmh, mmh," murmelte dieser.

Lange starrten sie so ins Feuer. Schließlich hielt es Oighrigh nicht mehr aus und stand auf. Iolaranam war der erste der beiden, der ihn bemerkte.

"Ja, Junge! Du solltest doch schlafen."

"Ich kann aber nicht. Mein Körper ist ja auch müde, aber in meinem Kopf springen so allerlei Gedanken hin und her."

"Na, setz dich zu uns. Wir würden gern schlafen und dürfen es nicht. Was gehen dir denn für Gedanken durch den Kopf?"

"Wegen Camchéachta. Nachdem ich ihm erzählt hatte, daß meine Eltern tot sind, hat er sich, glaube ich, richtig geschämt. Und ich habe mich immer so geärgert, wenn er mich gefoppt hat, weil ich dachte, daß er es weiß."

"Ich hatte es niemandem gesagt, weil ich dachte, es ist deine Sache, mit jemandem darüber zu sprechen oder nicht."

"Das ist ja auch gut so, Iolaranam. Er hat versprochen, mir etwas beizubringen. Heute hat er mir von den Fianna erzählt. Wie es früher war. Das war herrlich."

"Kann ich mir gut vorstellen. Bleib hier sitzen. Ich werde noch einmal um das Lager gehen. Dúghorm, bleib hier und paß auf den Jungen auf."

Der Anführer der Fianna stand auf, nahm sich eine Fackel und ging um das Lager, leuchtete in das Gebüsch, zwischen die Bäume und kam dann wieder.

"Nichts. Aber Camchéachta hat schon recht. Eine merkwürdige Nacht. Eigentlich müßte es viel kälter hier oben sein. Aber heute nacht ist es richtig mild. Kein Lufthauch rührt sich. Die Sterne strahlen um die Wette und weit und breit kein Laut. Hört ihr was?"

Dúghorm schaut auf.

"Nein, keinen Laut."

Da schlug sich Iolaranam auf die Oberschenkel.

"Glaubst du, manchmal vergesse selbst ich meine Kinderstube. Wenigstens hat Camchéachta noch alle Sinne beisammen."

Dúghorm mustere seinen Anführer mit einem fragenden Blick.

"Kann ich bitte erfahren, um was es hier geht? Ich verstehe nämlich gar nichts."

Auch Oighrigh schaute erwartungsvoll zu Iolaranam.

"Bleib schön hier sitzen. Wenn es dir gelingt, wach zu bleiben, verspreche ich dir ein Erlebnis, das du dein ganzes Leben lang nicht vergessen wirst."

Mißtrauisch blickte Dúghorm seinem Leitwolf ins Gesicht.

"Dürfte ich vielleicht auch erfahren, um was es hier geht. Ich bin nämlich müde und wenn es einen Angriff oder dergleichen gibt, wäre es vielleicht sinnvoll, die anderen zu wecken."

Iolaranam lachte immer noch.

"Nein, nein. Geh ruhig schlafen, Dúghorm, teurer Freund, wenn du müde bist. Heute nacht wird keinem von uns etwas geschehen. Geh ruhig schlafen, mein Freund."

Müde zog sich der Blaublütige zurück. Oighrigh rückte näher an das Feuer. Nicht daß ihm kalt war, aber Feuer war die beste Verteidigung gegen Bestien, die es gab.

Iolaranam hatte sich jetzt wieder beruhigt und sprach leise mit dem Jungen.

"Du brauchst dir keine Sorgen zu machen und näher an das Feuer zu rücken. Jene, die kommen, kommen in Frieden. Es sind sozusagen Freunde von mir."

Der Junge verstand nicht ganz, konnte aber bei dem Strahlen der blauen Augen seines Anführers auch nicht recht an etwas Schlimmes glauben.

"Was sind denn das für Freunde?"

"Gute Freunde, laß dich nur überraschen."

Die Schattenbringerin

Morgendämmerung. Blutrot färbte die Sonne die weißen Steine der Burg. Müde lagen die Wachen in ihrem kleinen Häuschen hinter den hohen Mauern und warteten darauf, das große Tor wieder zu öffnen.

Dann würde sich zeigen, wie gut die Soldaten des Hauptmanns ihr Werk verrichtet hatten. Den ganzen gestrigen Tag waren sie mit dem Befehl des Königs, Weise Frauen von der Burg fernzuhalten, umhergeritten. Aber niemand glaubte daran, daß er auf diese Weise sein Schicksal aussperren könnte.

Die Vorbestimmung eines Menschen ist wie Wasser, was er auch immer gegen ihre Erfüllung tun mag, sie findet immer Einlaß.

Einen langen Weg hatte sie hinter sich. Schlamm klebte am Saum ihres Kleides, von ihren Schuhen ganz zu schweigen.

Hoch im Norden hatte sie sich aufgemacht. Jetzt war sie endlich am Ziel. Von einem kleinen Hain aus betrachtete sie Brocs mächtige Festung. Nicht den kleinsten Bruchteil der kleinsten Zeitspanne zweifelte sie an ihrem Auftrag. Sie tat, was getan werden mußte, dafür war sie lange Jahre sorgsam vorbereitet worden.

Und sie würde ihre Aufgabe erfüllen. Sie wird die Nacht bringen, bevor sich der Tag neu aus der Finsternis erhob, auch wenn sie wußte, daß dies der kürzere Weg zu den Göttern war. Aber auf deren Geheiß war sie ja in den Coven der Alten Bärin eingetreten.

Dort erzog man sie zur Schattenbringerin. Anfangs war es nicht leicht gewesen, den so wahrscheinlichen Tod anzunehmen, aber jetzt war er für sie nur ein Tor in ihr eigenes Gefilde der Seligkeit. Sie war so oft auf der Straße der Träume gewandelt, daß sie sich in der wirklichen Welt schon gar nicht mehr wohlfühlte. Sie würde diese Aufgabe hinter sich bringen, und starb sie dabei nicht, ginge sie irgendwie auf der Traumstraße verloren.

Langsam packte sie ihr weniges Hab und Gut zusammen, strich sich die langen, rotblonden Locken aus dem Gesicht und schritt hinaus in den Tag, der der Anfang vom Ende war.

Nichts regte sich auf den Straßen. Nur sie ging ruhig auf dieses riesige Tor zu. Das Sonnenlicht umgab sie wie ein Feuerring. Es war schwierig, auf dem schlammigen Weg würdevoll auszusehen, aber sie tat es. Schließlich war sie angekommen und nahm den metallenen Wolfskopf in ihre Hand und schlug damit dreimal gegen das Tor.

Hektisches Treiben wallte hinter den Mauern auf. Schlüssel klapperten und endlich wurde ein kleines, vergittertes Fensterchen geöffnet.

"Heilige Macha, wer seid ihr denn?"

Am Ärmel zog der Wachhabende seinen Kameraden heran, sich dieses wunderliche Geschöpf anzusehen.

"Ich bin Eala, und ich bringe eine Nachricht für euren Hochkönig."

"Jetzt? Um diese Zeit? Der Hof schläft noch, und ich wüßte nicht, was eine Frau wie ihr für Nachrichten für ihn hätte."

Ealas grüne Katzenaugen wurden plötzlich ganz eng, während sich ihr Körper entspannte, größer, schier bedrohlich zu werden schien. Mit einer tiefen, beruhigenden Stimme sprach sie, einer Stimme, die willenlos machte:

"Es ist nicht nötig, daß ihr euch vor mir fürchtet. Öffnet das Tor, und es wird euch nichts geschehen."

Lächelnd sagte der eine Wachhabende zu seinem Kameraden:

"Es gibt gar keinen Grund, daß wir uns fürchten, Freund. Öffnen wir das Tor, es wird uns nichts geschehen."

Und so ließen sie die Frau ein und verfolgten sie nicht weiter mit ihren Blicken.

Sie lief eine Weile in der Festung umher, bis sie schließlich doch den Weg zu Tuans Rundhütte fand.

Leise klopfte sie an, doch schon beim ersten Berühren der Tür wurde diese geöffnet.

"Hattest du eine angenehme Reise, meine Liebe?"

"Ist es angenehm, einen gezähmten Vogel wieder auszuwildern? Du weißt, daß ich nicht mehr in diese Welt gehöre. Sie ist nur Schmerz für mich und Leid. Mein Zuhause liegt an einem anderen Ort, verborgen für menschliche Augen. Auf dieser Reise hat das Elbenblut den letzten Tropfen Menschenblut in diesen schwachen Venen besiegt."

Der Hochdruide betrachtete sie eingehend.

"Oh ja, ich kann spüren, wie stark du geworden bist. Nichts mehr erinnert an das weinende Kind, das einst auf meinem Schoß saß und von mir getröstet werden wollte. Hattest du Schwierigkeiten beim Betreten der Burg, oder haben sie dich einfach eingelassen? Du mußt eine der ersten gewesen sein heute morgen."

"Die Erste. Alle Welt dort draußen schläft noch. Ein hübsches Liedchen läßt sie vom Sommer träumen.

Die Wachen waren am Anfang etwas schüchtern, aber ich habe sie dann doch überzeugen können, daß ich nicht gefährlich bin."

"Ich hoffe, sie haben diese Überzeugung nicht mit ihrem Leben bezahlt. Wir können Ärger, welcher Art auch immer, so früh noch nicht gebrauchen."

Die Frau erwiderte kalt:

"Tuan, du weißt selbst, wenn ich eines habe, so ist es Zeit. Und Menschen dieser einfachen Natur überzeugt man leichter als ausgebildete Druiden. Aber überzeugen wird man sie immer. Ich möchte jetzt ein wenig ruhen, bevor das große Spiel beginnt. Kann ich hier bleiben oder sollte ein erfahrener Druide immer noch keinen Umgang mit Frauen pflegen?"

"Bleibe ruhig hier, einstweilen. Ich werde ein besseres Lager für dich finden bis du wieder aufwachst."

"Ich danke dir, Tuan, großer Herr."

Ein leicht höhnisches Schmunzeln huschte über ihr Gesicht, als sie sich nach vorn beugte, um seiner Stellung Achtung zu erweisen. Er erwiderte die Verbeugung und ging dann hinaus.

Langsam setzte sie sich auf das Nachtlager des Druiden, streckte sich dann darauf aus und schloß ihre Lider.

Erst war nur Dunkelheit vor ihrem inneren Auge, dann bildete sich langsam ein Kreis aus Tausenden von Linien. So vieles konnte sie darin erkennen.

Aber sie kannte die Tücke dieses Tores und beachtete es nicht weiter. Zu oft hatte sie hier verweilt und sich von ihrem eigentlichen Ziel ablenken lassen.

Diesmal glitt sie einfach durch das Gewirr hindurch. Nebel umwallte ihre Sinne, Licht, das durchbrechen wollte, aber nicht konnte.

Fest nahm sie all ihre Kraft zusammen, sammelte sich. Noch kostete sie der Weg in ihr Zuhause kaum Anstrengung. Langsam entstand ein kraftvoller, goldener Adler vor ihrem Auge, formte sich aus Nebel und Licht. Jetzt legte sie auch das letzte menschliche Denken ab. Vorsichtig, fast zaghaft spürte sie, wie ihre Arme zu Flügeln wurden, wie ihr Leib, ihre Beine, ihr Kopf schwanden. Ihre Nase länger wurde, ihre Ohren verschwanden, ihre Augen klein und kleiner wurden, doch deren Kraft zunahm.

Sie war jetzt der Weltenadler. Schwungvoll stieß sie sich ab. Unter sich sah sie ein großes, weißes Gebäude, aber es war unwichtig für sie. Immer höher und höher stieg sie auf und unter ihr teilten sich die Wolken und flossen wieder zusammen.

Grüne Wälder, blaue Seen, Berge, die Welt lag ihr zu Füßen. Dort sah sie Hasen laufen oder Lachse in den blauen Bändern stehen.

Ein zweiter Adler gesellte sich zu ihr. Hier war man nie allein, wenn man es nicht unbedingt sein wollte. Gemeinsam sogen sie den Odem der Welt in ihre Lungen, nahmen das Glück und das Leid tief in sich auf.

Sie schwebten in der Luft und ließen sich vom Wind davontragen. Nichts war wichtig hier oben. Nichts.

Nur sie selbst.

Ihr Herz schlug ruhig, nichts brachte es hier aus seinem Rhythmus. Spielerisch stürzte sie in die Tiefe. Sie genoß den Rausch. Ihr Auge hatte einen jungen, unachtsamen Hasen erfaßt.

Sie war schneller bei ihm, als er sie überhaupt bemerken konnte.

Der zweite Adler landete neben ihr, und sie teilte gern mit ihm ihre Beute.

Dann begann er mit ihr zu sprechen.

"Sei mir gegrüßt, Schwester. Ich bin froh, daß du deinen Weg gefunden hast. Aber du solltest deine Kraft für deine Aufgabe sparen."

"Ich habe viel Kraft, und ich werde auch sicher meine Aufgabe zu deiner Zufriedenheit erfüllen."

"Ich weiß, ich weiß. Ich möchte ja nur, daß du vorsichtig bist. Du kannst entweder nur hier oder dort unten sein. Glaubst du sicher zu sein in einer albernen Rundhütte, auch wenn es die eines Hochdruiden ist?"

"Nein, Herrin. Aber ich war müde und erschöpft von der Reise. Auch wenn ich eine Schattenbringerin bin, mein Körper ist der schwächliche einer Menschenfrau. Er braucht wenigstens ein bißchen Erholung."

"Dann schlafe, aber wandere nicht auf der Traumstraße umher. Ich möchte dir das hier nicht verbieten müssen, bis du deine Aufgabe erfüllt hast. Sei vorsichtig. Du bist eine Gefahr für den Hochkönig, er wird es am eigenen Leib erfahren und sich vielleicht rächen wollen, bevor du dazu bereit bist."

"Ich weiß, und ich werde vorsichtig sein."

"Sichere dich wenigstens soweit ab, daß es nicht möglich ist, den Raum zu betreten, während du hier bist. Willst du das für mich tun?"

"Ja."

"Dann lasse ich dich jetzt wieder allein. Bleib stark, meine Tochter! Du wirst es schaffen."

Der zweite Adler war verschwunden. Eala war wieder menschlich. Nur die Alte Bärin konnte so lange eine andere Gestalt annehmen.

Wieder schloß sie ihre Augen und machte sich auf den Weg zurück.

Ruhig lag ihr Körper, als sie langsam in einen Traum, in den Schlaf glitt.

Später am Tag brachte ihr Tuan Brot, Käse und Wasser. In den Rundhäusern war kein Platz mehr für sie gewesen, so daß er sie im Hauptgebäude in der Nähe des Mannschaftsraumes unterbringen mußte.

So war sie auch schneller in der Nähe des Königs.

"Komm, ich werde dich in deine Kammer bringen, Eala. Dort wirst du einstweilen wohnen."

Sie reckte und streckte sich, aß ein wenig und verließ dann mit Tuan die Hütte.

"Sind immer so viele Menschen hier?"

"Das ist die Burg des Hochkönigs, was dachtest du denn?"

"Ich weiß nicht. Jedenfalls hatte ich nicht erwartet, daß mir so viele Ameisen zwischen den Füßen herumlaufen würden. Aber um so besser. Wann werde ich den König sehen?"

"Du kannst es wohl kaum erwarten?"

"Wann werde ich den König sehen?", fragte sie nochmals wortkarg.

"Wahrscheinlich heute abend. Du wirst beim Abendessen an meiner Seite sitzen, und ich werde dich am Hof als meine Nachfolgerin einführen."

"Hübsch hast du dir das ausgedacht. Muß ich sonst noch etwas wissen?"

"Bringen wir erst einmal den heutigen Abend hinter uns. Der Rest ergibt sich von selbst. Sie werden sich herrschaftlich benehmen und dir nicht allzu viele Fragen stellen. Du mußt ja nichts Großartiges erzählen. Beweise ihnen, daß du ein unschuldiges, unwissendes Kind bist."

"Und ich dachte immer, mir springt die Schläue aus den Augen."

"Das tut es auch. Aber behalte deine Krallen noch ein wenig bedeckt, bis du so viel Einfluß auf den König hast, daß dir keiner mehr schaden kann."

"Liebt er seine Frau, kann sie uns Schwierigkeiten machen?"

"Er wünscht, über ihr Tun unterrichtet zu werden, aber Liebe ist das glaube ich keine mehr. Sie springt von einem Lager zum nächsten, aber nicht mehr in seines.

Von ihr haben wir das Geringste zu erwarten. Sie wird froh sein, wenn sie ihn los ist."

"Ich nehme an, sie weiß nicht, daß auch sie ihren Thron verlieren wird, wenn dieser Königliche stürzt."

"Nein, das weiß sie nicht. Es ist auch besser, wenn sie davon nichts erfährt, bis es soweit ist."

"Gut, und wer sind unsere Gegenspieler?"

"Nun ja, hier muß man zwischen Mitspielern und möglichen Gefahren unterscheiden. Ein Mitspieler ist Cruimh, der Königliche Berater. Er ist ein niederer Wurm, der weiß, daß sich die Zeiten ändern, aber noch überlegt, in wessen Wind er seine Fahne hängt.

Dann ist da Arcán, der Kerl ist dumm wie es ein Mensch nur sein kann und der Anführer der Königlichen Garde.

Er ist Brocs Leibwächter, ißt alles, was der König ißt und solche Sachen."

"Der kommt nicht gegen mich an. Wer noch?"

"Tja, da bleibt nur noch mein Freund Rabharta."

"Du hast Freunde?", fragte sie zweifelnd.

"Es kommt immer darauf an, wie man das Wort auslegt. Aber Rabharta steht mir von allen hier am nächsten. Er ist ein anständiger, treuergebener Mensch. Leider steht er mehr auf der Seite des Hochkönigs."

"Welche Macht hält er noch in seinen Händen, außer deinem Gewissen?"

"Alle Männer, die ein Schwert halten können, außer der Königlichen Garde. Sollte es Unruhen geben, könnten wir diese nur mit seiner Unterstützung niederringen. Außerdem vertraut ihm der Hochkönig."

"Ist er hübsch?"

"Eala, so einen Mann kann man nicht wie eine Spinne umgarnen. Dieser Mann hat Grundsätze, eiserne Grundsätze. Selbst wenn du ihn körperlich von dir abhängig machen würdest, du müßtest ihn töten. Er würde nie ein Verräter werden. Es sei denn..."

"Es sei was, Tuan?"

"Es sei denn, wir überzeugen ihn davon, daß der neue Hochkönig ein besserer sein wird."

"Schön, und wie sollen wir das machen. Weder ich noch du kennen ihn. Sollen wir ihn hierher einladen?"

"Nein, aber vielleicht können wir Rabharta zeigen wie schlecht Broc ist."

"Das weiß er doch selbst. Treue ist keine Frage der Fähigkeiten des Königs, sondern der Treue zum Thron, gleichgültig, wer darauf sitzt. Ich werde mich um ihn kümmern."

"Ich bin sehr gespannt darauf, meine Liebe, sehr gespannt."

Mittlerweile waren sie vor Ealas neuer Kammer eingetroffen. Sie lag gegenüber Rabhartas Zimmer, hatte aber noch einen Raum angegliedert, der eine Art Badezimmer war.

Tuan folgte Eala hinein und schloß die Tür. Im Raum stand ein großes Nachtlager, das sicher für Zwei gedacht war. Ansonsten war er eher spärlich eingerichtet.

"Ich werde dir warmes Wasser bringen lassen. Dann kannst du dich waschen und für den Abend ankleiden.

Möchtest du eine Zofe?"

"Steht einer angehenden Hochdruidin eine zu?"

"Gut, keine Zofe. Denk daran, du bist keine Frau vom Hof. Ich wünsche, daß du dich kleidest wie eine Priesterin und nicht wie eine Hure. Verhalte dich unauffällig und bescheiden."

"Was glaubst du, haben sie mir dort oben beigebracht? Sich unmöglich zu benehmen und rumzuhuren? Sei vorsichtig, Tuan! Reize mich nicht. Ich habe mich verändert. Beide sind wir jetzt mächtig, aber ich habe Macht über die Seele der Menschen, während du nur Macht hast über ihre Körper. Ich bin die Schattenbringerin, und ich habe in erster Linie meiner Herrin zu gehorchen, so wie du auch. Sage mir daher nicht, was ich zu tun und zu lassen habe, denn ich habe genaue Befehle."

"Verzeih mir. Ich wollte dir nicht zu nahe treten. Sicherlich weiß ich das alles, es ist nur so ungewohnt, dich so zu sehen, so hart und kalt."

"So ist es nun einmal. Ich gebe den Menschen nur das zurück, was sie mir während meines kurzen Lebens bei ihnen an Gefühlen haben zukommen lassen. Ich möchte jetzt gern allein sein und mich für heute abend zurecht machen."

"Ja, ich hole dich dann zum Essen ab."

Der alte Mann öffnete die Tür und blickte noch einmal zurück. Ihre grünen Augen durchbohrten ihn.

Als er die Tür von außen geschlossen hatte, atmete er tief ein und aus. Wie sehr sie sich verändert hatte. Sie hatte auf seinem Schoß gesessen, als sie noch nicht einmal laufen konnte.

Hatte mit ihm gelacht und gespielt. Sie war die Frucht einer Beltainenacht, und tatsächlich schien die Göttin in ihrem Herzen zu sein.

Obwohl die Winterkinder immer schwächlicher waren als die im Sommer geborenen, hatte sie eine Kraft und einen eisernen Willen, wie er ihn nur bei wenigen Menschen gesehen hatte. Ihre arme Mutter konnte sie kaum bändigen. In ihrem sechsten Sommer brachte sie die Kleine zu der Hohepriesterin ihres Dorfes.

Die entschied, das Kind zum Berg der Alten Bärin zu bringen. Wenn diese das Würmchen aufnahm gut, wenn nicht, würden sie es Zieheltern geben.

Ihre zierliche, sanfte Mutter war diesem Wirbelwind einfach nicht mehr gewachsen.

Als Tuan sie das nächste Mal besuchte, war Eala schon nicht mehr bei ihrer Mutter.

Dann hatte er jahrelang nichts mehr von ihr gehört. Aber eines nachts hatte er ihr Gesicht ganz klar vor sich gesehen und die Stimme der Alten gehört.

Seit jener Nacht erwartete er ihre Ankunft. Aber so hatte er es sich nicht vorgestellt. Er mochte es nicht, wenn er einer Frau die Führung überlassen mußte. Aber alle Schattenbringerinnen waren Frauen. Das Alte Wort sagte, wenn allein Frauen Leben geben, dann haben auch nur Frauen das Recht, dieses zu nehmen.

Und wie schön sie war. Gerne hätte er sie für sich gehabt, aber diesen Stolz konnte er nicht mehr brechen. Was war er doch für ein alter, grauer Wolf geworden. Wer weiß, wie seine Zukunft aussah.

Müde machte er sich auf zu seiner Hütte. Er durchquerte gerade den Mannschaftsraum, als er Rabharta begegnete. Sein rotes Haar hing ihm in wilden Zotteln ins Gesicht.

"Sei mir gegrüßt, mein alter Freund. Wie geht es dir?"

"Gut, Tuan, gut. Aber wer war die Frau, die du vorhin bei dir hattest?"

"Welche Frau?"

"Bitte, Tuan. Glaubst du wirklich, daß du deine Spiele unter meinen Augen treiben kannst, ohne daß ich es sehe. Vergiß nie, ich sehe, ohne zu sehen."

"Gut, gut, gut. Das ist die Frau, derentwegen ich dich angesprochen hatte."

"Ach, sie bekommt so ohne weiteres ein Zimmer hier bei meinen Männern? Glaubst du nicht, daß das etwas Verwirrung in ihre ohnehin schon verwirrten Köpfe bringt?

Vielleicht ist ihr dieser männliche Andrang gar nicht recht."

"Darüber mach dir keine Sorgen. Heute abend wird es ein kleines Fest geben. Ich werde sie dem König vorstellen, und ich erwarte dabei deine Unterstützung."

"Was für ein kleines Fest?"

"Ich werde sie als meine Nachfolgerin vorstellen."

"Gut geplant, mein Freund. Dann sehen wir uns ja heute abend. Ich werde mich dann erst einmal frisch machen, wenn wir so wichtigen Besuch haben."

Der Hauptmann wandte sich ab und ging auf sein Zimmer zu. Er hatte es gerade erreicht, als er sich noch mal einmal umdrehte.

"Ach und Tuan! Das nächste Mal wüßte ich es gerne von dir selbst, wenn fremde Frauen in meiner Burg einkehren und ein Zimmer mir gegenüber erhalten."

Der alte Mann ging weiter seines Weges und murmelte ein ‚meiner Burg?' vor sich hin.

Die Zeit bis zum Essen verging schnell für Eala. Sie hatte gebadet, ihr Haar gewaschen und es zu einem Zopf geflochten, den sie dann zu einem Kranz aufsteckte.

Sie würde ein nachtblaues, sehr eng anliegendes, hochgeschlossenes Kleid, das ab der Hüfte glockig wurde, zum Essen tragen. Es würde nichts hervorheben, außer ihrer makellosen Figur, und nichts verbergen. Die Schattenbringerin trug keinen Schmuck und schminkte sich auch nicht. Sie hätte beides auch nicht nötig gehabt.

Schließlich kam Tuan, um sie abzuholen. Er staunte nicht schlecht, als er die junge, hübsche Frau sah. Es wollte ihm einfach nicht in den Kopf, wie jemand so schön sein konnte und doch den Tod einem Leben in diesem Leib vorzog.

Sie hakte sich bei ihm ein.

"Du siehst sehr gut aus, Mädchen. Ich schätze, die Aufmerksamkeit des Königs wird dir sicher sein."

"Das hoffe ich. Ich mache dieses Verkleidungsspielchen ja nicht zum Spaß mit. Ab morgen werde ich mich wieder kleiden, wie es sich für eine Priesterin geziemt. Werden alle da sein, die du mir vorhin aufgezählt hast?"

"Ja, du wirst zwischen mir und Rabharta sitzen. So können deine und meine Augen ihn beobachten. Wir werden in der Nähe des Königs sitzen, aber nicht neben ihm. Diesen Platz mußt du dir ganz alleine erkämpfen. Dann laß uns mal gehen."

Sie atmeten beide noch einmal tief durch und betraten dann die große Festhalle. Überall knisterten die Herdfeuer und spendeten Wärme.

An der Tafel des Königs waren noch zwei Plätze frei. Mit Absicht hatten die beiden abgewartet, bis die Halle gefüllt war. Jetzt konnten sie auf einen Blick alle Leute am Hof sehen und wurden mit Bestimmtheit auch gesehen.

Neun Personen saßen an der Tafel des Königs von denen Tuan alle bis auf einen kurzgeschorenen Fremden kannte. Rechts neben dem Herrscher saß sein Weib und neben ihr der Wurm Cruimh. Rabh, der alte Fuchs, hatte seinen treuen Freund Measartha neben ihn setzen lassen. Doch wer der Fremde neben ihm war, wußte Tuan nicht.

Links von Broc saß Arcán, der Führer der Königlichen Garde. Neben ihm saß zu seinem eigenen Leidwesen Rabharta.

Ein fröhliches Treiben herrschte in der Halle. Musikanten spielten auf, und anmutige Frauen tanzten um die Bänke und trieben mit den Männern und Frauen des Hofes ihren Schabernack.

Doch als Tuan und Eala die ersten Bankreihen hinter sich gebracht hatten, gehörte ihnen die alleinige Aufmerksamkeit. Selbst der König starrte sie an. Sie gelangten schnell zu ihren Plätzen. Jeder machte ihnen Platz und war darauf bedacht, ihnen nicht im Weg zu stehen.

Tuan wandte sich hinter Ealas Rücken Rabharta zu.

"Das ist Eala, die Frau, von der ich dir erzählt habe. Behandle sie mit Achtung, auch wenn du anders über sie denkst als ich. Denk daran, sie ist meine Nachfolgerin. Vergiß das nicht!"

"Nein, das werde ich nicht."

Rabharta war voller Freude. Zu seiner linken saß ein Trottel und zu seiner rechten eine geheimnisvolle Fremde, die seinen König vom Thron stürzen wollte, und er sollte freundlich daherplaudern, als wäre alles in wunderbarster Ordnung.

Er wollte herausbekommen, welches Geheimnis sich hinter solcher Schönheit verbarg und sprach Eala an.

"Seid willkommen, schöne Frau. Wie ich hörte, kommt ihr aus dem Norden und habt eine lange Reise hinter euch."

Ein gefährliches Blitzen aus ihren grünen Augen traf ihn.

"Danke für euren Willkommensgruß. Wie kommt ihr denn darauf, daß ich aus dem Norden komme?"

"Oh, das war nur so ein Gedanke. Die meisten großen Druidinnen kommen doch aus dem Norden, oder nicht?"

Ein honigsüßes Lächeln glitt über ihre Wangen.

"Das ist wahr. Mein Name ist Eala und wer seid ihr?"

"Ich bin Rabharta, der Hauptmann des Königs."

"Und wer ist der verfressene Kerl neben euch?"

"Das ist Arcán, der Führer der Königlichen Garde. Und der Herr nebenan, dem eure Aufmerksamkeit gilt, ist unser aller Hochkönig Broc mac Ciocrás nebst Gattin."

"Was heißt, dem meine Aufmerksamkeit gilt?"

"Wenn ihr Hochdruidin werden wollt, müßt ihr euch doch auch mit unserem Hochkönig befassen, oder?"

"Oh, sicherlich werde ich das tun."

Der Herrin sei Dank wurden gerade wieder einmal die feinsten Speisen gebracht, so daß man das Gespräch unterbrechen mußte.

Rabharta aß nur wenig, beobachtete er doch lieber sein Umfeld. Vor allem den Fremden am anderen Ende der Tafel.

"Sag, Arcán, wer ist der Mann auf der anderen Seite?"

"Welcher?"

"Dreimal darfst du raten? Der neben Measartha."

"Ach der, er kam heute morgen an. Muß ziemlich weit und schnell gereist sein, so wie sein Pferd aussah.

Gegen Mittag brachte ihn Cruimh zu mir, mit der Bitte, ihn in die Königliche Garde aufzunehmen. Scheint wohl ein Verwandter von ihm zu sein."

"Ähnlich sehen sich die beiden ja nicht gerade. Vielleicht ist es ja auch eher eine Seelenverwandtschaft."

"Genau. Ist aber ein anständiger Kerl und reich muß er auch sein. Er hat nämlich zwei Diener. Finstere Käuze sind das."

"Woher kommt er denn?"

"Das hat er mir nicht gesagt. Ich weiß nur, daß er über ganz besondere Verbindungen verfügen muß.

Er konnte Cruimh nämlich in einer dringenden Angelegenheit sehr helfen."

"Und in welcher?"

"Das weiß ich doch nicht."

"Und wie heißt der Kerl."

"Siorc mac Drochobair. Seltsamer Name was? Aber schließlich geben wir uns unsere Namen ja nicht selbst."

"Richtig, Arcán, richtig."

Zu gerne hätte Rabharta gewußt, welcher Vogel ihm dieses merkwürdige Ei ins Nest gelegt hatte, aber das würde er schon rausfinden.

2.

Kapitel

Die Suche

Die Wärme kennt nur,
wer die Kälte kennt.
Das feste Land kennt nur,
wer den Sumpf kennt.
Geh weiter,
wenn dies dein Weg ist!

Heribert Kock, Murrum

Is Buaine Port na Glor N-ean!
Is buaine focal na Toice Ac Tsael!

(Ein Lied überdauert alles Vogelgezwitscher der Welt.
Ein Wort hält sich länger als jeder Reichtum.)

Werte Leserin, werter Leser!

Sei mir gegrüßt ein zweites Mal, wie schön, dir wieder auf diesen lichten Pfaden zu begegnen auf dem Weg in die Eine Welt.

Aufgebrochen aus dem sicheren Heim und mutig den Spuren unserer Gefährten gefolgt, machen wir uns nun auf die Suche, harren der Dinge, die da auf uns zukommen und wissen doch, wir sind nicht allein.

Die Birke, unter der wir rasten, ist sie wohl ein schlafender Waldelb, der Fels dort in der Dämmerung ein stiller Zwerg? Und manchmal, wenn wir wandeln allein in Düsternis und sicher sind, daß kein anderes Wesen an unserer Seite ist, geht dann vielleicht nicht doch ein anderer einsamer Wanderer neben uns, verborgen durch den sanften Schleier der Zeit?

Wo sind wir, wenn wir unsere Augen schließen? In dieser Welt, in der Anderen Welt oder

in der Einen Welt?

Wer vermag das zu sagen, oft genug ist Salz süßer noch als Zucker. Oft genug sind wir Begleiter, ohne es zu bemerken, sind wir Schatten in der sengenden Sonne eines anderen.

Auf die eine oder andere Weise sind wir alle einander Gefährten und Begleiter, Stab, Laterne und Wegweiser, Hüter und Behütete auf unserer eigenen Suche.

Und plötzlich führen die Wege aus Beltainè in dein Leben und du findest Elben an deiner Seite, Freunde, wo du keine vermutetest, weil du durch das Tor des Unerwarteten geschritten bist,

einen Zwerg, der magische Türen öffnet, einen Menschen, der dir unverhofft die Hand reicht und lächelt.

Jetzt schon befindest du dich auf neuen Wegen, begleitest du die Gemeinschaft auf ihrer Suche, hältst du den Atem an in Bedrängnis, damit sie die Schergen im Dunkeln besser hören können, schickst du ihnen Mut und Hoffnung, wenn alles aussichtslos erscheint, jetzt schon bist du Teil der Einen Welt und war es nicht leicht, die Seiten aufzuschlagen und zwischen den Zeilen zu verschwinden?

Komm, laß uns nicht weiter verweilen, der Weg ist noch lang, und er wird länger mit jedem Schritt, den wir nicht gehen!

Du bist nicht allein, immer liegt die Hand einer dich liebenden Seele auf deiner Schulter.

· *chrismegan* ·

Die Alte vom Berge

Mühselig schleppte die alte Frau ihre gefüllten Wasserbeutel auf dem gebrechlichen Rücken vom See hinauf zur Höhle. Der Weg, dem sie folgte, war so ausgetreten, daß sie ihn wohl hunderte von Malen gegangen sein mochte.

Allein in dem hohen Gebirge und doch nicht allein. Denn zuweilen hatte sie Gesellschaft gar besonderer Art. Es war nicht so, daß die Götter sie heimsuchten, nein, es war eher so, daß sie einfach einmal vorbeischauten, wie Hirten, die nach ihren Herden sahen. Die Alte Bärin war noch immer nicht sehr erpicht auf diese Besuche, die stets unerwartet kamen.

Sie diente der Großen Mutter und dem Allvater treu, doch seltsamerweise spürte sie die Gnade, die ihr die Götter geschenkt hatten, dann am schwersten, wenn jene anwesend waren. Doch trotz all ihrer großen Macht sah sie sich stets nur als Werkzeug, das den Göttern diente.

Die Alte Bärin wußte, sie war nichts ohne die Liebe der Götter. Erst jene machten es ihr möglich, in den Brunnen des Connla zu sehen.

Erschöpft setzte sie sich auf die Bank vor ihrer Höhle. Weit unten im Tal auf der anderen Seite des Sees sah sie die Steinhäuser ihres Covens. Es hatte lange gedauert, sie zu errichten. Nur Frauen fanden hier Einlaß. Zarte Hände, die Steine sammelten, um sie Stück für Stück zusammensetzten. Es war ein entbehrungsreiches Leben und doch gab es viele Frauen, die sich für dieses Schicksal entschieden und bereit waren, den Preis der Entbehrungen für das Erlangen der reinsten Weisheit zu bezahlen.

Sogar solche, die den Weg der Schattenbringerin zu gehen begehrten.

Siúr, eine junge Hohepriesterin, leitete die Frauen. Die Alte Bärin indessen hatte Wichtigeres zu tun.

Sie erhob sich und ging in die Höhle. Der Eingang war so eng, daß die Alte Bärin nur mit Mühe hinein gelangte. Dann stellte sie einen Holzrahmen, der mit dem Fell eines Hirschen bespannt war, wie eine Tür davor.

Ein mächtiges Feuer brannte in der Felswand und wärmte die Frau.

Sie nahm die Beutel von ihrem Rücken und schüttete das Wasser in ein dafür vorgesehenes Steinbecken.

Aus Connlas Brunnen hatte sie noch nie getrunken, zu groß war die Ehrfurcht vor diesem Ort. Nichts hatte sich hier verändert seit dem Tag, an dem die Große Mutter sie hierher geführt hatte in der Gestalt einer trächtigen Ricke. Schon damals brannte das Feuer, das niemals erloschen war. Das einzige, was auf die Anwesenheit eines Menschen schließen ließ, waren zwei sehr große Bärenfelle, die vor dem Feuer lagen, die Nachtstatt der Wächterin diesen Ortes.

Auf einem dieser Felle stehend zog sich die Alte Bärin jetzt aus und wusch sich sorgsam mit dem Wasser aus dem Becken.

Dann zog sie sich wieder an und schritt zum steinernen Brunnenrand.

Ein Lichtstrahl, so klar wie das Mondlicht in einer Sternennacht, flutete aus der Tiefe empor und gab den Blick auf eine grüne Insel in stürmischer See frei. Eriu.

Dann trat ein anderes Bild hervor. Zwei junge Männer, die in einer Höhle schliefen, von einer wunderschönen Schimmelstute bewacht.

Auch dieses Bild verschwamm und zeigte dann ein Mädchen, das in einer Hütte schlummerte, eingehüllt in einen Sidhi-Mantel. Fast sah es aus, als liege sie auf einer grünen Wiese.

Jetzt offenbarte das Wasser im Brunnen eine kleine Gruppe, die schlafend rund um ein Lagerfeuer verteilt lag. Nur ein Mann und ein Junge schienen in Erwartung auf etwas hellwach zu sein.

Dann sah die Alte Bärin eine Frau an einem Bach in der Anderen Welt. Sie kannte sie wohl. Doch die Götter selbst hatten verhindert, daß sie starb, als sie sich so an ihnen verging.

Dann strahlte es nur so aus dem Brunnen.

Was sie sah war die Halle auf Tara, nicht die große Festhalle außerhalb der Hochburg, sondern die gemütliche kleine in der Festung selbst, die dem ganzen Hofstaat Platz bot.

Sofort hatten ihre Augen ihre einstige Schülerin erfaßt, Eala, die Schattenbringerin. Sie würde ihren Weg gehen.

Das stand außer Frage.

Dies war die Gegenwart, die sie nur zu genau kannte. Jetzt folgte sie ihr in die Zukunft, um zu sehen, was diese für die einzelnen Figuren in diesem Königsspiel bringen mochte.

So nahm die Alte Bärin etwas Moos vom Rand des Brunnens und bröselte es ins Wasser.

Dann schloß sie für einen kleinen Augenblick die Augen, sammelte sich und ließ ihre Energie über die Fingerspitzen in jeden Stein des Brunnenrandes fließen, bis sie selbst ein Teil davon war. Danach öffnete sie ihre Augen wieder.

Dunkelheit legte sich über den Brunnen, nur in großer Tiefe glomm ein sanftes Licht auf. Es wurde hell und heller und lenkte den Blick auf ein Kind, einen kleinen Jungen. Immer deutlicher wurden die Züge des Gesichts, bis auch die Alte Bärin sah, daß dies kein Kind, sondern ein sehr kleiner Mann war. Mürrisch blickte er drein aus seinem schwarzen Lockengewirr wie er so an einem Wegrand saß.

Langsam wurde es wieder dunkler.

Nun strahlte ein Katzengesicht aus der Tiefe, eine junge Waldelbin. Ihre sternklaren Augen waren grün wie die ersten Blätter im Frühling, dann erlosch dies Bild, und das entstellte Gesicht eines jungen Mannes erschien. Eine Narbe zog sich von der Schläfe bis zum Kinn und kalter Haß loderte aus schwarzen Augen, die von ebenso schwarzen, langen Locken umrahmt waren. Dann verschwand auch dieses Gesicht in der Finsternis.

Schließlich erhellte sich der Wasserspiegel und zeigte eine gebeugte Alte, die ein schwarzes Pferd am Zügel führte, auf ihrer Schulter saß ein krächzender Rabe.

Nebel wallte aus dem Brunnen. Nur noch das Licht des großen Feuers brannte.

Leise lächelte die Alte Bärin in sich hinein.

Tauben zum Frühstück

Das erste, was Solasard sah, als er am Morgen die Augen öffnete, waren zwei große, feuchte, sandige, schwarze Löcher, aus denen Macha ihren warmen Atem in sein Gesicht schnaubte.

Sofort war er aufgesprungen und hatte sich mehrmals über das Gesicht gewischt, um dann die Stute mit einem Schlag auf die Hinterbacken aus der Höhle zu befördern. Ihr fielen einige der kleinen Tannen zum Opfer, die ihnen in der Nacht als Tarnung gedient hatten.

"Athraigh, aufwachen, auf!"

Vorsichtig blinzelte der mit seinen Augen und murrte dann:

"Was ist denn? Ich habe gerade so schön geträumt."

"Du fragst mich, was los ist? Unsere Freundin hier hat das Wecken übernommen, und unser Weg ruft.

Hörst du es nicht?"

Nur sehr langsam setzte sich der Weggefährte auf. Solasard war vor die Höhle gegangen. Die Morgenluft tat ihm gut. Die Kühle erfrischte seinen Geist und machte ihn richtig wach.

Der Winter würde nicht mehr lange so zahm sein. Sie mußten unbedingt einen Platz zum Verweilen gefunden haben, bis Schnee die Wege unpassierbar machte.

Bis dahin aber mußten sie sehen, daß sie soweit wie möglich in die Nähe von Cill-dara gelangten. Sie würden nur noch ein kleines Stück durch den Wald laufen und dann wieder an die Küste kommen.

Solasard fühlte sich am Meer einfach wohler, dort war er groß geworden, kannte seine Launen und Tücken. Die Unübersichtlichkeit des Waldes verunsicherte den jungen Mann, der die Weite und offenes Land gewohnt war.

Als er in die Höhle trat, war sein Gefährte schon wieder sanft entschlummert.

Wenn das die ganze Reise so bliebe, würde er wahrscheinlich verzweifeln. Er war zwar kein Frühaufsteher, aber wenn er wach war, dann blieb er es auch.

Der Schwertsucher kniete neben Athraigh und schüttelte ihn leicht an den Schultern.

"Komm schon, Freund! Wir müssen weiter. Das Wetter ist nicht das beste, und ich will heute abend aus dieser Gegend raus sein.

Bitte, Athraigh, ich kann nicht sehr gut Leute wecken! Mein zweiter Aufruf wird auf jeden Fall unangenehmer."

Neugierig um sich schauend setzte sich der Mann aus dem Fahrenden Volk zum zweiten Male auf.

"Ist ja schon gut. Ach, stimmt ja, wir mußten ja gestern unser Nachtlager frühzeitig räumen. Wo ist Macha?"

Solasard drehte seinen Kopf zum Höhleneingang:

"Draußen, Athraigh. Aber um sie brauchen wir uns die wenigsten Gedanken machen. Unsere kleine rassige Stute kann sich nämlich hervorragend selbst ihrer Haut erwehren. Das habe ich gestern Nacht gelernt."

"Wie kommst du denn darauf, Solasard?", fragte Athraigh.

"Nun, Cluanaires Männer haben versucht sie zu stehlen. Aber sie muß so heftig ausgekeilt und gebissen haben, daß sie sich das schnell anders überlegt haben.", berichtete ihm der Schwertsucher.

"Und du, hast du dich nicht eingemischt?"

Athraigh war enttäuscht.

"Ich glaube nicht, daß ich dann hier so friedlich bei dir sitzen würde."

"Da hast du recht, Solasard. Warum willst du eigentlich bis heute abend von hier verschwunden sein? Oder habe ich dich falsch verstanden? Der Wald bietet doch den besten Schutz, den man sich nur wünschen kann."

Der Schwertsucher stand nun am Eingang der Höhle und blickte in das endlose Tannengrün.

"Da magst du ja recht haben, Athraigh. Aber er bietet diesen Schutz nur, weil er so unübersichtlich ist. Es mag sein, daß uns jemand folgt, ohne daß wir es bemerken."

Athraigh war jetzt aufgestanden und brachte seine Sachen in Ordnung.

"Das stimmt schon, aber du kannst dich doch auch gut im Wald verstecken und in seiner Unübersichtlichkeit verschwinden."

"Weißt du, Athraigh, ich habe mich nicht auf den Weg gemacht, um mich vor irgend jemandem zu verstecken. Du weißt selbst wie das mit einem Geís ist. Ich will, ich muß und ich kann nichts anderes tun als dieses Schwert zu finden, aber dann will ich auf dem schnellsten Weg wieder nach Hause, um Amhrán zu heiraten.

Ich werde mich vor nichts und niemandem verstecken.

Versteh' doch, ich mag Wälder einfach nicht. Du siehst Bäume, und vor lauter Bäumen siehst du den Wald nicht. Sicherlich kann man sich herrlich heranschleichen, aber was ist, wenn du die auserkorene Beute bist?

An der Küste siehst du jemanden schon auf Meilen herankommen. Hier weißt du manchmal erst, daß du verfolgt worden bist, wenn dir das Messer im Hals steckt.

Nein, Athraigh, wir werden den Wald verlassen. Auf der Breiten Straße werden wir lang genug von Wald umgeben sein. Und selbst, wenn man uns am Meer schlecht mitspielt, können wir im Zweifelsfall immer noch in den Wald zurückkehren. Bist du jetzt endlich fertig?"

Leicht gereizt nahm Athraigh seinen Reisesack auf und trat das Feuer gründlicher aus, als es hätte sein müssen.

"Und was ist mit Frühstück, Herr Schwertsucher?", rief dieser Athraigh zu.

"Später, Namenloser, später! Laß uns doch erst ein Stück Weg zwischen uns und das Fahrende Volk bringen. Dann können wir auch in Ruhe frühstücken."

Schweigsam machten sie sich auf den Weg. Wieder führte Solasard Macha am Zügel. Ging er ihr zu langsam, stupste sie ihn einfach in den Rücken. Ein Scherz, für den er wenig übrig hatte. Athraigh lief neben ihnen her. Die Stille war bedrückend.

Der Himmel war bewölkt, und doch blendete sie die Sonne durch das Weiß der Wolken. Ein kalter Wind strich durch den Wald und machte Athraigh auch nicht gesprächiger. Nun war der Namenlose auch noch sprachlos geworden.

Solasard ließ ihn seine schlechte Laune genießen. Aber er hatte sich nun einmal für die Küste und gegen den Wald entschieden. So kurz nach dem Anfang der Reise legte er keinen gesteigerten Wert auf einen Streit und hatte dafür lieber einen mürrischen Gefährten an seiner Seite als gar keinen.

Sie kamen gut voran und suchten sich abends in einem struppigen Ginstergebüsch einen Schlafplatz. Wie Steine fielen sie um und wie solche schliefen sie tief und fest. Am nächsten Morgen waren sie schon wieder früh auf den Beinen.

Der Weg war durch die vielen Tannennadeln so gut gepolstert, daß sie noch nicht einmal ihre eigenen Schritte hörten, geschweige denn die eines Verfolgers hätten wahrnehmen können.

Jetzt in der Stille fiel Solasard erst auf, was ihm fehlte. Das Rauschen der Blätter, die Musik des Waldes. Er fühlt sich noch immer sehr unsicher hier. Auch wenn er sich ständig umdrehte und dennoch nichts sah, kam ihm der ganze Wald seltsam vor, fast so als hätten die Bäume Augen.

Auch Macha hatte ihre Ohren gespitzt und lauschte aufmerksam auf die Stille des Waldes. Manchmal blieb sie einfach stehen, blickte hinter sich und schüttelte ihre feurerrote Mähne.

Unmerklich beschleunigte Solasard seine Schritte und preschte ein gutes Stück voran, bis ihn Athraigh gegen Mittag am Arm packte und anhielt.

"Er verfolgt uns seit heute morgen, ist leise wie ein Fuchs, vorsichtig wie ein Hase, und er liebt Malzbier und guten geräucherten Speck, daß es einem das Wasser im Munde zusammenlaufen läßt. Er ist noch ein gutes Stück hinter uns. Willst du ihm entgegen gehen und ihn selbst in unserer Runde begrüßen oder möchtest du abwarten, bis er höflich anklopft?"

Verblüfft ließ Solasard den Zügel los und schaute erstaunt in die strahlend blauen Augen Athraighs.

"Was meinst du damit, Athraigh?", fragte er verdutzt.

"Ich meine, unauffällig weitergehen. Er ist ein Mann von Ehre, kein Schlächter oder Meuchelmörder. Vielleicht möchte er sich uns anschließen. Geben wir ihm Gelegenheit, uns an unserem Abendfeuer anzusprechen. Tut er es nicht, werden wir ihn schon aus seiner Deckung zu holen wissen."

"Das ist ein guter Gedanke, komm, laß uns weitergehen. Ich werde so tun, als entferne ich einen Stein aus Machas Hufen."

Gesagt, getan. Nachdem sie einige Schritte gegangen waren, fragte Solasard:

"Woher weißt du eigentlich, daß er ein Mann von Ehre ist?"

"Ganz einfach, wäre er es nicht, wären wir jetzt tot, und Macha hätte einen neuen Besitzer gefunden. Deshalb! Außerdem glaube ich, wollte er, daß wir ihn sehen, aber auch, daß wir erkennen, daß wir ihn nur bemerkten, weil er es so wollte."

Verwirrt fragte Solasard:

"Wie kommst du denn darauf?"

"Es ist ganz einfach. Wenn ich nicht auffallen will, brutzele ich kein gewürztes Fleisch, das meilenweit riecht und trinke auch kein noch so leckeres Malzbier, dessen Duft mir fast die Sinne raubt. Oder würdest du das tun?"

Immer noch verwirrt schüttelte der Gefragte den Kopf.

"Siehst du, Solasard? Jetzt weißt du, wozu es gut ist, einen Mann aus dem Fahrenden Volk auf deine Suche mitzunehmen. Er wollte etwas damit bezwecken. Deshalb hat er uns erst verfolgt und dann später angefangen, die ganzen Leckereien aufzuessen. Das hoffe ich jedenfalls für uns."

So marschierten sie weiter durch den Wald. Schließlich wurde das Geäst der Bäume so dicht, daß sie manchmal kaum mehr den Himmel über sich sehen konnten. Einige Amseln zwitscherten ein Lied, ansonsten herrschte Stille. Kein Reh, das ihren Weg kreuzte, kein Raubvogel, der auf Beute aushob, kein Fuchs, der an ihnen vorbeischnürte. Nichts!

Macha zog sie vorwärts, als wäre es auch ihr recht, diesen seltsamen Ort des Schweigens zu verlassen.

Dann setzte die Abenddämmerung ein. Abseits des Weges fanden sie eine geschützte Stelle, wo sie ihr Nachtlager aufschlagen konnten.

Zwei Steine lehnten sich kuschlig wie zwei betrunkene Großväterchen aneinander und boten zu ihren Füßen den müden Wanderern ein Nachtlager. Die Hinterseite war durch dichtes Tannengebüsch so geschützt, daß der Wind kaum durchdrang. Hier hielten sie an, legten ihre Reisesäcke ab und sammelten eifrig Holz für ein kleines Feuerchen. Als dieses entzündet war, packten sie ihre Vorräte aus, spießten ein wenig hartes Brot auf ein paar Ästchen und rösteten es.

Das Brot war steinhart, auch durch das Rösten wurde es nicht weicher, aber das war nun einmal alles, was sie noch übrig hatten und so ließen sie es sich schmecken.

Macha stand etwas abseits neben einem Baum und fraß ein wenig von dem Hafer, den ihr Solasard hingestreut hatte. Dann kniete sie sich hin und wälzte sich genüßlich in einem Bad aus Tannennadeln.

Lange saßen sie vor dem Feuer, jeder seinen Gedanken nachhängend, als es im Unterholz laut knackte. Schnell sprang Solasard auf. Macha wieherte laut und warf aufgeregt ihren Kopf auf und ab. Langsam zog Solasard sein Schwert aus der Scheide. Auch Athraigh griff unter sein Hemd und zog eines seiner scharfen Messer aus dem Gürtel.

"Komm raus, oder wir werden dich als ehrlos betrachten und auch so mit dir verfahren", rief Solasard in die Finsternis.

Ein zweites Mal knackte es im Unterholz. Diesmal warf Athraigh sein Messer in die Richtung, so daß es federnd in dem Stamm einer Tanne stecken blieb.

"Zu hoch und in die falsche Richtung", schallte es über ihren Köpfen aus dem Wald.

Blitzschnell drehten sich die zwei Gefährten um und starrten in die Höhe. Was sie dort sahen, ließ Solasard das Schwert aus der Hand gleiten und Athraighs Mund weit, weit offen stehen.

"Wenn ihr immer so handelt, wenn ein Fremder an euer Feuer tritt, wundert es mich nicht, daß ihr immer noch nur zu zweit seid. Mein Name ist Goworr, und ich stehe euch zu Diensten, Solasard mac Annir."

Mit einem kühnen Satz sprang der kleine Herr auf den Boden und landete vor den Füßen der Gefährten. In seinen Händen eine Axt, die fast so groß war wie er selbst. Ein seltsames Wesen hatte sich da vor ihnen aufgebaut. Er war nicht so klein wie ein Kind, aber auch nicht so groß wie ein ausgewachsener Mann. Solasard mochte er wohl bis an den Bauchnabel gehen. Eine Kleidung wie seine hatten die beiden jungen Gefährten noch nicht gesehen.

Schwarze Stulpenstiefel, in denen eine schwarze Hose steckte, darüber flackerte das Feuerlicht über eine erdfarbene Lederjoppe. Zusammengehalten wurde sie und wohl auch der dralle Bauch von einem breiten, schwarzen Gürtel. Aber welch eine herrliche Pracht war das, welch eine herrliche Arbeit war die Gürtelschnalle, ein fein ausgearbeiteter silberner Drache, aus dessen furchtgebietenden Augen, rote Rubine brannten. Links und rechts davon hingen zwei kleine Beile und ein kleines merkwürdiges Silberhämmerchen pendelte auch daran. Freundlicher wurde die gesamte Erscheinung durch ein sonnengelbes Halstuch, das von einem veilchenblauen Rand durchflochten war.

Athraigh fand zuerst seine Sprache wieder.

"Du, du bist ja ein Zwerg!"

"Nun, wenigstens verweigern euch eure Augen nicht auch noch den Dienst, mein Werter!", gab der ihm zurück. Felsgraue Augen folgten aufmerksam jeder Bewegung der beiden Männer. Seine Lippen waren umrahmt von einem kurzen Spitzbart, der sein hervorspringendes Kinn zierte und einem fein gezwirbelten Oberlippenbart, den er auch jetzt nachdenklich zwischen seinen Fingern drehte.

"Verfolgst du uns mit guten oder schlechten Absichten? Oder folgst du uns vielleicht gar nicht, und wir träumen das alles?" fragte Solasard.

"Was meine Absichten angeht, so sind diese nicht ehrlos. Doch dies zu entscheiden, schätze ich, muß ich euch überlassen", fuhr der kleine Mann fort.

"Sprich gradraus, Zwerg, und pack' deine übel aussehende Axt weg, oder wir müssen dir dabei behilflich sein. Ich werde mich jetzt langsam nach meinem Schwert bücken und es aufheben. Und sollte ich nicht bald ein klare Antwort haben, weiß ich nicht, wie ich damit verfahren werde. So rede endlich!", sprach der Schwertsucher ungeduldig.

"Nun gut, kurzum. Ich will mich euch anschließen. Ich meine, ich möchte euch ein wenig eures Weges begleiten. Wenn euch das recht ist." Der Zwerg legte die Axt neben sich auf den Boden.

Athraigh schüttelte mißtrauisch den Kopf, wartete aber ab, was Solasard sagen würde, bevor er sich dazu äußerte.

Dieser schob sein Schwert wieder in die Scheide und winkte den Fremden ans Feuer.

"Schön, Goworr. Und warum willst du dich uns anschließen?", wollte Solasard erfahren.

Der Zwerg setzte sich ans Feuer. Auch Solasard und Athraigh ließen sich wieder nieder.

"Nun, ich komme von jenseits des Meeres, von Thule, einer anderen Insel im Hohen Norden, wo ich ein Meister der Schmiedekunst bin. Doch immer häufiger zeigten mir dort die Händler wunderschöne Schwerter und Geschmeide von seltsamer und köstlichster Machart.

Wie ihr vielleicht wißt, ist Gold ein Metall, das uns Zwerge schon allein dadurch glücklich macht, dass es es gibt. Können wir es aber noch bearbeiten und so die Seele des Gesteins hervorbringen, sind wir selig.

Als ich nun erfuhr, daß diese Meisterwerke von einer sagenumwobenen grünen Insel stammten, entschloß ich mich, hierher aufzubrechen, um meine Kunst zu verbessern.

Ich verließ unsere Minen und zog ans Meer, wo ich das erste Schiff bestieg, das mich an eure Süd-West-Küste bringen sollte.

Vor acht Tagen nun hörte ich an einem Feuer unten in Cill-airne eure Geschichte und entschied mich dazu, mich euch anzuschließen."

Da hakte Athraigh dazwischen:

"Einen Augenblick mal! Du willst mir doch nicht erzählen, daß du innerhalb von acht Tagen von Cill-airne bis hierher gelaufen bist. Oder ist dir dein Pferd unterwegs eingegangen, weil ihm seine Last zu schwer war?"

Der Zwerg blieb gelassen.

"Nein, mein Werter, ein Pferd hatte ich nicht, wohl aber zwei gesunde, stramme Beine, die weit ausgreifen und so manche lange Strekke in kurzer Zeit laufen können. Wir Zwerge sind ein zähes Volk und wenn wir ein Ziel vor Augen haben, folgen wir ihm, bis wir es erreichen, was auch immer dazwischen liegen mag."

Aufmerksam hatte Solasard dem weitgereisten Herrn zugehört. Neugierig fragte er:

"Aber warum willst du dich denn ausgerechnet uns anschließen? Was erhoffst du dir davon? Ein paar abwechslungsreiche Abenteuer, mit denen man zu Hause prahlen kann?"

Freundlich antwortete der Zwerg:

"Mit Verlaub. Abenteuer sind nicht das Ziel meines Weges. Vielmehr hoffe ich, daß bei dem Schwert, das ihr sucht, vielleicht einen Schatz zu finden ist. Zwerge lieben Kostbarkeiten über alles, und ich dachte mir, das wäre doch eine gerechte Entlohnung für meine Begleitung und vielleicht finde ich auch einen Schmiedemeister, der mich in eure Schmiedekunst einweiht. Gleichwohl ich auf soviel Glück nicht hoffen darf."

"Nun gut, Goworr, und was machst du, wenn du weder Gold noch Silber findest? Vielleicht finden wir ja noch nicht einmal das Schwert selbst", gab Solasard zu bedenken.

"Vertraut mir, Solasard mac Annir, ich werde einen Schatz finden, ob mit oder ohne Schwert, sonst säße ich jetzt nicht so seelenruhig an deinem Feuer."

Immer noch mißtrauisch fragte Athraigh:

"Und warum suchst du dann das Schwert nicht allein? Dann müßtest du doch auch nicht durch drei teilen, wenn du einen Schatz findest."

"Weil ich leider nicht weiß, wo es ist. Ihr aber habt schon einmal eine Richtung, sonst wärt ihr ja nicht unterwegs. Außerdem dachte ich, könntet ihr vielleicht meine Hilfe gebrauchen und so wie ihr euch anstellt, habt ihr sie auch mächtig nötig."

Solasard legte noch etwas Holz ins Feuer und sagte dann:

"Wir wollen es für heute dabei bewenden lassen und uns ausruhen. Sei eingeladen an unserem Feuer zu sitzen."

Der Zwerg nickte dankend, erwiderte aber:

"Mit Verlaub ziehe ich ein Plätzchen im sicheren Schatten der Bäume vor. Ein guter Schütze zielt erst ins Licht, denn dieses ruft, hier stehe ich. So ruhet sanft. Wir sehen uns dann morgen früh."

Dann stand er auf, nahm seine furchteinflößende Axt und zog sich unter die weiten Äste einer Tanne zurück.

Solasard und Athraigh unterließen es tunlichst, sich über den Neuankömmling zu unterhalten. Man konnte ja nicht wissen, wie gut er hören konnte. Aber vielleicht war es ja auch gut einen solch' zähen Wanderer bei sich zu haben.

Dennoch schossen den beiden merkwürdige Gedanken durch den Kopf, bis das Feuer ganz herunter gebrannt war. Müde sanken sie in sich zusammen und schliefen.

Jedenfalls hatte den Anschein für eine Eule, die über ihre Köpfe hinweg strich. Doch sie waren viel zu mißtrauisch, um sich einfach so einem Fremden auszuliefern. So wach wie es ihnen nach so einem Tag möglich war, lagen sie in der Finsternis und lauschten auf jedes Geräusch. Aber es tat sich nichts.

Der nächste Morgen fand sie völlig übermüdet an einem Feuer, das sie mit viel Mühe, ob ihrer klammen Finger, entzündet hatten.

Der rätselhafte Herr Zwerg indessen war genauso geheimnisvoll verschwunden wie er aufgetaucht war. Jedenfalls lag er nicht mehr unter seiner Tanne.

Die Gefährten nahmen einen Schluck Wasser aus ihren Beuteln und kauten lustlos auf ihrem harten Brot herum. Ab und an trat Macha an sie heran und stibitzte sich ein Stückchen davon.

Gerade als sie wieder begannen, alles zusammenzupacken, um aufzubrechen, kam der Zwerg aus dem Unterholz hervor und winkte ihnen freudig mit drei leblosen Wildtauben entgegen. Seine Axt hatte er wohl an seinem Schlafplatz gelassen.

"Guten Morgen, werte Herren! Ich dachte mir, nach diesem kargen Abendmahl wäre ein üppigeres Frühstück mehr als angebracht! Ich habe zwar gestern mein letztes Malzbier getrunken und den letzten Schnitz vom gut abgehangenen Würzfleisch verspeist, aber die hier sind auch nicht schlecht, oder? Vielleicht betrachtet ihr sie als meinen Einstand."

Sprachlos schauten sich Solasard und Athraigh an.

Der Zwerg, sich mißverstanden fühlend, fragte:

"Habe ich etwas falsch gemacht? Dürft ihr vielleicht kein Taubenfleisch essen? Ich kann diese drei Hübschen natürlich auch allein verspeisen, aber ich dachte, es wäre wenigstens eine nette Geste."

Bevor Solasard nur Luft holen konnte, hatte Athraigh schon schnell geantwortet:

"Oh, das ist in der Tat sehr nett, wirklich, sehr, sehr nett. Wie wollt ihr sie denn zubereiten? Mit Äpfelchen gefüllt? Was wohl in Ermangelung der Äpfel scheitern wird. Oder vielleicht über einem Feuer von Tannennadeln? Oder ich könnte ein paar Kräuter sammeln gehen. Oder ...Sag mir einfach, was ich tun soll und ich tu' es!"

Solasard war erstaunt. Wahrscheinlich würde Athraigh ihn schon für eine gebratene Gans im Stich lassen.

"Sag mal, Athraigh! Ob du wohl ein ganz kleines bißchen verfressen bist? Ich meine nur ein klitzekleines bißchen? Das ist ja unglaublich.

Ich danke dir, Goworr, aber wir hätten auch ohne die Tauben nicht an deinem guten Willen gezweifelt. Dennoch teilen wir sie gerne mit dir. Ehrlich gesagt, so ein Täubchen zum Frühstück ist schon etwas Feines. Dann wirf mir mal eine rüber, damit ich sie entkleiden kann."

Selbiges tat der Zwerg sogleich. So saßen sie schließlich zu dritt um das Feuer und rupften die Vögel, bis diese nur noch die Haut am Leibe trugen.

Sie nahmen die Tierchen aus und spießten sie dann auf drei Äste, drehten das Geflügel über dem Feuer, in das sie beständig Tannenzweige warfen.

Das war eine willkommene Abwechslung für ihren so dürftigen Speisenalltag.

Wie sie vor dem Feuer saßen, fragte Goworr:

"Jetzt da wir uns einig sind, könnt ihr mir ja auch sagen, wo es eigentlich hingeht. Habt ihr schon ein Ziel?"

Solasard ergriff das Wort.

"Nun, Goworr, Athraigh und ich müssen in die Nähe von Cill-dara. Das ist ein Städtchen an der Ost-Küste. Dort soll Fionn mac Cumhails alter Knappe leben, der könnte uns vielleicht weiterhelfen.

Dazu müssen wir der Küste folgen, bis wir Gaillimh erreichen und weiter der Breiten Straße nach, bis wir nach Magh-Nuadhat kommen. Dann müssen wir nur noch südlich davon bis nach Cill-dara laufen."

"Sagt mal, ihr zwei! Wo ich euch doch nun einige Zeit folge. Warum habt ihr eigentlich ein Pferd dabei, das auch noch so häßlich ist wie die Nacht, wenn ihr es weder zum Reiten noch als Packpferd nutzt? Schön geschmückt ist sie ja, aber das bin ich auch."

Athraigh grinste verschmitzt und antwortete:

"Nun, da es nicht gewillt ist, uns zu tragen, mag es vielleicht dich tragen. Du kannst es ja gern einmal versuchen. Ich helfe dir auch hinauf. Oder bist du zu feige, Kleiner?"

Solasard verdrehte nur die Augen.

Goworr strich sich durch sein dichtes schwarz gelocktes Haar und raufte sie sich ein wenig nachdenklich. Feige? Ein Zwerg?

"Eigentlich bin ich ja nicht für Pferde zu haben, aber vielleicht hat das Tier ja nur auf mich gewartet. Dann setz mich halt oben drauf, Athraigh."

Sofort war der Namenlose aufgesprungen und verbeugte sich formvollendet vor dem Zwerg.

"Stets zu Diensten, nicht wahr?"

Dann packte er den kleinen Mann an der Hüfte und ließ den Burschen auf Machas Rücken plumpsen. Kaum hatte dieser das Pferd berührt, begann Macha ihren üblichen Tanz aufzuführen. Sie buckelte und keilte aus, bis der tapfere Zwerg auf seinem Hosenboden landete. Goworr schaute wie ein beleidigtes Kind drein, stand, sich sein Hinterteil verdrießlich reibend, auf und schnaubte hochmütig:

"Von so einem war ja auch nichts besseres zu erwarten. Du Trickdieb des Fahrenden Volkes. Ihr seid doch alle gleich, immer dabei auszuteilen, aber nichts einstecken können, oder?"

Athraighs Augen verengten sich zu kleinen Schlitzen. Kommt da so einfach dieser Wurm daher, hängt sich an sie wie eine Klette und läßt sich auch noch über seine Herkunft aus. Der Namenlose mußte sehr an sich halten, um sich nicht kopfüber auf diesen Wicht zu stürzen.

Auch Solasard stand jetzt auf.

"Athraigh, mach' keinen Fehler! Es ist nur gerecht, wenn er dir auch einen Denkzettel verpaßt. Hört auf mit diesen Kinderspielen und reicht euch die Hände. Haltet Frieden, es reicht, daß wir vor dem Fahrenden Volk davon laufen. Wir brauchen nicht noch Kampf in unserer Mitte."

Da drehten sich die zwei um, wechselten verheißungsvolle Blicke und fingen schließlich herzlich an zu lachen.

Auch Solasard grinste über beide Backen.

"Da bin ich aber froh, daß mir die große Mutter in ihrer Güte gleich zwei solche Hitzköpfe zur Seite gestellt hat. Jetzt kann ja nichts mehr schiefgehen. Ihr habt Glück, daß ich ein Auge auf unsere Täubchen geworfen hatte, sonst wären die euren schon lange verkohlt. Dann laßt uns essen und aufbrechen."

So stopften sich die Männer die Münder mit dem köstlichen Mahl, bis nur noch drei magere Skelette übrig waren.

Dann ging Goworr hinter die mächtige Tanne, die ihm Heimstatt gewesen war für eine Nacht, und kam mit einem sehr großen Reisesack, der dazu noch prall gefüllt war, wieder hervor. An seiner Seite hing in einer Schlaufe die gefährlich dreinschauende Axt.

Scherzend fragte Athraigh:

"Sag mal, hast du da etwa noch einen von deiner Sorte drin?"

Darauf erwiderte der Zwerg:

"Zwerge sind nicht nur eifrige Wanderer, nein, sie können sogar fast ihr gesamtes Eigengewicht tragen und das über weite Strecken. Ja, ja, wir sind schon ein sehr genügsames Volk. Manche jedenfalls, aber es gibt so einiges auf das kann ich beileibe nicht verzichten. Auf die leckere Erdbeermarmelade von Mutter Sigrid zum Beispiel, da gibt es keine bessere oder ihr Himbeermus, ein Gedicht.

Aber im Ernst. Das kommt von der Arbeit tief im Innern der Erde. Da überlegst du es dir schon, ob du lieber dreimal gehst, um dein Erz nach oben zu bringen, oder lieber nur einmal, dafür aber mit dreifacher Last."

Verdutzt schaute Athraigh auf.

"Und was hast du noch so alles dabei, wenn man mal fragen darf?"

"Nun, so dies und das, was man in dieser Wildnis halt so brauchen kann. Wir werden bald zum Waldrand kommen, dann müssen wir Abschied nehmen von seinem schützenden Dickicht und uns auf offenem Feld allem stellen, was uns über den Weg läuft. Kalt wird es da sein."

"Das schon, aber Zwerge sind doch bestimmt auch wetterfest, oder?"

Solasard gab Athraigh einen Stoß in die Rippen.

"Nun, um ehrlich zu sein, ziehen wir die Wärme, die uns die Mutter Erde spendet, dem Wind, der unsere Nase umweht, weit vor. Seid ihr fertig, dann laßt uns gehen."

Solasard trat das Feuer aus und nahm die Zügel von Macha auf.

Als sie eine Zeitlang nebeneinander gelaufen waren, fragte Solasard:

"Wie hast du eigentlich die Tauben erlegt, Goworr. Ich habe keine größeren Verletzungen an ihnen gesehen."

Sich die Locken kraulend antwortete dieser:

"Nun ja, das müßt ihr im Augenblick noch nicht wissen. Es reicht doch, daß wir ein gutes Frühstück hatten, oder?"

Obwohl unbefriedigt ob dieser Antwort, nickte Solasard dem Zwerg freundlich zu.

Nach einiger Zeit lichtete sich der Wald, und der kalte Wind des Meeres suchte sich seinen Weg durch das Gehölz und unter ihre dikken Mäntel. Der Himmel war bewölkt. Graue Wolken jagten einander hinterher, auf der Suche nach wärmeren Orten, nichts ahnend von ihrem Schicksal dort.

Die ersten Möwen ließen sich über ihren Köpfen im Wind treiben und sangen ihr Lied. Keine Bäume, keine Sträucher empfingen sie hier. Nur kaltes Gestein, das an das Meer grenzte.

Machas Mähne flog von einer Seite auf die andere, so unbeständig blies der Wind.

Die drei Wanderer ließen den Wald hinter sich nicht aus den Augen. Immer wieder drehte sich einer um und suchte aufmerksam den Waldrand ab. Aber niemand schien sie zu verfolgen.

Solasard und Athraigh hatten ihre Mäntel eng um sich geschlungen. Goworr hatte seine Kapuze tief ins Gesicht gezogen, sein Mantel umwehte seine Knie.

Neugierig schaute er sich in der Umgebung um. In gehörigem Abstand türmten sich gewaltige Berge auf, deren Spitzen noch von Schnee gepudert waren. Dieses Jahr hatte es noch nicht geschneit. Überhaupt war der Winter sehr mild.

Als es Mittag wurde, machten sie keinen Halt, um möglichst weit voranzukommen. Das Meer peitschte an die Klippen, daß sie zuweilen die Gischt zu schmecken bekamen, obwohl sie ein gutes Stück davon entfernt liefen.

Die Sonne, umtost von den treibenden Wolken, hing wie eine leuchtende Kugel im Dunst und versuchte durch die weiße Wand hindurchzubrechen.

Noch vor Sonnenuntergang suchten sie sich einen Platz zum Lagern.

In der Nähe der Klippen hatten sie einen Felsvorsprung entdeckt, unter dem sie sich niederlassen konnten. Sie hatten weder Holz noch Treibgut, so daß sie wohl oder übel auf ein Feuer verzichten mußten.

Nur Macha war zufrieden und graste ein wenig. Mähne und Schweif tanzten zur Musik des Windes und ihre Nüstern waren weit aufgebläht, als atme sie den Geruch des Meeres ein.

Es wurde früh dunkel und da es kein Licht gab, zog sich jeder in sein Herz zurück und suchte dort nach einem.

Athraigh war früh eingeschlafen und auch Gowörr döste leicht vor sich hin. Der Mann aus dem Fahrenden Volk war ihm immer noch nicht geheuer, doch Solasard vertraute er.

Nun ja, über ihn hatte er ja auch mehr in Erfahrung bringen können. So wie es aussah vieles, was er noch nicht einmal selbst über sich wußte. Es war ihm bis jetzt sehr zugute gekommen, die Gespräche an den Feuern der Fianna belauscht zu haben. Es würde sich nicht schlecht machen, aus der Verbannung heimzukehren und von dem Dienst bei einem König erzählen zu können.

Goworr mußte ja nicht jedem erzählen, daß er eigentlich aus seiner Heimat verjagt worden war. Zu neugierig war er im Herausfinden der Geheimnisse seines Schmiedemeisters, zu ungeduldig, um die Zeit der Reife abzuwarten.

Den Unwissenden allerdings plagten im Augenblick ganz andere Sorgen. Solasard fragte sich ernstlich, wie eine Reise gelingen sollte mit zwei solchen Kindsköpfen an seiner Seite. Aber er wollte und konnte auch nicht auf sie verzichten. Allein wäre er ganz verloren bei der geringen Erfahrung, die er auf Erius Wegen vorzuweisen hatte.

Außerdem ergänzten sie sich auch irgendwie. Was Athraigh mit der Zunge löste, machte Goworr mit seiner Tatkraft wett.

Nie hatte er sich vorgestellt, wie es sein würde, Anführer einer kleinen Gruppe zu sein und welche Verantwortung das mit sich bringen würde. Er war jetzt der Führer und seinen Entscheidungen beugten sich jene, die ihn begleiteten und die, die sich ihm noch anschließen würden. Und wer mochte das alles noch sein?

Was er bei Carraigs Schafen gesehen hatte, ließ sich auch ohne Weiteres auf die Menschen übertragen: Schwierigkeiten in einer Gruppe endeten immer in Machtkämpfen. Es war nun seine Pflicht, die Veränderungen, die jeder neue Gefährte verursachen würde zu erkennen oder, wenn es sich nicht anders regeln ließe, die Veränderungen selbst herbeizuführen. Solasard brauchte das Vertrauen und die Anerkennung seiner Gefährten, wenn sie ans Ziel kommen wollten, wenn sie überleben wollten.

Aber wie sollte das gelingen, wie sollte er das erreichen? Leise raunte ihm die Stimme der Vernunft zu: Schritt für Schritt, Meile für Meile. Der Erfolg einer Aufgabe war das Ergebnis mehrerer Schritte, niemals eines einzelnen Sprunges.

Komm, Solasard, laß los, Zaudern ist nur Nahrung für Furcht, und wenn du die Furcht zu deinem Führer machst, bist du verloren, bevor du einen Schritt vor die Tür gesetzt hast.

Wieder flüsterte die Stimme: Laß los, Solasard, spring in dein Abenteuer! Auf dem Weg eines jeden Suchenden kommt der Augenblick, wo er seine Heimat, ja sich selbst aufgeben muß, um alle Kraft nur auf sein Ziel auszurichten, wenn er es erreichen will. Erst an diesem Punkt beginnt deine Suche wirklich. Laß los, Solasard, und spring!

Aber all das war zuviel für ihn, jetzt. Er verstand es, begriff es, aber ob er es auch umsetzen könnte, wussten nur die Götter.

Als er sich müde zurücklehnte, um ein wenig auszuruhen, tauchte eine Erinnerung an Amhrán vor seinem Auge auf.

Sie war so schön, wenn sie auf ihrem Pferd über die Ebene galoppiert war. Ihr flammenrotes Haar im Wind und ein Lächeln, das im Wettstreit mit den Strahlen der Sonne stand.

Wäre sie jetzt nur hier. Sie könnte ihn im Arm halten, wärmen und trösten in der Fremde. Solasard schmiegte sich tiefer in seinen Mantel und versuchte zu schlafen.

Versuchte mit ihr über die Klippen zu galoppieren, den Wind in den Haaren, die Sonne im Gesicht.

Zeit schien ein unerschöpfliches Gut zu sein in der Anderen Welt. Es fiel Gealán und Sáile schwer, sich in der neuen Umgebung zurecht zu finden. Hier gab es keine Hast. Hier wurde jeder Satz ausgesprochen, ohne daß jemand dazwischen sprach.

Was die Sidhi auch immer taten, sie taten es von ganzem Herzen. Sáile hatte sich etwas mit Fia angefreundet, die in ihrer Kindlichkeit darauf erpicht war, der Fremden die ganze Stadt zu zeigen.

So zerrte sie die Frau von Zelt zu Zelt, stellte sie ihren Freunden und Bekannten vor. Aber diese Zusammentreffen mit den elbischen Sidhi zeigten Sáile nur, wie anders sie selbst war, wie menschlich.

Hatte sie sich selbst anfangs dafür gehaßt, daß sie in diesen Lough gewatet war, gelang es ihr jetzt mühelos, diesen Haß auf die Sidhi zu übertragen.

Sie verbarg ihre dunklen Gedanken in ihrem Herzen und zeigte sich freundlich, aufmerksam und neugierig. Fast sehnte sie sich nach Madhra, dem sie nichts vorzuspielen brauchte. Aber auch er war nur ein Werkzeug für sie. Konnte nur eines sein, weil sie es sich nicht leisten konnte, jemandem zu vertrauen. Wen auch immer sie auserkoren hätte, um ihn in ihren hinterhältigen Plan einzuweihen, er hätte sie für verrückt erklärt, und niemand unterstützt eine Verrückte. Darum musste sie alles unter dem Deckmäntelchen der treusorgenden Mutter verstecken. Sáile würde Solasard auf den Thron bringen und sich selbst dazu, auch wenn sie dafür zu einer Heuchlerin werden musste. Waren das nicht alle Menschen? Wer kann es sich schon leisten, mit dem Finger auf andere zu zeigen? Nein, sie war nicht allein, sie setzte nur ihre wahnwitzigen Pläne in die Tat um, ein Mut, der vielen fehlte, aber nicht ihr.

Wenn Madhra ihr erst einmal verfallen war, würde sie ihn mit Haut und Haaren verschlingen und wenn sie ihn dann wieder ausspie, würden nur noch seine Knochen übrig sein. So ist das Leben. Motten verbrennen im Licht.

Keine Nachricht von ihm seit Tagen! Wer weiß, ob er Solasard überhaupt gefunden hatte? Vielleicht verschacherte er gerade Fionns altes Schwert auf irgend einem Jahrmarkt.

Es gab wenig, was Sáile mehr haßte, als abhängig zu sein von irgend einem daher gelaufenen Kerl. Ob sie den Glatzkopf jemals wiedersehen würde? Nun denn, Ungewißheiten waren die Würze in der Suppe des Lebens.

Immer wieder drehten sich ihre Gedanken um Solasard, während sie einer angesehen Familie einen Besuch abstattete.

Endlich konnte sie sich verabschieden. Sie war es so leid, diese Geschichten von der verlorenen Heimat zu hören.

So sehr die Sidhi die Menschen auch verachteten, so sehr beneideten sie die Kurzlebigen um die Gnade, das wahre Sonnenlicht sehen zu dürfen.

Sáile schritt aus dem Zelt und machte sich auf den Weg zur Großen Eiche. Immer wieder trieb es sie zu diesem Ort. Dann betrachtete sie von dem Hügel aus die Stadt und das umliegende Land.

Manchmal für kurze Augenblicke gelang es ihr, sich vorzustellen, sie sei in ihrer eigenen Welt, dann war auch sie glücklich.

Auch jetzt hatte sie die Hand an die Rinde des mächtigen Stammes gelegt und fühlte die Furchen der Zeit, die ihre Spuren hinterlassen hatten. Sie nahm jede Unebenheit wahr und verlor sich in den Linien, die ihre Finger nachzeichneten.

"Seid mir gegrüßt, Sáile. Befindet ihr euch wohl?"

Unbemerkt war die Königliche Mutter an sie herangetreten. Noch immer konnte ihr Sáile das Urteil des Comoírs nicht vergeben.

"Nun, so wie es einer Fremden in einer fremden Welt nun einmal geht, Hoheit", erwiderte sie bitter.

"Ihr wißt, daß nur ihr euch selbst zu einer Fremden macht. Ihr seid es, die gegen ihr Schicksal hadert, anstatt es anzunehmen. Ihr solltet lieber ein Licht anzünden und nicht wegen der Dunkelheit klagen. Ihr könntet das Beste aus eurer Lage machen, aber ihr wollt es nicht."

Augen voller Weisheit trafen auf haßerfüllte Blicke.

"Das Beste, nun, das Beste wartet in meiner Welt auf mich. Ich bin nicht bereit, diesen Schatz aufzugeben, bis ich tot zur Erde sinke. Könnt ihr das nicht verstehen, Hoheit? Gerade ihr?"

"Ich verstehe euch gut, Sáile, nur zu gut. Dennoch solltet ihr dem Essig in eurem Herzen auch etwas Honig beifügen. Zu scharfer Essig zerfrißt sein eigenes Gefäß. Das ist auch etwas, das ich weiß."

Damit drehte sich die Königliche Mutter um und ging davon.

Es waren Augenblicke wie diese, in denen Sáile am liebsten die ganze Stadt in Brand gesteckt hätte, oh welch' schönes Feuer wäre das. Aber ihre Zeit würde noch kommen. Sie konnte warten. Nach dem langen Weg konnte sie diesen Augenblick auch noch abwarten.

Würde nur dieser verfluchte Madhra endlich wieder auftauchen.

Langsam beruhigte sie sich und gewann ihre Selbstbeherrschung wieder. Freundlich lächelnd ging sie in die Stadt. Es war Mittag und sie hatte Hunger.

Mochte Fia ihr etwas Leichtes zubereiten. Nicht daß sie Fett ansetzte. Sie mußte gut aussehen, wenn der Totenschädel zurückkam. Wie eine Spinne würde Sáile ihre Fäden um ihn spannen, bis er ihr völlig ausgeliefert war.

Sie wußte, was Männer wie er begehrten, und genau das würde sie ihm geben.

Als sie in das grüne Zelt trat, fand sie Gealán packend vor.

Die junge Frau hatte sich nun doch entschlossen, ihre verbitterte Herrin zu verlassen und zu dem Hausstand von Prinz Misnéachard zu ziehen.

Sie begehrte nichts von ihrem neuen Herrn, aber sie war voll des Dankes, daß er sich um sie kümmerte und sie aufgenommen hatte.

Auch Máthair lebte in diesem Teil der Stadt, der sich leicht an den Hügel, auf dem die mächtige Eiche stand, anlehnte. Gealán würde jetzt allein ein Zelt bewohnen. Dorthin wollte sie heute umziehen.

Sáile beobachtete Gealán argwöhnisch.

"Und Gealán, geht es dir nun besser, da du mich so im Stich läßt?"

"Es ist schade, daß es euch immer noch nicht besser geht. Aber vergeßt nicht: Jeder ist König über seine eigene Welt."

Angewidert setzte sich Sáile auf ihr Lager.

"Du redest schon genauso altklug daher wie das Elbenpack hier. Wie kannst du deine eigene Rasse nur so verleugnen? Ich bin wirklich froh, daß du gehst."

Die junge Frau nahm ihr Bündel in die Hand und ging aus dem Zelt. Nach einigen Schritten kam sie noch einmal zurück und sagte:

"Wißt ihr, Sáile, daß ihr wirklich Glück habt?"

"Warum?", fragte diese gereizt.

"Nun, weil sich ein Messer, der Göttin sei Dank, nie in den eigenen Griff schneiden kann.

Lebt wohl! Ich wünsche euch Glück. Ich denke, ihr könnt es gebrauchen."

Dann kehrte sie ihrer ersten Zuflucht den Rücken und schritt auf ihr neues Zuhause zu.

Es war ein schönes Zelt mit eisblauen Stoffwänden, die zum Boden hin immer dunkler wurden, bis sie fast nachtblau waren. Der ganze Boden war bedeckt mit Kissen in den verschiedensten Blautönen und auch ihre Lagerstatt war mit blauen, flauschigen Decken ausgelegt. In einer Ecke stand eine Truhe, in der sie ihre Habseligkeiten aufbewahren konnte.

Auf der Truhe stand eine von jenen Kristallampen aus ihrer Heimat.

Misnéachard hatte sie ihr zum Willkommensgruß geschenkt, bevor er in die Alte Welt aufgebrochen war.

Als Gealán ein Stück gegangen war, begegnete ihr Máthair.

"Sei mir gegrüßt, Gealán, wie geht es dir? Ich habe erfahren, daß du jetzt ein Zelt in meiner Nähe bewohnst und nun auch zum Hausstand des Prinzen gehörst. Sei willkommen!

Was machst du denn heute?"

"Oh, ich weiß es noch nicht. Wollen wir vielleicht wieder zu den Wilden Gärten reiten. Es war sehr schön dort."

Sanft lächelte die alte Frau.

"Mir ist es heute nicht möglich, aber du kannst doch auch allein gehen. Geh nur zu den Weiden. Den Weg wirst du schon finden, wenn nicht, weiß ihn dein Pferd. Manchmal ist es auch ganz schön allein zu sein. Vielleicht besuche ich dich heute abend, dann könnten wir uns einmal in Ruhe unterhalten und ein paar Pläne für die nächsten Tage schmieden?"

"Ja, das wäre schön, Máthair", erwiderte Gealán. "Ich freue mich schon, dich in meinem neuen Zuhause begrüßen zu dürfen. Ich wünsche dir einen schönen Tag."

"Ich dir auch, junge Frau."

Gealán brachte ihre Sachen in das Zelt und ging dann über den Weg der Birken ins Tal zu den Weiden.

Freudig wiehernd trabte die goldfarbene Stute heran, die sie schon das letzte Mal in den Garten getragen hatte.

Das Tier folgte ihr willig zu dem Baumstumpf, damit sie aufsteigen konnte. Zuerst fühlte sie sich etwas unsicher, aber dann hatte sich ihr Körper an die Gangart des Pferdes gewöhnt.

Nach einem kurzen Ritt stand sie wieder in dieser grünen Festhalle voller schmackhafter Kostbarkeiten. Sie war nicht hungrig und pflückte sich nur einen Apfel, den sie sich genüßlich schmecken ließ. Bewußt nahm sie das Zusammenspiel des säuerlichen und süßen Geschmacks wahr.

Glücklich setzte sie sich auf einen Stein an dem Weiher und lauschte den Oden des Baches.

Die Vögel sangen leise ihr Lied. Gealán spürte das Sonnenlicht auf ihrer Haut und nahm den süßen, berauschenden Duft wahr. Sie atmete tief in ihren Bauch und ließ den Atem nur langsam aus ihrer Lunge weichen.

Sie fühlte die Wärme des Steines, die glatte Oberfläche mit ihren Fingern. Gealán nahm sich selbst so bewußt wahr, daß sie ihr Blut durch die Adern rauschen fühlte.

Sie fühlte sich leicht wie ein Blatt und glaubte auseinanderzufließen vor lauter Freude. Es schien ihr, als stünde sie in Flammen und doch konnte sie sich nicht bewegen in ihrer Leichtigkeit des Seins. Ein Windhauch liebkoste ihr Gesicht und blies ihr das lange Haar ins Gesicht. Als es ihr zu warm wurde, streifte sie ihr Kleid ab und glitt in das kühle Wasser.

Ein wohliges Kribbeln zog von ihren Zehen bis hinauf zur Stirn. Sie tauchte kurz den Kopf unter Wasser und prustete an der Oberfläche laut vor sich hin. Sie genoß die Kühle, spürte jedes einzelne Härchen auf ihrer Haut, das sich empört aufgerichtet hatte.

Die junge Frau bewegte sich ein wenig im Wasser hin und her, dann kühlte ihr Körper ein wenig ab und es zog sie wieder auf den Felsen.

Erschöpft döste sie vor sich hin, bis sie sich plötzlich nicht mehr allein fühlte.

Vorsichtig öffnete sie die Augen. Da stand neben ihrem Pferd noch eines, das friedlich vor sich hin graste. Gealáns Blick schweifte umher und hielt inne, als sie auf dem Felsen zu ihren Füßen den Flötenspieler sitzen sah.

Geschmeidig drehte sie sich auf den Bauch.

"Sei mir gegrüßt, Gealán. Ich bin Báistigh, der Flötenspieler der Wilden Gärten. Ein schöner Ort, nicht wahr?"

Dunkelblondes, schulterlanges Haar umrahmte ein freundliches Gesicht mit strahlenden, blauen Augen. Über einer kirschrot gefärbten Bracca trug er ein weites, weißes Hemd, das tiefe Einblicke auf seinen Oberkörper freigab. Mit feingliedrigen langen Fingern stützte er sich von dem Felsen ab.

Im Rausch der Betrachtung hätte Gealán fast vergessen zu antworten.

"Ja, sehr. Es ist herrlich ruhig hier. Nicht so laut wie in der Zeltstadt, obwohl es auch dort leiser und weniger hastig zugeht als in meiner Welt. Hier ist alles so friedlich. Niemand, der etwas von mir will."

"Du mußt es mir sagen, wenn ich dich störe. Dann gehe ich wieder", bot er an.

"Nein, Báistigh, bleibe nur. Hier ist Platz für zwei."

Sie verstand selbst nicht, wohin ihr Mißtrauen entschwunden war. Aber sie genoß die Wärme und Freundlichkeit dieses Mannes.

"Ich danke dir. Auch für mich ist das hier ein Platz, an dem ich Frieden finde."

Dann zog er sich das Hemd über den Kopf und streifte seine Hose ab. Langsam glitt er in das kühle Wasser.

Gealán hatte sich auf den Bauch gedreht und beobachtete ihn. Sie genoß den Anblick, den ihr der Jüngling bot, und er genoß die Gewißheit von ihr beobachtet zu werden.

Nach einiger Zeit schwamm er zu seinem Felsen, ohne das Wasser zu verlassen.

"Gealán, komm doch auch schwimmen. Das Wasser ist herrlich erfrischend und kühl."

Schüchtern antwortete die junge Frau:

"Ich würde ja gerne, aber ich kann nicht schwimmen, höchstens nur ein wenig die Kühle genießen", sagte sie verhalten.

"Nun, wenn du möchtest, werde ich es dir beibringen. Es ist ganz einfach."

Gealán überlegte eine Weile, dann erwiderte sie:

"Gut, aber nur auf deine Verantwortung."

Sie stand auf und stieg auf den unteren Felsen. Dort setzte sie sich so hin, daß ihre Beine bis über die Knie von Wasser bedeckt waren.

Báistigh kam heran, umfaßte ihre Hüfte und zog sie ganz nah zu sich. Dunkle Rehaugen verloren sich in blauem Sternenlicht. Gealán spürte die Wärme seines Körpers, die Kraft, mit der er sie immer noch hielt.

Leise flüsterte er:

"Wie leicht du bist, wie eine Feder aus dem Gefieder eines silbernen Schwans."

Sanft strich er ihr eine Haarsträhne aus dem Gesicht. Selten war Gealán einem Mann so nah gewesen. Sie fühlte sich unsicher und wußte nicht, was sie tun sollte.

Vorsichtig drehte er sie mit dem Gesicht zum Felsen, damit sie sich mit ihren Händen dort festhalten konnte.

"Gealán. Du brauchst keine Angst zu haben. Ich werde dir nichts tun, was du nicht selbst willst. Hier, halte dich an diesem Felsen fest und lasse deine Beine an der Wasseroberfläche treiben."

"Báistigh, ich habe Angst!"

"Gealán, du brauchst wirklich keine Angst zu haben. Ich werde dich halten. Es wird dir nichts geschehen. Komm, entspann dich."

Er hielt sie sanft unter ihrem Bauch, als sie einfach still im Wasser lag. Vertrauensvoll ließ sie sich halten.

"Siehst du, es ist ganz einfach. Versuche jetzt deine Beine zu bewegen, einfach abwechselnd auf und ab."

Gealán kämpfte tapfer, bis sie ihr Gleichgewicht gefunden und ein Gefühl für das Wasser bekommen hatte. Báistigh merkte, daß sie erschöpft war.

"Es geht doch schon ganz gut. Aber nun laß es genug sein. Mir ist kalt, und ich will mich ein wenig aufwärmen. Komm, ich helfe dir hoch."

Vorsichtig drehte er sie um und half ihr aus dem Wasser, um sich danach selbst auf den Felsen zu ziehen.

Aufmerksam glitten seine Augen über ihren nackten Körper.

"Du verbindest die Schönheit eines Schwanes mit seiner Reinheit. Darf ich noch etwas bleiben und dich betrachten?"

Verlegen antwortete Gealán:

"Würdest du mir vielleicht ein Lied auf deiner Flöte vorspielen? Ich kenne drüben niemanden, der so schön Musik machen kann."

"Natürlich, gerne."

Er pfiff nach seinem Pferd, das sofort angetrabt kam und holte die Flöte aus seiner Satteltasche. Báistigh setzte sich auf und lehnte an einem Felsen, während sich Gealàn auf einen vom Licht umspielten Stein legte.

Er spielte ein getragenes Lied, und ihr Herz wurde weit und trieb mit ihren Träumen davon wie eine Wolke im Wind. Sie atmete langsam ein und aus und döste vor sich hin.

So schön war er anzusehen. Sein Gesicht war nicht so schmal wie die Katzengesichter der anderen Sidhi, was ihn ihr nicht so fremd erscheinen ließ. Wann wurde sie zuletzt von einem Mann so sachte berührt wie von ihm? Weit mußte sie zurückdenken. Als sie noch auf Fionns weißer Burg war, hatte sie einen der Fianna geliebt.

Aber er hatte nur ein Spiel gespielt, um sie verführen zu können und ihre Ehre zu beschmutzen. Die Fianna waren kundig, wenn es galt, sich bei den Frauen am Hof einzuschmeicheln. Sie wußten, was diese von einem Manne ersehnten und waren bereit, Liebe, Sicherheit und Geborgenheit zu spenden.

Der Preis dafür war die Selbstachtung der Frau. Wie viele schwangere Frauen hatte sie gesehen, die keinen Vater für ihr Kind hatten.

Und obwohl sie all dies wußte und glaubte, dem widerstehen zu können, hatte die Leidenschaft ihres Körpers sie im Stich gelassen für diesen ersten Mann in ihrem Leben. Gealán war so einsam gewesen. Die Stellung bei ihrer Herrin verhalf ihr nicht sehr dazu beliebt zu sein, ganz im Gegenteil. Sie hatte nichts mit ihr gemein und wurde doch geschmäht wie jene.

Dann tauchte jener Fianna auf und machte ihr seine Aufwartung. So hatte es begonnen. Es endete mit dem Aufbruch ins Sommerlager.

Er war kein Ehrenmann und hatte sie genommen, wie man eine Bauerntochter am Wegrand nimmt. Nachdem er sich angezogen hatte, sagte er zu ihr: "Eine Frau sollte sein wie eine Frau und nicht wie ein Schaf. Hätte ich gewußt, was sich hinter dem roten Apfel verbirgt, hätte ich dich niemals angerührt. Geh mir aus den Augen, damit ich mich wenigstens anständig betrinken kann."

Seit jener Nacht hatte sie nie wieder bei einem Mann gelegen. Wie viele einsame Nächte lag sie neben Sáile und sehnte sich nach einem guten Wort, einer liebevollen Geste. Sáile lebte nicht sehr enthaltsam, für Mitteilungen über ihren Sohn verkaufte sie sogar ihren Körper. Und nicht nur dafür.

So tief wollte Gealán nicht sinken. Sie verbot sich jeden Gedanken an Liebe und Lust. Doch nachts suchten sie die wildesten Träume heim. Nun lag Gealán hier im Sonnenlicht, zu ihren Füßen ein Flötenspieler, den sie begehrte. Schloß sie ihre Augen, fühlte die Frau ihren Körper erwachen, die Lust in ihr brennen.

Als sie es gar nicht mehr aushielt, stand sie auf und setzte sich zu ihm auf den Felsen. Sie konnte seine Nähe kaum ertragen, so sehr begehrte sie es, ihn zu berühren und von ihm berührt zu werden.

Langsam glitt sie in das Wasser. Báistigh beendete sein Spiel und ließ sich ebenfalls ins Wasser gleiten. Kühle umfing ihn und doch schien ihm der Weiher in Feuer getaucht. Vorsichtig näherte er sich Gealán. Verloren stand sie und still wie das Schilf am Lough Neagh. So sehr er sich zurücknahm, sein Körper zeigte ihm nur zu deutlich, was er begehrte.

Ihre Haut war warm an seiner. Sie schrak ein wenig zurück, als er die Arme um sie legte und sie an sich zog. Er verlor sich bei einem

Blick in ihre Augen. Sanft suchten seine Lippen die ihren. Und sie öffnete sich ihm wie eine Knospe, nachdem sie der Morgentau begrüßt hatte.

Gealán lehnte sich mit dem Rücken an den Felsen und genoß die Aufmerksamkeit, die ihr zuteil wurde. Zärtlich glitt eine Hand an ihrer Seite zur Hüfte, während er mit der anderen über die Haare und ihren Nacken strich, sie an sich zog und ihr seine Begierde zeigte.

Gealán atmete heftig. Lust sprudelte aus ihrer Seele wie aus der Welt tiefstem Brunnen, und sie gab sich ihr hin. Ließ ihn eindringen und verweilen. Er stieß sie nicht roh wie ein unwissender Fianna, der sich nur ihrer bediente.

Langsam, geschmeidig, bewegte er sich in ihr, daß es sie fast zerriß. Er hielt inne, als ihr Schoß sich zuckend über den Besuch freute.

Er ließ ihr die Zeit, sich wieder zu beruhigen, um ihr seinen Leib wieder ganz zu schenken.

Seine Lippen glitten über ihren Hals, an dem er sanft knabberte bis zu ihren Brüsten.

Seine Zunge spielte mit ihren Warzen, saugte sich fest, biß leicht hinein, spielte mit ihnen. Gealán flüsterte seinen Namen und der Wind trug ihn davon.

Er glitt völlig unter Wasser und küßte ihre Scham, schenkte ihr seinen Atem und ergründete den Garten der Wollust, bis sie ihn an sich heranzog und er wieder zärtlich in sie eindrang.

Sie klammerte sich an ihm fest, als wollte sie festwachsen. Sie hätte sterben können vor Lust. Als er dieses Mal einhalten wollte, trieb sie ihn weiter an, biß sich an seinem Hals fest, löste sich wieder und küßte seine Brust, saugte an seinen Brustwarzen und kniff ihn leicht.

Sie krallte sich an seinem Körper fest und preßte ihn im Rhythmus ihres Liedes an sich, als wollte sie ihn verschlingen. Immer schneller stieß er in sie, trieb sie voran, daß ihr Herz raste, das Blut stieg ihr in den Kopf. Gealán stöhnte und ergab sich ihm völlig.

Gemeinsam leuchteten ihre Augen, hielten sie sich ein letztes Mal umschlungen, als sich die Welle über ihnen überschlug und sie an den Strand der Erschöpfung spülte.

Dann hielten sie einander, küßten sich und wußten nicht, daß sie noch atmen konnten. Wie eine Katze schmiegte sich Gealán an Báistigh und lauschte dem Rasen seines Herzens.

Vorsichtig kletterten sie auf den Felsen. Der Wind war kühl auf ihrer Haut, aber sie schmiegten sich aneinander und wärmten sich gegenseitig, bis das Sonnenlicht sie wieder aufgewärmt hatte. Sie lagen beieinander. Báistigh hielt Gealán in seinen Armen, schützte sie mit seinem Körper vor dem Wind, gab ihr die Geborgenheit, nach der sie sich all die Jahre so gesehnt hatte.

Stille hatte sich über die Gärten gelegt und Gealáns Worte erschienen wie Schreie darin.

"Báistigh, denke nicht schlecht von mir. Ich bin eine Frau von Ehre, und ich...."

"Schsch", sanft legte er ihr zwei Finger auf die zarten Lippen.

"Schweig. Ich weiß das. Schweig, und lausche dem Gesang unserer Herzen. Schweig, mein Herz."

Müde lehnte sie sich an ihn wie an den Stamm einer starken Eiche und schlief ein. Sie schlief lange und fest. Als sie wieder ihre Augen öffnete war es dunkel. Hoch standen die Sterne über ihr und helles Mondlicht verwandelte die Wilden Gärten in einen Ort, an dem Götter im Schlaf wandeln und ihre Sorgen über die Menschen vergaßen.

Gealán war allein. Eine weiche, warme Decke war über ihr ausgebreitet worden. Sie rief seinen Namen, doch nur eine einsame Eule wollte ihr antworten.

Traurig zog sie sich an, legte die Decke zusammen und ging zu ihrem Pferd.

Was mochte er wohl von ihr denken. Daß sie jeder haben konnte, für ein nettes Lied und ein bißchen Zärtlichkeit. Sie genoß die leichte Erregung, die sie erfaßte, als sie an den Nachmittag dachte, doch dann ärgerte sie sich wieder über sich selbst.

Wie hatte sie sich nur so gehen lassen können? Sie führte das Pferd an einen Felsen und stieg auf. Der Wald war jetzt so anders als am Tag. Äste knackten ohne einen Grund, und alte Baumstümpfe wurden zu Kobolden und Faunen. Sie war froh, die Weiden zu erreichen und die sanften Kristallichter der Zeltstadt zu sehen.

Erschöpft stieg sie ab. Die Stute schnaubte noch einmal freundlich und trabte dann zu ihren vierbeinigen Freunden.

So vieles ging ihr durch den Kopf. Sie sehnte sich nach ihm und war doch empört, daß er sie so einfach zurückgelassen hatte.

Erschöpft und müde ging sie an den bunt schimmernden Zelten der Stadt vorbei.

In manchen wurde gesungen, in anderen hörte sie Familien leise lachen. Irgendwo gluckste ein Liebespaar.

Sich an einem Weiher zu lieben, am hellichten Tag, Gealán erkannte sich selbst nicht mehr. Er hatte sie verzaubert, das mußte es sein.

Ein Mensch konnte sich doch nicht so vergessen, daß er allen Anstand verlor? Oder war das ihre eigene Art, diese neue Freiheit zu entdecken? Schließlich stand sie vor ihrem Zelt.

Ein heller Lichtschein fiel daraus auf den Weg. Das mußte Máthair sein. Oh, Göttin, so weit war es mit ihr gekommen, daß sie Verabredungen vergaß, weil in ihrem Körper die Wollust herrschte. Gealán ordnete noch einmal ihre Kleider, als sie eine Stoffbahn des seidigen Eingangs in die Hand nahm und zurückschlug.

Der Anblick, der sich ihr bot nahm ihr den Atem. Was da vor sich ging, sah nicht so aus wie eine Máthair, die auf sie wartete.

Da waren goldene Schalen angefüllt mit Früchten und Kupferteller mit köstlichen Süßspeisen. Da waren silberne Platten mit leckerem Gemüse und frisches Brot. Und mitten in all dieser Pracht lag Báistigh freudig strahlend, als stünde er mit den Sternen in Wettstreit.

"Komm, tritt ein! Ich hoffe, meine Überraschung ist gelungen."

Traurig fragte Gealán:

"Warum warst du nicht da, als ich aufwachte? Ich fühlte mich so allein und verlassen."

"Es tut mir leid, aber du warst mir so nah, und ich wußte mir nicht anders zu helfen als fortzulaufen. Ich habe niemals dergleichen gefühlt, wenn ich mich an eine Frau verschenkte. Aber das Feuer deiner Leidenschaft schien mich zu verzehren. Ich kannte solche Gefühle nicht.

Doch als ich dann fort war, kam ich mir herzlos vor, obwohl ich doch tat, was ich immer getan hatte. Verstehst du? Und jetzt bin ich wieder hier. Du mußt nur ein Wort sagen, dann gehe ich wieder."

Unsicher wartete er die Antwort der Frau ab, die sich zu ihm gesetzt hatte.

"Was soll ich sagen. Ich bin froh, daß du hier bist. Deine Welt lehrt mich vieles über mich und meine Welt, was ich nicht wußte. Bleibe hier heute nacht. Ich möchte morgen früh nicht allein erwachen."

Zärtlich erwiderte er:

"Ich auch nicht. Máthair war vorhin kurz hier, sie wird dich morgen vielleicht besuchen. Komm in meine Arme, du Wunderschöne!

Komm ich singe dir ein sanftes Lied, meine Liebste, das mag dein Herz befrieden:

Das Gras war grün, das Laub hing dicht,
mein Herz noch immer von dir spricht,
von deiner Hand in meinem Haar,
von deinem Lachen, warm und klar.

Friedvoll in deinem Arm geruht,
geborgen, sicher, leicht und gut
und deiner Stimme sanfter Klang,
ließ mich ganz deinem Herzen nahn'.

Nach Jahr und Tag und tausend Leben,
hat Frieden es für uns gegeben,
an einem Ort jenseits der Zeit,
fanden wir tiefe Einigkeit.

In unsrer eignen stillen Welt,
ganz beieinander und beseelt,
ein Universum ganz für uns,
Lebendigkeit, Genuß und Lust.

Die Zeit, der Fluß, sie standen still,
umhüllten uns so stark, so viel,
behütet von der Liebe Macht,
ward dieses Wunder neu entfacht.

Und doch der Tag, er kam zu früh,
und ein Genug, das gab es nie,
der Morgen trennt dies schöne Band,
entzieht mich deiner zarten Hand.

Voll Sehnsucht blick' ich nun zurück,
wie sehr fehlt mir dies stille Glück,
wie sehr, Geliebte, jedes Wort,
nun bist du wieder weit, weit fort.

Das Gras war grün, das Laub hing dicht,
in deinen Armen Hoffnung, Licht,
in jener leeren, kalten Nacht,
in Träumen sanft zu dir gebracht."

Dahingeschmolzen war sie ihm, während des Liedes, während ihr Herz sich ganz geöffnet hatte, zärtlich umwunden von ihrer eigenen Liebe Band. Wie schön diese Welt, die Wesen darin, wie schön dieser Tag. Glück flimmerte wie Gold in dem Zelt.

Sáiles Tag hingegen war nicht so schön verlaufen. Mittags kam nicht Fia, um ihr etwas zu essen zu bringen, sondern Máthair, deren liebevolle umgängliche Art sie für Hochmut hielt. Jede Freundlichkeit vergalt sie mit kühlem Schweigen.

Hatte ihr diese Krähe nicht auch Gealán abspenstig gemacht?

Jetzt hatte sie niemanden mehr als Fia, diese dumme Gans. Sie würde es heute nicht ertragen, noch einmal einer dieser aufgeblasenen Sidhi-Familien die Aufwartung zu machen. Hier schien es keine Seele zu geben, die ihr weiterhelfen konnte.

Wie schwer fiel es ihr, Geduld zu bewahren und freundlich zu sein. Sie saß hier, und die Zeit zerrann ihr zwischen den Fingern.

Später war sie aufgestanden und zu den Koppeln der Pferde spaziert. Fohlen trollten umher, während ihre Mütter friedlich grasten. Ein paar einjährige Hengste übten sich im Großtun und stiegen auf, keilten aus, dann galoppierten sie davon.

Das war es, was ihr so fehlte, ihre Freiheit. Aber hier war sie gefangen in einer Traumwelt aus süßem Honig, aus dem zu gelangen sie immer mehr Kraft kostete. So ging es nicht mehr weiter. Sie mußte einen dieser Dummköpfe für sich gewinnen. Sáile brauchte ein Werkzeug und dazu sind Männer immer gut genug.

Später war ein hübscher Jüngling an ihr vorbei gegangen, sie von oben bis unten musternd. Er schien wohl zu wissen, was sich für eine Höhle unter ihrem Kleid versteckte und würde vielleicht gerne den Bösen spielen, um sie zu erkunden. Er verweilte an den Weiden, schwang sich dann auf den Rücken eines Tieres und verschwand in Richtung Wald. Was mochte da wohl Großartiges auf ihn warten?

Von ihr hätte er vielleicht noch etwas lernen können. Nun ja, sollte er zu seinem Liebchen eilen. Als sie es leid wurde, die Freiheit zu betrachten, die man ihr unrechtmäßig gestohlen hatte, brach sie wieder auf.

Wo nur Madhra stecken mochte? Mehr als zehn Tage wartete sie schon auf ihn. Nun denn, wenn er nicht schon wieder heimgekehrt war, hatte er das alte Schwert Fionns sicher gefunden. Vielleicht war er ja auch tot. Was hatte er da erzählt von einer Rechnung, die er begleichen mußte und davon, daß sie in ihrem Zelt schon ein Zeichen finden würde, wenn er aus der Alten Welt zurückgekehrt sei?

Nun ja, dafür daß er ein Mischling war, erschien er ihr doch sehr menschlich.

Mit dieser Menschlichkeit konnte sie ihn für sich gewinnen. Sie würde alles tun, um seine Gunst nicht zu verlieren. Aber dann fragte sie sich auch wieder, ob er nicht vielleicht sie benutzte.

Müde schlug sie eine Stoffseite ihres Zeltes zurück, überrascht von dem Anblick ihres Lagers, schlüpfte sie schnell hinein. Ihr Nachtlager war über und über bedeckt von schwarzen Lilien.

Ein neues Leben

Eine sanfte Hand rüttelte Amhrán wach. “Guten Morgen, Amhrán. Ich hoffe, du hast gut geschlafen. Komm, es ist Zeit aufzustehen. Du wirst dich daran gewöhnen müssen, so früh dein Schlaflager zu verlassen. Jetzt ist die Zeit, den Tag zu begrüßen. Beeile dich, wir sind schon fertig angezogen”, flüsterte Sadv.

Im Halbschlaf zog Amhrán den Mantel Misnéachards, der ihr als Decke gedient hatte, zur Seite. Im Licht der Feuerstelle versuchte sie sich, so schnell es ging, anzuziehen. Schließlich war auch sie fertig.

Gemeinsam schritten die vier Frauen vor die Tür.

Draußen war es noch dunkel, doch in der Ferne zeigte sich ein kleiner, dünner weißer Streifen. Am Ufer des Flusses standen Síochanta, Bó, Clairseach, Rhiannon und die anderen Frauen des Covens.

Sie standen in einem Halbkreis. Die vier Schülerinnen gliederten sich in diesen ein, wobei Amhrán sich neben Rhiannon stellte. Jetzt fühlte sie sich schon etwas sicherer. Kurz blinzelte ihr diese freundlich zu. Aufmerksam richteten alle den Blick zum Horizont. Es wurde immer heller. Alle knieten nieder, neigten ihre Köpfe und legten die Hände in den Schoß. Dann löste sich die rote Scheibe aus ihrer nächtlichen Umklammerung. Nun waren alle Augen auf diesen glühenden Quell des Lichts gerichtet und obwohl es draußen kalt war, brachten ihre roten Strahlen Wärme in jedes Herz.

Amseln sangen ihr Lied, begleitet vom harmonischen Zwitschern der Kohl- und Blaumeisen.

Kalte Luft strömte durch Amhráns Lungen in ihr Herz. Wie schön diesen Feuerball zu sehen, der von violett über ein tiefes Rot hin zu glühendem Gelb am Himmel emporstieg. Frieden lag über der Welt. Ein neuer Tag war angebrochen. Ein Tag für neue Hoffnungen und Träume, für Taten und Gedanken. Was würde er ihr wohl bringen?

Nun reichten sich die Frauen die Hände. An ihrer rechten Hand spürte sie die feingliedrigen Finger Rhiannons, zu ihrer linken den unsichereren Griff Sadvs, die sie schüchtern anlächelte. Dann schloß Amhrán ihre Augen und ein Strom von Liebe und Kraft floß durch ihren Körper, wallte in ihr auf und kam in ihrem Bauch zur Ruhe. Entspannt lösten sich die Hände voneinander und alle beteten, jeder für sich.

Manche wie Eite hatten ihre Augen auf die Sonne gerichtet, als forderte sie jene zum Kampf heraus, andere wie Síochanta vollführten fast einen Tanz mit ihrem Oberkörper und den Armen, deren würdevolle und harmonischen Bewegungen einer Anpreisung der Sonne und dem neugeborenen Tag glichen. Schließlich richteten sich alle wieder auf, verbeugten sich leicht voreinander und vor der Sonne und gingen zurück zu ihren Hütten. Nur Amhrán und Rhiannon waren am Ufer geblieben.

"Nun, mein Herz, hast du gut geschlafen?", fragte die alte Frau.

"Oh, ja sehr, danke. Was war das hier, machen wir das jetzt jeden Morgen? Das war schön.

An das frühe Aufstehen werde ich mich allerdings noch gewöhnen müssen. Und jetzt? Was machen wir jetzt? Gibt es vielleicht irgendwo etwas zum Frühstücken?" Leicht fröstelnd erwartete Amhrán die Antwort ihrer Freundin.

"Nun, zuerst einmal freut es mich, daß du gut geschlafen hast und dir dein Vorrat an Fragen nicht über Nacht ausgegangen ist. Ich möchte nicht wissen, was noch auf mich zukommt, wenn ich dich erst richtig unterrichte. Zu deiner Frage, was das heute morgen war. Dies nennen wir die "Begrüßung des Tages". Wir danken der Sonne über die Gnade auch heute wieder aufgegangen zu sein und sammeln unsere Gedanken und Kräfte, um uns auf das vorzubereiten, was der Tag uns bringt. Diese Übung dient dazu, dir bewußt zu werden, was du heute tun willst und wie du es tun willst.

Was wir beide heute tun, ist die Umgebung hier zu erkunden und natürlich auch die Menschen und Tiere kennenzulernen, die hier mit dir leben. Was das Frühstück betrifft, machen wir uns am besten auf den Weg, sonst lassen uns die anderen nichts mehr übrig.

Komm, es ist schön, dich hier zu haben."

Arm in Arm schlenderten die beiden Frauen zu der Versammlungshütte, wo sich alle wieder an dem runden Tisch versammelt hatten. Zum Frühstück gab es ein leckeres Früchtemus, frisches, noch immer warmes Brot, süßen Sirup, köstlichen Honig und schmackhaften Käse. Amhrán aß, bis sie fast platzte. Erst dann fiel ihr auf, wie wenig die anderen aßen und wie sie vor dem ersten Bissen noch einmal innehielten und dann achtsam ihre Speisen aßen und den Morgentrunk tranken.

Als sie beschämt zu Rhiannon schaute, lächelte ihr diese verständnisvoll zu. Schließlich waren alle fertig und verließen die Hütte.

"Ich war wohl ein wenig zu gierig, oder?" fragte Amhrán.

Rhiannon lächelte.

"Aber nur ein wenig. Laß uns den Abwasch machen und den Tisch abdecken! Es ist hier so Sitte, daß die letzten beim Frühstück auch diese Arbeit erledigen.

So kommt eigentlich jeder einmal dran. So, dann stell mal die Schüsseln, Becher, Messer und alles, was du sonst noch zum Abwaschen findest, zusammen."

Nachdem Amhrán Wasser vom Brunnen geholt und die beiden Frauen gespült und abgetrocknet hatten, verstauten sie die Sachen in einem kleinen Raum, der von dem Versammlungsraum durch einen großen Stoffvorhang abgetrennt war. Hier gab es auch noch eine Feuerstelle, über der auch warme Speisen zubereitet werden konnten.

Dann führte die alte Frau ihren Schützling in der näheren Umgebung herum. Nebel stieg auf. Rhiannon wußte, wenn der erste Schnee fiel, würden sie noch lange genug in ihren Hütten sitzen müssen und sich langweilen.

"Siehst du drüben am Ufer die Häuser? Dort wohnen Collach und Carria. Vor langer Zeit haben sie sich diesen Hof gebaut und Síochanta angeboten, unseren Coven mit Lebensmitteln zu versorgen. Sie sind die Hüter eines geweihten Platzes in unserem Hain. Vor langen Jahren ließ Fionn mac Cumhail dort einen Hirschen aus Stein errichten als Dank für seinen Gott. Aber nachdem die Fianna aufgelöst wurden, kümmerte sich niemand mehr darum, bis die beiden ihn fanden und von dem Laubwerk befreiten und seitdem darüber wachen.

Manchmal nehmen sie an unseren Mahlzeiten teil. Sie kümmern sich auch um unser Vieh. Deirdre hast du ja gestern Abend schon kennengelernt. Sie ist das dürre Wesen, das dich den ganzen Abend nicht aus den Augen gelassen hat. Die drei Frauen sind auch erst gestern angekommen. Sie sind Hohepriesterinnen so wie ich, doch was sie hier genau wollen, weiß ich noch nicht."

Alles Gras war gelb und wirkte platt auf die Erde gedrückt. Das Schilf wehte müde im Wind. Den Bäumen des Waldes hätte Amhrán am liebsten ihren Mantel geschenkt so erbärmlich nackt sahen sie ohne Blätter aus. Nur die Vorstellung wie es hier wohl im Frühling aussehen mochte, heiterte sie auf. Es war wohl das trübe Wetter, das ihre Stimmung so beeinträchtigte, auch Rhiannon war noch etwas müde und erschöpft von der Reise.

Als die beiden am Mittag zur Versammlungshütte kamen, um sich aufzuwärmen, da nur dort Tag und Nacht ein Feuer brannte, fanden sie die ganze Gemeinschaft um Bó versammelt vor.

"Komm, Bó, erzähl uns doch eine Geschichte, bitte, bitte", bettelte Sadv und Caitín sagte:

"Jetzt zier dich nicht so, du sagst ja doch ja."

Bescheiden lächelte Bó.

"Nun gut, eine Geschichte. Dann setzt euch alle und nehmt euch einen warmen Schluck des guten Kräutertrankes hier, und ich will beginnen."

So ließen sich alle nieder und saßen auf dem Boden im Halbkreis um die dralle Frau, die auch sogleich zu erzählen begann.

"Nun gut, heute erzähle ich euch die Geschichte von Albhine.

Es geschah vor langer Zeit und geschah doch nicht, daß der Sohn des Königs der Meermänner, Ruad, seinen Ziehbruder besuchen wollte. Ruad war mit ihm aufgewachsen und als sein Bruder mannbar geworden war, von ihm getrennt worden.

Sein Ziehbruder lebte jetzt jenseits des Meeres, so daß Ruad drei Schiffe mit Geschenken beladen ließ und in See stach.

Sie hatten noch nicht die Hälfte des Weges hinter sich gebracht, als sich die Schiffe plötzlich nicht mehr von der Stelle bewegten. Was immer die Männer auch taten, die Schiffe rührten sich einfach nicht vom Fleck. Schließlich sprang der Königssohn ins Wasser, um zu sehen, welche Kraft da am Werke sei. Als Ruad wieder die Augen öffnete, sah er neun wunderschöne Meerfrauen, die sich immer zu dritt an einem Schiff mit dem Steuerruder vergnügten.

Als die Meerfrauen Ruad sahen, schwammen sie freudig auf ihn zu und Ruad, geblendet von ihrer Schönheit, folgte ihnen. Immer tiefer tauchten sie, immer tiefer, in eine Welt der Ruhe. Kein Sturm, kein Wind vermochte sich hier auszutoben.

Bald kamen sie zu einem schönen Schloß, das hell erleuchtet im gewaltigen Maul eines Buckelwales lag. Es war ein riesiges Schloß, denn er war der größte Buckelwal der Welt. Die Frauen bewirteten Ruad und sangen ihm Lieder vor. Es war eine große Halle, in der sie saßen und warm war es.

Neun Ruhebetten standen dort, neun Betten aus dem schönsten Holz gesunkener Schiffe, mit neun Daunendecken, die ihnen die Meeresvögel geschenkt hatten. Als Ruad gegessen hatte und den Meerfrauen Dank zugetrunken hatte, nahm ihm eine der Frauen den kristallenen Kelch aus der Hand und führte ihn zu ihrem Lager.

"Wer bist du?", fragte Ruad.

Leise sagte die Nixe zu ihm

"Ich bin der Schaum des Meeres, meine Haut ist weiß wie die Federn des Schwanes. Meine Liebe ist wie wirbelnder Schnee in der Winterluft, aber so vergänglich wie rinnende Tropfen."

Da verbrachte Ruad die erste Nacht mit ihr. Am zweiten Abend sah er wieder eine schöne Meerfrau, und als er den letzten Bissen getan hatte, fragte er sie:

"Wer bist du?"

"Ich bin die Welle, die Tochter des unberechenbaren Sturms, meines Vaters. Grün sind meine Haare wie Meeresgras und rosig meine Lippen. Meine Brüste sind wie die Blüten einer Seerose, doch flüchtig ist meine Liebe wie Tau auf der Spitze deiner Schiffsmasten."

Da verbrachte der Mann die zweite Nacht mit ihr.

Am dritten Abend sah er wieder eine schöne Nixe. Sie war die Nebelfrau über den Wassern, ihre Mutter war die gute Mutter Grainne und ihr Vater der Herbst, denn siehe, ihr Leib war weiß wie der Wolken Schleiergespinste und ihre Arme weich wie die Daunen der brütenden Eiderente.

"Oh, komm mein Geliebter, nie ruhtest du sanfter, doch wenn mich die Sonne sieht, werde ich dir entfliehen."

Und so verbrachte der Mann die dritte Nacht mit jener.

Die vierte Nacht verbrachte er mit dem Leuchten des Meeres, um deren Herkunft niemand weiß, und siehe, wie geheimnisvoll ein Feuer aus dem dunklen Stern ihrer Augen flammt.

"Meine Liebe ist wie flüssige Lohe und dein Herz träumt unaussprechliche Wonne, doch wie ein Traum verfliegt das Feuer zur Morgendämmerung."

In der fünften Nacht weilte er bei der Muschelkönigin. Perlen bedeckten ihr nachtdunkles Haar.

"Ich offenbare dir das geheime Rauschen der Muscheln! Nichts spendet wohlsameren Schlaf als die Musik der verborgenen purpurnen Meeresmuschel!"

Und tatsächlich hörte der Mann ein geheimnisvoll süßes Rauschen, während sie ihn liebkoste und unsagbar köstliche Vergessenheit senkte sich über ihn.

Die sechste Nacht war die Nacht der Abendröte, und die siebte Nacht die des Mondlichtes.

"Ich bin das Mondlicht über dem Meer, mein Schleier duftet herbsüß im Nachtwind, und meine Schenkel glänzen silberzart wie Schmuck aus funkelnden Fischschuppen. Sanft sind meine Küsse, und wen immer das stille Leuchten meiner Augen trifft, der wünscht sich Flügel, um sacht gegen den Sternenhimmel aufzuschweben."

Die achte Nacht verbrachte er mit der Tochter des Lyr, des Ozeans, und einer Meeresfrau, man nannte sie auch die Strudelnixe.

Am neunten Abend aber trat die schönste und lieblichste Meerfrau an ihn heran und fragte ihn, wie es ihm denn in ihrem Schloß gefiele.

Da entgegnete ihr Ruad:

"Du edelste und hübscheste unter den Frauen hier, schenktest auch du mir deine Gunst, ich wäre der Glücklichste unter allen Sterblichen."

"Ruad, Rigdonns Sohn, willst du meiner genießen, so bleibst du mein und darfst nach keinem anderen Weibe verlangen. Flüchtige Zärtlichkeiten stehen nur im Sinne meiner Schwestern!"

"Wer bist du?", fragte der Königssohn.

"Einst war ich Tuadh, die Tochter des Königs Conaire Mór von Tara. Sorglos wuchs ich in der Obhut meines Vaters auf, bis der Zauberer Manannán mac Lyr mich begehrte und beschloß, mich zu rauben. Ein Bote, der mich gewaltsam von Tara entführte, schleppte mich bis zum Fluß Inbher Glai. Er legte mich schlafend an der Mündung des Flusses nieder, um ein Boot zum Übersetzen zu holen, denn auf der anderen Seite lag der Wohnsitz des Mächtigen.

Doch Tethra, der Gott der Wasser, erbarmte sich meiner und sandte mir eine Flutwelle, die mich hierher brachte, hierher, wo ich sicher bin vor den Nachstellungen Manannáns. Doch jetzt bin ich der Herrlichkeiten überdrüssig. So stieg ich hinauf ins Licht, um einen Mann zu finden, mit dem ich zurückgehen kann an Land, in meine Heimat.

Aber nur dem will ich folgen, der mich von Herzen liebt..."

Hingerissen vom Zauber ihrer Schönheit versprach ihr Ruad alles, was sie wollte. Unter der Bedingung daß er, nachdem er seinen Ziehbruder besucht hatte, wieder zu ihr zurückkehrte, ließ sie ihn ziehen.

Ruad aber gefiel es bei seinem Ziehbruder so gut, daß er sieben Jahre dort blieb.

Auf der Heimreise aber geriet er wieder an die Stelle, wo die Nixen einst seine Schiffe angehalten hatten. Als die Meerfrauen nun das Schiff sahen, schwammen sie ihm sogleich entgegen.

Sie winkten und riefen Ruad zu, aber dieser sah sie nicht.

So hielten sie das Schiff ein weiteres Mal an. Als Ruad über Bord sah, blickte er in die strahlenden Augen Albhines, neben der ein kleiner Meermann schwamm.

"Sieh her, dies ist dein Sohn, Ruad."

Aber Ruad leugnete es und verschwand in seine Kajüte. Da hörte er einen schrecklichen Schrei und einen dumpfen Aufprall an der Außenwand des Schiffes.

Albhine hatte ihren Sohn getötet und gegen das Schiff geworfen. So schnell es möglich war segelte das Schiff weiter, doch kurz vor der Küste seiner Heimat wühlte die Meerfrau eine Flutwelle auf und ließ das Schiff an den Klippen zerschellen.

So kamen Ruad und seine Mannschaft elendig zu Tode.

Doch die Stelle, an der seitdem ein Fluß ins Meer mündet, heißt auch heute noch Inbher-Albhine, der Fluß der Albhine."

Sadv, die in einer anderen Ecke gesessen hatte, kam zu Amhrán herüber.

"Wie geht es dir? Es tut mir leid, daß ich dich so früh wecken mußte, aber du wirst selbst bald merken, wie wichtig dieser Ritus für dich ist, wenn du eine Weile hier bist.

Eine herrliche Erzählung war das. Niemand hier kann so schöne Geschichten erzählen, wie Bó. Sie lehrt uns auch vieles durch die Geschichten, die sie an uns weitergibt."

Freundlich antwortete Amhrán.

"Das glaube ich auch, und das mit dem Wecken ist in Ordnung. Das ist ein neues Leben hier, das ich beginne. Ich werde mich schon noch daran gewöhnen, früh aufzustehen.

Nachdem ich heute nacht gut geschlafen habe und mein Körper sich ein wenig von der Reise erholen konnte, war das nicht so schlimm für mich.

Sag, sind die Tage immer so ruhig hier? Ich dachte, hier wird Tag und Nacht gelernt und gebetet, und jetzt sitzen wir alle hier und hören Geschichten."

"Nun", erklärte Sadv, "das ist jetzt die Winterruhe. Die Zeit von Sonnenaufgang bis zu ihrem Untergang ist so kurz bemessen, daß selbst wenn wir unsere Arbeiten hier schnell erledigen, uns doch nur wenig Zeit zum Lernen bleibt. Auch können wir nicht in der Natur umherstreifen, da es zu kalt ist."

"Was meinst du denn für Arbeiten?" fragte Amhrán neugierig.

"Na, Holz sammeln, Kühe melken, Ställe ausmisten, Waschen. Da wird Butter gemacht und Käse und manches mehr. Du wirst schon noch sehen, was es hier alles zu tun gibt."

Da drängelte sich eine magere Frau zu ihnen durch.

"Verzeiht, daß ich euch störe, Mädchen. Aber ich wollte es mir doch nicht nehmen lassen, meine zukünftige Schülerin schon jetzt zu begrüßen."

Ungeschickt schob sie sich zwischen Sadv und Amhrán, die sie mit forschem Blick musterte und fuhr fort zu sprechen:

"Sei mir gegrüßt. Amhrán, so ist doch dein Name, nicht wahr? War dein Weg weit?"

Amhrán kam sich vor wie eine Kuh auf dem Markt. Sie war nicht gewillt, die Unterbrechung des Gesprächs mit Sadv und Rhiannon so einfach hinzunehmen. Freundlich, aber bestimmt, antwortete sie:

"Sei auch du mir gegrüßt, wie sagtest du, ist dein Name? Nun, ich hatte eine gute Wegbegleitung und mit einer solchen ist kein Weg zu weit, nicht wahr Rhiannon?"

Ihre Freundin lächelte spöttisch, wenn auch honigsüß.

"Ich danke für dieses Lob, Amhrán, wenn ich vorstellen dürfte, das ist Deirdre, eine Hohepriesterin, die dich auch noch unterrichten wird."

Das erwiderte Lächeln ließ Amhrán schnell erkennen, daß dies eine ganz andere Hohepriesterin als Rhiannon war, mit ganz anderen Zielen und Vorstellungen.

"Oh ja, das Vergnügen wird dir auch noch zuteil werden, Kindchen. Nun, sag mir, warum bist du doch gleich hierher gekommen?"

Ungeduldig räusperte sich Rhiannon.

"Deirdre, was glaubst du wohl, warum? Natürlich um zu lernen, oder was hast du gedacht?"

Spitz antwortete jene:

"Ich weiß nicht. Vielleicht, weil ihre Hochzeit verschoben werden mußte, damit ihr Versprochener das Blaue Schwert der Wahrheit suchen kann?"

Die Schamesröte stieg in Amhráns Gesicht und nahm ihr den Atem.

Fragend blickte Rhiannon auf. Kaum merklich nickte das Mädchen.

"Ach, Unsinn, Deirdre. Sie ist doch viel zu alt zum Heiraten. Was du dir immer ausdenkst! Komm, Amhrán, ich zeige dir unsere Wasserhütte. Ich glaube, ich habe dir schon davon erzählt."

Froh diesen Ort verlassen zu dürfen, antwortete diese:

"Oh ja, gerne! Deirdre, es hat mich gefreut, dich kennengelernt zu haben. Nun, wir haben uns ja heute nicht zum letzten Mal gesehen. Auf bald."

Damit gingen die beiden hinaus.

Nachdem sie die Hütte einige Schritte hinter sich gelassen hatten, fragte Rhiannon:

"Ist das wahr, das mit dem Schwert?"

Verwirrt antwortete das Mädchen:

"Ja, es ist wahr! Aber das ist doch unwichtig für den Weg, den ich beschritten habe. Allerdings würde ich zu gern wissen, woher diese Frau das weiß."

"Ach, Amhrán, du weißt noch wenig vom Leben. Es ist wie ein Fluß und jeder Tropfen, der ihn verläßt, wird eines Tages wieder zu ihm zurückkehren, als Regen, Nebel oder Schnee. Alles kehrt immer zu seinem Ursprung zurück. Weiß man bei dir zu Hause denn nichts über das Blaue Schwert? Und was hat das alles mit deiner Hochzeit zu tun?"

"Nun, Rhiannon, es ist wie Deirdre sagte.

Mein Versprochener darf sich erst verehelichen, wenn er das Blaue Schwert der Wahrheit gefunden und an seinen rechtmäßigen Platz gebracht hat. Deshalb bin ich doch auch hierher unterwegs gewesen. Ich wollte nicht in meinem Dorf bleiben, und Goleudydd hat mir gesagt, das hier wäre ein guter Ort für mich.

Allerdings frage ich mich, wie Deirdre hierher gekommen ist. Ich dachte, in einem Coven wären nur Menschen, die mit sehr viel Liebe miteinander umgehen und ihre Schüler mit Weisheit und Güte erziehen."

Weise schmunzelte Rhiannon.

"Nun, mein Kind, Deirdre kam auf die gleiche Weise zu uns wie du. Sie suchte etwas. Aber sie verwechselte Weisheit mit Wissen.

Schnell lernte sie alles und beherrschte die Heilkunde und anderes Wissenswerte besser als ihre Meisterin.

Ihr Herz allerdings wuchs nicht im gleichen Maße wie ihr Wissen. Doch niemandem steht es zu, sie zu verurteilen, auch wenn sie eine harte Frau sein mag. Vielleicht wird sich auch ihrem Herzen einst die Erleuchtung offenbaren.

Komm, wir wollen zurückgehen. Ich habe heute noch einiges zu tun. Und denke nicht zu sehr über Deirdre nach und sage zu niemanden etwas über die Sache mit dem Schwert.

Sie hat Boten, die ihr alles zutragen und die mit der ganzen Insel in Verbindung stehen. Doch du mußt dich ihretwegen nicht sorgen. Komm, ich zeige dir noch schnell unsere Wasserhütte. Dann kannst du dich heute vor dem Abendmahl noch richtig waschen."

Gemeinsam schritten sie auf eine etwas abgelegene Hütte zu.

"Siehst du, Amhrán, das ist unsere Wasserhütte. Hier gibt es Wasser in Hülle und Fülle, denn sie wird von einer unterirdischen Quelle gespeist, die auch im härtesten Winter nur selten zufriert."

Die alte Frau öffnete die Tür und führte das Mädchen in einen Raum, dessen Boden mit Holzbohlen bedeckt war und dessen hinterer Teil zwei große Becken beherbergte, von denen eines mit glasklarem Wasser gefüllt war.

Auf einem Schränkchen lagen Tücher zum Abtrocknen. Auch eine Feuerstelle gab es, über der das Wasser in Kesseln gewärmt werden konnte.

"Hier ist es aber düster, Rhiannon, und kalt. Wie mache ich denn Licht, wenn ich mich später waschen will?" fragte das Mädchen.

"Du findest alles, was du brauchst, neben der Feuerstelle. Du mußt dir eine Fackel mitbringen, bevor du herkommst. Düster sieht es nur aus, weil kein Feuer brennt und du bei dem geringen Tageslicht kaum etwas sehen kannst. Du kannst dir ja ein paar frische Sachen bei Bó holen und dich waschen. Ich habe noch zu tun.

Komm Amhrán, laß uns gehen."

Bald hatten sie die Hütte der vier Schülerinnen erreicht, wo sich Rhiannon von ihrem Schützling trennte.

Schnellen Schrittes ging die alte Hohepriesterin zu Síochantas Hütte. Fest klopfte sie an, bevor sie das stets gleiche kühle und gelassene "Herein" hörte.

Rhiannon trat ein und schloß die Tür hinter sich.

Immer wieder befremdete sie diese Hütte, die so sidhihaft war. Die runden Wände waren mit einem dicken Stoff bespannt, der je nach dem Licht der Kerzen und der Feuerstelle die Farbe zu wechseln schien.

Verschnörkelte Linien, die allerlei Blumen und Tiere darstellten, zogen sich in einem warmen Goldton darüber hinweg. Von der Decke hingen Kräuter und Blumen, die einen beruhigenden Geruch in die Hütte zauberten.

Überhaupt gab es immer frische Blumen in dieser Hütte, welche Jahreszeit es auch sein mochte. Um die Feuerstelle standen tönerne Gefäße mit allerlei Ölen und anderen kostbaren Flüssigkeiten.

Rhiannon fühlte sich nicht sehr wohl hier. Der Zorn darüber, daß Síochanta sie völlig unvorbereitet auf Amhrán treffen ließ, war verflogen. Ihr Körper entspannte sich, obwohl sie es gar nicht wollte. Es war immer das Gleiche, wenn sie diese Hütte betrat. Alles, was sie an schlechten Gefühlen zurückgehalten hatte, wurde von der Reinheit dieses Raumes verschluckt. Vorsichtig ließ sie sich auf einem der vielen bunten Kissen nieder.

Síochanta saß vor einem sehr kurzbeinigen Tisch, der nicht einmal kniehoch war und bereitete einen Kräutertrank aus verschiedenen Kräutern zu. Die Tätowierung über ihren Katzenaugen schimmerte in geheimnisvollem Nachtblau. Immer wieder zog dieses Machwerk die Blicke Rhiannons auf sich.

Zwei große flache Halbmonde schienen ihre Augenbrauen zu beschatten. Verbunden wurden diese durch ein helles Dreieck, auf dessen Spitze ein dunkler Mond thronte.

Dies waren die Symbole der Hohepriesterin, der Vollmond, der zunehmende und der abnehmende Mond. Gemeinsam stellen sie den ewigen Kreislauf des Lebens und Vergehens dar. Das Zeichen, das die Macht und Ohnmacht der Hohepriesterin in sich vereinigt vor den Augen aller.

"Nun?", Rhiannon wurde aus ihren Gedanken gerissen, "Sei mir gegrüßt, weise Rhiannon. So ist es dir denn doch gelungen, dieses kostbare Kleinod sicher zu unserer Gemeinschaft zu bringen. Ich bin sehr froh darüber.

Hier, trink dies, es wird dir guttun."

Mit einem freundlichen Lächeln reichte sie der alten Frau einen Holzbecher, aus dem es köstlich nach längst verwelkten Sommerblumen roch.

"Herrin, warum habt ihr mir nicht gesagt, wer sie ist und warum ich sie holen sollte? Vertraut ihr mir so wenig? Warum weiß sie selbst nichts von ihrer Bestimmung? Sie kommt mir vor wie ein neugeborenes Kitz, das seine ersten unbeholfenen Schritte macht und das in einem Wald, wo dunkle Schatten und wilde Tiere bald das Licht und das Heil unserer Welt verdrängt haben werden.

Was soll nun mit ihr geschehen?"

Sorgenvolle Falten bildeten sich auf der Stirn der Greisin. Sanft antwortete ihr die Sidhé:

"Ach Rhiannon, ihr aus dem Kleinen Volk seid auch, wenn ihr unser Blut in euren Adern rauschen hört, sehr menschlich. Ich wollte nicht, daß du sie vorverurteilst, bevor du sie kennengelernt hast. Versteht du?

Ich traue dir sehr wohl und das weißt du.

Aber ich kenne auch deine menschliche Schwäche, und um diese zu mindern, mußtet ihr zu gleichen Bedingungen eure Freundschaft beginnen. Denn dies ist es wohl, was euch verbindet, und so soll es auch sein.

Sie wird dich dereinst sehr brauchen, denn ob sie Königin wird, ist fraglicher als bei ihrem Versprochenem. Er ist es, der diese Entscheidung fällen muß, und er muß dies zum Wohle seines Volks entscheiden.

Doch selbst, wenn sie nicht die Macht unserer Götter auf den Thron zu tragen vermag, will ich, daß du aus ihr eine gute Hohepriesterin machst, eine, die deiner würdig ist. Amhrán wird eines Tages sehr viel Macht in ihren Händen halten, und es liegt an dir, ihr beizubringen, diese gerecht und gut zu gebrauchen."

Der warme Trank rann durch Rhiannons Adern.

"Und was ist mit Deirdre?"

"Sorge dich nicht um sie. Deirdre ist ein Werkzeug Tuans des Hochdruiden.

Sobald Solasard auf dem Thron des Hochkönigs sitzt, wird er ihren Namen vergessen. Suche keine Schwierigkeiten, wo keine sind. Denn findest du keine, schaffst du dir dadurch nur welche. Sie wird keinem schaden, glaube mir. Kümmere du dich um Amhrán. Sie braucht dich.

Wie ich erfuhr, begegnetet ihr Misnéachard?"

"Es gibt wohl nichts, was euren hohen Augen entgeht.

Ja, er traf auf uns an Samhain. Leider habe ich die Begegnung ziemlich verschlafen. Ihr wißt, verzeiht, die Sidhi sind ein seltsames Volk und diese unerwartete Begegnung hatte mich doch sehr mitgenommen. Aber woher wißt ihr das?"

"Nun, er war auf dem Weg zu mir, als er euch begegnete. Dieses Mädchen muß eine sehr merkwürdige Art haben. Misnéachard sagte mir, daß er sich nie einem Menschenkind so nahe gefühlt habe. Für ihn allein schon eine sehr merkwürdige Aussage, aber für ihn als Sidhi fast unglaublich. Fast kam er mir seltsam berührt vor. Auch wenn ich nicht weiß wovon.

Nun denn, wenn sich das Mädchen hier eingelebt hat, wünsche ich sie zu sehen.

Gib ihr als Zeichen meiner Zuneigung dies von mir. Du mußt jetzt gehen.

Es wird Zeit, sich auf das Abendmahl vorzubereiten. Ich freue mich schon sehr auf ein Treffen mit ihr. Geh nun, und ich danke dir."

Rhiannon stand auf. Als sie die Hütte verließ, hielt sie in ihren Händen den blühenden Zweig einer Heckenrose.

Die drei Birken

Iolaranam und Oighrigh saßen vor einem kleinen Feuerchen, in das sie wie versteinert hineinstarrten. Immer kleiner wurden ihre Augen, immer öfter fielen sie zu und verlangten nach dem Schlaf, der ihnen zustand. Schließlich nickte Oighrigh ein. Auch Iolaranam döste vor sich hin.

Es war eine sehr ruhige und milde Nacht. Alle waren eingeschlafen, als sich auf einem der Hügel langsam drei Gestalten aus der Dunkelheit lösten. Sie waren sehr schmal und wirkten auf seltsame Art durchsichtig. Wehende Gewänder umgaben sie, viel zu leicht für diese Jahreszeit und barfuß waren sie. Doch obgleich der Weg steinig war, kamen sie leichten Fußes daher. Sie kicherten und lachten leise in einem fort, als sie das kleine Lager erreichten.

"Schau an, schau an, Menschenkinder! Fianna wie mir scheint. Den Dicken kenne ich! Erinnerst du dich, Anathahan, wie er uns einmal fangen wollte, um uns seinem alten Mütterchen zu zeigen und er dann in dem Fluß baden ging. Ich hätte nicht gedacht, daß er noch breiter werden könnte.

Und wer sind denn die zwei da am Feuer? Die fallen gleich in die Asche. Anlaog, zieh sie mal ein Stück zurück, aber weck sie nicht auf. Wir wollen sie nicht unnötig erschrecken.

Diese Nacht hat bald ein Ende, und wir müssen uns langsam einen Platz zum Ausruhen suchen. Unser Weg ist lang gewesen, aber ich glaube, daß wir unser Ziel erreicht haben."

Eine der drei Gestalten berührte Iolaranam leicht an der Schulter, als dieser entsetzt die Augen öffnete.

"Wer? Was seid ihr? Ich...."

Schon legte sich ihm eine frühlingsleichte Hand auf die Lippen.

"Anathahan, sprich mit dem Feuer, ich möchte in seine Augen sehen."

Sogleich setzte sich einer der drei vor das Feuer und sprach in einer sehr seltsamen Sprache auf die Asche ein. Langsam glomm sanftes Licht auf, bis ein kleines grünliches Flämmchen über der Glut stand.

"Sei mir gegrüßt, Menschenkind. Ich bin Shasza, ein Kind der Waldelben. Ich werde jetzt meine Hand von deinen Lippen nehmen. Du wirst hoffentlich nicht schreien, nein, das wäre gar nicht gut."

Langsam zog die Elbin ihre Hand zurück. Heftig schnappte Iolaranam nach Luft.

"Ihr seid was? Ich hatte die Sidhi erwartet. Solche wie euch sehe ich zum ersten Mal. Wo kommt ihr her und was tut ihr hier?"

Verwundert musterte Iolaranam die drei Gestalten, die nun vor ihm standen. Auch er stellte sich. Der Führer der Fianna mochte es nicht, wenn auf ihn hinabgeschaut wurde.

Das, was da vor ihm stand, waren auf keinen Fall Sidhi.

Wie Kinder wirkten sie auf ihn, so verspielt und gewitzt wechselten sie die Blicke. Aber am meisten erschrak er über ihre Augen. Sie waren grün, und es kam ihm vor als leuchteten sie.

Ihre Körper waren so schmal, daß er schätzte, man könne ihnen nicht einmal mehr die Knochen brechen, sondern nur verknoten.

Als sie glaubten, er habe sie lange genug betrachtet, antwortete die Frau mit einer flötenden Stimme:

"Wir sind Waldelben. Wohl glaubte euer Volk uns verschwunden von unserer Insel, aber es gibt uns noch. Auf unseren langen Wanderungen begegneten wir einem Gefolge des Hohen Volkes.

Jene wissen ob der Schnelligkeit, wenn wir des nachts still reisen und baten uns, einem der Fianna eine Botschaft zu überbringen.

Nennt man dich Iolaranam, die Adlerseele?"

Verdutzt antwortete Iolaranam:

"Ja, das ist mein Name, aber wer schickt euch?"

"Nun", fuhr die Elbin fort, "dies zu sagen wurde uns nicht gestattet, wohl aber sollen wir dir ausrichten, daß du nicht nach Norden ziehen sollst, sondern nach Osten nach Cill-dara. Am besten folgst du der Breiten Straße. Dort werdet ihr den Knappen Fionns finden.

Nun muß dein Geist aber ruhen. Schlafe wohl, Iolaranam, die Göttin möge deine Träume behüten."

Dann berührte sie den Mann mit Zeige- und Mittelfinger an der Stirn, und Iolaranam fiel um wie ein Sack Mehl.

"Ob er sich erinnern wird, wenn er aufwacht, Shasza?" fragte einer ihrer Begleiter.

"Das wird er. Laß uns nun einen Platz suchen, wo wir ruhen können. Dort oben die Anhöhe wäre gut.

Es wird zwar kein Wasser geben, und die Erde ist nicht fruchtbar sondern steinig, aber wir werden guten Halt haben.

Auf, auf, Anlaog und Anathahan, meine Freunde, schon spüre ich das Licht des Tages nahen."

Nach einiger Zeit verstummten auch diese Stimmen im Morgenwind, der die müden Wolken der Nacht vor sich hertrieb. Dann tauchte die Sonne aus ihrem Nachtlager auf. Schützend wie man einen dikken Mantel überstreift, breitete sie ihre roten Strahlen aus, vertrieb das Dunkel der Nacht, bis auch der Morgenstern vor Müdigkeit seine leuchtenden Augen schloß.

Nicht eine Wolke stand am Himmel, als die ersten Strahlen sich unter die Lider Iolaranams stahlen und hin- und hertanzten. Mit den Händen wollte er sie aus seinen Augen reiben, aber das Tageslicht ließ sich nicht vertreiben.

Neben ihm schlummerte Oighrigh friedlich, ein warmes Lächeln auf den jungen Lippen.

"Junge, wach auf! Du glaubst nicht, was ich geträumt habe. Niemals. Sieh dir das an. Wie die alle schlafen. Selbst Seabhaceo ist noch nicht wach. Das gibt es doch nicht. Auf Leute, wacht auf! Es ist Zeit zum Aufstehen!"

Nur sehr langsam gaben die einzelnen Lebenszeichen von sich. Mühsam krochen sie aus ihren Decken hervor, als schienen sie verwundert, sich hier in dieser Wildnis vorzufinden.

Camchéachta erhob als erster seine Stimme.

"Ich hatte vielleicht einen merkwürdigen Traum. Ich war wieder in der Hütte meiner Mutter, und sie erzählte mir eine Geschichte zum Einschlafen.

Aber alles war genauso wie früher, als wäre es erst einen Augenblick her. Selbst an den Geruch ihres Apfelkuchens kann ich mich noch erinnern."

"Bei mir war es auch so", rief Sliabhan.

"Alles war genau wie damals, bevor ich meine Familie verließ. Ich höre noch das Flötenspiel meines kleinen Jungen."

So meldete sich jeder zu Wort bis auf Oighrigh. Der saß nur grinsend vor dem Feuer und sagte gar nichts, was aber auch nicht weiter auffiel in dem Durcheinander.

Das Gezeter wollte auch nicht abbrechen, als alle ihre Sachen zusammen gepackt hatten und um das Feuer saßen.

Cionás Kräutertrank dampfte aus dem Becher eines jeden, und das Brot schmeckte heute morgen auch besser als gestern. Nur Cioná stand wieder bei den Pferden und hielt sich abseits.

Schließlich wurde es Iolaranam zu bunt und er rief dazwischen:

"Bitte, darf ich euch unterbrechen. Ich würde nämlich auch gerne noch etwas sagen."

Endlich wurde es still am Feuer. Iolaranam hob wieder seine Stimme an:

"Wir sind nun in der Nähe von Traigh-Li. Von dort werden wir nach Luimneach ziehen und nicht, wie eigentlich geplant, weiter an die Mittelküste, sondern durch die Wälder unseres Landes quer hindurch nach Cill-dara reiten. So sagte es mein Traum und so werden wir es auch halten. Ich denke, die Götter schicken solche Träume, um uns zu helfen, oder?"

Trocken antwortete Oighrigh:

"Es war kein Traum, Iolaranam.

Alles, was du glaubst geträumt zu haben, ist wirklich geschehen.

Hier und heute nacht. Ich habe sie auch gesehen. Allerdings hat dir wohl niemand beigebracht, dich schlafend zu stellen, wenn es die Neugier der Mutter erforderte."

Crónachan und Gormeala lächelten sich zu. Sie hatten viele Dinge, die sie liebten, heimlich tun müssen, weil es Kindern oder vor allem Mädchen nicht erlaubt war.

Iolaranam fiel der Becher aus der Hand.

"Könntest du das bitte wiederholen?"

Über beide Backen grinsend sprach der Junge.

"Ich sah sie von der Anhöhe kommen. Du warst schon eingenickt. Niemals habe ich schönere Wesen auf dieser Welt gesehen und ihre Anführerin. Shasza ist ihr Name und sie ist die Anmut selbst. Ihr Gewand war so zart wie die Gischt der Brandung, wie ein duftender, zarter Nebel umwallte es sie. Sie kam daher mit ihrem wehenden Haar, das die Farbe von Wasserlilien hatte, schimmernd wie glänzendes Gold.

Die Sterne ließen ihr Gewand funkeln, als trüge sie selbst welche am Leib. Herrliche Verzierungen zogen sich über das Kleid. Sie war so schön anzusehen.

Ihre Haut war so bleich wie der Schnee einer einzigen Nacht, und doch wußte ich, daß es keine weichere Haut gibt als die ihre.

Die Seiten ihres Körpers waren geschwungen wie eine Harfe. Ihre Hüften waren rundlich wie ein Sommerapfel und ihre Beine waren so zierlich wie die eines Rehes im Frühjahr und mit eben solcher Leichtigkeit sprang sie an unser Feuer.

Ich habe niemals ein schöneres Geschöpf gesehen.

Meine Augen sahen dies Antlitz neben mir. Sanft beschienen vom abnehmenden Mond. Ihre Augenbrauen waren schwarz wie die Flügel einer Libelle und ebenso lang.

Ihre Augen waren leuchtend grün wie frisches Gras, auf dem die Sonne tanzt. Stolz sprang aus diesen königlichen Augen. Ihre Nase reckte sich frech in die Nachtluft witternd.

Ihre lieblichen Wangen waren wie der Fingerhut auf dem Moor und auf jeder Seite hatte sie Grübchen.

Ihre Lippen waren rot wie der Klatschmohn auf den Feldern und ihre Zähne weiß wie Perlen. Ihre spitzen Ohren waren so schön wie die Enden eines weißen Fuchsohres.

Sanfte weibliche Würde lag in ihrer Stimme, gemessen war ihr Schritt, der Gang einer Königin. Sie ist die lieblichste und vollkommenste Frau der Welt: Sie muß eine Elbin sein."

Ungeduldig brummte Camchéachta:

"Jetzt ist es aber gut. Mir scheint, sie hat deine Stirn geküßt, bevor sie uns verließ und deinen Geist etwas mit ihrem Aussehen benebelt.

Vielleicht könntest du dich ja doch etwas kürzer fassen und erzählen, was dann geschah."

Oighrigh, der es sichtlich genoß, im Mittelpunkt aller zu stehen, antwortete gereizt:

"Dann war alles genauso wie Iolaranam es erzählt hat.

Die Anführerin sagte, wir sollten gen Osten ziehen, weil wir dort den finden, den wir suchen. War das kurz genug? Hättest du sie nur gesehen, Camchéachta, du wärst ihr überallhin gefolgt, selbst in die Andere Welt, wenn es sein müßte. Ihre Augen......."

"Ja, mein Junge, wir wissen, wie frisches Gras, auf dem die Sonne tanzt. Aber jetzt sollten wir endlich aufbrechen. Sonst sitzen wir nächstes Jahr noch hier und warten auf ein Wiedersehen", mischte sich Dúghorm ein.

Alle Augen waren auf Iolaranam gerichtet.

"Nun denn, Leute, dann auf zu den Pferden. Sehen wir erst einmal zu, daß wir von den verdammten Bergen runter kommen."

Noch steif in den Gliedern rollten sie ihre Decken zusammen, verschnürten sie und knoteten sie an ihre Reisesäcke. Cioná rieb den Kessel mit nassem Gras aus und verstaute ihn. Seabhaceo trat das Feuer aus und versicherte sich, daß niemand etwas zurückließ, was später vielleicht gebraucht werden würde.

Alle stiegen auf und richteten sich nach der Geschwindigkeit, die Iolaranam vorgab. Der verschaffte sich einen Überblick über die Strekke, die noch vor ihnen lag.

Das Gebirge wurde immer öder und steiniger, bald war noch nicht einmal mehr Gras zu finden, nur harter Steinboden. In machen Tälern lagen Seen wie Pfützen. Hier gab es kein Leben. Nicht einmal Vögel waren zu sehen. Es schien, als meide alles Leben dieses Gebirge. Vorsichtig suchten sie sich ihren Weg. Die Stille wurde fast hörbar und drückte auf ihre Gemüter, so daß die Fianna ein gutes Stück voranpreschten, um dem allem zu entfliehen.

Jedes Lächeln war aus den Augen der Gefährten gewichen. Voller Ernst waren sie auf dem Weg. Am Nachmittag ging es endlich bergab. Immer wieder stolperten die Pferde, aber niemand bat um eine Unterbrechung.

Immer mehr Steine und Felsen behinderten jetzt den weiteren Verlauf ihrer Reise. Bald mußten sie ihre Pferde an den Zügeln zwischen gewaltigen Steinen hindurchführen oder gar selbst einige kleinere Felsbrocken vom Weg schaffen, um manche Stellen zu überwinden. Manchmal lösten sich Geröll über ihnen und Erde rutschte über den Weg ins Tal. So wurde es immer mühsamer und schwieriger weiterzugehen.

Sie waren dennoch ein gutes Stück vorangekommen, als sie begannen, nach einem Nachtlager Ausschau zu halten.

Abends hatten sie einen Schlafplatz hinter ein paar großen Felsen gefunden. Früh am nächsten Morgen brachen sie wieder auf, um ihre Reise fortzusetzen.

Diesmal waren Crónachan und Gormeala vorausgeritten und hatten sich umgeschaut nach einem Platz zum Lagern. Sie hatten einen kleinen Weiher gefunden, an dem sie wenigstens ihre Pferde tränken konnten und waren zurückgeritten.

Mittlerweile war es nachts so kalt, daß Iolaranam beschloß, einen Teil des Schilfs zu schneiden und daraus ein Lager zu machen, auf dem alle schlafen sollten.

Zu diesem Zweck hatte er Sionnach, Glaslasair und auch Cioná losgeschickt. Eine schweigsame Gesellschaft, die aber viele Garben schnitten und diese dann mit Hilfe von Crónachan und Gormeala zu einem viereckigen Schlafplatz aufschütteten.

Nur noch wenig war von den Lebensmitteln, die ihnen der Gutsherr kurz vor Aufbruch der Reise geschenkt hatte, übrig. Hartes Brot und getrocknete Wurst. Nun, sie hatten schon weniger zu essen gehabt und beklagten sich nicht, auch wenn ihre Mägen ein herrliches Lied zusammen knurrten.

Dieses Mal wurde nicht am Feuer gelacht oder gescherzt. Jeder war müde und erschöpft und alle schliefen ein bis auf Camchéachta und Dúghorm, die gemeinsam am Feuer saßen. Der Herrin sei Dank hatten sie dem Packpferd, das ihnen der freundlicher Gutsherr zu Beginn ihrer Reise geschenkt hatte, einiges an Holz aufgebürdet, das sie im letzten Tal gefunden hatten.

Gähnend ließ Camchéachta seinen Blick über das Lager schweifen. Da lagen Sionnach und Iolaranam eng aneinander geschmiegt unter einer Decke.

Auch Crónachan und Gormeala hatten sich ein gemeinsames Eckchen gesucht und gefunden. Cioná hatte es sich bei den Pferden bequem gemacht und Gleannglas und Sliabhan schliefen in ihrer Nähe.

Glaslasair schnarchte ihre Lieblingslieder, und Seabhaceo hatte sich in den Schlaf gebetet. Nur Oighrigh döste neben Camchéachtas leerem Platz und blinzelte zuweilen aus seinen grünen Augen hervor, um die beiden Wachhabenden zu belauschen. Das Feuer, das sie entfacht hatten, brannte nur noch mit einer kleinen Flamme.

"Das ist schon merkwürdig, was uns da Iolaranam und der Junge erzählt haben", brummte der Große Bär.

"Ja, wir sind in seltsamen Zeiten unterwegs. Alles scheint im Umbruch zu sein.

Alte vergessene Geschlechter wandeln wieder über unsere Insel und helfen uns. Obwohl ich sagen muß, daß mir das Ganze schon sehr, sehr sonderbar erscheint. Ich meine, vielleicht haben sich die beiden ja auch einfach geirrt, und es waren keine Elben, sondern eben nur eine wunderschöne Frau und zwei Männer in ihrer Begleitung."

Aufbrausend antwortete Camchéachta:

"Jetzt hör aber auf. Der Junge würde nie lügen und Iolaranam schon gar nicht. Jedenfalls würde er uns nicht anlügen. Wenn Iolaranam sagt, daß er eine Waldelbin gesehen hat, dann hat er auch eine gesehen."

"Und wenn Iolaranam sagt, er hat ein fliegendes Pferd gesehen, hat er dann auch eines gesehen?"

Beleidigt antwortete der Dicke:

"Und ob er hat!"

"Mit Sicherheit nicht!" entgegnete der Blaublütige.

"Du glaubst wohl auch nur, weil in deinen Adern adliges Blut fließt, wärst du gleich ein besserer Mensch, was?"

"Gut, gut, gut. Ich gebe ja schon auf. Iolaranam und Oighrigh haben eine Waldelbin gesehen. Ist es jetzt wieder gut, alter Sturkopf?"

"Mmh," knurrte der Angesprochene zurück und schwieg.

Dúghorm indessen setzte sein Gespräch fort.

"Nun ja, trotzdem würde ich einfach zu gerne wissen, warum uns diese Hochelben helfen und sogar noch Waldelben in diese Sache mit hineinziehen.

Es könnte gewissermaßen so sein, daß die Hochelben ein Augenmerk auf diesen Thronfolger geworfen haben und wollen, daß wir ihn uns einmal näher ansehen.

Aber das könnten sie ja auch allein. Dafür brauchen sie doch uns nicht. Was ist es demnach, was uns für die Hochelben so anziehend macht? Was haben wir, was sie nicht haben?"

Camchéachta blickte gleichgültig zur Seite und tat so, als ginge ihn das alles gar nichts an. Um dies ganz besonders zu unterstreichen, erhob er sich, ging einige Schritte vom Lager weg und summte leise ein kleines Liedchen, während er anderweitig beschäftigt war.

Als er nach geraumer Zeit wieder ans Feuer zurückkehrte, konnte er einen Dúghorm sehen, der sich fest auf die Schenkel klopfte und lauthals lachte.

"Ich hab's, Mann, ich hab's. Auf, frag mich schon warum, komm schon, Alter Bär.

Ich werde auch nie wieder behaupten, das wären keine echten Waldelben gewesen gestern abend."

"Das würde ich dir auch nicht raten, junger Mann", meldete sich da eine selbstbewußte, frühlingshafte Stimme aus der Finsternis.

"Camchéachta, hör auf mit dem Unsinn. Ich glaube es dir ja", antwortete Dúghorm.

"Ich, ich hab doch gar nichts gesagt, du Hampelmann. Du willst mich doch hier auf den Arm nehmen", brummelte der Angesprochene.

Da trat aus dem Schatten genau jenes Wesen, das Oighrigh so vortrefflich beschrieben hatte.

"Seid mir gegrüßt, meine edlen Herren. Mein Name ist Shasza und wie nennt ihr euch?"

Verdutzt schnappte Camchéachta nach Luft, bekam aber kein Wort über seine Lippen.

Dúghorm hatte sich zuerst wieder gefangen und antwortete höflich:

"Seid mir gegrüßt, edle Shasza. Dúghorm mac Bradán, zu euren Diensten."

Freundlich nickte ihm die Waldelbin zu und wandte ihren Blick auf einen sehr verlegenen und rotgesichtigen Camchéachta.

"Und ihr?"

"Ich? Camchéachta, Herrin, einfach Camchéachta."

"Verzeiht, Herrin, wenn ich unhöflich erscheine, aber wo sind eure beiden Begleiter?", fragte der Blaublütige.

Gekonnt zog sie eine ihrer Augenbrauen hoch und fragte:

"Welche Begleiter?"

"Nun", antwortete Dúghorm, "ihr hattet doch gestern zwei Begleiter bei euch, oder nicht?"

"Wie immer ihr das auch herausgefunden habt," erwiderte die Elbin, "sie sind nicht mehr bei mir. Ich habe sie mit wichtigen Nachrichten weiter gesandt. Ich werde auch nicht lange bleiben. Wenn es euch recht ist, möchte ich nur ein Weilchen an eurem Lager sitzen und dann wieder gehen."

"Ja, ja, und morgen früh wachen wir dann auf und haben alles geträumt.

Nein, nein, so geht das nicht, nicht mit mir. Wenn es sein muß, halte ich euch die ganze Nacht fest. Aber ihr bleibt hier, bis ich das Lager geweckt habe und allen gezeigt habe, daß Iolaranam und Oighrigh nicht gelogen haben, Herrin. Dann könnt ihr gerne gehen, wohin der Wind euch weht."

Mit einem Satz packte der Riese die zierliche Gestalt, die ihm blitzschnell mit ihren Fingern über die Stirn strich.

Noch im Angriff schloß Camchéachta seine Augen und fiel zu Boden.

"Nun, ihr gedenkt dies wohl später auch mit mir zu tun. Ich bin ja auch nicht so leidenschaftlich wie dieser Dickkopf. Aber wenn ich fragen dürfte, was führt euch auch heute wieder an unser armseliges Feuer?"

Aufmerksam beobachtete Dúghorm jede Bewegung der Frau, als sie sich zu ihm setzte.

"Oh, das ist ganz einfach. Ihr habt meine Neugier geweckt. Die Hochelben erzählten mir so einiges über eure Reisegruppe.

Da dachte ich mir, es könnte lehrreich für mich sein, eine Zeitlang mit den Menschenkindern zu wandern.

Aber mein Erscheinen störte deine Gedankengänge. Laß mich nur einfach hier sitzen und dir lauschen. Vor Sonnenaufgang werde ich ohnehin verschwunden sein, und du wirst glauben, daß du nur geträumt hast."

Dúghorm betrachtete dieses Wesen aus einer vergangenen Zeit, ließ seinen Blick über sie gleiten und erinnerte sich an all die Frauen in seinem Leben. Doch keine war bei weitem so schön wie es sein Gegenüber war.

Sie bedurfte nicht des Kohlestiftes für die Augen oder des Kalkes für ihr Haar.

An ihr war alles gut, und alles war gut wie es war. Noch einmal glitt sein Blick über die Frau, und dies Bild verschloß er tief in seinem Herzen. Niemals würde er sie vergessen.

"Nun, wenn ich dir helfen soll, du warst gerade dabei herauszufinden, warum ihr so wichtig für die Hochelben seid oder besser was ihr habt, was sie nicht haben, oder vielleicht brauchen. Nun, Dúghorm mac Bradán, ich höre."

Wie aus einem süßen Traum gerissen starrte der Blaublütige sie an.

"Oh, ja, natürlich. Nun, ich denke, es ist das Herz und die Hand unseres Volkes, die ihnen fehlen. Sie können auf den Thron setzen, wen immer sie wollen. Wenn das Volk ihn nicht als Hochkönig annimmt, muß er einem neuen weichen.

Und ein Hochkönig, der mit dem Einverständnis der Fianna herrscht, herrscht auch mit dem Einverständnis des Volkes. Demnach ist seine Herrschaft zweifach gesichert."

"Bei dieser Rechnung habt ihr nur eine klitzekleine Kleinigkeit vergessen, werter Herr."

Schmunzelnd lächelte die Waldelbin und ihre grünen Augen blitzen gefährlich.

"Und dies wäre?"

Dúghorm wartete gespannt auf die Antwort seiner Frage.

Zuckersüß glitt ihr nur ein einziges Wort über ihre Lippen.

"Tara!"

"Wie meint ihr das?", fragte der Blaublütige.

"Nun, ginge es hier um den ersten König eines Landes, könnte ich deinen gescheiten Worten nicht widersprechen. Doch hier sieht dies ganz anders aus. Wir haben schon einen Kuckuck in unserem Nest, und wir wissen, was diese Vögel von Bruderliebe und vom Teilen halten, geschweige denn vom Abdanken.

Broc mac Cíocras würde niemals freiwillig seinen Thron an einen anderen abtreten. Er wird mit allen Mitteln, die ihm zur Verfügung stehen, die Macht behalten solange er kann.

Er mag alt und gebrechlich, schwach und ängstlich sein, aber er wird sich diesen Thron nicht nehmen lassen."

"Aber was ist es dann, was die Hochelben an uns finden?", fragte Dúghorm ratlos.

"Die Antwort auf diese Frage wirst du dir eines Tages selbst geben können. Ich muß dich nun leider verlassen, edler Dúghorm. Die Sonne wird bald aufgehen und bis dahin muß ich mir einen Platz zum Schlafen gesucht haben. Lebt denn wohl, vielleicht sehen wir uns wieder in deinen Träumen, edler Herr."

Mit einer sanften Bewegung strich sie durch sein weißes Haar, bevor sie ihn mit ihren Fingern an der Stirn berührte. Langsam schlossen sich seine Augen, fast als kämpften sie gegen diesen heilsamen Schlaf. Dann sackte auch er zusammen. Vorsichtig deckte sie ihn mit seiner Decke zu, bevor sie das Lager in Richtung Berge verließ.

Einmal noch drehte sie sich um, dann ging sie davon.

Die Sonne fand das Lager schlafend vor, als sie ihre Strahlen über das Land sandte. Überall lagen die Gefährten in ihre Decken gehüllt, diese bis unters Kinn gezogen und merkwürdig lächelnd im Schlaf.

Dies änderte sich erst zur Mittagszeit, als Iolaranam endlich aufwachte. Das Sonnenlicht blendete ihn, und zuerst sah er gar nichts.

Laut rief er den Schlafenden zu:

"Auf, auf ihr Krieger. Es ist schon mitten am Tage, wacht auf!"

Langsam nur erwachten alle, langsam und trotz des langen Schlafes noch sehr müde. Bei Camchéachta und Glaslasair war es unwahrscheinlich, daß sie heute überhaupt noch wach würden. Alle hatten sich wieder in ihre Decke gewickelt und haderten mit ihrem Schicksal, als Dúghorm anfing zu sprechen.

"Sie war wieder da."

"Wer?" fragte Iolaranam.

"Na, ja, die Elbin." antwortete der Blaublütige.

"Ihr hättet sie sehen sollen. Ihre Augen waren moosgrün und ihre Lippen so rot wie ein Winterapfel, oh, war sie schön. Niemals sah ich eine Frau von solcher Anmut und klug war sie. Klüger noch, als sie schön war."

"Dies, mein Lieber, sind ja wohl zwei Dinge, die sich bei Frauen ausschließen", mischte sich Seabhaceo, der Nebelfalke, ein.

"Ach, schweig, du Narr und bete. Niemals hattest du die Gnade ein solches Wesen sehen oder gar berühren zu dürfen, aber über mein Haar strich sie mit ihren holden Fingern und ..."

Gerade wollte Dúghorm wieder Luft holen, als Iolaranam fast zu platzen schien.

"Schluß jetzt damit, Dúghorm. Sind hier denn alle verrückt geworden? Was, bitte, Dúghorm, was hat sie gesagt?

Das ist doch eine ganz einfache Frage, nicht wahr? Wäre es dir vielleicht möglich, sie auch einfach, kurz und bündig zu beantworten?"

"Nun, was sie sagte, war nicht wichtig für uns. Ich meine, es war keine Wegbeschreibung oder so etwas in der Art. Viel mehr lenkte sie mein verirrtes Augenmerk auf Tara, weil ich es außer Acht gelassen hatte, und dann kam sie und half mir."

Dúghorms Augen hatten einen sehr seltsamen glasigen Glanz.

Kaum hatte der Blaublütige geendet, fing Gormeala an zu sprechen.

"Es war wieder wie letzte Nacht. Ich war zu Hause am Hof meiner Eltern und mußte das artige Kind spielen. Es war furchtbar, obwohl ich mich irgendwie wohl gefühlt hatte in diesem Traum. Alles war so einfach. Jeder gehorchte mir und schien mir gefallen zu wollen. Aber jetzt bin ich wieder hier, und, Freunde, ich bin sehr froh darüber."

Alle lachten laut auf.

Dann wachte, oh Wunder, auch Camchéachta auf.

"Wo, wo ist dieser blaublütige Kerl? Vorne Herrin, hinten Herrin. Oh, noch nie habe ich so einen schönen Hintern gesehen und die Vorderseite erst. Oh Herrin!

Das nenne ich mir ein Weib. Aber dieser Schmalzlappen muß sie ja mit seinem vornehmen Gewäsch um die Finger wickeln. Wo ist sie?"

"Fort, mein Dickerchen, fort, der Herrin sei Dank. Ich komme mir langsam vor wie ein Aufseher über eine Horde Verrückter", fluchte Iolaranam.

"Aber Iolaranam, du hast sie doch auch gesehen", kam es den beiden Nachtwachen gleichzeitig über die Lippen.

"Meine Elbin schlief heute nacht in meinen Armen ein und wachte auch in eben jenen wieder auf.

Als denn, erspart mir euer Geschwätz. Los, Aufbruch, damit wir wenigstens noch ein Stück vorwärts kommen."

Geschäftig eilten sie umher, um sich ein wenig an dem Weiher zu waschen; wer wußte, wann sie das nächste Mal Gelegenheit dazu haben würden.

Iolaranam packte gerade seine Decke, um sie auszuschütteln, als sein Blick an einen leeren Schlafplatz im Lager hängen blieb.

"Wo ist Oighrigh?"

Leise kamen ihm diese Worte über die Lippen und doch hatte sie jeder gehört. Alle Blicke wandten sich dem Schlafplatz des Jungen zu.

Aber so lange sie auch auf seine Decke starrten, der Junge blieb verschwunden.

Das Angebot

"So mein Junge, jetzt noch einmal ganz langsam von vorn. Wer bist du, woher kommst du, und warum verfolgst du mich?"

Saileach holte Luft und blies den Atem über die Stirn.

"Könnt ihr mir nicht die Fesseln lösen. Ich kann meine Hände schon nicht mehr spüren, Herr?"

Scathcrobh blieb hart.

"Den Vogel halte, wer ihn hält. Er wird ihn nicht sobald zum zweiten Male fangen.

Sprich, Saileach, oder wie ist doch gleich dein Name?"

"Mein Name ist Saileach. Ich folge dir seit Tara und gehöre zum Kleinen Volk. Als euer heldenhafter Hauptmann vor kurzem unseren Alten Mann besuchte, erzählte er davon, daß er einen Mann aussenden würde, der herausfinden sollte, wer der neue Thronanwärter ist. Dair versprach ihm, einen Mann auszuschicken, der euch helfen und unterstützen sollte, meinen Vater."

Scathcrobh rieb sich über seinen Kopf.

"Aber wenn er deinen Vater schickte, warum bist du dann hier?"

Der Junge schmunzelte.

"Nun, mein Vater war nicht ganz wohlauf, so ging ich. Schließlich bin ich auch jünger, und eine solche Reise ist eine Bewährung für mich. Ich hätte dann endlich auch eine Geschichte zu erzählen an den Großen Feuern."

Das Auge Taras sah den Jungen ernst an.

"Du willst mir damit doch nicht etwa sagen, daß Dair mir eigentlich deinen Vater zur Hilfe schicken wollte, und ich jetzt einen Jungen hier habe, der eher meiner Hilfe bedarf?"

Stolz streckte der Gefesselte seine Brust vor.

"Ich bedarf deiner Hilfe nicht! Ich kenne mich gut aus in Wald und Flur, und außerdem bin ich nicht allein."

Scathcrobh sah sich um.

"Und wo ist dein unsichtbarer Freund, wenn ich einmal fragen darf?"

Ein seltsamer Pfiff entglitt Saileachs Lippen. Einige Zeit geschah gar nichts. Dann kam eine Antwort von oben. Scathcrobh hob den Kopf und über ihm stand wieder dieser Sperber in der Luft.

Diesmal allerdings stürzte er genau auf ihn zu. Mitten im Flug fing sich der Vogel ab und flatterte nun hin zu dem, der ihn gerufen hatte.

"Das ist Halil, eine Freundin. Sie begleitet mich, wenn ich unterwegs bin."

Das große Weibchen saß auf einem Ast und das Sonnenlicht fiel auf ihr gräulich-weiß gebändertes Gefieder. Neugierig blickte sie hin und her. Dann schüttelte sie sich und stieg wieder auf zu den Wolken.

"Schöner Vogel! Wird eine nette Mahlzeit, wenn wir einmal hungern sollten."

Zornesröte stieg dem Jungen in den Kopf, heftig rüttelte er an den Fesseln, die ihn hielten.

"Sie ist eine Freundin und kein dummes Huhn, das man schlachten kann, wenn es einem beliebt. Alles, was sie kann, habe ich ihr beigebracht, und du willst sie essen. Du Narr! Wenn du sie tötest, werde ich dich auch töten, Schwarzer!"

Dies war wohl der wunde Punkt des Jungen, gut zu wissen, dachte sich das Auge Taras.

"Mein Name ist Scathcrobh, nicht Schwarzer. Ich werde deinem geflügelten Freund schon nichts tun. Dir aber vielleicht, wenn du nicht spurst."

Dann zog er ein Messer aus seinem Stiefel. Saileachs Augen wurden groß und größer. Doch der Späher schnitt ihm nur die Fesseln durch.

Der Junge rieb sich seine Gelenke, bis wieder Blut in die fast abgestorbenen Finger floß.

"Und was machen wir jetzt? Wie geht es jetzt weiter, Scathcrobh?"

Der Mann fuhr sich grübelnd über seinen Kopf.

"Nun, wir werden heute bis nach Ath-Luain kommen. Dort werden wir auf einem Boot verschwinden. Ich hoffe zwar, daß du der einzige bist, der mich verfolgt, aber sicher ist sicher.

Dann fahren wir nach Cluain-maccu-Nois und werden einer jungen Dame einen Besuch abstatten.

Wir sollten jetzt aufbrechen, der Tag wartet nicht auf uns mit seinem Fortgang.

Ach, warte mal, in der Hose kann ich dich unmöglich herumlaufen lassen. Die Leute in Ath-Luain sind sehr neugierig und jemand wie du würde ihnen gleich auffallen.

Ich werde dir eine von meinen geben, die wird dir wohl passen."

Scathcrobh ging an seine Satteltasche und holte eine, wie sollte es anders sein, schwarze Bracca und ein dazu passendes Hemd dazu heraus. Beides war dem Jungen ein wenig zu groß.

Der Späher nahm die Zügel von Bás auf und los ging es.

Schweigsam marschierten die beiden nebeneinander her. Neben ihnen das Pferd, über ihnen der Ruf des Sperbers.

Sie kamen gut voran.

Am Nachmittag erreichten sie Ath-Luain. Sie hielten sich nicht lange in der Stadt auf. An einem Brunnen tränkten sie das Pferd. Dann zogen sie zum Ufer der Siona. Am Anlegeplatz lag ein größeres Schiff.

Scathcrobh gab dem Eigner eines seiner kleineren Beile, damit er, Saileach und das Pferd bis nach Cluain-maccu-Nois mitnehmen würde. Halil würde ihnen in der Luft folgen. Sie konnte alleine für sich sorgen.

Am nächsten Morgen in aller Frühe sollte es losgehen. Schlafen konnten sie allerdings nicht an Bord, so daß sie sich nach einem geeigneten Schlafplatz umsehen mußten.

Auf der Suche nach diesem fiel ihnen ein merkwürdiger Mann auf. Er hätte zu ihnen gehören können wegen seiner schwarzen Kleidung.

Saileach stutzte.

"Hast du den Kerl da gesehen, Scathcrobh? Ich habe ihn schon einmal auf der Breiten Straße gesehen, als ich dir folgte. Er reitet ein Pferd, in dem du Bás zweimal verstecken könntest, und es ist so schwarz wie die Seele seines Herrn.

Dieser Mann ist kein guter Mann."

Scathcrobh antwortete mit ernster Miene:

"Ich schätze, du hast recht. Komm, laß uns einen Platz zum Übernachten suchen. Bás werden wir in einer Schmiede unterbringen, da soll er sich auch endlich mal wieder richtig satt fressen.

Dann werden wir uns diesen Sonderling einmal genauer ansehen. Seltsamer Kopfschmuck, findest du nicht? Ich weiß auch nicht warum, aber Glatzköpfe habe ich noch nie gemocht."

Verwundert schaute der Junge auf die Stoppel, die auf Scathcrobhs Kopf sprossen.

Der Fremde verschwand in einem Gasthaus, aus dessen Holzschild ein schlafender Eber herausgearbeitet worden war. Scathcrobh folgte ihm, während Saileach Bás bei dem Schmied unterstellte.

Dann kam auch er in das Gasthaus.

Hier wurde gesungen und getanzt. Ein paar Musikanten spielten auf ihren Flöten, andere trommelten auf den Tischen den Takt.

Scathcrobh saß in einer Ecke, von wo aus er den ganzen Raum überblicken konnte.

Saileach setzte sich zu ihm.

"Bás ist gut untergebracht. Der Schmied ist ein freundlicher Mann. Er kümmert sich bestimmt gut um ihn. Und wo ist unser Freund?"

Scathcrobh nahm den Krug, der auf dem Tisch stand und den leeren Becher, und goß dem Jungen köstlichen Met ein.

"Er steht bei der Wirtin und hält ein kleines Schwätzchen. Es muß ja nichts bedeuten, aber trotzdem finde ich es seltsam, daß der dürre Bock dabei mit seinen langen Fingern immer auf uns zeigt."

Saileach trank einen Schluck.

"Hast du ihn denn schon einmal irgendwo gesehen? Kennst du ihn vielleicht?"

Der Späher schüttelte den Kopf.

"So ein Rattengesicht hätte ich mir gemerkt."

Eine hübsche Magd brachte einen vollen Krug und nahm den leeren mit. Im Laufe des Abends sollte die Hübsche noch oft an ihren Tisch treten. Auch der Fremde verweilte lange in dem Gasthaus.

Dann machte sich auch bei Scathcrobh der Trank bemerkbar, und er strebte zum Ausgang. Wie eine Wand schlug ihm die frische Abendluft entgegen. Doch nicht nur diese ließ ihn zusammensacken.

Jemand hatte ihm gerade vorzüglich in die Kniekehlen getreten. Das nächste, was er fühlte, war eine Schlinge, die sich vorsichtig um seinen Hals legte und langsam zugezogen wurde.

"Sei mir gegrüßt, Auge Taras! Schlechte Späher sendet ihr aus, wenn man euch so leicht fangen kann wie Fliegen auf Kuhfladen.

Du stehst jetzt ganz langsam auf und gehst um die Ecke des Hauses in das nette, dunkle Gäßchen. Ich habe dir nämlich ein einmaliges Angebot zu machen, Späher!"

Scathcrobh war hellwach, vergessen der Met und der Junge im Wirtshaus. Erinnerungen wurden wach. Er tastete nach dem Beil an seiner Seite.

"Denk nicht einmal daran. Du hast den Arm noch nicht gehoben und schon würgst du Galle."

So blieb dem Späher nichts anderes übrig, als sich dem Angreifer zu fügen. Und er hatte geglaubt, die Schwierigkeiten würden erst auf dem Heimweg beginnen.

Vorsichtig setzte er Fuß vor Fuß, bis sie die Gasse erreicht hatten. Jetzt bohrte sich ihm allerdings auch noch ein Messer in die Seite.

Ruhig fragte er den Glatzkopf:

"Was willst du? Fang endlich an oder glaubst du, ich habe den ganzen Abend Zeit?"

Wieder trat ihn ein Fuß in die Kniekehlen und ließ ihn auf die Knie sacken.

Der Fremde schnarrte in sein Ohr

"Ich weiß, woher du kommst, und ich weiß, wohin du gehst! Dein Hauptmann weiß gar nicht, wie gut er beobachtet wird. Das, was er vorhat, ist aussichtslos. Die Kleine weiß nämlich gar nichts, und das ist auch gut so. Eigentlich bedeutet das ja, daß dein weiter Weg vergebens ist. Aber vielleicht kann ich dir ja den Essig etwas versüßen."

"Und wie, Rattengesicht?" fragte der Späher.

Ein weiterer Schlag ließ seine Oberlippe platzen. Der warme Geschmack von Blut verteilte sich auf Scathcrobhs Zunge.

"Das Mädchen ist doch so oder so nichts wert. Ich weiß, wer du bist, Marú, mein Freund. Ich meine, ich weiß, was du warst, bevor du nach Tara kamst, um dich reinzuwaschen.

Du hast lange gebraucht, bis dich dein Gewissen aus der Gemeinschaft dieser Mörder getrieben hat. Aber kein Mensch kann seine Vergangenheit auslöschen, oder? Niemand entkommt seinen eigenen Träumen.

Und bei all dem, was du angerichtet hast, kommt es doch auf ein Gesicht mehr oder weniger in deinen Alpträumen nicht an, oder? Wenn du sie tötest, werde ich es dir vergolden. Hast du das verstanden? Es ist mir auch gleich, wie du sie tötest. Du kannst sie ruhig etwas leiden lassen. Das hat noch keiner Frau geschadet."

Scathcrobh überlegte und nickte dann.

Der Totenschädel schnurrte leise.

"Dann steh auf, wir wollen den Handel mit einem Handschlag besiegeln, wie es Männer unsresgleichen immer tun."

Der Druck an Scathcrobhs Hals löste sich und auch das Messer wurde weggesteckt.

Mit einem falschen Grinsen schlug der Späher in die Hand des Fremden ein, zog sein Bein hoch und verpaßte ihm dann einen Kinnhaken, daß dieser nach hinten überkippte.

Schnell hatte sich Madhra wieder aufgerappelt, trat Scathcrobh mit Wucht mehrmals in die Rippen und stieß ihm auch noch das Messer in den Leib. Ein heftiger Schmerz durchfuhr ihn, dann traf ihn etwas Schweres am Schädel und Bewußtlosigkeit verteilte sich wie Nebel in seinem Kopf.

Das nächste, was der Späher spürte, war eiskaltes Wasser, das über ihn geschüttet wurde. Immer noch regte er sich nicht, dann hörte er Saileachs Stimme.

"Scathcrobh, ist alles in Ordnung? Was ist geschehen?"

Doch als ihn der Junge umdrehen wollte, glaubte der Verletzte, daß ihn der Schmerz schier zerreißen wolle und stöhnte laut auf.

"Nein, nicht, laß mich liegen. Dieses verdammte Schwein! Ist er noch irgendwo, dieser Fremde? Geh ihm nach, aber folge ihm nur und versuche rauszufinden, wohin er unterwegs ist. Aber laß dich nicht erwischen, sonst richtet er dich vielleicht auch noch so zu. Geh jetzt! Ich komme hier schon zurecht, wir treffen uns morgen am Schiff."

Saileach kniete jetzt neben ihm.

"Er ist fort, Scathcrobh! Nachdem er seinen Spaß mit dir gehabt hat, kam er wieder in die Stube und sagte, ich solle einmal nach dir sehen, dir ginge es wohl nicht so gut. Außerdem habe er eine Nachricht für dich:

Dies sei erst der Anfang, wenn du dich nicht raushältst. Kleine Fische wie du hätten in diesem Königsspiel nicht mitzumischen. Dann ist er gegangen, und ich bin nach draußen gegangen, wo ich dich hier fand."

Der Späher lächelte schmerzverzerrt.

"Na ja, dann hat es sich wenigstens für mich gelohnt, dich mitzunehmen. Zerreiße mein Hemd und verbinde die Wunde."

Hätte Scathcrobh das nicht schon öfter ausgestanden, er wäre liebend gerne liegen geblieben. Aber er wußte, auch dieser Schmerz würde irgendwann wieder vergehen.

Sehr, sehr langsam machten sie sich auf den Weg zum Ankerplatz ihres Schiffes. Dort fanden sie in einem Geräteschuppen einen Platz für den Rest der Nacht. Saileach war bald eingeschlafen. Das Auge Taras hingegen krümmte sich noch lange vor Schmerzen.

Im Morgengrauen hatte Saileach den Hengst bei dem Schmied abgeholt.

Als sie das Boot bestiegen, beäugte sie der Eigner mit schiefem Blick und sagte:

"Ich sage es euch lieber gleich, wenn ihr Schwierigkeiten machen wollt, werfe ich euch unterwegs einfach über Bord. Ist das klar?"

Saileach lächelte gewinnend und erwiderte:

"Herr, es ist nicht so wie es aussieht. Mein Freund ist gestern abend schwer gestürzt."

Doch der Mann ließ sich nicht täuschen.

"Ja, ja, solche Stürze habe ich schon tausendfach gesehen, wenn ich nachts durch die Straßen ging. Denkt an meine Worte."

Bás wurde mit drei anderen Pferden an Deck gebracht und an der Reling festgebunden.

Während der ganzen Zeit beobachtete sie ein finster dreinblickender Kerl, der Scathcrobh sofort aufgefallen war, als er das Schiff betrat. Irgend etwas stimmte nicht mit diesem Kerl. Aber solange ihn das nicht betraf, konnte es ihm ja gleichgültig sein.

Auf der Suche nach einem geeigneten Platz gingen sie das Deck ab und ließen sich am Bug nieder. Sie wickelten sich in warme Decken und machten es sich so gemütlich wie es möglich war.

Gerade als das Schiff ablegte, entdeckten sie das Rattengesicht am Ufer. Das Sonnenlicht strahlte und blitzte auf dem Fell des schwarzen Pferdes. Mit einem verheißungsvollen Lächeln verabschiedete sich Madhra und ritt davon.

Scathcrobh strich sich über seine Stoppeln und dachte laut.

"Ich möchte nur zu gern wissen, was für ein Verrückter das ist. Er weiß merkwürdigerweise ziemlich gut Bescheid, warum wir unterwegs sind.

Was ich allerdings nicht verstehe, ist folgendes: Wenn dieses Mädchen so unwichtig ist und dazu auch noch von nichts etwas weiß, warum soll ich sie töten? Worin liegt der Sinn? Das kann doch nur bedeuten, daß sie eben nicht so unwichtig sein kann, und daß sie doch eine nicht unwesentliche Rolle spielt. Ich frage mich nur, welche?"

Besorgt wandte sich Saileach an ihn.

"Du sollst dich doch ausruhen. Wie soll dein Körper sich erholen, wenn du deinen Geist so anstrengst."

Der Späher schmunzelte.

"Ist ja gut, Mutter."

Scathcrobh schloß seine Augen und beendete seine Gedankengänge schweigend.

Über ihnen flog Halil, die ihren Schwanz gefächert in den Wind gestellt hatte und nach Beute Ausschau hielt.

Langsam glitt das Boot durch das Wasser, vorbei an brachliegenden Feldern und Wiesen. Kein Mensch war zu sehen. Auch das Vieh blieb jetzt den ganzen Tag im Stall, da es draußen nichts mehr zu fressen gab. Trockene Binsenwedel wehten leicht im Wind. Nackte Bäume sehnten sich nach ihrem grünen Laub. Ein einsamer Rabe krächzte vor sich hin.

Dann fielen auch Saileach die Augen zu.

Plötzlich rüttelte ein Mann den Jungen wach und schrie:

"Feuer, aufwachen, los, alles von Bord. Das Schiff steht in Flammen."

Verwirrt blickte sich Saileach um. An der Reling rissen und zerrten die Pferde an ihren Zügeln, sonst war nur noch Rauch zu sehen.

Der Junge sprang auf und rannte zu den aufgeregten Tieren. Schnell packte er die Landungsbrücke und schob sie durch den Ausgang auf das Wasser. Das Schiff machte langsame Fahrt, so daß das Brett ziemlich ruhig lag. Dann schnitt er die Zügel der Pferde durch. Eines keilte heftig nach ihm aus, traf ihn aber nicht. Dann trieb er sie zu der Landungsbrücke, über die sie ins Wasser gelangten. Schwimmend retteten sie sich an das Ufer.

Währenddessen bemerkte Saileach, daß alle Männer an Bord halfen, den Brand zu löschen, nur einer nicht.

Der finstere Geselle, der ihnen schon beim Betreten des Schiffes aufgefallen war, stand an der Reling.

Gerade war er dabei, sich einen wie es schien schwer gefüllten Gürtel um den Leib zu binden. Er schüttelte den Gürtel, und Saileach erkannte den fröhlichen Klang von Münzen, die aneinander klingelten.

Schließlich machte der Kerl ein paar feste Knoten und sprang in das Wasser. Wie ein ertrinkender Hund hechelte er zum Ufer.

Alles an Bord stand in Flammen, schwarzer Qualm stieg auf, als sei Öl in das Feuer gegossen worden, um es möglichst lange am Leben zu halten.

Dann rannte Saileach zu Scathcrobh, um auch ihn zu wecken.

Der hatte nicht verstanden und fragte noch einmal:

"Was ist? Ich bin müde, laß mich in Ruhe. Endlich war ich eingeschlafen, und jetzt kommst du und weckst mich wieder."

Der Junge wußte sich nicht mehr zu helfen und schrie seinen Gefährten fast an:

"Das Boot brennt! Bás ist schon sicher am Ufer. Jetzt sind wir dran, kannst du schwimmen?

Scathcrobh schüttelte den Kopf.

"Wenn ich gesund wäre ja, aber so..."

Saileach stand auf. Der Verband, mit dem er die Wunde notdürftig versorgt hatte, war blutdurchtränkt. Aber er durfte jetzt nicht aufgeben.

"Gut, das schaffen wir schon."

Mittlerweile war niemand mehr auf dem Boot. Im Fluß schwammen die wenigen Sachen, die die Mannschaft über die Reling geworfen hatte. Der Junge rannte zur Kajüte des Eigners. Qualm schoß Saileach ins Gesicht, reizte seine Augen, hinderte ihn am Atmen.

Endlich fand er das Gesuchte und kehrte zu Scathcrobh zurück.

"Ich weiß, das wird jetzt weh tun. Aber wir haben keine andere Wahl. Ich binde dir jetzt das Seil um, und dann springst du über Bord. Ich werde mir das andere Ende umbinden und dich ans Ufer ziehen."

Scathcrobh verzog das Gesicht.

"Junge, ich bin doch zehnmal schwerer als du. Spring alleine und laß mich zurück. Ich finde schon einen Weg."

Doch der Junge blieb stur und so fanden sich unsere Freunde bald im eiskalten Wasser der Siona.

Die leichte Strömung trieb sie zum Ufer hin.

Dennoch mußte Saileach vorsichtig sein, daß er das Seil nicht zu sehr anzog. Scathcrobh hatte starke Schmerzen, auch wenn er so tat, als wäre ein anderer zusammen geschlagen worden.

Jetzt würde dazu noch eine starke Unterkühlung kommen. Am Ufer trabte Bás unruhig auf und ab und wieherte laut.

Saileach kämpfte sich mühselig zum Ufer, das er schließlich auch erreichte.

Er war krebsrot. Durch die Anstrengung in dem kalten Wasser rieselte heißes Blut durch seine Adern. Alles bizzelte und kizzelte, ihm war heiß und kalt. Dann band er das Seil an Bás fest, der seinen Herrn an Land zog.

Dieser krümmte sich vor Schmerzen, seine innere Härte aufgebend.

Lange lagen die beiden nebeneinander. Der nasse Verband färbte sich immer roter.

Plötzlich tauchte ein Mann im Gebüsch auf. Saileach traute erst seinen Augen nicht und glaubte, er träume. Aber der Mann saß tatsächlich auf einem Hirschen. Schnell war er von seinem hoheitlichen Reittier gesprungen und zu ihnen geeilt.

"Ihr seid von dem brennenden Schiff! Bleibt hier, ich werde Hilfe holen."

Carria sprang auf sein Reittier und eilte davon. Einige Zeit später war er wieder zur Stelle. Ihm zur Seite Collach und Rhiannon, die sich die beiden ansahen.

Sie trugen die Männer zu einem Wagen und brachten sie zum Coven. Saileach brauchte nur ein paar trockene Kleider, sonst ging es ihm gut.

Bei Scathcrobh sah es etwas anders aus. Rhiannon machte sich ernste Sorgen, ließ ihn in die Wasserhütte bringen und nach Amhrán rufen.

Das Mädchen eilte sofort herbei.

"Amhrán, erhitze Wasser in dem Kessel. Dann fülle die Wanne mit Wasser, aber nicht mit warmen Wasser, sondern mit Wasser aus der Quelle."

Das Mädchen tat wie ihr aufgetragen. Vorsichtig hatten die Männer den Verletzten auf dem Boden abgelegt.

Rhiannon behielt noch immer die Oberhand.

"So, Männer, jetzt zieht ihn aus, und legt ihn in die Wanne. Dann wartet draußen, bis ich euch wieder rufe."

Mißtrauisch schauten sie in Amhráns Richtung. Rhiannon verstand.

"Ihr könnt ruhig gehen. Amhrán ist keine Jungfrau mehr und hat schon einmal einen nackten Mann gesehen und jetzt raus mit euch!"

Scathcrobh lag wie ein Toter im Wasser, so bleich war er. Kaum verstand er, was um ihn vorsichging.

Vorsichtig fragte die Heilkundige:

"Seid ihr wach, versteht ihr mich?"

Der Späher konnte kaum die Augen aufhalten. Rhiannon tätschelte seine Wangen und als das nichts half, schlug sie etwas fester zu.

Endlich öffnete der Mann die Augen. Benommen fragte er:

"Wo bin ich? Wer seid ihr?"

Die alte Frau strich ihm sanft über seinen Kopf.

"Ihr seid im Coven der Danu. Mein Name ist Rhiannon. Euer Schiff brannte, aber deine Verletzungen scheinen nicht von diesem Brand zu stammen. Ihr habt Erfrierungen und dagegen werden wir jetzt etwas tun."

Langsam glitten ihre Hände über die Arme und Beine des Verletzten, wurden selbst kalt durch das Wasser, während Wärme durch den Körper des Verletzten strömte.

Scathcrobh ließ alles willig mit sich geschehen. Was konnte ihm eine alte Frau schon anhaben?

"Ihr tragt viele Narben auf eurem Leib, Fremder. Seid ihr ein Krieger der Fianna?"

Immer noch strich Rhiannon mit ihren heilenden Händen über den geschundenen Körper Scathcrobhs. Die Wunde begann wieder zu bluten.

"Nein, gute Rhiannon, ich gehöre nach Tara."

Schmerzvoll zuckte der Krieger zusammen, als Rhiannon über seine Rippen strich.

"Das sieht nicht gut aus. Ich glaube, ihr werdet noch einige Zeit hierbleiben müssen, bis das richtig verheilt ist.

Amhrán, ruf Carria und Collach herein, wir müssen das Wasser wechseln!"

Erst da bemerkte der Mann das Mädchen. Ihn, den das härteste Los auf dem Schlachtfeld kalt ließ, überkam nun die Scham, als er der neugierigen Blicke gewahr wurde, mit denen Amhrán, die Kindfrau, ihn betrachtete.

Mühsam bedeckten seine Hände das Geschlecht, senkte sich sein Kopf auf die Brust.

Amhrán eilte hinaus und kam mit den beiden Männern wieder herein.

Rhiannon hatte nun einen Tonkrug in der Hand, den sie in der Nähe der Glut unter dem Kessel stellte.

"Holt ihn aus dem Wasser, aber seid vorsichtig, seine Rippen sind schwer geprellt und kommt nicht an den Stich. Dann leert die Wanne.

Amhrán, wenn du dann das warme Wasser in die leere Wanne füllen würdest. Aber mache sie nur halb voll und nicht heiß, sondern fülle kaltes Wasser nach, bis es lauwarm ist.

Ich möchte seine Erfrierungen etwas lindern. Gib mir den blauen Tonkrug. Er enthält einen Absud von Kalmus und Roßkastanie, der seine Lebensgeister wieder aufleben lassen mag."

Nachdem Scathcrobh in dem Sud gebadet hatte, abgetrocknet und von Rhiannon richtig verbunden worden war, trugen ihn die zwei Männer in die Krankenhütte und betteten ihn auf eines der beiden Lager.

Saileach wich nicht von seiner Seite. Er hatte sofort erkannt, daß das gleiche Blut in seinen und Rhiannons Adern floß und vertraute auf die Kräfte der Heilerin.

Erschöpft war Scathcrobh eingeschlafen, als Rhiannon und Amhrán gemeinsam die Hütte betraten.

Die alte Frau trat an das Lager des Verletzten und schlug vorsichtig die Decke zurück.

"Sieh dir das nur an, mein Herz. Da hat einer gute Arbeit geleistet, wenn er seine Reise aufhalten wollte. Er wird Ruhe brauchen in den nächsten Tagen. Für seine Rippen werden wir ihm Wickel machen aus dem Absud der Weißwurzel und um ihn bei Laune zu halten, bekommt er täglich ein Schälchen Hagebuttenmus. Die Wunde muß jeden Tag gereinigt werden und mit einer Salbe aus Fett, Ringelblumen und zerstampfte Wachholderbeeren bestrichen werden.

Gut, daß ich im Herbst eine fleißige Sammlerin war. Er wird vielleicht unseren ganzen Vorrat aufbrauchen.

Damit er aber nicht zu überschwenglich wird, bekommt er morgens immer einen Kräutertrank aus Kamille und Baldrian.

Behandle ihn gut."

Amhrán verstand noch nicht ganz.

"Du meinst, ich soll ihn pflegen, aber ich weiß doch gar nichts darüber, wie man jemanden pflegt, fast nichts."

Auch Saileach war aufgesprungen.

"Was, dieses Kind soll ihn pflegen? Sie sieht mir nicht wie eine Heilkundige aus. Warum kümmert ihr euch nicht um ihn? Ich kenne weder ihn noch euch gut, aber von euch weiß ich wenigstens, woher ihr kommt."

Beruhigend redete die alte Frau auf den Jungen ein.

"Wenn sie nie die erste Möglichkeit erhält eine Heilkundige zu werden, wird sie auch nie eine werden. Und was meine oder ihre Herkunft angeht, ob Mensch oder Kleines Volk, ob krummes oder grades Holz, es vermag beides zu gleichem zu dienen.

Vertrau ihr nur ein wenig! Wenn eine Frau auf dieser Insel heilende Hände hat so sie. Ruhe dich jetzt aus. Dein Freund ist nicht lebensgefährlich verletzt. Was er braucht ist Ruhe, und die wird er hier finden. Schlaft ein wenig, Amhrán wird euch etwas zum Abendbrot bringen."

Dann lächelte sie den Jungen freundlich an und verließ mit dem Mädchen die Hütte.

Neugierig fragte Amhrán:

"Was meinst du damit, wenn es eine Frau mit heilenden Händen gibt?"

Die Heilerin lächelte weise.

"Ach, Amhrán, irgendwie mußte ich doch sein Vertrauen für dich wecken, und mir fiel nichts besseres ein.

Vielleicht ist es aber auch so wie ich es gesagt habe.

Du hast wenig Erfahrung in der Heilkunde und dieser Krieger kann dir nur helfen erfahrener zu werden. Du hast sogar den Vorteil, daß er auf sein Lager gefesselt ist und dir nicht weglaufen kann, so wie bei meinen ersten Versuchen die Heilkunde zu erlernen."

Amhrán lachte laut auf.

"Das sind ja gute Aussichten, aber besser solche als gar keine. Ich habe einen Bärenhunger, komm laß uns in die Versammlungshütte gehen und nach etwas Eßbarem suchen. Ich giere nach einem Kanten Brot mit Butter und Honig."

Die alte Frau schmunzelte.

"Wenn ich gewußt hätte, was ich für ein verfressenes Raubtier hierher bringen würde, hätte ich dich bestimmt am Wegesrand stehen lassen.

Nein, wir werden jetzt nicht zur Versammlungshütte gehen. Du mußt deinem Magen beibringen, daß es nur zu bestimmten Zeiten Nahrung gibt. Es ist nämlich besser, wenn du deinen Magen beherrschst als umgekehrt."

Lachend gingen die beiden davon.

Der Kuss der Göttin

Eisige Kälte weckte die drei Reisegefährten unter einem strahlenden, wolkenlosen Himmel.

Die drei waren so schnell wie möglich aufgebrochen, um sich warm zu laufen. Solasard und Athraigh knabberten im Laufen an einem harten Kanten Brot. Goworr hielt sich genügsam zurück. Das Sonnenlicht tat ihnen gut, wenngleich sie vor Kälte ihre Füße kaum mehr spürten.

Das Meer lag vor ihnen wie ein Raubtier, das vorgab zu schlafen und doch im nächsten Augenblick angreift. Bald schon taten ihnen die Augen weh vom Gleißen des Sonnenlichtes.

Doch dann kam Bewegung in das stille Element. Wie aus dem nichts tauchten erst ein, dann zwei, dann drei Rückenfinnen von Schwertwalen auf. Langsam und geschmeidig durchschnitten die Tiere die Wasseroberfläche, bliesen ihren Lost dampfend in die kalte Luft. Nichts schien sie aufhalten zu können. Das Meer war ihr Königreich und würdevoll glitten sie voran.

Lange standen die zwei Männer und der Zwerg da und beobachteten dieses Schauspiel.

Dann ergriff Goworr das Wort.

"So meine Herren, und jetzt wäre doch der beste Zeitpunkt, um an dieses Ereignis nahtlos ein Frühstück anzuknüpfen. Ich meine ein richtiges Frühstück. Das was ihr da heute morgen verspeist habt, sah ja nicht sehr köstlich aus. Ich hingegen habe süßes leckeres Hartbrot und eine sehr schmackhafte und empfehlenswerte Marmelade aus dicken, fruchtigen Erdbeeren. Das ist doch auch mal eine süße Abwechslung zu dem harten Brot, an dem ihr herumknabbert wie Mäuse vor dem Hungertod."

"Und das sagst du erst jetzt. Da läßt du uns an unserem Brot nagen und hast die feinsten Speisen in deinem Reisesack versteckt! Solasard sag doch auch mal etwas!"

Dieser lachte laut heraus.

Um Verzeihung heischend sagte Goworr:

"Ihr hattet mich ja nicht gefragt. Na, dann wollen wir mal."

Der Zwerg zog seinen Reisesack vom Rücken, an dessen Seite in einer Schlaufe, die furchterregende Axt baumelte und packte ein Brot aus und einen Tontiegel, in dem die Marmelade war. Schnell hatte jeder ein dick beschmiertes Brot in der Hand.

Doch bevor Athraigh den ersten Bissen machen konnte, hielt ihn Goworr zurück.

"Nicht so hastig, alter Landstreicher! Wenn du jetzt in das Brot beißt, wird es dir unter den Händen zerbröckeln und du hast gar nichts davon. Du mußt schon noch ein bißchen warten, bis die Marmelade in das Brot eingezogen ist. Dann schmeckt es doch auch viel besser."

Athraigh verdrehte die Augen.

"Du hast wohl eine Meise im Schädel. Das glaubst du doch nicht im Ernst, oder?"

Sprachs und biß herzhaft in das Hartbrot. Sogleich verwandelte es sich in eine klebrige Masse aus Krümeln und Marmelade, die er sich mit beiden Händen genußvoll in den Mund schaufelte.

Als er die letzten Krümel von seiner Hand geschleckt hatte, grinste er über beide Backen.

"Siehst du, Herr Zwerg, warten ist nur was für Leute, die nie Hunger gelitten haben. Wie du siehst, geht es auch so und lecker war es alle Male. Ich dank' dir schön dafür."

Der Angesprochene lächelte gezwungen, ob des groben Umgangs mit seiner anbetungswürdigen Marmelade. So kalt es auch war, die Sonne wärmte ihre Herzen und Gemüter, so daß sie weit ausschritten und gut vorankamen. Der Wald schlich sich immer näher an die Küste. Der Weg verlief manchmal ein ganzes Stück zwischen mächtigen Eichen und Buchen hindurch, die ihrer Blätter beraubt so nackt aussahen, daß Solasard schon überlegte, ihnen ihre Mäntel zu geben.

Aber Goworr und Athraigh waren diesbezüglich anderer Meinung. Wenn sie weiter so geschwind vorankämen, würden sie bald Gaillimh erreichen.

Dort begann die Breite Straße, die die Insel in Nord und Süd teilte und die von der Westküste in Gaillimh bis zur Ostküste nach Duibhlinn führte und zurück. Von dort aus würde es leichter sein voranzukommen und so war es auch. Als sie das kleine Städtchen erreicht hatten, trafen sie dort einen Weinhändler namens Roc, der die Wirtshäuser an der Breiten Straße mit Wein aus den südlichen Ländern versorgte.

Vor langer Zeit hatte er Athraighs Messerwerfer-Künste auf einem Jahrmarkt bewundert. Einen solchen Mann neben sich auf dem Kutschbock zu haben, gab einem schon ein sehr, sehr sicheres Gefühl. Auch Solasard mit seinem Schwert und Goworr mit seiner mächtigen Axt machten nicht den Eindruck, als würde es sich lohnen, die kleine Reisegesellschaft um ihre Fässer zu erleichtern. Die Männer machten es sich so bequem, wie es möglich war. Gemächlich trabte das Pferdchen los und weiter ging die Reise. Fort vom Meer in Richtung Wald verlor sich das Salz in der Luft und milde Waldluft begrüßte sie. Roc erzählte ihnen vom "Schlafenden Eber", den er am späten Nachmittag erreichen wollte. Dort würde er seine Waren abliefern und sie zurücklassen. Andere Geschäfte in Ath-Luain drängten.

"Ja, im "Schlafenden Eber" gibt es den besten Met des Landes. Der macht sogar aus einem Eber im Rausch ein Lämmchen, das nach mehr bettelt. Allerdings verkehrt auch Gesindel hier und macht seine dunklen Geschäfte. Ich kann euch sagen, der "Schlafende Eber" hatte schon einiges erlebt.

Da wird zuweilen Prügel bezogen, daß mancher mehr tot als lebendig über die Schwelle getragen wird. Bis zur Besinnungslosigkeit wird da getrunken und wildes Seemannsgarn wechselt sich mit verrückten Jägergeschichten ab. Ach, und die Mädchen, die sucht die Blonag nur aus den schönsten Töchtern Erius aus. Einmal hatte die gewichtige Blonag sogar einen Bauern mit seiner Kuh verheiratet, weil er so sehr an ihr hing.

Alles Volk verkehrt hier, außer den vornehmen Hochelben, zu eng ist ihnen der Raum. Die brauchen den Atem der Freiheit um sich und nicht den muffigen Geruch von Arbeiterschweiß und Kuhmist.

Auch Leute aus dem Kleinen Volk hatte man schon des öfteren dort gesehen. Sie waren ein neugieriges Volk und im "Schlafenden Eber" wurde so manche Neuigkeit unter der Hand ausgetauscht. Wenn ihr Hilfe braucht, um weiterzukommen, werdet ihr die dort bestimmt finden."

Schon hielt der Wagen vor dem verrufenen Ort. Unsere drei Wanderer sprangen ab, bedankten sich und sahen ihrem Fahrer nach, wie er sich in den kleinen Gässchen des Städtchens verlor. Dann zogen sie die schwere Tür auf und betraten das Gasthaus.

Der Met floß in Strömen. Es wurde gesungen und getanzt, als die Tür aufging und unsere drei Gefährten eintraten, dazu erscholl eines der alten Lieder, die bei jedem Gelage nicht fehlen durften:

Ja, die Katze auf dem Dach,
die macht schon, wieder, wieder Krach,
doch gibst du ihr ein Pint vom Bier,
dann schweigt sie still, das gute Tier.

Trink ein Malzbier, guter Freund,
bis die Seele überschäumt,
und tut sie's nicht, bleib hier, geh' nich,
dann war der Tropfen noch zu wenig.

Und liegt ein Schaf auf deinem Weg,
und wills nicht rüber, übern Steg,
dann gibst du ihm ein Pint vom Bier,
da stürzts voran wie'n heißer Stier.

Trink ein Malzbier, guter Freund,
bis die Seele überschäumt,
und tut sie's nicht, bleib hier, geh' nich,
dann war der Tropfen noch zu wenig.

Und wenn der Esel wieder bockt,
weil ihn die Arbeit gar nicht lockt,
da gibst du ihm ein Pint vom Bier,
da läuft er schneller, glatt für Vier.

Trink ein Malzbier, guter Freund,
bis die Seele überschäumt,
und tut sie's nicht, bleib hier, geh' nich,
dann war der Tropfen noch zu wenig.

Und will sie nicht die Braut daheim,
weil sie im Bett so oft allein,
da gibst du ihr ein Pint vom Bier,
ganz groß wird dann die Gier nach dir.

Trink ein Malzbier, guter Freund,
bis die Seele überschäumt,
und tut sie's nicht, bleib hier, geh' nich,
dann war der Tropfen noch zu wenig.

Und kommt der Tod, um dich zu holen,
und will die Zeit, die du gestohlen,
gib ihm ein Pint vom besten Bier,
dann wird er voll und du bleibst hier,
dann wird er voll und du bleibst hier.

Trink ein Malzbier, guter Freund,
bis die Seele überschäumt,
und tut sie's nicht, bleib hier, geh' nich,
dann war der Tropfen noch zu wenig.

Auch heute tummelte sich wieder ein bunt zusammengewürfelter Haufen in der Schenke. Da waren Männer des Fahrenden Volkes und andere Strauchdiebe, Kaufleute, die allesamt damit prahlten, den größten Gewinn für die geringste Ware zu machen.

Da waren Bauern, die von den Milchwundern ihrer Kühe erzählten und Fischer, deren Fang fast das Boot zum Kentern brachte.

Die Leute des Fahrenden Volkes blinzelten sich grinsend zu, als sie Athraigh sahen und auch Solasard wurde ausgiebig gemustert. Aber als Goworr eintrat, brach jeglicher Lärm zusammen und versank in einem hörbaren Meer von Stille.

Solasard versuchte zu retten, was zu retten war und begann zu sprechen.

"Seid mir gegrüßt, ihr lieben Leute, ist an eurem Feuer noch Platz für drei müde, verfrorene Wanderer?"

Quietschend wurde die alte Türe ins Schloß gezogen und der kalte Winter ausgesperrt.

Bevor sich jemand rühren konnte, hatte Blonag schon einen kleinen Tisch und drei Stühle vor das Feuer gezerrt und die drei dorthin geführt. Gemurmel sprang von Tisch zu Tisch, bis einer am Tisch des Fahrenden Volkes fragte:

"Willkommen, Fremde, die Wege sind tückisch heute. Welchen Weges kommt ihr her?"

Solasard hatte gerade Luft geholt, als Athraigh ihn in den Stuhl zwang und ihm zuvor kam.

"Oh, des Weges, der uns hergeführt hat. Und was sind eure Geschäfte?"

Bösartig antwortete der Sprecher:

"Man hat dem dicken Cluanaire ein Pferd gestohlen. Es soll ihm viel wert sein. Habt ihr es vielleicht gesehen? Er hat eine hohe Belohnung darauf ausgesetzt, und ich werde sie mir schnappen."

Athraigh erinnerte sich nur zu gut an die überstürzte Flucht mit Solasard und der Stute, von wegen, sie hätten sie gestohlen. Das Pferd war des Schwertsuchers rechtmäßiger Besitz.

Mit einem Lachen auf den Lippen antwortete er:

"Nun, wie es das Schicksal gerade will, muß ich dir sagen, daß ich der Held bin, der dies vollbrachte. Geht nur vor die Tür, dort steht die Stute, jung und schön, wie am ersten Tag."

Solasard erschrak zu Tode, als alles zur Tür stürmte, allen voran der Wortführer.

Nach einiger Zeit kehrten sie wütend zurück. Einer der Strauchdiebe zog sein Messer aus der Tasche und legte es an Athraighs Hals.

"Das sind Scherze, die wir hier nicht sonderlich mögen, Fremder. Du hast Glück, daß Cluanaire nicht hier ist. Der hätte dir bestimmt die Zunge abgeschnitten und in deinen großen Rachen gesteckt."

Toit, der Anführer der Pferdediebe bestellte noch eine Runde Met.

"Aber wir wollen es gut sein lassen."

Der Mann steckte seine Waffe ein und setzte sich wieder zu seinesgleichen.

Macha hatten sie außerhalb Ath-Luains in einer Höhle zurückgelassen. Es hätte zu viel Aufsehen erregt, sie mit in die Stadt zu nehmen. Jeder hätte sofort erkannt, daß sie ein Pferd aus der Anderen Welt ist, und jeder hätte versucht, die zwei Kurzschwerter, die sie trug, zu ergattern. Wenn sie ihre Vorräte aufgefüllt hatten, würden sie die Stute wieder abholen. Solange hatte man ihr Futter dagelassen, das für zwei Tage reichen würde.

Athraigh hatte schon geahnt, daß sie hier auf Leute aus dem Fahrenden Volk treffen würden. Es war schon mit Goworr als Nachhut sehr auffällig, aber dann noch das Pferd hierher zu bringen, wäre unverantwortlich gewesen. Gerade als der erste schäumende Met auf ihrem Tisch stand und sich jeder an dem kleinen Tisch wieder beruhigt hatte, löste sich aus einer dunklen Ecke ein Schatten und zog einen Stuhl zu dem Tisch der drei Wanderer.

"Das war sehr unvorsichtig, meine Herren. Sollte auch nur einer dieser Burschen noch einen klaren Gedanken fassen können, werdet ihr eure Nachtruhe unter diesem Dach vergessen können."

Der Fremde war in einen tannengrünen Mantel gehüllt, eine große Kapuze beschattete sein hageres Katzengesicht, das ganz von dem grünen Feuer seiner Augen beherrscht wurde. Seine Hände waren schmal und feingliedrig. Er hatte sie auf den runden Knauf eines Schwarzdorn-Stabes gestützt, der vor seinen Füßen stand.

Athraigh erwachte als erster aus der Erstarrung des Schreckens.

"Wer seid ihr? Und was meint ihr damit?"

Ruhig ließ der Mann seinen Blick über die Runde gleiten.

"Nun, ihr solltet wissen, daß es sich nicht geziemt, jemanden anzusprechen, ohne sich selbst vorzustellen, Athraigh. Oder ist es euch lieber, wenn ich euch den Namenlosen nenne? Und ihr Solasard mac Annir, seht ihr das nicht genau so? Aber ich vergesse ja ganz unseren kleinen Freund hier, Goworr ist dein Name, nicht wahr? Oh ja, die Bäume haben Ohren und Münder in diesem Land.

Nun gut, ich bin Draighean aus dem Kleinen Volk. Ich warte schon seit Tagen hier. Aber es hat wohl eine kleine Verzögerung eurer Reise gegeben? Doch gut, ihr seid da, und ab morgen werde ich euch begleiten."

Athraigh entfuhr ein knurrendes "Wie bitte?" und auch Solasard schaute fragend drein.

"Keine Sorge, ich werde euch nicht zur Last fallen. Ich möchte nur dahin gehen, wo ihr hingeht, und das ist doch kein Verbrechen, oder?"

Athraigh, Goworr und Solasard wechselten bedeutungsvolle Blikke.

"Und was war sehr unvorsichtig von uns?", fragte Solasard neugierig.

"Nun, wenn das Tier wirklich gestohlen wurde, dann wissen nur zwei Leute, was für ein Geschlecht das Tier hat. Nämlich der Dieb und der Dieb, der es dem Dieb gestohlen hat, und ihr sagtet laut und deutlich die Stute, junger Freund.

Ich an eurer Stelle würde mich nach einem anderen Nachtlager umsehen, wenn ihr nicht mit aufgeschlitzten Kehlen der Blonag als Weckschrei dienen wollt.

Doch ich muß jetzt gehen. Dringende Geschäfte erwarten mich und ich darf nicht zu spät kommen. Wir werden uns dann morgen wiedersehen, ihr Herren! Möge die Herrin euren Schlaf hüten, und was noch wichtiger ist, euer Leben."

Somit stand der Fremde auf, nahm seinen Stock und ging hinaus.

Die drei Gefährten schauten sich an, als seien sie soeben aus demselben Traum erwacht.

Doch die Überraschungen schienen nicht abreißen zu wollen. Als ihnen Blonag zum zweiten Mal Met nachschüttete, wisperte sie geheimnisvoll in Solasards Ohr:

"Was habt ihr zu schaffen mit dem da? Der Kerl ist ein seltsamer Kauz. Manchmal bleibt er Wochen, ja sogar Monate wie vom Erdboden verschluckt und kommt, wenn ihn schon alle tot gesagt haben, frisch und munter daher, als wäre er nie fort gewesen. Überhaupt ist er sehr elbisch selbst dafür, daß er aus dem Kleinen Volk stammt. Laßt lieber die Finger von dem, der macht euch nur Scherereien."

Blonag nickte Solasard freundlich an und lachte, als habe sie gerade einen Scherz gehört.

Der Abend ging vorbei, und die Nacht brach an.

Kurz vor Mitternacht fragte Solasard die dicke Wirtin nach einem Nachtlager. Nun, sie hatte kein Lager mehr im Hause frei, aber in der Scheune um die Ecke könnten sie es sich für heute bequem machen. Nachdem alle Gäste gegangen waren, führte sie die Wirtin hin und ließ ihnen eine Fackel da. Solasard verschloß die Tür von innen mit einem breiten Brett.

Alle drei hatten sehr dem Met zugesprochen und fielen fast gleichzeitig in einen tiefen Schlaf.

Auch Solasard schlief tief und fest. Glücklich träumte er in seinem Rausch von seligen Dingen, als ihn immer wieder jemand leicht an den Schultern rüttelte. Er fand das ja ganz nett, aber es störte ihn eben doch ein wenig in seinem Traum. Es dauerte ziemlich lange, bis er merkte, daß das ständige Rütteln nicht zu seinem Traum gehörte.

Ebensowenig wie das leise Flüstern, das ständig in seinem Ohr zwitscherte.

"Solasard, wach auf! Komm schon, bitte! Los, wach auf!"

Er hatte diese Worte schon einmal gehört, wenn er sich nur erinnern könnte. Wieder hörte er diese Stimme und dann fiel es ihm ein. Das war doch die Stimme von ... Samhain!

Das war doch die Stimme von ....

Langsam öffnete Solasard seine Augen, er konnte nichts sehen. Es war stockduster.

Doch dann hörte er ein seltsames Schnipsen und das Licht der Fackel leuchtete ein wenig heller auf. Er mußte noch träumen. Da stand sie. Ihr Haar schwarz wie die Federn eines Raben, hüftlang fiel es über ihren Rücken. Er erinnerte sich noch genau an den Geruch ihrer Haut.

"Macha, ist das wieder ein Traum?"

Die Frau kniete jetzt neben ihm und strich mit ihrer kalten Hand über seine Stirn.

“Nein, Solasard, das ist kein Traum. Erinnerst du dich, als ich dir sagte, ich würde immer bei dir sein, wenn du Hilfe brauchst. Jetzt ist es soweit. Leute vom Fahrenden Volk sind auf dem Weg hierher. Sie wollen dich töten. Ihr müßt fort. Wecke deine Gefährten und dann lauft! Ich werde sie aufhalten.”

“Aber ich kann doch nicht immer weglaufen.”

“Das sollst du ja auch nicht. Doch heute wäre es töricht, es nicht zu tun. Deine Zeit der Bewährung wird noch kommen. Heute gibt es keine andere Möglichkeit, es ohne Schaden zu überstehen.”

Solasard weckte Goworr, der sofort nüchtern war und seine Axt gezückt hatte. Zu zweit schafften sie es, Athraigh auf die Beine zu stellen. Als sie ihre Reisesäcke aufgezogen hatten, hörten sie draußen schon leise Stimmen wispern.

An einer Seite der Scheune waren die Holzplatten zersplittert. So leise wie es möglich war, bogen sie sie weiter zurück und krochen hindurch. Sie liefen in Richtung der Breiten Straße so schnell sie ihre Füße trugen. Als sie noch nicht einmal eine Meile hinter sich gebracht hatten, hörten sie hinter sich eine Stimme flüstern.

“Seid mir gegrüßt, ihr werten Herren, hatte ich es euch nicht gesagt. Nun, wir müssen fort, schnell, folgt mir.”

Eine kleine grüne Flamme leuchtete auf und kam ihnen entgegen.

Schließlich erkannte Solasard das Gesicht des Fremden, der sich im “Schlafenden Eber” an ihren Tisch gesetzt hatte.

“Wohin gehen wir?” fragte Goworr.

Der Mann aus dem Kleinen Volk antwortete ihm:

“Querfeldein. Es gibt einen Weg, der fast genau neben der Breiten Straße verläuft. Es gibt nicht viele, die davon wissen. Kommt jetzt. Wir haben keine Zeit zu verlieren.”

Sie hatten keine andere Wahl als dem Fremden zu folgen.

Müde kämpften sie sich vorwärts. Ständig mußten sie umgestürzte Bäume überwinden oder unter ihnen hindurchkriechen. Immer wieder hackte Goworr ihnen mit seiner Axt den Weg frei. Die grüne Flamme ihres Führers war wenig mehr als ein Lichtpunkt, als daß sie die Umgebung erhellte. Erst jetzt erkannte Solasard, daß es der Knauf des Stabes war, der leuchtete.

Ob das die Magie des Kleinen Volkes war, von der er schon so vieles gehört hatte?

Immer wieder trieb sie Draighean zur Eile an. Sie waren schon Stunden unterwegs. Solasard machte sich Sorgen wegen der Stute, die sie zurückgelassen hatten. Aber es war nun nicht mehr zu ändern. Es gab keinen Weg zurück. Wie schön war es gewesen, Taliesins Geschichten zuzuhören. Selbst Teil einer zu sein, schien ihm jetzt nicht mehr so wünschenswert zu sein. Erschöpft, völlig außer Atem und müde gelangten sie zu einem Wetterhäuschen.

Athraigh hatte schon die Hoffnung, daß sein mühevolles Stolpern endlich ein Ende nehmen würde. Aber Draighean war erbarmungslos. Kaum hatte der Leichtfuß sich irgendwo auf einen Baumstumpf gesetzt, hetzte ihn der Fremde weiter.

Solasard lief neben Goworr, der fast noch Spaß bei dieser Flucht hatte.

Eisige Kälte ließ ihre Füße erstarren, doch obwohl ihr Atem in weißen Wolken in der Luft stand, schwitzten sie, daß der Schweiß ihnen nur so den Rücken entlang lief. Immer öfter stolperten der Schwertsucher und Athraigh, bis Solasard sich zu Draighean an die Spitze kämpfte.

"Ich kann nicht mehr. Mir frieren gleich die Füße ein vor Kälte. Mein Herz rast, und die kalte Luft schneidet mir fast die Lunge entzwei. Laß uns anhalten und ein bißchen ausruhen. Eine Rast täte uns allen gut."

Mit fester Stimme antwortete der Fremde.

"Nein, wir müssen soweit es geht vorankommen. Was du von deinem Körper empfängst sind nur Lebenszeichen. Wärst du in der Scheune geblieben, würdest du jetzt nichts mehr spüren. Deshalb sei der Göttin dankbar und lauf weiter. Ich führe euch an einen sicheren Ort, den niemand kennt außer einigen Leuten aus meinem Volk. Erst wenn wir den erreicht haben, werden wir Halt machen, Solasard mac Annir."

Wütend stapfte der Angesprochene weiter. So ging es über Stock und Stein. Der Weg durch das Unterholz schien kein Ende zu nehmen. Immer wieder mußte Draighean auf die Wanderer warten, weil sie so langsam waren. Das Licht der Flamme verblaßte nie und zeigte den anderen, welcher Spur sie folgen mußten.

Als Athraigh fast beim Laufen vor Erschöpfung einschlief, blieb Solasard so plötzlich stehen, daß der Namenlose auf ihn auflief und verdutzt stehen blieb.

"Wir sind da!" flüsterte ihr Führer.

"Bitte?" fragte Goworr verdutzt.

Was er in dem trüben Licht sehen konnte, waren ein paar Steine. Ansonsten war da nur weit und breit kalter, undurchsichtiger Wald. Er wollte sich gerade auf den Baumstumpf setzen, der da so einladend vor ihm stand, als Draighean in seiner Rede fortfuhr.

"Wir sind da. Hier wird uns keiner finden, weil unsere Spur hier enden wird. Los helft mir, Herr Zwerg! Fort von dem Baumstumpf."

Dann tastete er nach etwas im Boden und hob plötzlich eine Holzplatte an, auf der der Ruheplatz Goworrs stand. Er griff nach einem Pflock und befestigte die Falltür. Dann wurde man einer Rampe gewahr, die in das Innere einer Höhle führte.

"Auf, ihr tapferen Herren. Die Flucht ist zu Ende. Dort unten erwartet euch ein sanftes Lager. Speis und Trank im Überfluß. Geht voraus, ich werde die Tür verschließen."

Müde und erschöpft schlichen Solasard und Athraigh an ihrem Gastgeber vorbei, während Goworr den Eindruck machte, als finde er das alles sehr lustig. Die Rampe führte in einen spärlich beleuchteten Raum. Das Licht kam von einer Feuerstelle, die auch den Raum wärmte, wohin der Rauch abzog, war nicht zu sehen.

In einer Ecke waren Lagerstätten, auf die die Wanderer wie in einem Traum zusteuerten. Wie Steine fielen sie darauf und waren sofort eingeschlafen. Doch von den dreien schliefen nur zwei. Goworr wollte sich erst einmal vorsichtig umsehen, in was für einen Hasenbau er hier hinein geraten war. Seine Axt immer in nächster Nähe. Die Höhle schien an andere Räume anzuschließen, denn er sah zwei Vorhänge, die wohl Durchgänge verdecken sollten. Überall standen Fässer und Säcke.

Es roch muffig hier, aber es war warm und das wichtigste, es war sicher. Dennoch gestattete sich Goworr noch keinen Schlaf wie seine leichtsinnigen Gefährten aus dem Menschenvolk.

Draighean hatte es sich auf einem Stuhl vor dem Feuer bequem gemacht und starrte in die Flammen. Der Zwerg traute diesem Mann nicht. Alles war viel zu glatt gegangen. Fast so als wäre das alles geplant gewesen. Hatte er nicht gesagt, daß er schon seit Tagen auf sie gewartet hatte. Andererseits würde das Kleine Volk sich nicht mit dem Fahrenden Volk einlassen. Aber vielleicht waren die Zeiten der Ehre ja auch vorbei und Athraigh gehörte schließlich auch zum Fahrenden Volk und gehörte der Gemeinschaft an.

Draighean stand auf und zog nun seinen grünen Mantel aus und hängte ihn an einen Haken neben der Feuerstelle. Sein blondes Haar glänzte golden. Er hatte es zu einem Zopf zusammengefaßt, der fast bis an die Hüfte reichte. Ansonsten war er ganz in dunkles Waldgrün gewandet. Er nahm einen Krug, der auf einem der Fässer stand, öffnete dessen Deckel und schöpfte etwas Met hinein. Dann verschloß er das Faß wieder und setzte sich wieder vor das Feuer.

"Ihr solltet schlafen, Herr Zwerg! Werdet ihr es nicht müde, mich aus den Lidern heraus zu beobachten? Wenn ihr reden wollt, setzt euch zu mir, wenn nicht, schlaft. Ihr werdet eure Kräfte noch brauchen, auch wenn es heißt, Zwerge wären zäh. Nun, wie entscheidet ihr euch?"

Goworr faßte den Entschluß, etwas über diesen Burschen in Erfahrung zu bringen und stand auf. Er nahm einen Stuhl, der an einem alten, klobigen Tisch stand und setzte sich zu dem Mann ans Feuer.

"Mir ging das alles zu glatt, wenn ihr wißt, was ich meine. Es kam mir fast so vor, als hättet ihr es geplant, uns hierher zu führen."

Draighean erwiderte ihm:

"In der Tat, das hatte ich auch. Ich bin aus nicht weniger rätselhaften Gründen hier wie ihr auch. Aber ich sollte euch in Sicherheit bringen und das habe ich getan. Für heute haben wir beide genug getan, als denn legt euch hin und schlaft.

Ich muß mir Gedanken machen, wie wir die nächsten Tage überleben. Mit dem Fahrenden Volk ist nicht zu spaßen und mit den beiden Herzkindern im Gepäck wird es nicht leicht sein, ihnen zu entkommen. Was hattet ihr eigentlich mit dem häßlichen Gaul vor? Ich bin wirklich froh, daß wir sie los sind. So ein Tier ist wie eine Spur in frischem Schnee, die man auf dem Weg hinterläßt."

"Woher wißt ihr von der Stute?"

"Sagte ich nicht, daß ich schon seit Tagen auf euch gewartet habe? Ich bin euch eben ein Stück entgegengegangen und habe euch ein bißchen beobachtet.

Es ist besser, das Schwert zu kennen, mit dem man erschlagen wird.

Dank des Pferdes habe ich euch auch so schnell gefunden. So war es mir ein Leichtes im "Schlafenden Eber" auf euch zu warten."

"Und wie habt ihr von unserer Flucht erfahren?", fragte der Zwerg.

"Das kann ich nicht sagen. Ich habe es geschworen." antwortete der Mann aus dem Kleinen Volk.

"Wem habt ihr es geschworen? Jemandem aus dem Fahrenden Volk?"

"Nein, ich kann nicht darüber reden. Glaub mir! Ich habe nichts zu tun mit dem Fahrenden Volk, Goworr."

"Nun, das kann jeder behaupten, nicht wahr? Jetzt sind wir hier und sicher, und man soll nicht fragen, wie der Berg heißt, von dessen Steinen man sein Haus baut.

So will ich mich auch ein wenig hinlegen und ausruhen. Und ihr, wollt ihr nicht auch ein wenig schlafen?"

"Ich schlafe nie, Herr Zwerg. In meinen Adern ist das Elbenblut sehr stark und wenn ich versuche zu schlafen, höre ich sein lautes Rauschen, dann lausche ich dem endlosen Lied, das es singt. Aber ihr solltet nun wirklich etwas schlafen, Herr Zwerg. Ihr seid sicher hier und auch von mir droht euch keine Gefahr."

Goworr legte sich zu seinen zwei Gesellen und döste ein wenig vor sich hin. Merkwürdig war das schon. Woher hatte Solasard eigentlich gewußt, daß Gefahr bestand? Irgendwie paßte hier alles einfach nicht zusammen und dann hatte er einen merkwürdigen Traum von einer grünen Flamme und einer wunderschönen Frau. Nun ja, Traum ist Traum und ohne Schlaf wird er sie wohl nicht wiederfinden. So fiel auch Goworr in einen tiefen Schlummer.

Draighean saß nachdenklich vor dem Feuer. Er hatte sofort bemerkt, daß etwas nicht stimmte, als Dair, der Weise des Kleinen Volkes, ihn benachrichtigen ließ, um ihn auf die Ankunft Solasards vorzubereiten. Außerdem wünschte sich der alte Mann aus dem Osten, daß er sich dem Jüngling anschließe und ihn begleiten sollte, ohne zu verraten, wer er wirklich war.

Er hatte einiges gehört von diesem jungen Mann, nicht zuletzt vom Fahrenden Volk. Cluanaire hatte ein Kopfgeld auf ihn ausgesetzt, weil er ihm ein Pferd gestohlen hatte. Dabei wußte jeder, daß es dem Dikken nicht einmal gehörte.

Das hatte er ja noch verstanden. Aber dann fand ihn diese Frau. So schön war sie, daß sich Morgen- und Abendrot darum stritten, ihre Lippen zu küssen. Mitten im Wald war sie fast lautlos hinter einer Eiche hervorgekommen und hatte sich an sein Feuer gesetzt. Sie hatte ihm nur in die Augen gesehen.

Draighean war schon so lange allein, daß er glaubte zu träumen. Dann war sie aufgestanden, das Feuer ließ ihr Kleid in rotem Licht baden. Auch Draighean stand auf. Sie ging fort von dem Feuer. Sie drehte sich nicht um.

An einer Eiche blieb sie stehen und lehnte sich gegen den Stamm. Der Mann aus dem Kleinen Volk war ihr in die Finsternis gefolgt. Nun blickten sie einander an. Dann strich sie ihm mit der Hand durch sein Haar, über seine Wangen, seine Lippen. Ein Schritt trennte sie und er zog sie in seine Arme. Sie schenkte ihm den Kuß einer Göttin. Nicht mehr und nicht weniger. Als sie sich von ihm löste, flüsterte sie leise:

"Es gibt ein blindes Lamm, dem du den Weg zeigen mußt. Er sucht Neamhní. Führe ihn zu ihm. Danach magst du ihn wieder verlassen. Aber bis dahin wirst du bei ihm bleiben. Er ist noch jung, und bis der alte Mann ihn auf seine große Aufgabe vorbereiten kann, mußt du deine erfahrene Hand über ihn halten. Ich weiß, du hast die Macht dazu.

Cluanaire ist hinter ihm her. Ich könnte dem Einhalt gebieten, aber nichts schweißt eine Gemeinschaft enger zusammen als eine Bedrohung. Erwarte ihn im "Schlafenden Eber". Leb wohl, Draighean!"

Dann war sie fort, und warum auch immer, er hatte im "Eber" auf ihn gewartet. Heute nacht hatte sie ihn an seinem Feuer mit den Worten 'Draighean, es ist Zeit, Solasard braucht dich jetzt' geweckt. Du wirst ihn auf der Breiten Straße finden. Tatsächlich war er dort auf die Gemeinschaft gestoßen.

Das einzige, was er nicht verstand, war, warum er Solasard ausgerechnet zum alten Neamhní bringen sollte. Neamhní war der älteste Mensch, den Draighean jemals kennengelernt hatte. Immer wieder war er dem Alten auf der Breiten Straße begegnet.

Er konnte sich beim besten Willen nicht vorstellen, was Solasard von Neamhní lernen könnte. Nun ja, er würde schon seine Gründe haben.

Wie er so dasaß, hörte er über sich ein Kratzen und Scharren.

Draighean stand auf und ging die Rampe empor. Die Falltür war offen und davor stand Macha, die gleichnamige Stute an einem Zügel haltend.

Nebel wallte um ihre Füße und suchte sich seinen Weg in die Höhle. Draighean war sprachlos ob der Schönheit der Frau.

Freundlich lächelte ihn die Göttin an und übergab ihm die Zügel:

"Sei mir gegrüßt, Draighean. Das ist Macha. Sie gehört zu Solasard, wie du weißt. Auch sie hat in dieser Schicksalsgemeinschaft ihre Aufgabe genauso wie du. Bedenke deshalb, was auch immer passiert, die Stute ist ein Geschenk und darf nicht von dem Schwertsucher getrennt werden. Sie geht dahin, wo er hingeht. Laßt sie nicht zurück. Behandelt sie mit Achtung. Leb denn wohl, Waldläufer!"

Dann drehte sie sich um und ging in den Wald zurück. Bei jedem Schritt wurde der Nebel dichter, bis sie ganz darin verschwunden war

Nächtlicher Besuch

Es war ruhig in der Zeltstadt. Die Sterne strahlten nur für sich. Ein einzelner Schatten bewegte sich zwischen den Zelten und suchte zielsicher seinen Weg.

Vor Sáiles Zelt blieb er stehen und versicherte sich, daß ihm niemand gefolgt war, bevor er hineinschlüpfte.

Schlafend lag Sáile auf ihrem Lager. Ihre Decke hatte sie wie ein Kleid um sich geschlungen. Ihr Rücken glänzte leicht im Dunkeln. Ihr Haar lag wie ein Schal um ihren Hals. Das ganze Zelt duftete nach ihr und den schwarzen Lilien, die sie wie einen Geliebten im Arm hielt.

Es reizte den Mann in Madhra, diese schöne Frau zu berühren. So makellos ihr Körper auch war, so verdorben war ihre Seele. In mancherlei Hinsicht waren sie sich sehr ähnlich. Sie hätten ein schönes Paar abgegeben. Aber Madhra hätte nicht ruhig schlafen können neben einer solchen Gottesanbeterin. Er verstand sehr wohl, wie ein Mann wie Fionn mac Cumhail in ihre Fänge gelangen konnte. Er merkte ja selbst wie schwer es ihm fiel, ihr zu widerstehen. Es drängte ihn förmlich, dieser Frau zu beweisen, daß er ihr Ketten anlegen könnte, wenn er wollte. Aber was sollte das? Er hatte eine Aufgabe zu erfüllen. Dennoch, sie war einfach wunderschön.

"Hast du dich satt gestarrt, Madhra? Bist du nur hergekommen, um zu überlegen, ob du dir nimmst, was du begehrst? Oder hast du mir auch etwas zu berichten, Hund?"

Ihre honigsüße Stimme durchschnitt den Raum. Dann drehte sie sich um, nicht ohne Madhra noch schnell einen Blick auf ihre spitzen Brüste zu schenken, und setzte sich auf.

"Nun, Madhra, was hast du zu erzählen? Komm, setz dich zu mir, ich werde dich schon nicht beißen."

Der Mann setzte sich am Ende ihres Lagers nieder.

"Was möchtet ihr wissen?"

"Alles natürlich, du Narr und hör endlich auf mich mit "Ihr" anzureden", sagte Sáile ungeduldig.

"Nun gut, als ich das Weltentor durchschritten hatte, endete gerade der Steineichenmonat Tinne und in sechs Tagen sollte Lughnasadh sein. Ich hatte daher nicht viel Zeit das alte Schwert seines Vaters zu suchen, zumal ich noch etwas Wichtigeres zu erledigen hatte.

Ich verstehe gar nicht, warum er dieses Schwert braucht, wenn er doch das Blaue Schwert bald finden wird."

Schroff unterbrach ihn die Frau.

"Auf diesem Schwert liegt ein Zauber, der Fionn während all seinen Reisen beschützt und behütet hat, bis er Diarmaid getötet hat. Vielleicht schützt es auch seinen Sohn, bis er das Blaue Schwert gefunden hat.

Was heißt, du hattest noch Wichtigeres zu tun? Willst du mir damit sagen, daß du vielleicht nicht nur wegen meines Sohnes zurückgekehrt bist?"

"Ja, so ist es. Auch wenn es bei dir der Fall sein mag, aber für mich ist dein Sohn nicht das Wichtigste in meinem Leben. Das Wichtigste in meinem Leben bin vorerst ich. Du kannst dir ruhig etwas anziehen, denn daran wird sich nichts ändern, auch wenn du mir noch so offensichtlich deinen Busen zeigst.

Soll ich nun fortfahren?"

Mit funkelndem Blick in den Augen nickte sie schweigsam.

"Nun denn, als ich mich von Wyinklo über Tara nach Cluain-maccu-Nois herangearbeitet hatte, fand ich auch ziemlich schnell das Heiligtum dieses Gottes. Es wird von einem jungen und einem älteren Mann gepflegt und behütet. Leider sind die beiden sehr aufmerksam und sorgfältig, so daß ich fast zwei Tage verlor, bis ich endlich an die Stelle herankam.

Es ist nicht so einfach, sich mitten in der Nacht nur tastend an einem Steinaltar entlang zu fühlen und dieses Schwert zu finden. In manchen Ritzen saßen fette Spinnen, die über meine Finger liefen. Klebrige Würmer und flinke Asseln hatten hier ein Heim gefunden, und endlich erfühlte ich auch das Schwert.

Es hat nicht das geringste Anzeichen von Verwitterung an sich. Dann machte ich mich damit auf den Weg nach Inis-Diomain. Die Nacht war mein Mantel, der Tag war mein Lager, und als ich am späten Abend den Ort erreichte, war die Hochzeit schon im Gange.

Viel Volk war zusammengeströmt. Wie mir schien, hatten sie nur für diesen Anlaß eine Scheune außerhalb des Dorfes gebaut. Ich wartete mit meinem Pferd vor der Tür. Ein wundervolles Herbstgewitter sang sein Lied. Dann hörte ich sie die Göttin anrufen. Das war mein Zeichen. Ich drängte mein Tier gegen das große Tor, daß es aufflog und galoppierte vor den Tisch des hübschen Brautpaares. Ihr habt einen hübschen Sohn, Sáile!

Er hat grau-blaue Augen, die wach und aufmerksam sind, eine Falkennase, die ihm etwas Gefährliches gibt und schmale Lippen, die das Sprechen nicht so sehr gewohnt sind.

Sein blondes Haar, das in einem Zopf zusammengefaßt war, mag ihn wohl wie eine Mähne umgeben.

Auch eure Schwiegertochter ist ein hübsches Ding, so recht nach meinem Geschmack."

"Das Weib ist nicht wichtig, fahre fort", fuhr ihm Sáile dazwischen.

"Nun gut. Ich warf eurem Sohn das Schwert auf den Tisch. Seltsamerweise blieb er ganz ruhig. Er faßte mich ins Auge und hörte jedem

Wort genau zu. Tiné allerdings wich die Farbe aus dem Gesicht, und ich glaubte schon fast, daß sie ohnmächtig umfallen würde.

Nachdem ich gesagt hatte, was zu sagen war, wendete ich mein Pferd und galoppierte hinaus. Hinter mir fielen die Türen ins Schloß.

Ich suchte Schutz unter einem Baum in der Nähe und wartete. Und richtig, nach wenigen Augenblicken öffnete sich das Tor und langsam wie benommen, kam die junge Braut heraus.

In der Scheune war dein Sohn aufgesprungen und riß den Festschmuck von den Wänden und warf die Tische um. Dann sah er mich. Er stürzte aus der Scheune auf mich zu.

Ich gab meinem Pferd die Sporen und wir stoben davon. Doch noch lange hörte ich hinter mir seine Rufe.

Später kam ich noch einmal zurück und fand die junge Braut im Schlamm ihres Unglücks, durchnäßt bis auf die Haut und vielleicht schon tot. Danach kehrte ich hierher zurück."

Das Mutterherz in Sáile erwachte und sie bat:

"Erzähle mir mehr von meinem Sohn, Madhra, ich gebe dir dafür, was du willst."

"Es gibt nicht mehr zu erzählen und ihr könnt mir auch nicht geben, was ich will, weil ihr mittellos seid, Herrin. Er ist ein großer, gerader Bursche mit Edelmut im Blick. Wenn er eines Tages Hochkönig wird, dann ein guter.

Aber dazu muß er erst einmal den alten Broc mac Cíocras von seinem Thron stoßen. Freiwillig wird er ihn ihm gewiß nicht zur Verfügung stellen. Er ist zwar alt und zahnlos, aber ich kenne einige Leute, die ihn unbedingt auf dem Thron halten wollen. Diese haben allerdings ein Gebiß wie die Riesenhaie an der Ostküste. Dennoch gehen Gerüchte um, daß Broc nicht mehr lange auf seinem Thron sitzen wird.

Da ist von irgend einem Alten Wort die Rede. Außerdem scheint es da noch jemanden zu geben, der sich den Thron erkämpfen will. Sein Name ist Dragan. Er ist der Anführer einer sehr großen Bande in Wyinklo.

Er hat wohl vor, an einem großen Fest in die Burg einzudringen, den König zu meucheln und selbst den Thron zu besteigen."

"Das darf unter gar keinen Umständen geschehen, der Thron ist für meinen Sohn, für meinen Sohn und mich. Wir müssen das verhindern!", brach es aus Sáile hervor.

"Ihr seid verrückt, seht ihr denn die Gelegenheit nicht. Broc hat das Heer hinter sich, die Königliche Garde, die Höflinge. Aber dieser Narr aus Wyinklo hat nur ein paar Räuber unter sich. Leute, die ihm bald den Thron und seine Macht neiden und ihn meistbietend verkaufen werden. Dann könnt ihr zuschlagen und euren Sohn auf seinen rechtmäßigen Platz setzen."

Grüblerisch betrachtete die Frau den Mann zu ihren Füßen.

"Du überraschst mich, Madhra! Wo liegt der Vorteil für dich, wenn mein Sohn auf dem Thron sitzt? Du spinnst dir diese Gedanken doch nicht zum Vergnügen zusammen? Sag mir, warum?"

"Das ist meine Sache, Sáile. Es sollte euch genügen, daß ich mir so meine Gedanken mache."

"Du bist ein merkwürdiger Mann, Madhra. Ich habe das Gefühl, als wärst du ein Mensch und doch bis du so kühl wie diese Elbenpack da draußen."

Geschmeidig wie eine Raubkatze schob sie sich zu ihm hin. Ihre Augen wurden angezogen von dem Schwarz in seinen Augen.

Sie spürte seinen Atem auf ihren Lippen. Fast berührten sich ihre Lippen.

Die Frau schloß ihre Augen.

"Was soll das werden, Sáile? Die Bezahlung für meine Dienste oder Vorschuß für meine nächste Reise in die Alte Welt?"

Haßerfüllt öffnete sie die Augen, holte mit ihrer Hand aus und kam nicht weit. Kurz vor seinem Gesicht hielt er ihre Hand so fest wie in Eisenketten. Er drehte ihr den Arm auf den Rücken und beugte sich zu ihr hin, zwang sie auf den Rücken. Schwer lastete er auf ihr. Abscheu war in ihren Augen zu lesen.

"Nein, meine stolze Rose, so wird es nicht sein. Ich bin keiner dieser blinden Narren, die sich in deinem Netz verfangen. Du bist wunderschön, und das Fleisch in mir möchte dich besitzen, möchte wissen, wie du schmeckst und hören, wie deine Schreie in der Nacht verhallen. Aber mein Kopf kennt dein Herz, das nur ein Stein ist, edle Sáile. Solange du wild bist, verlangt es mich, dich zu berühren, aber ich werde es nicht tun, weil ich leben will, und zahm will ich dich nicht. So wird daraus nichts werden."

Er ließ sie los, und sie entwand sich ihm.

"Du bist wahrlich das, was du bist, ein Hund. Ein nichtiger Mischling. Wir könnten Inseln sein im Meer der Einsamkeit. Du Narr! Bist du nicht auch einsam? Versteckst du dich nicht auch?"

Er wollte ihr durch das Haar streichen, aber sie schüttelte ihn ab.

"Es tut mir leid, wenn ich dich verletzt habe, Sáile. Ich weiß, wie fürchterlich einsam man hier sein kann, aber daran wirst du dich gewöhnen müssen. Vielleicht kann ich dir so etwas wie ein Freund sein, aber nicht mehr. Verlange nicht von mir, daß ich meinen Weg verlasse, um deinem zu folgen. Es ist für uns beide von Vorteil, wenn Solasard auf den Thron kommt, solange laß uns demselben Ziel nachjagen, doch dann wollen wir wieder getrennte Wege gehen.

Du bist keine gute Frau für einen Mann. Du forderst zu viel, zu viel, was ich dir zu geben nicht bereit bin. Verstehst du das?"

"Es ist schön, wie du meinen Namen aussprichst. Würdest du heute nacht bei mir bleiben? Ich möchte nur in deinen Armen liegen. Bitte, ich bin so allein. Diese Welt wird nie die meine sein."

Madhra legte sich hin und öffnete seine Arme.

"Komm her, du einsames Kind."

Ihren Stolz vergessend glitt sie an seine Brust, schmiegte sich an ihn, bis er sie mit seinen Armen umfaßte.

"Schlaf jetzt ein wenig."

Sie schloß ihre Augen und versuchte so lange wie möglich wach zu bleiben. So sehr genoß sie die Wärme, die sie einhüllte.

Dann driftete sie in einen Traum von Liebe und Glück. Sie atmete ruhig.

Am Morgen erwachte sie, als Madhra sie aus seinen Armen entließ.

"Wo gehst du hin?"

"Ich muß gehen. Es ist nicht gut für uns beide gemeinsam gesehen zu werden. Komm heute mittag in den Hain am Bach. Dort sind wir für uns und können überlegen, wie wir weiter vorgehen wollen. Ruh dich noch etwas aus und schlaf wieder ein, bis die Zeltstadt erwacht."

Sáile zog sich die Decke bis an die Schultern und legte sich auf die Seite. Sie lauschte den Vögeln, die ihre morgendlichen Grüße an den neuen Tag zwitscherten. Der Duft der Lilien umgab sie. Die Fremde war glücklich.

Es war gut, daß er nicht mit ihr geschlafen hatte. Sie hätte sonst jegliche Achtung vor ihm verloren.

Sie mochte keine schwachen Männer, die sie wie Puppen benutzen und nach Gebrauch wieder in die Ecke setzen konnte. Madhra und Sáile waren gleichwertig in ihrer Zweckgemeinschaft.

Eigentlich mochte sie ihn, aber dann ärgerte es sie, daß er ihr so mühelos widerstehen konnte. Sicher, er hatte gesagt, daß er sie begehre. Aber er konnte ihr viel erzählen, um sie zu gewinnen. Sie drehte sich hin und her, bis sie wieder eingeschlafen war.

Zum ersten Mal schlief sie sich richtig aus. Als Fia mit dem Frühstück herankam, stand sie nicht auf, sondern speiste im Liegen.

Dann zog sie sich an, nahm frische Sachen mit und ging zu dem Bach der an der anderen Seite des Hügels lag. Das Wasser war klar und hüfthoch.

Schnell hatte sich Sáile ihrer Kleider entledigt und sprang mit einem Satz in das frische Naß. Sie planschte umher und schien sich ihre Schwermut vom Leib zu waschen. Sie kniete im Wasser, lehnte ihren Kopf zurück und überließ ihr Haar der geschwinden Strömung. Sie hielt die Luft an, tauchte unter und kam prustend wieder nach oben.

Das Wasser liebkoste ihren Körper, strömte an ihr vorbei und nahm eine Erinnerung von ihr mit ins Meer.

Schließlich wurde sie müde. Sie stieg aus dem Wasser, wischte sich die Tropfen vom Leib und zog sich wieder an. Ihr nasses Haar lag schwer auf dem Rücken und kühlte sie. Es war ein schöner Tag, es gab keine Wolken, ein sanfter Wind strich umher, ein Liebchen suchend.

Dann machte sie sich auf zu dem Hain, wohin sie nach einem kurzen Fußweg gelangte.

Madhra saß auf einem Baumstumpf und erwartete sie bereits.

"Du bist so schön, wenn du glücklich bist, Sáile. Manchmal muß man über seinen stolzen Schatten springen, um etwas Glück zu finden. Du hättest mir nicht die starke Frau vorgaukeln müssen. Ich weiß ob deiner Stärke, aber ich kenne auch deine Schwächen. Komm setz dich zu mir."

Freundlich klopfte er auf den Stumpf.

"Daß du gestern nacht bei mir warst, heißt nicht, daß ich schwach bin, Madhra. Ich bin auch nur ein Mensch und Menschen brauchen zuweilen auch menschliche Nähe. Bitte messe dem gestrigen Abend nicht zu viel Bedeutung bei, ja!

Reden wir einfach von etwas anderem. Was glaubst du, sollten wir tun? Oder besser gibt es etwas, was ich für dich tun kann? Kann ich dir hier irgendwie helfen?"

"Ich fürchte nein. Aber ganz wichtig ist, daß du dich so verhältst, als wäre das hier jetzt dein neues Zuhause.

Ich habe gehört, du seist der Gast einiger alter Familien. Behalte das bei. Vielleicht kannst du Dinge in Erfahrung bringen, die hilfreich sind."

"Was sind das für Dinge, Madhra?", fragte die Frau.

"Nun, zum Beispiel, wann der Prinz in Unsere Welt kommt. Dann weiß ich, daß ich mich vorsehen muß. Schau dich um, ob dir nicht irgend etwas auffällt. Alles könnte wichtig sein."

"Und was heißt "alles"? Worauf muß ich achten?"

"Es gibt hier zwei Lager. Die einen wie Prinz Misnéachard wollen eine Gemeinsame Welt. Sie nennen sie die Eine Welt. Viele hier träumen davon, wieder in die Alte Welt zurückzukehren. Sie vermissen das Sonnenlicht, das Meer, den Wald. All das hier ist für sie nicht wirklich, aber sie ertragen es. Es ist diese Trauer, die du in ihnen wecken mußt, die Hoffnung auf eine Rückkehr.

Vielleicht werden sie eine Möglichkeit finden. Dieser Ort ist nur so lange ein Garten der Götter, wie man ihn verlassen kann, ansonsten unterscheidet er sich durch nichts von einem Käfig.

Dann gibt es die anderen. Sie lieben diese Andere Welt, weil sie sie für vollkommener halten als die Alte Welt. Sie haben keine Sehnsucht nach dem Tod. Jene waren die ersten, denen der Gedanke kam, nicht im Krieg zu fallen und alles zu verlieren, was sie geschaffen und den Menschen beigebracht hatten, ihre Hoffnung auf eine bessere Welt.

Sie wollten ihre Weisheit und ihr Wissen retten und schufen sich unter der Erde eine Neue Welt.

Lieber wollten sie einen Krieg verlieren als sich selbst und ihre Neue Welt.

Jene, die diese Welt schufen, waren nicht die Krieger, die tapfer kämpften. Ihre neue Heimat ist ein Ort, der nur Feiglingen ein Versteck bietet. Sie halten sich für edel und gerecht, für weise.

Diese Feiglinge wollen auf keinen Fall wieder ans Tageslicht ihrer Schande zurückkehren.

Du wirst schnell herausfinden, wer auf welcher Seite ist. Aber vielleicht erfährst du auch mehr darüber, was sie planen, um ihre Vorstellungen in die Tat umzusetzen. Das mag uns dienlich sein. Ich werde nicht mehr lange hier verweilen. Dann kehre ich zurück in Unsere Welt, um zu sehen, wie sich dein Spiel entwickelt. Ich weiß nicht, wie lange ich dann fortbleiben werde."

Sáile blickte nachdenklich in die Höhe. Sie hatte damit gerechnet, daß er wieder gehen würde, aber nicht so bald.

"Wirst du heute nacht in mein Zelt kommen? Wir könnten unsere weiteren Pläne besprechen."

Madhra grinste in sich hinein.

"Es ist schwer allein zu sein, nicht wahr? Überall ist Musik. Manche unterhalten sich leise, andere geben sich einander hin. Oh ja, Zelte haben keine Wände. Du hörst alles, du nimmst alles wahr und bist doch kein Teil davon. Ich kenne diese Einsamkeit nur zu gut. Aber ich muß mich um andere Angelegenheiten kümmern, Sáile. Du bist eine schöne Frau, dir werden die jungen Männer bald das Zelt einrennen. Dann bist du nicht mehr allein und kannst uns auf diese Art und Weise Neuigkeiten beschaffen."

Mit der flachen Hand schlug sie dem Mann ins Gesicht.

"Was glaubst du, was ich bin? Wie konnte ich mich letzte Nacht nur so vergessen. Ich dachte tatsächlich, du wärst ein Mann, aber du bist eben doch nur ein Nichts."

Fest packte Madhra sie an den Armen.

"Sei vorsichtig mit dem, was du sagst. Ich habe keine Angst vor dir. Wenn ich wollte, könnte ich dir jetzt hier beweisen, was ich bin. Du würdest nach mehr betteln auf deinen bleichen Knien, so ausgehungert wie du bist. Du tust mir leid!"

Dann drehte er sich um und ging davon.

Sáile stürzte hinter ihm her.

"Bleib stehen, warte auf mich! Es tut mir leid. Hörst du, es tut mir leid. Warte doch, ich habe es nicht so gemeint."

Madhra blieb stehen und drehte sich um.

"Aber ich. Das hier ist nicht deine Welt. Wenn du hier Fuß fassen willst, wirst du tun, was ich sage. Das hast du doch verstanden? Oder?"

Allein ließ er Sáile zurück.

Die Frau war wütend auf sich selbst. Wie hatte sie sich nur so gehen lassen können? Gestern abend schon. Aber sie konnte diese Einsamkeit bald nicht mehr ertragen. Auch Sáile war nur ein Mensch. Sie wollte zurück in ihre Welt. Müde ging sie zurück zu ihrem Zelt. Dort wartete Fia auf sie.

"Seid mir gegrüßt, Sáile. Ich wartete hier auf euch. Wir haben eine Einladung für heute abend, die wir nicht ablehnen können."

"Tatsächlich, wer lädt uns denn ein?", fragte Sáile.

"Néart, ein entfernter Verwandter des Königlichen Paares. Eigentlich geziemt es sich nicht, von einem alleinstehenden Mann eingeladen zu werden, deshalb bat er mich euch zu begleiten."

"Warum hat er mich eingeladen, wenn er weiß, daß es unziemlich ist?"

"Er ist ein sonderbarer Mann. Er wohnt auch nicht in der Zeltstadt. Er lagert am Weißen Weiher. Das ist eine schöne Lichtung im Wald. Er läßt sich nur selten hier blicken. Ich selbst kenne ihn kaum. Manche behaupten sogar, er sei Madhras Vater, weil seine Mutter sehr viel mit ihm zu tun hatte. Er hatte nicht gerade den besten Ruf, bevor er in die Wildnis zog. Deshalb werde ich euch auch begleiten. So wird der eure keinen Schaden nehmen."

"Gut, Fia. Ich werde mich nur schnell umziehen und dann können wir aufbrechen. Vielleicht kannst du in der Zwischenzeit Pferde besorgen. Ich glaube kaum, daß wir zu Fuß dorthin gelangen."

Für ihren Besuch wählte Sáile ein hautfarbenes, enganliegendes Kleid, das ihr eine ihrer Gastgeberinnen geschenkt hatte. Das Kleid schmiegte sich so eng an ihren Körper, daß es fast so schien als sei sie nackt.

Wenn Madhra sie nicht wollte, vielleicht wäre dieser Herr so nett, ihr Gesellschaft zu leisten. Um einen Anschein von Anstand zu wahren, legte sie sich eine dunkelbraune, zu ihrem Haar passende Stola um. Dann trat sie vor das Zelt.

Fia kam ihr mit zwei Pferden entgegen und half Sáile auf den Rükken einer Schimmelstute. Sie mußte ihre Beine auf einer Seite übereinander legen und ständig ihr Gleichgewicht halten, um nicht vom Pferd zu fallen. Auch Fia stieg auf.

Dann trabten sie langsam aus der Zeltstadt. Sie ritten an dem Hain vorbei, wo sie sich jeden Morgen wusch und folgten einem Pfad durch blühende Wiesen. Dann kamen sie zum Wald, der in einigen Meilen Entfernung rund um die Zeltstadt wuchs. Sie ritten an einer Hecke von blühendem Stechginster vorbei, dessen Duft sie berauschte. Der Waldboden war bedeckt von abertausenden blauen Sternhyazinthen, die ihn in einen blauen See verwandelten. Eine Brücke spannte sich über einen rauschenden Bach. Ein blaugeflügelter Eichelhäher flog über ihre Köpfe hinweg. Es war warm und der Gegenwind kühlte und erfrischte sie. Die Blätter der Bäume ließen das Licht manchmal grün aufblitzen.

Dann kamen sie zu einer Lichtung, die zur Gänze von einem Zelt bedeckt war. Das Lindgrün der Wände fügte sich in seine Umgebung als wäre es ein Teil davon. Davor lagen zwei Weiher, die miteinander verbunden waren. Junge Pappeln umgaben sie wie Wachposten, eingebettet waren sie in ein Bett aus blühendem Schilf.

Ein prächtiger Mäusebussard saß im Geäst einer uralten Eiche und flog davon, als sie sich näherten.

In einem der beiden Weiher zog ein Schwanenpärchen seine Runden.

Müde vom Ritt stieg Sáile ab, Fia folgte ihr. Zwischenzeitlich war der Herr über dieses Reich vor das Zelt getreten.

Néart kam ihr mit ausgestreckter Hand entgegen. Seine blonden Locken fielen ihm beim Laufen ins Gesicht.

Die Augen waren strahlend blau wie Kornblumen. Seine weißen Wangen boten einem ganzen Stamm von Sommersprossen Heimstatt, was ihm etwas Freches gab.

"Seid mir gegrüßt, edle Sáile. Ich habe schon so einiges über euch erfahren. Nicht zuletzt von einem gemeinsamen Freund, der immer sehr viel unterwegs ist. Doch tretet ein!"

Er nahm sie am Arm. Als Fia in das Zelt treten wollte, hielt er sie zurück und sagte zu ihr:

"Ich danke euch für die Begleitung eurer Herrin. Doch eure Dienste werden nun nicht mehr gebraucht. Kehrt zurück in die Stadt und wartet auf sie. Ich werde sie sicher nach Hause bringen."

Fia wollte widersprechen, doch der Mann schob sie einfach hinaus. Bald hörte man den Galopp eines Pferdes, das sich schnell entfernte. Sáile war allein.

"Nochmals willkommen, schöne Frau, seht euch nur um! Mein Heim soll auch euer Heim sein."

Dies tat Sáile. Ihr Blick glitt über einen wundervoll geknüpften Teppich in dunklem Rot und Gold. Die Zeltwände waren kunstvoll bemalt und erzählten von den sechs Landnahmen der Alten Heimat. Überall standen Kristallampen, die ihr magisches Licht vergossen. Auf einer kunstvoll verzierten Silberplatte lagen köstliches Obst, Fleisch und Brot. Eine goldene Flüssigkeit glitzerte in einer wunderschönen gläsernen Karaffe. Daneben standen die dazugehörigen Gläser.

Rund um eine Feuerstelle waren flache Tischchen gestellt worden. Stühle gab es nicht, nur große flauschige Schaffelle, die davor ausgebreitet waren.

Fast verloren stand sie in all diesem Gepränge, der sich völlig von den Zelten in der Stadt unterschied. Auch war Néart ganz anderes gekleidet als die Sidhi in der Stadt.

Er trug eine schwarze, enganliegende Hose und darüber ein weißes Hemd und eine blaue Weste mit Stehkragen, die mit Silberfäden durchwirkt war und erst bei den Knien endete.

"Ihr wundert euch sicherlich über meine Einladung, aber ich war erpicht euch kennenzulernen.

Große Pläne habt ihr und vielleicht können wir uns gegenseitig behilflich sein. Ich stamme aus einer der ältesten Familien, aber meine Ideen sind sehr jung, zu jung für dieses Volk, für diese Welt, aber was rede ich.

Kommt, schöne Frau, laßt euch nieder und erzählt mir von eurem Schicksal. Vieles habe ich schon gehört von euch. Ich war auch bei dem Comoír zugegen. Es tut mir leid, daß es euch untersagt ist, in eure Welt zurückzukehren.

Ich kenne diesen Schmerz nur zu gut. Ich war einer der letzten, der die wahre Sonne sehen konnte, bevor wir hierher kamen. Ich habe vieles getan, um mein Heimweh zu verdrängen, viel unkluges, bis ich mich entschied durch die Wälder zu ziehen.

Dies hier ist genauso wenig meine Welt wie es die eure ist. Für mich ist das alles nur ein Übergang.

Doch ich bat euch, mir eure Geschichte zu erzählen und nun rede ich selbst schon viel zu lange. Mögt ihr einen Schluck unseres guten Sommertrunkes?"

Ohne eine Antwort abzuwarten, ging der Mann zu dem Tisch, goß aus der Karaffe einen der Glaskelche voll und brachte ihn der Frau.

Sáile setzte sich an einen der Tische und begann ihre Geschichte zu erzählen.

"Es war vor mehr als neunzehn Sommern, da lebte ich auf der Burg Almhuin. Meine Herrin war die Gattin des edlen Fionn mac Cumhail. Doch weil sie reizlos und widerspenstig war, zog er mich ihr vor. Ich war nicht nur seine Geliebte. Ich war auch seine Vertraute. Mit manchem Geheimnis versiegelte er meine Lippen und auch seine Entscheidungen ließ er mich zuweilen sogar in Frage stellen. Wir hatten eine schöne Zeit zusammen, und vielleicht hätte er irgendwann seine Frau verstoßen und mich geehelicht und zur Unterkönigin gemacht.

Aber es kam alles anders.

Cormac mac Art, der Hochkönig auf Tara, starb und Broc mac Cíocras bemächtigte sich des Thrones.

Die Fianna, deren Anführer mein Geliebter war, wurden aufgelöst. Zu allem Unglück wurde ich gerade zu diesem Zeitpunkt schwanger. Dann ließ mich auch noch Fionn im Stich und lief davon.

Am ersten Tag des Erlenmonats Fearn schenkte ich einem Sohn das Leben, Solasard. Doch Brocs Häscher trachteten uns nach dem Leben, so daß ich mich von meinem Kind trennen mußte, damit es überleben konnte. Treue Anhänger Fionns brachten es an einen sicheren Ort.

Davor aber belegte ich meinen eigenen Sohn mit einem Geís. Denn er ist der Sohn eines wahren Königs. In seinen Adern fließt Fionns Blut und deshalb sollte es auch nur ihm zustehen über dieses Land zu herrschen. Ich sorgte dafür, daß ihm sein Land die Mutter ist, die ich ihm nie sein konnte."

Kalte Tränen liefen über die Wangen der Frau.

Der Wasserfall

Dunkelheit umgab Amhrán. Sie schien allein in einer unendlichen Finsternis, im Nichts zu stehen. Dann glomm in der Entfernung ein golden schimmerndes Licht auf. Es wurde heller und heller, schon blendete sie das Licht.

Schließlich hatten sich ihre Augen an die Helligkeit gewöhnt, so daß sie sich umzuschauen getraute.

Das Mädchen stand in einer großen, wie es schien, unterirdischen Höhle. Ein klarer See spiegelte das Licht an die Felsendecke. In der Mitte blitzte ein metallener Gegenstand, der in dem Wasser stak.

Die Wände der Felsenhalle schienen ganz mit Gold getäfelt zu sein, doch dann erlosch das goldene Licht und alles ging über in ein geheimnisvolles Blau.

Plötzlich war Solasard in der Höhle. Etwas war merkwürdig verändert an ihm, aber sie hätte nicht sagen können, was es war. Er schien gealtert zu sein, reifer, ein Mann.

Er war nicht allein, seltsame Gestalten begleiteten ihn, die nun ebenfalls in die Höhle drängten.

Dann sah sie einen Ritter in voller Rüstung durch das Wasser waten. Nur daran, daß er keinen Helm trug, konnte man sehen, wie alt er war. Zielstrebig ging er auf das Schwert zu. Dort angekommen zog er sein eigenes.

Dann geschah etwas Eigenartiges. Ein alter Mann, einer von Solasards Gefährten trat hervor, sprang in das Wasser und lief für sein Alter sehr schnell zu dem Greis.

Wie Freunde fielen sie sich in die Arme. Doch als Solasards Gefährte das Schwert aus dem Boden ziehen wollte, holte der andere Greis mit seinem Schwert aus.

Da versank wieder alles in Finsternis und Misnéachard trat ihr entgegen.

Freundlich lächelte er sie an.

"Diese Bilder sind nicht für dich, Amhrán. Du darfst von mir träumen, doch meine Gedanken sind tabu für dich. Vergiß dies alles. Du solltest nicht in der Zukunft wandeln, wenn du in der Gegenwart nicht einmal auf deinen eigenen Füßen stehen kannst. Ruhe nun, bald beginnt dein neues Leben."

Dann verschwand auch er wieder in der Finsternis.

Am nächsten Morgen erwachte Amhrán müde und wie gerädert. Es kam ihr vor, als habe sie gar nicht geschlafen, sondern als sei sie erst vor wenigen Augenblicken schlafen gegangen.

Es mußte noch sehr früh sein, die anderen schliefen noch tief, wenngleich jemand ein Feuer entzündet haben mußte. Es war warm in der

Hütte. Amhrán legte sich auf den Rücken und zog den Mantel bis unter das Kinn. Sie streichelte den Stoff mit ihren Fingern und dachte an die beiden Männer in ihrem Leben.

Amhrán war so erzürnt gewesen über das, was an ihrem Hochzeitstag geschehen war, wütend auf ihr Schicksal, auf Solasard, obwohl dieser vielleicht am wenigsten dazu konnte. Ihr ganzes Leben hatte sich seitdem verändert und obwohl sie immer noch verbittert war, konnte sie ihn doch nicht hassen, waren da immer noch Gefühle ihm gegenüber, die sie nicht verleugnen konnte.

Wo mochte er jetzt sein? Ob es ihm gut ging? Womöglich war er verletzt oder tot?

Nein, bestimmt nicht. Solasard war ein ruhiger, besonnener Jüngling. Der würde nicht blindlings in irgendwelche Gefahren laufen. Bestimmt hatten sich ihm schon viele angeschlossen. Er würde das schon schaffen. Und dann würde er sie holen. Sie würden heiraten, Pferde züchten, ein bißchen Vieh haben, vielleicht Kinder.

Eine Gänsehaut überzog Amhrán. Sie schüttelte sich.

Wie tückisch all dieses Althergebrachte ist. Wie schnell man sich einfügte, ohne jemals dazugehört zu haben.

Es war nicht leicht für sie heranzuwachsen, ohne die Liebe, die Anerkennung einer Mutter gehabt zu haben. Weder Shem noch Goleudydd konnten die Lücke dieses Verlustes schließen.

Aber vielleicht war es das, was sie zu Solasard trieb. Er hätte ihr all das geben können, was sie nie besessen hatte.

Eine Familie.

Immer wieder hörte sie die Frauen davon sprechen, daß Kinder die einzige Erfüllung einer Frau sein sollten.

Sicher liebte Amhrán Kinder. Aber sich selbst mit ihnen rumbalgen? Nein danke, später vielleicht, wenn sie ihr Leben gelebt hatte. Sie fühlte sich so gar nicht alt und reif. Manchmal glaubte sie, daß sie nie erwachsen werden würde. Dann fragte sie sich wieder, ob sie das überhaupt werden wollte. Was bedeutete das überhaupt, erwachsen sein?

War es nicht vielleicht besser, die Welt mit den Augen eines Kindes zu sehen? Nicht alles als gegeben hinzunehmen, sondern das Leben jeden Tag neu zu entdecken?

Wie leicht ist es doch, ein Kind glücklich zu machen.

Goleudydd hatte immer gesagt: Je mehr du brauchst, um glücklich zu sein, um so unglücklicher wirst du sein.

Hatte sie vielleicht recht, wenn sie sagte, daß die Menschen immer anspruchsvoller werden. Aber wohin sollte das denn führen?

Amhrán mußte an den edlen Misnéachard denken. Wahrlich, dies war ein Mann von Ehre. Dennoch wünschte sie sich zuweilen, er wäre kein solcher Ehrenmann gewesen. Aber er hatte ihr sein Wort gegeben, sie wiederzusehen.

Mit Wehmut dachte sie an jene Nacht. Immer noch konnte sie fühlen, wie er den Mantel um sie legte. Sie konnte ihn an ihrer Seite spüren. Niemals hatte sie ein Mann so gehalten, so geküßt. Der Schmerz der Sehnsucht fraß sich durch ihre Seele, und sie leerte den Kelch der bittersüßen Lust der Erinnerung bis zur Neige.

Dann kam Bewegung in die Hütte. Caitín erwachte als erste. Zärtlich weckte sie Eite. Schließlich wachte auch Sadv auf.

"Pst, leise. Laßt uns Amhrán wecken, wenn wir fertig mit dem Anziehen sind. Dann kann sie noch ein bißchen länger schlafen und muß nicht auch noch in diesem Durcheinander mitmischen."

Doch aus dem Bett erscholl es munter:

"Danke, Sadv, aber ich bin schon wach."

So sprangen die vier Frauen auf und zogen sich in Windeseile an.

Es war ein grauverhangener Tag, die Sonne war nur zu erahnen.

Es war kalt und der Boden war gefroren, als die vier zur Begrüßung des Tages schritten.

Während Amhrán den Brauch so gut es ihr möglich war nachvollzog, überlegte sie, was sie wohl heute erwarten würde.

Rhiannon blinzelte ihr öfters aufmunternd zu. Dann gingen alle gemeinsam zur Versammlungshütte.

Zum Frühstück schmierte sich Amhrán einen Kanten Brot mit Butter und leckerem Honig, der ihr die Hoffnung auf den Sommer zurückgab.

"Nun, Rhiannon, was werden wir heute tun?"

Die alte Frau grinste über beide Backen.

"Nun, ich für meinen Teil werde überlegen, wie und wann wir mit dem Unterricht beginnen. Du allerdings wirst diesen und die nächsten Tage nutzen, um dich besser hier einzuleben.

Heute morgen wirst du mit Eite Tannen- und Kiefernzapfen sammeln. Das gibt eine gute Glut und spendet Wärme, wenn es bald anfängt zu schneien.

Heute nachmittag wirst du zu Carria übersetzen. Er wird dir unser Vieh zeigen und einiges Wissenswertes dazu erzählen. Wir beide werden uns die nächsten Tage nur selten sehen. Aber wenn es Schwierigkeiten gibt, bin ich natürlich für dich da."

"Warum muß ich das alles lernen?", fragte Amhrán etwas mürrisch.

"Amhrán, du bist jetzt Teil einer Gemeinschaft. Erinnerst du dich, als ich dich im Wald den Kessel ausspülen ließ? Deshalb. Nur wenn jeder seinen Beitrag leistet, haben alle genug Zeit sich mit ihren Lehrern und deren Unterricht zu beschäftigen."

Das Mädchen atmete tief ein und aus.

"Du hast ja recht. Aber müssen es denn unbedingt Rinder sein? Mit Pferden stehe ich auf einem viel besseren Fuß."

"Sag Amhrán, du hast wohl noch nie einer Kuh ins Auge gesehen?"

"Nein, warum sollte ich, Rhiannon?"

"Tu es, und dann wirst du wissen, warum. Ah, da vorne wartet schon Eite auf dich. Da du ja den Umgang mit den Sidhi suchst, dachte ich, ein wenig Zeit mit einer deiner Zimmergenossinnen zu teilen, wäre ganz gut für dich."

Schmunzelnd sagte das Mädchen.

"Mach dich nur lustig, alte Frau! Mich hat schon ein Prinz geküßt und dich?"

Rhiannon fiel das Brot aus der Hand. Doch Amhrán war schon fort, als sie soweit war, etwas erwidern zu können.

"Sei mir gegrüßt, Eite. Wir sollen wohl gemeinsam Zapfen sammeln. Dann los. Ich bin froh, draußen zu sein. Die Geschichten gestern waren ja schön, aber ich habe lieber ein blaues Dach über mir als eines aus Ried."

Schweigsam ging die schwarzhaarige Frau voran. Ihr Gang war stolz und aufrecht. Nicht einmal drehte sie sich um, ob Amhrán vielleicht nicht nachkam. Den Sack, in den die Zapfen kamen, hatte sie sich über die Schulter gelegt.

Alles, was Amhrán von Rhiannon über die Hochelben gelernt hatte, schien nicht auf Eite zuzutreffen. Während die anderen Hochelben bunte Kleider trugen, war Eite ganz in schwarz gekleidet. Sie war auch eindeutig nicht so höflich, wie sie das bei Misnéachard erlebt hatte. Ganz im Gegenteil.

Sie hastete durchs Unterholz, daß Amhrán schließlich nicht mehr nachkam und sie einfach laufen ließ.

Nach einiger Zeit kam jene mit mürrischem Gesicht auf sie zugebraust.

"Wo bleibst du denn? Ich habe heute noch etwas besseres vor, als auf dich aufzupassen."

Empört antwortete Amhrán.

"Ich auch, aber du stürzt ja vorwärts wie ein Hengst, der gerade durchgeht. Ich bin zum ersten Mal in diesem Wald, vielleicht könntest du etwas Rücksicht auf mich nehmen, ja? Ansonsten kannst du auch alleine gehen. Schließlich habe ich ja nicht einmal einen Zapfen aufheben können, weil ich ständig bemüht war, dir zu folgen.

Möchtest du vielleicht lieber alleine gehen? Dann gehe ich nämlich zurück und laufe dir nicht im Weg herum."

"Dann tu das!"

Eite drehte sich um und setzte ihren Weg fort. Amhrán blieb stehen und schaute zu der fremdartigen Frau. Sie zuckte mit den Schultern, machte kehrt und ging zurück.

Gerade als sie den Waldrand erreichte, packte sie eine Hand an der Schulter.

"Gehst du dich jetzt bei deiner Rhiannon beschweren?"

Langsam drehte Amhrán den Kopf und blickte der Sidhé kalt in die Augen.

"Hast du das früher selbst getan, wenn du Schwierigkeiten hattest oder warum fragst du?"

"Wenigstens bist du nicht feige! Ich mag euch Menschen nicht. Ihr seid falsch."

Amhrán blieb ruhig und ließ sich nicht reizen, obwohl sie sich nicht wohl fühlte in der Nähe der Sidhi.

"Ich dachte, ihr Sidhi seid es, die niemals jemanden vorverurteilen, oder sollte ich mich täuschen, und ihr seid menschlich geworden?"

Mit einem Mal lachte die Frau auf, warf ihr rabenschwarzes Haar in den Nacken und blinzelte mit ihren leuchtenden grünen Augen.

"Soweit ist es gekommen! Eine Menschenfrau, die mich zurückweist und aufmerksam macht, was ich bin. Ja, dies ist ein seltsamer Ort hier, man vergißt zuweilen, wo man herkommt und wer man ist.

Entschuldige, aber ich habe in eurer Welt erst einmal lernen müssen, daß man niemanden vertrauen darf. Darf ich dich etwas fragen?"

"Du kannst mich alles fragen, aber vielleicht werde ich dir die eine oder andere Antwort schuldig bleiben."

"Woher hast du den Mantel, Amhrán?"

Diese schmunzelte.

"Von daher weht der Wind! Nun gut, ich erhielt ihn an Samhain von einem Sidhi."

Neugierig fragte die Frau.

"Und, kennst du seinen Namen? Weißt du, wer er ist?"

"Sein Name ist Misnéachard, er ist ein Prinz."

Eite staunte.

"Du meinst Misnéachard, der Sohn des Königlichen Paares, schenkte dir seinen Mantel? Was hast du dafür getan?"

"Ich tat, was ich am besten kann," fuhr Amhrán fort, "ich sagte die Wahrheit."

Eite lächelte.

"Das glaube ich dir aufs Wort. So ist er, läßt sich einwickeln von einer Menschenfrau."

"Du kennst ihn?"

"Natürlich, was denkst du, was ich bin? Ich komme aus Tir na Samradh. Seinetwegen habe ich die Stadt des Sommers verlassen."

"Ich verstehe dich nicht, Eite. Er ist der ehrenwerteste Mann, den ich je kennengelernt habe."

Tränen standen in Eites Gesicht.

"Ja, weißt du, was er sagte, als ich ihn einmal fragte, was Ehre ist? Er sagte: Es ist ganz einfach: Jedermann der Ehre hat, ist ein König, aber nicht jeder König hat Ehre. Es lohnt sich, dafür zu sterben. Ich jedenfalls würde es tun.

Dieser Narr, alles hätte ich ihm gegeben. Ich hätte mich aufgegeben für ihn. Aber genau das war es, was er nicht wollte. Er wollte eine Frau von freiem Geist. Eine, die ihm nicht nach dem Mund redet oder sich ihm unterwirft. Er wollte keine Frau, die so zahm und still war wie ich. Er wollte eine Frau wie ein Wasserfall, klar und frisch. So eine wie du. Und?"

"Was und?" fragte Amhrán.

"Was hat er getan?"

"Es tut mir leid, aber ich möchte dir das nicht sagen.

Ich kann nicht darüber sprechen. Ich weiß nicht, ob du das verstehst, aber das, was an jenem Abend geschah, gehört nur ihm und mir.

Niemand wird je etwas darüber erfahren. Jedenfalls nicht von mir."

Verbittert erwiderte Eite:

"Du bist in ihn verliebt, nicht wahr? Sei vorsichtig, Amhrán. Er ist ein Sidhé."

"Spielt das eine Rolle, wen man liebt?"

"Ich sehe schon, da wird wieder ein junges Herz gebrochen, aber unser Freund bleibt doch trotz allem allein. Komm laß uns zurückgehen. Für dieses Mal haben wir beide genug."

Schweigend gingen sie zurück und brachten zu jeder Hütte einen Teil der Zapfen.

Mittags aßen sie eine Suppe in der Versammlungshütte. Dann brachte Eite das Mädchen an das Ufer. Dort wartete schon Carria in einem Ruderboot auf sie.

Carria war in Amhráns Alter. Sein schulterlanges, dünnes, braunes Haar umrahmte ein kantiges Gesicht mit vollen Lippen und braunen sanften Augen.

"Setz dich, Amhrán. Am besten hier vorne."

Das Mädchen nahm Platz und der junge Mann zog das Boot wieder ins Wasser. Langsam ruderte er sich und seine Fracht auf die andere Seite des Flusses.

Auch am gegenüberliegenden Ufer war der Wald von Menschenhand zurückgedrängt worden.

Auf dem Weg zum Hof fragte Carria das Mädchen.

"Wo kommst du her?"

Freundlich belohnte Amhrán seinen Versuch, ein Gespräch zu beginnen.

"Ich komme aus Inis-Diomain. Das ist ein kleines Dorf an der mittleren Westküste unweit von den Aill de Mothar."

"Und warum bist du hierher gekommen?"

"Neugierig bist du wohl gar nicht, Carria? Nun gut, ich werde einige Zeit hier sein.

Sagen wir, ich hatte einige Schwierigkeiten, aufgrund derer ich mich entschlossen habe, mein Dorf zu verlassen."

"Und welche Schwierigkeiten waren das? Und warum bist du ausgerechnet hierher gekommen?"

"Oh, unsere Hohepriesterin erzählte mir von Danus Coven. Ich glaube, ich kann hier einiges für mein späteres Leben lernen."

"Du schuldest mir trotzdem noch eine Antwort, Amhrán."

"Ich schulde dir gar nichts."

Carria begann vor sich hin zu pfeifen, während Amhrán die Umgebung betrachtete.

Ein Weg führte vom Ufer hinauf zum Hof. Hier stand ein großes Gebäude aus gefällten Holzstämmen mit einem Schieferdach. Daneben befand sich ein Gehege, das von Gattern abgeschlossen war. Unmittelbar in der Nähe stand ein kleines Holzhäuschen.

"Komm, am besten gehen wir gleich in den Stall. Die Tiere werden sich freuen auch einmal ein anderes Gesicht zu sehen. Hast du schon einmal mit Tieren gearbeitet?"

Amhrán lächelte.

"Ein wenig. Aber eigentlich nur mit Pferden. Habt ihr hier auch Pferde?"

"Wir haben zehn Kühe, ein paar Schafe, Hühner, Gänse, sogar Hasen, zwei Pferde und einen Hirschen."

"Einen was?"

"Ja, du hast richtig gehört. Einen Hirsch. Ich fand Croí an einem Frühlingsmorgen neben seiner toten Mutter. Es war ein so niedliches kleines Hirschkalb. In der Zwischenzeit ist er mir zum Reittier geworden. Komm! Sicher ist er schon wieder ungeduldig, weil ich heute noch nicht nach ihm gesehen habe."

Gemeinsam gingen die beiden auf das größere der beiden Gebäude zu.

Dabei liefen ihnen ein paar Hühner zwischen den Füßen herum und brachten sie immer wieder zum Stolpern.

Carria öffnete das Tor. Der Geruch von Mist kam ihnen entgegen. Der Stall war so gebaut, daß zwischen den Holzbalken und dem Dach ein großer Spalt frei war, durch das frische Luft und auch Licht eindringen konnte. Darüber war das Heulager, das man nur mit Hilfe einer Leiter erreichen konnte.

Auf der linken Seite des Stalls standen die Kühe, während sich auf der rechten Seite die Schafe, zwei Pferde und der Hirsch den Platz teilten.

Obgleich Croí kein Geweih trug war er ein stattliches Tier. Seine Augen leuchteten freundlich, als er Carria begrüßte.

Amhrán hielt sich zurück, denn der Hirsch war ihr noch nicht ganz geheuer.

Schließlich kam Carria zu ihr, drückte ihr eine Mistgabel in die Hand und sagte:

"Hier, eine Mistgabel. Dort hinten steht eine Schubkarre, schiebe sie in die Mitte und fange dann an auszumisten. Ich kümmere mich derweil um die Tiere hier."

Da stand sie nun zwischen all dem Getier. Aber jammern half jetzt auch nichts. Je eher sie mit der Arbeit begann, um so früher würde sie damit fertig werden. Zuerst holte sie sich die Schubkarre und stellte sie in die Mitte des Stalls. Dann begann sie auf der rechten Seite mit dem Ausmisten. Sie scheuchte die Schafe zu den Pferden und dem Hirsch und danach die Pferde zu den Schafen, der Hirsch lief ihr fast wie ein Hund hinterher.

Croí war ein prachtvolles Tier. Sein Fell glänzte rotbraun wie das Laub im Herbst und seine dunklen Augen hatten einen gütigen Glanz. Zierliche Beine trugen diesen herrlichen Leib.

Als sich Amhrán einen Augenblick ausruhte und auf die Mistgabel stützte, kam der Hirsch ganz sachte auf sie zu und legte ihr seinen Kopf auf die Schultern.

Fast so, als solle sie das Gewicht eine kleine Weile mittragen. Er schleckte ihr über das Gesicht und gesellte sich wieder zu den Pferden. Endlich hatte sie die ganze rechte Seite bereinigt.

Mißtrauisch beäugte das Mädchen die schwarzen Rinder. Gemütlich wiederkäuend lagen sie in ihrem Dreck und machten dem Mädchen nicht gerade den Eindruck, als würden sie gleich aufspringen, um ihr diese Arbeit besonders zu erleichtern.

Vorsichtig wagte sie sich an die erste Kuh. Diese blickte sie fast verständnislos an, stand aber nicht auf.

Amhrán stellte sich vor das Tier.

"Würdest du bitte aufstehen. Ich muß hier ausmisten. Und das geht nicht, wenn du dich nicht von der Stelle bewegst."

Doch die Kuh ließ sich nicht von der Höflichkeit des Mädchens erweichen.

Noch einmal versuchte sie ihr Glück.

"Stehst du jetzt endlich auf, du Mistvieh! Ich muß hier schließlich arbeiten. Los, auf, du blöde Kuh!"

Doch das Tier rührte sich nicht vom Fleck. Schließlich pikste sie das Tier in das Hinterteil. Gemächlich, aber immerhin, das Tier stand auf. Auch die anderen Tiere standen auf. Eines der Rinder war ein junges, neugieriges Kalb, das jetzt von hinten auf Amhrán zukam. Vorsichtig schmiegte es sich an das Mädchen und begann ihr über die Hand zu schlecken.

"Ja, wer bist du denn?"

Amhrán bückte sich zu dem Kalb herunter. Blaue Glubschaugen strahlten ihr entgegen und eine nasse, rosa Schnauze schnupperte an ihr herum. Eine rauhe Zunge schrubbte über ihr Gesicht und Amhráns Herz schmolz dahin. Kraftvoll kraulte sie das Kalb am Hals, das sich das gern gefallen ließ. So schmuste sie mit dem Tier, bis die Tür aufging und Carria wieder hereinkam. Verspielt trabte ihm Croí entgegen.

"Na, mein Bester! Hast du Amhrán ein wenig bei der Arbeit geholfen? Oh, das sieht ja schon sehr gut aus. Und was ist mit der linken Seite? Du hast wohl einen neuen Freund gefunden, der dir tatkräftig zur Seite steht."

"Der ist ja putzig. Ich fange gleich an weiterzumachen. Gibt es hier etwas zu essen und zu trinken? Arbeit macht hungrig."

Carria lachte laut auf.

"Erst die Arbeit, dann gibt es auch etwas zu essen. Warte, ich helfe dir, dann sind wir schneller fertig und können für uns beide ein kleines Mittagessen zubereiten."

Gemeinsam waren bald fertig.

Dann verteilten sie noch Stroh und Heu für die Tiere und gingen hinaus.

An ein Gatter gelehnt unterhielten sie sich.

"Das Kälbchen ist wirklich putzig. Wie oft muß ich das machen?"

"Was machen? Den Stall ausmisten? Vielleicht einmal im Monat, vielleicht einmal in der Woche. Ich weiß es nicht. Síochanta entscheidet das oder die Hohepriesterin.

Du hast ja wirklich Glück, daß Rhiannon deine Freundin ist. Sie ist nett, verständnisvoll und weise. Sie weiß genau, was sie wem zutrauen kann.

Deirdre ist da anders. Wenn du bei ihr eine Arbeit nicht magst, wirst du sie so lange machen, bis du sie liebst. Deirdre ist eine gefühlslose Frau. Sie hat nie Liebe kennengelernt. Wenn sie freundlich ist, dann nur, wenn es ihr etwas nutzt. Sei froh, daß dich Rhiannon unter ihre Fittiche genommen hat.

Rhiannon ist ehrlich und gerecht.

Sie belügt dich nicht. Sie ist eine der wenigen Frauen, denen ich vertraue."

Amhrán grinste.

"Allzu viele können das ja auch nicht sein, oder? Schließlich leben Carria und du hier allein und ihr kommt nur zu den Mahlzeiten und, wie ich hörte, zu besonderen Ritualen zu uns.

Was hat dich eigentlich hierher verschlagen? Oder bist du schon immer hier?"

"Im Gegensatz zu dir ist meine Geschichte sehr einfach und schnell erzählt. Ich bin in einer Familie mit vielen Geschwistern groß geworden. Wahrscheinlich ist bis heute niemandem aufgefallen, daß ich weggelaufen bin. Irgendwann kam ich hier an.

Ich half Collach beim Aufbau des Hofes und der Versorgung der Tiere. Um nicht ganz die Verbindung zu den Menschen zu verlieren, wagten wir uns irgendwann auf die andere Seite des Flusses und so beschlossen Síochanta und wir uns gegenseitig beim Aufbau unseres Hofes und des Covens zu helfen.

Sie beschaffte die Mittel für die Rinder, die Pferde und die Schafe und wir versorgen euch mit Lebensmitteln, die sich daraus hervorbringen lassen. Hier bin ich jemand. Jeder kennt und schätzt mich für das, was ich tue. Collach ist mir ein guter Freund und Bó ist meine zweite Mutter.

Sie sorgt für mich. Ich habe hier meinen Platz fürs Leben gefunden, und ich hoffe, daß es dir vielleicht ebenso ergeht. Der Coven ist ein guter Ort. Diese Frauen dort drüben leben ein Leben für die Göttin und haben doch nicht vergessen, daß jeder sein eigenes Leben hat. Dort ist jeder frei.

Komm jetzt! Ich habe Hunger. Wir können auch gleich nach den Fallen am Waldrand sehen."

"Fallen am Waldrand?"

"Nun, wir haben dort einige Fallen für Hasen aufgestellt."

Entrüstet erwiderte Amhrán:

"Ihr tötet Hasen? Warum das denn?"

Carria antwortete ihr:

"Weil sie gut schmecken. Wenn es kein Fleisch mehr gibt, wirst du froh sein, einen gebratenen Hasen zu verspeisen. Außerdem, Fallen stellen ist besser als in welche zu geraten, oder?."

"Dann los!"

hammel und katze

"Oighrigh, Oighrigh! Junge, wo bist du?" Laute Stimmen hallten über den Weiher, doch keine Antwort kam zurück.

Iolaranam hatte die Gruppe der Fianna aufgeteilt und ausgeschickt, um nach dem verlorenen Gefährten auszuschauen.

Doch nach Stunden war ihre Suche immer noch erfolglos.

Schließlich kehrten sie alle wieder ins Lager zurück, verfroren und müde. Aber es nützte nichts, sie mußten die Umgebung zu Pferd durchkämmen. So würden sie nicht weiterkommen.

"Wir reiten in zwei Gruppen. Die eine sucht nördlich des Weihers, die andere südlich. Cioná bleibt hier. Wenn du mit der einen Gruppe reitest, findet ihn sicherlich die andere und umgekehrt. Wer ihn auch immer finden mag, bringt ihn so schnell wie möglich hier her oder schickt jemanden, mit dem Cioná zu ihm reiten kann.

Auf Leute, es ist schon später Nachmittag. Sollten wir ihn nicht finden, treffen wir uns kurz vor Sonnenuntergang wieder hier. Auf jetzt!"

Gleannglas, Sionnach, Glaslasair, Seabhaceo und Dúghorm stiegen auf und ritten gen Norden. Iolaranam, Camchéachta, Sliabhan, Crónachan und Gormeala wählten die andere Richtung.

Camchéachta machte sich Vorwürfe. Schließlich hätte er ja Wache halten sollen, aber dann war dieses verfluchte Elbenbiest aufgetaucht, und er war irgendwie eingeschlafen.

Jetzt war Oighrigh fort. Vielleicht hatten sie ihn verschleppt, um irgendwelche Blutopfer an ihm zu vollziehen.

Waldelben waren ihm vorher nur selten begegnet, aber er hatte auch schon so allerlei von ihnen gehört und davon wenig Gutes.

Es mochte die Angst der Leute vor ihnen sein. Aber es half alles nichts. Er mußte sich mit seinen Gefährten auf die Suche begeben.

Die Gegend hier war leicht bewaldet und hügelig. Gelbes Wintergras bedeckte die Erde, und die Bäume schienen ihre nackten Arme vor Traurigkeit hängen zu lassen. Ein rauschender Bach kämpfte sich zum nächsten großen Fluß. An seinem Ufer hatte der Winterwind das Schilf zur Erde gedrückt, als er kalt und naß über die Insel tanzte.

Es wurde immer kühler, nichts mehr war übrig von der milden Winternacht, als Shasza zum ersten Mal an das Feuer der Fianna getreten war.

Die Hufe der Pferde klatschten auf die feuchte Erde. Sparsam war die Sonne heute mit ihren warmen Strahlen gewesen. Nachdem sie aufgebrochen war, zog sie sich in das Reich der Schatten zurück. Nun würde sie bald untergehen.

“Kannst du etwas sehen, das auf Oighrigh schließen läßt?”, fragte Camchéachta.

“Hier ist nichts, wir sind ja auch schon zu weit vom Lager entfernt. Bis hierher ist er bestimmt nicht gelaufen und wie sonst soll er sich fortbewegt haben. Es fehlt ja keines der Pferde. Ich verwünsche mich selbst, daß ich diesen Aufruhr zugelassen habe.

Wären wir ruhig auf unseren Hintern sitzengeblieben, hätten wir seine Fußspuren bestimmt aus unserem Wirrwarr heraussuchen können. Aber jeder lief herum wie ein blindes Huhn auf der Flucht vor dem Kochtopf.”

Iolaranam blickte traurig zu Camchéachta.

“Ach, wenn ich besser aufgepaßt hätte, wäre das alles nicht geschehen. Aber ich alter Fettkloß muß ja beim Wachen einschlafen. Ich könnte geradewegs platzen vor Wut über mich. Er hatte es sowieso schon nicht leicht, der arme Junge, und dann werfe ich ihm noch Knüppel zwischen die Beine und jetzt bin ich auch noch verantwortlich dafür, daß er verschwunden ist.”

Kraftvoll schlug sich der Hüne auf den Oberschenkel, aber auch das ließ den Hitzkopf nicht erkalten. Wütend stieß er seinem Pferd die Füße in die Flanken und galoppierte voraus.

Der Wind kühlte seine Wangen, und die Bäume flogen wie Schatten an ihm vorbei.

Besorgt brachte Crónachan ihr Pferd an die Seite des Anführers.

“Soll ich ihm nachreiten? Wir sollten zusammen bleiben, und er macht mir nicht gerade den Eindruck besonnen und vernünftig vorzugehen.”

“Laß nur, Crónachan, es ist ja gut gemeint, aber sein Feuer verzehrt alles in seiner Nähe, wenn es so hell lodert wie im Augenblick. Laß ihn gehen, er wird schon wieder zu uns zurückkommen. Einsamkeit ist besser als schlechte Gesellschaft, und er wird zu uns stoßen, wenn er ihn gefunden hat.”

Es hätte eigentlich gar nicht so schwer sein können, den Jungen zu finden, denn die Bäume trugen kein Laub mehr und auch das hohe Gras lag wie gemäht am Boden, so sehr hatte der Wind über ihm geweht. Aber es war wie verflucht. Sie suchten hinter jedem Strauch, hinter jedem Busch. Es schien, als sei Oighrigh vom Erdboden verschluckt.

Als die Sonne schon zum Horizont hinsank und eine bleiche Mondsichel am Himmel stand, machten sie sich wieder auf zum Lager.

Dort warteten schon die anderen. Ohne Oighrigh und ohne Camchéachta.

Cioná hatte ein Feuer entfacht und in einem Kessel brodelte eine Hafersuppe. Das letzte, was von ihrem Vorrat übrig war.

Erschöpft stiegen sie von ihren Pferden und vertraten sich erst einmal die Beine. Nachdem sie die Tiere trocken gerieben hatten, deckten sie sie mit Decken zu, damit sie sich nicht erkälteten.

Auch die Sonne schien hungrig zu sein und verließ die Gemeinschaft, ihrer Schwester, der Mondin, den Himmel überlassend.

Schweigend saßen sie vor dem Feuer. Schmerzlich vermißten sie nun das schöne Flötenspiel des Jungen, sein Lachen, seine Wißbegier. Die Frage nach Camchéachta stand offen im Raum. Doch niemand wagte sie zu stellen.

Indessen war jener wieder auf dem Weg zu ihnen. Nachdem er sich von ihnen getrennt hatte, war er in einem großen Bogen fast bis zum Lager zurückgeritten. Obwohl der Boden aufgewühlt und von vielen verschiedenen Fußspuren gekennzeichnet war, fand er schon bald eine einzelne Spur, die sich vom Lager entfernte.

Es konnte einfach nur Oighrighs Spur sein. Es mußte seine Spur sein. Es war auch niemand sonst alleine unterwegs. Alle Hoffnung setzte er in diese Abdrücke im Boden.

Langsam ritt er nebenher. Längst war die Sonne untergegangen, um ihre Schwester den Weg des Großen Bären beleuchten zu lassen.

In einem Zickzackkurs führten sie ihn immer weiter vom Lager fort, als sei Oighrigh verfolgt worden. Vielleicht wurde Oighrigh gar nicht verfolgt, sondern er war es, der jemanden verfolgte.

Shasza?

Sollte Oighrigh so lebensmüde sein und versucht haben einer Waldelbin hinterherzuschleichen. Nie hatte man jemals einen von ihnen im Schlaf angetroffen. Es hieß sogar, daß sie schliefen und ihr Körper dennoch voraneilte. Sie wären dann halb in ihrer Welt und halb in unserer.

Fast traute er dies dem neugierigen Jungen zu. Wenn einem niemand etwas beibringt, mußte man ja seine Erfahrungen selbst machen, ohne die Möglichkeit zu wissen, was sich alles daraus ergeben könnte.

Dieser Narr! Dennoch konnte er es verstehen. Er selbst war einst einem dieser Wesen fast verfallen. Doch die Bitte mit ihm zu leben und seine Frau zu werden, wollte sie ihm nicht erfüllen.

Als er sie dann seiner Mutter vorstellen wollte, um ein klein wenig zu prahlen, endete diese Geschichte und er hatte nie wieder eine Waldelbin in seinem Leben gesehen.

Noch immer folgte Camchéachta den Abdrücken. Mittlerweile wurde der Weg immer sumpfiger.

Alte Weiden standen hier, die Äste dem kühlen Abendwind überlassend, der sie darin einhüllte. Weißliche, blasse Birken, die sich wie Hände zum Himmel reckten, zitterten im Lufthauch.

Dunkelgrünes Sumpfgras, das sich an morsche Baumstümpfe schmiegte und kleine Wasserstellen, in denen sich die Wolken spiegelten, waren seine ständigen Wegbegleiter.

Ein leichter Bodennebel zog auf. Eine einsame Eule uhute durch die Nacht. Irgendwo heulte ein Wolf. Dann senkte sich vollends Dunkelheit über das Land.

Der erfahrene Fianna war froh, daß er sich den Weg, den er gekommen war, gut eingeprägt hatte. Ein anderer hätte vielleicht keinen Weg mehr herausgefunden aus diesem Sumpf, einer wie Oighrigh.

Alles sah so gleich aus im Silberlicht der Mondin und alles wirkte so bedrohlich. Die Bäume schienen sich in Kobolde zu verwandeln, und manchmal kam es ihm so vor, als bewegten sie sich auch.

Natürlich war das alles nur Einbildung und es war gut, daß Camchéachta wußte, daß es nur Einbildung sein konnte, sonst hätte er vielleicht noch geglaubt, was ihm seine müden Augen vorgaukelten.

Dann hörte er plötzlich ganz leise ein Schluchzen und Wimmern. Vorsichtig ging er dem Geräusch nach.

Schließlich war er sich ganz sicher, daß es Oighrighs Stimme war, die er hörte. Leise rief er nach dem Jungen, aber es kam keine Antwort.

Ob ihm da Kobolde einen Streich spielen wollten? Schließlich war das Schluchzen genau vor ihm. Und dann sah er ihn auch. Das wenige Mondlicht, das seinen Weg zur Erde fand, fiel genau auf die Gestalt des Jungen, der verzweifelt den Stamm einer jungen Birke mit seinen Armen umklammerte und bitterlich weinte.

"Bitte, bitte, komm zurück! Ich weiß, du bist da drin. Bitte, du kannst mich doch nicht alleine lassen. Ich weiß, du bist da drin. Du mußt rauskommen. Bitte! Laß mich doch nur noch einmal dein Gesicht sehen, dann will ich gerne weichen."

Erbärmlich schluchzte der völlig durchnäßte und verdreckte Junge. Der Große Bär stieg von seinem Pferd. Vorsichtig trat er zu ihm heran.

"Junge! Wie ist dir denn? Was ist geschehen? Wir suchen dich überall!"

Sanft rüttelte der jetzt kniende Bär das schwache Kind. Dieser blickte auf und schien seiner erst jetzt gewahr zu werden.

"Camchéachta! Ich habe sie verfolgt. Ich konnte sie doch nicht ziehen lassen, diesen Hort an Schönheit und Tugend.

Aber dann war sie plötzlich in diesem Baum verschwunden. Und seit dem sitze ich hier, bitte, bettle und flehe, doch sie will mich nicht erhören."

Tränen strömten über sein Gesicht. Warmherzig zog der Hüne den Jungen in seine Arme, strich über seine heiße Stirn, drückte ihn an sich, klopfte seinen Rücken und ließ ihn gewähren. Immer leiser wurde das Schluchzen, bis es ganz verstummte. Langsam befreite sich der Junge aus den Armen des Mannes und stand auf.

"Das ist doch ungerecht! Ich habe sie zuerst gesehen. Ich habe zuerst ihre holde Stimme gehört. Sie ist mein, und nun ist sie fort.

Einmal nur sah sie in meine Augen, mit einem Blick, so als bedaure sie mich, mich, der versuchte ihr zu folgen."

Camchéachta atmete tief ein. Eine Welle aus Ärger formte sich in seinem Körper, glitt die Wirbelsäule entlang und entlud sich in seinen Worten.

"Immer wieder dieses verdammte Elbenpack! Die bringen einem nichts als Ärger. Oh ja, schöne Augen machen, das können sie. Und dann werfen sie dich mit einer lockeren Bewegung in den nächsten Schweinetrog. Ich, ich könnte..., wenn ich nur könnte."

Neben Oighrigh krachte es fürchterlich.

Erschrocken sah der Junge auf. Neben ihm lagen zahllose Holzspäne, die vormals ein morscher Baumstumpf waren.

"Tschuldigung, Junge! Aber ich kann nun einmal nicht anders. Wo viel Fleisch ist, ist auch viel Bewegung! Und jetzt noch einmal langsam. Was ist denn eigentlich geschehen?

Wir haben uns alle Sorgen gemacht. Das ganze Lager ist in Aufruhr, und das Schlimmste ist, jetzt suchen sie vielleicht uns beide."

Wieder einigermaßen zu sich gekommen begann der Junge zu erzählen:

"Ich wußte, daß sie wiederkommen würde. Sie schien so neugierig auf uns zu sein. Deshalb beschloß ich wach zu bleiben und zu warten, bis sie wiederkäme. Dann wollte ich mit ihr gehen.

Sie, sie ist so schön und sicher braucht sie einen Mann, der sie vor den bösen Schurken auf den Wegen beschützt, und da ich ein Fianna bin, ist das ja wohl eine unserer ersten Pflichten, nämlich die Tugend und Schönheit unserer Frauen mit unserem Leben zu verteidigen und zu schützen."

Laut prustete der Bär auf.

"Und das wolltest du tun. Ho, ho, ho! Junge, Junge, du bist noch nicht einmal zwanzig Sommer alt und willst schon den goldenen Helden spielen. Du kannst ja nicht mal das Schwert gerade halten!"

Laut brach dieses herzliche Lachen durch die Dunkelheit der Welt.

Mit Tränen in den Augen wandte sich der Junge ab.

Beschämt über seine harten Worte ging der Große Bär auf Oighrigh zu und legte ihm seine Hand auf die Schulter.

"Junge, es tut mir leid, ehrlich. Ich hatte vergessen, daß ich auch einmal so jung war wie du.

Weißt du, manche Schmetterlinge vergessen einfach, daß sie auch einmal Raupen waren. Es tut mir wirklich leid. Verzeih mir."

Verwundert über die Einsicht des Mannes drehte sich der Junge um und brachte sogar so etwas wie ein Lächeln zustande.

"Ich war auch schon mal verliebt in ein solches Wesen, aber Männer vergessen gern die Liebeswerbungen die fehlgeschlagen. Sie sind nichts für uns, diese Elbenfrauen. Es fehlt ihnen an menschlicher Wärme, außerdem können sie nicht so gut kochen. Und die Liebe geht ja bekanntlich durch den Magen!

Nun komm, Junge, steig auf. Wir müssen so schnell wie möglich zurück. Die anderen machen sich bestimmt schon Sorgen. Wenn sie es mag, wirst du sie wiedersehen. Doch mach dir keine Hoffnung auf elbische Liebe, ihre Herzen sind kalt, wenn sie überhaupt welche in ihren dürren Körperchen tragen."

Camchéachta holte das Pferd, stieg auf und half dem Jungen hoch.

Gerade als er seine Füße an den Bauch des Pferdes drücken wollte, hörten sie eine melodische Stimme aus dem Unterholz.

"Oighrigh! Komm zu mir. Ich habe dir etwas zu sagen. Warte, noch einen Augenblick, Großer Bär, schon habe ich einen Boten ausgesandt, der zu eurem Lager eilt, um mitzuteilen, daß ihr wohlauf seid und guter Dinge.

Ich werde euch dorthin begleiten, denn euer Pferd ist viel zu müde, um euch zwei schneller zu tragen als ein alter Maulesel. Gib ihm dies, dann wird es vielleicht munterer."

In ihren Händen hielt Shasza ein seltsames Grasbündel wie Oighrigh es noch nie gesehen hatte. Der Junge war inzwischen abgesprungen und eilte auf die Waldelbin zu.

"Ich hätte nicht geglaubt dich noch einmal zu sehen, Shasza."

Freundlich lächelte sie und ihre grünen Augen leuchteten wie Gras im Sonnenlicht.

"Ja, so ist das Leben, Oighrigh. Die seltsamsten Dinge werden wahr. Aber wie hätte ich dich einfach gehen lassen können? Du hast mein Herz gerührt, Menschenkind! Etwas, was nur noch selten geschieht in einer Zeit, wo ihr vergessen habt, woher ihr kommt und wer ihr seid. Ich habe dich ins Herz geschlossen, Oighrigh. Deshalb werde ich dich auch eine kleine Weile begleiten."

"Wirklich! Das ist ja wundervoll. Aber wie konntest du mich denn hören, wenn du in diesem Baum warst, Shasza?"

Die Elbin schmunzelte.

"Das ist ja das Wunder, Oighrigh. Ich war der Baum. Wir Waldelben lieben den Wald so sehr, daß wir immer mehr zu einem Teil von ihm werden und wenn wir schlafen, werden wir ganz baumisch. Ich habe dich wirklich sehr gern, Oighrigh, aber das, was du für Liebe hältst, ist nicht das, was du für mich empfindest. Es ist nur Schwärmerei und wenn du dich in das erste Menschenmädchen verliebt hast, wirst du das wissen. Doch laß dir eines sagen:

Es ist nirgends Unsterblichkeit denn in der Liebe eines Baumes. Denn wenn dich deine Liebste längst vergessen haben mag, und die Zeit jedes Zeugnis von dir getilgt hat, wird dein Name noch in meiner Erinnerung sein. Dies ist deine Unsterblichkeit.

Denn nie hat ein Junge größeren Herzschmerz gelitten um eine meines Volkes als du."

Sanft hauchte sie ihm einen Kuß auf die Stirn und es schien ihm, als rausche eine Welle durch seinen Kopf.

"Komm, Oighrigh, Camchéachta wartet, steig auf, aber gib dem Pferd erst das Kraut. Dann will ich neben euch hergehen."

Schließlich waren sie bereit. Camchéachta, der dies alles mit einem unverständlichen Brummen begleitet hatte, war froh, sich wieder in Bewegung setzen zu dürfen.

Jetzt hatten sie zwar dieses Weib am Hals, aber er hatte Oighrigh gefunden und das war ja das Wichtigste.

Zielsicher schritten sie durch die Nacht und erreichten endlich das Lager.

Schon von weitem sahen sie den lichten Schein des Feuers, der ihnen den Weg wies. Alle waren wach und begrüßten den erschöpften Jungen freudig.

Erst jetzt wurde ihm klar, wie durchnäßt und verfroren er war. Unterwegs hatte ihm Camchéachta zwar seinen Mantel gegeben, aber da der Junge durchnäßt war, half das auch nur wenig. Schnell zog sich der Junge schüchtern im Dickicht um und kam dann ans Feuer, wo auch Anathahan, der Bote Shaszas, saß.

Oighrigh setzte sich neben Shasza, die ihm anbot, seinen Kopf in ihren Schoß zu legen. So streckte sich der Jüngling neben ihr aus und ließ sich von ihr den Kopf kraulen.

Die Elbin lachte.

"Auf ihr Menschenvolk. Laßt uns feiern und ich will euch eine Geschichte erzählen, eine Geschichte für Oighrigh.

Anathahan, nimm deinen Trinkschlauch vom Rücken, euer Leben ist zu kurz, um etwas Schlechtes zu trinken!"

Spöttisch warf Camchéachta ein:

"Für uns ja, aber auf dich wartet doch weder Tod noch Alter!"

"Und du, Sterblicher! Du lebst doch nur deinem Tod entgegen. Weißt du denn überhaupt, worin der Sinn deines Lebens liegt?"

Kalt antwortete der Große Bär.

"Ja, daß es endet und darin liegt der Sinn. Das ist es doch auch, was wir euch voraus haben!

Den Tod, eine Grenze, die uns das Leben schenkt, um diese zu überschreiten."

"Genug jetzt", mischte sich Iolaranam ein, "nehmt den alten, weisen Mann hier nicht zu ernst. Einst werden die Druidenanwärter in Scharen zu ihm kommen, nicht wahr, Großer Bär? Nun aber laß uns deine Geschichte hören, Shasza."

"Du hast recht, Iolaranam, für einen Blinden ist auch ein Diamant eben nur ein Stein. Doch nun zu meiner Geschichte.

Bei den Fianna gab es einst einen Hauptmann. Sein Name war Diarmaid mac Duibhne. Ein großer Frauenheld war er, denn er trug einen Liebesfleck auf der Stirn, der die Weiber willenlos machte. Heute will ich euch nun erzählen, wie er ihn bekam.

Vor einiger Zeit zogen vier mächtige Krieger der Fianna zur Jagd aus. Diarmaid, Goll, Conan und Oscar waren kluge, kampferfahrene Männer mit gutem Witz.

Nun begann es bei Einbruch der Dunkelheit zu regnen. Zwar waren es die Herrschaften gewohnt, bei schlechtem Wetter unter triefenden Bäumen zu sitzen und sich das Wasser in die Krägen tropfen zu lassen, doch warum dies ertragen, wenn sich vielleicht irgendwo eine menschliche Behausung finden ließe.

So machten sie sich auf die Suche und fanden in einem Tal, das sie nicht genau kannten, eine alte gammelige Hütte. Von weitem schon stieß Diarmaid den Ruf der Freundschaft aus.

Ein Greis trat vor die Tür. Doch dies war es nicht, was dem Hauptmann ins Auge fiel. Eine rothaarige Schönheit war es, die Tochter des Alten, wohlgeformt, mit runden Brüsten und einem Lächeln, das Männern mehr versprach, als es je halten konnte.

Freundlich lud sie der Alte zu sich ein, und so betraten die vier Kämpen die Hütte, die sich das merkwürdige Paar mit einem Hammel und einer Katze teilte.

Das Mädchen hängte sogleich einen Kessel über das Feuer und kochte eine leckere Hafersuppe. Dann stellte sie vier hölzerne Schalen auf den schweren Tisch, daneben legte sie vier Löffel.

Ein würziger Duft zog durch die Hütte, der den Männern den Mund nur so wäßrig machte. Schließlich war die Suppe fertig. Das Mädchen schöpfte die Schüsseln voll und gab einem jeden noch ein Stück frisches Brot dazu.

Dann ging sie zu ihrem Vater, der sich in einem Nebenraum zu schaffen machte, wohl um den Fremden ein Nachtlager zu bereiten.

Kaum hatte das Mädchen den Raum verlassen, da sprang der Hammel mit einem gewaltigen Satz auf den Tisch und rührte sich nicht mehr. Zwar war nichts kaputt gegangen, doch der scharfe Geruch des Tieres störte die vier Männer beim Essen. So fingen sie an, das Tier vom Tisch zu zerren. Doch nichts rührte sich, ganz im Gegenteil, das Tier wurde ärgerlich, trat und schlug aus, bis die vier Fianna schon einige Schrammen vorzuweisen hatten.

Schließlich warf sich Goll mit seiner ganzen Kraft auf das Tier, so daß es vor Schreck vom Tisch sprang. Doch das machte alles nur noch schlimmer. Jetzt versuchte das Tier sie zu rammen und dies gelang ihm mit Leichtigkeit.

Am Ende lagen vier Fianna ausgestreckt am Boden, in Schach gehalten von einem Hammel, der seine Vorderbeine siegesgewiß auf Golls Brust gelegt hatte.

Just in diesem Augenblick kam der Herr der Hütte wieder in den Raum. Bestürzt half er den vier Helden wieder auf und tadelte die Katze:

"Sieh, wie schlecht es unseren Gästen ergangen ist! Warum hast du das zugelassen? Komm, binde den dummen Hammel fest, damit er nicht noch einmal aus den Fugen gerät."

Die Katze, die die ganze Zeit friedlich schlummernd am Herd gelegen hatte, stand auf und strich so lange um die Beine des Hammels, bis er zu seinem strohbedeckten Winkel gegangen war. Dort zog sie ihm geschickt seinen Strick um den Nacken und ging wieder zu ihrem Platz am Herd.

Die vier Fianna erhoben sich erbost.

"Niemals sind wir so beschämt worden. Wir werden hier nicht länger bleiben. Die Hütte ist verhext. Und dies vor den Augen eines schönes Mädchens. Lieber wollen wir in Finsternis und Sturm nächtigen, als uns hier erniedrigen zu lassen!"

Besänftigend sprach der Greis:

"Beruhigt euch! Kein gewöhnlicher Hammel hat euch besiegt, und die Katze, die euch an Kraft und Geschicklichkeit übertraf, ist auch keine gewöhnliche Katze. Bleibt denn über Nacht in meiner bescheidenen Hütte. Die Niederlage wird eurem Ruf als Krieger keinen Abbruch tun."

"Ja, bleibt doch noch", rief auch das Mädchen und strahlte Diarmaid mit ihren blauen Sternenaugen an.

Doch Oscar war nicht so leicht zu beruhigen.

"So sag uns denn, wer sie sind, vor denen unsere Kräfte so erbärmlich versagten!"

"Nun, ich hätte es euch lieber verschwiegen, um euch nicht zu beunruhigen. Aber gut, ihr sollt es erfahren.

Der Hammel, ihr tapferen Krieger, ist die Welt. Stärker ist sie als selbst vier Fianna zusammen. Ihr zu unterliegen ist niemals eine Schande.

Und die Katze? Nun, die Katze ist allerdings das einzige Wesen, dem selbst die ganze Welt nicht standhalten kann. Die Katze nämlich ist.......... der Tod."

Entsetzt sprang Oscar auf.

"Der Tod! Männer, laßt uns eilig gehen!"

Der Greis aber sprach:

"Fürchtet euch nicht. Nirgends seid ihr sicherer vor dem Tod als hier. Denn hier schläft selbst der Tod.

Da ich bei den Schafen wache und unsere Hütte nun einmal sehr klein ist, macht es euch hoffentlich nichts aus, in der Kammer meiner Tochter zu nächtigen. Die Ehre eines Fianna ist ja gegen einen Schatten erhaben und so wird die Unschuld meines Kindes sicher sein."

Die vier Gefährten traten in die Kammer und legten sich nieder. Doch Unruhe war in ihr Blut geträufelt ob des schönen Mädchens, das da nur wenige Schritte entfernt sanft träumend lag.

Ein weiches Licht durchdrang den Raum, der von dem holden Kind ausging, das da nackt auf seinem Lager schlief.

Eine Weile gelang es den Männern Ruhe zu bewahren. Doch Goll war der erste, der über das Verlangen die Gewalt verlor. Er schlich zu ihr hin und sprach:

"Werde mein, sonst vermag ich nie mehr zu schlafen."

Doch das Mädchen erwiderte:

"Einmal habe ich dir gehört, aber nie wieder darf es geschehen! Leg dich wieder auf dein Lager und versuche mich nicht mehr!"

Und ebenso erging es Conan und Oscar. Auch Diarmaid lag wach und dachte bei sich: Nun, wenn sie diese drei abwies, vielleicht mag sie mich erhören.

Er ging zu ihrem Lager, und ihr Anblick verschlug ihm fast den Atem.

Leise flüsterte er ihr zu:

"Deine Augen sind wie die Flammen einer Kerze. Je länger ich sie betrachte, um so mehr möchte ich mich in dir verlieren."

Freudig streckte sie ihre Arme aus.

"Diarmaid, Liebster, mein Schöner! Auf dich habe ich gewartet. Lieber als alles andere würde ich jetzt mit dir zusammenliegen, aber selbst dich muß ich abweisen. Nie kehre ich zu denen zurück, die mich einst besaßen, denn mein Name ist Jugend. Jedem Menschen gehöre ich nur ein einziges Mal, doch im Alter bleibt dir der schwache Trost der Erinnerung.

Dennoch sollst du nicht ohne ein Zeichen von mir gehen. Komm, bewege deinen Kopf zu mir herunter!"

Diarmaid tat wie ihm geheißen. Das Mädchen strich ihm mit einer leichten Bewegung über die Stirn und sagte dann:

"Kein Mädchen und keine Frau wird dich fortan anschauen können, ohne dich zu lieben. Nun geh, Diarmaid, laß mich alleine."

Und so geschah es. Sobald ein Weib den Liebesfleck auf seiner Stirn entdeckte, fiel sie ihm zu wie frisch geschnittenes Gras von der Sichel."

So endete Shaszas Geschichte. Als sie sich umblickte schliefen alle tief und fest, selbst Oighrigh, der vom Grün ihrer Katzenaugen träumte.

das netz

Das lange blonde Haar der Hochkönigin bedeckte fast den ganzen Oberkörper des Mannes, in dessen Armen sie lag.

"Guten Morgen, Siorc mac Drochobair. Gewinnt ihr alle Frauenherzen so schnell wie meines?"

Zärtlich küßte sie ihren Liebhaber auf die Wange.

"Nun, wenn ein Schlüssel gemacht ist für ein Schloß, warum Zeit damit verschwenden, ein besseres zu finden. Ihr seid eine kluge und gewitzte Frau, Réalta. Und ich kann sehr gut verstehen, daß euch nichts mehr auf das Nachtlager des alten Bockes treibt. Meines ist ja auch viel weicher, und ich beherrsche mein Werkzeug noch und nicht anders herum."

Besitzergreifend schwang sich der Mann auf seine Hochkönigin und krallte sich in ihrem Haar fest.

"Du gehörst jetzt mir, mir allein, schöne Réalta. Schon als ich ein Knabe war, konnte ich nichts mit meinen Brüdern teilen. Ich stehe gern zu deiner Verfügung, aber nur zu meinen Bedingungen. Für dein Alter bist du wirklich noch sehr geschickt."

Mit kraftvollem Schwung rollte sie den Mann auf den Rücken und nahm ihn in Besitz.

"Oh ja, und ihr könnt noch eine Menge von mir lernen für euer Alter, Siorc mac Drochobair. Vergiß nicht, daß selbst wenn ihr oben liegen solltet, das rein gar nichts bedeutet. Ich bin die Hochkönigin, Siorc."

Fast gewaltsam trieb sie ihren Geliebten voran, bis sie spürte, daß ihn die Welle der Erregung an das Ufer branden ließ. Dann rollte sie sich wieder in seine Arme, schmiegte sich an ihn und tat, als sei nichts geschehen.

"Ich bin die Hochkönigin, Siorc mac Drochobair, vergiß das nicht."

Heftig schnaufend erwiderte dieser:

"Noch, edle Réalta, noch. Aber habt ihr die Blicke des Königs für Tuans Nachfolgerin gesehen? Vielleicht wird er euch ja nur allzu bald von seiner Seite verstoßen."

Höhnisch lächelte die Hochkönigin:

"Der Hochkönig, mein Lieber, wird nicht mehr allzu lange leben.

Aber selbst wenn, wird dieses Weib auf die eine oder andere Art und Weise dem alten Narren ins Grab helfen."

Fragend blickte Siorc in blaue Sternenaugen.

"Wie meinst du das?"

"Cruimh hat in Erfahrung gebracht, daß sich nicht unweit von Wyinklo ein Thronanwärter niedergelassen hat. Sein Name ist Dragan, ein junger aufstrebender Räubergeselle, der Broc vom Thron stürzen will."

Verschmitzt lächelte der Liebhaber. Das waren die Neuigkeiten, deretwegen ihn die Fianna ausgesandt hatten. Aber hier am Hofe konnte er selbst einen Teil der Fäden dieses Netzes spinnen. Schon hatte er einen Boten mit Nachrichten ausgesandt. Nachrichten, die ihm dienlich sein würden und ihm die Ruhe verschaffen würden, die er brauchte. Mochten die Fianna ruhig weiter von ihrem vergangenen Ruhm träumen. Er war auf Tara.

"Und du glaubst wirklich, daß er das nur tut, damit er an deiner Seite herrschen darf? Nein, so einer will den ganzen Kuchen, der wird nicht mit dir teilen. Wart' es nur ab. Vielleicht macht er ja schon mit dieser Eala gemeinsame Sache, dann wärst du ein sehr nebensächlicher Gegenstand der Geschichte und sehr schnell aus dem Weg geräumt. Ein tragischer Unfall. Du weißt doch selbst, Herrscher mögen wechseln, ihre Lügen nie. Glaube dich nicht so sicher auf deinem hohen Roß, Réalta."

Somit stand er auf und streifte sich sein Hemd über, schlüpfte in seine Hose und machte sich davon.

Réalta mochte diesen gerissenen Mann sofort. Er hatte einen Hochmut an sich, der sie reizte. Sie hatte sich blendend beim gestrigen Abendessen mit ihm unterhalten. Es wäre bestimmt eine lustige Mahlzeit gewesen, hätten sie nicht den sauertöpfischen Measartha, Vertreter des ersten Hauptmanns König Brocs, an ihrem Tisch ertragen müssen.

Das hatte sie wieder Rabharta zu verdanken, diesem treuergebenen Narr. Warum wollte er nicht verstehen, daß die Zeit Brocs vorbei war. Sie hätte ihn reichlich belohnt. Niemals würde sie diesen Abend vergessen, als sie sich diesem ersten Hauptmann mehr als offen sichtbar anbot und er sie dann höflich auf ihre Pflicht als Gattin des Hochkönigs aufmerksam gemacht hatte. Nun ja, wer nicht will, hat wohl schon gehabt. Wie sagen die Alten: Erwarte von einem Apfelbaum keinen Tannenzapfen und von einer Tanne keine Äpfel.

Sie hätte es sich ja auch denken können, daß dieser rothaarige Königstreue sich nicht auf einen Mord einlassen würde. Aber dann erschien es ihr doch einen Versuch wert. Nun gut, jetzt wußte sie wenigstens, daß sie auf seine Hilfe nicht hoffen konnte.

Wenn sie nur wüßte, was es mit dieser Priesterin auf sich hatte. Ihr kam sie nicht sehr demütig vor.

Ganz im Gegenteil, stolz und unnahbar saß sie auf ihrem Platz zwischen diesen zwei Asseln und schien sich königlich zu unterhalten. Immer wieder hatte sie den Blick Brocs gesucht und ihm eines dieser besonderen Lächeln zugeworfen. Später war er sogar kurzzeitig mit ihr verschwunden.

Nur gut, daß sie wußte, daß sein Schlüssel mit Sicherheit schon lange verrostet war. Irgend etwas mit dieser Frau stimmte nicht. Vielleicht war sie wirklich eine Priesterin, aber selbst wenn sie das war, schien sie es sich nicht nur zur Aufgabe gemacht zu haben, sich von Tuan in das Amt der Hochdruidin einführen zu lassen. Es steckte viel mehr dahinter, daß sie auf dieser Burg war, das spürte sie.

Während sich Réalta so ihre Gedanken über Eala machte, fand in einer abgeschiedenen Ecke der Burg ein Gespräch ganz anderer Art statt.

"Nun, junger Freund, wie ich sehe, hattet ihr euer Vergnügen mit unserer Königin. Sagte ich euch nicht, sie ist einfacher zu pflücken als ein Gänseblümchen im Sommerwind. Und hast du unseren Keimling in die Erde gesetzt?"

Verschwörerisch schnurrte der Königliche Berater.

"Ich weiß nicht recht, Cruimh. Sie scheint mir nicht so einfältig zu sein, wie es euch vorkommt. Ich glaube, sie weiß sehr wohl, was an ihrem Hof geschieht. Vielleicht vermag sie mehr in die Waagschale zu werfen als es uns lieb ist. Dennoch denke ich, habe ich ihr sehr gut klar gemacht, wo sie steht. Sie hat eigentlich keine andere Wahl, als sich uns anzuschließen, nachdem, was ich ihr in ihr blondes Köpfchen gesetzt habe.

Laß sie nur ein Weilchen nachdenken und dann wird sie uns schon wie ein kleines Hündchen folgen. Sie ist wirklich sehr erfahren. Es wird bestimmt eine schöne Zeit hier werden."

Mit den Gedanken in der Zukunft lachte Siorc.

"Eine schöne Zeit, ja, aber auch eine sehr kurze. Ich will, daß du in den nächsten Tagen diesen Dragan aufsuchst. Wir müssen schon mehr über ihn erfahren, außer, daß er ein Auge auf Brocs Thron geworfen hat. Vielleicht können wir ihm ja etwas bieten, was ihn zu unserem Gefährten macht. Und ich meine damit nicht unbedingt den Thron des Hochkönigs. Aber darüber können wir ja immer noch sprechen.

Einstweilen müssen wir dafür sogen, daß uns die Zügel, mit denen wir die Königin führen, nicht entgleiten. Sie mag uns nach Brocs Tod vielleicht ganz nützlich sein", sagte Cruimh.

"Ich werde mir die allergrößte Mühe geben. Aber ich muß jetzt gehen, sonst fällt es noch auf, daß ich fehle. Wenn ihr mich sehen wollt, laßt es mich wissen. Man sollte uns nicht allzu oft zusammen sehen. Ich werde versuchen, hier ein bißchen Stand zu gewinnen und ein paar Freunde zu finden. Kümmert euch ein wenig um Tuan und seinen Freund.

Die beiden halten sich für außerordentlich gerissen, aber auch ein Drache stürzt, wenn ihm ein Bein ausrutscht. So lebt denn wohl einstweilen und haltet mich auf dem laufenden."

Gerade als Siorc an Cruimh vorbeiging, griff dieser ihn sich am Arm und zog ihn nahe an sich heran, leise in sein Ohr flüsternd.

"Sei vorsichtig, Siorc mac Drochobair! Auch ihr haltet euch für gerissen, doch wer zwei Hasen nachjagt, wird keinen von ihnen fangen."

"Wißt ihr, Cruimh, wer vorsichtig geht, wird auch nicht straucheln, und so fange ich auch sicherlich einen der Hasen."

Damit drehte sich der bullige Mann um und ging davon. Cruimh blieb zurück und grübelte über die Worte des jungen Fianna nach, als ihn Réalta fand.

"Sei mir gegrüßt, alter Freund. Hat dich dein neuer Heißsporn verlassen? Sag mir, Cruimh, was für ein Spiel spielst du? Was hast du vor mit diesem ehrgeizigen Mann? Glaubst du, ich bin blind und sehe nicht, was in meiner Burg vorgeht. Sprich, was hast du mit ihm vor?"

Freundlich versuchte der ungestalte Zwerg aus seinem schiefen Gesicht zu lachen, was ihm allerdings mißlang.

"Was soll ich schon vorhaben, meine Königin. Doch nur das beste."

"Oh, davon bin ich überzeugt, das beste für euch, vermute ich mal, oder?"

Réalta kam immer näher auf den kleinen Mann zu.

"Nein, Herrin. Das beste für uns beide natürlich. Seht doch, wenn ich ihn zu diesem Dragan schicke, werden wir ihn später, falls etwas schief geht, vorschieben und wir stehen sauber da.

Aber um das zu erreichen, braucht er etwas, für das es sich lohnt, nach Wyinklo zu gehen. Etwas, das ihn auch wieder zur Burg zurückzieht und das sollt ihr sein. Gerade erst sagte er mir, wie schön ihr seid und wie sehr er euch begehre. Wenn wir ihn dazu bringen, diesen Dragan auf den Thron zu setzen, sind wir frei. Dann ist Broc so gut wie tot, und für diesen törichten Narren findet sich bestimmt auch noch irgendwo ein Brunnenschacht.

Wenn ich nur wüßte, was dieser verdammte Hochdruide vor hat! Und mit ihm sein dreimal verfluchter rothaariger Hauptmann. Den beiden traue ich alles zu.

Und wer ist vor allem dieses schöne Kind? Ich meine, was ist sie wirklich! Wir müssen sehr, sehr vorsichtig sein, Hoheit. Irgendwie sollten wir sie uns vom Hals schaffen, dann ging unsere Arbeit leichter vonstatten."

"Wen? Tuan, Rabharta oder das Mädchen?", fragte Réalta.

"Am besten alle drei, doch zu Anfang am liebsten diesen Hochdruiden. Ich glaube, er hält alle diese Stolperfäden in seiner Hand. Ich mißtraue diesem aalglatten Kerl zutiefst."

"Und wie willst du das machen? Er ist nicht irgendwer!"

"Oh, da wird mir schon etwas einfallen, vielleicht können wir es ja auch so drehen, daß die Schuld unseren Freund Rabharta trifft und wären somit beide los. Was uns jetzt fehlt ist nur noch ein Plan und glaubt mir, Herrin, der wird mir bestimmt noch einfallen. Geht jetzt, Herrin, man darf uns nicht so oft zusammen sehen. Laßt es mich wissen, wenn ich euch helfen kann. Wir müssen nur geduldig sein, wie eine Spinne, dann werden sie uns schon ins Netz gehen."

"Ja, das werde ich, Cruimh, und seid vorsichtig. Wer viele Fäden spannt, kann schnell darüber stolpern."

Als die Hochkönigin auf dem Weg in ihr Gemach war, kam sie auch an dem Festsaal vorbei. Heute war er nicht so hell erleuchtet wie gestern abend. An einem Tisch sah sie Rabharta mit Measartha frühstükken, und schlich, sich leise hinter den breiten Säulen versteckend, an ihnen vorbei.

Die zwei Herren indessen grinsten sich nur an und warteten, bis die Hochkönigin im Aufgang verschwunden war.

"Nun, wer war dieser seltsame Kerl von gestern abend, Measartha?"

"Sein Name ist Siorc mac Drochobair. Er ist ein Fianna aus Cillairne. Von dort hat er auch zwei seiner Diener mitgebracht, obwohl Diener für die zwielichtigen Gestalten etwas zu hoch gegriffen scheint."

Rabharta schlug mit der Faust auf den Tisch.

"Ich habe es doch gewußt. Diese Feld-, Wald- und Wiesenkrieger haben doch wirklich überall ihre Nase drin. Gut, dann wissen sie es auch schon, das zwingt uns ja nicht unbedingt zum Handeln."

"Was wissen sie auch schon?, fragte der unschlüssig dreinblickende Vertreter des Hauptmanns.

"Laß uns etwas spazierengehen, diese Hallen bieten vielen Lauschern gute Nahrung, und das können wir im Augenblick gar nicht gebrauchen."

Rabharta und Measartha standen auf und gingen aus der Burg. Erst als sie den inneren Steinring durchquert hatten, begann Rabharta wieder zu sprechen.

"Es gibt einen, nein falsch, es gibt zwei neue Thronanwärter. Broc weiß weder von dem einen noch von dem anderen.

Tuan weiß nur von einem, den er für rechtmäßig hält und den er auch unterstützt. Von dem anderen wissen wir so gut wie gar nichts, nur daß er in Wyinklo sitzt. Dieser Dragan, wie er sich nennt, weiß wahrscheinlich von dem anderen Thronanwärter, der sich aufgemacht hat, das Blaue Schwert Fionn mac Cumhails zu suchen, was einem Anspruch auf den Platz des Hochkönigs gleichkommt.

Dennoch hat er seinen Männern streng untersagt, die Suche seines Mitstreiters zu stören. Fast scheint es als solle der andere das Schwert finden."

"Und was hat das alles mit den Fianna zu tun?", fragte Measartha.

"Nun, wer immer von den beiden Thronanwärtern sich durchsetzen mag, er wird auf dem Thron Taras sitzen. Das heißt, die Fianna setzen einen Mann wie eine Katze vor das Mauseloch und warten ab, welcher von den beiden das Rennen gewinnt. So einfach ist das. Vielleicht unterstützen sie ja auch einen dieser Strauchdiebe. Scathcrobh habe ich ausgeschickt, um mehr über den einen der beiden zu erfahren. Aber es wird bestimmt zehn Tage dauern, bis er wieder zurück ist."

Erstaunt flüsterte der junge Mann.

"Du hast ohne Wissen des Hochkönigs einen Mann ausgesandt, der dir Nachrichten über den Mann bringen soll, der ihn vom Thron stürzen will? Bist du wahnsinnig? Wenn das Broc erfährt, läßt er dich über dem Feuer rösten."

Rabharta schaute seinem Freund geradewegs in die Augen.

"Wenn er es erfährt, dann nur von einem einzigen Mann und das bist du. Ich weiß, daß Geheimnisse anvertrauen, sie aufgeben heißt. Aber ich hoffe doch, daß du schweigen kannst. Jedenfalls eine Zeitlang und auch zu Tuan kein Wort. Der mag sich da in etwas verrennen, was ihn früher oder später auch zum Stolpern bringt. Von dir erwarte ich folgendes. Ich möchte, daß du dich so gut es geht an die Fersen dieses Siorc mac Drochobair heftest. Ich möchte so viel es geht über diesen selsamen Kautz herausfinden. Für mich sieht er nicht sehr nach dem aus, was ich mir unter einem Fianna vorstelle. Finde heraus, was er so tut und mit wem er sich so herumtreibt. Würdest du das tun?"

Scheinbar überlegend kraulte sich der Blondschopf die Bartstoppeln unter dem Kinn.

"Tja, mein Lieber! Ich weiß ja nicht. Aber wenn du ehrlich zu mir bist, will ich es auch zu dir sein. Dieser Siorc mac Drochobair verbrachte die ganze Nacht mit einem blonden Wesen in den Ställen, dessen Namen ich nicht nennen darf, die uns aber beiden sehr gut bekannt ist. Früh am Morgen trennten sich dann die beiden, und unser junger Freund hatte ein Treffen mit dem Königlichen Berater.

Dieser empfing, nachdem ihn dieser Fianna verlassen hatte, merkwürdigerweise auch unsere liebessüchtige Freundin."

Fest schlug Rabharta auf den Rücken des jungen Mannes.

"Measartha, du bist unglaublich! Einen besseren Nachfolger kann sich ein Mann gar nicht wünschen."

Der junge Mann erwiderte:

"Ja, mein Hauptmann, vom Sehen wird man nicht blind und vom Hören nicht taub."

"Nur gut, daß nicht du mein Feind bist. Gut, dann wollen wir es so halten. Ich sehe schon, daß unser breitschultriger Freund bei dir in den besten Händen ist. Ich muß jetzt zurück, der König hat heute morgen Gericht zu halten, da will ich anwesend sein. Man weiß ja nie, wie es ausgehen mag. Wir sehen uns dann wohl später."

Und so trennten sie sich. Rabharta eilte schnellen Fußes in die Halle, wo er den König schon mit den anderen Beteiligten vorfand. Auch Tuan und Eala standen etwas abseits und hörten zu.

Zwei fein herausgeputzte Herren standen da vor dem Thron und forderten ihr Recht.

"Hoheit, die Schafe dieses Mannes haben im Sommer das ganze Gras für meine Kuh aufgefressen, so daß ich kein Heu machen konnte und mir welches von einem anderen Nachbarn borgen mußte, um über den Winter zu kommen.

Das ist doch nicht recht. Deshalb fordere ich, daß er die Schafe schlachten und mir die besten Stücke der Tiere geben soll."

Da rief der Beschuldigte:

"Aber Hoheit, ich habe doch nur meine Schafe, die mich und meine Familie ernähren."

Der König, der einen nicht mehr ganz nüchternen Eindruck machte, sprach:

"Das hättest du dir vorher überlegen müssen. Schließlich muß dein Nachbar ja auch von etwas leben und wenn seine Kuh über den Winter nichts zu essen hat, stirbt sie und kann ihn nicht mehr ernähren. Ich denke, der Wunsch des Geschädigten ist mehr als gerecht."

Da räusperte sich Eala laut.

"Was ist Priesterin? Seid ihr nicht einverstanden mit dem Urteil des Hochkönigs?", rief Broc.

"Herr, könnte ich euch wohl kurz sprechen?"

"Komm her und sage, was du zu sagen hast."

Mit gesenktem Kopf schritt Eala zum Thron und sagte leise zu dem Herrscher.

"Hoheit, das Gras, das die Schafe fraßen, wird wieder nachwachsen. Warum entscheidet ihr euch nicht dafür, daß die Hälfte der Wolle der geschorenen Schafe dem Geschädigten zugute kommt. Dann könnte er aus dem Gewinn des Verkaufs das Heu des Nachbarn bezahlen und hätte etwas übrig für sich. Andererseits müßte dafür keines der Schafe sterben und die Wolle würde genauso nachwachsen wie das Gras des anderen."

Der Hochkönig strich Eala über die Wangen und sagte dann zu ihr.

"Du bist klug, mein Kind. Genau der gleiche Gedanke war mir auch gerade gekommen."

Dann verkündete er das Urteil. Zufrieden gingen die beiden Herren hinaus.

Auch Rabharta und Tuan gingen aus dem Saal.

"Bist du wirklich froh, daß so einer über dein Volk herrscht, Rabharta?"

"Er hatte einfach einen schlechten Tag. Du bist auch nicht immer eine Ausgeburt der Weisheit."

Ungeduldig packte Tuan den Hauptmann am Ärmel und brachte ihn zum Stehen.

"Das kann doch wohl nicht dein Ernst sein. Jeder König, der seine Urteile betrunken fällt, ist ungerecht, so oder so. Und du weißt, daß das heute nicht das erste Mal war. Es kommen ja kaum noch Leute zum König, weil sie wissen, daß sie von ihm alles, nur keine Gerechtigkeit zu erwarten haben. So kann es doch nicht weitergehen."

"Und was willst du dann machen? Ihn töten oder ihn fragen, ob er so freundlich wäre für einen Kerl, von dem keiner nichts genaues weiß, abzudanken? Was willst du tun, Tuan, was?"

Der Hochdruide antwortete ihm:

"Ich weiß, ich weiß. Im Augenblick können wir gar nichts tun, aber siehst du endlich, was mit unserem Land geschieht, wenn Broc weiter an der Macht bleibt. Schließe dich uns an, Rabharta."

"Nein, Tuan. Ich bin ein Mann von Ehre. Mein König wird nicht durch meine Hand fallen noch werde ich helfen, seinen Sturz vorzubereiten. Und jetzt geh, bevor ich dich wegen Hochverrats vor den Thron dieses Säufers schleppe. Ich denke, die Strafe für diese Tat weiß er noch ganz genau."

Enttäuscht wandte sich Tuan ab und machte sich auf den Weg zu seiner Hütte. Unterwegs holte ihn Eala ein.

"Was war denn los mit euch? Ihr hattet es ja sehr eilig aus der Halle zu kommen. Wo ist dein Freund, der Hauptmann? Habt ihr euch gestritten?"

"Ja!", antwortete der Hochdruide kurz angebunden.

"Was hat er denn gesagt?"

"Ach, es ist immer das selbe mit ihm. Du führst ihm vor Augen, was Broc für ein schlechter König ist, und er findet bestimmt eine Ausrede. Ich glaube, wenn Broc morgen Kühe an unseren Tischen sitzen läßt, fällt ihm auch dazu noch ein Grund ein."

"Tuan", sagte Eala leise, "du wirst den Knoten so nicht lösen. Es ist schwer den falschen Weg zu meiden, vor allem für euch Menschen. Für euch ist alles so leicht, so einfach. Gut ist gut, und Böse ist böse. Ihr denkt nicht darüber nach, daß das, was jetzt gut ist, auf längere Zeit gesehen nicht unbedingt gut sein muß. Rabharta ist Rabharta. Ein rundes Loch wird nie eckig sein. Der Weg beginnt immer mit dem ersten Schritt, und sein Weg ist noch weit. Wenn du ihm helfen willst, dann laß ihn gehen."

"Du hast leicht reden. Wenn ich diesen Knoten nicht löse, sehen wir bei einer kriegerischen Auseinandersetzung ziemlich schlecht aus. Außerdem will ich nicht, daß er mein Feind ist."

Sanfter sagte die Frau:

"Das sind nun einmal die Opfer, die du bringen mußt. Vielleicht habe ich ja mehr Glück mit dem Hauptmann des Königs."

Erschrocken fragte Tuan:

"Was hast du vor, Eala?"

Die Priesterin schmunzelte:

"Nun, ich werde unserem Freund einen kleinen Höflichkeitsbesuch abstatten und sehen, wie meine Weiblichkeit auf ihn wirkt."

“Das wirst du nicht tun. Du solltest dich um den König kümmern, nicht um seinen Hofstaat.”

Mit hochgezogenen Mundwinkeln zischte Eala:

“Das überläßt du am besten mir. Erst mußt du einen Käfig bauen, bevor du den Vogel fangen kannst. Ich weiß das aus Erfahrung. Wenn Rabharta so wichtig für uns ist wie du sagst, sollte er kein unsicherer Punkt sein.”

“Gut, aber ich will nicht, daß du ihn verletzt.”

“Ich werde ihn behandeln wie ein rohes Ei. Wir sehen uns dann heute abend wieder.”

Eala hob den Saum ihres Kleides an und ging zur Burg zurück. Vor Rabhartas Tür blieb sie stehen und klopfte zweimal leicht an.

“Wer ist da?”

Sanft antwortete die Schattenbringerin.

“Ich bin es, Eala.

Verwundert öffnete Rabharta die Tür und ließ sie ein.

“Was wollt ihr von mir?”

“Vielleicht sehen, wie höflich oder sollte ich besser sagen wie höfisch ihr seid?”

Rabharta war ein wenig verwirrt über den Frauenbesuch in seiner Kammer.

“Oh, verzeiht, wollt ihr euch setzen?”

Eala ließ sich auf dem Stuhl nieder und wartete auf eine Antwort. Endlich fand er wieder seine Ruhe.

“Das war sehr klug heute morgen.”

“Was war klug?”

“Nun, die Geschichte mit der Wolle der Schafe. Das wäre nicht jedem eingefallen. Außerdem hätte es auch nicht jeder dem Hochkönig gesagt.”

“Seht ihr! Ich bin auch nicht jeder.”

Dann breitete sich Schweigen in dem Zimmer aus, nur das Knistern des Feuers war zu hören.

In die Stille hinein sagte der Hauptmann.

“Ich weiß, wer ihr seid, ich weiß, woher ihr kommt, und ich kenne das Ziel eurer Reise.”

Gedankenverloren blickte Rabharta in die Flammen, als habe ein anderer diese Worte ausgesprochen.

Geschmeidig stand Eala auf und ging auf ihn zu. Sie waren gleich groß. Als sie vor ihm stehen blieb, bohrten sich ihre Blicke wie Speere in die grünen Augen des anderen. Fast berührten sich ihre Lippen, als die Schattenbringerin antwortete.

“Und was willst du jetzt tun, Hauptmann?”

Rabharta überlief es heiß und kalt. Er konnte dem Drang, diese Lippen zu küssen, sich an ihnen festzusaugen und diesen Brunnen auszutrinken, kaum widerstehen.

Er schluckte verlegen, ließ seinen Blick aber unverwandt auf das Grasgrün dieser Augen gerichtet. Es war lange her, daß er einer Frau so nah gewesen war, und dann war das eine einfache Frau gewesen und kein gerissenes Raubtier wie das, das vor ihm stand.

Vorsichtig schlich sich ein Grinsen auf ihre Wangen. Dann zog sie eine Augenbraue hoch und wand sich ab, nicht ohne ihn leicht mit ihrem Oberkörper zu streifen.

"Nun, Hauptmann. Was willst du tun?"

Wieder schlich sie sich an ihn heran und blies ihm ihren Atem in den Nacken.

"Alle Menschen müssen sterben. Auch Könige, Rabharta! Das Leben, mein Freund, ist wie ein Rad, und jede Speiche ist eine Geschichte, die erzählt werden will. Aber irgendwann wird auch deren letztes Wort im Wind verhallen.

Jetzt ist Brocs Zeit gekommen. Du wirst das nicht verhindern können. Doch das ist auch nicht wichtig. Spätestens im nächsten Sommer wird er tot sein. Dann braucht das Volk die Sicherheit seines Heeres und das bist du. Wehre dich nicht gegen den Atem des Schicksals, oder es wird dich ans Ende der Zeit verschlagen.

Du bist noch jung und ein anders Leben wartet auf dich fern dieser Burg."

Ihre Anwesenheit erfüllte den ganzen Raum und nahm Rabharta fast den Atem. Er hatte noch nie so eine Frau erlebt. Er hatte das Gefühl, die Zeit stehe still.

Dann kam sie nochmals an ihn heran, langsam, vorsichtig, als könne sie sich an ihm verbrennen. Rabharta hatte immer noch die Hände auf dem Rücken und ließ Eala nicht aus den Augen.

Kalte Finger strichen über seine Lippen.

"Nun, mein Hauptmann. Ich hoffe, du weißt, was du zu tun hast."

Als die Tür schon lange ins Schloß gezogen worden war, starrte Rabharta noch immer in die Flammen.

LYR

Solasard schlief tief und fest. Sein blondes Haar war Heimstatt zahlloser Tannennadeln geworden während ihrer Flucht. Auch Athraigh ruhte, doch er war wach. Er hatte eine kleine Weile geschlafen, gerade so lange, daß sich sein übermüdeter Körper von den Anstrengungen erholen konnte und war dann wieder aufgewacht.

Das hier war zur Gänze seine Schuld. Hätten sie Cluanaire nur diese verdammte Stute überlassen und wären sie nicht nach Bealaclugga gegangen, wäre das alles nicht geschehen.

Jetzt wurden sie gejagt, bis der Ehre des Fahrenden Volkes Genugtuung widerfahren war. Er könnte sich in den großen Zeh beißen, so wütend war er auf sich.

Aber auch das half ihm nicht weiter.

Und jetzt waren sie zu viert, schon eine richtige kleine Gruppe. Zwei Mann konnten überall untertauchen, aber vier?

Und was für seltsame Gestalten sich ihnen da angeschlossen hatten.

Der Zwerg hatte wohl die Vorratskammern eines Königs ausgeraubt, doch das konnte ihnen ja nur von Nutzen sein.

Dieser andere Kerl machte Athraigh viel größere Sorgen. Taucht auf wie aus dem nichts, verschwindet wieder darin und taucht just in dem Augenblick wieder auf, da sie einen Zufluchtsort wie diesen nur allzu gut gebrauchen konnten.

Woher hatte er nur wissen können, daß sie flüchten mußten? Wer hatte es ihm zugeflüstert? Der Feind?

Aber dann wären sie ja wohl nicht mehr am Leben.

Was würde jetzt nur geschehen? Sie waren diesem finsteren Burschen ausgeliefert, ob sie es wollten oder nicht.

Nun, wenigstens waren sie das Pferd los. Er hatte die Stute ja auch gemocht, aber als Reisegefährte war sie eher hinderlich. Immer mußte man Futter dabei haben, sie irgendwo unterstellen, wenn man in ein Dorf kam und reiten ließ sie sich ja auch nicht, geschweige denn, daß sie sich herabließ, etwas Gepäck zu tragen.

Die Kurzschwerter, die aus ihren Satteltaschen hervorschauten, hätten eher Diebe angelockt als sie abzuschrecken.

Göttergeschenk hin oder her, der Jüngling war froh, das Pferd los zu sein.

Neben sich hörte er zwar ein Schnauben, aber das konnte ja nicht Macha sein. Dennoch, vorsichtig öffnete er seine Augen, um zu sehen, was sich hier wohl für ein Pferd aufhielt.

Reckend und streckend setzte er sich auf und fiel fast vor Staunen von seinem Nachtlager.

"Solasard, Solasard! Sie ist hier! Solasard, Macha ist hier, wach auf!"

Müde drehte dieser sich auf die andere Seite und murmelte:

"Das kann doch gar nicht sein. Du träumst, schlaf weiter."

Doch erbarmungslos rüttelte Athraigh den Schlafenden auf.

Vorsichtig lugte Solasard unter seinem Arm hervor, unsicher, ob er wirklich diesem Anblick trauen sollte.

Überrascht fragte er Draighean, der noch immer vor dem Feuer saß:

"Wo kommt dieses Pferd her?"

Draighean antwortete verträumt:

"Die schönste Gestalt, die auf der Göttin Erde wandelt, brachte sie her und sagte, daß ihr sie nicht mehr aus den Augen lassen solltet. Wir dürfen uns nicht mehr von ihr trennen auf dieser Suche, sondern sollen sie immer in unserer Nähe wissen."

"Und wer ist diese Frau?", fragte Solasard.

"Ich weiß nicht, wie sie heißt, aber meine Augen sahen nie ein schöneres Antlitz. Ihr schwarzes, langes Haar wallte in Locken bis zu ihrer Hüfte. Ihre dunklen Augen waren wie schwarze Perlen auf dem weißen Grund des Meeres. Ihre vollen Lippen waren weich wie die feinsten Daunen, und sie küßte mich als sei es das letzte Mal, daß mir diese Gnade zuteil wird.

Vor Tagen war sie spät in der Nacht an mein Feuer getreten und bat mich, daß ich mich euch anschließe und zum alten Neamhní führe.

Gestern nacht kam sie wieder an mein Feuer und sagte, ihr seid in Gefahr und daß ich mich um euch kümmern solle.

Und dies war ein geringer Wunsch, denn die Welt trüge ich auf meinen Schultern für sie.

So kam es, daß ich euch half und wir dann durch den Wald hierher geeilt sind.

Doch während ihr schlieft, hörte ich ein Kratzen und Scharren an der Rampe.

Ich ging hinauf, und da stand sie wieder, mit diesem Pferd. Und nun ist es hier. Doch wenn ich euch fragen darf, was hat es mit diesem seltsamen Tier auf sich, und warum verfolgt euch Cluanaire wirklich?

Ihn abzuschütteln wird schwierig für uns werden. Seine Männer sind überall, obwohl sie den Weg diesseits der Breiten Straße sicher nicht kennen. Was ist nun mit dieser seltsamen Stute?"

Solasard räusperte sich.

"Nun, sie ist ein Göttergeschenk, genauer gesagt, die Frau, die ihr saht, ist eine Göttin. An Samhain schenkte sie mir diese Stute.

Ich weiß nicht warum, und ich weiß auch nicht wozu, aber unser Druide sagte, ich müsse sie auf meiner Suche mitnehmen. Er wußte warum, leider wollte er es mir nicht sagen, und jetzt sitzen wir hier.

Wir Menschen scheinen die Spielbälle der Götter zu sein, ob uns dies paßt oder nicht. Aber sage mir, D'raighean, wer ist Neamhní?"

Verwirrt schaute der Mann fort von den roten Flammen in das blaue Meer von Solasards Augen. Gedankenverloren löste er sich darin auf.

"Ich habe eine Göttin geküßt."

Als habe dieser Gedanke ihn gefesselt, schüttelte er ihn scheinbar ab.

"Neamhní, ja, der alte Neamhní! Niemand weiß genau, was oder wer er ist. Eigentlich ist er ein ziemlich alter Knochen, der der Breiten Straße folgt. Er ist völlig ungefährlich und schon ein bißchen verwirrt und tatterig.

Dennoch kenne ich niemanden, der mehr von dem alten Fionn erzählen kann als er. Man sagt, einst sei er der Knappe Fionns gewesen.

Dabei gibt es nicht eine Geschichte, in der von ihm die Rede ist.

Meist findet man ihn auf dem Teil der Straße, der in Richtung Tara führt, demnach jenseits der Siona. Das heißt, wir haben ein gutes Stück Weg vor uns.

Heute nacht können wir noch einmal hier übernachten, aber ab morgen wird der Wald unsere Lagerstätte sein.

Jetzt, da eure Stute wieder hier ist, wird das Ganze noch schwieriger, aber wir machen das schon.

Zu viert kann man schon einiges ausrichten, wenn man den Wald kennt und dessen seid gewiß.

Ihr könnt euch ruhig hier umsehen, und eßt, was euch in die Finger kommt.

Der Wald ist ein karger Gastgeber um diese Jahreszeit und vergeßt nicht eure Wasserbeutel aufzufüllen.

Ich werde jetzt ein wenig ausruhen, vielleicht kehrt sie in meinen Träumen zu mir zurück."

Dann zog er sich einen Holzklotz zum Feuer und legte seine Beine darauf. Friedlich döste er vor sich hin.

Goworr packte die Gelegenheit am Schopf seine Vorräte etwas zu ergänzen, nahm eine Fackel und machte sich auf, diese unterirdische Welt zu erkunden.

Er fühlte sich wohl hier. In unterirdischen Stollen machte ihm so leicht keiner etwas vor.

Der Zwerg nahm einen der Stoffbehänge in die Hand, zog ihn beiseite und hielt die Fackel in den Gang. Neidvoll erblaßte er.

Alles, was ein kleines Zwergenherz entzücken konnte, war hier zu finden. Da lagen die verschiedensten Metallklötzchen, blitzend und funkelnd, wartend, daß sie eine kundige Hand zu Schwertern, Beilen, Pflügen und anderem formte.

Sehnsüchtig ging er darauf zu, glitt mit den Fingern über das kalte Eisen. Selbst geringe Mengen an Gold und Silber fand er und Edelsteine, die nach einer einzigartigen Fassung lechzten.

Das Herz ging ihm über. Könnte er hier doch länger verweilen.

Unzählige Seitentunnel zweigten von dem Hauptgang ab. Herrliche Muster zierten die Wände, verschlungene Linien, Zeichen längst vergessener Zeiten, eine Freude für den kleinen Gast in diesen Hallen.

Angezogen von diesen Pfaden ging Goworr den Hauptgang entlang, immer wieder seine Fackel in die Seitengänge haltend. Da gab es Berge von Schwertern, Speeren, kunstvolle Schilde und Äxte, dann wieder Lebensmittel, die befremdend und doch so köstlich waren. Dann ein leerer Stollen, in dem tausende und abertausende Fledermäuse selig vor sich hin träumten. Er folgte dem Hauptgang, als könnte er nicht mehr anders. Da waren Seitengänge, in denen waren, wie es schien, Lager für Elben eingerichtet. Doch das Holz war vermodert und als sich der Zwerg auf einen wunderschönen Stuhl setzen wollte, gab dieser selbst unter seinem geringen Gewicht nach und verwandelte sich in Splitter, die sich ungemütlich in seinen Hintern bohrten. Schon sah er nicht mehr den Eingang, wenn er sich umdrehte.

Herrlich kühl war es hier, frische Luft, die nach Erde und Gestein roch, zog an ihm vorbei. Dann endete der Hauptgang und verbreiterte sich, bis Goworr mitten in einer Höhle stand.

Sein kleines Herz schien schier zu zerspringen.

Vor ihm lag ein See. Doch ein Wunder wie dieses hatte er noch nie gesehen. Alle Farben dieser Welt fanden sich darin, funkelten, schimmerten, sprangen umher, je nachdem wie er seine Fackel hielt und dann fand er auch den Grund für all die Farbenpracht, die ihm vorkam wie ein riesiger Schmetterling.

Die Wände und die Decke der Höhle waren mit mannigfaltig herrlich geschliffenen Edelsteinen besetzt, die dieses göttliche Licht auf die Wasseroberfläche warfen und dort tanzen ließ.

Goworr staunte und staunte, und dann war es nur noch dunkel.

Selten kam es vor, daß Edelsteine, die die Zwerge doch so liebten, ihnen auch den Verstand raubten. Doch genau das war geschehen. Im Bann des herrlichen Lichtes hatte er das wichtigste in dieser Unterwelt völlig außer Acht gelassen, seine Fackel.

Nun saß er hier in der Finsternis. Nur gut, daß er ein Zwerg war und die Mutter Erde diesem Geschlecht wohlgesonnen. Nicht auszudenken, wenn er sich in diesem Geflecht aus Wegen verlöre. Stunden mußte es her sein, daß er losgegangen war.

Vorsichtig macht er sich auf den Rückweg, doch nach wenigen Schritten geschah etwas Merkwürdiges.

Ganz leicht begann es in der Höhle zu schimmern, doch diesmal verwirrte das verrückte Hin- und Herspringen des bunten Lichts Goworr, so schnell war es. Selbst wenn er seine Augen schloß, ließ ihn dies Farbenspiel nicht los. Schnell sprang das Licht umher, bis sich der Zwerg die Augen zuhielt.

Dann war wieder Finsternis um ihn, herrliche schwarze, einfache Finsternis. Er beruhigte sich und wollte dies schon als Wahn erklären, da glomm ein kleines Licht in der Dunkelheit auf.

Eine freundliche Stimme flüsterte in sein Ohr:

"Haben wir uns wohl keine zweite Fackel mitgenommen auf unserem Streifzug in unerlaubte Gebiete, Herr Zwerg?"

Goworr schluckte hörbar. Er wollte sich noch nicht umdrehen. Er hatte ja schon mehr als einmal Stimmen in den Stollen gehört, wenn er unter Tage war

Doch diese Stimme sprach einfach weiter:

"Folge mir einfach, dann zeige ich dir den Weg."

Auch jetzt blieb der Zwerg noch still stehen, kniff die Augen zusammen, rieb sie sich mit den Händen und öffnete sie in der Hoffnung in völliger Dunkelheit zu stehen.

Leider wurde dieser Wunsch nicht erfüllt. Denn nun baute sich vor ihm eine schmale, fast schon dürre Gestalt auf, die ihn mit grauen Katzenaugen aufforderte, ihm zu folgen.

Feingliedrige, lange, dürre Finger hielten einen Salzkristall, der wie es aussah, von innen heraus leuchtete. Der Zwerg erschrak mächtig, doch das Wesen schritt langsam aus und folgte dem breiten Tunnel. Wie ein Tänzer setzte es Fuß vor Fuß. Langsam führte er Goworr hinter sich her, der nur der Hinterseite seines seltsamen Führers gewahr wurde.

Der Mann, denn dies schien er ihm zu sein, trug eine enganliegende Hose aus so feinem Stoff, daß er sich hier unten eigentlich zu Tode frieren mußte. Seine Beine waren dünn und wirkten fast wie Storchenbeine, so lang waren sie. Er trug erdfarbene Schuhe, deren Spitze sich leicht nach oben wölbte, die Hose schien einmal grün, dann wieder braun zu sein. Von seinen schmalen Schultern bis zu den Knien wallte ein Mantel aus dem gleichen Stoff. Sein dunkelblondes Haar war an jeder Seite geflochten und zu einem Zopf am Hinterkopf zusammengedreht.

Die Zeit wurde lang und länger. Doch endlich konnte Goworr Licht sehen, das von einem Vorhang verdeckt war, sich aber dennoch durch den Stoff schlich.

Das merkwürdige Wesen schritt zielsicher auf den Vorhang zu und zog ihn beiseite.

"Hatten wir euch nicht befohlen, das Weltentor vor Eindringlingen zu schützen?", fragte er fordernd.

Draighean drehte sich um und stand auf.

"Lyr! Wo kommst du her, alter Freund?"

Freundschaftlich fielen sich die beiden Männer in die Arme.

"Von drüben. Der Prinz schickt mich. Du könntest meine Hilfe gebrauchen in einer dringenden Angelegenheit."

Der Sidhé klopfte seinem Freund auf die Schulter.
Draighean antwortete:
"Nun ja, Hilfe vielleicht nicht, Gesellschaft wäre eine bessere Wortwahl. Ich soll diese drei Kerle hier zu Neamhní bringen, aber sie haben Schwierigkeiten mit dem guten, alten Halsabschneider Cluanaire. Abgesehen davon haben sie noch eine Stute dabei. Sie steht in einem Seitengang und frißt sich aus unseren sorgsam angelegten Vorräten voll."
"Wer sind die drei denn?" erkundigte sich der Sidhé.
Doch Draighean wollte nicht das Sprachrohr Solasards sein und nickte diesem aufmunternd zu.
Dieser begann zu erzählen.
"Mein Name ist Solasard mac Annir. Meine Mutter hat bei meiner Geburt einen Geís über mich verhängt, daß ich mich nur verehelichen darf, wenn ich das Blaue Schwert der Wahrheit an seinen rechtmäßigen Platz bringe.
Nun habe ich mich auf den Weg gemacht, und die Männer hier sind meine Gefährten auf dieser Reise. Draighean stieß zu uns, weil ihn jemand schickte, dem ich wohl nahezustehen scheine."
Ruhig und entspannt hatte ihm der Sidhé zugehört. Dennoch hatte er einige Fragen.
"Wer ist deine Mutter? Was hat sie mit dem Blauen Schwert Fionn mac Cumhails zu tun?
Doch wenigstens wird mir jetzt klar, was ihr von Neamhní wollt. Er soll euch zu diesem Schwert führen, nicht wahr?"
Athraigh, ungeduldig geworden, mischte sich ein.
"Weiß er denn, wo das Schwert sein könnte?"
Überlegen lachte Lyr auf.
"Niemand kannte den alten Fionn mac Cumhail so gut wie er. Wenn einer wissen kann, wo das Schwert ist, dann er. Die Frage ist nur, wird er euch den Weg auch zeigen?"
Unschlüssig schaute Solasard auf.
"Warum sollte er es nicht tun? Außerdem muß er uns ja den Weg nur beschreiben. Wir tun ja nichts unrechtmäßiges."
Lyr schüttelte energisch den Kopf.
"Nein, das tust du nicht, und ich bin wahrlich froh, daß ich dich begleiten darf. Ich habe schon viel von diesem Schwert gehört. Deshalb hoffe ich auch, daß du Neamhní so gerade und gut erscheinst wie mir. Doch nun zu deiner Mutter. Wer ist sie, wie heißt sie, wo lebt sie?"
Solasard blickte ernst ins Feuer.
"Das würde ich auch gerne wissen, Lyr. Aber ich wurde schon sehr früh von ihr getrennt und weiß gar nichts von ihr, außer daß diese Trennung irgendwie mit Fionn mac Cumhail zusammenhängt.
Sonst weiß ich nichts. Nichts über Fionn, nichts über sein Schwert. Aber ich werde dieses Schwert schon finden."

Erfreut über die Zielstrebigkeit lächelte der Sidhé.

"Und was wirst du dann damit tun?"

"Was soll ich schon tun, ich werde es an seinen rechtmäßigen Platz bringen, und dann werde ich meine Amhrán heiraten.

Glaubst du, diese Suche hat einen anderen Grund als den, daß ich ohne das Schwert nicht heiraten kann? Ich will nur in Ruhe leben, mein Land bestellen, gute Rösser züchten, zusehen wie meine Kinder heranwachsen und in Frieden sterben.

Das ist alles, Krieg und Herrschaft sind nicht meine Welt. Ich bin froh, daß ich später nur ein einfacher cenn-fine sein werde, wahrscheinlich tauge ich auch zu nichts besserem."

Lyr hatte nun genug Fragen gestellt und Antwort erhalten. Er nahm sich einen Becher, füllte ihn aus einem Faß und ging in den Haupttunnel. Solasard setzte sich auf den Stuhl neben Draighean.

"Ein seltsamer Kerl, dieser Lyr. Sind alle Sidhi so?"

Der Angesprochene lachte.

"So und doch nicht so und immer anders als man sie sich vorstellt. Ein buntes Volk reist nun unter deinem Banner, Solasard. Ein Hochelb, ein Zwerg, einer aus dem Fahrenden Volk, einer aus dem Kleinen Volk und du, einfacher Mensch, der es aber auch nicht einfach hat. Der Herrin sei Dank sind wir nur Männer. Frauen bringen nur Unordnung und Chaos mit sich.

Aber wegen Lyr sorge dich nicht. Ich kenne ihn schon seit langer Zeit. Doch in dieser Gegend hatten wir noch nie gemeinsam zu tun. Seltsam wie das Schicksal immer wieder die Geschicke einzelner miteinander verwebt."

"Und wie wird es nun weitergehen, Draighean? Wo finden wir diesen Neamhní?

Gerade wollte Draighean Luft holen, um zu antworten, als Lyr schroff in den Raum trat, sichtlich erregt, mit einem der beiden Kurzschwerter aus Machas Satteltaschen.

"Wo ist dieses Pferd her? Und wie kommen diese Kurzschwerter in seine Satteltaschen? Wißt ihr nicht wie wertvoll sie sind? Wie könnt ihr sie so unbeaufsichtigt lassen?"

Verwundert schaute ihn vor allem Athraigh an.

"Ich wüßte nicht, was dich das angeht. Das Pferd gehört Solasard, und niemand paßt besser auf diese Kurzschwerter auf als Macha selbst."

Aufgeregt erwiderte Lyr:

"Das ist wahr, aber wo ist Macha? Ist sie hier? Nun, wer paßt denn nun auf die Schwerter auf? Und was heißt, das Pferd gehört Solasard? Dieses Pferd da drin gehört niemand anderem als Macha selbst.

Als Fohlen schon rannte es auf unseren Weiden. Es gibt seinesgleichen nicht noch einmal auf der Welt. Denn dieses Pferd kann sich verwandeln in was es will. Wie kommt ihr also in den Besitz dieses Tieres?

Wüßte ich nicht, daß Macha eine Göttin ist, ich würde sagen, ihr seid der Strauchdieb und nicht Cluanaire."

Das war gar kein guter Einstand in die Gemeinschaft.

Als Lyr das nächste Mal die Augen öffnete, saß Goworr auf seinem Brustkasten und hielt seine sehr, sehr scharfe schwarze Axt an seinen Hals. Athraigh stand über ihm und hielt drei seiner Wurfmesser in den Händen und sagte:

"Wenn dein nächstes Wort nicht "Entschuldigung" ist, wirst du derjenige sein, der Macha persönlich fragen kann, woher Solasard das Schwert hat, oder Kleiner?"

Goworr nickte und verstärkte den Druck am Hals des Sidhi, als Solasard einen harschen Befehlston annahm:

"Athraigh, Goworr, runter da. Seid ihr wahnsinnig. Es gibt nichts, worüber man nicht in Ruhe sprechen kann. Los, runter von dem Mann und weg mit den Waffen!"

Nur langsam, als stünden sie unter einem Bann, ließen die beiden den Mann los.

"Ich bin begeistert von deiner Leibwache, Solasard! Verzeih, wenn ich mir zuviel anmaßte, aber für mich sind das wichtige Fragen. Möchtest du sie mir nicht vielleicht doch beantworten?"

Solasard reichte dem Hochelben die Hand und half ihm auf.

"Verzeih auch du den mangelnden Anstand dieser verfluchten Hitzköpfe. Läßt einer allein von ihnen schon nichts anbrennen, so sind sie zu zweit wie ein Waldbrand im Sommer.

Nun zu deinen vielen Fragen, die ich dir gerne beantworten werde. Doch vorher noch einen Schluck, damit ich flüssiger sprechen kann."

Sie nahmen sich alle noch einen Schluck aus dem Faß und setzten sich rund um das Feuer. Dann begann der Schwertsucher zu erzählen.

"Nun, du mußt wissen, daß diese Stute mangels eines mir genannten Namens den ihrer Herrin erhielt, nämlich Macha. Du wolltest wissen, wie ich zu diesem göttlichen Geschenk kam? Es war an Samhain, als ich Macha, der Herrin dieses Tieres, begegnete, denn wenige Tage vorher begegnete ich einer Sidhé, die mich aufforderte, an Samhain in die Berge zu gehen, denn dort würde mir etwas gegeben werden, was wichtig wäre für meine Sache.

Nun, ich hatte mit allem gerechnet, aber nicht mit einem Pferd, das dazu auch noch diese seltsamen Kurzschwerter in seinen Satteltaschen trug.

Doch nachdem ich eine Nacht mit Macha verbracht hatte, war dies das einzige, was sie mir gab und so nehme ich an, ist es das, was ich erhalten sollte."

"Einen Augenblick," unterbrach ihn Lyr erstaunt, "du willst mir demnach erzählen, daß du eine Nacht mit Macha verbracht hast?"

Athraigh und Goworr wechselten vielsagende Blicke bei dem Klang nach Zweifel in der Stimme des Sidhi.

Doch Solasard antwortete ruhig:

"Vielleicht nicht so wie du es dir vorstellst oder wie ich es mir gewünscht hätte, aber wir lagen eine Nacht beieinander. Frage mich jetzt nicht, warum. Ich kann es dir auch nicht sagen."

"Und was ist mit deiner Versprochenen? Wie denkt sie darüber?" fragte Lyr.

"Und wie denkst du darüber, wenn eine Göttin neben dir liegt, denkst du dann an eine Menschenfrau?

Ich liebe Amhrán, aber was in dieser Nacht geschah, hat mit ihr und Liebe nichts zu tun.

Macha ist nur so lange mein Pferd, bis sie es wieder zurückfordert.

Doch du scheinst die Kurzschwerter zu kennen. Woher kommen sie und warum sind sie so wertvoll für dich? Und was bedeutet, daß die Stute sich verwandeln kann, Lyr?"

"Dieses Pferd, das nun den Namen Macha trägt, ist das letzte seiner Art. Vor langer, langer Zeit schenkten uns die Götter seinen Ahnen, einen wundervollen Hengst namens Scath. Wie die Cerviden, die halb Mensch, halb Hirsch sind, war dieser Hengst halb Mensch, halb Pferd, doch nicht in einer Gestalt.

Vielmehr war es bei ihm so, daß er ein Pferd war, doch für kurze Zeit des nachts ein Mensch. Immer mehr vervollkommnete sich die Zucht, bis diese wundersamen Wesen selbst entscheiden konnten, wann sie Pferd und wann sie Mensch sein wollten.

In dieser Stute steckt auch ein Mensch, genauer gesagt eine Frau, die die Götter zu deinem Schutz bestimmt haben. Doch ihr scheint davon gar nichts zu wissen, oder?"

Solasard, Athraigh und Goworr antworteten wie aus einem Munde:

"Nein!"

Dann kam Solasard ein Gedanke.

"Erinnerst du dich noch an das Ehepaar, bei dem wir die erste Nacht verbrachten. Weißt du noch, was der Mann über Macha gesagt hatte, Athraigh?"

"Ja, als du sagtest sie sei eine rassige Stute, erwiderte er verdutzt, er würde sie nicht so nennen, jetzt wissen wir warum."

Lyr lachte auf.

"Nicht schlecht. Sie wird wohl ihre Gründe haben, dieses Geheimnis vor euch zu bewahren. Nun zu den Kurzschwertern. Wo immer sie auch herstammen mögen, es sind zwei Schwerter, die sich gleichen bis auf die kleinste Verzierung. Fionn mac Cumhail hatte sie machen lassen, für sich und seinen Freund Diarmaid.

Doch nachdem er ihn getötet hatte, waren beide Kurzschwerter verschwunden und wurden nie mehr gefunden.

Eine seltsame Zeit ist das, in der wir leben. Doch wie soll es nun weitergehen, wohin werdet ihr ziehen?"

Alle Blicke richteten sich auf Draighean.

"Nun, wir werden diesem Weg folgen, bis wir auf den Siona stoßen. Von dort werden wir, um unsere Spur zu verwischen, auf dem Strom flußabwärts fahren, bis wir nach Cluain-maccu-Nois gelangen. Eine entfernte Verwandte von mir lebt dort im Coven der Danu, dort können wir zur Not ein paar Tage bleiben."

Scheppernd fiel Solasards Becher auf den Boden.

Der Spiegel

Langsam wechselte das Licht in Tir na Samradh, wurde rosefarben, fast rötlich und überzog das ganze Land so weit das Auge reichte mit seinem Schimmer. In Gedanken versunken lehnte sich Misnéachard an den Stamm der mächtigen Eiche und ließ seinen Blick hin und her schweifen. Er war wieder zu Hause. Es war jedesmal anders, wenn er aus der Menschenwelt zurückkehrte. Doch dieses Mal war er so aufgerüttelt, daß er froh war, wieder hier sein zu dürfen. Er lachte über seinen Hochmut zu glauben, er kenne die Menschen. Doch von jeder Reise brachte er wieder neue Rätsel mit.

Bis jetzt hatte er immer geglaubt, alle Menschen seien gleich. Doch dieses Mädchen war ganz anders. Fast schon erinnerte sie ihn an Frauen aus seinem Volk, so sanft, so wild war sie.

"Nun, mein Sohn, wie ist es dir ergangen in der Alten Welt? Hast du erreicht, was du dir vorgenommen hattest? Misnéachard, ist alles in Ordnung, du wirkst so verstört?"

Aus seinen Gedanken aufgerüttelt blickte der Prinz in die klaren Augen seiner Mutter. Ihre Hand strich ihm eine Strähne aus der Stirn.

"Nein Mutter, es ist nichts, nur daß ich heute besonders merke, wie verschieden diese Welten sind."

"Oh ja, mein Sohn, das sind sie. Und jede Welt birgt Welten in sich, auch die der Menschen. Oder wäre es vielleicht nicht besser zu sagen, vor allem die der Menschen?"

"Aber wenn sich doch alle Welten darin gleich sind, warum sind denn unsere Welten so verschieden?"

Lá, die Königin über Tir na Samradh lächelte.

"Nun, auch wenn Welten, ja selbst die Menschen sich ändern mögen, wir tun es nicht, wir sind die Sidhi, und wir sind noch immer dieselben, die wir waren, seit Anbeginn der Zeit, Misnéachard.

Die Menschen sind ein seltsames Volk. Manchen von ihnen ist die Wahrheit so kostbar, daß sie nur selten davon Gebrauch machen.

Komm in den Grianán, dort brennt ein warmes Feuer."

Der Sohn folgte seiner Mutter in das herrliche Versammlungszelt, wo er sich auf einem der vielen Kissen niederlegte.

"Ach, Lá, es gibt aber auch Menschen, die anders sind."

Die Königin ergriff den Arm ihres Sohnes, als sie sich zu ihm niederkniete.

"Und Sáile? Das Unheil schläft nicht. Viele Menschen würden ihren Kopf gar nicht vermissen, so wenig ist darin. Doch sieh nur was geschieht, wenn diese am Rad des Schicksals drehen. Der Magen dieser Gierigen mag eines Tages vielleicht satt sein, doch ihre Augen nie.

Was ist mit solchen Menschen, Misnéachard?"

Energisch schüttelte der Prinz die Hand seiner Mutter ab und versank völlig im wilden Schauspiel des Feuers.

"Ach Mutter, für dich ist immer alles so einfach. Ich weiß, das Böse liegt nicht in der Welt der Dinge, sondern allein in der Seele eines jeden einzelnen.

Aber ich weiß auch, daß derjenige, der an das Gute im Menschen glaubt, auch das Gute bewirkt."

"Nun sind wir schon beim Glauben, siehst du, wie weit uns deine Gedankenreise führt?

Auch darin sind die Menschen etwas besonderes, in ihrem Glauben. Beschäftigen sie sich mit der Suche nach der Wahrheit und ihrem Platz im Universum, erscheinen sie mir geradezu wie Blinde in einem schwarzen Raum, die eine schwarze Katze suchen; und das gleiche trifft auf ihren Glauben zu, nur daß jeder Gläubige ruft: Ich habe die Katze gefunden.

Wie kannst du nur an deinem Traum der Einen Welt festhalten? Die Menschen erkennen die Weisheit nicht, selbst wenn sie ihnen eine Hand auf die Schulter legt. Menschen wollen unterhalten werden, Misnéachard, nicht belehrt. Sie wollen heitere, beschwingliche Geschichten hören. Nur schwer erträgt dieses Volk zu erkennen wie leer und unweise ihr Leben verläuft. Für sie ist es wichtiger etwas zu besitzen als Wissen und Weisheit zu erlangen.

Ihr Glaube heißt "Haben", doch wenn ihr Glaube "Haben" heißt, will ich davon nichts."

"Aber ich weiß, daß es möglich ist, Mutter. Es gibt auch einige unter ihnen, die diese Brücke bauen wollen, und wir werden es auch schaffen!"

Die Mutter war erstaunt über den Willen ihres Sohnes.

"Verkaufst du da nicht den Vogel in der Luft, Misnéachard? Du solltest erst Ordnung in dein Leben bringen, bevor du die Welt verändern willst."

Der Prinz zog seine Stirn in Falten.

"Wie meinst du das?"

Da lachte Lá herzlich auf.

"Glaubst du denn ich bin blind und sehe nicht, was dein Herz bewegt. Freue dich, du entdeckst gerade den Schmerz der Liebe, mein Sohn. Alle schönen Rosen haben Dornen, doch schlimmer noch sind Dornen ohne Rosen. So freue dich an dieser Rose."

Misnéachard war verwundert, wie gut ihn seine Mutter kannte.

"Ich weiß nicht, ob ich hier von Liebe sprechen soll. Sie ist menschlich und eine Knospe, die dereinst zu einer wundervollen Frau erblühen wird. Aber sie ist einem anderen versprochen. Ich will sie nicht abbringen von ihrem Weg, obgleich sie mich so stark berührt. Und außerdem fehlt mir der Mut. Vielleicht bin ich ihrer gar nicht würdig."

"Du bist Misnéachard, der Prinz von Tir na Samradh, warum solltest du nicht würdig sein. Liebe ist Liebe, ist Liebe, ist Liebe. Jede Liebe ist anders und wenn dir der Mut fehlt, dann wage es trotzdem, der Mut wird schon kommen. Doch nun zu deinen Geschäften. Warst du erfolgreich?"

Misnéachard merkte wohl, daß seine Mutter schon mehr wissen wollte von ihr, doch sie wollte ihn auch nicht zu sehr drängen.

"Solasard geht seinen Weg und gute Begleiter hat er, wie du wohl weißt. Er macht mir keine Sorgen. Es ist dieser Dragan, der meinen Geist beschäftigt. Wie eine fette schwarze Katze sitzt er vor dem Mauseloch und wartet ab. Der ganze Landstrich um Wyinklo steht unter seiner Schreckensherrschaft. Mir scheint es, als bekäme er selbst von jedem Ei wenigstens das Eiweiß.

Er sendet Boten in alle Himmelsrichtungen, um Solasard aufzuspüren. Gleichzeitig sollen ihm aber die Boten nichts tun, sondern ihm nur in gebührendem Abstand folgen. Es kommt mir so vor, als wolle er, daß Solasard das Schwert findet, damit er es ihm abjagen kann.

Ein leichtes wäre es ihm, in die Burg einzudringen, Broc zu töten und sich zum Hochkönig ausrufen zu lassen. Aber er braucht das Schwert, um vom Volk anerkannt zu werden. Doch bei seiner schlauen Rechnung hat er die Fianna vergessen, die ebenfalls dem Jüngling folgen.

Und wenn diese wählen müßten, würden sie sich bestimmt nicht für einen dahergelaufenen Strauchdieb entscheiden. Was ist mit Sáile? Treibt sie immer noch ihr Spiel mit Madhra?"

Lá stand auf und begann auf und ab zu gehen.

"Fia, dieses törichte Kind führt sie in die Gesellschaft ein. Sie glaubt, diese Frau würde heimischer, wenn sie das Volk besser kennenlernen würde.

Ich spüre förmlich wie sie ihr klebriges Netz spinnt. Auch Madhra scheint in ihren Diensten zu stehen. Obwohl ich zu wissen glaubte, wem er wahrlich dient.

Diese Frau macht die Grenze in unserem Volk nur allzu deutlich. Und sie gießt Öl in jedes Feuer, bestärkt die, die den Traum von der Einen Welt haben, und die, die dagegen sind und sich über den Untergang der Menschen freuen würden. Es war nicht gut, diese Frau hier zu behalten. Am Ende mag sie auch Unsere Welt noch in Brand setzen."

Misnéachard strich sich über die Nasenflügel.

"Was hätten wir denn sonst tun sollen? Den Schaden, den sie hier anrichtet, können wir vielleicht noch begrenzen, aber in ihrer Welt würde sie nichts unversucht lassen, Solasard auf den Thron von Tara zu bringen und sich selbst dazu. Sie würde den Weg, den Solasard gerade beschreitet, noch vor dem ersten Schritt beenden.

Wichtiger als der Thron ist sein Weg dorthin. Um diesen Weg gehen zu können, muß er alles von Neamhní über seinen Vater, den König, erfahren. Dies ist seine Lehrzeit, und sie wird aus ihm erst einen König schmieden.

Und was er neben sich auf dem Thron braucht, ist bestimmt nicht seine Mutter.

Was tut sie den ganzen Tag, jetzt da sie alleine ist? Sie kann doch unmöglich die ganze Zeit irgendwelche Familien besuchen, oder?"

Die Königin erwiderte:

"Oh doch, Misnéachard, das kann sie. Doch es kommt noch besser, denn sie lebt jetzt in den Wäldern bei Néart. Wenn ich nur wüßte, was er vorhat. Aber irgendwann mußten die beiden ja einmal zueinander finden.

Seine Vorstellung der Einen Freien Welt wird sich allerdings kaum mit der deinen decken, mein Sohn!

Néart will die völlige Unterwerfung der Menschen. Er hält sie für unwürdig, und glaubt, ihnen ein guter Führer sein zu können.

Oh ja, keiner hätte besser zu ihr gepaßt als dieser Kerl."

"Und was willst du nun tun, Mutter?", fragte der Elbenprinz.

"Die Frage lautet, was werden wir jetzt tun, mein Sohn. Mein Gemahl ist in der Alten Welt, und ich weiß nicht, wann er zurückkommen wird.

Das bedeutet für uns, daß wir die beiden beschäftigen müssen. Aber ich weiß beim besten Willen nicht wie. Fällt dir vielleicht etwas ein, Sohn?"

Misnéachard grübelte vor sich hin.

"Zuerst müssen wir ihre Verbindung zu Madhra abbrechen oder wenigstens stören. Auch er ist in der Alten Welt unterwegs. Ich sah ihn auf der Breiten Straße, als ich einen alten Freund dort besuchte.

Wie ich dieses rabenschwarze Tier hasse. Lasair witterte ihn schon auf Meilen und wollte sich mit ihm messen. Dieses Pferd ist genauso verdorben wie sein Herr. Wenn ich nur wüßte, was er vorhat.

Sicherlich hängt es auch mit Sáile zusammen und da ist noch mehr. Wie ich ihn kenne, mischt er auch bei diesem Dragan mit. Schließlich wäre damit allen dreien gedient, Néart, Sáile und auch Madhra.

Dennoch weiß ich nicht, wie wir ihnen Einhalt gebieten sollen. Vielleicht sollten wir einigen aus dem Weisen Rat unsere Schwierigkeiten anvertrauen. Doch das ist auch gefährlich. Je mehr davon erfahren, desto mehr können darüber reden. Wie sagt das Alte Wort: Das Verderben eines jeden liegt auf seiner Zunge. Andererseits können wir aber nicht über die Zukunft unseres Volkes allein entscheiden, Lá."

Die Königin pflichtete ihrem Sohn bei.

"Ja, du hast recht, Misnéachard. Eine weitere Spaltung innerhalb unseres Volkes können wir nicht dulden. Das würden wir auch nicht überstehen. Und dabei wissen wir noch nicht einmal, welchen Weg die Menschen einschlagen."

Die Königin legte Holz auf das Feuer und klatschte leise in die Hände. Sofort erschienen drei Sidhi, denen sie freundlich zulächelte.

Bald standen rund um sie und ihren Sohn einfache Speisen und klares Wasser, an denen sie sich gütlich taten, während sie sich weiter unterhielten.

Es war kühl geworden und sie wickelten sich in weiche, warme Wolldecken. Draußen blinkten die Sterne und tanzten zu Ehren der Großen Mutter.

"Oh ja, Mutter, die Menschen. Wir können sie nicht außer Acht lassen. Sie vertrauen uns und hoffen, daß wir ihnen helfen werden, auch wenn die meisten daran zweifeln, daß es uns überhaupt noch gibt. Aber die Kraft eines Baumes ist nicht größer als die seines Stammes. Könnte ich doch leben in einem Land, in einer Welt ohne Weinen und Klagen. Aber das wenige an Glück ist immer noch besser als gar keines."

Nur zu gut kannte Lá die Traurigkeit, die sich in das Herz ihres Sohnes schlich. Sie gehörte zu den Sidhi wie die Sterne zur Nacht.

"Es ist nicht leicht, Misnéachard, ich weiß es.

Und es geht dir auch nicht nur um die Frage des Lebens, nicht wahr? Ja, Unsterblichkeit mag auch ein Fluch sein.

Wie einfach haben es da die Menschen. Erst das scheinbar unlösbare Rätsel des Todes gibt ihrem Leben Sinn. Die Herkunft des Lebens und sein Hingang sind das erste und letzte Weltenrätsel. Das sind die Fragen, die den Göttern die Tür öffnen, so ist die Grundlage aller Glaubenswege der Tod, und dies ist für die Menschen der eigentliche, der wahre Glauben.

Sein Sockel ist das Grauen und die Furcht vor dem Unbegreiflichen, Unfaßbaren und Unnennbaren, und sein kindliches Vertrauen, vom Tod erlöst zu werden, auf die eine oder andere Weise.

Und nicht ohne Grund sind die Frauen die Träger des Glaubens."

Neugierig blickte der junge Mann auf.

"Warum denn das? Männer und Götter tragen wohl auch ihren Beitrag zum Glauben bei, oder?"

Lá schmunzelte.

"Doch es ist die Frau, die dem Schläfer ein Lager bereitet, ein Lager, das auch sein Grab sein wird dereinst, oder?

Sieh dir doch die von Männern geführten Völker an. Viele erschöpfen sich nur in der Säule der Gesetzgebung, der Form. Sie schlachten sich ab wegen geringfügiger Abweichungen davon und im Glauben ist es nicht anders."

Erregt atmete der Prinz ein.

"Und was macht ihr Frauen denn besser als wir?"

Ihren Sohn besänftigend antwortete die Königin:

“Frauen lernen schon sehr früh in ihrem Leben, daß Begriffe wie Recht und Unrecht, Ehre und Schmach flüssig sind und nicht festgelegt werden können. Wir reifen schneller, weil wir es müssen.

Frauen erfahren sehr früh, daß es nur eine Gerechtigkeit gibt, nämlich die der Güte und weil sie wissen, daß jeder nur das erhält, was er verdient, brauchen sie sich nicht mit Gedanken an Rache zu befassen oder ihre Hände gar damit zu beschmutzen. Sie schützen und bewahren das Leben. Der Glaube, den das Weib hütet, lodert auf wie ein Feuer, leuchtet uns, wärmt uns und tröstet uns.

Glaube von Männern gelebt oder verteidigt, denn nichts anderes tun sie, führt dazu, daß Recht, Ordnung und Herrschaft daraus entstehn, Gesetze, die wenig mit den Göttern zu tun haben und zuletzt führt es zum Krieg und was soll daraus entstehen als wieder Krieg.

Doch wir wollen es genug sein lassen, ich bin erschöpft und will mich zurückziehen.

Laß uns morgen mit dem Weisen Rat zusammensitzen, dann wollen wir entscheiden, was zu tun ist. Ruhe auch du dich etwas aus, Sohn.”

Beide erhoben sich und verließen den Grianán.

Doch Misnéachard war nicht müde. Gedankenverloren wanderte er umher.

Ja, Frauen, irgendwie schienen sie wirklich die Zügel seines Lebens in der Hand zu halten. Wunderbare Geschöpfe, gleich Schmetterlingen im Wind.

So lange lebte er jetzt schon mit ihnen, hatte sie geliebt, geehrt, geachtet, und jetzt kam dieses Mädchen daher, weckte etwas seit langem Verschüttetes, Begrabenes wieder auf und ließ ihn nicht mehr los.

Vielleicht war es ja auch gar nicht so, vielleicht sehnte er sich einfach so nach der großen Liebe seines Lebens, daß er sich einbildete, diese Kindfrau müsse es unbedingt sein.

Nachdenklich machte er sich zu den Weiden auf, wo ihn Lasair erwartete. Der kannte die Vorliebe seines Herrn für nächtliche Ausritte.

Es tat Misnéachard gut, die Kühle der Nacht um sich zu wissen. Er überließ sich völlig seinem Pferd. Lehnte sich zurück, bis sein Rücken auf dem seines Pferdes lag, klammerte sich mit seinen Beinen fest und badete im Licht der Sterne.

Er sah nicht das Kitz, das mit seiner Mutter schnell vom Wege sprang.

Lasair wußte, wohin es seinen Herrn trieb. Er trug ihn vorbei am Weg zu den wilden Gärten durch den ganzen Wald. Sie überquerten den Fluß der untergehenden Sonne und trabten weit, weit fort von der Zeltstadt auf ein Gebirge zu, in dessen bergige Höhe ein Paß hinaufführte.

Vorsichtig stieg Lasair Schritt für Schritt hinauf. Misnéachard hatte sich an den Hals des Tieres gelehnt, das ihn so geduldig trug.

Bald führte der Weg in einen Berg hinein, wurde breit und breiter und endete schließlich in einer großen, breiten Höhle, die sich zu einem lichten Rund ausbreitete.

In ausgehöhlten Löchern standen tausende von brennenden Kerzen, ihr Licht brach sich in einem riesigen Spiegel.

Lasair blieb in der Mitte der Halle stehen. Müde glitt Misnéachard von ihm und ging auf den Spiegel zu.

Dreifach überragte ihn dieses Meisterwerk. Vor dem Spiegel blieb er stehen und begann eine einfache Melodie zu summen. Dann flochten sich tiefe, langsam gesprochene Worte in den merkwürdigen Gesang ein.

Seine Hände berührten die Oberfläche des Spiegels. Sie war kalt.

Immer tiefer versank der Prinz in seinen Geist, ließ seine Seele frei, verbannte Kopf, Bauch und Herz in ein fernes Land.

Das Bild einer wunderschönen Frau entstand vor seinem dritten Auge. Nur mühsam konnte er es halten, aber er vermochte es.

Deutlicher wurde das Bild nun, doch es kostete ihn viel Kraft diese Verbindung herzustellen. Dann sah er sie deutlich, ihr schwarzes Haar, ihre dunklen Augen. Das dunkelblaue Gewand unterstrich die wohlgeformten Rundungen ihres Körpers. Eine Krähe saß auf ihrer Schulter.

Der Spiegel wurde nun warm. Misnéachards Herz schlug immer langsamer.

Das Bild der Frau wurde immer größer, fast nahm sie den ganzen Platz in seinem Kopf ein. Dann verschwand das warme Gefühl in seinen Händen. Jemand blies ihm seinem Atem ins Gesicht.

Misnéachard öffnete die Augen. Sie war tatsächlich gekommen.

"Sei mir gegrüßt, Sohn Tir na Samradhs, warum rufst du mich her. Obwohl es nichts Wichtiges gibt, verschwendest du deine Kraft, um mich zu rufen. Was begehrst du von mir?"

Lange weiße Fingernägel strichen über seine Wange, schwarze Augen verbrannten ihn zu Asche.

Leise flüsterte der Mann:

"Edle Morrhígan, du hältst deine Hand über eine, die mir teuer ist. Willst du mir sagen, welchen Weg du für sie gewählt hast?"

Die Göttin antwortete ihr:

"Das weißt du sehr wohl, Misnéachard. Was du wissen willst ist, ob sie jemals die Deine werden wird. Ob sie jemals nur dir gehören wird. Nicht wahr?"

Der Prinz nickte stumm.

"Nun, ihren Weg kennst du. Sie wird die Frau des Hochkönigs, oder sie wird zumindest Hochdruidin werden. Um dies zu werden, diese Stufen zu erklimmen, ist sie in Danus Coven geführt worden.

Es war nicht meine Absicht, daß du ihr begegnetest. Doch es ist geschehen. Sie hat dich in ihr großes Herz geschlossen, Misnéachard.

Und doch gehört ihre Treue dem Menschenkind. Viel Platz nimmst du in ihrem Herzen ein, und ich rate dir, meine Pläne nicht zu durchkreuzen.

Wenn ihr Weg zu Ende ist in der Alten Welt, magst du sie zu dir holen. Dann sollt ihr glücklich werden hier. Doch ihre Aufgabe muß sie allein erfüllen. Du magst ihr Freund sein, doch du wirst nie ihr Mann sein.

Sie ist Solasard versprochen, und den wird sie heiraten oder keinen.

Amhrán ist frei. Sie kann lieben, wen immer sie mag, aber nicht heiraten.

Gibt es keine Frau in deinem Volk, die du begehren und lieben kannst?"

Misnéachard schüttelte den Kopf.

"Und selbst wenn es eine gäbe. Kein Wind ist der richtige, wenn du nicht weißt, welcher Hafen der richtige ist. Aber ich habe einiges gelernt, nachdem ich sie kennengelernt habe. Nie hatte ich solche Gedanken, nie solche Träume, seit ich sie im Arm hielt."

"So mag es vielleicht doch Liebe sein, die du für sie empfindest. Amhrán ist keine Frau wie andere.

Sie hat ein Licht in sich, das Sterne entfacht. Wenn sie deine Seele berührt, macht sie aus dir einen Stern der Liebe. Und doch hat sie tiefere Abgründe in ihrer Seele als du und ich. Zuweilen ist ihr die Liebe zur Freiheit ein Stolperstein, mit dem sie sich selbst ein Bein stellt. Dann magst du sie auffangen und in deinen Armen halten.

Sei nicht traurig, daß du ihr nicht folgen kannst, wohin sie geht.

Die Alte Welt ist nicht die deine, doch wende dich der Sonne zu, dann werden die Schatten hinter dich fallen. Sie wird dich nie vergessen und immer im Herzen bei dir sein."

Misnéachard sank auf seine Knie.

"Ach Herrin, als ich meine erste Liebesgeschichte hörte, begann ich nach einer Geliebten Ausschau zu halten, nach ihr, und doch merkte ich nicht, wie blind ich eigentlich war.

Denn erst jetzt weiß ich, daß sich die Seelen Liebender nicht irgendwo begegnen.

Sie sind schon immer ineinander."

Glühende Herzen

Scathcrobh erwachte, als ihm Amhrán den Kräutertee brachte und ihn sanft weckte. Nachdem sie eine Nacht darüber geschlafen hatte, war es für sie nicht mehr ganz so schwer, sich um den Kranken zu kümmern.

Sie war ruhiger geworden hier, sicherer, weil sie sich angenommen fühlte. Sie wußte, daß hier niemand irgendwelche Erwartungen an sie stellte, die sie nicht erfüllen konnte. Das gab ihr Kraft und Mut.

"Fremder, wacht auf. Ihr habt fast zwei Tage durchgeschlafen und müßt euren Trunk zu euch nehmen. Der wird euch wärmen und stärken, damit ihr bald wieder gesund seid."

Der Späher wollte sich aufrichten, doch es gelang ihm nur den Kopf anzuheben. Der Schmerz preßte ihn auf sein Lager, obwohl sein Geist erfrischt war durch die Ruhe, die er hier fand.

"Wer bist du, Mädchen? Und du kannst mich ruhig mit meinem Namen ansprechen. Mein Name ist Scathcrobh. Ich komme von Tara."

Das Mädchen antwortete:

"Mein Name ist Amhrán. Ich werde dich pflegen, bis du wieder gesund bist. Zudem werde ich dir Gesellschaft leisten. Kranke soll man nie zu lange alleine lassen, sonst leidet ihr Geist.

Was machst du hier? Tara ist wohl ein gutes Stück entfernt von hier, und um diese Jahreszeit vermutet man keine Wanderer auf den Straßen."

Das fragte sich Scathcrobh auch gerade. Er konnte ja unmöglich sagen, daß er ein Mädchen suchte, dem er Fragen stellen sollte.

Blitze jagten durch sein Gehirn.

"Nun, ich suche meine Schwester. Sie dürfte in deinem Alter sein. Sie lief von zu Hause fort und nun muß ich sie suchen."

Amhrán schmunzelte.

"Aber der Junge, der euch begleitet, ist nicht noch euer Bruder, oder? Und was für ein merkwürdiges Pferd du bei dir hast. Fast kommt es mir so vor, als müßtest du es tragen und nicht umgekehrt."

Nun, dumm war das gute Kind nicht.

"Saileach ist nicht mein Bruder. Er ist mir gewissermaßen zugelaufen. Und Bás, nun er ist ein gutes Pferd, Verzeihung, er wird einmal ein gutes Pferd. Ich muß ihn nur noch etwas aufpäppeln. Vielleicht könntest du dich ja auch etwas um ihn kümmern oder wenigstens Saileach Bescheid sagen, daß er es tun soll. Würdest du das für mich tun?"

Amhrán nickte.

"Ich muß jetzt gehen. Ich werde euch, entschuldige, dir heute mittag etwas Suppe bringen. Ruh' dich jetzt wieder aus und schlafe vielleicht noch ein bißchen."

Dann ging sie hinaus.

Scathcrobh schloß seine Augen. Sie war hübsch, dieses Mädchen. Er wußte gar nicht mehr, wie lange er keine Frau gehabt hatte.

Aber er wußte auch, daß es nicht leicht sein würde, so ein Mädchen für sich zu gewinnen. Sie war wie ein Reh, vorsichtig und scheu. Auch wenn sie keine Jungfrau mehr war, viel Erfahrung hatte sie bestimmt nicht. Sie hatte die Wahrheit in den Augen.

Nun, wenn er schon ans Bett gefesselt war, dann wollte er sich wenigstens einen hübschen Bettwärmer beschaffen. Dieses andere Mädchen lief ihm ja nicht weg und vielleicht konnte Amhrán ihm ja helfen, es ausfindig zu machen.

So war doch wieder alles im Lot. Scathcrobh döste vor sich hin, getrieben von der Vorstellung, wie Amhrán wohl ohne Kleider aussah.

Als er sich gerade auszumalen begann, wie schön sich dieses Pflegebett zu etwas anderem als zum Pflegen eignen würde, riß irgendein Trottel die Tür auf und stolperte herein. Saileach, wer sonst hatte so eine Gabe.

"Guten Morgen, Auge Taras. Wie geht es dir? Hast du noch Schmerzen? Kann ich etwas für dich tun?"

Scathcrobh stöhnte auf.

"Saileach! Eine Frage nach der anderen, bitte. Es geht mir gut. Ich werde gut versorgt. Ja, ich habe noch Schmerzen, vor allem, wenn man hier hereinpoltert wie in ein Gasthaus. Ja, du kannst etwas für mich tun. Du kannst nach Bás sehen. Wo ist er denn überhaupt untergebracht? Vielleicht könntest du ihn jeden Tag etwas bewegen. Hat er denn auch genug Futter? Du weißt, wenn er wieder stark werden soll, braucht er jeden Tag gutes Futter. In meinem Reisesack müßte noch etwas von seinem Futter übrig sein. Würdest du das für mich tun?"

Die Zornesröte schoß Saileach ins Gesicht.

"Bás, Bás und noch einmal Bás. Und ich? Fragst du vielleicht auch einmal nach mir? Wie es mir geht, ob ich gut untergebracht bin? Ob ich genug zu essen bekomme? Hier stehen zwei Betten. Zwei Betten stehen in diesem Raum. Kannst du mir einmal verraten, warum ich nicht in einem davon liege?"

Scathcrobh blickte schuldbewußt auf und grinste dabei.

"Nun, in dem einen kannst du nicht liegen, weil ich darin liege und in dem anderen kannst du nicht liegen, weil du nicht krank bist."

Saileach wollte schon wieder loswettern, als Scathcrobh fortfuhr zu sprechen.

"Ist ja schon gut, ist ja schon gut. Als denn, Saileach. Sei mir gegrüßt, mein Retter. Ich bin froh, dich zu sehen. Und wie ist es dir ergangen? Hast du eine gute Unterkunft gefunden? Und bekommst du auch genug zu fressen, eh, zu essen? War das gut so oder sollte ich dich noch fragen, wovon du heute nacht geträumt hast?"

Jetzt mußte auch Saileach lachen.

“Ist ja in Ordnung, Mann! Aber du verstehst schon, daß ich mich ärgere. Ich kümmere mich um dich und deine ganze Sorge gilt diesem scheintoten Ackergaul.”

Scherzhaft wollte Scathcrobh dem Jungen an die Kehle fassen, ließ sich aber schmerzgeschüttelt wieder zurückfallen.

“Dann erzähl mir Junge, von dir und dem Pferd, aber beeil dich, ich werde schon wieder müde.”

Saileach machte sich Sorgen um seinen neuen Freund und versuchte es sich nicht anmerken zu lassen.

“Nun, da dir Bás scheinbar wichtiger ist als ich, sollst du seine Geschichte zuerst erfahren. Solange du nämlich auf dem Wagen lagst, trabte er freundlich hinter uns her.

Als wir dich aber in diese Badehütte gebracht hatten, ließ er sich nicht mehr anrühren. Wie vor Feuer schreckte er vor uns zurück.

Schließlich kam uns die Oberste des Covens zu Hilfe. Stelle dir vor, sie ist eine echte Sidhé. Sie hat mit Bás in einer Sprache gesprochen, die ich noch nie gehört habe. Es war fast wie ein Lied. Und dann spitze er plötzlich die Ohren, legte sie an und kam langsam, Schritt für Schritt, auf sie zu, bis sie die Zügel greifen konnte. Eine seltsame Frau. Überhaupt gibt es hier sehr merkwürdige Dinge zu berichten. Der Mann, der uns gerettet hat, reitet auf einem Hirschen und ...

“Saileach, bitte.”

Schweiß stand Scathcrobh auf der Stirn.

“Verzeih mir, Freund, aber du hast mich an einen wahrlich merkwürdigen Platz geführt. Nun ja, lange Rede, kurzer Sinn, Bás, Halil, mein gefiederter Freund, und ich sind in einer herrlichen Scheune am anderen Ufer untergebracht.

Soweit geht es uns gut, und ich werde mich bestimmt um ihn kümmern. Ich lasse dich jetzt wieder allein und komme gegen abend wieder. Vielleicht bist du dann etwas munterer.”

Doch der Späher war schon eingedämmert in fiebrige Träume seiner Vergangenheit.

Rot war diese Welt, rot vom Blut seiner Opfer. Und er hatte viele getötet. Langsam und schnell, Männer und Frauen. All das scherte ihn damals nicht. Er war ein wilder Stier, und er hatte seine Aufträge. Doch jetzt kehrte dies alles wie ein Fluch zurück. Frauen starrten ihn aus toten Augen an, ehemals schöne Gesichter, doch nun zu Fratzen verschandelt. Kühne Männer starrten auf das Schwert, das sich in ihren Bauch bohrte und ihre Gedärme aufriß.

Frauen, die sich vor im auf die Knie warfen. Er hatte ihnen allen das Leben genommen, sich wie die rechte Hand der Morríghan gefühlt.

Es war ihm, als rinne der Tod gewaltig bebend durch seine Adern, als atme er den Tod. Er war der Richter, und er war unbarmherzig.

Liebe und Mitleid fanden kein Heim in einem Herzen aus Stein.

Doch nun kehrte all das wieder zurück. Nun, wo sein Geist zu müde war, zu erschöpft, um die Bilder weiter aus seinen Gedanken zu verbannen, drangen sie an das Licht, an die Oberfläche seiner Seele und quälten ihn.

Schweißgebadet zuckte sein ganzer Körper, kämpfte gegen Gesichter, die längst nur noch blanke Schädel waren.

So fand ihn Amhrán. Vorsichtig versuchte sie den Kranken zu wekken. Doch immer noch tobte er. Da rüttelte sie ihn.

Verschreckt riß er die Augen auf, blanker Haß blinkte aus ihnen hervor. Heftig bäumte sich sein Oberkörper auf und zuckte schmerzverzerrt zurück. Vor Schreck ließ Amhrán die Schüssel mit der Suppe und dem Löffel fallen.

Angstvoll wich sie vor dem Mann zurück.

Dann erkannte er sie plötzlich wieder. Hinfort war der Schatten der Träume, der noch auf seinen Augen gelegen hatte.

"Nein, nein, geh nicht, bitte bleib."

Nur mühsam gewann Scathcrobh wieder Gewalt über sich.

Vorsichtig näherte sich das Mädchen.

"Bitte, komm her, Amhrán! Du brauchst keine Angst zu haben. Ich hatte nur schlechte Träume.

So wie du aussiehst, habe ich dir wohl einen gehörigen Schrecken eingejagt. Es tut mir wirklich leid."

Langsam beruhigte sie sich wieder.

"Und die Suppe ist nun auch hin. Ich werde gleich noch einmal welche holen gehen."

"Nein laß, ich habe keine verdient, wenn ich kleine Mädchen so erschrecke."

Doch Amhrán lachte nur und ging hinaus. Nach einigen Augenblicken kam sie wieder herein, stellte die Suppe auf das kleine Tischchen und richtete den Kranken behutsam etwas auf, indem sie ihm das Kissen des zweiten Lagers noch in den Rücken schob.

Dann nahm sie die Suppe wieder auf und begann den Mann mit dem Löffel zu füttern.

"Ich kann alleine essen, Amhrán!"

Ein weiterer Löffel Suppe verbot ihm die Rede.

"Mit Sicherheit, Scathcrobh, aber nicht, so lange ich dich pflege. Jegliche Anstrengung wurde dir untersagt. Du ißt die Suppe demnach so oder gar nicht."

Eine Herausforderung blitzte in den Augen der jungen Frau, die der Späher nicht anzunehmen wagte. So schlürfte er schweigend die Suppe, die sie ihm in den Mund löffelte.

Seine dunklen Augen ertranken in den ihren, doch Amhrán übersah dies, soweit es ihr möglich war. Sie brauchte nicht noch mehr Schwierigkeiten mit Männern.

Dann strich er ihr mit der Hand durch das Haar.

"Du bist sehr schön, Amhrán. Hat dir das schon einmal jemand gesagt?"

Das Mädchen schüttelte seine Hand fort.

"Iß und erzähle keinen Unsinn. Ich bin nicht hübscher als andere Mädchen auch, Scathcrobh. Das glaubst du nur, weil du zu lange mit Saileach unterwegs warst."

"Ich war noch nicht einmal eine Woche mit ihm zusammen, Amhrán."

"Und mich kennst du noch nicht einmal einen Tag. Iß, Scathcrobh, sonst schicke ich dir morgen das häßlichste Weib, das ich finden kann, die wird sich dann schon richtig um dich kümmern."

Gehorsam schluckte der Kranke die Suppe.

"Glaubst du, du kannst aufstehen und dich auf das andere Lager setzen? Ich muß deines neu richten."

Scathcrobh nickte. Langsam und sehr vorsichtig wechselte er den Platz.

Amhrán legte ihm die Decke um und öffnete dann die Tür.

Verwirrt fragte Scathcrobh:

"Erst rettet ihr mich und jetzt soll ich erfrieren?"

Amhrán zwickte ihn in seinen schwarzen Bart.

"Frische Luft kann dir nur gut tun, sonst träumst du wieder irgendwelchen Unsinn. Erinnere mich, daß ich noch etwas Holz auf das Feuer lege."

Als sie mit ihrer Arbeit fertig war, half sie dem Späher wieder auf sein Lager und wechselte ihm noch einmal den Verband. Bevor sie ging deckte Amhrán ihn richtig zu.

Als sie schon einige Schritte gegangen war, hörte sie aus der Hütte den Ruf:

"Wolltest du nicht noch Holz bringen und nachlegen? Soll ich erfrieren? So einen Prachtkerl wie mich gibt es kein zweites Mal, Amhrán."

Sie brachte das Holz, das vor der Hütte gelagert wurde, und schlenderte dann zu Rhiannons Hütte, um ihrer Freundin Bericht zu erstatten.

"Und wie benimmt sich dein krankes Küken?", fragte Rhiannon.

"Küken, das ist eher ein ausgewachsener Hahn als ein Küken. Aber er ist sehr freundlich, Rhiannon."

"So freundlich wie ein Elbenprinz?"

"Das wirst du mir wohl nie verzeihen. Er ist ein sehr merkwürdiger Mann. Wenn er wach ist, benimmt er sich sehr gut, ist nett und freundlich. Aber wenn er schläft scheinen zwei Geister in ihm gegeneinander zu kämpfen. Als ich ihm heute mittag seine Suppe brachte und ihn weckte, schaute er mich an, als würde er mich gleich umbringen. Ich hatte richtig Angst vor ihm. Was ist das nur, Rhiannon?"

Die alte Frau starrte sinnend ins Feuer.

"Nun, ich denke, das ist der Teil seiner Seele, den er tagsüber gefangen hält. Sieh dir nur einmal seine Narben an, wenn du ihn heute abend wäschst, Amhrán.

Ich habe noch nie einen Mann mit solchen Narben gesehen und dann denke dir für jede äußere Narbe noch eine an seinem Herzen.

Dann weißt du, daß er das Tier in sich nur schwer bändigen mag. Hüte dich vor einem solchen Mann. Kein guter Mann hat solche Narben. Heftige Kämpfe wurden auf dieser Haut ausgetragen, Amhrán. Dieser Mann hat vielleicht nie die Liebe kennengelernt und mag sie mit der Zärtlichkeit und Vertraulichkeit einer Gespielin verwechseln.

Paß auf dich auf, Amhrán."

"Ich bin kein Kind mehr, Rhiannon. Ich mag nicht alle Männer kennen, aber daß dies eine verlorene Seele ist, sehe selbst ich. Aber auch so jemand hat es verdient geliebt zu werden, Rhiannon!"

"Ja, aber nicht von dir, Amhrán."

"Laß mich doch das allein entscheiden! Und überhaupt, sagtest du da eben waschen?"

"Ja, was dachtest du denn? Daß wir den armen Kerl jetzt wochenlang in seinem Dreck liegen lassen. Die Stichwunde bedarf guter Pflege. Ein bißchen mehr Verantwortung hätte ich dir schon zugetraut, Amhrán!"

"Ach, sieh mal einer an, jetzt ist er plötzlich wieder ein armer Kerl. Du hast eben ein großes Herz. Muß ich sonst noch etwas tun?"

Die alte Frau kramte ein kleines wohlriechendes Stoffbündelchen hervor.

"Das sind Baldrianblüten. Daraus bereitest du ihm einen Schlaftrunk. Das wird die bösen Geister in ihm ruhen lassen, wenigstens in der Nacht.

Bevor du ihn wäschst, soll er noch einmal vor die Tür gehen, aber vorsichtig, stütze ihn, wenn es nötig ist.

Bewegen muß er sich, sonst steht er irgendwann gar nicht mehr auf.

Außerdem schläft es sich einfach besser, wenn man vor dem Zubettgehen den Körper auch innerlich reinigt.

Und nimm kaltes Wasser zum Waschen, damit das Blut in seinem Körper angeregt wird, seinen Dienst zu tun.

Zu essen gibt es nur das Hagebuttenmus, sonst nichts. Wir dürfen seinen Körper nicht mit schweren Speisen belasten, sonst verschwendet sein Körper zu viel Kraft für die Verdauung anstatt für die Heilung der Wunden.

Du wirst Sadv mitnehmen. Sie kann dir beim Tragen helfen. Außerdem wirst du heute und vielleicht auch die nächsten Tage in der Krankenhütte schlafen."

"Was werden die anderen von mir denken? Und wozu soll das gut sein? Ich mit diesem Tier in einem Raum? Wie stellst du dir das vor? Nein, nein, nein. Das geht nicht."

Schmunzelnd antwortete Rhiannon:

"Schau, schau, hast du Angst, daß dich ein Halbtoter im Schlaf vergewaltigt, oder ist er vielleicht doch kein Tier? Amhrán, der Mann ist krank, auch wenn er heute wieder bei Sinnen war. Er ist noch lange nicht über den Berg, und vielleicht braucht er dich in der Nacht."

"Dann solltest lieber du bei ihm nächtigen, Rhiannon! Das würde sich schon mehr geziemen als wenn ich es täte, und außerdem bist ja auch du die Heilkundige und nicht ich, oder?"

"In der Tat, meine Herzblume, aber du wirst es auch nicht werden, wenn ich heute bei ihm schlafe."

Nachdenklich strich sich das Mädchen über die Nase.

"Da hast du recht! Aber werden es die anderen nicht merkwürdig finden?"

"Kind, zerbrich dir nicht deren Köpfe. Geh nun und bereite alles vor."

Dies tat sie. Mit Sadv richtete sie ein Gestell über dem Feuer auf, damit sie einen kleinen Kessel mit Wasser zum Kochen bringen konnte. Dann legte sie die Tücher zum Waschen und Abtrocknen zurecht und machte sich mit dem Mädchen auf zur Versammlungshütte, um das Hagebuttenmus zuzubereiten.

Neugierig fragte Sadv:

"Sag, Amhrán, ist dir nicht bange mit diesem grimmigen Kerl unter einem Dach zu nächtigen?"

Erhaben antwortete sie:

"Nein, nicht banger als mit Caitín unter einem Dach zu nächtigen, wenn sie schlechte Laune hat, und dieser Mann ist krank, bekommt einen Baldriantrank und wird schlafen wie ein Säugling. Was sollte mir geschehen, Sadv?"

Unsicher antwortete das Mädchen:

"Ich weiß nicht. Ich würde mir das nicht zutrauen, so alleine mit einem wildfremden Mann. Man weiß ja nie."

"Ach Sadv, du kannst nur eine gute Heilerin sein, wenn du die Krankheiten kennenlernst und krank sind Menschen leider auch nachts. Sorge dich nicht. Dieser Mann ist so krank, daß er mir bestimmt nichts tun wird. Außerdem glaube ich, mag er mich."

Große Kulleraugen rollten auf Amhrán zu.

"Oh, die Herrin möge dich schützen, Amhrán. Dann darfst du erst recht nicht in dieser Hütte schlafen. Er könnte versuchen, dich zu verführen."

Verschmitzt antwortete Amhrán:

"Wenn du auf meine vermeintliche Unschuld anspielst, die hab' ich längst verloren.

Sadv, hast du mir denn nicht zugehört als ich dir erzählte, warum ich hier bin?

Ich liebe Solasard und werde ihm treu sein. Ich werde es jedenfalls versuchen. Schließlich bin ich ja auch nur ein Mensch."

Sadvs Augen wurden immer größer.

Amhrán befürchtete schon, sie würden ihr bald aus dem Schädel springen und davonkullern.

"Wie, du hast schon? So richtig mit einem Mann? Und wie war es?"

Amhrán konnte fast nicht mehr an sich halten.

Sie legte einen Arm um die Schulter der Freundin und sagte:

"Sag nur, du nicht?"

Beschämt schaute das Mädchen unter sich.

"Nein, ich glaube nicht. Ich warte noch auf den richtigen. Aber jetzt erzähl doch einmal, wie war es denn? Tut es weh? Ist es gefährlich?"

Amhrán konnte es nicht fassen. Es war ja schon ein Wunder, daß sie mit sechzehn Sommern noch Jungfrau gewesen war, aber Sadv war ja die Krönung der Unschuld. Ungläubig schüttelte sie den Kopf und hob an zu sprechen.

"Sich einander hinzugeben ist immer so einfach, schwierig, schön, gefährlich, gut oder schlecht wie du es dir und deinem Liebhaber machst.

Hast du Angst, verkrampfst du dich und hast natürlich Schmerzen. Damit du keine Angst hast, mußt du natürlich deinem Geliebten vertrauen, und er muß dich kennen und auch deinen Körper."

"Ja, aber wie lernt er meinen Körper kennen, Amhrán?"

"Natürlich durch dich. Du weißt doch am besten, was deinem Körper gefällt. Was dich entspannt oder erregt, was dir weh tut oder was du nicht magst, Sadv!"

"Tatsächlich, und woher weiß ich das, Amhrán?"

Amhrán atmete tief ein, hielt die Luft an und atmete diese kaum merklich durch die Nase wieder aus.

"Sag mal, Sadv, das fragst du mich doch nicht im Ernst? Hast du dich denn noch nie selbst berührt und dir Lust bereitet? Der beste Liebhaber einer Frau ist doch immer die Frau selbst."

Eine strahlende Röte überzog das Gesicht Sadvs.

"Ich gehe dann kurz raus ein Brot schmieren. Ich habe plötzlich irgendwie Hunger bekommen, Amhrán.

Möchtest du auch ein Brot?"

Amhrán antwortete mit einem leise daher gebrummeltem "Ja".

Schon jetzt hatte sie Mitleid mit dem Kerl, der diese Knospe einst entblättern durfte und dankte der Herrin für ihre Neugier, sich selbst zu entdecken.

Später half ihr Sadv noch einen Kessel, einen Becher und das Mus hinüberzutragen, verabschiedete sich aber schnell, als sei Scathcrobh von einer ansteckenden Krankheit befallen.

"So, meine Schöne, jetzt sind wir als denn allein. Was fangen wir denn mit dieser Nacht an? Mir fallen da ganz viele Dinge ein."

Verführerisch lächelte Amhrán.

"Mir auch. Dann werden wir einmal eine Reihenfolge festlegen. Zuerst gehst du noch einmal vor die Hütte. Dann folgt eine herrliche Waschung mit eiskaltem Wasser, danach die Fütterung des Raubtiers mit heißem Hagebuttenmus, dann noch einen Kräutertrank und dann schlafen wir, jeder für sich. Dann los! Ich warte hier, bis du wieder reinkommst."

Behutsam schlich er vor die Tür und kam nach kurzer Zeit wieder zurück.

"Muß das Wasser wirklich eiskalt sein. Ich meine, das habe ich doch nicht verdient, oder? Man könnte doch das Wasser gemeinsam mit dem für den Kräutertrank bestimmten Wasser erwärmen.

Amhrán, bitte. Mein Herz bleibt schon fast stehen, wenn ich nur daran denke."

Doch diese ließ sich nicht erwärmen. Unbarmherzig holte sie den Eimer mit dem kalten Wasser und die Tücher hervor. Langsam schlug sie die Decke zurück und nahm ihm den Verband ab.

Scathcrobh ließ sie nicht aus den Augen. Sein Körper war wirklich mit Narben übersät. Doch alle schienen ihn schon sehr lange zu begleiten. Amhrán tauchte ein Tuch in das Wasser und wrang es aus.

Sanft führte sie es über sein Gesicht. Er hatte den Blick eines verletzten Tieres, aber er rührte sich nicht. Sie glitt in den Nacken, tauchte das Tuch wieder in Wasser, wrang es aus und setzte ihre Arbeit fort. Sie strich über seine Brust.

Er schloß seine Augen. Sie konnte ahnen, was er sich vorstellte, und es schien ihm nichts auszumachen, daß sie es sah. Sie schwieg, tauchte das Tuch wieder in das Wasser. Schließlich war sie fertig, legte ihm einen neuen Verband an und schlug die Decke zurück.

Neben dem Feuer stand die Schüssel mit Mus, die sie jetzt holte.

Neugierig erwartete er, wie sie handeln würde. Wie eine Katze vor dem Sprung lauerte er ihr auf, wollte er ihr eine Falle stellen. Vorsichtig setzte sie sich auf den Rand des Lagers.

"Die Hände bleiben unter der Decke. Das ist besser für uns beide."

Löffel für Löffel schluckte er das Mus. Kein Wort kam über seine Lippen, auch Amhrán schwieg. Ihre Augen schwiegen kein bißchen. Dann schloß Scathcrobh seine Augen.

Amhrán stand auf, bereitete den Baldriantrank zu und setzte sich wieder zu ihm, während die Kräuter in dem heißen Wasser zogen.

Sanft strich sie über seine Stirn, glitt mit dem Zeigefinger über seine Wangen, seinen Bart und zeichnete die Lippen nach.

Sehr, sehr langsam öffnete er seine Augen.

"Du solltest das nicht tun, Amhrán. Du weißt, wie es um mich steht. Tu es nicht, wenn du es nicht willst. Spiel nicht mit mir."

Sie stand auf und gab ihm einen Becher aus dem es dampfte.

"Trink! Langsam! Es ist heiß und wird dir helfen, ruhig zu schlafen."

"Wie soll ich ruhig schlafen, wenn du neben mir liegst?"

"Ganz einfach, Scathcrobh! Du schließt deine Augen!"

Zornig schlug er ihr den Becher aus der Hand.

"Laß das! Sprich nicht so mit mir! Ich bin kein kleiner Junge, den du rumstoßen kannst, ich bin ein Mann.

Ich nehme mir die Frauen, die ich will!

Ich frage sie nicht!"

Mit aller Kraft, die ihm geblieben war, zog er ihren Kopf zu sich, fast berührten sich ihre Lippen.

Klar blickte sie in seine Augen. "Nun, Scathcrobh, mich wirst du wohl fragen müssen."

toit

"Guten Morgen, mein Junge! Komm, Oighrigh, wach auf! Es ist Zeit aufzubrechen. Wir wollen heute ein gutes Stück Weg hinter uns bringen und bis nach Luimneach gelangen."

Camchéachta hielt seinem Schützling einen Becher mit Honigwasser hin. Dieser schlug müde die Augen auf.

Erst jetzt bemerkte er, wie unbequem er geschlafen hatte. Über ihm breitete eine junge Birke ihre Äste aus, eben noch hatte er ihren Stamm umklammert.

Die gestrige Nacht fiel dem Jungen wieder ein. Irgendwo in dieser Birke schlummerte jetzt der Geist von Shasza. Zärtlich fuhr er über die weiße Rinde.

Camchéachta lächelte freundlich. Auch sonst hatte ihm keiner Vorwürfe wegen seines Verschwindens gemacht. Ganz im Gegenteil, die Erwachsenen fühlten sich irgendwie wieder in ihre Jugend versetzt.

Cioná hatte einen Sud aus Pfefferminzblättern bereitet und schöpfte den Trank mit einem Löffel in die Becher der Gefährten.

Unauffällig entfernten sich Gleannglas und Sliabhan, um den Bedürfnissen ihrer Blase nachzugehen. Crónachan und Gormeala flochten sich gegenseitig Zöpfe, damit ihnen ihre Haare nicht ständig in das Gesicht fielen.

Iolaranam band sich ein Tuch um den Hals und schlüpfte in seinen Mantel. Sein Blick glitt über die Gruppe, zu den Pferden hin. Bis jetzt hatte es, der Herrin sei Dank, noch keine Schwierigkeiten gegeben. Reiter und Pferde waren wohlauf, das wichtigste auf einer Reise.

Als alle ihre Siebensachen zusammengepackt hatten, führten sie ihre Pferde noch einmal zu dem Weiher, um sie trinken zu lassen.

Die Wedel des Schilfs tanzten in dem kalten Wind. Dicke, bauschige Wolken zogen langsam am Himmel vorüber, und manch einer wünschte, er könnte ihnen in den warmen Süden folgen. Die trostlose Umgebung trug nicht dazu bei, daß sich die Stimmung in der Gemeinschaft hob.

Bevor sie losritten, setzten sie noch einen Steinhaufen zusammen. Ein Bote aus Cill-airne sollte sie anhand derer, die sie schon unterwegs zusammengesetzt hatten, finden. Es war mehr eine Gewohnheit, als daß sie glaubten, man könne sie dadurch wirklich aufspüren.

Nachdem sie aufgesessen hatten, erläuterte ihnen Iolaranam noch einmal genau, wie es nun weitergehen würde.

"Nun, Leute, ihr wißt ja schon, daß wir nun ein neues Ziel haben: Cill-dara.

Dorthin wollen wir, so schnell es uns möglich ist, gelangen. Heute wollen wir es bis nach Luimneach schaffen. Dort können wir uns mit Vorräten versorgen und vielleicht einen Boten mit Nachrichten nach Cill-airne schicken.

Ich weiß nicht, was uns in Cill-dara erwartet. Was dies angeht, sind unsere elbischen Freunde so geheimnisvoll, wie sie es immer waren, aber ich denke, es ist wichtig für uns.

Ich möchte, daß Gleannglas, Sliabhan und auch Seabhaceo zusammen vorreiten und ein Lager errichten oder eine Unterkunft finden und auch schon für Essen und Trinken sorgen, damit wir einen möglichst kurzen Aufenthalt dort haben.

Sucht einsame Bauernhöfe und schickt uns einen von euch entgegen, der uns dorthin führt. So reitet los und laßt euren Pferden freie Zügel."

Die drei nickten und stoben davon. Vorsichtig räusperte sich Dúghorm.

"Entschuldige, Iolaranam, aber wen willst du denn bitte zurückschicken?

Wie brauchen jeden Mann und jede Frau. Wozu möchtest du denn überhaupt einen Boten schicken? Ich glaube nicht, daß jemand unserem verworrenen Weg folgen kann. Weder Freund noch Feind."

"Genau aus diesem Grund, Dúghorm. Erstens möchte ich, daß die anderen wissen, wo wir sind, zweitens möchte ich wissen, ob es Nachricht aus Tara gibt.

Was den Boten angeht, muß ich ja keinen von uns schicken. Auch in Luimneach gibt es Gefolgsleute von uns. Dennoch sollten wir jetzt keine Zeit mehr verschwenden. Wir müssen heute wieder in die Berge.

Ich hoffe, daß ihr winterfest angezogen seid. Dort mag vielleicht Schnee liegen. Auf jeden Fall wird es bitterkalt sein, und vielleicht kommen wir nur langsam voran.

Crónachan, Gormeala und Glaslasair! Ihr werdet jedes trockene Stück Holz aufsammeln, das ihr findet. Wir werden so lange im Galopp reiten, wie es den Tieren möglich ist. Hat noch jemand Fragen?"

Leise floh ein " Shasza?! von Oighrighs Lippen, doch Camchéachta schüttelte nur den Kopf.

Dann setzten sie sich in Bewegung. Bald wurde das Land wieder hügliger, und schließlich war kaum mehr Gras an den Wegesrändern zu finden.

Alle saßen weit nach vorne gebeugt auf ihren Rössern, um sie so gut es ging zu entlasten. Doch im Gegensatz zu allen anderen versteckte Sionnach nicht ihren Kopf in der Mähne ihrer Stute. Sie war wütend und hoffte, daß der Gegenwind ihr heißes Herz abkühlen würde.

Aber er tat es nicht. Seit sie unterwegs waren, behandelte sie Iolaranam fast wie Luft. Ein Lächeln hier, ein Streicheln dort, aber ansonsten fand er kaum ein gutes Wort für sie. Da hätte sie auch im Lager bleiben können. Nur selten lag er nachts bei ihr. Er bändelte ja wohl auch lieber mit Waldelbinnen an, wie es schien. Wie gut hatten es da Crónachan und Gormeala. Die beiden hatten sich und waren sich genug.

Nun ja, sie hatte ihn sich ausgesucht, und sie hatte gewußt, daß die Fianna einen großen Platz in seinem Herzen einnahmen. Es war, als habe er eine heimliche Geliebte, die er ihr zuweilen vorzog, damit konnte sie ja noch leben. Damit hatte sie ja auch keine Schwierigkeiten. Doch im Augenblick schien er sie ganz vergessen zu haben. Am liebsten hätte sie sich einem anderen an den Hals geworfen, um Iolaranam eifersüchtig zu machen. Aber dieser hätte sie nur ausgelacht. So ließ sie es bleiben und lebte ihre Eifersucht aus.

Gegen mittag waren sie in Trab gefallen. Sie würden es nicht schaffen bis heute abend nach Luimneach zu kommen. Am Nachmittag rasteten sie eine kleine Weile.

Sionnach saß abseits und grübelte vor sich hin. Iolaranam, der die Launen seiner Herzensdame kannte, kam zu ihr herüber.

"Sei mir gegrüßt, meine schöne Füchsin, was ist mit dir? Warum sitzt du hier abseits, wo sich doch jeder freut, wenn du ihm Gesellschaft leistest."

Sionnachs Blicke waren wie Speere, die vom Himmel hernieder kamen.

"Was sollte denn sein? Wo sich doch jeder so sehr über meine Gesellschaft freut, nur mein Geliebter nicht, oder? Das ist doch völlig richtig. Wie kann ich dir nur dafür danken, fast jede Nacht alleine zu liegen, während der Held am Feuer sitzt und tiefschürfende Gespräche mit Waldelbinnen führt?"

Iolaranam blickte beschämt zur Seite.

"Es tut mir leid, daß ich im Augenblick nicht so für dich da sein kann, wie ich es möchte, Sionnach. Aber ich trage auch die Hauptverantwortung für diesen Haufen hier.

Es ist etwas anderes ein festes Lager zu haben, als jeden Tag unterwegs zu sein. Du siehst doch selbst, was hier los ist. Du kannst doch unmöglich von mir verlangen, daß ich jede Nacht mit dir händchenhaltend vor dem Feuer sitze und treue Liebe spiele. Das willst du doch auch selbst nicht."

"Ach, Iolar, natürlich will ich das nicht. Aber du kümmerst dich ja gar nicht mehr um mich. Und dann taucht noch dieses grünäugige Luder auf."

"Sionnach, du weißt, daß ich dich liebe, und dieses grünäugige Luder ist mir gleichgültig. Glaubst du etwa, ich weiß nicht, was ich an dir habe, meine kleine, eifersüchtige Wildkatze?"

Mit ihren Fäusten trommelte sie auf seine Schultern.

“Oh, du Schuft, ich kann dir einfach nicht richtig böse sein. Aber ich meine es ernst, du könntest ruhig öfters in meiner Nähe nächtigen. Ich werde auch nicht böse sein, wenn wir den Tanz der Liebe tanzen.”

Verheißungsvoll lächelte die Frau.

“Na gut, Füchsin, das werden wir ja heute abend sehen. Halte mir einen Platz frei neben dir. Aber wenn du nicht leise bist, werde ich mal prüfen, wie laut Waldelbinnen sind.”

Dann stand er auf, um den gezielten Schlägen aus dem Weg zu gehen.

Crónachan, Gormeala und Glaslasair hatten einen großen Berg Brennholz gesammelt, den sie jetzt dem Packpferd aufgebürdet hatten. Der Anführer grüßte sie freundlich, als er an ihnen vorbeiging und sich neben Oighrigh niederließ.

“Na, Junge, wie geht es dir? Ist alles in Ordnung?”

Betrübt fragte er:

“Wird Shasza heute nacht wieder bei uns sein? Sie erzählt schöne Geschichten nicht wahr?”

Iolaranam lächelte verschmitzt.

“Sag mir, wenn ich mich täusche, aber könnte es vielleicht sein, daß du dich in dieses seltsame Wesen verliebt hast? Nein, sag nichts, wenn es so ist.”

Jetzt strahlte auch Oighrigh.

“Nichts!”

“Du bist noch jung, Oighrigh, genieß deine unbeschwerte Zeit der Liebe. Viel zu bald ist aus der reinen Liebe etwas anderes geworden. Liebe kann nur Liebe bleiben, wenn jeder für sich frei ist.”

“Wie meinst du das, Iolaranam?”

“Nun ja, sobald du anfängst zu hoffen oder etwas vom anderen zu erwarten, machst du ihn unfrei. Du kannst nur lieben, was du vorbehaltlos annehmen kannst.”

Somit stand der Anführer auf und ging weiter zu Cioná.

Diese stand wie immer bei den Pferden. Als sie Iolaranam herankommen sah, winkte sie ab und rief:

“Wenn du zu mir willst, laß es, ich brauche deine Zusprache nicht.”

Dann eben nicht, dachte er und setzte sich zu Camchéachta und Dúghorm.

“Und meine Herren, seid ihr zum Aufbruch bereit?”

Beide nickten. Auch die anderen, die sich etwas die Beine vertreten hatten, standen schon bei ihren Pferden und waren dabei aufzusteigen.

Gemeinsam galoppierten sie wie der Wind und fanden in den Bergen in einer Höhle Unterschlupf. Obwohl der Eingang sehr schmal war, hatten sie alle Platz und waren so einigermaßen vor der Kälte draußen geschützt. Glitzernde Steine lagen hier auf der Erde und blitzten an den karstigen Wänden. Irgendwo tropfte Wasser auf einen Felsen, weit entfernt im Gebirge.

Müde wickelten sie sich in ihre Decken ein. Ein helles Feuer brannte und warf ihre Schatten an die Wand.

Sie hatten Hunger, aber es war nichts mehr da, außerdem gab es kein Wasser. So versuchten sie Hunger und Durst zu überschlafen.

Mitten in der Nacht rüttelte Oighrigh etwas wach.

Es war Shasza, die gemeinsam mit Anathahan und Anlaog gekommen war.

Als Oighrigh sich über seinen Durst beklagte, gab sie ihm aus ihrem Trinkschlauch zu trinken.

Obwohl die Flüssigkeit wie Wasser durch seine Kehle rann, schmeckte sie irgendwie erdig und grasig. Es kam ihm vor, als gäbe ihm dieser Trunk wieder seine Kraft zurück. Dann ließ der Junge seinen Becher fallen und weckte damit alle, außer Glaslasair und Camchéachta, auf.

Als sich herausstellte, daß diese Waldelben wohl tatsächlich eine Weile mit ihnen wanderten, wurden sie von Fragen nur so gelöchert.

Crónachan und Gormeala entfachten ein Feuer. Auch Iolaranam, der sich mit Sionnach eine Decke teilte, hatte einige Fragen.

Schließlich verließ Shasza die Geduld.

"Halt, haltet ein. Weit sind wir gegangen in der Nacht. Wir haben sogar eure Freunde, die Hochelben, wiedergetroffen. Selbst wir sind einmal müde, und auch unsere Kraft hat einmal ein Ende. So laßt mich einfach erzählen, damit eure Seele Ruhe hat.

Es war Neumond nach Samhain, als uns die Hochelben begegneten. Sie waren schon länger in eurer Welt unterwegs und wußten wohl auch, daß ihr bald aufbrechen würdet, um der Spur Solasard mac Annirs zu folgen.

Als sie hörten, daß wir in der gleichen Gegend unterwegs sein würden wie ihr, baten sie uns, euch diese Nachricht zu überbringen, denn sie wußten, daß Neamhní, der Knappe Fionns, in der Nähe von Cilldara lebte und vielleicht helfen könnte. Außerdem ist wohl auch dieser Solasard auf dem Weg zu ihm.

Jedenfalls zogen die Hochelben weiter ostwärts und wir gen Süden, wo wir euch trafen. Das ist allerdings wirklich alles, was ich euch dazu sagen kann.

Sie sind so ganz anders als wir, so verhalten und ernsthaft und so vernünftig. Ich mag sie nicht besonders."

Dúghorm räusperte sich.

"Merkwürdige Zeiten sind das. Hochelben und Waldelben wandeln wieder über unsere Erde, haben Teil an unserer Geschichte. Wer hätte das gedacht!"

Die Waldelbin entgegnete.

"Schon immer haben wir Anteil an euch genommen, auch die Hochelben und das Kleine Volk, aber ihr Menschen seid ja blind. Nur wenn eure Welt aus dem Rahmen zu gleiten droht, seht ihr über den Rand hinaus und entdeckt plötzlich, daß ihr nicht allein auf der Erde wandelt.

Aber nun, da eure und auch unsere Welt in Aufruhr ist, erschien es uns besser, mit euch zu arbeiten als gegen euch."

Oighrigh war erstaunt.

"Das würde ja bedeuten, daß es euch die ganze Zeit schon gegeben hat und wir euch nur nicht wahrgenommen haben."

"So würde ich das nicht gerade sagen, junger Herr!" meldete sich Anathahan zu Wort.

"Wie oft erinnere ich mich daran, daß Wanderer mit Knüppeln auf mich losgegangen sind, weil sie mich für genau das hielten, was ich bin, ein Waldelb.

Merkwürdige Geschichten über unser Volk müßt ihr euch erzählen, wenn wir verjagt und verprügelt werden von euch. Nun, ich hoffe, daß jetzt bessere Zeiten anbrechen mögen für alle Völker der Welt."

Shasza klopfte dem Waldelb auf die Schultern und sagte:

"Er ist schon ein bißchen arg baumisch. Deshalb spricht er auch so, als hätte er einen Ast verschluckt, nicht wahr, Anathahan?"

Der Elb schwieg betreten.

"Da nun wohl alle Fragen gestellt und beantwortet sind, wäre es wahrscheinlich am besten, wenn wir jetzt wieder schlafen würden, oder?"

Das allgemeine Gebrummel faßte Iolaranam als Zustimmung auf und schmiegte sich wieder an Sionnach.

Nur einer dachte noch nicht daran, seine Augen zu schließen und sich seinen Träumen zu überlassen, Oighrigh. Sein Traum saß neben ihm und strich ihm über sein feuerrotes Haar. Ein freches Grinsen zierte seinen Mund und ein treuer Hundeblick strahlte zu Shaszas Augen empor.

Sanft sprach die Elbin:

"Auch du solltest jetzt schlafen, Oighrigh. Du wirst morgen deine Kraft brauchen. Bei den Fianna wird auf Verliebte nur wenig Rücksicht genommen."

"Ja, aber wenn ich morgen erwache, wirst du wieder fort und ein Baum sein. Laß mich wach bleiben, bis du gehst. Ich weiß, daß du mich nicht liebst. Nein, warte!

Ich meine, ich weiß, daß du mich nicht so liebst, wie ich dich liebe. Für dich bin ich nur ein Junge, ein Junge, den du ein Stück des Weges begleitest."

Tränen liefen über seine Wangen und verweilten in den Winkeln seiner Lippen.

Vorsichtig drehte sie sich zu ihm hin, kam ihm ganz nahe, durchbohrte ihn mit einem einzigen flammenden Blick.

Verwirrt zog sich Oighrigh vor ihr zurück. Doch sie folgte ihm nach, legte ihre kühlen Hände um seinen Nacken, zog ihn näher zu sich. Dann berührten sich ihre Lippen.

Ein grüner Blitz durchzuckte den Jungen. Seine Sinne wirbelten durcheinander, Kälte, Hitze wallten durch seinen unerfahrenen Körper. Sie saugte seine Unterlippe ein, ließ sie frei, erforschte seinen Mund mit ihrer Zunge und hauchte ihm neues Leben ein.

Die Begierde nach dem Körper einer Frau erwachte in ihm und die Trauer, daß ihn nie eine Menschenfrau so küssen würde.

Dann küßte sie ihn auf die Stirn und stand auf.

"Versuche dir nicht den Kopf über meine Gedanken zu zerbrechen, Oighrigh.

Genieße die Aufmerksamkeit, die ich dir schenke. Viel zu bald werden wir euch verlassen, und dann wird dir nur die Erinnerung bleiben.

Aber was auch immer geschieht, ich werde dich nie vergessen. Ich werde den Keim, den du in meinem Herzen gesät hast, hegen und pflegen und wenn der Tag des Abschieds gekommen ist, werde ich dich an der Pforte zur Anderen Welt empfangen und an den Tisch der Helden und Götter geleiten, denn nichts Geringeres hast du verdient.

Vergiß mich nicht, Oighrigh, denn du bist in meinem Herzen."

Dann ging sie hinaus, wo Anathahan und Anlaog auf sie warteten.

Wie betäubt saß der Junge in der Höhle. Da spürte er eine schwere Hand auf seiner Schulter:

"Sie sind zu nichts nutze, als uns Ärger zu machen. So laut brach dein Herz, Junge, daß ich davon erwachte."

Traurig schaute Oighrigh noch einmal zum Eingang, doch die Waldelben waren schon in der Dunkelheit verschwunden. Erst dann drehte er sich um und sah in die braunen Augen Camchéachtas.

Oighrigh sprach wie im Traum.

"Sie ist fort, und ich werde sie niemals wiedersehen. Niemals! Glaubst du, ich werde jemals eine Frau so lieben können, wie ich sie liebe?"

Der Große Bär lächelte.

"Eine? Du wirst noch viele lieben, Junge, aber diese wird immer einen besonderen Platz in deinem Herzen einnehmen.

Kein Mann vergißt jemals den Kuß einer Elbin. Aber nun mußt du schlafen, Oighrigh! Iolaranam nimmt keine Rücksicht auf gebrochene Herzen."

Und so geschah es.

Die Morgendämmerung fand die Fianna schon auf dem Rücken ihrer Pferde vor. Gegen Mittag trafen sie Gleannglas.

Seine zwei Gefährten und er hatten unweit von Luimneach einen Bauernhof gefunden, wo sie eine Nacht bleiben konnten. Sie ritten so stramm sie konnten und erreichten den Hof am Abend.

Dort wurden sie von einem alten Ehepaar erwartet. Der Mann hatte selbst viele Jahre als Fianna gedient, und es war ihm eine Ehre, ihnen nun zu helfen.

Das Paar hatte seine Vorratskammern leer geräumt und teilte gerne mit den ehemaligen Gefährten. Auch für die Pferde war gesorgt.

Die Nacht verbrachten sie auf dem Dachboden des Kuhstalls. Es war mollig warm, aber die Duftwolken, die zuweilen aufstiegen, trieben doch so manchem die Galle in den Hals. Aber auch diese Nacht hatte ein Ende.

Am Morgen brachen sie zeitig auf. Der alte Mann versprach einen Boten mit Neuigkeiten nach Cill-airne zusenden. Iolaranam war ihm sehr dankbar dafür, konnten sie doch keine Mann und keine Frau entbehren.

Die Pferde waren ausgeruht und fast ein wenig übermütig. Gegen abend wollte Iolaranam in Ros-cre sein, das sich einige Meilen gegenüber dem Lough Dergdherc an das Sliabh-Mis-Gebirge schmiegte.

Es war ein schweigsamer Ritt für Oighrigh, der hinter Crónachan und Gormeala den Schluß der Reiterschar bildete.

Rot umrandet waren seine Augen. Er saß auf seinem Tier als reite er zu seiner Hinrichtung. Alles schien ihm gleichgültig zu sein, am liebsten wäre er umgekehrt. Aber wo er auch immer hinging, ihr Bild, die Erinnerung an sie, würden ihm überall hin folgen.

Die freundliche Landschaft, das Strahlen der Sonne, es bedeutete ihm nichts. Seine Augen waren Licht und Schatten, sein Herz war Stern und Mond.

Crónachan und Gormeala lächelten ihn verständnisvoll an und räusperten sich, bis Camchéachta ihren Wink verstand.

Camchéachta wußte nur zu gut, was in dem Jungen vorging. Schließlich ließ er sein Pferd zurückfallen, bis er neben dem Jungen ritt.

Was er ihm auch erzählen würde, es erleichterte das Herz des Jungen nicht und so schwieg der Mann. Wenn Oighrigh etwas zu sagen hatte, würde er es schon tun.

Nach einigen Meilen fragte er fast flüsternd:

"Und wenn ich ihr gefolgt wäre? Wenn ich sie gezwungen hätte, mich zu lieben?"

Ernst antwortete der Große Bär:

"Ach Junge! Du kannst Liebe nicht erbetteln oder erzwingen. Du kannst sie in einer Gasse finden oder in einem Hinterhof, aber rauben, rauben kannst du sie nicht."

"Aber was soll ich denn tun? Ich liebe sie doch so sehr. Glaubst du, es wäre besser, meine Augen hätten sie nie gesehen, mein Herz hätte die Liebe nie gekostet? Ich glaube es fast."

Camchéachta lächelte.

"Junge, es ist gut selbser zu kosten, was dir das Leben anbietet. Denn du kannst nur aus deinen Erfahrungen lernen, verstehst du?"

Verwirrt schaute Oighrigh zu dem Fianna auf.

"Dann hätte ich ihr doch folgen sollen?"

"Ich glaube nicht, daß dich das glücklicher gemacht hätte. Wasser will zu Wasser und Jugend sucht die Jugend, und genauso ist es auch gut.

Es ist besser, wenn sich ein Menschenmann eine Menschenfrau sucht und eine Elbin einen Elb.

Sie sind uns sehr fremd geworden, unsere wunderlichen Verwandten, Oighrigh. Ich weiß nicht, ob es so gut für dich oder auch sie wäre, wenn du ihr gefolgt wärst."

"Aber, Camchéachta, war sie nicht wunderschön?"

"Ach, Oighrigh! Vom Honig sprechen, macht den Mund nicht süß. Weißt du was meine Mutter immer zu sagen pflegte, wenn ich ihr von der Schönheit einer meiner neuen Eroberungen erzählte?"

Der Junge schüttelte den Kopf.

Camchéachta fuhr fort.

"Nun, sie setzte sich zu mir, nahm meine Hände in ihre und sagte: Ich weiß, ich weiß, mein Junge, aber laß dir auch etwas von deiner Mutter sagen: Schöne Frauen sind eine Woche lang gut, aber gute Frauen sind ein Leben lang schön. Verstehst Du?"

"Nicht so ganz. Kannst du es mir vielleicht ein bißchen genauer erklären, Camchéachta?"

"Das brauche ich gar nicht, Oighrigh, das wird das Leben schon von ganz alleine besorgen, und wenn es soweit ist, wirst du von alleine wissen, was ich dir sagen will."

Schweigsam ritten sie weiter, während sich vorne Iolaranam und Sionnach über den weiteren Verlauf ihrer Reise unterhielten.

Sionnach fragte neugierig:

"Und was machen wir, wenn wir Ros-cre erreicht haben? Wie willst du weiter vorgehen?"

Iolaranam lächelte sie freundlich an.

"Nun, meine Wildkatze, es gibt einen Paß bei Ros-cre, der über die Sliabh-Bladhma-Berge führt. Dafür werden wir wahrscheinlich zwei Tage brauchen.

Dann kommen wir wieder auf flaches Land, von da aus werden wir vielleicht noch einmal ein bis zwei Tage nach Cill-dara brauchen."

"Und was willst du dann tun, Iolaranam?"

"Ich werde diesen Neamhní suchen. Ein seltsamer Kerl, der sich das Wort "Nichts" zum Namen nimmt. Bestimmt hatte ihm seine Mutter einen ganz anderen Namen gegeben.

Nun ja, es geht uns ja nichts an, im wahrsten Sinne des Wortes!"

Sionnach fand das gar nicht so witzig.

"Würdest du dir bitte nicht jedes Wort einzeln aus der Nase ziehen lassen? Daß wir diesen Kerl suchen, weiß ich selbst, aber was hast du vor mit ihm, edler Anführer?"

"Du kannst vielleicht Fragen stellen. Was soll ich schon vorhaben. Ich will herausbekommen, wer dieser Solasard mac Annir ist! Was er vorhat, wohin es ihn zieht!

Vielleicht kann uns dieser Greis ja zu dem Schwertsucher führen. Irgend einen Sinn muß es ja schließlich haben, daß die Hochelben uns auf seine Fährte setzen."

Mißtrauisch fragte Sionnach:

"Wenn du das meinst. Zu meinem erlauchten Freundeskreis zählen schließlich keine Hochelben und auch keine grünäugigen Waldelben, hoher Herr!"

Iolaranam verdrehte die Augen.

"Ich schätze, daß ich mir das bis zu meinem Lebensende anhören muß. Dabei bin doch nicht ich ihnen auf den Leim gegangen, sondern unser Trauerkloß Oighrigh.

Ich bin froh, daß sich Camchéachta opfert, dieses arme, unschuldige, gebrochene Herz wieder zusammenzuschmieden."

"Mach dich nur lustig, Iolaranam! Ich möchte dich nicht erlebt haben, während deines ersten Liebesschmerzes," höhnte eine freche Sionnach.

Am nächsten Abend erreichten sie Ros-cre, das inmitten eines immergrünen Tannenwaldes lag. Die Fianna wollten jedoch nicht in dem bekannten Räubernest lagern und sie suchten sich ein Plätzchen an einem glucksenden Bach, der etwas außerhalb lag.

Notdürftig hatten sie sich einen Unterstand aus jungen Tannen gebaut. Seabhaceo schaute sich in der Gegend nach etwas Jagdbarem um, aber alles schien wie ausgestorben.

Im Abendrot schichteten sie einen hohen Holzhaufen auf und zündeten ihn an, damit es in der Nacht keine unliebsamen Überraschungen gab.

Es war mitten in der Nacht, Camchéachta saß am Feuer und hing seinen Gedanken nach, als er im Unterholz ein verdächtiges Knacken hörte.

Erst glaubte er, daß vielleicht ein Reh vorbei kam, um sich an ihrem Feuer zu wärmen. Aber dann stellte sich schnell heraus, daß dies alles, nur kein leichtfüßiges Reh war.

Immer näher kam das Geräusch. Camchéachta machte einen Satz ins Unterholz, wälzte über etwas Stöhnendes hinweg und zog selbiges an das Feuer.

"Wer bist du? Was schleichst du dich hier rum?"

Iolaranam war als erster auf den Beinen und begutachtete den Fang seines Freundes.

"Wer bist du, antworte, los, und lüge ja nicht, sonst kannst du es der Morríghan erzählen."

Der Mann, der in einem erbärmlichen Zustand war, antwortete geflissentlich:

"Herr, ich bin in großer Not. Gestern verstieß mich mein Herr aus seinem Kreis und machte mich zu einem Besitzlosen. Und heute wollte mich die Große Mutter halbherzig dazu mißbrauchen, einem halb verhungerten Wolf das Leben zu retten. Ich sage es euch ehrlich, Herr.

Hätte ich das Vieh nicht erschlagen, ihr wärt nie der Ehre teilhaftig geworden, meine Bekanntschaft zu machen. Ich bitte euch, laßt mich mit euch ziehen, ich bin in Not."

Iolaranams Geduld wurde auf eine harte Probe gestellt.

"Wie ist dein Name, Kerl und wer war denn dein Herr?"

"Mein Name, Herr, mein Name ist Toit, und mein Herr war Cluanaire vom Fahrenden Volk."

Iolaranam und Camchéachta wechselten einen vielsagenden Blick.

Drachen

"Es war kalt in den Bergen von Wyinklo. Seit Tagen waren die einzelnen kleinen Dörfer von dichtem Nebel eingehüllt. Die Luft lag schwer auf den Herzen der Menschen. Kaum einer wagte sich vor die Tür.

Dragan scherte dies alles nicht. Wenn er die Zeit hier überstehen würde, wäre es immer warm um ihn an den herrlichen Herden Taras.

Er würde nie mehr hungern oder durstig sein. Dann wäre er Hochkönig. Jedermann würde ihn achten und er konnte endlich alles seiner Familie heimzahlen. Diese Narren!

Sie hatten es ja nicht anders gewollt. Es war gut gewesen, daß er seine Reise hierher noch ein wenig verschoben hatte und bis zu seines Ziehbruders Hochzeit gewartet hatte.

Es geschah Solasard nur recht, diesem ehrlichen Toren! Endlich mußte auch er einmal unter Beweis stellen, was für ein Kerl er war. Sollte er nur brav und artig dieses Schwert suchen und finden, er, Dragan, der Drache Erius, würde es ihm schon abluchsen.

Sollte sein Ziehbrüderchen nur seinen Traum von Macht und Ruhm träumen. Bis er aufwachte, würde Dragan schon auf seinem Thron sitzen und ihn von Eriu verbannen. Dann war sein Weg frei zu Amhrán. Auch ihren Willen würde er brechen. Schließlich konnte ihm keine Frau widerstehen.

Vierzig Männer waren bereit, an seiner Seite zu kämpfen und für ihn zu sterben. Nicht mehr lange gab er dem alten Broc, dann würde ein anderer auf seinem schönen Thron sitzen. Vieles wird sich im Land noch ändern.

Und Amhrán würde ihm viele kleine Thronfolger gebären. Allein würde er über das Land herrschen. Tuan, dem alten Hochdruiden und Schlitzohr würde er eigenhändig die Kehle durchschneiden. Dann würde er den Befehl über die Königliche Garde und das Heer übernehmen und endlich für die völlige Ausrottung dieser verfluchten Fianna sorgen.

Dann wären die Grenzen endlich wieder frei und man könnte ungehindert Geschäfte machen mit den Freunden aus Alba. Allen Verstoßenen und Gesetzlosen würde Eriu eine zweite Heimat werden und er, Dragan, würde sehr gut daran verdienen.

"Herr, begebt euch zur Nachtruhe. Ihr braucht eure Kräfte."

Cranda, der Diener Dragans, ein verkrüppelter Mann, den die Königliche Garde einstmals beim Wildern in des Königs Wald erwischt hatte und ihn bitter dafür hatte zahlen lassen, zerrte am Ärmel seines Herrn.

Dragan rührte sich nicht. So versuchte der Zwerg noch einmal sein Glück.

"Herr, ihr solltet schlafen gehen. Nach diesem vorzüglichen Mahl braucht euer Bauch ein wenig Ruhe, um all dies zu verdauen, edler Herr."

Endlich schaute Dragan zornig auf.

"Hör auf so zu tun, als seien wir schon auf Tara, Krüppel. Spielst dich auf wie ein Vornehmer und dabei kannst du dir nicht einmal die Dummheit abkratzen, so fest sitzt sie auf deiner Haut!

Verschwinde Cranda, Hofnarr des zukünftigen Hochkönigs! Ich kann selbst entscheiden, wann ich schlafe. Außerdem erwarte ich noch Besuch."

Schmeichlerisch verbeugte sich der Zwerg mehrmals.

"Verzeiht, Herr, verzeiht! Ihr seid wirklich der freundlichste Herr, der jemals einer Flasche den Hals gebrochen hat."

Da krachte neben dem Wicht eine Tonflasche auf den Holzboden und platzte, ihren Inhalt über selbigen vergießend.

"Cranda! Ich wünschte, die Herrin hätte ein Einsehen mit dir und gäbe dir die rechte Hand dafür, wann du zu reden und zu schweigen hast."

Der Angesprochene lächelte schüchtern.

"Oh, nein, danke Herr. Ich habe Mühe genug mit den zwei Linken, die ich habe."

Jetzt krachte auch noch der Becher neben der zerbrochenen Flasche auf den Boden.

Schließlich begriff auch Cranda, daß es nun besser war zu schweigen und tat dies. Sein Herr war ein guter Herr, er gab ihm zu essen, zu trinken und manchmal auch eine gehörige Tracht Prügel, wenn er es verdiente.

Ein mürrischer Mensch war sein Herr, zumeist schlechter Dinge, was wohl mit seinem ungnädigen Schicksal zusammenhing. Er hatte ja auch einiges mitmachen müssen, bevor er zum Räuberkönig von Wyinklo wurde.

Erst hatte ihm sein Ziehbruder die Braut gestohlen und dann hatte ihn auch noch sein Vater wegen einer Nichtigkeit aus der Familie verstoßen. Die Götter hatten es nicht gerade gut mit ihm gemeint, anfangs.

Aber dann war sein Ziehbruder aufgebrochen, um für ihn das Blaue Schwert der Wahrheit zu suchen und es ihm als Geschenk der Versöhnung zu bringen. Sein Herr wäre ein guter König. Er würde es diesen reichen Protzern schon zeigen. All ihr Gold und Silber würde er ihnen abnehmen und es an die Armen verteilen.

Ja, sein Herr wäre ein wahrlich guter König.

Endlich hatte Cranda alle Scherben aufgesammelt und vor die Tür geworfen.

“Herr, wenn ihr mich nicht mehr braucht, werde ich mich jetzt auf mein Lager zurückziehen.”

Dragan nickte nur. Cranda legte sich vor die Feuerstelle, kroch schon fast in die Asche und schloß seine Augen.

Wilde, hastige Schatten warf das Feuer an die Wand. Nachdenklich strich sich Dragan über die Narbe, die sein Gesicht seit dem letzten Frühjahr zierte.

Wie bitterlich würde er sich rächen. Flehen würde Solasard, ob er ihm Amhrán nicht jetzt überlassen könne. Sie würde eine stille Buhle werden, denn zuerst würde er ihr die Zunge abbeißen. Keiner Frau sollte es jemals beschieden sein, Macht innezuhaben, weder über sich noch über die Welt. Frauen waren nur zu einem nutze.

Wie sehr hatte er sie begehrt, aber sie hatte ihn ja nicht einmal wahrgenommen, hatte nur Augen für das Goldhaar mit den Falkenaugen. Oh, wehe, wehe dir Frau, welches Unglück brachtest du über mich und die meinen.

Dies Leid wirst du bald ganz alleine tragen. Den Tod wirst du dir herbeisehnen als einen sanften Verbündeten, aber das Leben wird mein Dorn sein. Zu dritt hätten sie glücklich werden können. Gemeinsam mit Solasard hätte er ihr die Sterne vom Himmel geholt und die Sonne zur Krone gemacht.

Alles war ihre Schuld, wie sehr haßte er diese Frau, wie sehr begehrte er sie immer noch, getrieben von dem Willen, diesen freien Geist zu brechen.

Da klopfte es mit schwerer Faust an die Tür der Nachthütte.

Dragan stand auf und öffnete die Tür.

“Sei mir gegrüßt, Dreoilín, Sohn des cenn-fine Inis-Diomains.”

“Schweig still, Madhra! Ich trage diesen Namen nicht mehr, zu viel Schmerz ist damit verbunden!”

In einen dicken Mantel gehüllt trat der bleiche Mann ein.

“Ja, so ist es Dragan, was nicht geheilt werden kann, muß ertragen werden! So ist es auch mit unseren Herzen.

Warte, ich will mein Pferd noch hereinholen. Draußen ist es bitterkalt, und er sollte nicht frieren, nach dieser langen Reise.”

“Wenn es denn sein muß, bring diese schwarze Bestie unter mein Dach.”

Der Totenschädel führte das stattliche Tier in die hintere Ecke und nahm ihm die Satteldecke und das Zaumzeug ab.

“Ein wirklich schönes Tier! Du bist wahrlich ein glücklicher Mann, Madhra.”

“Zu einem glücklichem Mann braucht es nichts als geboren zu werden, Dragan, zukünftiger Herr auf Tara.”

Dragan ging zu Cranda, trat ihn mit dem Fuß, bis dieser wach war und sagte:

“Los, steh auf, du Wicht. Mach uns etwas Met warm oder vielleicht findest du noch Wein aus Alba, den du uns kredenzen kannst.”

Eifrig sprang der Angesprochene auf und eilte geschäftig hin und her, während sich die beiden finsteren Gesellen an das Feuer setzten.

“Nun, Madhra, wie ist es dir ergangen? Du nutzt die Weltentore gut, um schnell von Ort zu Ort zu gelangen. Fast schneller bist du als der Wind. Nun, was gibt es zu berichten?”

Der Bleichgesichtige fläzte sich hin und her, bis er zufrieden war mit seinem Sitzplatz und zu erzählen begann.

“Nun, die einzigen, die uns noch einen Strich durch die Rechnung machen könnten sind die Fianna. Aber die werden bald so beschäftigt sein, daß sie keine Zeit mehr haben werden, einen Schatten zu jagen.”

“Warte, wie meinst du das? Fange vorne an. Was konntest du in Tir na Samradh ausrichten? Hast du endlich einen Weg gefunden, die zukünftige Hochkönigin wieder heim zu bringen, Madhra?”

“Wie du weißt, gibt es einen Weg. Leider hat dieser den Nachteil, daß sie zu Staub zerfällt, sobald sie nur ein einziger Sonnenstrahl trifft. Das heißt, sie könnte zwar zurückkehren, könnte aber nur des nachts Hof halten.”

“Nun, das wäre ja machbar. Und warum hast du sie nicht mitgebracht?”

Madhra grinst hämisch.

“Weil ich sie dort noch als Werkzeug brauche. Sie wird Unfrieden stiften bei den schönen Sidhi. Sie wird das Volk in zwei Lager teilen. Sie wird für Verwirrung sorgen und zwar so, daß diese hohlwangigen Geister der Vergangenheit gar nicht merken, was vor sich geht.

Dann werde ich sie holen, wenn sie das überlebt. Sie ist eine stolze und schöne Frau, ein Spielzeug nach deinem Geschmack, mein Lieber. Aber sie wird die Peitsche brauchen, bis sie zahm ist.”

Dragan wurde ungeduldig.

“Und weiter! Was ist mit den Fianna, Cluanaire, Tara und meiner schönen Amhrán? Erzähle, Madhra, auf.”

Candra reichte endlich den warmen Met.

“Nun, den Fianna haben wir ein Kuckucksei ins Nest gelegt, das sie ein bißchen beschäftigen wird.”

Dragan lachte auf.

“Das ist herrlich, Madhra. Wie heißt es so schön: Kein schlimmerer Feind als ein früherer Freund.”

Madhra grinste.

“Aber heißt es nicht auch: Besser ein aufrichtiger Feind als ein falscher Freund?”

“Du weißt, ich habe keine Freunde, Madhra. Wie geht es weiter? Was ist mit Cluanaire?”

Der Totenschädel nippte an seinem Becher.

"Nun, Cluanaire dankt dir für das Eisen, das Gold und das Silber. Das ganze scheint ihm eine Menge Spaß zu machen. Die Gemeinschaft, mit der sich dein Ziehbruder umgibt, wird immer seltsamer. Cluanaire, der alte Schwabbelbauch glaubt jetzt schon, daß sie das Schwert so bestimmt nicht finden."

Dragans Augen glühten.

"Dann soll er gefälligst dafür sorgen, daß sie es finden. Sag ihm, wenn ich nicht dieses verdammte Schwert bekomme, erhält er auch nicht seinen versprochenen Lohn. Was sind das denn für Leute, die mit Solasard unterwegs sind?"

"Allerlei buntes Volk. Einer, der selbst einmal zum Fahrenden Volk gehörte; ein Zwerg aus Thule; einer aus dem Kleinen Volk und wie ich hörte sogar ein Sidhé."

"Und wohin sind sie jetzt unterwegs, Madhra?"

"Sie ziehen jetzt in Richtung Cill-dara, wo sie Neamhní vermuten.

Aber dieser alte Sturkopf haust ja, wie wir alle wissen, auf der Breiten Straße, um jedem seine Märchen über den großen Fionn mac Cumhail zu erzählen."

Dragan hielt Cranda seinen leeren Becher hin.

"Los, füll ihn wieder, Pferdefuß! Und was ist mit Tara, Madhra?"

"Oh, in Tara haben die Frauen die Herrschaft übernommen.

Réalta, die edle Hochkönigin, macht gemeinsame Sache mit einem Abtrünnigen der Fianna. Beide sind fest davon überzeugt den anderen übers Ohr zu hauen und Cruimh, unser kleiner Freund, lacht sich dabei kräftig ins Fäustchen. Er zieht wie eh und je seine Fäden durch das alte Gemäuer.

Auch Tuan wäre bereit mitzuhelfen, den alten Broc vom Thron zu holen. Er hat allerdings seine eigenen Wege und Mittel, sehr hübsche dazu. Eine Schattenbringerin hat jetzt ihr zu Hause dort. Eifrig sucht sie den treuen Hauptmann des Königs zu umgarnen, doch es wird ihr wohl nicht gelingen. Dieser Mann ist über jeden Zweifel erhaben. An dem wird sich jede Frau die Zähne ausbeißen. Dieses Vögelchen müssen wir anders fangen, aber das ist nicht wichtig im Augenblick. Wolltest du sonst noch etwas wissen, edler Drachenkönig?"

"Das weißt du ganz genau! Was ist mit Amhrán?"

Madhra schluckte.

"Nun, dies ist der einzige Fehlschlag, den ich zu melden habe. Ich wollte des Hauptmanns Spiel noch etwas schwieriger gestalten und hoffte einen zu finden, der mir dabei helfen könnte. Ich fand auch einen, den wir früher nur den Schlächter nannten. Er hat nun die Seiten gewechselt und wollte sie nicht töten."

Dragan riß die Augen auf.

"Wollte sie nicht was?"

Mit einem Satz war er auf den Beinen und ließ Schläge über das blasse Gesicht des anderen hageln, bis er am Boden kroch.

Madhra spuckte Blut. Aus Nase und aufgeplatzten Lippen tropfte der kostbare Lebenssaft auf den Boden und vermischte sich mit dem Dreck der Hütte.

Dragan war immer noch außer sich und lief in der Hütte auf und ab.

"Du wolltest sie töten lassen? Bist du wahnsinnig? Sie gehört mir.

Ich bin ihr Tod. Einmal nur soll sie unter mir beben, soll sie erfahren, was sie hätte haben können, bevor ihr mein Messer den Leib zerfleischt.

Wage es nicht noch einmal, Hand an sie zu legen oder du wirst ihr Schicksal teilen in jeder Einzelheit. Hast du mich verstanden?"

Madhra nickte eifrig und versuchte zu erklären:

"Ich dachte, daß sie nicht so wichtig für uns sei, entschuldige! Was wirst du jetzt machen?"

Dreoilín setzte sich wieder hin. Erschöpft sank er in sich zusammen.

"Laß dich überraschen! Ach, ich bin so müde, daß ich bestimmt nicht schlafen kann."

Madhra lächelte schief.

"Dann laß uns noch etwas trinken, Dragan!"

"Glaubst du, daß ich davon besser einschlafen werde, Totenschädel?"

"Das nicht, aber es gestaltet das Wachbleiben unterhaltsamer."

Auch über Tara hatte sich die Nacht gesenkt und hüllte alles in tiefen heilsamen Schlaf. Rabharta ruhte in seiner Kammer. Zum wiederholten Male träumte er von dieser Frau. Es war immer wieder derselbe Traum und doch wollte oder konnte er ihn nicht verstehen.

Er stand vor dem Thron Taras. Vor ihm lag Tuan, ein Messer stak bis zum Heft in seiner Brust. Auf dem Thron saß diese Frau und nickte ihm freundlich zu.

Unruhig drehte er sich hin und her. Dann glaubte er zu hören, wie seine Tür leise ins Schloß gezogen wurde, und wachte auf.

Eine kleine Flamme tanzte auf der Feuerstelle und erhellte den Raum nur spärlich. Rabharta stand auf. Sein Blick fiel sogleich auf den Tisch. Dort lag sein Reifen. Immer wieder erfreute er sich an diesem Geschenk. Dann fiel ihm auf, daß er seinen Reifen noch am Arm trug. Schnell sprang er zur Tür, riß sie auf und blickte in die Augen von Eala.

Verführerisch hauchte sie ihm entgegen:

"Oh, Herr Hauptmann, habt ihr auch so schlechte Träume? Gerade wollte ich mir ein wenig Milch in der Küche warm machen. Soll ich euch einen Becher davon mitbringen?"

Sie hatte sich ein einfaches Kleid übergeworfen, das tief blicken ließ.

Verwirrt warf Rabharta seine Tür ins Schloß. Erst da fiel ihm auf, daß er noch nicht einmal ein Hemd getragen hatte.

Im Schein des Feuers verglich er die beiden Reifen. Sie waren sich so ähnlich wie es nur Geschwister sein können.

Es mußte etwas Wichtiges geschehen sein, wenn das Kleine Volk ihn in seiner Burg besuchte. Schnell zerrte er sich eine Hose über die Beine, schlüpfte in seine Stiefel, warf sich ein dickes Hemd über und schnappte sich seinen Mantel.

Geschwind riß er die Tür auf und sprang auf den Gang, wo ihm Eala mit zwei Bechern entgegen kam. Doch er eilte dermaßen ungeschickt an ihr vorbei, daß sie einen Becher fallen ließ.

Des Königs Hauptmann war in Eile und alles andere war ihm nicht wichtig. Mit großen Schritten eilte er durch die schlafende Burg. Auch die Fackeln an den Wänden waren ermüdet von ihrem Werk und qualmten mehr als sie Licht spendeten.

Im Stall warf er seiner kleinen Stute eine Satteldecke und das Zaumzeug über und ritt zu dem großen Tor.

Die Wachen schauten verdutzt drein, als sie ihren Hauptmann so mitten in der Nacht herantraben sahen. Wohin er wollte, sie fragten nicht. Müde sehnten sie sich nur nach ihren Betten und den warmen Weibern darin.

Die halbe Sichel der Mondin ließ wenig vom Weg erkennen. Doch seine Stute wußte, wohin es ihren Herrn trieb und gehorsam jagte sie über die Hügel auf die andere Seite Taras.

Schon an dem Findling erwartete Fearnóg, Saileachs Vater, den Hauptmann. Diesmal verzichtete man auf das Verbinden der Augen.

Nach wenigen Schritten brach durch die Äste das Licht eines Feuers, das nur zum Sehen, nicht zum Wärmen gedacht war. Davor saß alt und weise Dair, wie immer gezeichnet von Gleichmut. Nichts war zu lesen in diesen sanften Augen. Ein Holzklotz wartete schon, daß er auf ihm Platz nehme und auch ein Becher stand darauf, aus dem es eifrig dampfte.

Wie immer fand Rabharta alles auf seinen Besuch vorbereitet.

Er setzte sich und nahm den Becher in beide Hände, die vom Ritt klamm geworden waren. Aus einer Manteltasche holte er sodann den Reifen und sagte:

"Seid mir gegrüßt, Vater des Kleinen Volkes. Ich komme, um euch dieses Pfand wiederzubringen. Was ist so wichtig, daß ihr in meine Burg eindringt und solche Nachrichten dort hinterlaßt?"

Der alte Mann sprach:

"Seid mir gegrüßt, Rabharta. Ich wollte nicht den Schlaf stören, der so notwendig ist bei den Aufgaben, die ihr zu verrichten habt.

Es ist vieles geschehen und erst heute erhielten wir Nachrichten, die auch für dich wichtig sind und deren Mitteilung keinen Aufschub duldet.

Neun Tage ist es her, da sandtet ihr einen Mann aus nach Cluainmaccu-Nois. Ich versprach dir damals, daß wir ihn im Auge behalten würden. Dies ist auch geschehen, wenngleich in anderer Hinsicht als wir dies vorgesehen hatten. Denn nicht Fearnóg folgte seiner Spur sondern Saileach, sein Sohn. Mit sich nahm er auch den kostbarsten Sperber unseres Stammes, der zweifelsohne dem Knaben gehört und uns doch nicht verlassen sollte. Sei's drum, er wird so oder so ihren Tisch mit guten Speisen decken."

Es dauerte eine kleine Weile, bis Rabharta den Sinn dieser Botschaft verstanden hatte.

"Du willst mir demnach sagen, daß mein Späher keine Unterstützung von euch erhalten kann, weil ihn ein kleiner Bengel verfolgt, der noch nicht einmal auf sich selbst aufpassen kann? Ist es das, was ihr mir sagen wollt?"

Dair blieb ruhig.

"Saileach ist kein Bengel. Er kennt sich aus in Wald und Flur, nur im Waffenhandwerk ist er noch nicht so geschickt.

Aber das ist auch nicht wichtig. Denn schließlich ist es den beiden gelungen, den Coven der Danu zu finden."

Freudestrahlend sprang Rabharta auf und goß sich den warmen Met über die Finger.

"Das ist ja wunderbar! Aber hättet ihr mir das nicht auch morgen sagen können?"

Dair blieb ernst.

"Das schon, aber nicht, daß euer Späher verletzt ist und wahrscheinlich bis ins Frühjahr dort bleiben muß."

Entsetzt sank der Hauptmann wieder auf seinen Platz.

"Nein, das ist doch nicht möglich. Wie ist das passiert?"

"Nun, er hat sich mit einem höchst zweifelhaften Kerl geprügelt. Danach brach ein Brand auf dem Schiff aus, das ihn nach Cluain-maccu-Nois bringen sollte und jetzt pflegt ihn genau das Mädchen, das er ausfragen soll."

Rabharta atmete wieder auf.

"Ja, aber das ist doch herrlich. Dann kann er sie doch ausfragen und uns dann Nachricht schicken."

"Und durch wen, edler Hauptmann, soll er uns die Nachricht schikken?"

Rabharta war überrascht von der Begriffsstutzigkeit des alten Mannes.

"Na durch Saileach."

Fragend blickte der Greis in die Runde.

"Durch Saileach. Ich weiß ja nicht. Ein Knabe soll uns die wichtigsten Neuigkeiten bringen und wie lassen wir ihn das wissen?"

Hoffnungslosigkeit zeigte sich in Rabhartas Gesichtszügen.

"Ich dachte, ihr könntet vielleicht noch einen Boten schicken."

Dair lächelte.

"Junger Herr, du bist willkommen hier, und wir vertrauen dir. Doch die Pfade sind trügerisch heute auf Eriu, und ich weiß meine Schafe nicht gern fern der Herde.

Ich weiß aber auch, daß wir nicht einen zweiten Boten aussenden können. Saileach ist noch jung und weiß wenig über sein Volk. Ich werde versuchen ihn auf der Traumstraße zu finden. Aber ob er uns dann hilft, weiß nur die Herrin."

Der Hauptmann grübelte und grübelte, aber auch ihm fiel keine andere Möglichkeit ein.

"Muß ich sonst noch etwas wissen, ehrenwerter Dair?"

"Wenig Neuigkeiten dringen im Augenblick zu uns vor.

Sag, wie geht es der Schattenbringerin? Hat sie sich schon eingelebt in eurem wilden Ameisenhaufen? Die vielen Menschen müssen sie schier verrückt werden lassen."

Rabharta runzelte die Stirn.

"Oh, sie greift dem Hochkönig unter die Arme, wo es nur geht. Bald wird sie sich sein Vertrauen erschlichen haben und nicht nur das. Sie ist sehr schön, stolz und klug. Mir kommt es vor, als habe der alte Mann noch einmal den Frühling in seinem Bauch. Er weiß nicht, wie bitter er dafür bezahlen wird."

Dair schmunzelte.

"Und du, Rabharta? Wie steht es mit dir? Gefällt sie dir nicht auch? Kannst du ihr widerstehen und deinen Trieb beherrschen?"

"Zugegeben, sie ist sehr schön, sogar wunderschön. Aber bin ich ein Narr mich in einen Drachen zu verlieben?"

"Die Liebe fragt nicht nach Narr oder Weisem. Sie befällt uns wie eine Krankheit und nichts oder niemand ist dagegen gefeit. Sei vorsichtig, sie mag schon das Netz für dich spinnen, Freund.

Doch nun will ich dich nicht länger aufhalten. Die Nacht ist bald vorüber. Schon schmecke ich die Dämmerung in der Luft. Kehr nun heim. Wir werden dir Nachricht senden, wenn wir genaueres erfahren.

Den Reifen magst du als Geschenk behalten, verfahre damit, wie es dir beliebt."

Fearnóg brachte den Hauptmann wieder zu seiner Stute und ging dann zurück ins Lager, nicht ohne ihm vom Waldrand aus nochmals zuzuwinken.

So war Saileach nun in bester Gesellschaft. Rabharta konnte sich zu gut vorstellen, was der grobklötzige Krieger mit dem frechen Burschen alles anstellen würde. Es war ein Wunder, daß die beiden es überhaupt bis zu dem Coven geschafft hatten.

Den ganzen Heimweg lang stellte sich Rabharta vor, wie die beiden wohl miteinander ausgekommen mögen.

Endlich erreichte er die Burg. Müdigkeit kehrte ein in seinen Gliedern. Wie ein Sack Rüben hing er auf seinem Pferd.

Am großen Tor ließ man ihn ein. Sein Reittier fand alleine den Stall. Dort rutsche der Hauptmann vom Rücken und blieb bereits tief schlummernd im Stroh neben seinem Pferd liegen.

Ein strenger Geruch und das Licht des Tages überzeugten ihn einige Stunden später, dieses Lager zu verlassen. Freundlicherweise hatte jemand das Zaumzeug des Pferdes an seinen Platz gehängt, so daß es sich die Stute auch gemütlich machen konnte.

Ein jeder, dem er begegnete, rümpfte leicht die Nase und als er sang- und klanglos in seiner Kammer verschwinden wollte, öffnete sich natürlich prompt die Tür zu Ealas Zimmer.

"Oh, welch bezaubernder Duft ihr heute wieder ausstrahlt.

Wollt ihr vielleicht meinen Badezuber benutzen, Rabharta, edler Hauptmann des Hochkönigs von Eriu?"

Auch diesmal war die Antwort nur eine zugeschmetterte Tür.

Nächtlicher Überfall

"Solasard, wir müssen jetzt schnell sein. Wir brauchen Pferde. Außerdem müssen wir weg von der Breiten Straße. Cluanaires Leute werden uns da zuerst suchen, zudem ist es für uns sicherer querfeldein zu gehen. Ich kenne das Land hier gut und kann euch führen."

Lange schon redete Lyr so auf den Schwertsucher ein. Doch dieser wollte auch die Meinung Draigheans hören.

"Mit den Pferden magst du ja recht haben. Schließlich fällt ein Pferd unter fünfen nicht so auf wie allein. Aber ich halte das querfeldein reiten nicht für so gut. Man weiß nie, wohin die Wege des Waldes führen.

Ich denke, wir sollten lieber der Breiten Straße in gehörigem Abstand folgen."

Auch Athraigh erhob seine Stimme.

"Ich bin auch Draigheans Meinung. Es ist eine Menge Gesindel unterwegs. Entlang der Breiten Straße können wir auf jeden Fall Hilfe holen, aber mitten in einem fremden Wald wird uns das schwerlich gelingen."

Goworr schwieg, als er das Wort Pferd vernommen hatte, war schon alles zu spät gewesen. Es gab ja nicht viele Dinge, die ein Zwerg fürchtete, aber diese hohen, bockigen Tiere gehörten dazu. Den Scherz mit Macha im Wald konnte er ja noch aushalten, aber einen langen Ritt?

So hatte er nicht gewettet. Auf einem dieser mächtigen Viecher so lange herumgeworfen zu werden, bis er vor lauter Übelkeit grün werden würde. Das kalte Grausen packte ihn.

Er würde ja so einiges für Solasard tun, aber ein Pferd besteigen, das war dann doch etwas zuviel.

"Goworr?"

Solasards Frage riß ihn aus seinen Gedanken.

"Was ist?", antwortete der Zwerg mürrisch.

"Hast du nichts zu sagen? Ich würde auch deine Meinung gerne hören."

Da seufzte der Gefährte:

"Ach, Herr, ich folge euch, wohin ihr auch gehen mögt, auf den höchsten Berg, ins tiefste Tal, in die Finsternis der Mutter Erde, auf die Flure der Anderen Welt. Jeder Weg, jedes Ziel ist mir recht, nur muß es denn ausgerechnet auf dem Rücken eines Pferdes sein?

Du weißt ja, daß Pferde mich nicht besonders mögen, und das beruht auch auf Gegenseitigkeit.

Sind unsere Füße nicht wacker genug? Und finden nicht zwei Füße einen besseren Weg als vier?

Und wir müßten Futter mitnehmen für die Pferde, und unterstellen müßten wir sie auch des nachts, und schlecht würde mir werden, furchtbar schlecht.

Glaub mir, Freund, wenig Widerlicheres gibt es als schlechtgelaunte, grün angelaufene Zwerge, die gerade ihr Frühstück wiedergekäut haben. Können wir vielleicht nicht doch zu Fuß gehen?"

Solasard grübelte schmunzelnd vor sich hin.

"Ich muß noch einmal überlegen. Abgesehen davon müßten wir überlegen, woher wir die Pferde bekämen. Laßt mich ein wenig meine Gedanken ordnen, dann werde ich euch meinen Entschluß mitteilen."

Nachdenklich schob Solasard den Vorhang beiseite und ging in den von einer Fackel beleuchteten Nebengang zu Macha.

Leise schnaubend hob das Tier den Kopf als er zu ihr hintrat. Sanft strich er ihr über den Hals. Aufmerksam spitzte sie die Ohren.

"So, dann steckt in dir ein Mensch. Ich würde gerne wissen, warum du dich zwar Fremden zeigst, aber nicht uns, die deinetwegen jetzt eine ganze Menge Schwierigkeiten haben."

Noch einmal schnaubte die Stute.

"Du bist ein schönes Tier, Macha, wenn das dein richtiger Name ist. Ich würde gerne wissen, wie du unter deinem Fell aussiehst. Du sollst wissen, daß wir dir nichts tun. Du kannst uns vertrauen."

Dann kam Solasard ein Gedanke. Ohne noch ein Wort an das Tier zu richten, ging er in den Hauptraum und kam nach einigen Augenblicken mit seinem Mantel wieder. Er legte ihn der Stute auf den Rükken.

"Ich werde jetzt vor dem Eingang deiner Nische stehen bleiben, mit dem Rücken zu dir. Wenn es dir möglich ist, würde ich dich gerne sehen. Bitte!

Ich werde leise bis hundert zählen, wenn du bis dann noch nicht meinen Namen gesagt hast, werde ich einfach in den Hauptraum gehen und morgen meinen Mantel holen.

Gut, dann los, eins, zwei, drei......"

Solasard ging vor die Nische und fragte sich, was er hier eigentlich tat. Er hörte merkwürdige Geräusche hinter sich und dann lange Zeit nichts.

Schließlich räusperte sich etwas hinter ihm.

"Du kannst dich jetzt umdrehen, Solasard."

Es kostete ihn einen Gedanken, ob er es vielleicht doch besser bleiben lassen sollte, aber dann drehte er sich langsam um.

Was da vor ihm stand, was das Abbild der Macha, die er schon kannte, die Macha, die ihm an Samhain dieses Pferd, dieses Wesen gegeben hatte.

Er lächelte, als er sie so in seinen Mantel gehüllt stehen sah. Vorsichtig machte er einen Schritt auf sie zu und griff in ihr seidiges Haar, wie um zu prüfen, daß dies kein Traum war.

Nun lächelte auch die Frau.

"Ja, ich bin eine Frau aus Fleisch und Blut, genauso wie du ein Mann bist, Solasard."

Sie hatte eine sanftmütig melodische Stimme.

"Warum hast du dich erst jetzt gezeigt? Und wie ist dein Name?"

Solasard starrte gebannt auf diese schöne Gestalt. Er konnte nicht glauben, was er sah.

"Es gab keinen Grund sich zu wandeln. Der Auftrag lautete dich zu beschützen bei Gefahr. Erst dann sollte ich meine menschliche Gestalt annehmen und auch erst dann sollte ich mich dir zeigen, deshalb auch die Waffen.

Aber ich wollte, daß du weißt, wer ich bin, deshalb siehst du mich jetzt, weil ich es so will.

Was meinen Namen angeht, so macht es mir nichts aus, wenn du mich weiterhin Macha nennst. Doch vielleicht mag es meiner Herrin nicht gefallen.

Mein wahrer Name ist Iontas und das bedeutet Wunder.

Doch halte du es, wie du magst. In einer langen Spanne bist du nur einer von vielen, den ich begleite. Es ist mir gleich, wie du mich nennst, denn ich bin kein Name.

Es ist mir nur erlaubt, dich bis zum Blauen Schwert zu begleiten, dann wirst du den Rest des Weges ohne mich gehen müssen.

Von nun an zeige ich mich nur noch, wenn du wirklich in Gefahr bist. Ich soll dich nur beschützen.

Geh als denn, und vergiß deinen Mantel nicht, Solasard."

Mit einem leichten Lächeln ließ die Frau den Mantel von ihren Schultern vor die Füße Solasards gleiten.

Dieser bückte sich, nahm ihn auf und ging davon, nicht wissend, was er von einem solchen Wesen denken sollte.

Erwartungsvoll blickten die vier Männer auf, als er wieder zu ihnen kam.

"Nun gut, ich habe mich entschieden. Wir werden uns morgen Pferde besorgen. Aber wir werden die Breite Straße nicht ganz aus den Augen verlieren. Querfeldein werden wir nur reiten, wenn wir es unbedingt müssen."

"Und wie wollen wir zu den Pferden kommen?", fragte Goworr in der Hoffnung, daß es vielleicht keine Möglichkeit gab, sie zu beschaffen.

Solasard strich grübelnd über sein Kinn.

"Ich schätze, einer von uns wird noch einmal nach Ath-Luain zurückkehren müssen und sie besorgen."

Freudig sprang der Zwerg auf.

"Herrlich, das kann ich ja machen. Niemand kann so weit ausschreiten wie ich und hat Ausdauer wie wir Zwerge sie zeigen."

Athraigh bog sich vor Lachen.

"Du meinst, wenn ein so seltsam dreinschauender Gnom wie du dort auftaucht, werden die Leute, die ja nicht mißtrauisch sind, nein gar nicht, dir ihre Pferde wohl schenken?"

Ich halte das für keine gute Idee. Jemand unauffälligeres sollte gehen. Jemand, der gut aussieht, bei dem die Leute nicht sofort Verdacht schöpfen. Außerdem könnte ich ein neues Hemd gebrauchen, eines von diesen mit Lederbesatz. Nein, nein, Goworr. Ich werde gehen."

Jetzt grinste Draighean.

"Ich werde gehen und sonst niemand. Mich kennen die Leute in Ath-Luain, mir vertrauen sie.

Dich, Athraigh, kennen sie mittlerweile auch, und es wäre nur zu deinem Schaden, wenn du dich noch einmal dort blicken lassen würdest. Oder was sagst du, Solasard?"

Der Angesprochene war froh, überhaupt einmal gefragt zu werden.

Freundlich antwortete er:

"Ich denke auch, daß es so das Beste ist. Wir könnten währenddessen unsere Vorräte vervollständigen, so daß wir gleich aufbrechen können, sobald du wieder hier bist. Wie lange wirst du brauchen, Draighean?"

"Es ist jetzt früher Morgen. Wenn ich gut zu Fuß bin und alles gut voran geht, werde ich gegen abend wieder hier sein.

Ich halte es allerdings für sinnvoller, wenn wir die Nacht noch hier verbringen und erst morgen früh, aber dafür ausgeruht aufbrechen. Oder?"

Jetzt meldete sich auch Lyr, der die ganze Zeit schweigsam dem Gespräch gefolgt war, zu Wort.

"Auch ich halte das für eine bessere Idee. Wer weiß, auf welche Schwierigkeiten wir unterwegs noch treffen werden. Und dann ist es besser, ausgeschlafen und zu allem bereit zu sein."

So machte sich Draighean auf den Weg in die Stadt. Zurück blieben drei Gefährten, die ihren neuen Begleiter argwöhnisch begutachteten.

Sie schlichen umeinander wie Wildkatzen um ein Kitz und dennoch wagte keiner einen Ausfall.

Schließlich setzte sich Solasard zu ihm ans Feuer. Athraigh und Goworr blieben in der Nähe und kümmerten sich scheinbar leidenschaftlich um die Pflege ihrer Waffen.

"Wer bist du, Lyr? Wo kommst du her und von welchem Prinz ist hier die Rede?"

Das Spiel der Flammen spiegelte sich auf seinem blonden Haar.

"Wer ich bin, wirst du selbst herausfinden. Ich komme von Tir na Samradh, dem Land des Sommers. Und die Rede ist von Misnéachard, dem Sohn des Königlichen Paares. Er hat von dir gehört und dem Geís deiner Mutter. Du rührst ihn an, deshalb schickt er mich, um dir zu helfen."

Solasard schmunzelte.

"Du hoffst doch nicht, daß ich so einfältig bin und dir das glaube? Es gibt tausende und abertausende von Menschen, die auch unter einem Bann stehen.

Für diese hat er auch kein Mitleid. Ich bitte dich, du mußt mir nicht sagen, warum du dich uns anschließt, aber du solltest mich auch nicht anlügen."

Da stand der Sidhé auf, zog sein Schwert und kniete vor dem verblüfften Solasard nieder.

"Herr, solange ich Teil deines Gefolges bin, werde ich dir folgen, wohin auch immer du uns führen wirst.

Mein Weg muß gerade sein. Meine Zunge kann nicht sagen, was mein Herz nicht fühlt.

Dies ist der Grund, warum der Prinz mich schickt, glaubt mir, Solasard."

Dann stand er wieder auf, führte sein Schwert achtsam in die Scheide, setzte sich ans Feuer und fuhr fort zu sprechen.

"Sein Grund ist folgender: Ich kenne die Geschichte des Blauen Schwertes, aber nie war ein Mann meines Volkes Teil dieser Geschichte. Und vielleicht mag ich dir eine Hilfe sein, wenn du auf andere meines Volkes stößt.

Tir na Samradh ist nur ein kleiner Teil der Anderen Welt, aber ich habe ihre Weiten oft durchwandert und kenne viele meines Volkes, die euch Menschen noch geringer schätzen als wir es tun. Hierbei mag ich dir ein Mittler sein."

Schweigen stellte sich ein, und jeder war damit beschäftigt, sich auf seine Weise auf den morgigen Aufbruch vorzubereiten.

Seltsame Gestalten ringten sich nun um Solasard. Er hätte nie gedacht, daß ihn ein Sidhé aus der Anderen Welt, ein Zwerg oder ein Mann des Kleinen Volkes begleiten würden.

Er hatte gehofft, von Männern, von Menschenmännern begleitet zu werden, und jetzt?

Nun ja, außer Athraigh hatte sich wohl keiner getraut, sich ihm anzuschließen. Es war merkwürdig für Solasard, mit Gefährten so verschiedener Art unterwegs zu sein. Aber er dachte, daß er dadurch vielleicht auch etwas für sich gewinnen könnte.

Er hielt die Menschen allein nicht für so einzigartig, daß er glaubte, von anderen Rassen nichts lernen zu können. Es war nun so, und er hatte die Verantwortung für diese Männer, obwohl er von allen wahrscheinlich die geringste Lebenserfahrung hatte.

Aber das würde sich nicht ändern, bis sie das Schwert gefunden hatten.

Am Abend kehrte Draighean zurück. Er hatte fünf kleine, kräftige Ponies mitgebracht, die er zu Macha stellte.

Die Stute war wenig begeistert von ihrer neuen Gesellschaft, trat um sich und verbreitete Unruhe, bis Draighean die Ponies in einem anderen Gang untergebracht hatte. Noch einmal ließ Solasard seinen Blick durch das Gewölbe gleiten. Alle schliefen friedlich, bis auf Lyr, der immer noch seinen Gedanken nachhing. Endlich fielen auch Solasards müde Lider nieder und ruhten wie er selbst.

Am frühen Morgen kurz nach Sonnenaufgang waren sie losgeritten. Vor allem Athraigh war froh, endlich nicht mehr laufen zu müssen.

Nur Goworr fühlte sich furchtbar wie er auf dem Rücken seines Pferdes hin- und hergeworfen wurde.

Sie kamen gut voran und erreichten am Abend Loch-riabhach, das mitten in einem dunklen Tannenwald an einem grauen See lag.

Sie suchten Holz für ein Feuer und richteten sich notdürftig ein Lager für die Nacht her.

Müde vom Ritt legten sich die Gefährten früh hin. So tief im Wald würden sie keine Wache brauchen.

Die Nacht war sehr kalt. Kein Mond stand am Himmel, der ihnen die Finsternis etwas erhellen könnte.

Lyr war der erste, dem das Knacken im Wald auffiel. Er sah jedoch nichts durch den Nebel, der sich über sie gesenkt hatte. Vorsichtig griff er nach Draighean, der gleich neben ihm lag.

"Scht, still! Irgend etwas geht vor sich. Kannst du etwas sehen?"

Der Mann aus dem Kleinen Volk versuchte, einen Blick in die Runde zu werfen.

Leise flüsterte er dem Sidhi zu:

"Ich kann auch nichts sehen, Lyr. Versuche du zu Goworr zu kriechen und ihn zu wecken. Ich kümmere mich um Athraigh und Solasard."

Die Geräusche im Wald kamen immer näher. Auch die Pferde schnaubten unruhig und stampften mit ihren Hufen auf.

Gerade als Lyr Goworr fast erreicht hatte, glitt von hinten ein Arm um seinen Hals, dessen Hand ein verhängnisvolles Messer hielt.

Eine barsche Stimme brummte:

"Keinen Laut, Schlitzohr, oder dir fehlt bald der Kopf zum Schreien auf deinem dürren Hals."

Die Dämmerung war angebrochen, und der Nebel begann sich langsam aufzulösen. Was Lyr mühsam erkennen konnte, ließ ihn fast verzweifeln.

Da saßen Athraigh, Solasard, Draighean und Goworr, die jeder einen übelaussehenden Strauchdieb im Nacken hatten.

Ein Mann, dessen Gesicht eine mehrfach gebrochene Nase zierte, baute sich in der Mitte auf.

"Na, ihr Schwertsucher, da guckt ihr, was? Aber wir haben euch doch gefunden. Lange sind wir eurer Spur gefolgt. Oft hatten wir euch verloren und jetzt sitzt ihr in unserer Falle. Cluanaire läßt es sich einiges kosten, diesen häßlichen Gaul in seine schmierigen Finger zu kriegen.

Er hat sogar gesagt, es mache nichts, wenn ein oder zwei von euch dabei über die Klinge springen. Na, möchte sich jemand freiwillig melden?"

Nichts rührte sich. Dann hallte plötzlich ein merkwürdiges Geräusch aus dem Unterholz. Solasard sah sie zuerst und hatte Mühe nicht laut loszulachen.

Macha hatte sich verwandelt, aber in Ermangelung von Kleidung hatte sie sich bei Athraigh bedient und sich eine Hose und ein Hemd ausgeliehen. Wüst fiel ihr das schwarze Haar ins Gesicht. Das Hemd hatte sie am Bauch zusammengeknotet und den Saum der viel zu langen Hose hochgekrempelt.

Sie stand da als sei sie aus dem Boden gewachsen. In ihren Händen blitzten gefährlich die beiden sanft gekrümmten Kurzschwerter, die sie sonst immer in ihren Satteltaschen trg.

Kühl sagte sie:

"Ich möchte mich freiwillig melden. Komm her, du häßliche Fratze, vielleicht kann ich dir ja hiermit das Gesicht etwas verschönern."

Die sechs Schurken fielen in das Gelächter ihres Anführers ein, das nur kurz währte.

Mit einem Satz sprang die Frau zu dem häßlichen Kerl hin. Kaum hatte sie ausgeholt, hatte auch der Mann sein Kurzschwert gezogen.

"Eigentlich schlage ich mich nicht mit Frauen."

Macha ritzte ihm den Ärmel seines Hemdes auf.

"Eigentlich kämpfe ich auch nur mit Männern, aber für dich werde ich mal eine Ausnahme machen. Und was ist mit euch, Jungs! Wollt ihr euch von hinten die Kehle aufschlitzen lassen!

Auf zum Angriff!"

Endlich erwachten die fünf Gefährten aus ihrer Erstarrung und fielen in Machas Tanz ein. Jeder verteidigte sich auf seine Weise.

Solasard kämpfte formvollendet mit dem Schwert im Gegensatz zu Athraigh, der seinem Gegner erst heftig zwischen die Beine trat und ihm dann kraftvoll auf die Ohren schlug.

Als sich der Arme an die selbigen griff, bekam er zum Abschied einen Schlag ins Gesicht, der ihn in eine friedvolle Bewußtlosigkeit trieb.

Goworr führte eine Art Tanz auf, bei dem er seinen Gegner ständig gegen die Schienbeine trat. Auch sein Gegner hüpfte auf und ab, bis Athraigh ihn mit einem seiner Wurfmesser an einen Baum nagelte.

Lyr und Draighean standen Rücken an Rücken und verteidigten sich wacker.

Aber das war nichts gegen Macha. Sie kämpfte wie eine Furie, wirbelte mit den Schwertern umher und brachte ihrem Gegner zahlreiche

Wunden bei, aus denen er heftig blutete. Ihm hingegen gelang es nicht einmal einen Treffer zu landen.

Schließlich begriffen die Vagabunden, daß sie hier unterliegen würden und machten sich davon.

Ihren am Baumstamm festgenagelten Kameraden ließen sie zurück. Zwei der Pferde fehlten, aber das war besser, als wenn alle Pferde verloren gegangen wären.

Erschöpft sanken alle zu Boden. Auch Macha gesellte sich zu ihnen.

"Gut gemacht! Denen haben wir es gezeigt! Aber ich hoffe, daß ihr das nächste Mal etwas schneller aufwacht. Ich dachte schon, ich müßte alles allein machen, und ihr würdet euch auf das Zuschauen beschränken."

Lyr kam als erster wieder zu Atem.

"Ich danke dir! Du hast uns allen das Leben gerettet. Wir sollten jetzt allerdings zusehen, daß wir hier wegkommen. Vielleicht holen diese Kerle noch Verstärkung. Oder was meinst du, Solasard?"

Doch bevor dieser sich äußern konnte, räusperte sich der an den Baum geheftete Schurke heftig. Das Messer stak noch immer in seiner rechten Schulter. Vergeblich hatte er versucht, es sich herauszuziehen, doch Athraigh war ein Meister seines Faches.

"Entschuldigt, daß ich eure Unterhaltung unterbreche, aber was wird denn aus mir? Ihr könnt mich doch nicht einfach hier zurücklassen. Das könnt ihr doch nicht tun, oder...?"

Athraigh schaute auf und grinste kalt.

"Oder, was? Glaubst du dich vermißt jemand? Wir haben nur Vorräte für uns."

Jetzt äußerte sich auch Draighean.

"Ich glaube, wir haben gar keine andere Möglichkeit, als ihn mitzunehmen.

So wie ich Cluanaires Leute kenne, werden sie wiederkommen, und dann könnte er ihnen erzählen, wo wir hingegangen sind. Ihr wißt, wir müssen vorsichtig sein. Was denkst du Solasard?"

Der Angesprochene betrachtete das abgemagerte Elend. Braune Augen flehten ihn aus einem ausgemergelten Gesicht an.

"Gut, wir werden ihn mitnehmen, aber er wird laufen müssen. Die drei Pferde, die noch übrig sind, reichen gerade so für uns."

Da rief Goworr.

"Warum für uns sechs? Sie kann doch..."

In dem Augenblick sprang Lyr auf, hielt ihm den Mund zu und flüsterte:

"Bist du wahnsinnig? Jetzt ist sie für die Kerle nichts als eine wehrhafte Frau. Wenn sie aber hinter ihr Geheimnis kommen, werden sie uns bis ans Ende der Welt jagen. Schweig jetzt, Solasard wird das schon regeln."

Goworr ging zu seinem Reisesack, öffnete ihn, kramte darin herum und holte schließlich ein langes Seil hervor.

"Damit könnten wir ihm die Hände fesseln und ihn hinter uns herziehen."

"Das ist ein guter Gedanke, dann auf und nichts wie weg hier! Athraigh hole die Pferde, der Rest macht sich reisefertig", befahl Solasard.

Schnell hatte Goworr den Mann von Athraighs Messer befreit. Die Wunde blutete heftig und wurde eilends von Draighean versorgt. Dann fesselte der Zwerg ihm die Hände und befestigte das Seil an einem der Pferde.

Der Aufbruch wurde etwas verzögert, weil sich niemand das Pferd mit Macha teilen wollte, bis sich Solasard dazu bereiterklärte. Auch ihm kam diese Frau ein wenig seltsam vor, aber was sie auch immer war, sie war vor allem auf seiner Seite.

Sie saß hinter ihm und hielt sich an ihm fest. Hinter ihnen stöhnte der Vagabund, den sie am langen Seil hinter sich herzogen. Goworr und Athraigh teilten sich das zweite und Draighean und Lyr das dritte Pferd.

So schnell es möglich war, ritten sie vorwärts, bis sie zu einem kleinen Fluß kamen. Hier rasteten sie, vor allem, weil sich der Gefangene kaum mehr auf den Beinen halten konnte.

Nachdem sie wieder aufgebrochen waren, mäßigten sie ihre Reisegeschwindigkeit, so daß er ihnen besser folgen konnte. Kurz vor Sonnenuntergang hatten sie eine Lichtung gefunden, wo die Sicht auf die Umgebung freier war.

Eine Überraschung wie in der vorigen Nacht wollten sie nicht noch einmal erleben.

Abends saßen die Gefährten um ein Feuer. Goworr hatte noch ein bißchen hartes Brot und getrocknetes Fleisch in seinem riesigen Reisesack aufgetan. Alle kauten vor sich hin, als sich der Gefangene zu Wort meldete.

"Bitte, ihr Herren, ich habe Hunger und entsetzlichen Durst. Außerdem ist mir bitterkalt. Gebt mir doch etwas zu essen. Bitte! Mir reicht auch ein Kanten Brot. Ich wollte euch heute bestimmt nichts tun. Ich bin ein ehrenwerter Mann. Cluanaire hat mich gezwungen. Wenn ihr mir nicht glaubt, betrachtet euch doch meinen Rücken."

Solasard stand auf und ging auf den Mann zu. Er zog ihm die Weste hoch, das Hemd war so von Blut verkrustet, daß er es nicht einmal anheben konnte.

"Wie ist dein Name? Woher hast du diese Wunden? Und wer hat sie dir beigebracht?"

Mißtrauisch beäugten Goworr und Athraigh die Sachlage.

"Mein Name ist Caochán. Ich komme von Ath-Luain. Meine Ernte war mißraten. Ich hatte mir Saatgut von diesem Hund geliehen, aber ich konnte ihm nichts dafür bieten. So hat er mich von seinen Spießgesellen nach Bealaclugga bringen lassen.

Dort hat er mir dann das Fell über die Ohren gezogen und gesagt, ich soll mit diesen fünf Kerlen mitgehen, jemandem ein Andenken an ihn verpassen. Dann wäre ich wieder frei und könnte nach Hause gehen.

Na ja, dachte ich mir, das ist auf jeden Fall besser als zu sterben.

Ich wollte euch bestimmt nichts tun. Kann ich nicht doch vielleicht einen Schluck Wasser bekommen? Ich bin wirklich nicht euer Feind, glaubt mir!"

Solasard setzte sich wieder und nickte Goworr zu, dem Mann etwas zu trinken zu geben.

Dann fuhr er fort, sich mit Caochán zu unterhalten.

"Warum bist du nicht einfach weggelaufen, als ihr euch auf den Weg gemacht habt? Von Bealaclugga bis hier her ist es ein langer Weg. Da hat es doch sicher eine Möglichkeit gegeben, sich davon zu machen."

"Herr, ihr tragt Schwerter, seid beritten und mutig. Ich bin das nicht. Ich bin nur ein armer Bauer, ein Feigling, der seinen letzten Rest an Haut retten will. Wenn das hinter mir gelegen hätte, wäre ich nach Hause gegangen."

Solasard mußte über diese Einfältigkeit lachen.

"Und du glaubst, sie hätten dich wirklich wieder gehen lassen?"

"Natürlich, Herr, ich hatte Cluanaires Wort, sein Ehrenwort."

Solasard lächelte freundlich.

"Ach, Caochán, was bedeutet das Ehrenwort eines Mannes, der keine Ehre mehr hat?

Abgesehen davon, hast du nicht gesehen wie dich deine Gefährten im Stich gelassen haben?"

Der Gefangene seufzte.

"Was soll ich denn tun? Ich schätze, sie werden mich so oder so töten. Kann ich mich nicht euch anschließen?"

Empört sprangen Goworr und Athraigh auf. Wie aus einem Mund riefen sie:

"Nein, nein, Solasard! Du kannst doch keinen Dieb aufnehmen. Es ist so schon schwer genug. Willst du Cluanaire zwei Gründe geben uns zu verfolgen?"

Solasard blickte zu Macha, die überhaupt keine Anteilnahme an dem Geschehen hier zeigte.

"Ich erinnere euch daran, daß ich niemanden abweisen werde. Abgesehen davon, wären wir dann zu sechst, nein, ich meine zu siebt. Somit könnten wir uns auch besser gegen Cluanaire wehren.

Gut, Caochán, du kannst dich uns so lange anschließen wie du magst."

Ungläubig funkelten ihn Athraigh und Gowarr an. Jetzt hatten sie auch noch einen Feigling in ihrer Mitte. Mürrisch löste ihm Goworr die Fesseln und packte sein Seil wieder ein.

"Wohin geht ihr denn, wenn ich fragen darf?"

Erwartungsvoll blickte der neue Gefährte zu Solasard.

"Wir ziehen nach Cluain-maccu-Nois. Mehr mußt du für den Augenblick nicht wissen."

Goworr atmete hörbar auf.

"Dann werde ich euch bis an das Ufer des Siona begleiten und dann zu meiner Familie heimkehren. Muß ich morgen wieder laufen?"

Schweigen herrschte, das schließlich von Macha gebrochen wurde.

"Du kannst meinen Platz einnehmen. Ich werde euch im Abstand von einer Meile folgen, um etwaige Verfolger aus dem Weg zu räumen. Laßt uns jetzt schlafen!"

Früh am nächsten Morgen brachen sie auf und Macha folgte ihren Spuren. Sie kamen gut voran. Es war fast angenehm durch den stillen Wald zu reiten. Noch einen ganzen Tag und den ganzen folgenden Morgen waren sie unterwegs.

Dann kamen sie an den Waldrand, der am Ufer des Stromes Siona lag. Caochán sprang von Solasards Pferd.

"Ich werde euch jetzt verlassen. Von hier finde ich allein zurück. Ich danke euch sehr, daß ihr mich am Leben gelassen habt, wenngleich ich auch nicht unversehrt bin. Aber der Schatz, den ich hier gewonnen habe, ist ein großer Lohn für diese geringe Gabe.

Nun, lebt denn wohl, man sieht sich ja immer zweimal im Leben. Bis dahin wünsche ich euch nur das Beste."

Solasard gab ihm die Hand und sagte:

"Ich hoffe, dieser Schatz ist die Weisheit, sich nicht mit Männern wie Cluanaire einzulassen. So geh' nun, ich wünsche dir und deiner Familie Frieden."

Eine Weile sah ihnen der Mann noch nach, dann ging auch er davon, ein geheimnisvolles Lächeln auf den Lippen.

Sie folgten dem Fluß ein Stück nach Norden.

Dann konnten sie auf der anderen Uferseite schon den Coven sehen.

Collach und Carria kamen ihnen entgegen.

Der Rat der Weisen

Gealán erwachte in den Armen ihres Geliebten. Noch war es dunkel draußen, aber schon kündigten die Vögel das Licht des Morgens an. Eine seltsame Unruhe erfaßte die Frau, als würde sie von etwas magisch angezogen. Sie kleidete sich an und ging vor das Zelt. Niemand war zu sehen. Wie von selbst schritt sie zu den Weiden.

Als habe sie das Tier gerufen, wartete die goldfarbene Stute schon auf sie. Es war kalt. Doch obwohl sie die Kälte wahrnahm, machte sie ihr nichts aus. Gealán stieg auf das Pferd, das sie zu den Wilden Gärten brachte.

Jenem Ort, wo sie vor Tagen Báistigh geliebt hatte. Vorsichtig verlangsamte das Pferd seinen Schritt. Erst glaube sie sich allein, als sie die große Lichtung betrat, dann sah sie Lasair, Misnéachards grauen Hengst. Vorsichtig glitt sie von ihrem Pferd. Schon verblaßten die Sterne über ihr. Der Bach murmelte in die sich verabschiedende Nacht. Auf einem Stein an dem Weiher fand sie ihn, wie es schien, vor Schmerzen zusammengekrümmt.

Gealán kletterte auf den Felsen und kniete neben ihm.

Sanft berührte sie seine Schulter.

"Herr, was ist euch? Ist euch nicht wohl? Sprecht doch mit mir!"

Langsam drehte sich der Prinz um, setzte sich auf. Leise kam es über seine Lippen:

"Amhrán! Du hier? Ich weiß es jetzt."

Dann umfaßte er Gealáns Nacken, zog sie an sich. Weich waren seine Lippen auf den ihren. Gealán verstand sehr wohl, daß es nicht sie war, die er da küßte, aber sie kannte auch den Schmerz der unerfüllten Liebe, der wie ein Feuer in seinem Herzen tobte.

Sie genoß es, ihm den Trost geben zu können, den sie nie erhalten hatte. Er küßte sie, daß ihr fast schwindlig wurde. Seine Hände glitten über ihren Leib, als berührte er zum ersten Mal eine Frau. Langsam drängte er sie auf den Fels. Stöhnend schob er sich auf sie.

Da umschloß Gealán sein Gesicht mit ihren Händen, zwang ihn, in ihre Augen zu sehen.

"Misnéachard, tu das nicht. Du könntest diese Nacht nie mehr aus deinem Gewissen tilgen. Sieh, wer ich bin!"

Wie aus einem Traum erwachte der Prinz und erschrak:

"Gealán! Ich dachte - ich hoffte so sehr, du wärst eine andere! Ich - oh, bitte, verzeih' mir!"

Sanft zog sie den Mann an ihre Brust, drückte ihn an sich und strich tröstend durch sein Haar.

"Es tut weh, nicht die lieben zu dürfen, nach der sich das Herz sehnt, nicht wahr? Ich verstehe dich nur zu gut. Fast glaubt man, daß diese Liebe einen umbringt. Aber die Liebe ist grausam, sie läßt dich gerade noch am Leben, damit du leiden kannst. Kenne ich sie?"

Sich an sie schmiegend schüttelte er den Kopf. Es tat gut, mit jemandem zu sprechen, der sie verstand.

Sie war so schwer geworden, diese Last, diese Liebe. Er hatte diese Gefühle nie so erfahren.

"Nein, niemand kennt sie, Gealán. Noch kennt sie niemand, und das ist mein Fluch. Sie wird nie die Meine sein, niemals. Verstehst du das, Gealán? Ein anderer wird die Nächte mit ihr teilen, wird sie berühren dürfen, wird ihre herrlichen Lippen auf den seinen spüren."

Die Frau küßte den Mann sanft.

"Dann ist dir diese Liebe verwehrt! Aber es gibt doch andere Frauen, die du lieben kannst, Misnéachard! Du mußt sie vergessen!"

Heftig setzte sich der Prinz auf.

"Vergessen! Vergessen, daß es eine Sonne am Himmel gibt, eine Mondin, die über die Sterne wacht! Hast du nie geliebt? Wie sollte ich die Luft vergessen, die mich am Leben hält, wie das Blut verdammen, das durch meine Adern fließt? Es wird niemals eine andere Frau für mich geben, niemals."

Gealán antwortete:

"Du hast dir den Dolch, den du langsam in dein Herz treibst, selbst geschmiedet. Ich kann dich nicht daran hindern. Ich will es auch nicht."

Misnéachard lächelte sie an.

"Vom ersten Tag an mochte ich dich. Laß uns Freunde sein. Es fällt mir schwer von anderen Trost annehmen.

Bist du glücklich mit Báistigh? Ich sah ihn dein Zelt verlassen."

Gealán strich nachdenklich mit ihren Fingern über den Felsen, auf dem sie saßen.

"Es ist schön, mit ihm zusammen zu sein. Ich mag ihn sehr. Aber die Rose meines Herzens blüht für einen anderen. Und auch ich weiß, daß er mich nie lieben wird, lieben kann."

Ein kalter Schmerz legte sich wie ein Ring um ihr Herz, als Misnéachard fortfuhr zu sprechen.

"Kann ich dir vielleicht helfen? Kenne ich ihn? Ist er aus der Zeltstadt?"

Bitter lächelte die Frau.

"Du kennst ihn bestimmt nicht. Er ist nicht von hier. Ich muß jetzt gehen, Misnéachard. Aber du kannst mich jederzeit besuchen. Ich rede gerne mit dir. Vielleicht kannst du mir ja etwas von meiner Welt erzählen."

Dann stand sie auf und ging zu ihrem Pferd. Misnéachard folgte ihr und half ihr auf.

"Gealán? Ich, es tut mir leid. Ich hätte das nicht tun dürfen. Kannst du mir verzeihen?"

Gealán blickte auf ihn hinab und lächelte sanft.

"Wir sind jetzt Freunde, Prinz! Es gibt nichts zu verzeihen."

Dann trabte sie davon.

Das Licht des Morgens verwandelte die Mähne ihrer Stute in Gold.

Das Licht um Misnéachard gleißte so stark, daß ihm Tränen in die Auge schossen. Er trat an Lasair heran, stieg auf und ritt in Richtung Zeltstadt davon.

Als er sein Zelt betrat, fand er seine Mutter darin wartend vor.

"Wo warst du, Sohn? Dein Volk braucht dich. Es gibt Neuigkeiten von Néart. Er hat sich aufgemacht mit seiner neuen Freundin. Und er hat, wie es scheint, Verbündete gefunden."

Misnéachard goß Wasser in zwei Becher und gab einen davon seiner Mutter.

"Wen?"

Das Gesicht der Königin von Tir na Samradh wurde sehr ernst.

"Die Síofra. Niemand wußte, wohin sie sich zurückgezogen haben. Aber Madhra hat es wohl herausgefunden. Jedenfalls sind Sáile und Néart spurlos verschwunden."

"Und woher weißt du das mit den Síofra, Lá?"

"Ich sah sie in meinen Träumen wandern. Sie haben sich mit Schatten umgeben, aber gerade das ließ sie mich finden. Lange schon habe ich sie nicht mehr gesehen.

Seit jenem Tag, an dem man ihnen die Ehre nahm, sich als Teil der Tuatha de Danaan zu bezeichnen.

Seitdem leben sie unter dem Bann, die hellen Länder nicht mehr betreten zu dürfen. Eigentlich waren sie nie Teil unseres Volkes. Sie haben nur versucht unser Blut mit ihrem zu vermischen. Aber du findest Tag und Nacht nie an einem Ort."

"Und was willst du nun tun, Mutter?"

Lá nippte an ihrem Becher und schluckte.

"Heute abend trifft sich der Rat der Weisen. Dann wollen wir überlegen, was zu tun ist. Ich wünsche, daß auch du daran teilnimmst.

Da dein Vater seinen Pflichten in der Alten Welt nachgeht, wirst du ihn vertreten. Wir erwarten dich zum Abendmahl im Grianán. Danach werden wir uns zusammensetzen und beraten, was zu tun ist."

Misnéachard nickte und hielt Lá den Zelteingang zur Seite, damit sie ungehindert hinaustreten konnte.

Grübelnd setzte er sich auf sein Lager. Die Síofra.

Das würde die Lage nun gänzlich verändern. Sollte Néart seine Pläne tatsächlich verwirklichen wollen und dabei die Hilfe dieser niederträchtigen Wesen in Anspruch nehmen, würde das vielleicht Krieg bedeuten.

Aber um sich zum König zu machen, brauchte er das Schwert und das wartete auf Solasard, den Sohn Fionn mac Cumhails. Ihn würde das Volk anerkennen, er war einer von ihnen. Und er würde vielleicht die Eine Welt aufbauen können. Und er würde auch Amhrán heiraten können. Er würde sie lieben können. Würde er sie lieben können? Sie so lieben können, wie sie es verdiente?"

Ohnmächtig vor Zorn biß sich der Prinz in den Handballen bis der metallische Geschmack des Blutes beruhigend über seine Zunge flutete.

So oft hatte er sie gesucht, nachts auf der Traumstraße. Aber er hatte sie nur einmal gefunden, als sie träumte. Danach hatte er es sich untersagt, in sie zu dringen. In ihren Gedanken zu baden. Wenn er sie nur noch einmal sehen könnte, ihre Stimme hören könnte, sie berühren könnte. Sein Blick fiel auf den roten Fleck auf seinem Laken.

Er mußte sie sich aus dem Kopf schlagen.

Die Síofra waren jetzt wichtiger, was er auch immer für Amhrán empfand. Es war wichtig, daß Solasard auf den Thron kam. Das hieße sowohl Dragan als auch Néart vom Thron fernzuhalten. Alles hing davon ab, wie lange Solasard brauchen würde, das Schwert zu finden.

Je länger er unterwegs war um so länger hätten die Sidhi Zeit sich vorzubereiten.

Aber auch Néart und Dragan hätten dann länger Zeit ihre Pläne auszuspinnen und in die Tat umzusetzen.

Der Prinz goß aus einem Krug Wasser in eine Schale. Dann entledigte er sich seiner Kleidung, wusch sich, trocknete sich ab und schlüpfte unter die Decke auf seinem Lager.

Draußen herrschte ein reges Treiben. Doch Misnéachard bemerkte von all dem nichts. Seine Gedanken waren weit fort. Mühelos gelangte er auf die Traumstraße. Wie ein Fluß breitete er sich aus, auf der Suche nach seinem Vater. Jede kleine Abzweigung nahm er wahr, bis er seinen Vater fand.

Oiche war wach. Der König Tir na Samradhs sah sich um und zog sich in einen kleinen Hain unweit des Ufers zurück. Er blickte auf eine Schleife des Siona, als ihn eine warme Welle erfaßte und durch seinen Körper strömte.

Dort setzte er sich auf den Boden, verschränkte die Beine und schloß die Augen. Neben sich fühlte er seinen Sohn, hörte er seine Stimme.

"Vater, Néart hat die Síofra auf seine Seite gebracht. Mutter sah es in ihren Träumen. Was sollen wir tun? Wir wissen nicht, wie wir sie aufhalten sollen. Wissen ja noch nicht einmal, wie wir sie finden und wie wir ihnen entgegentreten sollen. Weißt du einen Rat für uns?"

"Sei mir gegrüßt, mein Sohn. Auch ich sah sie wandern, wenn ich nachts die Traumstraße besuchte. Ein leerer, kalter Ort ist ihre Heimat, Tir na nOidhe, das Land des Verderbens. Verlassen liegt es im Meer des Vergessens, wo sie lange Zeit hausten, den Blick auf die Insel verwehrt durch dunkle, magische Schatten, die sie umgeben in ihrer Unvollkommenheit. Jetzt sind sie auf dem Weg zum Großen Weltentor und wie ein Schattenheer ziehen sie des nachts durch die Wälder und die Öden, die an unser Land grenzen."

Misnéachard fragte:

"Gibt es denn keine Möglichkeit zu verhindern, daß sie in die Alte Welt eindringen?"

Oiche antwortete hoffnungslos:

"Nein, zu uneins ist unsere Welt, um in eine Schlacht zu ziehen. Außerdem haben viele von uns schon lange nicht mehr gekämpft und auch keine Sehnsucht danach. Schon gar nicht für die bedrohte Menschenwelt. Aber sie heißen nicht ohne Grund "die Unvollkommenen".

Mögen die Menschen uns nun einen Dienst erweisen. Wenig wissen sie über die Dienste, die wir ihnen erwiesen haben, seit wir in unserer eigenen Welt leben."

Das war eine unbefriedigende Antwort für den Prinzen.

"Aber es muß doch etwas geben, was sie aufhalten kann!"

"Nein, Sohn, du weißt wenig über die Síofra. Sie mögen so schlecht und unvollkommen sein wie sie sind, doch sie beherrschen die echte Magie, der nur wenige unseres Volkes widerstehen können. Wir müssen sie ziehen lassen, und ich kenne den friedliebenden Rat der Weisen, sie werden sie auch ziehen lassen.

Höre, was ich dir sage. So lange sie in der Alten Welt Unheil anrichten, werden sie es nicht in unserer tun, deshalb werden wir sie ziehen lassen, Misnéachard."

"Was ist aber, wenn sie die Alte Welt in Besitz genommen haben und sich auch noch unsere Welt einverleiben wollen, Vater?"

"Von allein werden sie auf diesen Gedanken nicht kommen. Die Síofra sind Werkzeuge, Krieger, aber keine Herrscher. Sie sind die Spreu, die in die Luft geworfen wird, doch Néart und Dragan werden sich nicht an uns heranwagen. Zu sehr fürchten sie die Sidhi aus der Anderen Welt.

Sie wären wahnsinnig, wenn sie sich darauf einließen. Wir werden nicht noch einmal gnädig in der Versenkung verschwinden, um zu überleben wie damals als die Míleser kamen. Lá und ich werden das nicht zulassen, was auch immer der Rest der Weisen sagen mag."

Misnéachard döste vor sich hin, bis draußen hörbar Unruhe ausbrach. Erschöpft stand er auf, erfrischte sich, zog sich um und trat vor das Zelt.

Auf dem Weg zum Grianán standen sich zwei Sidhi mit gekreuzten Klingen gegenüber, die er für die besten Freunde gehalten hatte.

Bösartig schrien sie einander an:

"Als sie bei mir war, hat sie wundervoll von der neuen Einen Welt gesprochen, die sie und Néart schaffen wollten. Und wenn du mir nicht glauben willst, wird es dir mein Schwert gern beweisen, Misniúil"

Der Angesprochene erwiderte wütend:

"Du lügst, Uasal! Als sie bei mir war hat sie gesagt, daß Néart und sie die Eine Welt schon zu verhindern wüßten und auch mein Schwert mag dir das beweisen."

Schon krachten die Klingen laut aufeinander. Da trat Misnéachard zwischen die beiden Kampfhähne.

Beherrscht und ruhig sagte er:

"Hört auf damit, Uasal und Misniúil, laßt euch nicht von einer Frau zum Spielzeug Néarts machen. Jeder von euch hat recht und doch unrecht.

Diese Frau erzählt jedem, was er hören will und doch ist ihr Ziel nicht eine gemeinsame Welt für alle Völker, Elben Menschen und alle anderen oder keine. Ihr Ziel ist der Hochthron Erius auf Tara. Ihr seid Freunde, laßt euch nicht von einer solchen Frau für ihre Machenschaften mißbrauchen, sonst müßte ich euch für ehrlos halten.

Reicht euch lieber die Hände und tragt Sorge dafür, daß ihr nicht so leicht den Wegen anderer folgt anstatt euren eigenen."

Erst starrten die Männer wütend zu Misnéachard, doch dann reichten sie einander die Hände und verschwanden wieder in einem der Zelte. Soweit war es schon, daß in der Stadt des Friedens Schwerter am hellichten Tage gegen Freunde gezogen wurden.

Nachdenklich ging Misnéachard in sein Zelt und setzte sich auf sein Lager.

Die Keime Sáiles schienen aufzugehen. Wo waren nur die besonnenen Sidhi? Manchmal glaubte Misnéachard wirklich, daß es besser wäre nicht in einer solch heilen Welt zu leben. Der Müßiggang ließ den Sidhi viel Zeit für törichte Gedanken, die sich die Menschen nicht machen konnten, weil sie für ihr leibliches Wohl arbeiten mußten.

Nun würde sich vielleicht nicht nur die Welt der Menschen, sondern auch die der Sidhi verändern. Noch lagen sie nah und friedlich beieinander, aber was, wenn sich dies ändern würde?

Noch führten die Weltentore in zwei Welten. Was, wenn die Menschen sich wirklich selbst überlassen wären, ohne die Hilfe der Sidhi, ihrer Götter?

Und was waren die Sidhi ohne die Menschen. Brauchten sie einander nicht doch? Wenn Néart den Traum seiner Einen menschen-Freien Welt wirklich wahr machen würde, ging die Andere Welt unweigerlich verloren.

Wenige Weltenmeister waren noch am Leben, die die Kraft und Magie aufbringen konnten, diese Alte Welt aus ihren Angeln zu heben und vor dem Untergang zu retten.

Verborgen lebten sie an Orten, zu denen nur Traumwege führten, fernab der Wirklichkeit von Sidhi oder Menschen. Ihre Belange lagen nicht im Leben und Sterben, diese Grenze hatten sie schon lange überschritten.

Selten kamen sie zu den Versammlungen der Sidhi, um ihnen ihre Weisheit angedeihen zu lassen. Wenige waren sie an der Zahl und von diesen wenigen hatten nur fünf die Stärke, ihren Geist über die Schwäche ihres Körpers siegen zu lassen.

Auda, Asis, Arisch, Agunna und Atatir waren ihre Namen, und dies war die einzige Festlegung, die sie über sich duldeten.

Die Meister der Wandlung, in die Hülle jeden Geschöpfes konnten sie schlüpfen. Nie waren sie schwarz oder weiß, Mann oder Frau. Alles vereinigten sie in sich, alle Welten, alle Weisheit und hatten noch die Gnade diese Weisheit zu teilen. Und doch waren sie klug genug zu erkennen, daß die Sidhi nicht alle Weisheit tragen konnten, um die sie baten.

Vielleicht würden sie sich heute abend einfinden, um zu helfen Entscheidungen zu treffen. So anders waren diese Ewigen, ganz anders als die ältesten der Langlebigen, der Rat der Weisen. Gebunden waren diese noch an ihre Körper und auch sie waren Gefangene des Todes, wenngleich sie dieses Schicksal um ein vieles später als die Menschen ereilte. So spät, daß sie so manches Mal die Kurzlebigen um diese Gnade beneideten.

Schade nur, daß sein Vater nicht dabei sein konnte. Misnéachard liebte die Kühnheit und Klugheit seiner Mutter, dennoch hätte er sich wohler gefühlt, wenn er die Besonnenheit und Weisheit seines Vaters neben sich gespürt hätte.

Langsam senkte sich der Abend über die Zeltstadt und der Prinz machte sich auf den Weg zum Grianán.

Der Wind strich durch die Blätter der Mächtigen Eiche und liebkoste sie. Die blauen und grünen Stoffbahnen des Grianán hoben und senkten sich leicht im Wind. Vögel zwitscherten ihr Abendlied in die Welt hinaus. Dann war Stille. Das Land atmete tief ein und aus, glitt in einen sanften Schlaf.

Das Licht in den erleuchteten Zelten flackerte wie Sterne, die vom Himmel gefallen waren.

Ruhig schritt Misnéachard in den Grianán, wo er seine Mutter im Gespräch mit dem Rat der Weisen vorfand.

Freundlich blickte sie auf.

"Einen schönen Abend wünsche ich dir, mein Sohn. Komm, setz dich zu uns ans Feuer. Auch deine Meinung soll gehört werden, denn niemand weiß mehr über die törichten Menschen und ihre hastige Welt als du."

Misnéachard lächelte und setzte sich zu dem kleinen Kreis.

Seit den Tagen seiner Kindheit hatte er nicht mehr an einer Sitzung des Weisen Rates teilgenommen. Und doch hatten sich diese fünf Männer nicht verändert.

Alle trugen sie ihr weißes Haar lang und wallend und aus ihrem weißen langen Bart hatten sie einen Zopf geflochten. Auch die blauen Mäntel, die sie trugen schienen die gleichen zu sein.

Als die Meister der Wandlung die Andere Welt geschaffen hatten, wurde das Geheimnis dieser Schöpfung nur diesen fünf Männern anvertraut, um darüber zu wachen. Denn schon damals waren sie so alt, daß sie gerne dafür gestorben wären, es zu schützen.

Doch noch immer lebten sie und lenkten gemeinsam mit dem Königlichen Paar das Schicksal ihres Volkes

Sanft lächelnd nickten sie dem jungen Mann zu, als er sich zu ihnen setzte.

Gerade hob die Königin an zu sprechen, als ihr die Worte im Hals stecken blieben. Erstaunt blickte sie zu den Stoffbahnen, durch deren Lücken nun weißer, dichter Nebel wallte. Immer näher kroch er auf dem Boden zum Feuer hin, verdichtete sich und stieg dann am Stamm der Eiche empor, um sich ganz aufzulösen.

Als alle wieder ihre Köpfe senkten, standen dort fünf kleine Knaben, die über beide Backen grinsten. Ihr blondes Haar war so voller Blättern, daß es aussah, als trügen sie einen Kranz auf dem Kopf und ihre hellblauen Gewänder waren so mit Grasflecken übersät, daß man nur schwerlich feststellen konnte, ob der Stoff ursprünglich blau oder grün gewesen war.

Eines der Kinder trat schüchtern vor und sagte dann:

"Schön hat das ausgesehen mit dem Nebel. Ich wollte ja eigentlich als Vogel herkommen, aber dann konnte ich mich nicht entscheiden, ob ich als Falke, Eule oder Schwan kommen sollte und dann hatte Asis diesen herrlichen Gedanken mit dem Nebel."

Einer der Jungen schaute schüchtern unter sich.

Neugierig fragte Lá:

"Asis? Dann seid ihr wohl Auda, Arisch, Agunna und Atatir?"

Wieder grinsten die Jungen verschmitzt über ihre weißen Wangen, wie Sterne leuchteten ihre blauen Augen dabei.

Ein anderer Knabe trat vor und sprach:

"Ja, edle Königin, das sind wir. Wir strolchten so auf der Traumstraße umher, als wir einem Gespräch zwischen Misnéachard und eurem Gemahl zuhörten. Da dachten wir, daß wir heute abend einmal euer Feuer besuchen sollten. Und jetzt sind wir hier. Doch wenn wir euch ungelegen kommen, werden wir gerne wieder gehen und euch nicht weiter belästigen."

Milde erwiderte die Königin:

"Kommt nur an unser Feuer, ihr wißt sehr wohl, daß euer Besuch eine Ehre für uns ist."

Da kamen die fünf Knaben heran und setzten sich ein jeder zu einem aus dem Weisen Rat.

Dann sprach Lá weiter:

"Nun werden wir wohl vollzählig sein und beginnen können.

Seit jenem Comoír, wo ich beschloß, die Fremden hier zu behalten, hat sich vieles geändert in Tir na Samradh und nur wenig zum Guten.

Sáile, die Gespielin des alten Fionn, breitet ihre Netze aus und fängt die Unwissenden, um ihr Spiel zu treiben. Doch damit nicht genug.

Nun hat sie dank des Hundes Madhra auch ihren Weg zu Néart gefunden, der für sich allein schon ein Feind unserer Einigkeit ist.

Mit beiden hätten wir es vielleicht noch aufnehmen können, doch nun haben sie Verbündete gefunden, die wir nicht außer Acht lassen können bei unseren Planungen für die Zukunft unseres Volkes, mächtige Verbündete.

Deshalb frage ich euch, was wollen wir tun?"

Uisce räusperte sich:

"Ich denke, die Frage ist eher: Können wir etwas tun?

Nun, vielleicht sollten wir alles so laufen lassen wie es ist. Die Götter setzen uns mit Absicht an den Anfang eines Weges. Vielleicht sollten wir gar nichts tun."

Dem widersprach Daighear:

"Stillstand ist nie gut. Jeder Stillstand geht irgendwann über in einen Zustand des Welkens und Verrottens, und wenn dies auch eine Art der Bewegung sein mag, so aber doch eine, die ins Verderben führt. Nein, die Zeit selbst war unser bester Lehrer und hat uns gezeigt, daß Stillstand uns von unserer Heimat vertrieben hat.

Ich weiß nicht, ob ich traurig sein soll über das nahende Los der Menschen. Ein seltsames Volk sind sie. Weder vor dem Leben noch vor dem Tod haben sie Ehrfurcht in ihrer Einfältigkeit. Zuweilen frage ich mich, ob sie überhaupt einen dieser Schätze verdient haben. Doch mein Urteil mag falsch sein. Was sagst du, Misnéachard, der oft schon auf ihren Wegen wanderte?"

Der Prinz antwortete:

"Nun, du hast recht, wenn du sagst, sie seien ein seltsames Volk. In der Tat sind die meisten Menschen wie Laub, das von den Bäumen fällt. Es weht und dreht sich durch die Luft, bis es zum Boden sinkt. Einige aber, nur wenige freilich, sind wie Sterne am Firmament. Diese gehen eine feste Bahn, kein Wind erreicht sie und sich selber sind sie Gesetz und Lauf.

Einer von jenen schickt sich gerade an, den Thron Erius für sich zu erlangen und eine gute Zeit wird für die Menschen anbrechen, solange sein Geschlecht dort herrscht. Eine gute Zeit auch für uns, vielleicht eine Zeit der Rückkehr.

Die Frage, die euch vielleicht Angst macht lautet daher: Sind wir bereit, uns auf die Menschen einzulassen oder halten wir uns aus dieser Geschichte heraus, bis Néart vor unseren Zelten steht?"

Da erhob Talamh seine Stimme:

"Meist fürchtet man weniger die Frage als den Fragesteller. Ich frage mich nun meinerseits, warum du dich so für dieses Volk einsetzt? Unglück brachten sie über uns, allein ließen sie uns im Kampf mit den Mílesern. Und nun willst du dich mit ihnen verbünden?

Nein, ich sage dir, es war gut ihre Welt zu verlassen. Besser ist es auf der Landstraße zu bleiben, auch wenn sie ein Umweg ist, aber gewißlich führt sie dich zum Ziel."

Auch Lá ergriff nun das Wort:

"Und? Was ist denn das für ein Ziel?"

Da sagte einer der Knaben:

"Frieden ist das Ziel, Gerechtigkeit, Vertrauen und Liebe. Denn es gibt keine größere Kraft als die Liebe. Sie überwindet den Haß wie das Licht die Finsternis."

Aer winkte heftig ab.

"Liebe, von welchen Narreteien sprichst du?"

Das Kind lachte.

"Klingt nicht die Weisheit jedes Weisen wie Narrheit? Denn dies ist der Unterschied zwischen Wissen und Weisheit. Das eine kannst du mitteilen, das andere nicht.

Und so ist alle Weisheit Narrheit. Warum mag dies nur so sein?"

Barsch unterbrach ihn Aer.

"Dies sind nicht die Fragen, die wir heute nacht zu beantworten haben. Sollen die Menschen doch machen, was sie wollen, was schert es uns! Und Néart soll nur kommen mit seinen Krüppeln, die haben wir im Nu vertrieben.

Nein, die Menschen werden uns wieder im Stich lassen. Wir sollten den geraden Weg gehen, dann werden wir auch schnell an unserem Ziel sein und alles wird wie früher werden."

Die Königin schüttelte den Kopf.

"Ich verstehe dich, Aer. Doch dein Zorn hat keine Augen. Du weißt selbst, daß eine harte Hand nur dürre Pflanzen züchtet. Auch wenn Ärger das Feuer deines Herzens ist, so werden wir nicht ans Ziel kommen.

Der gerade Weg mag nicht immer der kürzere sein, du weißt selbst wie viele Geschichten davon erzählen, und sie enden nur gut, weil man neue Wege ging, Wege des Vertrauens. So schwer es mir auch fallen mag zu vergessen was einst war, vielleicht gibt es doch die Möglichkeit der Einen Welt, wo alle gemeinsam, achtsam und vertrauensvoll miteinander leben.

Schön wäre das wieder die Sonne auf unserer Haut zu spüren."

Uisce verstand die Königin und zweifelte doch:

"Nur zu leicht verlieren die Schatten ihre Schwärze im Sonnenschein. Denn blutig müßten wir uns diese Welt erkaufen. Durch Krieg. Einen Krieg aber gewinnst du, wenn du ihn vermeidest. Und ich weiß nicht, diese Eine Welt mag vielleicht auch nur ein Apfel sein, in dem sich Würmer tummeln."

Misnéachard lächelte sanft:

"Wer nicht an die Früchte kommt, sagt sie seien sauer. Ist es nicht so? Es liegt doch in unserer Hand wie die Eine Welt wird. Alles ist möglich, unmöglich sind nur die Dinge, die man nicht tut. Wollen wir dieses Wagnis als denn eingehen?"

Überraschender Besuch

Amhrán erwachte vom Ächzen und Stöhnen Scathcrobhs, der mit schmerzverzerrtem Gesicht versuchte, Feuer zu machen.

"Legst du dich bitte sofort wieder hin! Du bist verrückt, glaubst du, daß dadurch deine Wunden besser heilen? Du sollst dich schonen."

Hellwach setzte sich das Mädchen auf.

"Amhrán, ich lebe noch, und Feuer machen wird mich schon nicht umbringen. Ich brauche halt ein bißchen länger als du. Aber ich bitte dich, du mußt nicht übertreiben mit deiner Fürsorge."

Dennoch stand sie auf und half ihm zurück auf sein Lager, dann schlüpften sie wieder unter ihre Decken.

Schweigend lagen sie auf ihren Nachtlagern und versuchten wieder einzuschlafen.

Endlich hörte Amhrán regelmäßige Atemzüge neben sich. Vorsichtig stand sie auf und deckte den Mann richtig zu.

Mit geschlossenen Augen sagte er:

"Es ist nicht nötig, mich so zu bemuttern. Ich bin ein Mann, keine Memme."

Amhrán setzte sich auf den Rand seines Lagers.

"Ob Mann oder Memme, du bist krank. Und es ist wichtig, daß du dir nicht noch eine Erkältung holst. Deshalb decke ich dich zu, hast du verstanden?"

Sanft umschloß seine Hand ihr Gelenk.

"Du kümmerst dich wirklich nur so um mich, weil ich krank bin. Magst du mich denn kein bißchen, Amhrán?"

"Was sind das für Träume, die du nachts hast?"

Scathcrobh drehte sich vorsichtig auf die Seite und starrte die Wand an.

"Hör auf damit, Amhrán. Glaubst du, wenn ich nachts Alpträume habe, daß ich sie dir tags erzählen werde. Ich will es vergessen. Laß es ruhen, komm leg dich neben mich, mir ist kalt."

Das Mädchen legte sich wieder auf ihr Lager.

"Glaub mir, Scathcrobh, diese Träume werden so lange wiederkommen, bis du mit jemandem darüber gesprochen hast.

Ich weiß, wovon ich rede. Meine Mutter ist bei meiner Geburt gestorben, und obwohl ich sie nie gesehen habe, träumte ich von ihr, träumte ich davon, daß es meine Schuld sei. Erst nachdem mir mein Vater einiges erklärt hatte, habe ich es verstanden. Dann hörten auch meine Träume auf."

Es kam keine Antwort von der anderen Seite, auch Amhrán schwieg.

Ein seltsamer Mann war das. Irgendwie glaubte sie ihm diese Geschichte mit seiner Schwester nicht. Scathcrobh schien ihr kein Mann zu sein, der auszog, um seine kleine Schwester zu suchen.

Wahrscheinlich hatte er nicht einmal eine. Scathcrobh war ein Krieger, und so wie die Narben über seinen ganzen Körper verteilt waren, hatte er schon sehr früh mit dem Kämpfen angefangen.

Seine Reisegefährten waren seine Familie. Was aber trieb ihn dann hierher, wenn es nicht die Suche nach seiner Schwester war?

Seine Atemzüge gingen ruhig, auch wenn Amhrán wußte, daß er nicht schlief.

"Hast du Angst, daß deine Träume wiederkommen, oder warum schläfst du nicht?"

Langsam drehte sich der Mann um.

"Du gibst wohl nie auf, was? Hat dir eigentlich schon einmal jemand gesagt, daß es auch Dinge gibt, die dich nichts angehen?

Habe ich dich etwa schon gefragt, warum du hier bist?

Du bist hübsch und nicht gerade dumm. Die meisten Frauen, die in einem Coven leben, sind häßlich und würden so oder so nie einen Mann bekommen, und sie sind in jedem Fall noch Jungfrauen.

Aber du bist weder das eine noch das andere. Dein Körper kennt die Lust. Ich frage dich, obwohl ich all das weiß, nicht, warum du hier bist."

Zornig setzte sich das Mädchen auf. Er hatte ja auch recht. Mußte sie auch immer so neugierig sein? Schon Goleudydd hatte ihr beigebracht, daß es besser ist zuviel als zuwenig zu wissen.

An einem warmen Sommertag hatte sie einmal zu ihr gesagt:

"Weißt du, mein Goldstern, Unwissenheit ist die größte Armut. Und doch sind die Menschen selbst zu etwas so einfachem wie der Suche nach Wissen nicht fähig.

Merke dir meine Worte! Suche Wissen nie, um andere zu übertreffen, suche Wissen, um selbst daran zu wachsen. So wird daraus Heil entstehen. So kannst du dein Leben richtig leben."

"Und wie lerne ich zu leben?", fragte das Mädchen.

Die alte Frau blinzelte in die Sonne.

"Du kannst nicht lernen zu leben. Dieses Lernen, von dem du da sprichst, gibt es nicht, mein Kind. Ich glaube, daß es dazu nur ein Wissen gibt, ein Wissen, das in mir, in dir, in allen Wesen ist.

Schon vor unserer Geburt war es in uns, und es hat so scheint es, keinen ärgeren Feind als das Wissen wollen.

Du kannst Leben nicht lernen. Leben mußt du erfahren."

Ratlos erwiderte Amhrán:

"Ja, aber wie soll ich das tun, ohne etwas davon zu wissen, Goleudydd?"

"Durch Erfahrung. Du wirst das Leben nicht kennenlernen, wenn du dich ihm nicht hingibst. Glück ist auch die Abwesenheit von Unglück. Jedes Leben wird erst zu Leben durch Spaltung und Widerspruch.

Was wären Vernunft und Nüchternheit ohne das Wissen vom Rausch und der Sinneslust?

Was wäre Liebe ohne Haß?

Das ist Leben, das sind Erfahrungen, die du machen wirst, und erst diese Erfahrungen schmieden dich zum Menschen.

Was ist ein Mensch ohne Erfahrungen?

Er ist ein leeres Haus. Du mußt dich auf das Leben einlassen und nehmen, was es dir gibt.

Und du mußt daraus lernen für die Zukunft, sonst wird sich dein Leben im Kreis drehen und nie ändern."

Amhrán runzelte die Stirn.

"Wie meinst du das?"

Goleudydd blickte dem Mädchen tief in die Augen.

"Erinnerst du dich an die Träume von deiner Mutter?

Alles, was nicht zu Ende gelitten und gelöst wird, kommt immer wieder zu dir zurück. Immer wieder hast du dieses Leid gelitten, bis du es angenommen und verstanden hast. So meine ich das."

So war es wohl auch mit Scathcrobhs Träumen. Zu gerne hätte sie gewußt, was es damit auf sich hatte.

Woher er wohl wirklich kam? Und selbst wenn er von Tara kam, war es bestimmt nicht seine Aufgabe ein kleines Mädchen zu suchen.

Was es wohl mit diesem dürren Pferd auf sich hatte, von dem ihm Sadv erzählt hatte?

Nein, nein, dieser Mann hatte etwas zu verbergen.

Nun ja, er war ja an sein Lager gefesselt, und sie war die einzige Verbindung nach draußen. Irgendwann würde er schon anfangen zu reden.

Amhrán zog sich an, um draußen mit den anderen den Tag zu begrüßen.

Der Winter war mild dieses Jahr. Es hatte noch nicht geschneit. Selbst der Fluß war nicht gefroren. Die Kühle des Morgens tat ihr gut.

Gemeinsam mit den anderen vollzog sie das Ritual, bis zu dem Zeitpunkt, wo Saileach mit Bás am anderen Ufer auftauchte.

Der Junge hatte sich wohl gedacht, er verschaffe dem Tier einmal ein bißchen Bewegung. Jetzt sah es eher so aus als habe das Pferd den Spieß umgedreht.

Während der Hengst am Ufer auf und ab lief, rannte ein prustender Saileach hinter ihm her, immer wieder den Namen des Tieres rufend.

Schließlich wurde Bás diesen Spieles müde und ließ sich einfangen. Alle lachten herzlich und fuhren in ihrem Tun fort.

Gemeinsam mit Rhiannon nahm sie später ihr Frühstück ein.

"Und, Amhrán, wie hat sich dein Kranker heute nacht benommen? War er ruhig?"

Nachdem sie den letzten Bissen geschluckt hatte sagte das Mädchen:

"Ja, er hat ruhig geschlafen und benimmt sich auch sonst sehr gut. Ich werde ihm ein wenig Haferbrei zum Frühstück bringen."

"Wenn du ihn gewaschen hast, hole mich, damit ich ihn mir einmal ansehen kann."

Bald darauf hatten die zwei Frauen ihr Frühstück beendet, und Amhrán eilte mit einer dampfenden Schüssel Haferbrei und einem Löffel in der Hand zur Krankenhütte.

Als sie die Tür öffnete, fiel ihr Blick auf Scathcrobh, der gerade wieder die Decke an den Hals zog.

Wütend rief Amhrán aus:

"Ich habe dir doch gesagt, daß du auf deinem Lager liegen bleiben sollst. Du wirst nicht zu Kräften kommen, wenn du deinem Körper keine Ruhe gönnst.

Hier, ich habe dir warmen Haferbrei mitgebracht."

Der tapfere Krieger zog eine Grimasse.

"Gibt es hier auch einmal etwas Vernünftiges zu essen, so etwas wie Fleisch? Du glaubst ja wohl nicht im Ernst, daß ich dieses Zeug da in mich hineinlöffle!"

Amhrán grinste biestig.

"Nein, das Löffeln werde ich schon besorgen. Setz dich auf und stell' dich nicht so an. Auf Tara gibt es für Kranke bestimmt auch keine Schweinshaxen."

Murrend richtete sich der Mann auf.

"Bekomme ich wenigstens heute abend etwas Richtiges zu essen?"

Amhrán lächelte verheißungsvoll und löffelte den Brei in seinen Mund.

Nachdem sie ihn gewaschen hatte, kam Rhiannon, um sich seine Verletzungen anzusehen.

Die blauen Flecken auf seiner Haut hatten mittlerweile die Farbe gewechselt und würden bald verschwunden sein. Auch die offene Wunde sah schon nicht mehr so schlimm aus. Doch sobald ihn die Heilerin in der Nähe seiner Rippen berührte, zuckte er vor Schmerz zusammen, auch wenn er sich noch so anstrengte, zu tun, als schmerze es nicht.

Amhráns Blicke folgten jedem Handgriff der alten Frau.

Dann gingen die beiden hinaus und ließen den Kranken müde zurück.

Vor der Hütte standen sie noch ein wenig zusammen.

"Es ist nicht gut, wenn der Geist eines Kranken so wach ist, und er ist an das Lager gefesselt, nicht wahr, Amhrán? Hat er dir schon erzählt, was er um diese Jahreszeit auf den Straßen sucht?"

Das Mädchen schüttelte den Kopf.

"Nein, aber das werde ich schon noch herausfinden.

Er wollte mir eine Geschichte vom fortgelaufenen Schwesterlein erzählen, aber den würde ich niemandem nachschicken, um ihn heimzuholen.

Außerdem sind da seine merkwürdigen Träume. Irgend etwas stimmt nicht mit ihm.

Was er auch immer sein mag, er ist nicht von Tara aufgebrochen, um seine Schwester zu suchen."

Rhiannon zog eine Augenbraue hoch.

"Du hast ein gutes Auge. Ich habe mit seinem Begleiter, diesem Saileach, gesprochen, demnach kamen die beiden wirklich von Tara, aber von einer Schwester hat der mir nichts erzählt.

Nun denn, halte deine Augen offen und berichte mir, was du erfährst.

Die Tage Brocs neigen sich dem Ende zu, und niemand weiß, was er planen mag.

Geh nun wieder zu ihm und kümmere dich um ihn. Ich lasse euch nachher von Sadv etwas zu essen bringen."

Amhrán trat wieder in die Hütte ein.

"Und, wann kann ich wieder aufstehen?"

"Es wird schon noch eine kleine Weile dauern, aber ich leiste dir ja Gesellschaft."

Mittags kam Sadv und brachte eine lecker duftende Fischsuppe.

Amhrán aß ihren Teller leer, um dann festzustellen, daß Scathcrobh seinen nicht einmal angerührt hatte.

"Was ist denn? Hast du keinen Hunger?"

Scathcrobh nahm den Teller und reichte ihn ihr.

Vorsichtig setzte sie sich zu ihm und fütterte ihn, bis auch sein Teller leer war.

Dann lehnte er sich müde zurück und schloß die Augen.

Amhrán deckte ihn zu und betrachtete dieses Gesicht, das nun so friedlich aussah.

Nur kurz schlief er ruhig und entspannt.

Bald begannen seine Augenlider heftig zu zucken und auch sein Körper regte sich.

Sanft weckte sie ihn. Verwirrt blickte er auf, bis er sie erkannte.

"Was ist? Warum hast du mich geweckt?"

Das Mädchen setzte sich auf ihr Lager.

"Du hast so unruhig geschlafen. Da dachte ich, es wäre besser, dich zu wecken."

Mürrisch verzog Scathcrobh das Gesicht.

"Laß das mit dem Denken!"

Dann schloß er wieder seine Augen. Wütend legte sich Amhrán auf ihr Lager und sah zu, wie er immer tiefer in seine unruhigen Träume glitt.

Er drehte den Kopf hin und her und riß die Arme nach oben, als packe er einen Angreifer an der Kehle.

Schweiß perlte über seinen Körper, dann schnaufte er als ersticke er.

Unbeeindruckt blieb Amhrán liegen. Sie würde ihn nicht noch einmal wecken. Sollte er doch mit seinen Schattenfeinden ringen, sie würde sich nicht noch einmal so erschrecken lassen.

Schließlich schlief auch sie ein.

Sie lag auf der Seite, hatte die Beine angezogen und hielt sie mit ihren Armen umklammert.

Ihr langes Haar wallte über ihre Schultern und fiel ihr ins Gesicht.

Friedlich und still lag sie, als Scathcrobh aufwachte, um aus seinen Alpträumen aufzutauchen.

Schön lag sie da, nicht Kind, nicht Frau, und doch Frau genug, in ihm den Mann zu wecken.

Scathcrobh kannte wenige Frauen, die sich ihm so widersetzt hatten.

Aber damals war er ja auch ein großer Krieger gewesen, und die Frauen lechzten danach, die Kraft seiner Lenden in ihrem Leib zu spüren.

Die hatte er ihnen gegeben. Er machte keine Unterschiede, für ihn war eine Bauersfrau genauso gut wie eine Adelige. Hauptsache er konnte seinen Trieb stillen. Jedesmal dachte er, wenn er schon nicht als Krieger unsterblich war, dann wollte er es wenigstens in den Kindern sein, die diese Frauen austrugen.

Kinder, deren Namen er nie wissen würde, deren Gesichter er nicht kennen würde, und dennoch würde er in ihnen weiterleben.

Liebe und Zärtlichkeit waren unwichtige Dinge, eines Kriegers unwürdig. Für ihn hatte auch niemand Liebe und Zärtlichkeit übrig gehabt.

Nur einmal hatte er es seinem Herz gestattet, so etwas wie Liebe zu empfinden, nur einmal.

Er hatte dieses Licht in seinem finsteren Leben behütet als wäre es sein eigenes, doch dann kamen sie.

Durch ganz Eriu hatte die Königliche Garde seine Bande gejagt, durch seine Geliebte war er verletzlich geworden, und das wußten sie.

Viele hatte er getötet, und als sie wußten, daß sie ihn nicht vernichten konnten, töteten sie dieses Licht.

Danach kam er wie die finsterste Nacht über sie. Die Rache trieb ihn auf die Hochburg Tara, wo er auf seine Gelegenheit wartete.

Aber auch das machte seine Liebe nicht wieder lebendig.

Von da an verbot er es sich, in einer Frau etwas anderes zu sehen als eine Hure.

Und nun lag dieses herrliche Geschöpf neben ihm und anstatt es sich einfach zu nehmen wie er es gewohnt war, wollte er daß sie ihn annahm, ihn verstand.

Mühsam richtete er sich auf, glitt auf den Rand ihres Lagers und schob sich neben sie. Als er einen Arm um sie gelegt hatte, schmiegte sie sich an seine Schulter und murmelte:

"Solasard, mach' dich doch nicht so breit."

Dann schlang sie einen Arm um seine Hüfte und schlief ruhig weiter.

Kaum wagte Scathcrobh zu atmen, so laut glaubte er schlüge sein Herz.

Er wollte nicht darüber nachdenken, was er gerade tat.

Während er sie sicher und fest in seinem linken Arm hielt, strich er ihr mit seiner rechten Hand das Haar aus dem Gesicht.

Seine Finger zeichneten jede Linie darin nach, sein Daumen strich über ihre Lippen.

Bereitwillig öffneten sie sich, saugten ihn ein, genossen das Salz seiner Haut.

Erregt atmete sie ein und aus, legte ein Bein über das seine und schob sich schließlich auf ihn.

Leise flüsterte sie:

"Ich wußte doch, daß all das nur ein Traum war."

Immer näher kamen sich ihre Lippen, und dann verschmolzen sie zu einem Fluß der Gier, bis sie seine Wangen berührte.

Verwirrt hielt sie inne, riß ihre Augen auf und staunte mit offenem Mund.

Der Druck auf seiner Brust verursachte ihm Schmerzen. Jetzt jedenfalls. Amhrán glaubte ihren Augen nicht zu trauen.

Sie war nur sprachlos, sprachlos über die Frechheit Scathcrobhs, aber auch sprachlos über die Lust, mit der sie sich ihm beinahe hingegeben hätte.

Gerade als sie Atem holen wollte, um etwas zu sagen, hörte sie draußen lautes Rufen.

"Fremde Reiter am anderen Ufer! Alle Frauen in die Versammlungshütte! Auf, auf, schnell!"

Scathcrobh lächelte:

"Wir sehen uns dann später, meine Schöne, dann können wir ja fortfahren, wo wir so rüde unterbrochen worden sind."

Amhrán raffte ihren Rock und warf wütend die Tür hinter sich zu.

Schnellen Fußes eilte sie zur Versammlungshütte. Als sie die Hälfte des Weges schon hinter sich gebracht hatte, warf sie einen Blick auf das andere Ufer.

Was sie dort sah, ließ sie in ihrem Lauf plötzlich innehalten. Einer dieser Männer war Solasard!

Erst zweifelte sie noch, aber dann war sie sich mehr und mehr sicher.

So schnell sie konnte rannte sie zum Ufer. Laut rief sie seinen Namen, als sie stolperte und in den Sand fiel.

Dann kam endlich Carria mit der kostbaren Fracht herangerudert.

Freudestrahlend fielen sich die beiden in die Arme und herzten sich.

Nachdem sie sich beruhigt hatte, fragte Amhrán neugierig:

"Was machst du hier, und wer sind die Männer, die dich begleiten, und wer ist dieses Kind drüben am Ufer, gehört es auch zu dir?"

Solasard lachte.

"Du bist unglaublich, Mutter aller Fragen. Ja, diese vier Männer begleiten mich, und auch dieses Kind, das kein Kind, sondern ein ausgewachsener Zwerg ist, begleitet mich.

Wenn du wartest, bis alle übergesetzt haben, werde ich sie dir gerne vorstellen, obwohl ich selbst wohl am wenigsten zu ihnen sagen kann."

Ungeduldig wiegte sich Amhrán hin und her. Endlich war auch der letzte der Gemeinschaft bei ihnen.

Amhrán staunte nicht schlecht, als sie sah, daß auch ein Hochelbe zum Gefolge ihres zukünftigen Mannes gehörte.

Geschwind hatte sie ihn am Arm gepackt und zog den Schwertsucher zu den Hütten hinauf.

Laut rief sie:

"Ihr könnt rauskommen! Das sind Freunde! Rhiannon! Solasard ist hier!"

Langsam kamen die Frauen aus der Hütte, um sich die Fremden anzusehen.

Allen voran kam ihnen Síochanta entgegen. Erst schaute sie etwas ungläubig drein, rieb sich die Augen, dann ging sie auf Lyr zu, ergriff seine Handgelenke und sagte:

"Sei mir gegrüßt, Vater. Welche Wege führen dich hierher? Selten waren deine Besuche und zuletzt warst du vor mehr als einem Jahr hier."

Lyr erwiderte den Willkommensgruß seiner Tochter und erwiderte:

"Ich begleite diesen Jüngling auf seiner Suche nach Neamhní. Denn dieser junge Mann muß eine besondere Aufgabe erfüllen, um seine Braut ehelichen zu können.

Doch darüber werden wir an deinem Feuer heute abend sprechen. So will ich ihn dir erst einmal vorstellen.

Solasard?"

Der Angesprochene wandte sich dem Sidhi zu.

"Ja, Lyr?"

"Dies ist Síochanta, meine Tochter. Síochanta, das ist Solasard mac Annir, er wird dereinst das Blaue Schwert an seinen rechtmäßigen Platz bringen.

Können wir vielleicht diese und möglicherweise auch die nächste Nacht hier verbringen?"

Síochanta nickte.

"Seid herzlich eingeladen, zu bleiben solange ihr mögt. Und du, Solasard und deine Gefolgschaft, seid herzlich willkommen.

Sanft zeichnete sie eine Lebensspirale mit ihrem Daumen auf seine Stirn, dann durchlief sie ein Schauer, mit einer Stimme, als spreche sie aus einer Anderen Welt, fuhr sie fort zu sprechen:

"Nicht mehr dieses Jahr wirst du das Schwert in Händen halten, doch wenn der Frühlingsmond wieder am Himmel steht, wirst du es aus königlichen Händen empfangen. Doch auch dann wird dein Weg noch lange nicht zu Ende sein."

Erfüllt von den prophetischen Worten wagte es niemand etwas zu sagen. Schweigend gingen alle zur Versammlungshütte. Dort angekommen wurde Holz auf das Feuer gelegt und bald war es mollig warm.

Rhiannon bereitete einen Kräutertrank, und Bó kochte eine leckere Brühe.

Im Kreis saßen sie alle um den Tisch. Solasard saß neben Amhrán und alle waren glücklich.

Alle, außer Amhrán.

Verändert waren ihre Gefühle für Solasard. Sie liebte ihn noch immer, so wie sich Menschen lieben, und dennoch hätte sie alles gegeben, wenn Misnéachard jetzt neben ihr sitzen würde.

Solasard hielt ihre Hand und lachte sie an. Wie ein Kind kam er ihr vor. Mühsam vertrieb sie die Gedanken an den Prinzen und schmiegte sich an Solasard.

"Geht es dir gut? Bist du glücklich? Hast du schon Freunde gefunden? Was machst du so den ganzen Tag hier, Amhrán?"

Jetzt war es an ihr zu lachen.

"Oh, Vater aller Fragen, darf ich noch atmen, während ich deine zahllosen Fragen beantworte?

Nun ja, es geht mir gut. Die Frauen hier sind sehr nett zu mir und im Frühjahr werde ich versuchen, den Weg der Hohepriesterin zu gehen.

Ich habe eine Freundin hier, die alte Frau dort. Sie heißt Rhiannon und erinnert mich sehr an Goleudydd. Sie wird meine Meisterin sein.

Im Augenblick aber pflege ich einen kranken Krieger, der sich verletzt hat."

Dunkle Wolken zogen vor dem himmelsblau Solasards Augen auf.

"Du tust bitte was? Einen Mann! Wer hat dir das befohlen? Ist er schwer verletzt?"

Amhrán schmunzelte über die Eifersucht.

"Solasard! Würdest du dich bitte beruhigen? Dieser Mann ist krank. Was glaubst du? Daß ich mit jedem Mann ein Verhältnis anfange, weil ich dich nicht mehr in meiner Nähe weiß?

Gut, du willst es wissen? Ich werde es dir sagen! Wir feiern hier jeden Tag wilde Feste. Leider hat er sich dabei einige Prellungen geholt, und jetzt muß ich ihn auch noch pflegen.

Gerade als du kamst, wollte er mich schon wieder verführen."

Frech lachte sie ihm ins Gesicht.

"Ach, Amhrán, wenn ich es nicht besser wüßte. Du Wildfang! Es ist ja schon gut. Du weißt, du kannst tun und lassen was du willst, solange mir dein Herz gehört. Solange ich weiß, daß du zu mir gehörst.

Komm, laß uns einen Augenblick vor die Tür gehen."

Schelmisch blinzelte er sie an. Gemeinsam standen sie auf und verließen die Hütte.

"Wo schläfst du hier?", fragte Solasard.

Kräftig zog ihn Amhrán zu ihrer Hütte. Sie riß fast die Tür auf. Schnell zog sie Solasard hinter sich her, der gerade noch die Tür schließen konnte.

Sehnsüchtig zerrte sie ihn auf ihr Lager. Rasch hatten sie sich ihrer Kleidung entledigt, während sie immer wieder in endlosen Küssen badeten. Sie tollten auf Amhráns Lager umher, entdeckten sich neu, obwohl sie noch gar nicht so lange getrennt waren.

Endlich spürte sie ihn, nahm ihn in sich auf, spürte wie er sie ausfüllte. Glücklich strahlte sie über beide Wangen.

"Es ist sehr schön hier, aber das hier fehlt mir doch irgendwie."

Solasard lachte schelmisch:

"Anscheinend hast du dennoch genug Abwechslung, du Heilerin! Warte nur! Dir werde ich es zeigen."

Heftig stieß er in sie, und Amhrán erwiderte jeden Stoß mit einem Stöhnen.

Sie gab sich ihm hin wie schon lange nicht mehr.

Dann erlosch dieses Feuer und friedlich lagen sie nebeneinander.

Solasard brach als erster das Schweigen.

"Habe ich dir gefehlt, meine Schöne? Mir kam es fast so vor."

Amhrán schmiegte sich an ihn, bohrte ihre Finger in sein Brusthaar und kraulte ihn.

"Ich glaube schon, daß man das so sehen kann. Hier ist alles anders, und du fehlst mir nachts, wenn ich einschlafe oder wenn ich dich einfach nur umarmen möchte. Aber ich habe hier viel zu tun, so daß ich mir darüber nicht all zu oft den Kopf zerbrechen kann. Das hier ist eine andere Welt. Eine Welt der Frauen. Die Männer, die hier leben, sind noch nicht einmal Teil unserer Gemeinschaft.

Sicherlich fehlst du mir, vor allem nachts, wenn sich Eite und Caítin lieben.

Oder tagsüber, wenn ich mich einmal gerne prügeln würde.

Weiß du, Solasard, ich liebe dich sehr, ich gehöre zu dir, aber ich lebe mein Leben. Das wird mir immer klarer.

Wir sind ein Fluß mit zwei Ufern. Ich bin ein Teil deines Lebens und du bist ein Teil meines Lebens. Aber mein Leben gehört mir, und ich muß mein Leben für mich leben.

Ich werde dich nie fragen, wen du küßt oder mit wem du geschlafen hast, weil es mich nichts angeht."

Mißtrauisch blickte Solasard sie an, dann fiel ihm Macha ein.

"Auch ich liebe dich sehr, aber wenn ich dich nur halten kann, wenn ich dich freilasse, werde ich das tun.

Doch laß uns von anderen Dingen sprechen.

Unserer Liebe brauchen wir uns nicht zu versichern. Wir werden wieder eins sein. Wenn diese Suche vorbei ist. Laß uns die Zeit nutzen, die uns die Große Mutter in Güte geschenkt hat."

Zärtlich wandte er sich ihr zu und küßte sie sanft über den ganzen Körper als verabschiede er sich schon jetzt von ihr.

Indessen wurde in der Versammlungshütte über die Suche und ihr Ziel gesprochen, bis Rhiannon Sadv an ihre Seite rief.

"Sadv, Amhrán wird wohl nicht so bald wieder hier sein. Nimm dir einen Teller Brühe und bring sie in die Krankenhütte."

Höflich nickte das Mädchen und machte sich auf den Weg.

Als sie die Tür öffnete, rief ein mürrischer Scathcrobh:

"Wurde ja endlich Zeit! Wo bleibst du denn, und was für Reiter sind gekommen?"

Zögernd trat Sadv ein.

"Sei mir gegrüßt! Amhrán kann euch das Essen heute leider nicht bringen, deshalb hat Rhiannon mich geschickt."

Scathcrobhs Augen verengten sich aufmerksam.

"Und warum kann Amhrán nicht kommen, um mir das Essen zu bringen?"

Da platzte es aus dem Mädchen heraus.

"Stellt euch vor, Amhráns Versprochener ist gekommen. Er muß irgendeinen Geís erfüllen. Er und Amhrán haben sich gerade zurückgezogen. Ihr wißt schon, die Trennung, da wollten sie etwas alleine sein, um..."

Die Schamesröte Sadvs wurde nur noch von der Zornesröte Scathcrobhs übertroffen.

"Nun, Toit, dann erzähle uns einmal deine Geschichte. Schließlich ist das Fahrende Volk so gesetzlos, daß einer schon so manches auf dem Kerbholz haben muß, um daraus verstoßen zu werden."

Iolaranam trank aus einem Becher Wasser, ohne Toit etwas davon anzubieten.

Zur Strafe hatte man dem Armen die Haare geschnitten und ihm nur Hemd und Hose gelassen. Sein ganzes Gesicht war so mit Kratzern überzogen, daß es aussah, als habe man ihn mit Tannenzweigen geschlagen. Sonst war sein Körper von schlimmeren Verletzungen verschont geblieben.

Zitternd und bibbernd saß er vor dem Feuer.

"Nun, ich weiß nicht, wer ihr seid, aber wenn ihr es unbedingt wollt, so will ich euch meine Geschichte erzählen.

Lange Zeit lebe ich schon bei Cluanaire und seinen Leuten. Alles war gut und schön bis zu dem Tag, als Athraigh wiederkam mit diesem blonden Kerl und dieser dämlichen Stute.

Cluanaire wußte gleich, daß dieser Gaul kein gewöhnliches Tier war und auch die kostbaren Waffen nicht, die sie noch in den Satteltaschen trug. Abends sollte ich ihm dann helfen, das Vieh fortzubringen, damit es so aussähe, als wäre es entlaufen. Doch das Biest stieg, buckelte und biß mich sogar. Am nächsten Morgen waren die zwei Kerle samt Pferd wie vom Erdboden verschluckt.

Wir haben die ganze Gegend abgesucht. Nichts! Könnte ich auch einen Schluck zu trinken bekommen? Dann könnte ich auch etwas flüssiger erzählen."

Iolaranam gab ihm den Rest aus seinem Becher und fragte:

"Wer ist dieser Athraigh?"

"Ach der, er war unser Gaukler, Messerwerfer und so. Irgendwann ist er dann gegangen, um einen Kerl zu finden. Das war dieser seltsame Solasard mac Annir, mit dem er dann auftauchte."

Wie aus einem Mund riefen Camchéachta und Iolaranam:

"Mit wem tauchte er bei euch auf?"

Toit schaute die zwei verwundert an.

"Mit diesem Solasard mac Annir. Cluanaire hat ihm gleich Eas, seine Tochter, auf den Hals gehetzt, um ihn auszuhorchen.

Aber nichts, kein Wort war aus ihm herauszubekommen. Selbst Athraigh hielt seinen Mund, obwohl er sonst ein ganz schöner Schwätzer war."

Iolaranam und Camchéachta kratzten sich nachdenklich am Kinn als Dúghorm fragte:

"Und wo ist dieser Solasard jetzt?"

Toit zuckte mit den Schultern.

"Wo er jetzt gerade ist, weiß ich nicht. Das letzte, was ich mitbekam, bevor ich ausgestoßen wurde, war, daß einige Männer von Ath-Luain nach Bealaclugga zurückkehrten und berichteten, daß er ihnen dort begegnet, aber entwischt war."

Iolaranam überlegte.

"Ath-Luain ist ein Ort an der Breiten Straße. Und dieser Solasard soll dort auch auf der Suche nach diesem Knappen sein. Bestimmt ist er das.

Eins ist auf jeden Fall sicher, bestimmt will er nicht nach Tara. Broc würde ihm den Garaus machen. Ich frage mich nur, was das für ein Pferd sein soll. Cluanaire ist der größte Pferdedieb, den ich kenne und so ein Wundertier kann es doch gar nicht geben, daß er dafür so viele Leute einsetzt."

"Es geht ihm doch gar nicht um das Pferd. Jedenfalls nicht mehr. Aber was glaubt ihr, was geschähe, wenn ihn einer auslachen würde, weil er diese Stute nicht stehlen konnte. Der Mann hat einen Ruf zu verlieren."

Iolaranam schaute Toit kalt in die Augen.

"Und warum bist du in Ungnade gefallen, was hast du getan, um dir den Zorn deines Herrn zuzuziehen?"

Toit senkte den Blick.

"Was ich tat, Herr, ich bitte euch, fragt nicht. Ehrlos ist es schon zu diesen Kerlen zu gehören, doch noch weit weniger ohne Ehre deshalb von ihnen verstoßen zu werden. Fragt nicht! Ich war kein guter Mensch, ich war kein guter Räuber und vielleicht werde ich auch jetzt wieder scheitern."

Iolaranam, Camchéachta und Dúghorm wechselten fragende Blikke.

Schließlich sprach Sionnach zu dem Mann.

"Wir müssen dich hier zurücklassen, Toit, wenn du es uns nicht sagst. So wie du aussiehst glaube ich nicht, daß du noch mal auf die treffen willst, die dich so zugerichtet haben. Du könntest sogar auf unserem Packpferd reiten, aber du mußt uns schon sagen, was du angestellt hast."

Toit schämte sich offensichtlich, als er wieder zu sprechen begann.

"Nun gut, ich weiß selbst nicht, was besser ist, euch in die Hände gefallen oder den Männern Cluanaires entgangen zu sein."

Langsam wurde Camchéachta ungeduldig.

"Sprich jetzt, Mann, oder du wirst ganz schnell wissen, was besser ist."

Besorgt blickte der Angesprochene zu Iolaranam.

Der besänftige den Mann.

"Du solltest jetzt wirklich reden. Wir werden dir nichts tun, was du auch immer erzählen magst."

Toit faßte Mut.

"Ich war einer der Männer, denen Solasard in Ath-Luain entkam. Ich war noch nie einer dieser kalten Menschen. Cluanaire aber begann an meiner Treue zu zweifeln, und um zu beweisen, daß ich noch ein Mitglied des Fahrenden Volkes bin, sollte ich euch auskundschaften. Und so viele von euch umbringen wie ich kann. Aber als ich dann heute um euer Feuer schlich, fand ich nicht nur Männer, die mir weit überlegen waren, sondern auch wehrlose Frauen und sogar einen Knaben. Da verließ mich der Mut und Scham überkam mich, als ich sah, wie tief ich gesunken war."

Crónachan und Gormeala lachten auf. Toit saß in sich versunken, als erwarte er sein Todesurteil.

Schließlich ergriff Iolaranam wieder das Wort.

"Es war gut, daß du dich nicht darauf eingelassen hast, denn du wärst nicht lebend heimgekehrt, und fast glaube ich, daß das auch dein eigentlicher Wunsch war.

Dieses Abenteuer hättest du nicht lebend überstanden. Und nun? Was willst du nun tun? Zu deiner Familie heimkehren?"

Traurig blickte Toit auf.

"Meine Familie gibt es nicht mehr. Meine Tochter wurde nach Alba verschleppt und meine Frau Maoth ist nur geduldet im Lager, weil sie meine Schulden bei Cluanaire abarbeitet, während ich fort bin. Ich bat sogar den Hochkönig um Hilfe, doch der hatte nur höhnisches Gelächter für mich übrig.

Mein Weib hat sich erhängt wegen diesem Schwein. Nein, es gibt keinen Ort, an den ich zurückkehren kann und will. Wißt ihr nicht einen Rat? Ihr scheint mir klug und erfahren zu sein."

Fragend blickte Iolaranam zu Dúghorm und Camchéachta, die beide unmerklich nickten.

"Für's erste magst du mit uns ziehen. Wir sind auf dem Weg nach Cill-dara. Kennst du Neamhní, den alten Knappen Fionn mac Cumhails?"

Erstaunt sah das neue Mitglied der Gruppe auf.

"Natürlich, jeder, der bei dem Fahrenden Volk gelebt hat, hat schon von ihm und seinen Geschichten gehört. Aber warum sucht ihr ihn in Cill-dara? Jedermann weiß doch, daß er sich entlang der Breiten Straße durchbringt."

Verwundert fragte Iolaranam:

"Weißt du das ganz genau?"

Der Mann nickte.

"Seltsam, warum schicken uns dann die Hochelben nach Cill-dara?"

Toits Körper zuckte als sei ein Blitz durch ihn gefahren. Ruckartig sprang er auf und stolperte vom Feuer fort.

"Nein, nein, hier bleibe ich nicht. Ihr seid mit den Untoten im Bunde. Nichts will ich mit Leuten zu tun haben, die Bekanntschaft pflegen mit den Weißblütigen."

Sliabhan und Gleannglas brachten den aufgebrachten Mann an das Feuer zurück und drückten ihn auf den Boden. Besänftigend redete Iolaranam auf ihn ein.

"Sie sind unsere Freunde! Von ihnen hast du nichts zu fürchten. Ganz im Gegenteil. Vielleicht werden wir ihre Hilfe noch dringend brauchen."

Dúghorm räusperte sich unauffällig.

"Iolar, ich denke, wir sollten uns jetzt endlich zur Ruhe begeben. Die Nacht schreitet fort, und wir müssen uns ausruhen. Der morgige Tag wird anstrengend."

Iolaranam löschte das Feuer, und Toit legte sich zu den anderen, die der Unterhaltung zwar gefolgt, aber dabei von der Erschöpfung übermannt und eingenickt waren.

Camchéachta hingegen glaubte nicht einmal geschlafen zu haben, als am Morgen Iolaranam umherging und ihn weckte.

Sie würden frühstücken, wenn sie das Sliabh-Bladhma-Gebirge hinter sich gebracht hatten.

Iolaranam wollte jetzt so schnell wie möglich vorwärts kommen, um nach Cill-dara zu gelangen. Er wollte unbedingt erfahren, warum die Hochelben ihn dorthin aussandten, wenn sie doch bestimmt wußten, daß Neamhní nicht dort war.

Zweifel über die Ehrlichkeit tauchten aus seiner Seele auf und wurden wieder verdrängt. Die Nacht war kalt gewesen.

Die Fianna trugen jetzt ihre dicksten Hemden und Hosen und hatten sich in ihre Mäntel gehüllt, um den Gegenwind zu ertragen. Sie erreichten schnell den Paß, der sie über das Gebirge führen sollte.

Mühsam folgten sie den vielen Kehrschleifen, die zu dem Gipfel des Berges führten.

Unter ihnen lagen karge Täler, wo einzelne Krähen auf der Suche nach den letzten Grashälmchen waren. Ein dunkelgrüner See schimmerte im Sonnenlicht. Weit über ihnen kreiste ein Adler, der seine Schwingen weit ausgebreitet hatte und im Wind durch die Lüfte glitt.

Zu erschöpft waren sie, um diese Aussicht genießen zu können. Es gab weder Schonung für die Pferde noch für die Reiter. Die eisige Kälte ließ ihre Hände fast gefrieren.

Alle blieben zusammen, wie Geister stoben sie vorwärts, zurück blieb nur der Hauch ihres Atems, der in der Luft dampfte. So eng schmiegten sie ihre Leiber an die der Pferde, daß man glaubte, sie wären eins.

Unter einem wolkenlosen Himmel ging es voran, bis sie die höchste Spitze am Abend erreicht hatten. Dort ruhten sie fast die ganze Nacht und gönnten sich und den Tieren eine kleine Rast.

Früh morgens waren sie schon wieder unterwegs. Sie galoppierten als sei die Mächtige Morrhígan hinter ihnen her. Oighrigh hatte den Halt auf seiner Stute verloren und war gestürzt. Doch trug er die Schürfwunden mit Würde und tat so, als mache es ihm nichts aus, die Zügel in den blutenden Händen zu halten. Cioná schüttelte nur den Kopf über die Rücksichtslosigkeit ihres Anführers.

Gemeinsam mit Gleannglas und Sliabhan hatte er diesmal auch Seabhaceo ausgesandt, um einen Platz für die Nacht zu finden. Sie waren jetzt schon viele Meilen von ihrem zu Hause entfernt.

Selbst als die Sonne schon zu sinken begann, machten sie nur kurz Halt, um die Pferde zu tränken und etwas zu essen. Der Weg, dem sie folgten, war breit und das Licht der zunehmenden Mondin war ihnen ein guter Wegweiser zu dem Feuer, das die drei Vorreiter neben einem Wetterhäuschen abseits des Wegs entzündet hatten.

Toit hatte sich die ganze Zeit zurückgehalten. Er war froh, daß er in Begleitung solch wackerer Leute war. Es gab immer weniger Aufrichtigkeit im Land, seit Broc herrschte.

Schweigend setzte er sich zu der ebenfalls sehr schweigsamen Cioná, der seine Anwesenheit völlig gleichgültig war.

Brot wurde herumgereicht, denn für ein größeres Mahl war keine Zeit.

Und plötzlich sank eine merkwürdige Erschöpfung über sie hinweg. Wie sie gerade noch gesessen hatten, fiel der Schlaf über sie. Ein schwerer Schlaf, ein unruhiger Schlaf.

Sionnach träumte von einem Wolf, der sie mit glühenden Augen anfiel und sich in ihrer Kehle festbiß. Heftig umklammerte sie das Tier. Dann zog sie ihr Messer aus der Scheide und stach zu.

Sie wachte von einem Schmerz im Oberarm auf und fand das Messer in ihrem Arm.

Die Wunde sie blutete stark. Sionnach betrachtete das schwarze Blut im Mondlicht, sah wie es zu Boden tropfte und rührte sich nicht. Als wäre sie verzaubert, verfolgte sie jeden Blutstropfen, bis ihn die Mutter Erde aufsaugte.

Dann schob sich eine Wolke vor die Mondin und sie kam zu sich. Sie versuchte Cioná zu wecken, aber auch sie war in einen todesähnlichen Schlaf gefallen.

Schweiß stand auf den bleichen Gesichtern ihrer Gefährten. Unruhig wälzten sie sich hin und her. Sie ging zwischen ihren Freunden umher als lägen dort Tote. Selbst Oighrigh war nicht wach zu bekommen. Seine Stirn war eiskalt.

Schließlich zerriß Sionnach ihr Hemd und verband sich die Wunde.

Erst da bemerkte sie die schwarzen Schatten, die sich auf dem Weg vorbeischlichen. Sie versuchte genauer zu erkennen, was da auf dem Weg vor sich ging. Ein seltsames Gefühl von Angst und Neugier überkam sie.

Es war als umhülle schwarzer Nebel die Gestalten, die da langsam an ihr vorüberzogen.

Vorsichtig, hinter jedem Baum Schutz suchend, tastete sie sich zum Wegesrand vor. Merkwürdige Wesen zogen an ihr vorüber.

Da waren Männer und Frauen in ärmliche, schmutzige Lumpen gehüllt, denen ein Arm fehlte oder ein Bein. Mancher schielte aus nur einem Auge, einem anderen fehlte die Nase. Nicht einen sah sie, der schadlos war. Sie schlurften über den Weg, leise und vorsichtig wie Schlafwandler. Als folgten sie einem unhörbaren Ruf.

Am Schluß dieses wundersamen Zuges aber ging eine Alte auf einen Stock gestützt, die nur ein Auge, ein Ohr, einen Arm und ein Bein hatte.

Fast schon war sie an Sionnach vorüber, da blieb sie wie lauernd stehen.

Kalt und herzlos krächzte es aus ihrem zahnlosen Mund:

"Komm hervor, mein Kind, komm zur alten Pryria. Glaubst du, ich hätte dich übersehen? Wenig weißt du von uns."

Stolz trat Sionnach auf den Weg. Sie holte Atem, doch die Worte, die ihr auf der Zunge lagen, fanden keinen Weg in das Gehör der Alten.

"Von sehr edlem Herzen mußt du sein, wenn du dem Zauber der Pryria widerstehen kannst. Das gefällt mir, und deshalb werde ich dich auch am Leben lassen. Doch nun mußt du schlafen!"

Tief atmete die Frau ein und ihr Auge funkelte im Mondlicht. Dann hauchte sie Sionnach ihren Zauber ins Gesicht.

Schwer sank sie in sich zusammen.

Da hob die Pryria ihren Stock und berührte damit die Stirn der Frau.

"Tief wirst du schlafen, mein Täubchen. Träume von deiner neuen Heimat, denn wenn du mich nicht tötest, wirst du mir folgen müssen. Denn gewiß ist, daß wir uns wiedersehen auf dem Schlachtfeld, dann mag ich in dir mein Schicksal finden oder du in mir das deine. Oder alles mag ganz anders kommen. Oh, die Götter können tückisch sein, mein Herzchen."

Leise kichernd ging die Alte davon. Lange würde diese Frau jetzt schlafen unter ihrem Bann.

Wilde Träume suchten Sionnach immer noch heim, als ihre Gefährten am nächsten Tag erholt und ausgeruht aufwachten. Sie waren verwundert darüber wie gut sie geschlafen hatten, für sie war es ein Geschenk gewesen.

Doch niemand vermochte Sionnach aufzuwecken, als Iolaranam sie kurz vor Sonnenaufgang fand. Nur mit Mühe gelang es ihm, sie an das Feuer zu tragen, so heftig wehrte sie sich. Cioná war ratlos.

"Was sie auch immer haben mag, dies ist keine natürliche Krankheit, irgend etwas kämpft in ihr, mit ihrer Seele. Sie vermag sich nur selbst zu retten. Und woher mag sie diese Wunde an ihrem Arm haben. Nirgendwo sind Spuren eines Kampfes zu entdecken."

Iolaranam war ratlos und beobachtete seine Geliebte mit sorgenvollem Gesicht.

Dann kam die Sonne hervor und als der erste Strahl auf ihre Stirn fiel, endete der wilde Kampf.

Iolaranam, der die ganze Zeit neben ihr gekniet hatte, glaubte schon, nun sei alles Leben aus ihr gewichen. Doch ihr Brustkorb hob und senkte sich gleichmäßig.

Noch immer war sie nicht aus ihrem schlafähnlichen Zustand zu erwecken. Aber Eile tat not. Sie mußten zur Breiten Straße gelangen.

Hier waren sie abgeschnitten von der Welt. Es gab keine Möglichkeit, Neuigkeiten über den Lauf der Dinge in Erfahrung zu bringen. So packten alle zusammen. Vorsichtig hoben sie Sionnach auf ihr Pferd.

Nur langsam kamen sie voran. Ständig drohte Sionnach vom Pferd zu fallen, bis Iolaranam Camchéachta bat, die Führung zu übernehmen und schon nach Cill-dara voranzureiten. Er würde mit Sionnach nachkommen, so schnell es möglich war.

In einer Staubwolke blieb er allein mit der schlafenden Sionnach zurück. Er hob sie auf ihr Pferd, stieg auf und hielt sie fest an sich gedrückt. Immer wieder schien sie ihm aus den Armen zu gleiten. Nur sehr langsam kam er voran.

Gaoth, Iolaranams Hengst, wurde immer unruhiger, tänzelte mehr als er ging, so daß Iolaranam ihn einfach neben sich her laufen ließ.

Immer noch schlief Sionnach tief und fest. Wie oft schon hatte Iolaranam angehalten, sie vom Pferd gezogen und versucht, sie zu wecken. Nichts.

Schließlich suchte er einen Platz abseits des Weges.

Langsam sank die Sonne und zog das Blau der Nacht hinter sich her.

Mühsam hatte Iolaranam ein Feuer in Gang gebracht.

Die Mondin stieg aus den Tiefen auf, und als der erste Strahl über Sionnachs Stirn fiel, öffnete sie langsam die Augen.

Freudestrahlend hielt Iolaranam sie in seinen Armen, küßte sie, herzte sie, drückte sie an sich.

Erschöpft und leise flüsterte sie ihm ins Ohr:

"Ich sah gestern ein Heer über Erius Straßen ziehen. So etwas habe ich noch nie gesehen. Eingehüllt waren sie in einen Nebel, der das Böse selbst war. Sie werden uns alle töten, Iolaranam. Schon schwindet meine Erinnerung."

Dann fielen ihr wieder die Augen zu und ein heilsamer Schlaf wiegte sie in seinem Schoß. Iolaranam legte sich neben sie, hielt sie fest und deckte sie beide mit seinem Mantel zu.

Unruhig schlief er. Wilde Träume zogen vor seinem inneren Auge vorbei und immer wieder Sionnach, die seinen Namen rief. Er konnte sie nicht erreichen.

Am Morgen wurde er von einer aufgeregten Sionnach geweckt, die ihn wie eine Wilde hin und her schüttelte und dabei laut rief:

"Iolar, aufwachen! Die anderen sind fort! Los, wir haben verschlafen!"

So aufgeschreckt war Iolaranam schnell auf den Beinen.

Sich den Schlaf aus den Augen reibend sagte er:

"Sionnach, bitte beruhige dich! Alles hat seine Ordnung!"

Erstaunt ging die Frau auf und ab.

"Es hat alles seine Ordnung? Ja aber, wo sind denn die anderen?"

Erstaunt schaute er Sionnach an:

"Ich habe die anderen vorausschicken müssen. Wir beide waren zu langsam."

"Und warum, auf was warten wir denn hier?"

Ungläubig schaute Iolaranam seiner Gefährtin in die Augen.

"Auf dich! Kannst du dich denn an nichts erinnern? Du hast einen ganzen Tag verschlafen. Wir dachten, du wärst todkrank. Ich war wahnsinnig vor Sorge."

Sionnach lachte schallend auf.

"Du machst Scherze, Iolaranam. Ich habe doch nicht einen ganzen Tag geschlafen! Los, wo sind die anderen? Camchéachta? Dúghorm? Leute, ihr könnt jetzt wieder rauskommen. Wir haben alle sehr gelacht."

Da wurde es selbst Iolaranam zu viel. Er stand auf, packte sie an den Schultern und schüttelte sie kräftig.

"Sionnach, komm zu dir! Erinnerst du dich nicht mehr daran, was du mir erzählt hast von dem Heer, dem Nebel? Du mußt dich doch erinnern."

Verwundert schüttelte die Frau ihren Kopf.

"Ich erinnere mich an nichts. Wie bin ich denn hierher gekommen?"

"Wir haben dich auf dein Pferd geladen. Aber du bist so oft heruntergerutscht, daß ich beschloß, mit dir zurückzubleiben, bis es dir besser geht."

Ernst schaute Sionnach auf.

"Du hast die Führung einem anderen überlassen, wegen mir? Dann muß es wahrlich schlecht um mich gestanden haben. Wo sind die anderen jetzt?"

Iolaranam zuckte die Schultern.

"Ich weiß es nicht! Wir sollten so schnell wie möglich aufbrechen, um sie einzuholen. Und du erinnerst dich wirklich an nichts mehr, Sionnach?"

Die Frau dachte nach, aber es fiel ihr nichts ein.

"Es ist so seltsam, Iolar. Irgendwo weiß ich, daß da etwas ist, aber es kommt mir vor, als habe jemand eine Mauer davor aufgebaut. Ich weiß noch, daß ich aufgestanden bin. Eure Gesichter waren weiß wie Totenmasken und kalter Schweiß perlte über eure weißen Wangen. Ich weiß sogar noch, daß ich mich hinter irgend welchen Bäumen versteckt habe, aber dann bricht meine Erinnerung ab. Es ist so, als habe jemand diesen Teil meiner Gedanken ausgelöscht. Ich verstehe das nicht. Was hast du vorhin gemeint mit dem Heer und dem Nebel?"

Iolaranam konnte nur schwer fassen, was hier vor sich ging.

"Als du das erste Mal aufgewacht bist, gestern abend, sagtest du etwas von einem Heer, das über Erius Straßen zöge und daß du so etwas noch nie gesehen hättest. Eingehüllt wären sie in einen Nebel aus dem Bösen selbst. Deine letzten Worte waren: Schon schwindet meine Erinnerung.

Und so ist es wohl auch. Nun, ich denke, im Augenblick müssen wir es so nehmen, wie es ist. Komm, laß uns aufbrechen. Wer weiß, wann wir auf die anderen treffen werden."

Sionnach stand auf.

"Warte, ich muß noch einmal kurz in die Büsche springen. Du willst sicher nicht gleich wieder anhalten, oder?"

Schwups, war sie auch schon verschwunden.

Iolaranam ging unruhig auf und ab, bis sie wiederkam.

Schnell holte er die Pferde, die er an einem Ast festgebunden hatte.

Gerade wollte Sionnach aufsteigen, als er sie an der Hüfte umfaßte und sie in seine Arme zog.

"Ich bin froh, daß du noch bei mir bist. Ich weiß nicht, was ich getan hätte, wenn du nicht wieder aufgewacht wärst."

Zärtlich küßte er sie, bis ihn ihre Leidenschaft mitriß und sie sich einander hingaben, als sei es das letzte Mal.

Erschöpft lag sie hernach in seinen Armen. Zärtlich wickelte sie ein Strähne seines Haares um ihre Finger und neckte ihn:

"Glaub ja nicht, daß ich auf deine Gefühlsduselei reinfalle. Von wegen nicht wissen, was du getan hättest.

Du hättest das Land von Broc befreit, und dann hättest du anständig um mich getrauert. Glaub ja nicht, daß ich nicht weiß, wie die Reihenfolge deiner Liebschaften ist. Erst die Fianna, dann ich!"

Heftig bäumte er sich auf, um sich zu beschweren, doch sanft drückte ihn seine Gefährtin nieder.

"Iolaranam, lüg jetzt nicht und widerspreche nicht. Wir wissen beide, daß es so ist und so ist es gut. Ich liebe dich auch für das, was du bist. Komm, laß uns aufbrechen. Das hier macht zwar auch Spaß, aber so werden wir die anderen bestimmt nicht einholen."

Zärtlich küßte er sie auf die Nasenspitze.

“Was täte ich nur, wenn ich nicht so eine herrlich vernünftige Herrin hätte!”

“Du würdest mit Waldelbinnen herumziehen und dein Herz verlieren.”

Lachend machten sie sich auf den Weg.

Sie galoppierten voran wie der Sturmwind. Nach einigen Meilen sahen sie schon von weitem, daß ihnen Seabhaceo entgegen kam.

Schließlich hatte er sie erreicht. Schaum tropfte vom Hals seines Pferdes und Dampf stieg auf. Atemlos rief er:

“Wo bleibt ihr denn? Es gibt Neuigkeiten, die euch überraschen werden!”

Die Fuchsjagd

Geschmeidig ritt Eala neben dem Schimmel des Hochkönigs. Ihr rotes Haar blitzte wie Kupfer in der Sonne, ihren grünen Augen entging nichts.

Ein gutes Stück war sie vorgeprescht, hatte sich nun aber zurückfallen lassen. Der Hochkönig lächelte über diesen jugendlichen Frohmut.

In einigem Abstand folge ihnen Arcán, der jederzeit bereit war, sein Leben für das des Hochkönigs hinzugeben. Aber auch das würde den alten Mann nicht mehr retten.

Schließlich stiegen sie ab und führten die Pferde ein Stück am Zügel.

Broc musterte die Schattenbringerin lüstern.

"Ihr seid eine schöne Frau, Eala. Warum seid ihr nicht verheiratet?"

Die Frau lächelte kätzisch.

"Ich bin verheiratet!"

Broc blickte sie verwundert an.

"Mit wem denn?"

"Nun, mit Dagda, Lyr, Lugh, mit der Eire, der Banba, der Fodla, mit Morrhígan, Macha und der Bodbh. Ihnen gehört mein Leben, mein König."

Dieser stutze.

"Und Liebe? Was ist mit Liebe, Eala? Gibt es keine Liebe in deinem Leben?"

Eala lächelte über die Einfalt dieses Menschen.

"Wenig weißt du von deinen Göttern und der Liebe, wenn du so fragen mußt.

Die Liebe, Her König, kommt von Gott, ist von Gott und geht zu Gott. Gebrauchst du deinen Verstand auch zu etwas anderem, als ihn im Suff zu ertränken oder hast du ihn vielleicht schon verloren?"

Broc spielte mit seinem Torques.

"Weißt du, wer über gewisse Dinge nicht den Verstand verliert, hat keinen zu verlieren. Was glaubst du, wie es mir ging, als diese alten Weiber hier herumliefen und vom Ende meiner Herrschaft kündigten.

Der Herrin sei Dank, hat auch dies ein Ende gefunden, und die Stimmen sind im Wind verhallt."

"Bist du da nicht etwas leichtsinnig, mein König? Auch wenn das Bellen verhallt ist, mag der Hund noch in der Nähe sein."

Broc horchte auf.

"Wie meinst du das?"

Fleißig spann sie weiter an ihrem Netz.

"Es gehen Gerüchte um, daß ihr bald eure Gessa brechen sollt. Wie wollt ihr dem entgehen? Ihr wißt, wenn das Ende naht, wird das ein untrügliches Zeichen dafür sein."

Anerkennend musterte er die Frau.

"Ihr seid sehr schlau. Tuan tat wohl daran, euch zu seiner Nachfolgerin zu machen. Auch wir beide werden gut miteinander auskommen. Nicht wahr?"

Eala lachte. Sanft strich ihr der König eine Strähne aus dem Gesicht.

"Selbst dem Wind erscheint ihr so schön, daß er euch mit einer Strähne eures Haares berühren muß. Selten habe ich Verstand und Schönheit so vereint gesehen. Wie sehr spüre ich das Alter an mir nagen. Es ist nicht leicht, die Bürde des Hochkönigs zu tragen, du Schöne."

"Dann laßt es, Herr! Noch habt ihr Zeit, euch friedvoll von der Macht zu verabschieden, Broc. Gierige Hände greifen nach dem Throne Erius.

Noch könnt ihr zugunsten der Gerechtigkeit entscheiden, in welche Hand ihr die Macht fallen laßt."

Stolz sprach der alte Mann:

"Wovon sprichst du, Eala. Ich bin der Beste!"

Die Schattenbringerin antwortete kalt:

"Nun, wenn du es sagen mußt, damit ich es weiß, kann es so nicht sein."

"Wie hart du sein kannst und wie schön in deiner Härte. Du hast wohl keine Angst vor mir?

Eala lächelte.

"Du bist ein Mensch. Warum sollte ich? Möget ihr noch so verschieden sein, in einem aber seid ihr alle gleich."

Aufmerksam fragte der Hochkönig:

"Und worin?"

Eala blickte über das Land, dorthin, wo die mächtige Grabanlage von Nuafairm lag.

"Ihr Menschen findet Trost, Betäubung, ihr lernt Fertigkeiten, doch was ihr auch immer lernen möget, es ist nur Täuschung. Das Wesentliche nämlich, euch selbst, findet ihr nie."

Erstaunt sah er ihr in die Augen.

"Weise Worte sprichst du da. Wo findet man solches Wissen?"

"In dir selbst, denn alle Weisheit ist in uns. Wie ein kostbarer Stein schon immer in der Erde ist und nur danach trachtet, gefunden zu werden. Mich fand ein weiser Mann und brachte mich zu einem Coven der Weisheit."

Der König lächelte.

"Wahrscheinlich hättest du noch das Gehen auf dem Wasser gelernt, wenn du noch eine Weile dort geblieben wärest."

Ein grüner Blitz zuckte aus Ealas Augen.

"Ich begehrte nicht auf dem Wasser zu gehen."

Wortlos stieg sie auf und galoppierte zurück.

Es machte ihr Spaß mit dem König zu spielen, um ihm dann eines Tages den Garaus machen zu können. Es war ein Spiel, dessen Regeln sie kannte, das sie mühsam erlernt hatte, doch der Inhalt berührte kaum ihr Herz.

Brocs Kampf gegen sein Schicksal kam ihr vor wie Tauben, die einem Falken drohten.

Im Stall angekommen übergab sie ihr Pferd einem Stallburschen. Es dürstete Eala, so daß sie in die Küche ging, um sich etwas Wasser zu holen. Dort traf sie auf Réalta, die Gattin des Hochkönigs. Hochmütig musterte diese Eala.

"Nun, hattet ihr einen schönen Ausritt mit dem Hochkönig, meine Liebe?"

Ihre Abneigung zügelnd antwortete die Schattenbringerin:

"Oh ja, Herrin. Ich ritt eine junge Stute, die der König kürzlich erworben hat. Es tat gut, die Burg einmal zu verlassen und wieder frei zu atmen, der Göttin nahe zu sein."

Spitz erwiderte Réalta.

"Ja, so liegen das Gute und die Liebe zur Göttin so nahe beieinander."

Eala antwortete schmunzelnd.

"Und doch ist die Liebe zur Göttin und zum Guten nicht immer eins. Was gut ist, lernt ihr aus euren Gesetzen, doch die Götter sind nicht nur in euren Gesetzen. Gesetze sind nur ein kleiner Teil davon. Ihr könnt sehr nah bei euren Gesetzen stehen, Herrin, und dennoch meilenweit entfernt von euren Göttern."

Die Hochkönigin antwortete verlegen.

"Oh, welch hochtrabenden Worte. Ich bin froh, daß ihr mir gezeigt habt, wie unvollkommen diese Welt doch ist."

Besser wäre es jetzt gewesen zu verstummen, doch es oblag Eala der Königin ihren Platz aufzuzeigen, wenn ihr Mann schon verloren war.

"Die Welt ist keineswegs unvollkommen. Einzigartig hat die Große Mutter sie eingerichtet. Hat nicht jeder der Leid gebracht hat, schon die Sühne in sich, trägt nicht schon der Säugling den Greis in sich, ist nicht in allen Sterbenden das ewige Leben? Das ist das Wunder unserer herrlichen Mutter, die über uns wacht, Herrin. Ich hoffe, ich langweile euch nicht.

Wo Oenghus für die Liebe steht oder die Morríghan für den Tod, haben in der Großen Mutter alle Gegensätze dieser Welt, die sonst unvereinbar sind, Frieden geschlossen: Geburt und Tod. Güte und Grausamkeit, Leben und Vernichtung. Ich sage euch, Herrin, frei ist, wer sterben kann und der kann auch leben! Und ihr?"

Eingeschüchtert wich die Hochkönigin vor ihr zurück. Höflich fragte diese: "Bitte, was meint ihr?"

Eala ging einen Schritt auf die Frau zu.

"Nun, ich meine, seid ihr auch frei? Könnt ihr auch alles zurücklassen, um ein neues Leben zu beginnen? Warum weicht ihr vor mir zurück?"

Réalta funkelte Eala böse an.

"Was heißt hier ausweichen? Ich gehe nur einen Schritt zurück, während ihr einen Schritt vorwärts geht. Außerdem muß ich euch jetzt verlassen, dringende Geschäfte rufen mich."

Honigsüß lächelte Eala der Hochkönigin zu, während diese sich entfernte.

Da kam Rabharta hinter einem Pfeiler hervor.

"So macht man sich auch Freunde. Aber was diese Frau angeht, sind wir wohl augenscheinlich einer Meinung, Eala."

"Um die euch aber niemand gefragt hat, Hauptmann. Geht lieber und beschützt euren Hochkönig.

Denn Schutz hat er bitter nötig. Wenn dieser Siorc erst richtig anfängt sich mit ihm zu beschäftigen, wird er deine Hilfe brauchen."

"Wie meint ihr das? Wißt ihr denn was dieser Kerl vorhat?"

Eala lächelte bittersüß.

"Nicht hier. Kommt in meine Kammer, dort können wir ungestört reden, ohne daß man uns belauschen kann."

Wieder hatte sie eine Falle aufgestellt. Rabharta sah dies wohl, aber er mußte diesen Preis bezahlen, um an diese Neuigkeiten zu kommen.

"Gut, reden wir."

Wenige Augenblicke nach ihr betrat der Hauptmann des Hochkönigs die Kammer der Schattenbringerin.

"Nun, Eala, was habt ihr mir zu sagen? Ich will nicht allzu lange hier verweilen. Es reicht wohl, daß ich diesen Raum betreten habe."

Beide wußten, daß er die Maus war, mit der die Katze spielte. Eala genoß es, ihn ihre Macht spüren zu lassen.

"Gut, Rabharta, dann wollen wir fortfahren mit unserem vertraulichen Gespräch. Deine Feinde sind auch meine Feinde, was uns ja schon fast zu Freunden macht.

Zu diesem Siorc, jenem besonderen Freund seiner Fianna. Einen weiten Weg hat er zurückgelegt, von Cill-airne bis hierher. Dennoch glaube ich nicht, daß seine treuen Freunde, die Fianna, wissen, daß er sich mit Dragan verbündet hat, dem schwarzen Wolf, der über den ganzen Südosten herrscht.

Ich schätze, die beiden haben unseren alten Herrn schneller von seinem Thron gezerrt, als es uns beiden lieb sein kann. Du solltest ihn nicht aus den Augen verlieren. Fast jede Nacht verläßt er die Burg durch eine versteckte Pforte in der Außenmauer, um sich mit einem Mittelsmann dieses Thronräubers zu treffen."

Rabharta war verwundert über diese Zusammenarbeit.

"Warum sagst du mir das? Siorc gehört zur Königlichen Garde, du weißt selbst, daß ich hier keine Handhabe habe, um das zu verhindern. Du hingegen bräuchtest nur Arcán ein bißchen den Kopf zu verdrehen, und er würde dir seinen Kopf zu Füßen legen."

Eine schallende Ohrfeige war die Antwort.

"Ich warne euch, Rabharta! Mäßigt euren Ton, ich bin weder eures Königs noch Arcáns Hure. Das war alles, was ich euch zu sagen hatte. Verlaßt jetzt diesen Raum, sofort!"

Rabharta war erschrocken über die Wirkung seiner Worte.

"Entschuldige, ich wollte dir nicht zu nahe treten."

Beschämt schritt der Hauptmann auf den Gang. Er mußte jetzt überlegen, was zu tun war. Das Vertrauen, Tuan in seine Pläne einzuweihen, hatte er schon lange verloren. Er überlegte hin und her, wen er ausschicken könnte, um sich diesem Kerl an die Fersen zu heften. Aber seine Entscheidung war gefallen. Siorc war allein seine Sache.

Als er so durch die Steinringe der Burg schlenderte, glaubte er Réalta zu sehen, die sich angeregt mit Cruimh zu unterhalten schien.

Vorsichtig näherte er sich ihnen, bis er sie aufgeregt flüstern hörte.

"Du glaubst ja nicht, was ich mir auf meiner eigenen Burg anhören muß, Cruimh! Diese unverschämte Ziege.

Kannst du sie mir nicht irgendwie vom Halse schaffen? Ich sage dir, nichts Gutes haftet an diesem Weib. Die wird unser aller Untergang sein. Ich sehe doch wie sie Broc um ihre hübschen, schlanken Finger wickelt. Er folgt ihren Röcken wie ein Hündchen. Bald wird er uns ganz entgleiten. Du mußt etwas tun. Rede mit Tuan. Diese Frau muß meinen Hof verlassen."

Cruimh war sichtlich bemüht die Königin zu beruhigen.

"Réalta, bitte beruhigt euch! Seht ihr denn nicht, daß die Zeit für uns arbeitet!"

Die Hochkönigin stutzte.

"Was? Wie das?"

"Nun, wenn er seine Zeit mit ihr vergeudet, kann er seinen Staatsgeschäften nicht nachgehen. Soll er all seine Kraft in sie stecken. Diese Frau kann euch nichts nehmen und nichts anhaben."

Rabharta lächelte und machte sich auf zu den Mannschaftsräumen der Königlichen Garde. Als er dort ankam, waren alle schon ausgeflogen.

Nun gut, dann würde er sich die Zeit bis zum Abend eben anders vertreiben.

Hunger überkam ihn. Er ging zurück zur Halle, wo er den König vorfand.

"Rabharta, mein Freund, seid gegrüßt. Komm, setz dich zu mir. Wir wollen gemeinsam essen. Geht es dir gut?"

Rabharta antwortete freundlich:

"Ja, danke und befindet ihr euch auch wohl, Herr?"

Der Hochkönig schüttete aus einem Krug Met in seinen Becher.

"Ach, heute morgen habe ich wieder gesehen, wie unrecht das Leben ist. Statt reifer und schöner zu werden, werden die Menschen alt und häßlich. Eala, die zukünftige Hochdruidin, hast du sie schon einmal gesehen?"

Rabharta bemerkte, was er auch immer sagen würde, er befände sich auf dünnem Eis.

"Ja, so ab und an. Warum fragt ihr?"

Ein gieriger Blick zog über das Gesicht des Hochkönigs.

"Oh, könnte ich doch nur einmal in meinem Leben ein solches Vollweib besitzen. Aber ich sage dir, die hat bestimmt noch keiner angerührt oder der verkehrte. Stolz ist sie und unnahbar. Süßer ist sie bestimmt als alle Äpfel Tir nan Ogs, dem Land der Jugend.

Hast du noch nicht gesehen, wie sich ihre Brüste heben und senken bei jedem Atemzug, den sie tut oder wie makellos ihre Beine sind, wenn die Schlitze ihres Kleides sie entblößen?"

Rabharta war verlegen.

"Ich sah sie nur einmal nachts auf dem Gang, als ich austreten mußte und sie auf war, um sich einen Becher warme Milch zu holen. Leider hatte ich es so eilig, daß ich ihr den Becher aus der Hand fegte."

Broc erwiderte aufgebracht:

"Du Narr, warum hast du sie nicht genommen? Es gibt doch sowieso keine Edelmänner mehr."

Das war zuviel für den Hauptmann. Wortlos stand er auf. Vor Ealas Kammer blieb er stehen. Zaghaft klopfe er an. Ealas Stimme hallte durch die Tür:

"Wer ist da?"

Leise antwortete der Hauptmann.

"Ich, Rabharta. Darf ich eintreten?"

Eala öffnete ihm die Tür. Sie trug ein nachtblaues, enganliegendes Kleid, das die Formen ihres Körpers betonte.

"Habt ihr euch für heute nicht genug daneben benommen? Was gibt es denn dem noch hinzuzufügen?"

Rabharta atmete tief ein.

"Ich weiß nicht, wo die Pforte ist. Vielleicht könntet ihr mir erklären, wo ich sie finde oder mir zeigen, wo sie ist?"

Eala war überrascht.

"Ihr wollt selbst gehen? Ist das nicht etwas gefährlich? Und was ist, wenn euch etwas passiert?"

Rabharta war erstaunt über die Sorgen, die sie sich machte.

"Es wird mir schon nichts passieren, weil mir einfach nichts passieren darf. Wo ist die Pforte? Reitet er allein oder hat er noch etwaige Begleiter dabei?"

"Allein, Rabharta. Aber das macht ihn nicht ungefährlicher. Dieser Mann trägt seinen Namen nicht unverdient."

Ungeduldig wütete Rabhartas Herz.

"Wo ist die Pforte, bitte?"

Von der Entschlossenheit des Hauptmanns erstaunt, antwortete die Schattenbringerin:

"Auf der Rückseite der Burg. Zwischen dem ersten und dem zweiten Burgring befindet sich ein Brunnen. Von ihm aus kannst du einen großen Efeuvorhang sehen, dahinter verbirgt sich die Pforte, ein gutes Versteck, wenn selbst du es nicht kennst.

Könnt ihr nicht einen eurer Männer gehen lassen? Ihr werdet hier dringender gebaucht."

"Und das wißt ihr zu beurteilen, Eala?"

Energisch packte sie ihn an den Schultern.

"Ja, ich kann das beurteilen. Hier werden die Ränke geschmiedet und nicht dort draußen. Ihr seid ein guter Mann, was ich auch immer für euch empfinde, aber ich achte euch für das, was ihr und wie ihr es tut."

Rabharta staunte nicht schlecht.

"Was empfindet ihr denn, Eala? Man sagte mir, Schattenbringerinnen seien zu Gefühlen gar nicht fähig, weil sie schon tot wären."

Mit einem Satz war sie bei ihm und preßte ihre Hand auf seine Lippen.

"Seid ihr wahnsinnig? Nehmt dieses Wort nie mehr in den Mund."

Der Hauptmann schmunzelte.

"Ihr wolltet mir gerade mitteilen, was ihr für mich empfindet."

Frech lachte sie ihm ins Gesicht.

"Was soll ich für euch empfinden? Nichts! Ihr seid ein Mann. Ich bin eine von der Anderen Seite. Ich werde eure Welt bald verlassen, und das tut mir nicht leid."

Er rückte näher zu ihr hin und glitt mit der Hand über ihren Rükken.

Die Augen eines verletzten Rehes blickten ihn an, als sie leise sagte:

"Es würde zu keinem guten Ende führen. Es ist euch untersagt, mich so zu berühren. Menschliche Berührung, gleich welcher Art, ist mir mehr als zuwider. Ich kann dir ein Freund sein, mehr nicht."

Gedankenverloren stand er auf.

"Ich werde jetzt gehen. Bevor die Sonne untergeht, muß ich am Waldrand auf der anderen Seite sein und aufpassen, wenn der Fuchs seinen Bau verläßt."

Gerade als er sich umdrehte, um die Tür zu schließen, kam sie ihm entgegen.

Für einen kleinen Augenblick flammte ein grünes Leuchten zwischen ihnen auf.

Warmherzig sagte sie.
"Ich werde dich im Auge behalten, Hauptmann."

Dann drückte sie die Tür ins Schloß. Rabharta ging in sein Zimmer, zog seine wärmsten Sachen an und machte sich auf den Weg zu den Stallungen. Allerlei Volk war heute in der Burg, so daß er unauffällig mit ihnen die Burg verlassen konnte.

Schnell war seine tapfere Stute aufgezäumt. Bald hatte er die Burg hinter sich gelassen und den Waldrand erreicht. Dort stieg er ab. Die Kälte biß ihn selbst durch seinen dicken Mantel. Ständig ging er auf und ab, um wenigstens ein bißchen warm zu bleiben. Ein Feuer hätte zuviel Rauch gemacht, und er wäre vielleicht aufgefallen.

Gegen Abend bewölkte sich der Himmel und ein kalter Nieselregen setzte ein. Auch wenn das Unterholz so dicht war, daß es Rabharta gute Deckung zu Tara hin gab, die nassen Tropfen konnte es nicht abhalten.

Die Mondin leuchtete über das gewaltige Bauwerk. Silbern glitzerte es in der Nacht.

Endlich sah er, wie sich ein Reiter aus der Burg schlich. Das mußte Siorc sein. Rabharta wartete einige Zeit, bis der Reiter an ihm vorbei war. Nun saß er wieder auf und folgte ihm.

Die nasse Satteldecke trug nicht unbedingt zur besseren Laune des Verfolgers bei. Spärlich beleuchtete die Mondin die Landschaft.

Der Hauptmann mußte aufpassen, daß er nicht zu nahe an Siorc heranritt, sonst würde ihn dieser vielleicht bemerken. Aber er durfte den Abstand auch nicht zu groß werden lassen, sonst würde er ihn noch verlieren.

Der Regen hatte den Weg zur Breiten Straße, denn diesen hatte Siorc eingeschlagen, stark aufgeweicht. Schlamm spritzte an seinen Beinen hoch.

Siorc drehte sich um und sah Rabharta. Mit Gewalt trieb er sein Pferd an. Dann, nach einer Wegbiegung, war er plötzlich verschwunden.

Mühsam folgte Rabharta, sein Pferd am Zügel führend, der Spur. Endlich hatte er die Stelle gefunden, wo Siorc den Weg verlassen hatte.

Vor ihm lag ein Wildwechsel, dem er nachging, bis er zu einer großen Lichtung kam. Nichts und niemand war zu sehen.

Bald entdeckte er Fußspuren, die ihn zu einer großen, hohlen Eiche führten. Vorsichtig umschritt er den Baum, als er auf einmal eine Messerspitze am Rücken spürte.

"Ja, macht man denn so etwas? Einen Gast des Hochkönigs zu verfolgen! Das wird Arcán aber gar nicht freuen, wenn er davon erfährt. Vielleicht kostet euch das sogar euren Rang, Hauptmann."

Rabharta hatte nicht die Absicht, sich ins Bockshorn jagen zu lassen.

"Und sicher wird es ihn auch beunruhigen, wenn er erfährt, daß sein neuer Liebling ein Späher der Fianna ist, der gemeinsame Sache mit einem Schurken in den Wyinklo-Bergen macht. Nun, junger Herr, macht euer Angebot!"

Siorc lachte.

"Es wird kein Angebot geben, Hauptmann. Schöne Reise!"

Dann traf den Hauptmann ein harter Schlag auf den Hinterkopf.

der schwur

Mitten in der Nacht hatte Solasard seine Geliebte zu ihrer Hütte gebracht.

Die Eifersucht ließ ihm keine Ruhe, bis er Amhrán dazu überredet hatte, sich ihren Pflegefall einmal ansehen zu dürfen. Schnell war Holz aufgelegt, und helle Flammen erhellten das Innere der Hütte.

Grimmig lag Scathcrobh wach. Daß er seine Kopf- und Barthaare seit Tagen nicht mehr geschoren hatte, ließ ihn nicht unbedingt freundlicher erscheinen. Amhrán ergriff als erste das Wort.

"Guten Abend, Scathcrobh, verzeih' mir, daß ich dich heute so vernachlässige, aber sieh, mein Versprochener ist hier. Ich wollte dich ihm nur kurz vorstellen, damit er sieht, daß seine Eifersucht unbegründet ist."

Mürrisch fragte das Auge Taras:

"Und wer bist du? Was treibt dich auf die Straßen um diese Jahreszeit?"

Solasard reichte dem Mann die Hand.

"Mein Name ist Solasard mac Annir. Ich bin auf der Suche nach dem Blauen Schwert König Fionn mac Cumhails."

Scathcrobh mußte sich sehr beherrschen, um nicht aufzuspringen. Aber was hätte er denn auch tun können in seinem jetzigen Zustand.

"Weißt du, was es für Folgen hat, das Schwert in seinem Besitz zu haben?"

Selbstsicher antwortete Solasard:

"Natürlich, ich kann endlich Amhrán heiraten. Ich werde mein Leben wieder zurückgewinnen. Die Männer, die sich mir angeschlossen haben, sind viel erfahrener als ich und trotzdem unterwerfen sie sich meiner Führung. Es ist keine leichte Bürde, diese Verantwortung zu tragen.

Das Schlimme ist, daß ich weder weiß, wo das Blaue Schwert ist, noch wo sein rechtmäßiger Platz ist. Denn dorthin soll ich es laut meinem Geís bringen.

Und all die Zeit werde ich nichts für Amhrán tun können. Ich will aber auch nicht, daß sie auf mich wartet, vielleicht werde ich nie zurückkehren, und dann hat sie ihr Leben an eine Hoffnung verschwendet.

Ich weiß, wie stark unsere Liebe ist, aber kann ich ewige Treue von ihr erwarten? Ich weiß es nicht.

Ihr seht aus wie ein Krieger, der weiß, was Ehre bedeutet. Wollt ihr ein wenig auf sie aufpassen, wenn ihr wieder genesen seid? Leichteren Gewissens könnte ich meine Aufgabe lösen und zu ihr zurückkehren."

Lauthals brach die Wut aus Amhrán aus.

"Und ich? Werde ich vielleicht auch einmal gefragt? Ich möchte niemanden, der auf mich aufpaßt. Ich bin Frau genug, das allein zu tun. Du weißt selbst, daß ich sehr gut mit dem Messer und auch mit dem Schwert umgehen kann. Ich brauche keinen Wachhund, der mich auf Schritt und Tritt überwacht und schon gar nicht so einen wie Scathcrobh."

Dieser setzte sich vorsichtig auf.

"Amhrán, sei vernünftig! Noch bist du sicher hier, aber der Träger des Blauen Schwertes hat viel Macht in diesem Land, und man wird danach trachten, ihm diese wieder fortzunehmen. Du wirst die verletzbare Stelle von Solasard sein."

"Welche Macht?", fragte Solasard überrascht.

Scathcrobh wußte, daß er auf einem dünnen Grad wanderte, aber er wollte jede Gelegenheit nutzen in Amhráns Nähe zu bleiben.

Aus irgendeinem Gefühl heraus wußte er aber auch, daß nicht er es war, der Solasard die Wahrheit über das Blaue Schwert zu offenbaren hatte.

"Ich selbst weiß wenig über solche Dinge zu sagen. Aber Solasard hat recht, wenn er sich Sorgen um dich macht. Laß mich nur so lange bei dir bleiben, bis ich dir jede erdenkliche Kampfart beigebracht habe, damit du dich auch wirklich zu verteidigen weißt. Ist das für dich tragbar?"

Amhrán nickte.

"Gut, aber wirklich nur so lange. Ich bin nun müde. Auch morgen ist noch Zeit zum Reden. Solasard, ich möchte jetzt gern schlafen. Es ist spät und noch vor Morgengrauen hat diese Nacht ihr Ende. In der Versammlungshütte wird man dich bestimmt schon erwarten, um dich zur Gästehütte zu begleiten."

Stolz nahm er seine zukünftige Frau noch einmal in den Arm und küßte sie leidenschaftlich, bevor er ging.

Scathcrobh stachen tausend Dolche in sein Herz. Schmerzvoll schloß er seine Augen, um den Körper nicht zu sehen, der sich heute mittag noch so gierig an ihn geschmiegt hatte.

Schweigend beschlossen sie die Begegnung, die für Scathcrobh viel Neues gebracht hatte. Das war nun Solasard mac Annir, der das Land bald in zwei Hälften teilen sollte.

Er hatte einen klaren Blick, Hände, die zupacken konnten, die Weisheit zu erkennen, daß er nicht weise war, und er hatte Amhrán, eine Frau, die klug war und wußte, was sie wollte.

Seltsame Zufälle. Jetzt mußte er nur noch Saileach nach Tara zurückschicken. Aber mit welcher Nachricht?

Nun, morgen würde er dem jungen Mann noch einmal auf den Zahn fühlen.

Gerne hätte er sich Solasard angeschlossen. Er wußte nicht warum, aber er mochte ihn.

Er schien eine natürliche Art zu haben, Menschen zu führen. Das war Scathcrobh gleich aufgefallen, als er von der Gemeinschaft sprach, die sich ihm angeschlossen hatte.

Bestimmt würde er ein guter König werden, wenn man ihn ließe.

Auf jeden Fall ein besserer als der versoffene Broc, dem immer mehr die Zügel entglitten.

Solasard war noch jung und wenn ihn die richtigen Hände formten, würde einmal ein großer Mann aus ihm werden.

Gerade als er einschlafen wollte, fragte ihn Amhrán:

"Das war es, nicht wahr? Du hast mich gesucht, oder?"

Scathcrobh wollte nicht mehr lügen.

"Ja."

Mehr Auskunft war er nicht bereit zu geben, und mehr wollte Amhrán auch nicht wissen. Es war merkwürdig, Solasard wieder zu begegnen. Obwohl er noch gar nicht so lange unterwegs war, sah sie, daß eine Veränderung mit ihm vorgegangen war.

Irgendwie hatte sie nicht mehr das Gefühl, auf der gleichen Stufe mit ihm zu stehen.

Er sorgte sich nicht um sie, weil sie ihn liebte, sondern weil sie seinetwegen vielleicht in Gefahr sein konnte.

Etwas zwischen ihnen war anders geworden in dieser kurzen Zeit, aber sie wußte nicht was.

Aber auch für sie hatte sich einiges geändert, seit sie Misnéachard begegnet war. Das war wohl der Weg, auf dem sie erwachsen werden würde.

Schlaf senkte sich über sie und wischte ihre letzten Gedanken fort.

Sie hatte ihre Gedanken nicht beisammen, als sie aufwachte und sie den Morgengruß am Fluß sprach. Und auch jetzt nicht, da sie mit Rhiannon am Frühstückstisch saß. Nur mit Mühe konnte sie dem Gespräch folgen.

"Amhrán, wo hast du nur deine Gedanken heute morgen? Ich freue mich ja für dich, daß Solasard da ist, aber wenn er dich so aus der Bahn wirft wäre es besser, er würde schnell wieder fortgehen."

Gedankenverloren rührte das Mädchen in seinem Becher herum.

"Wer ist fort?"

Rhiannon gab auf und schwieg.

Schließlich stand Amhrán auf, bereitete das Frühstück für Scathcrobh zu und brachte es ihm.

Wenige Worte wechselten sie. Lieblos wusch sie ihn. Scathcrobh ertrug es mit Gleichmut.

Dann klopfte es an der Tür.

Ohne eine Antwort abzuwarten, trat Solasard ein.

“Einen guten Morgen wünsche ich euch. Scathcrobh, kann ich einen Augenblick alleine mit dir sprechen?”

Zornig drehte sich Amhrán um und ging zur Tür. So weit kam es noch, daß sie wie eine Dienstmagd hinausgeschickt wurde. Freundlich lächelte sie ihr Versprochener an. Ihr Blick ließ ihn heftig schlucken.

“Nun, Scathcrobh, für mich hat es den Anschein, daß du mehr über das Blaue Schwert weißt, als du sagen willst.

Ich selbst bin auf der Suche nach einem Mann, der Neamhní heißt und mir wohl mehr darüber erzählen kann.”

Eine Erinnerung suchte sich aus Scathcrobhs dunklem Geist den Weg an das Licht.

“Neamhní! Einen, der so heißt, habe ich getroffen, als ich auf der Breiten Straße war. Kurz vor Magh-Nuadhat haben wir in einem alten Wetterhäuschen übernachtet. Selten haben meine Augen einen Greis so hohen Alters gesehen und rüstig schien er auch zu sein. Aber ich kann mir nicht vorstellen, daß der dir weiterhelfen kann.”

Solasard schmunzelte.

“Ich bin wahrlich noch nicht lange unterwegs, aber eines habe ich sehr schnell gelernt. Die Dinge sind selten das, was sie zu sein scheinen.

Dieser Mann wird mir helfen. Ich weiß es. Die Hochelben haben es mich wissen lassen.

Aber er ist nicht der Grund, warum ich dich noch einmal aufsuche, obwohl du verwundet bist und eigentlich der Ruhe bedürftest.

Du scheinst mir ein Mann zu sein, der seine Ehre auf dem langen Weg des Lebens verloren hat. Wenn du sie nun wieder erlangen willst, kann ich dir dazu die Gelegenheit geben.

Ich möchte, daß du auf Amhrán aufpaßt, bis ich sie wieder nach Hause holen kann.

Ich glaube dir bezüglich dessen, was du gestern nacht sagtest, und ich achte dich dafür, daß du mir so vieles sagtest, obwohl ich spürte, daß deine Lippen eigentlich versiegelt sein sollten.

Wirst du das für mich tun?”

Mühsam stand Scathcrobh auf, kniete nieder, nahm sein Schwert, das neben seinem Lager lag und sprach:

“Ich schwöre, so wahr die Gebirge aus Stein sind, tot oder lebendig, lebendig oder tot, solange ich lebe soll ihr kein Mensch, kein Wesen, das auf dieser Erde wandelt, ein Leid antun. Das schwöre ich, Scathcrobh, dir, Solasard mac Annir.”

Dann erhob er sich erschöpft und legte sich wieder hin.

“Ich danke dir, Scathcrobh. Es soll dein Schaden nicht sein, wenn ich sie wohlbehalten wieder in meine Arme schließen kann. Doch nun will ich mich von meiner Herzkönigin verabschieden und weiterziehen.

Lebe wohl, und möge die Große Mutter über dir wachen."

Dann schüttelten sich die beiden Männer zum Abschied herzlich die Hände, und Solasard ging hinaus.

Dort saß Amhrán vor der Hütte und bibberte vor sich hin.

"Glaube ja nicht, daß du mich hintergehen kannst. Ich habe jedes Wort gehört.

Ich brauche keine Amme, die auf mich aufpaßt. Und so eine wie Scathcrobh schon gar nicht! Solasard! Bist du denn blind. Er kam hierher, um mich zu finden. Woher willst du wissen, daß du ihm vertrauen kannst, daß er mir nichts antut?"

Solasard half ihr auf und führte sie zum Ufer des Sionna.

"Ich weiß es. Dieser Mann hat es mir geschworen. Aus welchen Gründen er dich auch immer gesucht haben mag, er wird dich ab jetzt beschützen.

Ich fühle mich einfach besser dabei, wenn ich weiß, daß es jemanden gibt, der in deiner Nähe ist und auf dich aufpaßt."

Empört erwiderte Amhrán:

"Und ich? Was denkst du, wie ich mich dabei fühle? Nun gut, ich sehe schon, du wirst deine Meinung nicht ändern, und ich werde damit leben müssen.

Aber glaube mir, dein Wachhund wird mir nur allzu bald aus der Hand fressen."

Solasard lächelte in sich hinein.

"Wenn du dich da mal nicht täuschst. Aber laß uns nicht streiten, meine Schöne. Ich bin hier, um mich von dir zu verabschieden. Ich weiß nicht, wann wir uns wiedersehen werden, Amhrán. Ich glaube, was mir Scathcrobh erzählt hat.

Wenn es hier wirklich um Macht geht und ich eine Figur in diesem Spiel bin, verstehe ich auch langsam, warum sich mir sogar ein Edler der Hochelben angeschlossen hat. Auf jeden Fall bist du hier bestimmt am sichersten aufgehoben.

Was ich jetzt sage, ist kein Scherz, hörst du?! Ich möchte, daß du tust, was immer Scathcrobh auch von dir verlangen mag.

Wenn er dich gesucht hat und dich fand, werden das vielleicht noch ganz andere schaffen. Willst du mir das versprechen?"

Amhrán nickte einvernehmlich. Vielleicht hatte er ja doch recht.

"Ja, ich verspreche es dir, aber ich möchte auch, daß du auf dich aufpaßt. Ich will schließlich mit dir alt werden, wenn das alles vorüber ist."

Solasard umarmte seine Geliebte und drückte sie fest an sich. Zärtlich küßten sie sich für lange Zeit zum letzten Mal. Dann lösten sie sich voneinander und Solasard ging davon.

Lange noch starrte Amhrán auf den Fluß, mit dem sich ihre Tränen vereinigten und zum großen Meer reisten.

Solasard indessen hatte noch ein Gespräch mit Síochanta vor sich, auf deren Hütte er zustrebte.

Er konnte es für sich selbst nicht klar nachvollziehen, aber er vertraute Scathcrobh. Dieser Mann hatte seine Ehre verloren, und der Schwertsucher spürte nur zu gut, daß er sich damit auch selbst und den Sinn seines Lebens verloren hatte. Auf Tara würde Scathcrob, als einer von vielen, nie eine Gelegenheit finden, sich von dem reinzuwaschen, was diesen Wandel verursacht hatte.

Unter der Haut dieses Mannes schlug ein gerades Herz, aber er hatte es mit einem Wall aus Steinen umgeben, damit er es selbst nicht mehr finden würde. Doch das Schlagen dieses Herzens konnte er nicht vor sich verleugnen.

Er mußte ihm einfach vertrauen. Es war kein anderer da, dem er es sonst zutraute, auf Amhrán aufzupassen. Die Vergangenheit Scathcrobhs, welcher Art sie auch immer sein mochte, war der einzige Schutz für Amhrán,.

An der Tür zu Síochantas Hütte stand sie selbst, um ihn zu empfangen.

"Tritt ein, Solasard mac Annir, und sei mir noch einmal willkommen."

Zaghaft folgte Solasard der Einladung in die spärlich beleuchtete Hütte und setzte sich an die Feuerstelle. Seine Gastgeberin tat es ihm gleich und reichte ihm einen Becher, aus dem es süßlich duftete.

Solasard antwortete:

"Danke, Síochanta, du hast mich gestern nacht gebeten, dich heute aufzusuchen, bevor ich aufbreche. Nun, hier bin ich."

Síochanta musterte ihn gründlich bevor sie zu sprechen begann:

"Wenig weißt du vom Leben, Solasard mac Annir, einiges hast du in letzter Zeit dazugelernt, doch um die Bürde zu tragen, die dir vorbestimmt ist, mußt du noch einen weiten Weg gehen. Ich bin froh, daß mein Vater dich begleitet. Das mag ihm die Gelegenheit geben, dir unser Volk etwas näher zu bringen."

Solasard war es leid, die Geschichte von der Last und der Bürde zu hören. Neugierig fragte er:

"Herrin, ich bitte dich, welche Last ist es denn, die ich auf meinen jugendlichen Schultern zu tragen habe?"

Síochanta ließ den jungen Mann nicht aus den Augen.

"Die Krone Erius."

Solasard spuckte vor Entsetzen den Trunk in das Feuer.

"Du scherzt. Ich habe keinen Tropfen königlichen Blutes in mir."

Síochanta blieb ruhig.

"Oh doch, du bist der letztgeborene Sohn von Fionn mac Cumhail. Und wenn dir dies nicht genug ist, dann sollte es der Geís sein, den deine Mutter über dich gesprochen hat bei deiner Geburt. Du wirst diesem Schicksal nicht entgehen, Solasard! Broc ist alt und alles andere als ein guter und gerechter König.

Du bist der Frühjahrshirsch, der ihn fordern wird. Und du wirst ihn stürzen, wenn die Zeit dafür reif ist."

Ungläubig schüttelte Solasard den Kopf.

"Das kann nicht wahr sein. Ich glaube das nicht. Du erlaubst dir einen üblen Scherz mit mir."

Sanft lächelte Síochanta.

"Die Götter schützen dich. Es ist ihr Wille. Aber du mußt erst deine Aufgabe erfüllen. Diese zu überleben wird schwer genug für dich sein. Höre nun, was ich dir zu sagen habe.

Schon jetzt versuchen deine Feinde ein Netz um dich zu spannen. Deine Gefolgschaft ist über jeden Zweifel erhaben, und doch mußt du vorsichtig sein, daß sich nicht ein Maulwurf einschleicht.

Sei unvoreingenommen gegen jeden, aber wäge ab, wem du Vertrauen schenkst. Am Ende mag sich alles wenden.

Hüte dich vor den Worten der Toten. Durch sie wirst du deine Seele verlieren, und doch magst du daraus einen Schatz gewinnen.

Geh nun, deine Gefährten warten schon auf dich. Kostbare Hüter haben dir die Götter mit auf den Weg gegeben. Behalte dein gerades Herz, dann kann dir nichts geschehen."

Solasard hielt das ganze erst einmal für einen großen Irrtum, über den er ein andermal nachdenken würde.

Dennoch hatte er sich grübelnd mit seinem Gefolge auf den Weg gemacht.

Die anderen sahen wohl, daß sich ihr Anführer über irgend etwas den Kopf zerbrach. Aber niemand wagte es, ihn in seinen anstrengenden Gedankengängen zu stören.

Sogar Athraigh und Goworr, die sonst immer irgendwelche Späßchen auf den Lippen hatten, hielten sich bedeckt.

Sie waren ein gutes Stück vom Coven entfernt, als sich ihnen in einiger Entfernung jemand in den Weg stellte.

Wie es auch immer aussah, es war auf jeden Fall eine Frau.

Je näher sie kamen um so bekannter wurde sie Solasard. Schließlich hielten sie vor ihr an.

Höflich sagte Goworr:

"Mütterchen, mach den Weg frei, fünf wackere Männer begehren Durchlaß."

Die Alte lachte freundlich.

"Vier mögen weitergehen, doch euer Anführer mag ein bißchen bei mir verweilen, um über den Lauf der Welt zu plaudern."

Zweifelnd schauten seine Begleiter, doch Solasard nickte und stieg ab, während die anderen im Schritt weiterritten.

"Nun, Solasard mac Cumhail, wie ist es dir bis jetzt ergangen?"

Solasard rümpfte die Nase.

"Hör auf mich so zu nennen. Wie soll es mir ergangen sein?"

Macha streichelte den Hals des Pferdes.

"Demnach freust du dich nicht, daß du eines Tages die Königswürde tragen wirst. Nun, das ist gut so, so wirst du wenigstens kein hochmütiger König sein.

Bedenke auch dies. So sehr du dich dagegen wehren magst, das Volk braucht einen neuen König, und keinen anderen als dich wird es auf dem Thron Taras dulden, Solasard. Keinen anderen, vergiß das nicht.

Dieses Land ist dein Land, und dieses Volk ist dein Volk. Es vertraut auf dich, enttäusche es nicht."

Solasard atmete tief ein und aus.

"Es ist alles so unglaublich, Macha, und was wird mit Amhrán, wenn das alles wahr und kein Hirngespinst ist?"

Spöttisch kniff sie ein Auge zu.

"Um Amhrán brauchst du dir gewiß die geringsten Sorgen zu machen. Sie ist eine Frau, in deren Adern Erius Blut fließt. Sie wird dich auf dem Thron erwarten und aus ihrer Hand wirst du die Krone empfangen.

Kümmere dich nicht um sie. Die Mächtigsten halten ihre Hände über sie. Sie wird deine Frau, für dieses Leben. Aber auch sie muß den ihr vorgegebenen Weg gehen.

Du wirst wenig Zeit haben, dir Gedanken über sie zu machen. Glaub mir das.

Vertraue denen, die dich begleiten. Ab morgen wird sich dein Leben ändern.

Öffne deine Augen zum Sehen, Solasard, doch mißachte auch nicht das, was dein Herz fühlt. Eine schwierige Zeit bricht nun an. Du wirst verfolgt werden, nicht nur von Cluanaire. Das Land ist in Aufruhr, niemand weiß, wer du bist.

Du wirst dir den Thron bitter erkämpfen müssen und mit teurem Blut dafür bezahlen."

Solasard strich sich seufzend durch die Haare.

"Gibt es denn keine Möglichkeit dem Ganzen zu entgehen? Ich bin doch bestimmt nicht der Richtige für den Thron. Ich weiß nichts von der Welt, vom Leben. Du weißt selbst, wie unerfahren ich bin."

Macha legte ihm eine Hand auf die Schulter.

"Du hast gute Freunde, Solasard, weise Ratgeber. Laß dir von Neamhní die Geschichte deines Vaters erzählen. Vieles wirst du daraus für dich gewinnen können."

Voller Sorge schaute er ihr in die Augen.

"Ich habe wohl keine andere Wahl. Wir werden sehen, was uns die Zukunft bringt. Ich bitte dich nur darum, auf Amhrán aufzupassen."

Die Göttin nickte ihm zu.

“Darum sorge dich nicht, auch ihre Geschichte wird dereinst ein gutes Ende finden. Leb denn wohl, Solasard.”

Dann war sie verschwunden. Vor seinen Füßen lag ein herrlich roter Apfel. Er nahm ihn auf, steckte ihn in seinen Reisesack und stieg auf sein Pferd, den anderen zu folgen.

Als er sie erreicht hatte fragte Athraigh neugierig:

“Was hattest du denn mit diesem alten Frauchen zu tun?”

Solasard schmunzelte.

“Mit diesem alten Frauchen habe ich meine letzte Samhain-Nacht verbracht.”

Athraigh kicherte laut.

“Was würdest du sagen, wenn ich dir erzähle, daß sie mich damals angesprochen und von der Suche geredet hat? Ich schwöre dir, sie war es.”

Solasard staunte nicht schlecht.

Athraigh konnte es ebenfalls nicht fassen.

“Und später sah sie dann so aus, wie du sie mir beschrieben hattest? Solasard, das glaubst du doch selbst nicht.”

Schmunzelnd ritten sie weiter. Als es dämmerte, erreichten sie die Breite Straße. Viel Volk war auf der Straße. Wahrscheinlich wollten einige das gute Reisewetter nutzen, um ihre Lebensmittel möglichst gewinnbringend auf den Märkten zu verkaufen. Schon jetzt gab es in Teilen des Landes Mangel an Nahrungsmitteln.

Wanderschmiede begegneten ihnen. Auch Leute des Fahrenden Volkes waren unterwegs. Doch heute ließ man Solasard und seine Gemeinschaft in Frieden, beachtete sie nicht einmal.

Gemächlich zogen sie dahin. Bald würde es dunkel werden, bis dahin wollten sie ein anständiges Wetterhäuschen gefunden haben.

Die ersten Wetterhäuschen, die sie sahen, waren als solche nicht mehr zu gebrauchen. Eines war völlig niedergebrannt, dem zweiten fehlte das Dach und das Dritte hatte so viele Löcher, daß sie gleich hätten im Freien schlafen können.

Schließlich hatten sie beim vierten Glück. Sie sahen schon von weitem, daß hier ein Feuerchen flackerte, über dem ein paar knusprige Vögel brieten.

Vorsichtig führten sie ihre Pferde hinter sich her.

Da kam ihnen auch schon jemand aus der Hütte entgegen.

Ohne nachzudenken, wußte Solasard, wer er war.

Tagträumer

Lange saßen sie beisammen, und noch immer hatten sie keine Lösung gefunden, ob sie den Menschen helfen sollten oder nicht.

Schweigend hatte Anam den Worten der Königin und ihres Sohnes, dem Weisen Rat und den fünf Meistern der Wandlung gelauscht.

Während die anderen versuchten, diese Frage mit dem Kopf zu lösen oder aus dem Bauch heraus zu beantworten, schlug bei ihm laut das Herz.

Als der Morgen schon lange angebrochen war, ergriff er das Wort.

"Lange habe ich geschwiegen, habe ich euch zugehört und eure Meinungen und Überlegungen gegeneinander abgewägt.

Ich bin ein alter Mann, schon so alt, aber ich erinnere mich noch gut daran, wie ich barfuß durch die Wälder Erius streifte. Die Sonne auf dem Rücken, die Füße auf dem schattigen, weichen Waldboden.

Ich glaube, es geht hier nicht nur um das Menschenvolk. Ich denke, es geht hier auch um unsere Heimat, unsere Wurzeln.

Ich möchte es nicht gerne sehen, wenn Néart und seine finsteren Gesellen diese Erde mit ihrer Anwesenheit besudeln. Sicher können wir im Augenblick wenig tun.

Genauso wie die Menschen werden wir uns gedulden müssen, bis Néart Stellung bezogen hat. Dann können wir überlegen, wie wir vorgehen müssen.

Vielleicht retten wir zwei Welten, indem wir eine befreien. Sicher ist Geduld bitter, und mancher Schmerz wird uns peinigen, wenn die Síofra ihr Unwesen treiben, aber die Frucht unserer Geduld, der Sieg, wird dafür um so süßer sein.

Ich weiß wenig von den Menschen. Fast gänzlich habe ich die Erinnerung an sie verloren. Doch aus den Erzählungen Misnéachards habe ich gelernt, daß sie selbst sich vielleicht nicht verändert haben, wohl aber ihr Verhalten angepaßt haben.

Im Angesicht der Síofra werden sie sich freuen uns wiederzusehen."

Misnéachard nickte zustimmend.

"Es ist keine Welt wie unsere, aber auch wir haben nicht das Recht die Síofra zu verurteilen.

Nur zu gut kenne ich die Geschichte über ihren Eidbruch, als sie sich nicht auf unsere Seite stellten in der letzten Schlacht, sondern auf die Seite der bösen Menschen. Aber sie hatten ihre Gründe dafür und diese müssen wir achten.

Noch heute werde ich aufbrechen, um mich bei den Menschen umzusehen. Meine Schwester lebt, wie ihr wißt, unter ihnen.

Sie werde ich aufsuchen, um näheres zu erfahren. Und ich werde mir diesen Dragan ansehen.

Sicherlich mag er eine Gefahr für Solasard sein, aber auch Drachen fallen, wenn man ihm das Bein stellt.

Wenn ich zurückkehre, werde ich mehr zu berichten haben. Dann wollen wir uns noch einmal hier einfinden.

So ist es beschlossen? Wir helfen den Menschen?"

Laut hallte die Frage durch das Zelt.

Erst nachdem der Rat der Weisen nickte, stimmte auch die Königin zu und verkündete:

"Gut, so werden wir den Menschen helfen. Ein zweites Mal werden wir uns auf sie einlassen. Doch dieses Mal wird sie ein Wortbruch teuer zu stehen kommen.

Misnéachard, viel hast du mit deiner Liebe zu den Kurzlebigen bewegt, doch das gleiche Schicksal wirst du erleiden, wenn wir scheitern."

Lá und der Weise Rat erhoben sich und gingen hinaus. Nur der Prinz und die fünf Meister blieben zurück.

Schließlich standen vier der Kinder auf und stellten sich rund um den mächtigen Stamm der Eiche. Nebel wallte auf.

Als Misnéachard seinen Blick auf den fünften Knaben richten wollte, saß ihm ein alter Greis gegenüber.

Auda war geblieben.

"Schon lange folge ich dir auf dem Weg, den du eingeschlagen hast, sehe ich deinen Traum der Gemeinsamen Welt Gestalt annehmen in deinen Gedanken, in deinem Tun. Wahrlich, nicht wenige deines Volkes halten dich deshalb für gefährlich."

Misnéachard war erstaunt.

"Warum das, Herr?"

Auda lächelte.

"Alle Lebewesen träumen, Misnéachard, aber nicht auf dieselbe Weise. Viele, die während der Nacht in der staubigen Tiefe ihres Verstandes träumen, wachen am nächsten Tag auf und entdecken, daß alles nur Wahn war.

Tagträumer, wie du allerdings, sind gefährliche Wesen. Denn sie können ihren Tagtraum mit offenen Augen sehen, um ihn wahr zu machen. So wie du es tun wirst.

Du hast die Absicht eine neue memeinsame Welt zu schaffen - die Eine Welt - verlorengegangenen Einfluß wieder herzustellen und einzugliedern in die Lücken menschlichen Lebens und Handelns, damit alle Völker weiter wachsen, sich durchdringen können.

Du wirst deinem Volk und den Menschen Erius den Traumpalast eines neuen Denkens bauen helfen. Ein so hoch gestecktes Ziel wird den edlen Geist ihres Verstandes wecken und auch die Menschen eine wichtige Rolle spielen lassen.

Doch wie immer, wenn eine neue Einheit entsteht, wird es auch Verluste geben. Dieser Schuld werden sie dich und auch Solasard bezichtigen.

Hoffe, daß es so sein möge, denn alles ist besser als das Scheitern. Zu viele werden in dem Kampf um die Eine Welt mit ihrer Ehre und ihrem unschuldigen Leben bezahlen.

Dein Volk wird kleiner werden und dabei doch an Größe gewinnen. Dafür werden sie dich hassen und verehren, Misnéachard.

Auch uns ging es so, als wir die Andere Welt schufen, denn sie bedeutete Rettung, aber auch den Verlust der alten Heimat.

Du wirst es nicht leicht haben. Oft wirst du einsam sein. Aber die Einsamkeit ist nicht nur die Schwester der Tränen, sie ist auch die Mutter der Kraft.

Und erinnere dich immer daran:

Unsere schlechtesten Augenblicke entstehen oft in uns selbst. Sie wüten allein in unserem Herzen und in unserem Kopf.

Wenn du glücklich sein willst, dann halte andere nicht für glücklicher als du es bist."

Misnéachard verzog bitter sein Gesicht.

"Ich liebe eine Frau, die nie zu mir gehören wird, Herr."

Auda klopfte dem Prinzen auf die Schulter.

"Nur zu gut erinnere ich mich daran, wie du die Menschen beneidetest um das eine, was dir fehlte und was sie besaßen.

Diese Wichtigkeit, die sie ihrem Leben beimessen, die Leidenschaft ihrer Freuden und Leiden, das bange, aber süße Glück ihrer ewigen Verliebtheit.

Dies ist nun auch dein Fluch, und noch so manche schwere Stunde steht dir bevor.

Aber du liebst nur dann, wenn du auch die Welt und alles Lebendige darin liebst, Misnéachard. Viele Seelen wohnen in den Herzen der Menschen, im Herzen Amhráns. Eine dieser Seelen liebt dich. Das ist der Honig im Schierlingsbecher deiner Liebe. Vergiß das nicht! Ich werde bei dir sein, wenn du mich brauchst."

Auda gab ihm die Hand zum Gruß, und im nächsten Augenblick saß eine weiße Taube in der Hand des Prinzen, die aufstob und davonflog.

Während Misnéachard erschöpft im Grianán zurückblieb, wirbelte Saíle am Weißen Weiher um Néart herum.

"Du hast wirklich einen Weg gefunden? Sag mir wie."

Néart wußte nicht, ob er diese Freude schon so früh trüben sollte.

"Ich sagte, daß ich auch eine schlechte Nachricht habe, Saíle."

Diese hielt neugierig inne.

"Und die wäre?"

Ihr neuer Gefährte antwortete nur zögernd.

"Du kannst Eriu zwar betreten, aber du darfst nicht am Tag außer Haus gehen. Trifft dich auch nur das Licht eines Sonnenstrahles, wirst du zu Staub zerfallen."

Saíle war entsetzt, dennoch schien ihr der Preis nicht zu hoch zu sein.

"Dann werden wir ein Schloß bauen, das dem Sonnenlicht keinen Zutritt gewähren wird. Solasard wird das gerne für mich tun. Schließlich bin ich seine Mutter, und er verdankt mir ja auch den Thron."

Füchsisch lächelte Néart.

"Natürlich meine Schöne. Wir beide werden ihn schon auf den Thron bringen."

Für sich dachte er allerdings - um ihn dann ganz schnell wieder davon herunterzuholen. Auch mit Dragan würde er ganz schnell fertig werden. Den würde er freundlicherweise den Síofra überlassen.

Madhra, seinem willigen Gehilfen, würde er den Befehl über die Königliche Garde übertragen.

Sein Blick glitt über Sáiles Körper, der nur von einem durchsichtigen Gewand bedeckt war. Das würde die Mutter seiner Söhne werden, dann konnte sie ein Strahl der Sonne treffen.

Solasard würde nicht lange auf dem Thron die Macht inne haben, um selbst einen Thronfolger hervorzubringen.

Rot funkelte der Wein in den Kristallgläsern, den Dragan von Alba schicken ließ. Wenn er erst einmal auf Tara herrschen würde, könnte er jeden Tag darin baden.

Sáile, seine Hure, würde die schönsten Gewänder tragen, während sie darauf wartete, daß er ihr seine Gunst schenkte.

Das wäre die einzige Pflicht, die sie haben würde. Ihm Lust zu bereiten und seine wilden Triebe zu befriedigen.

Ach, und wie wenig ahnte sie von seinen Plänen.

Als Hochkönigin sah sich schon in ihren irren Träumen. Welch ein hübscher Einzug nach Tara würde das sein, mitten in der Nacht.

Eine Hochkönigin verflucht von der Königin der Sidhi.

Geschmeidig pirschte er sich an sie heran. Von hinten umfaßte er ihre Brüste.

Das war der Preis, den Sáile zu bezahlen hatte. Es widerte sie an, diesem Lüstling zu Willen zu sein. Wie sehr hatte sie ihr erster Eindruck getäuscht.

Aber sie wäre bereit, alles zu tun, um diese Welt zu verlassen. Gehorsam ließ sie alles über sich ergehen.

Freudestrahlend lag sie hernach neben ihm. Sollte er nur glauben, daß er ihrer sicher sei. Er glaubte wirklich, Sáile wüßte nichts von seinen dunklen Plänen. Von den heimlichen Besuchen Madhras.

Und dann war vor einigen Nächten auch noch diese schreckliche Alte hier aufgetaucht.

Nur zu genau erinnerte sich Sáile an die Geschichten von den Síofra. Wenn sie als Kind nicht artig war, hatte ihre Mutter immer damit gedroht, daß diese sie holen würden.

Damals waren sie nicht gekommen, um sie gegen häßliche und verkrüppelte Wechselbälger einzutauschen.

Sáile hatte diese Geschichten nie geglaubt. Märchen, die sich bestimmt Mütter ausgedacht hatten, um ihre Kinder leichter erziehen zu können.

Es war ein heißer Tag gewesen, und Sáile hatte viel Wein getrunken. Frühzeitig hatte sie sich auf ihr Nachtlager begeben. Mit schwerem Kopf döste sie vor sich hin.

Dann hörte sie wie sich Néart mit jemandem unterhielt. Nun dies war nichts Neues, denn in letzter Zeit kamen und gingen viele Boten, die sie nicht kannte.

Aber als sie diese krächzende Stimme hörte, wollte sie doch wissen, zu welchem Gesicht sie gehörte.

Vorsichtig war sie aufgestanden und hatte sich zum Vorhang geschlichen, der den Schlafraum von dem großen Wohnraum trennte.

Langsam zog sie den Stoff leicht beiseite. Erschüttert vor Ekel mußte sie sich abwenden, als sie diese völlig verwahrloste und verkrüppelte Gestalt sah.

Es schüttelte Sáile noch als sie nur noch diese furchtbare Stimme hörte, die zu Néart sprach.

"So mein Söhnchen, du willst dich mit uns verbünden. Welche Rolle hast du uns denn in deinem Spiel zugedacht?"

Néart erwiderte freundlich:

"Ihr sollt das tun, was ihr am besten könnt und was euch am meisten Freude macht: Unruhe stiften, Schrecken verbreiten und das Volk verängstigen. Ihr werdet in die Berge um Wyinklo ziehen. Dort lebt einer meiner Freunde. Er wird euch sagen, wann es Zeit ist loszuschlagen.

Ich überlasse euch die ganze Insel, wenn ihr mir nur von Tara wegbleibt. In meinem Namen werdet ihr das ganze Menschenvolk unterjochen."

Pryria schnurrte wie ein Kätzchen.

"Und was, edler Herr, ist der Lohn unserer Mühen? Noch mehr bewegt mich allerdings die Frage, was ist der Lohn deiner Mühen? Was erhoffst du dir davon?"

Néart atmete hörbar ein.

"Der Lohn ist ein geringer. Ich werde leider eine Welt opfern müssen, um über zwei zu herrschen. Eriu wird mit Krieg überzogen werden. Sicherlich werden sich diese Narren aus Tir na Samradh einmischen. Mit deiner Hilfe werden wir den Krieg gewinnen und vor den Toren des Sommerlandes stehen.

Gerne werden sie mir ihre Herrschaft überlassen. Die Sidhi können es sich nicht leisten, noch einmal eine Heimat zu verlieren.

Das Volk wird immer kleiner, und ein Krieg würde zu viele Tote bedeuten.

Daher werden sie sich freiwillig meinem Joch unterwerfen, und so werde ich der erste und einzige König über zwei Welten sein. Ist das nicht herrlich? Herrscher zu sein, über die Eine Welt"

Ungeduldig fragte Pryria.

"Verzeih, wenn ich deine Ausführung so einfach übergehe, aber worin liegt denn nun unser Gewinn?"

Genüßlich hauchte Néart auf seine Fingernägel und rieb sie an seinem Hemd.

"Nun, Pryria, euer Lohn ist erstens, daß ich euch leben lasse, und zweitens überlasse ich euch den größten Teil von Eriu. Damit könnt ihr dann tun, wozu es euch beliebt!"

Die Alte kicherte albern.

"Alles? Was ist mit den Menschen?"

Nun lachte Néart auf.

"In meinem Plan von der Einen Welt ist kein Platz für die Menschen vorgesehen. Ich denke nicht, daß sie zu etwas anderem nütze sind, als sich über sich selbst Gedanken zu machen.

Eriu ist nur eine Stufe zum Thron über die Andere Welt."

Pryria räusperte sich und spuckte vor sich.

"Die Andere Welt besteht aber nicht nur aus Tir na Samradh. Da gibt es noch viele Länder, die du erobern mußt, bevor du dich als König der Anderen Welt bezeichnen kannst. Da wäre Tir na mBan, das Land der Frauen, oder Tir Tairngire, das Land der Verheißung, oder Tir na nOg, das Land der ewigen Jugend, oder..."

Schroff fuhr ihr Néart ins Wort.

"Genug, Pryria, es ist wirklich genug jetzt. Zerbrich dir nicht meinen Kopf. Tir na Samradh wird in meine Hände fallen. Das ist so gewiß wie der Lauf der Gestirne. Ich erwarte von dir und deinem Volk nur, daß ihr das tut, was ich sage und nicht, daß ihr euch meinen Kopf zerbrechen sollt."

Obwohl der Wein sie schläfrig gemacht hatte, konnte Sáile kaum ein Auge zumachen in jener Nacht.

Dieser Mann, der da so friedlich neben ihr schlief, wollte ihre Welt zerstören, wollte sie benutzen, um an den Thron zu kommen, der doch ihr zustand. Ihr und ihrem Sohn.

Wo mochte er nur sein? Welche Gefahren hatte er schon bestanden und welche warteten noch auf ihn?

Sáile sorgte sich um ihren Sohn, er war der Mann, der sie auf den Thron bringen sollte. Alle Prüfungen des Schicksals würde er bestehen.

Das Blut Fionn mac Cumhails floß in seinen Adern.

Solasard würde seinen Teil der Aufgabe in Eriu erfüllen und Sáile hier.

Die Frage war nur, wie sie das anstellen sollte. Néart liebte sie nicht, und auch sie liebte ihn nicht. Er würde sie sofort durchschauen, wenn sie so täte, als wäre sie in ihn verliebt. Sie war ein Spielzeug für ihn, sonst nichts.

Er würde den Thron Taras erlangen mit oder ohne ihre Hilfe. Wenn sie ihn nicht beeinflussen konnte, dann mußte sie es mit jemandem anderen versuchen.

Jemand, dem Néart vertraute, der Macht über ihn hatte, der ihn beeinflussen konnte.

Madhra.

Ihn würde sie in sich verliebt machen. Der Hund war Néarts Bindeglied zwischen Eriu und der Anderen Welt.

Noch wollte Néart nicht nach Eriu aufbrechen. Diese Reise würde er antreten, wenn alle Schlachten geschlagen waren und er nur noch auf den Thron steigen mußte.

Ihre Wahl war gefallen. Jetzt mußte sie nur noch den Köder vorbereiten.

Sáile wußte, schon in den nächsten Tagen würde Madhra wieder zum Berichterstatten hierher kommen. Stets übernachtete er dann in einem Raum, der neben ihrem Schlafraum lag.

Zeltwände waren keine Mauern. Madhra würde genau merken, was da vor sich ging. Und Sáile wußte nicht, wann er das letzte Mal eine Frau besessen hatte.

Mit Ausreden hielt sie sich den triebhaften Néart vom Leib.

Dann kam der Tag, an dem Madhra bei ihnen eintraf.

Wie gut war sie vorbereitet. Kostbare Öle glänzten auf ihrer zarten Haut und umgaben sie mit einem verführerischen Duft. Ein gold schimmerndes Gewand lag auf ihrer Haut wie ein Hauch des Windes.

So trat sie in den großen Wohnraum. Madhra gingen die Augen über, obwohl er sich schnell wieder in der Gewalt hatte.

Nicht so Néart, der empört war über ihren Aufzug.

Schon leicht betrunken sagte er:

"Gehört es sich, so einem Gast entgegenzutreten? Madhra weiß, daß du meine Hure bist, du mußt das nicht noch unterstreichen."

Hämisch antwortete Sáile:

"Sicher weiß er das. Zu diesem Zweck hat er mich doch hierher gebracht. Aber ich dachte mir, wenn du schon so schlecht aussiehst, sollte doch wenigstens ich einen erfreulichen Anblick bieten, mein Liebster."

Schwungvoll wandte sie sich Madhra zu und lächelte ihn verführerisch an.

Verschmitzt grinste er sie an.

"Néart, es ist genug. Wir haben über wichtigere Dinge zu reden als über Frauenzimmer."

Gereizt schaute Néart auf.

"Vielleicht braucht sie ja noch einen Mann, für mich putzt sie sich nicht so heraus. Aber du hast recht, es gibt wichtigeres. Hast du Neuigkeiten für mich? Wie geht es Dragan? Was ist mit Solasard? Und gibt es etwas Neues von den Síofra?"

Madhra legte sich auf den Teppich vor der Feuerstelle und genoß die Wärme und den Wein in seinem Glas.

Keinen Augenblick ließ er Sáile aus den Augen.

"Nun, Dragan kommt gut voran. Bald gehört ihm der ganze Süden bis auf einige wenige widerständische Inselvölkchen im Meer der gehorsamen Unterwerfung.

Die Männer, die sich um ihn scharen, werden täglich mehr. Sicher hat das auch mit den Síofra zu tun.

Scheinbar hat er sich zum Kampf gegen sie entschlossen. Opfer, die Pryria leider bringen muß, sonst erscheint er unglaubwürdig.

Doch die armen Kerle sind froh, von ihrem Leid befreit zu sein.

Jetzt hängt alles davon ab, wie bald Solasard dieses verdammte Schwert findet. Von Cluanaire weiß ich, daß das noch nicht so bald der Fall sein kann. Im Augenblick wandert Solasard ziellos auf der Breiten Straße umher. Man sagt, ein alter, tatteriger Greis gehöre jetzt auch zu seiner seltsamen Gemeinschaft.

Aber wenn es dir nichts ausmacht, reden wir morgen weiter. Ich bin erschöpft und möchte mich etwas im Gästeraum ausruhen.

Gierig lachte Néart seine Gespielin an.

"Tu das, mein Guter. Ich werde mich dann anderweitig unterhalten."

Madhra verbeugte sich höflich und zog sich zurück.

Néarts Gesicht verwandelte sich in eine Fratze der Gier. Heftig schritt er auf Sáile zu, packte sie am Handgelenk und zerrte sie in den Schlafraum.

Dort warf er sie auf das Lager.

"Dich werde ich lehren, so vor meinen Gästen zu erscheinen. Das kannst du mit dem törichten, alten Bock auf Almhuin machen, aber nicht mit mir."

Mit Gewalt riß er ihr den dünnen Stoff vom Leib.

Kalt sagte Sáile:

"Tu dir keinen Zwang an. Es sind ja nicht meine Gewänder, sondern die deiner Hure."

Ein Schlag mit seiner Hand ließ ihre Nase bluten.

"Reize mich nicht, Sáile. Sonst breche ich dir das Genick."

Wieder traf sie seine Hand, der geflochtener Zopf wickelte sich um ihren Hals.

Barsch schleuderte er sie auf den Boden. Schwer lastete sein Gewicht auf ihr. Dann packte er sie an dem Zopf und riß sie schroff zurück, daß sie auf die Knie fiel.

Rücksichtslos drang er in sie ein, trieb sie vorwärts mit der Gewalt seines Körpers und zwang sie doch, sich nicht zu rühren. Immer wieder zog er ihren Kopf zurück, verbiß sich in ihren Hals, brandmarkte sie mit seinem Zeichen.

Sie hatte ihre Augen geschlossen und betete um Erlösung, aber sie wußte, so bald würde diese nicht kommen.

Fest krallten sich seine Hände in ihren Rücken, immer tiefer stieß er in sie, fast glaubte sie, daß er sie zerreiße.

Dann bäumte er sich noch einmal auf und ergoß sich in sie.

Mit Gewalt stieß er sie von seinem Lager.

"Du schläfst im Wohnraum, Hure! Ich will meine Ruhe haben heute nacht. Morgen brauche ich einen klaren Kopf."

Benommen kroch sie aus dem Raum und brach vor der Feuerstelle zusammen. Der Schlaf des Vergessens legte sich um sie. Mitten in der Nacht zuckte sie zusammen, als sie spürte, daß etwas ihre Haut berührte.

Gerade wollte sie aufschreien, als sie sah, daß Madhra eine Decke über sie ausbreitete.

Leise flüsterte er:

"Ich wollte etwas trinken und fand dich hier so zusammengekrümmt liegen.

Es tut mir leid, daß ich dich hierher gebracht habe. Ich wußte nicht, daß er so ein Schwein ist."

Mühsam richtete sich die Frau auf.

"Es muß dir nicht leid tun. Durch ihn gelange ich auf den Thron Taras."

Madhra schüttelte ungläubig den Kopf.

"Noch immer dieser Traum? Ich dachte, du seist vernünftig geworden."

Er stand auf und kehrte mit einem nassen Tuch ans Feuer zurück.

Schmerzverzerrt zuckte die Frau, als der Mann ihr das Blut von Nase und Lippen wischte.

"Das, was du einen Traum nennst, ist das, was mir hilft, nicht wahnsinnig zu werden."

Mitleidvoll betrachtete Madhra die Frau.

Er wußte nur zu gut, daß hinter dieser Kälte die Leere eines einsamen Herzens schlug. Sanft strich er ihr zerzaustes Haar aus dem Gesicht und bedeckte ihre nackte Haut mit der Decke.

Wehrlos ließ sie es geschehen.

"Du hast es nicht verdient, daß er dich so behandelt. Du bist eine harte, kalte Frau. Aber das ist zuviel. Er wird dir das nicht noch einmal antun. Ich verspreche es dir."

Vorsichtig beugte er sich nach vorn und hauchte ihr einen Kuß auf die geschwollenen Lippen.

"Du darfst das nicht tun. Er wird mich sonst töten. Versprich mir, daß du nichts sagen wirst."

Aus dem Schlafraum rief eine Stimme:

"Sáile, mit wem sprichst du da, verflucht?"

Die drei Schwestern

Gleich einem roten Feuerball gleißte die Sonne am morgendlichen Himmel. Langsam nur stieg sie höher, um ihre Tagesreise zu beginnen. Amhrán hatte solange in dieses rote Licht gesehen, bis ihre Augen jetzt überall, wo sie hinsah, einen grünen Fleck vor sich hatten. Müde rieb sie ihre Augen.

Sie mußte sich zusammenreißen, damit ihre Sinne dem Morgenritus folgen konnten. Auch Rhiannon bemerkte, daß Amhrán an alles dachte, nur nicht an das, woran sie sollte.

Sie verstand nur zu gut die aufgewühlten Gefühle dieser Kindfrau.

Nun, wenn Scathcrobh wieder genesen war, würde sie mit der Ausbildung der Jugendlichen beginnen. Dann würde sie nicht mehr so viel Zeit haben, sich ihren hübschen Kopf über dererlei Dinge zu zerbrechen.

Es war nicht gut gewesen, daß Solasard hierher gekommen war. Sie hatte sich so gut eingelebt und nur noch wenig an Inis-Diomain gedacht.

Nun würde sich vielleicht das Heimweh wieder den Weg in ihr Herz bahnen und sie von ihrem eigentlichen Ziel ablenken. Das mußte die Hohepriesterin verhindern. Nur wer sich in völligem Gleichgewicht mit sich selbst befand, konnte diesen Weg der Weisheit und des Wissens antreten.

Amhrán war ohnehin ein Mädchen, das sich leicht durch ihre Umwelt ablenken ließ, weil sie glaubte, sie verpasse etwas. Schon jetzt entging ihr nur wenig von dem, was im Coven vor sich ging.

Sie hatte schnell begriffen, wie hier die Rollen verteilt waren und sich angepaßt. Amhrán war sehr wißbegierig, aber zuweilen trieb sie es auch zu weit mit ihrer Neugier. Sie mußte erst noch lernen, über die Grenzen ihrer Seele hinauszugehen, um sich und ihrem Gegenüber einen Spielraum zuzubilligen, der beiden Platz zum Wirken ließ. Rhiannon hatte keine Zweifel an ihr. Amhrán würde ihr Ziel erreichen. Vielleicht nicht so einfach wie sie es sich vorstellte und mit einigen Umwegen, aber der Weg eines jeden ist ein anderer.

Beim Frühstück saß Amhrán schweigend neben Rhiannon und schlürfte warme Milch mit Honig. Mit beiden Händen hielt sie den Becher und wärmte so ihre Finger.

Vorsichtig fragte Rhiannon :

"Geht es dir gut? Du bist ja so schweigsam?"

Mürrisch antwortete Amhrán:

"Und! Muß ich immer fröhlich plappern? Ich bin doch nicht hier, um die Leute zu unterhalten. Oder ist mir da etwas entgangen?"

Rhiannon mochte es gar nicht mit ihr zu reden, wenn sie in solcher Stimmung war. Aber sie hatte das Gespräch begonnen und mußte jetzt auch in den sauren Apfel beißen.

"Ist ja schon gut, Kind. Du mußt dich jetzt nicht aufregen. Ich möchte nicht mit dir streiten. Was ist denn auch los mit dir? Seit Solasard hier war bist du verändert."

Amhrán mußte lachen. Diese Frau kannte sie einfach zu gut.

"Ach, Rhiannon. Ich weiß auch nicht, was gerade geschieht. Wahrscheinlich gibt es zu viele Männer in meinem kurzen Leben."

Die alte Frau schmunzelte.

"So? Wie viele sind es denn?"

Amhrán kniff ihre Freundin leicht in den Arm.

"Ich mag es gar nicht, wenn du mich so veralberst. Da wäre Solasard, er ist der Mann, mit dem ich alt werden möchte und leben will. Da ist Misnéachard, der irgendwie mein Herz gestohlen hat und jetzt auch noch Scathcrobh, der mein Leibwächter im wahrsten Sinne des Wortes sein soll. Ist alles ein bißchen viel, oder nicht?"

Rhiannon erwiderte:

"Bis jetzt machst du das doch gut. Vielleicht geht es ja besser, wenn du Misnéachard einfach vergißt. Wahrscheinlich wirst du ihn doch nicht wiedersehen. Warum denn Kraft an etwas verschwenden, was keine Zukunft hat?"

Amhrán schüttelte energisch den Kopf.

"Ich weiß, daß ich ihn wiedersehen werde. Er hat es mir versprochen. Vielleicht kommt er ja schon bald auf seinem Schimmel daher und entführt mich in sein Reich. Weißt du es?"

Verzweifelt schlug Rhiannon die Hand vor das Gesicht.

"Natürlich und dann heiratet ihr und werdet glücklich bis an euer Lebensende, nicht wahr? Amhrán, du weißt doch selbst, daß deine Zukunft hier liegt. Du bist deine Zukunft, nicht er. Aber du hast auch von Scathcrobh gesprochen. Was ist mit ihm?"

Das Mädchen faßte sein Haar zusammen, zwirbelte es zu einem Knoten und ließ ihn los.

"Nichts, nein, ich meine, Solasard hat ....."

Amhrán schluckte.

Die alte Frau stieß sie an.

"Würdest du dir bitte nicht jedes Wort aus der Nase ziehen lassen? Was hat Solasard?"

Das Mädchen faßte allen Mut zusammen.

"Solasard hat Scathcrobh schwören lassen, daß er mich beschützen soll, wenn er wieder vollständig geheilt ist."

Rhiannon erblaßte.

"Er hat, bitte, was? Wie kommt er denn auf diesen Gedanken?"

Amhrán strich sich mit dem Zeigefinger über die Nase und rieb sie, als ob ihr dadurch etwas besseres einfallen sollte als die Wahrheit.

"Ich habe das auch nicht so ganz verstanden. Irgendwie hat es etwas mit diesem Blauen Schwert zu tun, das Solasard finden muß. Scathcrobh sagte, derjenige, der es findet, hätte ziemlich viel Macht im Land und das wäre auch bei Solasard der Fall, wenn er es erst gefunden hat. Er gestand mir auch, daß er von Tara ausgesandt worden ist, um mich zu finden. Ich schätze, um von mir etwas über Solasard zu erfahren. Solasard sagte dann, wenn das Scathcrobh gelungen wäre, könnte es auch anderen gelingen. Deshalb würde ich jemanden brauchen, der mich vor solchen Leuten schützt. Und das ist Scathcrobh."

Jetzt war die Farbe gänzlich aus Rhiannons Gesicht gewichen.

"Das würde ja bedeuten, daß man auf Tara weiß, daß du hier bist."

Amhrán grübelte nach.

"Ja, was ist denn daran so schlimm. Tara ist weit, weit weg."

Rhiannon war fassungslos.

"Verstehst du denn nicht, was das bedeutet?"

Das Mädchen zog die Augenbrauen zusammen.

"Was bedeutet das denn? Warum regst du dich denn so auf?"

Rhiannon schlug sich auf den Oberschenkel.

"Du scheinst es wirklich nicht zu verstehen. Damit Tara Bescheid weiß, muß es ihnen jemand gesagt haben. Und dieser jemand kann natürlich nur jemand sein, der weiß, daß du hier bist.

Und diese jemand kann nur jemand aus dem Coven sein. Und ich weiß auch schon genau wer."

Neugierig fragte Amhrán.

"Wer?"

Rhiannon warf einen Blick über den Tisch und schenkte Deirdre ein freundliches Nicken. Amhráns Herz hämmerte laut. Ausgerechnet die Frau, die sie nach Rhiannon ausbilden sollte, war eine Verräterin.

Aber wem hatte sie es verraten, und wem auf Tara wären solche Nachrichten wichtig. Sie mußte unbedingt Scathcrobh fragen, wer ihn ausgesandt hatte.

"Amhrán? Wir werden sie nicht darauf ansprechen. Wir werden mehr erfahren, wenn sie sich in Sicherheit wähnt. Ich muß nun gehen, um noch etwas mit Síochanta zu klären. Außerdem werde ich heute abend nicht hier sein. In einem Dorf am anderen Ufer erwartet eine Frau ein Kind und kürzlich ist die Hebamme gestorben, so daß wir um Hilfe gebeten wurden. Geh nun, Scathcrobh möchte bestimmt auch frühstücken. Heute abend magst du ihm ein gebratenes Huhn bringen, damit er uns nicht allzu sehr vom Fleisch fällt."

Freundschaftlich zupfte die alte Frau das Ohrläppchen des Mädchens.

Als Amhrán die Krankenhütte betrat, hatte sie in ihrem Korb eine warme Honigmilch, eine dicke Scheibe Brot mit Quittenmarmelade und sogar ein gekochtes Ei.

Wie ein hungriger Bär fiel er über die köstlichen Speisen her und hatte sie schnell verschlungen.

Gierig fragte er:

"Und wo bleibt die Hauptspeise? Ich denke, ich soll dich beschützen, da mußt du mir aber etwas besseres anbieten als so ein mickriges Scheibchen Brot."

Seine Pflegerin lachte hell auf.

"Du bekommst heute abend ein ganzes gebratenes Huhn. Mehr gibt es heute nicht, sonst wirst du mir zu fett."

Herzlich lachten die beiden miteinander. Dann holte Amhrán Wasser vom Brunnen, wusch den Kranken und verband ihn neu.

"Sag einmal, Scathcrobh, warum solltest du mich eigentlich suchen?"

Reichte es nicht, daß das Wasser schon unangenehm kalt war, mußte man ihm dazu noch solche Fragen stellen?

"Eigentlich wollte ich nicht mit dir über diese Angelegenheit sprechen, aber wenn du mich schon fragst, will ich dir eine Antwort auch nicht schuldig bleiben. Aber auch ich weiß nur sehr wenig, so daß dich meine Antwort vielleicht nicht befriedigen wird.

Nun gut, einigen Leuten auf Tara ist wohl zu Ohren gekommen, daß sich wieder jemand auf den Weg gemacht hat, das Blaue Schwert zu finden. Wie ich schon sagte ist dieses ein Schwert der Macht.

Deshalb wollte man wohl einfach wissen, um was für einen Kerl es sich bei Solasard handelt."

Gespannt lauschte das Mädchen jedem seiner Worte.

"Und wer war da so neugierig?"

Scathcrobh zögerte mit einer Antwort. Doch dann entschied er sich, den Weg des Vertrauens einzuschlagen und sagte:

"Rabharta, der erste Hauptmann des Hochkönigs hat mich ausgeschickt. Aber er machte mir den Eindruck als wisse niemand außer mir und ihm von diesem Unterfangen. Ich sollte dich nur finden, ausfragen und wieder verschwinden. Dann tauchte Saileach auf und mit ihm das Unglück. Aber das mag ja nicht an ihm alleine liegen. Es wäre übrigens sehr nett, wenn du ihn heute nachmittag zu mir schicken würdest. Dann könnte ich ihn mit beruhigenden Nachrichten nach Hause schicken.

Rabharta ist ein guter Mann und hat bestimmt nichts Arges im Sinn. Ich glaube, er braucht diese Nachrichten dringend. Vielleicht kann er Solasard ja irgendwie helfen. Er ist zwar Broc treu ergeben, aber selbst er kann die Augen vor der Wahrheit nicht verschließen. Bist du damit einverstanden?"

Amhrán nickte.

"Scathcrobh? Du wirst dein Wort Solasard gegenüber halten, nicht wahr?"

Verwundert schaute er sie an.

"Ja, das weißt du doch! Amhrán, was ich dir jetzt sage bleibt unter uns. Ich habe es Solasard nicht sagen können, weil er sonst vor Sorge um dich umkommen würde.

Als ich auf dem Weg hierher war, hat mir unterwegs ein sehr seltsamer Kahlkopf mit einem langen weißen Zopf das Angebot gemacht, mich reichlich zu belohnen, wenn ich dich töte. Hast du das verstanden? Die Jagd auf dich hat schon längst begonnen."

Totenbleich sank das Mädchen auf ihr Lager. Entsetzt richtete sich der Mann auf und setzte sich zu ihr.

Fast tonlos fragte sie:

"Es war der Totenschädel, nicht wahr? Der Tod auf seinem schwarzen Pferd."

Scathcrobh zog sie in seinen Arm.

"Du kennst den Mann? Woher?"

Erinnerungen zogen auf.

"Er war auf unserer Hochzeit. Wegen ihm fand sie nicht statt. Er hat Solasard die Geschichte von diesem Geís erzählt."

Reglos verharrte sie.

"Amhrán, ich muß unbedingt einen Boten nach Tara schicken. Irgend etwas geht da draußen vor sich und Rabharta muß davon erfahren. Ich werde bald wieder gesund sein. Von Tag zu Tag geht es mir besser.

Wenn ich erst einmal wieder aufstehen kann, fangen wir sofort an, deine Verteidigung aufzubauen. Ich werde dich beschützen. Wenn es sein muß, sterbe ich für dich. Geh' jetzt und hole Saileach!"

Einige Zeit später betrat Amhrán in Begleitung von Saileach die Hütte. Scathcrobh saß aufrecht auf seinem Lager und wartete schon.

"Gut, daß du hier bist, Junge. Amhrán, läßt du uns bitte alleine? Ich habe noch andere Sachen mit Saileach zu besprechen."

Verständnisvoll ging sie hinaus.

"Wie geht es dir, Scathcrobh? Du siehst besser aus, als ich dich in Erinnerung hatte."

Scathcrobh antwortete:

"Es geht mir auch schon besser. Aber ich habe dich nicht holen lassen, damit wir uns über mich unterhalten. Saileach, du mußt nach Hause zurückkehren. Ich habe wichtige Nachrichten, die so schnell wie möglich zu dem Hauptmann gebracht werden müssen."

Saileach drehte den Kopf zur Seite wie ein verwundeter Hund.

"Und was soll ich dann hier?"

Scathcrobh schüttelte den Kopf.

"Was du hier sollst? Du wirst der Bote sein. Du kennst den Weg, weißt Bescheid wie man im Wald überlebt, und du bist noch jung und abenteuerlustig. Ich gebe dir nun Gelegenheit, dich zu bewähren und ein gefährliches Abenteuer zu bestehen. Das ist doch toll! Oder nicht?"

Saileach bekam den Mund kaum zu.

"Ich? Und wie soll ich das schaffen, etwa auf deiner Schindmähre?"

Das Auge Taras lachte.

"Du wirst zu Fuß gehen. Das ist am unauffälligsten, außerdem bist du doch ganz gut zu Fuß."

"Und was soll ich ausrichten?" fragte der Junge.

"Du darfst nur mit Rabharta selbst sprechen, mit sonst niemanden. Das ist sehr, sehr wichtig. Hör' jetzt gut zu. Du wirst ihm ausrichten, daß ich das Mädchen gefunden habe und Solasard mac Annir auch gesehen habe. Der junge Mann weiß nicht einmal, was es mit dem Blauen Schwert auf sich hat. Aber er hat einen Hochelben, einen Zwerg, einen Mann aus dem Fahrenden Volk und einen Mann aus dem Kleinen Volk in seiner Gemeinschaft.

Wenigstens der Hochelbe müßte wissen, was es mit dem Schwert auf sich hat. Ich weiß allerdings nicht, warum er ihm bis jetzt noch nichts darüber erzählt hat. Sag ihm, Solasard ist ein gerader Kerl, kein Betrüger. Außerdem richte ihm aus, daß ich hier bleibe, bei dem Mädchen. Erzähle ihm von diesem Kerl mit dem Totenschädel und daß er mir angeboten hat, sie umzubringen. Ich werde hier bleiben und sie beschützen. Hast du das alles verstanden?"

Saileach zitterten die Hände vor Aufregung.

"Ja, ich habe alles verstanden. Du willst wirklich hierbleiben? Hast dich wohl in das Bienchen verguckt?"

Scathcrobh packte den Jungen am Hemd und fauchte ihm ins Ohr.

"Dieses Mädchen wird eines Tages vielleicht unsere Hochkönigin sein. Wenn du sie nicht achtest, werde ich dich auch nicht mehr achten.

Laß dir von Amhrán Vorräte mitgeben und gehe heute abend bevor es dunkel wird. Ich möchte nicht, daß dir jemand folgt. Sei vorsichtig, Junge, und paß auf dich auf! Du hast eine sehr kostbare Fracht. Vielleicht kannst du mir ja eine Nachricht zukommen lassen, daß du angekommen bist. Dein Vater wird stolz sein, solch einen Sohn zu haben."

Das glaubte Saileach wiederum nicht. Ein letztes Mal schüttelten sie sich die Hände. Dann ging der Junge hinaus.

Er mußte es einfach bis Tara schaffen.

Erschöpft legte sich Scathcrobh zurück und schloß seine Augen. Tara tauchte vor seinem inneren Auge auf. Es war eine schöne Zeit dort gewesen und er hatte gerne unter Rabharta gedient. Aber jetzt würde ein neuer Teil seines Lebens beginnen.

Er wußte nicht, was er für Amhrán empfand. Doch niemand würde ihr ein Leid antun, solange er an ihrer Seite war. Sicherlich konnte er sich dadurch nicht von seinen anderen Taten reinwaschen, aber das war die Gelegenheit, sein Leben grundlegend zu ändern.

Endlich konnte er etwas Gutes erreichen mit Hilfe seiner Vergangenheit. Er würde jeden töten, der ihr zu nahe kam.

Selig entschlummerte er in Träumen von einer besseren Welt.

Wach wurde er, als ihm der Duft von knusprigem Hühnchenfleisch in die Nase stieg. Witternd öffnete er die Augen und fand Amhrán auf seinem Lager vor, die einen Teller auf dem Schoß hatte, der fast überquoll vor Fleisch. Vorsichtig setzte er sich auf und nahm den Teller entgegen. Ohne ein Wort zu sagen, schlang er alles bis auf das kleinste Stück in sich hinein und rülpste dann laut, um zu bekunden, daß er satt sei.

Amhrán lachte auf.

"Ich schätze, wenn ich dir heute kein Fleisch gebracht hätte, wäre ich von dir verschlungen worden."

Scathcrobh blickte ernst in ihre Augen.

"Solange ich bei dir bin, wird dir keiner etwas antun. Und ich würde mir eher selbst die Hände abhacken als dir ein Leid anzutun."

Langsam beugte er sich nach vorne und hauchte ihr einen Kuß auf die zarten Lippen.

Sanft fuhr er fort zu sprechen.

"Ich erwarte nichts von dir Amhrán. Keine Freundschaft, keine Liebe, du kannst mich ruhig hassen."

Wieder küßte er sie, erst auf die Oberlippe, dann auf die Unterlippe. Amhrán hatte die Augen geschlossen und bewegte sich nicht.

"Scathcrobh? Du mußt jetzt schlafen, sonst wirst du noch lange hier liegen. Schlaf gut."

Zärtlich küßte sie ihn auf die Stirn. Gerade als sie sich selbst niederlegen wollte, griff er noch einmal nach ihrer Hand und küßte sie.

Wortlos schlüpfte Amhrán unter ihre Decke und war bald eingeschlafen.

Während sie sich unruhig auf ihrem Lager hin und her warf, war in einer anderen Hütte jemand nur allzu wach.

Síochanta saß in ihrer Hütte, einige Kerzen hatten den Kampf gegen die Dunkelheit aufgenommen und verbreiteten den süßen Duft des Bienenwachses.

In sich versunken saß sie vor einer silbernen flachen Schale, die mit klarem Wasser gefüllt war. So herrlich war dies Meisterwerk geformt, daß sich ihr edles Antlitz darin spiegelte und doch die Linien, die sich tausendfach ineinander verschlangen, davon nicht getrübt wurden.

Ihr helles Auge folgte den Linien, bis sie sich lösten konnte und ein anderes Bild vor ihr auftauchte.

Einen schönen Mann sah sie, auf einem herrlichen Schimmel, erhaben trabte er dahin im Tunnel der Zeit.

Die Frau lächelte und wartete.

Mitten in der Nacht stand der Wind still und Ruhe senkte sich über den Wald. Amaranth, Alisma und Anatis, die Ältesten des Waldelbenvolkes saßen am Wegesrand und scherzten miteinander.

Anatis schaute auf den Weg, als sie plötzlich weit entfernt eine Bewegung ausmachte. Die Greisin rieb die grünen Augen und hauchte fast stimmlos zu den beiden anderen.

"Seht dort vorne, ha, da schneit es und dunkle Vögel fliegen im Schwall umher. Schaut auf, meine Schwestern!"

Neugierig rieben sich die anderen die Augen.

Alisma, die ein wenig jünger war als Anatis, blickte neugierig auf Amaranth, die jüngste der drei Ältesten.

Diese kicherte leise vor sich hin und sagte:

"Sehnlichst erwartet wird der Reiter, der sich dort nähert, und schnell nähert er sich. Die dunklen Vögel aber, die du sahst, sind Erdklumpen, die die Hufe seines Rosses emporwerfen, und die Schneeflocken sind die Schaumtropfen vom Gebiß des eilenden Tieres. Das ist Misnéachard, der Sohn des Königlichen Paares zu Tir na Samradh auf seinem Roß Lasair. Er sucht seine Schwester und wird seine Liebste finden."

Mit einem wissenden Lächeln blickten sie in die Sterne.

Der falsche Bote

Iolaranam, Sionnach und Seabhaceo ritten den ganzen Tag. Nur selten gönnten sie sich oder den Pferden eine Rast. Oft hatten die beiden versucht, den Nebelfalken auszufragen, aber er wollte ihnen die Überraschung nicht nehmen. Am Abend hatten sie dann beschlossen zu versuchen, im Dunkeln bis nach Cill-dara zu gelangen.

Der zunehmende Halbmond wurde immer wieder von schweren Gewitterwolken bedeckt. Müde und erschöpft hielten sie sich auf dem Rücken ihrer Pferde. Gaoth, der schwarze Hengst, hatte immer noch so viel Kraft, daß ihn Iolaranam oft zügeln mußte, damit er nicht so weit nach vorne preschte. Schaum troff an seinem Körper herab, aber die Anstrengung, die ihm abverlangt wurde, schien ihn mehr zu erfreuen als zu schwächen.

Er galoppiert so kraftvoll, als wolle er sich in den Waldboden graben.

Dann brach ein Gewitter über sie herein. Blitze zuckten vom Himmel, schlugen ein. Grausame Donner folgten.

Die Pferde und auch ihre Reiter hatten Angst. Die Tiere drohten durchzugehen. Der Kampf um Ruhe ließ sie eher unruhiger werden und kostete die Reiter mehr Kraft, als sich von der Kraft der Unruhe vortreiben zu lassen. So ließen sie ihnen freie Zügel und mit gestreckten Köpfen stürmten sie voran.

Regen preschte auf sie herein und durchnäßte sie in kurzer Zeit. Wind erhob sich. Die nackten Bäume ließen sich wachrütteln aus ihrem Winterschlaf und schlugen ihre Äste aneinander. Sie ritten im Herzen des Sturmes, bis das Gewitter all seine Kraft zur Erde zurückgegeben hatte. Endlich wurde der Himmel klarer, und der Weg leuchtete von weißen Kieselsteinen.

Verbissen krallte sich Sionnach in die Mähne ihrer Stute. Jeder Knochen im Leib tat ihr weh, aber sie wollte nicht zurückstehen vor der Leistung der Männer und um eine Rast bitten.

Die Kleider klebten an ihren Körpern. Wasser war in ihre Stiefel gelaufen. Auch Iolaranam wurde immer müder. Seabhaceo machte sich Sorgen um die beiden, aber es war nicht mehr weit.

Lange Zeit ritten sie nun schon in der Dunkelheit. Auch Gaoth trabte nicht mehr so locker vor sich hin.

Endlich sahen sie den hellen Schein eines Feuers vor sich. Einmal noch nahmen sie alle Kraft zusammen und trieben ihre Pferde an.

Schnell erreichten sie das Wetterhäuschen, das an drei Seiten völlig aus Stein bestand. In der Mitte brannte ein freundliches Feuer.

Sehr langsam glitten sie vom Rücken ihrer Pferde, die sofort von Gleannglas und Sliabhan übernommen wurden, um sie zu versorgen.

Sich gegenseitig stützend humpelten sie in das Haus wie Seeleute, die sich erst daran gewöhnen müssen, daß sich das Land unter ihren Füßen nicht bewegt.

Die Wärme des Feuers tat ihnen gut. Decken wurden gebracht und um sie geschlungen. Cioná bereitete einen kräftigen und belebenden Kräutertrank. Dann erst blickte Iolaranam in die Runde.

Sehr verdächtig kam ihm das strahlende Gesicht von Oighrigh vor. Doch als er seinen Blick weiterschweifen ließ, wußte er warum.

"Dich hätte ich so schnell nicht wieder bei uns erwartet, Shasza."

Die Waldelbin schenkte ihm ein verführerisches Lächeln und sagte: "Mir hast du diesen Besuch auch nicht zu verdanken, aber Draighean, der Herr des Kleinen Volkes schulde ich noch einen Gefallen. Er hat mir mit seinem schnellen Boten eine Nachricht für euch gesandt, bevor er sich weiter auf den Weg machte nach Cluain-maccu-Nois. Und hier bin ich."

Oighrigh strahlte wie die Mondin selbst.

"Ist das nicht herrlich! Ich wußte, ich würde sie wiedersehen. Stell dir vor, Iolaranam, sie hat sich ganz allein auf den Weg zu uns gemacht. Ist das nicht nett!"

Iolaranam war nicht unbedingt in der Laune nach solchem Ritt diese Jugendschwärmerei zu ertragen.

"Ja, schon gut, Oighrigh! Aber was sind nun deine Neuigkeiten, Shasza. Was hat der Herr des Kleinen Volkes mit uns zu tun?"

Shasza schmunzelte, während Sionnach schon wieder einem Eifersuchtsanfall nahe war.

"Draighean ist der Herr der Waldläufer und alle Neuigkeiten im Land landen früher oder später bei ihm. Wenn es einen gibt, der am besten weiß, was im Land vorgeht, dann ist das Draighean. Deshalb hat er mich ja auch zu euch geschickt."

Ungeduldig drehte Iolaranam den Becher in seiner Hand.

"Und was hat dir der gute Draighean aufgetragen uns auszurichten?"

Shasza mochte es gar nicht, so gleich auf den Punkt zu kommen. Sei's drum.

"Nun gut, obwohl du heute deine Höflichkeit vergessen zu haben scheinst, werde ich es dir sagen, mein Lieber. Zuerst bat er mich, euch zu sagen, daß fast der ganze Südosten unterhalb der Breiten Straße in Dragans Hand ist. Er weiß nicht, ob ihr schon von ihm gehört habt, aber auch er hat ernste Absichten, den Thron zu besteigen. Außerdem hat er mächtige Verbündete in den Síofra gefunden. Bösartige Dämonen, die den Menschen hier das Leben schwer machen und ihr Hauptlager in dem Gebirge um Wyinklo haben. Vor ihnen sollt ihr euch hüten.

Und auch vor einem falschen Freund, der sich euch vielleicht anschließen wird."

Alle Blicke wandten sich zu Toit, der große Augen bekommen hat.

"Herr, ich bin das nicht. Ihr habt mir das Leben gerettet. Glaubt mir!"

Mürrisch starrte Iolaranam in das Feuer und ließ sich von dem Spiel der Flammen gefangen halten.

"Das war doch nicht alles, Shasza! Oder!? Es tut mir leid, wenn ich es heute an der dir zustehenden Gastfreundschaft mangeln lasse, aber ich habe einen anstrengenden Ritt hinter mir und möchte mich so bald wie möglich schlafen legen und ausruhen. Noch nicht einmal meinen Gefährten habe ich heute nacht so viel Zeit gewidmet wie dir. Würdest du bitte mit deiner Rede fortfahren?"

Energisch schüttelte sie ihr blondes Haar.

"Dann will ich das einmal tun. Außerdem weiß er, daß Neamhní, der Knappe Fionns, sich nicht mehr hier aufhält. Er ist Solasard entgegengezogen, um ihm zu helfen. Euer Weg war dennoch nicht vergebens, denn es gibt einen Mann auf Tara, den ihr kennenlernen sollt. Ihr dürft euch aber Tara nicht nähern.

Denn einer eurer Gefolgsleute hat sich mit diesem Dragan verbündet und macht jetzt gemeinsame Sache mit der Hochkönigin gegen Broc. Er würde euch sicherlich verraten, um vor dem König als treuer Untertan dazustehen. Dair wird euch mit diesem anderen Mann zusammenbringen.

Ich soll euch ausrichten, daß ihr die Breite Straße kreuzen und dort in der Nähe von Magh-Nuadhat rasten sollt. Draighean wird den Mann dann zu euch schicken. Fallt nicht unnötig auf, die Königliche Garde greift jetzt schon Leute auf, wenn sie nur eine krumme Nase haben. Am schlimmsten ist Arcán, ihr Anführer. Er schändet eure Frauen und schreckt sogar vor Kindermord nicht zurück. Der Hochkönig hat Angst, seine Macht zu verlieren und läßt ihm freie Hand. Er und diese Síofra verbreiten so viel Schrecken im Land, daß es niemand wagt, sich gegen den Hochkönig zu erheben und die Unterkönige kriechen um seinen Thron und wagen kein offenes Wort, aus Angst in Ungnade zu fallen.

Auf jeden Fall ist es sehr wichtig, daß ihr diesen Mann aus Tara trefft."

"Kommst du mit?", fragte Oighrigh neugierig.

Jetzt mußte auch Iolaranam wieder lächeln.

"Leute, es war ein harter Tag, laßt uns nun schlafen. Wir sind jetzt in Feindesland und müssen sehr, sehr aufmerksam sein. Glaslasair und Seabhaceo, ihr werdet die erste Wache übernehmen. Laßt uns ruhen. Wir werden unsere Kräfte noch brauchen."

Erschöpft zog Iolaranam die Decke fester um sich und war fast auf der Stelle eingeschlafen.

Auch Sionnach war sofort weggeschlummert und schmiegte sich fest an ihren Geliebten. Seltsame Träume spukten durch ihren Kopf. Immer wieder tauchte diese häßliche Frau auf, die sie mit ihrer häßlichen Fratze angrinste.

Im Morgengrauen erwachte die Geliebte des Anführers. Shasza war fort. Die Pferde, die im hinteren Teil des Steinhauses untergebracht waren, schnaubten leise. Eine Krähe krächzte ihr Morgenlied, sehr zum Leidwesen Sionnachs. Immer noch erschöpft blieb sie liegen und hing ihren Gedanken nach.

Weite Kreise zog der Stein mit Namen Solasard in dem Wasser der Insel. Sie war froh, daß sie zu den wenigen gehören würde, die Widerstand gegen den Hochkönig aufbauten. Das Volk mußte aus dem Zustand der Angst geweckt werden. Sicherlich würde es Schwierigkeiten geben, aber wenn Iolaranam die Fianna der Insel vereinigen würde, könnte man den Hochkönig vielleicht stürzen.

Aber was danach?

Von Solasard wußte man noch viel zu wenig und daß dieser Dragan den Thron nicht erringen durfte, war nur allzu klar. Welche andere Wahl als auf Solasard zu setzen hatten sie? Aber wie lange würde er brauchen, um das Schwert zu finden und seinen Anspruch geltend zu machen? Es mußte doch eine Möglichkeit geben, das Volk von den Schergen des Königs zu befreien. Man mußte ihn einfach mit einer anderen Angelegenheit so ablenken, daß ihm das Volk nebensächlich erschien.

Wer oder was würde dieser Köder sein? Wer würde Solasard die Zeit verschaffen, die er brauchte, um Brocs Nachfolge anzutreten. Eine Frage, die ihr Herz schon beantwortet hatte.

Langsam stieg die Sonne auf. Sionnach stand auf und ging hinter das Häuschen, wo sie einen gemauerten Brunnen fand.

Sie warf den an einem Seil befestigten Eimer hinein und wusch sich mit dem ans Tageslicht beförderten Naß.

Auch Cioná war erwacht und bereitete einen herrlichen Kräutertrank. Sofort duftete es herrlich nach Blüten, die erst der Frühling wieder hervorbringen würde. Bald waren alle wach und saßen um das Feuer, nachdem sie sich frisch gemacht hatten.

Der Kräutertrank dampfte aus den Bechern. Oighrigh war der erste, der das Schweigen brach.

"Was werden wir jetzt tun? Und was ist mit Toit, wird er bei uns bleiben?"

Iolaranam wunderte sich nicht über die Anteilnahme des Jungen, auch er war lange genug einsam gewesen und wußte, wie es war, ein Ausgestoßener zu sein.

"Wir werden nach dem Frühstück zur Breiten Straße aufbrechen und sehen, was uns dort erwartet. Es war sehr nett von Shasza, uns diese Neuigkeit zu überbringen."

Vorsichtig nippte der Anführer an seinem Becher.

Camchéachta räusperte sich.

"Der Junge hat recht! Was ist mit dem Kerl?

Seabhaceo blickte mißtrauisch auf.

"Es sind schwierige Zeiten. Wir müssen noch mehr aufpassen als früher, um uns vor Verrat zu schützen. Es könnte gefährlich werden. Schließlich bist du nicht irgendwer, Iolaranam. Ich wäre dafür, wir trennen uns von dem Mann. Wir können ihm ja das Packpferd überlassen."

Auch Cioná äußerte sich.

"Almhuin und Nás, zwei mächtige Burgen, sind nur einen Katzensprung von uns entfernt, und auf unsere Köpfe ist kein geringer Wert ausgesetzt. So ein dahergelaufener Kerl kann da leicht in Versuchung geführt werden. Ich denke auch, daß wir uns von ihm trennen sollten."

Da sprang Oighrigh empört auf.

"Ich weiß nicht mehr ob ihr euch daran erinnert, aber ich erinnere mich noch sehr genau an den Tag, an dem ich fragte, warum wir uns eigentlich hier einmischen.

Damals war es genau der Camchéachta, der sich jetzt gegen Toit ausspricht, der sagte, daß uns das Volk braucht. Ich habe aus seinen Worten gelernt und frage jetzt euch, ist Toit nicht auch ein Teil unseres Volkes, das unsere Hilfe braucht? Und selbst wenn wir ihn jetzt verstoßen, wir wissen alle, daß er schon genug weiß, um uns zu verraten. Ist es da nicht besser, ihn bei uns zu lassen?"

Da mischte sich der Betroffene endlich selbst ein.

"Es ist nett, Junge, daß du dich so für mich einsetzt. Ich weiß selbst, daß man nicht mehr Schimmel gerufen wird, wenn man Blässe heißt. Ich bin sehr dankbar, daß ihr mich aufgenommen habt. Eure Zweifel verstehe ich nur zu gut. Bitte laßt mich bei euch. Wenn mich Cluanaires Männer finden sollten, wüßten sie bestimmt Mittel und Wege, um alles Wichtige aus mir herauszuprügeln. Ich bin kein tapferer Mann, wie ihr es seid.

Selbst Oighrigh hat mehr Mut als ich. Ich werde euch sicherlich nicht zur Last fallen. Ich werde tun, was ihr verlangt, aber bitte, laßt mich bei euch bleiben, Herr!"

Verzweifelte Augen richteten sich auf Iolaranam. Der lächelte ihn freundlich an.

"Wahrlich, Oighrigh hat seinen Unterricht verstanden. Er trägt den Titel Fianna zu recht, und wir alle sollten uns schämen, nur darüber nachgedacht zu haben, diesen Mann seinem Schicksal zu überlassen.

Natürlich bleibt er bei uns. Auch wenn du das bestimmt eines Tages bereuen wirst. Die Gefahren finden immer ihren Weg vor unsere Füße."

Toit strahlte über beide Backen.

“Das macht nichts. Die besten Männer Erius sind an meiner Seite und die wehrhaftesten Frauen.”

Nachdem sie ihre Sachen in den Satteltaschen verstaut hatten, brachen sie auf. Ihre Reise verlief ohne Schwierigkeiten bis zum nächsten Morgen.

Sie waren schon ein gutes Stück geritten, als Seabhaceo plötzlich anhielt und warnend seine linke Hand hob.

Vorsichtig ritt Iolaranam an ihn heran.

“Was ist?”, flüsterte er.

Seabhaceo deutete nach vorne.

“Riechst du das nicht? Da hat jemand ein sehr großes Feuer gemacht, siehst du die Rauchschwaden nicht?”

Da blickte Iolaranam in den Himmel. Riesige, weiße Rauchwolken zogen dahin.

Wissenden Auges richtete er sich an Toit.

“Vielleicht magst du es heute noch bereuen, bei uns geblieben zu sein. Wir werden noch ein Stück vorwärts reiten, bis wir an einer Stelle sind, wo wir herausfinden können, was hier vorgeht. Verhaltet euch ruhig und reitet am Wegesrand. Wenn wir uns trennen müssen, treffen wir uns in Magh-Nuadhat.”

Langsam ließen sie ihre Pferde im Schritt gehen. Bald konnten sie sehen, daß der Ort des Feuers wohl ein Dorf am Wegesrand gewesen sein mußte. Eine viertel Meile vor dem Dorf stiegen sie ab und ließen ihre Pferde bei Toit zurück. Schweigend näherten sie sich. Kurz vor dem Dorf verließen sie den Weg und umschrieben im Wald einen Bogen, geschützt von dem Unterholz, das sich nach dem Wintersturm hier angesammelt hatte.

Vorsichtig kamen sie daraus hervor und schauten sich um.

Kein Mensch war zu sehen, aber überall fanden sie Kühe, die erschlagen worden waren. Schafe, denen das Fell angezündet worden war und Krähen, die sich an den Tieren labten. Alle Holzhütten waren angezündet und vernichtet worden. Nur eine Scheune war unversehrt geblieben.

Noch bevor Oighrigh die erste Hütte oder das, was von ihr übrig war, betreten hatte, kam ihr Anführer daraus hervor. Blaß war sein Gesicht, gezeichnet von dem Entsetzen, das er in diesem ehemaligen Heim vorgefunden hatte. Nur schwer konnte er die Tränen der Verzweiflung zurückhalten.

In allen Hütten bot sich das gleiche Bild des Schreckens, überall war Blut, roch man die Angst. Ganze Familien hatten sie niedergemetzelt.

Es war grausam zu sehen wie Cíona aus jeder Hütte trat und nur den Kopf schütteln konnte. Hier gab es keine Überlebenden mehr. Mit jedem Schritt, den die Gefährten taten wuchs ihr Zorn. Oighrigh, den Camchéachta von den Hütten wegzerrte, weinte bitterlich.

Dann gingen sie zu der Scheune hinüber. Iolaranam schwante nichts Gutes. Er bat Crónachan und Gormeala mit Oighrigh die Scheune von außen zu sichern und den Jungen nicht aus den Augen zu verlieren und vor allem nicht in das Gebäude zu lassen. Zu gut kannte er die Handschrift der Königlichen Garde.

Vorsichtig zog er die große Tür zur Seite.

Von Entsetzen gepackt fiel Iolaranam auf die Knie und bedeckte sein Gesicht mit seinen Händen. Hinter ihm würgte Sionnach und übergab sich. Glaslasair, die vorsichtshalber das Schwert gezogen hatte, steckte es wieder in die Scheide und hatte Tränen der Wut in den Augen.

Camchéachta fand als erster die Sprache wieder.

"Cioná, sieh nach, ob du Überlebende finden oder Verletzten Linderung verschaffen kannst."

Als Iolaranam sich wieder erhob, waren seine Augen zu Eis geworden.

Es war kaum vorstellbar, daß es Wesen gab, die zu solcher Grausamkeit fähig waren. Da lagen Kinder mit durchgeschnittener Kehle und deren Mütter, die das Messer noch in der Hand hielten. Einigen Frauen war der Kopf abgehackt worden, Männer hatten sich selbst erstochen, andere lagen in tödlicher Umarmung Schulter an Schulter. Am schlimmsten jedoch war der Anblick von drei Frauen, die am Ende der Scheune gepfählt worden waren.

Cioná kam zu Iolaranam, der sich langsam einen Weg durch dieses Leid bahnte.

"Iolaranam, sie sind alle tot. Eine der Frauen auf den Pfählen lebt zwar noch, aber sie wird die nächste Stunde nicht überleben. Vielleicht kann sie dir noch sagen, was hier vorgefallen ist."

Der Anführer blickte nicht zur Seite, als er vor die Frau trat.

In ihren braunen Augen brannte das Feuer unerträglicher Schmerzen. Blut lief an dem Stamm entlang. Die Fesseln, die ihr die Hände auf dem Rücken hielten, schnitten in ihr Fleisch.

Leise begann sie mit letzter Kraft zu sprechen:

"Herr, wer ihr auch immer seid, durchschneidet meine Fesseln. Es soll nicht heißen, ich wäre nicht frei in die Andere Welt getreten."

Iolaranam zog sein Messer und schnitt die Seile durch, die ihre Hände an den Leib banden.

"Wer war das?"

Mühsam formte sie die Worte.

"Arcán, das Schwein. Wir haben die Räuber Dragans mit Kühen für den Winter versorgt. Aber die hätten uns auch getötet, wenn wir es nicht getan hätten. Dies Schicksal war uns wohl so oder so vorbestimmt, aber durch die Hände dieses Schweines zu fallen, ist kein ehrenwerter Tod! Die Götter werden über uns lachen, am Tisch der Helden. Wer bist du?"

Der Anführer der Fianna schluckte.

"Ich bin Iolaranam, der Alptraum der Königlichen Garde. Und ich schwöre dir, Arcán wird niemals durch das Tor zur Anderen Welt treten. Wie ist es geschehen?"

"Sie haben uns hier zusammengetrieben und dann gefragt, wo diese Räuber ihr Versteck haben. Aber die Leute Erius sind keine Verräter. Wir haben geschwiegen. Die, die es hätten verraten können, hatten sie zuerst getötet. Und wir wollten es auch nicht wissen und hatten nie gefragt.

Dann zwang er die Mütter, ihren Kindern die Kehle durchzuschneiden. Und die meisten taten das lieber selbst, als sie von der Hand dieser Ehrlosen sterben zu lassen. Dann mußten die Männer ihre Frauen und sich dann gegenseitig töten.

Uns drei haben sie gepfählt, damit wir den Räubern erzählen können, was geschieht, wenn ihnen Landsleute helfen. Mit den beiden anderen hatten sie noch Gnade, deren Pfähle waren spitz, doch meinen haben sie stumpf gelassen, damit er sich schön langsam durch meinen Körper bohrt."

Iolaranam atmete tief ein.

"Wir haben eine Heilerin bei uns, die dein Leiden beenden kann."

Die Frau griff langsam nach dem Mann und nahm seine Hand.

"Nein, mein Sohn, all diese Männer, Frauen und Kinder haben ihr Leid getragen. Auch ich habe Ehre, ich bin eine Frau Erius. Aber würdet ihr mir einen letzten Wunsch erfüllen?"

Iolaranam nickte.

"Bitte zündet die Scheune an, wenn ihr geht. Wir wollen alle gemeinsam durch das Tor zur Anderen Welt schreiten, willst du das tun?"

"Und du?"

Die Frau lächelte sanft.

"Ich werde tot sein, bevor du die Scheune verlassen hast. Ich danke dir, Iolaranam. Räche uns und vergiß uns nicht."

Mühsam nahm sich Iolaranam zusammen und nickte ihr zu. Als er schon einige Schritte gegangen war, drehte er sich noch einmal um.

"Ich werde dich niemals vergessen. Magst du mir deinen Namen nicht nennen?"

"Maegwin", flüsterte die Frau, dann fiel der Kopf auf ihre Schulter, und der Tod hauchte ihr das Leben aus.

Iolaranam hielt sein Versprechen.

In der Mitte des Dorfes hatten sie einen Steinberg errichtet, für jeden der Toten hatten sie einen Stein dort niedergelegt.

Jeder Stein war ein Versprechen, diese Schreckensherrschaft zu beenden.

Niedergeschlagen gingen sie zurück zu Toit, der bei den Pferden geblieben war. Als er ihre Gesichter sah, wagte er nicht, nach den Geschehnissen zu fragen.

Seine neuen Gefährten würden es ihm erzählen, wenn sie bereit dazu waren.

Am späten Nachmittag setzten sie über ein kleines Flüßchen. Es waren nur noch wenige Meilen bis zur Breiten Straße.

Sie galoppierten über ein langes Stück, bis sich der Wald immer mehr verdichtete.

Als es dunkel wurde, hatten sie die Straße erreicht und überquert.

Die Gemeinschaft fand einen ausgetretenen Weg, der von der Straße fortführte. Ihm folgten sie, um vielleicht auf ein Wetterhäuschen zu stoßen.

Vorsichtig gingen sie den Pfad entlang, jeder führte sein Pferd hinter sich her.

Was sie fanden war aber kein Wetterhäuschen, sondern eine weite Lichtung, an deren Ende ein seltsamer Sack lag. Jedenfalls glaubten sie, es sei ein Sack.

Da konnte Oighrigh, der bei der Scheune zurückstehen mußte, seine Neugierde nicht länger bremsen und rannte dort hin.

Schnell hatte er die Verschnürung mit seinem Messer durchtrennt und den Stoff heruntergezerrt. Seine Entdeckung ließ ihn laut rufen.

"Iolaranam, Camchéachta, schnell, da steckt ein Mensch drin. Ich glaube, er ist tot."

Eilenden Fußes rannten die beiden zu dem Jungen.

Der Mann, den sie aus dem Sack holten, war über und über mit Wunden bedeckt, die schon verkrustet waren.

Seine dunkelbraunen fast schwarzen Haare waren völlig verfilzt. Auch Cioná kam herbei.

"Er lebt noch, aber er ist bewußtlos. Er muß vor längerer Zeit ausgepeitscht und dann noch einmal richtig verprügelt worden sein. Macht ein Feuer, damit ich etwas Warmes kochen kann, und schüttet ihm ein bißchen Wasser über, damit er wach wird."

Der Mann wurde an ein schnell entfachtes Feuer gebracht. Dann schüttelte ihn Cioná leicht, damit er wach wurde.

Sofort kam Iolaranam heran.

"Wie ist dein Name, Mann, und wo kommst du her?"

Der Mann öffnete seine dunkelbraunen Augen.

"Mein Name ist Rabharta, und ich bin der erste Hauptmann Broc mac Cíocras."

Kurz durchfuhr Dúghorm ein Gedankenblitz, daß der erste Hauptmann auf Tara doch rothaarig war und grüne Augen hatte. Dann erlosch der Gedanke.

Der erste Geis

Broc wachte auf, nachdem ihn der Hochdruide fast von seinem Nachtlager geworfen hatte. Noch nicht richtig wach, wischte er sich den Schlaf aus den Augen.

"Was ist denn los? Warum werde ich mitten in der Nacht geweckt?"

Tuan warf dem grauhaarigen Mann einen Hausmantel zu.

"Rabharta ist verschwunden. Vor wenigen Augenblicken fand man seine Stute wiehernd vor der Burg auf und ab laufend."

Der König strich über seine borstigen Bartstoppeln.

"Und? Was soll ich jetzt tun? Ihn suchen gehen?"

Wütend pochte Tuan auf den Tisch seines Herren.

"Herr, Rabharta ist euer erster Hauptmann, der Führer eures Heeres. Ihr solltet die Königliche Garde ausschicken, um ihn zu finden. Vielleicht ist er ja vom Pferd gestürzt und liegt auf irgend einem Hügel oder in einer Grube!"

Mühselig suchte der König seine Kleider zusammen und zog sich an.

"Ist das ein Grund, mich so früh zu wecken? Das hättet ihr doch alleine in die Wege leiten können."

Tuan atmete ein und hielt die Luft an.

"Das Heer, Hoheit, und die Gewalt darüber obliegt mir nicht. Ich bin der Hochdruide, aber ihr seid der Hochkönig, der Befehlshaber der Königlichen Garde noch vor dem Tölpel Arcán.

Würdet ihr nun endlich euren Leibwächter rufen lassen, um den Hauptmann zu suchen. Es gibt so wenig Männer von Ehre auf dieser Burg, da ist einer wie er ein großer Verlust, wenn er nicht wiederkehrt."

Gemächlich bewegte sich der Hochkönig in die Küche, wo er sich zum Frühstück erst einmal etwas Met erwärmen ließ. Erst dann schickte er nach Arcán.

Bald darauf stand der Mann vor ihm und grüßte ihn.

"Einen wundervollen Morgen wünsche ich euch, Herr. Wie kann ich euch dienen?"

Heftig winkte der König nach einem neu gefüllten Krug, ehe er antwortete.

"Rabharta ist verschwunden, unser guter Freund. Ich möchte, daß ihr und die Königliche Garde aufbrecht um ihn zu suchen. Heute morgen stand nur sein Gaul vor der Tür."

Ungeduldig schlug der alte König mit dem Krug auf den Tisch. Der Anführer der Königlichen Garde entblößte sein Gebiß und antwortete:

"Wir werden ihn suchen, als hinge mein Leben davon ab. Nur ob wir ihn auch finden werden, kann ich euch nicht versprechen, Hoheit!"

Arcán drehte sich um und ging hinaus.

Die fünfzig Mann der Königlichen Garde waren bald darauf aus der Burg geritten und suchten die Umgebung ab. Viel Mühe gaben sie sich allerdings nicht, waren sie doch froh, daß er endlich aus der Burg verschwunden war.

Sie haßten ihn für seine Gradlinigkeit und Treue zum Thron, allen voran Arcán.

Am späten Abend kehrten die Männer heim. Es war keine Spur zu finden.

Eala, die auf die Heimkehr der Garde gewartet hatte, ging mit sorgenvoller Miene auf ihre Kammer.

Kurz darauf klopfte es an der Tür.

"Wer ist dort an der Tür?"

Leise flüsterte eine Stimme:

"Ich bin es, Measartha! Laßt mich ein."

Vorsichtig, sich nach allen Seiten absichernd, ließ die Frau den jungen Mann ein.

"Was kann ich für euch tun, Measartha?"

Aufgeregt fuhr der sich durch sein blondes Haar.

"Ich weiß nicht, wie ich es sagen soll. Ich bin wegen des Hauptmanns hier."

Langsam und stockend entließ Measartha die Worte aus seinem Mund.

Eala lächelte über diese Schüchternheit.

"Auf, auf, nur gerade heraus damit, was ist mit Rabharta?"

Der junge Mann suchte sichtlich nach Worten, aber langsam und allmählich wurde er ruhiger.

"Nun, ich weiß nicht, wie ich es sagen soll. Aber ich habe ihn gestern vom Hof reiten sehen, nachdem er bei euch im Zimmer war. Vielleicht wißt ihr ja, wohin er geritten ist und könnt mir helfen, ihn zu finden."

Die Schattenbringerin warf einen Blick in die strahlenden blauen Augen und sagte dann sanft:

"Ich fürchte, du wirst ihm nicht folgen können, wohin er auch gegangen sein mag."

Verwirrt schaute Measartha auf.

"Aber warum denn nicht? Ich bin sein Freund. Ich will ihm helfen."

Die Schattenbringerin nahm einen Kamm und begann ihre Haare zu kämmen.

"Nun, einer von euch beiden muß die Stellung hier halten, und das ist deine Aufgabe. Auch meine Wege und Mittel sind nicht zu verachten. Laß mir diese Nacht und morgen will ich dir mehr darüber sagen, wo er sein mag.

Ihr mögt ihn sehr, diesen Mann, nicht wahr?"

Measartha nickte.

"Er hat immer an mich geglaubt. Es gab nie Zweifel für ihn, daß ich ihm eines Tages als erster Hauptmann folgen würde. Ich war wie ein Erz, das in einem tiefen Schacht schlief. Aber er hat aus dem Eisen ein gutes Schwert geschmiedet. Da ist meine Freundschaft nur ein geringer Gegenwert.

Kommt ihr nicht in die großen Halle heute abend? Der König will morgen jagen, um etwas Wild auf den Tisch zu bringen. Er würde sich sicher freuen, euch an seinem Tisch zu begrüßen."

Dann nickte er ihr höflich zu und ging hinaus.

Nun denn, auf der Traumstraße würde sie heute Nacht nach Rabharta Ausschau halten.

So ging sie in die Große Halle. Kaum hatte sie jene betreten, da winkte sie Broc schon an seinen Tisch.

"Setzt euch zu uns, meine Liebe, Cruimh, mein Königlicher Berater, gibt gerade ein paar lustige Geschichten zum Besten. Setzt euch, heute ist es lustig hier."

Eala tat wie ihr geheißen und schon fuhr der Gnom fort zu erzählen.

"Eine alte Sau lief eines Tages mit ihrem Ferkel über den Hof des Bauern, um etwas zu fressen zu stehlen. Als sie sich gerade ihre Bäuche so richtig vollgeschlagen hatten, kam der Hofhund um die Ecke und jagte sie davon.

Da sagte die alte Sau: "Das mache ich nie, nie mehr wieder.

Daraufhin erwiderte das Ferkel:

"Ja, ja, das sagst du immer, immer wieder."

Alle lachten auf und forderten noch ein Geschichte, die der Mann auch gerne erzählte.

"Einmal ging eine Füchsin mit ihren drei Jungen an einem Haus vorbei. Drinnen war ein riesiges Gezeter und laute Stimmen drangen nach draußen.

Da dachte die Füchsin, dies sei der Augenblick zu sehen, ob ihre Jungen genug gelernt hatten, um es in der Welt zu etwas zu bringen.

So sagte sie zu dem Erstgeborenen:

"Nun, mein liebes Kind, wieviele Menschen sind wohl in diesem Hause?"

Das Kind schüttelte sein kleines Köpfchen und erwiderte:

"Woher soll ich das denn wissen? Ich bin ja noch nicht drinnen gewesen."

Da wandte sich die Mutter dem zweiten Füchschen zu.

"Und du, weißt du, wieviele Menschen sich in diesem Haus befinden?"

Auch das zweite Junge schüttelte sein Köpfchen und sprach:

"Nein, ich weiß es nicht, aber ich kann mich hineinschleichen und sie zählen."

So fragte die Füchsin das Jüngste:

"Weißt du denn wieviele Menschen in diesem Haus sein mögen?"

Da lachte das Kleine und antwortete:

"Nun, wenn es keine zwölf Männer sind, können es nur zwei Frauen sein."

Der Königliche Berater warf vor Lachen seinen Krug von dem Tisch. Eifrig winkte er einer Küchenhilfe, die ihm schnell einen neuen brachte.

Der König lachte Eala zu:

"So ist es im Leben, laßt uns noch eine andere Geschichte hören, dann wollen wir schlafen gehen. Morgen früh gehen wir auf die Jagd, da muß ich wach und ausgeschlafen sein. Werdet ihr uns die Gnade erweisen und an meiner Seite reiten? Bedenkt wohl was ihr tut, wenn ihr mich abweist. Ich bin Broc mac Cíocras, der beste Jäger weit und breit.

Nicht vergebens gaben mir meine Eltern den Namen dieses Tieres, denn genauso verbissen wie ein Dachs bin ich. Wollt ihr mich nun begleiten, schöne Frau? Nach all den Überfällen durch diese Weisen Frauen bedarf ich angenehmerer Gesellschaft durch eine wunderschöne Frau, wie ihr es seit, zur Wiedergutmachung."

Eala blickte verlegen zur Hochkönigin, die sie freundlich anlächelte.

Höflich antwortete sie:

"Könnte ich solch eine Einladung ausschlagen. Eine Ehre wird mir zuteil, um die mich manche Frau und mancher deiner Untertanen beneiden wird. So will ich denn morgen früh an eurer Seite reiten. Vielleicht gelingt es mir, ein Tier zu erlegen und es für euch zuzubereiten."

Geschmeichelt nickte der König und bat Cruimh eine andere Geschichte zu erzählen.

Dieser zögerte keinen Augenblick damit.

"Einmal zog eine alte Krähe mit ihrem Jungvogel auf das Feld, damit er sich in die Lüfte erheben mochte und fliegen lernen konnte und so geschah es.

Der Jungvogel lernte fliegen und hatte sich schon von seiner Mutter verabschiedet, da sagte diese:

"Höre mein Kind, nun kannst du fliegen und die Himmel stehen dir offen, um unsere schöne Insel zu erkunden und deine eigene Familie zu gründen. Aber ehe du mich jetzt verläßt, will ich dir noch einen Ratschlag mit auf den Weg geben."

Ungeduldig flatterte die junge Krähe.

"Sprich, denn es treibt mich voran."

So sagte seine Mutter:

"Wenn du einmal auf einem Acker landen solltest, um die Saat aufzupicken oder das erste Grün zu verspeisen, hab' Acht auf die Menschen.

Kommt einer und hat etwas unter dem Arm, so kann es ein Stock sein, den er nach dir werfen will. Dann fliege fort!"

"Das sehe ich ein", sagte die junge Krähe.

Da fuhr der Altvogel fort:

"Noch einen anderen Rat habe ich für dich. Sitzt du auf einem Feld und siehst, wie ein Mensch sich bückt, so mache dich auf und davon. Denn bestimmt beugt er sich nach einem Stein um nach dir zu werfen.

Hat aber der Mann weder etwas unter dem Arm oder in der Hand und beugt er sich auch nicht nieder, so bist du sicher."

Da sagte die junge Krähe:

"Das ist ja alles schön und gut, was mache ich aber, wenn er den Stein in der Tasche trägt?"

Da rief die alte Krähe:

"Fort mit dir, du kennst dich schon besser in der Welt aus als ich."

Wieder grölten alle vor Lachen. Dann ließ der König das Schlafenslied auf der Harfe spielen, woraufhin sich der Hof in seine Gemächer zurückzog.

Auch Eala begab sich in ihre Kammer.

Entspannt legte sie sich auf ihr Lager. Ihr Atem ging langsam und gleichmäßig. Dann führte sie ihre linke Hand zum Sonnengeflecht und versank in der Energie, die durch ihren Körper strahlte. Immer tiefer glitt sie, bis sie das Linientor wieder vor sich sah. Ihr Auge folgte den Linien bis dieses Bild von Rabhartas Gesicht überlagert und verdrängt wurde.

Die Gedanken der Schattenbringerin hallten durch den Raum, durch die Zeit, aber wenn sich die Lippen Rabhartas auch bewegten, die Stille der Traumstraße wurde nicht von ihnen gestört.

Er schien von einer Wand aus Glas umgeben zu sein, die alles zeigte, aber nichts hindurch ließ.

Tränen liefen über seine Wangen, netzten das rote Haar. Flehentlich richteten sich die grünen Augen auf sie. Berge konnte sie erkennen, hohe Berge, sonst war nichts zu sehen im Nebel der Zeit.

Vergebens versuchte sie ihn zu erreichen. Eine andere Macht war hier am Werk, eine Macht, die sie noch nie gespürt, noch nie bemerkt hatte und doch war sie um einiges älter als Eala.

Die Schattenbringerin fühlte, daß sie diese Verbindung nicht länger aufrecht erhalten konnte. Immer mehr entfernte sich dieses traurige Antlitz. Dann verblaßte es gänzlich und die Feuerlinien des Tores traten wieder hervor. Dort erholte sie sich, bis sie in einen tiefen, erholsamen Schlaf fiel. In dieser Nacht träumte sie nicht. Am Morgen ging sie in die Halle, wo sie der Hof schon erwartete.

Der Hochkönig war sehr erfreut sie zu sehen. Draußen liefen aufgeregt die Hunde hin und her, und auch die Pferde schüttelten ihre Mähnen.

Schließlich war es soweit. Alle saßen auf ihren Rössern und galoppierten aus der Burg.

Es war kein leichtes Vorwärtskommen im Wald. Der Regen hatte die Wege aufgeweicht und manches Bächlein führte jetzt so viel Wasser, daß man sie nicht ohne weiteres durchschreiten konnte.

Bald hatten die Hunde die Spur eines Rudels aufgetan und den Leithirsch von dem Rudel getrennt. Laut bellend trieben sie das Tier vor sich her.

Immer wieder verschwand das Tier im Dickicht. Doch auch die Kräfte dieses mächtigen Tieres gingen einmal zur Neige. Schließlich trieben die Treiber das Tier in einen Fluß und brachten es mit ihren Speeren zu Fall.

Wieder suchte man die Spur des Rudels. Schwarzwild wollte man heute nicht jagen. Verletzte Keiler waren unberechenbar und mochten die Damen der Gesellschaft oder vielleicht sogar den Hochkönig selbst verletzen.

Eala hatte die ganze Zeit gut mit der Meute mitgehalten. Es tat ihr leid, daß die Menschen Tiere töten mußten, um zu leben.

Sie selbst aß kaum Fleisch. Es berauschte ihre Sinne dermaßen, daß sie nicht mehr richtig denken konnte. Ihr Geist wurde schwerfällig davon.

Bald hatten sie einige Tiere erlegt, aber Eala war bei der Jagd noch auf etwas anderes gestoßen. An einer erdigen Stelle im Waldboden war sie fündig geworden.

Sie hatte ihren Fund in einem Sack gesteckt und sich wieder den Reitern der Jagd angeschlossen, ohne daß überhaupt auffiel, daß sie abwesend gewesen war.

Am Nachmittag kehrte die Jagdgesellschaft zurück.

Nachdem sich Eala gewaschen und umgezogen hatte, machte sie sich mit ihrem Sack auf in die Küche. Dort zog sie ihrer Beute das Fell vom Leib, würzte sie, briet sie an und ließ sie über einem kleinen Feuer gar kochen. Dies würde ein besonderer Braten werden, sogar Sahne hatte sie beigefügt, um den strengen Geschmack etwas zu mildern.

Die Küchenhilfen waren erstaunt wie gut sie sich in einer Küche auskannte und ließen sie gewähren.

Aus trockenem Brot, Milch, Eier und Salz formte sie einen Teig, den sie in einem Handtuch an einem Kochlöffel in einen Kessel mit sprudelndem Wasser hängte.

Dann ging sie in ihre Kammer und zog ihr blaues Gewand an.

Auf dem Weg zur Halle schaute sie noch einmal in der Küche nach dem Rechten und machte sich dann auf zum Platz an Tuans Seite, wo sie das Essen einnehmen wollte.

Die Mägde hatte sie gebeten, dem König zuerst von ihrer Speise zu geben und dann die übrigen Leckereien auf den Tisch zu bringen.

Als sich die Halle gefüllt hatte, stand die Schattenbringerin auf und ergriff das Wort.

"Großer König und Königin, der ganze Hof sei mir gegrüßt. Nach einer langen Reise bin ich hier aufgenommen worden wie eine zweite Tochter. Nun möchte ich mich wenigstens bei unserem Hochkönig auf meine Weise erkenntlich zeigen."

Zweimal klatschte die Schattenbringerin in ihre Hände.

Da kam auch schon eine der Mägde und brachte dem Hochkönig auf einer Holztafel den Braten mit der Soße und dem Knödel.

Eala fuhr fort zu sprechen.

"Ein wundervolles Tier hat sich von mir erlegen lassen, das wert ist, nur von euch verspeist zu werden. So laßt es euch schmecken."

Der Duft des Essens stieg Broc so in die Nase, daß ihm das Wasser im Munde zusammenlief.

Freundlich dankte er der Schattenbringerin.

So, eßt, dies ist eine Überraschung, die erst nach dem Festmahl verraten wird."

Damit mußte Broc sich zufrieden geben. Gierig stopfte er das Fleisch in sich, tunkte den Kloß in die Soße und endete erst als nichts mehr auf der Platte zu sehen war, außer Soßenresten.

Auch der Hof ließ sich das nun aufgetragene Festmahl schmecken.

Musiker spielten auf und schöne Mädchen tanzten durch die Bankreihen. Einige sangen Lieder von Liebe und Glück.

Doch schließlich hatte auch dieses Mahl ein Ende.

Gerade als die Magd die Platte des Königs forttrug, erinnerte er sich an die unbeantwortete Frage und stellte sie.

"Sag nun, schöne Eala, welches herrliche Tier habt ihr gefangen und für mich auf so köstliche Weise zubereitet?"

Unschuldig blickend antwortete die Schattenbringerin.

"Einen Dachs, Broc, einen Dachs. Hat er euch denn auch wirklich geschmeckt?"

Totenstille herrschte im Saal.

3.

Kapitel

Der Weg

mıann caróg: ſuıl
mıann síol éaBha: gaol
mıann anama: aıs

(Der Wunsch der Krähe: Blut
Der Wunsch der Menschen: Liebe
Der Wunsch der Seele: Weisheit)

"Armer Mensch, was hat man dir getan?"
Usires antwortete ihr:
"Nichts, wofür der arme Mensch
nicht geboren wäre."

Tad Willians, Der Drachenbeinthron

Werte Leserin, werter Leser!

Wie weit sind wir jetzt schon zusammen gegangen in Schatten und Licht, in Silberwelten. Einmal tanzten wir zu der Bäume Rauschen, dann wieder waren wir Staunen und Lauschen. Soviel haben unsere Augen geschaut, so sehr hat sich unser Herz geweitet und doch führt uns der Weg immer weiter voran.

Wie Solasard haben wir unsere Augen zum Sehen geöffnet und erfahren, daß die Dinge nicht immer sind wie sie uns erscheinen. Amhrán hat uns erzählt, daß alles schön ist, was wir mit Liebe betrachten. Manchmal aber sind wir blind und erkennen die Geschenke des Schicksals nicht, weil unser Blick verstellt ist von Erwartung, Hoffnung und Furcht.

Manchmal sind wir zu hastig und unachtsam, dann wieder verpassen wir die schönsten Sternschnuppen, weil wir zu sehr auf der Erde verhaftet sind.

Dabei könnte alles so einfach sein, loslassen und vertrauen.

Sein, Geschenk sein für andere und sich, sich hingeben, leben und erleben. Diese Welt ist so ein großes Geschenk mit allen Wesen darin, jeder einzelnen Seele, jede eine Welt, die Welten in sich birgt, jede eine kostbare Gabe, die andere vervollständigt, heilt und salbt.

Darin Beltainè, eine kleine Welt, die so viele Herzen miteinander verbindet, die Menschen, Seelen eine Tür ist, zueinander, zu einem Blick, einem Wort, einem Austausch – der Weg zur Einen Welt.

Das Alte Wort sagt: Die Gabe ist ein Segen für den Gebenden und wenn einer kein Lächeln hat, so schenk' ihm deines. So segnest du die Welt, den Anderen und dich. Wo auch immer dich Erius Pfade hinführen, welches Abenteuer dich auch erwarten mag, es ist ein Geschenk, wenn du dich entscheidest, es so zu sehen.

Du bist der Schöpfer deiner eigenen Wirklichkeit. Wer vermag zu sagen, was Traum ist und was nicht? Wo beginnt Beltainé, wohin führen seine Wege in deinem Leben? Wie könnte es jemals enden? Denn es ist Teil von dir, wächst mit dir zusammen und erschafft so eine neue Einheit und so wieder eine Neue Eine Welt.

Laß los, lehn' dich zurück und entspann' dich, alles, was du brauchst, findest du in dir. Alles, was du bist, spiegelt sich im Herzen deines Gegenübers, reich ihm die Hand, nur einen kleinen Augenblick und Ihr werdet eins sein.

Du bist der Frieden, den du in die Welt bringst, auf welchen Pfaden du auch immer wandelst. Alle Wege sind eins auf dem Goldenen Pfad der Wahrhaftigkeit. Wer du auch sein magst, du bist richtig und wichtig und gut genug. Gemeinsam können wir alle Abenteuer bestehen, denn alles, was wir brauchen ist in uns.

Komm mit und spring in den Kreis, du warst schon immer Teil davon!

· chrismegan ·

schicksalsmahl

Ein weicher, warmer Wind zog über Tir Tairngire, das Land der Verheißung, und säuselte ein Lied zwischen den Blättern der ewig blühenden Apfelbäume. Gerade legte sich die Sonne nieder, um ihrer silbernen Schwester den Himmel zu überlassen. Leise Wellen schlugen an den Strand, wo ein großes Gebäude auf den vorgelagerten Klippen stand. Weit leuchtete seine goldene Kuppel ins Land.

Mächtige weiße und schwarze Säulen verbanden dieses Himmelsdach mit der Erde und gewährten einen Blick über das endlose Meer der Zeit, das alle Welten verbindet.

Auf dem grauen Schieferboden stand ein großer Holztisch.

Berge von dampfendem Fleisch türmten sich darauf, Schüsseln mit zartestem und feinstem Gemüse standen dabei. Frisch gebackenes kerniges Brot lag da und wartete darauf, gebrochen und verteilt zu werden. Kostbarste Kelche hofften auf den Kuß göttlicher Lippen.

Wieder einmal war es Manannán mac Lyr gelungen, eines seiner prächtigen Mahle auszurichten. Er war stolz, daß die Götter seine Insel für ihre Festmahle gewählt hatten. Vieles konnte er von ihnen lernen. Hier fanden seine Gäste die Ruhe, ihre Entscheidungen zu fällen über die Welten. Und es war nicht ihre Welt, die ihnen die größten Schwierigkeiten bereitete.

Es fiel ihnen nicht immer leicht, die Macht, die ihnen die Menschen in die Hände legten, im Sinne aller zu gebrauchen.

Die Andere Welt war ein Ort jenseits der Zeit. Was in der Menschenwelt lange anmutete, war hier ein Augenblick und was den Menschen so unscheinbar kurz vorkam, konnte die Ewigkeit eines Augenblicks der Freude sein. Hier hatten Weiß und Schwarz genug Platz sich auszubreiten, sich gegenseitig zu beschatten. Hier war alles in der Schwebe, nichts war festgelegt und wo nichts festgelegt war, gab es unbegrenzte Möglichkeiten für alles.

Aber was hielt er sich wieder mit diesen Gedanken auf. Es mußte noch Wein in die Gläser gefüllt werden. Selten nahm Manannán teil an dem Mahl der Götter. Schließlich hatte er noch andere Pflichten. Hinter ihm raschelte seidiger Stoff.

"Sei mir gegrüßt, Manannán. Eine herrliche Tafel hast du da gedeckt. Ich wundere mich, wie es dir jedesmal gelingt, diese herrlichen Speisen vor Dagda zu schützen."

Ein verschmitztes Lächeln glitt über die Wangen der schönen Morrhígan.

Schon hatte sie eine Traube von der Tafel genommen und die Krähe, die auf ihrer Schulter saß, damit gefüttert. Sie war fast so schlank wie die Säulen, die das Dach trugen.

Ihr schwarzes Kleid hob sich sehr von der weißen Säule ab, an der sie lehnte. Das schwarze Haar ließ sich vom Wind liebkosen. Das Herz der Schicksalsgöttin erfreute sich an ihrem Gestirn, dessen Licht ihren großen Mondstein bläulich schimmern ließ.

Gedankenversunken strich sie ihrer Krähe über den Rücken, als sie hinter sich ein schmatzendes Geräusch vernahm. Mit einem wissenden Lächeln drehte sie sich um.

"Nun, wenn das Essen erst einmal auf dem Tisch steht, kann unser Herr nicht weit sein. Sei mir gegrüßt, Ollathair, Allvater. Wie ich höre, hast du wieder großen Hunger mitgebracht. Aber nur wer viel nimmt, kann auch viel geben, nicht wahr?."

Der riesige, dicke Mann trug wie immer einen Bauernkittel, der gerade noch sein Hinterteil bedeckte. Er liebte Pflug und Schwert, doch die Saat des Lebens stand ihm näher als die des Todes.

"Ihr seid klug, edle Morrhígan, obgleich mir eure Zunge zu spitz ist."

Manannán machte sich auf den Weg zu seinem Wagen, der ihn schon seit Ewigkeiten über das Meer trug. Es war nun Zeit zu gehen. Sollten sich die Götter nur wieder in die Haare bekommen. Er hatte ein Herz für die Menschen und zu ihnen würde er sich nun aufmachen.

Eine weitere Frau trat unter das goldene Dach und ihr Haar hätte mit ihm im Wettstreit gestanden, wäre die Sonne nicht schon untergegangen. Ein weißes, wallendes Kleid verdeckte nur sehr leicht die mächtigen Brüste und das gebärfreudige Becken.

"Iß nur, Dagda, nicht jeder muß so gertenschlank aussehen wie unsere Morrhígan. Sieh mich an, bin ich nicht das blühende Leben? Wo ist Eriu? Es soll wichtige Neuigkeiten aus der Alten Welt geben, von denen ich noch nichts gehört habe. Jedenfalls klingt das, was ich gehört habe, sehr unglaubwürdig."

Dana, die Urmutter, nahm eines der Brote, brach es und gab die Hälfte Dagda, der es sogleich genüßlich verschlang. Die andere Hälfte teilte sie sich mit der Morrhígan. Schweigend lauschten sie dem Rauschen des Meeres. Der Sohn des Lyr hatte ein großes Feuer auf den Klippen entzündet, das hell leuchtete.

Gerade als sich Morrhígan einen Kelch des roten Weins nehmen wollte, fiel ihr Blick auf einen jungen Mann. Sie kannte ihn nur zu gut. Mydir und sie hatten schon so manches Schlachtfeld gemeinsam gesehen.

So wie sie den Toten Ruhm schenkte, vergab er ihn an die Lebenden. Sein goldenes Haar reichte bis zu den Schultern und umrahmte sein junges Gesicht.

Wie immer trug er über seiner Bracca und einem weißen Hemd einen purpurroten Mantel. Seinen grauen, strahlenden Augen entging nichts. Er wußte, daß er der beste Krieger der Anderen Welt war. Aber er wußte auch, daß in irgendeinem Schoß schon jetzt der Sohn heranwuchs, der seinen Vater einst bezwingen würde. Das war der Lauf aller Welten.

Freundlich nickte er ihr zu.

"Sei gesegnet, Schlachtenkrähe. In der Alten Welt wächst roter Mohn, der bald unter unserer Sichel fallen wird. Ich kann ihn fast schon greifen."

Gerade als ihm die Schicksalsgöttin antworten wollte, trat ein Paar in ihren Kreis.

Eriu, die Schöne, gewandet in ein samtenes grünes Kleid, strahlte freundlich aus ihren blauen Augen. Das Licht eines Himmelssterns fiel in die braunen Augen von Oenghus, dem Sohn des Dagda, der sein Heim auf Neafairm bei den Menschen aufgeschlagen hatte. Er war nicht nur ein Kind der Liebe, er war die Liebe selbst.

Schließlich brach Dagda das Schweigen.

"Nun, Morrhígan, wie soll es weitergehen in der Alten Welt? Ich sehe das Netz, das du knüpfst, aber ich weiß nicht, ob die Menschen deinen Wegen so einfach folgen werden, wie du glaubst! Und was ist mit Misnéachard?"

Die Angesprochene wandte ihren Blick vom Meer ab, um zu antworten.

"Nie gab es eine bessere Zeit, um wieder eine Brücke zwischen den Welten zu schlagen. Hier Misnéachard und dort Solasard, zwei starke, junge Männer, die ihren Weg gehen werden."

Oenghus unterbrach sie sanft.

"Aber welchen Preis müssen sie dafür bezahlen? Amhrán liebt zwei Männer. Solasard liebt Amhrán und Misnéachard bricht es das Herz dabei. Daraus wird nichts Gutes entstehen."

Die Morrhígan fletschte leicht die Zähne.

"Wenn der Wind des Schicksals weht, bleibt kein Blatt verschont. Es ist doch auch euer Wunsch, unsere Welten wieder zu vereinigen, um zurückzukehren. Solasard und Amhrán werden über ein neues Land herrschen. Misnéachard läuft sehenden Auges in dieses Messer und auch er wird erhalten, was er verdient."

Die große Mutter Dana ergriff nun das Wort.

"Dankbar bin ich, daß ich nicht deine Härte besitze. Wie ein Diamant das Glas schneidet, so trennst du ein Herz entzwei. Wir wissen alle, daß es nicht das ist, was der Elbenprinz verdient hat.

Deshalb möchte ich euch um eines bitten. Es mag sein, daß er sich erinnert, wer er ist. Als Féin aon, der Einzige, kann er, wenn er es will, ein Versprechen von uns fordern. Wir sollten ihm den Wunsch gewähren, was es auch immer sei."

Die Morrhígan schüttelte sich die Krähe von der Schulter und blickte tief in die Augen der Großen Mutter.

"Du redest aber doch nicht von einem Comhaontas, einem Bund mit den Göttern. Ich hoffe, du hast nicht vergessen, daß bei diesem Bündnis immer etwas gegeben werden muß, von beiden Seiten. Was werden wir als denn von ihm fordern, wenn er sich wirklich entscheiden sollte diesen Weg zu gehen? Was?"

Demne

Freundlich führte der alte Mann die Gemeinschaft an sein Feuer.

Erstaunt fragte Solasard:

"Ich mag mich täuschen, aber kann es sein, daß ihr auf uns gewartet habt?"

Die grau-blauen Augen des Greisen trafen lächelnd auf die Falkenaugen des Schwertsuchers.

"In der Tat findet ihr mich bestens vorbereitet auf eure Ankunft. Ein Waldkind flüsterte mir zu, daß ihr mich sucht und so wollte ich euch das Finden etwas erleichtern und bin euch entgegengezogen. Ich habe sogar etwas Hafer für eure Pferde. Doch laßt euch endlich am Feuer nieder und eßt."

Solasard nahm die Satteldecke von seinem Pferd und legte sie auf einen Stein, der vor dem Feuer lag. Ein seltsamer alter Mann war das. Er ließ ihn kaum aus den Augen und obwohl er ihn noch nie gesehen hatte, fühlte er, daß ihn dieser Mann mit seinem Vater verband. Der Schwertsucher fragte sich, wie ein so alter Mann noch so rüstig sein konnte. Ob da irgend etwas nicht mit rechten Dingen zuging? Aber vielleicht mußte man nicht bei jedem Menschen versuchen, ihn unbedingt ergründen zu wollen.

Bald hatten auch die anderen ihre Pferde versorgt und sich an das Feuer gesetzt.

Neamhní musterte Solasard so genau, daß es ihm schon fast peinlich war.

"Wahrlich, du bist der Sohn deines Vaters. Die gleichen Augen, die gleiche Nase, die gleichen Lippen, das gleiche Kinn. Und nicht nur im Aussehen seid ihr euch ähnlich. Wie ich hörte, hast du das gleiche Schicksal in deiner Jugend erfahren wie er. Oh ja, so jung bist du. Niemals hätte ich geglaubt, dich einmal von Angesicht zu Angesicht sehen zu dürfen. Aber wie sagt das Alte Wort: Verurteile keinen Menschen und halte kein Ding für unmöglich. Denn es gibt keinen Menschen, und es gibt kein Ding, das nicht seine Stunde bekäme. Und so ist es, denn auch deine Stunde rückt immer weiter vor, Großes Licht."

Mit gesenktem Blick erwartete die Gemeinschaft die Worte ihres Anführers.

"Ich weiß nicht, welche Rolle ihr in diesem Spiel spielen sollt, außer daß ihr die Geschichte meines Vaters und vielleicht auch den Ort, wo das Schwert aufbewahrt wird, kennt. Ihr seid ein alter Mann und ungern würde ich euch bitten, mich auf meiner Reise zu begleiten. Dies ist nicht mehr die Welt des alten Fionn und unbedeutend bin ich für sie.

Ich will für meinen Teil nur dieses Schwert finden und dann heimkehren. Wollt ihr mir dabei helfen?"

Der Greis warf einen Blick in die Runde, ließ ihn kurz auf Lyr ruhen und tauchte dann ein in das Blau von Solasards Augen.

"Alt bin ich, aber so ist es nun einmal auf der Welt. Lang leben will jeder, nur alt werden will kein Mensch. Und du hast auch recht, wenn du sagst, daß dies nicht mehr die Welt des alten Fionn ist. Aber trotzdem ist es immer noch dieselbe. Für den einen ist dieselbe Welt das Verderben und für den anderen die Insel der Verheißung. Denn es liegt nur daran, was die Menschen sehen wollen, junger Freund.

Doch Unrecht hast du, wenn du sagst, du seist unbedeutend. Vielleicht magst du es für dich sein, aber bedenke auch, daß es immer die einfachen und unbedeutenden Menschen sind, die die bedeutenden Dinge tun. Viele kleine Leute an vielen kleinen Orten tun viele kleine Dinge, aber das Antlitz der Erde verändert sich dadurch doch. Und das ist gut so. Schlimm ergeht es nur den Großen, die diese Kleinen verachten. Dein Vater, der ein weiser Lehrmeister für mich war, hat immer gesagt: Vergiß nie, daß jede Handlung Früchte trägt. Bedenke, was du tust. Kein Sandkorn dieser Welt ist unbedeutend.

Aber wie kann ich dir helfen? Was kann ich für dich tun?"

Der Schwertsucher räusperte sich.

"Nun, niemand kannte meinen Vater besser als du. Wenn du weißt, wo er das Schwert hingebracht hat, brauchst du es mir nur zu sagen. Laß uns die Weisheit deines Alters mit der Tatkraft meiner Jugend verbinden. Bestimmt bin nicht ich es, der Hochkönig werden soll."

Neamhní rieb seine Hände an dem Feuer.

"Binde zwei Vögel zusammen, sie werden nicht fliegen können, obwohl sie jetzt vier Flügel haben. Nein, Solasard für dich gibt es nur einen Weg, den du gehen kannst.

Ich weiß, wo das Schwert ist, denn ich war dabei, als er es in den Grund des Sees rammte. Du bist hier, damit ich die Schuld, die ich gegenüber deinem Vater habe, abtragen kann. Ich werde dir helfen, aber auf meine Weise."

Solasard verstand nicht.

"Was soll das heißen? Warum sagt ihr mir denn nicht einfach, wo ich das Schwert finden kann?"

Der Greis schüttelte den Kopf.

"Nun gut, du willst es so haben. Das Blaue Schwert der Wahrheit ist an einem einzigen Ort und doch an vielen.

Doch du findest es nur in dir selbst. Wo du auch suchen magst, du findest es nur, wenn du dich auf den Weg zu dir selbst begibst, Solasard. Ich kann dir ein Stock sein auf diesem Weg, wenn du es willst."

Solasard verstand nichts mehr.

"Was heißt der Weg zu mir selbst?"

Der Knappe seines Vaters blickte starr in die Flammen.

“Nur wer sich seiner selbst bewußt ist, kann das Schwert finden. Wissen, Fühlen und Tun sind das Selbst des Menschen. Was wissen? Die einzige Wahrheit! Was fühlen? Die Schönheit, die in allem liegt! Was tun? Das Gute! Aber Gutes tun erfordert das Wissen um das Richtige. Dies ist der ewige Drache, der sich selbst in den Schwanz beißt, mein Sohn. Wenn du das gelernt hast, wirst du auch begreifen, daß niemand anderes dieses Schwert in den Händen halten kann als der Hochkönig und das bist du. Wirst du als denn meinen Weg gehen?”

Der Sohn Fionn mac Cumhails antwortete verbittert:

“Ein übles Spiel spielst du mit mir, alter Mann! Habe ich denn eine Wahl?”

Der Greis antwortete:

“Natürlich, du hast immer eine Wahl. Du allein entscheidest, wie lang dein Weg und wo das Ziel ist.”

Solasard fuhr mit der Hand durch sein Haar und rieb sich nachdenklich das Kinn. Welche Wahl es auch noch geben mochte, er sah sie nicht.

Dieser Greis hielt die Lösung des Rätsels in seinen vom Leben gegerbten Händen. Er mußte sich auf ihn einlassen, sonst würde er vielleicht sein ganzes Leben mit der Suche nach dem Schwert zubringen. Was auch immer der Weg des Alten war, es gab nur eine Möglichkeit es herauszufinden.

“Nun gut, Neamhní, wir werden deinem Weg folgen. Ich hoffe, daß wenigstens du weißt, was du tust und ich hoffe, daß du weißt, wie teuer dich ein Fehler zu stehen kommt.”

Der Greis lächelte gutmütig.

“Niemand, kein Mensch ist fehlerfrei. Sonst würde es uns nicht eine so ungeheure Freude machen, Fehler an anderen festzustellen. So soll es sein. Ich lege mein Schicksal in deine Hände und du das deine in die meinen. Wir werden sehen, was wir daraus erlangen. Laßt uns nun ruhen, ihr seid erschöpft und außer uns scheinen alle schon vor langer Zeit eingenickt zu sein.

Solasard, ich liebte deinen Vater fast mehr als mich selbst. Es ist nur recht, wenn du seine Nachfolge antrittst und ich dich alles lehre, was er mir beibrachte. Ich würde nie etwas tun, was dir schaden könnte.”

Solasard zog es vor zu schweigen. Er ging hinter das Wetterhäuschen, um Holz für das Feuer zu holen. Dann wickelte er sich fest in seine Satteldecke und beneidete seine Gefährten um ihren Schlaf.

Ein seltsamer alter Mann war das. Solasard mußte das Bild, das er sich von Neamhní in seinem Kopf gemacht hatte, ganz schnell verwerfen. Da war nichts von einem einfachen Mann, der seinem Vater treu und ergeben gedient hatte. Erst jetzt begriff er, daß die beiden mehr als nur bloße Freunde gewesen sein mußten. Neamhní war der Vertraute seines Vaters gewesen.

Zorn über sich selbst stieg in ihm hoch, über seinen Hochmut, die Gestalt Fionn mac Cumhails so aus seinem Leben ausgegrenzt zu haben. Sicherlich hatte er nicht wissen können, daß er sein Vater war. Aber dadurch, daß er es sich verboten hatte, sich mit diesem Menschen und seiner Geschichte auseinanderzusetzen, hatte er es auch zunichte gemacht, ein Band zwischen sich und diesem Mann herzustellen.

Und jetzt war seine ganze Zukunft von der Vergangenheit seines Vaters abhängig. Er hatte keine andere Wahl, als Neamhní zu vertrauen. Wohin sein Weg auch immer führen mochte.

Dann schlief auch Solasard ein.

Neamhní war gerade dabei Holz aufzulegen, als Solasard erwachte. Der Schwertsucher rieb sich den Schlaf aus den Augen. Es mochte kurz vor Tagesanbruch sein.

Neamhní half dem Mann auf. Noch immer schliefen die Gefährten Solasards. Eng zog der Schwertsucher seinen Mantel um sich und vertrat sich ein wenig die Beine. Einen Augenblick blieb er bei Macha stehen, lehnte seinen Kopf an ihren Hals, tätschelte sie leicht und ging zum Feuer zurück.

"Wohin wirst du uns führen, Neamhní? Kannst du es mir nicht doch sagen?"

Der Greis zwirbelte seinen weißen Bart.

"Es reicht dir wohl nicht, daß ich es weiß. So ist die Jugend, immer braucht ihr ein Ziel. Es genügt euch nicht, nur dem Weg zu folgen, der vor euren Füßen verläuft. Nun gut, du brauchst ein Ziel. Ich werde dir unser Ziel nennen. Wenn die Götter uns gnädig gestimmt sind, wird deine Suche in Uisneach enden."

Solasard schaute erstaunt auf.

"Uisneach! Das ist doch noch nicht einmal sechzig Meilen von hier entfernt. Bis dahin wirst du uns nicht begleiten müssen. Diesen Ort finden wir auch alleine, Neamhní."

Da öffnete Lyr seine Augen und sagte:

"Natürlich kannst du auch alleine nach Uisneach gehen, aber so wirst du das Schwert nicht finden, Solasard. Vertraue Neamhní. Es ist der Weg, der für dich bestimmt ist. Vieles kannst du von deinem Vater lernen, aber dazu mußt du Neamhní zuhören. Ohne ihn wirst du das Schwert nicht finden.

Laß uns die anderen wecken. Sechzig Meilen sind kein langer Weg und doch will jede Meile gegangen sein."

Der Hochelb faßte sein dunkelblondes Haar zu einem Zopf zusammen. Dann stand er auf, holte den Wasserbeutel aus seiner Satteltasche und machte sich frisch.

Auch Draighean und Goworr waren schnell geweckt. Nur Athraigh stellte wie so oft die Geduld des Schwertsuchers auf die Probe. Nur murrend war er dazu zu bewegen, aufzustehen und sich fertig zu machen.

Schließlich saßen alle reisefertig um das Feuer.

Goworr hatte noch einige Scheiben des Hartbrotes aus seiner Reisetasche gezaubert und spendete auch die köstliche Marmelade dazu.

Mit vollem Munde fragte er:

"Und wohin nun? Und brauchen wir immer noch Pferde, die uns tragen?"

Alle Blicke richteten sich auf Solasard, von dem Schwertsucher zu Neamhní und von dem Greis zurück zu ihrem Anführer.

Neamhní würde nicht das Wort vor ihm ergreifen. Das war seine Art, Achtung zu zeigen. So antwortete Solasard:

"Wir ziehen nach Uisneach, einem Hügel, ungefähr sechzig Meilen von hier. Neamhní kennt den Weg und wird uns führen. Ich denke, wir sollten vorerst nicht auf die Pferde verzichten, zumal sie eine Deckung für Macha sind."

Die Stute schnaubte und schüttelte ihre Mähne.

Draighean räusperte sich.

"Wir werden noch tiefer in den Wald vordringen müssen. Ich halte es für besser so schnell wie möglich von der Breite Straße zu verschwinden. Cluanaires Männer sind überall hier, und wer weiß, was uns noch so auf den Fersen folgt. Wie seht ihr das, Neamhní?"

Der alte Mann war froh, endlich sprechen zu können. Auch seine Höflichkeit hatte Grenzen. Mittlerweile hatte er sein feines, weißes Haar zu zwei Zöpfen geflochten, die sein Gesicht einrahmten.

"Da habt ihr recht, edler Draighean. Schon einiges habe ich von euch gehört, so auch, daß ihr euch auch hervorragend in diesem Wald auskennt. Nun, die Richtung ist bekannt."

Athraigh warf einen mißtrauischen Blick auf den alten Mann und lüftete kurz sein Hemd, um ihm den Gürtel zu zeigen, an dem seine scharfen Messer hingen. Neamhní lächelte milde und wissend.

Solasard erhob sich.

"Dann laßt uns aufbrechen, Athraigh. Ich reite bei dir mit und Neamhní mag auf meiner Stute reiten. Ist das deine ganze Habe?"

Der alte Mann trug einen grauen Kapuzenmantel über seiner gleichfarbigen Bracca und einem Winterhemd. Seine Stiefel waren nur noch Flickwerk, das immer wieder ausgebessert worden war.

In der linken Hand hielt er einen einfachen Holzstab, der so lang wie er selbst sein mochte. In seiner rechten hielt er ein Bündel, das mit Lederriemen verziert war.

"Nun, Solasard, das Wichtigste, meinen Verstand, trage ich immer bei mir und bis auf den kann man mir ruhig alles nehmen. Reite ruhig, bald wird der Weg, dem ihr folgt, so hinderlich sein, daß ich euch zu Fuß schnell wieder eingeholt habe."

Der Schwertsucher strich sich eine Strähne seines blonden Haares aus dem Gesicht.

"Wenn dies sowieso der Fall ist, können wir auch jetzt schon zu Fuß gehen. Unsere Pferde werden es uns später danken, wenn wir sie jetzt schonen. Dann geht voraus, ehrwürdiger Neamhní."

Der alte Mann führte sie langsam von dem Wetterhäuschen fort. Den ganzen Morgen über kamen sie gut vorwärts. Doch plötzlich endete der Weg, dem sie bis dahin gefolgt waren, und verengte sich zu einem kleinen Pfad.

Mühsam zogen sie dahin. Immer wieder stolperte eines der Pferde über die Wurzel eines Baumes.

Jeder war damit beschäftigt, Äste zur Seite zu halten oder aus dem Weg zu räumen. Schon lange war niemand mehr diesen Weg gegangen und doch mußte es einst andere gegeben haben. Immer wieder fanden sie zerfallene Holzhütten, die auf einstigen Gebrauch schließen ließen.

Neamhní führte sie wie ein grauer Geist, der aus der Anderen Welt zurückgekehrt war. Seine Schritte machten nicht das geringste Geräusch, während die Äste auf dem Boden bei jedem anderen knackten.

Das Licht im Wald wurde immer spärlicher zum Nachmittag hin.

Gerade als sich Solasard fragte, wo sie wohl die Nacht verbringen würden, blieb der Greis mit einem Male stehen. Fast wäre der Schwertsucher auf ihn aufgelaufen.

Der alte Mann drehte sich zu ihm um.

"Wir können hier nicht lagern. Aber ich werde euch Fackeln geben, die den Weg erhellen und uns zu einer Lagerstelle, eine Meile von hier entfernt, führen. Wir bewegen uns jetzt immer mehr auf das Herz des Waldes zu, einen Ort, der, bis auf wenigen, den Menschen verboten ist. Das ist das Reich Sheela-na-Gigs, der Hüterin des Waldes der Erkenntnis. Der Hochkönig muß den Weg nach Uisneach hier beschreiten. Wir werden sehen, wie man uns am Nebelsee willkommen heißt."

Neamhní holte zwei Feuersteine und sechs Fackeln aus seinem Bündel und entzündete sie, bevor er sie weitergab.

Bald senkte sich Dunkelheit über den Wald.

Hie und da knackte es im Unterholz und Käuzchen erzählten sich Geschichten über die Wanderer. Bäume wurden zu Schatten und Schatten zu Bäumen.

Neamhní führte sie, auf seinen Stab gestützt, durch die Finsternis, schweigsam, gleich einer Laterne in der Nacht.

Goworr lief es schaudernd über den Rücken. Wälder, wären sie doch alle aus Stein. Aber das hier war das wilde Leben. Jeder Schritt war ein Schritt ins Ungewisse. Er war so unsäglich froh, daß Macha auf starken Hufen hinter ihm herschritt. Sie würde ihn vor allem retten.

Dieses Schweigen die ganze Zeit machte ihn bald verrückt.

Nun denn, da gab es wohl nur eins. Mit lauter Stimme hob er an zu singen:

"Und sind die Äste noch so dick, stets gibt´s die Axt, die sie schnell kappt, ich bind zusammen sie mit Strick, daß sich ein Feuer fett dran labt.

Ja, Wurzelholz das lieb ich sehr, ich hack es ab und ...."

Plötzlich stolperte der Zwerg und fiel fast zwischen die Füße seines Pferdes.

Neamhní hielt an und drehte sich zu ihm um.

"Du findest keinen Wald auf Eriu, der lebendiger ist als dieser, selbst jetzt im Winter. Wähle deine Worte weise oder schweig.

Du bist hier nur geduldet, weil du zum Gefolge des zukünftigen Hochkönigs gehörst. Wenn du überhaupt geduldet sein wirst.

Laß uns jetzt weitergehen und halte still, törichter Zwerg.

Ein Wanderer, der in der Dunkelheit singt, verleugnet seine Angst, aber er sieht darum keinen Deut heller."

Dann setzte er seinen Weg fort.

Solasard war froh, daß nicht er seine Gemeinschaft führen mußte. Seine Augen schweiften umher wie die eines Raubtiers auf der Jagd. Seine Ohren lauschten in die Finsternis und feinste Geräusche fanden ihren Weg zu seinem Ohr.

Er war so abgelenkt vom Wahrnehmen dieses Ortes, daß er sie bestimmt in die Irre geleitet hätte. Seltsamerweise kam es ihm nicht vor, als sei er ein Teil dieses Waldes, sondern als sei diese Wildnis ein Teil von ihm. Im Gegensatz zu Goworr hatte er keine Angst. Gerade folgte er Neamhní. Nicht eine Wurzel hinderte ihn, kein Ast streifte ihn. Jetzt wußte auch er es, dies war sein Weg. Er gehörte hierher und wohin er auch immer gehen würde, jetzt in diesem Augenblick war dieser Wald in ihm.

Der Pfad wurde immer breiter. Bald konnten sie zu zweit nebeneinander gehen, schließlich zu dritt.

Neamhní schien sie in ein Tal zu führen und dann sahen sie ihn.

Fahles Mondlicht tanzte im Nebel auf dem See. Seltsame Gestalten erwuchsen daraus und verschmolzen wieder mit dem Nebel. Plötzlich versperrte ihnen etwas den Weg.

Eine sanfte Frauenstimme fragte:

"Wen führst du hierher an diesen heiligen Ort, Wanderer? Und auch du solltest diesen Weg nur einmal gehen. Warum bist du hierher zurückgekehrt?

Neamhní antwortete ruhig:

"Ich bringe den zukünftigen Hochkönig Erius, um ihn zum Schwert zu begleiten. Unwürdige sind wir und doch würdig genug ihn zu geleiten.

Du magst in unsere Seele sehen, findest du auch nur in einem von uns etwas Unehrenhaftes, magst du mit uns verfahren, wie es dir beliebt."

Endlich trat die Gestalt aus dem Schatten der Nacht in das Licht der Fackeln.

Allen stockte der Atem.

Eine junge Frau stand ihnen da gegenüber. Langes blondes Haar wallte bis zu ihren Hüften. Grüne Augen strahlten.

Niemals hatten sie solche Makellosigkeit gesehen.

Wortlos ging sie von einem zum anderen. Jedem schien es, als halte ihr Blick sie ewig fest und nichts konnte ihr verborgen bleiben.

Jedes Geheimnis wurde jetzt offenbar. Kaum merklich verweilte ihr Blick länger auf Athraigh. Dann drehte sie sich wortlos um und ging hinunter zum See.

Danach verschwand die Frau geräuschlos im Nebel.

"Wer war das?", fragte Solasard.

Neamhní antwortete:

"Die Hüterin des Waldes. Sie wird niemanden in ihr Reich lassen, der etwas Schlechtes mit hineinbringt. Aber da haben wir ja nichts zu befürchten, oder? Nun laßt uns hier lagern. Auch wenn unsere Fackeln nicht mehr hell leuchten, zum Holz sammeln wird es wohl reichen. Ein Feuer heute nacht wird uns allen guttun, aber sammelt nur loses Holz, brecht kein Holz von den schlafenden Bäumen. Und du, Zwerg, laß deine Axt da wo sie ist."

Nach einiger Zeit hatten sie genug Holz gesammelt und ein Feuer entfacht.

Die Pferde standen am See und tranken. Niemand hatte Hunger nach dem Schrecken. Jeder wollte so schnell wie möglich in das Land der Träume entfliehen und so saßen wieder nur Neamhní und Solasard wach nebeneinander.

Solasard brach als erster die Stille.

"Was meintest du damit, als du gestern zu mir sagtest, ich hätte das gleiche Schicksal in meiner Jugend wie mein Vater?"

Der Greis rieb sich die von Altersflecken gezeichneten Hände am Feuer.

"Du scheinst wirklich nichts über deinen Vater zu wissen. Nun gut, wenn du es willst, werde ich dir ein wenig aus seiner Jugend erzählen. Oder besser, wie es kam, daß er so leben mußte wie du jetzt.

Möchtest du, daß ich dir das erzähle?"

Solasard nickte und starrte auf den Nebel am See.

Der Greis atmete einmal tief ein und aus und begann leise und langsam zu sprechen. Selbst der Wald lauschte.

"Dein Vater verdankt seinen Namen seinem Großvater Cumhail. Einige Leute glaubten, daß Cumhail "Sklave" bedeutet. Aber was es auch immer bedeutet haben mag, dein Großvater war kein Sklave. Als er deine Großmutter kennenlernte, war er ein junger Krieger, der in den Diensten des Hochkönigs Conn der hundert Schlachten stand.

Er war ein guter Kämpfer und alles hätte anders enden können. Doch dann verliebte sich dein Großvater.

Muirna war der Name des Mädchens und die Götter hatten sie gleichermaßen mit Klugheit und Schönheit gesegnet.

Denn schon damals erkannte sie in der Knospe die Blüte, die sich einst öffnen würde, damit der Samen zur Erde fallen könne, um eine mächtige Eiche zu werden.

So verliebte auch sie sich in den jungen Helden. Eine glückliche Zeit verlebten sie auf Almhuin, wo sie mit ihrer Familie lebte und wo Cumhail bereits Hauptmann der Fianna war.

Dann erfuhr der Vater Muirnas von der Liebschaft seiner Tochter. Tagd, der damalige Hochdruide hatte sich für die Zukunft seiner Tochter und auch für seine eigene etwas anderes vorgestellt, als sie an diesen Habenichts zu verlieren.

Deshalb brachte Tagd den Fall vor den Hochkönig. Conn verkündete zwar, daß Cumhail die Finger von dem Mädchen lassen sollte, dies hatte allerdings nur zur Folge, daß das Pärchen zusammen davonlief.

In seiner Ehre tief verletzt stachelte Tagd immer wieder den Hochkönig an, dieser Schmach die Genugtuung folgen zu lassen. So sehr war sein Herz vor Rache verfinstert, daß ihm jedes Mittel recht war, die scheinbar verlorene Ehre seiner Tochter wieder herzustellen. Nur auf diese Weise konnte sie noch seinen Plänen nutzen. Schließlich kam es zur Schlacht.

Cumhail und sein Clan, die Basna, standen der gesamten Streitmacht des Hochkönigs unter dem Befehl ihres Erzfeindes Goll mac Morna gegenüber!

Solasard unterbrach Neamhní und sagte leise wie zu sich selbst:

"Die Mornas. Diesen Namen habe ich früher oft gehört. Immer wenn ich wieder ein Heim verlassen mußte, hörte ich diesen Namen. Wer sind sie, die Mornas? Ich hatte sie fast vergessen, aber es gibt Erinnerungen, die man nie vergißt."

Der alte Mann antwortete ihm:

"Die Mornas, Todesboten der Morrhígan, wie hungrige Geister suchten sie deinen Vater heim. Sie töteten nicht nur deinen Großvater, sondern auch Liath Luachra, eine von Fionns Ammen, ja sie meuchelten sogar eine seiner Frauen. Zu oft saßen sie wie die Schlachtenkrähe Bodbh auf seinen Schultern."

Da räusperte sich Athraigh und sagte:

"Und die Mornas? Starb keinen unter ihnen von der Klinge eines Basnas? Es ist müßig über solche Dinge zu sprechen. Es ist lange her."

Neamhní schüttelte den Kopf.

"Willst du uns vielleicht davon erzählen, Sohn des Fahrenden Volkes? Mir ist es, als sei es gestern gewesen, daß mein Herr seine Wangen zeichnete mit Asche und laut das Lied der Todesklage sang. Schweig davon, wenn das alles ist, was du sagen willst und laß mich fortfahren."

Betreten sah der junge Mann auf.

Solasard wunderte sich über diesen Angriff Neamhnís, sagte aber nichts.

So fuhr der Greis fort zu erzählen:

"Nun standen sie sich als denn gegenüber. An Sieg war hier nicht zu denken. Die einzige Möglichkeit, die sie hatten, war ihre Haut so teuer wie möglich zu verkaufen. Und das taten sie.

Goll, der im Kampf ein Auge verloren hatte, und der junge Cumhail, waren wie Besessene.

Dein Großvater kämpfte glorreich, doch er konnte das Unvermeidliche nicht abwenden. So fiel er durch die Hände Golls.

Nicht einmal Muirna konnte ahnen, daß Stunden vor der Schlacht der kostbare Samen in ihren fruchtbaren Schoß gefallen war und welche unglaubliche Frucht daraus erwachsen würde.

Durch die Niederlage veränderte sich das ganze Leben der jungen Frau. Ihr Vater verstieß sie aus der Familie, und Goll aus dem Clan der Mornas begnügte sich nicht nur damit, den Posten Cumhails bei den Fianna zu übernehmen. Nachdem er Cumhail getötet hatte, wollte er das gleiche Schicksal auch Muirna zuteil werden lassen. Vor allem seit er wußte, daß sie den Sohn seines Erzfeindes unter dem Herzen trug. Nur wenige aus dem Clan der Basna hatten die Schlacht überlebt. Bei einer dieser Familien konnte sie unterschlüpfen und einem gesunden Sohn das Leben schenken.

In ihn legte sie all ihre Hoffnung. Er war der Frühjahrshirsch, der den König des Waldes stürzen würde. So nannte sie ihn "Demne", kleiner Hirsch.

Laß mich dir morgen weiter davon erzählen. Du mußt nun auch ruhen, Solasard. Leg noch einen Scheit aufs Feuer. Selbst wenn wir hier nicht klar sehen können, so wollen wir doch die Unklarheiten scharf sehen.

Schlaf nun wohl."

Leise knisterte das Holz, während glühende Funken zum Himmel aufstoben.

Die schwarze Perle

Mächtig schritt der Schimmel aus. Schweiß troff von seinem Maul. Lasair war das ausdauerndste Tier im ganzen Sommerland und doch wurden seine Beine immer schwerer. Auch sein Herr war übermüdet von dem langen Ritt. Kaum konnte er sich noch auf dem Hengst halten. Er hatte es eilig. Die Zeit lief ihm davon.

Néart und Sáile waren spurlos aus dem Sommerland verschwunden. Sie konnten nur auf ihrem Weg in diese Welt sein. Dieses törichte Weib! War es ihr als denn doch gelungen, einen Weg zu finden, ihren wahnsinnigen Traum in die Tat umzusetzen. Misnéachard mußte herausfinden, wo sie sich aufhielten und was sie vorhatten. Die einzige, die noch besser wußte, was in der Alten Welt vonstatten ging als er, war seine Schwester Síochanta. Sie würde er um Rat fragen. Vielleicht konnte sie einiges in Erfahrung bringen, zum Beispiel wo sein Vater war. Der Prinz hatte versucht, ihn auf der Traumstraße zu erreichen. Oiche aber hatte einen Nebel um sich gelegt, der nichts und niemanden an ihn herankommen ließ.

Immer noch hatte Misnéachard Amhráns Bild nicht aus seinem Herzen verbannt. Wie sehr hatte ihn diese kurze Begegnung mit der Menschenfrau verändert. Als gäbe es schon seit ewigen Zeiten ein Band zwischen ihnen, das nun wieder ans Tageslicht gekommen war. Zu keiner Frau hatte er sich jemals so hingezogen gefühlt. Nicht einmal zu Eite. Nun lebte die Sidhé bei seiner Schwester. Er würde nicht lange genug bleiben, um sie wiederzusehen und er wollte es auch nicht. Nur allzu deutlich hatte er Eite klar gemacht, daß es keinen Platz für eine Frau in seinem Herzen gab.

So laut war Eites Herz gebrochen, daß seines sich der Liebe ganz verschloß.

Wieder raffte er sich auf und ergriff die Zügel fester. Dann hatte er den Waldrand erreicht. Vor ihm lag der Coven der Danu am anderen Ufer der großen Siona. Träge zog der Fluß dahin. Was auch immer geschehen würde, kein Mensch, kein Sidhé konnte seinen Lauf verändern, nur die Siona selbst. Einem anderen Schicksalswind war sie ausgesetzt als die Kurzlebigen. Der Fluß würde noch ins Meer münden, wenn Misnéachard schon lange am Tisch der Götter Platz nahm. Langsam glitt er vom Rücken des erschöpften Tieres, klopfte ihm den Hals und dankte ihm für seinen treuen Dienst.

Der Prinz brachte das Pferd in den Stall bei den anderen Tieren des Coven unter. Am Ufer lag wie immer ein Ruderboot, mit dem er übersetzte.

Mit Mühe ruderte er gegen den Strom und zog das Boot ans Ufer. Der Sprung in das kalte Wasser zeigte ihm wie müde er eigentlich war, denn die Kälte machte ihm schon nichts mehr aus. Bald darauf stand er vor der Hütte seiner Schwester. Leise klopfte er an.

Als die Hohepriesterin die Tür öffnete, verwandelte sich ihr erstaunter Blick in einen See der Freude. Herzlich drückte sie ihren Bruder und führte ihn in ihre Hütte.

"Misnéachard, du mußt sehr schnell geritten sein. Ich hatte dich erst in drei oder vier Tagen erwartet. Komm, setz dich ans Feuer. Hier, trink einen Schluck von dem Sommertrunk, der wird dich entspannen. Leg deinen Mantel ab, Bruder.

Ein schöner Stoff und doch erkenne ich, daß dies nicht die Muster sind, die unsere Mutter zu gebrauchen pflegt. Mir ist kein Mantel aus dem Sommerland unter die Augen gekommen, der so schön war wie jener, den unsere Mutter für dich gewebt hat, Misnéachard. Es ehrt dich, daß du ihn dennoch fortgeben konntest."

Nun war es an Misnéachard zu staunen.

"Woher weißt du das?"

Seine Schwester schmunzelte.

"Nun, dein Mantel ist hier, und was für dich wahrscheinlich noch viel wichtiger ist, auch das Menschenkind, dem du ihn schenktest."

Mit einem Satz sprang der Prinz auf.

"Wo ist sie? Ich muß sie sehen. Bitte, Síochanta."

Vergessen waren die Reise, die Erschöpfung. Sanft legte ihm seine Schwester die Hand auf die Schulter.

"Hältst du das für richtig? Vor einer Woche war der Mann hier, den sie sich zum Gatten erwählt hat. Bestimmt hat sie dich schon vergessen. Misnéachard, es steht dir nicht zu, dich in ihr Leben zu mischen. Sie ist eine Sterbliche. Du mußt damit aufhören, je früher um so besser. Sei nicht töricht, Bruder."

Verständnislos blickte Misnéachard in die Augen seiner Schwester.

"Hast du je geliebt? Ja, sie ist eine Sterbliche, aber wenn du das Heilige liebst und das Gewöhnliche verachtest, treibst du immer noch auf dem Meer der Verblendung. Was willst du die Menschen lehren, wenn nicht was Liebe ist?"

Síochanta antwortete ihm:

"Ich habe keine Lehre, die ich den Menschen geben kann. Ich heile nur Gebrechen und löse Fesseln. Ein Stock bin ich, ein Begleiter, nicht einmal ein Licht in der Nacht.

Aber nur zu gut verstehe ich den Wink, den du mir gibst. Wie sagt das Alte Wort: Schärfe nicht das Schwert eines anderen, reite nicht das Pferd eines anderen und kümmere dich nicht um die Angelegenheiten eines anderen.

Liebe ist wie Goldstaub, Misnéachard, kostbar. Doch wenn er in die Augen gelangt, schadet er."

Der Prinz zog seinen Mantel an.

"Du hast dich verändert, Schwester, seit du bei den Kurzlebigen weilst. Was du ihnen auch immer gegeben haben magst, mir scheint das Kostbarste hast du verloren.

Freiheit bedeutet vor allem bereit zu sein. Wer aber in seiner Weltabgewandtheit verhaftet bleibt, und es nicht vermag, das Reich der Leidenschaften zu betreten, der kann weder sich noch anderen helfen, Schwester. Das ist es doch, was die Tuatha de Danaan zu Göttern machte."

Da fuhr ihm seine Schwester ins Wort.

"Schweig nun, was hast du vor? Die Götter, was willst du von den Göttern? Nur durch ihre Gnade lebst du. Laß ab, Bruder, wenn du die Götter in dieses Spiel einbringst, wenn du versuchst sie festzunageln, dann werden sie dich festnageln. Sie lassen dich deine Zunge verschlukken, sie werden deine Augen blenden und dein Herz abschnüren. Betrachte doch diese Welt."

Misnéachard blickte in das Feuer.

"Hast du sie denn betrachtet? Und siehst du nicht das, was auch ich sehe? In der Schwäche des Erdenlebens spiegelt sich doch nur die Größe der Götter so gewaltig, so stark, so schön.

Würde Vollkommenheit selbst im kleinsten nicht das Ende bedeuten? Und sind die Menschen reif für diese Vollkommenheit? Sind sie unzufrieden so bitten sie die Götter, diese Welt in eine glühende Sonne zu schleudern, damit das Leid des ungeborenen Kindes verhütet sei; sind sie aber zufrieden, so wollen sie nichts anderes tun, als im Schatten eines Baumes liegen, bis sie selbst zu Schatten werden. Du glaubst, sie liebt mich nicht, nun gut, wenn es so ist, dann werde ich ablassen von ihr, aber erst muß ich sie sehen. Ich gehe zu ihr und wenn es nicht ihretwegen ist, dann weil mich die Liebe ruft.

Begleite mich, Schwester. Ich will nur kurz ihr Antlitz sehen."

Hoffnung glomm in seinen Augen, drängte die Frau den Wunsch des Bruders zu gewähren. Gemeinsam gingen sie hinaus vor die Krankenhütte.

Bevor Síochanta ihrem Bruder öffnete, berührte sie die Tür und sprach leise einen Schlafspruch.

Vorsichtig betrat der Elbenprinz die Hütte. Scathcrobh schlief tief und fest. In der Feuerstelle glühten Tannenzapfen und verströmten ihren Duft.

Da lag sie und Misnéachard konnte die Schönheit dieser Seele kaum ertragen. Ruhig atmete sie ein und aus, hob und senkte sich ihr Busen. Ihr Haar hatte sie zu einem Zopf geflochten, doch wild und unbändig wie seine Herrin suchte es sich hie und da seinen Weg in die Freiheit.

Da lag sein Leben. Nein, diese Frau würde er nicht unglücklich machen. Dann sollte lieber sein Herz brechen. Er würde am Weltentor stehen und warten, bis sie zu ihm kam.

Síochanta hatte recht, es stand ihm nicht zu, sich so in ihr Erdenleben einzumischen. Mit plötzlicher Sicherheit erkannte er, daß er schon immer diese eine Frau geliebt hatte und er nie eine andere würde lieben können. Er kniete vor ihr, strich über ihr Haar, über ihre Wangen und sie nahm im Schlaf seine Hände in ihre, drückte sie an ihr Herz, legte sie an ihren Hals und schmiegte ihren Kopf an seine Schulter.

Síochanta trat in die kalte Nachtluft. Tränen netzten ihre Augen. Bitter schämte sie sich wegen der Härte zu ihrem Bruder.

Nun sah auch sie dies Band, das geschmiedet worden war vor Anbeginn der Zeit.

Misnéachards Herz zersprang und kurz, ganz kurz nur legte er seinen Kopf an ihre Brust, hörte er das Lied ihres Herzens.

Dann langsam, furchtbar langsam, löste er sich und es schien ihm als spüre er all die Jahre, die auf seinem Rücken lasteten. Oh ja, unsterblich waren die Kinder der Tuatha de Danaan, aber sie waren auch die Brüder der Menschen.

Erst jetzt begriff Misnéachard die Gnade, die die Götter den Menschen gewährt hatten.

Nun, kein Leid in ihm würde jemals größer sein als diese Liebe zu ihr.

Er war unsterblich und doch so sterblich, so wandelbar. Lange Zeit hatte sein Herz geschlafen, doch nun war der Schlafende erwacht.

Seine Liebe würde wie der Fluß sein, der draußen floß.

Überall würde seine Liebe sein, überall zugleich. An der Quelle, an der Mündung, im Gebirge und im Meer. Kein Schatten der Vergangenheit, kein Schatten dunkler Zukunft, nur ewig, ewig Gegenwart.

Einmal noch strich er über ihre Wangen, entzog sich dieser suchenden Hand.

Er zog die Tür ins Schloß und folgte seiner Schwester schweigend bis in ihre Hütte. Sie legten ihre Mäntel ab und setzten sich vor das Feuer. Lange sagten beide nichts.

Draußen begannen die ersten Vögel zu singen. Bald würde die Sonne aufgehen.

Schließlich sprach Síochanta in die Stille.

“Schlaf ein wenig und ruhe dich aus. Ich komme nach der Begrüßung des Tages wieder hierher. Dann laß uns über deine Pläne reden.”

Misnéachard nickte und legte sich auf ein weiches Schaffell vor dem Feuer. Da lag er, sehnte sich nach dem Schlaf, der seine Gedanken zur Ruhe bringen sollte und doch ließ sich dies Bild von ihr einfach nicht aus seinem Sinn treiben. Noch immer konnte er ihre Hand in seiner fühlen und schließlich träumte er sich in ihre Arme. Endlich kam der Schlaf.

Síochanta ließ ihn auch noch ruhen, nachdem sie mit etwas Brot und geräuchertem Fisch zurückgekehrt war.

Früh hatten sich ihre Wege getrennt. Wo Misnéachard immer ein Weltenwanderer gewesen war, sich nicht zu entscheiden vermochte, und auch nicht wollte, entschied sie sich, die Aufgabe anzunehmen, die ihr das Schicksal gestellt hatte.

Auch Síochantas Ziel war die Eine Welt, aber ihr Weg dorthin war anders als der ihres Bruders. Anders und doch gleich.

Während Misnéachard immer wieder nach Tir na Samradh zurückkehrte, hatte sie beschlossen, bei den Menschen zu bleiben. Du kannst Wasser nur kennenlernen, wenn du dich hineinbegibst, und du kannst Menschen nur verstehen lernen, wenn du dich unter sie begibst. So vieles hatte sie gelernt über die Menschen, doch mehr noch über sich selbst.

Nun war die Zeit da, auf die sie so lange gewartet hatte. Endlich würde auch ihr Volk wieder unter der Sonne wandeln können. Und die Menschen? Vielleicht würden sie eines Tages lernen, daß es kein Licht ohne Schatten gab, keine Hoffnung ohne Trauer. So vieles forderten sie vom Schicksal ein und so wenig waren sie bereit zu geben.

Bald würde auch Amhrán zu ihren Wurzeln finden und erkennen, wer sie war, wer ihre Mutter war. An der Seite von Solasard würde es wieder Gerechtigkeit geben für alle. Aber ein langer, dunkler Weg lag noch vor ihr und niemand wußte, ob sie all die Prüfungen bestehen würde.

Nur gut, daß Scathcrobh und Rhiannon da waren, um das Mädchen zu beschützen. Es würde nicht mehr lange dauern bis Broc, der Hochkönig, seine Gessa gebrochen hatte und ein anderer die Krone des Landes einfordern würde. Der Beginn der Schwarzen Zeit, denn Solasard würde noch nicht bereit sein, diese Krone zu tragen.

Alles Vertrauen lag auf Neamhní und seiner Weisheit, seinem Wissen. Dann, wenn Solasard das Schwert in den Händen hielt, käme es auf seine Begleiter an. Würde Athraigh das Fahrende Volk auf die Seite des neuen Hochkönigs ziehen, würde Draighean das Kleine Volk mit seinen Brüdern verbünden können, würde er den Bruch zwischen den Hoch- und Waldelben schienen können? So viele Fragen und die Antworten kannten noch nicht einmal die Götter.

Es war Zeit, Misnéachard zu wecken. Vieles war zu besprechen und zu klären. Sanft stubste sie ihren Bruder an.

Sie wußte, aus welchen Träumen sie ihn holte und wie sehr sein Geist sich wehrte, in diese Welt zurückzukehren.

Endlich öffnete er vorsichtig eines seiner grün-braunen Augen. Kaum, daß er es aufbekam.

Genüßlich reckte und streckte er sich. Dankbar empfing er einen warmen Kräutertrunk aus der Hand seiner Schwester.

"Danke, daß du mich hast etwas länger schlafen lassen. Aber nun laß uns die wichtigsten Dinge klären. Ich habe noch einen weiten Weg vor mir."

Síochanta goß ihm noch etwas von dem Trank nach.

"Wohin willst du denn überhaupt?"

Der Elbenprinz antwortete:

"Ich muß in die Wyinklo-Berge. Dort haust dieser Dragan oder Dreoilín. Es wird nicht mehr lange dauern, bis Broc abgetreten ist. Dann wird er den Thron des Hochkönigs für sich beanspruchen. Er hat sich schon fast den ganzen Süden unterworfen. Kein einziger Unterkönig wagt es, gegen dieses Untier aufzubegehren. Die einzigen, die etwas tun, sind wie immer die Fianna.

Nachdem ich mir diesen Dragan angesehen habe, werde ich mir bei den Fianna einen Überblick verschaffen, was man tun kann.

Alles wäre halb so schlimm, wüßte ich die Síofra nicht auf Seiten dieses Verrückten.

Néart und Sáile müßten auch langsam hier auftauchen. Ich wüßte nur zu gerne, wo sie sie unterbringen wollen, damit sie auch kein Sonnenstrahl trifft. Und ganz am Ende meiner Reise werde ich nach Tara gehen und dort alles für die Ankunft des neuen Hochkönigs vorbereiten."

Síochanta atmete hörbar aus.

"Einen langen Weg, den du zu gehen hast. Nun, du bist hergekommen, um bestimmte Dinge in Erfahrung zu bringen. Was möchtest du zuerst wissen, mein Bruder?"

Misnéachard lehnte sich zurück und brach das Brot.

"Nun, zuerst möchte ich wissen, wo unser Vater ist. Ich weiß zwar, daß er bei Solasard ist und daß er ihn unter dem Namen Lyr begleitet, unseres Großvaters Namen. Aber zum letzten Mal sprach ich mit ihm, als er hier bei dir war. Jetzt kommt es mir vor, als läge eine Nebelwand um ihn, und ich kann nichts tun, um zu ihm durchzudringen."

Síochanta reichte ihm geräucherten Fisch.

"Niemand vermag im Augenblick unseren Vater zu finden, denn Solasard und seine Gemeinschaft haben die Grenzen nach Tir na Cránn, das Land der Bäume, überschritten. Sie sind im Nebelsee verschwunden, nichts und niemand kann sie jetzt erreichen.

Nur der zukünftige Hochkönig kann sie daraus ans Licht führen. Doch sorge dich nicht, Sheela-na-Gig, die Hüterin des Waldes, ist an seiner Seite. Für kurze Zeit nur gehört sie zur Gemeinschaft, doch danach wird es lange dauern, bis alle aus der Gemeinschaft wieder aufeinander treffen.

Wenn er dieses Land verläßt, wird er das Blaue Schwert der Wahrheit in seinen Händen halten."

Misnéachard nahm einen Schluck aus seinem Becher.

"Nun gut, beruhigt kann ich jetzt aufbrechen. Sag, gibt es einen Ort, wo ich die Fianna antreffen kann?

Wie ich erfahren habe, ist ihr Anführer auf den Spuren Solasards fast auf Tara gelandet. Vielleicht wäre es möglich, dort auf ihn zu stoßen? Oder glaubst du, daß es besser wäre, sich erst einmal von der Hochburg fernzuhalten?"

Síochanta blickte aus ihrer Hütte in die Welt.

"Viele Dinge geschehen vor dieser Tür. Eines davon ist, daß ein Maulwurf die Reihen der Fianna untergräbt und sie in die Irre führt. Denn Rabharta, der erste Hauptmann des Hochkönigs, verschwand aus der Burg und weilt nun bei Dragan. Doch gleichzeitig ist bei Iolaranam ein Mann aufgetaucht, der behauptet, eben dieser Hauptmann zu sein. Nicht lange wird er sein Spiel spielen können, doch lange genug, um großes Unheil anzurichten.

Doch darum brauchst du dich nicht zu kümmern. Eine Freundin ist unterwegs und ihre Füße sind fast schneller als die deines Wunderpferdes Lasair.

Halte dich nicht auf mit Tara, sondern suche diesen Dragan. Niemand weiß genau, in welchem Nest er sich versteckt. Vielleicht findest du auch den Ort, an den die schrecklichen Síofra zurückkehren, wenn sie ihre frevlerischen Taten begangen haben.

Vielleicht mag es dir sogar gelingen, die Fianna zu überzeugen, schon jetzt die Wunden Erius von diesem Eiter zu befreien. Wenig können sie tun, aber alles ist besser als warten. Noch immer haben sie ein Lager in der Nähe von Cill-airne. Nun, allzu bald werden dort Boten eintreffen, die dir diese Aufgabe erleichtern werden."

Der Elbenprinz erwiderte:

"Und was ist mit dem ersten Hauptmann des Hochkönigs, diesem Rabharta? Was wird, nein vielmehr, was soll mit ihm geschehen?"

Die Schwester Misnéachards antwortete:

"Rabharta soll von Wyinklo nach Bealaclugga gebracht werden. Cluanaire scheint dort etwas mit ihm vorzuhaben. Wenngleich ich nicht verstehe, wie es ihm in irgendeiner Weise nutzen sollte.

Aber das Fahrende Volk war ja schon immer für die eine oder andere Überraschung gut. Was auch immer geschehen mag, am wichtigsten ist, daß Solasard das Schwert findet und daß Amhrán nichts geschieht. Dunkel sind ihre Wege in der Zukunft, denn hier wird sie nicht bleiben."

Erschrocken fuhr der Elbenprinz auf.

"Warum wird sie hier nicht bleiben? Síochanta, wenn du etwas weißt, ich bitte dich, du mußt es mir sagen. Nicht um ihretwillen. Ich kann die Wellen des Schicksals, die an ihr Ufer branden nicht aufhalten, aber sag es mir. Schlimmer noch als das Wissen, daß ich sie nicht mehr lieben darf, ist die Ungewißheit über das Leid, das ihr die Zukunft bringen wird.

Wenn du ein Herz hast, bitte sag es mir."

Wie sehr flehten diese Augen und doch würde die Friedvolle nicht sprechen.

"Du weißt selbst, daß es mir nicht erlaubt ist, über dieses Schattenreich, die Zukunft, zu sprechen. Wie ein Band aus Rauch hängt es über den Menschen und der Flügelschlag eines Schmetterlings mag alles ändern. Du weißt, daß sie gesegnet ist und beschützt wird von der Mächtigen Morríghan. Dies muß dir genügen, Misnéachard.

Du solltest dich jetzt noch etwas ausruhen. Am besten machst du dich nach der Abenddämmerung wieder auf den Weg, dann ist die Wahrscheinlichkeit größer, daß du Amhrán nicht über den Weg läufst. Ich werde dir einen Reisesack packen lassen. Ruhe dich jetzt aus, mein Bruder. Auf deinen Schultern lastet vieles. Komm, ich spiele dir ein Lied, dann magst du schlafen wie ein Kind, sorglos und tief."

Geschmeidig setzte sie sich in die Nähe des Feuers und nahm ihre kleine Harfe in die Hand.

Zärtlich, als streiche sie über die Haut ihres Geliebten, fuhr sie über die Saiten. Sie spielte das Lied vom Wind, wie er immer wieder über die Mutter Erde strich und doch nie eins wird mit ihr selbst. Sie sang das Lied des Schilfrohrs, das sich in den Wind verliebte, doch alle Pflanzen neideten ihr diese Sehnsucht, so daß sie Löcher bohrten in das Schilf. Der Wind jedoch erbarmte sich und als er zärtlich um sie strich, da sang die Flöte, die so war entstanden.

So ging der Tag dahin und schon zog die rote Wintersonne sich in das Geäst des Waldes zurück.

Am Himmel stand der erste Stern und wachte. So lange er dort schien würde es wahre Liebe geben, ein sichtbares Versprechen für alle Wesen aller Welten. Und niemand soll dies Ende je erfahren.

Sanft weckte die Schwester ihren Bruder. Einmal umarmten sie sich herzlich noch. Dann nahm der Prinz den Mantel, zog ihn an, hängte sich den Reisesack um und ging hinaus.

Das letzte Licht schwand nun und bald war nur das Eintauchen der Ruderblätter seines Bootes in das Wasser des Flusses zu hören.

Nun war Misnéachard wieder für lange Zeit unterwegs. Gleich einem einsamen Wolf folgte er der Spur seines Traumes und suchte den Ort der Erfüllung. Er selbst hatte sich zu diesem Leben verdammt. Fluch war es ihm und Segen. Denn niemand kam ihm zu nah, um ihn zu verletzen, und niemand konnte ihn so lieben. Sein Herz war eine dunkle Perle, die in einer Muschel versteckt am Grund des Meeres lag. Hekken aus Dornen hatte er gepflanzt mit blutigen Händen. Gräben hatte er ausgehoben und Feuer hineingegossen. Kaum wagte er sich selbst an dieses Kleinod heran. Vergessen die Freiheit, denn er war ein Gefangener seiner selbst.

Vielleicht würde die Siona über ihre Ufer treten und die Feuer löschen, vielleicht würden heilende Hände Dornen in Knospen verwandeln. Doch gehen konnte nur er selbst. Wieder trieb es ihn davon, leichter war es, eine Welt zu retten als sich selbst.

Síochanta schloß die Tür zu ihrer Hütte. Der Elbenprinz würde dem Weg folgen, der der seine war und niemand konnte diesen Weg für ihn gehen, keine Schwester, keine Mutter, keine Tochter, keine Frau, nur er selbst.

Als er am anderen Ufer angekommen war, ging er zum Stall und öffnete lautlos die Tür. Eine Fackel brannte schwach über einem Wassereimer. Lasair wartete schon auf ihn. Sorgfältig zäumte er das Tier auf. Zärtlich sprach er mit ihm. Viele Gefahren hatten sie schon gemeinsam bestanden. Der Elbenprinz vertraute dem Hengst. Er klopfte ihm den Hals, als er die Satteldecke auf dessen Rücken legte. Dann führte er das Pferd nach draußen.

Gerade war er aufgestiegen, als er neben sich eine Stimme hörte.

"Du hättest dich wohl wieder aus meinem Leben geschlichen, während ich schlief, nicht wahr? Hattest du mich vergessen, Elbenprinz, oder warum war ich dir nicht einmal einen kleinen Besuch wert?"

Ganz langsam drehte er seinen Kopf in die Richtung aus der die Stimme kam. Hoffnung flammte in ihm auf und zwei Seelen in ihm stritten sich, was sie sich nun wirklich erhofften.

Da saß sie, eingehüllt in seinen Mantel und Tränen gleich weißen Perlen suchten ihren Weg zurück in den Schoß der Mutter Erde.

Er ließ die Zügel gleiten und folgte seinem Herzen.

Das Licht der zunehmenden Mondsichel verwandelte das Fell Lasairs in Silber. Sein Herr stieg ab und ging auf dieses Mädchen zu. Noch immer hatte sie sich nicht bewegt, gebot nicht Einhalt dem Salz ihrer Seele.

Dann war er bei ihr, umschloß sie mit seinem Mantel, hielt sie fest, krallte sich fest in ihrem Haar und drückte sie an sich, als würden sie eins dadurch.

Er legte seinen Kopf an den ihren, küßte dieses seidige Haar, bis sie den Blick zu ihm erhob.

Amhrán atmete ein und wollte sprechen, doch sanft verschloß ein Kuß die feuchten Lippen. "Sag nichts, jetzt, denn ich kann nicht bleiben. Worte werden niemals unsere Sprache sein, Amhrán. Ich liebe dich, die du Sonne, Mond und Sterne für mich bist, aber ich muß fort, deswegen und weil mein Schicksal erfüllt werden muß."

Sanft, ganz sanft, strichen ihre Finger über dieses Gesicht, als prägten sie sich jede Linie ein. Seine Hand kam der ihren entgegen, ihre Finger krallten sich in seine.

Zart küßte er sie und eine Welle der Glückseligkeit rollte seinen Rücken entlang, überbrandete sein Herz und ließ die Gischt in seine Augen treten.

Einmal noch küßte er sie auf den Mund und flüsterte leise:

"Ich komme wieder, vergiß mich nicht."

Dann löste er sich von ihr und stieg auf. Amhrán ging auf ihn zu, ergriff noch einmal seine Hand, schmiegte ihren Kopf daran und küßte sie.

“Niemals! Mein Leben gehört Solasard, doch mein Herz wird ewig auf dich warten. So lebe denn wohl, mein Elbenprinz, und lebe! Denn uns gehört die Ewigkeit.”

Es fiel ihr schwer, ihn gehen zu lassen und tapfer lächelte sie, damit er nicht ertrank in ihrem Meer aus Tränen, sondern auch das Sonnenlicht in ihren Augen wiederfand.

Lange noch stand sie, lauschte den Hufschlägen, bis der Wind sie immer weiter fort trug. Zu wem gehörte sie nun? Was hatte Rhiannon gesagt, als Amhrán sie das fragte?

“Wenn du Gold findest, so wirf nicht fort dein Silber. Und wächst in deinem Garten eine Rose, so reiß das Veilchen nicht aus, das daneben steht. Behalte beide, die neue und die alte Liebe. Bringt doch jeder Baum seine eigene Frucht hervor.”

Still blickte sie in die Nacht und ergab sich ihrem eigenen Trost. Sanft flüsterte der Wind ihm ihre Liebe zu:

Dein Kuß noch sanft auf meinen Lippen,
gleichwohl mein Herz dich fort weiß, nun
und Liebe brandet an die Klippen,
die stark in meinem Leben ruhn’.

Umwehst mich sanft wie Sommerwind,
voll Licht und Wärme, vogelleicht,
trägst fort mich in ein Zauberreich,
wo wir nur Wolkenseelen sind.

Säuselst um mich, Kornähre, gold,
und sprichst mir von den weiten Reisen,
kehrst stets zurück und bist mir hold,
auf deine eigene, gute Weise.

Und ich, ich leuchte für dich hell,
du schmiegst dich an mich, ruhest still,
vergessend Hast, Zeit, jedes Ziel
und lauschst, was ich dir leis’ erzähl’.

Von meinem Leben, meiner Welt,
Gefahren, die die Stürme bringen,
dann ziehn’ wir fort zum Himmelszelt,
getragen von der Liebe Schwingen.

Leise ging sie zurück in eine Andere Welt, in ein anderes Leben.

Die Geschenke der Götter

Scathcrobh verstand die Welt nicht mehr. Was war geschehen? Eine leuchtende Flamme hatte sich in die kalte Asche einer Rose verwandelt. Amhrán war nicht mehr das Mädchen, das er zu kennen glaubte.

Etwas mußte geschehen sein, aber sie sprach kein Wort, tanzte am Tag durch den Coven und weinte nachts so bitterlich, daß es ihm fast das Herz zerriß. Doch von ihren Lippen kam kein Wort. Vierzehn Tage ging das schon so. Scathcrobh hatte versucht, sie zu trösten, aber mit todtraurigen Augen hatte sie sich abgewandt und war in den Wald gegangen. Die einzige, deren Gegenwart sie im Augenblick ertragen konnte, war Eite.

Die Hochelbin mußte nicht fragen, was geschehen war. Schweigsam gingen die beiden durch den Winterwald und plötzlich wie über Nacht wurde es kälter. Rauhreif zierte die Bäume, Gräser, Farne, und auch Amhrán fühlte sich als sei ihr Leben eingefroren.

Am Tag, im Licht dankte sie der Göttin für die Gnade einen Mann wie Misnéachard in ihrem Leben zu haben, doch nachts stand sie immer öfter auf und ging am Fluß entlang, da ihr die Einsamkeit das Herz abschnürte, die Hoffnungslosigkeit, die Zweifel. Sollte das nun ihr Leben sein? Eine Insel im stürmischen Meer der Gezeiten? Nachts am Fluß konnte sie atmen.

Mit einer Hand im kalten Wasser wusch sie die Zweifel fort an ihn, doch in der Nacht kehrten sie wieder.

Bitter schmeckte der Kelch der Erkenntnis, daß die Dunkelheit in ihr genau so groß war wie das Licht.

Kein Tier zeigte sich an diesem kristallklaren Morgen. Nur ein paar Blaumeisen flogen von Baum zu Baum, um die Knospen der schlafenden Bäume abzupicken.

Amhrán lächelte und doch traten ihr schmerzvoll Tränen in die Augen.

"Er war hier."

Eite nickte mit wissendem Blick.

"Ich weiß. Aber es war auch nicht schwer zu erraten, so wie du dich in den letzten Tagen benommen hast.

Ich kenne diese Schwermut nur von uns Sidhi. Doch wir sind traurig, weil uns diese Tür, der Tod, verweigert wurde. Du aber bist sterblich, so muß es an deinem Herzen liegen."

Die grünen Augen der Sidhé glitten mit einem wehmütigen Blick in die Ferne.

Amhrán wollte nicht über den Tod sprechen. Und es war auch wirklich nicht der Tod, der ihr diesen Schmerz zufügte. Gern wäre sie durch die Tür gegangen, wie einfach wäre das.

"Ja, es liegt an meinem Herzen. Aber ich kann selbst nicht sagen, was mit mir geschieht."

Eite zog ihren schwarzen Kapuzenmantel enger um sich und befreite ihr schwarzes Haar, damit die Sonne es besser wärmen konnte.

"Amhrán, du weißt selbst am besten, was mit dir geschieht, aber du schließt deine Augen. Das bringt dir zwar den Vorteil, daß du dich der äußeren Gefahr durch Flucht und Vermeidung entziehen kannst, doch gegen die Gefahren, die in deinem Inneren toben, nützt es nichts. Manchmal muß man die Augen schließen, um genauer zu sehen."

Amhrán stutzte.

"Mein Vater sagte einmal: Liebe besteht zu drei Viertel aus Neugier! Vielleicht werde ich Misnéachard ja wieder vergessen, wenn meine Neugier gesättigt ist. Ich ...."

Eite packte das Mädchen an den Schultern.

"Amhrán, bist du denn so blind, daß du die Liebe nicht erkennst, wenn sie dir ihr Schwert in das Herz rammt? Ich verstehe dich nicht. Was ist es, das dich hindert, glücklich zu sein?"

Amhrán schüttelte die Hände ab.

"Ach, Eite. Ich weiß gar nichts. Gehöre ich zu Misnéachard? Gehöre ich zu Solasard? Wo ist mein Platz? Entscheide ich mich für den einen, verliere ich den anderen. Entscheide ich mich für keinen, verliere ich mich. Seit Tagen zerbreche ich mir den Kopf."

Eite lächelte.

"Und wie willst du mit dem Kopf eine Lösung finden, die dein Herz ertragen kann? Mag es vielleicht sein, daß du zuviel suchst? Mag es vielleicht sein, daß du von zu viel suchen nicht zum Finden kommst? Halte doch einfach einmal inne. Ist es nicht gut so wie es ist?

Ihr Menschen seid so töricht. Immer ist euch der Weg nah, doch ihr jagt den Dingen immer noch nach und entfernt euch davon.

Suchende müssen ihre Augen öffnen, Amhrán. Sieh zu, daß du nichts zu bedauern hast, wenn du durch die Tür in ein Anderes Leben gehst.

Du liebst Solasard? Gut, liebe ihn. Du liebst Misnéachard? Liebe auch ihn. Was soll daran verwerflich sein, wenn dies dein Weg ist.

Gut und Böse kommen aus deinem Geist. Du bist es, die dich verurteilt, niemand sonst. Liebe wen du liebst, Amhrán, und liebe dich selbst. Wie willst du denn dein Schicksal annehmen, wenn du dich selbst nicht annimmst.

Wahrlich, erkennst du nicht die Gnade, die dir die Götter zuteil werden lassen?"

Amhrán antwortete:

"Ich weiß nicht, ob es eine Gnade ist, so voll von Liebe zu sein, daß es dich fast zerreißt. Ich weiß es nicht, Eite. Ich sehe alles vor mir, glasklar und bin doch blind."

Die Elbin lächelte.

"Wo das Auge nichts sieht, grämt sich dein Herz nicht. Augen sind zu wenig nutze, wenn der Geist blind ist."

Das Mädchen sah bewundernd auf.

"Du bist weise, aber ich bin zu blind, um zu sehen. Doch ich danke dir, daß du diese Geheimnisse mit mir teilst."

Eite strich sich eine Strähne aus dem Gesicht.

"Was ich dir sage, ist kein Geheimnis. Das Geheimnis ist in dir. Alles strömt aus deinem eigenen Herzen. Du mußt nur in dich lauschen, dann verstehst du, was ich meine."

Amhrán schüttelte den Kopf.

"Aber ich habe doch noch so viele Fragen!"

Die Sidhé erwiderte.

"Dann lausch. Jede Antwort liegt in der Frage. Die Kunst des Fragens aber ist der Schlüssel zu allem. Alles ist in dir, ganze Welten. Du mußt nur lauschen."

Nun, zugegebenermaßen war Lauschen nicht die Stärke von Amhrán. Fragen stellen, das war ihre Welt. Da konnte ihr unruhiger Geist hin und her springen, sein Opfer umzingeln, ohne selbst eingefangen zu werden. Sie konnte alles steuern und überwachen. Kapitän ihres eigenen Schiffes sein. Aber lauschen hieß inne halten, sich dem Strom, sich selbst zu überlassen und zu stellen.

Hatte Eite nicht sogar recht? Hatten ihr die Götter nicht das geschenkt, was sie sich am meisten wünschte? Liebe!

Oh ja, wenn die Götter grausam sind, erfüllen sie dir deine Wünsche. Warum aber konnte sie dieses Geschenk nicht annehmen?

Vielleicht weil sie sich selbst nicht annahm? Ihr ganzes Leben hatte sie danach gesucht, daß andere ihr das gaben, was sie sich selbst verweigerte.

Sie wußte nur zu gut warum. Nur sie allein hatte sich das Wichtigste genommen, ihre Mutter. Es war ihre Schuld, daß sie starb am Tag ihrer Geburt. Amhrán glaubte, niemand könne sie lieben deswegen, nicht einmal sie selbst. Und nun landete sie in einem Meer aus Liebe und drohte darin zu ertrinken. Vielleicht war sie ja doch liebenswert. Ob jeder Mensch einen solchen Wackerstein mit sich herumtrug? Ein Leben lang eine Wunde pflegte, die er sich selber beigebracht hatte? Erst jetzt erkannte sie, wie weit sie vor sich weggelaufen war.

Würde sie es jemals schaffen "ich liebe dich" zu sich selbst zu sagen?

Nun, dann würde sie sich einfach wie ein Narr in den Abgrund stürzen, vielleicht würden weiche Daunenwolken schon sehnsüchtig auf sie warten.

Nein, sie wollte nichts erwarten. Sie wollte keine Hoffnung mehr. Keine Enttäuschungen. Ihr Weg war ja schon vorbestimmt. Dann wollte sie ihren Reisesack nehmen und ihren Stab und sehen, wohin er sie führte.

Freude flammte auf in ihrem Herzen und strahlender Sonnenschein ließ dunkle Wolken schnell verdunsten. Genug geregnet in diesem Herzen. Das Leben brauchte Wasser und das Licht.

Eite erkannte, daß da eine Quelle aufgebrochen war und vor sich hinsprudeln mußte.

"Amhrán, wenn du magst, geh nur zurück. Ich bleibe noch eine kleine Weile hier im Wald. Die Einsamkeit tut meiner Seele gut. Caitín ist im Augenblick unerträglich, weil sie sich nicht austoben kann. Sei froh, daß du in der Krankenhütte nächtigst."

Mit springenden Herz fragte das Mädchen:

"Bist du sicher? Ich kann dich doch nicht so einfach hier stehen lassen. Komm doch mit!"

Aber die Elbin beharrte darauf, noch eine Weile im Wald zu bleiben, so daß Amhrán allein zum Coven zurückkehrte. Energisch polterte sie in die Krankenhütte.

Scathcrobh lag wie immer auf seinem Lager und hing seinen Gedanken nach. Erstaunt fragte er:

"Ist alles in Ordnung, Amhrán? Ich meine, sind Feinde im Anmarsch oder bist du einfach aus deinem Winterschlaf aufgewacht und wieder das alte Nervenbündel?

Wenn das der Fall ist, gibt es eine Möglichkeit das rückgängig zu machen?"

Das Mädchen setzte sich zu ihm.

"Hattest du nicht gesagt, du würdest mir beibringen zu kämpfen? Sicherlich kannst du mir auch etwas beibringen, wenn du den ganzen Tag auf deinem Lager liegst.

Nun, großer Kämpfer, was ist die beste Waffe?"

Scathcrobh verstand nicht so ganz den Antrieb des Wunsches, aber gut, er hatte es versprochen.

"Nun, die beste und wichtigste Waffe eines Kriegers ist, wie du sicher schon weißt, sein Verstand.

Wer ein schlechtes Gedächtnis hat, wird auch seine Fehler wiederholen. Das kann tödlich sein, vor allem, wenn du gegen jemanden kämpfst, der deine Fehler kennt. Und was heißt das für dich?"

Amhrán dachte kurz nach.

"Nun, ich denke das heißt, daß vor allem ich wissen sollte, wo meine Schwächen liegen. Richtig?"

Der Krieger klopfte ihr anerkennend auf die Schulter.

"Genau so ist es! Du mußt dich besser kennen als sonst irgend jemand. Und noch etwas: Wenn du dich selbst nicht achtest, wirst du auch von keinem anderen geachtet. Wenn du dich für einen Verlierer hältst, dann wirst du verlieren. Aber wenn du dich schon vor dem Kampf für den Sieger hältst, wirst du nie siegen. Unterschätze nie deinen Gegner. Sorge lieber dafür, daß er dich unterschätzt."

Amhrán blickte tief in die Augen des Kriegers.

"Du warst ein guter Kämpfer, bevor du nach Tara gingst! Was hat dich bewogen aufzuhören?"

Scathcrobh blickte ernst in ihre Augen.

"Ich hatte keine Gegner mehr, Amhrán. Nachdem sie die Frau meines Herzens getötet hatten, ging ich leer und düster durch das Todesland, magisch angezogen vom Sterben war meine Seele voll des Herbstes.

Ich machte mich zum Werkzeug blinder Rache. Ich war mehr ein Tier als ein Mensch. Gefürchtet war ich. Lange lebte ich in dieser Finsternis, verkroch mich in Wäldern, fiel dem Wahnsinn anheim, bis es den Göttern gefiel, mich wieder zu erwecken. Jetzt bin ich hier und lehre dich, was mir das Schicksal beibrachte. Es mag dir mehr nutzen als mir."

Dies war nun der Schlüssel zu seinen Träumen.

"Es tut mir leid, daß deine Frau getötet worden ist, und ich bin sehr froh, daß du hier bist. Wann wirst du mich denn richtig unterrichten im Kampf?"

Der Krieger schnaufte.

"Du läßt nicht locker, nicht wahr? In Ordnung, als denn. Es gibt zwei Arten des Kampfes. Der eine erfordert den Umgang mit den Waffen und der andere den Umgang mit dem Verstand.

Es gibt viele Waffen, die dir nützlich sein können. Lächerlichkeit zum Beispiel trifft sicherer als jede Waffe, macht dir aber auch einen Feind auf Lebenszeit. Manchmal ist es noch nicht einmal nötig den Feind zu vernichten, du mußt nur einfach seinen Mut brechen.

Doch welche Waffen du auch immer wählen magst, merke dir dies: Ein kluger Kämpfer läßt sich selbst im Krieg noch eine Tür für die Versöhnung offen.

Ich denke, das war genug für heute, findest du nicht? Ich bin ein kranker Mann und bedarf der Ruhe."

Amhrán lachte ihn aus.

"Ja, aber es muß doch auch etwas geben, was ich tun kann? Mein Verstand ist bestimmt eine gefährliche Waffe, aber es nutzt mir doch nichts, wenn ich hinterrücks erstochen werde."

Scathcrobh verstand den Wink.

"Gut, ich möchte, daß du dir einen Stab schnitzt, der so dick wie dein Daumen ist und so lang wie du. Dann zeige ich dir ein paar Übungen, die du machen kannst. Allzu lange werdet ihr mich sowieso nicht mehr ans Bett binden können."

Da klopfte es an der Tür. Rhiannon trat ein, um ihren Schützling zu besuchen. Voll Freude verkündete das Mädchen, daß es nun bald anfangen würde zu lernen, wie man kämpft.

Die alte Frau rümpfte die Nase.

"Wüßte ich nicht, daß es für dich besser ist Körper und Geist gleichermaßen anzustrengen und auszubilden, ich würde es dir untersagen. Du sollst Druidin werden, nicht Kriegerin. Aber gut, das eine schließt ja nicht das andere aus.

Scathcrobh, ihr tragt mir die Verantwortung dafür, daß ihr nichts geschieht.

Wenn du magst, könntest du mit mir ein wenig Holz sammeln. Wir haben zwar noch genug Vorräte, aber ich habe das Gefühl, daß es ziemlich kalt werden wird in den nächsten Tagen. Da ist es besser mehr als zu wenig Holz zu haben."

Amhrán witterte die Gelegenheit nach einem Ast Ausschau halten zu können, aus dem sie ihren Stab schnitzen könnte. So zog sie sich an und verließ mit ihrer Freundin die Hütte.

Sie waren noch nicht weit gegangen, da begann Amhrán schon ihre Freundin mit Fragen zu bedrängen.

"Sag einmal Rhiannon, was genau macht eigentlich ein Druide? Ich weiß wenig über die Aufgaben einer Hohepriesterin und du willst, daß ich Druidin werde? Bestimmt kannst du mir etwas näher erklären, welchen Weg ich da gehen soll."

Rhiannon liebte die Gabe ihres Schützlings einfache Fragen zu stellen, deren Beantwortung den ganzen Tag in Anspruch nehmen konnte.

"Nun, im eigentlichen Sinn ist ein Druide ein Bewahrer. Er ist ein Hüter, der die Geschichte, die Weisheit und das Wissen unseres Volkes und unseres Landes vor dem Vergessen bewahrt. Ein Druide ist die lebendige Seele seines Volkes.

Aber er ist auch die Brücke zwischen den Göttern und den Menschen, und wo er hier in deiner Welt die Götter vertreten mag, vertritt der König die Menschen.

Trotzdem ist ein Druide nichts anderes als ein Priester."

Amhrán hatte gerade einen herrlichen Ast erspäht, ließ ihn aber für einen Augenblick außer Acht.

"Was nun, Priester oder Bewahrer oder beides?"

Die alte Frau bückte sich nach einem Wurzelstock, der am Wegesrand lag.

"Ein Druide ist Richter, Mittler, Erzähler, Heiler, Wahrsager, Weiser, Dichter, Sternenkundiger, aber er könnte auch Handwerker und Krieger sein oder Musiker.

Druide sein heißt, sich zum Werkzeug der Götter zu machen. Du kannst alles sein als Druide und auch nichts.

Laß mich dir eine Geschichte erzählen.

Erinnerst du dich noch daran, was ich dir von den Tuatha de Danaan erzählte, als wir auf dem Weg hierher waren?"

Amhrán hielt inne in ihrer Suche.

"Ja, natürlich. Du hast erzählt, daß sie wie Götter anzusehen waren und daß sie aus einem fernen Land im Süden kamen. Andere Völker hatten sie aus ihrer ursprünglichen Heimat vertrieben, bis sie bei uns ein neues Zuhause fanden. Später dann kämpften sie gegen die Míleser und mußten sich in die Sidhé zurückziehen. Und, habe ich aufgepaßt oder nicht?"

Rhiannon lobte ihre Schülerin ausgiebig und fuhr dann fort zu sprechen.

"Nun, es gab auch Zeiten, da waren die Tuatha de Danaan siegreich gewesen. Als die Tuatha de Danaan zum ersten Mal den Boden Erius betraten, fanden sie es schon von den Formorern besetzt. Die Formorer waren ein zusammengewürfelter Haufen unvollkommener Wesen wie sie das Chaos selbst nicht hätte besser schaffen können. Jede Art von Ordnung widerstrebte ihnen. Aber nur durch ihre Zerstörungswut konnte neues Leben erwachsen.

Sie waren unberechenbar.

Jahre zuvor hatten sie das Volk Nemeds unterdrückt, bis es in einem Aufstand fast völlig aufgerieben war und die wenigen Überlebenden in den Süden des großen Festlandes und noch weiter über das Meer flohen. Auf diese Menschen gehen die Stämme der Tuatha de Danaan und der Fir Bolg zurück.

Als die Tuatha de Danaan wieder nach Eriu zurückkehrten, verbündeten sie sich mit den Formorern, denn sie wollten diese Insel nimmermehr verlassen.

So heiratete Eithne, die zukünftige Mutter Lughs den Formorer Cian zum Zeichen dieses Bundes.

Doch auch die Fir Bolg wollten zurückkehren auf die Grüne Insel. Auch wenn sie vor den Tuatha de Danaan ankamen, gelang es ihnen nicht, sich gegen die Formorer durchzusetzen.

Schließlich kam es zu der ersten Schlacht von Mag Tured, in der die Tuatha de Danaan die Fir Bolg vernichtend schlugen.

Doch der Hochkönig der Tuatha de Danaan verlor seine Hand und überließ seinen Thron dem Halb-Formorer Bres, der zwar körperlich vollkommen war, sich aber zum Tyrann entwickelte."

Amhrán unterbrach die Frau.

"Du willst mir demnach sagen, daß sich eine Familie entzweit hat wegen einer neuen Heimat?

Warum haben sich denn die Tuatha de Danaan nicht mit den Fir Bolg zusammengetan und die Formorer in ein Boot gesetzt? So hätte ich es jedenfalls gemacht."

Rhiannon mußte schmunzeln.

“Nun, ich verstehe schon was du mir sagen willst. Aber diese Völker stehen auch für bestimmte Grundsätze. Wie ich es schon erklärt habe, stehen die Formorer für das Chaos, die Unordnung.

Die Fir Bolg nun waren nur Krieger, ihre Zerstörungswut hatte ein Ziel. Sie waren nicht wie die Tuatha de Danaan Männer des Geistes.

Sie mußten untergehen, damit die Tuatha de Danaan siegen konnten. Nur indem sich die lichten Kämpfer mit der Macht des Chaos und seiner Fruchtbarkeit verbanden, konnten sie den Menschen eine Ordnung schaffen. Eine Gesellschaft, in der Priester, König, Krieger und Bauer gemeinsam und friedlich leben konnten.

Eine Verbindung der kriegerischen Fir Bolg und der Tuatha de Danaan hätte immer nur Krieger hervorgebracht und damit das erreicht, was alle Kriege tun, ihre eigenen Kinder zu fressen.

Doch nun zurück zu der Frage, was ein Druide ist.

Nachdem Bres die Macht innehatte, zogen die Formorer ihr Heer zusammen, denn nur so konnte er seinen Thron halten. Dies war eine Lage, die für die Tuatha de Danaan unhaltbar war.

Deshalb beschlossen sie nun einen großen Rat auf Tara abzuhalten.

Die Großen der Tuatha de Danaan saßen gerade beisammen, als Lugh Eintritt verlangte.

Der einäugige Türhüter aber prüfte genau, ob dieser Anspruch gerechtfertigt war. Er würde niemanden einlassen, der nicht eine der Künste der Tuatha de Danaan beherrschte.

Lugh, im Kranze seiner Jugend, begann sogleich seinen Stammbaum aufzuzählen und vergaß auch seine Zieheltern nicht. Dorsaide, der Pförtner, aber bat ihn nicht zu sagen, wer er sei, sondern mitzuteilen, was er sei.

Lugh schüttelte sein strahlend blondes Haar und sagte, er wäre Schreiner.

Doch der Pförtner wies ihn ab mit dem Hinweis, daß Luchta, ein Schreiner, schon anwesend sei und man immer nur einen Meister jeder Zunft brauchte.

Doch Eithnes Sohn ließ sich nicht so einfach abweisen.

Hartnäckig fuhr er fort und bot sich als Harfner, Dichter, Magier, Heiler, Schmied, Mundschenk, Erzähler, Baumeister, Vermittler, Richter sogar als Pförtner und Held an.

Aber jedesmal schüttelte Dorsaide energisch den Kopf und verweigerte ihm den Einlaß.

Da schickte der Jüngling den Pförtner mit der Frage zum König, ob denn ein Mann anwesend sei, der ein Meister all dieser Künste, ein Samildánach, wäre.

Bald kam Dorsaide zurück und ließ Lugh eintreten, damit er ihn prüfen konnte. So wurde der Jüngling Lugh König und führte die Tuatha de Danaan zum Sieg.

Und nun, Amhrán, wer ist der Druide? Lugh, der Samildánach, der Meister aller Künste, oder Dorsaide, der Pförtner, der Schwellenwächter, das Auge des Königs, das das Land und sein Volk vor Schaden bewahrt?"

"Ich hatte herausgefunden, daß unser Mann, dieser Siorc, gemeinsame Sache machte mit Réalta, unserer Hochkönigin. Sie hatten sich mit Dragan verbündet, einem Schurken, der Broc beerben will. Dessen Ziehbruder, ein Solasard mac Irgendwas, sucht anscheinend das Blaue Schwert der Wahrheit für ihn."

Dúghorm schüttelte den Kopf.

"Nein, Mann, das stimmt doch nicht. Solasard sucht das Schwert doch nicht für seinen Ziehbruder. Da ist etwas faul. Die Sidhi würden sich niemals auf die Seite eines Halunken wie diesem schlagen. Ich denke, daß das nur ein Gerücht ist, das Dragan in die Welt gesetzt hat."

Iolaranam verstand nicht.

"Aber was für einen Sinn hätte es denn, dieses Gerücht in die Welt zu setzen?"

Sionnachs grüne Augen funkelten gefährlich.

"Ich weiß es ja nicht unbedingt. Aber könnte es sein, daß nicht der Name "Dragan" allein schon Angst und Entsetzen beim Volk und noch ganz anderen Leuten hervorruft? Sich Solasard in den Weg zu stellen, würde dann auch bedeuten, sich Dragan in den Weg zu stellen.

Wir haben gesehen, was Arcáns Truppen anrichteten, und es fällt mir nicht schwer zu ahnen, was Dragans Leute vermögen. So wird sich niemand wagen, Solasard auf seiner Suche zu behindern, weil er sich dadurch zum Feind Dragans macht."

Camchéachta, der Große Bär, brummte.

"Aber was hat dieser Dragan denn davon, wenn Solasard das Blaue Schwert hat und nicht er? Es nützt ihm doch nur etwas, wenn er es in seinen Händen nach Tara bringt. Erst dann ist er der neue Hochkönig."

Der Mann unterbrach ihn.

"Wir kennen alle genug Hochkönige, die ihr Amt auch ohne dieses Sagenschwert angetreten haben. Seht euch nur den alten Broc an. Außerdem gibt es nichts, was man nicht an sich bringen kann.

Dragans Männer sind noch skrupelloser als die Königliche Garde. Ich weiß nicht, wieviele Männer diesen Solasard begleiten, aber wenn Dragan dieses Schwert wirklich haben will, dann wird er es sich holen. Koste es, was es wolle."

Oighrigh stellte die Frage, die noch keiner zu stellen wagte.

"Und was sollen wir jetzt tun? Was sollen wir vor allem mit euch tun, Rabharta? Ihr solltet nach Tara zurückkehren, aber wir haben kein Pferd, auf das wir verzichten können. Was denkst du, Iolar?"

Iolaranam schwieg. Die Nacht neigte sich dem Ende zu. Der Wind trieb weiße Wolken vor sich her, die im fahlen Mondlicht gespenstisch schimmerten. Bald würde die Morgendämmerung einsetzen und sie hatten noch nicht einmal ein Lager aufgebaut, um sich auszuruhen, denn sie waren die ganze Nacht geritten. Hier, so nah an der Breiten Straße, konnten sie nicht bleiben. Aber sie mußten auch in der Nähe von Magh-Nuadhat bleiben, damit der Mann aus dem Kleinen Volk sie finden konnte. Wer war nur der Mann, der da bei ihnen saß?

Er kam von Tara, wie der Mann, mit dem sie das Kleine Volk zusammenbringen wollte. Was, wenn es sich bei beiden um denselben handelte? Was, wenn sie hier vergebens warteten, während kostbare Zeit verstrich?

Iolaranam mußte eine Entscheidung fällen. Alle Blicke waren auf ihn gebannt, als er antwortete.

"Wir werden jetzt erst einmal einen Platz suchen, wo wir sicher lagern können. Toit, du bleibst mit dem Hauptmann hier bei den Pferden. Wir sehen uns um und holen euch, wenn wir einen guten Platz gefunden haben.

Auf Leute, das Licht nimmt nicht zu, während wir hier stehen bleiben."

Auf leisen Sohlen zogen sie aus. Zurück blieben der Hauptmann und Toit, die sogleich ein Gespräch begannen, als die anderen außer Hörweite waren.

Toit klopfte dem Verletzten auf die Schulter.

"Caochán, was machst du denn hier? Was ist das denn für eine Geschichte mit dem Hauptmann? Ich dachte, ihr solltet diesem Solasard einen Schrecken einjagen und zur Eile drängen und jetzt finde ich dich hier in diesem Zustand. Nun, was ist los?"

Caochán lächelte in sich.

"Du kennst doch Cluanaire. Er teilt nicht so gern. Deshalb hat er sich entschlossen nicht nur ein Stück, sondern den ganzen Kuchen einzuheimsen. Bei diesem Solasard ist doch nichts zu holen. Ich war selbst bei ihm und habe ihn ein Stück begleitet. Wenn ich mir überlege, daß dieser einfältige, gutmütige Narr unser nächster Hochkönig sein soll, oh je. Und die anderen Gestalten, die ihn begleiten, sind auch nicht gerade Helden. Du wirst sehen. Dieses Schwert gehört uns im Handumdrehen."

Toit konnte nicht ganz nachvollziehen, was die rechte Hand Cluanaires da gerade gesagt hatte.

"Was den ganzen Kuchen? Cluanaire wird doch wohl nicht Hochkönig werden wollen?"

Caochán tippte dem anderen Mann an die Stirn.

"Oh, Toit. Jetzt verstehe ich, daß ihr scheitern mußtet. Du verstehst gar nichts.

Cluanaire und Hochkönig, du bist ja wahnsinnig. Besser ist doch jemand, den man auf den Thron setzen kann und den man selbst beherrscht. Dieser Dragan besteht nur aus Rachegefühlen. Ihm geht es nur darum, seiner Familie und irgend so einem Weib eines auszuwischen.

Du weißt doch wie diese Steinhäusler sind, Narrren. Wegen einer Frau verraten sie ihr Land.

Das ganze kann aber nur richtig laufen, wenn Solasard das Schwert findet. Deshalb muß irgendwer die Fianna in die Irre leiten, damit Siorc auf Tara ungestört seiner Suche nachgehen kann. Außerdem hat Siorc alles im Griff auf Tara, solange dieser Hauptmann verschollen ist. Und während der echte Rabharta unserem Freund Dragan einen Besuch abstattet, habe ich seine Rolle übernommen, um hier die Fianna in die Irre zu führen, bis Solasard das Schwert für seinen Ziehbruder gefunden hat. Unsere Aufgabe ist es, sie so lange wie möglich aufzuhalten und Zeit zu schinden. Wenn gar nichts mehr geht, müssen wir ihnen halt den Lebensfaden etwas kürzen. Ob ich mich vorher noch etwas mit ihnen vergnüge? Was denkst du? Ich würde dir auch eine überlassen, einverstanden?

Und wenn ich diese Fianna gar nicht mehr aufhalten kann, schneiden wir ihnen nachts die Kehlen durch. Um die ist´s ja nicht weiter schade, obwohl die Weiber gar nicht so schlecht aussehen. Hast du verstanden?"

Toit erwiderte.

"Du weißt gar nichts von ihnen, oder? Es wäre schade um diese Leute. Sie sind ehrlich und gut. Ganz anders als unsereins."

Caochán packte ihn am Handgelenk.

"Sie sind auch besser und ehrlicher als deine Frau, die deine Schulden bei Cluanaire abarbeitet, weil du Schlappschwanz dein Leben nicht allein meistern kannst!"

Entsetzt weiteten sich die Augen Toits.

"Sag mir, daß es nicht wahr ist. Dieses Schwein! Er hat mir gesagt, er würde sie in Ruhe lassen, bis ich zurück bin. Was hat er ihr angetan, dieser Hund?"

Die rechte Hand des Anführers des Fahrenden Volkes wußte das Spiel zu spielen.

"Du kennst doch die Frauen, Toit. Hast du geglaubt, deine wäre anders. Gut, er hat ihr ein bißchen gedroht und erzählt, was er mit dir macht, wenn sie nicht in seinen Dienst treten würde, um schon einmal einen Teil der Schulden abzuarbeiten. Aber eigentlich kam sie freiwillig und gerne. Ich habe gehört, sie macht sich ganz gut.

Cluanaire hat mir mitteilen lassen, daß du deinen nächsten Auftrag nicht wieder vermasseln sollst. Du weißt wie gerne die feinen Herren die gute Ware von Cluanaire auf ihren Burgfesten mögen."

Toit stammelte leise vor sich hin.

"Maoth, ich bringe ihn um, dieses Schwein. Meine geliebte Maoth."

Der entsetzte Mann holte tief Luft bevor er weitersprach.

"Und was ist mein nächster Auftrag?"

Der falsche Hauptmann erkannte zu spät, daß er diesen Mann vielleicht soeben an die andere Seite verloren hatte. Würde Toit seinen Plan vereiteln, die Fianna in die Irre zu führen oder so lange wie möglich von den wichtigen Geschehnissen im Land ablenken, bis jedes Handeln zur Rettung zu spät kam?

"Warte es ab, dann wirst du es schon erfahren. Gib mir lieber etwas Wasser. Ich habe Durst. Du weißt ja gar nicht, wie furchtbar es war, euch hierhin und dorthin zu folgen und mich dann noch so hinzulegen, daß ihr mich auch findet. Aber es hat sich ja doch alles gefunden, auch wir zwei.

Ich warne dich, Toit, wenn du von unserem Boot abspringst, wirst du untergehen. Für diese Fianna bist du doch auch nur ein zusätzliches Maul, das sie stopfen müssen. Niemand würde dich vermissen, wenn du plötzlich verschwunden wärst. Ich erwarte von dir keine Wunder. Du sollst nur den Mund halten, mehr verlange ich nicht von dir, vorerst."

Der Angesprochene reichte ihm einen Wasserbeutel aus seiner Satteltasche und nickte schweigsam.

Seine Gedanken waren weit fort bei seiner schönen, jungen Frau. Was mochte Cluanaire alles mit ihr anstellen? Nur zu gut kannte er die Sitten und Gebräuche des Fahrenden Volkes. Es war mit Schmach verbunden, nicht die Schulden an den Anführer zurückzuzahlen. Es war immer eine Demütigung vor dem ganzen Volk, damit ja auch jeder erinnert wurde, seine Schulden auf jeden Fall zu bezahlen.

Beim letzten Mal hatte Cluanaire, nachdem der Schuldner nicht genug zurückgezahlt hatte, dessen Frau in sein Zelt gerufen.

Er hatte ihr klar gemacht, wenn sie ihrem Mann nicht half, müßte er ihn töten. So ging sie darauf ein. Cluanaire verlangte ja wahrlich nicht viel, als er sie zum Fest eines Burgherrn mitnahm. Als Cluanaire sie wieder vor dem Wagen ihrer Familie absetzte, war sie kaum wiederzuerkennen und wahnsinnig geworden.

Wenn Maoth auch nur ein Haar gekrümmt worden war, würde er dieses fette Schwein umbringen.

Er war sein ganzen Leben ein Lügner gewesen, ein Betrüger, aber das war kein Grund einer zu bleiben.

Toit würde Caochán im Auge behalten. Der sollte nur glauben, daß er zu ihm gehörte. Auch eine Maus kann einen Wolf fangen, wenn sie es will.

Caochán wollte gerade fragen, worüber Toit so angestrengt nachdachte, als er Schritte und Stimmen aus dem Unterholz vernahm.

Es dauerte nicht lange, da standen die Fianna wieder versammelt vor den beiden. Iolaranam hatte ein kleines Steinhaus mit einem Brunnen gefunden, das verlassen schien.

Dort wollten sie eine Weile rasten und überlegen, was sie tun sollten.

Schließlich war auch die Sonne aufgegangen. Nur kurz erstrahlte ihr morgendliches Rot, dann zog sie sich wieder zurück in ein graublaues Wolkennest. Langsam und bedrohlich zogen ganze Gebirge am Himmel vorbei. Auch die Kälte schien nicht weichen zu wollen.

Kurz nachdem das Haus erreicht war, ließen die Wolken ihre nassen Massen zur Erde fallen.

Der Herrin sei Dank war das Gebäude groß genug für die Pferde und die Menschen.

Caochán wusch sich und ließ seine Wunden von Cioná versorgen, bevor er in die Kleider schlüpfte, die ihm die anderen ausborgten.

Gegen Mittag waren Glaslasair und Seabhaceo aufgebrochen, um etwas Eßbares zu besorgen.

Oighrigh hatte vor dem großen Regen genug trockenes Brennholz gesucht und ein Feuer in der Feuerstelle entfacht, um das jetzt alle saßen und sich wärmten. Nun saß er abseits, lauschte in den Wald und hoffte, das Flüstern dort draußen seien keine Baumzweige, die sich aneinander rieben, sondern Shasza, die Waldelbin, der sein Herz gehörte.

Dúghorm fragte neugierig.

"Nun, Hauptmann, was gibt es denn Neues auf der Hochburg?"

Caochán dankte innerlich Siorc für die gute Vorbereitung auf dieses Treffen, bevor er antwortete.

"Oh, es gibt einiges zu berichten von Tara. Am selben Tag als der Abtrünnige, dieser Siorc, auftauchte, betrat auch eine junge Frau die Burg. Eala ist ihr Name. Sie wird die neue Hochdruidin, wenn Tuan in die Andere Welt geht. Ein herrliches Weib ist das. Wenn auch etwas kühl. Dann haben wir noch Cruimh, den Königlichen Berater, und Réalta, unsere durchlauchtigste Durchlauchtigkeit, die sich mit unserem Siorc zusammengetan hat. Ein widerlicher, bulliger Kerl. Er ist bei der Königlichen Garde untergeschlüpft und hat sich gleich bestens mit Arcán, dem Führer der Garde, verstanden.

Dieser Trottel weiß natürlich nicht, daß er sich mit diesem Dragan im Süden eingelassen hat.

Auch ich bin nur auf Umwegen dahinter gekommen. Als ich diesem Siorc abends folgen wollte, um zu sehen, was er so treibt und mit wem er sich so trifft, haben mich zwei Kerle so übel zugerichtet.

Ich bin euch vielmals zu Dank verpflichtet, daß ihr mich gefunden und aufgenommen habt. Jeder andere hätte mich liegen lassen."

Ein Blick zu Toit bestätigte diese Aussage.

Iolaranam rieb sich die Hände über dem Feuer.

"Und was soll nun geschehen? Wir werden dir wohl keine große Hilfe sein auf unserem Weg. Ein Pferd können wir euch nicht geben und auch keine Vorräte.

Wir haben selbst nichts mehr und leben von der Hand in den Mund, was immer noch besser ist als umgekehrt. Begleiten können wir euch auch nicht, denn wir werden noch eine Woche hier lagern, bis wir weiterziehen.

Wir haben eine lange Strecke zurückgelegt und müssen uns ein wenig ausruhen, bevor wir weiterreiten."

Camchéachta zog seine Stirn in Falten, sagte aber nichts. Auch Dúghorm warf ihrem Anführer fragende Blicke zu. Bevor jedoch jemand etwas sagen konnte, polterten Glaslasair und Seabhaceo herein, die zwei junge Rehböcke erjagt hatten. Aus einer Wunde über dem Herzen tropfte Blut auf den Boden. Nach einem vorwurfsvollen Blick von Sionnach brachten die Jäger ihre Beute wieder vor die Tür. Dort zogen sie dem Tier das Fell ab. Dann zerteilten sie es und brachten das Fleisch herein, damit es auf Spießen über dem Feuer braten konnte. Ein köstlicher Geruch zog an ihren Nasen vorbei.

Ungeduldig warteten alle, bis das Fleisch fertig gegart war. Wenigstens würden sie heute nacht nicht mit knurrenden Mägen gegen das Einschlafen kämpfen.

Iolaranam verteilte alles so gerecht wie möglich. Sie würden sogar noch Fleisch für die nächsten Tage übrig haben.

Draußen war es mittlerweile dunkel geworden. Das Knistern des Feuers tat allen gut. Seit langem hatten sie sich nicht mehr so gut gefühlt.

Später holte Oighrigh sogar seine Flöte hervor und spielte darauf, während die meisten leise mitsummten.

Caochán hatte sich früh hingelegt. So war er der noch offenen Frage, was er jetzt zu tun gedachte, am besten aus dem Weg gegangen. Er wußte selbst noch nicht so genau, wie er Zeit schinden sollte.

Wenn die Fianna aber schon einmal beschlossen hatten, eine Woche hier zu lagern, klang das gar nicht schlecht. Irgendwie mußte es ihm gelingen, sie von Tara fernzuhalten, aber sie durften auch nicht in den Süden ziehen, wo Dragan herrschte.

Grübelnd schlief er ein.

Das war genau der Zeitpunkt auf den Iolaranam den ganzen Abend gewartet hatte.

Mit einer leichten Handbewegung forderte er Crónachan und Gormeala auf, ihn vor das Haus zu begleiten.

Verwirrt blickten die anderen auf, doch der Anführer bedeutete Oighrigh weiter zu spielen und den anderen weiter zu summen.

Dann gesellte er sich zu den beiden Frauen, die draußen bereits auf ihn warteten.

Crónachan ergriff als erste das Wort.

"Was ist los? Hier geht doch irgend etwas vor?"

Iolaranam wußte die forsche Art der jungen Kämpferin zu schätzen. Vom ersten Tag an war sie den Fianna treu ergeben und kämpfte mit ganzem Herzen. Obwohl Gormeala ihr wie eine Schwester glich, war diese wesentlich ruhiger als Crónachan und benutzte erst ihren Verstand, bevor sie eine andere Waffe zog. Es war gut gewesen, die beiden Frauen nicht abzuweisen.

Sie waren dankbar für jede Aufgabe, die sie gemeinsam erfüllen konnten. In der Gruppe hielten sie sich immer etwas abseits. Sie waren Einzelgängerinnen und das zeigten sie jedem deutlich.

Iolaranam antwortete der Frau.

"Du siehst selbst, daß hier etwas nicht in Ordnung ist, Crónachan. Ich könnte meinen Hintern darauf verwetten, daß hier irgend etwas stinkt. Das sind alles seltsame Zufälle und zu viele davon. Erst treffen wir diesen Toit und dann diesen Hauptmann. Mir will es auch fast noch so vorkommen als kennen sich die beiden.

Kurzum, ich möchte einen Boten nach Cill-airne schicken."

Crónachan bellte den Anführer fast an.

"Wenn du glaubst, daß eine von uns alleine geht, dann irrst du dich, Iolaranam. Das müßtest du doch mittlerweile wissen. Ich gehe dahin, wo Gormeala hingeht und Gormeala geht dahin, wo ich hingehe."

Gormeala strich Crónachan besänftigend über das hellblonde Haar.

"Mein Herz, wir stünden nicht gemeinsam im Schlamm, wenn nur du gehen solltest. Laß Iolaranam ausreden."

Der Anführer dankte es ihr mit einem Lächeln.

"Genau so ist es. Ich möchte, daß ihr beide gemeinsam reitet. Dann weiß ich, daß ihr auf jeden Fall auch ankommt."

Gormeala fragte neugierig:

"Aber was sollen wir Faolchú ausrichten? Und wann sollen wir aufbrechen?"

Iolaranam grauste es bei den Worten, die er nun aussprechen mußte.

"Fragt mich nicht warum, aber ich glaube, es wird nur allzu bald Unruhen geben. Sicherlich muß ich erst diesen Mann aus dem Kleinen Volk treffen, bevor ich entscheide, was zu tun ist. Aber wenn ich diese Entscheidung getroffen habe, möchte ich sie auch so schnell wie möglich in die Tat umsetzen. Ich erwarte von euch, daß ihr euch morgen früh auf den Weg macht. Ich werde euch zum Jagen ausschicken, damit dieser Hauptmann nichts mitbekommt. Er mag zwar gegen Broc sein, aber das heißt noch lange nicht, daß er auf unserer Seite ist.

Ihr folgt der Breiten Straße bis nach Ath-Luain. Wir haben eine Mittelsfrau dort. Ihr Name ist Blonag. Sie ist die Wirtin vom "Schlafenden Eber". Sagt ihr, ihr kommt von Naoisi, sie wird euch ein passendes Schiff besorgen. Auf der Siona werdet ihr dann bis nach Luimneach reisen."

Crónachan und Gormeala wechselten vielsagende Blicke und fragten wie aus einem Mund.

"Naoisi?"

Das war genau das, was Iolaranam jetzt nicht unbedingt brauchte.

"Es gab auch noch ein Leben vor den Fianna. Oder habt ihr geglaubt, meine Mutter hätte mir den Namen Adlerseele gegeben. Können wir es nun dabei bewenden lassen? Mehr bekommt ihr sowieso nicht aus mir heraus."

Crónachan flapste:

"Nun, da wäre ich mir nicht so sicher, Adlerseele. Nun gut, wir fahren die Siona runter mit einem Boot, das uns diese Blonag besorgt. Und wie geht es weiter?"

Iolaranam fuhr fort:

"Von Luimneach reitet ihr so schnell es euch möglich ist nach Hause.

Richtet Faolchú aus, es soll vorsichtig die Truppen zusammenziehen und in Bereitschaft halten.

Er soll eine Einheit nach Magh-Ealla aussenden, eine in die Nähe von Gaillimh und eine Dritte nach Cabhan.

Aber alles muß unauffällig vonstatten gehen, vor allem darf das Fahrende Volk nichts davon erfahren und auch dieser Dragan nicht. Wenn wir eingreifen, muß das blitzschnell und überraschend geschehen.

Was wir überhaupt nicht gebrauchen können sind Zeugen. Richtet ihm aus, es soll langsam und behutsam vorgehen. Aber trotzdem sollten wir spätestens an Beltainè die einzelnen Standorte erreicht haben.

Außerdem möchte ich, daß eine Botenkette eingerichtet wird. Wir bekommen zu wenig Neuigkeiten. Was wir brauchen sind Reiter, die immer eine kurze Strecke übernehmen, sagen wir zwanzig Meilen, um eine Nachricht an den nächsten Boten weiterzugeben.

Sag ihm, wir können wieder das werden, was wir zu Zeiten Fionns waren, aber wir müssen es uns hart erarbeiten. Nichts wird uns in den Schoß fallen.

Ihr beide werdet im Süden bleiben und ihm helfen, so gut es euch möglich ist. Ich setze alles auf euch. Es wird keine weiteren Boten geben, die diese Nachricht zu Faolchú bringen. Mir fällt es schon schwer genug, euch gehen zu lassen, aber auf die anderen kann ich noch weniger verzichten oder sie sind noch zu unerfahren für diese Aufgabe. Ihr müßt es einfach schaffen. Ich erwarte von euch, daß ihr diese Aufgabe erfüllt und wenn es das letzte ist, was ihr in diesem Leben tut.

Vielleicht hängt die Zukunft eurer Heimat von ihrem Gelingen ab. Ich weiß, daß ihr mich nicht enttäuschen werdet.

Müßt ihr sonst noch etwas wissen?"

Gormeala fuhr mit ihren Fingern durch das lange, blonde Haar.

"Wirst du den anderen sagen, wo wir sind? Und wo können euch die Boten finden, falls Faolchú welche senden muß?"

Der Anführer dachte nach.

"Wir werden noch eine Woche hier sein und auf Dairs Boten warten. Wahrscheinlich werden wir den Boten eher finden als er uns. Was nun die erste Frage betrifft, ich werde den anderen erst einmal nicht sagen, wo ihr seid. Nicht daß einer der beiden Kauze mißtrauisch wird.

Nachdem wir jetzt so lange hier draußen stehen, wissen sowieso alle, daß etwas los ist. Kommt, laßt uns wieder hineingehen.

Mir ist kalt und alles, was gesagt werden mußte, ist gesagt."

Als die drei in das Haus zurückkehrten fanden sie nur noch Dúghorm und Cioná wach vor.

Iolaranam wunderte sich zwar darüber, weil er wußte, daß sich die beiden nicht sonderlich mochten, doch er war so müde, daß er fast sofort nachdem er sich gesetzt hatte, eingeschlafen war.

Nur Crónachan, die sich in der Nähe der beiden hingelegt hatte, hörte wie Dúghorm auf Cioná einredete.

"Und du bist dir ganz sicher? Ich meine, gibt es keinen Zweifel? Schließlich hast du dir den Kerl nicht stundenlang angesehen."

Die Heilerin der Fianna flüsterte aufgeregt zurück.

"Wenn ich es dir sage, ich kenne diese Narben nur zu gut. Der Mann gehört oder hat auf jeden Fall zum Fahrenden Volk gehört. Sicher kann ich mich auch täuschen, aber glaube mir, ich weiß, was ich sage. Und diese Narbe hat er nicht erst seit kurzer Zeit."

Der Ratgeber Iolaranams kraulte sich das Kinn.

"Ich kann es ihm erst dann sagen, wenn du sicher bist. Und ich denke, du solltest ihn dir noch einmal genauer ansehen. Ich weiß auch nicht, warum ich ihm nicht traue, aber das ist ja auch gut so. Auf der anderen Seite, wenn der Mann wirklich ein Hauptmann ist, dann kann die Narbe auch von einem seiner Kämpfe kommen. Am besten, untersuchst du ihn morgen noch einmal und vergewisserst dich."

Cioná nickte.

Im Steingarten

Eala erwachte schweißgebadet aus einem Traum und wußte sofort, daß sie nicht geträumt hatte. Sie wünschte sich nur zu sehr, sie hätte es.

Jedesmal wenn sie die Augen schloß, erschien Rabhartas schmerzverzerrtes Gesicht. Die Schattenbringerin konnte jeden seiner Gedanken fühlen.

All das konnte sie ertragen; die Wut, die Angst, die Hilflosigkeit, aber tief in seinem Herzen glomm eine kleine Flamme auf, die ihren Namen trug.

Das Herz Ealas raste. Es war schon schwer genug für sie, in diese Menschenwelt zurückzukehren. Sie hatte sich geschworen, nur ihren Auftrag zu erfüllen und endlich völlig frei, diesen allzu menschlichen Leib zu verlassen und ein Teil der Weltenseele zu werden. Sie wollte diese ganzen Gefühle nicht mehr.

So oft hatte sich die Schattenbringerin gewünscht, daß dieses Herz doch einfach nur stehen bliebe, damit sie den Leib verlassen konnte.

Diese Seele war kein Teil ihres Körpers, vielmehr war der Körper ein Teil ihrer Seele, dessen Gefangene sie war. So lange hatte sie an sich gearbeitet und jeden Tropfen ihres menschlichen Blutes zu ertränken versucht. Es hatte sie viel Mühe gekostet, diesen Felsen an den Abgrund zu wälzen. Jetzt genügte nur noch ein kleiner Stoß, um ihn abstürzen zu lassen.

Es dauerte lange, die Tore aufzubrechen, doch nun gehörte nur noch ein Hauch dazu, die Mauern zum Einsturz zu bringen. Nur ein Hauch.

Doch sie vermochte ihn nicht auszustoßen. Dabei sehnte sie sich nach nichts anderen als dem Nichts. Eala wußte, alles aufzugeben hieße alles zu gewinnen.

Sie mußte Broc nur dazu bringen, noch die anderen zwei Gessa zu brechen.

Vielleicht würde ihr dann sogar ein anderer die Aufgabe abnehmen und sie töten. Oder das tun, was die Menschen töten nennen. Wie groß war ihre Angst vor dieser Schwärze, vor diesem Tunnel.

Doch Eala konnte kein Licht hindern, ins Dunkel zu blicken. Denn wer in die Finsternis schaut, findet immer etwas darin.

Die Schattenbringerin verstand diese Ängste nicht. Sie wollte nichts anderes als in diesem Dunkel aufzugehen. Sich hingeben heißt sich auflösen, sich auflösen heißt eins werden. Nach nichts anderem sehnte sie sich.

Das einzige Verlangen, das zu allen Zeiten und an allen Orten wahr bleibt, ist das Verlangen nach Erfüllung, nach Vervollständigung.

Sie konnte das Streben der Menschen nach Ruhm und Macht nicht verstehen. Nur Unglück brachten diese Wege.

Doch Leere ist Fülle, für den, der sie fühlt. Eala fühlte sie nur zu sehr. Nur ein kleines Weilchen noch, dann würde auch das letzte Streben in ihr enden. Dann würde sie nur noch Hingabe sein.

Die Schattenbingerin mußte nur noch diese Aufgabe hinter sich bringen und Rabharta aus ihrem Herzen streichen.

Einst hatte sie an die Liebe geglaubt, aber schmerzvoll hatte sie eines lernen müssen; je mehr man die Menschen liebte um so mehr taten sie einem weh.

Sie kannten die bedingungslose Liebe der Anderen Welt nicht. In ihrer Liebe mußte immer gewählt, verzichtet und verletzt werden. Menschen konnten nur einen anderen Menschen lieben, nie aber wirklich annehmen. Immer mußten sie Forderungen stellen, hatten sie Erwartungen. Die Menschen mußten immer für oder um oder mit ihrer Liebe kämpfen. Sie konnten sich nicht einfach hineinfallen lassen wie in ein Daunenkissen.

Immer gab es da Neid und Eifersucht aus falsch verstandenem Besitzanspruch. Sie verstanden nicht, daß wahre Liebe Freiheit bedeutet.

Nur zweimal in ihrem Leben war sie glücklich gewesen. Eala hütete die Erinnerung daran wie einen Schatz. Sie halfen ihr, nicht an dieser Welt zu verzweifeln.

Mit Rabharta hätte sie vielleicht irgendwann einmal glücklich werden können. Aber wahrscheinlich unterschied er sich nur unwesentlich von den anderen Männern, die sie kennengelernt hatte. Ja, so war es, die Männer wünschen sich Frauen, mit denen sie spielen können wie mit einem Kätzchen. Kriegen sie aber einmal eine ausgewachsene Katze zu fassen, dann laufen sie jammernd davon.

Nun lebte sie wieder mit den Wölfen. Nur mühsam lernte sie das Heulen. Zu gut wußte sie, daß dieses Nachahmen nichts anderes war als ein Mord an ihrem Selbst.

Sie fühlte, jeden Tag an dem sie länger in diesem menschlichen Leib verharrte, starb ein Teil ihrer Elbenseele.

Wer würde diesen Kampf in ihr nun gewinnen, die Elbin oder die Menschenfrau?

Da klopfte es an ihrer Tür. Erstaunt zog sie sich ein Unterkleid über und faßte ihre rotblonden Locken flüchtig zu einem Zopf zusammen.

Eala räusperte sich noch einmal, bevor sie die Tür öffnete.

Kaum hatte sie diese einen Spalt breit geöffnet, schlüpfte auch schon Tuan in ihr Zimmer.

"Einen gesegneten Morgen wünsche ich dir, Eala. Ich hoffe, du nimmst es mir nicht übel, daß ich dich erst jetzt wieder besuche. Aber der König ließ die erste Zeit nach deiner kleinen Überraschung jeden meiner Schritte überwachen."

Die Schattenbringerin erinnerte sich schmunzelnd an den Abend vor einer Woche, als sie den Hochkönig dazu brachte, sich selber zu essen und damit seinen ersten Geís zu brechen. Sie hatte Broc, dem Dachs, einen solchen als Braten vorgesetzt und ihm erst nachdem er ihn restlos aufgegessen hatte, verraten, um welches Tier es sich handelte.

"Oh, sorge dich nicht. Ich werde die Gunst des Hochkönigs schon wieder erlangen. Er hat viel zu sehr Gefallen gefunden an meinen Rockschößen. Außerdem habe ich im Coven nicht nur gelernt wie man einen Hochkönig dazu bringt seine Gessa zu brechen, sondern auch wie man ihn aufs Kreuz legt. Ich bin eine Frau, Tuan! Für mein großes Ziel bin ich zu allem bereit. Was kümmert mich dieses arme Menschlein."

Der Hochdruide blickte sie verständnislos an.

"Du hast nicht das geringste Mitleid mit ihm, oder?"

Die grünen Augen Ealas funkelten gefährlich.

"Glaubst du, er hätte Mitlied mit mir? Du siehst doch selbst, was er mit mir gemacht hat. Alleine durfte ich nicht einmal mehr mein Zimmer verlassen. Aber nichts kann ihn vor seinem Schicksal bewahren.

Wie lange muß ich denn noch hier drinnen bleiben? Hast du irgend etwas gehört, was der Hochkönig mit mir vorhat?"

Der Hochdruide schüttelte den Kopf.

"Nein, der König hat seit dem Abend kein Wort mehr mit mir gewechselt. Broc hat sich völlig zurückgezogen. Er mißtraut allem und jedem. Der einzige, den er noch zu sich läßt ist Arcán.

Rabharta ist immer noch wie vom Boden verschluckt. Auf ihn hätte der Hochkönig gehört. Es gibt nichts dümmeres als sich jetzt zurückzuziehen. Das Volk will seinen König jetzt sehen. Die Menschen wollen überzeugt werden, daß nichts daran ist an den wilden Gerüchten, die umgehen.

Wahrlich, dein erster Streich ist dir gut gelungen! Aber wie willst du es schaffen, daß er auch die anderen zwei Gessa bricht?"

Eala lächelte geheimnisvoll.

"Wenn die große Herrin wünscht, daß er untergeht, dann wird er untergehen. Warte nur, er wird zu mir kommen. Ich weiß es."

Tuan war erstaunt über die Zuversicht der Schattenbringerin.

"Ich wüßte nur zu gern, was diese Kälte in dir hervorgebracht hat. Als du noch ein kleines Mädchen warst, hielt ich dich auf dem Schoß. Damals warst du so liebenswert."

Die Schattenbringerin erwiderte:

"Und so artig. Nun alles ändert sich einmal, Tuan. Ich gebe euch Menschen nur zurück, was ihr mir angetan habt. Ich bin doch nur das, was ihr aus mir gemacht habt. All die Jahre der Ablehnung, des Vertrauensmißbrauchs, der Lüge.

Auch das Leben in einem Coven bewahrt dich nicht vor dem Leben selbst. Aber nur dort konnte ich meine Zukunft finden.

Sucht man noch nach Rabharta?"

Der Druide des Hochkönigs erwiderte:

"Nein, man hat die Spuren seiner Stute bis zum Waldrand verfolgt, aber dann verloren sie sich.

Abgesehen davon ist Arcán sehr froh, ihn endlich los zu sein. Der wird sich nicht die Hände schmutzig machen wegen Rabharta.

Sollte er dir fehlen, Schattenbringerin? Ich denke, du hast alle Gefühle in dir abgetötet?"

Ealas Miene gefror.

"Das würde dir gefallen, nicht wahr! Eine Schattenbringerin, die sich in einen Menschen verliebt hat und ihre Aufgabe deshalb nicht erfüllen kann.

Aber laß dir eins gesagt sein, Tuan. Ich werde meine Aufgabe erfüllen!

Was auch immer mit Rabharta geschehen ist, er wäre mir nur hilfreich gewesen. Jetzt muß ich eben ohne ihn auskommen. Versuche nicht, mir Fallen zu stellen, Tuan. Es gibt nichts und niemanden, der mich aufhalten könnte. Laß mich jetzt allein."

Der Hochdruide grüßte sie, ging hinaus und überließ die Schattenbringerin wieder ihren dunklen Gedanken.

Eala wusch sich und zog sich an. Im Ausschnitt ihres Kleides würde heute morgen so mancher ertrinken.

Vorsichtig trat sie auf den Gang. Zuweilen hatte Broc einen Mann der Königlichen Garde vor ihrem Zimmer zu ihrer Bewachung aufgestellt.

Heute stand niemand da. Stolz und aufrecht betrat sie die Halle.

Es war immer das gleiche Bild, das sich ihr morgens zeigte. Broc hing auf seinem Thron schon wieder betrunken von zu vielem Wein zum Frühstück.

Réalta glänzte durch Abwesenheit und lag wahrscheinlich noch bei einem ihrer Liebhaber. Tuan stand in der Nähe des Hochkönigs und versuchte ihn je nach seinem Gemütszustand zu besänftigen oder ihn zu wecken. Measartha lehnte in einer dunklen Ecke, von der aus die ganze Halle zu überblicken war. Arcán saß in der Nähe des Throns, um den Trank und die Speisen des Hochkönigs vorzukosten und war fast genau so betrunken wie sein Herr.

Dazwischen saßen einige Höflinge mit ihren Frauen oder allein und schäkerten mit den Bediensteten des Hofes.

Noch hatte Eala niemand außer Measartha, den Vertreter des ersten Hauptmanns, entdeckt. Der war nicht erstaunt, sie zu sehen.

Rabharta hatte den jungen Mann nicht zu seinem Nachfolger bestimmt, weil er ein guter und tapferer Krieger war, sondern weil er ein kluger, vorausschauender Mensch war.

Measartha war ein besonnener Mann, der lange abwägte, bevor er eine Entscheidung traf. Aber wenn er sich für etwas entschieden hatte, konnte ihn nichts mehr davon abhalten.

Im Augenblick hatte er sich in den Kopf gesetzt, Rabharta zu finden. Er wußte, daß diese Frau etwas mit dem Verschwinden Rabhartas zu tun hatte. Kurz vor seinem Aufbruch hatte er den Hauptmann aus dem Gang kommen sehen, auf dem Ealas Zimmer lag und Measartha wußte, daß er bei ihr gewesen war. Dennoch konnte er sie nicht so einfach aufsuchen. Jedermann wußte, daß der König ein Auge auf sie geworfen hatte.

Nun denn, dann würde er jetzt ihr und sich selbst helfen.

Der Vertreter des ersten Hauptmanns wartete bis Eala in der Nähe des Throns Platz genommen hatte. Er nahm seinen Krug, den Kanten Brot, an dem er die ganze Zeit lustlos herumgekaut hatte und setzte sich zu ihr.

"Seid mir gegrüßt, Eala. Ich hoffe, ihr seid wohlauf. Man sah euch selten in den letzten Tagen."

Freundlich erwiderte sie seinen Gruß und widmete sich dem jungen Mann, immer einen Seitenblick auf Broc gerichtet.

"Nun, ich war etwas unpäßlich. Ich hatte mir an einem Braten den Magen verdorben und mußte mich ein wenig zurückziehen. Aber nun bin ich wieder völlig hergestellt und kann am Geschehen des Hofes wieder teilhaben.

Und wie ist es euch ergangen? Gibt es Neuigkeiten von Rabharta?"

Measartha wußte zwar, daß sein Hauptmann auf dem besten Wege war, sich in diese seltsame Frau zu verlieben, aber er hätte nie geglaubt, daß dies von ihrer Seite aus vielleicht auch der Fall war. Aber das waren nicht seine Angelegenheiten.

"Es gibt nichts Neues. Das Schlimme ist, ich weiß, daß dieser Siorc, dieser Fianna, bis zum Hals in dieser Sache mit drin steckt. Aber ich habe nichts, womit ich ihn belangen könnte.

Am liebsten würde ich alles aus ihm herausprügeln, aber das ist natürlich nicht möglich. Wißt ihr denn nichts?"

Eala gefiel dieser junge Mann.

"Nun, das einzige was ich weiß, ist, daß Rabharta an diesem Tag Siorc verfolgen wollte, weil dieser sich wohl mit einem Mittelsmann Dragans treffen wollte. Mehr weiß ich auch nicht.

Aber ihr habt recht, wenn ihr sagt, daß euch die Hände gebunden sind. Gibt es denn niemanden auf der Burg, der es aus dem Kerl herausprügeln könnte, ohne daß ihr in Verdacht geratet?"

Da kam dem jungen Mann ein Gedanke. Noch konnte er nicht ganz begreifen, welche verrückte Idee da langsam von ihm Besitz ergriff.

"Nein, es gibt niemanden hier auf der Burg, dem ich soweit vertrauen würde. Aber ich habe da so einen Gedanken, der in Ruhe zu

Ende gedacht werden will. Entschuldigt mich, ich habe noch etwas zu erledigen."

Eala war verwundert über den übereilten Aufbruch.

Als der junge Mann das Ende der Halle fast erreicht hatte, stand sie auf, um ihm nachzueilen.

In diesem Augenblick rief sie der Hochkönig an.

"Eala, einzige Blume in meinem Steingarten, was lauft ihr der Jugend nach, wenn ihr doch die Weisheit des Alters wählen könnt?"

Schnell schluckte sie ihren Zorn hinunter und brachte ihre grünen Augen zum Strahlen.

"Ihr habt so recht, Hoheit. Verzeiht mir diesen kleinen unachtsamen Augenblick. Natürlich ziehe ich eure Gesellschaft vor. Measartha fragte mich nur, ob ich vielleicht wüßte, wo euer erster Hauptmann abgeblieben sei.

Ich weiß es natürlich nicht, aber dann fiel mir ein, daß ich ihn, glaube ich, zuletzt mit Cruimh sprechen sah. Vielleicht täusche ich mich ja auch."

Der Hochkönig nahm einen großen Schluck aus seinem Krug.

"Ach ja, der arme Rabharta, wahrscheinlich ist er irgendwelchen Tieren im Wald zum Opfer gefallen. Dann ist ihm nicht mehr zu helfen. Ich hätte nicht gedacht, daß er mir eines Tages so fehlen könnte, nun gut.

Ein hübsches Kleid, das ihr da tragt."

Eala verneigte sich artig. Nur zu bald würde dieser alte Körper ihre Krallen wieder spüren.

"Ich danke euch, Herr! Verzeiht mir noch einmal, was an diesem Fest geschah. Ich wußte wirklich nichts von diesem Geís, und ich wollte euch doch nur eine Freude machen. Könnte ich euch denn einen Schaden zufügen?"

Broc griff der Frau an den Busen, als prüfe er die Ware, die ihm da feilgeboten wurde.

"Nein, das würdest du nicht wagen, nicht wahr? Ein Bär, der seine Zähne verloren hat, kann immer noch seine Krallen benutzen, um Beute zu schlagen.

Komm mit mir, dann wollen wir sehen, wie weit ich dir verzeihen kann."

Eala entzog sich den schmierigen Händen des Hochkönigs und lächelte verheißungsvoll. Nur mit Mühe konnte sie den Ekel unterdrükken, der in ihr aufstieg.

"Herr, ich habe eine Woche keinen Himmel gesehen, wollt ihr mich vielleicht erst zu einem Spaziergang über den Markt begleiten? Ich brauche Bänder für mein Haar."

Wankend erhob sich Broc von seinem Thron und zog die Frau hinter sich her.

"Später kaufe ich dir so viele Bänder, daß du darin baden kannst. Aber jetzt laß uns das Band zwischen dem Hochkönig und seiner zukünftigen Druidin etwas festigen."

Tuan, der die ganze Zeit schweigsam zugehört hatte, sprang auf, um Eala zu Hilfe zu kommen, aber es war zu spät. Unaufhaltsam zog der Hochkönig die junge Frau hinter sich her.

Auf dem Weg zu den Gemächern des Hochkönigs begegnete ihnen noch einmal Measartha, der seine Satteltaschen mit einem Vorrat an Brot und Wasser gefüllt hatte.

Die fragenden Blicke Ealas konnte er nicht beantworten. So eilig hatte es der alte Mann, zum Zuge zu kommen.

Das Gemach des hohen Herren war von vier großen Kerzen erhellt. Ein Fenster, das hätte Licht spenden können, war so dreckig, daß es schon keinen Blick mehr nach draußen zuließ. Der ganze Steinboden war mit zahllosen Fellen bedeckt. Da lagen Bärenfelle, Felle von Wölfen, Füchsen, Hasen, Wildschweinen, alle friedlich beieinander, still und tot. Solchen Frieden konnten nur Menschen schaffen.

An den Wänden prangten große Banner und in der Feuerstelle brannte ein herrliches Feuer.

Auch auf dem Lager des Herren lagen unzählige flauschige, weiche Decken .

Kraftvoll schleuderte er Eala darauf, raffte ihr Kleid in die Höhe und wollte gerade über sie herfallen, als sie sich schnell zur Seite drehte und sagte:

"Herr, wer seid ihr? Ein Bauer? Habt ihr es vielleicht verlernt, einer Frau so zu begegnen wie es einem Hochkönig geziemt?"

Der Hochkönig stutzte kurz und griff nach der Frau, die nun von dem Lager sprang.

"Wie benimmt sich denn ein Hochkönig? Er nimmt sich, was ihm zusteht, und fragt nicht lange. Komm wieder zurück!"

Eala suchte nach einem Krug und einem Becher. Sie fand nichts und rief nach einem der zwei Diener, die immer vor der Tür des Hochkönigs warteten.

Die Schattenbringerin verlangte nach einem dunkelroten, schweren Wein. Der würde den Lüstling schon einschläfern. Dann wandte sie sich wieder Broc zu, der sich im Liebertaumel auf dem Lager räkelte.

"Nun Herr, wenn ihr nicht wißt, wie sich ein Hochkönig einer richtigen Frau gegenüber verhält, so werde ich es euch zeigen."

Langsam zog sie das Band aus ihrem Haar und überließ ihre rotblonden Locken der Freiheit. Gerade als sie die Schleife ihres Kleides lösen wollte, klopfte es.

Langsam und geschmeidig ging sie zur Tür, ihre Hüften hin und her wiegend. Sie nahm den Krug mit dem Wein und die zwei kostbaren Kelche entgegen und verschloß die Tür.

Nun zog sie die Schleife, die ihr Oberkleid zusammenhielt langsam auf. Blauer Stoff fiel raschelnd zu Boden. Das weiße Unterkleid war dünn und fast durchsichtig. Brocs Augen wurden groß und größer. Er verfolgte jede ihrer Bewegungen gebannt.

Eala stellte den Wein auf einen Tisch neben dem Lager des Hochkönigs.

Sie goß sich und Broc von dem Wein ein und reichte ihm sein Glas.

Der alte Mann stürzte den Wein wie Wasser hinunter. Noch einmal füllte ihm Eala den Kelch und auch dieses Mal trank er ihn in einem Zug leer, während Eala noch an ihrem ersten Kelch nippte.

"Nun Herr, soll ich auch dieses Kleid ablegen? Wenn ja, so müßt ihr euch auch entkleiden. Ich werde mich euch nicht hingeben wie eine Magd. Vielleicht mögt ihr noch etwas von mir lernen."

Broc zerrte sich die Kleider vom Leib und warf sie einfach vor sich auf den Boden. Eala versuchte nur noch an die Erlösung zu denken, wenn alles hier vorbei war.

Wieder füllte sie den Kelch des Königs und reichte ihn ihm.

Dieses Mal warf er den Kelch fort und zog die Schattenbringerin auf das Lager.

Zu schnell war das Kleid zerrissen. Auch wenn Broc betrunken war, wußte er genau, wozu diese Frau in diesem Zimmer war.

Jetzt konnte Eala nur noch eines helfen. Sie schloß ihre Augen für einen Augenblick, berührte das Nichts und zog sich in das All-eins-Sein zurück. Als sie ihre Augen wieder öffnete war nur noch ein Teil von ihr in dieser Welt.

Ruhig und langsam sprach sie mit einer Stimme, die niemals einen Widerspruch dulden würde.

"Herr, ihr braucht euch nicht so anzustrengen, entspannt euch, und ich werde mich um euch kümmern."

Der Hochkönig ließ ab von ihr und legte sich auf den Rücken. Wehrlos lag der alte Mann nun vor ihr. Sein faltiges Gesicht, sein aufgedunsener Körper, das was einst ein mächtiges Schwert gewesen sein sollte, taugte jetzt nicht einmal, um einen Apfel zu schälen.

Einfach wäre es jetzt ihn zu töten, aber das war nicht ihre Aufgabe. Broc mußte seinen Untergang selbst herbeiführen.

Schluck für Schluck flößte sie ihm den Wein ein und artig trank er ihn bis auf den letzten Tropfen.

Immer wieder glitten seine Hände auf ihre Brüste. Sie ließ ihn gewähren. Es gab nichts mehr, was er ihr antun konnte. Eala hatte ihn völlig in ihrer Macht. Ein Teil ihrer dunklen Seele lachte über ihn. Broc lag wie gelähmt, als sie sich auf ihn setzte.

Seine Hände glitten über diesen jungen, makellosen Körper. Sollte er nur das Tier in ihr wecken.

Die Schattenbringerin zeichnete alte Zeichen auf diesen Leib, während ihre Fingernägel darüberstrichen. Sie weihte ihrer Herrin dieses alte Fleisch.

Immer mehr krallte er sich an ihr fest und wollte in sie stoßen. Doch in dieser heiligen Grotte würde er nie baden. Nur zu einfach wußte sie ihm das Gefühl zu verschaffen, er sei wirklich in sie eingedrungen. Immer schneller stieß er vor, immer heftiger schlug Eala ihre Krallen in seinen Leib. Rote Striemen verliefen über seinen Körper, Arme, Beine, der Bauch, nichts verschonte sie und bereitete ihm doch Lust. Hielt ihn in ihrem Bann, bis er sich ins Nichts ergoß.

Sofort danach war er friedlich grunzend eingeschlafen. Eala wischte sich das Zeugnis dieser Armut an das zerrissene Unterkleid und warf es auf das Lager.

Sorgfältig flocht sie ihr Haar und richtete das Hemd, das sie sich vom König, der ihr Kleid zerrissen hatte, genommen hatte, und zog es an. Sorgfältig streifte sie das blaue Oberkleid über und überprüfte seinen Sitz.

Was auch immer gerade geschehen war, sie war Eala, die Schattenbringerin, und nicht des Hochkönigs Hure.

Auch wenn es sie drängte, diesen Ort so schnell wie möglich zu verlassen, sie riß sich zusammen und öffnete die Tür. Würdevoll schritt sie an den zwei Leibdienern Brocs vorbei.

Endlich hatte sie die Küche erreicht, wo sie befahl, den Zuber in ihrem Zimmer mit warmem Wasser zu füllen.

Sie nahm sich einen kleinen Gewürzkuchen, der für das Abendessen gedacht war, einen Krug mit Wein und ging auf ihr Zimmer.

Während die Mägde immer wieder hereinkamen, um das warme Wasser einzufüllen, glitten ihre Gedanken zu Measartha.

Schließlich war die Wanne gefüllt und Eala stieg in das Wasser. Sie schrubbte ihre Haut und wusch ihr Haar. Die Frau lag so lange im Wasser, bis es fast erkaltet war.

Nur zu bewußt trank sie den Wein, betäubte ihren wilden Geist. Manchmal mußte man sich erniedrigen, um sich zu erhöhen.

Mühelos glitt sie auf die Traumstraße und dort fand sie auch Measartha. Nicht weit von Tara entfernt stand er vor dem Waldrand.

Schnee lag überall, auf ihm, auf seinem Pferd. Nun war der Winter doch eingekehrt. Lange mußte der Reiter schon so stehen, denn rund um ihn waren keine Hufabdrücke im Schnee zu sehen.

Laut rief der Vertreter des ersten Hauptmanns aus:

"Ihr da, ich weiß, daß ihr mich hören könnt. Ihr müßt mir helfen, Rabharta, unser erster Hauptmann ist verschwunden. Ich weiß nicht, wo ich ihn suchen soll. Hört ihr mich?"

Measartha war zornig. Das hätte er sich ja denken können, daß dieser Ausflug sich nicht lohnen würde.

"Hört ihr, ich bleibe hier so lange stehen, bis sich einer von euch bequemt, zu mir zu kommen und mir ist es gleich, ob ich noch tagelang hier stehe."

Gerade wollte der Freund des Hauptmanns wieder anfangen, in den dichten, langsam fallenden Schnee zu brüllen, als sich ihm von hinten eine Hand leicht auf die Schulter legte.

Die Schattenbringerin lächelte.

fionn mac cumhail

Das erste, was morgens allen auffiel war, daß da, wo gestern nacht noch der Nebelsee gewesen war, nur noch trockener Sand war. Goworr wagte es nicht, seine Blicke weiterschweifen zu lassen. Dorthin, wo sich alle Augen hinwandten.

Solasard hingegen hatte keine andere Wahl. Er mußte sich damit auseinander setzen, wohin er seine Gemeinschaft führte. Der Nebelsee war nicht groß gewesen. Ein Mann hätte ihn mit zwanzig Stößen durchschwimmen können. Nun aber sah er, daß am anderen Ufer der See nicht einfach endete, sondern daß dort ein steinernes, dunkelgraues Tor auf ihn wartete. Rund um diesen Ort war alles mit wildem Efeu bewachsen, doch auf dem Tor selbst lag kein Blatt, kein Wind hatte es je berührt.

Neamhní trat neben den Schwertsucher und zeigte mit seinem Stab auf das Tor.

"Das ist unser Weg, Solasard. Wenn du wieder aus diesem Tor schreitest, wirst du der König des Landes sein. Dein Blut wird das Wasser sein, das es nährt und dein Fleisch die Erde, aus der sein Leben erwächst."

Der Schwertsucher zögerte.

"Was wird mich dort erwarten, Neamhní?"

Da trat Lyr hervor.

"Solasard, dort wird dich nichts erwarten, was du nicht mit hineinnimmst. Zeit ist es nun, dir zu offenbaren, wer ich bin. Mein Name ist nicht Lyr, und ich bin auch kein gewöhnlicher Sidhi. Ich bin Oiche, der Sohn des Lyr, Herr über Tir na Samradh, das Land des Sommers. Mein Sohn, der Elbenprinz Misnéachard, träumt von einer gemeinsamen Welt. Er nennt sie die Eine Welt, in der die Menschen und die Sidhi wieder friedlich miteinander leben werden."

Da unterbrach ihn Draighean.

"Und auch das Kleine Volk soll nicht vergessen sein, dessen Anführer ich bin. Zu lang schon leben wir in den Wäldern, und nichts zieht uns in die Steinhäuser der Menschen. Doch in Frieden wollen wir mit euch leben."

Solasard starrte von einem zum anderen. Es dauerte einen langen Augenblick, bis er wieder seine Fassung gewonnen hatte. Dann drehte er sich zu Goworr und Athraigh um.

"Und wer seid ihr? Ein Vagabundenkönig und ein Zwergenprinz?"

Goworr grinste schelmisch und schüttelte den Kopf, während Athraighs Wangen von einem tiefen Rot überzogen wurden. Nur mühsam brachte er ein Lächeln zustande. Schwer spürte er Neamhnís Blick auf sich.

Lyr sprach weiter.

"Eure Welt ist genau so unvollständig ohne uns wie unsere ohne euch. Wo kein Oben, da kein Unten und umgekehrt.

Vor langer Zeit lagen unsere Welten so nah beieinander, daß kaum einer wußte, wo die Grenzen waren. Doch der Krieg hat alles verändert, und wir konnten uns nur retten, indem wir uns eine Insel im Meer der Zeit schufen und das Sonnenlicht für immer hinter uns ließen.

Jetzt aber ist die Zeit da, uns wieder zu vereinen. Es gibt keine andere Möglichkeit, um eure und unsere Welt zu retten. Die Síofra werden eure zerstören, weil sie wissen, daß wir euch helfen werden und dann werden sie die Andere Welt mit ihrem Chaos überfluten."

Eine sanfte Stimme kam aus dem Wald.

"Nun, Oiche, du aber kennst auch die Geschichte. Das Leben ist ein auf und ab, ist Wachstum und Verfall, Schöpfung und Vergehen. Was lebt, atmet ein und aus. So kann doch auch dem sinnlosesten Chaos nicht eine gewisse Notwendigkeit abgesprochen werden. Denn ist es nicht so, daß du einen Tisch erst abräumen mußt, bevor du ihn wieder deckst?

Aber ich verstehe, was du sagen willst. Ein Land, das nur noch von Gewalt lebt, dem kein Geist mehr inne wohnt, dem helfen auch keine Kriege mehr. Oh ja, ich kenne die Menschen und ihre Welt nur allzu gut. Wo nichts mehr heilig ist, wird notgedrungen das Unheiligste heilig gesprochen.

Du aber Solasard bist die Sichel, die den Weizen schneidet. Ich bin Sheela-na-Gig, die Hüterin des Waldes der Erkenntnis und Grüße sendet dir eine Freundin. Nur einen Satz soll ich dir sagen:

Öffne deine Augen zum Sehen!

Und wahrlich, keinen weiseren Spruch konnte die Große Herrin senden. Ein Narr sieht nicht denselben Baum, den ein Weiser sieht. Licht sieht man mit den Augen, doch Bilder mit dem Herzen.

Folgt mir nun. Unser Weg ist weit und ein neues Leben wartet auf dich, Solasard."

Die schöne Frau war immer näher an die Gemeinschaft herangetreten.

Ihr grünes Kleid hatte sie fast unsichtbar gemacht. Und erst da fiel es den Gefährten auf. Über Nacht schien der Frühling zurückgekehrt zu sein.

Verwundert sahen sich alle an. Athraigh bemerkte es als erster. Immer noch unter dem Bann dieser Frau, flüsterte es fast:

"Die Pferde! Unsere Pferde sind weg! Macha?"

Die Stute graste ein Stück weit entfernt und kam vorsichtig heran.

Sheela beruhigte sie.

"Sorgt euch nicht. Wo wir hingehen, brauchen wir keine Pferde, und hier wird ihnen nichts geschehen."

Unsicher blickte Solasard zu Neamhní. Er hätte mißtrauischer sein müssen gegenüber diesem Greis, aber er konnte es sich selbst nicht erklären, warum er ihm gefolgt war, vertraute. Es schien ein Band zu geben zwischen ihnen, wenngleich er es nicht benennen konnte.

Vielleicht war der Jüngling auch einfach nur dankbar, daß der alte Mann ihm seinen Vater etwas näher brachte. Aufmunternd ging dieser auf den Schwertsucher zu, legte ihm seine Hand auf die Schulter und sagte:

"Komm, mein Sohn, folge dem Weg deines Schicksals und hadere nicht weiter damit. Es sind nur deine Augen, die sich fürchten, dein Herz kennt den Weg, glaube mir!"

Selbstsicher schritt die Frau auf die Stelle zu, wo früher der See lag.

Solasard nahm seine Sachen auf und faßte Macha bei den Zügeln, um sie zu führen.

Die anderen folgten ihnen. Goworr war heilfroh, daß er die Pferde endlich los war. Doch Athraigh war davon nicht ganz so begeistert.

Oiche, der mit Draighean den Schluß bildete, sagte:

"Nun kannst du endlich auch einen Teil meiner Welt kennenlernen. Oft warst du mir eine Hilfe auf den Wegen dieser Welt. Sei nun eingeladen, auf meinen Pfaden zu wandeln."

Draighean erwiderte:

"Immer mehr erkenne ich, daß es keine Zufälle gibt. Als wir uns damals zum ersten Mal an den Singenden Wasserfällen trafen, war schon klar, daß wir heute hier zusammen sein würden. Groß sind die Götter und mächtig, und doch sind es nur ihre Hände, die das Schicksalsrad drehen."

Gerade merkte Solasard, daß er seinen Mantel vergessen hatte und wollte zurückeilen. Doch Sheela-na-Gig hielt ihn fest.

"Laß nur. Dort, wo wir hingehen, brauchst du keinen Mantel. Wo ich bin, ist immer Frühling."

Bald standen sie vor dem Tor. Solasard drehte sich noch einmal zum anderen Ufer um. Kein Blatt hing mehr an den Ästen. Alles war trostlos und kahl.

Schließlich durchschritt Sheela das Tor. Neamhní folgte ihr, dann Solasard mit Macha, Athraigh und Goworr, Draighean und Oiche.

Die Luft war frisch, aber nicht kühl. Noch fiel ein wenig Tageslicht in den steinernen Tunnel. Doch je mehr sie sich vom Eingang entfernten, um so mehr leuchteten grünlich schimmernde Algen an den nassen Wänden, um die Dunkelheit zu erhellen. Neben ihren Füßen verlief eine Rinne, die das Wasser, das von den Wänden lief, zu seinem Bestimmungsort führte.

Der Schwertsucher streckte seine Finger aus und berührte den harten, schwarzen Fels. Das Wasser schmeckte salzig wie das des Meeres.

Stille herrschte. Allein Machas Hufe verursachten das einzige Geräusch.

Sheela wandte sich kurz an Neamhní. Sie flüsterte ihm etwas zu, und er nickte dankend. Der alte Mann drehte sich zu Solasard um.

"Wenn du magst, erzähle ich dir noch ein wenig von deinem Vater, Solasard. Der Tunnel ist noch lang, und es würde uns vielleicht ein wenig die Zeit vertreiben."

Der Schwertsucher überlegte nicht lange.

"Ja, das ist eine gute Idee. Ich weiß so wenig von Fionn."

So setzte der alte Mann seine Erzählung fort.

"Nun, wir endeten damit, daß Muirna ihren kleinen Sohn Demne bei einer befreundeten Familie zur Welt brachte. Deine Großmutter wußte, daß sein Leben nicht sicher war in ihrer Nähe. Sie allein würde Demne nicht vor dem Morna-Clan schützen können.

Was ihr auch immer geschehen mochte, sie mußte sich von ihrem Sohn, deinem Vater, trennen. Nur so konnte sie gewährleisten, daß er überlebte, bis er alt genug war, auf seinen eigenen Beinen zu stehen. Einige Verehrer folgten ihr auf den Füßen, um sie zum Weib zu nehmen. Aber sie mußte ihr Kind erst in Sicherheit wissen, bevor sie an ihre eigene Zukunft denken konnte. So machte sie sich auf die Suche nach einem geeigneten Platz für ihr Kind. Mit Hilfe einiger ehemaliger Fianna fand sie schließlich gleich zwei Ziehmütter, denen sie ihr Kind anvertrauen konnte. Demne war damals ein Jahr alt. Es war ein schwerer Abschied.

Noch einmal küßte und herzte sie ihren Sohn, dann gab sie ihn weiter an Bodmall, die eine Ziehmutter der Fianna war und an Liath Luachra, die eine alte Druidin war. Die beiden Frauen zogen den Jungen verborgen vor den Augen des Feindes, des Morna-Clans in den Sliabh-Bladhma-Bergen groß.

Dort im Südwesten Erius hatten ihnen die Fianna eine Holzhütte gebaut, die sie mit dem wenigen Vieh, das die Frauen hatten, teilten.

Demne entwickelte sich zu einem prächtigen Kind. Er war neugierig und steckte seine Falkennase in so manchen Topf, wo sie nicht hineingehörte. Seine roten Haare wurden immer heller und Sommersprossen blühten auf seinem frechen Lausbubengesicht. Er wußte seine zwei Ziehmütter zu beschäftigen. Als er sechs Jahre alt war, nahm deine Großmutter die beschwerliche Reise auf sich, um ihn in die Arme schließen zu können.

In der Zwischenzeit hatte sie den König von Ciar geehelicht, der in der Nähe von Cill-airne herrschte. Ihr Herz sprang vor Freude, als sie ihr Kind wieder in die Arme nehmen konnte. So gern hätte sie ihn mitgenommen, doch die Morna-Söhne durchstreiften noch immer das Land nach ihm, damit sie Rache üben konnten für Goll.

Demne war noch nicht stark genug, sich selbst gegen sie zu verteidigen und so ließ sie ihr einziges geliebtes Kind bei den Ziehmüttern zurück. Eindringlich erinnerte sie die zwei Frauen an die Zukunft.

Demne würde seinen Vater dereinst rächen wollen, sie sollten dafür sorgen, daß er das konnte und auch überlebte.

Wieder mußte Muirna ihren Sohn zurücklassen in der Obhut der beiden Ziehmütter. Nie mehr sollte sie ihren Sohn sehen. Bodmall und Liath Luachra taten ihr Bestes, um aus dem Jungen einen Mann zu schmieden. Immer wieder erzählten sie von seinem Vater und seinen zukünftigen Aufgaben.

Sie ließen ihn Hühner und Hasen hüten und Fische fangen mit der bloßen Hand. So war der Knabe in seinem zehnten Lebensjahr flink wie ein Reh und konnte schneller schwimmen als mancher Fisch.

Die erste Beute, die er machte, war eine Ente, die er lebend gefangen hatte. Bald ernährte er alleine seine kleine Familie. Dafür lehrte ihn Bodmall die Waffenkunst und Liath Luachra schärfte seinen Verstand.

Als Demne zwölf Jahre alt war, lief er seinen Ziehmüttern davon, um zu beweisen, daß er ein ganzer Mann war. Groß geworden mit der Geschichte seines Vaters, brannte der kleine Junge darauf, die Schmach auf dem Banner seiner Familie, der Basnas, zu tilgen.

Er schloß sich einigen Gauklern und Geschichtenerzählern aus dem Fahrenden Volk an. Von dem, was dein Vater erjagte, gaben ihm seine Gefährten nur einen kleinen Anteil, so daß der Knabe völlig abmagerte und sogar seine Haare ausfielen. Schon jetzt sehnte sich Demne nur allzu sehr nach seinen zwei Ziehmüttern. Doch es sollte noch schlimmer kommen. Nur zu bald waren ihm die Söhne Mornas auf den Fersen.

Eines Tages erschlug ein Räuber die finsteren Gesellen und machte Demne zu seinem Laufburschen. Gemeinsam zogen die beiden durch das Land und zuerst fürchtete sich dein Vater sehr. Doch dann erkannte Demne, daß er viel von ihm lernen konnte. Zum ersten Mal in seinem Leben gab es einen anderen Mann, zu dem er aufschauen konnte. Er genoß die Zeit mit dem Meisterdieb sehr.

Aber eines Tages fanden ihn die beiden Ziehmütter, die sich große Sorgen um ihn gemacht hatten. Zuerst wollte er ihnen nicht folgen, aber dann erklärten sie ihm, daß es noch einiges von ihnen zu lernen gäbe, gerade weil sie Frauen waren. Auch Demne hatte erkannt, daß seine Lehrzeit bei ihnen noch nicht vorbei war. So nahm er Abschied und folgte ihnen zurück in die Sliabh-Bladhma-Berge.

All ihre Kraft gaben die Frauen, um aus ihm einen Krieger zu formen, dessen schärfste Waffe sein Verstand war. Und doch brauchte er keinen Kampf zu scheuen. So verlor der junge Adler seinen Flaum und wurde flügge.

Als er Bodmall und Liath Luchra das erste Mal bat, doch endlich seinem Schicksal entgegenziehen zu dürfen, ließen sie ihn guten Gewissens gewähren.

Frei und unabhängig zog er durch das Land. Zwar fürchtete er den Morna-Clan, doch der Gedanke der Rache war stärker, als sich weiterhin in den Bergen zu verstecken. Noch war seine Zeit nicht gekommen. Demne konnte warten.

Eines Tages kam er nach Cill-dara, wo er in einem Flußarm badete. Ein paar der fürstlichen Jungen versprachen sich eine leichte Beute von dem Einzelgänger. Mit Geschrei stürmten sie auf Demne zu. Doch schneller als sie sich versahen, packte er sie und hielt ihre Köpfe unter Wasser, bis sie fast ertrunken waren. Schließlich ließ er von ihnen ab. Die Jungen aber schämten sich und sagten, er habe nur gesiegt, weil sie nicht so gut schwimmen konnten wie er.

Da bot er ihnen an, sich mit ihnen in der Geschicklichkeit zu messen und wieder trugen die Knaben böse Wunden davon. Nur einer unter ihnen gab noch immer keine Ruhe. Er zückte sein Messer und sprang Demne entgegen. Der hatte jetzt die Nase voll und mit einem gezielten Tritt flog seinem Gegner das Messer aus der Hand und die Faust Demnes in sein Gesicht.

Bevor der Knabe verstanden hatte, was geschehen war, blühte ein Veilchen in seinem Gesicht. Da nahm auch er die Beine unter die Arme und lief nach Hause.

Als der Vater den Jungen abends fragte, wem er das blaue Auge zu verdanken habe, wußte der Junge nicht mehr Demnes Namen und sagte ein Blonder, ein Heller, ein Fionn sei es gewesen.

Und das war nicht das letzte, was sie von deinem Vater hören sollten. Bald hatte sich herumgesprochen, wer da sein Unwesen trieb. Doch auch die Mornas wurden aufmerksam auf die Taten des jungen Mannes.

So zog Fionn, wie er sich von nun an nannte, wieder in den Südwesten, wo er mit Bodmall und Liath Luachra glücklich gewesen war.

Unter falschem Namen trat er in den Dienst des Königs von Beantraighe. Doch aufgrund von Fionns Aussehen, seiner Ausdauer und Geschicklichkeit, seines Mutes und seiner Klugheit blieb dem König nicht lange verborgen, daß es Cumhails Sohn war, den er an seinem Hofe hatte.

Er mochte den Jüngling, aber konnte sich auch nicht den Zorn der Morna-Brüder zuziehen. So zog Fionn an den Hof seines Stiefvaters und stellte sich dort als ein Knappe vor, der von Tara komme. Leider war deine Großmutter damals schon verstorben. Fionn glaubte sich unerkannt. Doch sein Stiefvater erkannte sofort, wer da vor ihm stand. Zu ähnlich war Fionn Muirna, seiner Mutter. Der König hatte zwar vermocht, seiner Gemahlin Schutz zu gewähren, doch das gleiche für seinen Stiefsohn zu tun, wäre eine Kriegserklärung an die Mornas gewesen.

Wieder mußte Fionn weiterziehen. Bald darauf erfuhr er durch einen alten Fianna, daß einer seiner Onkel, Crimhall, die Schlacht damals überlebt hatte und ihn zu sich einlud. Dieser hatte sich mit einigen anderen Gefährten in den mittleren Westen zurückgezogen, wo er mehr recht als schlecht mit ihnen hauste.

Auf dem Weg dorthin bandelte Fionn mit der Tochter eines Schmiedes an. Als Brautpreis tötete der junge Mann einen riesenhaften Eber und vermachte dem Mädchen dessen Kopf. Der Schmied erkannte in Fionn die Zukunft eines großen Kriegers und machte ihm zwei messerscharfe Speerspitzen zum Geschenk.

Doch nicht lange blieb der Krieger bei seinem Weib. Ihn zog es zu seinem Onkel. Bevor er aber auf diesen treffen sollte, fand eine andere schicksalsträchtige Begegnung statt.

Tief in einem dunklen Wald saß eine alte Frau an einer Kreuzung. Ihr langes, graues Haar hing in Strähnen herab, blutige Tränen liefen über ihr zerfurchtes Gesicht. Auf einem Baumstumpf saß sie und schluchzte laut vor sich hin. Als er nur noch wenige Schritte von ihr entfernt war, erkannte Fionn, daß sie einen Leichnam beweinte, der unter Ästen leidlich verborgen war.

Der Jüngling fragte die Alte:

"Sag mir, wen beweinst du da, Frau?"

Die Frau antwortete ihm:

"Ach, ein Kind war er fast noch so wie du, mein Sonnenlicht. Nun liegt er vor mir, mein Sohn. So fahl ist sein Gesicht, so leer sein Blick und aus seinen Gedärmen, wohin dieser Schuft sein Schwert so leicht gebohrt, schreit alles nur nach Rache. Ach, sieh mich nur an, ich kann nicht Rache üben für diesen Mord an meinem Kind."

Das Weib fiel auf ihre Knie und warf sich über den Leichnam ihres Sohnes. Fionn kniete sich zu ihr und legte eine Hand auf diese gramgebeugten Schultern.

"Nun, wenn du einen suchst, der für dich Rache üben soll, das kann ich für dich tun. Doch erzähle mir erst, was geschehen ist."

So erfuhr er von dem traurigen Schicksal des Jünglings zu seinen Füßen.

"Lange schon gab unser Hof nichts mehr ab, was uns am Leben halten konnte. Das Vieh war uns gestorben und die Ernten waren ausgefallen. Schließlich blieb uns nichts anderes übrig, als unser Glück auf der Straße zu suchen.

Wie gut, daß dies mein verstorbener Mann nicht erleben mußte. Gestern nun hatten wir einen Schinken bekommen von einer Bauersfrau. So setzten wir uns an den Wegesrand und aßen davon, als ein alter, zahnloser Krieger zu uns trat. Oh ja, alt und zahnlos war er, aber sein Schwert war jung und ersetzte leicht ihm seine Zähne. Einen Streit brach er vom Zaun und tötete mein Kind.

So werd ich nun verhungern und recht ist es mir, wenn ich nur weiß, daß diesem ehrlosen Mord die gerechte Rache folgt. Willst du das wirklich für mich tun? Ein gar seltener Schatz wird der Dank sein."

So machte sich Fionn auf und bald hatte er den Alten gefunden. Es dauerte nicht lange, da siegte die Jugend über die Trägheit des Alters.

Mit Schrecken in den Augen starb der Mann, denn zweifelsohne wußte er, wer ihn da besiegt hatte. Sein letzter Blick glitt zu einem feingearbeiteten Beutel aus Kranichleder. Fionn wußte nicht warum, aber er nahm ihn an sich.

Bald darauf gelangte der Jüngling zu seinem Onkel. Dieser staunte nicht schlecht als er seinen Neffen im Besitz des corrbolg fand, jenem Beutel der alle Schätze Manannán mac Lyrs barg.

Neugierig fragte Solasard:

"Welche Schätze enthielt denn der Corrbolg?"

Oiche antwortete dem jungen Mann:

"Der Corrbolg enthielt die Schätze Manannán mac Lyrs. So einen Mantel, der ihn und die, die er darunter nahm unsichtbar machte, einen Gürtel aus Walknochen und anderes mehr. Doch der eigentliche Schatz war der Sieg den Fionn an diesen Beutel knüpfte. Das war der Anfang seiner Laufbahn als Fianna. Er hatte das Heiligtum seiner Familie zurückgewonnen."

Neamhní fuhr fort zu erzählen. Nur seine Stimme und das gelegentliche Tropfen von Wasser war zu hören.

"So war der alte Krieger kein Unbekannter, denn er brachte Cumhail eine gefährliche Wunde in der Großen Schlacht bei. Dann hatte er wohl den corrbolg, das höchste Gut von Fionns Familie zur Seite geschafft.

Für Crimhall war dies das Zeichen, daß sein Neffe einst wieder die Stelle seines Vaters einnehmen würde. So gewährte er dem Jüngling jede Unterstützung, die er benötigte.

Aber auch hier hielt es den Wanderer nicht lange und nach einiger Zeit zog er weiter.

Fionn hatte sich entschlossen, dem Weg des Dichters zu folgen.

Er wollte kein File werden, weil er sich von der Dichtung geküßt fühlte. Nein, einzig als File konnte man ungefragt umherreisen und was noch wichtiger war, niemandem gegenüber mußte man seinen Namen preisgeben.

So traf er auf Éices, der seinem Namen den Namen Fionn vorangestellt hatte, weil das Alte Wort verkündete, daß einer, der sich Fionn nannte, den Salm der Weisheit fangen und essen würde und so alle Geheimnisse der Welt erfahren würde.

Sieben Jahre lebte jener schon am Fluß der Göttin Boand, zu Füßen des großen Heiligtums Nuafairm.

In dem Augenblick als Fionn an den angelnden Mann herantrat, verfing sich eben dieser Lachs in seinem Netz. Gemeinsam zogen sie das prächtige Tier aus dem Wasser. Éices nahm einen langen Ast und spießte den Fisch darauf. Er hieß seinen neuen Schüler aufzupassen, daß der Fisch in der Glut röstete, bis er gar war.

Fionn war betrübt, daß seine neuste Aufgabe das Beobachten eines Fisches war und hockte sich neben die Feuerstelle.

Immer wieder rief sein neuer Meister, er solle ja nicht von dem Lekkerbissen kosten. Als Fionn aber den Fisch vom Feuer nahm, verbrannte er sich den Daumen und steckte ihn in den Mund. Wie ein Blitz durchfuhr ihn die Weisheit. Welten tauchten vor seinem Auge auf und vergingen wieder. Nachdem er den Finger aus dem Mund genommen hatte, war alles anders und doch trügerisch gleich. Sogleich erkannte Éices was geschehen war. Er, der nur die Weisheit seiner Leben hatte, trat ehrfurchtsvoll zurück und sagte:

"Du bist Fionn und doch nicht Fionn. Iß nur den Fisch, denn nur dir war er zugedacht."

Achtsam, sehr achtsam überließ sich Fionn dem, was die Erkenntnis in ihm bewegte. Licht floß durch seine Adern, aber trotz aller Weisheit war er doch Mensch geblieben.

Kurze Zeit nur blieb der junge Mann bei Éices, dann führte ihn der Weg seines Schicksals weiter.

Nun wollte er es wagen dem Hochkönig und dem Clan der Morna entgegenzutreten. Keine andere Nacht wählte er dazu als die vor Samhain. Nicht eingeladen und unangemeldet betrat Fionn die große Halle von Tara. Staunen erfaßte alle und Schweigen breitete sich aus. Allein der Hochkönig wagte es, den jungen Mann zu fragen, wer er sei.

Laut hallten seine Worte:

"Seht, ich bin Fionn, der Sohn des edlen Cumhail, und mein Wille ist es, euch, Herr, zu dienen."

Das vor Haß und Unverständnis verzerrte Gesicht Conns wich schnell einem üblen Grinsen.

"Nun, wenn dies dein Wille ist, so will ich dir nicht im Wege stehen. Doch erbitte ich einen kleinen Dienst von dir, um dich als würdig zu erweisen.

Neun Jahre nun erscheint zu Samhain der mächtige Drache Aillen vor unseren Toren, singt uns in den Schlaf und haucht seinen brennenden Odem gegen Tara, bis es völlig zerstört ist. Wir, die hier in der Festhalle abseits der Burg sicher sind, erwachen seit neun Jahren, um die Trümmer unserer Hochburg wieder zu einer solchen zusammenzusetzen. Und jedes Jahr wiederholt sich dies."

Fionn lachte auf.

"Wenn dies der Wunsch meines Königs ist, werde ich heute nacht wachen und dem Drachen sein letztes Lied vorsingen."

Sogleich ging der Krieger hinaus, um auf den Wällen Wache zu halten.

Fiacha, ein alter Freund seines Vaters, brachte ihm den Speer, der noch nie sein Ziel verfehlt hatte.

Gemeinsam saßen sie beieinander und erzählten sich Geschichten von einem Vater, den Fionn nie gesehen hatte. Dann, als Fiacha schon lange an der Schulter seines Freundessohnes eingeschlafen war, hörte Fionn einen herrlichen Gesang. Er stand auf und sah ein herrliches Weib, das ein wundervolles Lied auf ihrer Harfe zupfte. Das Herz des Kriegers blühte auf. Bald aber schien die Kraft seiner Augen nachzulassen, denn zwischen den Beinen der Frau erwuchs ein mächtiger, schuppiger mit Dornen besetzter Schwanz. Immer länger wurde er und immer größer wurde das Weib.

Selbst das Gesicht hatte sich in die Fratze eines purpurschimmernden Drachens verwandelt. Aus ihren zierlichen Armen wurden Pranken, aus den Fingern Krallen, die die Harfe zerbrachen. Die weiße, geschmeidige Haut verwandelte sich in perlmuttschimmernde Schuppen. So groß war der Leib, daß die Beine fast nicht zu sehen waren.

Der Schwanz des Tieres schlug unruhig hin und her, pochte an die Burg und ließ sie erzittern. Langsam richtete sich der Drache auf.

Ein Staubkorn war unser Held gegen diesen Berg. Fast schien es Fionn, als lache ihn der Drache aus, aber er wich nicht von der Stelle.

Da hob das Tier seinen Kopf und stieß eine Feuersbrunst gegen die Burg. Fionn aber hatte auf das laut pochende Herz gezielt und den Speer auf seine letzte Reise geschickt. Als nun der Feuerdrache seinen Atem gegen Tara stieß, hauchte er seinen letzten Atem aus.

Erstaunt blickte er auf den Stab, der aus seinem Herzen ragte und dann zu Fionn. Einen mächtigen Krater riß er in die Erde, als er niederfiel.

Schnell rannte Fionn zu dem Untier hin. Aber dort fand er keinen Drachen mehr, sondern die wunderschöne Frau, die sein Speer durchbohrt hatte.

Der Held lief zu ihr hin.

Schon schien sie in der Anderen Welt zu sein, als ihr Blick noch einmal zurückkehrte.

"So sterbe ich durch Fionn mac Cumhail, den besten Krieger und so ist es besser, als wenn es ein anderer gewesen wäre, der mir den Tod gab. So ist das Ende allen Kummers Freude. Nur eines noch mein Freund, hüte dich vor dem Licht der Sonne."

Dann erstarb die sanfte Stimme im Wind.

Alles Volk war aus der Burg gerannt und stand staunend vor dem Krater.

Fragend blickte Fionn zum Horizont, wo der Tag anbrach.

Als sich die Unruhe gelegt hatte, trat Conn zu Goll mac Morna und stellte ihn vor die Wahl entweder dem jungen Fionn die Führung der

Fianna zu überlassen oder nach Alba zu gehen. Der grimmige Einäugige wußte, welche Folgen das haben würde und gab seine Führung knurrend an Fionn ab. Zwei Hände schlossen da einen Bund, doch zwei Herzen wußten, daß die Vergangenheit noch lange nicht vergessen war. Nur allzu bald würde ein Sonnenstrahl sie wieder ans Tageslicht bringen."

Plötzlich begann es vor der Gemeinschaft des Schwertsuchers zu glitzern und zu schimmern, als habe sich Sonnenlicht in alle Farben der Welt gespalten. Geblendet hielten sich alle die Hand vor die Augen, bis sie sich an die Helligkeit gewöhnt hatten.

Erst dann vermochten sie das Wunder zu sehen.

Vogelfrei

Gealán schwamm in kraftvollen Zügen durch den Weiher. Noch war sie nicht in der Lage, bis auf den Grund zu tauchen, aber auch das wollte ihr Báistigh noch beibringen.

Sie fürchtete sich noch immer vor dem Wasser, aber jetzt kam sie sich nicht mehr so feige und hilflos vor.

Plötzlich fiel ein Schatten auf sie. Erschreckt darüber, wer ihr Allein-sein störte, blickte sie auf. Zornig sprach die sonst so sanfte Frau, als sie auf ihren Felsen kletterte und sich in ein Tuch hüllte:

"Du hier? Daß du dich überhaupt noch in die Nähe der Zeltstadt wagst wundert mich. Was denkst du dir dabei, mit diesem Kerl zusammenzubleiben, der nichts anderes im Sinn hat, als das Ansehen des Königs und der Königin zu beschmutzen. Jeder weiß, daß er Krieg will und du hilfst ihm noch dabei, das Volk zu entzweien. Macht dich das glücklich?"

Sáile hatte einen seltsamen Ausdruck im Gesicht und mit einem milden Lächeln antwortete sie:

"Ach, Gealán, laß uns nicht streiten. Wer Freunde ohne Fehler sucht hat keine. Manchmal muß sich der Hirsch mit dem Wolf verbünden, um dem Feuer zu entkommen. So ist das Leben, Gealán. Und so habe ich mich entschieden. Auch wenn dies hier jetzt deine neue Welt ist. Mein Leben liegt auf der anderen Seite eines Weltentores, und um dorthin zu gelangen, brauche ich Néart. So einfach ist das."

Gealán konnte diese Frau nicht verstehen.

"Du läßt dich wie eine Hure behandeln von diesem Schwein, damit du zurückkehren kannst? Hast du immer noch nichts gelernt hier? Wie kann ein Mensch nur so sein?"

Die Frau strich ihr Haar aus dem Gesicht und blickte weit zurück in ihre Vergangenheit.

"Nun, jeder Mensch nimmt die Farben seiner Umwelt an. Deshalb bin ich froh, daß du hier bleibst. Ich aber werde diesen Ort verlassen, bald schon."

Gealán brauchte einen langen Augenblick, um das Ausmaß dieser Worte zu begreifen.

"Du wirst sterben, wenn du das wagst. Bleib hier, Sáile, dein Sohn findet allein seinen Weg. Er braucht dich nicht. Verlasse diese Bestie.

Noch ist nicht alles verloren. Wenn du es willst, kannst du auch hier glücklich sein."

Sáile schüttelte den Kopf.

"Was bedeutet alles Glück in fremden Landen, wenn man Tag für Tag das Land vor Augen hat, in dem man geboren wurde?"

Gealán war erstaunt über die Begriffsstutzigkeit dieser Frau.

"Du wirst sterben, wenn dich jemals wieder ein Sonnenstrahl trifft."

Überlegen lachte ihr Sáile ins Gesicht.

"Wenn ich mich am Tag sehen lasse, dann ja. Aber eben gerade läßt Néart für mich eine Sänfte anfertigen, die jeden Sonnenstrahl abhält und zu Hause hat unser Verbündeter ein Haus für mich hergerichtet, in dem ich wohnen kann, bis mein Sohn auf seinem Thron sitzt."

Gealán erwiderte ihr.

"Und dann? Glaubst du, Néart wird dich neben sich dulden und glaubst du, daß sich dein Sohn nicht eine junge Königin nehmen wird, eine, die er sich erwählt hat? Was wird dann mit dir geschehen? Du wirst tagsüber in einem dunklen Verlies sitzen und nachts die traurige Königin über nichts sein. Selbst wenn dein Körper lange lebt, deine Seele wird früh sterben. Willst du das wirklich? Und was ist mit Néart? Du kannst nicht die eine Hälfte einen Huhnes zum Kochen und die andere zum Eierlegen haben. Entweder opferst du ihn oder Solasard. Aber entscheiden mußt du dich."

Solasards Mutter wirkte mit einem Mal alt und vom Schicksal gebeugt.

"Nun, hätte ich das nicht, wäre ich nicht hier. Auch ich habe hier vieles gelernt. Ich war nicht immer so kaltblütig wie du mich jetzt siehst. Immer ist man zuerst kalt zu sich selbst, bevor man es anderen gegenüber wird. Gut, mich hält nichts mehr, und bald werde ich frei sein. Es ist nicht einmal ein hoher Preis, den ich für die Erfüllung meines Schicksals zahle.

Höre mir jetzt gut zu, tapfere Gealán, denn tapfer wirst du sein müssen.

Heute abend noch wirst du zu Lá gehen, der Königin von Tir na Samradhs, und ihr folgendes von mir ausrichten:

In den nächsten Tagen werde ich diese Welt verlassen und heimkehren in meine eigene. Ich werde dafür sorgen, daß Solasard auf den Thron Taras kommt. Doch auch Néart und Dragan erheben Anspruch darauf. Es ist sicher, daß es Krieg gibt. Ich will nur, daß Solasard bekommt, was ihm zusteht. Wenn die Königin meinen Sohn in Frieden läßt, werde ich als Zeichen des Dankes Néart und Dragan töten. Hast du das verstanden?"

Ungläubig starrte Gealán sie an.

"Das ist dein Tod. Du verläßt das Sommerland, um in den Tod zu gehen?"

Sáile nickte.

"Lange Zeit war ich blind und doch nicht blind genug. Nur wer frei ist, kann sterben. Ich war nie freier als ich es jetzt bin. Alles, was ich durchlitten habe, diente nur dem einen Zweck, daß ich nun vor dir stehen kann. Ich habe Fionn geliebt und wollte mich an seinem Sohn dafür rächen, daß er mich verlassen hat. Was ich jetzt tue, ist nur eine geringe Wiedergutmachung an meinem Kind. Ich habe einmal geliebt, nun kann ich sterben. Achte auf dich, zu spät habe ich dich erkannt. So ist alle Vergangenheit unsere Zukunft, unsere Zukunft aber ist unsere Vergangenheit. Verliere dich nie in deinem Leid. Wenn jemand nur an einer Stelle verwundbar ist, so sei gewiß, daß ihn das Schicksal genau an dieser Stelle treffen wird.

Leb wohl, Freundin."

Die Frau drehte sich um und ging davon.

Wenige Schritte eilte ihr Gealán nach, bis sie inne hielt. Sie konnte nichts anderes tun, als ihren Auftrag zu erfüllen. Zielstrebig ging sie zu ihrer Stute und stieg auf.

So friedlich kam ihr der Wald heute vor. Weiße und gelbe Buschwindröschen leuchteten neben samtenem grünen Moos.

Die sternförmigen Blüten des weißen Siebensterns mischten sich mit den violetten des Rittersporns. Blaumeisen hüpften von Ast zu Ast und unterhielten sich. Eine Goldammer zwitscherte vor sich hin. Kaum hörte sie den Schritt der Stute auf dem Waldweg. Wie seltsam und widersprüchlich alles war. Hier gab es nur Frieden, aber zu Hause würde es bald Krieg geben. Es würde Tote geben, Verletzte. Plötzlich hinterließ all dies Leben hier einen schalen Geschmack in ihrem Mund. Sie schluckte, aber ihr Gewissen ließ sich nicht so leicht beruhigen.

Vielleicht sollte sie Sáile begleiten.

Schließlich hatte man ihr damals freigestellt zu gehen oder zu bleiben. Aber was konnte Gealán schon für Sáile tun! Es war ihr Leben und ihre Entscheidung.

Die junge Frau ritt zur Weide, wo sie die Stute zurückließ und sich auf den Weg zur Königin machte.

Unruhe lag über der Zeltstadt. Immer wieder fand das Wort Krieg den Pfad in ihr Ohr. Die Sidhi hatten so lange friedlich gelebt, hatten diese Welt geschaffen, um den kriegerischen Menschen aus dem Weg zu gehen. Bald nun würden sie vielleicht vor ihrer Tür stehen und auch diese Welt und ihre Freiheit einfordern.

Zum ersten Mal seit langer Zeit fiel das Licht nicht mehr auf goldene Harfen sondern auf eiserne Schwerter.

Lá hatte einige tapfere Krieger in die Alte Welt geschickt, um Misnéachard zu unterstützen. Je mehr Nachrichten sie über Dragan erhielt, um so mehr war sie beunruhigt. Die alleinige Macht lag nun auf ihren Schultern. Sie trug nicht leicht daran. Macht bedeutete auch immer Einschränkung. Nun, es war niemand anderes da, dem sie sie aufbürden konnte. Das Volk vertraute ihr. Es war ihre Aufgabe, das Sommerland zu beschützen. Welches Land der Anderen Welt man auch besuchen wollte, das Sommerland war der Schlüssel dazu. Wer Tir na Samradh beherrschte, beherrschte fast die ganze Andere Welt bis auf wenige Inseln im Meer der Zeit.

Aus erfahrenen Kriegern hatte sie einen Kriegsrat gebildet, der ihr half und mit Rat und Tat beiseite stand.

Junge Männer übten sich spielerisch im Kampf als ginge es nicht um Tod oder Leben, sondern einen Tanz formvollendet zu erlernen.

Sie fürchteten den Tod nicht, und ihre Jugend ließ die edlen Herzen noch unbändiger schlagen. Rüstungen in allen Farben und Schattierungen glitzerten im Licht, wenn sich die Kämpfer aneinander maßen.

Auch Lá würde ihre Krieger begleiten. Sie hatte noch nie die Alte Welt betreten. Doch das war nicht der Grund. Sie sehnte sich nach ihrem Gatten, der nun mit Solasard in Tir na Cránn, dem Land der Bäume, war.

Das war das Reich Sheela-na-Gigs. Ein seltsames Wesen war sie. Nicht Gott, nicht Sidhé, nicht Mensch und doch all dies. Sie war selbst wie ein Baum.

Die Wurzeln mit der Erde unabdingbar verwachsen, eine Verbindung zwischen Erde und Himmel, unten und oben, Bewußtsein und Unbewußtsein, nicht Fleisch, nicht Fisch und doch lebendig. Ungeahnte Kräfte wallten auf in ihr. Lá wußte die Gemeinschaft sicher in ihrer Begleitung, aber was würde geschehen, wenn sie dieses Reich verlassen und in die Welt der Menschen zurückkehren würden?

"Herrin?"

Jemand berührte die Königin an ihrem Arm. Sie löste den Blick von den klirrenden Schwerttänzern und ließ ihn zu ihrer Besucherin gleiten.

"Gealán, sei mir gegrüßt! Wie geht es dir?"

Die junge Frau lächelte freundlich.

"Danke, es geht mir gut. Ich komme von den Wilden Gärten, wo ich auf Sáile traf. Sie bat mich, euch etwas auszurichten."

Die Königin legte der Frau eine Hand auf den Rücken und führte sie in den Grianán.

"Sáile läßt mir eine Nachricht zukommen? Nun, was sollst du mir sagen, Gealán?"

Die Angesprochene wiederholte die Worte Sáiles. Aufmerksam lauschte die Königin, bis Gealán geendet hatte.

"Weißt du, wann sie plant in die Alte Welt zu gehen ?"

Gealán zuckte die Schultern.

"Nein, aber es schien mir sehr, sehr bald zu sein. Ist es nicht schön, daß sie doch am Ende den richtigen Weg gefunden hat! Seltsamerweise freue ich mich für sie. Ihr Tod wird ihre schlechten Taten aussühnen."

Die Königin goß der jungen Frau klares Wasser in einen hölzernen Becher und reichte ihr diesen.

"Nun, mein Kind, auch ich würde mich freuen, wenn sie den richtigen Weg gefunden hätte, aber das hat sie nicht."

Gealán verstand nicht.

"Warum denn nicht? Jetzt ist sie doch frei, weil sie so einfach sterben kann, und sie opfert sich auch noch für ihren Sohn, gibt es etwas Höheres?"

Da war er wieder, der Unterschied zwischen den Sidhi und den Menschen. Lá nippte an ihrem Becher und antwortete so gut sie es vermochte.

"Nun, frei ist, wer sterben kann. Aber nicht jeder, der stirbt ist frei. Warum glaubst du, müßt ihr Menschen so oft wiederkehren?

Was Sáile mit ihrem Tod bezweckt ist doch nur das zu tun, was sie ihr ganzes Leben getan hat."

Gealáns Augen schimmerten feucht.

"Sich für Solasard aufzuopfern?"

Die Königin lächelte. Immer wieder würden die Menschen in die Falle treten, die sie sich selbst aufgestellt hatten.

"Nein. Sáile hat nie losgelassen, immer hatte sie die Zügel in der Hand, nie ließ sie alles los und laufen. Immer hat sie alles beherrscht, alles oblag ihrer Gewalt so gut es ging. Sie wollte die alleinige Macht über die Macht, nicht für Solasard, sondern nur für sich.

Dabei hat sie nur eines vergessen. Jede Art von Macht ist eine Täuschung, nur der Traum ist die Tür zur Wirklichkeit. Aber was ist nun die Wirklichkeit?

Was ist die Wirklichkeit dieses Baumes hier? Das was er von sich wahrnimmt? Was wir von ihm wahrnehmen oder die Vögel oder die Bienen, die den Nektar seiner Blüten trinken? Es gibt keine Antwort auf diese Frage. In jeder Welt nimmt sich alles und wird alles auf seine ganz eigene Weise wahrgenommen. Es gibt keine eine Wirklichkeit wie es die eine Liebe gibt oder die eine Freiheit. Sáile hat sich nicht befreit von ihrem Zwang, alles zu beherrschen. Sie konnte sich nicht richtig einlassen auf etwas, deshalb mußte sie handeln.

Die Tugend des Opfers aber, Gealán, liegt in der Seele des Geopferten. Wenn sich das Opfer bewußt ist über seinen eigentlichen Beweggrund und seinen Nachruhm ist es kein Opfer. Ehrliche Erlösung muß frei sein, muß kindhaft sein im Geiste.

Diese Freiheit, die du hier siehst, ist doch nur eine Freiheit, die vom Lauf der Dinge abhängt. Sie kann untergraben, gewährt und auch wahrgenommen werden. Freiheit, die aus der Seele kommt, kann dir niemand nehmen, weil sie unabhängig ist."

Gealán fragte:

"Aber was heißt dann frei zu sein?"

Die Königin antwortete ihr:

"Frei sein heißt, empfänglich sein für richtig und falsch und doch frei zu sein von richtig und falsch.

Wenn man dich nicht zuordnen kann, weder den Weisen noch den Narren, dann bist du ein Vogel, der dem Käfig entkommen ist.

Siehst du, verstehst du jetzt, was ich meine? Ein unbeständiges Herz wie das von Sáile ist wie ein Fluß ohne Bett. Der eine große Weg aber ist ein Fluß und die Ströme der Wahrheit sind alle vom gleichen Geschmack."

Schweigsam blickten die beiden in das Feuer, das in der Mitte des Zeltes brannte, bis Gealán fragte.

"Was werdet ihr jetzt tun, Herrin?"

Lá lächelte:

"Wir tun das, was wir am besten können, warten und denken. Immer schon war uns das Handeln ferner als das Fühlen und Denken. Es mag sein, daß bald Zeiten anbrechen, in denen es anders sein wird."

Síochantas Geschenk

Heftiges Keuchen erscholl aus dem Wald. Amhrán schnaufte wie ein Pferd, das einmal die Insel umrundet hatte.

Den ganzen Morgen schon übte sie sich mit Scathcrobh im Schwertkampf.

Eigentlich wäre es ihm lieber gewesen, ihr erst das Kämpfen mit dem Stab beizubringen, aber die junge Frau hatte darauf bestanden, erst ihre Künste mit dem Schwert besser auszufeilen. So hatte er sich auf einen Baumstamm gesetzt und ihr zugesehen, wie sie um einen unsichtbaren Feind tänzelte und einen Ausfallschritt machte, um sich dann wieder in ihre Deckung zurückzuziehen.

Schweiß stand auf ihrer Stirn und lief über das ganze Gesicht. Immer wieder wischte sie ihn mit dem Ärmel ihres dicken Hemdes weg.

"Scathcrobh, ich kann nicht mehr, laß uns ein wenig ausruhen. Ich habe Durst wie ein Fisch und Hunger wie ein Bär."

Der Krieger nickte ihr zu. Hechelnd ließ sie das Holzschwert fallen, das er ihr notdürftig geschnitzt hatte.

"Komm her, trink einen Schluck aus dem Trinkbeutel. Zu Essen habe ich nichts dabei. Aber wir werden auch nicht mehr so lange üben. Rhiannon sagte mir, daß sie den heutigen Nachmittag mit dir verbringen wollte. Abgesehen davon bist du ja auch nicht in den Coven gekommen, um kämpfen zu lernen, sondern um deinen Glauben zu leben oder mehr über ihn und dich zu erfahren. Nur zu bald wirst du sehen, daß dies am Ende das Gleiche ist.

Nun gut, deine letzte Übung heute sieht folgendermaßen aus. Ich möchte, daß du das, was du gerade gemacht hast, noch einmal machst."

Amhrán unterbrach ihn.

"Und was bitte ist daran neu?"

Scathcrobh grinste pfiffig.

"Nun, du wirst es auf einem Bein tun."

Die ohnehin schon sehr erhitzten Wangen wurden immer röter und röter.

"Wie bitte? Und wie soll ich das anstellen? Das ist doch beschränkt!"

Scathcrobhs Miene wurde wieder ernst.

"Ja, das ist es. Denn der wahre Meister zeigt sich erst in der Beschränkung. Es ist einfach zum Horizont zu wandern, wenn kein Berg dich trennt. Es ist einfach ein Bild zu malen, wenn dir alle Farben der Welt zur Verfügung stehen. Doch versuche das gleiche auszudrücken, wenn du nur drei Farben hast."

Amhrán musterte den Mann nachdenklich und legte den Kopf zur Seite.

"Du warst nicht immer ein Krieger, oder? Da ist noch etwas anderes in dir als Kampf."

Eine Wolke zog vor die dunklen Augen Scathcrobhs.

"Ja, ich war nicht immer nur ein Krieger, aber das ist lange vorbei und unwiederbringlich dahin. Nimm dein Schwert wieder auf und beginne. Versuche dich selbst einmal zu beobachten, während du kämpfst."

Amhrán bückte sich, nahm das Holzschwert auf und brachte sich in Stellung. Dann begann sie hin und her zu hüpfen. Wenig konnte sie sich damit anfreunden wie ein irrer Hase hin und her zu springen. Sie wurde immer schneller, bis sie auf ihren Hintern fiel, weil sie unachtsam gewesen war.

"Das ist doch völliger Blödsinn! Ich meine, ich habe noch nie von einem Kampf gehört, bei dem sich die Krieger hüpfend fortbewegten."

Scathcrobh blickte zum Himmel auf.

"Du bist gut mit dem Schwert, Amhrán. Keine Frage, daß du vieles von Solasard gelernt hast. Aber hinter jedem Schwert steht auch ein Krieger. Wenn zwei gleich gute Krieger kämpfen, bei gleichem Wissen und Können, welcher wird gewinnen?"

Amhrán grübelte nach.

"Keiner! Weil sie erkennen werden, daß keiner von ihnen gewinnen kann."

Der Krieger überlegte.

"Wenn du es von diesem Punkt aus betrachtest, ist es als denn nur eine Frage der Wahrnehmung, des Wissens.

Wirkliches Wissen aber bedeutet die Wirklichkeit zu verstehen. Wirkliches Wissen heißt, nicht verhaftet sein in der Wahrnehmung. Alles ändert sich ständig, ist vergänglich und deshalb nicht wirklich. Mache dich niemals abhängig von dem Bild, das du von deinem Gegner hast. Bist du frei in dir selbst, kannst du jeden Kampf gewinnen.

Nicht nur der Mensch hat eine Seele und ein Bewußtsein, sondern alle Lebewesen. Wenn wir uns schlecht mit ihnen verständigen so liegt das daran, daß wir nur unvollkommen erkennen, was wir selbst wirklich sind und was die Welt wirklich ist.

Mache dich nie abhängig von irgend jemandem, sonst wirst du dich sogar bei seinen Hunden einschmeicheln müssen."

Amhrán war verwundert über die Tiefe, die da so plötzlich aus der Finsternis ans Tageslicht trat. Scathcrobh wurde ihr immer rätselhafter. Dann siegte doch ihre Neugier und sie fragte:

"In Ordnung, und welcher Krieger wird deiner Meinung nach siegen?"

Der Krieger antwortete ihr:

"Ich denke, wenn beide gleich sind an Wissen und Können wird der gewinnen, der mehr Phantasie hat. Ein Krieger, der sich alles vorstellen kann und nichts, der frei ist von Erwartungen und nur auf sich selbst vertraut. Dann ist alles möglich und alles kann gelingen."

Amhrán strich sich durch ihr Haar.

"So könnte mich sozusagen meine Phantasie zum Sieg tragen?"

Scathcrobh schüttelte den Kopf.

"Wer nur Phantasie hat und kein Wissen ist wie ein Vogel ohne Füße."

Amhrán lachte laut auf.

"Du meinst demnach einer meiner Feinde könnte ein Einbeiniger sein?"

Da mußte auch Scathcrobh grinsen.

"Gut, gut. Aber verstehst du, was ich dir sagen will? Alles ist möglich in einem Kampf. Genau wie im Leben. Mache dich zum Schwert, dann bist du unschlagbar."

Amhrán drückte dem Mann das Holzschwert in die Hand.

"Hier, kannst du es mit in die Hütte nehmen, wenn du zurückgehst?"

Scathcrobh blickte in Richtung des Coven.

"Natürlich, ich werde einmal nach Bás sehen. Mal sehen, ob das Pferd noch seinen Namen verdient. Aber was ich so höre, scheint er prächtig zuzulegen. Vielleicht können wir ja schon bald einen kleinen Ausritt machen, ohne daß der Wind das dürre Pferdchen fortweht."

Amhrán wollte es nicht fassen.

"Hör mal, Scathcrobh, nur weil ich einen kleinen Augenblick schwach war, brauchst du dir nicht irgendwelche Hoffnungen zu machen. Ich weiß, wen ich liebe und wem mein Herz gehört. Gern reite ich mit dir aus, wenn der Ausritt ein Ausritt bleibt. Aber mache dir keine Hoffnungen auf mich."

Der Krieger wußte es nur zu gut. Nun, wenn er ihre Liebe nicht erringen konnte, wollte er sich ihre Freundschaft verdienen.

"Amhrán, ich will wirklich nur mit dir ausreiten. Ist es so schlimm in meiner Nähe zu sein? Ich dachte, du magst mich wenigstens ein bißchen. Aber jetzt schläfst du sogar wieder in deiner Hütte und gehst mir aus dem Weg, wo du nur kannst, es sei denn wir üben hier miteinander."

Amhrán lächelte sanft.

"Ich schlafe wieder in meiner Hütte, weil du meiner ständigen Pflege nicht mehr bedarfst. Außerdem waren deine Verletzungen der Grund, warum ich in der Krankenhütte schlief und nicht meine Sehnsucht nach Zärtlichkeit.

Glaube mir, ich mag dich und ich bin dir dankbar, daß du mich beschützt und mir beibringst mich zu verteidigen. Aber ich will dich nicht verletzen, in dem ich falsche Hoffnungen wecke. Dazu bist du mir zu kostbar.

Ich will nicht, daß du dich eines Tages benutzt fühlst. Verstehst du?"

Der Krieger nickte.

"Dennoch kannst du doch etwas freundlicher zu mir sein und nicht so schroff."

Das Mädchen erwiderte.

"Nun, besonders freundlich und aufmerksam warst du auch nicht in letzter Zeit. Erst als Solasard mit dir gesprochen hatte, hast du dich verändert. Eine seltsame Veränderung, von der ich nicht weiß, was ich davon halten soll.

Die ganze Zeit dachte ich, du bist nur ein Krieger, der dem Befehl seines Hauptmanns Folge leistet. Aber dann stellt sich heraus, daß der Tod dir oft schon die Hand geführt hat.

Ein Mörder, dachte ich, der sein Leben verändern und etwas Gutes damit bezwecken will. Aber heute entdeckte ich noch eine andere Seite an dir. Eine Seite, die weder zu einem Mörder noch zu einem Krieger gehört. So gut klingen die Melodien dieser Saiten in mir, daß ich mich frage, wie du werden konntest, was du bist. Als habe sich die Sonne dem Schatten hingegeben und verstecke sich nun im Nebel.

Wer bist du, Scathcrobh?"

Erstaunt sah Amhrán Tränen in den Augen des Kriegers. Wortlos stand er auf und ging davon.

War eigentlich kein Mensch das, was er vorgab zu sein? Oder wußten einfach die Menschen selbst nicht wer sie waren?

Was nur hatte sie dazu gebracht sich zu verstellen, zu verstecken? Wozu brauchten sie die Schutzschilde ihrer Masken? Weil sie Angst hatten, so gesehen zu werden wie sie waren? War es einfacher mit einer Maske zu leben, eine Maske zu werden, als sich mit sich selbst zu beschäftigen, sich selbst kennenzulernen und zu lieben?

Amhrán war ja selbst Teil dieses Spiels. Wem hatte sie schon vertraut? Auf wen hatte sie sich richtig eingelassen? Auf sich? Es war leicht in einen Coven zu gehen, um anderen ein Licht zu bringen, aber wo war ihr Licht? Niemand hielt ihre Hände, wenn sie nachts Misnéachards Namen in ihr Kissen schrie. Niemand nahm ihr die Sorgen um Solasard. Niemand war da, der sie liebte. Schon ihre Mutter hatte sie im Stich gelassen, allein gelassen in einem Leben ohne Liebe. Goleudydd wurde ihre Mutter und nur durch Goleudydd hatte sie es vermocht, ihrer Mutter zu vergeben. Frieden zu schließen mit ihr.

Wie Misnéachard hatte sie sich nie gehen lassen. Sie hatte ihr Leben gelebt, wie man es von ihr erwartet hatte.

Freundlich war sie, viel zu früh in die Welt der Erwachsenen eingetreten. Selten nur brach sich das Kind in ihr seinen Weg und verlieh ihren Träumen Flügel und immer nur, wenn sie allein war.

Und doch hatte sie nur sich selbst, war es immer sie selbst, die sich aus der Finsternis ihres Selbstmitleids an das Licht der Erkenntnis führte. Sie liebte sich wie sie keinen anderen Menschen jemals lieben würde, aber sie haßte sich auch mehr als sie jeden anderen Menschen hassen würde. Amhrán war genau so schwach wie sie stark war.

Nie würde sie den hohen Ansprüchen an sich selbst gerecht werden können. Amhrán würde immer scheitern. Aber sie konnte auch immer nur gewinnen, weil sie nie die Hoffnung aufgab. Sie war keine Göttin, aber sie wußte, daß jeder Mensch einen Splitter der Weltenweisheit in sich trug, auch sie selbst.

Es fiel ihr schwer, die Liebe anderer Menschen anzunehmen, denn sie empfand sich selbst nicht als besonders liebenswert. Sie hatte ihr eigenes Selbst nie allzu wichtig genommen. Zu oft war sie das Opfer der Ablehnung, des Hochmuts anderer geworden. Und auch sie konnte sich nicht davon freisprechen. So suchte sie nicht nach dem Glanz in sich, um dem Stolz nicht anheim zu fallen.

War es doch leichter, für andere da zu sein. Amhrán liebte die ganze Welt, jeden Menschen, jedes Tier, denn sie liebte es als ganzes, als eins, von dem auch sie Teil war. Zu oft wünschte sie, sie könnte alles Leid der Welt auf ihren Schultern tragen und ihre geliebten Menschen wären frei. Ihr ganzes kurzes Leben hatte sie sich so danach verzehrt, geliebt und anerkannt zu werden, daß sie ihr armseliges Selbst gern opfern würde, aber die Menschen würden sich dadurch nicht ändern und sie auch nicht.

So glücklich war sie in den Stunden innerer Zufriedenheit, bis die Stimme aus der Finsternis kam und fragte, wie man nur so selbstzufrieden sein konnte.

Es wäre kein Opfer für die Menschen zu sterben. Sie konnte die Welt nur ändern, wenn sie hinausgehen und den Menschen Liebe bringen würde, Liebe und den Mut, die Augen zum Sehen zu öffnen. Das war ihr Weg.

Und was konnte ihr schon geschehen? Die zwei wundervollsten Männer, die es gab, liebten sie. Amhrán badete in dieser Liebe, ließ sich umfluten und davontragen wie ein Frühlingskranz an Beltainé.

Sie wußte, viel Leid würde daraus entstehen, Sehnsucht und Einsamkeit, aber auch so viel Freude und Glück. Ihr junges Herz sprudelte über bei diesen Gedanken und der bleierne Nebel, der auf ihrer zarten Seele gelastet hatte, schmolz dahin im Sonnenlicht.

Beschwingt und fröhlich eilte sie zur Versammlungshütte, wo Rhiannon schon auf sie wartete.

Freudig sprang sie der alten Frau in die Arme.

Überrascht sagte diese:

"Nanu, wer bist du denn? Sollte sich der träge Fluß des Selbstmitleids vielleicht in ein quirliges Bächlein verwandelt haben?"

Amhrán lachte.

"Wie sagte Goleudydd immer so schön: Das Ende allen Kummers ist Freude, das Ende der Freude der Kummer, dann erinnere dich der Freude. Das habe ich getan.

Nun, große Meisterin, was wollen wir tun und ist es möglich, daß ich mich vorher vielleicht noch ein wenig waschen kann? Ich habe den ganzen Morgen meine Übungen mit Scathcrobh gemacht und bin am Ende meiner Kräfte. Außerdem habe ich fürchterlichen Durst und Hunger."

Die alte Frau lächelte sanft.

"Nun, das ist gut so. Es ist leichter für mich deinen wilden Gedanken zu folgen, wenn wenigstens dein Körper etwas erschöpft ist. Komm, laß uns zur Wasserhütte gehen, während wir reden."

Das Mädchen sagte murrend.

"Hunger! Ich habe Hunger, bist du taub?"

Rhiannon grinste frech.

"Ich kenne dich wahrlich noch nicht lange, mein Herz, aber jemand wie du leidet immer an irgend einem Hunger. Wenn es nicht der nach Nahrung ist, dann ist es der nach Wissen und Weisheit und letzteren werde ich dir heute ein wenig stillen. Ist aber dein Magen satt, hat auch dein Herz kein Gemüt für diese Speise.

Grübelnd folgte Amhrán der Weisen zur Wasserhütte. Schon war ihre Neugier weitaus größer als ihr Hunger.

Als sie die Tür erreicht hatten, fragte sie.

"Uns was machen wir jetzt hier? Als ich meinte, ich wolle mich etwas waschen, dachte ich nicht daran, ein Bad zu nehmen."

Rhiannon erwiderte ihr.

"Heute werde ich dir ein Wunder zeigen, wie du noch keines erlebt und gesehen hast. Aber nicht nur dein Herz, auch dein Körper muß rein sein. Deshalb wirst du jetzt ein Bad nehmen. Ich werde dir ein wenig zur Hand gehen und dir Gesellschaft leisten."

Amhrán runzelte ihre Stirn und betrat mit ihrer Freundin die Hütte.

Gemeinsam entfachten sie ein Feuer, füllten den Kessel mit Wasser, damit es heiß werden konnte. Auch das Becken, in dem sie baden sollte, füllten sie mit etwas kaltem Wasser.

Große, glatte Steine legten sie ins Feuer und holten sie, wenn sie genügend erhitzt waren, mit einer Zange wieder heraus. Vorsichtig wurden sie mit einem Tuch abgewischt und in das Becken gelegt, aus dem es kurz darauf dampfte. Rhiannon goß ein paar Tropfen aus einem seltsamen Gefäß in das Wasser.

Amhrán hatte es hier noch nie gesehen.

"Was ist das, Rhiannon? Ich habe schon oft hier gebadet, aber dieses Gefäß habe ich noch nie hier gesehen. Was hast du in das Wasser geschüttet?"

Einen merkwürdigen Blick warf die alte Frau dem Mädchen zu.

"Es ist ein Öl, das mir Síochanta gab. Als ich sie das letzte Mal sah, gab sie mir diese Phiole und sagte, es sei ein Geschenk für dich. Was sie nicht sagte, war, von wem das Geschenk ist. Aber sie sagte mir stattdessen, daß es dir bestimmt nicht schaden würde. Ich habe das Gefühl, daß heute der richtige Tag ist. Meine alten Knochen singen laut in mir und Wellen jagen über meinen Rücken. Komm, ich helfe dir beim Ausziehen, dann geht es leichter."

Sorgsam faltete Rhiannon die Sachen und legte sie zur Seite.

Amhrán bedachte die Alte mit einem liebevollen Blick. Wieder trat Rhiannon an sie heran und löste den so sorgfältig geflochtenen Zopf. Dann nahm sie ein Stück feines Tuch, tauchte es in das Wasser und wollte beginnen das Mädchen zu waschen.

Die alte Frau bückte sich zu den Füßen der jungen Frau.

Da bückte sich Amhrán und nahm ihrer Freundin das Tuch aus der Hand. Fast flüsterte sie.

"Rhiannon, du mußt das nicht tun. Hör auf damit. Es gibt keinen Grund, daß du dich so vor mir erniedrigst. Ich bin die Schülerin. Du bist die Hohepriesterin. Ich sollte dir dienen und nicht du mir."

Wieder nahm die alte Frau das Tuch in die Hand.

"Wie sollte ich eine Hohepriesterin sein, wenn ich dir nicht einmal die Füße waschen kann? Wenn du einst Hohepriesterin bist, wirst du dienen, auch wenn dir viel gedient werden wird. Denn verwechsle nie den Dienst, den man an dir tut und das Geschenk, das du erhältst.

Es ist keine Schande zu knien, solange du es nicht deshalb tust, weil jemand seinen Fuß auf deinen Nacken drückt.

Es ist gut, daß du bist wie du bist. Immer wird es für dich leichter sein, zu dienen als bedient zu werden. Und so ist es auch mit deinem Herzen. Deine Liebe ist wie das Meer, ohne Grund und uferlos. Es ist leicht hineinzugehen, aber schwer es wieder zu verlassen und jede Welle davon ist anders. Nicht wahr?"

Amhrán lächelte schweigsam.

Ja, so war es wohl. Nie hatte sie jemand für wichtig gehalten, außer einigen Wenigen. Warum sollte sie sich dann selbst für wichtig halten?

Nun kniete die alte Frau vor ihr, wusch sie und es fiel Amrhán mehr als schwer, das über sich ergehen zu lassen. Doch eine Stimme in ihr verbot ihr, noch einmal dieses Werk zu unterbrechen. Sie hatte immer gehört, daß eine Schülerin ihrer Hohepriesterin diente und jetzt geschah genau das Umgekehrte.

Das Mädchen grübelte vor sich hin, bis Rhiannon sie sanft aus ihren Gedanken riß.

"Komm, steige nun in das Becken. Das Wasser ist jetzt schön warm und nicht mehr so heiß."

Amhrán tat wie ihr geheißen und streckte sich im Wasser aus. Es war ein herrliches Gefühl von dieser Leichtigkeit umgeben zu sein. Sie ließ sich tiefer in das Becken gleiten, hielt die Luft an und ließ sich ganz vom Wasser umspülen, öffnete die Augen und kam wieder an die Luft.

Tief atmete sie ein und aus, ließ ihren Kopf von der linken zur rechten Schulter gleiten und beobachtete dabei ihr Haar im Wasser.

Rhiannon hatte einige Kräuter in das Feuer geworfen, die ihren herrlichen Duft in der Hütte verbreiteten.

Dann entzündete die Hohepriesterin eine kleine Kerze und stellte sie auf ein Holzbrettchen, das auf der anderen Seite des Beckens in Kopfhöhe der Badenden angebracht war.

Einen kleinen Augenblick verweilte sie noch bei ihr, die wie gebannt in die Flamme starrte, dann ging Rhiannon hinaus. Nun lag es nicht mehr in ihrer Hand. Die Göttin würde entscheiden und Amhrán würde entscheiden, ob sich die Tür zur Traumstraße öffnen würde.

Es fiel Rhiannon nicht leicht ihren Schützling allein in der Hütte zurückzulassen, aber es stand ihr nicht zu, bei dieser Geburt dabei zu sein.

Sie wußte, daß Amhrán die Kraft hatte, sich aus ihrem Leib zu lösen, aber konnte ihre plappernde Seele in die schweigende Stille des Nichts eindringen?

Mit festen Schritten näherte sie sich der Krankenhütte, wo Scathcrobh gerade aus der Tür trat.

"Gut, daß ich dich antreffe. Ich habe eine Aufgabe für dich, Krieger."

Scathcrobh tat so, als habe er diesen Unterton in ihrer Stimme nicht gehört.

"Ich wollte gerade ausreiten. Was ist denn?"

Rhiannon antwortete ihm:

"Dein Pferd scheint dir wichtiger zu sein als Amhrán. Du könntest mir einen Gefallen tun. Willst du das?

Scathcrobh fragte:

"Was für einen Gefallen? Ich kenne die Frauen zu lange, um die Katze im Sack zu kaufen."

Rhiannon schmunzelte:

"Daran tust du auch gut. Ich muß zu Síochanta, deshalb kann ich mich im Augenblick nicht um Amhrán kümmern. Sie ist in der Wasserhütte. Laß sie dort ruhig alleine und reite mit deinem Hengst aus. Wenn du zurück bist, wirst du in die Wasserhütte gehen. Dort wirst du sie finden. Aber wecke sie mir ja nicht auf! Hole sie vorsichtig aus dem Wasser und bringe sie in die Krankenhütte. Nimm eine Decke mit, damit du sie zudecken kannst und wecke sie mir ja nicht auf. Ich möchte, daß du bei ihr bleibst, bis sie erwacht. Dann wirst du mich holen."

Scathcrobhs Augen wurden zu kaltem Stein.

"Nur weil ich weiß, was du bist, schweige ich und werde dir helfen. Es ist gut, daß wir beide wissen, daß sie stark genug ist, auf die Traumstraße zu gelangen.

Es ist auch gut, daß wir beide wissen, daß die Große Herrin ihre Hand über sie hält. Denn wenn auch nur eines ihrer Haare gekrümmt ist, werde ich mein Versprechen Solasard gegenüber einlösen und wahrlich ich täte es gerne.

Was nun, wenn sie sich dort verläuft. Mir ist der Weg dorthin für alle Zeiten verwehrt."

Rhiannon umfaßte hart sein Handgelenk.

"Ich habe ihre Mutter nie gesehen und weiß nur, daß sie tot ist. Aber ich weiß, welches Blut in ihren Adern fließt. Dem vertraue ich und das solltest du auch."

Zerronnen - gewonnen!

Cioná erwachte, als Oighrigh vom Holz holen zurückkam. Es war noch früh, das Feuer war ausgegangen. Neben ihr lag Dúghorm. Nur zu gut erinnerte sie sich an das Gespräch, das sie vor einigen Tagen geführt hatten. Heimlich und leise, mitten in der Nacht. Irgend etwas stimmte nicht mit diesem Hauptmann. Cioná hatte eine Narbe entdeckt, die sie nur von den Männern des Fahrenden Volkes her kannte.

Mittlerweile hatte sie den Mann noch einmal untersucht und festgestellt, daß es keine Wunde sein konnte, die man sich bei einem Kampf zugezogen hatte.

Gestern hatte sie es Dúghorm gesagt. In den letzten Tagen hatte sie mehr Worte mit ihm gewechselt als in den ganzen Jahren, die sie bei den Fianna zugebracht hatte.

Sie achtete ihn sehr, diesen braungebrannten, grauhaarigen Mann mit seinen strahlenden blauen Augen. Aber Cioná wußte auch, daß er nie etwas mit einer Frau wie sie eine war, anfangen würde. Dúghorm war nur zu den Fianna gekommen, weil er vom königlichen Hof verstoßen worden war. Zu gerade war er, um den krummen Wegen Brocs zu folgen. Dúghorm liebte sein Land und die Fianna hatten ihn gern aufgenommen. Nur selten hatte sie ihn in Begleitung einer Frau gesehen und selbst dann wußten sie, daß es ihm nur um den Menschen ging, gleich ob Mann oder Frau. Cioná wußte nur zu gut wie einsam man bei den Fianna sein konnte. Wie gut hatten es da Crónachan und Gormeala, die jetzt gemeinsam unterwegs waren. Niemand hatte geglaubt, daß ihnen auf der Jagd etwas zugestoßen war. Es gab keine kampffähigeren Frauen bei den Fianna.

Die beiden hatten ihr Glück gefunden, als sie zu den Fianna gekommen waren. Genauso wie Sionnach und Iolaranam. Sie waren wie Feuer und Wasser, aber sie liebten sich. Sogar Oighrigh hatte sein Glück gefunden oder sein Unglück je nachdem wie man es betrachtete.

Aber Cioná blieb die ganze Zeit allein. Dabei war sie nicht von unedlerem Blut als es Dúghorm war. Doch ihre Familie hatte sie verstoßen und mit einem Geís belegt. Sie würde erst dann wieder zurückkehren dürfen, wenn sie einen Mann gefunden hatte, der sie so liebte wie sie war. Erst dann würde sie das Erbe ihres Vaters antreten dürfen. Wie der Wind über das Gras hinwegzog und mancher Blume den Stiel brach, so hatte sie die Herzen der adeligen Söhne gebrochen, aus reiner Langeweile.

Immer wieder mußte ihr Vater sich mit den Familien mühsam versöhnen, weil ihnen Unrecht angetan worden war. Schließlich hatte er sie aus seinem Haus verstoßen. Bei einer alten Frau lernte sie die Heilkunst. Als Preis aber für ihr Wissen forderte sie, daß Cioná ihre Heilkünste den Fianna zur Verfügung stellen sollte. Versprochen war versprochen.

Sie hatte ja nicht geahnt, worauf sie sich da eingelassen hatte, nicht im geringsten geahnt, in welche Welt sie sich begab.

Schwer nur gewöhnte sie sich daran immer umherzuziehen. Hier war sie nur eine von vielen und nicht mehr der Liebling ihres Vaters. Doch das hatte auch sein Gutes. Endlich war sie frei, konnte tun, was sie wollte und war niemandem mehr Rechenschaft schuldig.

Immer hatte sie darauf achten müssen, was die Leute vielleicht von ihr dachten. Damit war sie aufgewachsen. Wie lebenslustig war sie gewesen als Kind, aber je älter sie wurde um so mehr zwängte man sie in einen Käfig aus Anstand und Sitte. Wie oft hatte sie aufbegehrt und war ausgebrochen. Jedesmal wurde sie wieder eingefangen und zur Gefangenen anderer Ansichten gemacht. Alles was sie tat war gut, so lange es gut war in den Augen der Leute. Selbst wenn sie sich dabei noch so schlecht fühlte.

Cioná war keine Kämpferin. Ihre Ausbrüche waren leise und wohlgeplant, ausgefeilt bis in die kleinste Kleinigkeit. Aber immer wieder kehrte sie zurück, weil sie es nicht vermochte, sich zu lösen. Zu groß war die Angst zu enttäuschen und auch den letzten Rest der Liebe ihrer Eltern zu verlieren. Nun war sie frei und es tat ihr gut. Der Schalk, der ihr im Nacken saß, war zu wild geworden. Sie hatte ihn nicht mehr in der Hand und sie wollte es auch nicht mehr. Ihre Mutter hatte diesem Kampf nur schweigend zugesehen. Sie hatte das gleiche Leben gelebt wie ihre Tochter, nur war ihr Herz nicht so wild wie Cionás. Ein Herz, das sie gebrochen hatte, weil sie nicht fähig war, ihr die Liebe zu geben, die ihre Mutter auch ihr immer verweigert hatte.

Nur einmal, am Tag als ihr Vater sie verstoßen hatte, nahm sie ihre Tochter zur Seite und sagte:

"Hängst du an einem Abgrund und dich hält nur noch eine Hand, so laß sie los und sterbe ganz und gar. Dann kehre in dein Leben zurück. Fortan wird dich nichts mehr täuschen können."

Sie hatte ihr Kind umarmt und war gegangen, ohne sich noch einmal umzudrehen.

Wieder fiel Cionás Blick auf Dúghorm. Sie hätte das, was sie empfand, Liebe nennen können, wenn sie gewußt hätte, was Liebe ist.

So zeigte sie ihm ihre Zuneigung dadurch, daß sie sie ihm nicht zeigte, ganz im Gegenteil. Ihm schien es nichts auszumachen.

Gerade schlug er die Augen auf, verwundert sie so nah bei sich zu finden. Er war es nicht gewohnt so freundlich von ihr behandelt zu werden, wie er es in den letzten Tagen erfahren hatte.

Aber sie hatten ja auch nie so viel miteinander zu tun gehabt. Dúghorm war völlig überrascht von ihrer zum Vorschein getretenen Freundlichkeit und hatte anfangs geglaubt, sie nehme ihn auf den Arm.

Er hatte diese wortkarge und ernste Frau immer sehr gemocht, gerade weil sie nicht eines dieser Plappermäulchen war. Doch sie hatte ihn nie an sich herangelassen. So beobachtete er sie immer aus der Entfernung. Vorsichtig robbte er näher zu ihr hin.

"Ich muß mit dir reden. Aber nicht wenn alle dabei sind. Laß uns nachher irgendwelche Kräuter suchen, die du für die Salben brauchst. In Ordnung?"

Cioná nickte und drehte sich weg. Dann überkam sie noch einmal der Schlaf. Als sie wieder die Augen öffnete, war die Hälfte der Fianna schon wach und frühstückte.

Langsam erhob sie sich, gähnte und vertrieb den Schlaf aus ihren Knochen.

Nachdem sie sich am Brunnen etwas frisch gemacht hatte, nahm sie ein paar Happen Fleisch und etwas Hartbrot zu sich. Auch Dúghorm war wach und unterhielt sich scheinbar tiefgründig mit Oighrigh.

Da räusperte sich Cioná und sagte:

"Iolaranam, ich werde einmal vor die Tür gehen. Hier in der Nähe habe ich Moos gesehen, mit dem ich meine Kräuterkiste auffüllen möchte."

Iolaranam wollte gerade Einspruch erheben, als sich Dúghorm meldete:

"Dann solltest du aber nicht allein gehen. Ich werde dich begleiten."

Iolaranam und Camchéachta warfen sich vielsagende Blicke zu und hatten Mühe ihr unverschämtes Grinsen vor den beiden zu verbergen.

Gemeinsam verließen Cioná und Dúghorm die Wetterhütte.

Kaum waren sie einige Schritte gegangen, als die Heilerin sagte:

"Eine halbe Meile von hier gibt es einen Bach, dort werden wir finden, was wir suchen."

Dúghorm verstand nicht.

"Was suchen wir denn?"

Cioná lächelte.

"Wir suchen ein Mittel, um diesen Hauptmann, der vielleicht keiner ist, außer Gefecht zu setzen. Dann nämlich können wir in Ruhe überlegen, was zu tun ist. Hast du mit Iolaranam gesprochen?"

Der Blaublütige, wie er auch genannt wurde, antwortete:

"Nein, erst wenn wir sicher sind und sicher sind wir ja noch nicht, oder? Ich kann ihm nicht eine wilde Geschichte erzählen ohne Beweise."

Cioná erwiderte:

"Wir haben einen Beweis. Die Narbe."

Der Mann fuhr fort:

"Und was nutzt uns die? Er wird sagen, daß er eine Zeitlang beim Fahrenden Volk gelebt hat, bevor er nach Tara ging. Was glaubst du, wie wir beide dann aussehen? Nein. Ich habe das Gefühl, daß er und Toit sich irgendwoher kennen. Ich bin doch nicht blind. Es macht mir Sorgen, daß Iolaranam so ganz vertrauensvoll ist. Er ist doch sonst so vorsichtig. Und wo bleibt dieser Bote, auf den wir treffen sollen! Nein, das gefällt mir gar nicht."

Die Heilerin pflichtete ihm bei.

"Mir auch nicht. Und welche Aufgabe haben Crónachan und Gormeala? Die sind doch nie im Leben auf der Jagd spurlos verschwunden. Und dann läßt uns Iolaranam noch stundenlang im Wald umherirren auf der Suche nach etwas, was gar nicht verloren ist."

Schweigsam gingen sie eine Weile nebeneinander her und hingen ihren Gedanken nach.

Neugierig fragte Dúghorm nach einer Weile:

"Und wie willst du den tapferen Hauptmann außer Gefecht setzen?"

Cioná lachte.

"Ein wenig von diesem und von jenem ergibt so einen herrlichen Trunk, der nicht nur seinen Magen und sein Herz in die Hose rutschen läßt."

Der Blaublütige lachte auf.

"Wir müssen uns trotzdem etwas überlegen. Ich meine, wenn der Kerl wirklich nicht der Hauptmann ist und statt dessen zum Fahrenden Volk gehört, was hat er dann vor? Vor allem jetzt, da sie zu zweit sind. Ich traue Toit zwar nichts Schlechtes zu, aber ich weiß nicht, was dieser andere Kerl für einen Einfluß auf ihn haben mag. Was denkst du?"

Cioná ging weiter, während sie vor sich hin grübelte.

Nach einiger Zeit antwortete sie:

"Nun, ich denke, damit wir wissen, was er vorhat, müssen wir erst einmal versuchen uns klar zu machen, was unser Ziel ist. Denn das mag mit seinem Ziel zusammenhängen.

Gut, das heißt, was ist unser Ziel? Unser Ziel heißt etwas über diesen Solasard herauszufinden und über die allgemeine Lage im Land.

Das heißt, die nächste Frage wäre ....."

"..... was irgend jemand davon hat, wenn wir nichts darüber erfahren," beendete Dúghorm ihren angefangenen Satz.

Die Heilerin grinste frech.

"Gar nicht so schlecht für einen Mann. Nun ja, wir wissen beide, daß du nicht auf den Kopf gefallen bist. Was als denn ist die Folge, wenn wir nichts darüber herausbekommen?"

Da griff sich der Blaublütige an die Stirn und antwortete.

"Was geschieht, wenn man einem kampfwütigen Stier ein Tuch über den Kopf zieht. Nichts! Da will jemand, daß wir uns nicht in seine Angelegenheiten mischen. Und wenn beide vom Fahrenden Volk sind, kann das nur Cluanaire sein."

Cioná blieb stehen.

"Aber was hat Cluanaire mit Solasard zu tun?"

Dúghorm antwortete.

"Das kann uns nur einer sagen!"

Die Heilerin fragte:

"Und wer? Da bleibt nur Toit, denn der andere wird seinen Kopf nicht in die Schlinge legen. Und wie willst du das erreichen?"

Der Ratgeber Iolaranams zuckte mit den Schultern.

"Das wird sich schon noch finden, wenn wir zurückkommen. Wie weit ist es denn noch zu diesem Bächlein?"

Aber da hörte er auch schon das leise Plätschern vor sich.

Zügig strömte das Wasser an dem schlüpfrigen Ufer vorbei.

Cioná zog ihren Mantel aus und gab ihn Dúghorm, damit sie sich freier bewegen konnte.

Vorsichtig ging sie zum Wasser, bis ihre Füße fast darin standen.

An einer seichten Stelle wuchsen ein paar seltene Wasserpflanzen, deren Wurzeln sie benötigte.

Die Heilerin zog ihr Messer aus dem Gürtel und bückte sich ein Stück vor, um besser an die Wurzeln zu gelangen. Drei der Wurzeln grub sie frei und warf sie hinter sich. Behutsam kletterte sie wieder nach oben. Dúghorm reichte ihr seine Hand, damit sie leichter vorankam.

Sie standen sich gegenüber und ihre Auge sagten, was ihre Herzen auszusprechen niemals wagen würden.

Da verlor Cioná das Gleichgewicht und begann mit ihren Armen zu rudern. Dúghorm war zu höflich ihre Hand loszulassen und wurde einfach von ihr mitgerissen.

Mit einem lauten Platsch landeten sie in dem eiskalten Bach. Prustend sprangen sie auf und versuchten an der Böschung empor zu gelangen, zogen sich aber immer wieder gegenseitig ins Wasser. Schließlich riß sich Dúghorm los und kroch nach oben. Bald darauf schaute auch eine nasse Cioná über den Rand des Ufers.

Sie ließ sich neben ihn auf den Boden kullern und schimpfte wie ein Rohrspatz.

"Warum hast du mich nicht losgelassen? Ich meine, mußten wir beide in diese Brühe fallen? Du bist so edel, daß du nicht einmal eine Frau alleine ertrinken lassen könntest, du Schuft."

Der Blaublütige lachte.

"Und du? Dich rettet man vor dem Ertrinken und erntet nur Undank. Weist du was? Wenn du dich sowieso über alles aufregst, kann ich dir auch den Mund stopfen!"

Er umgriff ihren Nacken und zog sie an sich. Ihr Körper wehrte sich und ihre Arme drückten ihn fort von sich, aber ihre Lippen, ihre Zunge hießen ihn mehr als willkommen.

Dann hatte sie sich von ihm befreit und eine schallende Ohrfeige zischte durch die Luft.

"Du glaubst wohl, du kannst dir alles erlauben, du blaublütiger Frauenheld. Wenn hier irgendwer jemanden küßt, dann ich dich."

Immer wieder mußten sie lachen und hielten aneinander fest, als könnten sie nie mehr loslassen.

Schließlich sagte Cioná:

"Vielleicht sollten wir zurückgehen. Ich habe keine Lust auf eine Erkältung."

Dúghorm grinste.

"Ich schon! Denn die beste Heilerin der Fianna wird sich dann um mich kümmern."

Die Heilerin antwortete schmunzelnd:

"Das hast du doch auch verdient als Ratgeber des großen Iolaranam."

Ihre Stimme wurde jetzt wieder ernst.

"Trotzdem, du mußt mit Iolaranam reden. Er ist unser Anführer, und er muß wissen, was los ist, Beweis hin oder her. Versprichst du es mir?"

Der Blaublütige nickte. Cioná nahm die drei Wurzeln auf und schweigend machten sie sich auf den Rückweg. Kurz vor dem Lager ergriff er noch einmal ihre Hand und zog sie in seine Arme. Dúghorm holte Luft und wollte etwas sagen, aber Cioná ergriff vor ihm das Wort.

"Mach' es nicht kaputt durch leere Worte. Wir haben uns lange genug das Leben schwer gemacht, laß es uns so nehmen wie es ist."

Dúghorm zog eine Augenbraue hoch.

"Und wie ist es?"

Cioná lächelte.

"Ich habe keine Ahnung, aber es ist gut, wie es ist. Gib uns Zeit. Wir haben mehr als genug davon. Wir sind kein jungverliebtes Paar, das die Glut der Sonne hat, vielmehr sollten wir den Sonnenuntergang gemeinsam genießen. Findest du nicht?"

Dúghorm nickte ihr zu und küßte sie sanft auf die Lippen.

"Alles, was du willst. Vielleicht begegnet dir ja auch morgen der Mann deiner Träume, und du stellst fest, daß ich nur eine Laune bin."

Bevor sie weiterging trat ihr Fuß rein zufällig gegen sein Schienbein.

Als sie ins Lager zurückkehrten, fanden sie dort alles in Aufruhr. Alle Pferde, bis auf Gaoth, Iolaranams schwarzen Hengst, waren davongelaufen. Man hatte die Tiere ins Freie gebracht, damit sie ein wenig von dem kargen Wintergras knabbern konnten. Als Oighrigh sie wieder holen wollte, stand nur noch Gaoth da und graste friedlich vor sich hin.

Cioná und Dúghorm sahen sich an und ihre Blicke sprachen Bände.

Schnell hatten sie ihre nasse Kleidung vor das Feuer gehängt und durch trockene ersetzt.

Cioná hatte Dúghorm so lange eindringlich angesehen, bis er sich mit Iolaranam und Camchéachta in eine Ecke des Wetterhäuschens zurückzog.

Kurz und bündig berichtet er seinem Anführer von dem Verdacht, den er und Cioná hatten. Iolaranam war froh zu erfahren, daß er nicht alleine dastand, mit dem, was er sich dachte.

"Und jetzt, Dúghorm? Was machen wir jetzt? Keine Pferde, kein Bote, dafür mindestens einen falschen Boten. Kaum was zu essen, Schnee liegt in der Luft und mein Ratgeber ist auch noch bis über beide Ohren verliebt."

Dúghorm nickte, während er verfolgte, was um das Feuer vor sich ging.

Ohne nachzudenken sagte er:

"Wer ist verliebt? Das ist doch unwichtig. Laßt uns lieber gemeinsam überlegen, was zu tun ist."

Iolaranam grinste.

"Ja, vor allem wegen meinem Ratgeber."

Camchéachta lachte auf.

"Da tun sich ja Abgründe auf, Mann. Dúghorm und Cioná. Wer hätte das gedacht? Und ich dachte schon, daß das nie mehr was wird."

Dúghorm empörte sich.

"Ich weiß gar nicht, wovon du redest, du Fleischkloß. Sieh du lieber zu, daß du nicht leer ausgehst. Aber es gibt wichtigeres, was wir zu besprechen haben. Was wollen wir mit diesem seltsamen Hauptmann machen? Da stellt sich sowieso noch eine andere Frage. Wenn er nicht der Hauptmann ist, wo ist dann der echte Hauptmann?"

Iolaranam sah zum Feuer.

"Ohne Pferde ist alles gleichgültig. Wir sitzen hier fest. Das hat dieser Kerl schon einmal gut angestellt. Unsere einzige Hoffnung ist, daß uns der Bote vom Kleinen Volk findet. Vielleicht kann er uns ein paar Pferde besorgen. Wenn wir nicht so nah an Tara wären, könnte einer von uns gehen. Aber wir haben auch nichts, womit wir sie bezahlen könnten. Vielleicht ist dieser Hauptmann ja gar nicht so gut wie wir glauben. Schließlich hatte er ja nicht ewig Zeit, die Tiere von hier fortzubringen. Morgen früh werde ich versuchen, ihren Spuren zu folgen. Dann werden wir sehen, wohin sie uns führen.

Ich könnte ihm den Hals umdrehen, wie er so dasitzt und seine Geschichten von Tara zum Besten gibt."

Camchéachta machte einen Schritt zurück.

"Nein, Hälse umdrehen ist mein Sache. Aber was wollen wir tun, Freunde? Tot wird er uns gar nichts nützen, lebendig vielleicht. Wenn seine Zeit vorbei ist, werde ich ihm den Hals umdrehen, das verspreche ich euch. Oder wie siehst du das, Dúghorm?"

Der Blaublütige antwortete ihm:

"Nun, ich sage dir wie ich es sehe. Wir haben keine andere Möglichkeit, als auf den Boten zu warten. Es ist viel zu gefährlich für uns, hier in der Gegend herumzustromern. Außerdem wissen wir ja überhaupt nichts von dem, was da draußen vor sich geht.

Wenn wir nicht bald etwas tun, wird es zu spät sein. Wir können nur das Richtige tun, wenn wir alle Wahrscheinlichkeiten und Tatsächlichkeiten mit in Betracht ziehen. Dazu brauchen wir die Neuigkeiten des Boten. Bestimmt wird er uns bald finden und hoffentlich noch vor der Königlichen Garde.

Was unseren jungen Freund und Gast angeht sollten wir Ruhe bewahren. Wenn man solche Leute in die Enge treibt, sind sie zu allem fähig. Oder was sagst du, Iolar?"

Der Anführer der Fianna antwortete:

"Ich denke auch, daß wir nicht mehr tun können. Ich habe Crónachan und Gormeala mit Nachrichten und Befehlen zu Faolchú geschickt. Er wird die Männer an den drei günstigsten Punkten zusammenziehen, so daß wir gut gewappnet sind, wenn der Sturm losbricht.

Mir ist überhaupt nicht gut zumute. Wir wissen nichts über diesen Solasard und schon gar nichts über diesen Dragan. Unser Mann auf Tara spielt sein eigenes Spiel und Broc ist ein Hochkönig, der zu allem fähig ist. Dieser Rabharta hätte uns einiges erzählen können. Aber der scheint ja auch schon knöcheltief in Schwierigkeiten zu stecken.

Los Männer, laßt uns ans Feuer setzen und dem Geschwätz dieses Waschweibes lauschen."

Als Iolaranam mit seinen beiden Freunden ans Feuer kam und dort nur trübe Gesichter sah, die gelangweilt den Worten des falschen Hauptmanns zuhörten, bat er Oighrigh doch ein fröhliches Lied zu spielen. Der Junge setzte seine Flöte an die Lippen und sogleich entsprang ihr eine tröstende Melodie, der alle friedlich lauschten.

Oighrigh blies auf seiner Flöte und die anderen klatschten im Takt dazu.

Dúghorm setzte sich zu Cioná und küßte sie auf die Hand.

"Und hast du mit Iolaranam gesprochen?"

Der Blaublütige flüsterte:

"Ja, aber wir haben keine andere Möglichkeit, als auf den Boten aus dem Kleinen Volk zu warten. Jetzt schon gar nicht, so ohne Pferde. Ich sage ja immer Gaoth ist gar kein Pferd. Dem macht man so leicht nichts vor. Aber das nutzt uns auch wenig im Augenblick. Ich bin müde, komm laß uns ein wenig vom Feuer wegrücken."

Cioná lächelte und erwiderte:

"Ich glaube nicht, daß gleich das ganze Lager mitbekommen soll, was mit uns los ist. Schon gar nicht, wo ich noch nicht einmal weiß, was mit uns los ist. Außerdem ist mir kalt."

Dúghorm lächelte.

"Ich könnte dich ja mit meinem Feuer wärmen, meine Herzensliebste."

Doch sie knuffte ihn nur und lehnte sich leicht gegen ihn.

Die ersten waren schon eingeschlafen. Nur noch leise spielte Oighrigh, für sich selbst.

Sein Herz war bei Shasza. Ob er sie jemals wiedersehen würde? Heftig hatte die Waldelbin sein Herz gebrochen und nie mehr würde es heilen. Er war dankbar gewesen für den Trost Camchéachtas, aber er liebte sie nun einmal. Nie konnte eine Menschenfrau sein Herz gewinnen, nicht nachdem ihn die Lippen dieser Frau geküßt hatten.

Wehmütig ließ er die Flöte sinken und sah in die Flammen. In seinem Ohr hörte er ihr Lachen, in seinem Haar spürte er ihre zarten Finger.

Schließlich schlief auch er ein.

In seinen Träumen war sie immer bei ihm und erzählte ihm herrliche Geschichten von Elben und Menschen.

Plötzlich nahm ihm ein Kuß den Atem, nur zu gut kannte er diese Lippen.

Ihr Lachen stahlte auf sein Gesicht.

"Psch, leise mein Herz, draußen stehen ein paar entlaufene Pferde, die ihre Besitzer suchen. Ich erkannte sie an deiner treuen Stute, die auf mich zugelaufen kam. Ja, die Tiere kennen mich noch. Schlaf nun weiter, morgen abend komme ich wieder. Ich habe Nachrichten für euch, wichtige Nachrichten, aber einen Tag müssen sie noch warten.

Schlaf schön, auch ich muß jetzt ruhen. Viele Meilen bin ich gegangen, manchen Bach habe ich überquert. Doch nun bin ich da."

das netz

Dragan faßte sein schwarzes Haar zusammen und zog das Lederband so fest er konnte. Fast zärtlich strich er sich über die Narbe in seinem Gesicht, grübelte vor sich hin, während er Rabharta beobachtete, der ihn aus seinen grünen, funkelnden Augen ansah. Ein bemerkenswerter Mann war dieser Hauptmann. Zu gern hätte er ihn auf seiner Seite gewußt. Nun, es hat nicht sollen sein.

Taliesin hatte einmal zu ihm gesagt: Wenn du etwas über einen Menschen erfahren willst, sieh dir seine Feinde an.

Jetzt erkannte er, daß es auch wichtig war, dessen Freunde zu kennen.

Dragan hatte Achtung von Rabharta, große Achtung, und das war der einzige Grund, warum dieser noch lebte.

Broc war ein Wurm für ihn. Siorc hätte ihn leicht für Dragan töten können, aber das war weniger ehrenvoll und geziemte sich nicht für einen zukünftigen Hochkönig. Es war nicht die Gier nach dem Hochthron, die ihn vorantrieb. Nichts was er an Speisen zu sich nahm, ernährte ihn so gut wie sein verletztes und abgewiesenes Herz. Jetzt würde er es ihnen zeigen.

Mittlerweile hatte er den ganzen Süden in seiner Hand. Wenn sein Ziehbruder das Blaue Schwert gefunden hatte, würde er auf Tara marschieren. Cluanaire würde ihm das Schwert bringen. Dann würde er Néart helfen, das Sommerland zu unterwerfen. Sie würden zwei mächtige Verbündete sein. Nicht einen Augenschlag traute er dem Sidhi. Aber solange er ihn in Ruhe ließ, würde auch Dragan nichts unternehmen. Schließlich hatte er ihm die Dienstbarkeit der Síofra zu verdanken. Pryria hauste mit ihren Mannen in den Bergen und leistete nur allzu wertvolle Dienste.

Wieder sah er Amhrán vor seinen Augen. Was trieb sie nur in die Arme dieses armseligen Trottels? Dreoilín hätte alles für sie getan. Ja, Dreoilín hatte sich auf ihrem Versprechungsabend sogar zum Narren gemacht. Für sie hatte er sich mit seiner Familie entzweit, für sie.

An all dem war Solasard schuld. Wäre er doch nie in das Leben seiner Familie getreten. Alles konnte er besser. Immer wurde er mehr geliebt. Alles fiel ihm wie selbstverständlich in den Schoß.

Er mußte nicht einmal seinen Arm ausstrecken.

Es hätte so einfach sein können. Sie hätten sich Amhrán teilen können. Nun war es zu spät.

Er hatte sich entschieden, kein guter Sohn zu sein wie Solasard.

Dreolín war schwach gewesen und sein einziges Heil war die Flucht weg von zu Hause. Aber Dreolín war jetzt tot. Dragan hatte sich aus seiner Asche erhoben wie ein schwarzer, riesenhafter Drache. Er würde alles zerstören und verbrennen, was ihn zu hindern versuchte.

Lange genug hatte er gegen seine Natur gekämpft und versucht zu sein, was er nicht war. Es konnte nicht nur gute Menschen geben, oder? Wo weiß war, mußte auch schwarz sein. Wo Liebe war, auch Haß. Das Gute konnte nicht immer gewinnen. Dafür würde er schon sorgen.

Sein Blick stand unverwandt auf Rabharta.

"Du hältst Broc doch selbst für einen Versager. Warum bleibst du bei ihm?"

Der Hauptmann lag gefesselt neben der Feuerstelle und lächelte hart.

"Wie soll ich einem, der keine Ehre hat, erklären, was das ist? Wenn ich mich auf deine Seite schlage, wäre ich nicht besser als du, nicht besser als Dreck. Was hast du mit mir vor? Ich meine, außer mich irgendwann zu töten?"

Dragan streichelte mit dem Fingerrücken seines Zeigefingers über seine Narbe.

"Du bist nicht dumm. Aber es ist mir gleichgültig. Ja, du wirst sterben, deshalb kann ich dir ruhig verraten, was wir mit dir vorhaben. Ich kann dir sogar noch viel mehr erzählen. Nur damit du das Ausmaß begreifst, das deinem Verschwinden und deinem Tod innewohnt."

Rabharta mußte langsam anfangen, sein eigenes Netz zu weben. Vielleicht gab es ja doch noch eine Möglichkeit zu fliehen oder irgendwem eine Nachricht zukommenzulassen.

"Ich glaube nicht, daß ich so eine wichtige Figur in eurem Spiel bin. Jeder ist ersetzbar und welchen Sinn macht es, eine Figur nicht zu bewegen, nicht handeln zu lassen. Ich kann euch überhaupt nichts nützen, schon gar nicht, wo ich hier festgehalten werde."

Dragan hatte die Lehrstunden über das Leben nicht nur verstreichen lassen. Er wußte einiges über das Spiel der Spiele, die Spiele der Macht.

"Willst du mich etwas lehren, Hauptmann? Ich habe nie auf einer Burg gelebt.

Trotzdem werde ich bald auf Taras Thron Platz nehmen und Menschen wie du werden mir die Füße küssen, auch wenn ihnen dabei schlecht werden wird. Erzähle mir nichts vom Spiel. Du wirst uns nutzen, gerade weil du dich nicht bewegst.

Weißt du nicht, daß niemand während eines Spiels an einem Ort bleibt, auch wenn er sich nicht bewegt? Du mußt dich nicht bewegen, denn wenn die Welt des Spiels sich ändert, wechselt auch dein Platz. Und sie verändert sich mit jedem Zug.

Es liegt in der Natur des Menschen zu spielen, und wer kein Verlangen hat zu spielen oder sich nicht zum Spiel hingezogen fühlt, wird einfach mitgespielt.

Ich denke, du weißt was, ich meine, Hauptmann. Es war nicht klug von dir, erst jetzt zu handeln. Jetzt ist es nämlich zu spät. Du kannst deinen alten König nicht mehr retten. In Gefahr und höchster Not führt der Mittelweg zum Tod. Du bist zu lange deinem Weg der Tatenlosigkeit gefolgt. Das wird dir das Genick brechen im wahrsten Sinne des Wortes."

Rabharta ließ sich nicht einschüchtern.

"Auch ein Drache kann stolpern. Es tut eben jeder, was er am besten kann. Was habt ihr nun mit mir vor? Wie du sagtest, hast du ja nichts zu verlieren, wenn du es mir verrätst."

Dragan winkte Cranda, seinem Diener zu. Sogleich brachte ihm dieser einen Kelch mit rotem Wein.

"Da du so neugierig bist, will ich dir erst einmal von deinem Verschwinden erzählen. Du schätzt deinen Wert als viel zu gering ein, mein Bester. Nun, für unsere besonderen Freunde, die Fianna, haben wir einen Köder der ganz besonderen Art ausgelegt und wie es aussieht, haben sie ihn auch geschluckt. Wir haben ihnen nämlich ein Kuckucksei untergeschoben.

Cluanaires rechte Hand zieht gerade unter deinem Namen mit ihnen umher. Der große Iolaranam wird von einem aus dem Fahrenden Volk genarrt und teuer wird er das bezahlen, denn solange er in Bewegung ist, kann er nicht die Fianna führen.

Die Tölpel, die er zurückgelassen hat, wissen überhaupt nichts, aber wir.

Der ganze Süden steht unter unserem Einfluß. Natürlich gibt es verstreute Fianna-Nester, aber was sind die ohne die Führung ihres Meisters.

Unser Rabharta wird diese alten Sagenhelden solange beschäftigen, bis es zu spät ist und ich schon auf dem Thron sitze.

Tja, und nun sage mir, wer den Hochkönig besser beschützen kann als du. Arcán, das Schwein? Der kleine Measartha, auf den du deine Hoffnung setzt? Es wäre mir ein Leichtes, ihn einfach so über die Klinge springen zu lassen, glaub´ mir das, Hauptmann. Tara ist ein offenes Haus ohne dich.

Mittlerweile halten Cruimh, Réalta und Siorc alle Fäden zusammen. Außerdem gibt es da noch diese Eala, die uns freundlicherweise in die Hände spielt.

Es dürfte dir entgangen sein, daß Broc schon seinen ersten Geís gebrochen hat, dank ihrer freundlichen Unterstützung. Ich glaube nicht, daß es noch lange dauert, bis er die anderen zwei gebrochen hat. Dann muß unsere Freundin allerdings abtreten. Réalta hält nichts vom Wettbewerb im eigenen Haus."

Rabharts Augen wurden erst sehr groß und blickten dann sehr gefährlich.

"Ihr solltet lieber die Finger von der Frau lassen."

Dragan zog seinen linken Mundwinkel nach oben und grinste frech.

"Ist uns da vielleicht eine kleine Liebesgeschichte zwischen dir und dieser Druidenschlampe entgangen? Du brauchst dir keine Sorgen zu machen, edler Hauptmann, noch geht es ihr ja gut. Neulich erst hat sie nach einem gemeinsamen Frühstück die Gemächer des Hochkönigs in reichlich gehobener Stimmung verlassen. Nun, wenigstens hat sie sich nicht mit einem armseligen Stallburschen eingelassen."

Nun mußte Rabharta lächeln.

"Das ist doch eher Angelegenheit eurer Verbündeten Réalta. Wer weiß, was sie mit deinem Freund Siorc für einen Handel laufen hat. Wie ich weiß, trösten sich die beiden gegenseitig."

Ein heftiger Schlag traf den Hauptmann ins Gesicht. Dieser atmete tief ein, schloß die Augen für einen kurzen Augenblick und konnte doch nicht aufhören zu grinsen.

"Sei vorsichtig, Hauptmann! Du bist nur noch am Leben, weil Cluanaire noch Pläne mit dir hat. Du solltest meine Geduld nicht übermäßig in Anspruch nehmen, sonst muß er seine Pläne leider umstellen. Verstanden?"

Der Hauptmann antwortete gelassen.

"Geduld ist eine Tugend von Hauptmännern und nicht von zukünftigen Hochkönigen. Aber nun raus damit, was hat dieser Halsabschneider mit mir vor?"

Der nächste Schlag traf das Gesicht und ließ die Oberlippe des Mannes aufplatzen.

"Du hast hier gar nichts zu fordern, du Stück Dreck. Ich werde dir das erzählen, wann und wenn ich Lust dazu habe."

In diesem Augenblick betrat Siorc die Hütte Dragans.

"Na, wie geht es uns? Ist unser Gast friedlich? Sieht so aus, als wäre er die Treppe runtergefallen."

Dragan grüßte seinen Verbündeten herzlich und schüttelte dessen Hand kräftig.

"Mach dir keine Sorgen. Er wird die kleine Reise bestimmt unbeschadet überstehen. Wie viele Männer werden ihn denn begleiten?"

Siorc schlug Dragan auf den Rücken.

"Machst du Witze? Das ist doch kein Schatz. Ein Mann, fertig! Was ist denn bitte so schwierig, einen Mann, der dazu auch noch gefesselt ist, von hier bis nach Bealaclugga zu bringen. Das bißchen Schnee da draußen tut keinem weh, schon gar nicht dem. Ich habe Spíon gesagt, daß er aufpassen soll und wenn der Junge Schwierigkeiten macht, schneidet er ihm die Kehle durch und meldet Cluanaire einen kleinen Unfall. Mach´ dir keine Sorgen. Ich finde sowieso ziemlich seltsam, was er vorhat. Das sind die merkwürdigen Sitten aus dem Fahrenden Volk, die kein normaler Mensch versteht. All dieser Quatsch mit Ehre und Blut. Eigentlich unterscheiden sich die Fianna nur durch ihren Platz auf der anderen Seite von ihnen.

Ehre gibt´s doch an jeder Ecke zu kaufen. Das Schlimme ist, die glauben das wirklich. Immer wenn ich Iolaranam zugehört habe, ist mir die Galle hochgekommen. Keiner tut dir etwas Gutes, es sei denn, du machst es selbst. Oder?"

Dragan pflichtete ihm bei.

"Es ist doch so einfach. Hast du keine Freunde, brauchst du auch keine Ehre und umgekehrt. Und wer hat schon Freunde. Freunde sind doch auch nur Ich-Menschen, die so tun als wären sie keine. Unter dem Deckmäntelchen Freund wird doch noch viel mehr gelogen als zwischen Feinden. Freunde sind doch nur so lange Freunde, wie sie einem selbst nicht im Weg stehen zu einem Schatz der Erkenntnis, der Liebe.

Oder etwas anderem, was man dann doch lieber nicht mit seinen Freunden teilt. Ich hatte so viele Freunde, daß ich jetzt nur noch Feinde haben will. Die sind wenigstens ehrlicher als so mancher Freund. Freundschaft, pah, das Wort an sich ist schon eine Lüge. Jeder ist doch immer nur sich selbst der Nächste. Jeder."

Siorc war verwundert über die Heftigkeit mit der Dragan sprach.

"Was ist dir nur geschehen? Ich verstehe deine Gefühle, teile sie sogar, aber in deiner Stimme liegt so viel Haß."

Dragan warf den Kelch in das Feuer, wo er in tausend Splitter zerbrach.

"Oh, glaube mir, Haß ist nur ein leeres Wort. Ich hatte einen Traum, Siorc. Einen großen Traum. Zu groß wie mir scheint und zu schön.

Schön waren die Geschichten, die unser Druide früher erzählte. Das Dorf ist eine große Familie, jeder ist für jeden da. Jeder ist Teil davon zu gleichem Anteil. Ein Netz, das jeden mit jedem verbindet. Es war nur ein Netz, in der Tat, eine Falle, die den Fänger fängt. So könnte ich es sehen. Alles hätte so leicht sein können, so einfach.

Teanga, Dreolín und Solasard. Wir drei haben Amhrán geliebt, jeder auf seine Weise. Jeder hatte einen anderen Traum. Teanga wollte, daß sie eine große Druidin werden sollte. Solasard wollte eine Familie mit ihr gründen und gemeinsam mit ihr als cenn-fine herrschen. Und ich, ich wollte weder ihren Geist noch ihre Seele für mich, sondern nur ihren herrlichen Leib. So einfach hätte sie glücklich werden können, die schöne Amhrán, es hätte sie nur ein Lächeln gekostet, und wir hätten sie gerne glücklich gemacht.

Aber Menschen sind keine Tiere. Sie haben Erwartungen, Ansprüche, Hoffnungen und Träume, so wie auch Amhrán ihre eigenen Vorstellungen hatte.

Sie liebte nun einmal Solasard und er liebte sie, auch das war einfach. Aber wo bitte war dann das Netz? Und siehst du, Siorc, das ist es. Es gibt kein Netz und jeder Mensch, der daran glaubt, ist ein dummer Mensch. Aber auch das ist ein Segen für uns.

Denn jetzt wissen wir, wovon wir träumen, wonach wir uns sehnen und kennst du die unerfüllten Wünsche eines Menschen, kannst du sie benutzen wie du es willst.

Nicht wahr, Hauptmann, was würdest du nicht alles für uns tun wollen, um das Leben dieser Königshure zu retten. Was würdest du tun, wenn wir dich jetzt in ein Verließ einmauerten bei lebendigem Leib? Was würdest du tun, außer wahnsinnig zu werden."

Rabharta dankte der Göttin für seine ruhige und ausgeglichene Art. Oft war sie ihm ein Stolperstein, hier rettete sie ihm das Leben.

"Nun, ich würde mich zurücklehnen und nichts tun. Na ja, nicht ganz nichts. Ich würde die Hoffnung hegen, daß es Hoffnung gibt."

Dragans schwarze Augen wurden kalt wie Eis und starrten in die grünen Augen Rabhartas.

"Hoffnung worauf?"

Der Hauptmann lächelte schwach.

"Vielleicht Hoffnung, daß es eines Tages ein Netz gibt, das keines mehr ist.

Hoffnung, daß Freunde sich nicht mehr belügen, um den anderen nicht zu verletzen, weil dann jeder jeden so annimmt wie er ist, ohne Vorbehalte.

Hoffnung, daß Freunde einander nicht mehr belügen müssen, weil sich jeder einzelne selbst belügt, anstatt sich selbst anzunehmen.

Wer weiß schon, wer der Mann oder die Frau ist, die nachts neben einem schläft? Wer weiß schon, wer der Mann oder die Frau ist, in deren Körper man steckt?

Vielleicht träumte euer Druide einen Traum, den eigentlich alle Menschen träumen, der sich aber nicht erfüllen kann, wenn die Menschen sich nicht selbst und sich auch nicht gegenseitig vertrauen."

Auch Dragan beruhigte sich wieder.

"Genau das ist es, Hauptmann. Es wird immer Menschen geben, die das Netz zerstören, immer.

Menschen, die nicht vertrauen können, die nicht teilen können, die sich nicht auf sich selbst oder einen anderen einlassen wollen oder können. Und das ist gut so.

Das ist das Spiel, mein Freund, es läuft nur, wenn sich etwas bewegt, wenn es ein Ziel gibt.

Das Ziel ist das Netz, ein schöner Traum, ein guter Traum, so nützlich für uns. Und Menschen wie ich werden dafür sorgen, daß es auch so bleibt. Die Erfüllung eines Traumes bedeutet Stillstand. Stillstand ist nicht gut für das Spiel.

Wer ein Netz knüpft, schafft gleichzeitig die Grundlage dafür, daß es auch wieder zerstört werden kann.

Und oft genug zerstören sie es selbst, weil sie ihre hohen Ansprüche nicht erfüllen können, weil sie den Menschen im Menschen vergessen und sich selbst als Spiegelbild eines Traumes sehen und nicht als ein fehlerhaftes Element in einer, der Herrin sei Dank, fehlerhaften Welt.

Es hätte alles so einfach sein können, mein Traum, aber er wird ein Traum bleiben.

Jetzt nehme ich mir, was ich will. Ich frage nicht mehr höflich, ob Amhrán mich will. Ich bin genau so gut oder schlecht wie jeder andere für sie.

Ich gebe dir einen weisen Rat. Nimm dein Schicksal selbst in die Hand. Es gibt nur zwei Möglichkeiten. Entweder du scheiterst oder du gewinnst und gleichgültig was geschieht, genau so war es gedacht.

Unsere Hohepriesterin hat einmal gesagt: Alles steht in der Sternen und die Sterne lügen nie - sie schweigen.

Verstehst du, du kannst nichts falsch machen, wenn du dich nur nach dir richtest. Denn es wird keiner daher kommen und auf dich Rücksicht nehmen, wenn du auf dem Rücken liegst.

Ich nicht und kein anderer, und es tröstet mich, daß ich das weiß. Es liebt sich nun mal jeder selbst am meisten und wenn ich mich betrachte, kann ich das auch verstehen."

Rabharta senkte seinen Blick. Leise, fast wie zu sich selbst, flüsterte er:

"Wenn das dein Glaube ist, behalte deinen Unglauben."

Auch diesmal blieb sein Gesicht nicht verschont.

Dragan trat nach ihm und sagte zu Siorc:

"Schaff mir den Kerl endlich vom Leib, sonst macht er noch einen guten Menschen aus mir, nicht wahr, du Träumer."

Siorc packte den Hauptmann am Nacken und schleifte ihn nach draußen.

Frischer Schnee kühlte seine Wunden, ließ ihn aber auch spüren, wie kalt es war. Vor ihm stand ein Pferd, dahinter ein Esel. Es bedurfte keines Gedankens, welches der Tiere für ihn vorgesehen war.

Gemeinsam mit Siorc zerrte Spíon ihn auf das arme Tier.

Noch einmal blickte der Hauptmann zu der Hütte, wo Dragan gerade einen weiteren Kelch ins Feuer warf.

Diarmaid und Fionn

Vor ihnen glitzerte das Licht der Abendsonne in tausenden von Eiszapfen, die an der Decke einer Höhle hingen und zu deren Füßen sich ein dampfender, flacher Fluß über einen Felsvorsprung in die Tiefe ergoß. Die Tropfen fielen wie flüssiges Gold in das Flüßchen.

Sheela-na-Gig lud die Gemeinschaft zum Verweilen ein.

"Nur kurz wollen wir hier stehen und diesen Anblick in unsere Herzen schweißen, denn ihr werdet es nicht wieder sehen, denn eigentlich ist dieser Ausblick nur einem Hochkönig gestattet.

Bald erreichen wir die Spitze des Berges der Erkenntnis. Dann, Solasard, wird dich sein Weg in die Tiefe führen. Wie eine große Lebensspirale wirst du dich um den Berg winden, bis du in sein Herz vorgestoßen bist.

Kommt jetzt. Unser Weg mag nicht mehr lang sein, aber dennoch muß auch er gegangen werden. Der Pfad wird jetzt immer mehr ansteigen, so seid vorsichtig."

Alle wandten sich wieder den grünlich leuchtenden Felswänden zu. Nur Solasard blickte über den Felsvorsprung in die Tiefe.

Ein gewaltiger Strom nährte dort unten das fruchtbare Land, das dem Berg zu Füßen lag, in dessen Innerem sie zu der Spitze emporstiegen. Tief atmete er ein, brannte dieses Bild in sein Herz und folgte den anderen.

Mühsam nur kamen sie vorwärts. Da bat Solasard Neamhní noch einmal von seinem Vater zu erzählen.

"Sag Neamhní, wie ging es dann weiter, nachdem mein Vater die Führung über die Fianna übernommen hatte?"

Neamhní blickte noch einmal zurück zum Licht der untergehenden Sonne, vor dem Fionn sich so hüten sollte. Hätte er es nur getan.

"Nun, was soll ich dir jetzt erzählen? Von seinen Weibergeschichten? Meist war ihm die Treue seiner Jagdhunde mehr wert als das kurze Glück der Liebe. Dein Vater war ein großartiger Krieger und König. Mit Hilfe der Fianna gelang ihm alles.

Diarmaid und Fionn waren sich näher als Brüder. Sie waren eins und so lange das so war, waren sie unschlagbar.

Gemeinsam betraten sie die Andere Welt und bestanden dort wilde Abenteuer.

Für das Band zwischen ihnen gab und gibt es kein Wort, und so war es auch nicht verwunderlich, daß als das Leben des einen endete auch das Leben des anderen erlosch.

Große Schuld hat dein Vater da auf sich geladen. Eine Schuld so groß, daß er daran zerbrochen ist.

Kein Sieg war groß genug, keine Begierde zu einer Frau aus der Anderen Welt wild genug, daß er das hätte jemals vergessen können."

Solasard blickte tief in die Augen des Greises.

"Welche Schuld meinst du? Wovon sprichst du?"

Da nahm sich Neamhní ein Herz. Schwer fiel es ihm, das Bild des Vaters, das so gut jetzt war in den Augen des Sohnes, so zu beschmutzen. Aber er mußte ihm die Wahrheit erzählen, und er war der einzige, der sie kannte.

"Nachdem Fionn den Lachs der Weisheit verspeist hatte, pochte in ihm die Große Weisheit, aber auch ein Herz, das nur allzu menschlich war.

Dein Vater war ein eifersüchtiger Narr. Aber gut, ich werde dir die Geschichte erzählen, wie ich sie erlebte.

Dein Vater war kein Schönling, wie es Dutzende am Hofe Cormacs gab. Seine Schönheit war die Stärke, die er ausstrahlte und sein unbeugsamer Wille, eine Niederlage niemals als solche anzunehmen. Jede Narbe an seinem Körper war ein Zeichen dieser Unbeugsamkeit gegen das Schicksal. Das war die Magie, mit der er die Frauen in seinen Bann zog. Nachdem er sich genügend ausgetobt hatte in der Anderen Welt, gab es für deinen Vater nur eine einzige Frau und das war seine eigene, Maghnis. Er liebte sie sehr, so sehr, daß ihn manchmal vor lauter Eifersucht der Jähzorn packte und er schlagend und schreiend durch seine Burg tobte. Aber glaube mir, nie würde er eine Frau schlagen, nie schlecht behandeln.

Nun geschah es, daß dieses herrliche Geschöpf starb und Fionn gab sich der Trauer in einem viel zu großen Maße hin. Schon fürchtete sein Sohn Oisin, daß der Vater alles über seinen Schmerz vergaß, denn kaum aß er noch, kaum wusch er sich noch.

An einem frühen Morgen, die Sonne hatte noch nicht die Augen geöffnet, stand Fionn wie so oft auf der Zinne der Burg und blickte in die Ferne. Schon die ganze Nacht stand er so und dachte nach über den Sinn seines Lebens. Er wußte, er war der mächtige Fürst eines großen Stammes, doch auch ein mächtiger Stamm kann nicht ohne seinen Fürsten auskommen. Aber der Verlust seiner Liebsten schmerzte noch zu sehr. Da trat Oisin an ihn heran und sprach:

„Vater, gräme dich nicht mehr, längst wandelt sie in der Anderen Welt mit einem anderen Geist. Maghnis braucht dich nicht mehr, wohl aber dein Stamm. Vielleicht solltest du wieder heiraten, damit du auf andere Gedanken kommst. Oder was hältst du davon, Diorruing, mein Elbenfreund?"

Diorriung, der Druide deines Vaters, antwortete:

„Es ist wahr, Herr. Viel zu lange schon vernachlässigst du dich und dein Volk. Eine Hochzeit wäre ein guter Anlaß, wieder das Steuer in die Hand zu nehmen."

Fionn war nicht so sehr davon überzeugt, aber er sagte nichts. So unterhielten sich Oisin und Diorruing über seinen Kopf hinweg und begannen, die geeignete Braut auszusuchen.

Als sie alle Frauen, die in Frage kommen konnten, durchgegangen waren, blieb nur noch eine übrig:

Grainne, die Tochter des reichen und mächtigen Hochkönigs Cormac. Grainne, eine schöne, junge Frau, die ihren eigenen Kopf hatte und nur tat, was sie beliebte, zu tun.

So wie sie gab es keine Zweite im ganzen Reich Erius. Ihr rotblondes Haar leuchtete weithin wie die Sonne und blau wie das Meer, in dem sie versank, strahlten ihre Augen. Hohe Wangen zeigten ihre adelige Abstammung. Ohne Zweifel war sie die Tochter des Hochkönigs.

Ihre vollen, roten Lippen konnten küssen, wie keine anderen. Ihr Hals saß auf kräftigen Schultern, erprobt durch Kampf und Jagd. Sie war eine Jägerin und genoß das Leben am Hof ihres Vaters.

Ihre Beine waren kräftig, genauso wie ihre Arme. Manche kleine Narbe schmückte ihren Körper, gestählt durch die Natur. Dies zeigte auch die Narbe an der rechten Schulter, verursacht von ihrem Schutzgott, dem Hirsch.

Schon früh hatte ihre Mutter ihr eine große Bildung ermöglicht, indem sie sie vom Hofdruiden unterrichten ließ. Immer war sie bereit, jemanden zu necken. Und immer für einen Spaß zu haben, wenn dieser nicht zu weit ging.

Je länger Fionn den beiden zuhörte, wie sie immer mehr ins Schwärmen kamen, um so neugieriger wurde er. Trotzdem war eine Brautwerbung zwischen Königen und Fürsten etwas schwierig. Verweigerte nämlich einer die Hochzeit, war dies ein guter Grund für einen Krieg. So beschlossen die drei, daß zuerst Oisin und Diorruing als Freunde nach Tara gehen sollten, um Cormac den Vorschlag der Vermählung zu unterbreiten. Willigte dieser ein, gut, wenn nicht, war daraus wenigstens kein Schaden entstanden.

Am nächsten Tag machten sich die beiden auf nach Tara, das sie abends erreichten.

Schon von weitem hörten sie Lärm und fragten sich, was da wohl vor sich ginge. Waffen klirrten und das Schnauben von Pferden war meilenweit zu hören.

Krieg? Rüstungen schimmerten im Glanz der Abendsonne, überall der Geruch von Männer- und Pferdeschweiß.

Oisin und Diorruing waren aufs höchste überrascht, das Heer des Königs Cormac an sich vorüberziehen zu sehen.

Eine riesige Staubwolke nebelte sie ein. Als sie sich wieder gelegt hatte, sahen sie König Cormac, der ihnen auf einem stolzen Rappen entgegen trabte.

„Oisin mac Cumhail und Diorruing. Was gibt es für eine wichtige Sache, daß ihr meine Heerschau stört?“

Oisin antwortete ihm höflich:

„Oh, mächtiger König, nicht mit Absicht störten wir euch. Bestimmt habt ihr schon gehört, daß vor vielen Monden meine Mutter Maghnis in die Andere Welt gegangen ist. Nun sucht Fionn, mein Vater, eine Braut und hat ein Auge auf Grainne geworfen, eure wunderbare Tochter. Doch um keine Absage zu erhalten, kommen wir nicht als Brautwerber, sondern als Freunde, die einen Vorschlag unterbreiten."

Der Hochkönig erwiderte:

„Diese Klugheit lobe ich mir, aber anderes hätte ich von Fionn auch nicht erwartet. Ich für meinen Teil habe nichts dagegen unsere Häuser zu verbinden, ganz im Gegenteil. Aber ich möchte auch, daß Grainne mitentscheidet.

Doch nun kommt erstmal und macht euch frisch. Ich werde in der Zwischenzeit mit Grainne reden. Heute abend seid ihr unsere Gäste. Geht nur in die Burg, dort wird man euch nach besten Kräften bewirten."

Und während Oisin und Diorruing zur Burg hin ausschritten, ging der Hochkönig zum Frauenturm, wo Grainne wohnte und klopfte an. Eine von ihren Frauen öffnete und er stieg die Stufen hinauf bis zu Grainnes Gemach.

Leise öffnete er die Tür, ging zum Bett seiner selbst im Schlaf so schönen Tochter und weckte sie.

„Grainne, wach auf, ich muß mit dir reden!"

Die junge Frau wachte auf und warf ihre blonde Mähne in den Nakken.

„Vater, was ist? Gibt es wieder einmal Krieg, wie so oft in der letzten Zeit?"

Doch der Vater beruhigte seine Tochter.

„Nichts ernstes, doch Oisin, Fionn mac Cumhails Sohn, und Diorriung, sein Druide, sind hier, um zu erfahren, ob du gewillt seist, ein Band zwischen unseren Häusern zu sein."

Überglücklich fiel sie Cormac um den Hals.

„Oisin, der Sohn Fionns, oh Vater wie schön. Du hättest mich doch gar nicht fragen müssen. Eine Verbindung mit Fionns Haus war doch schon immer dein Wunsch. Und jetzt...

Sage ihnen, ich freue mich darauf, mit meinem Bräutigam die Kelche zu tauschen. Bring meinem Verehrer die Rose dort auf dem Tisch als Zeichen meiner Antwort. Nun geh! Beeile dich, nicht daß wir sie erzürnen."

Der Hochkönig nahm die Blume an sich und verabschiedete sich für diese Nacht.

„So schlaf wohl, meine Tochter. Nie hätte ich geglaubt, daß du ja sagst, denn ich kenne den alten König nur zu gut und hätte nicht gehofft, daß du mir diesen Wunsch so leicht erfüllst."

Mit dem merkwürdigen Gedanken, welchen König ihr Vater wohl gemeint haben mag, denn Oisin war noch kein solcher, schlief Grainne ein.

Währenddessen machte sich Cormac auf den Weg in die große Burghalle, in der seine Gäste auf ihn und seine Antwort warteten. Die große Halle der Burg Tara war bekannt im ganzen Land.

Ich will euch nur ein wenig von ihr erzählen. Ganz anders war sie als die Burg, in der der König mit seinem Hof lebte. Denn sie stand groß und frei in der Nähe der Burg, losgelöst von den Räumen des Herrschens, gebaut rein für Feste und die Freude am Leben.

Durch die Vorhalle kam man in die große Halle, wo rechts und links vom Mittelgang zwei große offene, steinerne Herde standen.

Auf beiden Seiten verliefen mehrere Reihen von Bänken, die durch Brüstungen getrennt waren. Die Plätze des gemeinen Volkes lagen ganz außen, während die Plätze des Adels in der Mitte lagen, wo der König und die Königin saßen. Auch die Speisen wurden nach Standeszugehörigkeit ausgewählt. Erhielt ein Hornist ein Stück aus der Mitte des Schweines, so erhielt ein Gaukler gerade mal ein Stück Schulterfett. Druiden trugen bis spät in die Nacht Gedichte vor und Barden spielten Harfe zu ihren Schankgesängen.

Am nächsten Morgen machten Oisin und Diorruing sich mit der Rose als Antwort auf den Weg nach Hause. Fionn war froh, eine solch gute Nachricht zu erhalten. Acht Tage später machte er sich mit seinem Gefolge auf nach Tara, wo er von Cormac und seiner Frau Corcaígh herzlich empfangen wurde.

Nach dem Willkommensgruß geleiteten Cormac und Corcaígh den Bräutigam und die Hochzeitsgäste in die große Methalle, wo Grainne schon wartete. Alle machten es sich bequem, denn es würde eine lange Nacht werden.

Viele Gaukler in bunten Kleidern turnten und tanzten umher, mit Schellen an den Füßen und um den Hals. Sie machten ihre Späße und Kunststückchen. Sängerinnen sangen die alten Lieder und ein blinder Mann spielte auf der Harfe.

Grainne war glücklich, wenn sie auch noch nicht wußte, welcher der Edlen Oisin war. Nachdem der Druide Daire, der Sohn des Moirne, ein Preislied auf Cormac gesungen hatte, fragte ihn Grainne, wer denn Oisin sei. Da deutete er auf den Mann an Fionns linker Seite.

„Wahrlich, Prinzessin, er ist der zweitbeste Kämpe in ganz Eriu."

Neugierig fragte sie:

„Und wer, mein Freund, ist der Beste?"

Der Druide lächelte freundlich.

„Nun, der Beste ist dein Bräutigam, König Fionn."

Fionn! Grainnes Herz blieb stehen. Oh nein, bei allen Göttern, nicht diesen alten Mann. Und Oisin? Warum nicht er, aber wie? Sie bat die Götter um Gnade, sie wollte nicht die Frau dieses Großvaters werden.

Mochte er noch so reich und mächtig sein, aber sie wollte ihn nicht zum Mann. In ganz Eriu gab es viele junge und schöne Kämpen und mit einem von ihnen würde sie fortgehen. Besser ein Leben in Schande, als daß ihr Leben zur Schande würde.

Oh ja, sie war eine stolze Frau. Sie hätte deine Mutter sein sollen. Nicht Sáile, aber gut. Wir wollen fortfahren.

Es gierte sie nicht nach einem Greis in ihrem Bett und wenn es die Höhle eines Drachen sein mußte, aber niemals wollte sie mit Fionn eine Stätte teilen, lieber in der Wildnis leben und gejagt.

Nur einen Weg gab es für sie diesem Schicksal zu entrinnen, den mächtigen Zauber des Dromdraoidheacht. Doch darf dieser nur im äußersten Fall gewagt werden. War sie nicht vorsichtig genug, würde es auf sie zurückfallen. Gut, daß sie bei Gwalch aufgewachsen war und gut, daß sie die beste Kräuterfrau in Leinster war. Mächtig war dieser Zauber. Für viele Stunden konnte er einen kräftigen Mann in das Land der Träume schicken.

„Lana, bring mir bitte den großen, goldenen Humpen und den grünen Leinensackaus meinem Söller und fülle ihn mit dem besten Wein, den wir haben."

Als Lana mit dem gefüllten Humpen zurückkam, mischte Grainne in ihrer Arglist ein Gemisch vieler Kräuter, auch den Stechapfel, in den Wein. Sie schritt in die Mitte der Halle und rief:

„Hört, hört, um meiner Liebe willen, sollt ihr mit mir den Wein aus diesen Humpen teilen."

Und so tranken neun mal neun Mann aus dem Humpen. Doch als sie vor Oisin und Diarmaid stand, war nicht mal mehr ein Tropfen im Humpen und alle schliefen fest bis auf diese drei. Stolz und gerade stand sie vor den beiden Recken, und sprach die schicksalhaften Worte:

"Oisin, mächtiger Sohn eines mächtigen Königs. Glaubtest du wahrlich, ich wollte deinen greisen Vater zum Manne? Glaubst du, ich wollte mit Spinnweben zwischen den Beinen sterben?

Nein, nein, nicht ihn wollte ich, dich wollte ich. Ich frage dich jetzt und ich frage dich nur einmal: Willst du mich lieben und mit mir entfliehen?"

Oisin neigte erschrocken sein Haupt.

„Das mögen die Götter verhüten, denn ich bin durch einen Treueschwur an meinen Vater gebunden, und ich werde diesen Schwur nicht eines Weibes wegen brechen. Ich liebe meinen Vater.

Doch von dir weiß ich nichts, als daß du schön und klug bist. Deine Schönheit sehe ich. Ich werde nicht fliehen von hier, auch nicht mit dir."

Da drehte sie sich um und wurde Diarmaids als Mann gewahr und sie versank in seiner Schönheit, versank in seinen braunen strahlenden Augen, in seinen schmalen Lippen, seinem rabenschwarzen Haar, seinen starken Armen und versank in braungebrannter Haut. Vieles hatte sie schon über seinen Taten gehört, sowohl von jenen auf dem Schlachtfeld als auch über die, die er mit seiner Manneskraft vollbrachte. Er war gewiß kein Unschuldslamm und doch wie es schien ehrenhaft in allem, was er tat.

Wie er dastand, sie musterte, gespannt auf eine Regung von ihr. Nicht ein Wort hatte er gesagt. Jetzt blickte Grainne in seine braunen Augen und sprach langsam und schwingend:

„Dann wirst du mit mir entfliehen, Diarmaid! Morgen wenn sie erwachen, werde ich nicht mehr hier sein, um diesen Greis zu ehelichen. Einer von euch beiden wird mich begleiten."

Aber auch Diarmaid war durch einen Treueschwur an das Haus König Fionns gebunden. Er gebot ihr, doch einen anderen zu wählen. Doch Grainne war fest entschlossen, sie wollte keinen anderen. Sie wollte ihn.

So legte sie ihm leise lächelnd eine Hand auf seine Schulter, blickte in das kantige Gesicht und sagte:

„So läßt du mir keine andere Wahl. Bei allen Götter und Wesen, denen der Finsternis und denen des Lichts, bei allem Guten und allem Bösen, bei allem was ist, war und sein wird, banne ich dich, Diarmaid mit dem Rabenhaar, mit dem Zauber des Dromdraoiheacht und Spott und Schrecken sollen dir auf den Fersen folgen dein ganzes Leben lang, wenn du nicht fliehst mit mir heute nacht."

Mit einem mitleidigem Blick auf Oisin gerichtet sagte Diarmaid:

„Oh weh, mein Freund. Viele Männer wird diese Nacht, wird dieses Weib, das Leben kosten und nicht zuletzt das meinige. Fionn wird keinen Mann verschonen, bis er uns gefunden und getötet hat. Warum ich, Grainne?"

Grainne, die Leidenschaftliche, die Kühle sagte:

„Ich entbrannte als ich dich sah und nun wirst du diesen Brand löschen oder am Leben erhalten. Laß uns nun gehen."

Der Mann staunte:

„Gehen? Wie einfach du dieses Wort aussprichst, wohin, womit, wie? Vergißt du die Wächter, die verschlossenen Tore?"

Grainne grinste frech.

„Nun, ich kenne eine kleine Hintertür, da dies aber nicht nach deinem Geschmack sein wird, wirst du wohl auf deine Speere gestützt über die Mauern springen müssen."

So sprach sie und verschwand eilends aus der Methalle, die sie nie wieder sehen sollte.

Diarmaid war fassungslos. Grainne war eine leidenschaftliche, schöne, kluge und verlockende Frau, aber was war all das gegen das Verbot nie mehr einen Hof, eine Burg, ein Schloß ehrenvoll betreten zu können, wenn er durch diese Flucht alle Rechte und seine Ehre verlor?

Da trat Oisin an ihn heran und sprach:

„Freund, Zeit ist es Abschied zu nehmen, denn gehen mußt du.

Ich wünsche dir alles Gute auf deinem steinigen und dornigen Weg, der zu lang sein wird. Doch verzweifle nicht, denn sie wird ihn dir versüßen und am Ende erwartet dich der unendliche Ruhm, Schatz der Geschichtenerzähler zu sein."

Zum letzten Mal nahmen sich die Freunde in die Arme. Dann wandte sich Oisin ab und auch Diarmaid ging zwischen den Schlafenden aus der Halle. Noch schlief Fionn zusammengesackt neben dem Hochkönigspaar.

Was nur würde der Morgen bringen? Diarmaid ließ all das zurück. Mit einem gewaltigen Sprung schwang er sich auf seine beiden Speere gestützt über das Mauerwerk.

Draußen auf einer Wiese leuchtete ihm Grainnes Gewand entgegen. Als er sie erreichte, bat er sie ein letztes Mal diesen Wahnsinn zu beenden. Aber stolz und unbeugsam sagte Grainne:

„Ich werde diesen Weg gehen, mit dir, und führe er mich auch in den Tod."

So liefen sie ins Dunkel und der Mond machte sich auf den langen Weg, den Reisenden eine Laterne in der Nacht zu sein.

Als sie so ein Stück gelaufen waren, wurde Grainne müde und sie bat Dairmaid sie doch zu tragen, aber Diarmaid sagte:

„Bin ich dein Knecht, daß ich dich tragen muß? Nein. Aber ich werde zur Burg zurückgehen und einen Wagen für die hohe Frau holen."

Er drehte sich um und ging. Grainne setzte sich auf einen Stein. Es blieb ihr auch nichts anderes übrig. Entweder er würde zurückkommen oder sie würde auf diesem Stein sitzenbleiben und festwachsen.

Endlich, nach Stunden des Wartens kam Diarmaid mit einem Wagen, den zwei kräftige Schlachtrösser zogen.

„Ich mußte die Pferde erst einfangen. Ich hoffe, die Zeit ist dir nicht lang geworden, meine Liebe."

Hohn sprang aus seinen Augen. Aber sie schwieg, zwei Brüste und ein heißes Geschlecht waren in der Wildnis besser als Worte, die ihn nur erzürnten. So stieg sie auf den Wagen und sie fuhren bis zum Morgengrauen.

Als die Sonne schon ein Auge auf die Welt geworfen hatte, erreichten sie Ath-Luain, die Mondfurt.

Die Spur, die sie bis jetzt hinterlassen hatten, war zu offensichtlich, so daß sie sich entschieden, den Wagen zurückzulassen und mit den Pferden weiterzuziehen. Noch immer hatten sie kein Ziel. An einer kleinen Furt durchschwammen sie den Fluß. Auf der Connactaer Seite ritten sie weiter bis zu dem Doir dha bhoth, dem Hain der beiden Hütten. Während Grainne Beeren, Kräuter und Vogeleier sammelte, baute Diarmaid einen kleinen Unterstand mit zwei Ausgängen, mehr brauchten sie nicht für einen Tag und eine Nacht. Später aßen sie, was Grainne gesammelt hatte. Der Abend war schon lang vorüber, als sie sich auf ihr Lager aus Binsen und Laub legten. Sie schliefen sofort ein.

Besser ging es ihnen als deinem Vater.

Als Fionn das nächste Mal die Augen öffnete, war sein Blick verschwommen und als er die Augen ein weiteres Mal öffnete, da sah er im Nebel seine Frau, oder nicht seine Frau wie sie vor ihm kniete:

„Verzeiht mir Herr, ich wollte das alles nicht, es war nicht meine Schuld."

Endlich wich der Nebel fort und vor ihm kniete eine Magd, nein, Lana, die Zofe seiner Frau, aber wo war sie, die Unvergleichliche.

„Weg, hinweg mit dir du Pack, wo ist sie, wo ist mein Weib?"

Wie hatte sie geglänzt mit ihrem Geist und ihrem Wissen. Welch schöne Lieder hatte sie gesungen und wie würdevoll hatte sie mit ihm getanzt. Nett hatte sie ihn angelächelt.

Netter als er es erwartet hätte, für eine Frau, die ihm fremd war. Es schien ihm fast als möge sie ihn.

Wie ein Tölpel hatte er sich benommen. Gezecht und geprahlt und dabei ganz vergessen, daß solche Damen lieber die Schweigsamen, die Dichter lieben, als die Helden. Aber zu spät. Was heißt zu spät, sie war ja seine Frau. Keiner konnte sie ihm mehr wegnehmen. Er hatte zwar irgendwie die Versprechung vergessen, aber sicher hatte sie stattgefunden.

Langsam wachte er wieder auf aus seinen Gedanken und sah in das Gesicht einer verschreckten Lana.

„Herr, sie ist fort, sie ging fort mit dem Herren Diarmaid mit dem Rabenhaar. Sie hat ihn verzaubert, denn so sagte sie, verzeiht, sie wolle keinen Greis zum Mann, zum Vater ihrer Söhne, in ihrem hochherrschaftlichen Bett. Sie ging, und er mußte ihr folgen."

Mit einem Satz schleuderte Fionn die Frau auf den Boden. Er wußte nicht was schlimmer war, dieses Weib zu verlieren oder seinen besten Freund. Er konnte es kaum fassen.

Die Erkenntnis machte ihn fassungslos. Diarmaid hatte sie ihm gestohlen. Ein Faun, der seinem König die Frau stiehlt. Diarmaid, den er geliebt hatte wie einen Sohn. Diarmaid, der Schöne, der Held. Er hätte doch alle Frauen haben können, mußte es denn ausgerechnet sein Weib sein, ausgerechnet Grainne.

Doch vergessen ihr weiches Haar, vergessen, was die Kleider so sorgsam bedeckten. Vergessen die Unschuld, das Gesicht.

Diarmaid, wie pochte dieser Schmerz in seinem Herzen und vergiftete seine Gedanken, seinen Körper. Wie wurde alles Blut plötzlich zu Gift, zur Gier, zur Lust. Zur Lust an der Rache, seinem Recht. Wilde Gedanken jagten durch seinen Kopf.

Niemand stiehlt meine Frau, niemand, niemand nimmt mir meine Frau. Und sei sie auch nur ein häßlicher alter Esel, störrisch und grau.

Niemand nimmt, was mir gehört und niemand behält ungestraft, das was er mir gestohlen hat.

Ja, Rache, dies ist mein Recht, das Recht des Königs. Und der König bin ich. Cormac wird mir alles stellen, was ich benötige. Fionn stand auf, noch bevor er einen Happen gegessen hatte, schickte er Kundschafter aus.

Als sich die Sonne senkte kehrten diese zurück und berichteten, nichts gefunden zu haben. Keine Spur von den Verrätern. So würde die Jagd erst am nächsten Morgen weitergehen können.

Unruhe war auf der Burg in dieser Nacht. Weise Frauen, oder die, die sich dafür hielten, verkauften Glücksbringer für die Helden, die auszogen.

Jene, die die Göttin gesegnet hatte, knieten vor ihren Steinen und lasen im Buch des Schicksals. Und was sie lasen, war eine Geschichte, die noch lange nicht ihr Ende fand.

Eine Geschichte von Gejagten, von Piraten, von einem, der neben einem See verdurstet. Und während sie lasen, in den Händen so zahlreicher schon jetzt verlorener Hände, lief die große Mondin in die Arme ihrer Schwester.

Türkis und weit brach der Himmel auf, Wolkengebirge, ganze Länder zogen über Tara dahin. Welten.

Die Wolken erzählten Geschichten, doch niemand lauschte ihnen, niemand hatte ein Auge, ein Ohr zu hören ihre Sagen. Und endlich traf die Fingerspitze eines Sonnenstrahls die Lider Fionns und er erwachte. Sein Schwert Geal, das Weiße, lag neben ihm, aber es war nicht mehr weiß. Nie mehr würde diese Waffe weiß sein. Sie blieb von nun an grau. Bald würde Fionn sie gegen ein neues Schwert eintauschen, dessen Name Im'ri' war und das bedeutete Angst und Sorge. Es versprach seinem Träger, was es verhieß.

Doch an diesem Morgen nahm er Geal, steckte es in seine Scheide und ging auf den Hof.

Niemand war wach, nur die Sonne, der Mond und er. Und hier auf diesem Steinboden legte er den Schwur vor sich, Eriu und dem Wind ab, nicht eher zu ruhen, als bis Grainne wieder in seinen Händen war und Diarmaid bei seinen Ahnen.

Mächtig zogen sich die Wolken über Cormacs Reich zusammen. Ein Gewitter wälzte sich langsam voran, schwarze Regenwolken verdunkelten das Antlitz der Sonne und endlich fiel der erste Regen. Tief in seinen Mantel gehüllt zog Fionn aus, seine kostbare Beute zu fangen.

Zwei Späher hatten Spuren am Fluß entdeckt und auch der zurückgelassene Wagen wurde bald gefunden. So zogen sie zur Furt von Luan.

Auch Oisin, Fionns Sohn, ritt mit in diesem Zug, doch anders als Schafe, die blind waren und nur dem Hirten folgten, folgte er seinem

Freund Diarmaid. Er würde nie die Gier nach der Rache seines Vaters verstehen. Zu weich seine Seele, zu gerade der Weg seiner Gedanken.

Als nun alle den Fluß überquert hatten, ließ Oisin seinen treuen Hund Bran von der Leine und hieß ihn den Spuren Diarmaids und Grainnes zu folgen. Er sollte sie finden, aber nicht verraten, er sollte gehen, um Diarmaid und Grainne zu warnen, sie frühzeitig warnen. Oisin liebte Diarmaid wie einen Bruder, er würde ihn selbst seinem eigenen Vater nicht ausliefern, gleich, was er getan hatte.

Bran lief durch den Wald, bis er zu dem Lager von Diarmaid und Grainne kam. Noch immer lagen sie auf ihrem harten Lager, ermüdet, erschöpft von der Flucht. Diarmaid erwachte, als er etwas feuchtes, kaltes im Gesicht spürte. Auch Grainne begann sich zu bewegen und endlich öffnete sie ihre Augen.

Diarmaid erkannte Bran sofort. Einen riesigen Wolfshund, der nur spärlich Fell auf dem grauen Rücken hatte.

Diarmaid verstand die Warnung nur zu gut. Rasch kleideten sie sich an und gingen vor ihr Lager.

Im Wald hörten sie schon Caitte, den lautesten Mann im Heer Fionns rufen, doch sang er nur ein Lied, ein sehr lautes Lied. Diarmaid hatte seine Freunde nicht verloren. Doch er hatte sich entschlossen, nicht mehr zu fliehen. Zu stolz war er, der Held. Er hatte es nicht nötig, sich zu verstecken und sollte es ihn den Kopf kosten. Er würde hier auf Fionn warten.

Der indessen sah wohl den Hund von dannen eilen und hörte Caitte singen. Er erkannte, daß Oisin seinen Freund warnen wollte.

Immer wieder versuchten Oisin und Diorruing den König zu überzeugen, das Paar sei schon längst geflohen. Schließlich erreichten sie am Nachmittag den Hain.

Schnell war das Lager von Diarmaid und Grainne umstellt.

Da trat Diarmaid hervor.

"Sieh mächtiger König und Herrscher, ich habe hier auf dich gewartet, denn ich bin nicht feige genug, dir deine Braut zu stehlen und zu fliehen wie ein gemeiner Dieb.

Morgen beim Aufgang der Sonne werden wir uns messen und dann soll das mächtige Schicksal entscheiden, wen von uns beiden Grainne mehr achten soll."

Laut hallten Diarmaids Worte durch den Wald, laut und unverschämt drangen sie an Fionns Ohr. Ein guter Vorschlag, soll er doch noch eine Nacht den geschmeidigen Körper dieser Hure spüren, eine letzte Nacht.

So erwiderte Fionn:

„Gut mein Freund, du sollst noch eine Nacht genießen, was mir morgen ein warmes und weiches Lager sein wird."

Da nahm Diarmaid Grainne bei der Hand und küßte sie dreimal auf den Mund. Fionn geriet außer sich:

„Du Hund, du willst mit diesen Küssen besiegeln, was doch nur eine Nacht dauert!? Das allein wird dich den Kopf kosten."

Der König befahl ein Lager aufzuschlagen und zog sich mit den seinen zurück.

Diarmaid ging mit Grainne in die Hütte zurück. Unruhig schliefen sie diese Nacht, fast gar nicht. Diarmaid fand keine Ruhe und wachte die ganze Nacht, denn er fürchtete einen heimtückischen Angriff Fionns.

Plötzlich hörte er draußen ein Knacken. Blitzschnell stand Diarmaid auf, den Dolch stoßbereit in der Hand.

Doch eine bekannte Hand nahm diesen an sich und in die Hütte trat ein Oenghus, der Ziehvater Diarmaids, Dagdas Sohn, der Beschützer aller Liebenden.

„Wisse, wenn du es willst Diarmaid, nehme ich euch unter meinen mächtigen Mantel und trage euch fort an einen anderen Ort, einen der etwas sicherer ist. Du verstehst?"

Der Hauptmann aber wollte nicht fliehen.

„Nein, ich sagte schon, daß ich Fionn nicht fürchte, ihn nicht und niemand sonst."

Da sagte sein Vater:

"Nun, ein Mann, der nichts fürchtet, ist auch ein Mann, der nichts liebt. Aber wenn dem so ist, welche Freude hast du dann, mein Sohn?"

Diarmaid erwiderte:

"Ich werde nicht gehen. Aber nimm Grainne und bringe sie nach Ross-da-Soilach am unteren Luimneach."

Da barg Oenghus die schlafende Grainne unter seinen Mantel und geisterhaft verschwand er mit ihr in der Dunkelheit. Nur Diarmaid blieb zurück, harrend, was der neue Tag wohl bringen mochte.

Schon dämmerte es. Nebel stieg auf, das dunkle Blau der Nacht wurde verdrängt von dem roten Ball am Himmel, der seine Strahlen unbarmherzig auf die Erde warf, Licht und Wärme gab, den Guten wie den Schlechten.

Schon drangen die ersten Geräusche an Diarmaids Ohr. An der Rückwand des Unterstands knackte es. Vorsichtig schlich sich der Hauptmann dorthin.

Da standen Oisin und Caitte, die sich weigerten, gegen ihn zu kämpfen, ihn aber vor der List und Tücke des Königs warnten und ihn baten, heute noch nicht gegen diesen zu kämpfen.

Dennoch ging der Schöne mit dem Rabenhaar zu Fionn, der umringt war von seinen Kämpen. Und er lachte, lachte das Lachen eines Mannes im Rausch des Weines. Höhnisch und voller Spott war seine Stimme:

„Nun, mein Hauptmann, jetzt wirst du mir nicht mehr entkommen. Sieh, mein Schwert Geal wartet darauf, dich zu durchbohren wie einen Wurm."

Diarmaid grinste.

„Oh ja, Fionn, ich sehe dein Schwert Geal, doch siehst du auch, daß sein Licht erloschen ist?“

Und mit einem Satz sprang der Hauptmann ins Dickicht.

Schnell lief er, denn er war einer aus dem Volk der Fianna und er war es gewohnt durch die Wälder zu jagen und keine Strähne löste sich aus seinem geflochtenen Haar und selbst das dürrste Holz wagte nicht, zu knacken unter seinem Fuß.

Fort war er und wieder setzte sich Fionn auf seine Spur, bereit ihr zu folgen bis ans Ende der Welt. Erst am Abend erreichte Diarmaid Ross-da-Soilach.

Viele falsche Spuren hatte er hinterlassen, viele Fallen gelegt. Und je mehr Gefahren er sich aussetzte, um sich und Grainne zu schützen, um so mehr wurde er sich bewußt, daß er sich vielleicht doch verliebt haben könnte in diese verrückte Frau.

Voll und hell schien der Mond über der Hütte, in der Diarmaid Grainne und Oenghus fand.

Grainne hatte sich gewaschen und ihr edles Gewand gegen das einfache Kleid einer Magd eingetauscht, das sie in einer Truhe gefunden hatte. Warm und weich schimmerte ihr Haar, glücklich glänzten ihre blauen Augen und ihre weiche Haut duftete nach herrlichen Kräutern.

Heftig hoben sich ihre straffen Brüste im Freudestaumel ihn zu sehen. Nein, sie war keine verwöhnte, knorrige Prinzessin, sie war eine Frau und was für eine. Begierde erwachte in Diarmaid und diese spürte auch Grainne, als er sie umarmte.

Schweigend aßen die drei im vorderen Teil der Hütte. Später zogen sich Grainne und Diarmaid in den hinteren Teil zurück, während Oenghus an der Tür Wache hielt. Warm lag ihr nackter Körper an seinem. Und schön war sie. Nicht einmal die mächtige Morrhígan konnte schöner sein und doch war Grainne einzig ein Teil von ihr, von ihr, die alle Frauen ist. Ruhig und langsam glitt seine Hand über ihre weiße Haut, die bedeckt war von Sommersprossen, entdeckte ihren Körper.

Ihre zarten Füße, ihre schlanken Fesseln, ihre straffen Waden, die Oberschenkel, hart und fest, die Scham heiß und flauschig, der Bauch weich, ein schönes Ruhekissen, die Brüste, so weich, daß man mit seinem Kopf darin wühlen wollte, sich festsaugen wollte an der Pracht, die Schultern, die Arme, der schlanke Hals und das Gesicht einer Königin.

Schwach stöhnte sie unter seiner Berührung. Vorsichtig biß er sie in den Hals, nahm ihre Brüste in seine Hände, betrachtete sie und saugte an ihnen.

Sein Mund war voll von ihren Brüsten, seine Zunge umspielte nekkend ihre Brustwarzen, während sie mit ihren Fingernägeln über seinen Rücken strich.

Geschmeidig rollte sie sich auf ihn, rutschte an ihm herunter und begrüßte sein Schwert, leckte es und befreite es von den Erinnerungen an andere Frauen.

Weit schob sie es in ihren Rachen und einen kurzen Augenblick fürchtete er den Biß des Drachen, dessen Herz in jeder Frau schlägt. Aber sie lutschte um so eifriger und saugte ihn aus, während sie Sonne und Mond in ihren Fingern hielt und knetete.

Voll des Genusses schwebte er, seine Hände wühlten in ihrem Haar, ihren Kopf an seinen Stab gepreßt, immer fester, damit sie nicht beende ihr Tun. Und sie hielt nicht ein, ihn zu verwöhnen, leckte seine Scham und seine weißen Schenkel, knabberte an ihnen, krallte sich fest, hauchte, biß, lutschte, saugte bis sich der weiße Fluß in ihren Schlund ergoß. Naß und erhitzt rollte sie zur Seite, keuchend und zufrieden, stolz auf die Befriedigung, die sie ihm verschafft hatte. Und er drehte sich auf die Seite, strahlte, war voller Staunen und glücklich zugleich.

Seine starken Hände strichen den Schweiß von ihrem Körper, berührten flüchtig die vollen Brüste, deren Brustwarzen fest waren wie reife Walderdbeeren. Wie ein kleiner Zaunkönig flogen sie über ihren Körper, schenkten Wohlgefühl und Kühle. Und dann legte er seine Hände an ihre Scham, schob ihre Beine auseinander und kniete vor dem schönsten Geheimnis der Frau.

Ihre Scham war die Blüte einer makellosen Rose am Mittag. Weit geöffnet, auf den Regen hoffend, lechzend nach dem, was nur er ihr geben konnte. Sie duftete harzig, süßlich, würzig und doch salzig.

Kaum konnte er den Blick von diesem Wunder nehmen, dem Diamanten einer Frau, dem wahren Herzen, wo Verstand und Sinn nicht siegen konnten, nur Gefühl.

Zärtlich glitten seine Fingerspitzen über die Innenseite der weißen Schenkel. Ihr nahm es den Atem, heftig bäumte sie sich ihm entgegen, gierig, flehend nach mehr.

Seine Finger badeten in dem Naß ihrer Erregung, erforschten die weiche Höhle, fanden den Punkt ihrer völligen Beherrschung, ließen sie schweben und fallen. Laut hallten ihre Schreie durch die Nacht. Und doch nahm es kein Ende. Ihre Hände krallten sich in seine Schultern, als seine Zunge tief in sie eindrang.

Er trank aus ihr gierig wie ein Dürstender am Brunnen und als sie sich nicht mehr halten konnte, nur noch bebte und nach Erlösung verlangte, nur noch wimmerte und flehte, drang er langsam, langsamer wie eine Feder zur Erde schwebte, in sie ein, nahm ihr den Atem, nahm ihr das Leben und gab ihr den kleinen Tod.

Schwer lag er auf ihr, bedeckte sie mit seinem ganzen Körper, verließ und begrüßte ihre Scham immer wieder, führte sie auf den Pfad des völligen Selbstvergessens in die Ewigkeit. Flammende Sterne, die sich zerstörten und wieder neu erschufen. Fackeln in der Finsternis.

Müde und erlöst schliefen sie selig ein.

Schon früh am Morgen weckte sie Oenghus, denn es war Zeit für ihn zu gehen. Schnell kleideten sich Diarmaid und Grainne an. Sie wollten noch vor der Dämmerung verschwunden sein.

"Höre", so sprach Oenghus, "auch wenn ich jetzt gehen mag, so bin ich doch immer bei dir. Meine Augen, meine Ohren folgen dir überall hin. Aber höre auch meine Worte, denn wenn du sie befolgst, so wird dir kein Leid geschehen.

Verbirg dich nie in einem hohlen Baum, und niemals in einer Höhle, die nur einen Ausgang hat, noch bleibe auf einer Insel, zu der nur ein Weg führt. Wo du ißt, da schlafe nicht und wo du schläfst, da esse nicht. Wo du aber schläfst, erhebe dich noch vor Sonnenaufgang."

Nach diesen Worten verließ Oenghus die beiden.

Nun machte sich das Paar auf nach Garbhabha na bh-Fiann am Ufer des Siona entlang. Als sie sich eine kleine Weile auszuruhten, warf Diarmaid eine Angel aus, die er sich aus Ästen und einer Schnur gefertigt hatte, und fing einen Lachs. Sie brieten ihn und nachdem sie ihn gegessen hatten, brachen sie wieder auf und liefen weiter, bis sie zu einem Moor kamen, das den Namen Finnliath trug.

Dort versperrte ihnen plötzlich eine seltsamer Junge den Weg. Keine Schuhe trug er, nur Hose und Hemd und auch die waren nur aus einem seltsam leichten Stoff, den sie noch nie gesehen hatten.

Da kam Diarmaid ein Gedanke und er fragte den Jungen, ob er sich nicht als ihr Begleiter ein paar Münzen verdienen wollte. Der Junge sagte zu.

So waren sie nun zu dritt. Diarmaid, Grainne und Muadhan, wie sich ihr langhaariger, bohnendürrer Begleiter nannte. Lustige Lieder sang er und so liefen sie manche Meile ohne ihre schmerzenden Füße zu bemerken. Nachdem sie lange so unterwegs waren, kamen sie an den Fluß Carrthach.

"Sag, Muadhan, gibt es hier keine Furt? Der Fluß sieht tief und reißend aus."

Doch der Junge winkte nur ab und sagte:

"Herr, habt keine Sorge. Ihr werdet sicher und trocken das andere Ufer erreichen."

Und er nahm Diarmaid auf den linken und Grainne auf den rechten Arm und watete mit ihnen durch den Fluß ans andere Ufer, ohne daß auch nur einer der beiden das Wasser berührte hätte.

Diarmaid und Grainne wechselten einen vielsagenden Blick. Schweigend gingen sie weiter. Und als sie an das Ufer des Beith kamen wiederholte sich das Schauspiel abermals.

Bei Tonn Toime fanden sie eine große, weite Höhle, in der sie eine Weile rasteten. Nachdem sie sich überzeugt hatten, daß sie über ein Loch in der Decke entkommen konnten, fertigte Muadhan aus Binsen und einem dicken Ast einen Besen und befreite den Boden erstmal von alten Blättern und anderem Unrat. Dann legte er Gras und Binsen aus, machte eine Feuerstelle und eine Lagerstatt für das Paar.

Später ging er an das Ufer, um einige Fische zu fangen und sie zuzubereiten. Sie sangen noch ein wenig und erzählten sich Geschichten, bis sie sicher in der Höhle einschliefen.

Oft stand Muadhan in der Nacht auf, trat an das Lager der Schlafenden und lächelte leise in sich hinein.

Der nächste Morgen versprach einen warmen Herbsttag, so daß sie ihre Wäsche im Fluß wuschen. Muadhan besorgte noch warme Mäntel für jeden, eine dicke, schwarze Hose für Diarmaid und ein wollenes Winterhemd und eine Hose für Grainne, die er sich von einer einsamen Wäscheleine flußabwärts vorübergehend ausgeliehen hatte.

Einige Tage schon schliefen sie nun dort und fühlten sich fast sicher, als sie eines Morgens im Nebel drei Schiffe an ihrer Höhle vorbeifahren sahen, die eine Meile davon entfernt ankerten.

Diarmaid kannte diese Schiffe und er kannte ihre Kapitäne. Schnell war es vorbei mit der Sicherheit. Dennoch wollten sie die Höhle nicht einfach so aufgeben. Diarmaid wollte erst den Grund für das Hiersein dieser Piraten erfahren, dann würde er entscheiden, ob sie hierbleiben konnten oder fliehen mußten. Wer seinem Schicksal nicht entgegen geht, wird es niemals finden.

Und so legte sich Diarmaid seinen Mantel an, wälzte sich im Dreck und warf sich Asche ins Haar. Dann machte er sich einen Stock, auf den er sich gebückt stützte, nahm die Angel und machte sich auf ins Lager der Piraten, das auf der anderen Uferseite gut sichtbar angelegt worden war. Er war sicher, daß sie seine Verkleidung nicht durchschauen würden.

Als alter Mann erreichte er das Lager, grüßte freundlich die versammelten Bootsmannschaften und fragte nach dem Grund ihrer Anwesenheit.

"Sei uns gegrüßt, alter Mann. Schwarzfuß, Weißfuß und Starkfuß heißen wir", sagte der erste Kapitän und zeigte auf seine Genossen.

"Mächtige Piraten sind wir, mächtig und stark, ausgesandt im Namen des großen und einzigen Fionn mac Cumhail. Ausgesandt um Diarmaid Rabenhaar zu fangen, den Dieb", zischelte er hinterher.

"Oh, wie günstig für euch, mich zu treffen. Denn vielleicht kann ich euch helfen, ihn zu finden. Sagt, habt ihr ein Faß Wein am Bord? Sicherlich wißt ihr, daß es sich mit staubiger Zunge nicht leicht reden läßt."

Alsbald brachten zwei Männer das verlangte Faß.

Diarmaid lachte in sich hinein.

"Nun, ihr tapferen Herren, so einer eurer Matrosen oder gar ihr selbst das Tänzchen wagt, das ich jetzt wage, sage ich euch gerne, wo euer Dieb sich aufhält."

Dann rollte er das Faß eine leichte Anhöhe hinauf, sprang darauf und lief als sei das Faß ein gar vorzügliches Reittier bis hinunter ans Wasser.

Die Kapitäne blickten sich verwundert an und Starkfuß sagte:

"Nun, mein Freund. Ihr seid ein vortrefflicher Faßreiter. Ich weiß nicht, ob dies einer meiner tapferen Matrosen wagen wird. Ich tue es bestimmt nicht. Nicht weil ich feige bin, aber ich habe große Schmerzen in meinen Knien mit einem Mal."

Schließlich trat doch ein junger Seemann vor und bat, es versuchen zu dürfen. Doch bitteres Schicksal jugendlichen Leichtsinns, er scheiterte kläglich.

Betreten zogen sich die Kapitäne samt Mannschaft zurück. Selbst das Faß überließen sie dem Fluß, der es an das Ufer vor der heimeligen Höhle an Land trieb.

Am nächsten Morgen ging Diarmaid wieder zu den Kapitänen. Diese verlangten eine Antwort auf die Frage, wo Diarmaid sei. Doch wieder schlug der alte Mann ein Spielchen vor. Er hatte zu diesem Zweck seinen Speer mitgebracht, den Crann buidhne, ein Geschenk Manannán mac Lyrs. Diesen Speer nun rammte er in die Erde, bis er nur noch mannshoch daraus hervorschaute.

Dann sagte Diarmaid:

"Dies ist ein einfacher Speer. Und so will ich euch Gelegenheit bieten, eure Scharte von gestern auszuwetzen. Ich springe nun aus dem Stand über diesen Speer und demjenigen, dem dies ebenso gelingt, werde ich gern verraten, wo Diarmaid sich aufhält."

Darauf sprang Diarmaid mit einem Satz über den Speer und eine handbreit war noch Platz unter seinen Füßen.

"Wahrlich", so rief Starkfuß, "du bist nicht nur ein guter Faßreiter, du bist auch ein guter Speerspringer. Nun soll einer unserer Männer den Sprung versuchen."

Doch auch diesmal scheiterte der Seemann kläglich, denn als er die Spitze überspringen wollte, rammte er sie sich doch noch in den Leib. Und wieder gingen die Kapitäne beschämt davon.

Indessen trollte sich Diarmaid zurück in die Höhle. Stolz erzählte er seiner Geliebten davon. Froh ihn wieder bei sich zu haben, schlief sie wollig warm in Diarmaids Armen und doch wachte sie unruhig auf, um nur wieder die Schiffe vor Anker liegen zu sehen. Diarmaid mußte dem ein Ende machen. Sie konnten nicht ewig hier bleiben und sich vor den Kapitänen verstecken.

So ging Diarmaid am nächsten Morgen zum letzen Mal zu den Kapitänen.

Er hatte Grainne versprochen, sie zu vertreiben oder festzusetzen, damit sie weiter fliehen konnten.

Doch diesmal, so sagten sie ihm gleich, wollten sie weder Kunststückchen noch sonst etwas anderes sehen außer Diarmaid selbst. Aber auch dieses Mal überredete der Hauptmann sie zu einer Mutprobe.

Er hob eine große Grube aus, befestigte in ihrer Mitte zwei Astgabeln und legte auf diese sein Schwert.

"Seht her, ihr tapferen Krieger. Über mein Schwert werde ich jetzt springen wie ein Vogel von einer Seite auf die andere und kein Haar werde ich dabei lassen. Tut ihr es mir gleich, werde ich euch zeigen, wo Diarmaid, der Dieb, ist."

Und so geschah es. Nicht ein Haar hatte er verloren. Doch als der Seemann sprang, fiel er über dem Schwert herunter und war nun zweigeteilt. Diesmal aber gingen die Kapitäne nicht so einfach davon. Diesmal drohten sie ihm, ihn zu töten, wenn er sie nicht endlich zu Diarmaids Versteck brächte.

Der Spielchens müde sagte Diarmaid nun:

"Gut, dann werde ich euch zu ihm bringen, doch nur die stolzen, starken Kapitäne. Nicht alle, sonst scheucht ihr das kostbare Wild noch auf, bevor ihr es überhaupt zu Gesicht bekommen habt."

Damit einverstanden schlossen sich die Kapitäne dem alten Mann an.

Kurz vor der Höhle ließ er sie an einem Baum stehen und hieß sie warten. Dann ging er in die Höhle, holte seine beiden Speere, den Gea buidhe und den Gea dearg und verschwand wieder zu Grainnes Entsetzen.

"Ihr wollt Diarmaid Rabenhaar sehen, nun denn hier ist er."

Und dann warf er schneller als die Männer denken konnten seine Speere ab. Der eine traf Starkfuß und durchbohrte seinen Arm. Der zweite durchschlug das Bein von Weißfuß.

Auf Schwarzfuß aber stürzte sich Diarmaid selbst und verletzte ihn zwischen Ferse und Knöchel. Dann fesselte er alle drei mit einem Seil an einen Baum und knotete zum Abschluß einen magischen Knoten, den nur ein ausgebildeter Druide lösen konnte.

Lange lagen die drei so, bis ihre Mannschaften sie fanden. Lange schon waren Diarmaid, Grainne und ihr Helfer über alle Berge. Und dann konnten die Matrosen den Knoten noch nicht einmal öffnen, sondern mußten aus dem Nachbardorf einen Druiden holen. Als man die verdursteten Kapitäne gefunden und aus ihren Fessel gelöst hatte, fuhren die Männer davon, um Fionn eilends Bericht zu erstatten.

Schnellen Fußes eilten Grainne, Diarmaid und Muadhan über Stock und Stein, über Hügel, durch Täler, über Felder und Wiesen, um so viele Meilen wie möglich zwischen sich und etwaige Verfolger zu bringen.

Bald ermüdeten sie und wurden immer langsamer. Als Grainne sich kurz auf einen Stein setzen wollte, um auszuruhen, war sie im selben Augenblick eingeschlafen.

Diarmaid lächelte ihr zu. Zu stolz war sie, als daß sie ihn um eine Rast gebeten hätte. So nahm er sie auf und trug sie, weich gebettet in seinen starken Armen.

Muadhan indessen war vorausgeeilt und hatte eine nach zwei Seiten offene Baumhöhle gefunden, wo er dem Paar eine Lagerstätte errichtet hatte. In der Mitte brannte ein kleines Feuer, über dem ein Hase briet. Erschöpft erreichte das Paar den hilfreichen Geist. Diarmaid bettete seine Geliebte auf dem Lager. So schön war sie im Schlaf anzusehen, daß er sie nicht wecken konnte. Am Morgen konnten sie noch immer von dem Braten essen, ihr Körper brauchte mehr den Schlaf. Diarmaid legte sich zu ihr und schloß sie in seine Arme, während Muadhan Wache stand.

Immer wieder schritt der Junge in dieser Nacht an das Lager der beiden und von Mal zu Mal schien er dabei älter zu werden, bis ein wunderschöner Mann in der Reife seines Lebens vor den beiden stand. Ein letztes Mal schritt er zu den Liebenden und sagte leise wie zu sich selbst:

"Nun kann ich nicht länger meine Hand über euch halten, mein Sohn. Zu lange schon halte ich die Speiche eures Schicksalsrades fest. Doch sei gewiß, wenn dies vorüber ist, wirst du in der Anderen Welt an meiner Seite sitzen."

Dann ging er hinaus in die Stille des Morgengrauens.

Als Diarmaid und Grainne am nächsten Morgen durch den Gesang der Vögel erwachten, waren sie allein. Viele Stunden irrten sie durch den Wald auf der Suche nach Muadhan. Nichts! Als habe ihn der Erdboden verschluckt. Traurig gingen sie davon, sie hatten ihn wie einen Bruder geliebt.

Weit weniger still ging es auf Tara zu, als Fionn erfuhr wie es den Piraten ergangen war, wütete er einen Tag und eine Nacht durch seine Burg.

Wütend hatte der König ausgerufen:

"Wahrlich, und dies schwöre ich bei all meinen Göttern, dieses Schikksal soll ihn auch ereilen."

Am nächsten Tag aber machte er sich auf zu Deirdre, der Hexe vom Schwarzen Berge. Ausführlich erzählte er ihr seine Geschichte und was die Besatzung der Schiffe zu berichten hatte.

Jeden Preis sei Fionn bereit zu zahlen, wenn nur Diarmaid sein Leben lassen würde, jeden. So forderte die Hexe den Platz an seiner Seite als Herrscherin und Fionn schlug ein in diesen Handel.

Deirdre setzte sich auf die Spuren und begann die Jagd. Eine Jagd, die Diarmaid und Grainne nach vielen weiten Wegen und Gefahren in einen dunklen Wald geführt hatte.

Fast schon fühlten sie sich sicher, als ihnen der Sohn des Cham begegnete. Er war der Hüter dieses Bannwaldes und hatte die Körpergröße eines Riesen. Dazu war er wohl noch von allen häßlichen Riesen der Häßlichste. Seine Haare waren zerzaust wie vertrocknete Brombeersträucher und mit Blättern bedeckt, ein Hort für Vögel und deren Ausscheidungen geworden.

Eines seiner Augen saß schief und das andere war ungleich größer als das schiefe. Seine Nase war lang und am Ende rund wie ein Kochlöffel. Sein Mund war breit und fast ohne Zähne. Seine Arme und Beine waren verschieden lang, so daß er nur schleppend und humpelnd laufen konnte.

Aber so häßlich er auch war, er war der Hüter dieses Waldes und es gab einen Geís, daß nichts anderes ihn töten konnte als drei Hiebe mit seiner eigenen Eisenkeule.

Dieser Bannwald war nicht irgend ein Bannwald. Dieser Wald war etwas Besonderes, denn nur hier fand man die Eberesche der beiden Danu-Söhne, die sich hier einst dank ihrer zänkischen Weiber ein kräftemessendes Stelldichein gegeben hatten.

Als sie sich einen Tag und eine Nacht gegeneinander im Schleuderklotz-Poltern gemessen hatten und gleich gut waren und das gesamte Volk den Platz verlassen hatte, fiel einem der beiden eine Ebereschenbeere aus der Hosentasche auf den Boden.

Einen ganzen Winter lang lag sie dort. Im Frühling aber begann ein Bäumchen daraus zu wachsen und im Sommer war der Baum schon so groß wie die größte Burg Erius.

Dies allein war schon Wunder genug, doch die Beeren des Baumes waren noch einzigartiger als der Baum selbst. Aß man eine Beere so fühlte man sich frisch und frei, fast wie von Wein oder Met berauscht.

Aß man aber drei so blieb man auf ewig jung und gesund bis ins hohe Alter hinein.

Bald darauf erfuhren die Danu-Söhne von der Wunderkraft dieses Baumes und schickten den Sohn des Cham dorthin. Nicht jedem Sterblichen sollte diese Gunst gewährt werden und nicht zu einem solch kleinen Preis.

Nun fragte Diarmaid Chams Sohn höflich nach einem Plätzchen unter diesem Baum und versprach auch keine Beeren zu pflücken, so daß er nichts dagegen einwenden konnte.

Auch Fionn hatte durch Deirdre erfahren, wo Diarmaid sich aufhielt.

Einige Tage später traten die Morna-Söhne vor ihn. Räuber, die, wie du weißt, Fionns Vater schon getötet hatten. Sie kamen, um ihn um Frieden zu bitten, gleich welches Wergeld Fionn auch verlangen mochte.

Fionn lachte sich ins Fäustchen, als er ihnen mitteilen ließ, daß es Frieden geben würde, wenn sie ihm den Kopf Diarmaids brächten und dazu drei der Beeren der Ebereschenbaumes der Danu-Söhne.

So schlug er zwei Fliegen mit einer Klappe, glaubte Fionn. Denn wenn sie Diarmaid brachten so war dies gut, wahrscheinlich aber mußten sie ihn töten, um an die Beeren zu gelangen. Tötete Diarmaid aber sie, so war ihr Land seines und er hatte keine Feinde mehr.

Am selben Tag noch brachen die beiden auf und zwei Tage später waren sie vor Ort. Dort trafen sie sogleich auf Diarmaid, der sie fragte, was sie wohl hier zu suchen hätten.

Unumwunden erzählten sie ihm von Fionns Auftrag. Da lachte der Hauptmann laut auf und sagte:

"Vor langer Zeit war Fionn einfacher zufriedenzustellen. Ich weiß noch sehr gut, wie er einst von Conan verlangte, ihm den Kopf von Cians Drachen zu bringen."

Da sagten die Morna-Söhne:

"So war dies wohl eine gefahrvollere Aufgabe, wie die, die er uns stellte, indem er den Kopf Diarmaids verlangt?"

Da lachte Diarmaid auf und sprach:

"So versucht denn euer Glück, denn vor euch steht kein geringerer als Diarmaid selbst."

Heftig stürzten sie sich auf ihn, doch nach kurzer Zeit war der Kampf entschieden und die Morna-Söhne saßen gefesselt vor Diarmaid.

Grainne, die von dem ganzen Schauspiel nichts mitbekommen hatte, eilte herbei. Sanft nahm sie ihn beiseite. Diarmaid erzählte ihr von dem Ansinnen der Morna-Söhne. Da lächelte sie ihn an und sagte:

"Laß sie doch mit Cham kämpfen. Wenn sie dann die Beeren haben, nimmst du sie ihnen ab und wir essen sie."

Lange lag sie Diarmaid in den Ohren, bis dieser entschloß:

"Du wirst die Beeren bekommen, aber ich bin des Kämpfens satt. Ich will in Frieden mit Cham reden, vielleicht gibt er sie uns ja ohne Kampf."

Aber Cham war in Frieden nicht zu bewegen. Er schlug sogar so fest mit seine Keule auf die Erde, daß sie ihm aus der Hand sprang und genau in Diarmaids Hand hinein. Erstaunt blickte der Hauptmann auf die Waffe in seiner Hand und der Sohn des Cham blickte nicht weniger überrascht. Doch noch ehe der Riese handeln konnte, hatte Diarmaid ihn schon dreimal mit seiner Keule berührt. So starb er wie es sein Geís verlangte

Diarmaid pflückte die Beeren für Fionn, die er den Morna-Söhnen gab, bevor er sie gehen ließ, und noch drei für Grainne. Müde streckte er sich aus.

"Zuviel Kampf, zuviel Blut auf meinem Weg und jetzt gehen die Morna-Söhne dahin, Fionn zu künden, wo wir sind. Oh, wie müde bin ich all dessen, wie müde."

Da sagte Grainne:

"So iß doch von den Beeren, Geliebter. Kraft wirst du erlangen und Jugend, Mut weiterzukämpfen und schöner werde ich dir erscheinen als in der Hütte von Ross-da-Soilach."

Doch Diarmaid schloß seine Augen. Als nun Grainne zwei der Beeren gegessen hatte, ging sie an ein Wasser und gewahrte ihr schönes Ebenbild darin. Zufrieden ging sie zum Lager zurück, wo sie Diarmaid immer noch schlafend fand. Leise setzte sie sich zu ihm, strich ihm über sein schwarzes Haar und behütete seinen Schlaf. Schließlich öffnete er die Augen und gewahrte verwundert Grainne, Jugend und Schönheit selbst. Da streckte er seine Arme aus, um sie zu umarmen, zu küssen, doch Grainne sagte:

"Nicht eher wirst du das Lager wieder mit mir teilen, bis du nicht die letzte Beere gegessen hast."

Da aß er die Beere und berauscht genossen sie den leidenschaftlichen Traum der Liebe. Am nächsten Morgen brachen sie wieder auf, denn dieser Ort war nun nicht mehr sicher für sie.

Tage später erreichten die Morna-Söhne den Hof Fionns und überreichten ihm die Beeren. Dieser aber roch daran und sagte:

"Nie und nimmer habt ihr sie erlangt, das kann nur einer."

Sodann ließ er die Beeren auf den Boden fallen und zertrat sie. Lange überlegte sich Fionn, wie er Diarmaids habhaft werden könne, denn noch immer war sein Stolz verletzt. So ging er wieder zu Deirdre und versprach ihr die Ehe, wenn sie ihm hülfe Diarmaid in seine Finger zu bekommen. So machte sie sich auf den Weg.

Über einem Feuer aus Zauberkräutern verwandelte sich Deirdre in eine Krähe und flog davon. Bald erspähte sie das Paar in einer Hütte auf der Spitze des Benn Etair, wo es zwischenzeitlich Unterschlupf gefunden hatte. Dort trat ihnen Deirdre in der Gestalt von Grainnes Amme gegenüber. Herzlich nahmen diese Deirdre auf, denn die Amme schien wohl über jeden Zweifel erhaben zu sein.

Sie las Diarmaid und Grainne jeden Wunsch von den Augen ab und tat alles wie geheißen. Viele Monde weilte sie so bei dem Paar immer in der Hoffnung, Fionn Nachricht zukommen zu lassen. Eines Tages nun sagte sie, die Enge der Höhle bedrückte sie und sie wolle einige Zeit umherwandern.

Kaum draußen verwandelte sie sich in eine Krähe und flog zu Fionn, der sie schon sehnlichst erwartete. Schnell berichtete sie ihm und flog eilends zu der Hütte zurück. Über den Meer aber wurde sie von einem Seeadler angegriffen. Wenig fehlte nur und er hätte die Krähe gefangen, aber ihre Schwingen waren naß und schwer geworden vom Seewasser. Erschöpft kehrte sie in das Gebirge zurück, wo sie sich vor der Hütte wieder in die Amme verwandelte.

Deirdre kam in die Hütte und legte sich sofort nieder. Als Grainne aber ihren Mantel zum Trocken aufhängen wollte, fiel eine Feder aus einer Falte und sie bemerkte auch, daß der Mantel nach Meerwasser roch. Leise erzählte sie Diarmaid davon.

Dieser glaubte wie Grainne, daß Fionn schon unterwegs sei. Aber dennoch, selbst wenn er dies war, würde er nicht vor dem morgigen Tag hier eintreffen, zu unwegig waren die Straßen.

Doch als Diarmaid am nächsten Morgen vor die Hütte trat, fand er Fionn und sein Heer schon vor. Oscar, Fionns Enkel, versuchte den Streit zu schlichten, aber der Alte wollte nicht aufgeben, nicht den Wahnsinn beenden.

Diarmaid erblickte Fionn und rief:

"Nun, alter Mann, machst du immer noch Ansprüche geltend auf meine Frau? Schau dich doch an, bevor du antwortest und betrachte Grainne, die klügste und schönste Frau Erius.

Wahrlich, glaubst du wirklich, daß sie einen alten Bock wie dich lieben könnte? Ich denke es nicht."

Der König antwortete:

"Schweig, Hund, Dieb, Elender, mein ist sie. Und auch wenn ich viele Sommer gesehen habe, so sind meine Lenden jung wie die eines Hirsches. Ich bin gekommen, meine Frau zu holen. Aus dem Weg!"

Da rief Oscar aus der Menge:

"Großvater, blind hat dich die Wut gemacht und Zeit wird es, ein Ende zu machen diesem grausamen Spiel. Ich will Diarmaid und Grainne auf mein Schiff nehmen und von hier fortbringen. Kleine Kinder spielen gern, doch große, so scheint es mir fast, noch viel lieber."

Während Diarmaid mit Fionn focht und diesem das Schwert aus der Hand schmetterte, kämpfte sich Oscar zu Grainne durch. Diarmaid blickte nicht zurück, und er wartete auch nicht, bis der König wieder kampfbereit war, sondern floh gemeinsam mit Grainne und Oscar.

Deirdre aber wurde um ihr Versprechen gebracht und niemals wieder stellte sie sich in den Dienst von Königen und ihren Vasallen.

So gingen schließlich sechzehn Jahre ins Land seit dem verhängnisvollen Tag auf Tara. Und schließlich hielten auch die Götter die Zeit für eine friedvollere Lösung gekommen.

So ging Oenghus, Diarmaids Ziehvater, zu Cormac und bat nun aufrichtig und gnadenvoll um die Hand Grainnes für Diarmaid und dieser willigte ein. Zum Lehen gab man ihnen das Land um den Binn Gulbain, wo sie glücklich miteinander lebten. Fionn suchte man mit einer jüngeren Schwester Grainnes zu besänftigen, aber diese rührte er bis zu ihrem Tode nie an.

Nein, er hatte das Licht der Sonne gesehen, denn das bedeutete Grainnes Namen und geblendet war er.

Aber höre nun das Ende und lausche der Schande, die fortan mit der Nennung des Namens deines Vaters verbunden war.

So ging die Zeit ins Land bis Diarmaid und Grainne, mitten in der Nacht beide vom Lärm einer Jagd erwachten. Hufe trampelten, Hunde bellten, Hörner bliesen, dazwischen riefen Treiber umher.

Sofort war Diarmaid erzürnt, denn nur er hatte das alleinige Recht auf seinem Grund und Boden zu jagen.

Wütend wollte er schon aufstehen, doch zärtlich zog ihn Grainne zurück ins Bett. Doch früh am Morgen erscholl wieder des Jägers Horn und diesmal konnte auch Grainne ihn nicht zurückhalten. Hastig zog er sich an und stieg auf den Gipfel des Binn Gulbain.

Dort saß auf einem Felsen Fionn. Kühl begrüßten sie einander und schließlich fragte Diarmaid Fionn, wie er dazu komme, auf seinem Gebiet eine Jagd zu veranstalten.

"Weißt du, Diarmaid, wir jagen den Eber, den du nicht jagen darfst."

Sein ehemaliger Hauptmann verstand nicht.

"Welchen Eber und warum sollte ich ihn nicht jagen dürfen?"

Fionn fragte arglistig:

"Wurde dir denn nie von deiner Kindheit erzählt, kennst du gar nicht den Geís, der auf dir liegt?"

Diarmaid antwortete höhnisch:

"Sprich, es ist gleich, welcher Geís es ist. Sicherlich aber wird er dir von Nutzen sein auf deinem langen Weg der Rache."

Der alte König begann zu erzählen:

"Nun gut, du wolltest die Geschichte hören. Vor langer Zeit saß ich mit deinem Vater zusammen, da erzählte er mir, er habe einen Bastardsohn mit der Tochter des Currach von Life, einem Mädchen namens Crochnuit. Der Sohn aber warst du, Diarmaid Rabenhaar. Bald darauf gab sich Crochnuit auch dem Haushofmeister Roc, dem Sohn des Roc Diocain, hin und gebar auch ihm einen Sohn. So bat Roc deinen Vater auch seinen Sohn großzuziehen. Dieser aber verweigerte sich, schließlich ging es um den Sohn eines Unedlen. So gab man euch beide zu Oenghus. Und Oenghus liebte euch von ganzem Herzen und erzog euch, als wäret ihr seine eigenen Söhne.

So kam der Abend an dem wir bei Oenghus saßen, dort warst auch du und Rocs Sohn.

Dein Vater jedoch war bald gekränkt, denn Rocs Sohn stand scheinbar höher in Oenghus Gunst als du. Plötzlich rauften zwei Hunde vor dem Kamin und als dein Vater aufstand, um für Ruhe zu sorgen, kam ihm Rocs Sohn zwischen die Knie. Groß und stark war dein Vater damals, so daß der Junge kaum noch am Leben war. Roc aber wollte Blutgeld sehen oder dich genau so zwischen seinen Knien zerquetschen.

Dies alles schaute sich Oenghus an, doch dann wurde ihm all das zuviel und er warf sich zwischen die beiden. Daraufhin verwandelte Roc in seiner Wut seinen Sohn in einen großen Eber und sagte:

"Solange dieser Eber lebt, solange lebt auch dein Sohn, aber sterben werden sie gemeinsam, so wird es geschehen, geschehen, geschehen.

Und so wird es auch geschehen, denn der Eber, den wir jagen, ist kein geringerer als Rocs Sohn."

Da wurde Diarmaid der List Fionns gewahr und sagte:

"Gut hast du dieses traurige Spiel eingefädelt, Fionn, aber ich werde nicht die Schande diesen Geís zu brechen auf meinem Namen in Kauf nehmen, um weiterzuleben.

Dann sterbe ich lieber ehrenvoll und mache deinen Namen unrein."

Dann ging er davon. Nicht lange mußte Diarmaid den Eber suchen. Und als er ihn fand, da schien es ihm, als habe er auf ihn gewartet. Diarmaid warf den Gea dearg und den Gea buidhe, doch sie prallten von dem Tier ab wie von einer Felswand. Da nahm der Eber Anlauf, stürzte auf Diarmaid zu und zerriß ihn.

Doch mit letzter Kraft zog Diarmaid sein Messer und stach es dem Eber mitten ins Herz. Im Tode noch ward der Eber wieder zu Rocs Sohn.

Oenghus, der dem Lärm auf den Berg gefolgt war, kniete vor seinen beiden Söhnen und weinte für sie.

Nur wenige Augenblicke später kamen Fionn und sein Gefolge, um sich endlich die Genugtuung für die Schande, die Diarmaid über ihn gebracht hatte, zu geben.

"Nun, Diarmaid mit dem Rabenhaar, wie geht es dir? Du siehst nicht gerade gut aus. Ich denke, die Zeiten sind vorbei, als dir die Frauen Erius zu Füßen lagen."

Der Sterbende erwiderte kalt:

"Ja, Fionn, es ist leicht zu spotten. Du wirst leben, aber glaubst du, daß du mit der Last der Rache leben kannst? Du hast viel zerstört um deiner Selbstsucht willen. Vergiß nicht, daß ich dir zweimal schon das Leben gerettet habe. Willst du mir nicht doch helfen, wie ich es einst tat, als du zu verbrennen drohtest oder mein Schild dich vor so vielen Gefahren gerettet hat. Wir standen uns näher als Brüder, willst du mir nicht doch noch vergeben? Ich weiß, du kannst den Zauber des Boinne wirken und wenn du einem Leidenden Wasser bringst, so wird es zum Lebenswasser in deinen Händen. Bitte, geh für mich, ich möchte noch nicht sterben. Einige Schritte von hier gibt es eine Quelle, dort wirst du finden, was du brauchst."

Da ging Fionn hin und schöpfte Wasser in seine hohlen Hände.

Aber auf dem Weg zu Diarmaid ging ihm seine ganze Geschichte noch einmal durch den Kopf und er ließ das Wasser durch seine Finger rinnen. So ging er ein zweites Mal und Oenghus sagte:

"Wäre es nicht zum Wohle Diarmaids, so müßte man dir die Hände abhacken und sie dir in deinen rachgierigen Hals stecken."

So ging Fionn ein drittes Mal, aber er ging langsamer als eine Schnekke kroch. Er erinnerte sich an die Zeit, als er und Diarmaid wie ein Mann gedacht und gekämpft hatten. Sie waren die zwei Hände eines Leibes.

Fionn dachte an all die Siege, die sie gemeinsam errungen hatten und an die, die sie noch hätten erringen können, wäre nicht dieses Weib zwischen sie getreten.

Diarmaid war der ehrenvollste Mann, den die Fianna jemals hervorgebracht hatten. Wo Fionn den Trieben seines Körpers nachging, fragte Diarmaid sein Herz.

Ach, diese Frauen, alles wäre anders ohne sie. Nichts hätte sich zwischen den Freunden geändert.

Fionn war wütend, sein Bauch bebte. Sein Zorn richtete sich gegen alles und jeden, zuletzt gegen sich selbst und seine Zügellosigkeit.

Auch jetzt wollte Diarmaid nicht, daß der König sich noch mehr schuldig an ihm machte, noch unehrenhafter wurde. Noch im Tode war ihm die Ehre des Königs wichtiger als seine.

Tränen der Wut stiegen Fionn in die Augen.

Langsam setzte er einen Fuß vor den anderen. Er wußte jetzt, was er tun mußte. Als er wieder bei Diarmaid anlangte, war dieser tot.

Laut erscholl der Trauerschrei der Fianna dreimal über die Insel. Fionn, nun von Angst und Unsicherheit gepackt, drängte zum Aufbruch. Er nahm Diarmaids Hund und machte sich auf den Weg zu Grainne.

Traurig trat er in den Burghof ein und laut erhob er seine Stimme, jedes Wort ein Messerstich für die Seele der Frau.

"Unsere Trauer ist tief, denn Erius bester Kämpe ist tot. So liegt er auf der Heide des Binn Gulbain."

Da drehte er sich um und wollte, den Hund über seinen Nacken gelegt, den Hof verlassen. Aber Oisin nahm ihm das Tier ab und brachte es zu Grainne. Traurig schickte sie vier Knechte aus, um das Herz ihrer Liebe zu holen.

Nach einer Stunde kehrten sie ohne den Leichnam zurück, doch mit einer Botschaft von Oenghus, seinem Ziehvater.

"Aufgezogen habe ich ihn auf meinem Schoß und zu Lebzeiten war er dein. Jetzt aber, wo ich all seine Wunden versiegelt und ihm sein schönes Antlitz wieder gegeben habe, gehört er wieder mir. Zwiegespräche will ich mit ihm halten in meiner Welt wie in alten Zeiten."

Dann hatte er Diarmaid auf einen Wagen aus Gold gelegt, gezogen von drei weißen Rossen mit roten Ohren, rotem Schweif und roten Fesseln.

Nachdem er aufgestiegen war, fuhr er auf den Strahlen der Sonne in eine bessere Welt."

Das Siegel

Es gab keinen anderen Weg. Die Königin Tir na Samradhs hatte hin und her überlegt. Die Tuatha de Danaan waren kein großes Volk mehr. Sie konnten die Andere Welt nicht alleine verteidigen. Selbst wenn alle Männer kämpften und die Jägerinnen mit ihnen, waren sie nur ein kleines Heer. Sicherlich war ein Sidhé genau so viel wert wie hundert Síofra. Aber wenn nur ein Krieger fiel, war das etwas anderes, als wenn ein Síofra fiel. Sie konnten alleine nicht siegen. Sicherlich würden sich auch einige Menschen auf ihre Seite stellen, Angehörige der Fianna sicherlich, oder ein paar Einheiten von Tara. Aber Dragan hatte den ganzen Süden des Landes in der Hand. Die Leute würden lieber gegen ihre Brüder kämpfen als einfach zu sterben.

Die Sterblichen würden ihnen eine Hilfe sein, aber alleine mit ihnen würden sie es nicht schaffen.

Es gab keinen anderen Weg. Nun war die Zeit angebrochen, wo man über den Schatten der Vergangenheit springen mußte.

Nur gemeinsam mit den anderen Völkern würden sie es schaffen, Eriu und die Andere Welt von diesem Unrat zu befreien.

Nun war es an ihr, das in die Wege zu leiten.

Sie stellte sich vor die Mächtige Eiche und ihren Lippen entglitt eine leise, sanfte Melodie.

Es dauerte nicht lange, da saßen fünf schneeweiße Zaunkönige auf ihrem ausgestreckten Arm.

Dies waren Vögel, die die Könige der Zukunft und Vergangenheit aus ihrem scheinbar ewigen Schlaf weckten und schon geweckt hatten.

Nun waren sie die Boten der Königin. Gut konnte sie sich noch an den Wettstreit zwischen Adler und Zaunkönig erinnern. Denn beide wollten die Boten der Götter sein.

So einigte man sich darauf, daß der Vogel gewinne, der am höchsten fliegen könne. Der Adler lachte und ließ sich in die unendliche Weite des Himmels tragen. Unter ihm drehte sich die Welt und gerade wollte er seinen Sieg herausrufen, als ihm etwas auf den Rücken klopfte.

Es war der Zaunkönig, der die ganze Zeit auf ihm geritten war.

Lá streckte ihren Arm aus und die Vögelchen flogen davon. Sie wußte, sie würden ihre Aufgabe erfüllen und die Empfänger auf die Traumstraße bringen.

Und so war es auch. Sie brauchte nicht lange zu warten, bis sie die Nähe der anderen auf ihrer Haut spürte.

Jedes Härchen ihres Körpers stellte sich auf und nahm die Wellen der Anwesenheit wahr.

Sie spürte, wie schwer es ihr fiel, die Augen offen zu halten. Langsam und vorsichtig ging sie in das große Zelt und setzte sich mit verschränkten Beinen und geradem Rücken auf eines der weichen Kissen. Andere Sinne waren nun erwacht und übernahmen den Platz von Augen und Ohren.

Einzig ihr Geruchssinn, der verbunden war mit dem Dritten Auge, dem Eingang zur Traumstraße, machte sie eins mit der Außenwelt.

Sie streckte ihre Hände aus und schloß die Augen, zog sich weit zurück. Vor ihr tauchten ein Stab und ein Schwert auf. Sie ging zwischen beiden hindurch. Noch immer sah sie nur Nebel. Dann fühlte sie Shaszas leichte Hand in ihrer rechten und Dairs faltige in ihrer linken. Sie glitt durch Dairs Körper und fühlte das ängstliche Herz Sionnachs schlagen und sie fühlte Misnéachards Wärme, die es beruhigte und die doch nicht Ealas Kälte verdrängen konnte.

Lá fühlte, wie ungleich die Energie in diesem Kreis floß. Wenn sie alle auf die Traumstraße bringen wollte, auch die, die weniger erfahren waren als Eala, mußte die Energie in allen gleich stark sein.

Langsam wie Flügel breitete sie ihre Arme aus. Sie spürte wie auch Dair und Eala ihre ganze Energie fließen ließen. Und sie spürte unter sich etwas uraltes, das plötzlich durch sie alle drang und sie leicht wie eine Feder auf die Traumstraße brachte.

Misnéachard lächelte.

"Ich werde da sein, wenn du mich brauchst", hatte Auda gesagt.

Als Lá das nächste Mal die Augen öffnete, fand sie sich wieder im Grianán. Doch nun saßen Dair und Shasza neben ihr, gegenüber lächelte sie Misnéachard an und links und rechts von ihm saßen Sionnach und Eala.

Obwohl Misnéachard Auda in seiner Nähe spürte, sah er ihn nicht.

Lá begann zu sprechen.

"Seid mir gegrüßt, meine Freunde. Wir alle haben einen wichtigen Grund hier zu sein. Dennoch will ich euch danken, vor allem Sionnach, die zum ersten Mal auf der Traumstraße wandert. Aber sie wird nur zu bald verstehen, warum sie hier ist. Auch Eala danke ich für ihr Erscheinen.

Weiß ich doch wie wenig dir die Zukunft der Menschen am Herzen liegt.

Daß Dair und Shasza hier sind, freut mich besonders, denn die Verbindungen zwischen euren Häusern und den letzten des Stammes der Tuatha de Danaan waren nicht immer die besten, wenngleich unser Sein auch aus einer einzigen Quelle entspringt.

Sei auch du mir gegrüßt, mein Sohn. Ich hoffte sehr, daß dich meine Boten finden würden und du ihre Nachricht verstehen würdest."

Misnéachard strich durch sein kurzes dunkles Haar und sah genauer in die Runde, während er mit seiner Mutter sprach.

"Eine alte Sprache sprechen sie und doch die Sprache deines Herzens. Warum als denn sind wir hier und warum ist diese Sterbliche hier? Ich habe sie noch nie gesehen und spüre doch, daß noch anderes Blut durch ihre Adern rauscht als das der Menschen."

Sionnach rührte sich nicht vom Fleck. Sie beäugte die Wesen, die um sie saßen als seien sie Geister aus der Anderen Welt. Natürlich träumte sie das alles. Aber für einen Traum war das alles zu viel wirklich.

Immer wieder ließ sie ihren Blick von einem zum anderen streifen. Dann sah sie sich im Zelt um.

Sie würde einfach so tun, als sei sie gar nicht da. Dann konnte ihr ja nichts geschehen.

Lá fuhr fort zu sprechen.

"Nun, auch wenn sie ein Menschenkind ist, fließt in ihren Adern ein ganz besonderes Blut.

Ein Blut, das älter als meines und reiner ist. Nur sie kann die Pryria töten, die Mutter der Síofra, denn in ihren Adern fließt das gleiche Blut.

Sionnach ist eine der letzten aus dem Stamm der Itsasibelas, jener, die über das Meer fuhren.

Ihr leuchtend rotes Haar gleicht der Sonne, bevor sie sich morgens erhebt und ihre Augen sind so grün wie Gras, das nach einem Gewitter wächst. In wenigen Frauen ist die Kraft der Großen Mutter so stark.

Von weit her kommen ihre Ahnen. Schneeweiß war ihre Haut wie Sionnachs, bevor die Sonne sie verbrannte. Nun sitzt sie bei uns und weiß nicht wie ihr geschieht. Nicht wahr?"

Die Angesprochene hatte aufmerksam zugehört und war jeder Bewegung Lás gefolgt.

"Nun, das hier scheint nicht das zu sein, was es mir zu sein scheint und wenn man nicht sagen kann, was etwas ist, dann soll man besser gar nichts sagen. Dennoch würde ich gerne mehr hören von dem Volk, aus dem ich stammen soll."

Die Königin fragte die Frau:

"Träumst du manchmal?"

Sionnach antwortete:

"Ja, vielleicht sogar jetzt."

Lá lächelte sanft.

"Nein, nicht jetzt. Das Volk aber, dessen Blut auch durch deine Adern pulst, träumte nie. Tod und Schlaf waren keine Schrecken für sie. Denn ihr Bewußtsein und ihr Unbewußtsein waren noch eins, eine Einheit, in der nichts die Überhand hatte."

Sionnach wurde langsam ungeduldig.

"Das ist ja schön und gut, aber deshalb bin ich bestimmt nicht hier, oder? Könnte mir vielleicht einfach einmal jemand sagen, was das hier soll, und warum ich hier bin, falls ich überhaupt hier bin."

Da ergriff Eala das Wort.

"Dein Blut ist wie der heiße Wind, der Menschen wahnsinnig machen kann. Es will immer vorwärts galoppieren, ohne sich umzudrehen. Viele deiner Wege wirst du zweimal gehen müssen, aber du hast so viel Energie, daß dir das nicht schaden wird. Unruhig ist dein Geist, eine Boje, die im Meer der Zeit treibt, nie an einem festen Anker, immer dir selbst der eigene Hafen.

Dein Herz beherrscht dein Tun, dein Herz und der Urtrieb zu überleben.

Die Seele der Pryria ist so alt wie deine, obgleich natürlich alle Seelen gleich alt sind. Aber ihr Menschen seht ja nichts, selbst wenn ihr sehend seid.

Dieselbe Mutter hat euch geboren. So wie sie die Dunkelheit ist, bist du das Licht. Das Licht aber ist nichts ohne die Dunkelheit, denn das Licht in seinem scheinbaren Glanz ist nichts anderes als eine Masse von Schatten. So ist das Licht Schatten und Schatten Licht. Damit aber das Gleichgewicht gehalten wird, müssen sie miteinander verschmelzen. Das ist deine Aufgabe, nur du hast die Macht ihrem Zauber zu widerstehen. Nur du, Sionnach."

Die Menschenfrau verstand nicht ganz.

"Und wie soll das vonstatten gehen? Ich habe keine Ahnung von Magie oder ähnlichem. Und was bedeutet bitte verschmelzen?

Etwa, daß ich meinen Geist aufgeben muß? Das Ganze kommt mir ziemlich unheimlich vor und eigentlich würde ich es lieber vorziehen jetzt aufzuwachen."

Da drückte Misnéachard fest ihre Hand und sagte:

"Wenn du jetzt gehst, überläßt du deine Heimat den Síofra.

Du bist keine schwache Frau, Sionnach. Es steckt viel mehr in dir als du sehen kannst. Niemand hier weiß, was du tun mußt, aber wir alle wissen, daß das Wissen aus dir hervorkommt, wenn es gebraucht wird.

Du bist nicht hier, weil wir von dir erwarten, daß du uns hilfst. Du bist hier, weil wir wissen, daß du uns helfen kannst und du das auch wissen solltest.

Die Entscheidung, was du tun wirst, liegt allein bei dir.

Natürlich würden wir uns freuen, wenn du uns hilfst, aber wir erwarten es nicht von dir. Du bist eine Itsasibela, du wirst dich richtig entscheiden."

Sionnach holte tief Luft und ließ den Atem durch ihre Nase frei.

Dann ergriff Dair das Wort.

"Sag mir Lá, bin ich aus dem Grund hier, aus dem ich glaube, daß ich hier bin?"

Auch Shasza machte sich so ihre Gedanken.

"Wenn wir das Gleiche denken, würde es auch erklären, warum ich hier bin. Aber was will dann diese Schattenbringerin hier? Komm, gib uns die Lösung zu diesem Rätsel."

Lá antwortete:

"Nun, Bäume unterwerfen sich dem Wind so lange, bis sie zahlreich und stark genug geworden sind, sich ihm entgegenzustellen und genau so ist es mit den Menschen.

Aber die Menschen allein sind nicht in der Lage, sich diesem Wind zu stellen. Sie brauchen Hilfe. Es geht hier um unsere Alte Heimat. Ich weiß, wir waren die ersten, die ihr den Rücken gekehrt hatten, doch nur, weil wir unser Erbe retten wollten.

Nun wird dies vielleicht bald nicht mehr zu retten sein, wenn wir tatenlos zusehen, was die Menschen und die Síofra dort treiben."

Dair erwiderte gelassen:

"Jede Welt ist vorbereitet. Alles steht bereits geschrieben, willst du das ändern? Wenn eine Welt zum Untergang verurteilt ist, wenn das der Wille der Götter ist, warum willst du das ändern, Lá?"

Die Königin der Sidhi blickte dem alten Mann geradewegs in die Augen.

"Nun, jede Erfahrung enthält ihre eigene Lehre, jede, Dair.

Die Kraft der Götter, ihre Schöpfung, ist unwiderstehlich. Trotzdem können auch Menschen, einfache Wesen, über sie siegen. Denn auch der Mensch kann erschaffen, kann sich bewußt werden.

Dadurch wird der Mensch sein eigener Herr und die Kraft seiner Götter sein eigener Vorteil. Dann können sich die Menschen weiter entwickeln und sind nicht mehr ein willenloses Werkzeug ihrer Götter und so steht nichts geschrieben, und jene, die sich als Sprachrohr der Götter fühlten werden stumm."

Shaszas Augen funkelten.

"Du traust ihnen das zu? Wahrlich, lange muß es her sein, daß du bei ihnen warst, warst du jemals dort? Auf welchem Grundstein willst du denn diese neue Welt aufbauen? Was soll das Maß sein, wenn es nicht mehr ihre Götter sind?"

Lá blickte schweigend in die Runde.

Da antwortete Sionnach für sie.

"Ihr Maß, ihr Grundstein wird die Achtung vor der Wahrheit sein. Daran erkennst du einen guten Menschen."

Dair lächelte verständnisvoll.

"Das ist wahr, mein Kind. Aber eine Welt wird nicht von Menschen getragen. Menschen stellen eine Stärke dar, aber Menschen können sie nicht tragen. Vier Säulen tragen eine Welt. Weisheit, Gerechtigkeit, Rechtschaffenheit und Mut und eins kann ohne das andere nicht sein.

Das sind die Säulen des Thrones eines guten Königs, der herrscht. Kennt ihr Broc?"

Der Prinz antwortete:

"Nein, aber ich kenne Solasard mac Cumhail. Und ich kenne mich. Wir sind die Zukunft. Wir könnten es schaffen, einen Traum wahr werden zu lassen. Aber nur, wenn ihr uns helft. Wenn das Kleine und das Große Volk, die Waldelben und die Menschen, die Fianna und auch Tara uns helfen. Wir können es schaffen, aber nicht allein."

Dair betrachtete den jungen Mann aufmerksam.

"Ich glaube dir das. Aber es ist doch noch so manches am Wachsen im Schoße der Zukunft. Wie kannst du dir da so sicher sein?"

Misnéachard antwortete ihm:

"Nun, Sicherheit kann man nicht kaufen. Man hat sie oder man hat sie nicht. Ich bin Solasard noch nie begegnet, aber mein Herz weiß, daß er der richtige ist. Wenn es gelingen soll, dann nur mit ihm. Und warum nicht? Was haben wir zu verlieren? Nichts!

Aber wir können den Frieden gewinnen und Freiheit bringen.

Die Gabe, Dair, ist auch immer ein Segen für den Gebenden.

Lange Zeit waren unsere Völker getrennt, war keiner ganz und keiner halb. Laß uns unsere Stärken vereinen. Die Menschen brauchen uns und wir brauchen sie.

Lassen wir doch nicht zu, daß andere unsere Zügel halten, sondern nehmen wir unser Schicksal selbst in die Hand."

Da fuhr ihm Eala kalt dazwischen.

"Eine schöne Rede, Prinz! Wie kannst du diesen Tölpeln nur vertrauen? Die können weder einander noch sich selbst vertrauen. Bist du ein Narr oder ein Weiser? Wenig Edle gibt es unter ihnen. Wie willst du die finden? Tara ist ein Ameisenhaufen. Glaub mir, jeder weiß hier ganz genau, was der andere für ein Spiel spielt.

Ich werde meinen Auftrag erfüllen, so daß Broc bald tot sein wird. Deshalb bin ich doch hier, um euch das wissen zu lassen. Ich würde keinen Finger krumm machen für die bemitleidenswerten Wesen.

Sie halten sich für so wichtig und vergessen dabei, daß sie nichts sind. Ich kenne kein blinderes Volk. Sie würden einen Schatz nicht erkennen, selbst wenn er offen zu ihren Füßen läge, weil sie nicht einmal daran glauben, daß es Schätze gibt. Sie glauben ja nicht einmal an sich selbst.

Wenn die Augen die Kraft einer Seele anzeigen, dann seht euch ihre Augen an, wenn sie mit dir sprechen. Ihr werdet nichts in ihnen finden.

Sie wissen nichts, sie können nichts. Ich für meinen Teil werde diese Welt bald verlassen, dann bin ich frei."

Sionnach musterte die Frau kalt.

"Du warst doch selbst einmal ein Mensch, oder? Ich kann förmlich jede deiner Wunden riechen, Eala. Du armes Geschöpf. Du tust mir leid, weißt du warum? Weil du aufgegeben hast. Du bist ja noch nicht einmal gescheitert, nein, du hast einfach aufgegeben. Du wolltest dir Liebe wohl immer verdienen, aber sie fällt einem zu.

Du glaubst, du bist frei, du bist neidisch, nichts anderes. Und Neid ist das Gegenteil von Freiheit. Du wirst nur frei, wenn du dich ganz einsetzt und alles wagst.

Nur wer sich hingibt, kann sich selbst finden, annehmen und lieben.

Du bist doch jemand, der die anderen dafür verantwortlich macht, daß du dich selbst nicht lieben kannst, aber Selbstliebe hat nur mit dir zu tun.

Du läßt die noch teuer bezahlen, die dich lieben, weil ihre Liebe dein Selbstmitleid zerstört und fühlst dich gut dabei, selbst wenn es dich fast umbringt. Du tust mir leid, und ich bin froh, daß du meine Welt bald verlassen wirst. Aber glaube ja nicht, daß du dann frei bist. Bei den Göttern, um nichts möchte ich in deiner Haut stecken. Mögen sie mit denen sein, die dich lieben, denn sie werden ihre Götter brauchen, wenn sie in deinem Eis zu erfrieren drohen."

Verächtlich antwortete die Angesprochene.

"Du bist die Närrin hier."

Da fiel ihr Misnéachard ins Wort.

"Das ist nicht der Grund unseres Zusammenkommens. Wir haben andere Schwierigkeiten. Fühlt in euren Herzen nach und ihr werdet erkennen, daß ihr in Wirklichkeit Schwestern seid."

Dair fragte:

"Wie willst du gegen die Síofra vorgehen? Ihre Anzahl ist doch so hoch und wir sind so wenige."

Der Prinz antwortete gelassen:

"Nächte, so viele wie Sandkörner in eine Hand passen, habe ich darüber nachgedacht. Und es war wie bei jedem Rätsel, wenn du es immer mehr vereinfachst, wirst du eines Tages den Kern finden, den Kern und die Lösung. So ging es auch mir. Denn die einfachste Antwort ist die Beste.

Der Ablauf eines jeden Geschehens unterliegt einer Ordnung, die in eine bestimmte Richtung fließt. Unterbricht man nun diesen Fluß bricht die Ordnung zusammen.

Unser Feind wird diesen Zusammenbruch erst dann wahrnehmen, wenn es zu spät ist. Das höchste Gut einer jeden Ordnung ist das Verstehen ihrer Folgen."

Sionnach fragte verwirrt.

"Klingt sehr einfach, aber was willst du uns damit sagen? Ich meine, kannst du das auch klar und deutlich sagen?"

Misnéachard lächelte.

"Du führst einen Krieg mit Hilfe von Nachrichten und Menschen. Wenn du über beides die Macht hast, bist du der Sieger.

Jetzt vereinfachen wir das.

Wer vermittelt Nachrichten? Dragan sitzt sicher mit seinen Mannen in den Wyinklo-Bergen, keiner weiß wo. Dort ernähren sie sich von allem, was sie nur finden können.

Aber was würde geschehen, wenn es plötzlich keinen Nachschub mehr gäbe und zwar weder an Nachrichten noch an Nahrung, was dann?

Das ist unser Ziel. Wir müssen sie von ihren Versorgungszügen trennen. Sie von innen heraus schwächen.

Ganz zu Beginn der Fianna konnten immer nur sehr wenige eine Gruppe bilden. Als Masse war nichts mit den jungen Kerlen anzufangen. Sie hatten keinen Gemeinschaftssinn, keinen Sinn für Strenge und Gehorsam und sie hatten kein Vertrauen zueinander. Aber je kleiner eine Gruppe war um so leistungsfähiger waren sie.

Das ist unser Weg.

Wenn wir den Planeten schon nicht aus der Bahn werfen können, laßt uns ihm einige Hindernisse in den Weg stellen. Wenn wir alle zusammenarbeiten, wird uns das Unglaubliche gelingen.

Wir werden ihnen alles geben, was sie brauchen. Nachrichten, die leider falsch sind, Nachschub, an leeren Wagen. Alles was uns irgendwie helfen kann, bis Solasard die Krone und die Verantwortung übernehmen kann.

Wollt ihr mir dabei helfen?"

Plötzlich waren Sionnach und Eala verschwunden. Die anderen saßen jetzt auch nicht mehr im Grianán sondern im Inneren eines Steinkreises.

Lá, Dair, Misnéachard und Shasza saßen vor einem großen Kraftstein und ihnen zu Füßen lag ein steinernes Siegel.

Die Zeichen darauf kannten sie wohl.

Da legte Misnéachard seine linke Hand darauf und alle taten es ihm gleich. Dann legte jeder dem nächsten die rechte Hand auf die Schulter und gleichzeitig sprachen sie dieselben Worte:

"Der Bund, der Bund ist geschlossen nun wieder zwischen uns. Es kommt von hundert Fingern, nicht die Kraft einer Hand noch von hundert Sternen das Licht der Sonne. Wieder vereint sind wir unter den Augen der Götter."

das lied

Amhrán atmete die Dämpfe, die aufstiegen, ein. Es schien ihr, als bringe ihre Nase diesen Duft in ihren ganzen Körper. Jede Zelle ihres Körpers lebte und atmete. Sie war lebendig.

Ihr war als rausche ein mächtiger Fluß durch ihre Adern, ein Fluß der alles Unreine aus ihrem Leib, aus ihrer Seele spülte.

Unverwandt hatte ihr Blick die Flamme gehalten.

Irgendwann hatte sie die Augen geschlossen und sah die Flamme dennoch klar und deutlich.

Sie hatte ihre Augen aufgerissen, um zu sehen, ob sie nicht träumte. Als sie ihre Augen wieder schloß, war auch das Bild der Flamme verschwunden.

Das Mädchen fühlte, daß das Wasser kühler wurde, aber sie konnte nicht aufstehen, sich nicht einmal mehr rühren vor Müdigkeit.

Wieder faßte sie die Flamme ins Auge. Sie beobachtete sie. Ihre Lider wurden immer schwerer, bis sie sie nicht mehr öffnen konnte. Wieder sah sie die Flamme. Diesmal ließ sie die Augen geschlossen. Aber sie löste den Blick von der Flamme und siehe, sie konnte alles sehen auf der gegenüberliegenden Wand. Alles!

Sie wandte den Blick nach links und auch da konnte sie alles erkennen. Sie wunderte sich nicht einmal. Amhrán nahm es als gegeben hin. Sie hatte aufgehört zu denken, sie war nur noch ein Sein. Ein Teil des Teils, der alles war.

Ihr Blick kehrte zurück zur Flamme, die immer größer wurde.

Fast schien sie darin zu erblinden. Dann war da Finsternis, aus der Schwärze aber sprach eine Stimme, die sie noch nie gehört hatte, aber die sie besser kannte, als jede andere.

"Sei mir gegrüßt, meine Tochter, meine Schwester, sei mir gegrüßt.

In dich haben die Götter als denn ihre Hoffnung gesetzt. Nun sehe ich, warum. Du bist wahrlich würdig, das Blut zu spüren, kostbar und edel, das doch nicht deines ist.

Ein Menschenkind bist du und doch keins, empfangen an Lughnasadh und geboren in der Nacht zu Beltainé.

Das Leid, das sie dir aufbürdeten, es hat dich nicht gebrochen. Es hat dich sogar stark gemacht.

Wahrlich, es sollte den Göttern verboten sein, Wünsche zu haben, denn sie haben kein Leben, um sie sich zu erfüllen.

Jeder, der in das Leben eines anderen eingreift, wird am Ende sein eigenes nicht mehr leben können."

Amhráns Mund wollten Worte formen, aber schon bevor sie ihn aufmachte, hörte sie eine Stimme, die wohl die ihre war.

"Wer bist du? Was willst du von mir?"

Immer noch dachte sie darüber nach, wie es möglich sein konnte, daß ein Gedanke gesprochen wurde, bevor sie darüber bestimmt hatte, ob er wirklich, bewußt oder unwirklich war.

Die Frauenstimme fuhr fort zu sprechen.

"Wundere dich nicht. Hier gibt es nur Gedanken sonst nichts.

Hier ist es nicht wichtig, ob du einen Gedanken aussprichst oder nicht. Schon wenn du beginnst zu denken, ist das ein wirkliches Geschehen und es verfügt über die Kraft der Wirklichkeit, Amhrán.

Dennoch solltest du lernen, Gedanken nicht an Dinge zu verschwenden, die du ohnehin nicht ändern kannst."

Wieder fragte das Mädchen:

"Wer bist du?"

Abermals antwortete die Stimme.

"Licht ist nur eine kalte Flamme. Die Flamme aber ist Feuer. Feuer gebiert das Wasser des Lebens im Schoß der Großen Mutter. Das Wesen der Dunkelheit aber ist Licht. Ich aber bin kein Licht, keine Dunkelheit und kein Schatten. Ich bin!

Und gleich ist, was ich bin, die Frage ist, wer bist du?

Nun, du bist der Lichtbringer, Amhrán. Deshalb bist du in diesem Coven."

Amhrán fragte:

"Und was soll ich hier lernen, damit ich ein Lichtbringer sein kann?"

Die Stimme antwortete ihr:

"Du sollst hier lernen, daß es nichts zu lernen gibt. Denn das einzige, was du brauchst, um ein guter Lichtbringer zu sein, ist ein großes Herz voller Liebe.

Das Herz eines Menschen läßt sich nur mit Liebe öffnen, mit sonst nichts. Alles, was du gelernt hast, ist vergebens, wenn es nicht die Liebe ist, die dein Tun bestimmt.

Du wirst eine gute Hochdruidin sein, weil du die Welt auch immer mit den Augen eines Kindes sehen wirst."

Ängstlich sagte Amhrán:

"Aber ich werde Fehler machen, ich bin doch nicht fehlerfrei."

Ihre Mutter erwiderte:

"Nun, was Fehler angeht. Ein Druide darf Fehler machen, so viele er will. Er darf nur einen einzigen Fehler nicht machen. Er darf sich nicht irren.

Du bist die Verbindung zwischen Volk und König und zwischen dem König und den Göttern."

Amhrán sagte eingeschüchtert:

"Ich weiß nicht, ob mein Glaube groß genug ist, um diese Aufgabe erfüllen zu können."

Da lachte die Stimme leise.

"Ja, so seid ihr Menschen. Wenn euch etwas mißrät, war euer mangelnder Glaube daran schuld. Glaube, meine Tochter, ist doch nur eine andere Form der ältesten und ehrenhaftesten Bestrebung.

Glaube ist nichts anderes als die Frage noch dem Sinn des Universums. Viele Menschen suchen nach Gesetzmäßigkeiten in ihrem Leben, in der Natur. Glaube bezieht den Menschen in diese Gesetzmäßigkeiten ein.

Und es ist gleich, woran die Menschen glauben. An einen Gott oder viele, an die Worte einer Schrift oder die mündliche Überlieferung, an Vergebung oder Verdammung, das ewige Leben oder den Tod.

Solange sie nicht erkennen, daß alles eins ist, wird es keinen Frieden geben, nirgendwo.

Solange sie das Anders-sein des anderen nicht achten und annehmen, wird es keinen Frieden geben.

Alles, auch die Liebe ist nur dann gut, wenn die Freiheit des anderen unantastbar ist."

Amhrán sprach:

"Dann werde ich scheitern. Ich bin kein guter Mensch. Ich habe Fehler wie andere Menschen auch.

Diese Aufgabe erscheint mir wie ein riesengroßer Berg, den ich erklimmen muß. Ich habe das Gefühl, mein Weg wird im Nichts enden."

Sie fühlte ihre Mutter ganz nah bei sich.

"Ach, mein armes Kind, du weißt es nicht. Alle Wege, denen du bis zu ihrem scheinbaren Ende folgst, enden im Nichts. Sie haben keinen Anfang und kein Ende. Laß dich nicht schrecken von diesem Berg, erklimme ihn. Stehst du auf seinem Gipfel, siehst du nicht mehr, wo sein Anfang ist.

Bedenke, die Welt erschafft die Sinne, die Sinne aber erschaffen die Umwelt.

Selbst wenn du scheiterst, wirst du nichts verlieren außer deinem Leben. Liebe aber kann nur gewinnen.

Auch du bist einzig ein Fackelträger auf dem Weg zum Großen Licht, das wir den Menschen bringen werden. Eines Tages, wenn sie sehend geworden sind.

Erhellst du nur einem seine selbsterschaffene Finsternis, bist du deinen Weg nicht vergebens gegangen."

Plötzlich dachte Amhrán:

"Wo bin ich hier?"

Mit sanfter Stimme antwortete ihre Mutter:

"Du bist auf der Traumstraße, mein Kind."

Das Mädchen fragte:

"Was ist die Traumstraße?"

Geduldig fuhr die Stimme fort zu sprechen.

"Die Traumstraße ist der 'Fluß der Zeit', ist nicht Zeitraum sondern Raumzeit. Dort, wo sich der Schicksalsdrache selbst in den Schwanz beißt, dort bist du jetzt. Jenen gegenwärtigen Punkt, der so flüchtig erscheint und doch alle Gesamtheit in sich birgt.

Du bist in der Mitte der Zeit. Weit kann dein Auge hier schweifen, nach vorn und zurück und je tiefer wir in die Zukunft vordringen um so näher kommen wir unserer Vergangenheit. Je weiter wir aber unsere Vergangenheit betrachten um so näher kommt uns unsere Zukunft.

Dieser Ort ist heilig, und es ist dir erlaubt auf seinen Wegen zu wandeln.

Nur allzu bald wirst du erkennen, wie alt deine Seele wahrhaftig ist.

Du wirst verstehen lernen, daß die Welt Amhráns eine von vielen ist. Alle Leben kannst du so durchwandern, wiederfinden jene, die du liebst, die dich geliebt. Es ist dir erlaubt, dich an die Seele eines Menschen zu binden und oft genug wirst du feststellen, daß ein Band, das du gerade glaubst geknüpft zu haben einfach erneuert worden ist.

Hier kannst du sehen, was anderen verborgen bleibt."

Amhrán fühlte die Eiseskälte des Wassers.

"Was bleibt anderen verborgen?"

Die Mutter flüsterte leise in ihr Ohr:

"Der Weg, der gegangen werden muß.

Die Traumstraße ist ein gefährlicher Ort, meine Tochter.

Eine Sehende unter Blinden wirst du sein. Sie werden deine Worte nicht verstehen. So schweige!

Und sprichst du mit ihnen, so sei gewiß, bereits eine Entscheidung, mag es vielleicht die Bevorzugung eines Wortes anstelle eines anderen sein, kann die gesamte Zukunft verändern. Etwas, das nicht sein darf.

Die Zeit ist ein breiter Strom, doch befindest du dich erst einmal darin, wird er zu einem schmalen, engen Gang, der dich in die Knie zwingen kann."

Ein Teil Amhráns fühlte, welche Anstrengung dies für ihren Körper war. Aber sie wollte noch nicht zurück. Sie hatte noch zu viele Fragen.

"Was aber soll ich ihnen sagen, wenn nichts über die Zukunft. Was soll ich ihnen bringen von diesem Ort, wenn nicht ihre Zukunft?"

Die Frauenstimme antwortete klar.

"Bring ihnen das einzige was bleibt am Ende jeden Lebens. Liebe!

Nichts bleibt als die Liebe, denn siehe, an keines ihrer Leben vermögen sie sich zu erinnern, aber sie finden immer die, die sie geliebt.

Wenngleich sie deine Sprache nicht verstehen, deine Liebe werden sie verstehen. Hab´ ein Einsehen mit ihnen. Was sie dir auch antun, was du auch tust, bedenke, was du bist und was das Ziel ist.

Laß ihre Mittel nicht die deinen sein."

Die Tochter fragte:

"Glaubst du wirklich, daß ich bei diesen Menschen etwas bewirken kann? Was glaubst du, werde ich in dieser Welt ändern können?"

Die Stimme antwortete:
"Nichts. Aber vielleicht änderst du dich. Das wäre ein Anfang."
Einmal noch raffte sich der Geist des Mädchens auf.
"Aber wozu dann die Traumstraße?"
Die Stimme wurde immer leiser.
"Viele Wege gibt es hier. Für heute merke dir diesen:
Die Menschen sehnen sich nach einer Hintertür, um das ganze Universum sehen zu können. Das Bewußtsein ist diese Hintertür.
Ruhe nun!"
Ein Lufthauch ließ eine Flamme erlöschen, die seit Stunden erloschen war. Bewußtlos lag der Körper des Mädchens in dem kalten Wasser und ihre Seele flüsterte ihr zu:

Ein goldener Hauch hat dein Herz gestreift,
hat dich berührt und dich begrüßt
und ist dann fortgegangen, bis reif die Zeit.

In dir verblieb ein Sternenlicht,
Versprechen seiner Wiederkehr,
voll Freude und voll Zuversicht.

Denn dieses Herz hat dich erwählt,
aus einem ganz bestimmten Grund,
die Liebe ist es, nur, die zählt.
Und Zeit und Raum sind einzig Worte,
die für zwei Seelen nichts bedeuten,
den Goldnen Pfad beschreite,
durchschreite diese schwarze Pforte.

Laß deine Augen hinter dir, folge dir selbst,
und du erkennst,
das, was du glaubtest ist verloren,
du fest in deinen Händen hältst.

Laute Stimmen drangen an Amhráns Herz und mit einen Mal erkannte sie, daß ihr ganzes Leben, jede Erfahrung, die sie in diesem Leben gemacht hatte, nichts anderes war als sich kräuselnder Sand in einem Stundenglas ohne Boden.
Sie erkannte, daß es gleich war, was sie tat. Es würde sich nichts ändern und doch alles.
Wie hatte Goleudydd vor scheinbar langen Jahren gesagt: Der Fluß fließt von alleine und die Wolken ziehen. Wer aber erschafft den Wind? Was willst du sein, Amhrán? Fluß oder Wind? Gabe oder Hingabe?
Jetzt hatte sie die Antwort auf die Frage gefunden.

Sie lächelte glücklich und lächelnd fand sie Scathcrobh.

Sein Herz zersprang als er das Mädchen, das er so liebte, so kalt und bleich dort liegen sah. Blau waren ihre Lippen, eiskalt die Haut.

Schnell hatte er seinen Mantel von der Schulter genommen, sie aus dem Wasser gezogen und in den Mantel eingehüllt.

Mit hastigen Schritten brachte er den leblosen Leib in die Krankenhütte, wo er sie auf sein Lager legte.

Mit zittrigen Händen entfachte er ein Feuer. Alles, was zum Zudekken dienen konnte, türmte er über ihr auf.

Dann erst wusch er sich die Hände. Er kannte den Geruch, der auf der Haut des Mädchens haftete, nur zu gut.

Sie hatte viele Namen, diese Essenz und Scathcrobh wußte nur zu genau was sie im Körper eines Menschen anrichtete, was sie seiner Seele antun konnte, wenn man unerfahren war in diesen Dingen.

Vielleicht würde Amhráns Geist nie mehr in ihren Leib zurückkehren. Und er konnte nichts für sie tun. Der Weg zu ihr war ihm versperrt.

Wer weiß, wer ihr dort begegnet war. Alte, törichte Frau, so leichtsinnig opferte sie ein Leben wie dieses.

Farbe kam nun auf dieses blasse Gesicht und wo vorher Kälte war, traten nun Schweißperlen hervor.

Sanft tätschelte er ihre Wangen, sie erwachte nicht. Immer wieder tupfte er ihr mit einem feuchten Tuch den Schweiß von der Stirn.

Schließlich ließ es ihm keine Ruhe mehr und er rüttelte und schüttelte sie. Als dies noch immer nichts half, ohrfeigte er sie. In seiner Verzweiflung wurden die Schläge immer heftiger.

Unverwandt öffnete Amhrán die Augen.

"Scathcrobh, was tust du da? Laß mich los. Ich will schlafen."

Völlig erschöpft sank sie zurück.

Scathcrobh, glücklich über ihr Erwachen, wollte sie nicht doch noch verlieren.

"Amhrán, du darfst jetzt nicht schlafen! Vielleicht kommst du nie mehr zurück. Du mußt wach bleiben, Amhrán. Ich werde Rhiannon holen, sie soll dir einen Trank brauen. Du darfst jetzt nicht schlafen. Das könnte deinen Tod bedeuten."

Da packte ihn ein schwaches Händchen und zerdrückte ihm doch fast das Handgelenk. Braune Augen bohrten sich in die seinen.

"Scathcrobh, es ist mein Tod, wenn du mich jetzt nicht schlafen läßt, denn ich bin noch nicht zurück.

Halte mich nicht ab von dem Weg, den ich gehen muß, wohin er mich auch führt. Stelle dich nicht, niemals, zwischen mich und meinen Weg, sonst wird das mächtige Rad des Schicksals dich zermalmen."

Sofort löste sich der Griff und Amhrán fiel in einen tiefen Schlaf.

Scathcrobh war starr vor Schreck. Wer auch hier liegen mochte, das war nicht seine Amhrán. Alles Kindliche war aus ihren Zügen gewichen.

Oh, diese Magierinnen.

Wutentbrannt stand er auf und verließ die Hütte.

Er mußte nicht lange suchen, bis er Rhiannon fand, denn sie war auf dem Weg zu ihm.

"Nun, Scathcrobh, hast du deinen wilden Hengst ausgeritten?"

Der Mann scherte sich kein bißchen mehr um das Pferd. Er packte die Frau an ihrem Mantel und gab seiner ganzen Wut Ausdruck.

"Ich habe dir gesagt, daß ich dich umbringe, wenn ihr auch nur ein Haar gekrümmt wird. Und jetzt liegt ein seltsames Wesen in meiner Hütte, das alles ist nur nicht Amhrán.

Ich weiß nur zu gut, was ihr mit diesem armen Mädchen treibt. Ich kenne euch!

Am eigenen Leib habe ich es erfahren, dieses Gift, Droge oder Heilmittel, gleich wie ihr es nennt. Ihr werdet es zu verantworten haben, wenn sie stirbt."

Eine zarte Hand legte sich auf seine Schulter.

Als er sich umdrehte, blickte er geradewegs in Síochantas Augen.

"Laß los, Scathcrobh! Es besteht kein Anlaß Rhiannon so anzufassen. Amhráns Geist ist bei weitem stärker als der deine.

Sie wird nicht lange brauchen, aber sie ist noch nicht weit genug, um alleine auf die Traumstraße zu kommen und dann wieder in ihren Körper zu gelangen."

Scathcrobh war noch immer wütend.

"Hören wir doch auf, uns etwas vorzumachen. Wir wissen doch beide, daß sie ihren Körper gar nicht verlassen muß. Die Traumstraße ist in uns, nirgends sonst."

Síochanta lächelte geheimnisvoll.

"Oder ist sie überall, nur nicht in uns? Oder sind wir die Traumstraße? Aber wozu dann all dies? Komm, Scathcrobh, es ist müßig, darüber zu sprechen. Du weißt selbst sehr gut, warum dir der Weg versperrt ist, der für Amhrán weit offen steht.

Sie ist nicht das kleine Mädchen, das du in ihr siehst. Ich meine, sie ist viel mehr als das.

Aber sie weiß es noch nicht."

Der Beschützer des Mädchens fragte hämisch:

"Und glaubst du, sie lernt es dadurch, daß ihr sie alleine auf die Traumstraße schickt. Ich werde das kein zweites Mal dulden. Schließlich bin ich für ihr Leben verantwortlich."

Die Hohepriesterin des Covens erwiderte:

"Genau so wie ich es bin. Glaubst du, ich würde sie einer Gefahr aussetzen, die sie nicht bestehen kann?

Ich weiß mehr über sie als du je erfahren wirst. Du bist nur ein Mann, Scathcrobh!

Du kannst unseren Wegen nicht folgen. Laß uns nicht gegeneinander kämpfen, sondern miteinander für sie da sein. Du wirst sie lange genug beschützen müssen, wenn ich es nicht mehr kann."

Scathcrobh stutzte.

"Wann? Was wird geschehen? Und sage mir jetzt nicht, es wäre nicht so. Ich kenne euch.

Wenn dir nur irgend etwas an ihr liegt, sage es mir!"

Síochanta wandte sich ab.

"Eines Tages muß jeder Abschied nehmen."

Der Mann lachte kalt auf.

"Immer sprecht ihr in Rätseln. Gut seid ihr im Prophezeien, Síochanta, doch nie sagt ihr die Wahrheit. Nie die ganze, klare Wahrheit."

Síochanta blieb ruhig.

"Nein, nie versteht ihr Menschen, was wir euch zu sagen haben. Ihr seid es, die gerne falsch verstehen. Aber wir wollen uns nicht streiten über Dinge, die wir beide nicht zu ändern vermögen.

Amhrán liegt wach in deiner Hütte. Laßt uns nach ihr sehen."

Der Beschützer Amhráns schüttelte den Kopf und folgte Rhiannon und Síochanta.

Als sie eintraten, fanden sie das Mädchen wirklich wach vor.

Sie hatte einen Teil des Deckenberges von sich gestoßen und den Rest bis an ihr Kinn gezogen.

Geschwächt sagte sie zögernd:

"Ich bin so müde, daß ich nicht schlafen kann. Mein ganzer Körper ist schwer wie ein Berg aus Stein. Mein Kopf platzt fast. Mir tut alles weh."

Rhiannon beugte sich zu ihr nieder und strich ihr die nassen Haare aus dem Gesicht.

"Es ist alles gut. Scathcrobh wird dir eine heiße Honigmilch machen. Dann wirst du schlafen können. Ruhe dich aus, mein Herz. Du bist weit gereist und brauchst deinen Schlaf."

Scathcrobh machte sich auf den Weg zur Versammlungshütte, wo die Speisen aufbewahrt wurden. Amhrán war wieder eingenickt. Rhiannon und Síochanta blickten ihm nach.

Die Greisin ergriff zuerst das Wort.

"Sicherlich ist es dir kein Trost, aber vielleicht tut es dir doch gut zu wissen, wie sehr sie Scathcrobh am Herzen liegt."

Die Sidhé antwortete:

"Es ist mir Trost, und es tut mir gut. Man wird anspruchsloser, je mehr man mit dem Menschenvolk zu tun hat. Diese kleine Frau ist meine große Hoffnung."

Rhiannon fuhr fort zu sprechen:

"Trage es ihm nicht nach. Er weiß nicht, daß uns nicht mehr viel Zeit bleibt. Woher sollte er es auch wissen?"

Síochanta zeichnete eine Lebensspirale auf die Stirn des Mädchens.

"Wir werden nie erfahren, was sie Amrhán gesagt hat. Ich mußte schwören, daß sie alleine mit ihr ist.

Ich weiß nicht einmal, wohin sie sie gebracht hat.

Als sie vorhin zu mir kam, sagte sie nur: Amhrán, ein Lied, das nun allzu bald jeder auf den Lippen haben wird."

Rosenknospen

Crónachan und Gormeala verlangten von sich und von ihren Pferden nicht wenig. Die Nachrichten, die sie überbringen sollten, waren wichtig und mußten dringend zu ihrem Bestimmungsort gelangen.

Unbarmherzig waren Mengen von Schnee auf sie eingestürzt, die ihnen die Sicht nahmen und es schwer machten, selbst einem ausgetretenen Weg wie der Breiten Straße zu folgen. Es blieb ihnen nichts anderes übrig als abzusteigen und ihre Pferde zu führen.

Die Kälte kroch ihnen in alle Glieder. Aber auch das konnte sie nicht aufhalten. Mühsam kämpften sie sich durch den Schnee, hinterließen nur allzu deutliche Spuren für etwaige Verfolger. Doch das war ihnen gleichgültig.

Zu zweit würden sie es mit dem Rest der Welt aufnehmen.

Sie würden entweder gemeinsam leben oder zusammen sterben. Alle Brücken hatten sie hinter sich abgebrochen.

Sie waren sich selbst genug, waren sich Geliebte, Familie, Freunde. Es bedurfte ihrer nicht mehr.

Crónachan und Gormeala, Meer und Land, sie erschufen sich gegenseitig, sie zerstörten sich gegenseitig und konnten doch nicht ohne einander sein.

Männer spielten kaum eine Rolle in ihrem Leben. Es sei denn, sie waren gute Gegner, gute Krieger.

Crónachan hatte schon als Kind bemerkt, daß sie weiter entwickelt war in ihrem Denken und Handeln als so mancher Junge, der gleichaltrig war.

Wenn Mädchensein artig, brav, gehorsam und hübsch sein hieß, dann wollte sie kein Mädchen sein.

Bald war sie Anführerin einer kleinen Gruppe von Raufbolden. Die Jungs lagen ihr zu Füßen, bereit, ihr jeden Wunsch von den Augen abzulesen und zu erfüllen.

Allein das ließ ihre Achtung vor dem männlichen Geschlecht erheblich sinken. Wie konnte man sich freiwillig erniedrigen und zum willenlosen Sklaven eines anderen machen lassen!

Und doch war es auch die Unterwerfung, die sie suchte. Sie suchte einen Meister, dem sie sich unterwerfen konnte, ohne die Achtung vor sich selbst zu verlieren.

Heimlich hatte sie die Kunst des Schwertkampfes erlernt. Nur zu bald gab es kaum mehr einen ebenbürtigen Gegner für sie.

Auch ihren Eltern entging die Entwicklung ihrer Tochter nicht. Aber ihr Vater liebte sie so sehr, daß er ihr nie Einhalt geboten hatte. Nie hatte er die Hand gegen sie erhoben. Ein Sohn wäre ihm ohnehin lieber gewesen. Alles war gut, bis diese verfluchten Brüste zu wachsen begannen.

Vorbei war die Zeit des Friedens. Mit Bändern hatte sie versucht die Früchte der Weiblichkeit zu verbergen, ihr Wachstum zu verhindern.

Wenngleich es ihr gelang ihr wahres Geschlecht Fremden zu verheimlichen, vor sich selbst konnte sie es nicht.

Eines Tages lief sie einfach von zu Hause fort, fort von denen, die wußten wer und was sie war.

Crónachan selbst wußte das damals noch nicht. Sie wußte nur, daß sie kein Mann war, aber sie war auch keine Frau, weil sie keine sein wollte.

Sie verdingte sich ihren Lebensunterhalt damit, daß sie den Sprößlingen reicher Familien das Kämpfen beibrachte.

Lange Zeit ging das gut, doch dann verliebte sie sich. Oh ja, auch Crónachan war kurze Zeit glücklich in den Armen eines Mannes gewesen.

Lächelnd hatte er sie aufs Kreuz gelegt, sich auf sie gesetzt, ihre Arme festgehalten und in ihr Ohr geflüstert:

"Ich denke, du weißt jetzt, wer dein Herr ist."

Sie hatte schon geglaubt, am Ende ihrer Reise angekommen zu sein.

Wie sehr hatte sie seine Härte geliebt, seine Kälte. Doch dann war sie daran erfroren.

Neben ihr stichelte Gormeala.

"Na, denkst du wieder an ihn? Und lüg mich ja nicht an, ich kenne dieses Lächeln nur zu gut, mein Liebling."

Crónachan mochte es gar nicht, durchschaut zu werden.

"Wenn wir diese Geschwindigkeit beibehalten, sind wir morgen abend in Ath-Luain.

Bestimmt ist der Fluß nicht zugefroren. Dazu ist es dann doch noch nicht kalt genug."

Ungeachtet dessen erwiderte Gormeala:

"Jage dir dieses Messer nur noch tiefer ins Herz. Du weißt, wenn du ihn nicht verlassen hättest, hätte er dich eines Tages umgebracht.

Schüttel nicht den Kopf! Ich habe euch beide kämpfen sehen. Er hätte dich an dem Tag getötet, an dem du ihn besiegt hättest. Ihr wußtet beide, daß dieser Tag nicht mehr fern war."

Crónachan antwortete:

"Na und, es wäre mir eine Ehre gewesen von ihm getötet zu werden. Aber wie du siehst, bin ich bei dir und nicht bei ihm geblieben.

Laß uns aufhören davon zu reden. Es ist vorbei. Ich habe mich entschieden."

Doch Gormeala konnte es wie immer nicht einfach auf sich beruhen lassen.

“Ich glaube, ich werde nie erfahren, ob du mich wirklich liebst. So vieles weiß ich von dir und doch werde ich nie alles von dir erfahren.”

Crónachan hatte das so satt.

“Ich bin hier, Gormeala, oder? Welchen anderen Grund sollte es haben, außer daß ich dich liebe.

Aber ich bin wie die Knospe einer Rose, die sich erst dann öffnet, wenn die Sonne ihre warmen Strahlen aussendet und ebenso kann ich mich dir nur öffnen, wenn du dich auch mir öffnest.

Würde jemanden zu lieben bedeuten, alles über ihn zu wissen, würde ich dich noch nicht einmal hassen. Oder habe ich dich jemals so ausgefragt wie du mich?”

Die Angesprochene antwortete:

“Aber wie kannst du mich denn lieben, wenn du mich anscheinend gar nicht kennst?”

Crónachan lachte.

“Vielleicht weil es mir gleichgültig ist, woher du kommst und wen du geliebt hast.

Vielleicht weil ich eine Zukunft mit dir will und nicht deine Vergangenheit.

Du bist mir gut wie du bist. Ich wünschte nur, du könntest mich ein wenig loslassen. Deine ewige Eifersucht, dieses Besitzergreifen, dieser Wunsch, alles über mich zu wissen wird mich noch wahnsinnig machen. Das sind die Dolche, die du dir immer tiefer ins Herz jagst.”

Gormeala strich sich eine Strähne ihres blonden Haares hinter das Ohr.

“Ja, ich denke auch, daß der Fluß noch nicht zugefroren ist. Ich bin gespannt, in was für einem Kahn wir dann fahren.”

Schelmisch blickte ihre Geliebte zu ihr und beide mußten herzhaft lachen.

Schweigsam marschierten sie weiter, jeder vor sich hingrinsend.

Gormeala hatte ein großes Herz, aber manchmal drohte Crónachan darin zu ertrinken.

Sie genoß diese Nähe und diese Bemutterung, aber manchmal hatte sie das Gefühl, daß Gormeala das alles nicht ganz selbstlos tat. Vielmehr wußte sie nicht, ob Gormeala sie wirklich liebte oder sie nur wie einen wertvollen Schatz bei sich behielt, weil sie ihn sonst niemandem gönnte.

Eifersüchtig wachte sie über Crónachan. Und obwohl sie ihre Geliebte so einengte, liebte diese sie wieder.

Gormeala war der Kopf und Crónachan das wilde Herz eines Körpers.

So ergänzten sie sich in vielerlei Hinsicht und waren glücklich damit. Beide hatten genug von den Männern.

Sie liebten es, sich miteinander im Kampf zu messen. Gormeala war die Stärkere, Crónachan die Wendigere.

Schön war es diesem Tanz zuzusehen. Sie hatten die kleinen Wettkämpfe geliebt, die sonst immer im Winter stattfanden, wenn sie nicht dauernd unterwegs waren, um ihren Pflichten nachzukommen. Doch in diesem Winter war alles anders.

Nun zogen sie durch den Schnee und hingen ihren Gedanken nach.

Der Schnee lastete schwer auf den Ästen der Bäume und schien sie doch wärmend einzuhüllen.

Wilde Tauben gurrten über ihnen und stoben auf, als ein Sperber in ihrer Nähe auftauchte.

Die Frauen beobachteten das Tier, das über ihnen im Wind stand.

Ein aufgescheuchter Hase rannte zwischen ihren Füßen hindurch. Aufgeregt schnaubten die Pferde.

Schnee knirschte unter ihren Füßen und ließ sie frieren.

Zuweilen entledigte sich einer der Äste seiner Last und staubte die beiden ein. Ein herrliches Gefühl, wenn der Schnee in den Kragen fiel und sich dann als kleine Wassertröpfchen seinen Weg über den Rükken bahnte.

Als es zu dämmern begann, suchten die beiden Frauen nach einem Versteck für die Nacht.

Außer ihnen schien niemand so verrückt zu sein, sich bei diesem Wetter auf eine längere Reise zu machen.

Bald hatten sie ein Wetterhäuschen abseits des Weges gefunden, in dem sie die Nacht verbringen konnten. Ein freundlicher Wanderer hatte etwas Holz zurückgelassen, so daß sie ein kleines Feuer entfachen konnten.

Hungrig von dem anstrengenden Marsch aßen sie ein wenig von ihrem Fleisch, das sie dabei hatten und teilten das Brot mit den Pferden. Dann breiteten sie eine der Satteldecken vor dem Feuer aus und deckten sich mit der anderen und ihren dicken Mänteln zu.

Zärtlich kuschelten sie sich aneinander, drängte sich Crónachan in den Arm von Gormeala.

Diese flüsterte leise in das Ohr ihrer Geliebten:

"Vorsicht, sonst kommst du an die kostbaren Dolche, die in meinem Herz stecken."

Crónachan lachte.

"Du bist auch nur glücklich, wenn du mich foppen kannst, du Elendige. Komm, halt mich fest, mir ist kalt."

Gormeala zog die Frau noch näher an sich, strich über ihr Haar, ihren Hals. Zärtlich küßten sie sich, glitten ihre Hände unter ihre Hemden, fühlten warme Haut.

Gierig streiften sie sich ihre Hosen vom Leib. Leidenschaftlich drängte sich Crónachan an Gormeala, die immer wieder von dem Feuer ihrer Geliebten überrascht war. Crónachan schien nur noch ein Körper zu sein, eine Welle auf der Suche nach dem Ufer, an das sie branden konnte.

Gormeala krallte sich in ihr Nackenhaar und flüsterte:

"Warte, mein Liebes, ruhig, halt still. Ich bin gleich bei dir."

Crónachan bebte und zitterte. Sie liebte dieses Spiel, auch wenn sie jedesmal zu sterben glaubte.

Gormeala spielte auf ihr wie auf einem kostbaren Instrument.

Behutsame Fingerspitzen glitten über Crónachan, reizten sie, liebkosten sie, während sie sich gegenseitig den Atem nahmen.

Gormeala genoß es, ihrer Geliebten so viel Lust zu bereiten, daß es fast schon Schmerz war, Schmerz, der wohl bemessen war.

Crónachan, die ihr doch auch Lust bereiten wollte, lag da, Opfer ihrer ewigen Leidenschaft, die sie nicht mehr im Griff hatte.

Sie wollte Gormeala streicheln, in sie eindringen, sie befriedigen, aber diese hielt sie fest, preßte ihren Körper auf den der Kriegerin und zwang sie, sich ihrer eigenen Lust hinzugeben.

Crónachan konnte hundert kleine Tode mit ihr haben, es war jedesmal ein Geschenk, ein Versprechen.

Die Kriegerin war ein einziges Feuer, stoßweise ging ihr Atem, stöhnte sie, versuchte sie sich loszureißen, dem zu entgehen.

Eiserne Hände hielten sie, drückten sie zu Boden und hörten doch nicht auf, diesen Leib zu liebkosen.

Grausame Zähne verbissen sich in diesen Hals und schienen jeden Lebenssaft daraus zu saugen.

Hände überall, Hände, die ihr das Hemd vom Leib rissen.

Ein Mund, dessen Zunge mit ihren Brustwarzen spielte, leckte, saugte. Crónachan schrie, als ein Finger in sie eindrang.

Sie wußte nicht mehr wo sie war, wer sie war.

Wollige Schauer jagten über ihren Körper und es gab nur noch Hingabe. Ihr Herz raste.

Die Kriegerin spürte eine Zunge, die dieses feuchte Delta leckte. Sie ergab sich den Zuckungen ihres Leibes, zog Gormeala auf sich und umklammerte sie.

Gormeala trieb sie voran, jagte sie von einem Höhepunkt zum nächsten und kannte keine Gnade.

Schließlich verebbte der Sturm und Crónachan lag schnaufend in den Armen ihrer Geliebten.

"Ich hasse dich!"

Gormeala lachte.

"Ich weiß."

Und nachdem beide wieder zu Atem gekommen waren, zeigte Crónachan ihr wie sehr sie sie haßte.

Erschöpft und glücklich kuschelten sie sich nachher aneinander und schliefen ein.

Der Morgen weckte sie unsanft. Eine Krähenfamilie hatte über ihren Köpfen ein nettes schaurig-schönes Lied angestimmt. Mürrisch zogen sie sich an, packten ihre Sachen und zogen weiter.

Sie waren schon ein gutes Stück unterwegs, als ihnen jemand zielstrebig entgegen kam. Mächtig schritt er aus. Auch er schien die Frauen gesehen zu haben, doch sein Blick glitt fort von ihnen in die Lüfte, wo er etwas zu suchen schien.

Bald standen sie sich gegenüber.

Gormeala machte den Anfang.

"Einen guten Morgen, Fremder! Was treibt dich auf die Breite Straße bei diesem furchtbaren Wetter?"

Saileach hielt immer noch nach Halil Ausschau, die wohl gerade irgendwo eine Maus verzehrte.

"Oh, ich bin auf dem Weg nach Hause. Ich hatte einen Freund besucht. Und was hat euch gezwungen, ein warmes Feuer gegen diese Kälte einzutauschen?"

Gormeala schmunzelte.

"Oh, auch wir sind auf dem Weg nach Hause. Wir kommen von Tara, wo wir einiges zu erledigen hatten."

Saileach sprudelte los.

"Tara! Oh, das ist gut. Wie geht es dort? Habt ihr Rabharta gesehen, ich meine den ersten Hauptmann des Königs. Ich habe Nachrichten für ihn."

Gormeala und Crónachan wechselten einen Blick, bevor die Besonnenere fragte:

"Was für Nachrichten, Junge?"

Saileach musterte die beiden. Scathcrobh hatte gesagt, er solle nur mit Rabharta sprechen, mit sonst niemanden. Besonders vertrauenserweckend sahen diese beiden Frauen nicht gerade aus.

"Ich darf nur mit ihm darüber reden."

Gormeala überlegte, was zu tun sei, als Crónachan anfing zu sprechen.

"Gut, Junge, dann hör mir jetzt mal gut zu. Ich bin Crónachan, und das ist Gormeala. Wir beide sind Fianna und haben jemanden gesucht, den wir noch nicht gefunden haben. Was wir statt dessen gefunden haben, war dein Hauptmann. Dies allerdings nicht auf Tara, sondern zusammengeschlagen und nett verpackt in einem Sack im Wald in der Nähe der Burg.

Ich habe Tara noch nicht einmal von innen gesehen."

Gormeala bleib fast der Atem weg bei so viel Unvorsichtigkeit.

Entrüstet drehte sie sich zu ihrer Geliebten.

"Du mußt verrückt sein. Was machst du bitte, wenn uns diese kleine Laus hier verrät. Du bist wahnsinnig. Warum gibst du ihm nicht gleich unsere Anweisungen mit auf den Weg zu Broc? Dann können wir einmal sehen wie anpassungsfähig und beweglich wir sind."

Crónachan versuchte ihre Freundin zu beruhigen.

"Gormeala, wie wäre es mit einem klitzekleinen bißchen Vertrauen? Ich meine, hast du dir diesen Jungen eigentlich mal angesehen? Er erinnert mich mehr an Shasza als an einen Menschen, sieh nur die Augen. Der gehört auf keine Burg, hat vielleicht selbst noch nicht einmal eine von innen gesehen."

Gormeala grübelte nach.

"Und was willst du damit sagen?"

Jetzt fiel Saileach Crónachan ins Wort.

"Sie will sagen, daß mein Name Saileach ist. Ich gehöre zum Kleinen Volk, seid mir gegrüßt. Und auch ich bin nur der Überbringer wichtiger Neuigkeiten. Es ist wahr, ich habe noch nie die große Burg von innen gesehen, aber der Hauptmann war oft zu Gast bei Dair, dem Weisen des Kleinen Volkes."

Gormeala sagte:

"Dair, der Älteste des Kleinen Volkes. Ich könnte mich irren, aber das ist doch der, der uns eine Nachricht zukommen lassen wollte. Bist du am Ende der Bote auf den wir sehnsüchtig gewartet haben?"

Der Junge mußte dies verneinen.

"Das glaube ich weniger. Es ist lange her, seit ich den Alten Mann zum letzten Mal sah. Außerdem bin ich mehr oder weniger davongelaufen, um einen Späher des Hauptmanns zu begleiten.

Und jetzt ist er wohl selbst in Schwierigkeiten. Na ja, das kommt davon, wenn sich der Fuchs aus seinem Bau aufmacht."

Gormeala verstand nicht.

"Welcher Fuchs, bitte?"

Der Junge stutzte.

"Ich denke, ihr habt Rabharta schon gesehen. Rote Haare, rotes Fell. Oder seid ihr blind?"

Crónachan riß ihre Augen weit, weit auf.

"Du willst mir damit aber nicht sagen, daß dein Hauptmann rötliches Haar hat, oder?"

Saileach nickte.

"Rötlich! Sein Haar ist feuerrot und seine Augen sind so grün wie meine."

Gormeala fand als erste die Sprache wieder.

"Wer auch immer jetzt bei den anderen ist, es ist nicht der erste Hauptmann des Königs. Oh, mächtige Mutter, was sollen wir tun? Wir müssen umkehren!"

Crónachan schüttelte den Kopf.

"Wir können nicht umkehren. Unsere Nachrichten sind wichtiger. Außerdem hat Iolar doch selbst gesagt, daß mit diesem Hauptmann etwas nicht stimmt.

Iolaranam wäre nicht, was er ist, wenn er so einem Betrüger auf den Leim ginge. Aber du, Saileach, darfst auf keinen Fall in die Burg. Wenn dein Hauptmann nicht dort ist, denn das scheint mir der Fall zu sein, wirst du dort vielleicht nicht lebend wieder rauskommen. Gibt es einen anderen Ort, an den du gehen kannst?"

Saileach nickte.

"Ja, ich könnte wieder zu meinem Volk zurückkehren, aber wie bekommt Rabharta dann meine Nachricht?"

Gormeala fragte:

"Was ist deine Nachricht?"

Saileach blickte von einer zur anderen und entschied dann das Wagnis einzugehen.

"Ich soll ausrichten, daß sein Späher die Versprochene von Solasard mac Annir, dem Schwertsucher, gefunden hat. Außerdem hat er diesen Solasard gesehen. Der junge Mann wußte noch nicht einmal, was es mit dem Blauen Schwert auf sich hat.

Aber er wurde von einem Hochelben, einem Zwerg, einem Mann aus dem Fahrenden Volk und einem Mann meines Volkes begleitet.

Zudem soll ich ausrichten, Solasard sei kein Betrüger, er habe nur ehrliche und gute Absichten.

Scathcrobh, das Auge des ersten Hauptmanns, ist verletzt und wird bei dem Mädchen im Coven bleiben, wo wir sie gefunden haben. Nicht zuletzt, weil schon jemand versucht hat, sie umbringen zu lassen. Scathcrobh wird sie beschützen."

Gormeala grübelte nach.

"Wenn wir nur dafür sorgen könnten, daß Iolaranam davon erfährt."

Saileach hielt noch immer Ausschau nach Halil.

"Nun, wenn es nicht regnet in den nächsten Tagen oder schmilzt, brauche ich doch nur eure Spuren zurückzuverfolgen. So lange scheint ihr ja noch nicht unterwegs zu sein, wenn ich eure prall gefüllten Satteltaschen betrachte. Sagt mir nur, wem ich die Nachricht überbringen soll."

Crónachan war hocherfreut.

"Würdest du das wirklich tun, Saileach? Das wäre wundervoll. Der Name unseres Anführers ist Iolaranam. Er hat blaue Augen und schwarzes Haar so wie die Federn eines Raben. Wonach hältst du eigentlich die ganze Zeit Ausschau?"

Saileach pfiff und Halil war binnen weniger Augenblicke sicher auf seinem Arm gelandet.

"Das ist Halil, meine Freundin."

Gormeala gab dem Jungen ein Brot aus ihrer Satteltasche.

"Laß uns nun weiterreiten, Saileach. Wenn du Iolaranam nicht findest, dann geh zu Dair. Bestimmt weiß er, was zu tun ist. Crónachan, komm jetzt, die Zeit drängt. Die Große Mutter wird uns beschützen auf unserem Weg oder wir werden das selbst übernehmen müssen."

Der zweite Geis

Measartha kam aus dem Staunen nicht mehr heraus. Diese Gestalt, die vor ihm lief, war in ihrer Fremdartigkeit so schön wie er noch kein weibliches Wesen gesehen hatte. Sie schien keine Elbin zu sein, aber menschlich war sie bestimmt auch nicht. Immer tiefer führte sie ihn in den Wald. Stunden waren sie schon unterwegs. Sein Pferd hatten sie hinter einem Gebüsch versteckt, wo es sicher war.

Das Seltsame war, je tiefer sie in diesen Wald vordrangen, um so mehr schien der Winter zurückgedrängt worden zu sein. Da standen silberne Buchen, die grüne Blätter trugen, zu deren Füßen jedoch goldenes Laub lag. Seltsam war all dies, aber jetzt gab es keinen Weg mehr zurück.

Er brauchte Hilfe, und er wußte, er würde sie wenn überhaupt nur hier bekommen.

Um etwas zu sagen, fragte er:

"Ist es noch weit?"

Sie schüttelte ihre rote Mähne, die die Farbe eines satten Weines hatte, und schenkte ihm ein freundliches Lächeln.

Dann tat sich eine riesige Dornenhecke vor ihnen auf. Dorn um Dorn war miteinander zu einem gewaltigen Berg verwoben.

Measartha ging einen Schritt voran und sie legte ihm ein Band über die Augen. Einen kurzen Augenblick wartete er und nichts schien zu geschehen. Schließlich nahm sie ihm das Band wieder ab.

"Du bist jetzt in einer unserer Waldstädte. Selbst dein Hauptmann hat sie nie betreten dürfen. Aber die Zeiten haben sich geändert, und es ist zu gefährlich für uns, draußen zu wandeln, wenn alle Augen auf Tara und seine Umgebung gerichtet sind."

Measartha traute seinen Augen nicht.

Dieser Wald schien weder Winter, Herbst und Sommer noch Frühling zu kennen; er schien all das zu sein. Es gab mächtige Eichen mit ausladenden Kronen und gradlinige Pinien. Manche trugen Blätter, manche waren kahl, wieder andere ließen ihre Blätter in aller nur erdenklichen Farbenpracht leuchten.

Measartha sah viele Männer und Frauen, die irgendwelchen Geschäften nachgingen, aber er sah keine Häuser.

Da wurden Stäbe geschnitzt und mit herrlichen Mustern verziert. Knaben übten sich im Kampf damit.

Überall stand man in leichter Kleidung beisammen und unterhielt sich. Viele aber saßen auf dem Boden im Kreis um einen alten Mann. Zu diesem führte ihn das Mädchen. Höflich verbeugte es sich vor ihm.

"Herr, ich bringe euch den Freund des Hauptmanns. Ich war bei der äußersten Wache, die die Geschehnisse um den Wald beobachten. Hätte ich mich seiner nicht angenommen, er hätte uns einen Besuch der Königlichen Garde eingebracht."

Der alte Mann lächelte sanftmütig.

"Ich danke dir, Silín, du magst wieder zu deiner Familie gehen, bis ich dich rufen lasse."

Zu Measartha gewandt fuhr er fort zu sprechen:

"Nun, Herr, was kann ich für euch tun?"

Measartha blickte dem alten Mann in die Augen und erkannte in diesem Augenblick, daß er kein Alter hatte.

"Ich suche Rabharta, den Hauptmann, euren Freund. Könntet ihr mir nicht helfen, herauszufinden, wo er sich aufhält. Er wird gebraucht auf der Burg. Aber dort schert sich niemand darum, daß er fort ist."

Dair musterte den jungen Mann, der ihm da so scheinbar ruhig gegenüber stand.

"Ihr meint, es schert sich niemand außer euch, sonst hättet ihr nicht diesen Weg beschritten. Aber ich fürchte, daß ich eurem Freund nicht mehr helfen kann. Es ist zu spät. Wir müssen dem Schicksal seinen Lauf lassen."

Der junge Mann fragte:

"Was heißt das? Ist Rabharta tot?"

Dair lächelte.

"Nein, das nicht. Aber er befindet sich meilenweit von uns entfernt auf dem Weg nach Bealaclugga.

Was auf der Burg getan werden muß, kann demnach nur von euch getan werden, Measartha."

Der Vertreter des Hauptmanns stutzte.

"Ihr kennt meinen Namen? Und woher wißt ihr das, von Rabharta?"

Der Weise des Kleinen Volkes antwortete:

"Es gibt Dinge, die müßt ihr nicht wissen, weil sie zu gefährlich sind für eure Seele. Es gibt eine Frau auf eurer Burg, ihr Name ist Eala, sie steht in Verbindung mit uns."

Measartha bemühte sich, ruhig zu bleiben. Ihm lief die Zeit davon und dieser Mann führte ein Gespräch, das keinem von beiden helfen würde.

"Und wer ist uns? Wer seid ihr? Und vor allem, warum seid ihr noch hier und nicht in der Anderen Welt wie eure Verwandten? Was wollt ihr hier? Ich hatte so sehr gehofft, hier Hilfe zu finden, aber sieh´ dich doch um, alter Mann, ihr seid machtlos."

Wildes Gemurmel setzte ein und ein paar junge Männer wollten sich zu Measartha durchdrängen.

Da hob Dair den Arm und beschwichtigte sie.

"Du bist noch sehr jung, jünger noch als dein törichter Hauptmann. Deshalb will ich dir ein Geschenk machen.

Viele Fragen stellst du und doch sind sie alle nur Zweige eines einzigen Stammes. Die Mutter aber all dieser Fragen lautet: 'Warum ist etwas?'

Nun, wir haben nur bis auf den heutigen Tag überlebt, weil wir, wie andere eurer Art, unsere wahren Ziele vor der Öffentlichkeit verbargen.

Eines dieser Ziele mag sein, daß eines Tages alle auf dieser Insel friedlich zusammen leben werden. Vielleicht kennst du schon die Losung für dieses Werk: Die Eine Welt.

Dies bringt uns zu der nächsten Frage, denn die Ableitung der Mutter aller Fragen, gleich ob es sich um herrschaftliche oder um Fragen des Glaubens handelt, lautet: 'Wer wird die Macht ausüben?'

Betrachte nur einen kleinen Augenblick das Leben der Menschen.

Verbindungen, Bündnisse, Zusammenschlüsse, ja sogar sogenannte Freundschaften haben doch schließlich nur ein Ziel, Macht zu erlangen. Und alles andere ist doch auch völlig sinnlos in einer Welt, die nur Macht anerkennt.

Das ist doch der Grund, warum du hier bist. Nicht wegen Rabharta.

Du bist hier, weil du das, was auf Tara geschieht, nicht im Griff hast und wir dir helfen sollen, wieder alles ins Gleichgewicht zu bringen.

Aber das ist nicht möglich. Es ist zu spät. Macht trennt die, die zuviel davon haben, von der Wirklichkeit ab, und so werden sie fallen, auch Broc.

Die Menschen streben immer nach noch mehr Macht, aber jede Macht bringt doch nur die Verwundbarkeit durch größere Macht."

Measartha grinste und sagte:

"Schöne Rede, alter Mann, und welche Macht strebt ihr an? Was ist so geheim, daß ihr es vor unseren Augen verbergen müßt, wie eure Städte? Gebt es doch wenigstens offen zu, daß auch ihr nur darauf abzielt, wieder an die Macht zu kommen. Oder worin liegt sonst der Sinn eures Versteckspiels?"

Dair spielte mit einem durchsichtigen Kristall, den er an einem Lederbändchen um den Hals trug.

"Ob sich die Menschen schon einmal gefragt haben, welche Sinne ihnen fehlen, da sie die Andere Welt nicht mehr sehen können?

Lange wird es dauern, bis ihr leidvoll erkennt, daß der am mächtigsten ist, der keine Macht hat.

Ich werfe meinen Blick in die Zukunft und sehe doch nur die Vergangenheit. Betrachte dieses Land. Wer weiß noch von der Bedeutung der Steinkreise? Wer kennt die Heiligen Orte der Kraft?

Wir! Wir erhalten dieses Wissen in der Hoffnung, daß es eines Tages gelingen wird, diesem traurigen Kreislauf zu entrinnen. Ihr seht Dinge, die ihr geschaffen habt, Bauwerke, Kunstwerke, ihr entdeckt, was möglich war, einst, und erkennt nicht, daß dieses Wissen nicht verloren ist.

Aber ihr sucht an den falschen Stellen, mit den falschen Zielen.

Bevor ihr glaubt, daß dies von Menschenhand geschaffen wurde, gebt ihr euch dem Traum hin, es seien andere Wesen gewesen, so blind seid ihr, so feige.

Ihr glaubt Wunder zu sehen, die keine sind, weil ihr überzeugt seid, die Krone der Schöpfung zu sein. Dabei ist es doch so, daß ihr langsam und stetig einem neuen Untergang entgegen geht.

Ihr wißt nichts über die Unzahl der Völker, die schon dahingegangen sind. Ihr besteigt den höchsten Berg der Welt und glaubt es sei zum ersten Mal, weil die Zeugnisse der Zeit vergangen sind. Nichts auf dieser Welt geschieht zum ersten Mal, Measartha.

Ihr werdet die Geheimnisse nicht lösen, wenn ihr eurem Weg weiter folgt. Die Menschen betrachten die Wunder, die die Menschheit hervorgebracht hat, ohne sich die Frage zu stellen, ob sie vielleicht deshalb untergegangen sind, weil sie sie schaffen konnten.

Dem Weg des Untergangs zu folgen bedeutet selbst unterzugehen.

Die Antwort auf deine Frage lautet: Jeder Untergang ist Schöpfung, jede Schöpfung bringt Untergang.

Wir können dir jetzt nicht helfen. Komm zu uns, wenn Broc seinen dritten Geís gebrochen hat.

Wenig Trost habe ich für euch.

Rabhartas Zukunft liegt nicht auf Tara, so wie deine. Aber ihr werdet euch wiedersehen, bevor alles vorbei ist.

Du kannst nichts tun, Measartha, außer der Zeit ihren Lauf lassen.

Laß dir noch einen Rat geben und stelle dich Eala nicht in den Weg. Je schneller sie ihre Aufgabe erfüllt, je eher können wir euch helfen.

Nun magst du gehen. Silín wird dich zu deinem Pferd begleiten."

Das Mädchen tauchte wie aus dem nichts neben ihm auf und lachte ihn an, als sie ihn von der Menge fortführte.

"Ein kostbares Geschenk hast du erhalten, Measartha. Ein Blick in die Zukunft, die Vergangenheit und die Gegenwart."

Der junge Mann empfand das nicht so.

"Herrliches Geschenk. Das bringt mir gar nichts. Weder ist mir noch meinem Hauptmann damit geholfen."

Silín warf ihr wildes Haar zurück und erwiderte mit funkelnden Augen.

"Das ist ja wohl nicht dein Ernst. Ich meine, selbst wenn er dir nicht so helfen konnte, wie du es gerne gehabt hättest. Dair hätte auch gar nichts zu dir sagen müssen."

Measartha war in den Bann dieser vor Zorn funkelnden Augen gezogen.

"Im wesentlichen hat er auch gar nichts gesagt. Oder glaubst du, daß mir das, was er gerade erzählt hat hilft, meine Schwierigkeiten zu lösen?"

Silín antwortete wütend:

"Ich denke, er hat dir nur deine Fragen beantwortet. Vielleicht hast du ja die falschen gestellt. Hast du darüber mal nachgedacht?"

Der Vertreter des Hauptmanns hielt es für besser zu schweigen. Diesem Weib war einfach nicht beizukommen.

Bald standen sie wieder an der Stelle, wo er die Waldstadt betreten hatte.

Silín legte ihm wieder ein Band über die Augen. Measartha fragte sich, wofür das von Nutzen sein sollte, wenn er sich doch nicht vom Fleck rührte.

Er wollte nicht fragen, wie sich dieses Wunder vollzog. Wer weiß, wieviele Völker durch dieses Geheimnis untergegangen waren.

Er hatte diesen Gedanken kaum zu Ende gedacht, als ihm Silín wieder das Band von den Augen nahm.

"So, jetzt bringe ich dich wieder zu deinem Pferd. Hier nimm die Fackel. Ich werde vorangehen."

Erst jetzt erkannte Measartha, daß es schon dunkel geworden war und nur eine Fackel für Helligkeit sorgte.

Müde stapfte er hinter dem Mädchen her, die ihn mit Geschichten ihres Volkes unterhielt.

Schließlich erreichten sie das Pferd, vor dem etwas Heu ausgebreitet worden war, an dem es herumknabberte.

Silín lächelte freundlich.

"Ein schönes Tier, aber du müßtest es mal richtig putzen. Nun gut, ich will dich nicht länger aufhalten. Gute Nacht und auf Wiedersehen!"

Measartha hörte ein Rascheln im Unterholz und schon war sie aus seinem Blickfeld verschwunden. Ein eigenartiges Mädchen.

Vorsichtig stieg er auf und verließ den Wald.

Kristallklarer Schnee glitzerte gleich zur Erde gefallener Sterne und machte es ihm leicht zur Burg zurückzukehren.

Es dauerte lange, bis er die Wachhabenden geweckt hatte, damit sie ihn einließen.

Verwundert sah er, daß im Stall noch Licht brannte, das durch die Ritzen nach außen drang.

Neugierig stieg Measartha ab und öffnete die Tür.

Auch eine Hand vor dem Mund konnte sein dröhnendes Lachen nicht dämpfen. Vor ihm stand Eala in einer Hose und einem Hemd, die ihr beide um Längen zu groß waren. Stroh durchzog ihr Haar und Dreckstreifen verliefen über ihr Gesicht.

Sie stank erbärmlich nach Mist und schien, wie ihre Kleidung aussah, auch schon damit Bekanntschaft gemacht zu haben. Erst dann sah er einen wunderschönen Rappen, dem ihre Aufmerksamkeit galt.

Measartha versuchte wieder ernst zu werden und fragte:

"Was treibst du hier? Und was ist das für ein Pferd?"

Eala legte die Bürste, mit der sie das Tier gerade noch gestriegelt hatte zur Seite.

"Frage mich nicht. Es kommt vom Festland. Ist er nicht wunderschön?"

Das war er in der Tat. Die Mähne des Tieres bedeckte über eine Elle lang seinen Hals und der Schweif berührte den Boden. Es gab keinen Zweifel, das war das schönste Schlachtroß auf der Insel. Stolz reckte der Hengst den Kopf in die Höhe und scharrte mit den Hufen.

Der Vertreter des Hauptmanns fragte:

"Und was hast du mit ihm vor?"

Die Schattenbringerin lächelte falsch.

"Nun, er ist eine Art Wiedergutmachung für den Hochkönig. Schließlich war ich schuld daran, daß er seinen ersten Geís gebrochen hat. Ich habe sogar einen Metallbehang anfertigen lassen, damit ihm in einer Schlacht nichts geschieht. Es wäre ja so schade um das Tier."

Measartha runzelte die Stirn.

"Wie lautete doch gleich der zweite Geís? Er muß einen Drachen reiten, um ihn zu brechen! Na, ich hoffe nicht, daß dieses herrliche Tier 'Drache' heißt, oder vielleicht doch?"

Eala schmunzelte.

"Nicht schlecht, Measartha, aber das Tier hat gar keinen Namen. Seht ihn doch einfach als Geschenk für den König."

Measartha hatte zwischenzeitlich sein Pferd versorgt.

"Ich wüßte nur zu gern, was ihr mit dem Tier vorhabt, allein ich schlafe gleich ein und höre mein Lager nur allzu laut nach mir rufen."

Müde drehte sich der Vertreter des Hauptmanns um und schlurfte zur Tür.

Eala murmelte ein leises 'Gute Nacht' und bürstete noch einmal den Behang an den Hufen des Pferdes, bevor sie ihn zu seinem Platz führte.

Dann ging auch sie schlafen.

Der nächste Tag wollte und wollte einfach nicht vorübergehen. Früh schon konnte Eala nicht mehr schlafen und war aufgestanden.

In der Küche ging sie Réalta aus dem Weg, die sich wieder einmal mit Cruímh über Dinge unterhielt, die sie nichts angingen. In der Halle traf sie Measartha, der es eilig hatte, ihr aus dem Weg zu gehen.

Und immer wieder verschlug es sie in den Stall, wo das herrliche Tier stand.

Dann am späten Nachmittag putzte sie ihn noch einmal, kämmte seine Mähne, den Schweif und den Hufbehang, rieb ihm kostbare Öle in das Fell und begann ihm seinen goldenen Überhang anzulegen.

Ein Goldblättchen war an das andere geschmiedet. Die goldene Stirnplatte war mit herrlichen Verzierungen versehen und auch der Hals war durch das Metall geschützt und ließ nur Platz für die Mähne, damit sie im Wind wehen konnte. Auch die Beine wurden durch Metallplatten geschützt.

All dies war herrliche Zwergenarbeit, die ihresgleichen nicht wieder finden würde.

Nachdem alles so saß, wie sie es wünschte, rief sie einen der Diener und sagte ihm, wann er das Tier in die große Halle bringen sollte.

Als sie sich in ihrer Kammer gewaschen hatte, zog sie das Überkleid an, das sie an jenem Tag getragen hatte, als sie mit Broc dessen Gemächer aufgesucht hatte.

Sie faßte ihr Haar mit einem Band zusammen, das er ihr geschenkt hatte.

Dann begab sie sich an die Tafel in der großen Halle.

Eala konnte es kaum erwarten, daß der letzte Gang aufgetragen wurde, aber auch diese Zeit würde vorübergehen.

Aufgeregt erhob sie sich und klopfte mit zitternden Händen an ihren Glaskelch, bis sie sich der Aufmerksamkeit aller sicher war.

"Königliche Hoheit, noch immer tut es mir leid, daß ich euch vor einiger Zeit so erschrocken habe und wenn ihr auch keine Wiedergutmachung fordert, will ich euch doch ein kleines Geschenk machen."

Die Schattenbringerin klatschte zweimal in die Hände und der Diener führte den Hengst in die Halle.

Gemurmel und Staunen machte sich breit. Noch nie hatte man ein solches Tier gesehen und schon gar nicht diesen Schmuck, den es trug.

Nun erhob sich auch Broc und sagte:

"Schönste Eala, ein solches Geschenk ist wahrlich königlich. Wäre es nicht draußen dunkel, ich würde sofort aufsitzen und eine Ehrenrunde um die Burg reiten."

Die Schattenbringerin lachte.

"Nun, so alt seid ihr auch nicht, daß ihr im Dunkeln den Weg um die Burg nicht mehr findet. Kommt schon, ich will euch die Fackel vorantragen, edler König, und euer Hof soll sehen, wie majestätisch und jung ihr noch seid."

Alle klatschten in die Hände und klopften auf die Tische, bis der König mit Eala zu dem Tier gegangen war.

Ehrfurchtsvoll trug sie das Licht vor dem König her, der den Hengst an das große Tor der Burg führte.

Das Licht der Fackel brach sich auf dem Gold, das das Pferd zierte.

Endlich saß Broc auf dem Tier. Als Eala zu nahe mit der Fackel an das Tier trat fing die Mähne Feuer und stand in Flammen. Die Schattenbringerin ließ die Fackel fallen und auch die Behänge fingen Feuer. Das verschreckte Tier preschte davon und auch der Schweif brannte jetzt lichterloh.

In wildem Galopp stob der Hengst samt Broc davon. Kurz bevor sich das Tier im Schnee wälzte und die Flammen erloschen schrie eine Wache:

"Heil, Broc, seht doch, der König reitet auf einem Drachen!"

Das Blaue Schwert der Wahrheit

Solasard stiegen Tränen in die Augen, als er sah, wie sehr Neamhní weinte um das Schicksal seines ehemaligen Herrn.

Viele verschiedene Gefühle nahmen in seinem Herzen den Platz ein für den Mann, der sein Vater gewesen war.

Der zukünftige Hochkönig war beeindruckt, nicht von Fionn mac Cumhail, einer Sage, sondern von Neamhnís Aufrichtigkeit und Treue seinem Vater und auch ihm gegenüber. Es schien dem Greis wichtig zu sein, daß Solasard die ganze Wahrheit über den nur allzu menschlichen Vater erfuhr.

"Dankbar bin ich dir, daß du mich nicht verschonst und mir die Wahrheit sagst über meinen Vater, obgleich ich sehe wie du leidest."

Noch immer ließ der alte Mann seinen Tränen freien Lauf.

"Ja, so ist es. Aber manchmal bringt Leid auch Gutes hervor, und manchmal muß man sterben, um zu leben, mein Sohn.

Ich habe deinen Vater sehr geliebt, Solasard. Und doch war ich mehr als glücklich als er starb. Denn an diesem einen Tag hatte er seine Unschuld verloren und alles verraten, wofür er sein Leben lang gekämpft hatte. Von jenem Tag an war es fast unerträglich für mich ein Teil seines Lebens zu sein. Erst jetzt begreife ich, warum es nur so geschehen konnte."

Solasard runzelte die Stirn und wischte eine Träne von den Wangen des alten Mannes und betrachtete seine Hand.

Neamhní lächelte sanft:

"Ja, so ist es, Solasard. Man kann einem Weinenden nicht die Tränen abwischen, ohne sich selbst die Hände naß zu machen. So war es schon immer, und so wird es immer sein. Die Geschichte deines Vaters konnte nur so enden. Jedes andere Ende hätte keinen Sinn gemacht."

Solasard verstand noch immer nicht.

"Was meinst du damit? Worauf willst du hinaus?"

Neamhní, der sich die ganze Zeit auf seinen Stab gestützt hatte und langsam dem Weg zum Gipfel gefolgt war, blieb stehen und antwortete:

"Jetzt, da ich dem Ende entgegengehe, erkenne ich immer mehr wie groß die Götter sind und wie nichtig der Mensch in seiner Ich-Welt.

Die Wahrheit ist eine mächtige Waffe, Solasard. Denn alles, was geschah, geschah, damit ich dir nun erzählen kann von der Schuld deines Vaters. Wie recht das Alte Wort hat: Du kannst die Münze, die du im Wasser verloren hast, auch nur im Wasser wiederfinden.

Und auch ich bin nur ein Werkzeug der Götter."

Der Schwertsucher erkannte die Weisheit des alten Mannes und verstand sie dennoch nicht.

"So klar sind die Dinge, die du sagst, daß ich Schwierigkeiten habe sie zu sehen, Neamhní.

Erkläre es mir!"

Sie mußten dem Gipfel nahe sein, denn hier ging der Weg steil nach oben. Langsam, Schritt für Schritt ging der Greis hinter Sheela-na-Gig, die genau wie die anderen erwartungsvoll auf die Fortführung des Gesprächs wartete.

So hob der alte Mann wieder an zu sprechen.

"Wir alle vollenden nur das Leben eines anderen. Auch bei dir und deinem Vater ist das nicht anders und doch liegt die Gnade der Götter auf euch.

Viele Geschenke gaben sie deinem Vater. Ja, für das Volk war er fast ein Gott. Doch ein Mensch mag sich manches Mal als ein Gott fühlen, weil auch er Leben nehmen kann. Welcher Mensch aber kann Leben, das genommen wurde, wieder zurückgeben? Dein Vater, Solasard, war weit mehr als ein Mensch, wenn du siehst, was er alles bewegte. Aber er war auch weniger als ein Gott. Schwer war die Prüfung der Götter für ihn.

Das Volk verehrte ihn. Doch wenn Göttlichkeit gegeben wurde, war der, dem sie galt, ihr auf Gedeih und Verderb ausgeliefert, machtlos.

Glaube mir, er hatte sich lange gewehrt gegen diese Verherrlichung, gegen die Versuchung. Doch die Macht als Führer der Fianna, als Held, als König, der fast mächtiger war als der Hochkönig selbst, verführte auch ihn. Stolz und Eitelkeit ließen ihn glauben, er könne jedes Hindernis überwinden, einschließlich seiner eigenen Blindheit. Auch dein Vater beendete nur das Leben seines Vaters."

Goworr hatte aufmerksam zugehört und fragte Neamhní:

"Du sprichst in Rätseln, alter Mann. Worin liegt die Bedeutung deiner Worte und was meinst du damit, daß wir immer nur das Leben eines anderen vollenden?"

Solasard erhaschte einen Blick von Sheela zu Neamhní und es schien ihm, als nicke sie dem Freund seines Vaters auffordernd zu.

Dieser räusperte sich und fuhr fort zu sprechen:

"Kennst du einen Gott, von dem du etwas gelernt hast? Nein! Ich auch nicht. Aber ich kenne viele Menschen, von denen ich lernte. So mußt du dich demnach unter Menschen begeben, damit du sie etwas lehren und von ihnen lernen kannst. Du mußt ein Mensch sein oder einer, den sie als Menschen anerkennen, um dies zu vollbringen. So wie Fionn mac Cumhail, dein Vater. Zu weit sind die Götter von uns entfernt, sie sind zu rein.

Dein Vater aber war ein Held. Doch um wieder zum Menschen zu werden, mußte er den Menschen näher kommen und seinen Thron verlassen. Nur so konnte er das Blaue Schwert der Wahrheit finden. Und groß war die Schuld, die ihm das Schicksal da aufbürdete.

Niemand kannte deinen Vater besser als ich. Bevor er starb waren wir wie die zwei Seiten einer Münze. Deshalb glaube mir, nichts in seinem Leben tat er so bewußt, wie das Wasser, das Leben Diarmaids, zwischen seinen Fingern zerrinnen zu lassen."

Solasard flüsterte fast:

"Mein Vater war nichts anderes als ein Mörder."

Neamhní zuckte, als habe ihn ein unsichtbarer Schlag getroffen. Heftig drehte er sich um und packte Solasard wie ein Verzweifelter am Kragen.

"Wenn du das denkst, war das Leben deines Vaters wirklich vergebens. Erkennst du nicht, welchen verdammten Weg er einschlug?

So sucht sich jeder Mensch die Wahrheit, die er sehen will, nicht wahr!

Wie willst du über ein Land herrschen, wenn du seine Menschen nicht verstehst?"

Solasard wischte die Hände Neamhnís mit einer Bewegung fort und antwortete:

"Ich will doch gar nicht Hochkönig werden."

Neamhnís Stimme war hart als er sprach.

"Glaubst du, dein Vater wollte der Mörder seines besten Freundes werden? Des einzigen Menschen, dem er jemals vertraute, den er mehr liebte als er je wieder einen Menschen lieben würde.

Ich war für ihn das was mein Name bedeutet, Nichts. Diarmaid war alles für ihn. Ich war nur ein Schatten, ein Diener, ein Werkzeug. Denn siehst du nicht wie schuldlos er war.

Was glaubst du, wie oft ich mir am Feuer die Rechtfertigungen deines Vaters vor sich selbst anhören mußte.

Wenn er sich schluchzend im Arm hielt, weil er so betrunken war, sich allein glaubte. Nicht eine Schuld lastete auf Diarmaids Schultern, wie auch? Er war Oenghus Ziehsohn, ein Kind der Liebe. Was aber wäre geschehen, wenn Fionn ihn mit dem Wasser des Lebens geheilt hätte?"

Solasard antwortete:

"Er hätte ein Leben gerettet. Er hätte seinem besten Freund das Leben gerettet."

Neamhní schüttelte kaum merklich den Kopf.

"So siehst du es, Solasard. Aber was ist das für ein Leben, wenn Diarmaid die Schuld für das Leben seines Ziehbruders nicht einlöst. Das war der Geís. Diarmaid wird solange leben wie sein Ziehbruder und gemeinsam würden sie sterben.

Welchen Sinn hätte sein Leben noch gehabt, wenn er überlebte. Diarmaid hätte verloren, wofür er lebte, seine Ehre. Das, wofür ihn Fionn am meisten liebte.

Für deinen Vater war er fast ein Gott und so gab es für ihn auch keine andere Wahl. Er mußte sich selbst zerstören, um Diarmaid zu retten.

Welch ein Narr! Am Ende ist er in seine eigene Falle gelaufen. Nur durch diese Schuld konnte er das Blaue Schwert der Wahrheit finden. Und so war es Fionn mac Cumhail, den das Volk anbetete und nicht Diarmaid Rabenhaar.

Ich habe vieles gelernt von deinem Vater. Aber das wichtigste war, daß es keine Trennung gibt zwischen Menschen und Göttern. Die Grenzen sind fließend. So wie alles fließend ist.

Dein Vater und dein Großvater lebten ein Leben. Vielleicht lebten sie sogar das Leben deines Urgroßvaters und deines Ururgroßvaters. Vielleicht waren all diese Leben gleich. Das Leben eines Wanderers, der niemals stirbt.

Aber du bist anders. Du bist der, der dem Kreis entfliehen kann. Du bist nicht einer dieser unwirklichen, du bist weder gebunden noch befreit, denn eigentlich bist du gar nicht da.

Du bist, weil sich deine Wirklichkeit von der anderer unterscheidet."

Solasard hielt inne und legte Neamhní eine Hand auf die Schulter.

"Und ich bin vor allen Dingen nicht mein Vater."

Sheela-na-Gig drehte sich um und sagte:

"Nein, das bist du nicht. Du bist der zukünftige Hochkönig. Dein Vater aber war ein Krieger, der nach der Krone strebte. Ohne Verlangen gibt es keine Schöpfung und es gibt dich, weil es Verlangen gibt.

Dein Vater, Solasard, war der beste Krieger, den dieses Land gesehen hat. Solange er ein Krieger war und tat, was er am besten konnte, war diese Welt in Ordnung. Der Frieden, den er schuf, bereitete seinen Untergang vor. Es sollte einem Krieger nicht erlaubt sein, den Frieden zu sehen, wohl aber ihn eintreten zu lassen.

Es war als wollte man ein galoppierendes Pferd anhalten. Das Mühen um Ruhe verstärkte die Unruhe.

Du bist kein Krieger, Solasard. Du bist zu anderem geboren.

Frage nicht, was dich zum Hochkönig auszeichnet, denn die Frage ist die Antwort. Eine seltene Art Wanderer bist du. Einer der vorsichtig darauf aufmerksam macht, daß er kein Wanderer ist. Doch gerade das Nicht-Wollen zeichnet dich aus.

Weißt du nun, warum du hier bist, an diesem Ort?"

Nachdenklich schüttelte er den Kopf.

Sheela fuhr fort zu sprechen.

"Damit du deine Grenzen erkennst. Das ist es, was du von deinem Vater lernen sollst.

Herrschen bedeutet Urteile fällen über Dinge, die Einfluß auf deine Macht haben werden. Auf deinem Weg vom Gipfel zum Herzen des Berges wirst du an deine Grenzen stoßen."

Solasard fragte:
"Ist das die Prüfung? Gibt es denn wirklich keinen anderen Weg für mich? Womit soll ich diese Aufgabe erfüllen, mit Verstand oder Gefühl?"
Da räusperte sich Oiche und sagte:
"Das Opfer der Vernunft ist das Gefühl, das Opfer des Gefühls ist die Vernunft. Erinnere dich an den Rat, den man dir gab. Öffne deine Augen zum Sehen."
Solasard erwiderte:
"Wenn ich mich nur auf meine Augen verlasse, werden meine anderen Sinne verkümmern. Lieber schließe ich meine Augen und lasse mich von einem Blinden führen."
Draighean lächelte.
"Das gleiche hätte auch ein guter König gesagt."
Schweigend gingen sie weiter bis Goworr die Stille brach, die keine war.
"Erzähle doch weiter, Neamhní. Wie hat Fionn denn eigentlich das Schwert gefunden?"
Solasard war müde, so müde und sagte:
"Ach, Goworr, haben wir nicht genug Geschichten gehört. Du lernst aus ihnen doch nur das, was man tun kann. Aber ob etwas durchführbar ist, erfährst du nur, wenn du es tust."
Neamhní lachte schallend auf.
"Ich bin ein alter Mann, Solasard, aber du bist ein Kind, das versucht ein Mann zu sein. Bist du erst einmal ein Mann, wünschst du dir, wieder ein Kind zu sein.
Hast du nichts gelernt aus meinen Erzählungen vom Leben deines Vaters?
Wir bewegen uns vorwärts und kehren doch immer wieder zurück. Das ist das Leben. Das wichtigste Werkzeug eines Königs, mein Junge, sind Menschen und es ist wichtig sie zu belehren.
Indem ich dir von deinem Vater erzählte, begleiche ich eine alte Schuld. Denn so bringe ich dir den Vater, den du nie gehabt hast und ich gebe weiter, was ich von ihm lernte. Und vieles habe ich sehr schmerzhaft lernen müssen, junger Freund. Noch immer weiß ich nicht, ob er ein Weiser war oder nur ein Narr."
Solasard erwiderte:
"Wo ist denn deine Treue jetzt?"
Der alte Mann antwortete:
"Nun, wenn man die Treue übermäßig beansprucht, dann fließt sie eines Tages dahin. Soll ich nun weitererzählen oder nicht?"
Solasard lächelte.
"Du bist sehr stur. Wie hat es mein Vater nur mit dir ausgehalten? Ich würde mich jetzt am liebsten einfach hinlegen und schlafen."
Der alte Mann lächelte in sich hinein.

"So hat es auch dein Vater mit mir gehalten, wenn er müde war. Dann mußte ich mir selbst zuhören.

Nun, manchmal ist es die schwierigste Aufgabe im Universum sich selbst zu ertragen. Soll ich dir nun erzählen, wie dein Vater das Blaue Schwert der Wahrheit fand?"

Solasard nickte. Hinter sich hörte er die anderen leise vor sich hin keuchen. Er fragte sich, wo der Alte die Luft zum Atmen und zum Erzählen hernahm.

Dann begann Neamhní wieder zu erzählen.

"Leer und fast selbst tot kehrte Fionn zurück nach Almhuin. Jeden Tag erinnerte ihn die Schwester Grainnes, seine Frau, an die Schuld, die er auf seine Schultern geladen hatte.

Eines Tages traf er dann Sáile, deine Mutter. Sie war eine schöne Frau. Er liebte sie nicht und sie liebte ihn nicht. Aber was immer sie auch hatten, genügte ihnen, um die Einsamkeit aus ihren Gedanken zu verbannen. Sie waren beide einsam und man gewöhnte sich schnell aneinander.

Eine Zeitlang verstand es Sáile, den Trübsinn aus seinen Gedanken zu vertreiben. Aber nur allzu bald kehrten die dunklen Wolken zurück.

Es wurde immer schwerer für ihn mit dieser Schuld zu leben.

Als er gar nicht mehr wußte, warum er Diarmaid getötet hatte, aus Freundschaft, Rache, Neid oder Liebe, rannte er halb wahnsinnig davon. Fionn mußte die Wahrheit finden.

Ich folgte seiner Spur, obgleich Fionn mac Cumhail für mich gestorben war, als er sein Volk und die, die ihn liebten und ihm vertrauten, im Stich ließ.

Seitdem habe ich ihn nicht mehr wiedergesehen. Dennoch kann ich dir erzählen, was geschah, weil mir Gobha, der Schmied, mit dem er das Blaue Schwert schuf, berichtete, was geschah.

Nun, Fionn hatte Almhuin, seine Burg, Sáile, seine mit dir schwangere Geliebte und seine ganze Welt verlassen.

Er irrte durch Erius Wälder und suchte die einzige Quelle der Wahrheit, den Brunnen des Connla.

Seit langer, langer Zeit fühlte er sich wieder einmal richtig frei. Nun war er nicht mehr Fionn mac Cumhail, der mächtige Fürst. Jetzt war er nur noch ein Fianna wie viele. Der Wald war wieder seine Heimstatt geworden. So sehr spürte er seine Seele. Fionn atmete mit ihm ein und aus. Er war ein Teil des Waldes und der Wald war ein Teil von ihm.

Wie ein Mensch hatte auch der Wald ein Äußeres und ein Inneres und doch waren sie nur die herrlichen Spiegelbilder der verborgenen Größe des Schöpfers.

Die weite Welt und in ihr alle kleinen Welten waren nun wieder Wirklichkeit geworden. Fionn war ein Teil von ihr und in ihr ruhte sein Schicksal.

Dieser Himmel war nun der seine, genauso wie der Boden auf dem er ging.

Die Mondin machte keinen Unterschied für wen sie schien. Gleich waren ihre Silberstrahlen für einen König wie für einen Bettler.

Ja, ein Bettler war er nun und dankbar dafür. Er nahm jede Stunde wie sie ihm gegeben wurde, gleich ob die Sonne schien oder es regnete. Er ging im Nebel oder bei Frost. Er ertrug die Hitze wie den Schnee, den Hunger wie das Wohlsein.

Fionn kannte nicht mehr die Dinge, an die die Steinhäusler so verzweifelt ihr Herz hingen. Er war nun ein Bettler, ein Nichts und gleich was er war, in seinem Herzen wurde er wieder zu einem Kind.

Wie gut tat ihm diese Wanderschaft, die alte Freiheit, fern der Macht, die so schwer auf seinen Schultern gelastet hatte. Im Mondschein folgte er den Tieren durch das feuchte Morgengras.

Nie mehr würde er sich nach seiner Burg sehnen, nach den Städten der Seßhaften. Alles ging so leicht dort und kostete so wenig, sogar die Liebe.

Oh ja, die Pracht kam aus den Städten, Weisheit aber konnte nur in der Einsamkeit geboren werden.

Und doch zweifelte auch er, dein Vater, und haderte mit seinem Schicksal. Immer ist die Stunde vor Sonnenaufgang die finsterste. Wie oft wandte er dann sein Antlitz zur Mondin und sagte in die Nacht:

"Siegreich war ich doch in Kriegen und Schlachten. Wölfe, Bären, sogar Drachen tötete ich. Die Sonne fürchtete meinen Speer und selbst Götter habe ich bezwungen. Allein die Liebe war es, die mich zum Narren hat gemacht."

Zurück kam eine Stimme aus seinem Inneren:

"Du selbst bist ein Wolf! Was klagst du über den Fuchs? Dein Schicksal wird dir zuletzt helfen."

So zog er durch das Land und seltsame Menschen begegneten ihm.

Eines Tages traf er auf eine alte Frau, die ein Stück neben ihm herlief. Gebückt ging sie durch die Last eines Bündels, das an einem Stock über ihrer Schulter hing. Schweigend biß sie von einem herrlichen Kanten Brot ab und kaute genüßlich.

Fionns Magen knurrte ein Lied dazu, von dem er hoffte, daß es ihr Herz erweichen möge, damit sie das Brot mit ihm teilte. Doch nichts geschah.

Manchmal war das Nicht-Vorhandensein einer Sache viel schrecklicher als ein Übermaß davon. Das Schweigen der Frau machte ihn immer zorniger und trotzdem konnte er es nicht brechen.

Was hätte er auch sagen sollen?

Nachdem sie so Meile für Meile gegangen waren, hielt sie ihn plötzlich am Arm fest und zwang ihn so einzuhalten in seinem Schritt und sich auf einen Findling am Wegesrand zu setzen.

Sie sagte:

"Du hast Hunger und schweigst, obgleich ich neben dir gehe und ein Brot esse. Ein seltsamer Bettler bist du."

Fionn antwortete:

"Nun, vielleicht bin ich ja gar nicht hungrig."

Da lachte sie:

"Ein Bettler, der keinen Hunger hat. Das kann nur eines bedeuten, Fionn! Nämlich, daß du kein Bettler bist, oder?"

Dein Vater erwiderte:

"Wer bist du? Woher kennst du mich?"

Die Greisin sagte:

"Ich weiß vieles von dir, was dir noch lange verborgen bleiben wird. Kann ich dir vielleicht irgendwie helfen?"

Der hungrige Mann sagte:

"Nun, vielleicht hast du noch ein Stück Brot für mich, denn ich habe Hunger."

Sie antwortete:

"Diesen Hunger, Fionn, kann ich leider nicht mehr stillen, denn ich habe das Brot, das ich mit dir teilen wollte, bereits gegessen. Gibt es denn etwas anderes, was ich für dich tun kann?"

Zornig fuhr dein Vater sie an:

"Nein, ich will und brauche deine Hilfe nicht."

Die Alte zuckte mit den Schultern und schwieg. Eine Zeitlang saßen sie schweigend zusammen. Dann stand die Frau auf und sagte:

"Wer nicht fragt, erhält keine Antwort. Wer nicht bittet, dem kann eine Bitte nicht erfüllt werden. Denke darüber nach, Fionn mac Cumhail."

Schließlich nahm sie ihr Bündel wieder auf, stützte sich auf den Stock und ging davon. Unzufrieden stand Fionn auf und folgte dem Weg.

Immer wieder sah er Streitwagen, und er wußte nur zu genau, wen sie suchten. So hielt er sich abseits der bekannten Wege. Nur die Fianna gaben bald auf, nachdem sie von einem Bettler hörten, der drei Räuber mit einer Keule erschlagen hatte. Ihr Führer hatte sich entschieden, seinen eigenen Weg zu gehen. Eines Tages würde er schon wieder heimkehren und ihnen von seinen Abenteuern erzählen.

Währenddessen zog Fionn weiter und fand Unterschlupf bei einem Bauern. Einige Tage sollte er ihm helfen, die Steine von seinem Acker aufzulesen.

Als es Abend wurde und sie auf dem Weg nach Hause waren, fragte Fionn:

"Kennst du den Brunnen des Connla, den Ort der einzigen Wahrheit?"

Der Bauer antwortete ihm:

"Ja, den kenne ich. Suchst du ihn denn, mein Freund, du, ein Bettler?"

Dein Vater erwiderte:

"Ja, ich suche ihn. Weißt du vielleicht, wo ich ihn finde?"

Sein Begleiter sagte:

"Ich bin nur ein Bauer. Mein Acker ist mein Leben. Was soll ich mit einem Brunnen? Mir ist der Regen genug, den die Göttin mir schenkt.

Für mich ist eine Quelle so gut wie die andere. Ein Bettler! Aber wenn Könige und Fürsten nur Räuber sind und Druiden nur Zauberer, dann kann vielleicht ein Bettler diesen Ort finden. Dann kann vielleicht nur ein Bettler diesen Brunnen finden. Aber mich darfst du nicht fragen."

Kurze Zeit nur blieb Fionn bei ihm und zog dann wieder weiter.

Einmal hatte er sich mit einem grobklotzigen Krieger zusammengetan. Es war Samhain und Fionn wanderte an das Grab des Helden Mac Cécht, der wissen sollte, wo sich der Brunnen befände.

Gemeinsam saßen sie zu Füßen der Steine, die die letzte Ruhestätte bewachten.

Der Krieger fragte:

"Jetzt, wo wir so weit gemeinsam gegangen sind, kannst du mir nicht sagen, auf wen wir hier warten?"

Fionn antwortete:

"Wir warten auf Mac Cécht. Er war ein Krieger, der für seinen König Conaire Mór Wasser suchte, aber alle Quellen Erius waren versiegt, bis auf eine. Er muß einfach wissen, wo der Brunnen des Connla ist."

Der Krieger räusperte sich:

"Und was soll dir dieses Wissen bringen? Diese eine Quelle, die Mac Cécht fand, war ihm allein bestimmt. Er kann den Weg zu deinem Brunnen nicht kennen. Du wirst in seinen Schuhen nicht laufen können."

Fionn betrachtete den Krieger von der Seite.

"Das würde ja bedeuten, daß jeder seinen eigenen Brunnen der Wahrheit hat! Aber es gibt doch nur eine Wahrheit, dann kann es auch nur einen Brunnen geben."

Der Krieger nahm einen Stein in seine Hand und betrachtete ihn.

"Weißt du, Fionn, ich glaube, du suchst den Brunnen an der falschen Stelle."

Fionn fragte:

"Wo würdest du ihn denn suchen?"

Der Krieger erwiderte:

"Nun, ich suche den Brunnen nicht. Wenn es mich dürstet, trinke ich aus dem nächsten Bach."

Dein Vater winkte ab.

"Ach, du verstehst gar nichts. Hier geht es doch nicht um Wasser. Hier geht es um Wahrheit. Der Brunnen des Connla ist der Ort der einzigen Wahrheit."

Der Krieger wog den Stein in seiner Hand und sagte:

"Die Wahrheit ist wie dieser Stein. Sie löst sich nicht auf im Wasser. Sie ist immer da.

Mag es vielleicht sein, daß du zu sehr suchst, daß du besessen bist und nichts in dich einlassen kannst, weil du nur an den Brunnen denkst? Zu finden heißt frei sein, offen zu sein, den Blick nicht nur nach außen zu wenden, sondern auch nach innen. Finden heißt, kein Ziel zu haben. Was dich sucht, wird dich finden, der Rest ist schon in dir."

Dein Vater zog eine Augenbraue hoch.

"Schöne Worte, Krieger. Der Brunnen des Connla ist der Ort, wo die Welt erschaffen wurde. Das hieße ja, daß die Welt in meiner Seele erschaffen wurde."

Der Krieger lächelte.

"Jeder Mensch hat seinen eigenen Brunnen, Fionn. Nur an deinem Brunnen kannst du deinen Durst löschen. Alle Wasser deiner Welt entströmen dieser Quelle.

Dein Wasser ist so rein wie du es bist, Fionn. So lautet die Frage nicht, wo du den Brunnen suchen sollst, sondern wie du ihn finden willst.

Wie willst du ihn finden bei der Schuld, die du am Binn Gulbain auf dich geladen hast?"

Dann reichte der Krieger ihm den Stein und ging durch die Nacht.

Erst jetzt erkannte dein Vater, daß Mac Cécht bei ihm Wacht gehalten hatte. Zornig warf er den Stein von sich fort.

Der Morgen fand ihn auf dem Weg nach Norden. Auf dem Weg zum Binn Gulbain hielt er den Stein des Kriegers in seiner linken Hand. Mühsam hatte er ihn gesucht, bis er ihn wiederfand. Er hatte noch nicht erkannt, daß er jeden beliebigen Stein hätte nehmen können.

Unaufhaltsam trieb es ihn diesem Berg entgegen, bis er ihn erreicht hatte.

Es war bitterkalt und dein Vater hatte seit Tagen nichts mehr gegessen. Nur ein eiserner Wille trieb ihn noch voran. Er stolperte über Baumwurzeln, stand wieder auf, lief ein Stück und fiel wieder hin. Schließlich erreichte er die Kuppe des Berges auf seinen Knien.

Erschöpft kroch er zu einem kleinen Tümpel und stillte seinen Durst.

Fionn hatte es geschafft. Sollten die Götter nun mit ihm treiben, was sie für richtig hielten. Er war an den Ort seiner Schande zurückgekehrt und würde keinen weiteren Schritt mehr gehen.

Alle Kraft war aus seinem Körper gewichen. Über ihm drehte sich der Himmel und wollte nicht mehr zur Ruhe kommen.

Deinem Vater war alles gleich. Tagelang lag er so in einem Wachschlaf. Er wollte nichts mehr, noch nicht einmal sterben.

Dann formte sich neben ihm ein Schatten. Er nahm es hin. Er beobachtete ihn nicht einmal, nahm es nur zur Kenntnis.

Plötzlich fand er einen Mann neben sich sitzend, der ihn ansprach: "Nun Fionn, hast du dein Ziel erreicht?"

Der alte Mann flüsterte leise:

"Wer bist du, Mann?"

Da antwortete ihm seine eigene Stimme:

"Ich bin der Wächter deiner Seele."

Fionn war zu schwach, um zu lachen.

Niemand kennt meine Seele besser als ich. Aber dich kenne ich nicht, demnach gibt es dich auch nicht. Du bist nur ein Traum, nicht mehr. Und wovor solltest du mich schon beschützen?"

Der Wächter gab ihm Antwort.

"Ich bin die Stimme, die dich vor deiner eigenen Bosheit schützt und dich auf den geraden Weg zurückführt.

Du wirst diesen Ort erst verlassen, wenn du deine Schuld anerkannt hast. Deine wahre Schuld, Fionn."

Dein Vater glaubte nicht, daß er überhaupt jemandem etwas schuldig sei, außer Diarmaid.

"Du redest von Diarmaid Rabenhaar. Nun, ich hatte tausend Gründe ihn zu töten. Er hat seinen Treueschwur mir gegenüber gebrochen. Er hat meine zukünftige Frau gestohlen, ganz zu schweigen von den Menschen, die starben, weil sie ihn suchten. Er hat seinen Geís gebrochen. Sind das nicht genug Gründe, um ihn zu töten, Wächter?"

Der Angesprochene sagte:

"Du glaubst wohl diesen Lügen, Fionn? Du hast ja auch keine andere Wahl. Wie solltest du sonst weiterleben können. So hast du die Wahrheit aus deinem Herzen verstoßen und in mein Reich verschoben. Ich aber stelle sie vor dich als Kläger.

Kein Schuldiger kann den Brunnen des Connla finden, Fionn. Richte nun über dich, denn ich vermag es nicht. Du hast das höchste Gut eines Menschen beschmutzt."

Fionn schloß seine Augen.

Welchen Verbrechens hatte er sich schuldig gemacht? Dem Wächter schien es nicht einmal um den vermeintlichen Mord an Diarmaid zu gehen.

Einen Tag und eine Nacht überlegte dein Vater, was das höchste Gut eines Menschen war.

Als sich die Nacht wieder senkte, hörte er sich laut zu den Sternen sprechen.

"Freiheit! Es ist gleich, ob man einem anderen eine Stunde nimmt oder sein ganzes Leben. Man hatte ihm dadurch einen Zwang angetan, seine Kraft verzehrt und seine Freiheit nicht geachtet. Mehr als schuldig bin ich."

Er konnte wieder klar sehen. In diesem Augenblick löste sich ein Stern vom Himmel und fiel herab. Die Augen deines Vaters folgten dem Licht, das auf ihn zukam. Er rührte sich nicht.

Immer greller wurde das Licht, immer unerträglicher, bis der Stern mit ohrenbetäubendem Lärm über ihn hinwegschoß und auf der anderen Seite der Bergkuppe einen Krater sprengte und erlosch.

Auch das Lebenslicht deines Vaters wurde trübe und schien erlöschen zu wollen.

Als er wieder zu sich kam, lag er auf einem weichen Lager und eine freundliche Frau versuchte, ihm etwas kräftige Brühe in den Mund zu löffeln.

Fionn wollte sie fragen, wer sie sei, aber sie legte ihm einen Finger auf die Lippen.

"Schweig, du bist noch sehr schwach. Ich bin Firinne, die Frau Gobhas, des Schmiedes. Mein Mann fand dich und den Stern und weil ihr wohl beide zusammengehört, hat er euch beide hierhergebracht. Du mußt dich nun ausruhen."

Aber Fionn wollte noch eines wissen.

"Gibt es hier einen See oder einen Bach oder vielleicht einen Brunnen?"

Die Frau schüttelte den Kopf und stand auf.

Vierzehn Tage blieb dein Vater liegen und genas langsam. Bald schon konnte er Gobha in der Schmiede helfen. Gemeinsam schmiedeten sie aus dem Stern ein Schwert. Als ihr Werk fertig war, betrachteten sie es und Fionn sagte zu Gobha:

"Nun, wem willst du dieses Schwert in die Hand gaben?"

Dieser antwortete:

"Ich werde nach Almhuin gehen und es Fionn mac Cumhail geben."

Da lachte eine Stimme hinter ihnen.

"So weit brauchst du nicht gehen. Der, den du suchst, steht neben dir. Betrachte seine Hände und seine Haltung. Wahrlich, dies ist das Schwert, das zu ihm gehört.

Deine Stunden in diesem Haus sind nun gezählt und bald wirst du wieder weiterziehen. Bevor du aber gehst, will ich, daß du mir schwörst, daß du dieses Schwert nie gegen einen Menschen richten wirst. Schwöre!"

Firinne, die das Schwert in den Händen hielt, lauschte dem Schwur den dein Vater sprach.

"Bei der Mondin und der Sonne, bei Licht, bei Schatten und der Finsternis schwöre ich, daß niemals Blut dieses Schwert beschmutzen soll."

Dann nahm er das Schwert aus den Händen der Frau und verließ das Paar.

Dein Vater war einige Tage rund um den Binn Gulbain unterwegs, als er einen Torfbauern traf.

Ihn fragte er:

"Sag, weißt du, wo der Brunnen des Connla ist?"

Der Bauer nickte und sagte:

"Ein paar Meilen von hier wirst du auf einen Wald stoßen, der wie eine große, grüne Wand vor dir steht. Wenn du ihn durchquerst, kommst du an eine Höhle im Berg. Dort wirst du ihn finden."

Fionn machte sich auf, fand den Wald, die Höhle, aber nicht den Brunnen des Connla. Enttäuscht kehrte er zu dem Torfbauern zurück, packte diesen am Kragen und sagte:

"Ich bin deinem Weg gefolgt, aber einen Brunnen habe ich nicht gefunden."

Der Torfbauer antwortete:

"Jeden Tag fliegt nach Sonnenaufgang eine Krähe dorthin, der folge."

Fionn folgte dem Rat des Bauern und er lief der Krähe hinterher. Er fand den Wald, er fand die Höhle, aber keinen Brunnen. Wieder kehrte er zu dem Torfbauern zurück.

Am nächsten Morgen begleitete ihn der Mann und als er mit ihm die Höhle betrat, sah er einen See, in dessen Mitte ein Brunnen stand.

Fionn wollte an das Wasser, als ihn eine Hand packte und zurückzog.

Er wollte die Hand des Torfbauern von seiner Schulter zerren, aber er war nicht mehr da.

Fionn gegenüber stand der Hüter des Brunnens. Ein Schwert zierte seine Rüstung.

"Du hast das heilige Wasser gesehen. Das muß dir genügen."

Dein Vater wollte so leicht nicht gehen. Er versuchte den Wächter zu überreden ihn an die Quelle zu lassen und als das nichts half, zog er das Schwert.

Da sagte der Wächter:

"Du kannst mich nicht töten."

Aber Fionn kämpfte den Kampf seines Lebens und endlich durchbohrte das Schwert den Wächter, doch nicht ein Blutstropfen floß aus der Wunde.

Fionn stürzte zu dem Wasser, aber wohin er sich wandte, es wich vor ihm zurück als sei es Feuer und dein Vater das Wasser.

Die Krähe krächzte und als er seinen Kopf drehte, stand der Wächter wieder neben ihm.

Dein Vater sprach:

"So habe ich dich demnach nicht getötet."

Der Wächter sagte:

"Nein, du kannst mich nicht töten. Aber du hast mich besiegt."

Fionn erwiderte:

"Ein verlorener Sieg, denn dies ist nicht der Brunnen des Connla, sonst würde ich ihn nicht sehen. Alles vergebens und dabei gab ich nie mehr als in diesem Kampf. Du bist ein harter Gegner."

Der Wächter lachte.

"Ich bin dein einziger Gegner!"

Dein Vater fragte ihn:

"Wer bist du?

Da antwortete jener.

"Ich bin die alte Frau, ich bin der Bauer, Mac Cécht, der Hüter deiner Seele, der Schmied, der Torfbauer und der Wächter dieses Brunnens. Und doch bin ich alles in einem nur Fionn mac Cumhail."

Erschüttert sagte dein Vater:

"Dann hätte ich mich selbst besiegt."

Der Wächter sagte:

"Ja, das hast du. Du warst Licht und du warst Finsternis und Schatten, und jetzt bist du frei."

Fionn betrachtete das Sternenschwert, das neben ihm lag.

Wohin er ging, er würde es nicht mehr brauchen. Er nahm es auf und warf es in den See, wo es zitternd stecken blieb. Fionn war jetzt wirklich frei."

Bei den letzten Worten Neamhnís spürten alle einen kalten Luftzug und bald standen sie auf dem Gipfel des riesigen Tafelberges.

Wolken, dünn wie schwarzer Rauch, zogen an der Mondsichel vorüber. Schwach nur leuchteten die Sterne.

Und wieder fuhr ihnen ein kalter Luftzug durchs Haar.

Schnee

"Hast du endlich alles? Manchmal glaube ich, daß es wirklich nichts Schlimmeres gibt, als mit einer Frau zu verreisen."

Néart hatte für sich nur das Nötigste eingepackt und seine Ungeduld ließ ihn immer wütender werden.

Sáile packte wie eine Königin. Truhe für Truhe wurde mit Kleidern, Schmuck und Salben, die ihre längst vergangene Jugend verlängern sollten, gefüllt.

Endlich war auch sie fertig. Junge Sidhi aus der Zeltstadt luden das Gepäck auf einige Esel. Es hatte nicht lange gedauert, sie zu überreden und die Jünglinge hatten sich Néart angeschlossen, weil sie einmal in ihrem Leben etwas erleben wollten. Wenn das ein Krieg sein sollte, war es ihnen auch recht. Dafür hatten sie in Kauf genommen von ihren Familien ausgestoßen zu werden.

Néart lachte sich ins Fäustchen bei dem Gedanken Lá dieser dreißig Krieger beraubt zu haben.

Erst mußte etwas innerlich zerbrechen, bevor der äußere Bruch vollzogen werden konnte. Selbst der scheinbar geringe Verlust dieser Krieger war ein harter Schlag für Lá. Néart wußte das nur zu genau. Es machte ihm eine unbeschreibliche Freude, die Kampfkraft der Königin zu schwächen.

Im großen und ganzen bestand ihre Streitmacht aus dreihundert Männern und die Hälfte davon waren unerfahrene Jünglinge, die vor Wochen zum ersten Mal ein Schwert, einen Speer, einen Stab oder eine Axt in den Händen gehalten hatten.

Ihnen würden die Männer Erius gegenüberstehen. Männer, die immer im Kampf waren. Im Kampf ums Überleben in einem harten Land. Das war der große Vorteil von Dragans Männern.

Die Sidhi lebten schon zu lange im Sommerland und mußten jetzt den Preis dafür bezahlen. Die Annehmlichkeiten dieser Insel im Meer der Zeit machten sie weich und so verloren sie die Einheit ihres ureigenen Seins.

Dragan und Néart konnten nur gewinnen. Sie waren zahlenmäßig überlegen, und sie hatten noch die Síofra auf ihrer Seite.

Es gab keinen Grund sich Sorgen zu machen. Besorgnis minderte nur den Kampfgeist.

Die Sidhi hatten zu lange friedlich gelebt. Immer ging erst das Volk zugrunde, bevor es die Herrschenden traf.

Lá kämpfte tapfer um jeden Mann, den sie aussenden konnte, aber es würden nicht mehr als dreihundert sein. Aber was, wenn doch?

Néart traute den Worten der letzten Nachrichten nicht. Er traute vor allem Lá nicht. Täuschung war schon immer ein gern genutztes Werkzeug von Herrschern.

Aber dann sagte ihm wieder seine innere Stimme, er solle nicht irgendwo in der Welt nach Schwierigkeiten suchen, die nie auftreten könnten. Besser war es sein Augenmerk auf den Wolf zu richten, der da seine Schafherde umkreiste.

Wer weiß, ob es die Schwierigkeiten, die er sich wild ausmalte, überhaupt gab.

Ja, erst einmal mußte er sich um den Wolf kümmern, der seine Schafe bedrohte.

Misnéachard!

Niemand hatte bis jetzt herausgefunden, wo sich der Kerl in der Alten Welt herumtrieb. Keine Spur war von ihm auszumachen. Néart konnte die Gefahr, die von seiner Reise ausging, förmlich am eigenen Leib spüren.

Er wußte, Lás Sohn hatte irgendeinen besonderen Plan, um ihm die Suppe versalzen. Aber den würde er schon vereiteln.

Besondere Pläne bargen immer auch besondere Gefahren.

Die Erfolge, die Misnéachard haben würde, wären nur von kurzer Dauer, dafür würde er schon sorgen und kurzfristige Erfolge haben sich noch nie für die Ewigkeit als beständig erwiesen.

Ungeduldig sagte jetzt Sáile:

"Ich bin fertig. Kommst du dann?"

Néart antwortete:

"Du hast es wohl eilig von einem Sonnenstrahl getroffen zu werden. Aber gut, laß uns aufsteigen und losreiten. Männer! Aufsitzen und los."

Binnen weniger Augenblicke ließ nichts mehr darauf schließen, daß jemals jemand am Weißen Weiher gelebt hatte.

Sáiles Abschied war keiner. Die Zeit, die sie hier mit Néart verbracht hatte, war eine Zeit hart an den Grenzen ihrer ganzen Kraft. Sie konnte seine Erniedrigungen nur ertragen, weil sie wußte, daß sie diese zu ihrem Ziel führen würden.

Jedesmal wenn er in sie eindrang, stellte sie sich vor, wie ihr Messer einst in sein Herz eindringen würde.

In ihren Gedanken hatte sie Néart schon so oft getötet, daß sie sich wunderte, wenn er morgens in ihren Schlafraum kam. Hier hatte sie gelernt wie tief ein Mensch sinken konnte und sich dafür hassen gelernt.

Nichts fiel ihr schwerer als ihren Stolz hinterzuschlucken und auf ihre Gelegenheit zu warten.

Vögel zwitscherten ein Lied vom Frieden, der bald vorbei sein würde. Sie konnte es kaum erwarten, nach Hause zu kommen. Sáile konnte alles ertragen, wenn nur ihr Sohn einst auf dem Thron sitzen würde. Alles würde die Erfüllung dieses Traumes rechtfertigen. Mochten sie doch sagen, sie sei besessen und verdammt. Es war ihr gleichgültig.

Wieder einmal war es eine Frau, die einem Land den Krieg gebracht hatte.

Broc würde seinen Platz nicht freiwillig räumen. Das wußte sie genau.

Néart, der neben ihr ritt, fragte sie:

"Worüber denkst du nach, meine Liebe?"

Sáile antwortete ihm:

"Wir bringen meiner Heimat den Krieg, Néart. Familien werden um ihre Toten weinen und Verletzte werden meinen Namen in alle Ewigkeit verfluchen."

Néart erwiderte:

"Es ist das Unglück, das die Geschichte der Menschen schreibt oder erinnerst du dich daran, daß man sich Zeiten merkte, in denen alle satt waren und es nur Frieden gab? Abgesehen davon, selbst ein Krieg hat seine guten Seiten."

Sáile schaute ihn erstaunt an.

"Und die wären?"

Die blauen Augen Néarts strahlten.

"Eigentlich ist Krieg das beste, was einem Volk widerfahren kann. Denn Krieg wirkt sich auf viele Seiten aus. Vor allem zwingt er ein Volk vorausschauend zu denken und zu handeln, sich zu verändern. Alle Wege zu hinterfragen und neue zu beschreiten. Es fördert den Umbruch der Völker und vermischt unterschiedliche Gruppen.

Nichts im Universum ist so lebendig, erschafft so viel wie ein Krieg. Aber nur wenige erkennen seinen Wert und wissen dieses Mittel richtig einzusetzen.

Der Krieg bringt so viel Gutes hervor, neues Blut, eine neue Sprache, neues Leben.

Sieh doch nur wie verweichlicht die Sidhi geworden sind. Das wird ihr Untergang sein. Es ist das gleiche mit dem Frieden wie mit der Ehre, wer es sich leisten kann, kann sich glücklich schätzen.

Aber solche Menschen werden immer auf die Nase fallen.

Wenn ich schwächer bin als einer dieser Ehrvollen, bitte ich ihn um Frieden, weil ich weiß, daß ihn seine Grundsätze dazu zwingen. Bin ich aber stärker, breche ich seinen Frieden, weil das meinen Grundsätzen entspricht.

Angewidert drehte sich Sáile weg.

"Es gibt wahrlich nichts, was du achtest! Hast du keine Angst eines Tages an deinen Grundsätzen zu scheitern?"

Überlegen strich sich der Angesprochene durch seine blonden Locken.

"Nein, meine Liebe. Ich bin ein Mann, der sich vor nichts und niemandem fürchtet."

Eine Hand vergrub sich in ihrem Haar und zwang sie seinen Atem auf ihrer Haut zu spüren. Seine schleimige Zunge suchte sich den Weg in ihren Mund.

Sáile schüttelte sich und spuckte aus. Sie zuckte schon, bevor seine Hand ihre Wange berührt hatte.

Schon lange vergoß sie keine Tränen mehr wegen ihm. Zu kostbar war ihr dieses Naß, kostbar wie das Leben selbst. Ein Leben, das anders war als es sich in Tir na Samradh darstellte.

Das Sommerland war ein wunderschöner Ort. Blühende Blumen, herrlich belaubte Bäume, rauschende Bäche. Aber dennoch war es nur ein Traum für Sáile.

Néart hatte schon recht mit dem Gedanken, daß ein Volk, dem die Entbehrungen fehlte, seine Härte verlor und bequem wurde.

Aber was war so schlimm daran? Das war eine Zukunft, die sie sich für Solasards Volk wünschte. Frieden und nie mehr hungern müssen.

Doch der Hunger war auch ein guter Lehrmeister. Er zeigte immer, worauf es im Leben wirklich ankam, machte wachsam und zwang sie neuen Gedankengängen zu folgen.

Ein Volk, das satt war, war ein glückliches Volk und glückliche Menschen wurden irgendwann immer unbesonnener und verloren den Blick für die Wirklichkeit.

Nun ja, zum Wohl für Néart war Frieden immer nur eine Insel im Meer des Krieges.

Der Wald zeigte sich noch einmal von seiner schönsten Seite, als wüßte er, daß dies ein Abschied war. Vögel mit den prachtvollsten Gefiedern saßen in Ästen oder flogen über sie hinweg. Der Himmel war von feinen Wolken bedeckt, die über ihnen hinwegzogen.

Wäre sie doch nur schon zu Hause, und wo wäre wohl ihr neues Zuhause.

Neugierig richtete sie sich an Néart.

"Wo werde ich eigentlich wohnen bis zu unserem großen Tag?"

Néart, der sich gerade umgedreht hatte, um zu sehen, wo die Esel blieben, antwortete ruhig:

"Im Rath Grainne."

Erstaunt rief Sáile aus:

"Auf Tara? Du willst mich auf Tara unterbringen. Bist du wahnsinnig?"

Néart lachte.

"Der beste Weg, ein Geheimnis zu bewahren, ist, den Leuten einzureden, daß sie es bereits kennen.

Niemand hat den Turm, in dem Grainne lebte, noch einmal betreten, nachdem sie sich mit Diarmaid auf und davon gemacht hatte.

Madhra war drin und hat sich alles angesehen. Alles ist genau so, wie sie es damals verlassen hat.

Besondere Freunde haben eines ihrer Zimmer so abgedichtet, daß kein Licht mehr eindringen kann. Du bist sicher dort.

Sie werden dich überall suchen, die Weißblütigen, aber dort werden sie dich nicht einmal vermuten.

Madhra hat sich um alles gekümmert."

Sáile fragte:

"Wo ist Madhra? Sollte er nicht hier sein, um dir zu berichten, wie es zugeht in der Alten Welt?"

Néart grinste hämisch.

"Nun, ich denke, ich weiß auch ohne Madhra, was dort geschieht. Denn deshalb ist er noch dort und nicht hier, meine Liebe."

Sáile spürte, daß da wieder eine Gemeinheit im Gange war.

"Wie meinst du das? Du hast doch schon wieder etwas vor, Néart."

Der Angesprochene grinste.

"Oh ja, darauf kannst du deinen wundervollen Körper verwetten, meine Schöne.

Madhra stattet gerade einer gemeinsamen Freundin einen kleinen Besuch ab und vielleicht, wenn er sehr höflich ist, wird sie ihn auf einer kleinen Reise begleiten."

Sáiles Blick war eine einzige Frage.

"Wem stattet er einen Besuch ab?"

Der Sidhé strich sich durch sein blondes Haar.

"Der zukünftigen Gattin Solasard mac Annir, Amhrán."

Ihre Augen verengten sich.

"Hast du nicht Dragan versprochen, daß du sie nicht anrührst! Und außerdem, was willst du von ihr?"

Néart antwortete ihr tröstlich.

"Keine Angst, dir kann keine andere Frau deine Stellung streitig machen. Abgesehen davon, werde ich sie auch nicht anrühren, ich nicht. Aber sie wird mein Schutz sein, daß Dragan sich auch an die Regeln hält. Er hat diese Frau einmal geliebt und glaubt sie jetzt zu hassen, der Narr.

Aber so sind sie, dieses Menschenpack. Sie verstehen nicht, daß Frauen, die man einmal geliebt hat, immer eine große Macht über einen Mann haben.

Männer geben etwas, das einmal zu ihrem Herzen gehörte, nie ganz auf.

Dragan wird es nie schaffen, diese Frau zu töten. Eher wird er ihr noch einmal verfallen. So erweise ich ihm fast einen Freundschaftsdienst. Liebe, so was!"

Sáile sagte kalt:

"Das kann dir natürlich nicht geschehen. Ich glaube, du liebst wirklich nur dich selbst. Wahrscheinlich hast du noch nie eine Frau geliebt."

Néart lächelte zuckersüß.

"Doch, eine habe ich geliebt, kurzzeitig, meine Mutter. Zu ihrem Leidwesen gab sie meinem Vater den Vorrang."

Sáile wollte gar nicht wissen, welche Folgen das für die beiden gehabt hatte.

Der Nachmittag ging vorüber und gemächlich zogen sie dahin.

Néart hatte beschlossen, schneller zu reiten und nicht auf die Esel mit ihrer kostbaren Last zu warten.

Zwei Männer hatte man bei ihnen gelassen, die den Weg kannten.

Nun trabte Sáile an Néarts Seite durch den Wald. Hinter sich hörte sie Geräusche, die sie daran erinnerten, daß diese Männer in den Krieg zogen.

Geschirre, die klirrten, Schwerter, die dumpf auf Satteldecken klopften, Pferde, die schnaubten und aufgeregt waren, weil sie nach vorne stürmen wollten.

Der Wind glitt über das Gesicht der Frau und sie genoß es. Die letzte Freiheit, bevor sie eine Gefangene im Rath Grainne sein würde. Seltsam in dem Turm leben zu müssen, wo Grainne gelebt hatte. Die Frau, die Fionns Leben zerstört hatte.

Nun kehrte dort die Frau ein, die sein Leben durch die Geburt seines Sohnes verlängert hatte.

Sáile schob diese Gedanken beiseite.

Sie galoppierten dahin und der Wald flog an ihr vorbei. Ihr Haar wehte gleich einem Schleier.

Sie preßte sich an ihr Pferd und spürte diese unbändige Kraft, die sie lenkte. Sie schloß ihre Augen und gab sich den Bewegungen des Pferdes hin. Glück durchströmte sie.

Freude strahlte über ihre Lippen. Sie kehrte heim. Wenn es auch nur zum Sterben war. Hier hatte sie gelernt, daß Heimat nicht nur ein Wort war, sondern ein Teil von einem selbst. Könnte sie doch noch einmal nach Almhuin zurückkehren. Wie viele glückliche Erinnerungen waren mit diesem Ort verbunden.

Könnte sie einmal nur noch die weißen Steine des Gemäuers berühren, ihre wohltuende Kälte spüren.

Wie oft hatte sie ihr tränengenetztes Gesicht daran gekühlt, wenn Fionn nicht heimkehren wollte und die Ungeduld ihr vor Schmerz den Atem nahm.

Und wie selig war sie, wenn er sie dann doch in seinen starken Armen hielt und sie mit ihren Fingern durch sein rotblondes Haar fuhr, über die weiße Strähne strich, die ihn immer daran erinnern sollte, daß auch Helden altern.

Sáile war ein Teil dieser Welt gewesen, ein Teil seiner Welt.

Immer hatte sie gewußt, daß er wieder in ihre Arme zurückkehren würde. Zu sicher war sie sich wohl, daß das Schicksal sie so bestrafte.

Das Herz war ihr vor Freude fast zersprungen, als sie spürte, daß sie schwanger war.

Immer dunkler waren die Schatten geworden, die vor ihrer Sonne aufzogen. Wie hatte sie sich um ihn gesorgt und dann war er verschwunden. Spurlos.

Hatte sie und das Kind einfach sitzengelassen. Das schlimme war, daß sie ihm zuerst nicht einmal böse war.

Erst als sie verfolgt wurde von den Schergen Brocs, der Königlichen Garde, den Söhnen der Mornas und von wer weiß wem noch.

Plötzlich stand sie allein da und wie sehr hätte sie ihn da gebraucht. Seine Stärke und seinen Schutz, aber er blieb verschollen.

Nur wenige halfen ihr, vor allem Gealán, das arme Kind, und wie furchtbar hatte sie sich ihr gegenüber verhalten in ihrem dummen Stolz.

Der Wunsch nach Rache hatte ihr ganzes Leben vergiftet und auch Solasards. Wie sehr mußte er seine Mutter hassen. Verblendet war sie gewesen und um so klarer sah sie jetzt.

Sáile konnte nichts von ihrem Sohn für sich erwarten, nichts außer Haß.

Der Abend, der heraufgezogen war, verdeckte die Tränen, die sie für sich selber weinte.

Längst hatten sie den Wald verlassen und zogen nun im Schritt auf ihr Ziel zu.

Das Weltentor.

Der Weg war so steil, so eng, daß sie die Pferde führen mußten. Immer höher ging es, bis sie zu dem Eingang einer Höhle kamen.

Keiner der jungen Krieger war hier jemals gewesen und auch Néart betrat zum ersten Mal diese heilige Halle.

Licht verbreiteten nur die Fackeln, die sie mitgebracht hatten.

Sie schauten sich in der Halle um und sahen sich ihrem eigenen Spiegelbild gegenüber.

Leise flüsterte Sáile:

"Und wo ist das Weltentor?"

Néart drehte sich zu ihr hin und sagte:

"Du dumme Gans! Das ist das Weltentor."

"Und wie kommen wir da durch? Das ist Glas."

Der Anführer erwiderte:

"Ihr reitet einfach durch. Los, einer nach dem anderen."

Gehorsam saßen sie wieder auf. Jeder wollte dem anderen den Vortritt lassen, bis Néart einen der jüngeren Krieger ausdeutete. Langsam ritt der an den Spiegel heran. Dann warf er Néart einen letzten Blick zu und verschwand in dem Spiegel, ohne daß dieser sich veränderte. Darauf folgten ihm die anderen, bis das Paar alleine war.

Néart war vom Pferd gestiegen und zog Sáile in seine Arme.

"Freust du dich schon nach Hause zu kommen?"

Mißtrauisch sah sie ihn an. Er könnte hier ihrem Leben ein Ende setzen. Niemand würde sich darum scheren. Er brauchte sie nicht. Sáile war nur ein Spielzeug. Angst schlich sich in ihr Herz bei diesem Gedanken.

Sie fühlte ihn hinter sich stehen. Néart drückte sie an sich und sie konnte nur zu gut fühlen, daß er ihrem Tod einen ganz anderen vorzog.

"Ein schöner Ort, nicht wahr, mein Liebe. Hier ließe es sich doch noch ein wenig verweilen."

Immer härter preßte er sich gegen sie, bis sie mit ihm nach vorne in den Sand fiel.

Schwer lag er auf ihr. Sáile konnte sich kaum rühren.

Sie keuchte:

"Hör auf, Néart. Ich will nach Hause. Wir können uns auch dort lieben."

Welch eine Lüge dieses letzte Wort.

Er lachte.

"Können wir das? Ich traue diesem Weltentor nicht. Wer weiß, was sich dahinter verbirgt, und wenn ich schon sterben muß, dann will ich vorher wenigstens noch einmal meinen Spaß haben.

Los, zier dich nicht so. Du willst es doch auch."

Sáile hatte noch nicht einmal genickt, als er schon ihr Kleid nach oben schob und in sie eingedrungen war.

Sie fühlte ihn in sich als sei er kalt wie ein Stein. Niemals würde sie eine Einheit mit ihm sein, niemals. Sáile zog sich völlig aus ihrem Körper zurück und überließ ihm einen Leichnam, um seine Begierde zu befriedigen.

Eines Tages würde er bezahlen für das, was er ihr antat.

Endlich war er fertig.

Er half ihr auf und sagte:

"Aber Liebes, du hast dich ja dreckig gemacht! Wenn wir drüben sind, schenke ich dir als erstes ein neues Gewand.

Vielleicht ein weißes? Oh ja, weiß ist eine gute Farbe, so unschuldig wie reiner Schnee."

Schweigend stieg sie auf ihr Pferd und lenkte es zum Spiegel hin.

Gleich, was ihr auch jetzt geschehen würde, nichts konnte schlimmer sein als Néart.

Gehorsam schritt das Pferd in den Spiegel und bald war sein Kopf darin verschwunden.

Sáile schloß die Augen. Das einzige, was sie spürte, war die Bewegung des Pferdes. Sie hielt ihre Augen geschlossen, bis jemand sagte:

"Herrin, ihr könnt eure Augen öffnen! Willkommen in der Heimat!"

Blasses Mondlicht glitzerte auf pulverigem Schnee.

Das Opfer

Amhrán übte diesen Schritt schon seit Stunden. Schweiß rann ihr von der Stirn, lief über ihren Rücken, klebte an den Armen und am ganzen Körper.

Immer noch war Scathcrobh nicht zufrieden.

"Du mußt es wiederholen, bis du es selbst im Schlaf kannst. Komm, noch einmal und dann kannst du dich ein wenig ausruhen."

Gehorsam folgte sie seinem Wort, nahm dann das Schwert und steckte es in die Scheide, die neben einem Holzklotz lag, auf dem er saß.

Das Mädchen erinnerte sich an die ersten Unterrichtsstunden, als sie das Schwert immer wieder hatte kraftlos fallen lassen.

Der Krieger hatte es einmal aufgehoben, wieder in ihre Hand gedrückt und gesagt:

"Das ist ein Schwert, eine Waffe. Was du gerade so einfach hingeworfen hast, kann ein Leben nehmen.

Ich denke doch, daß es ein wenig mehr Achtung verdient. Wenn du dieses Schwert nicht achtest, wird es dich töten.

Dein Schwert muß ein Teil von dir sein, dein verlängerter Arm. Wie deine Hand, sie folgt deinem Geist, ohne daß du länger darüber nachdenken mußt."

Schon damals hatte sie festgestellt, wie viel sie von Scathcrobh lernen konnte.

Der Krieger reichte ihr seinen Wasserbeutel.

"Hier trink. Sieh zu, daß du die Energie, die du verlierst, auch deinem Körper wieder zuführst.

Du sollst deinen Leib nicht absichtlich Mangel leiden lassen. Es wird noch genug Möglichkeiten in deinem Leben geben, wo du von dem zehren mußt, was du hast.

Trink!"

Amhrán mußte erst einmal zu Atem kommen. Sie war eine gute Kämpferin geworden in den letzten Wochen. Scathcrobh war stolz auf sie. Aber im Augenblick tat ihr einfach nur jeder Knochen im Leib weh.

"Scathcrobh, laß uns morgen weitermachen. Mir schmerzt jede Faser in meinem Körper. Außerdem habe ich jetzt keine Lust mehr. Bestimmt bin ich morgen in besserer Stimmung."

Der Krieger lächelte freundlich, nahm ihr den Trinkbeutel aus der Hand und gab ihr das Schwert.

"Wie bitte, keine Lust? Solche Launen gehören zu Vieh und Verliebten! Wenn es sich als nötig erweist, wirst du kämpfen müssen, gleich ob du willst oder nicht.

Komm schon, dann verrate ich dir auch noch ein paar Kniffe."

Das war etwas, mit dem man das Mädchen immer locken konnte.

Bereitwillig übte sie vor sich hin, bis auch Scathcrobh aufstand und ihr scheinbar Gegenwehr leistete mit dem Holzschwert, das früher Amhrán gehört hatte.

"Gut, meine fleißige Schülerin. Nun möchte ich, daß du diese Bewegungen nur noch ein einziges Mal wiederholst, aber ganz, ganz langsam und auch nur mit einer Hand."

Das Mädchen tat wie ihr geheißen. Vor Anstrengung begannen ihre Arme zu zittern und enttäuscht ließ sie das Schwert sinken.

"Ich kann das nicht so. Das Schwert ist so schwer und außerdem fehlt mir der Schwung und die Schnelligkeit."

Der Krieger antwortete:

"Es ist die Schnelligkeit, die in den Irrtum verliebt ist. Ein Kampf bedeutet immer, daß die Möglichkeit besteht ein Leben zu nehmen. Du sollst nichts bewußter erfahren als diesen Augenblick, denn du kannst diesen Schritt nicht mehr rückgängig machen, Amhrán. Gibst du mir bitte einmal mein Schwert und nimmst dafür das Holzschwert."

Das Mädchen sparte es sich, ihn zu fragen, ob er ihr vielleicht nicht zutraute, damit umzugehen.

Mittlerweile wußte sie, daß er ihr alles zutraute. Er liebte sie und wollte sie wahrscheinlich wieder einmal vor sich selbst schützen.

Scathcrobh grinste frech.

"Wie? Keine Fragen, nur einfaches Abwarten und sich gedulden? Amhrán, du mußt krank sein oder du machst wirklich großartige Fortschritte.

Nun gut, dann laß uns fortfahren.

Ein Schwert bietet zwei Möglichkeiten zu verletzen....."

Gelangweilt wiederholte Amhrán, was sie schon gelernt hatte.

"Ich weiß, stechen mit der Spitze und schneiden mit der Klinge. Und was ist daran neu?"

Scathcrobh lachte auf.

"Es hätte mich ja gewundert, wenn diese Geduld von längerer Dauer gewesen wäre. Du hast recht mit dem, was du gerade gesagt hast. In der Tat ist es ziemlich leicht einen Menschen mit der Spitze zu töten. Aber man kann auch mit der Klinge stechen und mit der Spitze schneiden. Beides muß nur gelernt sein."

Als habe sie gerade angefangen zu üben, sprang Amhrán in Stellung und wartete auf einen Angriff Scathcrobhs.

"Du glaubst wohl nicht, daß ich deine Deckung unterlaufen kann, um dir den Hals aufzuschlitzen, Krieger!"

Scathcrobh erwiderte:

"Du kämpfst nicht mit dem Holzschwert, weil ich Angst habe, daß du mich verletzt, sondern damit du siehst wie verletzbar du bist."

Jetzt wurde seine Schülerin wirklich wütend und griff an.

Ein längerer Schlagabtausch folgte, der vorsichtig ausgefochten wurde, denn Scathcrobh hatte Amhrán schon sehr früh klar gemacht, daß er nicht nach jeder Übungsstunde ein neues Holzschwert schnitzen wollte.

Dennoch kämpften sie hart. Amhrán ließ ihn nicht aus den Augen, bis der Krieger das Schwert in die andere Hand wechselte.

Gekonnt nutzte er Amhráns Verwunderung aus, unterlief ihre Dekkung und hatte ihr blitzschnell die Klinge an den Hals gelegt, wo sie an einer wild pochenden Schlagader ruhte.

Vorsichtig zog Scathcrobh die Waffe weg.

"Es ist immer gut, von den Überlebenden zu lernen. Du mußt dir, und das ist ganz wichtig, immer merken, wovon die Gefahr ausgeht.

Es ist das Schwert, das dich töten wird. Ihm folge, denn es kann mit jeder Hand geführt werden und verlasse dich nie darauf, daß dein Gegner nur Links- oder Rechtshänder ist. Wenn du im Kampf wie im Leben ein Urteil fällst, bewegst du dich schon nah am Rande des Irrtums.

In einem Kampf ist alles möglich. So mancher Fisch nahm den Köder und entkam dann doch. Laß dich nicht täuschen und behalte dir immer die zwei wichtigsten Waffen in Gedanken."

Amhrán überlegte kurz und sagte dann:

"Eine ist der Verstand und die andere?"

Der Krieger knuffte sie in den Arm.

"Du bist die beste Schülerin, die ich je hatte. Leider bist du auch die einzige. Doch Scherz beiseite. Dein Verstand ist deine allerwichtigste Waffe gegen den Feind.

Aber es gibt noch zwei wundervolle Dinge, die dir das Leben retten können. Das eine ist die Überraschung, zum Beispiel auf einem Bein kämpfen zu können und das andere und noch wichtigere ist die Angst deines Gegners, wenn er erkennt, daß er dich unterschätzt hat."

Amhrán verstand nicht ganz.

"Irgendwie verstehe ich, was du meinst, aber mir fehlt die Klarheit."

Scathcrobh erklärte es ihr.

"Die Angst deines Gegners wird immer dein größter Verbündeter sein. Laß sie ihm und gib ihm das Vergnügen, deine Stärke zu erkennen und in dieser Erkenntnis zu verweilen.

So wird aus Angst Entsetzen und Hoffnungslosigkeit erwachsen und damit wird der größte Gegner deines Feindes er selbst sein.

Bald wird dann die Hoffnungslosigkeit der Verzweiflung weichen. Verzweifelte Gegner, und das merke dir wohl mein Herz, sind die gefährlichsten, denn sie werfen alles in die Waagschale ohne Rücksicht auf Verluste.

Aber ihr schneller und wütender Angriff wird immer einen Fehler bergen und den mußt du erkennen und zu deinen Gunsten nutzen.

Einen schlechten Kämpfer erkennst du an seinen weiten Ausholbewegungen, an dem Platz und der unnötigen Energie, die er vergeudet.

Bewegung ist notwendig in jedem Kampf, aber Bewegung heißt auch Verschleiß. Aus diesem Grund mußt du dir über jede auch noch so kleine Bewegung bewußt sein und sie nur für ein genaues Ziel nutzen.

Ein Verschwender kann keinen Kampf gewinnen, nicht wenn es um Leben oder Tod geht. Sei überzeugt von dir, aber mißtraue dir auch. Manchmal glaubst du, du hast deinen Gegner getroffen und findest dich mit einem Schwert zwischen den Rippen wieder.

Halte niemanden für tot, dessen Atem dein Schwert nicht mehr beschlägt und selbst dann sei vorsichtig.

Gut, laß uns noch einmal diese Finte üben."

Verbissen kämpfte sie, bis Rhiannon zu ihnen kam.

"Amhrán, kommst du? Nicht zu glauben, es ist Imbolc heute nacht und du berührst ein Schwert und vergießt vielleicht dabei womöglich auch noch Blut.

Scathcrobh, ich hätte von dir doch ein wenig mehr Achtung vor diesem Feiertag erwartet.

Kommst du, Amhrán. Síochanta erwartet dich."

Das Mädchen nickte ihrem Meister zu und übergab ihm das Holzschwert. Dann schloß sie sich Rhiannon an und verließ die Lichtung.

"Warum regst du dich denn so auf? Es ist Imbolc, nicht Samhain oder Beltainè, nur Imbolc."

Rhiannon wußte, daß für das Volk dieses scheinbar unwichtige Fest nur eine kleine Rolle in ihrem täglichen Leben spielte.

Es war an der Zeit, daß ihre Schülerin lernte, welchen wahren Wert dieses Fest für den Glauben, für die Priesterin selbst hatte.

Die Greisin sagte zu den Mädchen:

"Laß uns in die Wasserhütte gehen. Ich habe dir dort einige frische Sachen bereitgelegt. Du wirst die Ehre haben, Síochanta zu dienen und ihr helfen das Ritual vorzubereiten. Aber vorher mußt du dich waschen, meine Herzrose. Eine große Gnade wird dir zuteil werden an diesem Tag. Noch nie hat ein Mädchen, das noch keine Priesterin ist, diesen ehrenvollen Dienst verrichtet."

Amhrán sah Tränen in den Augen der Freundin glitzern und freute sich, daß Rhiannon so stolz auf sie war.

Das Mädchen fragte:

"Und was ist meine Aufgabe dabei?"

Die Hohepriesterin antwortete ihr.

"Du wirst Síochanta in der Wasserhütte bei der Waschung helfen. Nur eine Hohepriesterin, die innen und außen rein ist, darf dieses Ritual vollziehen.

Ein herrlich frischer Tag ist heute. Hoffentlich ist die Nacht genauso schön."

Gemeinsam erreichten sie die Wasserhütte, wo Amhrán sich wusch und in ihre frischen Sachen schlüpfte.

Daraufhin brachte Rhiannon das Mädchen zu Síochantas Hütte.

Zum ersten Mal betrat sie diesen Raum.

Rhiannon verabschiedete sich mit einer Verbeugung und ging davon.

Ein wenig verloren stand das Mädchen in der Hütte, bis Síochanta sie sanft aufforderte, sich neben sie zu setzen.

Die Hohepriesterin goß dem Mädchen warme Honigmilch in einen Becher und reichte ihn ihr.

"Was weißt du über das Fest Imbolc, Amhrán?"

Die Schülerin antwortete ihr.

"Nun, über das Fest selbst weiß ich wenig. Aber ich weiß, daß es der göttlichen Brigid geweiht ist und über sie weiß ich mehr."

Síochanta erwiderte:

"Nun, da weißt du doch schon etwas. Erzähl mir von Brigid."

Amhrán begann zu sprechen.

"Brigid ist die Tochter von Dagda. Sie ist die Herrin über das Feuer und das Wasser. Durch ihren Regen wird das Land fruchtbar und durch ihr Sonnenlicht wächst und gedeiht die Ernte. Sie ist eine Heilerin und eine Kriegerin. Zu ihr beten die Frauen, wenn ein Kind geboren wird und sie klagt mit den Weinenden, wenn ein Mensch stirbt im Angedenken an ihren Sohn Ruadán, den sie verloren hat.

Brigid beschützt die Heiler und die Propheten, die Bauern und die Schmiede.

Sie ist die Lichtbringerin, die den Winter vertreibt."

Síochanta freute sich über das Wissen, das Amhrán angesammelt hatte. Sie wußte nur zu gut, daß das Mädchen die einzig Richtige war für den Platz neben dem Hochkönig.

Nun, es blieb Síochanta nicht mehr viel Zeit.

"Gut, dann werde ich dir jetzt einiges über Imbolc erzählen, damit du verstehst, daß dieses für das Volk unscheinbare Fest das wichtigste Fest im Leben einer Hohepriesterin ist."

Amhrán widersprach.

"Das glaube ich nicht. Samhain und Beltainè sind die höchsten Feste, das weiß doch jedes Kind. Das ist der Zeitpunkt, an dem der junge König die Macht übernimmt und der alte König stirbt."

Die Hohepriesterin dankte der Herrin, daß dieses Kind schon so früh in die richtigen Hände gekommen war.

"Das ist richtig, was du sagst. Für die Menschen ist der König sehr wichtig.

Imbolc heißt aber auch das Milchfest. Es ist das Fest, an dem die Schafe zum ersten Mal wieder Milch geben. Aber warum geben sie diese Milch zum ersten Mal und wem?"

Amhrán grübelte nach.

“Weil sie gelammt haben. Sie geben diese Milch ihren Neugeborenen. Deshalb.”

Síochanta fuhr fort zu sprechen.

“So ist es, weil jemand geboren wurde. Alle Träume vom jungen, starken König, der das Reich rettet, ergeben keinen Sinn, wenn er nicht geboren wird und das Licht der Welt erblickt. Das geschieht in dieser Nacht. Der Nacht, in der die Brigid durch meinen Mund sprechen wird. Ich bin die Seherin, die Fialshai. Aus mir kommt die Weisheit der Götter, ihre Erkenntnis.

Aber um diese Gnade zu erlangen, muß ich so rein sein wie ein neugeborenes Lamm.

Mein Geist und mein Körper müssen wie ein Laken sein, das zur Beltainè-Feier zum ersten Mal aufgelegt wird.

Mein Körper wird die Hülle sein für den kostbarsten Schatz im Universum.

Dies ist das Fest an dem die Priesterin immer wieder den Segen erhält, im Namen der Großen Mutter zu dienen. Ohne diese Gnade ist sie nichts als der Staub im Wind des Universums. Der Segen füllt uns an mit einer Kraft, die alles erreichen kann.

Keine Hohepriesterin kann die Rituale an Beltainè, Lughnasadh oder Samhain vollziehen, wenn sie nicht jedes Jahr neu geboren wird von der Mutter selbst.

An einem Tag wie diesem hat die Göttin das größte Opfer verdient, das wir ihr machen können.

Deshalb wirst du mir bei den Vorbereitungen helfen. Außerdem gibt es noch ein paar Dinge, die ich dir sagen muß, bevor das Fest seine Vollendung findet, Amhrán.

Aber dazu laß uns in die Wasserhütte gehen.”

Das Mädchen trank seine Milch leer und folgte der Hohepriesterin.

Auf dem Weg dorthin unterhielten sie sich weiter.

“Was muß ich denn tun, Síochanta”, fragte Amhrán.

Die Seherin antwortete:

“Vielleicht erzähle ich dir einfach, wie wir dieses Fest begehen.

Wie du siehst, sind schon alle eifrig beschäftigt, ihre Hütten aufzuräumen, zu reinigen und zu lüften. Imbolc ist auch ein Verabschieden von der Härte des Winters. Nun steht das Frühjahr vor der Tür.

Tagsüber werden ausgewählte Kühe gemolken. Diese Milch wird abends in einen großen Bottich gegeben, der in der Mitte von vier großen Feuern steht.

Nach Sonnenuntergang werde ich in Begleitung von dir ein Bündel Weidengras im Wald schneiden und zur Versammlungshütte bringen. Bevor wir jedoch die Hütte betreten, umschreiten wir sie dreimal in der Richtung des Sonnenlaufs. Erst dann wird man uns Einlaß gewähren. Aus dem Weidengras flechten wir einen Sonnenstern, der später über der Tür aufgehängt wird und uns ein ganzes Jahr begleitet.

Den alten Sonnenstern nimmt man und verbrennt jeweils einen der vier Sonnenstrahlen in einem der vier Feuer. Dann folgt der Segen und das Opfer.

Währenddessen wirst du mich baden, ankleiden und zu dem Bottich bringen. Denn ich werde nicht mehr bei Bewußtsein sein."

Amhrán hielt vor der Hütte an und fragte:

"Was soll das heißen? Ich kann dich doch nicht das ganze Stück tragen."

Síochanta antwortete ihr freundlich:

"Natürlich nicht. Mein Körper wird sich durch diese Waschung nicht verändern, aber mein Geist. Du mußt nichts weiter tun als mich zu waschen und abzutrocknen, mich anzukleiden und zum Feuer führen. Stell dir einfach vor ich bin blind, taub und stumm. Ich werde wie ein Neugeborenes sein, das dir willig folgt.

Du bist ausgewählt worden, weil man dir besonders vertraut."

Amhrán unterbrach sie.

"Einen Augenblick. Was heißt ich wurde ausgewählt, von wem denn bitte."

Síochanta verstand jetzt einige Bemerkungen, die Rhiannon über das Mädchen gemacht hatte sehr viel besser.

Sie lachte und antwortete Amhrán.

"Von mir, Amhran, einfach von mir. Aber was ich dir jetzt sage, ist noch viel wichtiger als das. Ich möchte, daß du, wenn wir fertig sind, deine Sachen wieder in die Krankenhütte räumst. Wir werden heute abend Besuch bekommen, du verstehst?"

Amhrán lachte leise in sich. Es schien ganz klar zu sein, daß sie mit Scathcrobh in der Hütte schlief. Sonst würde sich ja auch keiner freiwillig dazu bereit erklären.

Da fiel ihr noch etwas ein.

"Síochanta, du hast etwas von einem Opfer erzählt. Was opfern wir denn und was mache ich eigentlich, wenn ich dich zu dem Bottich gebracht habe?"

Síochanta Stimmung schien zu wechseln, fort war das freundliche Lächeln, das einer ernsten Miene wich.

"Das muß nicht deine Sorge sein. Wir opfern dem Land und den Göttern das Höchste, was wir bereit sind zu geben.

Du wirst schon erfahren, was das ist. Ich möchte, daß du, wenn du mich zu dem Bottich gebracht hast, in die Krankenhütte gehst und dort Scathcrobh holst.

Es ist ihm zwar untersagt an diesem Ritual teilzunehmen, weil er schon lange kein Gläubiger mehr ist, aber ich lade ihn ein, an dem Fest danach teilzunehmen.

Gut, dann laß uns jetzt alles für heute abend vorbereiten."

Gemeinsam füllten sie die Wanne bis zur Hälfte mit Wasser und hängten einen großen mit Wasser gefüllten Kessel über das Feuer in der Feuerstelle. Es würde seine Zeit dauern, bis das Wasser so erhitzt war, wie Síochanta es brauchte. Amhrán würde den Nachmittag damit beschäftigt sein, ihre Sachen umzuräumen und immer wieder Holz in der Feuerstelle nachzulegen.

Síochanta holte ein kleines Säckchen aus ihrer Manteltasche und schüttete den Inhalt in das Wasser.

Viele der getrockneten Pflanzenteile kannte Amhrán nicht, aber da waren auch blaue Kornblumen, roter Mohn und weiße Schafgarbe, die sie erkannte.

Die Hohepriesterin gab aus einer Steingutflasche ein besonderes Öl ins Wasser.

"Du solltest nicht erschrecken, wenn du nachher wiederkommst und das Wasser seine Farbe gewechselt hat. Das ist völlig natürlich.

Geh jetzt und räume deine Sachen um. Wir sehen uns dann nach Sonnenuntergang."

Auf dem Weg zu ihrer Hütte sah sie Rhiannon und Scathcrobh, die so heftig miteinander stritten, daß sie Amhrán nicht einmal bemerkten. Als sie eintrat fand sie die anderen Mädchen eifrig putzend und fluchend.

Das Mädchen raffte seine Sachen zusammen und trug die erste Fuhre zur Krankenhütte. Der zweite Gang ging schneller vonstatten, denn sie trug nur Misnéachards Mantel.

Bald begab sich die Sonne zur Nachtruhe. Amhrán stand vor Síochantas Hütte und wollte gerade die Hand heben, um anzuklopfen, als ihr schon aufgetan wurde.

"Einen wunderschönen Abend wünsche ich dir, Amhrán. Komm laß uns gehen. Hier, nimm die Fackel."

Gemeinsam gingen sie zum Waldrand. Der Feuerschein umspielte das blonde Haar der Hohepriesterin.

"Liebst du Misnéachard, Amhrán?"

Dem Mädchen blieb der Mund offen stehen vor Verwunderung und Síochanta sprach weiter.

"Er ist mein Bruder und er liebt dich, sehr sogar."

Ein heftiger Schmerz zog Amhráns Herz zusammen. Sie atmete ein und aus als täte sie es zum ersten Mal bewußt.

"Ja, ich liebe ihn so sehr, daß die Einsamkeit hier mich manchmal schier zerreißt. Er hat mein Herz gebrochen in jener Nacht an Samhain und einen großen Teil davon gestohlen.

Aber sorge dich nicht, Síochanta, ich weiß sehr wohl, daß er mich liebt. Ich spüre es mit jedem Atemzug.

Und dennoch wissen wir beide, daß unser Glück in diesem Leben keine Vollendung finden wird. Ich gehöre zu Solasard. Auch ihn liebe ich. Seine Gradlinigkeit, seine Zielstrebigkeit, seine Härte. Er ist so ganz anders als ich. Es ist schön zu wissen, daß ich mich an ihn lehnen kann, und er mich dann trägt und vor allem beschützt, was mich bedroht.

So war es schon immer seit ich denken kann. Goleudydd hatte immer Angst, daß ich eines Tages in der Anderen Welt verlorengehen könnte, falls ich mich dorthin wagte.

Gleich was mir geschehen würde, Solasard würde mich finden und befreien. Für ihn bin ich seine Königin. Er trägt mich auf Händen, baut uns ein Steinhaus und wird mich und seine Familie ernähren und beschützen.

Es ist eine andere Liebe als die, die Misnéachard und ich füreinander empfinden.

Aber es ist Solasards Welt, in der ich jetzt lebe, nicht Misnéachards.

Ich habe so vieles in deinem Coven gelernt, Síochanta, so vieles, was ich eines Tages weitergeben möchte an die Menschen. Und ich kann das nicht tun, wenn ich nur an mich denke und Misnéachard in seine Welt folge.

Mein Platz ist hier bei Solasard.

Wir werden zusammen leben und glücklich sein."

Síochanta blieb stehen und sagte:

"Solasard wird glücklich sein. Aber du wirst zugrunde gehen, Amhrán. Deine Liebe zu Misnéachard wird das, was du für Solasard empfindest, langsam aber sicher vergiften.

Du machst dein Leben zu einer Lüge, wenn du das tust. Du darfst Solasard nicht heiraten. Es ist nur dein Kopf, der dich glauben läßt, es sei Liebe. Dein Herz schreit den Namen meines Bruders.

Es gibt nichts, was du besser weißt als das. Glaube mir, ich weiß wovon ich rede. Auch ich habe dem Leben hier meine Liebe geopfert."

Amhrán antwortete ihr:

"Dann weißt du auch, daß es noch ein anderes Glück gibt. Ich habe die ewige Liebe gefunden. Nichts und niemand kann sie mir nehmen. Warum soll ich den Menschen nicht einen Teil dieses Glücks zuteil werden lassen.

Ich weiß auch, daß das, was Solasard und mich verbindet nur für dieses Leben Bestand hat.

Misnéachard lebt sein Leben und ich meines. Unsere Liebe ist ein kleiner Teil davon, der alles überstrahlt. Ich werde mit Solasard glücklich sein. Glücklich sein ist auch eine Frage der Ansprüche, eine Frage der Erwartungen. Solasard wird immer Solasard sein und niemals Misnéachard. Solange ich das unterscheiden kann, werde ich glücklich sein.

Meine Aufgabe liegt bei den Menschen, und Solasard wird mir die Ruhe und die Sicherheit geben, in die ich mich zurückziehen und Kraft schöpfen kann.

Er glaubt, er liebe mich von Herzen, aber es ist sein Kopf, der mich besitzen will.

Sorge dich nicht Síochanta, so lange ich liebe, werde ich nicht zerbrechen."

Die Hohepriesterin verstand nicht wie Amhrán so hart sein konnte zu sich selbst. Sie stellte diese Aufgabe vor ihr Leben. Das war etwas, was sie nicht kannte von einer, die als Menschenkind erzogen wurde.

Im Schein der Fackel bückte sie sich und schnitt mehrere Handvoll Binsen ab, die sie in ein weißes Tuch wickelte.

Sie hatte Amhrán so vieles sagen wollen an diesem letzten Tag, den sie gemeinsam verbringen würden. Jetzt erkannte sie, daß das Mädchen all ihre Weisheit schon lange in sich trug.

Welche Gnade der Großen Mutter sie dies Wunder noch sehen zu lassen, bevor sie nach Hause gehen mußte. Sie hatte den Mondaufgang sehen dürfen, nachdem die Sonne untergegangen war.

Tränen tropften unbemerkt auf das Bündel. Sie wußte nun, warum Misnéachard dieses Mädchen so liebte und sich so nach ihr verzehrte.

Beruhigt konnte sie so gehen, die Geschichte des Landes in den Händen dieser Hochdruidin wissend.

Weit hatte Síochanta in die Zukunft geblickt und noch ihre Kindeskinder darin gesehen. Aber es hatte sie zuviel Kraft gekostet. Die Energie, die sie brauchte, um so weit auf der Traumstraße zu gehen, veränderte schon das Geschehen, denn es veränderte sie. Es war die Vergangenheit, die Erinnerung, die den Frauen vorbehalten war, nicht die Zukunft und das aus gutem Grund.

"Komm laß uns zurückgehen, Amhrán."

Schweigend gingen die beiden zurück.

Dreimal umkreisten sie die Versammlungshütte. Jedesmal klopfte Síochanta an die Tür und man antwortete ihr.

"Bist du Brigid, so wird dir aufgetan."

Beim dritten Mal öffnete Rhiannon die Tür, empfing das Bündel, kniete vor der Sidhé und sagte:

"Du bist die, die das Licht in die Welt gebracht hat, ein Lied, das unsere Herzen singend macht. Unser Dank ist dir ewig gewiß. Nimm dies als ein Geschenk von mir."

Síochanta stutzte. Der Becher, den ihr Rhiannon reichte war nicht angefüllt mit dem, was sie erwartete.

Sie kannte das Gewürz und die Kräuter nur zu genau, die aus dieser weißen Milch einen leicht bläulichen Trunk gemacht hatten.

Die Hohepriesterin zeichnete eine Lebensspirale auf die Stirn Rhiannons und half der alten Frau auf.

Laut sagte sie:

"Ich brachte euch ein Licht, rein und klar, wie Wasser selbst und ebenso stark und unaufhaltsam. Schützt und behütet es mit eurem Leben, wenn ihm Gefahr droht.

Eßt und trinkt jetzt. Dann sollt ihr der Göttin danken, ein jeder, wie es ihm beliebt."

Síochanta drehte sich um. Ihr Blick lag auf Scathcrobh, der in der Hütte bei den anderen gesessen hatte, und er nickte ihr zu als seien ihre Worte ein Zeichen für ihn.

Niemand sollte glauben, daß Deirdre auch nur ein Blick dieser stummen Unterhaltung entgangen war, auch nicht daß Scathcrobh die Hütte verlassen hatte, nachdem der neue Sonnenstern geflochten und an der Tür aufgehängt war.

Stille umgab Síochanta und Amhrán, als sie gemeinsam zur Wasserhütte gingen.

Die Hohepriesterin hielt den Becher so fest, als hinge ihr Leben davon ab.

Wärme und der Geruch der Kräuter schlugen ihnen entgegen, nachdem sie die Tür geöffnet hatten.

Schnell schlossen sie die Tür hinter sich, denn die Winterkälte sollte draußen bleiben. Vorerst.

Amhrán half der Hohepriesterin beim Entkleiden. Dann goß sie nach und nach das heiße Wasser aus dem Kessel in die Wanne.

Bald dampfte es daraus und Síochanta stieg hinein.

Sie wußte, die Öle und die Kräuter würden nur zu bald ihre Wirkung tun. Dann wäre ihre Seele der Platz, von dem sich die Göttin über ihr ganzes Sein ausbreitete und ihre leere Hülle ausfüllte.

"Amhrán! Es wird nicht mehr lange dauern, bis in meinem Körper eine andere ihren Platz einnimmt. So bleibt uns, mir, nicht mehr viel Zeit.

Schon spüre ich wie meine Lider niedersinken wollen und der ewige Frieden nach mir greift. Höre jetzt.

Der Weg, den du beschreitest heute nacht, ist dir vorgezeichnet. Du hast ihn selbst gewählt. Gehorche Rhiannon und Scathcrobh. Ungehorsam in der Wildnis kann deinen Tod bedeuten.

Bedenke vor allem eins, du bist eine Dienerin. Die, die dir einst huldigen werden, sind selbst der Huldigung wert. Sei vorbereitet auf die Ehrung derer, die du triffst. Doch oft genug wirst du auch an den Menschen scheitern. Sie werden dich verletzen, belügen und betrügen. Höre dennoch nie auf, sie zu lieben.

Du bist eine Wegbereiterin für das, was einst kommen wird. Das Opfer, das du bringst, wird nicht vergebens sein, genauso wenig wie das meine. Selbst wenn wir scheitern, werden wir gewinnen. Liebe! Solange du liebst, wirst du leben. Ewig.

Jahrtausende schon halten wir das Feuer am Leben. Sorge dafür, daß es nicht erlischt. In deiner Schwäche liegt der Schlüssel zur Stärke.

Alle Glauben sind ein Glaube, alle Götter sind ein Gott. Hilf den Menschen ihre Augen zum Sehen zu öffnen. Vereinige die Lichter zu einem Licht.

Hilf mir jetzt."

Der Blick der Hohepriesterin glitt zu dem Becher. Amhrán holte ihn und flößte ihr den Trunk Schluck für Schluck ein.

Alles Leben schien aus ihr zu weichen. Jede Spannung verließ ihren Körper. Leblos sackte Síochanta in sich zusammen. Dann öffneten sich ihre Augen.

Eine Stimme, die Amhrán kannte, sprach zu ihr.

"Gesegnet sollst du sein und mit dir dein ganzes Geschlecht, Amhrán. Geh zum Binn Gulbain. Eile dich, denn dort wartet dein Schicksal auf dich."

Würdevoll erhob sie sich. Das Wasser perlte von ihrem Körper. Amhrán wollte ihr ein Tuch geben, aber sie öffnete die Tür und schritt hinaus.

Vier große Feuer brannten vor der Versammlungshütte und der große, hölzerne Bottich war mit Milch gefüllt und stand in der Mitte der Feuer. Zielstrebig ging die Göttin darauf zu.

Amhrán ging zur Krankenhütte, um Scathcrobh zu holen.

Die Große Brigid stieg in den Bottich. Alle knieten vor ihr und legten den Kopf auf den Boden.

"Gesegnet sollt ihr sein, denn ihr seid es, die mich gesegnet haben. Ich bin das Land und das Licht, das es erhellt. Ich bin die Ähre und ihr werdet das Messer sein, damit sich der Kreislauf des Lebens vollenden kann.

Doch nun geht in Frieden, denn Gefahr droht diesem Heiligen Ort. Verlaßt ihn so schnell ihr könnt."

Ängstlich schauten alle auf. Zu spät.

Aus der Menge trat Madhra, in der Hand ein Messer.

"Wer du auch seist, Göttin oder Nichts, du hast etwas, was ich haben will."

Aus der Menge traten fünf Männer und gingen auf die Frau zu.

Ihre Stimme hallte laut durch die Nacht, als sie ihre Arme segnend zum Himmel hob und sie langsam wieder sinken ließ.

"Hier gibt es nichts, was du erlangen kannst, Madhra. Der Schatz, den du begehrst, ist nicht mehr hier. Du vergißt, daß du deine Hand an meine Tochter legst, über die die Götter ihre Hände halten.

Über meine Lippen wird kein Wort kommen. Tu als denn, was du tun mußt."

Madhra trat an sie heran.

"Du kannst es mir sagen und leben oder du wirst sterben, so wie jeder, der uns nicht sagt, wo sie ist.

Männer, sucht das Mädchen, vorwärts!"

Er legte den Dolch an ihren Hals und verstärkte den Druck.

Kalt sagte er:

"Gib auf, was du auch bist, wenn du jetzt nicht redest, wirst du gleich tot sein. Zweifle nicht daran."

Aber kein Wort kam über ihre Lippen, bis sie noch einmal ihre Arme in die Höhe hob und rief:

"Nehmt an das Opfer und Fluch dir, du Hund."

Glatt schnitt das Messer in ihren Hals. Blut vermischte sich mit der Milch zu ihren Füßen und während noch das Leben aus ihr wich, flüsterte sie in sein Ohr:

"Du wirst den gleichen Tod erleiden wie ich."

Die Einladung

Oighrigh erwachte am Morgen und wußte, daß es kein Traum war. Shasza war hier gewesen und sie hatte ihm gesagt, daß sie heute abend wieder kommen würde.

Shasza! Sein Herz begann zu rasen. Oighrigh mußte Iolaranam davon erzählen.

Überall um ihn wurde sich gereckt und gestreckt. Sogar Camchéachta gähnte schon vor sich hin. Wie sehr ihm dieser riesige Brummbär doch ans Herz gewachsen war und dabei hatten sie sich einmal fast gehaßt. Aber so ändern sich die Zeiten.

Wie hatte seine Mutter früher immer zu ihm gesagt: 'Du verlierst einen Feind, wenn du ihn zu deinem Freund machst und glaube mir, dazu bedarf es nicht viel. Nur Achtung und die Größe, den anderen so zu nehmen wie er ist.'

Jetzt war sie tot und die Fianna waren seine Familie. Allen voran Camchéachta, der sich des Jungen angenommen hatte. Oighrigh hatte viel von ihm gelernt. Aber es war auch nicht schwer aus guter Erde einen guten Krug zu formen, in den man dieses alte Wissen gießen konnte.

Der Junge saugte alles in sich auf. Auch Iolaranam hatte sich seine Gedanken über den Jungen und auch über die Fianna gemacht.

Die Fianna waren auf dem Weg sich wieder zu verändern. Viele freuten sich darüber, weil sie glaubten, die alten Zeiten brächen wieder an. Aber diese waren vorbei. Neue Zeiten beginnen jetzt.

Sicherlich würden die Fianna, wenn es so weiterginge, wieder ihre Stellung einnehmen als Schützer und Bewacher ihrer Heimat. Aber das würde nicht alles sein.

Iolaranam hatte seine eigenen Vorstellungen, was diese Gemeinschaft betraf. Vorstellungen, mit denen nicht jeder einverstanden sein würde. Aber die Fianna mußten sich weiterentwickeln, um zu überleben.

So mußte auf jeden Fall beibehalten werden, daß auch weiterhin Männer und Frauen den Dienst zum Wohl ihrer Heimat taten.

Sie müssten besser ausgerüstet werden und mehr Befugnisse haben.

Vor allem aber durften sie nur einem unterstellt sein, Eriu selbst.

Plötzlich zupfte jemand Iolaranam am Ärmel und riß ihn aus seinen Gedanken.

Leise flüsterte ihm Oighrigh ins Ohr.

"Iolaranam, ich muß dir etwas sagen. Ich gehe jetzt Holz sammeln hinter dem Haus. Vielleicht besuchst du mich, wenn du dich am Brunnen wäschst."

Dann stand der Junge auf und ging nach draußen, um sich etwas frisch zu machen und Holz zu sammeln.

Nur kurze Zeit später trat Iolaranam vor die Hütte und machte sich auf die Suche nach Oighrigh.

Es dauerte nicht lange und er hatte ihn gefunden.

"So Oighrigh, und jetzt erzähle mir einmal, was es zu sagen gibt."

Die Augen des Jungen begannen zu strahlen, und ein Lachen überzog sein Gesicht.

"Shasza, sie hat wichtige Nachrichten und wird heute abend zu uns kommen. Außerdem hat sie unsere Pferde zurückgebracht."

Iolaranam hatte die Pferde gar nicht mehr vermißt, nachdem er sie auf dem Weg zu Oighrigh gesehen hatte. Erst jetzt fiel es ihm wieder ein.

"Junge, das war gut, daß du mir das hier draußen sagst. Ich traue diesem Rabharta nicht. Mit dem Kerl ist irgend etwas faul. Wenn ich ja nur mit Toit reden könnte. Aber dieser Hauptmann läßt ihn keinen Augenblick allein. Ich bin mir sicher, daß die beiden zum Fahrenden Volk gehören und irgendeine Schweinerei aushecken, die auf unserem Rücken ausgetragen werden soll.

Hör mir jetzt gut zu, Oighrigh. Cioná wird bestimmt heute wieder mit Dúghorm irgendwelche Kräuter sammeln gehen. Ich möchte, daß du Cioná abfängst und ihr von mir ausrichtest, sie möge Rabharta oder wie er sonst heißen mag, einen richtig guten Schlaftrunk geben. Wenn er fragt, soll sie ihm sagen, wegen seiner Wunden oder so etwas. Sie wird das besser wissen als ich.

Und sie soll es vor Sonnenuntergang tun. Ich will nicht, daß er Shasza kennenlernt. Verstanden?"

Oighrigh nickte eifrig.

"Wird gemacht, Herr. Iolaranam, darf ich dich etwas fragen?"

Der Angesprochene antwortete:

"Natürlich, so viel du willst."

Der Junge fuhr sich durch sein feuerrotes Haar.

"Was wirst du mit diesem Rabharta machen, wenn sich herausstellt, daß er nicht der Hauptmann ist?"

Der Anführer erwiderte:

"Was würdest du denn mit ihm anfangen, Oighrigh?"

Der Gefragte überlegte kurz und antwortete:

"Mein Herz sagt, ich soll ihn töten, weil er gleich wo er ist nur wieder Unheil bringt. Mein Bauch sagt, laß ihn gehen und beschmutze deine Finger nicht mit seinem Blut. Mein Kopf aber sagt, behalte ihn und benutze ihn, wie er es plante, aber zu unserem Nutzen. Aber das letzte ist nur Wissen, das ich mir von Dúghorm angeeignet habe.

Aber was wirst du jetzt tun?"

Iolaranam lächelte.

"Ich kann es dir nicht sagen, denn ich weiß ja noch nicht, ob er lügt oder nicht. Aber wenn er wirklich nicht die Wahrheit sagt, werden wir gemeinsam überlegen, was wir mit ihm anstellen werden.

Geh jetzt, Oighrigh, damit du Cioná nicht verpaßt."

Eilenden Schrittes machte sich der Junge davon. Iolaranam verweilte noch einen Augenblick und erkannte, daß es nichts zu überlegen gab, bis er die Neuigkeiten von Shasza gehört hatte.

Wo Crónachan und Gormeala jetzt wohl waren? Sie mußten es einfach schaffen. Er konnte nicht noch zwei seiner Gefährten entbehren.

Nachdenklich ging er wieder in die Hütte zurück.

Bald darauf verließen Dúghorm und Cioná die Hütte. Der Anführer freute sich über das späte Glück der beiden.

Seine Augen glitten zu Sionnach, die ihm einen liebevollen Blick zuwarf und zu ihm herüberkam.

"Na, Adlerseele, freust du dich für deinen edlen Ratgeber, daß die Liebe doch noch an seine Tür geklopft hat?

Ein schönes Paar sind die beiden, hoffentlich werden sie glücklich miteinander."

Iolaranam erwiderte:

"Wir wissen beide, daß jeder die Zukunft in seinen eigenen Händen liegen hat. Nichts steht geschrieben und alles ist möglich.

Ich hätte nie geglaubt, daß ich dein stolzes Herz gewinnen könnte, so unnahbar warst du zu mir. Deine grünen, funkelnden Augen lockten mich an und wenn ich etwas sagte, schnitt mich deine unbarmherzige und zweischneidige Zunge entzwei.

Und noch immer vertraust du mir nicht ganz und hältst dir noch ein Türchen auf, um heimlich, schnell und leise verschwinden zu können, wenn du willst.

Reck nicht dein Kinn so in die Luft und sei nicht empört, denn wir wissen beide, daß es so ist.

Ich liebe dich so sehr, meine Liebe, daß du alle Zeit der Welt hast, um mir ganz und gar zu vertrauen."

Zärtlich schmiegte sie sich an ihn.

"Du hast mich gewollt. Jetzt sieh auch zu, wie du mit mir fertig wirst. Ich muß ja auch sehen, was ich mit dir anstelle. So ist das Leben.

Aber ich finde, wir machen das schon ganz gut. Ich bin glücklich mit dir, jedenfalls meistens. Aber solange ich weiß, daß ich die einzige Frau in deinem Leben bin, kann uns nichts trennen."

Iolaranam grinste frech.

"Zählen auch Waldelbinnen zu diesen Frauen oder werden die noch einmal anders gewertet?"

Sionnach schnaubte.

"Du Schuft! Wäre es dir lieber, wenn ich überhaupt nicht eifersüchtig wäre und du gerade alles machen könntest, wie es dir beliebt? Nein,

nein, nicht mit mir. Das könnte dir so gefallen! Ich bin froh, daß wir dieses gefährlich liebreizende Wesen endlich los sind. Hat den Männern ja nur den Kopf verdreht. Ich brauche nur Oighrigh anzusehen. Der Junge wird sich doch nie mehr in eine Menschenfrau verlieben können."

Ihr Geliebter versuchte sein Grinsen krampfhaft zu verstecken, vergebens. Leise flüsterte er ihr zu:

"Da freust du dich bestimmt zu hören, daß diese Elbenfrau uns heute abend mit ihrer Anwesenheit beehrt."

Ein lautes "Was" hallte durch den Raum. Alle Köpfe drehten sich zu ihnen, bis Sionnach lächelnd abwinkte.

Leise flüsterte sie Iolaranam zu:

"Was will sie denn hier? Und woher weißt du das schon wieder?"

Der Anführer der Fianna erwiderte:

"Sie war gestern nacht hier, hat die Pferde zurückgebracht und mit Oighrigh gesprochen."

Sionnach sagte:

"Sie wird den Jungen noch wahnsinnig machen. Was hat sie denn gesagt?"

Iolaranam antwortete:

"Nun, sie kommt heute abend noch einmal, um uns Neuigkeiten zu überbringen. Cioná wird einem unserer besonderen Freunde hier einen hübschen Schlaftrunk einflößen.

Ich traue diesem Rabharta nicht. Komm, laß uns noch ein bißchen ausruhen, bis der Abend anbricht. Wenn Shasza heute abend kommt, sind die Tage der Ruhe bestimmt vorbei."

Sionnach kuschelte sich an ihren Geliebten, ließ sich ganz von seiner Wärme und Liebe einhüllen. Hier konnte sie sich fallen lassen, hier war sie sicher. Weit war ihr Weg gewesen zu dieser Liebe.

Wenige Männer hatten ihrem Feuer widerstehen können und andere waren darin verbrannt. Es war schwer, sich selbst zu lieben, wenn man verantwortlich war für das Unglücklichsein anderer. Es war, als verliebe sie sich immer und immer wieder in die falschen Männer. Dabei verliebten sich die Männer in die falsche Frau. Niemals hätte sie diesen Ansprüchen gerecht werden können, ohne ihre eigenen aufzugeben.

Hoffnungslos hatte sie sich der Einsamkeit ergeben und nichts mehr von der Liebe erwartet. Und siehe, Iolaranam war in ihr Leben getreten.

Er hatte sie ernst genommen und über ihren ängstlichen Stolz gelacht. Hartnäckig und doch mit viel Geduld hatte er ihr Herz für sich eingenommen.

Aber noch immer hatte sie so sehr Angst diesen Schatz wieder zu verlieren. Ihre Eifersucht legte ihr mehr Hindernisse in den Weg als daß sie sie voranbrachte. Doch sie zeigte ihr auch wieviel sie für diesen

Mann empfand. Stark legte sich sein Arm um sie und drückte sie an sich. Ihr Herz klopfte vor Freude, daß sie kaum atmen konnte. Noch immer gab es diese freudigen Augenblicke des Verliebtseins. Wie ein Kätzchen schnurrte sie. Sie träumte von blühenden Sommerwiesen, über die sie hinwegflog wie ein weißes Band im Wind, als Iolaranam sie weckte.

Zärtlich küßte er sie wach.

"Komm, wir haben einen Gast, den wir nicht warten lassen wollen."

Sionnach richtete sich auf und warf einen Blick in die Runde.

Der Hauptmann lag schlafend in einer Ecke und merkte nicht einmal, daß er sorgfältig gefesselt worden war.

Toit saß mit den anderen um ein knisterndes Feuer und auch Shasza war da, deren Hand von der Oighrighs fest gedrückt und geherzt wurde.

Über dem Feuer grillte ein Reh, das bald gar sein würde.

Gemeinsam setzten sich auch Iolaranam und Sionnach zu den anderen.

Der Anführer ergriff das Wort.

"Wieder sei uns gegrüßt, Shasza! Dankbar bin ich den Göttern, daß dein Weg so oft den unsrigen kreuzt. Sei eingeladen zu dem Mahl und leiste uns Gesellschaft.

Wie ist es dir ergangen seit wir uns das letzte Mal sahen?"

Ein Lächeln huschte über das Gesicht der Waldelbin, denn das war ein Empfang, wie sie ihn sich wünschte.

Nicht wie beim letzten Mal als man sie kurz und knapp ausfragte und sie nicht einmal richtig erzählen ließ.

"Nun, vieles hat sich zugetragen, seit wir uns das letzte Mal sahen. Langsam muß ich erzählen, damit ich auch nichts vergesse. Zuerst laß mich sagen, daß der, der dort gefesselt liegt, niemand anderer ist als die rechte Hand Cluanaires aus dem Fahrenden Volk und nicht Rabharta, der erste Hauptmann des Königs.

Er sollte euch in die Irre führen und davon abhalten, den Plänen von Siorc, einem eurer Abtrünnigen, Dragan, dem Ziehbruder Solasards und Néart, einem Sidhi, der sich mit Dragan verbündet hat, in die Quere zu kommen.

Was ist mit seinem Kameraden? Warum habt ihr ihn nicht auch gefesselt?"

Iolaranam wechselte einen verständnisvollen Blick mit Toit und antwortete ihr.

"Er kam zu mir und erzählte mir alles, vor allem aber, daß Caochán, so ist sein wahrer Name, sogar vorhatte, alle oder doch wenigstens einige von uns zu töten, um uns abzulenken. Toit wird bei uns bleiben. Er mag uns eine große Hilfe sein, wenn wir uns mit dem Fahrenden Volk auseinandersetzen müssen, wenngleich er kein großer Krieger ist.

Dafür werden wir ihm helfen, seine Frau aus den Händen Cluanaires zu befreien.

Aber was ich gern wissen würde ist, wenn das Caochán ist, wo ist dann Rabharta?"

Die Waldelbin antwortete ihm:

"Rabharta wurde von einem eurer Männer, Siorc mac Drochobair, zu Dragan in die Wyinklo-Berge verschleppt. Von dort aus wird er zu Cluanaire gebracht werden. Niemand weiß, was der dicke Mann mit dem ersten Hauptmann vorhat, denn niemand auf Tara wird sich grämen um ihn, vielleicht Tuan, der Hochdruide, oder Eala, eine Schattenbringerin, mit der ihn ein seltsames Band verbindet.

Wenn wir schon einmal bei Tara sind, dann laßt euch sagen, daß Broc jetzt auch seinen zweiten Geís gebrochen hat.

Es wird nicht mehr lange dauern, dann wird dieser Dragan versuchen, die Macht zu übernehmen.

Solasard wird noch nicht so weit sein, daß er ihm die Krone entreißen kann, wenngleich er der rechtmäßige Hochkönig wäre. Keinen Zweifel gibt es mehr daran.

Die einzigen, die diesem Dragan entgegentreten können, seid ihr, die Fianna.

Aber noch zeigt sich keine Bewegung bei euren Truppen. Ich sah zwei blonde Frauen auf der Breiten Straße. Ich schätze, sie werden sicherlich die Befehle, sich in Bewegung zu setzen, nach Cill-airne bringen und das ist sehr wichtig.

Das Volk im Süden ist verzweifelt und weiß nicht, wie man gegen die elendigen Síofra vorgehen soll.

Die Leute haben Angst, weil diese Kerle mit der Königlichen Garde unter einer Decke stecken.

Euch rate ich nur von Tara fernzubleiben, denn eine besondere Herrin ist aus der Anderen Welt zurückgekehrt.

Solasards Mutter.

Sie haust im Rath Grainne. Nett nicht wahr, wie alle Frauen Fionns dort enden. Leider darf sie diese Erde nicht mehr betreten, jedenfalls nicht bei Tageslicht, sonst wird sie zu Staub zerfallen.

Wie ein Geist lebt sie in diesen Mauern, Gefangene ihres Ehrgeizes. Sie glaubt wohl wirklich, daß Dragan oder Néart eines Tages den Thron an Solasard abtreten werden. Ein törichtes Menschenweib!

Amhrán, die zukünftige Frau des Hochkönigs und zukünftige Hochdruidin Erius, ist spurlos aus dem Coven verschwunden, nachdem Madhra, der Weltenjäger, Diener Solasards Mutter und Verbündeter Dragans, dort aufgetaucht ist und bei dem Imbolc-Ritual die Hohepriesterin getötet hat. Ein großes Opfer hat sie gebracht, Síochanta, die Tochter des Königlichen Paares von Tir na Samradh.

Teuer wird der Hund dafür bezahlen. Schon jetzt ist man ihm auf den Fersen.

Aber nun zu euch. Denn ich komme nicht als Nachrichtenüberbringer sondern als Überbringer einer Einladung.

Dair, der Weise des Kleinen Volkes, lädt euch ein, die alte Waldstadt Coill na Taibhreamh mit eurem Besuch zu ehren.

Dort werdet ihr auf Misnéachard treffen, den Prinzen des Sommerlandes und dreißig der besten Krieger seiner Heimat. Auch eine kleine Auswahl der erlesensten Krieger meines Volkes werdet ihr dort antreffen.

Lange war Frieden in dem Wald von Tara. Doch nun werden dort die ersten Vorkehrungen getroffen, um gegen den Feind zurückzuschlagen.

Wenn ihr wollt, kann ich euch noch diese Nacht zu euren neuen Verbündeten führen. Aber nur, wenn ihr wollt?"

lose fäden

Schweigend zogen sie durch eine weiße Welt. Die Kälte kroch in Rabhartas Glieder, daß er sie nicht mehr spürte. Wie ein Sack fühlte er sich auf dem Esel.

Der Hauptmann hatte es schon lange aufgegeben, sich mit Spíon zu unterhalten. Genauso gut hätte er mit einem Schwein sprechen können. Ein ausgewachsener Dummkopf war er, der nur den Befehlen Siorcs Folge leistete. Niemals würde er ihn überreden können, ihm zur Freiheit zu verhelfen.

Aber Rabharta wußte auch, daß er sich befreien mußte. Was auch immer dieser Cluanaire mit ihm vorhatte, er konnte mit Sicherheit darauf verzichten. Abgesehen davon wollte er zurück auf die Burg. Wer wußte, was da vorging.

Sicherlich konnte der Hauptmann Measartha vertrauen, aber er war eben doch sehr jung und unerfahren.

Schon jetzt ärgerte sich Rabharta für die Last, die er dem Mann völlig unvorbereitet aufgebürdet hatte.

Und dann war da auch noch Eala. Er wußte selbst nicht, ob die Gefühle, die er ihr entgegenbrachte, wirklich Liebe waren, aber er sorgte sich sehr um diese Frau. Es mußte einfach einen Weg geben, denn mit jedem Schritt entfernte er sich mehr von seiner Burg, dem Ort, wo er jetzt sein sollte.

Tief schnitten die Fesseln in sein Fleisch, doch tiefer noch in sein Herz.

Er durfte jetzt nicht aufgeben. Rabharta mußte nachdenken. Er konnte sich unmöglich selbst aus den Fesseln befreien. So mußte er demnach einen Anlaß schaffen, damit Spíon das tat.

Der Hauptmann war bestimmt nicht stärker als Spíon, aber flinker und wesentlich klüger.

An einem Lough hielten sie kurz an, weil sich Spíon erleichtern mußte.

Rabharta sagte:

"Ich habe Durst, kann ich etwas zu trinken haben? Wir können dann auch gleich unsere Wasservorräte wieder auffüllen."

Spíon drehte sich zu dem Hauptmann um.

"Du bist ja ein ganz Schlauer, was?"

Rabharta lächelte verhalten.

"Bestimmt nicht schlauer als du. Ich habe doch nur ausgesprochen, woran du sicher auch gerade gedacht hast, oder?"

Sein Aufpasser strahlte über das ganze Gesicht.

"Genau. Hier, ich halte dir den Wasserbeutel hin. Trink, du sollst ja auch nicht leben wie ein Hund."

Gierig schluckte Rabharta, bis Spíon ihm den Wasserbeutel entzog. "Trink nicht so viel, sonst müssen wir alle paar Meilen anhalten, weil du pissen mußt. Wir werden bald den schlimmsten Anstieg hinter uns haben, dann müssen wir einen Zahn zulegen."

Das Weiß der Landschaft schien Rabharta fast zu blenden. Immer höher folgten sie den ausgetretenen Pfaden durch das Gebirge.

Nichts war zu sehen von den grünen Weiden, auf denen im Sommer stolze Rinder grasten. Alles Vieh war in dieser Zeit in den Ställen im Tal.

Die ganze Natur schien zu schlafen. Die Bäume trugen weiße Wintermäntel, die sie kuschelig einhüllten und diese kalte Jahreszeit träumend an ihnen vorübergleiten ließen.

Der Hauptmann schloß seine Augen und dachte an Eala. Sie war so eine schöne Frau. Er hatte den allzu weichen Kern unter dieser harten Schale gespürt, und es tat ihm leid, daß sie glaubte, nur durch ihren Tod dem Leben und seinen Verletzungen entgehen zu können. In ihrer Verletztheit ähnelte sie so sehr Dragan. Aber wo Dragan seinen Haß nach außen hin auslebte, opferte sie sich selbst und ließ sich davon innerlich zerfressen.

Wie Dragan hatte sie irgendwann einmal einen Traum gehabt, vielleicht auch von einem Netz, das alle untereinander verband, von etwas, an dem sie Anteil haben könnte und das ihr auch etwas zurückgab.

Liebe.

Nun hatten sie sich beide entschlossen, den Menschen den Rücken zuzukehren.

Aber diese Flucht würde sie unweigerlich wieder an den Anfang ihres Weges bringen.

Sie konnten von Menschen nicht etwas erwarten, was sie selbst nicht bereit waren zu geben.

Wie schön war es doch, sich anderer Leute Köpfe zu zerbrechen, viel leichter war das als sich mit seinen eigenen Schwierigkeiten zu befassen.

Rabharta lächelte leise in sich hinein.

Was wollte er eigentlich? War er denn so viel besser als Dragan oder Eala? Hatte er sich denn jemals auf etwas anderes eingelassen als auf seine Arbeit?

Hatte Dair nicht zu ihm gesagt, daß seine Zukunft nicht auf Tara lag?

Wie angenehm es doch gewesen war, sein ganzes Leben mit Tara auszufüllen und zu glauben, das sei alles, was er brauchte.

Im Grunde war Rabharta noch ein größerer Feigling als Eala oder Dragan, denn er hatte sich nie richtig auf etwas eingelassen, geschweige denn auf einen Menschen oder die Liebe.

Es war ja auch so leicht davonzulaufen und dem aus dem Weg zu gehen.

Sein Herz wurde warm und glomm auf, als er so an Eala dachte.

Wann, wenn nicht jetzt, sollte er lernen, was Liebe wirklich ist, wenn er sich nie verschenken würde?

Vielleicht hätte Dragan ehrlicher zu sich selbst sein sollen, offener im Umgang mit anderen.

Amhrán hatte nichts von Dragans Gefühlen für sie gewußt, bis zu ihrem Versprechungsabend.

Er mußte mit Eala sprechen, er mußte ihr sagen, was er für sie empfand.

Liebe, Freundschaft, all das war möglich, wenn Wahrheit die Menschen verband und das Vertrauen dieses Band zu leben, ohne Scham und Angst. Alles andere war Lüge. Dragan war so blind. Dieser Traum, den er hatte, er hat ihn selbst zerstört.

Er hatte sich belogen, seine Familie, das Mädchen, das Dorf.

Und er machte alle dafür verantwortlich, nur nicht sich selbst.

In Wahrheit wollte er doch, daß dieses Netz nur ein Traum bliebe, daß es zerstört würde von seiner falschen Wirklichkeit. Denn sonst hätte er sich darauf einlassen müssen. Dragan hätte vertrauen müssen. Er hätte offen und ehrlich sein müssen zu anderen, aber vor allem zu sich selbst und das war es doch, wovor er die meiste Angst gehabt hatte.

Dieses Netz mußte zerstört werden, damit er in seiner falschen Welt weiterleben konnte, ohne sich Gedanken machen zu müssen, ob er vielleicht selbst Schuld daran sei. Er hatte seinen Traum seiner Feigheit, seiner Gier nach dem einfachen, selbst-verständlichen Weg geopfert.

Es war so leicht, anderen die Schuld in die Schuhe zu schieben, sich zurückzulehnen und aufzugeben.

Es war so leicht, den bequemen Weg zu gehen und sich vorzumachen, daß es der steinige sei.

Der Weg zum Gipfel der Seele führt auch durch ihre Täler. Wer sie nicht durchschreitet und hinter sich läßt, wird nie den Berg der Erkenntnis finden.

Auch Rabharta erkannte nun, daß er sich erst auf sich selbst einlassen mußte, um auch mit anderen dieses Erlebnis zu teilen. Wie willst du jemanden kennenlernen, wenn du dich selbst nicht kennst? Wie willst du ihn aufrichtig lieben, wenn du dich selbst nicht liebst?

Sein ganzes Leben zog an dem Hauptmann vorüber und er erkannte, daß er nie gelebt hatte.

Das, was er an Wärme, Geborgenheit und Zuneigung gebraucht hatte, hatte er sich dort, wo man bereit war, es ihm für den geringsten Gegenwert zu geben, geholt.

Er war eine Hure seiner Gefühle geworden, seiner Ängste, seiner Wünsche, seiner Hoffnungen. Rabharta hatte seine Seele an den Gleichmut verkauft und einen Stein dafür erhalten.

Er hatte falsche Tränen geweint, weil doch alles nur Selbstmitleid war. Der Hauptmann hatte nicht einmal begonnen zu kämpfen.

Kein Recht hatte er Dragan oder Eala zu verurteilen, in nichts stand er ihnen nach.

Oder doch?

Denn er würde jetzt zurückgehen, würde diesen falschen Pfad verlassen und endlich leben. Er würde Rabhartas Leben leben und nicht das des ersten Hauptmanns. Glück durchströmte ihn.

Gleich wie, es würde ihm gelingen zu entkommen.

Das Netz, das ihn hielt, er würde es durchtrennen, bis es nur noch lose Fäden gab, die er neu knüpfen konnte.

Jetzt hatten sie den Gipfel erreicht. Unter sich, in einem großen Tal, erkannte Rabharta viele Hütten, die unordentlich und viel zu schnell aufgebaut worden waren.

Spíon folgte seinem Blick.

"Da unten hausen die Síofra. Machen wir daß wir weiterkommen. Mit denen möchte ich nichts zu tun haben.

Ich wünschte, Dragan hätte diese Dämonenbrut nie auf den Plan geholt. Selten habe ich so häßliche Wesen gesehen. Gierig sind sie und das endet nie gut."

Vorsichtig zogen sie weiter, immer so, daß man sie vom Tal aus nicht sehen konnte.

Nach zwei Tagen erreichten sie Cill-dara. Die Landschaft wurde immer unübersichtlicher. Der Wald hier war noch ein Urwald.

Schlingpflanzen hatten ein Netz über ihn gezogen und erschwerten so ein schnelles Vorankommen. Teilweise mußten sie sogar von ihren Tieren steigen und zu Fuß weitergehen.

Spíon ging voran und schlug mit einem Schwert den Weg frei.

Rabharta folgte ihm, immer auf der Suche nach einer Möglichkeit zur Flucht. Bald würden sie auf die Breite Straße stoßen und wären dann in nur kurzer Zeit in Bealaclugga.

Selten nur nahm Spíon dem Hauptmann die Fesseln ab und auch dann nur wenn sein Messer an dem Hals des Hauptmannes lag.

Die Tage änderten sich nicht. Mittelweile war Rabharta ein struppiger Bart gewachsen, der ihn so juckte, daß er fast dem Wahnsinn nahe war. Seine langen roten Haare verfilzten immer mehr und allmählich sah er aus als gehöre er selbst zum Fahrenden Volk.

Die Zeit lief ihm davon.

Schließlich erreichten sie die Breite Straße. Ein junger Landstreicher war ihnen begegnet, der Rabharta aufmerksam musterte, als er vorüber ging.

Der Hauptmann des Hochkönigs war auf seinem Esel eingenickt und wußte nicht, wer da seinen Weg gekreuzt hatte.

Saileach schon.

Abends hatte Spíon ein Wetterhäuschen gefunden, das einigermaßen vor der Kälte schützte.

Spíon hatte in der näheren Umgebung nach Holz gesucht und damit ein großes Feuer entfacht.

Zu essen gab es nichts. Das Hartbrot mußte sparsam eingeteilt werden. Rabharta machte das nichts aus, so wurden seine Gedanken klarer. Als Spíon schon lange schlief, robbte er sich vorsichtig zu ihm.

Dessen Messer lag neben einem Ast, an dem er vergebens herumgeschnitzt hatte.

Die Luft roch nach Schnee und über ihm zeigte sich kein Stern, kein Licht, weil graue Wolken darauf warteten, endlich ihre Last abwerfen zu können. Aber noch war dazu nicht die Zeit.

Gerade als er seine Fesseln an das Messer gelegt hatte, hörte er leise Schritte hinter sich. Schnell legte sich der Hauptmann auf die Seite und stellte sich schlafend.

Vorsichtig näherte sich da jemand, sehr vorsichtig und nur der leicht knirschende Schnee verriet es.

Rabhartas Herz schlug bis zum Hals. Krampfhaft versuchte er ruhig zu atmen. Dann spürte er etwas Kaltes an seinen Händen.

"Bewegt euch nicht, Rabharta, erster Hauptmann des Hochkönigs. Ich durchtrenne jetzt eure Fesseln und dann werden wir beide hier verschwinden, heimlich, still und leise.

Mein Name ist Misnéachard. Ich bin der Sohn des Königlichen Paares aus Tir na Samradh.

Folgt mit jetzt."

Rabharta ergriff die Hand, die sich anbot, ihm aufzuhelfen.

Im Schein der roten Glut blickte er in die Augen eines Mannes, der all das war, was Broc nie sein würde. Dies war ein Mann, der Ehre hatte.

Ein letztes Mal drehte sich der Hauptmann zu Spíon um. Dabei streifte er einen Ast, der Spíons Wange ritzte. Blitzschnell war dieser wach, sprang auf und zog sein Schwert.

Auch Misnéachard wollte sein Schwert ziehen, aber es blieb in seinem Mantel hängen.

Spíon holte zum Schlag aus, als Rabharta nach dessen Messer griff und es ihm in den Bauch rammte.

Erschrocken ließ Spíon das Schwert fallen und umgriff das Messer, das sich in seinen Leib bohrte. Ungläubig sah er Rabharta an. Dann machte er einen Schritt auf ihn zu.

"Glaubst du, dieser Kratzer kann mich aufhalten?"

Misnéachard zerrte Rabharta hinter sich her, der gerade noch sah, wie Spíon auf sein Pferd zuwankte.

Im Laufen rief Rabharta:

"Er hat ein Pferd. Wohin gehen wir?"

Misnéachard zog ihn noch immer hinter sich her.

"Ich habe auch ein Pferd. Eines, das uns beide leicht tragen kann und trotzdem schneller ist als seines. Kommt, es ist nicht mehr weit."

Ein Pfiff erscholl durch die Nacht und Lasair trabte seinem Herrn entgegen.

Rabharta wurde auf den Schimmel befördert und Misnéachard sprang hinter ihm auf.

Schnee stob auf, als sich das Tier in Bewegung setzte und wie der Wind davonstürmte.

Der Hengst galoppierte, bis der Morgen anbrach. Noch nie hatte Rabharta auf einem Pferd wie diesem gesessen. Rote Ohren hatte es, aufmerksam zurückgelegt, um jedem Wort Misnéachards zu lauschen und seinem Weg zu folgen.

Sein ganzer Körper schien nur geballte Kraft zu sein.

Bäume, Büsche, alles flog an ihnen vorbei.

Bei Tagesanbruch machten sie Halt.

Der Hauptmann kannte diesen Wald. Oft war er mit seiner kleinen Stute hier gewesen. Bald würde er wieder zu Hause sein. Bald würde er wieder bei Eala sein. Sein Herz raste.

Aber was, wenn Misnéachard gar nicht nach Tara wollte?

Der Elbenprinz hatte dem Hengst seinen großen Mantel übergeworfen und fütterte ihn aus der Hand mit Getreide.

Immer wieder klopfte und streichelte er den herrlich gebogenen Hals des wunderschönen Tieres.

Rabharta räusperte sich und fragte:

"Prinz? Wohin führt euer Weg? Ich danke euch für meine Befreiung, aber wo ihr auch hingeht, mein Weg wird mich nach Tara führen.

Wie kam es überhaupt, daß ihr mich gefunden habt?"

Misnéachard lächelte verheißungsvoll und antwortete:

"Sagen wir, ihr habt eine Freundin auf Tara, der ihr sehr am Herzen zu liegen scheint. Sie bat mich um diesen Gefallen. Eala war die einzige, die den Nebel der Síofra durchdringen konnte.

Aber wir werden trotzdem nicht nach Tara gehen."

Rabharta musterte den Mann aufmerksam.

"Es wäre ein dummer Scherz zu sagen, natürlich nicht, wir werden reiten.

Aber ihr seid kein sehr lustiger Mensch, nicht wahr?"

Der Elbenprinz hauchte in seine Hände.

"Nein, ich bin kein sehr lustiger Mensch. Jedenfalls nicht in diesem Augenblick. Unser Weg führt in eine andere Richtung, wir werden in die alte Waldstadt gehen. Auch Eala wird bald dort sein.

Wie seltsam die Götter sind. Da bringen sie einen Elben, der ein Menschenkind liebt und einen Menschen, der eine Schattenbringerin liebt, zusammen.

Ob sie jetzt wohl über uns lachen beim Großen Mahl?"

Rabharta verstand nichts von dem, was der Prinz redete.

"Warum gehen wir in die alte Waldstadt? Und warum wird Eala bald da sein?"

Misnéachard erwiderte ihm:

"Ihr wißt es noch nicht, aber der Hochkönig hat seinen zweiten Geís gebrochen. Er will sie töten lassen. Aber vorher wird er, so hoffe ich, noch seinen dritten Geís brechen.

Ihr könnt nicht auf die Burg zurück. Es ist zu gefährlich für euch. In eurer Abwesenheit hat sich dort einiges verändert.

Solasards Mutter wohnt im Rath Grainne. Ihr Geliebter Néart steckt mit Dragan unter einer Decke und hat die Königliche Garde in seiner Gewalt."

Rabharta wurde blaß.

"Was ist mit Measartha?"

Der Elbenprinz lächelte.

"Um den braucht ihr euch nicht zu sorgen, der hat mächtige Freunde gefunden. Ich glaube, ihr kennt Dair und seine Leute.

Ja, es ist die Ruhe vor dem Sturm, der wir gerade lauschen, Rabharta.

Morgen werden wir in der alten Waldstadt auf Dair treffen. Auch einige Fianna sollen dort sein oder auf dem Weg dorthin.

Und uns geht es noch gut. Ich möchte im Augenblick nicht mit Solasard mac Annir tauschen.

Wir haben erfahren, das der Namenlose oder Athraigh, wie er sich nennt, kein geringerer ist als der Sohn Cluanaires. Cluanaire aber ist ein Abkömmling des Morna-Clans.

Vielleicht ist der neue Hochkönig tot, bevor er überhaupt auf dem Thron gesessen hat.

Es ist, als reiße jemand das Schicksalstuch auseinander. Warum nur?"

Rabharta lächelte.

"Weil nur lose Fäden neu gewebt werden können. Nur lose Fäden, mein Freund."

Der Wind des Schicksals

“Schwertmeister, das ist genug für heute. Wir müssen weiter. Die Zeit drängt. Amhrán, zieh deinen Mantel wieder an und knöpfe dein Hemd zu. Ich weiß überhaupt nicht, wozu du das Kämpfen lernen willst. Wenn Solasard Hochkönig ist, wird dir niemand etwas antun können.”

Rhiannon führte die Pferde herbei.

Amhrán grinste frech.

“Wenn Solasard Hochkönig ist, braucht er vielleicht genau mich, um ihn zu beschützen. Außerdem sagst du doch immer, daß sowohl der Geist als auch der Körper Bewegung brauchen, um sich zu entwikkeln.

Abgesehen davon wüßte ich gern, wohin wir reiten und warum die Zeit drängt?”

Scathcrobh hatte gerade Luft geholt, um ihr zu antworten, als Rhiannon es ihm mit einem Blick verbat.

Die Greisin stieg auf ihr Pferd und sagte:

“Ich weiß, es ist nicht leicht für dich, schon wieder unterwegs zu sein, aber ich kann dir im Augenblick auch nicht mehr sagen, als daß wir unterwegs zum Binn Gulbain sind. Selbst das hätte ich dir nicht sagen dürfen.

Laßt uns aufbrechen!”

Eine Woche waren die drei nun schon unterwegs, immer angetrieben von Rhiannon, die sie stetig in den Norden führte.

Sie waren dem Ufer der Siona gefolgt und verlangten von sich nicht weniger als von ihren Pferden.

Bás, Scathcrobhs Hengst, schien sich daran zu erfreuen, seinem Herrn zu beweisen, wie gut es war, ihn vor dem Schlachter gerettet zu haben. Oft kamen sie an verlassenen Dörfern vorbei, deren Bewohner in wärmeren Gegenden Zuflucht gesucht hatten.

Das Land schien wie ausgestorben und die zum Teil verwüsteten und von den Unbillen des Winters zerstörten Häuser lagen da wie die Skelette verendeter Tiere.

Der Herrin sei Dank hatten sie genug zu essen dabei.

Obwohl die Zeit drängte, bestand Amhrán darauf, jeden Tag mindestens eine Stunde mit Scathcrobh zu üben.

Es gab ihr ein gutes Gefühl, sich gegen einen etwaigen Angreifer verteidigen zu können.

Rhiannon hatte ihr von anderen Möglichkeiten erzählt, wie man mit Verfolgern fertig werden kann. Gewaltfreie Möglichkeiten, beigebracht hatte sie ihr diese nicht.

Abends lag das Mädchen todmüde am Feuer und lauschte den Gesprächen von Rhiannon und Scathcrobh, ohne daß diese es bemerkten.

Aber noch immer hatte sie nicht herausgefunden, zu welchem Zweck sie diese beschwerliche Reise angetreten hatten. Das einzige, was sie verstanden hatte war, daß Scathcrobh nur mitgekommen war, um sie vor Rhiannon zu schützen, was das auch immer bedeuten sollte.

Immer wieder waren die beiden aneinandergeraten, wenn es um Amhráns Ausbildung zur Hohepriesterin ging. So auch heute abend.

Mürrisch nahm Scathcrobh einen Schluck Met aus seinen Trinkbeutel.

"Ich verstehe euch einfach nicht. Es scheint euch Covenfrauen nicht oder doch nur allzu klar zu sein, was ihr mit diesem Mädchen vorhabt, aber Amhrán sagt ihr kein Wort davon.

Wann soll sie es denn erfahren? Wenn sie nach Tara kommt, um eigentlich nur ihren Versprochenen zu ehelichen.

Glaubt mir, ich achte Síochanta hoch und ich bewundere sie sehr für das Opfer, das sie gebracht hat, damit wir flüchten konnten. Aber wenn ihr Amhrán nicht einweiht in eure Pläne, wird sie euch einen Strich durch die Rechnung machen.

Sie ist kein Kind mehr, das man von einer Ecke in die andere schubsen kann. Sie ist eine starke Persönlichkeit, die sich mit Sicherheit nicht von dir zu etwas mißbrauchen läßt, was sie nicht will, Rhiannon. Schließlich hast du sie doch auch zum Teil zu dem gemacht, was sie ist."

Rhiannon seufzte auf.

"Ach, Scathcrobh, glaubst du, mir fällt es leicht, was ich hier tue. Mein Herz hängt genauso an diesem Kind wie deines.

Aber du kannst die Wahrheit nicht auf einen Unvorbereiteten loslassen. Sie würde nicht verstehen, was wir von ihr wollen.

Außerdem möchte ich, daß sie mit dem Herzen entscheidet und nicht mit dem Kopf oder weil sie glaubt, daß man dieses oder jenes von ihr erwartet.

Es ist immer schwieriger eine einfache Entscheidung zu treffen, wenn man zuviel weiß.

Glaube nicht, daß ich keine Angst hätte, ihr zu viel aufzubürden. Ich weiß selbst, daß sie erst am Anfang ihrer Suche nach Weisheit steht."

Scathcrobh trat zu dem scheinbar schlafenden Mädchen hin und legte ihr seinen Mantel über.

Dann wickelte er sich in seine Satteldecke und setzte sich wieder vor das Feuer.

"Wie soll sie Weisheit erlangen, wenn sie kein Wissen hat? Wissen wird doch erst durch Handeln, durch die Erfahrung zu Weisheit, ohne das ist es nur eine leere Hülle für nichts.

Es ist die Erfahrung, die dem Wissen Leben einhaucht, und Erfahrung ist immer von größerem Wert als Wissen.

Du mußt ihr alles erzählen, Rhiannon!"

Die alte Frau ließ ihren Blick liebevoll über Amhrán streichen.

"Ich habe solche Angst davor, Scathcrobh. Wie sagt das Alte Wort: 'Manchmal reichen tausend Erzählungen nicht aus und doch ist ein einziges Wort zuviel.'

Sie ist noch so jung.

Auch ich sehe, wie Síochanta, das Licht in ihr und obwohl ich ihrem Urteilsvermögen immer traute fürchte ich, daß Amrhán unter dieser Aufgabe zerbrechen wird.

Es ist nicht leicht, eine gute Hohepriesterin, eine gute Hochdruidin zu sein, die höchste Frau im Land neben dem Hochkönig, Mittler zwischen den Göttern und den Menschen.

Wir wissen beide, warum so manche Hochdruidin aus den Erzählungen verbannt worden ist.

Ich traue ihr zu, daß sie es schaffen kann. Aber ich habe auch sehr viel Angst um sie.

Sie, die die Freiheit über alles liebt, wird die Göttin auf Erden vertreten, wird die höchste Priesterin sein und welche andere Aufgabe hat ein Priester als andere Glauben zu bekämpfen."

Nachdenklich rieb sich der Mann das Kinn.

"Ich kenne dich gar nicht so. Eigentlich hatte ich immer geglaubt, daß du mit Leib und Seele den Dienst an der Göttin verrichtest.

Jetzt klingt da ein Unterton mit, der mich fast daran zweifeln läßt."

Die Hohepriesterin lächelte in sich hinein.

"Es ist nicht der Dienst an der Göttin, der mir schwerfällt, es ist der Dienst an den Menschen.

Immer öfter wird der Glauben unseres Volkes nicht mehr von den Göttern, sondern von Menschen her erklärt. Ein Glaube, der nicht vom Schöpfer stammt, sondern vom Geschöpf. Dabei geht es doch in jedem Glauben darum, daß die Seele nicht entseelt wird. Dies sollte das Ziel sein jeden Glaubens."

Der Krieger erwiderte:

"Und doch wird gerade aus diesem Grund so oft getötet, werden Kriege entfacht. Vielleicht wäre es besser, gar keinen Glauben zu haben."

Die Hohepriesterin antwortete ihm:

"Der Mensch aber ohne Glauben gleicht einem Wanderer auf der Suche nach Wasser, der die Quelle für eine Sinnestäuschung hält und lieber stirbt als von der erlösenden Wirklichkeit zu trinken.

Das wahre Selbst, Scathcrobh, weiß, daß in seinem Inneren jeder Glaube enthalten ist. Alles ist eins. Alles ändert sich und ist doch stets gleich.

Nimm diese Welt. Wer weiß, wie oft sie schon vergangen und wieder neu geboren wurde. Wie oft der Mensch sie zerstört hat und die

Große Mutter einem anderem Lebewesen die Möglichkeit gab, einen Versuch zu wagen.

Es sind die Menschen in ihrem Hochmut, die glauben einzigartig zu sein, die glauben sie retten zu müssen, für sich.

Aber das Leben findet immer wieder einen Weg, auch ohne den Menschen.

Vielleicht werden die Menschen diese Erde eines Tages so weit gebracht haben, daß sie nur noch eine schmelzende Masse ist.

Ich frage mich, ob sie begreifen, daß sie nur Gäste auf dieser Erde sind. Ob sie wissen, daß sie alles verlieren können und das Leben immer gewinnt?

Aber ich schweife ab. Wir werden sehen, was die Zukunft bringt. Wir werden vor allem sehen, was sie für Amhrán bringt."

Beide hingen ihren Gedanken nach bis sie der Schlaf übermannte.

Am nächsten Morgen kamen sie in ein Dorf, wo sie ihre Vorräte ergänzten. Wenige Menschen waren auf den Straßen. Den ganzen Weg durch das Dorf folgte ihnen ein Wolfshund, der immer wieder kläffend vor die Hufe ihrer Pferde sprang.

Wieder spornten sie die Tiere an und trieben sie vorwärts.

Am Abend erreichten sie Carra Siona, wo sie in einem verlassenen Bauernhaus übernachteten.

Als sie einen Hasen, den Rhiannon erbeutet hatte, verspeisten, fragte Amhrán:

"Meint ihr nicht, daß ich ein Recht darauf hätte zu erfahren, was hier geschieht? Es geht hier doch auch um mich oder warum sind wir jetzt schon wieder unterwegs und auf der Flucht?"

Den ganzen Tag hatte sie abgewartet, um ihren Begleitern die Möglichkeit zu geben, ihr doch noch unaufgefordert zu erzählen, was gerade geschah.

Amhrán war wütend gewesen, nachdem sie gestern nacht das Gespräch belauscht hatte.

Das Mädchen fühlte sich geehrt, war aber gleichzeitig auch verletzt, daß man ihr nicht sagte, was diese Reise damit zu tun hatte, daß sie Hochdruidin werden sollte.

Natürlich war sie noch sehr jung, aber es gab ja auch noch so viel zu lernen, zu erfahren.

Sicherlich sollte sie nicht gleich morgen dieses Amt übernehmen. Schließlich war sie noch nicht einmal Priesterin, geschweige denn Hohepriesterin.

Nur schwer konnte sie damit umgehen, in Ungewißheit gelassen zu werden.

Sie wollte jetzt Antworten haben.

Fast zornig wechselte ihr Blick von Scathcrobh zu Rhiannon, bis der Krieger das Wort ergriff.

"Gehe nie davon aus, daß du das einzige Ziel einer Jagd bist."

Das Mädchen verzog das Gesicht.

"Ach, hört doch auf!"

Jetzt sprach Rhiannon.

"Was sorgst du dich um deine Zukunft? Ich finde, die Zukunft sollte ungewiß bleiben. Sie ist wie eine weiße Wand, auf die wir unsere Sehnsüchte malen.

Mach dir keine Sorgen, mein Rosenherz, vertraue mir."

Amhrán schnaufte auf.

"Das fällt mir im Augenblick sehr schwer, Rhiannon. Ich habe euch gestern abend belauscht!"

Erschrocken blickte die Hohepriesterin zu Scathcrobh.

Der sagte:

"Wer sich in eine Höhle begibt, die nur einen Ausgang hat, muß damit rechnen, den Ausgang nicht mehr zu finden und in ihr umzukommen."

Rhiannon verdrehte die Augen.

"Danke, Scathcrobh, für die Rückenstärkung. Ich weiß, es war nicht richtig, dir nichts zu sagen, Amrhán. Aber ich dachte, wenn ich es nicht ausspreche, wird es nicht wahr. Ich habe solche Angst um dich, und ich weiß nicht, ob wir genügend Zeit haben, dich auf diese große Aufgabe vorzubereiten.

Dein ganzes Leben wird sich verändern und was du aus der einen Welt kennst, wirst du in der anderen Welt nicht finden.

Du wirst so vieles aufgeben müssen, so vieles verlieren."

Auch dieses Mal war Amhrán nicht bereit, in den dunklen Seiten des Lebens zu ertrinken, sie wählte immer das Licht.

"Aber ich werde vieles lernen können. Ich werde der Göttin besser dienen können, ich werde den Menschen helfen und ich werde ...."

"Misnéachard verlieren."

Rhiannons Worte schnitten durch die Zeit und holten das Mädchen in die Wirklichkeit zurück.

Tränen traten in ihre Augen.

Sanft näherte sich Scathcrobh, nahm sie in den Arm und flüsterte:

"Es gibt immer jemanden, der auf dich wartet."

Schluchzend befreite sie sich aus seinem Arm und stürzte hinaus.

Sie stolperte umher, bis sie zu Boden sank.

Würde das das Opfer sein, das die Große Mutter forderte, für die Nähe zu ihr. Sicherlich liebte sie auch Solasard, ihm war sie ja versprochen. Konnte es in ihrem Herzen nur Platz geben für sie und Solasard?

Amhrán erinnerte sich an Misnéachards Kuß, an den Mantel seiner Liebe, mit dem er sie umhüllte.

Rhiannon, die ihr gefolgt war, trat an sie heran.

"Amhrán, vertraue der Herrin. Sie hat ein Herz für die Liebenden. Was ich meinte ist nicht, daß du ihn nicht mehr lieben darfst. Aber du mußt dich entscheiden zwischen den Wegen, die du gehen willst.

Du kannst dem Weg der Göttin folgen, aber dann mußt du dich ganz und gar auf sie einlassen oder du folgst deinem Weg, der mit diesem Leben endet.

Natürlich wissen wir beide, daß du ein Versprechen gegeben hast und das wirst du auch einhalten, nicht wahr?

Ich kenne wenige Menschen, die ihre Liebe ihrer Ehre opfern und schon jetzt weiß ich, daß du dich selbst dafür verfluchen wirst."

Amhrán streifte die Gedanken fort. Darüber mußte sie alleine nachdenken.

"Was heißt, ich werde eine Welt verlassen und eine andere kennenlernen?"

Die Frauen gingen zurück zum Haus und ließen sich wieder am Feuer nieder.

"Tara, Amhrán, ist Tara. Eine eigene Welt mit eigenen Regeln. Du wirst Solasard den Rücken freihalten, damit er in Frieden herrschen kann und er wird das selbe für dich tun, damit er auch im Sinne der Großen Mutter herrscht.

Nur allzu schnell wirst du der Spielball in einem gefährlichen Spiel sein. Ein Spiel jenseits der Wirklichkeit."

Amhrán liebte es Rhiannon zu zeigen, wie viel sie schon gelernt hatte.

"Nun, es gibt doch keine eine Wirklichkeit. Ist es nicht vielmehr so, daß alles auf der Welt seine eigene Wirklichkeit hat. Vielleicht macht es ja sogar Spaß durch die vielen Wirklichkeiten zu springen."

Scathcrobh rümpfte die Nase.

"Du weißt nichts von Tara. Aber ich habe dort gelebt. Die Menschen dort werden dich verschlingen, aussaugen und wieder ausspukken, wenn sie genug von dir haben. Nimm das nicht auf die leichte Schulter. Du kannst dankbar sein, daß dir Rhiannon zur Seite steht."

Das Mädchen erwiderte:

"Auf jeden Fall liegt Tara nicht am Binn Gulbain. Was machen wir dort? Könnte ich das vielleicht doch noch erfahren? Dann werde ich auch für heute keine Fragen mehr stellen. Ich verspreche es."

Rhiannon atmete hörbar ein und aus.

"Wir sind auf dem Weg zu Connlas Brunnen. Dort werden wir auf Solasard stoßen."

Den ganzen nächsten Tag schwieg sie.

Warum nur hatte das Schicksal ihr Misnéachard gesandt, wenn sie doch Solasard heiraten mußte?

Nun ja, vielleicht gab es ja noch Rettung. Wenngleich sie nicht wußte, welcher Art diese sein sollte.

Am späten Nachmittag tauchte der mächtige Tafelberg vor ihren Augen auf. Wie eine grüne Wand erhob er sich aus der Landschaft.

Die Mondin stand nur zur Hälfte am Himmel, strahlte aber so stark, daß ihre andere Hälfte unscharf zu erkennen war.

Dort lag ihr Schicksal, all die Antworten auf die unausgesprochenen Fragen.

Síochantas Gesicht zog an ihr vorüber und Madhras Stimme hallte in ihrem Ohr. Leise flüsterte das Mädchen:

"Ich wünschte, ich könnte das alles verstehen."

Da kam eine genau so leise geflüsterte Antwort an ihr Ohr.

"Nur der Wind vermag das Schicksal zu verstehen. Denn er ist überall."

shetiyyah

Gealán erwachte davon, daß Báistigh ihr eine Strähne aus dem Gesicht strich. Sie öffnete die Augen, sah sein Lächeln und schmiegte sich an ihn.

Seine schwarzen Locken fielen auf ihre weiße Haut, als er sich niederbeugte, um sie auf die Schulter zu küssen.

Gealán genoß seine Zärtlichkeiten, gab sich ihnen hin, trieb davon auf einer Welle. Sanft umfaßte sie seinen Nacken, zog sich hoch und küßte ihn auf den Mund.

Sie hatten sich die ganze Nacht geliebt, bis sie selig eingeschlafen waren.

Er würde ihr so sehr fehlen. Seine Hände, die ihr Haar zerwühlten, seine Küsse, die sie zum Leben erweckt hatten, sein ganzer Körper, der sie zudeckte und vor der Welt verbarg.

Gealán hatte durch ihn gelernt, wie schön es war eine Frau zu sein und nun mußte er gehen.

Als er das erste Mal davon gesprochen hatte, mit den anderen in der Alten Welt zu kämpfen, hatte Gealán sofort gesagt, daß sie mitkäme.

Doch Báistigh hatte sie nur in den Arm genommen und den Kopf geschüttelt.

Wofür sollte er kämpfen, wenn es keinen Grund gab, hierher zurückzukehren?

Bittere Tränen hatte sie geweint, gebettelt und gefleht.

Heimlich wollte sie sich seiner Truppe anschließen, aber dann mußte sie ihm versprechen, das nicht zu tun.

Er wollte sie hier wissen, sicher und beschützt von einigen erfahrenen Kriegern, die zurück bleiben würden, falls sie keinen Erfolg haben würden.

Behutsam drehte Báistigh Gealán zu sich, umarmte sie und hauchte zarte Küsse über ihren Körper.

Ihre Finger fuhren durch sein Haar, strichen über seinen glatten Rücken, kitzelten ihn.

Mit einem strahlenden Lächeln zog er sie an sich. Wie warm seine Haut war, wie samten, wie weich seine Lippen, die über ihren glatten Leib 'ich liebe dich' schrieben.

Tränen stiegen in ihre Augen. Báistigh konnte nicht alle fortküssen.

Er hielt sie ruhig in seinen Armen, bis das Zittern vergangen war, das Schluchzen in der Stille des Morgens von den Liedern der Vögel davongetragen wurde.

"Sorge dich nicht, Liebes. Ich komme zurück. Ich verspreche es dir. Nichts und niemand kann mich aufhalten."

Gealán wischte die Tränen fort.

"Ich hasse die Menschen. Haben sie denn gar nichts gelernt? Wozu diese Versteckspiele, diese Täuschungen? Warum können Néart, Dragan, Solasard und Broc nicht offen gegeneinander kämpfen?"

Báistigh versuchte es ihr zu erklären.

"Täuschung war schon immer ein Werkzeug der Herrschenden. Aber selbst Broc kann sich nicht mehr lange vor seinen Lügen verstekken. Er könnte auch Gutes tun, aber dazu fehlt ihm die innere Bescheidenheit. So überläßt er sich seiner Schlechtigkeit und entgeht somit der Selbsterkenntnis.

Ich hoffe sehr, daß Solasard andere Mittel und Wege findet, das Land zu führen."

Gealán küßte ihn sanft.

"Bestimmt wird er das. Er ist der Sohn Fionn mac Cumhails. Wer, wenn nicht er, soll das Land gerecht behandeln, das Land und das Volk.

Angst und Macht mögen das Werkzeug der Herrschenden sein, aber nicht aller.

Betrachte doch nur Lá und Oiche, euer Königspaar.

Sie haben sich noch nie an einem anderen vergreifen müssen, weil sie frei waren in ihrem Wirken und Denken.

Gleichwohl wie sich Sáile verhalten hat, ihr habt sie nicht getötet wie wir es getan hätten. Die Menschen könnten vieles von euch lernen, wenn sie nur wollten.

Ich glaube, ich hätte nie gelernt die Verantwortung für mich und mein Leben zu übernehmen, wenn ich nicht hierher gekommen wäre.

Es war so leicht Sáile zu folgen, ihren Befehlen Folge zu leisten. All das entband mich scheinbar vom Nachdenken, was ich denn eigentlich wollte.

So leicht war es, Sáile die Entscheidungen zu überlassen. Ich war der Zwerg auf den Schultern eines Riesen, der auf den Schultern eines Zwerges steht.

Hier habe ich gelernt, daß nur ich mein Leben leben kann, daß nur ich in meinen Schuhen laufen kann und nicht dem Weg eines anderen folgen darf.

Ich hatte geglaubt, ich müßte Sáile helfen, ihren Sohn zu finden. Wie sollte sie das schaffen, wenn sie noch nicht einmal sich selber finden konnte."

"Aber du hast es doch nur gut mit ihr gemeint, wolltest ihr helfen, oder?"

Seine Geliebte schüttelte leicht den Kopf.

"Nein, ich wollte ihr helfen, damit ich mir nicht helfen mußte.

Du weißt nicht, wie leicht es ist, die Finger in die Wunden anderer Leute zu legen, Báistigh.

Es ist so leicht, die Fehler anderer zu finden.

Du fühlst dich so gut, wenn du glaubst ihnen zu helfen. Aber alles, was du tust, ist nur vor dir wegzulaufen. So wie ich es mein ganzes weltliches Leben getan habe. Dabei waren es gar nicht die Fehler der anderen, die ich entdeckte.

Es waren meine eigenen. Immer wieder habe ich eines ganz und gar aus meinen Gedanken verdrängt."

Der Flötenspieler fragte nachdenklich:

"Was?"

Gealán lachte stolz.

"Daß diese zwei Augen meine Augen sind. Daß ich alles, die ganze Welt nur mit meinen eigenen Augen sehen kann.

Nimm den grünen Apfel dort. Für mich ist er grün, für dich ist er vielleicht gelb und der Apfel selbst denkt, daß er rot ist.

Aber wer hat nun recht?

Ist ein Mensch, den ich als jung empfinde, wirklich jung oder empfinde ich das nur, weil ich glaube ich sei alt?

Es ist gleich, ob der Apfel grün, gelb oder rot ist, solange ich ihn einfach als Apfel annehme und nicht versuche ihn zu etwas zu machen, was er nicht ist.

Gib einem Freien Macht und er wird sie nicht mißbrauchen. Doch gib die Macht einem Unfreien, so werden Köpfe rollen und alle Mittel sind ihm recht, um seine wahnwitzigen Ideen durchzusetzen.

Du kannst aus Gold keine Wolle machen, aber du kannst die Wolle veredeln durch Farbe und dadurch, daß du sie mit anderen Stoffen zusammenbringst.

Jedes Lebewesen ist einzigartig, etwas Besonderes wie ein Stück Holz. Du magst es feilen, schnitzen oder drechseln, es bleibt stets dasselbe Holz.

Lá hat mir ein großartiges Geschenk gemacht, als sie mir erlaubte, hier zu bleiben, sie schenkte mir mich selbst.

Bevor ich diese Welt betrat, war ich ein unentdecktes Land. Nun habe ich mich gefunden und noch lange wird es dauern, bis die Erde, die so lange brach gelegen, ein urbarer Acker ist. Aber ich werde meinen Weg gehen. In meinen Schuhen und auf meine Weise."

Báistigh streichelte ihren Arm.

"Du bist so stark geworden, seit ich dich zum ersten Mal sah. Es ist so schön zu sehen, wie sich ein Schmetterling aus der Raupe entwikkelt.

Du wirst mir so unendlich fehlen, meine Schöne. Wie einsam werden deine Nächte sein und ich kann nicht bei dir sein."

Sanft küßte er sie auf die Stirn und stand auf.

Gealán drehte sich auf die Seite, zog die Decke bis ans Kinn und beobachtete ihn lächelnd beim Anziehen.

“Ihr habt schon gewußt, warum die jungen Männer in den Krieg ziehen und die Alten hier bleiben. So könnt ihr sicher sein, daß eure Frauen auf euch warten und nicht auf dumme Gedanken kommen.”

Nun lachte auch Báistigh.

“Genau so ist es! Bitte paß auf dich auf. Ich könnte es nicht ertragen, wenn dir etwas geschähe und vielleicht werden wir scheitern und die Síofra werden in unser Land eindringen. Ich habe kein gutes Gefühl, dich allein hier zurückzulassen, aber dich mitzunehmen wäre noch gefährlicher.”

Seine Geliebte beruhigte ihn.

“Mache dir keine Sorgen, Lieber, es sind ja noch genug Krieger hier, die uns beschützen können und außerdem können Frauen auch durchaus wehrhafte Geschöpfe sein.

Achte du lieber auf dich, damit du mir nicht von einem Regentropfen erschlagen wirst.

Ich vertraue der Großen Mutter. Warum sollte sie mir mein Glück wieder entreißen, wenn ich so mühsam suchen mußte, es zu finden.”

Wieviele andere Paare trennten sich nun auch für eine ungewisse Zeit? Wieviele Hoffnungen und Ängste wurden frei, Gebete zu den Göttern gesandt, die nichts ändern konnten.

Es waren die Menschen, die dieses Leid heraufbeschworen hatten. Ihre Gier nach Macht.

Wie gerne verstecken sie diese häßliche Alte hinter der Maske der Tugend und nannten es Glaubenskriege.

Stammbäume wurden da zu einer Rechtfertigung zum Töten.

Würde Solasard ein weiserer König sein als Broc?

Würde er erkennen, wann es Zeit war, das Steuer einem anderen zu überlassen oder würde er wie Broc das Schiff auf die Klippen zusteuern, bis es daran zerschellte? Fionn mac Cumhails Sohn, ein Name, der für Hoffnung stand.

Könnte es ihm gelingen, die Menschen mit ihren Brüdern, den Tuatha de Danaan, zu versöhnen?

Gealán wünschte es sich so sehr. Erius Kinder hatten Angst. Gelähmt verharrten sie unter den Schlägen, die ihnen die Síofra und die Königliche Garde zufügten.

Einzig die Fianna leisteten Widerstand, aber bei den Massen der Síofra waren sie nur Flöhe im Pelz eines Hundes.

Heute würden die Tuatha de Danaan durch das große Weltentor in die Alte Welt zurückkehren.

Draußen hörte sie das Schnauben von Pferden, das Klirren ihrer Geschirre, leises Gemurmel. Das Große Volk kehrte zurück.

Vielleicht war es möglich, sich mit den Waldelben zu verbünden. Aber auch deren Zahl war so gering und das Kleine Volk, das all die Zeit in der Verbannung gelebt hatte, was würde es ihnen bringen? Es mußte gelingen, eine Niederlage würde den Untergang aller bedeuten. Sie konnten nur gemeinsam gewinnen.

Vielleicht konnten sie mit den Fianna ihre Heimat von dem Unrat befreien, den Néart und Dragan darauf ausgebreitet hatten.

Es mußte einfach gelingen.

Die Tuatha de Danaan kehrten heim, um ihre Alte Welt zu befreien. Ein neues Zeitalter würde anbrechen und Báistigh wäre einer von denen, die es bereiteten.

Gealán stellte sich hinter ihn und umschlang ihn mit ihren Armen.

"Ich bin so stolz, daß du gehst, obwohl mein Herz das Gegenteil sagt. Aber ich weiß, was es dir bedeutet nach Hause zu kommen, auf der Erde zu wandeln, die vom Blut deiner Ahnen getränkt ist. Dieses Mal werdet ihr das Schattenheer vernichten."

Báistigh drehte sich um und blickte in ihre rehbraunen Augen.

"So wird es sein! Die Menschen brauchen uns und wir werden den Eid einlösen, den sie damals gebrochen haben.

Ach, meine Schöne, ich wünschte, du könntest bei mir sein."

Er hielt sie in seinen Armen, als würde er sie nie mehr loslassen wollen.

Gemeinsam ließen sie sich nieder und aßen ein wenig von den Früchten, die auf einer Schale lagen.

Kurz darauf verließen sie das Zelt und machten sich auf zu den Weiden, wo die Kinder der Stadt die Pferde gesattelt und mit Blumen geschmückt hatten.

Viel Volk hatte sich hier eingefunden. Einige Krieger saßen schon auf ihren Rössern, während andere noch Abschied nahmen von ihren Frauen und Familien.

Auch Lá, die Königin, ging von Familie zu Familie und verabschiedete die jungen Männer.

Nur kurz waren die Worte, die sie an das kleine Heer richtete.

"Salziger Regen näßt die Erde der Anderen Welt heute, denn so mancher wird sie nicht wiedersehen.

Auch wenn wir der Anderen Welt den Frieden bringen, so reist doch der große Gleichmacher in unserem Gefolge mit und die Síofra werden ein Fest feiern, bei dem der Tod die Fidel streicht.

Vergeßt das nie! Keiner soll ausziehen mit einem Lachen auf den Lippen, denn wir sind nur das Werkzeug der Mächtigen Morrhígan und dankbar auf ewig sei der, den sie verschont.

Reitet nun, die Zeit drängt und grüßt mir meinen Sohn."

Schweigsam setzte sich der Zug in Bewegung. Leises Schluchzen drang an Gealáns Ohr. Dort ritt ihr Geliebter. Ein letzter Blick in ihre Richtung, dann trabten sie ihrem Ziel entgegen.

Lange noch standen die Frauen mit ihren Familien da, bis auch der letzte Reiter nicht mehr zu sehen war.

Gealán trat zur Königin heran.

"Bestimmt werden sie siegreich sein. Ich hoffe es so sehr für meine alte Heimat. Mein Volk kann vieles von euch lernen."

Lá erwiderte ihr.

"Und auch wir können vieles von euch lernen. Die Menschen haben auch durchweg einige gute Seiten an sich. Ich bete so sehr zur Göttin, daß es für uns alle noch nicht zu spät sein mag.

Wenn Dragan und Néart siegen, wird nur noch das Chaos herrschen und die Finsternis."

Gealán legte ihr die Hand auf die Schulter.

"Wie geht es eurem Sohn? Hat er etwas erreichen können in der Alten Welt?"

Tränen traten in die Augen der Mutter.

"Ich weiß es nicht. Selbst auf der Traumstraße sind die Schatten der Síofra und hart mußte ich mit ihnen ringen, bis sie meinen Geist zurückkehren ließen.

Sie lauern in dunklen Gängen und verschlingen die, die zu schwach sind, sich gegen sie zur Wehr zu setzen.

Wie Treibsand saugen sie alles auf, was in ihre Nähe kommt, sei es gut oder böse und so werden sie immer stärker.

Die Traumstraße ist ein sehr gefährlicher Ort geworden, den ich allein nicht mehr zu betreten wage.

Brücken, die über die reißenden Ströme der Zeit führen, stürzen hinab in die Tiefe und Wege, die sicher waren, führen ins Nichts.

Pryrias Schatten sind überall. Sie selbst aber ist auf dem Weg zur Mitte der Traumstraße. Dort liegt sicher und geborgen Shetiyyah, der Grundstein der Welten. Das Auge des Drachen, Beginn und Ende aller Zeiten.

Die Meister der Wandlung formten aus jedem Splitter dieses Steins ein Weltentor. So lange die Zeit durch Shetiyyah pulst, ist es uns möglich durch die Welten zu wandern.

Die Große Mutter wird dieses Geschenk nicht in die Hände der Pryria fallen lassen.

Ich hoffe, daß es Misnéachard gut geht. Meine Schultern tragen schwer an der Verantwortung für mein Volk, seit Oiche bei Solasard ist.

Komm laß uns zurück zur Stadt gehen. Nichts wird besser durch Sorgen. Bist du glücklich mit Báistigh?"

Sie verstand nur zu gut, daß sich Lá nach erfreulicheren Dingen sehnte, als von Krieg und Zerstörung zu sprechen.

Sanft lächelte Gealán.

"Ja, sehr. Er hat eine so freundliche und zurückhaltende Art, daß ich zum ersten Mal selbst entscheiden und fordern muß. Ich muß etwas bewegen und selbst den Anfang machen. Manchmal wünschte ich, seine Trägheit zu besitzen. Aber ich habe sie nicht, noch nicht. Denn ich weiß jetzt, daß alles in mir Wasser und Feuer, Erde und Luft ist und es liegt an mir, sie zum Leben zu erwecken.

Es ist leicht zu sagen, ich möchte seine Trägheit besitzen oder seine Leichtigkeit. Viel schwerer ist es, in die Tiefe zu tauchen oder in die Höhe zu schweben und danach zu suchen.

Mühsam ist es diesen Schatz zu bergen und verführerisch sind die Versuchungen, sich etwas vorzumachen. Aber wenn ich dieses Juwel gefunden habe, wird es auf ewig mein sein, denn ich war blind und öffnete die Augen zum Sehen. Das ist mein Weg."

Plötzlich griff die Königin nach Geaḷáns Arm. Sie schwankte, stolperte fast und kurz darauf spürten es auch die anderen Frauen, die dem Weg folgten.

Die Erde schien zu zittern.

Lá schnaufte, als schnüre ihr jemand die Kehle zu. Schmerz durchlief ihren Körper.

Blut tropfte aus ihrer Nase.

Dann in weiter Ferne ein Donner.

Die Königin krümmte sich, krallte ihre Hände in die Erde und stöhnte leise:

"Shetiyyah!"

Der Wurm

Sheela-na-Gig trat zu Solasard, legte ihm eine Hand auf die Schulter und sagte:

"Nun werden sich unsere Wege trennen, mein Freund. Ab hier mußt du deinen Wege alleine gehen. Neamhní und ich werden die Gemeinschaft über den äußeren Weg zum Schwert führen und dort auf dich warten.

Du aber mußt dem inneren Weg folgen. Deinem Weg, der seit deiner Geburt auf dich wartet."

Der Schwertsucher fragte:

"Wie lange werde ich brauchen, bis ich zum Brunnen des Connla gefunden habe?"

Sheela-na-Gig antwortete ihm.

"Wie lange hat dein Vater gebraucht? Die Länge des Weges ist so verschieden wie es Menschen gibt. Der eine braucht eine Stunde, der andere einen Tag, wiederum andere suchen ihr ganzes Leben lang und finden ihn nicht, Solasard."

Ratlos blickte der junge Mann in die vom Mondlicht beschienenen Gesichter seiner Gemeinschaft.

Wieder einmal war es Goworr, der die verlegene Stille unterbrach.

"Ich finde, wir sollten eine Kleinigkeit essen, bevor wir uns wieder auf den Weg machen. Findet ihr nicht?"

Athraigh nickte ihm zustimmend zu. Oiche und Draighean wechselten einen bedeutungsvollen Blick mit Sheela-na-Gig.

Neamhní trat zu Solasard.

"Niemand entgeht seinem Schicksal, mein Sohn. Selbst wenn du hier sitzen bleibst und wartest bis dein Körper selbst stirbt. Deine Seele wird wiederkehren und so oft diesen Ort aufsuchen, bis du deine Aufgabe hier erfüllt hast. Rechtschaffen bist du und in deinen Adern pulst gutes Blut.

Du hast nichts Böse zu erwarten, es sei denn, das Böse ist in dir."

Solasard schaute in die Runde. Erwartungsvolle Blicke lagen auf ihm.

"Ich habe solche Angst. Gibt es denn keinen anderen Weg für mich? Kann ich nicht mit euch gehen?"

Wieder ergriff Goworr das Wort.

"Vielleicht sollten wir das bei einem kleinen Nachtmahl besprechen. Ich habe noch ..."

Streng blickte die Sheela-na-Gig in seine Richtung.

Sofort verstummte er und lauschte ihren Worten.

"Wenn du Angst hast, dann gib dich ihr ganz und gar hin. Liefere ihr dich aus. Wenn sie durch deinen Geist gegangen ist und deine Seele verlassen hat, bleibst nur du selbst, gewachsen und gereift, gleich einem Feuervogel, der sich aus der Asche erhebt.

Angst steht nur in allzu engem Bezug zur Erwartung und erfüllen sich diese Erwartungen wird daraus Furcht. Erwarte nichts und stelle dich, dann muß die Angst weichen, Solasard."

Athraigh trat zu ihm und knuffte ihn.

"Wie kannst du nur Angst haben? Du hast eine Nacht mit dieser fürchterlichen Alten verbracht, was kann dich mehr schrecken?"

Hinter sich vernahm er ein leises Räuspern, als Macha mit nichts als ihrem langen Haar bekleidet auf den Schwertsucher zuging.

In ihren Händen hielt sie die zwei Kurzschwerter von Diarmaid und Fionn.

"Immer schon waren es die Frauen, aus deren Händen ihr die Waffen empfangen habt. Auch heute soll es nicht anders sein. Nicht ohne den Schutz meiner Herrin sollst du die Finsternis durchwandern.

Wir alle werden auf dich warten, weil wir wissen, daß du deinen eigenen Weg finden wirst und dein eigenes Ziel."

Solasard nahm die Schwerter und steckte sie in seinen Schwertgurt.

Sein eigenes Schwert aber zog er aus der Scheide und gab es Athraigh.

"Wenn ich das Schwert wirklich finde, dann soll dieses hier an seiner Stelle bleiben, bis es zurückkehrt.

Du aber sollst derjenige sein, der es mir reicht und es in deiner Obhut bewahren, bis wir uns wiedersehen."

Der Mann aus dem Fahrenden Volk erwiderte:

"Dem Geringsten deiner Gemeinschaft, einem Dieb, vertraust du dein Schwert, vertraust du dein Leben an?

Die Wege des Schicksals sind verworren und so mag es kommen, daß wir uns dereinst als Feinde gegenüberstehen. Doch ich werde mein Schwert nicht ziehen und keines meiner Messer soll einen Tropfen deines Blues schmecken."

Stolz nahm er das Schwert entgegen.

Neamhní warf einen seltsamen Blick in Athraighs Richtung.

Erschrocken trat er einen Schritt zurück, als ginge eine Gefahr von den Messerwerfer aus. Doch er sagte nichts.

Auch Sheela, die dem Blick von Fionns alten Knappen gefolgt war, schüttelte kaum merklich den Kopf.

Solasard spürte den kalten Wind nur allzu sehr auf seiner Haut. Wenn dies alles unausweichlich war, dann wollte er es endlich hinter sich bringen.

"Wo muß ich langgehen, Sheela-na-Gig? Und was soll ich tun?"

Die Hüterin des Landes der Bäume antwortete:

"Folge diesem Pfad hier. Dann wirst du zu dem Krater gelangen. Steige in ihn hinab und du wirst ein Tor finden, das in sein Innerstes führt. Das durchschreite.

Alles andere liegt in deinen Händen."

Solasard ging von Mann zu Mann und umarmte jeden, klopfte ihnen auf den Rücken.

Goworr hatte ein kleines Bündel aus seinem Reisesack hervorgekramt, das Lembas enthielt.

Solasard kniete vor ihm und nahm es freundlich entgegen.

Dann stand er Neamhní gegenüber.

Schwer gelang es Fionns ehemaligen Knappen die Fassung zu bewahren. Tränen stiegen in seine Augen.

Er hielt Solasard die Hand hin und dieser ergriff sie beherzt und zog den alten Mann in seine Arme.

Salzige Tropfen rannen über sein Gesicht.

"Wo immer dein Vater jetzt auch sein mag, sicherlich ist er sehr stolz auf dich, mein Junge."

Solasard wandte sich ab und folgte dem Pfad.

Die Gemeinschaft blickte ihm nach, bis er aus ihrer Sicht verschwunden war. Nun war Solasard ganz auf sich allein gestellt.

Der Schwertsucher warf einen letzten Blick zu seinen Freunden zurück, aber er konnte sie nicht mehr sehen.

Helle Kieselsteine glitzerten, als sei ein Stern vom Himmel gefallen, um ihm den Weg zu weisen.

Er war allein.

Bald fand er den Krater, der steil in die Tiefe abfiel.

Vorsichtig machte er sich an den Abstieg. Das Geröll gab unter seinem Gewicht nach und er rutschte vorwärts.

Nur mühsam fand er sein Gleichgewicht, als er zu stürzen drohte.

Schritt für Schritt stieg er ab. Langsam setzte er einen Fuß vor den anderen. Gerade als er glaubte, er sei sicher genug, um etwas schneller voranzugehen, verlor er wieder den Halt und stürzte.

Mit seinen Händen versuchte er sich festzuhalten, aber er schürfte sie nur auf. Goworrs Bündel fiel ihm aus der Hand. Sein Hemd riß auf und einer der Kurzschwerter löste sich aus seinem Gürtel.

Scheppernd fiel es in den Krater, Solasard folgte ihm und blieb neben dem Schwert liegen.

Er betrachtete das Blut, das seinen Wunden entströmte. Auch seine Knie waren nicht verschont geblieben.

Vor ihm gähnte ein schwarzes Loch, bereit, ihn für alle Zeit zu verschlingen.

Mühsam stand Solasard auf und steckte das Kurzschwert wieder in seinen Gürtel. Der Schwertsucher blickte sich um.

Kein Mensch war in der Nähe. Niemand würde es bemerken, wenn er den Krater wieder hinaufkletterte und den anderen folgte.

Sein Herz pochte wild bei diesem Gedanken und er drehte sich um und machte einen Schritt nach vorne.

Seine Füße spürten die Steigung, versanken im Geröll. Der Schwertsucher suchte Halt auf seinem Weg nach oben, als ihm ein Stein in die Hand fiel.

Die Wahrheit ist wie ein Stein. Sie löst sich nicht auf.

Solasard setzte sich. Seine Hand umschloß den Stein.

Wenn er jetzt diesem Weg den Rücken kehrte, würde er nie wissen, wer er wirklich war.

Er würde nie erfahren, ob er überhaupt auserkoren war, das Schwert zu finden. Oder ob er hier vielleicht aufgeben sollte, so wie er es im Begriff war zu tun.

Amhrán und das Versprechen. Schon lange ging es nicht mehr um sie.

Es ging allein darum, welchen Weg er einschlagen wollte.

Scheitern oder aufgeben oder den richtigen Weg finden?

Ein Leben in Feigheit, die Wahrheit im Tod? Erst jetzt erkannte Solasard, daß jeder Mensch sein ganzes Laben lang allein war und seine eigenen Entscheidungen treffen mußte und auch nur für sich ganz allein treffen konnte.

Vielleicht sollte er Amhrán gar nicht heiraten. Vielleicht sollte er gar nicht Hochkönig werden. Vielleicht war all das nur geschehen, damit er nun hier saß und über sein Leben nachdachte.

Zu viele Vielleichts!

All die Rätsel würden sich nur lösen, wenn er aufstand und den Fuß in dieses schwarze Loch setzte.

Schließlich konnte er ja immer noch zurückkehren.

Im Mondlicht konnte er zwei Torflügel sehen, die weit offenstanden. Langsam stand er auf und rutschte vorsichtig bis zum Eingang.

Solasard hielt den Stein fest, während er durch den Torbogen schritt.

Völlige Finsternis empfing ihn. Der Weg zu seinen Füßen war glatt und eben als hätten ihn viele Füße geschliffen.

Kalte Luft strich hinter seinem Rücken vorbei. Die dünnen Flimmerhärchen seiner Haut hatten sich aufgestellt und fast glaubte er, daß sich selbst sein Nackenhaar sträubte.

Es roch nach kaltem Stein, nach altem Staub.

Einsamkeit umhüllte ihn wie einen Mantel. Seine Augen sahen nichts, gleich ob sie offen oder geschlossen waren.

Das war es doch, was für manche Menschen das Erstrebenswerte war.

Der Blick, der innen und außen dieselbe Welt zeigte, eine Welt, die nur im Nichts möglich war. Solasard sehnte sich nicht nach Licht. So viele Dinge konnte es den Augen vorgaukeln. Es war leicht die Augen zu täuschen, den Geist zu verwirren. Doch die Geräusche der Nacht waren klar und entschlüsselbar.

Es war leicht dem Licht zu trauen und groß war die Enttäuschung, wenn man sich irrte.

Die Dunkelheit aber entzog allem das Vertrauen. Nichts und niemanden traute der Mensch im Dunkeln. Und wenn es ein schlauer Mensch war, vertraute er nicht einmal sich selbst.

Der Weg, dem er folgte, konnte alles sein. Eine Brücke durch die unendliche Zeit, eine Straße von der Vergangenheit in die Zukunft, ein Traum. Solasard wagte es nicht, seine Arme auszustrecken.

Vergebens versuchte er seine Angst zu unterdrücken. Immer noch raste sein Herz, sein Atem war unstet wie ein Blatt im Wind.

Mit jedem Schritt, den er tat, wurde sein Mut weniger.

Krampfhaft umklammerte er den Stein. Er fühlte sich, als zögen ihn unsichtbare Fäden zum Eingang zurück.

Seine Schritte wurden kleiner, langsamer, bis er gänzlich stehen blieb.

Solasard drehte sich zum Eingang, doch alles, was ihn umgab, war Finsternis.

Er konnte diesen Weg nicht mehr zurückgehen. Lieber würde er hier warten, bis er und dieser Berg eins geworden waren.

Der Schwertsucher sammelte seine Kräfte und folgte dem Weg weiter in das Innere des Berges.

Er lief und lief. Das einzige Geräusch seine Schritte, die einzige Richtung – vorwärts. Stundenlang.

Müde und erschöpft stapfte er weiter, bis sein Körper ihn in die Knie zwang. Das Gestein war kalt und er zitterte sich in den Schlaf.

Er erwachte, weil er vor Kälte fast selbst zu Stein wurde. Müde und immer noch erschöpft kämpfte er gegen die Wachheit. Aber der Schlaf wollte nicht wiederkehren. Er tastete nach dem Stein, nahm ihn auf und folgte dem Weg.

Klar waren seine Gedanken jetzt. Zurück schweiften sie zum Anfang seiner Reise.

Da war der Tag, an dem seine Hochzeit mit Amhrán stattfinden sollte.

Wie sehr vermißte er dieses Lachen, das Strahlen ihrer Augen, die Wärme ihrer Haut, die Vertrautheit.

Dann tauchte dieser Totenschädel auf, erzählte ihm etwas von einem Geís und gab ihm das alte Schwert seines Vaters. Das Schwert, das nun bei Athraigh war und das den Platz des Blauen Schwertes einnehmen würde, bis dieses wieder an seinen Platz zurückkehrte.

So wurde das Schwert des Vaters zu dem Schwert des Sohnes und das Schwert des Sohnes wieder zu dem des Vaters. War denn alles in der Welt nur ein Kreislauf?

Das würde aber doch heißen, daß nichts, keine Energie verschwendet werden würde, nichts verloren ging. War das möglich?

Sáile, die für ihn den Thron wollte, mehr aber vielleicht für sich, lenkte dadurch die Schritte des Sohnes auf den Weg des Vaters.

Gefährten kreuzten seinen Weg, wie sie kein König und kein Hochkönig bisher hatte.

Hochelben wanderten wieder durch ihre alte Heimat. Das Kleine Volk, das im verborgenen lebte, stand auf ihrer Seite. Waldelben, die durch die Nacht huschten, waren ihre Boten.

Seltsame Zeiten waren das. Lächelnd dachte er an die Nacht mit der Göttin und ihr wertvolles Geschenk.

Es schien, als sei all dies bestimmten Regeln unterworfen, die einem Ziel dienen sollten.

War dies die Zeit der Versöhnung aller Völker?

War das das Ziel? Die Eine Welt und er auf ihrem Thron?

Das konnte doch unmöglich wahr sein! Der Ziehsohn eines cennfine aus Inis-Diomain sollte der neue Hochkönig sein?

Solasard lachte lauf auf und erschrak über das Echo, das dieser Tunnel zurückwarf.

Er hielt sich den Mund zu, aber er konnte sein Lachen nicht wieder einfangen. Nein, das konnte einfach nicht wahr sein. Aber worin würde der Sinn liegen, von dem all hier?

Vielleicht mußte er die Sache von der anderen Seite her betrachten.

Wenn er Hochkönig werden und die Völker wieder vereinen würde, was würde das für einen Sinn machen? Auf kurze Sicht bestimmt Frieden und Sicherheit für sein Land. Aber selten war das, was kurzfristig gut war, auch langfristig gut.

Es lag in der Natur des Menschen neidisch zu sein und Neid war der Beginn eines jeden Krieges.

Wenn alles einem Kreislauf unterworfen war, dann brachte Krieg Frieden hervor und Frieden unweigerlich den Krieg. Aber welchen Sinn würde es dann machen Frieden zu schaffen?

War Frieden nur die Ruhe zwischen zwei Kriegen, die Zeit des Aufbaus, damit es etwas gab, wofür es sich lohnte zu sterben?

War Krieg nichts anderes als die Möglichkeit ein Volk klein zu halten, die Auslese, die nur die Stärksten und Schlauesten überstanden?

Solasards Gedanken drehten sich im Kreis. War er nur ein Spielzeug der Götter?

Es mußte doch eine Möglichkeit geben all dem zu entrinnen. Einen Ausweg.

Gab es für einen Herrscher nur diese zwei Richtungen, selbst zu unterdrücken oder unterdrückt zu werden.

Selbst wenn es ihm gelang, den Frieden im eigenen Land zu bewahren, was hatte er für eine Wahl, wenn eine Bedrohung von außen an diesem Wunder kratzte?

Da gab es Unterdrückung oder Unterwerfung oder aber Bündnisse, geteilte Macht. Feinde machten aus Bauern, Kriegern, Priestern und Edlen ein Volk, das zusammenstand.

Weisheit, Gerechtigkeit, Rechtschaffenheit und Tapferkeit waren die Säulen, auf denen ein Reich ruhen sollte.

Ein König war nichts ohne sein Volk.

Es war leicht einem Menschen seinen Willen aufzuzwingen, schwieriger war es, ihn zu überzeugen.

Ein Herrscher mußte sein Volk verstehen, seine Sprache sprechen, vor allem die, die man nicht hören konnte.

Genauso wichtig war es, daß das Volk seinen König verstand.

Einmal hatte Solasard Taliesin gefragt, warum man die Geschichten und Lehren seines Volkes nicht aufschrieb, wie man es in anderen Ländern tat.

Der Druide hatte ihm geantwortet:

"Das Wort wird zu seinem eigenen Gefangenen, sobald es geschrieben wird.

Glaube muß gelebt werden. Glaube ist abhängig von den Menschen und seiner Umgebung und diese verändert sich ständig.

Welchen Sinn macht es Gebote zu befolgen, die nur noch in Kraft sind, weil es sie seit tausend Jahren gibt und deshalb niemand ihren Sinn hinterfragt."

Genauso war es mit den Gesetzen eines Herrschers.

Gesetze sind nur ein Werkzeug der Macht, gestaltet nach ihren Bedürfnissen. Gesetze haben kein Gewissen. Sie halten uns auf dem Weg der Mittelmäßigkeit und gaukeln uns eine heile, erstrebenswerte Welt vor.

Gepriesen sei die Bequemlichkeit der Menschen, die sie hindert sich selbst, ihr Leben, auch ihre Herrscher zu hinterfragen.

Vielleicht könnte man aufwärts fallen, wenn man die Leiter losläßt. Wir werden es nie erfahren, wenn wir es nicht wagen.

Nicht die Gesetze bestimmen, ob eine Herrschaft gut ist, allein der Herrscher, der sie ausruft, ist dafür verantwortlich, wie ein Schiff dem Steuermann unterworfen ist.

Hochkönig und Hochdruide, eine Einheit und doch zwei Welten und das war gut so.

Sie brauchten einander und doch folgten sie verschiedenen Wegen.

Ein Land war wie ein Körper. Der König war der Kopf, der Glaube das schlagende Herz und das Volk, sein Bauch, sein Urtrieb, war der Ausdruck von Glaube und Macht. Gleich dem Himmelszelt, wo zwei Sterne Richtpunkte waren, um einem dritten zu zeigen, wo er sich befand, wohin er sich bewegte.

Eine Einheit bedurfte aller drei Säulen, um zu bestehen. Einer war des anderen Auge.

Macht und Glaube konnten nebeneinander verlaufende Pfade sein, aber nicht ein Weg.

Keine gefährlichere Herrschaft gab es für die Menschen. Sie glaubten sogar die Götter auf ihrer Seite und eilen voran, ohne daß sich ihnen ein Hindernis in den Weg zu stellen vermochte. So vergessen sie auf ihre Seite zu achten.

Macht und Glaube durften nie eines sein. Der beste Weg wäre das, seine Selbsterkenntnis zu verlieren und nicht mehr aus Fehlern zu lernen.

Beides ließ sich nicht unbegrenzt anwenden, denn sowohl Macht als auch Glaube im Übermaß sind der Keim zum Selbstverlust und zur Zerstörung. Übermäßigkeit ist die löchernde und tödliche Versuchung, die jene Rebellen schafft, die die Macht oder den Glauben letztendlich zerstören.

Nur ein guter Herrscher wird diese Grenze erkennen und danach handeln.

Solasard hatte Hunger, er hatte Durst. Der junge Mann wußte, daß seine Gedanken ihn nicht mehr lange von den Bedürfnissen seines Körpers ablenken würden.

Er hatte keine Ahnung wie lange er schon unterwegs war. Er schien aus Zeit und Raum verrückt. Die Beine taten ihm weh, seine Wunden schmerzten, sein Magen zog sich zusammen zu einem harten Ball. Sein Hals war trocken. Ein dumpfer Schmerz dröhnte in seinem Kopf.

Müde sank er nieder, wo er war und versuchte zu schlafen.

Wirre Träume suchten ihn heim. Er sah sich auf dem Thron von Tara, zu seinen Füßen das Volk. An seiner Seite stand Amhrán und blickte wohlwollend zu ihm.

Das Volk fuhr reiche Ernten ein. Das Vieh stand fett auf den Weiden.

Ein Säugling lag an Amhráns Brust. Es hatte die Augen seines Vaters. Hinter dem Thron stand ein kleines Mädchen, das neidvoll auf den Säugling schaute.

Ein anderes Bild erschien.

Solasard auf einem Schlachtroß. Krieger in prächtigen Rüstungen, die ihm folgten. Dahinter Karren mit wertvoller Beute, Sklaven in Ketten, Opfer für Dagda.

Danach, es mußten Jahre vergangen sein, Solasard im Bett mit drei Frauen, die sich wollüstig um seinen aufgedunsenen Leib kümmerten.

Sein Thron war verwaist. Nur eine junge Frau wandelte durch die leeren Hallen.

Irgendwo hatte er schon einmal solche Katzenaugen gesehen.

Er erwachte, als sich ein seltsames Geräusch in seinen Hinterkopf schlich.

Das klang wie fließendes Wasser. Noch müde und erschöpft kroch er darauf zu. Die Luft war jetzt angenehmer, wenngleich die Steine noch immer eisig waren.

Solasard wußte nicht, wie lange er sich auf dem glatten Fels voranzog, ob es eine Stunde war oder tausend.

Schließlich konnte er seinen Durst an einem kleinen Rinnsal löschen. Der Trunk gab ihm Zuversicht. Mittlerweile hatte er sich an die Finsternis gewöhnt. Seine Haut, seine Ohren, seine Nase ersetzten ihm die Augen. Der Weg führte jetzt bergab.

Wieder schritt der Schwertsucher aus, bis er über etwas stolperte und auf seine wunden Knie fiel.

Sein Stein war ihm aus der Hand geglitten und vorsichtig tastete er danach, nahm ihn auf, als er bemerkte, daß dieser Stein zwei Löcher hatte.

Ein Schauer lief ihm eiskalt über den Rücken und er schüttelte sich. Sorgfältig legte er den Schädel wieder zurück und wollte weitergehen. Da stieß er mit dem Fuß an den Stein. Er hob ihn auf, erkannte ihn und begrüßte ihn fast wie einen alten Freund.

Mittlerweile hatte er ihn so oft mit seinen Fingerspitzen erforscht, daß er sich sein Aussehen vorstellen konnte.

Lange Zeit hörte er nichts als weit hinter sich das leise Plätschern und auch das verstummte immer mehr. Wie lange war er wohl schon hier unten, einen Tag oder zwei.

Manchmal vernahm er das Getrappel kleiner Pfoten, die vor ihm flüchteten. Mit ein wenig Glück mußte er demnach nicht einmal hungern.

Solasard wanderte vor sich hin und dachte über seine Träume nach.

Wo war Amhrán in seinem letzten Traum? Ob sie vor ihm sterben würde? Oder ob dies Mädchen seine Tochter war, der Sohn war es bestimmt.

Bestimmt hatte Amhrán ihn verlassen. Er mußte ja nur an die Frauen aus seinem Traum denken. Aber hatte er sich das nicht verdient. Schließlich war es Amhráns Schuld, daß er Hochkönig geworden war. Hätte sie ihn nicht auserwählt, sondern Teanga, dann hätte er nie von diesem Geís gehört.

All das hier wäre ihm erspart geblieben. Überhaupt war sie an allem schuld. Hätte Dreoilín sich nicht in sie verliebt, hätten sein Ziehbruder und er vielleicht sogar Freunde werden können.

Wer die Götter kannte, wußte, daß ihm das auch durch jede andere Frau widerfahren wäre. Aber diese Frauen wären nichts anderes als eine andere Amhrán gewesen.

Sein Leben könnte ohne sie so schön sein, nein, statt dessen wühlte er sich hier durch die Erde wie ein Wurm.

Laut schrie er aus:

"Ich hasse dich, ich hasse dich! Ich hasse euch alle."

Sein Zorn kannte keine Grenzen mehr. Wie konnte sich Sáile anmaßen, diesen Geís auszusprechen, und warum mußte Fionn sie verlassen? Warum hatte er Diarmaid getötet?

Alles und jeder war schuld an seinem Unheil.

Solasard brüllte, schlug um sich und strampelte wild, bis er sich schluchzend zusammenrollte, sich nach nichts sehnend als Amhráns Hand in seinem Haar.

Er weinte und erinnerte sich seines Durstes. Das Vergießen von Tränen war das Vergießen von Leben, ein Geschenk der Menschen an die Erde. Er weinte, bis der letzte Tropfen versickert war, hielt sich im Arm und tröstete sich selbst. Lange saß er so, mit seinem Herzen in der Hand, eins mit sich, seiner Seele.

Nun hatte er das Zeichen verstanden. Ein Mensch war nie allein. Er hatte immer sich selbst.

Was suchte er die Abhängigkeit von anderen wenn er sich selbst liebte. Wie viel besser konnte man den anderen annehmen, wenn man sich selbst annahm.

Er verstand es nun. Niemand war für ihn verantwortlich, für sein Leben, nur er selbst. Es war leicht die anderen zu beschuldigen.

Es war allein seine Entscheidung Hochkönig zu werden oder nicht. Niemand sonst. Und er wußte, daß das sein Weg war.

Solasard stand auf und zog weiter, bis er an eine Weggabelung kam.

Er zögerte einen Augenblick, dann wählte er den rechten Weg. Meile um Meile legte er zurück.

Wenn es sein Schicksal war zu überleben, würde er überleben, und wenn es sein Schicksal war hier zu sterben, dann war es gleich, ob er im linken oder rechten Schacht begraben war.

Immer tiefer führte ihn sein Weg. Immer wärmer wurde es. Bald ließ er sein zerrissenes Hemd zurück.

Schweiß rann seinen Körper entlang, den er so gut es ging mit der Zunge auffing.

Der Schwertsucher hatte gerade eine Maus verspeist, als er vor sich ein seltsames Geräusch wahrnahm.

Irgend etwas schien auf den Weg zu rieseln.

Vorsichtig näherte er sich der Stelle und tastete sich vor.

Das war feiner Sand, der sich da von der Decke löste und noch etwas. Etwas .... Lebendiges. Ruckartig zuckten seine Finger zurück. Plötzlich war sein ganzer Körper von tausend wimmelnden Asseln bedeckt. In jede Falte seines Körpers krochen sie, und kundschafteten sie aus. Wild schlug er um sich, versuchte sich das Gewimmel aus dm Gesicht zu streichen.

Sie waren in den Ohren, in der Nase, sogar im Mund.

Solasard wollte sich beinahe vor Ekel den Stein auf den Kopf schlagen.

Wie besessen sprang er auf und stürzte davon, um sich plötzlich in kochend heißem Wasser wiederzufinden.

Er zog sich an Land und versuchte, sich von seiner ertrunkenen Gesellschaft zu befreien. Nun riß er sich auch den Rest seiner Kleidung vom Leib. Nackt, wie ein Neugeborenes, folgte er seinem Weg, genoß er die Wärme der Mutter Erde.

Weiter vorne sah er plötzlich ein bläuliches Licht oder träumte er das nur?

Langsam bewegte er sich darauf zu. Der Gang wurde weiter, so daß er aufrecht auf diesen Schein zustrebte. Warmes Wasser sickerte auch durch den Fels, fiel auf seine Haut, durchnäßte sein Haar. Bei einem kleinen Wasserfall, der auf ihn niederplätscherte, verweilte er. Solasard stellte sich unter diesen Schwall, wurde eines mit ihm und ließ alles aus seinem alten Leben los, wusch sich frei von altem Denken, Fühlen und Handeln. Der Mann, der aus diesem Wasserfall trat war Solasard mac Fionn, der zukünftige Hochkönig Erius.

Wie sehr ihn dieses Licht anzog. Immer heller wurde es, bis es ihn fast blendete. Dann schritt er durch den Lichterkranz und fand sich in einer kleinen Steinhöhle, die von Kerzen erhellt war. Das Licht hinter ihm war erloschen und wo der Gang sein sollte, war nur noch Fels.

Es dauerte einen kleinen Augenblick, bevor er erkannte, wer da auf ihn gewartet hatte.

Alle drückten und herzten ihn. Sogar Macha, die sich wieder einmal Athraighs Kleider ausgeliehen hatte. Überschwenglich begrüßten sie einander.

Nur Neamhní stand etwas abseits. Erst als sich die Freude der anderen etwas gelegt hatte, trat er an den Schwertsucher heran. Fest umarmte er ihn, hielt ihn lange und wollte ihn fast nicht mehr loslassen. Dann legte er ihm seinen Kapuzenmantel um.

"Das Schwert ist nicht in dieser Kammer. Folge mir!"

Erschöpft aber glücklich ging der junge Mann hinter dem Greis her.

Alle drängten in die große, goldene Höhle, in deren Mitte der Wächter des Schwertes stand und sein Ritual vollzog.

Selbst das Blaue Schwert der Wahrheit glitzerte golden.

Neamhní watete in das Wasser und winkte Solasard zu, ihm zu folgen. Der Wächter hatte jetzt sein Schwert gezogen, aber dann schien eine Veränderung in ihm vorzugehen.

Er lief Fionn entgegen und fiel ihm in den Arm.

"Oh, Herr, ich wagte schon nicht mehr zu hoffen."

Neamhní ließ den Wächter los und schritt weiter zu dem Schwert.

Gerade als er es ergreifen wollte, spürte er die Schwertspitze des Wächters an seinem Hals.

"Du weißt, daß das die Aufgabe Solasards ist."

Solasard griff nach dem Schwert und zog es mit einem heftigen Ruck aus dem Grund des Sees. Mit einem Schlag erlosch das goldene Licht und ein blauer Schimmer verbreitete sich in der Höhle.

Der Wächter nahm Solasard das Schwert aus der Hand und gab es Neamhní mit den Worten:

“Empfange nun das Blaue Schwert der Wahrheit aus der Hand deines Vaters, seines Schöpfers. An seiner Seite und mit dieser Gemeinschaft wirst du die Königswürde bald erringen.”

Solasard verstand nicht. Er stand nur da und konnte nichts sagen. Neamhní war sein Vater, war Fionn mac Cumhail? Die Erde drehte sich unter seinen Füßen.

Da drangen drei wundersame Gestalten in die Höhle ein und eine der beiden Frauen schien Amhrán zu sein.

Der Schwertfinder ließ beinahe das Schwert fallen.

Fionn aber trat zu Athraigh und flüsterte in sein Ohr:

“Glaube nicht, daß ich nicht weiß, wer du bist, Cluanaires Sohn, Brut der Mornas. Entscheide dich bald, wem deine Treue gehört, Namenloser.”

In der Waldstadt

Schnell hatten die Fianna alles zusammengepackt. Caochán hatte man quer vor Toit auf das Pferd gelegt. Noch immer schlief der Mann selig.

Nicht einmal eine halbe Stunde war vergangen, bis alle auf den Rücken ihrer Pferde zu finden waren.

Der Schnee knirschte unter den Hufen der Tiere. Shasza lief voran und gab die Geschwindigkeit an. Die Waldelbin hüpfte in ihrem weißen Gewand umher, als sei sie die Schneefee persönlich.

Wo sie lief, stob immer wieder die weiße Pracht auf und fiel glitzernd zu Boden. Oighrighs Herz ging über vor Freude. Er war viel zu aufgeregt, um müde zu sein, im Gegensatz zu Camchéachta, der mürrisch auf seinem Pferd hing.

Gemeinsam folgten sie dem Pfad zur Breiten Straße. Die Fianna kamen gut voran.

Obwohl Shasza nicht einmal außer Atem war bei ihrer Hüpferei, mußten die Pferde traben, um mit ihr Schritt zu halten.

Die Waldelbin trieb allerlei Schabernack mit den Gefährten. So sprang sie einmal auf Oighrighs Pferd und steckte dem Jungen ein wenig Schnee in den Kragen und rutschte schnell von dem Rücken des Tieres.

Nach einiger Zeit verließen sie die Breite Straße und mußten ihre Pferde zu Fuß durch das Unterholz führen.

Rehe sprangen davon und irgendwo uhute eine Eule.

Shasza schüttelte eine junge Pinie und Sionnach ritt zu ihrem Leidwesen in diesem Augenblick an dem Baum vorbei. Ein leichtes Schneegestöber umwehte sie kurz und mürrisch blickte sie drein.

Wahrscheinlich würden die beiden nie Freundinnen werden. Aber darauf legte die Füchsin auch keinen Wert.

Immer tiefer führte die Waldelbin die Fianna in den Wald. Immer mehr wich der Schnee zurück und gab Laub und Erde frei.

Dann blieb Shasza vor einer undurchdringlichen Wand aus Bäumen stehen.

"Es wäre sehr nett von euch, wenn ihr für einen kleinen Augenblick die Augen schließen könntet."

Alle folgten ihrer Bitte und als sie wieder die Augen öffneten waren sie in der Waldstadt.

Oighrigh traute seinen Augen nicht. Das mußte ein Traum sein. Da saßen Hochelben im Kreis mit Waldelben und Leuten aus dem Kleinen Volk.

Der Junge rieb sich die Augen, aber das was er sah, schien wirklich zu sein.

Ein alter, kleiner und runzeliger Mann erhob sich und kam ihnen entgegen.

"Seid willkommen in Coill na Taibhreamh! Ich bin Dair, der Weise des Kleinen Volkes. Silín! Kümmere dich um ihre Pferde. Sie sind gewiß durstig und haben Hunger so wie die Männer und Frauen, die sie getragen haben.

Kommt in unseren Kreis und laßt euch nieder."

Ein junges Mädchen kam ihnen entgegen übernahm die Pferde der Fianna und führte sie auf die Weide zu einer kleinen grasenden Herde, wo sie ihnen die Decken und das Zaumzeug abnahm.

Sie streute ihnen ein wenig Stroh und Hafer hin und kam zu den anderen zurück.

Iolaranam blickte sich um und erkannte erst jetzt, daß es kein Feuer war, was das ganze Lager erhellte.

Es waren tausende und abertausende helle Punkte, die in wilden Mustern sanftes Licht verbreiteten.

Mit einem Blick nach oben fragte er:

"Was ist das? Und warum gibt es hier kein Feuer? Verzeiht, ich bin unhöflich. Seid mir gegrüßt, Dair. Ich habe vieles von euch gehört und danke euch für die Einladung."

Der alte Mann führte Iolaranam und seine Gefährten zu dem Kreis.

Caochán hatte man an einen Baum gesetz, wo er friedlich schlummerte.

"Diese hellen Punkte sind unsere besonderen Freunde. In unserer Sprache heißen sie 'Sternenlichter, die zur Erde fallen'. Ihr Menschen nennt sie einfach Glühwürmchen. Dort oben sitzen die Männchen auf dünnen Fäden, die wir vor langer, langer Zeit spannten und zu einem großen Netz verwoben, und hier unten bei uns sitzen die Weibchen. Nun, wir sorgen für die Weibchen und kümmern uns um die Larven. Dafür haben sich die Männchen entschieden, ihr Leben in diesen Höhen zu leben, wo sie sich von Baumschnecken ernähren und nur einmal im Jahr zur Erde fliegen, um ihre Weibchen zu begatten.

Die schönste Nacht im Jahr ist das, wenn die Luft erfüllt ist vom blinkenden Leuchten der Käfer und ihrem Surren. Die ganze Stadt ist dann ein einziger heller Stern, der ständig sein Gesicht verändert.

Morgen früh bei Tageslicht wirst du erkennen, daß hier fast alles aus Holz gefertigt ist. Deshalb verzichten wir, so weit es uns möglich ist, auf Feuer, das Segen und Fluch sein kann. Wie du siehst, sorgt die Große Mutter gut für uns, denn es mangelt uns an nichts.

Habt ihr Hunger? Sollen wir euch etwas zu essen oder zu trinken bringen?"

Iolaranam blickte in die müden Gesichter seiner Gefährten.

"Ich danke euch, Dair. Aber mehr gedient wäre uns mit einem Schlafplatz, wo wir uns etwas ausruhen könnten."

Dair nickte Silín zu, und das Mädchen brachte sie zu den weit ausholenden Ästen einer Schwarzpappel.

Leitern hingen von den Ästen, die zu kleinen Baumhäusern führten.

Cioná lächelte schelmisch Dúghorm zu und kletterte zu der im Wipfel untergebrachten Behausung.

Der Ratgeber Iolaranams folgte ihr mit roten Ohren. Auch Sionnach und Iolaranam teilten sich eine dieser gemütlichen Ecken.

Schließlich stand nur noch Oighrigh am Stamm des Baumes.

Sehnsüchtig hing sein Blick an Shasza, die noch immer bei Dair saß und mit ihrem ganzen Körper erzählte, was ihr alles widerfahren war und was es wissenswertes zu berichten gab.

Sie war gerade wild am auf- und abspringen, als sie seinen Blick wahrnahm. Die Waldelbin sprach kurz mit Dair und kam dann zu ihm herüber.

"Oighrigh, warum schläfst du nicht? Du wirst deine Kraft bald brauchen."

Der Junge blickte sie traurig an.

"Warum sitzt du bei ihnen? Ich habe dich so vermißt und dachte, wir könnten vielleicht ein wenig reden."

Die Elbin strich mit ihrer zierlichen Hand durch sein struppiges rotes Haar.

"Oighrigh, ich bringe wichtige Nachrichten für Dair. Du weißt, daß ich dich sehr lieb habe, aber ich habe auch meine Aufgaben zu erfüllen.

Außerdem laufe ich dir doch nicht weg. Wir werden uns noch sehr oft sehen in den nächsten Tagen.

Es wird Krieg geben, kleiner Fianna, und vieles muß noch vorbereitet werden.

Wir erwarten noch Misnéachard, den Prinzen der Hochelben und mit ihm dreißig gute Männer, die ihm seine Mutter nachgeschickt hat.

Du mußt jetzt schlafen gehen. Wir werden jeden Mann und jede Frau brauchen, wenn der Sturm losbricht und schon stehen die ersten Wolken am Horizont. Versprich mir, daß du jetzt schlafen gehst und du dir keine Gedanken machst um Dinge, die wir beide vorerst nicht ändern können."

Sie hauchte ihm einen Kuß auf die Lippen und als Oighrigh nach längerer Zeit wieder die Augen öffnete, saß sie schon wieder bei den anderen.

Enttäuscht kletterte er die Leiter nach oben und lauschte auf die Geräusche der Nacht.

Er hörte Sionnachs verstohlenes Lachen und Glaslasairs Schnarchen. Über ihm schaukelte Cioná und Dúghorms Hütte leicht vor sich hin.

Alle waren glücklich und hatten irgend jemanden, nur er war allein.

Der Junge blickte aus seinem Unterschlupf und beobachtete das Treiben, bis ihm vor Müdigkeit die Augen zufielen.

Oighrigh erwachte, weil ihn irgend jemand ziemlich unsanft schüttelte und mürrisch anknurrte:

"Du, bist du Oighrigh? Ich bin Saileach. Ich soll dich wecken. Er gibt Arbeit für uns."

Oighrigh musterte den Jungen mit den grasgrünen Augen und den dunkelbraunen Haaren, die ihm wild ins Gesicht hingen. Er reckte und streckte sich und folgte Saileach, der vorausgeklettert war.

Noch im Halbschlaf tappte er hinter ihm her, ohne auch nur das geringste von seiner Umgebung wahrzunehmen.

So war es nicht verwunderlich, daß er fast über ein Pferd stolperte. Das Tier glotzte Oighrigh mit großen Augen verwundert an.

Verschlafen fragte Oighrigh Saileach:

"Und was soll ich dir helfen?"

Saileach drückte ihm ein Büschel Stroh in die Hand und erwiderte:

"Trocken reiben. Heute morgen in aller früh kamen dreißig Hochelben hier an. Sieh nur wie sie schwitzen. Die Pferde haben einen langen Ritt hinter sich. Wie müssen sie gut behandeln. Kranke oder schwache Tiere nützen uns nichts."

Noch sehr verschlafen machte sich Oighrigh an die Arbeit. Die Pferde kamen ihm riesig vor.

Nach einiger Zeit kam Silín und brachte den Jungen zwei dicke Scheiben Brot mit viel Honig und einem warmen Getränk. Oighrigh bedankte sich höflich und verschlang sein Brot augenblicklich.

Neugierig fragte Saileach:

"Du warst auch lange unterwegs, oder? Schnelles Frühstück, aufsitzen und weiter, so sieht es jedenfalls aus."

Oighrigh versuchte trotz der Brocken in seinem Mund halbwegs deutlich zu sprechen.

"Weißt du, wir sind Fianna. Ich darf nicht so frei reden von den Dingen, die wir tun."

Da warf sich auch der Junge aus dem Kleinen Volk in die Brust.

"Ja, ich verstehe das schon. Bei dem Kleinen Volk ist das genauso."

Da schlug ihn Oighrigh scherzhaft auf den Arm und beide mußten lachen. Sie brauchten den ganzen Morgen, um sich um die Pferde zu kümmern. Dennoch langweilten sie sich nicht, denn es gab genug Abenteuer zu erzählen.

Währenddessen sprach Dair mit Iolaranam und Uasal, dem Anführer der Hochelben.

"Seid mir nochmals gegrüßt, Uasal. Ein langer Ritt liegt hinter euch und gewiß würdet ihr lieber ruhen als jetzt hier mit uns zu sitzen. Ich kann das nur allzu gut verstehen, und wenn wir uns unterhalten haben, möget ihr eure wohlverdiente Ruhe finden.

Gibt es Neuigkeiten von Misnéachard?

Ich hörte, er sei vor euch losgeritten. Müssen wir uns Sorgen um ihn machen?"

Uasal zog seinen weiten Mantel enger um sich. Die Müdigkeit ließ die morgendliche Frische noch unangenehmer auf seiner hellen Haut wirken.

Mit Mühe konnte er seinen blauen Augen offen halten.

"Wir sind fast zwei Tage am Stück nur geritten, und ich bin in der Tat sehr erschöpft, aber ich erkenne auch die Notwendigkeit dieser Unterhaltung.

Dennoch laßt uns so schnell wie möglich zum Ziel kommen. Mein Körper und mein Geist bedürfen der Ruhe.

Misnéachard machte sich tatsächlich lange vor uns auf den Weg, aber ich denke, wir müssen uns keine Sorgen um ihn machen.

Wie ihr wißt, sind wir alle miteinander verbunden und ich würde spüren, wenn ihm etwas geschehen wäre.

Er wird wie immer seine Gründe haben, warum er vom Weg abwich und anderen Pfaden folgte.

Wäre ich nicht so erschöpft, würde ich ihn auf der Traumstraße suchen. Aber ich bin so müde, daß ich selbst während der letzten Stunde keinen Weg auf die Traumstraße fand, um meinen Geist etwas zu erfrischen.

Aber zurück hierher.

Was gedenkt ihr zu tun, Dair, und wie können wir euch dabei helfen?"

Der Weise des Kleinen Volkes nickte Iolaranam zu, der das Wort ergriff.

"Dair hat mit mir über die Idee gesprochen, die Versorgung der Síofra und von Dragans Männer zu unterbrechen. Aber das wird nicht leicht sein.

Wir werden dazu Ortskundige brauchen, die uns zu den einzelnen Verstecken und Lagern führen. Ich denke, daß das eine Aufgabe für das Kleine Volk ist. Aber wir, das Große Volk und die Menschen werden die Taten ausführen müssen. Wir müssen einander Deckung geben, wenn es darum geht schnell und sicher in ihre Vorratskammern einzudringen, ihre Speisen zu entwenden, vielleicht auch noch ihre Waffen zu vernichten und im Glücksfall auch ihre Pferde zu stehlen.

Ich denke, es wird am sinnvollsten sein, die Waldelben als Boten zu nutzen. Wir werden in kleinen Gruppen von höchstens drei bis vier Mann arbeiten müssen.

Alles andere erregt zuviel Aufsehen und macht zuviel Lärm.

So sehen meine Gedanken aus. Was haltet ihr davon?"

Uasal schaute zu Dair, der ihn fragend ansah.

"In meinen Ohren klingt das gut so und scheint mir auch sinnvoll, dennoch laß uns abwarten, bis Misnéachard hier ist.

Vielleicht fällt ihm noch etwas besseres in. Er kennt sein Volk am besten, und es mag Dinge geben, von denen ihr Menschen gar nicht wißt, daß es sie gibt."

Iolaranam blickte zu Dair, der leicht mit den Schultern zuckte.

Der Anführer der Fianna sagte:

"Ich fürchte, wir werden nicht die Zeit haben, um auf ihn zu warten. Es sei denn, ihr könntet mir sagen, wann er hier eintrifft.

Wenn ich an Tara denke, verkrampft sich mein Magen und Kopfschmerzen ziehen wie schwarze Wolken vor mein Auge. Irgend etwas ist da im Gange und wir alle wissen doch, daß das nichts Gutes sein kann.

Wir müßten Verbindung aufnehmen mit jemandem in der Burg, der uns helfen kann, der sich dort auch auskennt. Aber vor allem dürfen wir Dragan jetzt nicht mehr zur Ruhe kommen lassen. Wir müssen ihn ablenken, damit Solasard, wo auch immer er sein mag, seiner Wege gehen kann.

Bestimmt wird sich Dragan bald auf den Weg nach Tara machen.

Wenn Broc nur noch einen Geís zu brechen hat, will er in der Nähe sein, um das größte Stück der Beute für sich zu beanspruchen.

Wir haben nicht die Zeit, um auf Misnéachard zu warten, Uasal."

Der Anführer der Hochelben fragte:

"Und was wollt ihr jetzt tun?"

Iolaranam antwortete ihm.

"Wenn Dair damit einverstanden ist, werde ich mit zwei meiner Leute und zwei seiner Leute noch heute abend aufbrechen, um die einzelnen Verstecke von Dragans Männern und die der Síofra auszukundschaften. Du triffst besser, wenn du weißt, wo das Ziel ist.

Ich schätze, wir werden in einer Woche wieder hier sein.

Vielleicht ist bis dahin auch Misnéachard hier eingetroffen.

Was sagt ihr dazu, Dair?"

Der alte Mann erwiderte:

"Ich wünschte, Draighean wäre hier. Wenig Erfahrung habe ich in Angelegenheiten wie dieser. Aber ich sehe, daß dies bei euch gerade das Gegenteil zu sein scheint.

Den Vorschlag, den ihr gemacht habt, erscheint mir gut und so werden wir es halten.

Dann werden wir uns heute abend wieder am Jahreszeiten-Tor treffen.

Geht euch nun ausruhen, guter Uasal. Und falls ihr, Iolaranam, Hilfe brauchen solltet, wendet euch vertrauensvoll an mich."

Die drei Männer gingen davon.

Iolaranam hätte das Angebot Dairs nur allzu gerne angenommen. Aber wie hätte dieser gelacht, wenn der Anführer der Fianna ihn bat, doch seiner Herzallerliebsten beizubringen, daß er sie heute abend schon wieder einmal verlassen würde.

Wahrscheinlich würde er nicht umhinkommen sie mitzunehmen.

Eigentlich war ihm das fast lieber. Wenngleich er wußte, wie anstrengend Sionnach manchmal sein konnte.

Nachdenklich machte er sich auf den Weg zu ihr.

Der dritte Geís

Measartha tupfte vorsichtig die Wunden Ealas mit einem nassen Leinentuch ab. Eine Kerze erhellte mühsam den mit Stroh ausgelegten Kerker, wohin Broc die Schattenbringerin verbannt hatte.

Measartha mußte die Wache bestechen, um zu der Frau vorzudringen.

Jede Berührung ihrer Haut ließ sie schmerzhaft zucken.

Eines ihrer Augen war so angeschwollen, daß sie es kaum öffnen konnte.

"Gibt es etwas Neues von Rabharta? Ich habe ...."

Der Vertraute des Hauptmanns legte seine Finger auf ihre Lippen.

"Sch ...., still, du sollst nicht sprechen, Eala. Es gibt nichts Neues von Rabharta. Aber ich habe gehört, daß du sterben sollst, wenn du wieder einigermaßen gesund bist.

Broc will dich tot sehen. Er glaubt, dadurch seinem dritten Geís zu entgehen. Eine seltsame Stimmung herrscht hier auf der Burg, vor allem, seit die schwarzen Schatten in den Rath Grainne, den Turm, in dem einst Grainne, Cormacs Tochter, lebte, gezogen sind.

Der Hochkönig hat schon fünf Männer in den Turm geschickt, aber keiner kam zurück. Manchmal nachts sieht man Lichter in den Fenstern stehen und Wesen, deren Schatten sich bewegen.

Einige wollen sogar so etwas wie Musik oder Gesang gehört haben. Broc sagt, solange das nichts mit Hunden zu tun hat, ist ihm alles gleich. Dabei heißt es in seinem dritten Geís doch ausdrücklich, daß er selbst dem Hund das curad-mir von seiner Tafel gibt.

Er ist fast nur noch betrunken und verteilt das Heldenstück sogar an Gaukler, wenn es ihnen gelingt, seine schlechte Laune zu vertreiben.

Der alte Mann wird langsam wahnsinnig, fürchte ich.

Wenn ich nur sehe, was er dir angetan hat, dieses Schwein.

Er hat Glück, daß Rabharta nicht in der Burg ist. Der hätte ihn wahrscheinlich zur Vernunft gebracht.

Tuan zeigt sich gar nicht mehr in der Großen Halle und beweist so auch noch jedermann, daß der Hochkönig nicht mehr in der Gnade der Götter steht.

Dafür scharwenzeln Réalta und Cruímh, der Königliche Berater, um ihn herum und versichern ihn Tag und Nacht ihrer Treue.

Jetzt hat er geplant, ein großes Fest zu feiern, um dem ganzen Volk zu zeigen, daß sein Hochkönig doch noch alle Zügel straff in der Hand hält.

Ein Fest im Winter! Er muß wirklich völlig verrückt geworden sein.

Die Bauern werden doch nicht einen Fußmarsch durch Eis und Schnee auf sich nehmen, nur um sich auf Kosten Brocs die Mägen vollzuschlagen.

Eines ist sicher. Das wird bestimmt kein großes Fest.

Vor allem aber wird er nicht seinen dritten Geís brechen, weil du ja noch hier bist. Und das ist gut so.

Du hast im Augenblick genug Ärger am Hals, und es tut nicht not, daß er sich noch vermehrt.

Was lachst du auf einmal so komisch?"

Die Schattenbringerin hatte ihr Gesicht zu einer grinsenden Maske verzogen.

"Zu spät. Hast du geglaubt, ich hätte nicht mit dem hier gerechnet?"

Mühsam brachte sie die Worte hervor.

Measartha packte sie an den Schultern, ließ aber gleich wieder los, als sie schmerzverzerrt zuckte.

"Du mußt mir sagen, was du geplant hast, Eala.

Er wird dich wirklich töten, wenn er herausbekommt, daß du schon wieder dahintersteckst.

Wo ist nur Rabharta? Ich könnte ihn hier jetzt wirklich sehr brauchen.

Du mußt es mir sagen, Eala!"

Doch die Schattenbringerin schwieg.

Das war die Aufgabe gewesen, für die sie ihr ganzes Leben lang ausgebildet worden war. Sie würde nichts zwischen sich und deren Erfüllung kommen lassen.

Leise flüsterte sie:

"Ich kann dir nicht helfen. Aber ich möchte, daß du zu Tuan gehst und ihm ausrichtest, daß die Traumstraße ein Ort der Schatten geworden ist.

Er soll einen Boten zur Alten Bärin schicken, wenn ich meine Aufgabe erfüllt habe. Sie wird wissen, was getan werden muß, um diese Schatten von meinem Zuhause zu vertreiben.

Das ist wichtig, Measartha! Willst du mir diesen Gefallen tun?"

Der Vertreter des Hauptmanns erhob sich.

"Ja, das werde ich tun. Willst du mir wirklich nicht sagen, was geschehen wird. Wenn ich bei Broc ein gutes Wort für dich einlege, wird er dich vielleicht nur außer Landes verbannen."

Eala schüttelte nur den Kopf.

Measartha ging zur Tür, drehte sich noch einmal um und sagte:

"Ich lasse dir Essen runterbringen und dafür sorgen, daß du genug zu trinken hast."

Sie machte den schmerzhaften Versuch eines Lächelns, dann ging Measartha nach draußen.

Das war alles ein bißchen zuviel für ihn. Seine Männer waren unruhig, weil sie nicht verstanden, was auf ihrer Burg vorging, und Measartha konnte es ihnen nicht erklären, weil er es selbst nicht wußte.

Seltsame Kerle waren in der letzten Zeit in der Königlichen Garde aufgetaucht und ihre Zahl nahm stetig zu.

Bei den Göttern, das waren keine Soldaten. Jeder Blinde konnte erkennen, daß das irgendwelche Schurken waren. Ihre fiesen Gesichter sagten schon alles.

Arcán sagte kein Wort zu seinen neuen Errungenschaften.

Dabei lag die Befehlsgewalt schon lange nicht mehr in den Händen dieses Schweines.

Siorc, der abtrünnige Fianna, war der heimliche Führer der Garde.

Broc war all das gleichgültig, wenn nur der Fluß des Weines in seinem Krug nicht unterbrochen werden würde.

Oft dachte Measartha an die Waldstadt. Dort wäre wenigstens Eala sicher.

Die meisten Edelleute hatten sich auf ihre Besitztümer zurückgezogen, nachdem Broc seinen zweiten Geís gebrochen hatte.

Es waren gefährliche Zeiten, und niemand wollte dem Schicksal in die Hände fallen, wenn ausgesiebt werden würde.

Dann wollte jeder zu Hause vorm Feuer sitzen und die Hände in den Schoß legen.

Feiglinge!

Fast wünschte sich Measartha, daß Broc schon sein Ende gefunden hätte. Schlimmer als jetzt könnte es nicht werden.

Aber was würde er tun, wenn es soweit war? Er konnte mit seinen Männern unmöglich die Burg halten.

Da kam ihm ein Gedanke!

Grübelnd suchte er die Rundhütte Tuans auf.

Erst nach mehrmaligem Klopfen wurde ihm aufgetan.

Der Hochdruide des Königs schien nicht nur um Jahre gealtert zu sein. Sein Gesicht war von vielen Falten durchzogen, die sich tief in die Haut fraßen. Mühsam hielt er sich auf seinen Stock gestützt und schleifte sich zu seinem Schaffell am Feuer, auf dem er sich vorsichtig niederließ.

Measartha schloß die Tür und setzte sich zu ihm.

"Tuan! Was ist mit dir? Bist du krank?"

Der alte Mann lächelte gleichmütig.

"Sorge dich nicht, Measartha. Ich bin nicht krank. Es geschehen viele schlechte Dinge, auch in diesem Augenblick, wo wir beide doch so friedlich beieinandersitzen.

Ich werde alt und die Götter brauchen ihre Kräfte für sich und haben den Menschen ihren Segen entzogen.

Aber ist das ein Wunder, wenn man betrachtet, wie wir hier mit ihrem kostbaren Geschenk umgehen, unserer Heimat?

Doch ich schweife ab. Was gibt es für einen Grund, mich zu besuchen? Sonst hast du doch noch nie den Weg hierher gefunden."

Der Vertreter des Hauptmanns erwiderte:

"Ich war bei Eala. Sie hat mir eine Nachricht für dich mit auf den Weg gegeben.

Sie sagt, die Traumstraße sei ein Ort der Schatten geworden, und du sollst einen Boten zur Alten Bärin schicken, wenn sie ihre Aufgabe erfüllt hat.

Ich verstehe das nicht. Sie geht in den sicheren Tod, und es scheint ihr noch nicht einmal etwas auszumachen. Dabei dachte ich, sie empfindet etwas für Rabharta.

Sie ist eine seltsame Frau."

Der Hochdruide schmunzelte.

"Ja, das ist sie. Aber sie hat es geschafft, aus ihrem alten Leben auszubrechen und leicht fällt es ihr, es zurückzulassen. Es hält sie nichts hier.

Ich habe viel über sie nachgedacht und manchmal frage ich mich, ob ich wirklich dreißigtausend Tage oder ob ich nur einen Tag dreißigtausend Mal gelebt habe.

Aber ich langweile dich mit Fragen, deren Erörterung müßig ist. Sicherlich hast du anderes zu tun als einem alten Mann zuzuhören, wenn er mit seinem Schicksal hadert.

Wäre doch nur Rabharta hier. Du weißt, wir waren nie die engsten Freunde, aber er ist der einzige, der das Steuer noch umreißen kann. Wenn das so weitergeht, führt uns dieser König noch in den Untergang. Und Dragan und seine Freunde warten schon um den Thron zu besteigen, bevor der Leichnam überhaupt kalt ist.

Wir werden untergehen, Measartha.

Niemand kann uns retten. Das Glück hat dieses Reich verlassen und wo immer wir es suchen, wir werden es nicht finden."

Da lachte Measartha auf.

"Wo wir von Glück reden. Wißt ihr, was meine Mutter mir einmal erklärte, als ich sie fragte, warum unsere Katze versucht, ihre eigenen Schwanz zu fangen?

Sie sagte mir, das Tier glaube, in seinem Schwanz sitze sein Glück und um es zu erlangen, müsse sie ihn fangen. Daraufhin habe ich zu meiner Mutter gesagt, daß die Katze sehr dumm sei.

Einmal bewege sie sich dadurch nur auf der Stelle und zum zweiten, wäre es doch viel einfacher, wenn sie ihren Schwanz gar nicht zu jagen versuche, denn wohin sie auch gehe, ihr Schwanz würde ihr doch folgen.

So sehe ich das heute noch. Man kann das Glück nicht zwingen. Das Glück ist immer in uns, nur sehen wir es nicht immer."

Der alte Mann war erstaunt.

“An dir ist ein Druide verloren gegangen. Soweit ist es schon, daß die Krieger sich in Priester wandeln.

Nur allzu klar wird mir, daß es Zeit ist, diese Welt zu verlassen. Aber auch ich muß erst mein Schicksal erfüllen.

Das hier ist nicht mehr meine Welt.”

Measartha erhob sich verwundert und ging zur Tür.

“Laßt den Kopf nicht hängen, Tuan. Manchmal geschehen Wunder.”

Measartha machte sich auf den Weg zu seinen Männern.

Es gab noch vieles vorzubereiten.

Die Burg verwandelte sich immer mehr in einen Ameisenhaufen. Überall waren Menschen damit beschäftigt, das Fest vorzubereiten.

Jäger stoben durch die Wälder und brachten erlegte Hirsche und Wildschweine zurück, die in der Küche in Rotwein eingelegt wurden.

Fischer brachten Lachs zur Burg und mancher Bauer mußte einen seiner Ochsen abgeben.

Holz mußte herangeschafft werden für die Feuer und Herde.

Die Mägde fegten die Halle aus und verstreuten frische Binsen.

Réalta war durch die in der Umgebung liegenden Dörfer gefahren, um neue Tänzer und Gaukler auf die Burg zu bringen. Der König wollte unterhalten werden.

Seltsamerweise hatte er nicht darauf bestanden, daß Eala an dem Fest teilnahm. Der Hof hatte geglaubt, daß er sie an diesem Tag vorführen werde, um zu zeigen, daß er sich vor nichts fürchtet, auch nicht vor einem Geís.

Nun, dies schien nicht so ganz der Fall zu sein.

Broc hatte Angst. Selbst der Wein konnte seinen Geist nicht so betäuben, daß er nicht mitbekam, was an seinem Hof geschah.

Nur allzu deutlich las er die Zeichen der Zeit.

Broc würde auch seinem dritten Geís nicht entgehen. Er hatte schon den Fuß in der Tür und der Hochkönig spürte den Luftzug im Nacken.

Diese verfluchten Weiber. Hätte er diese Priesterschlampe nie in seine Burg gelassen. Nun ja, jeder mußte irgendwann einmal abtreten. Auch ein Broc mac Ciocras.

Er hätte sie gerne noch einmal genommen, diese rothaarige Brut.

Vielleicht hätte sie ihm einen Sohn geschenkt, der Rache nehmen konnte und vielleicht eines Tages Hochkönig würde wie sein Vater.

Zu spät, alles zu spät.

Broc verbrachte die Tage vor seinem Fest im Vollrausch und als der Morgen des dritten Tages dämmerte, merkte er nichts von dem, was in seiner Burg vorging.

Er sah nicht, wie Measartha Eala aus dem Kerker befreite, und er sah auch nicht, wie der Vertreter seines treuen Hauptmanns mit der Frau und seinen Männern die Burg in Richtung Wald verließ.

Auch der Aufruhr, der dies alles verursachte, ging an ihm vorüber.

Als er am frühen Abend zu seinem Fest erwachte, lag er in der Wanne und wurde gerade gewaschen.

Die Mägde brauchten seine schmierigen Finger nicht mehr zu fürchten. Hatte der Herr einen Krug Wein in der Hand, war er friedlicher als ein Lämmchen auf der Weide.

Arcán holte den König und brachte ihn zu seinem Thron. Langsam schlichen sie vorwärts, als säße ihnen die Krähe der Morrhígan im Nacken.

Ein herrliches Mahl wurde aufgetragen und jeder ließ es sich schmekken. Dann traten verschiedene Tänzer auf.

Spät in der Nacht aber trat ein junger Gaukler an den Tisch des Königs. Sein Hemd und die Hose waren aus den buntestes Flicken gefertigt. Ein dickes Lederband lag um seinen Hals. Sein schwarzes Haar war struppig. Die dunklen Augen blickten freundlich in den Raum.

Noch immer hatte Broc das Heldenstück nicht verteilt.

Er fragte den jungen Mann:

"Und was willst du zur Unterhaltung des Hochkönigs beitragen?"

Dieser antwortete:

"Wenn ich euch nicht so zum Lachen bringe, daß euer Bauch fast platzt, dann kann es niemand."

Der Hochkönig lehnte sich zurück und sagte:

"Nun, dann laß sehen. Wenn dir das wirklich gelingt, dann sollst du das Heldenstück erhalten."

Der Gaukler zog eine Flöte aus seiner Hosentasche und sprang auf den Tisch.

Ein kleines Hündchen, das bis jetzt noch niemand gesehen hatte, tat es seinem Herrn gleich.

Während dieser nun mit seinen Füßen tanzenderweise den Tisch freiräumte, hüpfte der Hund auf dem Tisch hin und her und brachte die Menge zum Lachen.

Als der Hund nur noch auf zwei Beinen zur Musik tanzte und immer wieder mal auch vom Tisch fiel, konnte sich selbst Broc nicht mehr vor Lachen halten.

Schließlich sprangen Herr und Hund vom Tisch, genau vor die Füße Brocs und verbeugten sich.

Dieser prustete noch.

"So kommt, setzt euch an meine Tafel, Gaukler. Einen herrlichen Hund habt ihr da. Kommt, nehmt das gute Stück Fleisch, es gebührt euch und vor allem nicht eurem Hund."

Der Gaukler nahm Platz und verschlang den curad-mir, bis kein Stück mehr davon übrig war.

Der König lachte überlegen auf.

"Seht ihr Leute, kein Hund! Sag mir Gaukler, wie heißt dein kleiner Geselle?"

Der junge Mann antwortete:

"Er heißt Sean mac Bean, Herr. Mein Name ist Bran."

Broc klopfte sich auf die Schenkel und rief:

"Hört ihr das Leute. Der Kerl heißt ja wie mein Hund."

Da sagte eine Stimme aus der Halle.

"Weißt du denn nicht, daß er sein Leben mit dem seines Hundes getauscht hat, seit der ihn bei einem Feuer rettete? Seitdem trägt er den Namen des Hundes und wenn sie irgendwo übernachten, ruht der Hund auf dem Lager und er schläft auf dem Boden. Wer von beiden ist nun der Hund?

Wem hast du nun das Heldenstück gegeben, Broc, wem?"

Der Gaukler aber beugte sich zum Hochkönig und flüsterte ihm ins Ohr.

"Ich habe eine Nachricht für euch von Eala. Sie lautet:

Nicht jene werden schließlich siegen, die am meisten Leid verursachen, sondern jene, die am meisten Leid ertragen müssen."

4.
Kapitel

Die Entscheidung

Fear faire na h'aon sùla!
(Ich erkenne dich als den einäugigen Wächter.)

Die Welt gehört den Lebenden. Wer sind sie?
Wir wagten uns ins Dunkel,
um das Weiße, das Warme zu erreichen.
Sie war der Wind, als der Wind auf meinem Wege war.
Lebendig zu Mittag ging ein ich auf ihre Gestalt.
Was aus dem Fleisch zum Geiste sich erhebt,
das kennt den Fall:
Die Welt entspringt der Welt, und alles ist Licht.

Theodore Roethke (Historisches Zitat: Dar-es-Balat)
Die Ketzer des Wüstenplaneten /Frank Herbert

Liebe Leserin, lieber Leser!

"Jeder Abschied ist die Geburt einer Erinnerung", sagt Goleudydd, meine Meisterin und so ist es.

Auch wenn wir noch so viele Meilen zusammen gegangen sind, so viele Abenteuer erlebt, so viele Gefahren bestanden haben, mit diesem vierten Band fließt die Geschichte von Amhrán, Misnéachard und Solasard wieder in den einen Großen Fluß, der alles ist und doch Nichts endet hier, denn was einst begann, endet niemals.

Der Weg, dem wir folgten, führt nun in unsere eigene Welt, unser eigenes Leben und selbst, wenn wir uns verlassen glauben von jenen, die wir nun so lieb gewonnen haben...

Sie sind noch hier, nicht nur in diesen Zeilen und diesem Buch. Denn sie sind in uns, in unseren Gedanken und Erinnerungen, unserem Herz. Manchmal werden uns Worte einfallen, die ein Wesen sagte, dem wir uns nahe fühlten. Manchmal werden uns Menschen begegnen oder andere Seelen, von denen wir wissen, ganz sicher, daß sie aus Beltainè entsprungen sind. Bilder werden vor unseren Augen auftauchen, die uns in die Eine Welt versetzen und erstaunt, werden wir erkennen, daß alle Welten die Eine Welt sind, wenn wir achtsam sind und jedes Wesen voller Achtung annehmen. Denn das ist der Geist Beltainès, die Hoffnung, die sich hinter all den Gefühlen, Gedanken, Worten und Taten verbirgt: der Wunsch und der Wille nach Frieden in jedem und in jeder Welt. Und wie anders soll uns das gelingen, außer wir ließen den anderen einfach sein und erweisen ihm unsere Ehre und Achtsamkeit?

Erst wenn wir begreifen, daß es kein Richtig und kein Falsch gibt, daß es bestenfalls ein "Anders" gibt und dieses "Andere", das wir vielleicht, aus welchen Gründen auch immer, fürchten, genauso richtig und wichtig ist wie wir, wird es, kann es Frieden geben auf dieser Welt, in jedem von uns und mit jedem von uns, weil alle eins sind.

Und so trägst auch du nun diesen Geist in die Welt, wirst zu einem Lichtträger, einem, der seine Augen zum Sehen geöffnet hat, einem Schlafenden, der erwacht ist. Und vielleicht, wenn es dein Wille ist, werden wir uns wiedersehen, denn die Wege Beltainès führen unumgänglich in die Welt von "Samhain – Die Nacht von Fergus mac Roy". Dort werde ich auf Euch warten. Ein großes Feuer werde ich entzünden, damit ihr den Weg zu mir finden könnt. Tag und Nacht halte ich die Wacht, bis ihr bei mir seid. Dann will ich euer Lachen sehen und wissen, daß ihr nach hause gekommen seid.

Es gibt eine Zeit jenseits aller Zeit. Es gibt einen Ort jenseits aller Orte. Dort werden wir uns wiedersehen. Bald, aber jetzt noch nicht. Ich werde auf euch warten.

Bis dahin mögen die Große Mutter und der All-Vater ihre Hände über euch halten und euch schützen und behüten auf immerdar.

· *chrismegan* ·

comhaontas

Müde flackerte das Feuer in dem Kreis aus Steinen, duckte sich vor dem Hauch des Schicksals, der durch die dunkle Höhle wehte. Das Holz knackte, Funken stoben empor. Die Frau horchte nicht auf, sah nicht das Spiel der Flammen. Zielsicher griffen ihre Hände nach rechts, wo über einem Gestänge Tausende von Fäden warteten, in ihr Webtuch eingesponnen zu werden.

Schwarzes Haar wallte über ihre Schultern, purpurn glänzte sanft ihr Kleid im Schein des Feuers.

Zuweilen hielt sie inne in ihrem Tun und streichelte eine kleine graue Katze, die sich vertrauensvoll in den Schoß der Göttin schmiegte. Saol war ihr Name, die einzige Gefährtin an der Seite der Göttin. Die selbstgewählte Einsamkeit war der Preis ihrer Macht. Wieder griff sie nach zwei Fäden, einem leichten, seidigen in einem leuchtenden Waldgrün und einem glatten, metallisch glänzenden von einem tiefen Meeresblau.

Gerade wollte die Göttin sie zusammenknüpfen, als ein wohlbekannter Duft sie in ihrem Gedankenfluss unterbrach. Langsam drehte sich die mächtige Morrhígan um und lächelte sanft.

"Einen wunderschönen Guten Abend, Misnéachard. Die Wege hierher sind tückisch heutzutage, so dass du nicht gekommen sein wirst, um einmal mehr mit mir über die Eine Welt zu sprechen. So sag, was ist dein Begehr, Sohn des Königlichen Paares aus dem schönen Tir na Samradh?"

Ein schwarzer samtener Faden lag in seiner Hand. Fast schmerzvoll hielt er ihn vor die Schicksalsgöttin.

Mit großen Augen nahm sie ihn entgegen.

"Und nun, edler Misnéachard, was soll ich tun mit deinem Lebensfaden?"

Der Blick des Prinzen fiel auf den blauen Faden, den die Morrhígan fest um den grünen geschlungen hatte.

"Das ist mein Platz. Du weißt selbst, dass er sie nicht verdient hat, er braucht sie nicht. Er liebt sie nicht. Nicht so wie ich.

Du weißt selbst, wie die Menschen sind. Ihre Ruhe ist Lähmung, ihre Bewegung ist Tollheit und lass uns nicht sprechen, von ihrer besonderen Art zu lieben."

Die Göttin betrachtete die drei Fäden in ihrer Hand. Sanft streichelte sie die Katze, die leise schnurrte.

"Und doch, Misnéachard, und doch liebst du sie. Willst du dein Schicksal auf ewig mit einer von ihnen verbinden? Du hast sie schon gewonnen, ihr Herz ist dein. Bist du so sicher, dass du deine Seele an Amhrán ketten willst? Ich schenke dir ihre Liebe für dieses Leben."

Misnéachard schüttelte den Kopf.

"Ich werde nicht von dir fordern, was mir schon gehört, das ist sinnlos. Denn es ist nicht ihre Liebe, die ich von dir erbitte. Du weißt es. Ich fordere den Comhaontas. Ich fordere den ewigen Bund zwischen den Göttern und dem Féin aon."

Saol sprang vom Schoß der Göttin und schmiegte sich an die Beine des Prinzen. Spielerisch zog die Morrhígan die Fäden durch ihre Hand.

"Und was, edler Prinz, geschieht, wenn dein Begehren befriedigt ist? Oder was geschieht, wenn ich dir diesen Wunsch nicht gewähre? Was ändert sich an deinem Leben, wenn ich dir diesen Bund verweigere? Bedenke doch, wie leicht das notwendige erreichbar ist. Das Schwererreichbare aber ist selten notwendig. Noch kennst du nicht den Preis, noch kannst du dich entscheiden, Misnéachard."

Der Prinz kniete sich neben die Katze, strich über ihr weiches Fell.

"Ich kenne dich, Morrhígan. Die Gefahr kennen heißt, ihr zu widerstehen. Aber das bin ich nicht. Der Preis ist mir gleich. Wir beide wissen doch, dass selbst die Götter nicht immer den Lauf des Schicksals bestimmen können. Das einzige, was euch noch überraschen kann, ist das Unerwartete. Und oft genug ist es auch das einzige, das euch retten kann, dort am Abgrund der Zeit.

Betrachte die Menschen, Morrhígan, selten sind es die Herrschenden, die den Lauf der Welt bestimmen, vielmehr ist es der Schnitt eines Kleides, der Blick zweier Liebender, am seltensten jedoch die mahnenden Worte ihrer Priester.

Die klare, reine, wahre Freude am Leben und seiner Schönheit gebiert sich aus der einen Tatsache, dass es einen immer wieder überrascht.

Nein, es gibt keinen Preis, der mich schrecken kann."

Geheimnisvoll verengten sich die Augen der Schicksalsgöttin.

"Bist du dir da so sicher? Was, wenn wir deine Seele für uns fordern, was, wenn wir deine Liebe fordern? Ist es dieses Band wert? Sie ist eine Menschenfrau! Wir könnten dir Tausende andere schenken."

Der Einzige, Féin aon, erwiderte:

"Meine Seele ist der Hort der Liebe selbst, die Seele aller Seelen, Féin aon. Und wenn das der Preis ist, werde ich ihn bezahlen. Ich bin, was du nie sein kannst, Féin aon, der Einzige, der Hort der Liebe. Amhrán, das Lied meiner Liebe, zehn Finger haben nicht den Wert einer Hand, noch kommt von tausend Sternen das Licht einer Sonne.

Sie vervollständigt mich, nur sie, es gibt keine andere Liebe, die mich befreien kann.

Suche nicht meine Zukunft oder Vergangenheit, sie ist nicht weiter von meinem Selbst entfernt als mein Kissen in der Nacht. Ich kann nicht eure Seele sein. Mein Weg führt einzig zu den Menschen in die Eine Welt. Denn ihr seid die Gefangenen in dem Käfig eurer Wirklichkeiten. Eure Selbsttäuschung ist auf jeder Ebene sichtbar. Du musst nur die Augen öffnen. Ihr könnt mir nicht folgen, wie wollt ihr wissen, ob ich mich an das Versprochene halte?"

Die Göttin nahm den schwarzen Faden und legte ihn auf das Gestänge.

"Verlasse dich nicht darauf, unentdeckt zu bleiben, wenn du gegen den Bund verstoßen solltest. Denn du wirst bis zu deinem Ende in der Ungewissheit leben müssen, nicht doch entdeckt worden zu sein. Kein Versteck ist sicher vor dem Zufall, Misnéachard. Aber sorge dich nicht, du wirst dein Wort nicht brechen, denn nicht wir werden fordern.

Bedenke, wenn sie dich vervollständigt, dann kannst du nicht Féin aon sein, der Unendliche, dann kannst du es erst durch sie werden. Euer Ziel ist dasselbe, doch eure Wege werden verschieden sein, werden es sein müssen. Weißt du noch immer nicht, wer sie ist? Kennst du noch immer nicht ihre Aufgabe? Sie liebt dich wie sich selbst und deshalb wirst du nie Teil ihres Lebens sein."

Tief ganz tief spürte der Prinz die Kälte ihrer Worte. Er wusste, dass es wahr war. Er konnte es fühlen und doch musste sein Verstand all dies verneinen.

"Du lügst, ich weiß, dass du lügst, dass kann nicht wahr sein!"

Die Göttin begann die beiden Fäden in ihr Gespinst einzuweben.

"Zweifellos gibt es Lügen, die leichter zu glauben sind als die Wahrheit. Die Wahrheit selbst aber kann nur unmittelbar erfahren werden. Die Wahrheit selbst ist unaussprechlich und keine Wahrheit ist endlich. Ist nicht jede Antwort eine neue Frage?"

Wieder nahm Misnéachard den schwarzen Faden und legte ihn in die Hand der Göttin.

"Der Bund, ich werde meine Seele an die Seele dieser Frau schmieden. Wir werden eins sein an dem Ort, wohin uns niemand folgen kann und nun nennt euren Preis."

Saol sprang wieder auf den Schoß der Morrhígan.

"Der Preis ist Amhrán. Einmal noch ist es dir gestattet sie zu sehen. Sie gehört zu Solasard und sie hat eine große Aufgabe, die sie erfüllen muss. Du wirst nicht Teil ihres Lebens sein, aber du wirst sie empfangen am Weltentor und dann soll nichts mehr eine Trennung sein zwischen euch, dann seid ihr beide frei."

Für einen Augenblick stand das Herz des Prinzen still.

"Das ist nicht wahr! Das ist nicht wahr! Ich bin Féin aon, nirgends steht mein Schicksal geschrieben."

Da deutete die Göttin auf das Tuch und siehe, da war der schwarze Faden.

"Du bist der Einzige, der sehen kann in der Finsternis. Vertraue dir selbst und ihr.

Die einzige Wahrheit einer Woge ist die, dass sie brechen wird und die einer wahren Knospe die, dass sie blühen und vergehen wird. Die einzige Wahrheit der Menschen ist, dass sie eine Flut prächtigen Lebens sind, das Ergebnis der Besessenheit der Erde. Vertraue Amhrán, aber glaube nie, dass du einen Ort vollkommen durchschaut hast oder einen Menschen. Zu sehen bedeutet nicht unbedingt auch zu verstehen, wenn du zweifelst, dann vertraue deinem Herzen mehr als deinen Augen, dem Verstand. Das ist die wahre Seele."

Vorsichtig strich Misnéachard über das feine Tuch.

"Die Welt gehört den Menschen, aber wer sind sie? Wir waren es, die sich ins Dunkel wagten am Morgen des Tages, um das Licht zu erlangen. Die Liebe war der Wind, als der Wind mein Weg war. Zu Mittag kleidete sie mich in ihre Gestalt und aus dem Geist erhob sich das Fleisch, du kennst es wohl, Wellen entspringen Wellen. Und ich bin nur ein kleines Samenkorn. Wie soll ich leben ohne sie?"

Tanzende Funken stoben empor, als die Göttin ihm antwortete:

"Ein Samenkorn, das der Wind heute fortträgt, mag der Weidenbaum von morgen sein. Erinnere dich, wie alt du bist, erinnere dich an deine Leben. Licht und Dunkel können in allem sein, aber ist es unsere Aufgabe darüber zu entscheiden? Vertraue dich deinem Schmerz an und lebe deine Liebe und deine Freude wird größer sein am Ende der Zeit als alle Schmerzen.

Wer sein Leben lang die gleiche Liebe lebt, wird früher oder später erkennen, dass er niemals allein eine Tür geöffnet oder einen Raum betreten hat, niemals ohne den Schatten des Geliebten eine Blume gepflückt oder die Sterne betrachtet, niemals einen Kuss verschenkt hat, ohne zu spüren, dass irgendwo im Dunkeln die Liebe selbst an seiner Seite ist."

Uisneach

Einige Tage schon hatte die Gemeinschaft zu Füßen des mächtigen Tafelberges verweilt. Eines langen Weges waren sie gekommen, viele Gefahren hatten sie durchstanden und das Blaue Schwert der Wahrheit zu besitzen war noch lange nicht das Ende dieses Abenteuers. Kurze Zeit nur konnten sie die Ruhe vor dem Sturm genießen. Denn noch immer lag die wahre Königswürde in Brocs Hand. Fest lag das Blaue Schwert der Wahrheit in der Hand Solasard mac Fionns. Sein nach Anerkennung heischender Blick traf das stolze Lachen Amhráns.

"Und wie sehe ich aus?"

Die junge Frau lachte auf.

"Wie Solasard, der ein Schwert in seinen Händen hält, das zu groß für ihn ist. Du wirst Eindruck schinden, wohin du auch kommen wirst. Bist du sicher, dass du mich noch willst, jetzt wo dir ganz andere Türen offen stehen?"

Der zukünftige Hochkönig Erius rammte das Schwert in die Erde, rannte auf seine Geliebte zu, packte sie um die Hüfte. Er drehte sie durch die Luft. Ihr Haar flog um ihr Gesicht. Amhrán kreischte und lachte so lange, bis sie mit beiden Füßen wieder auf der Erde stand.

Er keuchte:

"Das hättest du wohl gerne, dich deiner Aufgabe als Hochkönigin zu entziehen. Nein, nein, meine Schöne, du wirst mit mir gemeinsam den Thron besteigen. Dafür werde ich schon sorgen."

Da räusperte sich jemand in ihrer Nähe.

Ohne dass sie es bemerkt hatten, war Sheela-na-Gig zu ihnen herangetreten.

Die Herrin des Waldes zog Amhrán sanft aus der Umarmung ihres Versprochenen und legte einen Arm um sie.

"So wird es niemals sein, Solasard. Amhrán wird nie deine Hochkönigin sein. Amhrán wird hinter deinem Thron stehen, denn sie wird die Hochdruidin über Eriu sein. Wenn du Tara gewonnen hast, wird sie dich krönen. Aus ihren Händen wirst du deine Macht empfangen. So wie alle Söhne ihre Waffen von der Mutter erhalten, so wirst du deine Herrschaft aus den gnadenreichen Händen der Großen Mutter empfangen.

Amhrán wird dich auf deinem Weg nicht begleiten, denn ein anderer Weg ist ihr zugedacht von unseren Göttern."

Solasard zog seine Stirn in Falten und fragte:

"Wohin wird sie gehen? Wie weit? Und wie lange werde ich sie nicht sehen?"

Amhrán löste sich von Sheela-na-Gig, atmete tief ein und aus und erwiderte:

"Ich werde mit Rhiannon und Scathcrobh in den Norden gehen zum Coven der Alten Bärin. Dort werde ich meinen Dienst an der Göttin antreten. Ich weiß nicht, wie lange ich fort sein werde, aber ich glaube nicht, dass ich es bin, die dich krönen wird. Man wird nicht von heute auf morgen Hochdruidin."

Sheela-na-Gig lächelte geheimnisvoll, als sie antwortete:

"Es sei denn, man ist es schon sein ganzes Leben lang gewesen, Amhrán, Cloigíns Tochter. Nur allzu bald wirst du erfahren, wer du wirklich bist. Verabschiede dich von deinem künftigen Gemahl, eine andere Hochzeit wartet auf ihn, und die Zeit in eurer Welt wartet nicht auf uns."

Solasard riss Amhrán in seine Arme zurück und rief:

"Nein, niemals, Amhrán bleibt bei mir. Ich habe nicht all diese Wege und Gefahren bestanden, um sie noch einmal zu verlieren. Ich lasse das nicht zu. Ich werde das nicht zulassen. Amhrán, du bleibst bei mir! Wenn du mich liebst, gibst du deine Reise auf und kommst mit mir. Ich brauche dich und überhaupt, von welcher Hochzeit ist da die Rede?"

Sanft streifte seine Geliebte seine Arme fort, befreite sich von ihm und blickte tief in seine blauen Augen.

"Solasard, Geliebter, Herr meines Herzens, diesen Weg aufgeben heißt mich selbst aufgeben. So wie du als Hochkönig Pflichten deinem Land gegenüber hast, habe auch ich sie. Wir werden einen guten Hochdruiden brauchen nach all den Zeiten der Wirren und wenn nicht von der sanften Hand einer Frau, von wem sonst sollen die Blutungen gestillt und die Wunden geheilt werden. Das wird meine Aufgabe sein.

Es ist wirklich Zeit aufzubrechen. Ich werde zu Rhiannon gehen und sehen, ob ich ihr helfen kann.

Und du, du wirst nach Uisneach gehen, zum Mittelpunkt Erius und dort wirst du vermählt werden mit dem Land, das deines ist.

Sorge dich nicht um mich, Solasard. Folge deinem Weg und vertraue dir selbst, mehr braucht es nicht, um ans Ziel zu kommen.

Las uns allein, Sheela, bitte. Ich möchte mich von meinem zukünftigen Gemahl verabschieden."

Die Herrin des Waldes der Erkenntnis verschwand genauso lautlos, wie sie erschienen war.

Langsam schritt Solasard auf Amhrán zu, umarmte sie und versank in der Wärme ihrer braunen Augen.

"Immer schon warst du stärker als ich, fügtest du dich leichter in dein Schicksal als ich. Nun müssen wir zum zweiten Mal Abschied nehmen auf ungewisse Zeit. Ich wünschte, ich müsste dich nie mehr loslassen."

Zart hauchte sie ihm einen Kuss auf die Lippen und erwiderte:

"Es war nur leichter für mich, weil ich den Göttern und auch mir selbst mehr vertraue als du es tust.

So wie jede Welt vorbereitet ist, so ist auch jeder Mensch auf seine Zukunft vorbereitet. Niemand erhält mehr, als er tragen kann. Und die meisten kämpfen viel mehr gegen sich selbst, ihre innere Seele und ihr Herz, als gegen das Schicksal. Alles, was du brauchst ist in dir, an jedem Ort, zu jeder Zeit,

Lass dich ein auf das Leben, Solasard! Es sind die Hochmütigen, die Mauern auftürmen vor sich selbst, um ihre Ängste und Zweifel dahinter zu verbergen.

Lass dich ein auf das Leben, die Liebe, die Menschen! Liebe die Weisheit und erkenne sie in jedem deiner Atemzüge.

Hab Vertrauen! Ich werde an deiner Seite sein."

Solasard lachte auf.

"Spring ruhig ins Wasser, du wirst nicht ertrinken, sagte der Fisch.

Ach, Amhrán, ich liebe dich so sehr, auch wenn ich sehe, wie sehr dich dieser Coven verändert hat. Fast so als wärst du nicht mehr von dieser Welt.

Wo ist dein ungestümes Tun? Und woher kommt diese Gelassenheit?

Etwas Altes ist da in dir, das ich kenne. Taliesin lächelte darüber, früher, und staunte, wie ein Kind so altklug sein konnte.

Nun, lass dich noch einmal halten und von deinen Lippen deine Liebe trinken. Dann will ich mich aufmachen nach Uisneach, hoffend, dass es so den Göttern gefällt."

Amhrán küsste ihn leidenschaftlich und drückte ihm dann schelmisch noch einen Kuss auf die Nase.

"Ein Mann, der den Göttern gefallen will, muss vor allem den Menschen gefallen, du Held! Der Herrin sei Dank wird dich dein Vater begleiten, so ist wenigstens einer bei dir, der ein Auge auf dich wirft."

Ein letztes Mal küssten sie sich. Dann löste sich die junge Frau von ihm und ging zum Lager zurück. Einen kurzen Augenblick lang drehte sie sich noch einmal um.

Nachdenklich sah er ihr nach.

Sie hatte so recht. Die Götter würden ihm seinen Weg schon weisen. Hatten sie es nicht immer getan?

Da legte sich eine schwere Hand auf seine Schulter.

"Nun, mein Sohn, bist du bereit? Hübsch ist sie, deine zukünftige Frau. Hoffentlich hat sie dir nicht allzu sehr den Kopf verdreht. Es täte mir leid, ihn dir wieder zurechtrücken zu müssen. Hier nimm das besser an dich, du bist weit dafür gegangen."

Fionn reichte seinem Sohn das Blaue Schwert der Wahrheit.

Solasard antwortete traurig:

"Ach, Vater, es ist genauso wie damals, als ich aufbrach. Ich dachte, ich wäre endlich am Ziel und könnte zur Ruhe kommen. Aber jetzt muss ich mich wieder auf den Weg machen, vielleicht sogar in einen Krieg ziehen, um die Krone zu erlangen. Wann wird das endlich ein Ende finden?"

Der alte Mann führte Solasard langsam schlendernd zum Lager zurück.

"Es wird nie mehr enden, bis der letzte Atemzug aus deinem Körper strömt und auch dann ist es nicht vorbei, denn nichts endet. Du bist jetzt der Hochkönig und du bist es, weil es dein Schicksal ist.

Die Stille und Zufriedenheit seines Herzens kann man nur erreichen, wenn man sich vom Irdischen und seinen törichten Menschen abkehrt und sich dem Willen der Götter beugt.

Aber das ist nicht möglich für einen König. Deshalb rate ich dir folgendes: Errege dich nicht über etwas, das geschehen ist; unterbrich nicht einen, der mit dir spricht und handle nur nach dem, was dein Herz dir sagt.

Trenne nie dein Herz von deiner Zunge, so wirst du immer eins mit dir selber sein. Und doch sei dir auch gesagt, dass dieser Weg zuweilen in den Leichtsinn, wenn nicht sogar in den Wahnsinn führt.

Mache nicht gerade, was krumm ist, denn es soll so sein.

Und diene deinem Land so wie es dir dient.

Immer wird die Erde uns ernähren, mein Sohn. Es ist das Leben des Menschen, das endet. Mach' nicht den Fehler, den ich gemacht habe und laufe davon.

Du wirst deinem Goldenen Pfad nicht entkommen."

Solasard betrachtete seinen Vater aufmerksam. Die buschigen, weißen Augenbrauen, die das Stahlgraue seiner Augen noch betonten, die Falten um seine Augen, die Falkennase, die ihm aus jedem Spiegel entgegen lachte, er hatte ihn sehr liebgewonnen, diesen alten Mann.

Seine wettergegerbten Hände strichen durch das weiße Haar.

Erleichterung glomm auf in seinem Herzen und Freude.

"Ich bin froh, dass du an meiner Seite bist. Es ist leichter so."

Fionn nickte ihm lächelnd zu.

Als sie das Lager erreichten, wurden sie schon erwartet.

Alle hatten ihre Sachen gepackt und auf Ponys verstaut, die Sheela ihnen geliehen hatte. Goworr, der Zwerg, war den ganzen Tag in der Höhle gewesen, um sie sich anzusehen. Sein Herz schlug höher bei der Schönheit, die die Welt in ihrem Inneren barg. Wenn Solasard erst einmal Hochkönig war, würde er nach Steinmetzen seiner Heimat schikken lassen, um daraus einen noch zauberhafteren Ort zu machen, so wie er es verdient hatte.

Athraigh hatte nur gelacht. Da müssten ja Hunderte Zwerge kommen bei der Größe der Höhle.

Oiche, der endlich wieder seinen eigenen Namen trug und sich nicht mehr Lyr nannte, stand mit Draighean zusammen.

Gemeinsam beobachteten sie Vater und Sohn und Hoffnung glomm auf in ihren Herzen.

Weit waren sie gegangen, hatten ihre Heimat verlassen, einem Gerücht waren sie gefolgt und hatten die Wahrheit gefunden.

Oiche dachte an seinen Sohn, Misnéachard. Er kannte dessen Gefühle für die zukünftige Gemahlin Solasards und er verstand ihn wohl. Dennoch fürchtete er sich vor der ersten Begegnung der beiden Männer. Solasard war hart wie das Stahlblau seiner Augen, geradlinig und klar. Misnéachard war sanft, weich, ein Träumer, ein Sidhé, unsterblich, geschlagen mit dem Gleichmut, der geboren wird mit dem Wissen darum.

Sie würden sich ergänzen, gäbe es nicht Amhrán, und sie liebte beide, weil beide Anteil an ihrem Herzen hatten. Nur einmal hatte er in ihre Augen gesehen, wie Licht brach sich die Liebe darin.

Wieder einmal hatten die Götter das Schicksal eines Landes in das Herz einer Frau gelegt und sicher lag es dort geborgen in ihrer Liebe.

Draighean riss ihn aus seinen Gedanken, indem er ihm den Führstrick seines Ponys in die Hand drückte.

"Entschuldige, dass ich dich so in deinen Gedanken unterbreche, aber wir müssen weiter, wenn wir heute noch Uisneach erreichen wollen."

Solasard, der Draighean zugehört hatte, fragte:

"Heute noch? Wie willst du das bewerkstelligen? Uisneach ist meilenweit von hier entfernt. Es wird Tage dauern, bis wir dort ankommen."

Sheela-na-Gig, die eben noch mit Macha gesprochen hatte, antwortete ihm:

"Das ist nicht dein Land hier, Solasard, das hier ist das Land, in dem die Götter wandeln. Hier gibt es keine Zeit außer der Gegenwart. Lass uns nun aufbrechen. Ich werde euch ein wenig vom Hügel von Uisneach erzählen."

Solasard blickte auf den Binn Gulbain, den Berg, in dessen Herz das Blaue Schwert der Wahrheit auf ihn gewartet hatte.

Wie ein überirdischer Thron, der dennoch mit der Erde verwachsen war, beherrschte er die Landschaft.

Alles wurde klein unter dem gewaltigen Tafelberg mit dem grünen Teppich aus saftigem Gras, der seine Gipfelebene bedeckte. Blühender Stechginster verströmte seinen Duft und dunkles Riedgras durchsetzte in Büscheln das flache Land. Kein Baum wagte es, seine Krone zu erheben gegen diesen König. Nur einige wenige Schafe kletterten an seiner Seite empor und wie ein alter Herr duldete er, dass sie seinen grünen Umhang stetig verjüngten.

Solasard griff in seine Bracca und holte seinen Stein hervor. Er wog ihn noch einmal in der Hand, fühlte seine Linien.

Dann legte er ihn vorsichtig auf die Erde.

Jeder Stein war ein Stein der Wahrheit und jeder Brunnen ein Brunnen des Connla.

Schweigsam zog die Gemeinschaft durch das friedliche Land. Nur Sheelas sanfte Stimme war zu hören und aufmerksam lauschten sie ihr.

"Stolz, Uaisnech, sitzt du heute Nacht hier, so sagte die Mutter von Mide zu ihm."

Mide war der Hochdruide der Mileser und er entfachte das erste heilige Feuer in diesem Land, auf diesem Hügel.

Zu Imbolc wurden alle Lichter gelöscht und nur dieses eine Feuer durfte brennen, bis die Große Mutter in Gestalt der Göttin Brigid wieder das Licht unter die Menschen trug.

Mide aber zog sich den Zorn des Volkes zu, da er für das Feuer hohe Abgaben forderte, manchmal das einzige Schwein einer Familie.

So zogen eines Tages Druiden zu dem Hügel, um sich bei ihm zu beschweren. Doch schnell brachte er sie zum Schweigen dadurch, dass er ihnen die Zungen herausschnitt, sie tötete und auf dem Hügel begrub. Über dieser Stelle errichtete er sein Haus. Seine Mutter aber tadelte ihn sehr dafür.

Uisneach, die Mutter Erius. Bald werdet auch ihr ihn sehen, den Ail-na-Meeran, den Grenzstein oder wie die Sidhi ihn nennen, den Carraig Choithrigi, den Felsen der Teilung. Wenn ihr schon lange vergangen seid, wird man noch immer die Grenzen der fünf Länder unserer Insel Eriu an diesem Stein festmachen. Tara mag der Kopf Erius sein, ihr Herz aber schlägt im Hügel von Uisneach. Und keiner kann den Hochthron Erius für sich gewinnen, der nicht ihr Herz gewonnen und seines als Pfand bei ihr gelassen hat, Solasard.

Nur wer sich mit dem Land vermählt, darf die Krone Taras tragen.

Die weltliche Macht liegt schon in deinen Händen, aber die Macht von Erius Seele ist nicht so leicht zu erringen, wenn sie dir nicht wohlgesonnen ist.

Sie wird dein Leben als Opfer verlangen, damit das Land weitergedeihen kann und findet sie Wohlgefallen an dir, wird sie es dir zurückgeben, damit du in ihrem Namen herrschen darfst. Aber vergiss nie, dass du nur Hochkönig bist durch die Gnade der Götter.

Zu viele Beispiele kennt eure Geschichte von solchen, die es vergaßen, aber diese hatten auch nicht eine Frau wie Amhrán an ihrer Seite, die eine ständige Mahnerin sein wird."

Solasard verstand nicht ganz.

"Wie meinst du das? Ich werde keine andere Frau ehelichen als Amhrán. Mag sie Mensch oder Göttin sein."

Macha, die hinter ihm ging, lachte.

"Solasard, du sollst ja auch keine andere Frau heiraten als Amhrán. Sie ist die Frau deines Lebens, aber du bist der König. Du wirst der

König sein und ein König ist in erster Linie mit seinem Land verheiratet.

Lehnst du die Hand der edlen Eriu ab, lehnst du die Krone ab und so wirst du weder den Thron noch Amhráns Hand erlangen, wenn du dich noch an deinen Geís erinnerst.

Du wirst heute Nacht nicht Solasard mac Fionn sein, du wirst der Herr der Wilden Jagd sein und wenn du den Platz des Königshirschen eingenommen hast, wirst du auch einen Platz im Herzen der schönen, der guten, der wahren Eriu finden. Vertraue! Hab' Vertrauen, Solasard."

Das hatte er heute doch schon einmal gehört. Zornig wollte er einen Blick zurückwerfen, aber wo er den Binn Gulbain vermutete, war nur noch Nebel zu sehen, der in ihre Richtung zu ziehen schien.

Ein kalter Schauer lief über Solasards Rücken. Er hatte jedes Zeitgefühl verloren, und die Sonne war auch nicht zu sehen, obwohl der Himmel über ihnen immer noch strahlend blau war.

Schweigend ging er weiter. Vor seinen Augen tauchte nun eine dunkle Mauer auf. Erst nach langem Betrachten bemerkte er, dass es ein riesiger Wald war, der sich vor ihm ausbreitete.

Plötzlich schien es dunkler zu werden. Als er sich umdrehte, um Macha anzusprechen, blickte er in grauen Nebel, der langsam um seine Füße wallte.

Solasards Herz blieb stehen, er wollte seine Gefährten warnen, aber er war allein.

Angst erfasste sein Herz, die Feuchtigkeit des Nebels benetzte sein Gesicht. Nur schwer konnte er das Pony, das nur wenige Schritte hinter ihm ging, erkennen.

Er kam sich vor, als sei er in einer Wolke gefangen. Kein Geräusch drang an Solasards Ohr. Er rief nach den anderen, aber bald erstarb seine Stimme.

Nun konnte er wirklich nur eines tun, vertrauen, sich selbst und den Göttern. Gleich einem blinden Narr suchte er sich seinen Weg durch den Nebel. Goleudydd hatte ihm einst erzählt, die Götter gewähren Narren gern ihren Schutz, denn sie erheiterten sie.

Schwächlich und träge sind die Götter, denn es gibt keine Grenzen für sie. Grenzen gibt es nur für die Menschen und diese müssen sie überwinden. Das ist es, was die Menschen ausmacht. Die Götter verhängen das Schicksal. Aber es ist der Mensch, der sich darin bewährt.

Sehenden Auges war Solasard blind, doch erinnerte er sich des Waldes. Diese Richtung schlug er ein.

Der Weg zu seinen Füßen verlief nun nicht mehr durch Gras, sondern durch das Gewirr wilder Brombeeren. Eine Pflanze, die wohl die gesamte Erde wie ein Spinnennetz umspannte.

Mit einem Mal lichtete sich der Nebel und er fand sich in einem herrlichen Sommerwald wieder. Er schien gerettet, nur war jetzt auch noch sein Pony verschwunden.

Neugierig blickte er sich in dem Wunderwald um. Überall blitzte das Sonnenlicht durch die grünen Blätter, ein leichter Windhauch zog durch den Wald. Ein Zaunkönig sang sein Lied über ihm und sprang von Ast zu Ast.

Da vernahm er eine zarte Weise, leicht dahin gesungen an einem sonnigen Tag, als hätte es nie einen Nebel gegeben.

Vorsichtig ging er der Stimme nach:

"Ob Sonnenschein, ob Mondenlicht
ich warte auf dich ewiglich
und bist du heute noch nicht mein,
so wirst du es wohl morgen sein.

Komm näher, Fremder, hör′ mein Lied,
komm näher, Schöner, Schritt für Schritt,
ganz langsam, Fremder, ohne Hast,
wirf von dir deine schwere Last."

Solasard wurde es immer wärmer. Schweiß rann ihm von der Stirn. Mit einer Hand öffnete er seinen Hemdkragen, aber auch das verschaffte ihm kaum Linderung.

Immer schwerer und schwerer wog das Schwert. Fast war ihm, als zöge es ihn in den weichen Waldboden.

Immer noch folgte er der Stimme. Jedes Mal, wenn er glaubte, gleich werde er die Sängerin erblicken, entfernte sich die Stimme wieder.

"Komm unter dieses Blätterdach
komm, lass dich gehen, werde schwach,
ruh` aus dich in den zarten Armen,
und deiner ich will mich erbarmen.

Siehst du den Waldsee glitzern schon?
Für müde Füße kühler Lohn,
komm` folg` mir in das Wasser klar,
ich sorge für dich wunderbar."

Schon trat der Mann an das Ufer eines Sees. Hinter ihm im Wald verklang das Lied im Wind. Solasard entledigte sich seiner Kleidung, ließ das Schwert fallen und rannte in das Wasser, stieß sich vom Boden ab und glitt ins kühle Nass.

Eisig schloss sich die Wasserdecke über ihm. Er machte drei, vier Züge, bis er wieder Luft holen musste.

Entspannt stellte er sich auf den steinigen Grund des Sees und strich sich die Haare aus dem Gesicht, wischte sich das Wasser aus den Augen.

Dann erst sah er zum Ufer. Ihr langes, blondes Haar wallte in dichten Locken über ihre Schultern. Das grüne Kleid betonte ihre schmale Gestalt, ließ nur zu sehr ahnen, was sich darunter verbarg.

"Ich halt in meinen Armen dich,
geborgen dich, mein Großes Licht,
dir geb' ich mich mit Freuden hin,
weil ich ganz deine Liebste bin."

Leicht löste sich das Band des Kleides, leicht setzte sie einen ihrer wohlgeformten Füße vor den anderen. Fast hätte Solasard erwartet, dass der See sich teilte aus Ehrfurcht vor dieser Schönheit.

Immer näher kam sie und dann stand sie vor ihm.

"Von meinen Lippen sollst du trinken
und in ein neues Leben sinken
ich halt' dich fest, ich halt dich warm,
schmieg müde dich in meinen Arm."

Plötzlich glaubte er die Kälte des Wassers zu spüren, oder war es, weil er die Wärme ihres Körpers so nah bei sich spürte.

"Wer bist du?"

Ihre blauen Augen strahlten mit dem Himmel um die Wette.

"Du weißt, wer ich bin. Ich bin Eriu, und ich bin gekommen, um mir zu holen, was mir gebührt, Solasard."

Ihre feingliedrigen Finger glitten über seine Wangen, strichen über die Nase, über seine Lippen.

Er schlug die Augen nieder und ging einen Schritt zurück. Seinen ganzen Körper wollte sie, allein sein Geist fürchtete sich.

Die Göttin schlang sich um ihn, krallte sich an seinem Nacken fest.

"Willst du mich nicht, Solasard? Bei meiner Schwester warst du nicht so wählerisch. Was ist es, das dich bei der Morrhígan erweichen und dich bei mir so schüchtern erstarren lässt? Oder hast du deine Männlichkeit auf deiner Suche verloren?"

Gerade wollte sie sich von ihm lösen, als er sie fest an sich drückte und alles Leben, allen Atem aus ihr saugte.

Er ließ sich gehen und sie wurden eins mit dem Wasser. Halb hin zum Ufer suchte er den Weg zu ihrer beiden Erlösung. Sie aber drehte sich auf den Bauch und flüsterte fast atemlos:

"Wenn du mich besitzen willst, dann musst du mir seinen Kopf vor die Füße legen."

Er folgte mit den Augen ihrem Blick und sah den größten Hirsch, den er je gesehen hatte.

"Das ist der König. Wenn du seinen Platz beanspruchen willst, musst du ihn töten."

Auf einen leisen Pfiff erschien ein Rudel Wolfshunde. Sie kamen ans Ufer, wo sie sich vor ihrer Herrin niederließen. Der zukünftige Hochkönig verstand jetzt, dass er der Jäger war und wollte er heute die Krone, musste er den alten König besiegen.

Der Hirsch sprang mit einem gewaltigen Satz in das Unterholz und Solasard folgte ihm. An seiner Seite die bellenden Hunde.

Er hastete durch den Wald, spürte dem Hirschen nach wie ein großer Wolfshund. Die Erregung des Jägers vor dem Kampf rauschte durch seine Venen. Dieses Tier besaß etwas, was nicht mehr ihm gehörte. Solasards Herz schlug bis zum Hals.

Spitze Steine bohrten sich in seine Füße. Die Ranken wilder Brombeeren zerkratzten ihm die Fesseln. Sträucher streiften seinen ganzen Körper und bald wusste der Mann nicht mehr, ob er Mensch war oder Hirsch oder einer seiner Jagdgesellen.

Allein der Geruch des Hirschen machte ihn schon rasend. Solasard lief und lief. Er war schneller als der Wind, die Hunde flogen neben ihm her. Schließlich ließ die Kraft des Hirschen nach und er wurde langsamer.

So gelangten sie auf eine große Lichtung, die Kronen der Bäume schlossen sich wie eine Kuppel über diesem Ort, in dessen Mitte ein großer Opferstein stand. Ein Messer stak darin, von dem nur noch das Heft zu sehen war. Die Hunde stellten den aufgeregten Hirsch, bellten und hielten ihre Beute in Schach.

Ganz außer Atem ging Solasard auf den Stein zu, packte das Messer, das mit einem leisen Sirren aus dem Stein glitt. Eine neue, seltsame Kraft durchströmte den Körper des Jägers. Er war nun kein Mensch mehr, einzig ein Sein, angetrieben von der Lust nach Sieg.

Wild entschlossen ging er zum Angriff über, sprang auf den Hirschen, aber das Tier wehrte ihn mühelos mit seinem gewaltigen Geweih ab und brachte ihm einige tiefe Kratzer bei. Solasard wurde rasend. Er trieb den Hirsch, vor sich her, schrie ihn an, trommelte auf sein Fell.

Der König des Waldes wusste, wenn er in den Morast flüchtete, würde ihn der Mensch töten.

Auf der anderen Seite der Lichtung bellte das Rudel und sprang der weiße Leithund aufgeregt hin und her.

Da rief ihn Solasard:

"Tá, Cara gadhar, Gáir, komm Freund."

Und das Tier, der Hund, folgte ihm. Seite an Seite trieben sie ihre Beute immer tiefer in den Schlamm. Doch gerade als Solasard das Messer an den Hals des Hirschen setzte, durchfuhr es ihn wie ein Blitz und er sah sich dort im Morast stecken und ein anderer blonder Jüngling hielt ihm des Messers Schneide an die Lebensader. Verwirrt watete er mühsam mit dem Hund an seiner Seite zurück.

Gemeinsam warteten sie vor dem Opferstein, bis der erschöpfte Hirsch wieder auf festem Boden stand. Lauernd umringten ihn die Hunde.

Schritt für Schritt näherte sich das Tier und senkte sein Geweih. Rasselnd ging sein Atem. Wissend um seinen Sieg ging Solasard ihm entgegen. Plötzlich warf der König des Waldes noch einmal heftig seinen Kopf in den Rücken und nach vorn und rannte mit letzter Kraft auf seinen Gegner zu.

Solasard sprang zur Seite und bohrte dem Tier sein Messer in die Brust. Stolz lief der König des Waldes noch einige Schritte weiter, bis er zusammenbrach. Der Mann zog das Messer aus der Brust. Blut netzte seine Finger und verteilte sich auf dem Boden.

Mit all seiner Kraft hievte Solasard den König des Waldes auf den Opferstein und es kam ihm vor, als opfere er sich selbst den Göttern.

Da kehrte noch einmal Leben in den Hirsch ein und mit der Spitze seines Geweihs fuhr er geradewegs unter das Herz Solasards.

die wunder der zeit

Nie zuvor hatten die Sidhi welke Blätter gesehen in ihrem Wald noch kannten sie die wilde Farbenpracht des Herbstes. So hatte selbst das Sterben ihres Reiches noch etwas unheimlich Schönes. Ein eigenartiger Duft von Verhängnis lag in der Luft und ließ die Elben manches Mal innehalten und sich des Sommers erinnern. Aus den Blüten der weißen Heckenrose wurden nun rote Hagebutten. Goldene Blätter lagen zu Füßen der Buchen. Merkwürdig still war der Wald geworden und das Gras der Weiden verblasste immer mehr. Nur die mächtige Eiche stand nach wie vor in grüner Pracht.

Kaum noch hörte man das Wiehern der Pferde. Es war leise geworden in der Zeltstadt. Fast schien es der Königin, als warte ihr ganzes Volk auf das nächste Ausatmen, das nächste tiefe Einatmen.

Achtsam verfolgte sie ihr eigenes Sterben, so wie man beobachtet, wie der Tisch gedeckt wird, um einen wertvollen Gast zu erfreuen. Das Volk hoffte, obgleich es doch wusste, dass diese Krankheit nicht heilbar war. Ihr Herz war gebrochen! Gebrochen an jenem Tag, als die Pryria ihre Hand ausgestreckt hatte nach Shetiyyah, dem Grundstein der Zeit, der Seele aller Welten. Und nun hielt sie alle Zeit gefangen und was unmöglich schien wurde wahr. Die Elben wurden langsam wieder sterblich.

Täglich wurde die Königin schwächer und schwächer. Falten legten ein feines Netz über ihren Körper und an ihren Knochen nagte mit einem Mal etwas, das sie nie kennengelernt hatte, das Alter. Lá fühlte sich alt und schwach.

Und auch Gealán, die sich fürsorglich um sie kümmerte, änderte nichts daran.

Der Kelch ihres Lebens ging zur Neige und den Tod, den sie so oft herbeigesehnt, fürchtete sie nun. Dabei war es noch nicht einmal der große Gleichmacher, vor dem sie Angst hatte. Sie konnte jetzt einfach noch nicht gehen, nicht da die Pryria sich der Seele der Zeit bemächtigt hatte. Was würde mit ihrem Land geschehen, ihrem Volk, mit Oiche und Misnéachard?

Lá klammerte sich mit jeder Faser ihres Herzens an ihr Leben, aber sie war des Kampfes so müde und die Vorausgegangenen riefen sie schon. Dennoch konnte sie, die Königin, noch nicht loslassen. Tief in ihrem Inneren erschrak sie vor all ihrer Menschlichkeit. Wie seltsam doch am Ende. Durch die Menschen waren sie in eine Andere Welt geflohen, waren sie unsterblich geworden und durch ihre eigenen Verwandten, die Síofra, wurden die Sidhi wieder menschlich, sterblich.

Der Vorhang des Grianán wurde sanft zur Seite gezogen und Gealán trat ein.

"Sei mir gegrüßt, Lá, du bist wach? Das ist schön. Ich bringe dir eine Kleinigkeit zum Essen. Das wird dir gut tun."

Die Königin erhob sich aus den Kissen, setzte sich auf und erwiderte:

"Eine Kleinigkeit? Oh, lass mich in Frieden. Es ist mir fast schon zu viel, wie aufopferungsvoll du dich um mich kümmerst, obwohl ich schon so gut umsorgt werde von den Meinen. Aber ich verstehe zu gut die Not deines Herzens, einem Leidenden zu helfen. Zu lange hast du selbst diese Schuld getragen. Doch du kannst meine Last nicht tragen. Ich mag nichts essen, auch keine Kleinigkeit."

Gealán setzte sich zu ihr und sagte:

"Es ist ein kleiner Wind, der das Schiff treibt. Es ist eine kleine Biene, die den Honig bringt und es ist eine kleine Ameise, die die Erde davonträgt. Es ist ein kleinwenig Tau, der die Felder belebt, es ist eine kleine Heuschrecke, welche die Ernte verwüstet, es ist ein kleine Wohltat, die ein Lächeln der Götter bewirkt und es ist das Herz in seiner Kleinigkeit, das dich am Leben hält.

So zahlreich sind die kleinen Dinge, die unsere Achtung verdienen. Wenige sind der großen Dinge, die Bewunderung verdienen."

Da lachte die Königin und sagte:

"Schüttest du Wasser in das Gesicht eines Frosches? Nun gut, Gealán, manchmal verdunkelt nur eine kleine Wolke die Sonne und doch ist ihr Schatten gewaltig. Wenn die Götter einem Land zürnen, machen sie den Kleinen groß und den Großen klein.

Doch genug davon. Gibt es Nachricht?"

Gealáns freundliches Gesicht verfinsterte sich, als sie antwortete.

"Nein, noch immer keine Nachricht von niemandem. Gibt es denn gar nichts, was wir tun können? Ich würde so gern etwas tun. Kann ich denn gar nichts ausrichten gegen die Pryria?"

Lá legte sanft die Hand auf den Arm der Menschenfrau.

"Wer dem Adler die Beute aus den Fängen reißen will, muss scharfe Klauen haben, sonst wird er am Ende selbst zerfleischt. Nein, Gealán, ich schicke nicht das Lamm in die Höhle des Wolfes. Und was auch solltest du dort tun?

Alles scheint falsch zu sein in diesen Augenblicken, da das Unerwartete über unsere Schwelle tritt. Oder ist alles richtig?

Es gibt ein Laufen, statt dessen wäre ein Sitzen besser gewesen und es gibt ein Sitzen, statt dessen wäre ein Laufen besser gewesen. Aller Ausgang liegt bei den Göttern. Und die Gnade der Götter ist ein seltsamer Schmetterling. Die einen pflügen ohne zu ernten, die anderen ernten ohne zu pflügen. Manch einer ist nie unterrichtet worden und kann doch andere unterweisen. Manch einer kennt die Lehre, versteht aber nicht, danach zu leben.

Wenn das Herz eines Lahmen auf dem Weg der Götter wandert, ist sein Weg offen. Es gibt kein Werk, das bestehen bleibt, außer dem der

Götter. Wir sind Lehm und Stroh und die Götter unsere Schöpfer. Es liegt in ihrer Hand, ob wir etwas tun können, aber ich sehe keine Lösung."

Gealán räusperte sich und erwiderte:

"Wie heißt es so schön, wer am Stein rüttelt, dem fällt er auf den Fuß und dafür danke ich dir.

Trotzdem bitte ich dich, iss und sei nicht so mutlos. Vielleicht vermagst du doch noch etwas zu verändern."

Die Königin lehnte sich zurück und aß ein wenig von den Elbenküchlein, die Gealán ihr reichte.

"Nicht allein, Freundin, nicht allein. Mein kleines Licht des Widerstandes wird immer schwächer und sie weiß es. Sie fühlt, dass mein Ende naht. Noch bin ich es, die die Grenzen des Sommerlandes hält. Ja, wenn ich deine Jugend, deine Stärke hätte, dann könnte ich vielleicht mehr tun."

Ein seltsamer Blick funkelte in Gealáns Augen auf.

"Dann nimm meine Jugend, Lá, nimm meine Stärke, komm und verfüge über mich. Wenn das alles ist, was ich für dich tun kann, lass es mich tun."

Die Königin lächelte erschöpft, schloss für einen kleinen Augenblick die Augen und erwiderte:

"Ich habe keine andere Wahl als dein Angebot anzunehmen, nicht, wenn ich etwas verändern will. Aber lass mir eine Nacht zum Überlegen, vielleicht finde ich doch noch einen anderen Weg. Ich wünsche es uns so sehr. Lass mich nun ruhen und Kraft schöpfen. Komm morgen wieder, wenn das Abendrot den Himmel entflammt. Geh nun und hab' Dank."

Müde ließ sie ihren Kopf auf die linke Schulter sinken. Sie schlief schon, bevor Gealán das Zelt verlassen hatte.

Regen fiel und Gealán ließ sich von seinem Zauber leiten. Tränen liefen über ihre Wangen. Sie hatte Lá während ihrer Zeit hier sehr liebgewonnen und nun musste sie mit ansehen, wie sie vor sich hinsiechte. Der Regen wusch die Trauer fort und ließ Gealán ein wenig freier atmen. Dennoch konnte sie die Wände ihres Zeltes jetzt nicht ertragen. Erst weit nach Mitternacht fand sie Ruhe und Schlaf.

Der nächste Tag wollte und wollte nicht vorübergehen. Endlich zeichnete das Licht ein zartes Rot in den Himmel.

Aufgeregt betrat Gealán den Grianán, nahm sich ein Kissen, setzte sich lächelnd und wartete, bis die Königin das Wort ergriff.

"Sei mir gegrüßt, Freundin. Schön, dass du gekommen bist. Ich werde heute versuchen, durch dich auf die Traumstraße zu gelangen. Keine Früchte trugen die Gedanken der Nacht, so dass uns dieser Weg vielleicht retten mag.

Ich möchte, dass du dich hinlegst und entspannst. Du kannst an alles denken, was du willst, aber es darf dir keine schlechten Gedanken bringen. Am einfachsten mag es sein, wenn du an Báistigh denkst. Liebe ist das beste Schild gegen jede Art von Unheil. Und vertraue mir! Wenn du mir nicht vertraust, dann werden wir scheitern. Aber das ist das Geringste, was ich fürchte.

Hier, streiche dir das auf die Lippen, die Nase und die Stirn, aber lecke es nicht ab."

Gealán tippte mit ihrem Finger in die blassviolette Paste, die ihr die Königin in einer kleinen Silberdose reichte. Die Paste war kühl auf der Haut und bizzelte leicht. Dann spürte die Menschenfrau wie alles von ihr abfiel, was sie belastete. Glücklich schmiegte sie sich in die Kissen und ließ sich in ihren Gedanken an Báistigh treiben.

Eine Wärme stieg in ihr auf, füllte sie aus und schien aus ihr herauszuquellen. Bilder erschienen vor ihren Augen, aber in dem Augenblick, da sie erkannte, was sie sah, erlosch das Licht und ein anderes leuchtete auf.

Lá glitt durch die Tore des Verhaftet-Seins und trieb vorwärts in einer Welt, in der es keine Straßen mehr gab. Kühles, graues Nichts trieb an ihr vorüber, tot und doch nicht tot, verloren und doch auf der Suche nach Schwäche, welche die Schwachen stärker macht.

Wie ein Pfeil zum Ziel flog, so strebte sie vorwärts. Immer größer wurde die Kälte. Das einzige Licht, die Liebe in ihrer Seele, zeigte ihr Bilder von Zerstörung und Vernachlässigung. Die Traumstraße war ein Heim von Unrat geworden. Alles brach auseinander und stürzte in den mächtigen Strom der Zeit.

Von ihm ließ sie sich ziehen, denn er strömte in seine Mitte zum Ursprung. Dorthin, wo die alte Pryria saß und das Licht des Shetiyyah, des Grundsteins aller Welten, verdunkelte.

Immer tiefer fielen sie und dann sah auch Gealán das Licht, das doch noch durch den Nebel drang, sich nicht verschlingen lassen wollte von der Finsternis.

Dann eine alte, schnarrende Stimme:

"Sei mir gegrüßt, Lá. Einen beschwerlichen Weg hast du auf dich genommen und viel Kraft wirst du das Kind kosten, in dessen Körper, auf dessen Seele du zu mir kommst.

Und du kommst vergeblich, denn ich werde meinen Platz nicht räumen."

Die sanfte Stimme der Königin hauchte leise:

"Keine von uns wird je den Shetiyyah beherrschen oder besitzen. Er ist frei von schwarz und weiß. Er ist schwarz und doch weiß und doch nichts von beidem. Niemals wird das Böse oder das Gute allein diesen Ort einnehmen. Du weißt das. Und du wirst untergehen, wenn du hier bleibst."

Die Herrin der Síofra antwortete ihr bitter:

"So wie du gerade untergehst? Wie schmeckt es, all seiner Macht, seiner Kraft, all seiner Zauber beraubt zu sein. Ich bin es nun, die an den Mauersteinen, an den Säulen eurer Welt rüttelt. Und doch kann ich dich genauso wenig befreien oder zerstören wie du mich.

Wir sind Schwestern und niemand weiß das besser als du. Wir sind die zwei Seiten einer Münze.

Du bist das Licht und ich die Finsternis. Du bist das gleichmütige, unberührte, unschuldige Einhorn und ich die leidenschaftliche, lebendige Harpyie. Es ist gleich, welche Namen wir tragen, Lá, wir sind Schwestern. Du bist weiß und nicht weiß und ich bin schwarz und nicht schwarz.

Der Shetiyyah aber ist alles. Der Shetiyyah ist der Schatten aller Welten, Ursprung und Ende, ein sich immerwährend drehendes Rad des Schicksals.

Nun wirst du erfahren, wie es ist, an einem kalten und leeren Ort zu leben, wie Tir na nOidhe einer ist. Umgeben von dunklen, magischen Schatten, die eure Gedanken, eure Seele gefangen halten. Dein Siechen wird genau so lange dauern wie dein Leben, Schwester. So lange wie mein Leben und das, das du mir zugedacht hattest. Ihr könnt das Böse nicht fernhalten von eurer Welt, nicht für lange. Das Gute und das Böse bedingen sich.

Auch ich sehnte mich nach meinem Sohn, genau so wie du es jetzt tust, Lá. Aber auch für mich gab es keine Antwort auf meine zahllosen Fragen. Keine Nachricht wie es ihm ergangen ist in eurem Sommerland. Dennoch kenne ich auch dich gut genug, um zu wissen, dass du ihm kein Haar gekrümmt hast, dazu bist du viel zu gut.

Und eines Tages nun durchbrach er die Mauer, die ihr so kunstvoll um mein Land gewebt. So ward eure Gnade belohnt. Ihr hättet ihn töten sollen, aber das konntet ihr nicht. Dann wärt ihr ja nicht besser als wir.

Vorbei nun, Schwester mein Sohn wird über die beiden Welten herrschen und deiner wird wahnsinnig werden vor unerfüllter Liebe, wenn er es nicht schon ist, der Féin aon. Was für ein Narr!

Du tust mir nicht einmal leid. Leb wohl, Königin, leb wohl. Du hast dein Verderben selbst durch das Tor hereingelassen."

Ein greller Blitz raubte Lá den letzten Rest von Bewusstsein und nur mit Mühe gelang es ihr, den Körper, den Geist und die Seele von Gealán dem Strudel des Übels zu entreißen. Doch welchen bitteren Preis hatte sie dafür zu zahlen?

Bleich und erschöpft lag die junge Frau im Grianán. Als sie ein nasses Tuch auf ihrer Stirn spürte, mit dem ihr der Schweiß abgetupft wurde, öffnete sie ihre Augen.

Ein alter Mann, eingehüllt in ein Tuch, das alle Farben widerspiegelte und keine, hatte sich zu ihr niedergebeugt. Der lange weiße Bart stand im Widerspruch zu den jungen blauen Augen, die ihr gütig entgegenlächelten.

"Ah, du bist wach. Ich fürchtete schon, wir hätten auch dich verloren. Hier trinke einen Schluck von dem klaren Wasser."

Gern nahm Gealán den hölzernen Becher aus seiner Hand.

"Wer seid ihr? Wie seid ihr in den Grianán gelangt? Stehen keine Wächter mehr vor dem Zelt, um die Königin zu schützen?"

Der Greis legte ihr beruhigend die Hand auf den Arm.

"Nenne mich Auda. Das ist der Name, den ihr mir gegeben habt. Sorge dich nicht, die Wächter stehen noch immer vor dem Zelt. Gern ließen sie mich eintreten, denn ich bin ein guter Freund der Königin. Und doch kein guter, sehe ich, denn all meine weisen Worte und guten Ratschläge konnten sie nicht von ihrem törichten Tun abbringen.

Nun gut, sie hat ihren Weg gewählt."

Gealán betrachtete besorgt das Antlitz Lás.

"Was ist geschehen? Sie, sie sieht so friedlich aus, schläft sie oder ist sie etwa...?"

Auda blickte in die Ferne.

"Nur ihr Körper ist noch hier. Ihre Seele weilt an einem anderen Ort, gefangen von ihrer eigenen Finsternis, geblendet von ihrem eigenen Licht. Nein, sie ist nicht tot, aber was stirbt auch wirklich? Nichts.

Nun gut, so wird der Weise Rat sich um ihr Land kümmern, bis sie wieder erwacht, zurückkehrt in diese Wirklichkeit."

Damit wollte sich Gealán nicht zufrieden geben.

"Gibt es denn nichts, was ich tun kann. Ich möchte ihr gerne helfen, ihr und dem Sommerland. Ich schulde ihnen viel."

Der Greis blickte der Frau tief in ihre traurigen Augen.

"Du schuldest ihnen nichts. Hilf dir selbst, damit hilfst du ihnen am besten oder glaubst du, dass es in deiner Macht liegt, am Rad der Schicksals zu drehen?"

Lauernd erwartete Auda ihre Antwort.

Ihre Augen versanken in den seinen und dort fand sie die Antwort.

Kühn erwiderte sie:

"Ja, denn das habe ich hier gelernt. Die alte Gealán würde sich nun fügen, aber ich bestimme mein Schicksal jetzt selbst. Und wenn du mir zeigst, wie ich helfen kann, dann werde ich es tun."

Auda zögerte einen Augenblick, fast so als betrachte er Gealán nun mit anderen Augen.

Endlich erwiderte er:

"Gut, Gealán, dann lass uns gehen. Du kannst diese dir selbst gestellte Aufgabe hier nicht erfüllen. Dazu musst du dich an die Grenzen der Wirklichkeit, an die Grenzen der Zeit begeben. Lass uns gehen, hier ist nichts, was dich noch halten darf."

Ein wenig über ihren eigenen Mut erschrocken, hielt die Frau inne. Doch als ihr Blick auf das leblose, starre Gesicht der Königin fiel, stand sie auf und ging dem alten Mann nach.

Als sie ihn eingeholt hatte, fragte sie ihn:

"Wo ist die Grenze der Zeit, Auda?"

Dunkle Wolken zogen am Himmel entlang und verdeckten die Sterne, eilten vorbei, als gäbe es einen Ort, wo sie sich träfen, um sich alte Geschichten zu erzählen.

Audas Augen folgte ihnen.

"Bald werden die Brüder und Schwestern dieser Wolken nicht weiterziehen. Sie werden den Himmel verdunkeln und uns ihre ewige Nacht bringen. Und das ist gut.

Du staunst? Oftmals bemerkt ihr das Licht erst, wenn es abwesend ist und die Zeit, nun, Zeit ist etwas, das ihr in einen Käfig sperren wollt. Aber im Grunde wisst ihr nichts über die Zeit oder die Wirklichkeit oder euch selbst.

Schon seit Jahrtausenden folgt ihr immer den gleichen Pfaden eurer Wahrnehmung, weil es sicher und bequem ist, so glaubt ihr. Dabei ist das nur ein langsamer Tod.

Ihr könntet alles sein, was ihr wollt. Aber eure Angst, eure Scham gezimmert aus eurem eigenen Holz sind die Käfige, die euch halten. Ihr könntet alle frei sein, aber ihr entscheidet euch für die scheinbare Sicherheit der Masse und gegen die Wahrhaftigkeit der Einzelnen. Ihr werdet gelebt, anstatt selbst zu leben, ihr seid Gefangene und Kerkermeister in einem Wesen. Ihr wisst nicht, wer ihr seid und wer ihr nicht ist. Ihr selbst seid das Ergebnis eurer eigenen Ablenkungen. Nur wer nichts ist, kann alles sein, überall, und so ist es mit der Zeit. Niemand wird sie je begreifen.

Es gibt Geschehnisse, die verfügen über ein Ende, doch du findest nie ihren Anfang und manche wiederum beginnen zwar, aber finden nie ein Ende.

Es spielt keine Rolle, ob du einen Raum schnell oder langsam durchquerst. Es ist unerheblich, denn die Tatsache ist, dass er durchquert wird.

Diese Durchquerung der Zeit ist eine innere Erfahrung. Alle Dinge sind nur ein Anfang, ein immer neuer Anfang. Ihr verspottet die Vergangenheit und vergesst sie. Und wie beruhigend das Vergessen ist und wie gefährlich, denn es ist der Bruder der Wiederholung.

Ihr erkennt nicht die Unterschiede, die Einheit, die allen Unterschieden innewohnt. Manche leben in der gleichen Zeit und erkennen doch nicht, dass es nicht dieselbe ist. Die Vergangenheit verändert sich fortwährend, aber es gibt nur wenige, die es bemerken."

Gealán folgte ihm auf dem Weg, der zu den Wilden Gärten führte. Eine drückende Stille herrschte im Wald, die harsch von ihrer Stimme unterbrochen wurde.

"Was meinst du damit? Die Geschichte, die Überlieferungen?"

Auda führte sie an den Gärten vorbei, tiefer in den Wald, fort von den Sidhi und ihrer Zeltstadt.

"Die Geschichte, ja. Eine große Macht übt sie auf euch aus. Eure Überlieferungen erschaffen die Vergangenheit neu und ändern sie so, dass sie zu den verschiedenen Sichtweisen, den verschiedenen Herrschern passt.

So wird die Zukunft verändert. Die Götter von heute liegen vor euren Augen im Streit mit den Göttern von gestern und bald werden auch sie wiederum fallen für die Götter von morgen. Es ist die Zeit, die das Gute gut und das Böse böse macht. Erziehe Kinder mit einer Lüge. Sie werden sie glauben, denn mit den Alten stirbt die Erinnerung, die Wahrheit.

Gierig wollt ihr die Zukunft kennenlernen, euch so schützen. Doch ihr erkennt nicht, dass das bedeutet von ihr eingefangen zu werden. Würde so nicht die Zeit aus den Fugen geraten und die Gegenwart zur Zukunft werden?"

Gealán räusperte sich und fragte zurück:

"Und was wäre so schlimm daran?"

Auda lächelte verschmitzt in sich hinein.

"Das ist eine Frage, über die es sich lohnte nachzudenken. Oder nicht?

Siehst du, Gealán, wir gehen auf diesem Weg, keiner von uns hat eine Lampe. Das Sternenlicht ist spärlich und doch denken wir nicht darüber nach, uns einen Stern zu fangen, der uns leuchtet. Warum? Wir brauchen kein Licht. Wir gehen geradewegs in unsere Schattenwelt, in deine, in meine.

Wie wirklich wird dieses Leid für dich sein, gleich dem des Dunklen Jägers, der die Wilde Jagd anführt bis in die Unterwelt.

Der Tod deines Selbst ist wie eine Zerstückelung deines eigenen Leibes, aber dann bist du frei und ungebunden.

Je reiner deine Seele wieder wird, je bewusster, um so einfacher wird aus dem Drachen ein Vogel, der in die grenzenlosen Weiten des Geistes aufsteigt, des göttlichen Bewusstseins, wo es keine Wahrheiten mehr gibt, sondern nur noch die Wahrheit.

Wenn du die Zeit ins Auge fasst, wirst du straucheln."

Die Frau entgegnete ihm:

"Aber was soll ich denn tun, damit ich nicht falle?"

Der Greis antwortete ihr:

"Am einfachsten und bequemsten lebt ein Mensch, wenn er weiß, wo er hingeht, wo sein Platz in der Gesellschaft ist und wie weit er es bringen kann. Vernichte seine Stellung und du vernichtest den Menschen, denn die Seele ist nun frei. Wähle das Unerwartete. Mut erzeugt Wirklichkeiten, neue Welten. Du kannst dein Schicksal finden, wenn du mutig bist. Deshalb schreitest du an meiner Seite einher, Gealán. Weil du mutig bist. Sage Misnéachard Grüße von mir. Auf jeder Stufe ist das Ganze mehr als die Summe seiner Teile, aber beraubst du das Ganze seiner Teile, so ist es nichts. Das gilt auch für die Pryria."

So gingen sie weiter in die Nacht. Schweigsam.

Als es langsam dämmerte, tauchte vor ihren Augen ein riesiger Berg auf und ihr Weg schien in sein Herz zu führen.

Ein seltsamer Ton drang an ihr Ohr. Dumpf, erdig, mächtig. Es dauerte einen Augenblick, bis Gealán erkannte, dass ihr Herz das gleiche Lied sang.

Sie schaute Auda an. Dieser nickte ihr zu und sagte:

"Die Zeit selbst zählt nie.

Es sind die Pfade, auf die du achten musst. Es gibt keinen Unterschied zwischen zehntausend Jahren und einem Herzschlag. Keinen. Das ist der Gleichklang, den du hörst. Das gesamte Universum einschließlich all seiner in ihm bestehenden Zeit ist in dir."

Der Kiebitz

Nun war sie wieder allein. Solasard war fort auf seinem Weg nach Uisneach und auch Amhrán stand wieder am Beginn einer neuen Herausforderung. Neben ihr plätscherte ein fröhliches Bächlein auf Stufen aus schon lange geformtem Stein, begleitet von den sanften Wiesen an seiner Seite, Riedgras, saftig grün nun wieder. Amhrán spürte die erdige Kraft, die sich im Land sanft regte, lauschte leise nach dem Lied des kommenden Frühlings. Hinter ihr lag der Binn Gulbain, ruhte, so wie er es seit ewigen Zeiten tat. Seine alte Seele lächelte, als er das Mädchen mit seinen zwei Freunden an seinen Ausläufern wandern sah. Ganz mit sich selbst beschäftigt setzte sie Fuß vor Fuß, ganz eingetaucht in diese Welt, vor ihr die sich bewegenden Schatten von Rhiannon und Scathcrobh. Bilder tauchten vor den Augen Amhráns auf, Bilder ihrer Reise, die schon so lange ihren Anfang genommen hatte. Der Versprechungsabend, der Vorabend der Hochzeit, die noch immer nicht stattgefunden hatte, die Begegnung mit Rhiannon, Misnéachard, Scathcrobh, Solasards Auftauchen im Coven, diese eigene Welt voller eigener Geschöpfe, in der jedes wichtig und richtig war, gut genug für die Welt und das Leben, zu kurz die unbeschwerte Zeit dort, die Flucht an Imbolc, der Weg zum Binn Gulbain, das Blaue Schwert der Wahrheit in Solasards Händen, und nun ein weiterer Aufbruch – wieder ein Weg.

Amhrán blickte tief in ihre Seele, Auge in Auge mit den verschiedenen Ichs, die sie auf ihrer Wanderschaft kennengelernt hatte, Auge in Auge mit den verschiedenen Splittern ihrer Seele, die sich in ihrem Herzen spiegelten. Immer neue Erkenntnisse, die wie unendliche Wellen an den Strand ihres Bewusstseins brandeten, unendlich und doch so endlich begrenzt durch das Vergehen ihres Leibes, des Tempels ihrer Seele und doch auf einer ununterbrochenen Reise in das Herz der allumfassenden Weltenseele.

Wie ähnlich waren ihre Schritte auf den Wegen der Welt den Schritten der anderen Wanderer, so gleich und dennoch so verschieden.

War für die Götter Erkenntnis einzig ein Wort, denn wusste nicht niemand besser als sie, dass alles Wissen von Anfang an in uns war? Wie hatte Goleudydd, die alte Hohepriesterin zu ihr gesagt: "Wähle eine Vergangenheit und vergleiche sie mit der Gegenwart und du wirst erkennen, dass das Lied deines Lebens immer die gleichen Töne in dir zum Klingen bringt und doch verändert dich jede Folge, bringt dich voran, bringt dich dir selbst näher und führt dich langsam und sanft ans Ziel der Eigenliebe, die nicht mehr hinterfragt, sondern einzig sieht und entscheidet. Wenn du dort angekommen bist, weißt du, dass du zu hause bist und du weißt, dass dir dies kein Tod und auch keine

Geburt nehmen kann, denn die Liebe bleibt und nichts vermag sie von unserer Seele zu trennen."

Aber hier marschierte Amhrán und nicht Goleudydd und einen Weg zu kennen war nicht dasselbe wie ihn beschreiten.

Eine Hand legte sich auf ihre Schulter und riss sie aus ihren Gedanken.

Aufgeschreckt blickte die junge Frau in die Augen Rhiannons.

"Schau Kind, da vorn liegt Creevaghcaol, dort werden wir heute Nacht an einem ganz besonderen Ort schlafen."

"Was ist Creevaghcaol? Was macht es zu etwas besonderem?", fragte die junge Frau. Vor sich weit in der Ferne sah sie etwas, was das Meer sein könnte, ein flimmernder Streif dort an der Himmelsgrenze zu Erde.

Da räusperte sich Scathcrobh und antwortete ihr:

"Mit Verlaub, Rhiannon, las mich es erklären. Es ist mir eine Ehre, denn Creevaghcaol ist ein heiliger Ort für uns Krieger. Es ist ein Hügelgrab, aber vorher, vorher war es eine Schmiede und Fionn mac Cumhail und Gobha erschufen hier das Blaue Schwert der Wahrheit.

Jeder Krieger, der den Weg des Wyda beschritten hat, der den Tanz der Ausgewogenheit für sich erwählt hat und ein inneres Gleichgewicht anstrebt, das jeden Kampf vermeidet, besucht einmal im Leben diese Stelle. Etwas von Fionns Seele verweilt noch hier und erzählt von seinem Tun. Der Geist des Blauen Schwertes schwebt über diesem Ort und der Blick schweift weit bis zum Binn Gulbain, wo es immer wieder seine Ruhe findet."

So liebte Amhrán das Wandern übers Land, vor sich ein guter Weg, um sich ihre beiden Gefährten und ihr lauschendes Herz, dass sich anfüllt mit den Geschichten der Insel, dem Blut, das die alten Sagen nicht vergessen ließ. Vor sich noch ein gutes Stück entfernt, sah sie mehrere große weiße aufgetürmte Steinquader, umgeben von einem Nest von Weißdornbüschen, die diesen Ort beschützten.

"Ist das der Ort dort vorn? Es sieht seltsam aus. Nicht wie ein Steinkreis und auch nicht wie ein Hügelgrab und doch hat es Ähnlichkeit mit beidem. Ich wusste nicht, dass auch Krieger heilige Orte besitzen, der Kampf ist doch etwas eher Notwendiges und nichts, dass angebetet und verherrlicht werden sollte. Krieger sind doch eher Todbringer als edle Helden, so edel ihre Ziele auch sein mögen, sie töten und vernichten, das kann nichts Gutes sein. Ich versuche auch zu lernen, mich zu verteidigen und das ist auch wichtig, aber mein Ziel dabei ist doch nicht den anderen umzubringen. Fionn aber hat Kriege geführt, den Krieg fast verherrlicht und am Ende hat sein eigener, innerer Krieg ihn zu Fall gebracht. Und das ist auch gut so. Es sollte niemanden geben, der um seines kriegerischen Tuns verherrlicht wird, eher sollte man die ehren, die den Frieden auf ihren Fahnen tragen und die Menschen wieder zu versöhnen trachten. Das ist der Weg, den ich gehen muss, dass ist die Pflicht, die ich für mein Volk zu tragen habe."

Scathcrobh lächelte in sich hinein, als er erwiderte: "Ich wünschte auch, es wäre so wie du sagst, aber die Menschen sind nicht so. Sie sind nicht alle friedlich, nein Liebes, viele sind vor allem gierig und um die Friedlichen zu schützen, muss es manchmal Kriege geben. Einer muss die Sense schwingen, Amhrán, und deshalb gibt es auch Krieger. Die Menschen sind verschieden. Manche wie diese sind geboren, um der Liebe und dem Frieden zu dienen und andere werden von Kleinauf vom Schicksal zu Kriegern geformt. Wir werden zu dem, was wir tun. Du zu einer Priesterin und ich zu einem Krieger, aber es gibt viele Wege des Kampfes. So wie es viele Waffen gibt, die man nicht in der Hand halten kann. Fionn hat auch viele Kriege vermieden und Kampf war immer die letzte Möglichkeit, die er in Betracht gezogen hat und so muss es auch sein. Es sind Orte wie Creevaghcaol, an denen dieser Geist noch lebendig ist.

Es ist ein Ort wie dieser, an dem das Blaue Schwert der Wahrheit geschmiedet wurde und sein Zweck war es, der Wahrheit zu dienen und nicht dem Krieg, auch die Wahrheit ist eine Waffe, die wirkungsvollste, denn sie macht nackt und zeigt die Verletzbarkeit der Menschen und das alle Menschen gleich sein sollten. Einem gegenüber zu stehen, der ist wie du, macht es schwer, ihn zu töten und öffnet anderen Mitteln den Weg, so dass keiner seine Würde und Ehre verlieren muss. Es gibt Zeiten des Friedens, aber diese Zeit endet bald. Ich spüre es in meinen Knochen, es wird noch ein langer Weg für Solasard auf den Thron und er wird viele Männer wie mich brauchen, auch wenn es ihm genauso wenig gefällt wie dir. Er weiß, dass die, die Leid verursachen am Ende nie die Sieger sein können, sondern nur diejenigen, die am meisten Leid ertragen haben und nun frei sind. Er will diese Schuld nicht tragen, aber auch das gehört zu den Bürden der Regentschaft und es ist ja nicht die Gier nach Reichtum und Macht, die ihn vorwärts treibt, sondern der Wille, seinem Volk wieder die Freiheit zu schenken und allen Völkern dieser Welt das gleiche Recht einzuräumen. Es gibt ein Volk jenseits des Meeres, das sagt: "Die Wahrheit ist so kostbar, dass sie um gerettet zu werden, geopfert werden darf!" Das ist die größte Furcht Solasards, sein Volk zu opfern, damit es frei ist. Er wird dich brauchen, Amhrán, wenn alles vorüber ist, denn du wirst der Balsam sein, der seine Wunden und die seines Volkes heilt. Um wie viel leichter ist da mein Kampf. Er hat ein Ende eines Tages, aber deiner nie. Auch wenn du es nicht wahrhaben willst, mein Liebes, in Wirklichkeit bist du die größere Kriegerin von uns beiden und um nichts in der Welt möchte ich mit dir tauschen.

Denk einmal darüber nach, wenn du vor den weißen Steinen stehst. Auch wenn es ein Ort der Krieger ist, dient er doch dem Frieden. Ich liebe ihn sehr, oft schon hat mich mein Weg zu ihm geführt und viel Erkenntnis spross in meinem Herzen, während ich dort verweilte. Mögest auch du dort Frieden finden und den Pfad der Erkenntnis in dir spüren."

Schweigend gingen die Gefährten weiter. Scathcrobhs Worte drehten sich wie Mühlsteine in Amhráns Kopf. Etwas in ihr sagte ihr, dass er Recht hatte und etwas in ihr weigerte sich diese Wirklichkeit anzuerkennen. Es musste doch auch ohne Krieg und Kampf gehen.

Das wilde Grün um sie besänftigte ihre Gedanken. Müde setzte sie Fuß vor Fuß und endlich erreichte sie die weißen Steine von Creevaghcaol. Erschöpft ließ sich die Kindfrau auf den Boden fallen.

"Ich gehe heute keinen Schritt mehr!"

Rhiannon lächelte milde und sagte: "Das musst du auch nicht, Scathcrobh sammelt schon Holz für das Feuer, aber du siehst nicht so aus, als würdest du das Entzünden noch erleben. Komm, leg dich ein bisschen hin und ruhe dich aus. Wir haben noch ein paar Tagesmärsche vor uns, bis wir an unser Ziel gelangen. Du wirst deine Kraft noch brauchen, ruh´ dich aus, komm ich decke dich zu."

Fast augenblicklich war Amhrán eingeschlafen. Sie träumte von den Hallen Taras, die sie noch nie betreten hatte, von den Menschen, die Vertrauen in sie hegen würden.

Mitten in der Nacht schrak sie auf. Die Glut knisterte leise und rot, neben sich hörte sie das stetig ruhige Atmen ihrer beiden Gefährten, über ihr leuchteten die Sterne. Friedvoll lag die Welt um sie herum, ja so sollte es sein, friedvoll und ruhig. Dazu wollte sie ihren Beitrag leisten, Krieg hin oder her, sie hatte ein Herz voller Liebe und das würde sie über der Welt ausschütten, auch wenn es das Feuer des Hasses und Unfriedens vielleicht nicht zum Erlöschen bringen würde, es würde doch einige seiner Flammen eindämmen und der Hoffnung und der Freude neuen Raum verschaffen. So soll es sein. Das war ihr Weg. Heute Nacht hatte sie den ersten Fuß darauf gesetzt und sie war froh, dass es an diesem Ort geschehen war.

Früh am Morgen erwachte sie als erste und sammelte Holz. Als die anderen erwachten, loderte schon ein munteres Feuer in einem Steinring, aus dem Kessel dampfte der leichte Duft von Minze und Amhráns Grinsen überstrahlte leicht die noch müde Sonne.

Rhiannon lachte fröhlich.

"Na, wenn das so ist, darfst du heute wieder so früh schlafen gehen."

Aber Amhrán winkte ab und nippte zufrieden an ihrem Kräutertrunk, den sie auch Scathcrobh und Rhiannon ausschenkte.

Bald waren sie wieder unterwegs, immer weiter in den Norden führte sie ihr Weg. Mächtige Berge erhoben sich in der Ferne, hinter ihnen verblasste der Binn Gulbain, der die Landschaft so sehr beherrscht hatte, immer mehr.

Noch immer wusste Amhrán nicht um das Ziel ihrer Reise, aber sie vertraute ihren beiden Führern, auch wenn der Weg manchmal sehr beschwerlich und schwierig war.

Dann erreichten sie die flachen Ufer eines Gebirgssees, der im Schoß einer kargen Gebirgsenge lag. Die Stille des Ortes wirkte seltsam auf das Mädchen, denn diese Stille war so still, dass sie sie hören konnte. In der Ferne konnte sie ein paar Häuser erkennen, doch kein Laut drang zu ihr vor. Verängstigt blickte sie sich um, betrachtete die schroffe Gebirgswelt, fühlte Augen auf sich und sah doch nicht, wer da seinen Blick so achtsam auf diese junge Seele geheftet hatte.

Sie sah sie kommen, noch bevor sie einen Schritt auf ihren steinigen Weg gesetzt hatten. Jede Meile war sie im Geiste mitgegangen und nun standen sie dort unten am Fuß des Berges. Der Mann, die Greisin und die Frau.

Amhrán. Die Zukunft. Und es war ihre Aufgabe, diesen Stein, die Seele dieser Frau, zu reinigen, bis er von Unrat frei war.

Die Alte Bärin zog ihren Mantel enger um sich und verließ die Höhle.

Sie blickte noch einmal zurück, vorerst würde sie an diesem heiligen Ort nicht mehr allein leben. Die Höhle der Göttin würde jetzt auch Amhráns Zuhause sein.

Bedächtig stieg sie hinab zum See, wo die drei schwarzen Punkte langsam Gestalt annahmen. Amhrán war die erste, die die Frau begrüßte.

"Aber du läufst ja barfuss. Ist das nicht ein bisschen kalt bei diesem Wetter? Auch wenn Beltainè nur noch drei Monde entfernt ist!"

Die Alte wechselte einen vertrauten Blick mit Rhiannon und antwortete:

"So bin ich immer mit der Großen Mutter Erde verbunden und bis jetzt hat es meinen alten Knochen nicht geschadet, eher noch genützt. Aber kommt, wir wollen zu den Häusern gehen, dort werde ich euch zeigen, wo ihr wohnt, während Amhrán bei mir ist."

Scathcrobh verstand nicht ganz.

"Was soll das bedeuten, während Amhrán bei dir ist? Wird sie denn nicht bei uns dort in einem dieser Häuser wohnen?"

Die Alte vom Berge erwiderte ihm:

"Nein, nun beginnt die harte Zeit ihrer Ausbildung. Amhrán wird oben in der Höhle bei mir leben, so wie es sich für eine Priesterin gehört. Sie wird mir dienen, und sie wird lernen, was die Aufgaben einer Hochdruidin auf Tara sind."

Nun ergriff auch Amhrán das Wort.

"Und was ist mit Rhiannon? Wird sie mich denn gar nicht mehr unterrichten?"

Die Alte antwortete ihr:

"Nein, sie wird bei den Hohepriesterinnen im Coven bleiben, während du bei mir bist, und das wird auch einige Zeit so bleiben. Ich muss dich auch erst kennenlernen und sehen, wo deine Ecken und Kanten sind."

Scathcrobhs Gesicht nahm einen rötlichen Ton an.

"Ich fürchte, ich kann das nicht zulassen. Der Hochkönig hat mein Wort, dass ich Amhrán beschütze und ständig in ihrer Nähe bin. Ich werde nicht dulden, dass sie in dieser Höhle dort oben haust."

Rhiannon versuchte ihn zu beschwichtigen.

"Scathcrobh, du weißt nicht, mit wem du da sprichst. Schweige. Niemand wird besser auf das Kind aufpassen als sie. Sie ist die Alte Bärin, Scathcrobh. Ihrer Weitsicht und ihrer eigenen Demut haben wir es zu verdanken, dass wir nicht im Schlamm vor ihr knien müssen."

Scathcrobh brummelte in seinen Bart.

"Ich knie nicht vor alten Weibern."

Schweigsam setzten sie ihren Weg am Ufer des Sees fort.

Amhráns Blicke schweiften in die Umgebung. Ein karges Land, nur Steine, Steine, Steine. Das wenige an Gras, das hier wuchs, war so abgefressen, dass nicht einmal ein Schaf allein davon hätte satt werden können. Wahrscheinlich hätte es sich bei all den Steinen auch noch den Hals gebrochen.

Und dennoch, alles war so friedlich hier. Die einzige Stimme war die Stimme des Windes, die von den Schätzen des Berges erzählte, dem Heiligtum, das in seinem Herzen lag.

Eine seltsame Ruhe legte sich auf Amhrán. Hier konnte sie frei atmen und diese alte Frau, sie würde schon einen Weg finden, mit ihr zurechtzukommen.

Weit in der Ferne leuchteten die Gipfel der anderen Berge.

Schließlich kamen sie zu den Hütten.

Vereinzelt sah man Frauen, die gemeinsam Steine aufsammelten und auf niedrige Mauern legten, die im Frühjahr kleine Beete umgrenzten.

Niemand sprach ein Wort. Doch alle Frauen verbeugten sich leicht vor der Alten Bärin, wenn sie an ihnen vorüberging. Dann standen die vier vor einem kleinen Häuschen.

Die Alte Bärin drehte sich zu Amhrán um und sagte:

"Es ist Zeit, Abschied zu nehmen, Amhrán. Ich werde in der Höhle auf dich warten. Wenn du dem Weg, der uns hierher geführt hat und dann dem Weg zur Höhle folgst, wirst du sicher angelangen. Rhiannon das wird eure Wohnstätte sein für die nächste Zeit, wenn ihr etwas benötigt, lasst es mich ruhig wissen.""

Amhrán zog ihre Stirn in Falten und fragte:

"Warte doch, dann können wir gemeinsam gehen."

Aber die Alte Bärin erwiderte:

"Nein, Amhrán, das ist ein Weg, der dich zu vielen führt und du wirst sie alle allein gehen. Es ist besser, wenn du dich jetzt schon daran gewöhnst. Ich warte in der Höhle auf dich."

Sie nickte Rhiannon und Scathcrobh zu und ging davon.

Mit Tränen in den Augen sagte Amhrán:

"Hier bleibe ich keine Nacht. Sie ist hart wie ein Stein und kalt wie das Wasser ihres Sees. Lasst uns gehen. Scathcrobh, komm!"

Rhiannon nahm sie in den Arm und tröstete sie.

Aber Amhrán hatte schon erkannt, wie sinnlos dieses Unterfangen war. Niemand entgeht seinem Schicksal. Aufmerksam lauschte sie den Worten ihrer Seelenfreundin.

"Das Heil liegt in den folgenden drei Worten, mein Rosenherz: Alles geht vorüber. Auch das größte Leid, auch der längste Abschied. Sie meint es gut mit dir. Glaube mir, sie gibt dir nicht mehr als du tragen kannst. Ich kenne sie gut. Es braucht Kraft, Ausdauer und Härte, um dem Weg zu folgen, den du beschritten hast und sei gewiss, wir werden uns wiedersehen. Es wird dir nichts geschehen, was dir das Leben nicht sowieso antäte. Sie ist eine Meisterin, vertraue ihr und vertraue dir.

Ich werde hier sein und auf dich warten. Die Ruhe wird mir gut tun, du Wirbelwind."

Fest drückte sie noch einmal ihren Schützling. Dann gab Rhiannon sie frei.

Scathcrobh fasste Amhrán an den Schultern und sagte:

"Vergiss nicht, was du bei mir gelernt hast. Es wird dir gute Dienste leisten und vergiss nicht, wer du bist, gleich was sie dir einzureden versucht. Und vergiss nie, die, die du liebst und die, die dich lieben, das hilft gegen jeden Schmerz.

Ich kenne ihre Mittel nur zu gut und Pein wirst du erleiden, meine Liebste. Ich wünschte, ich könnte dir einen Teil davon abnehmen, aber meine Zeiten sind vorbei. Du musst deinen Weg alleine gehen. Ein Zweig kann nur für sich selber wachsen, nur so wird er zu einem starken Ast."

Er zog sie in seine Arme, drückte und herzte sie. Tränen liefen über seine Wangen, wissend um die Prüfungen, die ihr bevorstanden.

Amhrán lächelte ihn zuversichtlich an.

"So schlimm wird es? Nun gut, dann will ich jetzt gehen. Der Weg wird länger mit jedem Schritt, den ich nicht gehe."

Rhiannon lachte schluchzend auf.

Schritt für Schritt ging Amhrán auf den Berg zu. Immer wieder drehte sie sich zu den beiden um, die ihr nachwinkten.

Scathcrobh ließ seinen Tränen freien Lauf.

"Wenn sie ihr ein Leid antut, werde ich sie töten. Ich werde sie töten."

Rhiannon drehte sich um und öffnete die Tür des Hauses.

"Sie wird ihr Leid antun, und du weißt es, und dennoch wirst du sie nicht töten. Komm jetzt oder willst du da draußen festwachsen?"

Der Krieger überlegte einen Augenblick, ob er ihr nachgehen und sie zurückholen sollte. Aber er verwarf den Gedanken und trat ein. Er vertraute dieser Kindfrau. Wer, wenn nicht er, kannte ihre Stärke. Fast spürte er, wie sie einen Fuß vor den anderen setzte und sich so immer weiter von ihrem alten Leben entfernte. Schritt für Schritt.

Der Boden knirschte nicht unter Amhráns Füßen. Es kam ihr vor, als ginge sie gar nicht. Der Erdboden schien jedes Geräusch zu verschlucken.

Amhrán ging jetzt schneller. Der Abend senkte sich über das Land. Der erste Stern stand schon am Himmel. Der Stern der Liebenden.

Er hatte auch über sie gewacht, als sie Misnéachard das erste Mal gesehen hatte. Wie genau sie sich noch an ihn erinnerte, an die Nacht damals.

Gemeinsam waren sie geritten. Lasaír, der silbergraue Elbenhengst, hatte sie durch die Zeit getragen und dann lag sie in seinen Armen. Löschte den Durst nach Liebe von seinen Lippen. Wie keusch sie gewesen waren, wie Kinder. Er hatte seinen Mantel der Liebe um sie gehüllt und nie mehr hatte sie sich ihm entzogen.

Da war Solasard, die Pflicht, das Versprechen, der Dienst an der Göttin, an ihrem Land, aber das war nicht ihr Herz. Das war die Erziehung der Menschen, ihr Denken von sicheren Bahnen, bar jeglicher Gefühle.

Misnéachard, das war ihr Herz, die Freiheit, die Liebe ihrer Seele, der Splitter, der sie vervollständigte.

Es wäre so leicht, mit ihm fortzugehen und all das zurückzulassen. Vergessen die Kinder, die Menschen, die ihr Spielzeug, ihre Welt, zerstörten, aber das konnte sie nicht.

Amhráns Herz, ihre Liebe war auf ewig mit dem Elbenprinzen verbunden, aber sie wollte dieses Glück auch zu anderen bringen, ihnen die Augen zum Sehen öffnen. Das gelingt nicht, indem man vor seiner Verantwortung flieht.

Sie konnte ihrem Volk nur helfen, wenn sie sich ihrer Aufgabe als Hochdruidin stellen würde.

So jung noch, wie würde das Amt auf ihren Schultern lasten? Nun war sie es selbst, die sich den Sattel der Verantwortung, des Dienstes am Volk und an den Göttern überwarf und ihre Freiheit gab, damit andere frei sein konnten.

Mühsam quälte sie sich den Berg hinauf.

Eine Fackel, die vor der Höhle in der Erde steckte, zeigte ihr den Weg.

Der Eingang, dem sie folgte, war so eng, dass sie die Steinwand ständig berührte.

Erschöpft trat sie in die Höhle ein. Ein Blick in die Runde zeigte ihr den Ort, an dem sie die nächste Zeit verbringen würde.

Links von ihr stand ein hoher Holzrahmen, der mit Hirschfell bespannt war und als Tür diente. Ein gemauerter Brunnen aus seltsam rotem Stein stand links von ihr im Raum, ein merkwürdiger, alter Brunnen. Auf der anderen Seite der Wand stand ein großes Becken, in dem Wasser gleißte. Daneben lagen leere Ledersäcke.

Vor dem Feuer lagen zwei große Bärenfelle und zwei weiche Dekken aus Schafsfell. Auf einer Seite führte ein Gang in den Felsen. Ob dort eine Vorratskammer war?

Die Alte Bärin saß auf einem der Felle. Sie hatte die Beine untergeschlagen und betrachtete Amhrán.

"Tritt näher, ich beiße nicht. Das andere Fell hier gehört dir. Es hat lange auf dich gewartet.

In dieser Höhle wirst du nie etwas zu essen finden. Wenn du Hunger hast, musst du zum Coven gehen.

Wasser zum Trinken oder Waschen findest du in dem Becken dort. Es wird von nun an deine Aufgabe sein, dafür zu sorgen, dass das Becken immer aufgefüllt ist.

Und du wirst den Brunnen nicht anrühren. Innerhalb der Höhle darfst du mich Alaya nennen, außerhalb bin ich auch für dich die Alte Bärin.

Du kannst dich nun hinlegen und schlafen. Morgen sprechen wir über deine Ausbildung und die Wege, die du einschlagen wirst. Ruhe sanft und schlafe gut im Schutz der Großen Mutter."

Die Alte Bärin stand auf und ging zu dem Holzrahmen.

Mit großen Augen fragte Amhrán:

"Alaya, du lässt mich doch nicht allein, oder?"

Die Angesprochene drehte sich zu ihr um und antwortete:

"Eine Hochdruidin ist immer allein, Amhrán. Ihr ganzes Leben lang. Das einzige, was du hast, bist du selbst und deine Liebe, deine Ängste, deine Zweifel und die Liebe derer, die dich lieben.

Ich kenne ihn wohl, den, dessen Mantel du da trägst. Und ich weiß um die Schmerzen, die er leidet durch Wunden, die er sich selbst zugefügt hat.

Heute Nacht werde ich noch bei dir bleiben, aber ab morgen wirst du alleine hier sein. Je eher du dich daran gewöhnst um so besser. Du wirst mir noch dankbar sein, wenn niemand die wirren Kreise deiner Gedanken stört.

Leg dich nun hin und schlafe. Morgen früh beginnt dein neues Leben."

Alaya zog den Hirschfellrahmen vor den Eingang, ging zu dem Fell, wo sie sich entkleidete und legte sich unter die Decke. Amhrán folgte ihrem Beispiel. Doch der Schlaf wollte nicht kommen.

Das hier war nicht der verspielte Coven, den sie verlassen hatte.

Das hier war Einsamkeit. Sie fürchtete sich vor der Zukunft und war doch neugierig darauf.

Die Gedanken an die Zukunft brachten sie wieder in die Vergangenheit. Sie hüllte sich in Misnéachards Mantel, den sie unter die Dekke gelegt hatte.

Sie strich über den Stoff und erinnerte sich daran, wie er ihn ihr über die Schultern gelegt hatte.

Endlich schlief sie ein und es schien ihr, als sei er im Traum bei ihr. Doch in weiter Ferne hörte sie ein schallendes Gelächter, das sie vertrieb aus diesem Traum in die Finsternis des Schlafes.

Am Morgen wurde Amhrán früh geweckt. Alaya schritt an sie heran und sagte zu ihr:

"Guten Morgen, Amhrán. Zeit zum Aufstehen. Geh dich waschen, damit wir den Tag beginnen können."

Noch im Halbschlaf stand Amhrán auf, wusch sich und kleidete sich an. Als sie vor die Höhle trat, um in einiger Entfernung ihre Blase zu erleichtern, erschrak sie. Es war noch stockfinster, und es würde noch einige Zeit dauern, bis es hell wurde.

Verschlafen ging sie in die Höhle zurück.

"Draußen ist es ja noch stockdunkel. Was wollen wir denn so früh schon tun?"

Alaya erwiderte ihr:

"Wir werden vor dem Feuer sitzen und beten. Und wenn wir gebetet haben, beginnen wir mit deiner Ausbildung. Setz dich jetzt neben mich und bete."

Ihre Schülerin fragte:

"Was soll ich denn beten?"

Die Alte erwiderte:

"Morgen früh wirst du schon wissen was."

Eine Weile saßen sie so schweigend vor dem Feuer.

Schließlich begann Alaya zu sprechen.

"Ich werde dich jetzt einiges fragen, und du wirst mir antworten, so gut du es vermagst. So erkenne ich am leichtesten, woran es dir mangelt. Viele Rätsel wirst du hier finden und lösen und jedes ist ein Pflasterstein auf dem Weg zu dir selbst.

Nun sag, was ist dies:

Es ist ein starkes Wesen, es geht vor der Flut einher. Es hat kein Fleisch, kein Blut und keine Knochen. Es geht frei einher in Wald und Feld. Es hat keine Hand und keinen Fuß und raschelt doch im Baum. Es ist weit wie das Antlitz der Erde. Es wurde nie geboren und doch stirbt es, um wieder geboren zu werden. Was ist das?"

Amhrán überlegte. Sie schloss ihre Augen, lächelte und sagte:

"Das ist der Wind, Alaya."

Die Angesprochene fragte weiter.

"Wer sind wir? Tapfere Krieger und haben keine Hand, die wir heben und keine Füße, die uns fortbewegen? Nicht geliebt bin ich von den Menschen und doch geachtet.

Von gleicher Art sind wir drei und ein anderer von uns nimmt fliegend die Verfolgung auf.

Amhrán grübelte und grübelte.

"Krieger. Tapfere Krieger, die doch keine Hände und keine Füße haben.....

Jetzt. Scathcrobh sei Dank, ein guter Lehrmeister war er mir.

Nicht geliebt und geachtet ist die Eibe, denn aus ihrem Holz sind die Bogen der Krieger.

Die drei Krieger von der gleichen Art sind dann die Eiche, aus ihrem Holz schafft man die besten Keulen; die Esche, deren Holz die besten Speere hervorbringt und die Pappel, die die besten Schilde hergibt. Der luftige Verfolger aber ist das Schilf, rastlos eilen seine Pfeile voran."

"Du hast wirklich einen guten Lehrmeister gehabt.

Gut, Amhrán. Weiter!

Wer bin ich?

Ich trage eine Krone, aber ich bin kein König. Ich bin der betrügerisch Verführende. Ich mache den Sehenden blind und locke den Jäger auf die falsche Fährte. Ich bin du. Ein offenes Geheimnis."

Amhrán überlegte hin und her. Sie zerbrach sich den Kopf. Lange saß sie so. Schließlich antwortete sie der Alten Bärin:

"Wäre es ein Tier, so hätte ich geantwortet ein Kiebitz. Aber ich bin kein Kiebitz. Ich bin kein offenes Geheimnis und ich trage auch keines in mir."

Die Alte Bärin erwiderte:

"Wenn dem nicht so wäre, was wollte dir das Rätsel sonst sagen, Amhrán? Vielleicht ist es wirklich so offenkundig, dass es dich blind macht, wie ein Jäger, den ein Kiebitzweibchen glauben macht, dass sein Flügel gebrochen ist. Du bist eine Königin und trägst keine Krone. Wer bist du, Amhrán? Wer bist du? Erinnere dich!"

Die Schülerin antwortete ihr:

"Ich bin die Tochter meiner Mutter."

Die Meisterin fragte:

"Wer aber ist deine Mutter, Amhrán? Wer ist Cloigín, die Glocke gewesen? Siehst du nicht das Muster des feinen Tuches, das du selber bist.

Du bist geboren am siebzehnten Tag des Weidenmonats Sáile an Beltainè. Hast du dich nie gefragt, an welchem Tag du gezeugt wurdest, Amhrán?

Aber genug davon für heute.

Lass uns an die Arbeit gehen. Ich möchte, dass du den Boden schrubbst. Du wirst das Wasser dafür vom See holen."

Empört warf Amhrán ihr Haar in den Nacken und begehrte auf.

"Da wäre ich ja den ganzen Tag beschäftigt mit Wasser holen."

Alaya lächelte sanft.

"Hast du vielleicht Schwierigkeiten mit dem Wort Gehorsam? Du wirst natürlich nicht den ganzen Tag damit beschäftigt sein Wasser zu holen, weil du erst einmal damit beschäftigt sein wirst, einen Eimer und eine Bürste aus dem Coven zu holen.

Dort kannst du auch mit Rhiannon frühstücken, wenn du magst."

Zornig stapfte Amhrán aus der Höhle. Dafür war sie nicht den weiten Weg von Inis-Diomain hierher gekommen, um irgendeiner alten Frau den Boden zu schrubben.

Was sollte ihr das als Hochdruidin wohl nutzen, zu wissen wie man einen Fußboden schrubbt.

Wütend marschierte sie zum Coven, klopfte an die Tür des Hauses, das Rhiannon mit Scathcrobh teilte. Als ihr Rhiannon öffnete wünschte sie ihr einen Guten Tag.

Rhiannon verkniff sich nur mühsam ein Lachen.

"So früh schon wieder hier? Was ist denn geschehen?"

Amhrán wetterte eifrig los.

"Fußböden, Rhiannon, Fußböden soll ich schrubben. Ich, die zukünftige Hochdruidin, bin ich so weit gewandert, um auf meinen Knien zu rutschen?"

Rhiannon kämpfte sehr gegen ein Lachen und antwortete der jungen Frau:

"Vielleicht musstest du so weit gehen, um deinem Hochmut in die Falle zu geraten. Vielleicht musstest du auch so weit gehen, um Gehorsam zu lernen. Vielleicht musstest du auch so weit gehen, um Demut zu lernen.

Demut, zu dienen heißt nicht blind sein und nur Befehle ausführen, ohne sie zu hinterfragen. Du solltest alles, worum man dich bittet, oder was man dir befiehlt oder von dir verlangt, hinterfragen. Aber zuerst frage dich selbst, was es mit dir tut.

Warum bist du jetzt zornig, Amhrán?"

Die junge Frau antwortete trotzig.

"Weil es mir sinnlos erscheint einen Boden zu schrubben. So werde ich bestimmt keine gute Hochdruidin. Es erscheint mir nutzlos und meine Zeit wird verschwendet und das ist auch so, oder siehst du das anders? Siehst du es etwa anders?"

Rhiannon entgegnete ihr:

"Ja, ich sehe es anders. Ich muss es anders sehen, denn meine Wirklichkeit ist eine andere als die deine.

Wenn du eines Tages Hochdruidin bist und die Gattin des Hochkönigs, bist du auch Hochkönigin.

Weißt du dann alles, was in deinem Volk geschieht? Oder weißt du jetzt schon alles über die Viehzucht, den Ackerbau, die Heilkunst oder die Kunst des Herrschens?"

Amhrán schüttelte kleinlaut den Kopf und antwortete:

"Nein, ich bin ja nicht allwissend."

Ihre Freundin lächelte sanft.

"Verstehst du, es gibt immer einen, der mehr weiß als du und einen, der weniger weiß, beide zu unterscheiden und zu wissen, wann man den Rat von einem der beiden annimmt, ist die Kunst.

Du bist ein Krümel von einem Stück Brot in einem Teller Suppe. Für dich ist deine Welt das Stück Brot. Aber die Alte Bärin sieht weit über den Tellerrand hinaus.

Sie wäre nicht, was sie ist, wenn dem nicht so wäre.

Vertraue, Amhrán, hab Vertrauen. Nur so wirst du einst eine gute Hochdruidin sein. Du bist die Hirtin und du musst lernen zu erkennen, welcher Schäferhund der bessere für deine Herde ist, denn du kannst nicht überall sein.

Geh nun zurück, törichter Knopf."

Zärtlich kniff sie die junge Frau in die Wange. Die lächelte verschmitzt.

"Ist ja gut. Gibt es Brot hier? Dort oben gib es nämlich nichts zu essen und hast du einen Eimer und eine Bürste und einen Lappen?"

Scathcrobh ergriff nun das Wort:

"Einen schönen Tag für eine schöne Frau! Jetzt verstehe ich auch das hier."

Er hielt einen Eimer mit einer Bürste darin in der einen und ein Tuch, das nur allzu verführerisch nach Essen roch, in der anderen Hand.

Nun lachte auch Amhrán. Das war wohl ihre erste Lehrstunde.

Gemeinsam frühstückten die drei. Dann machte sich Amhrán gestärkt auf den Weg zur Höhle.

Alaya war nicht mehr da.

Lustlos räumte sie die Felle zur Seite. Am See holte sie Eimer um Einer voll Wasser, schrubbte den Boden, wischte das Wasser auf und goss es draußen vor die Höhle. Schon Jahre war hier wohl nichts mehr gescheuert worden.

Während sie schrubbte, schmerzten ihre Knie und ihr Rücken, ihre Hände wurden in dem kalten Wasser taub und spröde. Tausend Gedanken jagten durch ihren Kopf.

Immer wieder die Frage, wer bist du? Und dann sprang sie die Antwort fast an.

Spät am Abend kam Alaya. Sie ging durch die Höhle und verzog keine Miene.

"Nun, welche Weisheit hat dir der Tag gebracht, Amhrán?"

Amhrán sprang auf.

"Du hattest recht. Als ich so vor mich hin schrubbte und über dein Rätsel nachdachte, fiel es mir doch endlich ein. Ich bin ein Kiebitz. Wenn ich an Beltainè geboren wurde, dann wurde ich an Lughnasadh gezeugt, am Königsfest."

Die Alte Bärin erwiderte ihr:

“Ja, so ist es. Du wusstest wohl, wer dein Vater ist, aber nun weißt du auch, wer du selbst bist, wer deine Mutter ist.”

Amhrán fragte nun eifrig.

“Und was soll ich morgen tun? Gibt es ein neues Rätsel, an dem ich mich messen kann?”

Alaya erwiderte:

“Morgen wirst du die Höhle schrubben, denn du hast es heute nicht getan.”

Wütend empörte sich Amhrán:

“Was? Ich habe wohl die ganze Höhle geschrubbt oder glaubst du ein Geist war hier und hat mir geholfen?”

Ruhig erwiderte Alaya:

“Nein, das glaube ich nicht, die Frage ist auch nicht, ob dir ein Geist geholfen hat, vielmehr solltest du dich fragen, wo dein Geist war, als du deine Arbeit hättest verrichten sollen.”

zu hause

Stunden warteten die Männer im "Schlafenden Eber" schon darauf, dass die Frauen von ihren Stühlen fielen.

Aber so viele Krüge Met ihnen die dicke Blonag auch auf den Tisch stellte und so viele sie auch austranken, sie wollten einfach nicht betrunken werden und unter den Tisch fallen.

Gerade wieder stellte die gewichtige Wirtin zwei Krüge auf den Tisch und scherzte:

"Ihr sauft ja wie die Löcher, ihr gefallt mir. Da hat Naoisi ja die richtigen zwei geschickt."

Crónachan antwortete:

"Langsam ist es aber auch gut, liebe Frau. Wir fallen gleich um vor lauter Güte. Gibt es denn vielleicht auch etwas zu essen hier? Wir haben einen langen Weg hinter uns und noch einen weiten vor uns."

Gormeala fügte hinzu:

"Und dann brauchen wir noch ein Boot, das uns ohne großes Aufsehen nach Luimneach mitnehmen kann. Kennt ihr vielleicht einen Bootsmann, der uns aufnimmt. Naoisi würde sich auch sehr erkenntlich zeigen."

Überschwänglich erwiderte Blonag:

"Naoisis Freunde sind auch meine Freunde. Ich werde euch die besten Schlegel eines Fasans bringen, die ihr je gegessen habt, mit einer Kruste aus Honig und Kräutern, von der Soße ganz zu schweigen. Wartet es nur ab."

Schon war sie in der Küche verschwunden, um Augenblicke später zwei schwer beladene Teller auf den Tisch zu wuchten.

Herzhaft ließen es sich die beiden Frauen schmecken, bis es nun einem Gast wirklich zu bunt wurde und er rief:

"Blonag, wer sind denn die zwei! Vielleicht ein paar Schwestern des Königs, die uns der alte Broc verheimlicht hat?"

Das ganze Gasthaus bebte vor Lachen und die Angesprochene antwortete freudig:

"Denkt euch, das sind gute Freunde von Naoisi. Ich habe schon Jahre nichts mehr von ihm gehört und jetzt schicken mir die Götter diese beiden hier."

Crónachan und Gormealas Gesichter wechselten in einem fort die Farbe.

So viel zum unauffällig im Hintergrund bleiben, dachte sich Gormeala.

Schon saß der erste bei ihnen am Tisch.

"Seid mir gegrüßt, ihr hübschen Schwestern. Ich bin Gadaí. Früher war ich ein Gefolgsmann Naoisis. Wo treibt er sich denn rum, unser Junge?"

Gormeala musterte ihn kurz und sagte:

"Seist auch du mir gegrüßt, Gadaí. Ich bin Gormeala. Du warst ein Gefolgsmann von Naoisi? Ich habe dich noch nie gesehen, und auch noch nie deinen Namen von seinen Lippen gehört. Wann soll das denn gewesen sein?"

Gadaí betrachtete die Frauen und erwiderte:

"Nun ja, auf jeden Fall wohl bevor er euch kennen gelernt hat. Damals waren wir noch eine richtig große Familie. Wir zogen durch das Land, verdingten uns unseren Lebensunterhalt und gaben, was wir nicht brauchten, den Armen."

Crónachan grinste frech.

"Sozusagen ward ihr richtig gute Menschen. Und wo hast du deinen Namen her, mein Guter?"

Langsam zog er ein Messer aus seiner zerrissenen Hose und legte es auf den Tisch.

"Wollt ihr daran zweifeln?"

Gormeala und Crónachan wechselten einen Blick, sprangen auf und zogen mit der rechten Hand ihr Schwert und mit der linken ihr Messer und riefen:

"Wollt ihr bezweifeln, dass wir Fianna sind?"

Plötzlich standen die Leute in dem Gasthaus von ihren Plätzen auf und jeder hatte ein Messer, eine Axt oder eine andere Waffe in der Hand.

Gadaí antwortete ihr:

"Wir sind keine Fianna, aber deshalb lieben wir unser Land bestimmt nicht weniger als ihr."

Da schritt Blonag vor die beiden Frauen und rief:

"Aufhören, Schluss damit. Glic schließ die Tür ab! Wir brauchen keine Spitzel der Königlichen Garde. Verschließt die Fenster und still jetzt.

Ihr seid demnach Fianna und welche Rolle spielt Naoisi bei euch?"

Nun war es an der Zeit die Karten auf den Tisch zu legen.

Gormeala antwortete:

"Er ist unser Anführer. Er ist der Anführer der Fianna."

Schweigen, dann klatschte sich Gadaí auf die Schenkel.

"Setzt euch wieder, Männer, wir sind unter Freunden. Da hat es der alte Fuchs wirklich wahr gemacht. Ich fasse es nicht."

Nun nahmen die beiden Frauen auch wieder Platz.

Verblüfft fragte Crónachan:

"Was wahr gemacht?"

Gadaí nahm seinen Humpen, trank einen Schluck, zog sein zerschlissenes Hemd zurecht und fuhr sich durch sein angegrautes Haar.

"Tja, der feine Herr! Vor langen Jahren, als wir bei den Reichen eine der gefürchtetsten Räuberbanden waren, führte er uns an. Ich habe nie erlebt, dass es Tote gab bei seinen Überfällen. Aber eines Tages schien es ihn immer mehr zu langweilen. Nichts reizte ihn mehr. Das letzte, was ich von ihm weiß, ist, dass er einen herrlichen schwarzen Hengst, der für Cormac bestimmt war, gestohlen hat. Er ist vor den Augen des Hochkönigs durch die Tore von Tara gejagt. An diesem Abend kam er zu mir ans Feuer und sagte:

"Was gibt es noch zu stehlen, Gadaí? Gold und Silber macht uns bestimmt nicht satt und es füttert die Armen auch nicht. Ich will den Menschen nicht jeden Tag einen Fisch bringen. Ich will sie das Fischen lehren. Ich will ihnen Sicherheit geben."

Ich fragte ihn, wie er das machen wolle und er grinste auf seine eigene verschmitzte Weise:

"Ich werde dem König sein Heer stehlen."

Bis vor wenigen Augenblicken wusste ich nicht, was er damit wohl gemeint hatte. Und ich wusste auch nicht, wer der Meisterdieb ist, der die Fianna anführt. Ein Mann, der ihnen zu dem Ruhm der alten Tage verhilft.

Nun legt sich der Nebel und die Antwort ist klar.

Wir sind zwar keine Fianna, aber wir treffen uns dann und wann mit ein paar alten Gefährten, die ihnen angehören.

Ihr solltet spätestens morgen früh hier verschwunden sein.

In Ath-Luain selbst gibt es wenig Spitzel für die Königliche Garde und die meisten davon haben wir in der Hand, dennoch sicher ist sicher.

Wer fährt morgen runter nach Luimneach, Blonag?

Die zwei müssen verschwinden. Wenn Arcan spitz kriegt, dass zwei Frauen hier waren, werden wir keine Ruhe mehr haben."

Blonag überlegte kurz und antwortete:

"Du wirst fahren! Diese beiden Täubchen lasse ich doch nicht von irgendwem runter bringen. Du nimmst mein Boot und bringst sie so weit, wie es geht. Ist euch das recht?"

Die beiden Frauen waren sprachlos. Soviel Hilfsbereitschaft hatten sie nicht erwartet. Stumm wie Fische nickten sie.

"Gut, denn ihr werdet aufbrechen, wenn es draußen erst richtig dunkel ist.

Der Rest von euch, geht schon mal los, das Schiff klar machen und kümmert euch um diese verdammten Spitzel. Besucht sie heute noch, spielt mit ihnen und vor allem sauft sie unter den Tisch. Dass mir keiner von denen vor morgen Mittag ein Auge aufmacht.

Glic, du kümmerst dich darum, los, ihr Räuberbande, verschwindet.

Gadaí, du bleibst. In spätestens einer Stunde ist das Schiff bereit. Ihr müsst schnell sein."

Gormeala war einfach verblüfft.

"Danke, vielen Dank. Wir hatten nicht damit gerechnet, dass uns überhaupt jemand hilft und nun ist ein halbes Dorf für uns unterwegs."

Blonag lachte.

"Wenn du dich da mal nicht täuschst. Die sind unterwegs, weil es die guten Tropfen aus meinen Krügen sind, mit denen sie diese Schweine unter den Tisch trinken.

Können wir euch denn sonst noch irgendwie helfen?

Ich schulde Naoisi viel. Ohne ihn gäbe es all das hier nicht. Von ihm habe ich die Unterstützung bekommen, all das hier aufzubauen. Natürlich war das auch dann der Umschlagplatz, wo die Beute getauscht wurde. Aber ich lebte nicht schlecht davon.

Gadaí ist ein würdiger Nachfolger, aber es gibt nun mal keinen zweiten Naoisi."

Der Dieb pflichtete ihr bei.

"Du hast recht. Ich hätte mir denken müssen, dass er der neue Führer der Fianna ist.

Wie nennt er sich jetzt? Iolaranam, das hat er ja auch immer zu uns gesagt: Ich werde höher fliegen als ein Adler, und Könige werden mich bitten, an ihrer Seite zu kämpfen. Das wird meine Unsterblichkeit."

Blonag war in die Küche gegangen, um etwas Vorrat für die Frauen zusammenzupacken und Gadaí leistete ihr dabei Gesellschaft.

Crónachan schüttelte den Kopf.

"Da wird sich Iolar aber freuen, wenn er hört, was für treue Anhänger er hat.

Einen klitzekleinen Augenblick dachte ich, alles sei aus. Wer hätte auch geglaubt, dass sich in dieser Hafenstadt ein Räubernest solchen Ausmaßes versteckt. Es gibt wohl eine Menge, was der gute, alte Broc nicht weiß von seinem Land.

Hoffentlich kommen wir schnell voran. Gadaí weiß bestimmt einiges, was noch nicht zu uns vorgedrungen ist. So wird uns wenigstens nicht langweilig auf der Fahrt in den Süden.

Ich würde gerne zu Faolchú einen Boten vorausschicken. Aber das ist zu gefährlich. Wir werden unser eigener Bote sein müssen."

Blonag und Gadaí kamen mit zwei gewaltigen Reisesäcken aus der Küche heraus, die sie den beiden Fianna in die Hände drückten.

Die Wirtin trieb zur Eile.

"Ihr müsst jetzt aufbrechen. Je eher ihr fort seid um so besser."

Vorsichtig verließen die vier den "Schlafenden Eber". Gormeala und Crónachan holten ihre Pferde und brachten sie gemeinsam mit Blonag und Gadaí zu einem kleinen Boot, in dessen Frachtraum sie jede Menge Platz hatten. Sogar für Heu und Stroh war gesorgt worden.

Es war ein kurzer Abschied in der Finsternis.

Gadaí brachte sie unter Deck, wo sie bei ihren Pferden ein kleines Lager aufschlugen.

Gormeala schlief, während sich Crónachan auf dem Boot umschaute.

Es war ein nettes, kleines Schmugglerboot. Nicht lange und sie fuhren auf der Siona ihrem Ziel entgegen.

Der Strom floss leise vor sich hin, und die Sterne wachten über sie.

Einige Männer saßen an den Rudern und beschleunigten die Fahrt. Bei Tagesanbruch wollten sie Ath-Luain weit hinter sich gelassen haben.

Schließlich legte sich auch Crónachan schlafen. Gormeala kuschelte sich in ihren Arm. Die Pferde raschelten leise im Stroh und der Fluss sang ihnen ein altes Gute-Nacht-Lied.

Sie schliefen lange am nächsten Tag. Es war weit nach Sonnenaufgang, als die beiden Frauen an Deck auftauchten. Doch Gadaí nötigte sie schnell wieder in den Frachtraum.

Die Königliche Garde kannte das Schiff, und auch wenn die Männer bestochen waren, erschien es Gadaí besser, sie wüßten nicht sofort, woraus ihre Fracht bestand.

Am Nachmittag kam Gadaí zu ihnen unter Deck.

"Nun, wie geht es euch? Ich wollte einmal nach meiner kostbaren Fracht sehen. Bestimmt wollt ihr wissen, wie es vorangeht. Wir kommen gut vorwärts. Der Coven der Danu liegt schon einige Meilen hinter uns. Viele aus den einzelnen Dörfern haben dort Zuflucht gesucht vor der Königlichen Garde. Jetzt gibt es einen regen Handel mit ihnen. Früher war es ein Ort der Besinnung, aber die Vorahnung des Krieges hat alles verändert."

Crónachan fragte neugierig:

"Was gibst es denn sonst noch Neues? Wir waren lange Zeit unterwegs und wissen nur wenig von dem, was außerhalb geschah."

Gadaí nahm Platz und begann zu erzählen.

"Das Übel fing damit an, dass an Imbolc finstere Gestalten im Coven der Danu aufgetaucht sind. Sie haben die Hohepriesterin getötet.

An Imbolc, schlechtere Zeichen kann es gar nicht geben. Ein Krieger, der Gast dort war, eine weitere Hohepriesterin und eine junge Frau, von der niemand so recht weiß, wer sie ist, sind auch verschwunden. Aber dort wird niemand mehr einen Überfall wagen. Das haben wir im Griff. Sogar ein paar vom Fahrenden Volk unterstützen uns.

Die Königliche Garde zieht mit den gemeinen Síofra durch das Land. Aber bei uns ist es bei Weitem noch nicht so schlimm wie an der Ostküste.

Tja, und mit Broc wird es immer schlimmer. Jetzt hat er seinen dritten Geís auch noch gebrochen. Die Frau, die ihn dazu gebracht hat, ist aus dem Verließ geflohen und er hetzt ihr jeden Mann hinterher, den er entbehren kann.

Die Hochkönigin ist halb wahnsinnig vor Machtgier. Der einzige, der noch die Zügel in der Hand hat, ist Tuan, der Hochdruide.

Rabharta, der Hauptmann des Hochkönigs und Measartha, sein Vertreter, sind samt ihren Männern spurlos verschwunden und im Rath Grainne haust ein übler Geist, der nachts über die Felder wandert und Todeslieder singt.

Die Hochburg soll wie ausgestorben sein. Alle Adligen sollen sich auf ihre Güter zurückgezogen haben, um abzuwarten, was noch geschieht.

Dafür hat sich wohl dieser Dragan auf den Weg gemacht, die Krone des Reiches zu erringen. Er hat wohl schon Dutzende Boten zum König geschickt, damit der ihm in einem gerechten Kampf gegenübertritt.

Natürlich glaubt ihm keiner. Wer sich mit den Síofra verbündet, kann keine Ehre haben. Außerdem hat man von einem Abgesandten des Sommerlandes gehört, der Broc seine Hilfe anbieten will. Aber niemand weiß, wo er geblieben ist. Néart soll sein Name sein.

Im Herzen des Alten Waldes haben sich die Waldelben aufgemacht, die wenigen, die es noch gibt. Es heißt, sie würden sich wieder mit dem Kleinen Volk versöhnen und mit den Hochelben.

Aber niemand weiß, wohin sie ziehen. Es heißt immer nur zum Herzen Erius, wo das auch immer sein mag.

Und dann gibt es noch Nachricht von diesem Solasard mac Annir. Es geht das Gerücht um, er habe das sagenhafte Blaue Schwert der Wahrheit gefunden und sei nun auf dem Weg nach Tara, um die Königskrone an sich zu reißen. Eine seltsame Geschichte ist das, zumal es erst hieß, er sei der Bruder dieses Dragans und suche das Schwert für ihn.

Und nun zu euch, den Fianna. Faolchú ist ein guter Mann. Er hat den ganzen Südwesten bis nach Dán Garbhán freigehalten von diesen Tieren. Aber der König ist ihm hart auf den Fersen. Broc ist so ein Narr, selbst jetzt noch, da ihm die Fianna hilfreich unter die Arme greifen, will er sie noch vernichten.

Vor allem jetzt, da es heißt, es gäbe einen Sohn Fionn mac Cumhails, der die Führerschaft wieder übernehmen könnte. Er lässt jeden Stein umdrehen auf der Suche nach dem Mann und vermutet ihn natürlich bei euch. Aber da ist er nicht. Das wüssten wir.

Dann ist da noch Cluanaire, der Herr über das Fahrende Volk. Niemand weiß so recht, auf wessen Seite er wirklich steht, am meisten wohl auf seiner eigenen. Er ist ein gieriger, böser Mann und seine Übelkeit ist dreimal so groß wie der fette Leib, der ihn umgibt.

Es heißt, er habe seinen Ziehsohn ausgeschickt, das Blaue Schwert der Wahrheit zu stehlen. Aber keiner weiß für wen und er hält sich natürlich sehr bedeckt. Hilft auf der einen Seite uns, aber auf der anderen Seite auch der Königlichen Garde, weil er sie mit Nahrung und guten Pferden versorgte, das Schwein.

Ja, so sieht es aus. Das einzig Gute ist das Tauwetter. Bald wird der Frühling wieder durch das Land ziehen und vielleicht werden wir an Beltainè schon einen neuen König krönen können."

Gormeala fragte den Mann:

"Wie viele Fianna leben bei Faolchú?"

Gadaí erwiderte:

"Das weiß er wahrscheinlich nicht einmal selbst. Sie leben in vielen kleinen Gruppen über den ganzen Südwesten verteilt. So sind sie am beweglichsten für ihre kleinen Ausfälle gegen die Königliche Garde und ihre Freunde. Schnell rein und schnell wieder raus, eindeutig Naoisis Stil.

Ich schätze, ihr seid mit wichtigen Nachrichten zu ihm unterwegs."

Der Dieb blinzelte leicht. Crónachan und Gormeala lachten. Natürlich! Jetzt, da er sie so ausgiebig mit Neuigkeiten versorgt hatte, würde er vielleicht auch gerne etwas erfahren.

Crónachan ergriff das Wort.

"Nun gut, wir können dir natürlich nicht alles sagen, aber Iolar möchte die Truppen in den einzelnen Gebieten zusammenziehen und zwar spätestens bis Beltainè.

Ja, es sieht nach Krieg aus, Gadaí. Wollt ihr euch uns nicht anschließen. Wir werden gute Männer brauchen, gute Verbindungsmänner. Bestimmt ist das auch im Sinne von Iolaranam. Wir werden jeden Mann brauchen, wenn der Tag kommt. Dieses Heer der Síofra soll riesig sein."

Gadaí erwiderte:

"Ich werde es mir überlegen. Ich muss wieder an Deck."

Vier Tage waren die Frauen noch an Bord, bis das Boot in einer kleinen Bucht bei Luimneach anlegte, um sie abzusetzen.

Gadaí schüttelte den beiden die Hand und sagte:

"Wegen deiner Frage, ob wir uns euch anschließen, muss ich natürlich erst mit meinen Leuten sprechen. Das ist eine Entscheidung, die ich nicht allein treffen kann. Aber ich denke, wir werden ins Geschäft kommen. Das schulden wir Naoisi oder Iolaranam, wie auch immer er jetzt heißen mag. Er hat viel für uns getan.

Das ist eine Möglichkeit, ihm zu danken. Wir werden uns bestimmt wiedersehen. Falls ihr wieder mit uns zurückfahren wollt, wir liegen hier noch ungefähr vierzehn Tage vor Anker. Aber dann sind wir weg.

Passt auf euch auf und lasst es euch gut gehen."

Sie kletterten über Pässe und Berge und schonten weder sich noch die Pferde. Das Tauwetter verwandelte die Straßen in wahre Schlammbahnen. Oft genug rutschten die Pferde aus und begruben ihre Reiter fast unter sich. Auf den steinigen Wegen konnten sie die verlorene Zeit ein wenig gut machen.

Müde und erschöpft erreichten sie Traigh-Li.

Eines der Tiere war so erschöpft, dass es stehen blieb und einfach nicht zu bewegen war, weiterzugehen.

So gingen Gormeala und Crónachan stundenlang zu Fuß neben ihren Pferden. Nachts schliefen sie kaum und ruhten nur der Pferde wegen.

So erreichten sie nach drei Tagen am frühen Abend das Lager in Cill-airne.

Doch als sie auf der Lichtung standen, war nichts zu sehen von einem Lager.

Keine der Hütten stand mehr und auch sonst war keine Spur von Menschenleben zu sehen.

Sprachlos stiegen die beiden ab, nahmen ihren Pferden die Satteltaschen und Decken ab und führten sie zu dem kleinen Bach, damit sie trinken konnten.

Gormeala war die Erste, die ihre Sprache wiederfand.

"Und jetzt? Ich kann es nicht glauben. Ich spüre jede Meile in meinen Knochen und alles vergebens? Das kann doch nicht wahr sein. Wir sind doch nicht verrückt. Das hier war doch unser Lager."

Hinter sich hörte sie nur ein Glucksen, während irgendwas an ihren Beinen herumschnupperte.

"Das ist doch Fiagaí, Iolaranams Hund."

Dann sah sie Faolchú auf sich zukommen.

"Da habt ihr beide aber Glück gehabt. Normalerweise töten wir erst und fragen dann, wer der Störenfried ist.

Ihr seid mutig! Kein normaler Mensch wagt sich noch so tief in die Wälder. Die Síofra lauern überall. Kommt, ich bringe euch zu unserem Lager."

Sie mussten ein gutes Stück gehen, bis sie hinter etlichen Bäumen eine Höhle fanden, die in einen kleinen Steinhügel führten.

Faolchú erklärte ihnen:

"Wir mussten lange suchen, bis wir so ein gutes Versteck für die Tiere gefunden hatten. Die Síofra haben bessere Nasen als Hunde. Deshalb führen wir die Tiere auch ein Stück im Bett des Baches."

Crónachan schwante Übles.

"Und wir?"

Der Fianna hätte es ihnen gerne schonender beigebracht.

"Wir haben es nicht ganz so gut. Es wäre schon furchtbar, wenn sie die Pferde in der Höhle fänden, aber uns noch dazu wäre tödlich. Sie würden uns einen nach dem anderen am Eingang umbringen. Deshalb müssen wir ständig in Bewegung sein. Zwar in der Nähe der Pferde, aber jede Nacht an einem anderen Ort. Das bedeutet kein Feuer, keinen Lärm, keine Bequemlichkeit. Aber erzählt doch einmal, wie es euch ergangen ist."

Gormeala fasste ihre vielen Erlebnisse zusammen, während sie die Pferde tiefer in die Höhle brachten. Ein jüngeres Mädchen kümmerte sich mit ihrem älteren Bruder um die Pferde.

Dann ging es weiter durch den finsteren Wald. Ohne Faolchú hätten sich die zwei heillos verlaufen.

Plötzlich blieb der Mann stehen und sagte:

"Da wären wir. Das ist unser Lager für heute Nacht."

Unter den Stämmen zahlreicher Tannen erkannten sie die eine oder andere Stimme, die sie leise willkommen hieß.

Gemeinsam legten sie sich zu ihren Gefährten und beiden kam es vor, als wären sie wieder zu Hause.

salz

Misnéachard und Rabharta ritten einen ganzen Tag und eine ganze Nacht. Selbst Lasaír war ein wenig müde nach der langen Zeit, die er und sein Herr schon unterwegs waren.

Nun schritt der Hengst neben seinem Herren einher.

Rabharta kämpfte sich mühsam durch das Unterholz voran. Der erste Hauptmann des Hochkönigs war sichtlich erschöpft von den Anstrengungen, die ihm das Schicksal in der letzten Zeit zumutete.

Als sie den Waldrand erreichten, tauchte Tara vor ihnen auf. Alles Leben um die Burg schien wie ausgestorben zu sein. Nirgendwo waren Händler zu sehen, die sonst so eifrig in die Burg strömten, um ihre Waren feil zu bieten. Keine Kräuterfrauen, die mit voll beladenen Weidenkörben, diesen oder jenen Zauber oder einige ihrer Schutzsteine verkauften. Keine Hofdamen, die mit ihren frisch erworbenen Schätzen stolz einherschritten.

Totenstille, als gäbe es kein Leben mehr, dort, wo das Leben des Landes seinen Ursprung fand.

Misnéachard legte Rabharta die Hand auf die Schulter und sagte:

"Ich weiß, es muss weh tun, sie so zu sehen. So leer und tot wie ein Gerippe. Aber es ist noch Leben in ihr. Es wird immer Leben sein auf dieser Burg.

Lass uns hier warten, bis die Dunkelheit uns sicheren Schutz gewährt vor den neugierigen Augen des Feindes.

Heute Nacht werden wir die alte Waldstadt erreichen. Dann sind wir in Sicherheit. Bestimmt ist auch Eala schon da."

Schweigsam saßen die Männer im Unterholz und träumten ihren Liebsten nach.

Misnéachard genoss es, den Becher der Sehsucht in seiner Seele mit Trauer anzufüllen. Wie sehr er Amhrán liebte. Seit er sie in jener Samhain-Nacht losgelassen hatte, fehlte ihm ein Stück seines Herzens, seiner Seele.

Nie hatte er diese Lücke vorher bemerkt, so erfolgreich war er darin, der Liebe aus dem Weg zu gehen.

Doch als dann diese Lücke verschlossen war, durch diese leichte Schwere, das kindliche, freie Herz, das in sich selbst dieses gewaltige Feuer entfachte, entzündete es ihn, dass er selber Feuer fing.

Jetzt, da sie fort war, schmerzte ihn die Wunde, die die Liebe ihm schlug und doch erkannte er nun, dass er lebendig war. Ein Geschöpf, das in sich die Wurzeln dieser Menschlichkeit erkannte, das, was die Tuatha de Danaan in sich trugen, bevor sie sich von dem verletzenden Herz ihrer Brüder trennten und ihrer eigenen Wege gingen.

Fast beneidete er den Hauptmann, der heute Nacht seine Geliebte wiedersehen würde. Aber was war der Hauch eines Lebens gegen die Ewigkeit einer Liebe. Sie würden immer eins sein, wenn dieses menschliche Leben hinter Amhrán lag. Frei von den Pflichten, den Verantwortungen, die sie sich aufbürdete, weil sie eine von ihnen war.

Der Prinz beobachtete, wie Rabharta seinen Gedanken nachhing.

Der Hauptmann blickte zur Burg und sagte:

"Seltsam, dass die Liebe dann zu einem kommt, wenn man schon fast nicht mehr an sie glaubt. Erst wenn man frei ist von Erwartungen und Hoffnungen, offenbart sie einem ihr wahres Gesicht.

Lange gab es für mich nur diese Burg. Abgewandt hatte ich mich von den Menschen darin und auch außerhalb davon, war nur Pflicht und Ehre. Gerade als ich nicht mehr suchte, fiel mir dieser Edelstein in die Hände.

Ich weiß nicht einmal, was es war. Plötzlich war es da. Ob sie wohl auch so empfindet?"

Misnéachard erwiderte freundlich:

"Immerhin hat sie für deine Rettung gesorgt und heutzutage auf der Traumstraße unterwegs zu sein ist nicht ungefährlich, auch wenn sich jemand so gut auskennt wie Eala. Bestimmt empfindet sie etwas für dich. Dennoch solltest du eines nicht vergessen, sie ist eine Schattenbringerin."

Rabharta blickte in diese traurigen Augen und sagte:

"Was soll das heißen? Ich verstehe nicht."

Misnéachard suchte einen schonenden Weg für seine Worte.

"Als sie im Coven der Alten Bärin aufgebrochen ist, hatte sie nur ein Ziel: Broc zu Fall zu bringen, dadurch, daß er seine drei Gessa bricht.

Das war ihr einziges Band, das sie am Leben hielt. Eine Schattenbringerin ist eine leere Hülle, ein Körper, dem kein Geist mehr innewohnt. Eala wurde nur von dem Willen vorangetrieben, ihren Auftrag zu erfüllen. Dann wäre der Weg frei, für immer auf der Traumstraße zu wandeln.

Eala ist auch elbisch und kaum mehr schlägt ein menschliche Herz in ihr. Sie hat im Laufe ihrer Ausbildung alles Menschliche, so weit es ihr möglich war, abgelegt. Dennoch hast du irgend etwas in ihr bewegt. Aber ich frage mich, was wohl in ihr größer ist. Der Wunsch nach dem ewigen Frieden oder das Einlassen auf die Liebe, von der sie nicht weiß, wohin sie sie führt.

Und sie ist eine Frau und wir beide wissen, wozu sie fähig sind, diese herrlichen, freien Geschöpfe, die doch unberechenbar wie Götter sind."

Rabharta lachte.

"Ja, das ist wahr. Aber was wären wir erst ohne sie. Sie sind das Salz, die Würze unseres Lebens, das Salz der Tränen, das Salz ihrer Worte in unseren Wunden.

Ich merke doch auch, dass dich etwas bedrückt und das hat doch sicher auch mit einer Frau und deiner Liebe zu ihr zu tun. Aber mir kommt es so vor, als würdest du gerne in diesem Schmerz baden. Warum kämpfst du nicht um sie? Sie liebt dich doch sicher auch, oder?"

Misnéachard erwiderte trocken.

"Ja, sie liebt mich und sie liebt ihren Solasard, ihr Land, die goldene Welt. Ihr kindlicher Kopf glaubt, sie könne die Welt verändern und sie schafft es auch so wie ich sie kenne.

Sie schenkt ihre Liebe her, sich selbst, als wäre ihr Vorrat unerschöpflich. Ihr Glaube ist so gewaltig, dass er wirklich Berge versetzt. Diese Welt braucht sie, ihr Licht, ihre Kraft und sie werden sie nicht brechen, so oft sie es auch versuchen.

Ich liebe diese Welt doch auch. Träumte ich sonst von der Einen Welt, von dem einen Großen Frieden? Es wäre ihr Tod, wenn ich sie vor die Wahl stellte und doch weiß ich, dass sie mich auch liebt. Ich bin ihr Elbenprinz, die Hoffnung, derjenige, der sie aus ihren irdischen Fesseln erlöst.

Ja, es zerreißt mir das Herz, dass ich sie nicht sehen darf, nicht ihr Haar spüren kann, sie in meinen Armen halten kann, fest und für immer. Ihre Stimme fehlt mir, ihr Lachen, ihr Weinen, ihr Schmerz, ihre Reinheit. Sie ist so menschlich, so warm, so reich an Leben.

Sie ist, was ich nicht bin, alles, was mich vervollständigt.

Ich erdulde diesen Schmerz nicht gleichmütig. Ich erdulde ihn hoffend und zweifelnd, und ich kämpfe um sie an jedem Tag mit mir selbst. Nur wenn ich sie freilasse, kann ich gewinnen. Ich darf ihr diese Erfahrungen nicht nehmen. Die Menschen treiben sie in meine Arme. Und ich kann warten. Ich kann warten! Ich muss es! Genug davon jetzt! Komm, wir müssen aufbrechen, Rabharta."

Dunkelheit verhüllte die Tränen, die sich ihren Weg über die Wangen zu den Lippen Misnéachards suchten.

Der Elbenprinz führte den Schimmel aus dem Wald, stieg auf und reichte Rabharta den Arm, um ihm beim Aufsteigen zu helfen. Beherzt nahm er die Hand, die sich ihm entgegenstreckte und schwang sich auf Lasaírs Rücken.

Stille lag über dem Land, nur die Hufen des Pferdes auf dem dahingeschmolzenen Schnee waren zu hören.

Sie ritten an dem Findling vorbei, wo Rabharta früher seine kleine, struppige Stute zurückgelassen hatte, wenn er das Kleine Volk besuchte.

Plötzlich öffneten sich die Tore von Tara, Licht fiel auf die Erde. Zehn Reiter galoppierten aus der Burg und preschten hinter ihnen her. Wenig entging den Augen Taras in diesen Tagen und gerade die Nacht war eine Zeit größter Achtsamkeit. Vor allem, wenn sich einsame Reiter in ihr zu verbergen suchten.

Lasaír erreichte geschwinde den gegenüberliegenden Waldrand, doch die Reiter schlossen schnell auf. Sie hatten frische Pferde und sie kannten den Weg.

Gerade erreichten der Prinz und der Hauptmann den Waldrand. Misnéachard hielt an und warf Rabharta fast vom Pferd. Schnell rutschten die beiden Männer vom Rücken des Pferdes. Misnéachard nahm dem Hengst die Satteldecke ab und sprach mit ihm in seiner melodischen Sprache.

Mit einem Satz sprengte das Tier davon und die Reiter hinter ihm her.

Rabharta war der erste, der nach dieser Hatz wieder zu Atem kam.

"Das war knapp, verdammt knapp. Wer waren die?"

Misnéachard antwortete ihm:

"Ich weiß es nicht und tief in meinem Herzen will ich es auch gar nicht wissen. Wir müssen jetzt zu Fuß weiter. Lasaír wird sie eine Weile von uns ablenken. Aber spätestens, wenn der Morgen anbricht, werden sie erkennen, welchem Pferd sie nachjagen und diese Nacht ist nicht besonders dunkel. Wer weiß, wann sie wieder zurückkommen."

Der Hauptmann fragte:

"Und wohin? Ich bin immer nur mit verbundenen Augen zu Dair geführt worden. Kennst du den Weg?"

Der Elbenprinz erwiderte:

"Ich hoffe, dass man die alte Waldstadt nicht umgesiedelt hat. Wir werden sie finden oder jemand wird uns finden. Machen wir uns auf den Weg."

Im Dunkeln durch den Wald zu laufen war kein Vergnügen. Ständig stolperte Rabharta über Baumwurzeln, Brombeeren verkratzten und Äste piekten ihn. Auch Misnéachard hatte mit dem Gewirr zu kämpfen.

Dann blieb er plötzlich wie vom Donner gerührt stehen.

"Hier muss es sein. Schließe deine Augen."

Nur kurz schloss der Hauptmann seine Augen und als er sie wieder öffnete, wähnte er sich in einem falschen Traum. Er hörte Misnéachards Stimme und es war taghell im Wald. Alles drehte sich um ihn, der Wald schien zu wachsen und dann bemerkte er es.

Die Zeit, sie lief rückwärts. Bäume schrumpften, wurden zu Keimlingen, zu Samen, zu Früchten, die von den Bäumen fielen, die selbst wieder schrumpften.

Erde erwachte zu Leben, wurde zu einem Reh, das aufsprang und Gras fraß, das wieder zu Erde wurde und aus dessen Tod ein Fuchs lebendig entsprang.

Alles drehte sich im Kreis und er hörte Misnéachards Stimme. Das Lied der Gezeiten. Immer schneller drehte sich alles und dann war es vorbei.

Der Hauptmann erwachte aus seiner Ohnmacht, als Misnéachard ihn leicht rüttelte.

"Hatte ich dir nicht gesagt, du sollst die Augen schließen. Das Lied ist nichts für die, die die Zeit für begrenzt halten wie ein Tier in einem Käfig.

Nimm einen Schluck Wasser und hier ist noch jemand, der sich Sorgen um dich machte."

Eala, schoss es durch den Kopf des Mannes. Aber es war Measartha, der ihn herzlich anstrahlte.

"Es ist lange her, dass wir uns das letzte Mal gesehen haben, Rabh. Viel Wasser ist seitdem der Siona entlang geflossen und vieles hat sich verändert. Ich habe dich vermisst, Mann."

Überschwänglich drückten sich die Männer und Rabharta fragte neugierig:

"Ist Eala auch hier? Kann ich sie sehen?"

Measartha brachte seinen Freund zu ihr.

Sie lag in einer geflochtenen Matte, die zwischen zwei blühenden Kirschbäumen hing.

Auch wenn sie tapfer lächelte, konnte das nicht über die Tatsache hinwegtäuschen, wie übel Broc sie zugerichtet hatte. Trotzdem ging es ihr hier wesentlich besser als in den Kerkern Taras, wo sie festgehalten worden war, bis Measartha sie hierher brachte.

"Seid mit gegrüßt, Measartha. Einen hübschen Gast bringt ihr mir da. Welch´ herrlicher roter Rauschebart. Trägt man die Haare jetzt so struppig und lang auf Tara, Rabharta?"

Tausende Steine fielen vom Herzen des Hauptmanns und doch ...

Er hätte sie so gern in den Arm genommen, sie geherzt und geküsst, aber er hatte ihre Stachel vergessen, die Kälte, die sie an den Tag legte. Nun gut, dann wollte er ihr Spielchen mitspielen.

"Auch ich habe mich schon gefragt, ob die alten Sitten auf Tara verfallen. Du siehst nicht gerade aus, wie ich mir eine zukünftige Hochdruidin vorstelle, Eala."

Die Schattenbringerin erwiderte:

"Ich werde nicht mehr lange unter euch weilen, Rabharta. Und wir beide wissen ja wohl auch, dass diese Aufgabe auf einen anderen wartet.

Jetzt, da ich die Zügel wieder in deine Hände legen kann, wird es für mich bald Zeit aufzubrechen."

Das alles wollte der Rabharta nicht hören. Immer noch steckten sie in ihrem Gefängnis aus Worten und Gesten.

Wortlos verbeugte er sich vor der Frau und wandte sich Measartha zu.

"Nun, du scheinst dich etwas mehr zu freuen, dass ich wieder da bin. Führe mich doch ein wenig umher. Ein seltsamer Ort ist das.

Erzähle, was ist alles geschehen?"

Da entgegnete ihm Measartha:

"Ich denke, du solltest erst einmal erzählen, was dir geschehen ist. Ein wenig haben wir schon gehört. Dann will ich dir gerne berichten, was sich hier alles zugetragen hat."

Gemeinsam schlenderten die beiden durch das Lager. Der Hauptmann war froh, endlich sicher zu sein.

Auch Misnéachard fühlte sich besser, endlich war er angekommen. Lasaír war im Laufe des Tages vor dem Sommertor aufgetaucht, und Silín hatte den treuen Hengst zu seinem Herrn gebracht. Gemeinsam versorgten sie das Tier.

Danach brachte sie den Elbenprinzen zu Dair, der mit Uasal, dem Anführer der Hochelben, zusammensaß.

Hocherfreut begrüßten sich die beiden. In Sorge um den Prinzen war man in Tir na Samradh, dem Sommerland, aufgebrochen. Jetzt wartete man auch auf die andere Gruppe der Sidhi, die Lá ihnen nachsenden wollte.

Niemand wusste, ob sie das Weltentor noch durchschreiten konnten oder ob sie in der Anderen Welt gefangen waren. Die mächtige Pryria hielt alle Weltentore verschlossen, auch wenn sie den Grundstein der Welten selbst, den Shetiyyah, nicht besaß.

Noch immer hatte man von den anderen nichts gehört und die Hoffnung schon fast aufgegeben.

Misnéachard drückte Uasal die Hand und sagte:

"Es tut gut dich hier zu sehen. Ich erinnere mich an einen Tag zu Hause, da standest du mit einem Schwert in der Hand vor mir, um dich mit deinem besten Freund zu schlagen wegen Sáile.

Ich bin sehr froh dich hier zu sehen."

Sie umarmten sich wie Brüder nach langer Zeit der Trennung.

"Auch ich freue mich dich zu sehen, Misnéachard. Wie ich hörte, verschenkst du dein Herz an Menschenfrauen und willst dann auch noch ihre Welten retten. Ich wäre traurig gewesen in eine Schlacht zu gehen, ohne noch einmal in das Ebenholz deiner Augen zu sehen. Setz dich zu uns.

Dair! Das ist Misnéachard, der Sohn des Königlichen Paares Tir na Samradhs."

Der alte Mann nickte ihm freundlich zu.

"Auch ich erinnere mich, Prinz, an eine Begegnung auf der Traumstraße. Als der Bund geschlossen wurde, nachdem deine Mutter uns zur mächtigen Eiche gerufen hatte. Wichtige Worte wurden gewechselt in diesem Kreis, an diesem Ort. Damals, als ihre Wege noch frei waren vom Unrat der Síofra, der Pryria. Es wird nicht mehr lange dauern, bis sich das Schicksal des alten Broc erfüllt. Er scheint immer mehr dem Wahnsinn anheim zu fallen.

Mittlerweile ist es Réalta, die gemeinsam mit Cruímh die Aufgaben des Königs übernommen hat. Das Volk wird sich bald auflehnen gegen ihre ständige Ausbeutung. Néart ist irgendwo auf Tara und schwebt wie ein dunkles Schwert über der Burg, das noch den richtigen Zeitpunkt abwartet, bis es fällt.

Nur allzu bald wird Dragan auftauchen, um die Macht zu übernehmen.

Und noch immer keine Nachricht vom Schwertsucher, von Draighean, dem Herrn meines Volkes oder von Oiche, deinem Vater.

Iolaranam und Sionnach, ein Paar der Fianna, sind gemeinsam mit Misniúil in den Bergen um Wyinklo unterwegs, um sich bei den Síofra umzusehen. Vielleicht können sie so den Vorstoß etwas verzögern."

Misnéachard versuchte möglichst unbeteiligt auszusehen und fragte:

"Gibt es Nachricht von unserer zukünftigen Hochkönigin? Wie ich hörte, ist sie bei meiner Schwester im Coven der Danu."

Dair und Uasal wechselten einen Blick. Dann ließ der Mann des Kleinen Volkes die beiden allein.

Uasal stand auf.

"Komm, lass uns ein wenig in den Wald gehen. Es gibt einen kleinen Weiher, der umringt ist von herrlichen Blumen und Sträuchern. Dort will ich dir erzählen."

Misnéachard folgte dem Hochelben fort von dem Treiben in der Waldstadt. Friedlich war der Wald. Lerchen und Zaunkönige sangen ihre Lieder. Eine Krähe kreuzte ihren Weg.

Es war ruhig an dem Weiher. Blühende Seerosen trieben in einem grünen Nest über die Oberfläche und Fischotter ergaben sich einander im Spiel.

Vorsichtig setzten sich die Freunde an den Rand.

Uasal räusperte sich und sprach leise mit dem Prinzen in ihrer Sprache. Doch die freundlichen Worte vermochten nicht die traurige Botschaft zu mildern.

"Sie ist tot, Misnéachard. Ich wunderte mich schon, dass ich keine Trauerringe unter deinen Augen sah. Ein hinterhältiger Überfall und dabei wusste doch kaum jemand, wer sie war, wo sie lebte."

Misnéachard bedeckte seine Augen. Sein Herz war wie zusammengeschnürt, kaum dass er atmen konnte.

Er riss sein Hemd entzwei und schrie zu den Göttern.

"Nein, nein. Ihr habt es geschworen. Nicht so. Ich, ich sollte sie nach Hause bringen. Nicht so!"

Er vergrub sein Gesicht in dem Schoß der Erde und weinte hemmungslos, bis ihn sein Freund in die Arme nahm.

"Sie ist gestorben, wofür sie lebte, Misnéachard. Madhra hat ihr die Kehle durchgeschnitten. Aber nur so konnte Amhrán, die zukünftige Hochkönigin, die Hochdruidin fliehen. Síocharta hat sich für sie geopfert, Misnéachard. Sei nicht traurig! Sei stolz auf deine Schwester. Und der Hund, er wird seinem Schicksal nicht entgehen."

Wie aus einem schlechten Traum erwacht, richtete sich der Elbenprinz auf und fragte Uasal:

"Nicht tot? Amhrán lebt?"

Der Freund antwortete:

"Ja, Amhrán lebt. Síochanta ist tot, Misnéachard, deine Schwester ist für sie gestorben."

Misnéachard krümmte sich zusammen und weinte und er wusste nicht zu sagen, ob aus Scham, Trauer oder aus Freude.

Lange lag er so und Uasal saß neben ihm und schwieg.

Dann, als sein Herz den Schmerz losgelassen hatte, strich er sich mit Erde einen Streifen unter jedes Auge und sagte:

"Tragen will ich meine Trauerringe, bis das Band zwischen meiner Schwester und ihrem Mörder geschlossen ist und sich sein Schicksal erfüllt hat.

Lass uns nun zurückgehen, Freund. Es wartet noch so manche Arbeit auf uns, die getan werden muss."

Gemeinsam gingen die beiden in die Waldstadt, um das Lager ihrer Männer aufzusuchen.

Auch Rabharta hatte einen Platz gefunden, wo er sein müdes Haupt niederlegen konnte. Erst aber suchte er noch einmal die Schattenbringerin auf, in der Hoffnung, sie nun in den Abendstunden in besserer Laune vorzufinden.

Zwei Becher und einen Beutel angefüllt mit warmen Met begleiteten ihn, als er an ihr Lager trat.

Das sanfte Licht der Glühwürmchen gab ihrem Haar einen weichen Glanz. Sie hatte ihre Augen geschlossen und schien in schöne Träume versunken.

Leise wollte er sich entfernen, da hob sie ihre Stimme:

"Bleibt ein wenig, Hauptmann. Auch die Nächte hier sind kalt und einsam. Wollt ihr mir ein wenig Gesellschaft leisten? Nur so lange natürlich, bis ihr selbst zu müde seid. Gewiss hattet ihr einen langen Weg."

Rabharta setzte sich auf den Rand der Matte und erwiderte:

"Ich erinnere mich an Zeiten, als wir uns mit einem zwar nicht vertrauten aber achtsamen du angesprochen haben, Eala.

Er hat dir übel mitgespielt, dieses Schwein Broc. Ich wünschte, ich wäre da gewesen, um dir zu helfen."

Die Schattenbringerin blickte in seine Augen, in denen sie ein sanftes, grünes Feuer fand. Zu gerne hätte sie sich daran gewärmt.

"Ich bin, was ich bin, Rabharta, eine Schattenbringerin. Dafür bin ich ausgebildet worden. Ich kann Schmerz ertragen, besser als .... als andere Dinge."

Der Hauptmann nahm ihre Hand in seine.

“Besser als Freundlichkeit, Wärme, Sorge ... Liebe.”

Sanft entzog sie sich ihm.

“Vielleicht. Ich habe das nicht gelernt und es bringt einem nur Leid, glaube mir.

Was ist in diesem Beutel? Hast du etwas zu trinken mitgebracht, damit wir auf unser Wiedersehen anstoßen können?”

Rabharta rückte näher zu ihr hin, gab ihr den Becher und füllte ihn. Leise flüsterte er:

“Auf die Mutigen und die Abenteuer, die sie bestehen.”

Sie lächelte und stieß mit ihm an.

“Auf die Mutigen, vor allem auf die, die zurückkehren.”

Schweigend nippten sie an ihren Bechern, bis Rabharta das Wort ergriff:

“Danke!”

Eala verstand nicht.

“Wofür? Ich habe nichts getan, wofür du mir danken müsstest, Rabharta.”

Sie sprach seinen Namen zu sanft aus, als dass er ihr glauben konnte.

“Misnéachard sagte mir, dass er mich auf dein Geheiß hin gerettet hat, dafür.”

Die Schattenbringerin schlug die Augen nieder.

“Ich, ich wollte nicht, dass sie dich töten. In meinen Träumen habe ich gesehen, was Dragan dir angetan hat.”

Rabharta machte den Versuch eines Lächelns.

“Dafür bin ich ausgebildet worden, ich kann Schmerz ertragen.”

Beide lachten und verschütteten fast den Met. Sie waren sich jetzt sehr nah.

Eala wich Rabhartas Blick aus. Vorsichtig rückte sie von ihm ab.

Da tauchte Measartha vor ihnen auf. Er räusperte sich und sagte:

“Entschuldige, Rabh, dass ich stören muss, aber die Gesandtschaft aus dem Sommerland ist da und Misnéachard möchte dich sprechen, wenn es möglich ist.”

Rabharta hielt seinen Blick unverhalten auf ihn und erwiderte:

“Ich komme, Mes, geh nur vor.”

Sehr achtsam nahm er Ealas Hand und hauchte ihr einen Kuss entgegen.

Eala wartete bis er fort war, bevor sie sich den Schmerzen hingab, die durch ihren Körper jagten. War das der salzige Geschmack von Tränen auf ihren Lippen?

Der Gehörnte

Stille herrschte nun auf der Lichtung am Opferstein. Der Wald schwieg, lauschte andächtig wie die letzten Herzschläge des alten, sterbenden Königs des Waldes vergingen. Achtsam lagen die Hunde zu Füßen des großen Steinblocks. Auch sie waren ruhig, warteten, dass ihr Anführer wieder aufstand. Aber Solasard stand nicht auf. Er lag neben dem Hirschen auf diesem Altar. Dort vermischte sich sein Blut mit dem des edlen Tieres, rann zur Erde und versickerte dort, um sein Land zu nähren. Solasard fühlte wie das Leben schwand, es schien ihm, als wäre er frei und doch konnte er sich nicht von seinem Körper lösen. Wollte er es nicht? Etwas sagte ihm: Nein, es ist noch nicht Zeit zu sterben, du hast noch eine Aufgabe zu erfüllen. Bilder zogen an ihm vorbei. All seine Leben, seine Lieben, all seine Tode. Sáile und eine andere Frau, verschwommene Welten, Tiné und Amhrán und Macha. Die Augen seines Vaters tauchten vor ihm auf. Es waren seine eigenen. Es waren die Augen seines ungeborenen Sohnes, der eines Tages von ihm den Thron fordern würde. Für einen Augenblick war er Gott und Narr und schließlich schloss der Geist diese Tür hinter ihm und wieder sagte seine Stimme:

"Die Wahrheit und das Leben sind ein leerer Kelch. Es liegt an uns, womit wir ihn füllen."

Der junge Hirsch, der den alten König des Waldes jagen und auch töten würde. Sein Leben floss weiter aus der Wunde.

"Der König gibt sein Blut, sein Leben für das Land."

Seltsame Gestalten huschten um ihn herum. Überall wisperte und raschelte es. Vorsichtig wurde er aufgehoben und davongetragen.

Solasard hatte keine Schmerzen mehr. Er verstand die Sprache dieser Wesen nicht, die unablässig miteinander sprachen.

Und doch berührten ihn die Worte. Alte Worte, die seine Seele kannten, von vor der Zeit.

"Y, Ba-Kall-Tal-Tag-Ámam"

Immer wieder wiederholten sie die Worte. Die kräftigen Männer trugen ihn fort wie eine Welle. Ruhe durchströmte seinen Geist, seine Seele, seinen Körper. Überall brannte das warme Licht zahlloser Talglichter hoch in das Gewölbe der Höhle, in der er lag, wie ein Kind im Schoß seiner Mutter.

Eine Hand berührte seine Stirn. Er öffnete seine Augen auf.

Eine vom Alter gebeugte Frau bückte sich zu ihm herunter. Sie kaute etwas, spuckte es in ihre Hand, steckte es ihm in den Mund und goss etwas Ölig-sämiges dazu.

Solasard oder der Mann, der Solasard gewesen war, sein würde, schluckte die heiligen Kräuter, die einen bittersüßen Geschmack auf seiner Zunge hinterließen.

Willig ließ er alles mit sich geschehen. Flinke Hände wuschen ihn, wuschen seine Wunde aus, von der er nicht mehr wusste, wie er sie erhalten hatte.

Fremde Gerüche drangen zu ihm vor, vernebelten seine Sinne, reizten ihn, erregten ihn.

Eine Stimme, die er schon einmal gehört zu haben glaubte, sang ein Lied im Rhythmus seines Herzens. Ein junges, nacktes Mädchen beugte sich über ihn, lächelte, tupfte seine Stirn.

Er wollte sie berühren, ihre warme Haut spüren.

Seine Zunge fuhr über seine Lippen, seine Hände wollten nach ihr greifen. Doch sein Körper schien ihm nicht mehr zu gehorchen.

Mit einem zärtlichen Blick legte sie ihm eine ihrer Brüste zwischen die Lippen und er trank. Saugte das Leben in sich hinein, wurde trunken davon, bis sie ihm sanft den Segen entzog.

Der Körper des Mannes glühte, brannte, schien zu verbrennen.

Die alte Frau trat mit einem kleinen Schüsselchen an ihn heran.

Von dunklem Blau war die Farbe, die seine Stirn nun zeichnete, der Kreis, der Sonne und Mond war auf der Mitte der Stirn, die Halbmonde, zunehmend und abnehmend, über den Augenbrauen. Dann die Schlange der Weisheit, die sich nun um seine Arme bis zu den Händen wand.

Das Zeichen des Weltenbaumes zierte seinen Leib. Seine Wurzeln waren sein Grabstock, die Krone sein Herz. Die Alte lachte zahnlos, strich mit der Hand über seine Wunden, doch da waren keine Wunden mehr.

Wieder trat das Mädchen an sein Lager, die Haut blass, bleich, gezeichnet mit den blauen Malen der Schicksalsgöttin, schön wie der Mond in einer klaren Winternacht.

Leise flüsterte sie: "Ich bin Rhadamantys, die Erstgeborene, die ewig Werdende."

Sie setzte sich auf seinen Schoß, legte sich auf ihn. Der Mann fühlte ihr Herz in seiner Seite schlagen, fühlte die Spannung ihres Körpers, wie die Begierde in ihm aufstieg bis nur noch ein Wille in ihm war.

Geschmeidig glitt sie auf ihn. Solasard drang in sie ein und ergoss den Strom seines Lebens in sie. Dann sank er erschöpft zusammen und fiel in einen tiefen satten Schlaf.

Solasard erwachte von einem hellen Lachen und einem seltsam schaukelnden Gefühl. Benommen öffnete er die Augen und fand sein Gesicht in einem Büschel von langem weißen Rosshaar.

Er versuchte seinen Kopf zu schütteln, der merkwürdig schwer war. Als er vorsichtig nach oben griff, fühlte er ein Geweih und den Kopf des Hirschen, den er wie eine Krone trug. Solasard war jetzt der König des Waldes, der Herr über das Land.

Der Gehörnte, der Jahreshirsch, ewiger Kreislauf von Leben und Tode.

Er saß auf einem Schimmel, der mit merkwürdigen blauen Zeichen bemalt war. Eine Erinnerung tauschte in ihm auf, er griff sich an sein Herz, aber dort war keine Wunde, nur ein dunkler, blauer Streifen und doch war ihm, als schmerze ihn etwas in seinem Herzen. Langsam wurde er gewahr, dass er durch einen Wald ritt.

Solasard war nackt. Neugierig blickte er um sich.

Es dämmerte, das Pferd schien seinen Weg zu kennen. Als er sich umdrehte, erblasste er.

Hinter ihm zog ein schier endloser Fackelzug. Ein seltsames Volk schritt hinter ihm einher. Noch nie hatte er solche Wesen gesehen, kleine, gedrungene Männer und Frauen von fast dunkler Hautfarbe, manche über und über bemalt mit der blauen Farbe, die auch seinen Leib zierte. Allen voran ging die zahnlose Alte. Von dem Mädchen jedoch war nichts zu sehen.

Er fragte die Alte, wohin sie ihn brächten, doch sie grinste nur schweigend.

Dann lichtete sich der Wald und sie erreichten einen großen Hügel, der weit aufragte in das Land und auf seiner Spitze thronte der "Fels der Teilung".

Auch hier brannten überall Feuer, größere und kleinere Rufe hallten ihm entgegen.

Solasard schien immer noch unter dem Einfluss der Droge, die ihm die alte Frau eingeflößt hatte, zu stehen. Er wusste nicht mehr, ob das hier wahr war, wirklich oder nur ein Traum.

Hände berührten ihn. Seine schweigsamen Begleiter gingen an seiner Seite, während das wilde Leben um ihn tobte.

Überall war Bewegung und doch war alles friedvoll. Da waren Elben aus dem Waldvolk und Sidhi. Männer und Frauen aus dem Kleinen Volk tanzten ums Feuer, tanzten um ihn.

Menschen, Männer wie Frauen tanzten gemeinsam mit den Elben. Es gab keine Rassen mehr nur noch ein Volk.

In weiten Kreisen zogen sie zum Gipfel des Hügels. Eine lebendige Schlange aus Licht wand sich um Uisneach. Plötzlich trat Macha in ihrer menschlichen Gestalt an ihn heran.

Freundlich sagte sie:

"Sei mir gegrüßt Solasard, mein Freund! Es ist mir eine große Ehre, dich zu deiner Braut zu geleiten."

Der zukünftige Hochkönig blickte über das bunte Treiben und sagte:

"Ich bin froh, dich zu sehen. Denn wenig verstehe ich von all dem, was geschehen ist. Dies ist eine fremde Welt, die ich noch nie betreten habe und doch erscheint mir alles richtig so und gut. Die große Hochzeit mit dem Land, wer hat noch nicht davon gehört? Doch nun, da ich selbst diese Ehe eingehen soll, dieses Versprechen, dem Land und Volk zu dienen, mit meinem Tod selbst, wenn es nötig ist, ist seltsam für mich, unwirklich und doch bin ich hier. Gleich wie du auch hergekommen sein magst, ich bin froh, dass du an meiner Seite bist." Tröstend lächelte sie ihm zu. Schließlich hielten sie an.

Da öffneten sich plötzlich zwei gewaltige Tore zum Inneren des Hügels. Licht strömte daraus hervor und Musik von berauschenden Klängen war zu hören und auch wieder dieses helle Lachen.

Macha lächelte zu dem Reiter der weißen Stute auf.

"Das hier ist das Haus der Königin des Landes, Solasard. Hier wartet sie auf den König, ihren zukünftigen Gemahl. Geh hinein, wir werden auf dich warten. Wir und dein ganzes Volk."

Vorsichtig stieg Solasard von dem Pferd und schritt durch Bahnen feinsten Stoffes, die ihm entgegenwehten. Die Halle, die sich vor ihm eröffnete, erlaubte einen Blick weit über das Tal

Er fühlte das Gewicht des Geweihs auf seinem Kopf und er wusste, es musste so sein.

Jemand legte ihm einen gewaltigen Mantel aus Hirschfell um die Schultern, der lautlos über den weichen, irdenen Boden glitt.

Ein Mann trat vor ihn hin und gürtete ihn mit dem Blauen Schwert der Wahrheit.

Stolz ging er dem Lachen nach und dann sah er sie.

Ihre blauen Augen leuchteten ihm entgegen.

Nackt, geschmückt mit einem Kranz aus Korn, trat sie ihm entgegen.

"Sei mir gegrüßt. Du bist der Gehörnte, der Frühjahrshirsch der Leben ist. Der, der das Wasser zum Krug bringt, der Brunnen, der die Große Mutter Erde nährt.

Leg ab dein Schwert und reich mir deine Gabe."

Wie von selbst lösten sich die Knoten, mit denen die Trophäe an seinem Kinn festgebunden war. Aus seinen Händen nahm sie den Kopf des Hirschen entgegen.

Weiches, grünes Moos streichelte ihre Füße, ein Ring von Feuer brannte um sie.

Achtsam legte er das Schwert auf einen gewaltigen Steinaltar. Dann breitete er den Mantel aus.

Eriu trug den Kopf zu dem gewaltigen Altar und krönte ihn damit.

Daraufhin schritt sie wieder zu Solasard. Hinter ihm tauchte ein Mädchen auf. Sie reichte jedem von ihnen einen Kelch.

"Trinke das Wasser des Lebens und lebe, Solasard, Großes Licht!"

Sie tranken sich zu, kreuzten die Becher und speisten sich so gegenseitig. Langsam sanken sie auf das weiche Fell.

Es gab nur sie auf der ganzen Welt.

Der Mann, die Frau, der Gott und die Göttin, Himmel und Erde, Wald und Meer.

Nichts war in ihnen als das Leben selbst, das immer nur sich selber schafft auf seine eigene mannigfaltige Weise.

Sie verschmolzen, wurden zu einem Körper, einem Geist, einer Seele, der Seele des Landes, der Welt.

Sie waren das Gras, über das der Wind strich und der Wind selbst.

Sie waren singende Wale und ihr Lied. Sie waren schwebende Möwen und das Licht. Sie waren der Hirsch und die Ricke, die den Grundstein legten für diesen niemals endenden Kreislauf des Lebens.

Feuer brannte in ihnen, die Erde hatte es entfacht, die Luft trug es fort und das Wasser wandelte es in Segen.

Jeder fühlte den anderen in sich, einer die Erlösung des anderen, bis seichter Schlaf sie übermannte.

Es war kurz vor der Morgendämmerung, als Solasard erwachte. Über ihm verblassten die Sterne, neben ihm lag Eriu, die ruhig atmete.

Leise sagte er zu ihr:

"Wie schön du bist, wahrlich zurecht die Göttin des Landes."

Leise flüsterte sie zurück:

"Denk nicht mehr an mich, Solasard.

Ich bin als Frau unerreichbar für dich. Auch wenn ich deinen Sohn unter meinem Herzen trage."

Der Hochkönig richtete sich auf. Sein Blick fiel über das Tal, das sich zu Füßen des Hügels ausbreitete.

Kleine Lagerfeuer blühten wie Rosen. Noch immer tummelte sich viel Leben dort, leise Musik klang zu ihnen empor. Manche tanzten noch, andere schliefen den Schlaf der Erschöpfung. Ein gewaltiges Fest musste das gewesen sein.

Der Mann fragte:

"Woher weißt du das?"

Erui lachte:

"Ich weiß es, wer, wenn nicht ich, könnte das. Komm lass uns gehen, damit du vor dein Volk treten kannst."

Solasard stand mit ihr auf und hüllte sie beide in das Hirschfell ein.

"Mein Volk! Hochelben, Waldelben, das Kleine Volk und sogar Zwerge und Menschen."

Die Göttin erwiderte sanft:

"Ja, es ist dein Volk, Solasard. Der König Erius ist nicht allein König über Menschen, sondern über alles Leben, alle Völker seiner Welt, solange die Götter mit ihm sind."

Solasard ging mit ihr in die Halle zurück. Er betrachtete ihren Bauch, strich sanft darüber.

"Einen Sohn? Wo wird er leben? Was wird er sein? Mensch? Gott?"

Die Frau strich über ihren Bauch.

"Er wird dein Sohn sein, Solasard. Der Sohn des Hochkönigs und der Sohn der Göttin. Der Sohn seines Vaters und seiner Mutter. Ich werde ihn gebären und aus meiner Hand wird er seine Waffen erhalten, so wie es Brauch ist. Dann magst du ihn unter deine Fittiche nehmen.

Wasche dich nun, Rhadamantys wird dir helfen."

Er wusste nur zu gut, wer Rhadamantys war. Ein Brunnen tauchte vor seinem Auge auf und auch das Mädchen.

Schweigend wusch sie ihn und kleidete ihn an. Über einer hellgegerbten Lederhose und seinen Stiefeln trug er ein weißes Hemd und einen Umhang, dessen Garn so fein war, dass er nur vom Elbenvolk stammen konnte. Eine goldene Fibel mit den Zeichen des Basna-Clans hielt den Umhang zusammen und krönte die Erscheinung. So brachte sie ihn zu Eriu zurück.

Auch sie war nun in edle Stoffe gewandet.

"Dann wollen wir dem Volk seinen König zeigen. Folge mir, Solasard!"

Gemeinsam verließen sie die Halle und schritten hinaus ins Licht.

Sie gingen einige Schritte zum Gipfel. Dort auf dem Felsen der Teilung lag das Haupt des Hirschen und das Blaue Schwert der Wahrheit stak tief in ihm.

Doch nicht das war es, was ihn verwunderte.

Links neben dem Stein stand Macha, und es war nicht die Frau, die ihn auf dieser Suche begleitet hatte.

Es war die Macha, die auch die Bodbh ist, die Morrhígan selbst. Und sie lachte.

Selbst Eriu schien überrascht zu sein. Dennoch nickte sie Solasard aufmunternd zu.

Da hob die Morrhígan ihre Stimme:

"Siehe, Volk Erius, das ist dein König. Siehe, großer König, das ist dein Volk.

Tritt an den Felsen und ziehe das Schwert aus deinem Land."

Der Hochkönig schritt zu dem Felsen, kletterte hinauf und umfasste das Heft des Schwertes. Langsam zog er das Schwert aus dem Stein und zeigte es seinem Volk, das im Tal jubelte.

Eriu rief laut:

"Und so soll es sein. Gesegnet bist du Schwertträger von den Göttern und drei Tage soll gefeiert werden, bevor du aufbrichst, auch deine Krone einzufordern."

Plötzlich waren alle um ihn. Goworr und Athraigh, Oiche und Draighean, Macha und Sheela-na-Gig und Fionn, sein Vater.

Athraigh war der erste, der ihn umarmte. Er hielt ihn fest, drückte ihn und flüsterte dem Hochkönig geheimnisvoll ins Ohr.

"Du weißt, dass ich mir keinen besseren König wünschen kann als dich, mein Freund. Da dein Vater es weiß, will ich mich auch dir nicht weiter verbergen, Solasard!"

Der Angesprochene hielt inne und fragte lächelnd:

"Doch noch ein Königssohn in meinem edlen Kreis?"

Da trat Athraigh todernst einen Schritt zurück, legte seine Hand auf sein Schwert und zog es mit einem gewaltigen Ruck aus der Scheide.

Er hielt es vor Solasard und zielte genau auf dessen Herz. Fionn eilte voll Schrecken zu seinem Sohn, stolperte aber und fiel. Verzweifelt streckte er seine Hand aus, sein Fleisch und Blut zu schützen.

Da sprach Athraigh laut und klar.

"Mein Name ist Athraigh und namenlos bin ich deshalb, weil meine Eltern von Basna-Leuten getötet wurden, bevor sie mir einen Namen geben konnten.

So fand ich ein neues Heim bei dem Fahrenden Volk. Cluanaire, der Führer, nahm mich an Sohnes statt an. So wurde ich ein Morna, ein ewiger Feind des Clans der Basna und mac Cumhail.

Als ich auszog, tat ich es auch mit dem Willen, den Tod meiner Eltern zu rächen und schmerzlich war der Abschied, denn so verlor ich scheinbar meine Zukunft.

Viele Meilen bin ich nun an deiner Seite gegangen, Solasard. Wir sind Freunde geworden und ich werde nicht das Schwert gegen dich heben, um dieses Band der Rache weiterzuführen, sondern um es dir anzubieten als deine Schwerthand.

Frieden soll nun sein zwischen uns und unseren Clans. Doch will ich nicht nur der Wächter deines Lebens sein, sondern auch der Wächter deines Lehens. Des Lehens, das du hoffentlich eines Tages an deine Kinder und Kindeskinder weitergeben wirst. Doch solltest du dich vergehen an deinem Land oder deinem Volk, dann soll es dieser Schwertarm sein, von dem du fällst. Doch fürderwahr soll Frieden herrschen und dein Reich soll wachsen und gedeihen unter deiner Herrschaft. Das wünsche ich dir, mein Freund. Vielleicht vermag ich es sogar mich mit meinem Vater zu einigen, so dass wir dir zu Hilfe kommen können.

Willst du nun diesen Schwertarm und meinen Frieden?"

Solasard nahm das Schwert seines Freundes, steckte es in dessen Scheide und umarmte ihn herzlich. Wieder ward ein Bund geschlossen.

Alle drückten und herzten ihn. Drei Tage und Nächte feierten sie, zechten miteinander, erzählten sich von den Abenteuern, die sie erlebt hatten, lagen sich in den Armen, tanzten oder schliefen den satten Schlaf des erfolgreichen Abenteuers. Es war ein herrliches Fest nach der langen Reise und den Entbehrungen, die sie hatten ertragen müssen. Doch auch diese Feier ging einmal zu Ende und wieder versammelten sich die Gemeinschaft, um Abschied zu nehmen und ihrer Wege zu gehen. Vieles musste noch getan werden, bis sie sich in der alten Waldstadt wiedersehen würden. Jeder hatte seine Aufgabe. Denn die Gemeinschaft musste sich noch einmal trennen, damit sie später wieder vereint zuschlagen konnte.

Es war kein leichter Abschied für Solasard. Doch als er sich von seiner Macha verabschiedete, flüsterte sie ihm leise ins Ohr.

"Und doch bist du nichts anderes als ein Spielzeug der Götter.

Erinnerst du dich an Rhadamantys? Sie ist meine Schwester und auch sie hat von dir empfangen. Was mag daraus werden für das Land, ein Sohn der Erde und ein Sohn der Dienerin der Morrhígan und beide werden ihre Rechte geltend machen wollen.

Du aber wirst die Früchte dieser Jagd vergessen, so wie du Eriu vergessen wirst und Rhadamantys. Morgen schon, wenn du erwachst, beginnen die wilden Bilder zu verblassen.

Leb wohl, Schwertträger, um nichts in der Welt möchte ich in deiner Haut stecken und doch wird auch viel Glück deinen Weg begleiten.

Achte Amhrán, so lange du die Mutter in ihr ehrst, ist dein Weg gerade und gut.

Öffne deine Augen zum Sehen."

Dann ging sie fort und es sollte lange dauern, bis sie sich wieder gegenüber stehen würden.

Der Öffner aller Wege

Je näher sie dem Berg kamen, um so tiefer wurde der Ton. Die Erde übertrug die Wellen bis in die Knochen Gealáns.

"Seltsam, ich bin ein Teil davon und ich fühle es, aber so sehr es mich auch berührt, so sehr ist es mir auch fremd, Auda.

Ich würde mich gerne einfach auf die Erde legen und lauschen, Einssein mit dem Herzschlag dieser Welt. Es fällt mir schwer, weiter zu gehen."

Auda verstand nur zu gut.

"Alles ist immer einfach, Gealán. Es ist nichts Geheimnisvolles am Gleichgewicht, du musst nur die Wellen spüren. Manchmal muss man die Augen schließen, um besser sehen zu können. Denn es ist gleich, ob wir sie öffnen oder nicht.

Das Einzigartige, das Wilde, das Überraschende und Unerwartete wird sich immer in Menschen ausdrücken, in euren Seelen, so sehr ihr auch versucht, ihm aus dem Weg zu gehen. Wenn es dir gegenübersteht, wenn die Angst die Übermacht zu gewinnen droht, dann lies in dir selbst und nicht in deinem Gegenüber und du bist frei.

Ich bin der Strom und ich bin es nicht. Ich bin ein Netz und ich bin es nicht.

Unterdrücke niemals deine Gefühle, Gealán, denn das ist Schwäche. Warum bist du auf dem Weg, weil du nicht anders kannst, weil dein Herz dich vorwärts treibt.

Alles was unterdrückt wird, wird es nur eine Zeitlang.

Auch unterdrückte Völker werden stark und stärker, denn die Unterdrückten lernen stets von ihren Unterdrückern und ihre Rache ist furchtbar.

Unterdrücke nichts in dir, denn deine Seele wird sich erinnern und deine Seele drängt immer hin zur Wahrhaftigkeit, was ihr auch immer widerfährt und widerfahren ist.

Deine Vergangenheit wird dich nie verlassen. Gesegnet seid ihr Menschen durch euer Gedächtnis, denn eure Erinnerung sollte euch Weisheit bringen, aber sie tut es nicht. Ihr behandelt euer Gedächtnis, euer Gewissen wie eure Überlieferungen. Denn sie lenken euch ab von den eigentlichen Einflüssen hinter den großen Ereignissen. Wenige nur wissen, Gealán, wenige nur. Meister seid ihr in der Verschleierung."

Die junge Frau hatte achtsam den Worten des Weisen gelauscht. Ihr Herz sagte ihr, dass es wahr war. Jedes Wort.

Und traurig fragte sie: "Und was kann ich tun, Auda? Warum bin ich hier? Wie kann ich dem entgehen?"

Mächtig ragte der riesige Berg vor ihnen auf. Jetzt erst erkannte Gealán, dass sie ein riesiges Gebirge vor sich hatten und der Weg zu ihren Füßen der Beginn eines Gebirgspasses war.

Auda räusperte sich. Er setzte einen Fuß vor den anderen und begann den Anstieg.

"Was du tun kannst? Vertraue nur dir selbst. Traue nie der Geschichte! Sie sagen, am Anfang war das Wort und das Wort war bei Gott und Gott war das Wort. Am Anfang schwebte der Geist über den Wassern, aber die Menschen lauschten ihm nicht.

Gleich was du wissen willst, du wirst es verstehen, wenn du seine Grenzen überschreitest, wenn du es dir zu Eigen machst und lebst. Nur wenn du es über seinen Widerstand hinaus prüfst, wird seine wahre Natur sichtbar.

Der Leib, der Geist, die Seele des Menschen ist geräumiger als jeder Speicher, tiefer als jeder Brunnen und voll von allen Möglichkeiten.

Der Gedanke, etwas zu wissen, ist immer Blendung. Am Ende weißt du immer alles, hoffst, alles zu wissen. Und manchmal weißt du so viel über eine Sache, dass du unwissend wirst.

Am Anfang war der Geist und der Geist schweigt, denn das ist oft das Beste, was du äußern kannst.

Deine Gefühle, deine Gedanken sind immer schneller als deine Worte, und Worte treffen nie ganz, was du sagen willst, denn sie kommen aus deinem Kopf und nicht aus deinem Herzen. Traue nicht dem Wort, traue deinem Herzen, deinem Gefühl und tue nur das, was wirklich dein Wille ist."

Gealán starrte in die Sterne. Die Worte Audas berauschten sie. Sie waren wie ein Stein, der geradewegs auf den Grund ihres Herzens fiel. Die junge Frau atmete die Kühle der Nacht ein. Ihre Füße schmerzten. Aber der Klang der tönernen Erde und der Drang, mehr von diesem Mann zu erfahren, trieben sie voran. Sie wusste, diese Worte waren sein Abschiedsgeschenk für sie.

"Auch die Sterne schweigen, Auda."

Der Weise blickte nicht empor. Er trug das Universum in sich.

"Dennoch erzählen auch sie vieles. Siehst du dort oben das Sternbild des Jägers und seinen Hund. Sie begleiten euch Menschen schon seit Ewigkeiten und sie waren nicht immer Jäger und Hund, nicht immer der Herr der Wilden Jagd und sein treuer Gefährte. Aber sie waren immer das Abbild des Geheimnisses, das sie von Ewigkeit zu Ewigkeit mit sich nahmen, gleich welche Geschichte die Menschen erzählten.

Vor langer, langer Zeit war der Jäger ein Gott in einem Land, aus dem deine Ahnen stammen. Doch seine Feinde verschworen sich gegen ihn. Sie bauten einen Kasten nach seinen Maßen, der dem gehören sollte, der hinein passte. Voller Vertrauen stieg er hinein, obwohl sein treuer Hund ihn warnte. Dann verschlossen sie den Kasten, machten ihn so zum Sarg, versiegelten ihn und übergaben ihr Opfer einem großen Fluss.

Trenne nicht dein Herz von deinem Verstand. Lausche deinen Gefühlen und vertraue ihnen.

Jeder Mensch befindet sich in seinem Kasten und der wiederum steckt in einem anderen Kasten der wiederum im nächsten und so fort. Die Kunst ist es, dem Kasten zu entkommen. Dein Herz öffnet dir alle Wege. Alles ist möglich! Lausche dem Öffner der Wege. Du sagst: warum bin ich hier? Ich kann es dir nicht sagen, mein Kind, aber du wirst dein Schicksal schon noch finden. Wenn die Götter einem Leben eine Richtung geben, sorgen sie auch dafür, dass es sein Ziel erreicht.

Ich werde dich nun verlassen, Gealán. Den Rest des Weges musst du allein gehen. In dem Berg wartet der Schatz, mit dem du Lá befreien kannst.

Geh in deine Welt, Gealán! Dorthin, wohin dein Herz dich zieht. Habe Vertrauen, kein Weg ist vergebens und kein Wunsch, der dir gegeben wird, nutzlos.

Wenn du dort oben vor dem Weltentor stehst und an dir zweifelst, dann frage dich drei Dinge und du wirst wissen, was zu tun ist:

Was sieht sich ein Spiegel an?

Gibt es auch Geräusche, wenn niemand zuhört?

An wen richten die Götter ihre Gebete?

Vergiss nie, wir bewegen uns nur auf geborgtem Boden. Es kommt immer jemand nach uns und wir sind es, die ihm den Weg bereiten."

Neben Gealán flog eine weiße Taube auf. Geradewegs strebte sie zum Himmel empor und plötzlich waren da nur noch Sterne und Wolken und Gealán selbst.

Lauschend verweilte sie, bis seine Stimme in ihr ausgeklungen war und nur noch das Lied der Erde in ihr war, das seine Worte in eine Melodie verwandelte.

Langsam folgte sie dem Weg, der immer höher anstieg, immer breiter wurde.

Sie dachte über die drei Fragen Audas nach und lächelte, dankbar für dieses Geschenk.

Schließlich führte sie der Weg in den Berg. Ein seltsames Licht erhellte die riesige Höhle.

Tausende und Abertausende Scherben lagen vor dem Weltentor, in denen sich das seltsame Licht spiegelte. Totenstille.

Das Weltentor war geborsten! Wie sollte sie jetzt in ihre eigene Welt gelangen? Welchem Weg sollte sie folgen? Sie musste Lá retten, Baistigh, sich selbst. Dann wurde es still, und Gealán erinnerte sich an Audas Worte.

Was betrachtet ein Spiegel? Alles und nichts. Was würde sie hören, wenn sie dem Nichts zuhörte? Den Schlag ihres eigenen Herzens. An wen richteten die Götter ihre Gebete? Jeder trägt seinen Gott in seinem Herzen. Alles war so klar nun.

Gealán würde auf den Wächter ihrer Seele hören, sie würde ihrem Herzen folgen.

Sie fasste all ihren Mut zusammen und öffnete dem Unerwarteten den Weg.

Sie stellte sich vor das Weltentor, streckte ihre Arme aus und sprang.

Sie dachte an alles und an nichts. Sie lauschte auf alles, was war, ist und sein wird, ließ sich davontreiben, badete in ihrer Liebe, im Vertrauen zu sich selbst.

Die junge Frau fiel eine Ewigkeit und einen Augenblick.

Mut erzeugt neue Welten, neue Wirklichkeiten. Gealán öffnete leicht benommen die Augen.

Der Jäger und sein Hund leuchteten über ihr und sie lachte.

Die junge Frau dachte an Lá.

Es gab eine Zeit, da war Sitzen besser als Laufen und umgekehrt. Gealán konnte Lá nicht helfen, nicht auf der Traumstraße. Sie konnte der Königin nur auf ihre eigene Weise helfen, mit den ihr eigenen Mitteln.

Misnéachard musste erfahren, was ihr Auda gesagt hatte. Er würde gegen die Schergen der Pryria kämpfen und mit jedem Síofra, der vernichtet wurde, würde auch die Pryria schwächer werden. Wenn ihr nur noch ihre eigene Kraft blieb, würde Lá ihren Kampf auf gerechte Weise ausfechten können.

Sie musste Misnéachard finden. Aber dazu müsste sie erst einmal herausfinden, wo sie hier war und vor allem, wo der Elbenprinz war.

Wo war sie nur?

Es war eisigkalt. Gealán fror und außerdem hatte sie Hunger. Im Licht der Sterne erkannte sie Schilfwedel, die sich im Wind wiegten und sie hörte ein seltsames Rauschen. Dann erkannte sie, dass sie am Ufer eines Loughs lag.

Vielleicht war es sogar der Lough Dergdherc, der See, an dem alles begann.

In einiger Entfernung sah sie Gebäude. Sie musste um Hilfe bitten, wenn sie hier draußen nicht erfrieren wollte. Schon jetzt vermisste sie die milden Nächte des Sommerlandes. Die Kälte drang durch ihr dünnes Kleid und legte einen Mantel um sie. Die Luft schien in ihrer Kehle zu gefrieren.

Mutig zu sein war eines, aber töricht zu sein etwas anderes. Übel verfluchte sie sich jetzt, dass sie keinen Mantel mitgenommen hatte. Nun gut, das war nun eine neue Lage, die sie meistern musste, da half alles Zetern nichts.

Sie begann etwas schneller zu gehen. Das würde ihren Körper etwas aufwärmen. Geradewegs steuerte sie auf die Häuser zu.

Sie verbannte die Kälte aus ihrem Kopf und dachte über den warmen Kräutertrank nach, den sie bald in ihren Händen halten würde und die Decke, in die sie sich kuscheln würde.

Es war so leicht wie Auda es sagte. Sie war die Schöpferin ihrer Welt, ihrer Gedanken, ihrer Gefühle. Sie musste nur danach handeln. Wer an das Gute glaubt, bewirkt es.

Gealán lief durch die Nacht. Endlich erreichte sie den Weiler.

Hoffnung glomm auf und die Freude, sicher zu sein.

Sie stürzte auf das erste Haus zu und trommelte an die Tür.

"Hilfe, ich erfriere. Bitte lasst mich ein, ich erfriere. Hilfe!"

Wild schlug ihre Faust an den Rahmen. Drinnen rumpelte es, etwas schien gegen die Tür zu fliegen und eine verschlafene Stimme rief:

"Wenn du mit deinem versoffenem Kopf da draußen rumläufst, ist das deine Schuld. Selber schuld, wer ein hungriges Wiesel in seiner Tasche trägt. Sieh zu, dass du Land gewinnst. Bettel wo anders, ich will schlafen."

Jede Bewegung in der Hütte erstarb.

Gealán dachte an die warmen Decken und den Kräutertrank. So leicht würde sie die Hoffnung nicht aufgeben.

Tapfer fasste sie die nächste Tür ins Auge. Diesmal klopfte sie nur energisch. Eine Frauenstimme fragte ängstlich heraus:

"Wer ist da?"

Ehrlich antwortete ihr die junge Frau.

"Ich bin Gealán. Ich komme durch das Weltentor aus dem Sommerland. Mir ist kalt, und ich habe Hunger und Durst. Bitte öffnet mir!"

Eine leise Stimme rief:

"Bei der Herrin! Es ist nicht einmal Samhain. Verschwinde, woher du gekommen bist, Kobold. Du willst nur meine Kinder gegen eure hässlichen Wechselbälger tauschen. Verschwinde, unruhiger Geist."

Langsam wurde Gealán wütend. Das konnte doch nicht wahr sein. Wie weit war es denn mit der guten alten Gastfreundschaft gekommen?

Hoffnungsvoll und leicht gereizt wandte sie sich der dritten Tür zu.

Wieder klopfte sie und wieder ließ man sie nicht ein.

Sie gab ihrer Wut einen Augenblick Zeit und atmete sie dann kraftvoll aus.

Nun gut, neue Wirklichkeiten verlangten wohl auch nach neuen Möglichkeiten, eine Schwierigkeit zu lösen.

Gealán überlegte eine Weile wie sie an ihr Ziel gelangen konnte. Schließlich stellte sie sich in die Mitte des Dorfes und begann aus Leibeskräften zu brüllen.

"Feuer! Hilfe, es brennt. Das Feuer fliegt von Dach zu Dach. Feuer! Hilfe, es brennt."

In Windeseile wurden Türen aufgerissen, stürmten ihre Bewohner nach draußen und liefen in einem wilden Durcheinander durch die Nacht.

Ein lautes "Wo, wo, wo?" hallte durch die Nacht, bis auch der letzte erkannt hatte, dass aber auch nicht das geringste Fünkchen am Wohl der Gemeinschaft glomm.

Frauen brachten Laternen, so dass der Rufer genauer betrachtet werden konnte.

Ein alter bärbeißiger Mann stellte sich breit vor Gealán und drückte ihr seinen Zeigefinger in die Schulter.

"Warum hast du das getan? Bist du verrückt?"

Die junge Frau erwiderte ruhig:

"Nicht verrückter als Menschen, die einem, der um Hilfe bittet, nicht die Tür öffnen."

Eine hagere Frau trat nach vorn.

"Es ist mitten in der Nacht. Überall geistern die Síofra durch die Gegend. Ich konnte nicht wissen, ob du so ein Schurke bist, oder wirklich Hilfe brauchst. Was hättest du an unserer Stelle getan?"

Die Frau hatte recht und doch ...

"Wenn das so ist, wird es Zeit, etwas daran zu ändern, oder? Es kann wohl nicht richtig sein, wenn die Angst unser Handeln dahin drängt, nichts zu tun.

Die Zeiten ändern sich gerade in diesem Augenblick. Was glaubst du, wo wird der Platz der Feiglinge und derer, die sich unterdrücken lassen, sein?

Gut, mir ist kalt. Meine Füße brennen wie Feuer. Ich habe Hunger und sehne mich nach einem warmen Kräutertrank. Vielleicht können wir unser Gespräch morgen fortsetzen?"

Eine dicke Frau trat zu Gealán und sagte lächelnd:

"Bevor deine brennenden Füße doch noch unsere Häuser in Brand setzen, komm mit mir. Für heute nacht findest du ein Lager bei mir."

Dankbar folgte ihr Gealán, während sich die restliche Dorfgemeinschaft in ihre eigenen Häuser trollte.

Wärme schlug Gealán entgegen, als sie zusammen die kleine Hütte betraten. Freundlich bot ihr die Frau einen Platz vor dem Feuer an.

"Ich bin Coire. Gute Worte, die du da gesprochen hast, aber vergeudet.

Zu groß ist die Angst der kleinen Leute, um mutig zu sein.

Hier hast du eine Decke. Ich habe zwar keinen warmen Kräutertrank, aber einen Schluck des besten Mets, den es in der ganzen Umgebung gibt. Warte, ich mache dir etwas Feuer. Ansonsten habe ich nicht viel, womit ich dir dienen kann. Vielleicht ein Stück Brot mit viel Butter und süßem Honig?"

Gealáns Augen leuchteten und sie nickte eifrig.

Während sie sich um die Zubereitung kümmerte, fragte Coire neugierig:

"Und was treibt so ein dünnes Ding wie dich mitten in der Nacht hierher?"

Gealán nahm einen alten Humpen mit dampfendem Met entgegen. Sie blies hinein, nippte leicht daran und stellte ihn auf den Tisch zurück. Eine Welle der Hitze rollte durch ihren Körper und bizzelte aufs Übelste in ihren Füßen. Sie streifte ihre Schuhe ab und knetete ihre kalten Glieder.

"Ich komme aus dem Sommerland. Mein Name ist Gealán. Vielen Dank, gute Frau. Hier hat sich einiges verändert, seit ich fort war. Früher waren die Leute hilfsbereiter."

Coire legte ihr eine Decke um und setzte sich zu Gealán.

"Ach, Kindchen, früher war alles anders. Da zogen auch nicht irgendwelche finsteren Gestalten durch unser Land und Menschenfrauen kamen nicht von einem Besuch bei den Elben hier vorbei. Oder?"

Gealán schmunzelte leicht.

"Woher willst du wissen, dass ich keine Elbenfrau bin?"

Die dicke Frau deutete auf eine Wunde an den Knöcheln an Gealáns Hand.

"Sie bluten nicht so wie du. Ihr Blut ist weiß. Warum bist du zurückgekehrt? Wusstest du nicht wie es um deine Heimat steht, als du dich auf den Weg gemacht hast? Was willst du jetzt tun?"

Die junge Frau zog die Decke fester um sich und antwortete:

"Als erstes werde ich schlafen und morgen früh werde ich überlegen, was ich tun will. Kann ich hier sitzen bleiben?"

Coire zuckte mit den Schultern und sagte:

"Ich hätte dir auch die andere Hälfte meines Lagers angeboten, aber wenn du den harten Stuhl vorziehst, sei es drum."

Gealán streckte ihre Füße vor dem Feuer aus und ließ ihre Zehen spielen.

"Ich danke dir für das Angebot. Aber ich bin sehr glücklich, endlich wieder in festen Mauern zu sein, auf einem einfachen Stuhl zu sitzen und ins Feuer zu sehen. Das macht mich sehr glücklich, und ich danke dir, dass du mich so freundlich aufgenommen hast."

Coire, die auf ihrer Lagerstatt lag und sich zudeckte, winkte ab und erwiderte:

"Ich finde, das hast du verdient. Schon lange habe ich nicht mehr in so verdutzte Gesichter geguckt und dafür danke ich dir. Lass uns jetzt schlafen."

Gealán genoss das Knistern des Feuers. Der Met in ihren Adern gab ihr ein wohliges Gefühl. Sie atmete die Geborgenheit dieses Ortes ein und aus, bis sie sanft einschlief.

Coire fand sie am Morgen und wunderte sich über das entspannte Lächeln auf ihrem Gesicht. Vor allem, nachdem sie sah, wie unbequem ihr Gast die Nacht hinter sich gebracht hatte.

Rasch entfachte sie ein Feuer. Dabei wachte die junge Frau auf. Gealán reckte und streckte sich ausgiebig, bevor sie fröhlich den Tag und auch ihre Gastgeberin begrüßte.

"Ich habe schon lange nicht mehr so gut geschlafen wie diese Nacht. Herrlich! Jetzt weiß ich, was ich so vermisst habe."

Coire blickte sie entgeistert an.

"Ja, natürlich. Einen steifen Nacken und verrenkte Glieder vom schiefen Sitzen und eingeschlafene Beine, die dich Wachkitzeln, wenn du den ersten Schritt machen willst. Kann ich vielleicht sonst noch etwas für dich tun, dir zum Beispiel ein bisschen den Hinterkopf tätscheln?"

Gealán lachte herzlich auf.

"Ist ja schon gut, Coire. Du hast ein gutes Herz. Ich war lange nicht mehr in einem Haus, habe lange nicht mehr auf einem Stuhl gesessen und verrenkte Glieder hatte ich auch schon lange nicht mehr. Du vergisst, was es heißt, Mensch zu sein, wenn du bei den Schönen lebst. Deine erfrischende Art tut mit gut. Ich fühle mich so lebendig heute morgen."

Coire erwiderte:

"Jetzt lass es gut sein. Du redest ja wie eine von ihnen. Hier, iss ein Stück Brot. Das kalte Hühnchen ist von gestern noch übrig.

Hast du schon darüber nachgedacht, was du jetzt tun willst?"

Gealán horchte auf.

"Ich muss Misnéachard suchen, den Sohn des Königlichen Paares. Wenn ich nur wüsste, wie ich in Erfahrung bringen könnte, wo er ist. Ich weiß ja noch nicht einmal, wo ich hier bin. Doch sage mir, woher weißt du denn, wie jemand aus dem schönen Volk spricht, und woher weißt du, dass weißes Blut in ihren Adern fließt?"

Ihre Gastgeberin antwortete sich erinnernd:

"Früher, als das Weltentor noch in beide Richtungen offen war, beehrten sie uns häufig, die Weißblütigen. Fast hätte ich gesagt, es waren gute Menschen, die unsere Gastfreundschaft immer mit einem lustigen Lied oder einem herrlichen Gedicht zu vergelten wussten. Aber eines Tages kamen sie nicht mehr. Erst danach fiel uns auf, dass sie vorher immer seltener und seltener zu uns gekommen waren. Damals war die Welt noch gut und schön, aber jetzt? Du hast gestern Abend gesehen wie die Menschen sich verändert haben.

Nun, der Ort hier hat keinen Namen, aber der Lough vor unserer Tür ist der Lough Dergdherc. Die nächste größere Stadt ist Ath-Luain. Sie liegt an der Breiten Straße. Ein Räubernest jetzt. Früher gab es dort so eine Art Wirtschaft. Was dort besonders wertgeschätzt wurde, war aber nicht der Met oder die gute Küche, sondern die Neuigkeiten aus dem ganzen Land, die dort hoch gehandelt wurden.

Alles Volk verkehrte dort, bis auf die Hochelben, aber auch ihre Ohren und Münder saßen bei der dicken Blonag am Tisch.

Jetzt munkelt man, sie sei in der Hand des Fahrenden Volkes, aber das glaube ich nicht. Die Blonag macht zwar viele Geschäfte, manche sind zwar nicht gerade astrein, aber so krumme Sachen wie das Fahrende Volk, macht sie mit Sicherheit nicht."

Neugierig unterbrach sie ihr Gast.

"Woher willst du das wissen?"

Coire antwortete ihr:

"Woher ich das weiß? Ihre Mutter und meine sind Schwestern. Das Schicksal scheint mit den Mutigen zu sein.

Oder liegt es an den Wünschen, die wir hegen und der Gnade der Götter, die sie uns erfüllen? Ach, was rede ich! Du bringst mich auf seltsame Gedanken. Aber ich weiß ja, wo alles herkommt und niemand verlässt das Sommerland unverändert, habe ich mir sagen lassen."

Gealán stand auf, nahm das Handtuch, das ihr ihre Gastgeberin in die Hand drückte und ging zum See, um sich zu waschen und frisch zu machen.

Es war wirklich sonderbar, ob in der Tat alles so einfach war? Oder hatte sie nur mehr über sich und die Welt gelernt, drüben? Seltsam.

Das Wasser war kalt auf ihrer Haut. Sie trank es, benetzte ihre Lippen, schmeckte es. Gealán blickte über den See. Alles war ihr bekannt und doch so fremd.

Sie schüttelte die Gedanken fort und ging zur Hütte zurück.

Dort erwartete sie Coire.

"Nun, hast du dir überlegt, was du machen willst, Gealán?"

Die Angesprochene antwortete:

"Ich denke, es wird das beste sein, wenn ich Blonag aufsuche. Vielleicht kann sie mir weiterhelfen. Gibt es eine Möglichkeit, von hier aus zu ihr zu gelangen?"

Coire schloss die Tür hinter ihrem Gast.

"Ich werde einmal Gobha fragen, ob er dich mitnimmt, wenn er das nächste Mal in die Stadt fährt. Vielleicht fährt er ja morgen schon, bei deinem Glück."

Coire blinzelte ihr aufmunternd zu. Als sie am Mittag zurückkam, lachte sie über beide Backen.

"Du hast wirklich Glück, Gealán. Und das auf eine Art, die wirklich seltsam ist. Denn Gobha wird dich wirklich morgen nach Ath-Luain bringen, aber nicht, weil dir die Götter hold sind, sondern weil ihn das ganze Dorf in seiner Angst vor weiteren Besuchern aus der Anderen Welt anfleht, dich doch fortzubringen. Oder ist das dein dir eigenes Glück?"

der hirsch

Amhrán war berauscht von dem Gedanken, ein Kind der Göttin zu sein. Lustvoll schrubbte sie den Felsen, summte leise vor sich hin, lachte manchmal einfach auf. Eine Welle der Freude trieb sie fort. Fort von sich selbst in eine Andere Welt.

Sie war ein Kind der Göttin. Stolz erfüllte ihr Herz über diese Gnade. Sie badete sich in dem Anders-Sein. Ihr Hals wurde länger und ihr Kopf erhob sich hoch über sie selbst. Sie sah sich in kostbaren Gewändern einherschreiten und den Segen über ihr Volk spenden. Gras würde sprießen, wo sie einher schritt, Korn würde wachsen. Heil und Reichtum wäre sie für ihren Stamm, ihr Volk Sicherheit und Beständigkeit. Freude und Fruchtbarkeit würde sie den Menschen bringen, Lachen und Tanz. Zufrieden lächelte sie in sich hinein.

Und dann fiel es ihr auf. Die plötzliche Erkenntnis erschütterte sie bis ins Mark. Die Bürste in ihrer Hand verwandelte sich nicht in einen Igel, der freiwillig die Höhle für sie schrubbte und das Wasser verwandelte sich auch nicht in Gold.

Es war ihre Aufgabe, diesen Boden zu schrubben, und es war ihr Rücken, der vom Bücken weh tat.

Ein Kind der Göttin zu sein, bedeutete nicht eine Göttin zu sein. Es brachte sie näher zur Göttin, weil ihr Segen auf ihr lag. Aber es brachte sie dadurch auch weiter fort von den Menschen. So glaubte sie.

Amhrán erinnerte sich an die Worte, die Rhiannon gesagt hatte:

Es ist nicht der Dienst an der Göttin, der mir schwer fällt, es ist der Dienst an den Menschen.

Wie würde das sein, wenn sie erst als Hochdruidin auf ihrem Platz hinter dem Thron Solasards stand, um ihren Göttern und ihrem Volk zu dienen?

Amhrán tauchte die Bürste in das kalte Wasser. Und sie wäre nicht nur Hochdruidin, sie wäre auch die Hochkönigin, und so nicht nur die Mutter ihrer Kinder, sondern, die Mutter ihres ganzen Volkes.

Wie sollte sie all diese Leben auseinanderhalten, trennen, leben?

All das würde sie verschlingen, wenn sie nicht vorsichtig war.

Amhrán fühlte sich, als stürze eine Wand auf sie ein. Sie zählte noch keine siebzehn Sommer und sollte diese ganze Last alleine tragen? Langsam fuhr sie fort den Boden zu schrubben, während sich ihre Gedanken immer noch im Kopf jagten.

Sicher, die meisten Frauen in ihrem Alter waren schon verheiratet und hatten vielleicht zwei Kinder, die sie großzogen und vielleicht noch einige Ziehkinder.

Alaya betrat die Höhle und sprach sie ernst an:

"Amhrán, woran denkst du? So wirst du bestimmt nicht fertig. Woran denkst du, Priesterin, Tochter der Göttin?"

Amhrán musterte die Alte Bärin misstrauisch. War das Spott in ihrer Stimme? Amhrán war gespannt und aufmerksam wie eine Katze vor dem Sprung.

"An mich. Ich denke über die Verpflichtungen nach, die ich zu erfüllen haben werde, wenn ich deine Höhle verlasse, um meinen Dienst an der Großen Mutter vollbringen.

Ich denke, wie ich all die Leben, die da so friedlich nebeneinander liegen, leben soll, wie ich jedem einzelnen davon gerecht werden kann."

Die Alte lächelte geheimnisvoll.

"Warum bist du hier, in diesem Augenblick? Was bist du jetzt? Was tust du jetzt? Schenke deiner Aufgabe Beachtung und du wirst die Lösung deiner Fragen finden. Wie kannst du dir sicher sein, dass du das Morgen siehst? Das einzige, was du wirklich besitzt und bist, das einzige, worum du dich wirklich sorgen solltest, ist das Jetzt, mein Herz!"

Danach ging sie wieder hinaus und überließ Amhrán ihrer Arbeit.

Nachdenklich blickte diese ihr nach. Ja, der Boden, deshalb war sie hier, jetzt. Tatsächlich konnte er nicht von ihren Gedanken geschrubbt werden, sondern nur von der Kraft ihrer Arme.

Lustlos machte sie sich wieder ans Werk. Nun gut, alles ging vorüber. Aber wenn sie weiter so lieblos vor sich hinschrubbte, würde sie nie ein Ende finden.

Überhaupt hatte sie doch gestern erst die ganze Höhle geschrubbt.

Amhrán beschloss, nicht weiter darüber nachzudenken, sondern sich schöneren Gedanken zu widmen.

Wieder dauerte es einen ganzen Tag, bis sie fertig wurde.

Erschöpft ging sie früh am Abend schlafen. Dieses Mal störte sie sich nicht daran, dass Alaya durch einen Spalt in den Felsen verschwand, so müde war sie.

Am nächsten Morgen weckte die Alte Bärin sie wieder zwei Stunden vor Sonnenaufgang. Gemeinsam beteten sie vor dem heiligen Feuer.

Nachdem sie einen warmen Kräutertrank getrunken hatten, fragte Amhrán neugierig Alaya:

"Und was werde ich heute tun? Es wäre schön, wenn ich noch etwas anderes auf Tara vorweisen könnte, als vorzüglich Böden zu schrubben. Ich hoffe doch, dass ich heute etwas anderes zu tun bekomme."

"Da hast du recht, wenigstens zum größten Teil, Amhrán.

Heute wirst du ausruhen von der harten Arbeit der letzten beiden Tage. Denn du solltest doch zumindest die Möglichkeit erhalten, darüber nachdenken zu dürfen, warum du als nächstes noch einmal den Boden schrubben wirst. Und ich gebe dir dafür nicht nur einen Tag, sondern drei ganze Tage. Und ich möchte, dass du sehr sorgsam darüber nachdenkst. Deshalb werde ich dich an einen Ort bringen, wo dich wirklich nichts und niemand von deinen Gedanken ablenken kann."

Amhráns Mund stand vor Staunen sperrangelweit offen. Verständnislos und erzürnt fragte sie:

"Was soll das? Ich dachte, ich soll hier zur Hochdruidin ausgebildet werden und nicht zu einer Magd.

Ich habe jetzt gelernt, dass eine Hochkönigin eine Magd zu schätzen wissen muss, aber ich bin keine. Ich habe jetzt zweimal diesen Boden gescheuert. Meine Knie schmerzen, mein Rücken tut weh. Wann werde ich meine erste, richtige Lehrstunde bekommen, Alaya?"

Die Alte Bärin musterte sie kalt und erwiderte:

"Du erhältst sie gerade in diesem Augenblick, meine Liebe. Komm jetzt und folge mir nach. Es ist nicht meine Schuld, dass du dir die Knie wundgescheuert hast. Es ist deine. Vielleicht denkst du einmal darüber nach, warum. Du wirst genug Zeit dazu haben, in den nächsten drei Tagen. Komm jetzt!"

Die Alte Bärin nahm eine Fackel von der Wand und ging in die Felsspalte hinein.

Amhrán folgte ihr nur widerwillig.

Die Flamme beleuchtete schwarzes Gestein, das feucht schimmerte. Der Weg zu ihren Füßen war sandig und über ihnen nur der Berg.

Spitze Kanten ragten in den Weg, als habe sich der Fels gerade vor ihr geteilt. Es roch nach Stein und nach etwas, das sie noch nicht kannte, es machte ihr Angst.

Sie waren lange unterwegs. Immer wieder tauchten neue Felsspalten auf, in die sie einbogen. Der ganze Berg schien von zahlreichen dieser natürlichen Stollen durchzogen zu sein.

Immer tiefer gelangten sie. Amhrán schwitzte. Mit jedem Schritt schien es wärmer zu werden. Dann hielt die Alte Bärin an und drückte ihr die Fackel in die Hand.

"Wir sind fast da. Hier hast du das Licht, Amhrán. Wenn du noch einige Schritte geradeaus gehst, wirst du in eine Höhle kommen. Ich hole dich dann in drei Tagen wieder ab."

Die junge Frau hatte das Gefühl, etwas falsch zu verstehen.

"Ich soll wirklich drei Tage in dieser Höhe hocken und darüber nachdenken, warum ich den Boden noch einmal scheuern soll? Das ist nicht dein Ernst? Ich denke, wir sollten jetzt wieder umkehren. Außerdem haben wir nichts zu essen dabei, und du keine Fackel für den Rückweg."

Alaya betrachtete sie aufmerksam.

"Amhrán, es ist mein Ernst. Du wirst jetzt in diese Höhle gehen. Alles, was du brauchst, wirst du dort finden. Und ich brauche auch keine Fackel für den Rückweg. Das Dunkel ist für mich so klar wie das hellste Licht.

Ich werde jetzt gehen.

Du hast schon einiges gelernt und all meine Fragen, haben doch nur ein einziges Ziel, nämlich dir zu zeigen, dass alles, was du an Wissen brauchst, schon in dir ist. Du magst es nicht glauben, aber es ist wahr. Ich habe für dich nichts als Tatsachen, denn deine Wahrheit kannst du nur in dir selbst finden. Meine Fragen sind das Licht der Sonne, die den Nebel der Unklarheit aufreißt. Meine Rätsel sind eine Einladung an deinen Geist zu überprüfen, ob das, was du jetzt ICH nennst auch das ist, was du für andere als MICH lebst. Unsere Fragen sind unser Weg zur Ausgewogenheit der Welt in uns. Deine Antworten sind der Spiegel deiner Welt auf deiner Seele. Sie zu erforschen, kennen zu lernen, lieben zu lernen und leben zu lernen, bist du jetzt hier. Ich gehe jetzt und überlasse dich einem weiteren Rätsel, überliefert von Stamm zu Stamm, von Priesterin zu Priesterin, von Dienerin zu Dienerin.

Wer bin ich?

Ich berühre die Erde und den Himmel, bin Jäger und Gejagter, tot und doch lebendig.

Ich bin der zeugende Tod.

Ich bin Eber, Adler, Lachs und ich bin du.

Ich bin tot und erwachse daraus, bis ich wieder sterbe, um wieder geboren zu werden.

Sieben Enden trage ich, Anfang und Ende bin ich.

Ich bin der König und sein Ende. Ich bin du.

Wer bin ich?

Ich werde dich holen, wenn du die Lösung des Rätsels gefunden hast, in dir.”

Amhrán sagte:

“In drei Tagen, ich weiß.

Woher weiß ich, wann du kommst?”

Alaya erwiderte ihr:

“Du weißt es, wenn du weißt, wer du bist.”

Dann gab ihr die Alte Bärin die Fackel, drehte sich um und ging in die Dunkelheit davon.

Amhrán ging weiter und gelangte nach wenigen Schritten in eine dunkle Höhle, die in der Mitte von einem kleinen Rinnsal geteilt wurde. Auf einer leichten Anhöhe lag eine Decke. Die Höhle war groß und über der jungen Frau schloss sich eine Kuppel aus schwarzem Stein. Es war nicht kalt hier, und es herrschte eine Stille, die ihr unheimlich war.

Nirgends war etwas Essbares zu finden, aber es würde ihr auch nichts ausmachen, drei Tage zu fasten.

Amhrán kletterte auf die Anhöhe und setzte sich auf die Decke. Sie hatte nur diese Fackel, eine Fackel, die nur allzu bald erlöschen würde.

Ein Zustand des Nicht-Be-Greifens nahm von ihr Besitz. Amhrán konnte sich nicht rühren, so erstarrt war sie.

Tränen schossen aus ihren Augen und ihr Herz raste.

Ihre Augen suchten einen Ausweg.

Sie würde den Rückweg niemals alleine finden. Alaya hatte recht. Sie war gefangen im Bauch der Mutter Erde, ausgeliefert, lebendig begraben.

Ihr Kopf arbeitete, erfasste die Lage und suchte verzweifelt einen Weg. Aber es gab keinen, außer sich dieser Angst, diesem Zustand auszuliefern.

Und langsam, ganz langsam und nur allzu bewusst für Amhrán erlosch das Licht.

Erst raste ihr Herz, doch dann wurde sie ruhiger und ihr Verstand klarer.

Amhrán wickelte sich in die Decke, die nach Stein roch.

Nicht zu glauben, all das. Jetzt fragte sie sich, warum sie diesen verfluchten Boden noch einmal scheuern sollte. Sie hatte Hunger und Durst, und sie hatte Angst, auch noch die Sicherheit dieser Decke zu verlieren. Regungslos blieb sie liegen. Amhrán lauschte nach außen, nach innen. Sie hörte nichts.

Laut begann sie sich selbst zu verfluchen.

"Und jetzt, Amhrán, verdammt was habe ich nur falsch gemacht, Träumerin. Und nun, was soll ich tun. Kannst du mir nicht etwas helfen, Berg, komm schon! Was machst du nur?"

Sie fand keine Antworten auf ihre Fragen und auch der Berg schwieg. Wie gelähmt saß sie da, flüchtete ihre Gedanken in eine Ablenkung, die angenehmer war, als die Finsternis um sich zu ertragen.

Amhrán dachte an Misnéachard und dass sie ihn jetzt gerne neben sich hätte.

Sie erinnerte sich an die Sanftheit seines Kusses, die Sicherheit, die sie verspürt hatte, als sie mit ihm unter seinem Mantel am Feuer saß.

Sie lauschte seiner Stimme in ihrem Herzen, fühlte noch einmal seine Berührung auf ihrer Haut.

Amhrán berührte sich selbst, streichelte sich, schmeckte das Salz auf ihrer Hand, hielt sich fest und gab sich ganz sich selber hin. Nur fort von diesen Gedanken an die Auswegslosigkeit ihrer Lage.

Sie badete in ihrer Liebe zu sich selbst, zu ihrem Körper, der Teil ihrer Seele war und das Vertrauen in diese Selbstliebe wurde für sie zum Licht in dieser schwarzen Nacht.

Ihr Körper gab ihrer Seele ein Antlitz. Ein Gesicht, das nach außen und innen blickte.

Ihr Gesicht, das die Spuren ihres Lebens zeigte.

Wie ein Haus die Seele seines Menschen annimmt, so nimmt der Körper seine Seele an und drückt sie aus. Unser Gesicht ist der äußere

Spiegel unserer Seele. Seele und Körper, beide sind klar und lassen sich nicht belügen.

Der Körper ist ein Heim der Seele im Universum, und der Körper ist Teil der Seele, die uns ganz durchdringt. Ein Licht, das uns erhellt. Diese Erkenntnis stieg aus der Tiefe ihrer Seele in die Gedanken Amhráns, offenbarte sich ihrem Geist und wurden ihr klar und bewusst.

Die Augen, eine Tür nach außen. Nie wird das, was wir sehen, anders in uns sein als in unseren Gefühlen und Gedanken. Das Auge trennt und vereint uns von und mit der Umwelt.

Mit einem Blick holen wir ganze Welten in uns. Alles, was wir ansehen, wird Teil von uns und so werden wir ein Teil des Teils, der alles ist, wenn wir achtsam sind.

Wir sind wie wir die Welt betrachten, furchtsam oder achtsam, schüchtern oder neugierig, klar oder verspielt, minderwertig, gierig oder neidisch, urteilend oder gleichgültig oder frei. Oder liebend.

Amhrán betrachtete ihren Körper von innen und außen. Sie sah sich auf diesem Felsen liegen, in ihren Armen. Innen und außen eins. Sie roch sich selbst, ihren Schweiß. Ihre Nase, die zum dritten Auge führte, einem Tagebuch der Erinnerungen. Worte entsprangen ihren Lippen, ohne dass sie wusste, woher sie kamen.

Am Anfang war sie, der Atem, das Leben. Einatmen.

Kein Gedanke ist möglich ohne die Luft, den Wind des Lebens, und jeder Atemzug ist ein Spiegel der Welt, in der wir uns gerade befinden, bis zum letzten Ausatmen.

Das Atmen ist der Pfad, auf dem die Seele wieder in den Körper einkehrt nach ihren vielen Reisen.

Jeder Duft ist eine Erinnerung, die wir nie mehr verlieren. Selbst wenn die Rose längst verwelkt ist, können wir uns noch an ihren Duft erinnern, der uns trunken macht. Erinnerungen sind der Atem unserer Seele.

Immer mehr erkannte Amhrán in ihrer Stimme die ihrer Mutter, der Mutter Allens. Sie war erfüllt von ihr, musste diese Worte über ihre Lippen fließen lassen, wie ein Quell der Erkenntnis.

Unser Geist ist es, der Gedanken schöpft und sie in Worte wandelt, in Sprache, die uns einander mitteilen lässt, was wir wahrnehmen und empfinden.

Wir sprechen viele Sprachen, mischen, was nicht zueinander gehört und verlernen dabei die klare, offene und ehrliche Sprache unseres Herzens.

Schnell und schnelllebiger wird die Sprache, und die Zunge verliert dabei nicht nur ihre Brücke zum Herzen, sondern auch zum guten Geschmack.

Worte sind das, was aus uns ausströmt, wie aber soll es gehaltvoll sein, wenn das, was wir aufnehmen, Körper und Seele mehr vergiftet als heilt, mehr verdirbt als reinigt?

Wir erschaffen unseren eigenen Körper, unsere Welt durch unsere Ansicht davon, und wir sind es, die entscheiden, auf welche Mittel wir dabei vertrauen.

Wie wollen wir wahre Worte sprechen, wenn wir unseren Körper belügen und betrügen? Wir reden wie wir essen, und so leben wir auch.

Selbst wenn wir schweigen, versuchen wir doch nur den Schrei unserer Seele zu verleugnen.

Still sein in sich selbst bedeutet sich selbst loszulassen, sich auf die Suche machen.

Alle guten Geräusche sind in Stille gehüllt.

Der erste Laut, den ein Mensch hört, ist das Schlagen des Herzens seiner Mutter. Ein Ton und dann wieder Stille, ein Augenblick der Angst allein zu sein, getrennt von ihr, und dann der Trost des nächsten Herzschlages.

Das Lied der ersten liebenden Verbindung, ein Lied, das wir für den Rest unseres Lebens suchen, den Weg des Einssein, Verschmelzung. Erst dann hören wir die ersten Worte.

Die Stimme verbindet die Welten zweier Menschen, und Schweigen, Taubheit bedeutet, in sich selbst gefangen zu sein.

Lauschen befreit uns, doch unachtsames Hören macht uns taub.

Leise verklang die Stimme. Ihre Worte hallten weiter in Amhráns Herz. Sie verharrte in der Geborgenheit, die sie sich selber schenkte.

Still lauschte Amhrán in das Dunkel, öffnete sich ihm, machte sich weit, nahm die ganze Welt in sich auf.

Sie füllte den Raum aus und fühlte ihn auf ihrer Haut, spürte das Bizzeln jeden noch so kleinen Härchens, das sich aufrichtete, um alles wahrzunehmen. Amhrán lauschte den Geschichten, die es ihr erzählte. Sie streckte ihre Hand nach der Welt aus und fand sie auf ihrer Haut.

Sie las in sich selbst, löste die Grenze auf zwischen der inneren und äußeren Welt.

Berührung ist Begegnung mit sich selbst, mit anderen.

Glück berührt uns und Leid, Schmerz und Zärtlichkeit durchdringen unsere Wirklichkeit, formen unsere Welt. Unsere Gefühle schaffen eine Welt zwischen dem Kopf und dem Herzen, eine Welt des Einlassens. Eine Welt in der Geschöpf, Schöpfung und Schöpfer eins sind. In der alles Leben heilig ist.

Wir sind die Geschwister allen Seins, aller Menschen, Pflanzen, Tiere, Berge, Wälder, Seen und Meere, ihr Leben ist ein einfaches, ein klares.

Ein Schwan berührt die Erde, spürt den Wind unter seinen Flügeln, wird von den Wellen des Wassers getragen und in seiner Seele brennt das Wissen der Mutter Erde. Alle Elemente sind in ihm. Er lebt und weiß nichts von Göttern und Gesetzen, von Wissenden und Weisen, er ist; und ist es nicht gut so? Was braucht es mehr?

Die Stille der Landschaft ist in seiner Seele und spiegelt sich in seinem Schweigen.

Amhrán hielt sich im Arm. Sie flog mit dem Schwan durch ihr Leben. Sie gab sich ganz sich selbst hin, glitt in ihr Herz, dort wo ihre Liebe wohnte. Zu den Menschen, die sie liebte.

Sie tollte mit Solasard auf den Klippen umher. Erinnerte sich an die langen Spaziergänge mit Goleudydd, den Schmiedehammer des Vaters und sein Lied, Carraig und Tiné.

Amhrán dachte an Madhra und sein Eindringen am Tag, als ihre Hochzeit stattfinden sollte, an Rhiannon und Scathcrobh, ihre Begleiter und Lehrmeister. Sie fühlte die Liebe Misnéachards, lächelte. Aber auch andere Menschen waren ihr begegnet, hatten Anteil an ihrem Leben.

Dreoilin hatte einst zu ihr gesagt:

"Du bist immer allein, dein ganzes Leben lang."

Zweifellos hatte er damit recht, denn in seinen Augen konnten nie zwei Dinge zur gleichen Zeit an einem Ort sein.

Hatten er jemals die Schatztruhe seiner Seele geöffnet, hatte er jemals geliebt, liebte er nicht, wurde er nie geliebt? Amhrán wünschte ihm, dass die Liebe doch noch seinen Weg kreuzen möge.

Tief in ihrem Herzen umarmte sie die Welt.

Sie war nicht allein, sie wurde geliebt und sie liebte und durch ihre Liebe war sie immer bei jenen, denen ihr Herz gehörte. Es waren nur ihre Gedanken, die sie hier einsperrten. Es war nur eine Wirklichkeit, die sie gefangen hielt, eine von vielen. Doch die ihres Körpers verlangte nun nach Wasser.

Vorsichtig setzte sie sich auf. Vor ihrem inneren Auge erschien die Höhle. Langsam und sehr achtsam bewegte sie sich zu dem Rinnsal hin.

Ihre Hände konnten das Wasser kaum fassen, so flach lief es über den Stein.

Ungeduldig fing sie es auf, spürte den metallischen Geschmack und den Sand, der sich mit dem Wasser vermischte.

Sie schluckte beides, bis sie das Gefühl hatte, nicht mehr durstig zu sein.

Vorsichtig näherte sie sich den Wänden, die sie umgaben, tastete sie ab.

Ihre Hände zeichneten das Bild der Höhle neu in ihrem Kopf. Sie nahm jede Ecke, jede Rundung, jede Lücke auf, die sie erfassen konnte. Amhrán berührte die Wände mit ihrem Körper, drückte sich in Nischen.

Sie entdeckte diese Welt, die sie neugierig erforschte ganz, denn sie entdeckte sie mit ihrem eigenen Körper und machte sie zu einem Teil ihres Seins. Jetzt hatte sie keine Angst mehr.

Tanzend und hüpfend sprang sie jetzt umher und spielte mit dem Gestein, berührte es, sanft und heftig, kämpfte damit oder streichelte es.

Schließlich setzte sie sich erschöpft nieder.

Sie schwitzte vor lauter Anstrengung. Die Hitze ließ sie nun kaum mehr atmen. So schnell es ging, zog sie ihre Kleider aus und legte sich auf die Erde. Das Wasser des Rinnsals staute sich an ihrem Körper, suchte sich seinen Weg und kühlte sie so.

Losgelöst lag sie im Wasser der Erde. Sie benetzte ihre Lippen, drückte ihr Gesicht in kleine Pfützen, die sich gebildet hatten und trank sie leer.

Amhrán genoss die Kühle, die Geschmeidigkeit des Wassers.

Sand klebte an ihrem Leib.

Ihr Herz raste, dass sie es in der Erde hören konnte, wenn sie lauschte.

Gedanken rannten in ihrem Kopf hin und her, sie dachte sie zu Ende, ließ sie laufen, bis nichts mehr in ihr war, außer einem großen Lauschen.

Amhrán hörte einen Stein, der zu Boden fiel, sie war der Stein. Sie war der Fels, auf den er fiel, die Höhle, die den Felsen hielt, der Berg, der die Höhle hielt, die Welt.

Amhrán hörte das Atmen des Universums, sie hörte sein Lied und ihre Seele tanzte dazu.

Ihr Körper erhob sich, pries sich selbst, ließ sie zu Gott und Göttin werden, bis sie auf ihre Knie fiel und vor Glück weinte.

Sie weinte, bis das Glück vergangen war und all die unbeweinten Wunden wieder aufbrachen.

Ihre Tränen wuschen sie rein, schenkten ihr Mitleid und Trost, dem sie sich immer verweigert hatte und als alles Glück und Leid frei in ihr war, kam die Angst.

Amhrán lag im Schoß der Erde und sie war allein, nur sich selbst die nächste. Misstrauen kratzte sie, Zweifel knabberte an ihr, ihr Herz raste. Mit weit aufgerissenen Augen starrte sie empor und wartete, dass die Decke auf sie hernieder fiel. Sie zitterte am ganzen Leib.

Da hörte sie eine Stimme und sie kannte sie wohl, klar und deutlich waren die Worte.

"Das Wesen der Dunkelheit ist Licht.

Ich aber bin kein Licht, keine Dunkelheit, kein Schatten. Ich bin.

Und gleich ist, was ich bin, die Frage ist, wer bist du?"

Amhrán lauschte der Stimme und etwas erinnerte sich in ihr.

Eine andere Stimme erfüllte den Raum.

"Der Mensch ohne Glauben aber gleicht einem Wanderer auf der Suche nach Wasser, der die Quelle für eine Sinnestäuschung hält und lieber stirbt, als von der erlösenden Wirklichkeit zu trinken.

Das wahre Selbst weiß, dass in seinem Inneren jeder Glaube enthalten ist.

Alles ist eins.

Du kannst dem Weg der Göttin folgen, aber dann musst du dich ganz und gar auf sie einlassen oder du folgst Amhráns Weg, der mit diesem Leben endet."

Amhrán schlug die Augen auf, fühlte sich und die Höhle, war klar mit sich selbst.

Wieder und wieder sagte sie sich das Rätsel vor.

"Ich berühre den Himmel und die Erde.

Sieben Enden trage, Anfang und Ende bin ich.

Ich bin der König und sein Ende."

Damit konnte nur der König des Waldes gemeint sein, der Hirschkönig, der Hochkönig. Aber warum war sie sein Anfang und sein Ende?

Der Hirsch berührte den Himmel mit seinem Geweih, die Luft, die Zeit. Er ist verwachsen mit der Erde, mit dem Land, seiner Seele, der Göttin.

Sieben Enden trage ich, ich bin Anfang und Ende.

Oder war es der Jahreshirsch? Die sieben Sprossen des Geweihs waren die sieben Monate vor und nach dem Monat Beth, der das Jahr eröffnet, die Zeit. Dann wäre der Hirsch die ewige Gewähr von Tag und Nacht, die Ewigkeit.

Ich bin Jäger und Gejagter, das deutet wieder auf den Hochkönig hin, der den alten König töten muss und dessen Platz einnimmt, bis der nächste Hirschkönig ihn tötet. Wieder ein ewiger Kreislauf.

Tot und dennoch lebendig.

Ich bin tot und erwachse doch wieder, bis ich wieder sterbe, um wieder zu wachsen. Das ist das Geweih des Hirsches.

Das wahre Zeichen der Fruchtbarkeit, denn es hat die Form einer Schale, die darauf wartet, gefüllt zu werden und die Sprossen der sich reckenden Männlichkeit.

Ich bin der zeugende Tod.

Ein Hochkönig, der seinen Nachfolger zeugt, seinen Tod.

Ich bin der Eber, Lachs und ich bin du.

Da fielen ihr die Worte Emergins, des Milesiers, ein, als er das Land, die Insel Eriu, in Besitz nahm.

Ich bin der Wind, der auf die See atmet,
ich bin die Woge des Ozeans,
ich bin das Murren der Wellen,
ich bin ein Hirsch von sieben Enden,
ich bin der Geier auf dem Felsen,
ich bin ein Strahl der Sonne,
ich bin die lieblichste Pflanze,
ich bin der Wilde Eber in seinem Mut,
ich bin der Lachs im Wasser,

ich bin ein See in der Ebene,
ich bin ein Wort des Wissens,
ich bin die Spitze des Speers in der Schlacht,
ich bin der Gott, der das Feuer schuf.

Jeder dieser Sätze stand für einen Monat des Jahres, und jedem Monat war eine Pflanze zugeordnet.

War das des Rätsels Lösung, dass alles ineinander fließt, miteinander verwachsen ist?

Die Lösung war der Hirsch, das Tier, das für die Fruchtbarkeit steht, das Leben selbst.

Ich bin, das bedeutete demnach, dass Amhrán das Leben war. Alles war in ihr und sie war alles. Das Leben, die Göttin, alles.

Jetzt verstand sie, warum sie den Boden der Höhle noch einmal scheuern würde.

Sanft streichelte sie das Felsgestein.

Der Berg der Síofra

Iolaranam, Sionnach und Misniúil brachten jedes Wegstück, das sie gingen, mehr als vorsichtig hinter sich. Die Wyinklo-Berge boten Dragan und seinen Schergen nicht nur allzu sichere Verstecke, sondern auch eine hervorragende Deckung. Eins ums andere Mal wären die Gefährten ihren Feinden fast in die Arme gelaufen.

Überall wimmelte es von den unfertigen Síofra, während ihnen die Königliche Garde im Nacken saß.

Sionnach und Iolaranam fanden es herrlich, einmal nicht mit der großen Gruppe unterwegs zu sein, obgleich sie ihren Begleiter schon etwas seltsam fanden, denn Misniúil war ein sehr schweigsamer Reisegefährte.

Der Hochelb war sehr höflich und zuvorkommend, aber manchmal fand Iolaranam, dass er Sionnach viel zu viel Aufmerksamkeit beimaß.

Sionnach genoss die Aufmerksamkeit. Vor allem genoss sie die Eifersucht ihres Mannes.

Selten konnten sie abends ein Feuer machen. Auch ihre Vorräte waren beschränkt, aber Misniúil hatte genug Elbenküchlein dabei, die oft eine willkommene Abwechslung boten.

Der junge Hochelb bestach durch seine gute Wahrnehmung. Er schien seine Umwelt mit allen seinen Sinnen aufzunehmen. Meist genügte ein Blick von Misniúil, um Sionnachs oder Iolaranams Aufmerksamkeit auf einen Punkt zu richten.

Er hatte sich ihnen freiwillig angeschlossen, denn die Möglichkeit, die alte Heimat seines Volkes zu erkunden, erfüllte ihn mit Freude. Wie sein Name es verhieß, war er als kühner Krieger angesehen. Er liebte den Kampf im Gegensatz zu seinem friedfertigen Freund Uasal.

Jeden Abend, bevor er sich schlafen legte, ging er einige Schritte fort vom Lager, um mit seinem Schwert zu tanzen, wie er es nannte. Als Sionnach ihn das erste Mal dabei sah, gingen ihr die Augen über. Langsame geschmeidige Bewegungen, die sich zu einer Ausgewogenheit zwischen Schwert und Krieger verbanden.

Nachdem er zum Lager zurückgekehrt war, fragte sie ihn neugierig:

“Was war das? Es sah so aus, als tanztest du mit deinem Schwert, Misniúil?”

Der Krieger antwortete ihr mit einem geraden Blick seiner dunkelbraunen Augen:

“Es ist ein Tanz, Sionnach. Er erinnert mich nicht zu vergessen, dass das Schwert ein Teil von mir ist und ich ein Teil von ihm. Wir nennen es den Tanz mit dem eigenen Tod oder den Weg durch den Schleier Gwenwyda, die Weiße Welt."

Iolaranam sagte:

"Für mich sieht es einerseits wie ein Kampf mit dir selbst, aber auch wie ein Gebet aus. Was ist das und was macht es mit dir?"

Misniúil mochte den Mann mit den blauen Augen.

"Dies sind die Mittel, um das Böse zu besiegen: Wissen, Liebe und Kraft. Nur wenn der Kopf, das Herz und der Bauch einander durchdringen und ihre Energie vollkommen verschmilzt, bist du eins mit dir selbst und mit der Welt.

Diese Energie, die dann entsteht, umgibt dich wie ein Schild, das dich auch außerhalb deines Körpers vor Angriffen schützt.

Mein Volk war lange auf der Flucht. Wir mussten unsere eigenen Waffen sein. Nur so konnten wir überleben. Jeder trägt in sich die gewaltige Kraft einer Welle, die Teil des Ozeans ist. Es gilt nur, die innere Trägheit zu überwinden, um diese Kraft freizusetzen.

Dieser Tanz kräftigt meinen Körper, beruhigt Gefühle und Gedanken, lässt mich mein eigenes Lied wiederfinden. Dadurch ist es auch ein Gebet, denn ich danke dadurch auch meiner Göttin, dass sie mich so geschaffen hat, dass ich leben darf."

Iolaranam erwiderte:

"Die Menschen sollten dieses Wyda lernen, sich erst zu sammeln und dann loszustürmen. Vielleicht erkennt das innere Auge dann, dass es auch eine andere Lösung gibt als Krieg."

Misniúil erwiderte freundlich:

"Es war ihnen zu müßig, Iolaranam. Es war den Menschen zu müßig. Sie erkannten zwar die Magie darin und wollten sie besitzen, aber sie wollten sie sich nicht erarbeiten. Ihr Menschen glaubt immer, die Kunst sei etwas, das euch einfach in die Hände fällt. Aber die Kunst verzehrt den Unwissenden, den Gierigen, der sie anwendet.

Sie erfüllt sich im Verborgenem und nicht in denen, die in ihrem Ruhm baden wollen. Die Menschen suchen immer den einfachsten Weg."

Wie aus einem Munde entgegneten Sionnach und Iolaranam:

"Nicht alle!"

Der Sidhé lächelte sie an.

"Da habt ihr recht. Morgen werden wir Wyinklo erreichen. Vielleicht kann uns dort jemand aus eurem Volk helfen, Dragans Lager zu finden.

Das erste, was ich über die Menschen lernte war, dass sie es in einer Kunst zu allerhöchster Meisterschaft gebracht hatten, dem Verrat. Vielleicht hilft er ein einziges Mal denen, die Gutes im Sinn haben."

Es war ein guter Tag gewesen. Abends saßen sie vor einem Feuer und verspeisten eine Ente, die sie an einem der Bergseen gejagt hatten.

Misniúil reichte einen duftigen Sommertrunk herum, der ihre Herzen leicht und ihre Gedanken sorgenfrei machte.

Aus heiterem Himmel bat Sionnach den Sidhé eine Geschichte zu erzählen.

Misniúil legte noch etwas Holz auf das Feuer und begann zu erzählen.

"Es war einmal und einmal war es nicht, da lebte ein armer Bauer. Er hatte den weit und breit schönsten Hengst in seinem Stall, schöner noch als euer Schwarzer dort. Weil er sich aber nur mit dem Tier befasste, ließ er seine Felder verkommen, so dass er eines nach dem anderen verlor, und bald nur noch seinen schönen Hengst besaß. So blieb ihm nichts anderes übrig, als durch die Welt zu ziehen. Überall trat er auf Jahrmärkten auf, erzählte von seinem Wundertier und gegen ein geringes Entgelt durften die Leute es betrachten.

So kam er wieder zu einem Vermögen. Dennoch zog er weiter durch die Lande, denn er war gierig und wollte so viel Geld wie möglich auf diese leichte Weise verdienen.

Eines Tages kam er in ein Dorf, und wieder erzählte er von seinem Wundertier. Da kam ein Bauer zu ihm, der einen grünen Hut trug, an dem ein vierblättriges Kleeblatt hängen geblieben war. Er gab dem Mann ein kleines Entgelt und ging sich das Pferd anschauen.

Der Mann mit dem rüden Hut rieb sich die Augen. Nochmals und nochmals. Doch dort, wo das Pferd stehen sollte, stand nur ein alter räudiger Esel. Nochmals rieb er sich die Augen, aber der Esel blieb ein Esel.

Schließlich ging er zum Besitzer des Tieres und beschwerte sich. Dieser betrachtete ihn genau und fragte, ob er ihm seinen Hut überließe. Der Bauer schüttelte den Kopf und sagte dem Mann, dass er nicht für alles Geld der Welt diesen Hut hergäbe, denn er sei ein Geschenk seiner Frau.

Der Pferdebesitzer bot dem Bauern all sein Vermögen an und so einigten sie sich auf den Handel.

Der Bauer nahm den Reichtum des Mannes und gab dafür den Hut, den ihm seine Frau geschenkt hatte.

Der Mann setzte den Hut auf, denn er hatte richtig vermutet, dass das vierblättrige Kleeblatt eines von den wenigen war, die die Wahrheit sehen ließen, solange es einem gehörte.

Neugierig ging er zu seinem Pferd und tatsächlich, es war wirklich nur ein verzauberter Esel.

Und nun frage ich euch, wer von den beiden mag wohl der Wohlhabendere sein?"

Iolaranam und Sionnach lächelten sich an.

Der Anführer der Fianna erwiderte:

"Nun, in ihren Augen glaubt jeder, den besten Schnitt für sich gemacht zu haben. Doch hätte ich die Wahl würde ich keines von beiden besitzen wollen. Vielleicht kennt ihr Shasza, eine Waldelbin. Sie begleitete uns in der letzten Zeit häufiger. Es war immer schön ihren Geschichten zu lauschen. Diese erinnert mich an eine, die sie uns von einer Katze erzählt hat."

Misniúil entgegnete ihm:

"Natürlich kenne ich sie. Sie ist die Herrin der Waldelben und eine gute Freundin von Misnéachard. Lasst uns nun ruhen. Morgen werden wir unsere Kräfte brauchen."

Friedlich schliefen sie, während der Hochelb Wache hielt.

Misniúil weckte sie noch vor der Dämmerung. Gemeinsam einigten sie sich darauf, die Pferde hier sicher zurückzulassen und zu Fuß weiter vorzustoßen.

So kamen sie an eine Schneise, die den Spuren nach häufig mit schweren Lasten befahren wurde.

Die drei mussten nicht lange warten, bis der erste Wagen in der Ferne zu hören war. Schnell versteckten sie sich im Unterholz und warteten, bis ein alter Wagen an ihnen vorbeiratterte. Der Mann auf dem Kutschbock war in Fetzen gehüllt und blickte finster drein. Immer wieder streifte sein Blick ängstlich hin und her. Er hatte Holz geladen, das wohl für den Hüttenbau gedacht war.

Schweigend folgten sie der Schneise in sicherem Abstand.

Mehrere Wagen zogen im Laufe des Morgens an ihnen vorbei. Manche waren mit Vieh und Lebensmitteln beladen, andere wieder mit Waffen. Reiter eilten vorüber, die alles von ihren Tieren abverlangten.

Am Mittag schon kehrten die ersten leeren Wagen zurück.

Misniúil hielt inne.

"Das bedeutet, dass wir nicht mehr all zu weit von ihrem Lager entfernt sind. Gut, dann müssen wir uns nur auf uns verlassen und nicht auf einen Menschen. Wir sollten uns noch weiter in den Wald zurückziehen. Bestimmt hat Dragan jede Menge Wachen aufgestellt."

Sionnach ging hinter den Männern her. Misniúil erregte ihre Aufmerksamkeit, mehr als sie es eigentlich wollte. Er war ein schöner Mann, der sie sehr beeindruckte, aber er war ihr auch sehr fremd.

Wie würde es sein, wenn sie wieder mit den Menschen lebten, die Sidhi?

War es möglich, dass zwei so grundverschiedene Völker auf diesem Land, einer Insel, friedlich zusammenlebten? Was, wenn die Menschen nicht fähig waren, die Sidhi zu achten?

Vor einigen Tagen hatte sie sich mit Seabhaceo darüber unterhalten. Der Fianna hatte gesagt: Es kann Frieden geben, aber es wird bestimmt nicht leicht sein. Es ist schwierig, jemandem etwas beizubringen, was er nicht lernen kann oder will. Die Menschen werden nur schwerlich ihren alten Weg verlassen und einen neuen beschreiten. Du kannst das beste Werkzeug haben, aber es wird dir nichts nutzen, wenn du nicht damit umzugehen vermagst.

Wir sind misstrauisch. Früher sagte mein Vater zu mir: "Bleibe nicht am Abend auf der Straße und ich sagte: Ich kenne doch die Häuser." Aber er erwiderte nur: "Du magst die Häuser kennen, doch kennst du die Herzen ihrer Bewohner nicht." Sicherlich sehnen sie sich alle nach einer friedlicheren Welt, aber werden sie mit dem Frieden der Einen Welt umgehen können?

Es wäre gut, wenn dieser Solasard mit seiner Frau das Land führen würde. Je weniger Menschen ein Land beherrschen, desto weniger Vorurteile überschatten die eigentlichen Schwierigkeiten.

Seabhaceo hatte auch gesagt: Du bist, wonach du dich am meisten sehnst. Immer wirst du von deiner Lebensweise gejagt, das Ich, das du aufbaust, wird dich immer heimsuchen.

Stürme erzeugen Stürme, Wut erzeugt Wut, Rache erzeugt Rache, und Liebe erzeugt Liebe.

Dragans Werkzeug war Gewalt, und er wusste es wohl zu nutzen. Gewalt bringt immer die falschen Leute an die Macht. Immer! Ein Mann, dessen Herz Böses begehrt, findet es. Immer! Was war das wohl für ein Mann?

Iolaranam bemerkte, dass Sionnach langsamer geworden war und kam zu ihr zurück.

"Was ist? Ist alles in Ordnung mit dir?"

Sionnach erwachte aus ihren Gedanken und antwortete ihm:

"Ja, danke. Ich habe nur gerade daran gedacht, wie das wohl sein würde, wenn wir Frieden haben. Ich meine, ob es ein friedliches Zusammenleben geben könnte zwischen uns und den verschiedenen Völkern. Fremde, die unter Fremden leben. Ob das ein Weg zu einem langen Frieden ist?"

Misniúil, der ihr zugehört hatte, kam näher.

Leise nahm er ihre Hand und sagte:

"Auch ich war dir fremd, Sionnach. Wer keinen Fremden anspricht, wird keinen Freund gewinnen, nicht wahr, Iolaranam? Im Kampf findet der Mann einen Bruder, unterwegs findet er einen Gefährten.

Ich bin Misniúil, und ich bin froh, mit euch unterwegs sein zu dürfen. Der große Frieden wird kommen, Sionnach. Nur so werden wir uns den Frieden der Großen Mutter erhalten.

Du kannst eine Schwalbe fangen, aber du hältst damit nicht den Frühling auf. Das weiß ich und darauf vertraue ich."

Iolaranam entgegnete:

"Und glaubst du, dass dieses Vertrauen belohnt wird?

Die Wölfe erhalten ihren Anteil an den törichten Menschen, weil diese einfältig genug sind, blind umherzustreifen."

Der Hochelb erwiderte:

"Mancher vertraut jedem und dennoch ergeht es ihm gut. Mancher vertraut nur sich selbst und es ergeht ihm dennoch schlecht. Du bist einer, der sich sagt, halb leben ist besser als ganz tot zu sein. Ich bin einer der sagt, selbst ein verirrtes Saatkorn vermag Leben hervorzubringen."

Sionnach beobachtete die beiden. Jeder auf seine Weise eine ganz besondere Seele. Sie grinste.

"Und ich bin eine von denen, die sagt: Ein Buckliger sieht seinen eigenen Buckel nicht. Wir werden nicht an unser Ziel kommen, wenn wir noch lange hier stehen. Ich weiß, ich habe den Stein losgetreten, und es tut mir auch gar nicht leid, aber das sind Worte für das Abendfeuer und nicht, um mitten im Wald der Síofra von ihnen entdeckt zu werden und sie vielleicht auch noch nach ihrer Ansicht zu befragen."

Iolaranam stimmte ihr zu.

"Du hast recht, meine Füchsin. Lasst uns weitergehen."

Er ergriff ihre Hand und vorsichtig schlichen sie vorwärts. Vor ihnen erhob sich ein Hügel aus dem Wald. Sionnach stockte der Atem.

Bretterschuppen an Bretterschuppen klebte an dem Hügel, als seien sie mit Baumharz festgeklebt.

Die Behausungen der Síofra zogen sich bis weit ins Tal hinab. Rauch aus Feuerstellen vernebelte die Erhebung.

Zweihundert Schritte vor ihnen sahen sie die erste Wache.

Sionnach zog ihr Messer und wollte sich anschleichen.

Misniúil hielt sie zurück.

"Sie werden einen Suchtrupp ausschicken, wenn sie ihn vermissen und sie werden ihn finden. Das ist kein guter Willkommensgruß von uns."

Iolaranam klopfte dem Sidhi auf die Schulter.

"Er hat recht. Ich schlage vor, wir warten bis seine Wachablösung kommt. Dann ist er abgelenkt, und wir können uns an ihm vorbeischleichen."

Sionnach fragte neugierig:

"Wie weit willst du dich in das Lager vorwagen? Ich möchte morgen früh nicht unbedingt mit diesem Dragan frühstücken."

Iolaranam und Misniúil wechselten einen vielsagenden Blick, bevor der Hochelb antwortete.

"Wir müssen so viele Neuigkeiten sammeln wie möglich. Alles, was wir hier in Erfahrung bringen, kann uns zu Hause helfen, Sionnach."

Die Füchsin erwiderte herb:

"Es nützt nur zu Hause, wenn wir auch wieder lebendig dort ankommen. Wir müssen nicht herausfinden, wer von uns der größte Held ist. Vielleicht macht es mehr Sinn, das ganze erst einmal von hier aus zu beobachten. So gewinnen wir einen besseren Überblick und können unsere Streifzüge besser vorbereiten und ausführen.

So wie ich euch ansehe, habt ihr auch schon daran gedacht, dieses riesige Holzlager dort drüben anzuzünden. So eng wie diese Hütten beieinander stehen, stehen sie in Windeseile in Flammen, die niemand mehr beherrschen kann, oder?"

Die beiden Männer grinsten und Misniúil sagte:

"Wenn du eine Fliege fangen willst, frage die Spinne, wenn du einen Vogel fangen willst, frage die Nachtigall, wenn du einen Feind zerstören willst, frage eine Frau.

Ich hatte eher daran gedacht, ihren Brunnen mit einer Essenz zu ergänzen, die für Menschen und Tiere ungefährlich ist, aber die Síofra ein wenig von ihren Wanderplänen abhält. Das wird dem kargen Boden hier gut tun."

Er wandte sich zu Iolaranam, der das Wort dankbar aufnahm.

"Ich hatte daran gedacht, alles so gut es geht zu beobachten und dann wieder zu verschwinden. Sagt mal, habt ihr einen kleinen Specht in eurem Schädel? Vor wenigen Augenblicken noch über den Frieden der Welt nachzudenken und jetzt dem Krieg die Feder führen? Was ist los mit euch?"

Misniúil und Sionnach zuckten nun betroffen mit den Schultern.

Iolaranam ergriff noch einmal das Wort und stellte klar:

"Wir werden für heute hier bleiben und uns anschauen, was dort drüben geschieht. Und keine Alleingänge, von keinem von euch! Haben wir uns verstanden?"

Beide nickten und als Sionnach gerade anfangen wollte zu sprechen, knurrte Iolaranam sie an:

"Ja, ich weiß selbst, die Zeit ist knapp. Aber bist nicht du es, die auf ein Frühstück mit Dragan verzichten kann?

Wir bleiben jetzt hier. Kein Lager, kein Feuer und keine Ruhe. Morgen früh können wir noch einmal drüber reden, was wir tun.

Lasst uns noch ein Stück vorangehen. Ich möchte einen guten Blick auf das Chaos dort drüben und das Tal haben."

Misniúil und Sionnach folgten ihm mit betrübtem Blick.

Einmal knackte es ziemlich laut im Unterholz neben ihnen. Aber es war nur ein Kitz, das aufgesprungen war, um zu seiner Ricke zu eilen.

Auf die Erde gepresst blieben sie liegen und atmeten kaum.

Sionnachs Herz raste, doch der Wächter wandte sich bald wieder ab und sah in eine andere Richtung.

Sie blieben den ganzen Tag in einem kleinen Unterschlupf, der einst die Suhle von Wildschweinen war, nun aber von Brombeeren völlig überwuchert war. Ein Tier mochte vor ihnen dort gelagert haben, denn der Boden war wie gefegt und die Stacheln erhoben sich ein gutes Stück über ihren Köpfen.

Misniúil war alleine losgezogen, um die Síofra so gut es ging auszukundschaften. Er war geschmeidig wie eine Katze, und die Farbe seines Überwurfes tarnte ihn aufs Beste. Seltsame Dinge wusste er von den ungeschlachten Wesen zu berichten. Das ganze Lager durchzog ein modrig süßlich-verwesender Gestank. Unrat und halb vergangene Kadaver ihrer eigenen Art lagen überall auf den Wegen. Der Hochelb erinnerte sich daran, einmal gehört zu haben, dass diese Wesen keine lange Lebensdauer hatten und nicht einmal so alt wurden wie ein Menschenkind. Doch würden sie aus dem Grund der Mutter Erde erwachsen und so täglich neue Nachkommen hervorbringen. Über den Feuern hingen Töpfe, in denen seltsamer Schleim garte und als Misniúil näher an einen heran trat, drehte es ihm fast den Magen um. Da blubberte ein klebriger Schleim, von seltsam grüner Farbe, vor sich hin. Ekliges Ungeziefer, das ihnen wohl als Beilage diente versuchte sich immer wieder aus dieser Masse zu befreien. Was für ein schreckliches Volk sie doch waren und wie schrecklich erst, wenn man die Elben betrachtete und doch waren sie Teil derselben Familie, die in ihrer Entwicklung einzig andere Wege ging. Nur durch die Zerstörung verursacht, durch das Chaos, konnte wieder neues Geordnetes entstehen. Nur durch das Fortspülen des Unrats konnte diese Welt wieder neu geboren werden. Die Síofra waren nötig, sie waren nötig für die Erschaffung der neuen Einen Welt und das machte Misniúil schaudern. Beladen mit dieser Erkenntnis kehrte er zu den beiden Fianna zurück. Am Abend der zweiten Nacht hatten sie beschlossen, gemeinsam in die Stadt der Síofra vorzudringen, um sich einen noch besseren Überblick zu verschaffen.

Sie verließen den Wald und schlichen gebückt ins Tal. Überall brannten Feuer. An manchen saß noch nicht einmal eine Wache. Der bestialischer Gestank kam ihnen bald schon entgegen. Das sinnlose Gebrummel der Síofra drang an ihre Ohren.

Langsam huschten sie zu den ersten schäbigen Behausungen. Bewegten sich vorsichtig durch die kleinen Gässchen, die den ganzen Hügel durchzogen, stinkend wie er sich aus dem Tal erhob.

Sie kletterten bis in die Mitte empor, aber es schien überall das gleiche zu sein.

Hier würden sie nichts anderes finden als im Tal und so beschlossen sie umzukehren.

Gerade als sie das Tal erreichten, hörten sie hinter sich eine zungenschwere Stimme:

"Habt ihr wirklich geglaubt, dass wir euch nicht bemerkt hätten, ihr kleinen Würmer? Bleibt stehen, euer Ausflug in unsere Welt ist vorbei."

Sionnach drehte sich um. Hinter ihr stand eine kleine Gruppe Síofra. Alle hatten ein schiefes Grinsen in ihren hässlichen Gesichtern.

Iolaranam und Misniúil stellten sich neben sie und zogen ihre Kurzschwerter.

Das war der Augenblick.

Sionnach sprang zur Seite und warf einen Ast, der zur Hälfte in einer Feuerstelle stak. Sie schritt dem Wesen mit dem Feuer winkend entgegen und warf ihre Fackel auf eine Hütte, die sofort anfing zu brennen.

Es dauerte nicht lange, da flammte schon die nächste auf und brannte lichterloh.

Die drei nickten einander zu und gaben Fersengeld, während die Síofra versuchten, das Feuer zu löschen.

Überall rannten nun diese unfertigen Wesen umher und vergrößerten das Durcheinander noch mehr. Lebende Fackeln verbreiteten das Feuer auf dem ganzen Hügel.

Sionnach, Misniúil und Iolaranam stürzten vorwärts.

Hinter ihnen das Geschrei und Gejohle und eine Horde Angreifer, denen der Brand nichts zu bedeuten schien.

Iolaranam und Misniúil rannten vorneweg und machten den Weg frei.

Endlich erreichten sie den sicheren Wald. Iolaranam drehte sich um, lächelte Sionnach zu.

Aber da war keine Sionnach mehr.

fallen

Siorc mac Drochobair, der abtrünnige Gewährsmann der Fianna, jetziger Liebhaber der hoheitlichen Hochkönigin, schlug mit seiner Faust gegen die Tür zum Gemach des Hochkönigs Broc mac Cíocras.

"Ja, du bekommst ja deinen Wein. Nur hör` endlich auf zu brüllen."

Und leise flüsterte er:

"Sonst mache ich dir doch noch früher als geplant den Garaus."

Er winkte einem Diener zu. Der junge Mann eilte davon, um den Wünschen seines Herrn nachzukommen. Dabei rannte er fast Tuan, den Hochdruiden des Reiches um. Nachdenklich sann er über die Vorgänge auf seiner Burg nach. Jeder in der Burg wusste mittlerweile, wie es um den König stand.

Seit Eala mit Measartha in die Wälder geflohen war, gab es niemanden mehr, dem er vertrauen konnte und wollte. Wäre nur Rabharta nie verschwunden. Alles hatte damit begonnen, dass dieser Fianna, Siorc, hier aufgetaucht war. Und Eala natürlich, die Schattenbringerin, die den König dazu gebracht hatte, seine Gessa zu brechen.

Und dann verschwand auch noch Rabharta, der treuergebene erste Hauptmann des Hochkönigs, und nichts und niemand hätte ihn besser beschützen können, als dieser Mann.

Wie sehr hatte sich der Hochdruide einen neuen König für das Land gewünscht. Einen jungen, ehrlichen und gerechten. Solasard würde einer sein.

Aber dessen Suche hatte die Entzweiung mit seinem Bruder Dreoilín zur Folge, der jetzt in Wyinklo sein Unheil trieb und sich nur zu bald auf den Weg nach Tara machte, um dort seinem Bruder die Krone zu stehlen.

Und nicht zu vergessen Néart, der all die Jahre in der Anderen Welt auf seine Gelegenheit gewartet hatte, die Schmach, die man seiner Mutter angetan hatte, zu rächen.

Sie, die Pryria, Mutter aller Síofra, das Chaos selbst, lebte verbannt auf einer finsteren Insel. Jetzt hatte ihr Sohn sie befreit und mit Hilfe der verbitterten Sáile, Solasards Mutter, würde er auch die Macht über die Menschen an sich reißen.

Mit einem frechen Grinsen drehte sich Siorc um und suchte die Hochkönigin auf.

Ohne anzuklopfen betrat er ihre Räume. Réalta saß vor ihrem großen Spiegel und bürstete ihre goldene Lockenpracht, während sie den Worten Cruímhs, des Königlichen Beraters, lauschte.

Mit hochgezogenen Augenbrauen nahm sie das Benehmen ihres derzeitigen Bettgenossen wahr, um sich dann wieder dem hässlichen Mann ihr gegenüber zuzuwenden.

"Und wann wird Néart hier sein? Schlimm genug, dass seine bleiche Königin in Grainnes Turm lustwandelt und ich es dulden muss. Nun ja, auch das wird ein Ende haben, wenn der junge Mann erst einmal erkennt, dass ich die neue Königin hier bin. Nicht wahr, Siorc, mein Liebling.

Schon jetzt wartet der Schierlingsbecher auf diese Sáile. Sie soll ja wirklich einmal Fionns Geliebte gewesen sein und wenn nicht, ist es ihr jedenfalls gelungen, ihren Sohn als seinen Nachkommen dem Rest der Welt unterzuschieben. Ich sage es ja immer: Es sind die Frauen, die die Geschichte machen. Wir sind die Stimme im Ohr des Propheten.

Wann wird denn Néart da sein? Ich möchte, dass er einen ihm gebührenden Empfang erhält. Und wenn er mich von Broc befreit hat, werde ich endlich eine königliche Witwe sein. Nicht lange, aber immerhin. Trauerschwarz steht mir sehr gut, wisst ihr."

Cruímh antwortete ihr:

"Zu Beginn des Erlenmonats Fearn wird er hier eintreffen. Bald darauf wird auch Dragan hier sein und Solasard. Das Unvermeidliche wird dann geschehen müssen, Herrin. Krieg.

Von überall erreichen uns Nachrichten, dass die Waldelben sich sammeln und zu einem bestimmten Ort im Wald ziehen. Und es sind ihrer nicht wenige, Hoheit."

Die Hochkönigin warf ihr Haar zurück. Ihre Blicke waren geschleuderte Blitze.

"Und haben wir dem nichts entgegenzusetzen? Was ist mit der Königlichen Garde? Ist das nichts! Mörder, Schlächter, das übelste Volk dient Arcan, dem Anführer, nun. Kann er sie denn nicht aufhalten?

Werden sie nicht zu Bäumen oder Sträuchern am Tag? Warum fällt ihr sie nicht? Schließlich können wir nie genug Brennholz in unseren Hallen haben. Das wird alles anders werden, wenn ich erst einmal die Krone trage."

Siorc trat zu ihr heran, fasste ihr zu einem Zopf gefasstes Haar und küsste ihren Nacken.

"Du kannst sie nicht einfach abholzen, weil sie mächtige Verbündete aus dem Kleinen Volk haben, die sie beschützen."

Réalta warf die Bürste auf den Tisch.

"Dann holzt ihr die eben auch ab. So viele können das ja nicht sein! Ich will, dass all diese adeligen Helden ihrem Land den Dienst erweisen. Alles, was eine Waffe halten kann, soll sich hier einfinden. Und ich dulde keine Fehler, Siorc. Wer mit den Haien schwimmen will, darf nicht bluten, und es sind eine Menge Haie unterwegs, die dem alten Karpfen den Garaus machen wollen.

Wo steckt denn eigentlich dieser Solasard? Wo sind die Nachrichten, die du mir bringen solltest, Siorc? Endlich kannst du deine Verbindungen zu den Fianna einmal nutzen."

Der abtrünnige Fianna legte das Haar um den Hals der Frau und zog die Schlinge kaum merklich zu, bis sie das Haupt schüttelte und ihn mit einem argwöhnischen Blick bedachte.

Siorc erwiderte hochmütig lächelnd:

"Das gefällt dir, nicht wahr? Ein Liebhaber, der ein Verräter ist. Doch warst nicht du es, die sagte: Die Ehre hat schon so viele umgebracht, doch gerettet hat sie keinen. Wo immer Leben ist, da bringt es auch den Tod.

Vielleicht war das Schicksal dem törichten Knaben freundlich gesinnt und hat ihn wirklich zu seinen Göttern gesandt. Seit langer Zeit hat man nichts mehr von ihm gehört. Er und seine kleine, aber feine Gemeinschaft, sind wie vom Erdboden verschluckt, verschollen in der Tiefe der Zeit.

Es war ja auch ein allzu närrischer Plan, dieses Schwert zu finden. Er ist es auch nicht, der mit Sorgen macht, was kann er schon ausrichten mit seiner mickrigen Truppe.

Seltsamerweise pfeifen aber alle Spatzen von den Dächern, dass sich die Fianna wieder sammeln, um den König zu stürzen und einen jungen unbekannten Mann zum neuen Herrscher zu krönen.

Ich frage mich in tödlichem Ernst, ob das vielleicht Iolaranam sein könnte, der verrückte Hund. Er wäre ein mächtiger Feind und ein würdiger Gegner. Für mich!

Wir werden handeln müssen, Réalta, und zwar schnell. Zu viele gehören den Fianna an.

Es wird nicht genügen, nur den Adel für ein Heer einzuziehen. Auch das Volk wird deine Krönung mit seinem Blut bezahlen müssen."

Cruímh räusperte sich und fragte:

"Und was ist mit Dragan und seinen Síofra? Können wir ihm vertrauen?"

Der abtrünnige Fianna erwiderte:

"Noch nicht!"

Die Hochkönigin drehte sich entrüstet um.

"Was! Bist du wahnsinnig? Und was soll das heißen, noch nicht?"

Siorc legte ein honigsüßes Lächeln auf.

"Wenn ich Amhrán, dieses kleine Biest, in meinen Armen halte, wird unser Freund nur allzu willfährig tun, was ich von ihm verlange."

Cruímh, der Wurm, rieb sich die Hände und fragte:

"Und wann wird das sein?"

Der Sohn des Unheils erwiderte:

"Ich habe Madhra, den Schwarzen Jäger, auf ihre Fährte gesetzt. Wo immer sie sich auch versteckt halten mag, er wird sie finden, hierher bringen und mir vor die Füße legen.

Es scheint, als verfolge er seine ganz eigenen Pläne in diesem Spiel und dieses Mal steht er auf unserer Seite, auch wenn ich ihn leider nach Erfüllung seines Auftrags töten muss. Ich mag keine unzuverlässigen Leute und schon gar keine Abtrünnigen. Man weiß schließlich nie, wem ihre wahre Treue gehört. Oder Königin?

Ich verlasse dich nun wieder. Dringende Geschäfte erfordern meine Anwesenheit und deine Gespräche mit dem hohen Cruímh wohl eher meine Abwesenheit.

Erwarte mich nicht heute nacht, Liebes."

Mit einem falschen Grinsen auf den Lippen verbeugte er sich vor der Königin und ging hinaus.

Réalta wechselte einen fragenden Blick mit Cruímh und sagte:

"Ob er Bescheid weiß, Cruímh? Er hat da eben sein eigenes Ableben heraufbeschworen, als wisse er von unserem Plan. Bist du sicher, dass er uns nicht doch belauscht hat?

Nicht auszudenken, was er mit mir anstellen würde, wenn er es wüsste. Eines wissen wir beide doch schließlich am besten, alter Freund. Macht ist nicht teilbar, nicht wahr!"

Der Königliche Berater erhob sich, ging auf seine Herrin zu, verneigte sich und küsste ihre Hand.

"So ist es, gute Freundin. Die Zügel eines Pferdes dürfen nur in der Hand eines Mannes liegen. Sorgt euch nicht um Siorc. Einen Tag, nachdem Dragan hier ist, wird er die Raben auf den Zinnen füttern, wenn sein Kopf dort als Zeichen des Verrats prangt. Ihr werdet all eure Ziele verwirklichen und die uneingeschränkte Herrscherin über Eriu sein, so wie ihr es verdient habt."

Und in seinen Gedanken fuhr er fort, und ich werde der Mann sein, der die Zügel in den Händen hält, dummes Weib. Dann drehte er sich um und verließ die Königin.

Geistesabwesend träumte sie von dem Reich, das sie aufbauen wollte, wenn Siorc und Cruímh in ihren Todeszuckungen die Verliese zierten.

Wie sehr würden sich die beiden noch wundern, denn schon lange gab es ein Bündnis zwischen ihr und Néart. Mit ihm würde sie herrschen können. Siorc und Cruímh, was für kleine Fische sie doch waren!

Wenn der Wolf heult, erhebt auch der Fuchs seine Stimme und er glaubt, es sei sein Ruf, der die Tiere erzittern lässt.

Néart könnte von ihr aus die ganze Andere Welt zu seinem Spielplatz machen, aber Eriu gehörte ihr. Er würde Broc töten und so die Krone an sich reißen und Réalta würde ihn damit krönen und so ihr Einverständnis erklären.

Sie warf einen Blick aus dem Fenster. Wenn die Äste das erste Grün trugen, würde ein neuer König in ihrem Bett liegen. Rechtzeitig zu Beltainè!

Dann würde sich der Kreis schließen, der am letzten Beltainè-Fest zum Leben erwacht war.

Was die Königin von ihrem Fenster aus nicht sah, war ein heimliches Treffen, das gerade in einer Hütte stattfand.

Cruímh trat in die dunkle Hütte ein und stolperte fast über einen Stuhl. Eine fremde Stimme befahl ihm barsch:

"Mach nicht so einen Lärm und setz dich! Wenn du unsere Hilfe willst, solltest du etwas leiser und unauffälliger handeln. Wir haben nicht viel Zeit. Ich bin nur hier, um dir zu sagen, dass wir dein Angebot annehmen. Allerdings hat sich unser Preis etwas erhöht."

Cruímh brummte aufgebracht:

"Was, noch mehr Gold? Denkt ihr denn, ihr könnt mich noch mehr melken? Ich kann euch nicht mehr geben, als ich euch anbot."

Die schnarrende Stimme flüsterte jetzt leise:

"Es ist kein Gold, das wir wünschen. Es ist Blut, das du für uns vergießen sollst."

Der Königliche Berater bekam fast keinen Ton mehr heraus.

"Ich soll für euch töten? Seid ihr wahnsinnig. Für einen solchen Handel bin ich nicht zu haben."

Der Fremde erwiderte:

"Das, fürchte ich, ist eine Entscheidung, die nicht mehr in deinen Händen liegt. Wenn du diesen Handel nicht zu Ende bringst, werden wir dein kleines Spiel öffentlich machen, Cruímh.

Ich weiß nicht, was Rabharta, Siorc, Néart oder Dragan mit dir anstellen werden, wenn sie erfahren, wie übel du ihnen mitspielst. Du hast keine Wahl, Königlicher Berater."

Der Angesprochene fragte:

"Wen?"

Die Stimme wurde noch leiser und ein kaum hörbares Flüstern erklang:

"Tuan, der Hochdruide!"

Cruímh brach in sich zusammen.

"Dann bin ich auch tot. Aber wozu? Tuans Tod nützt niemandem in diesem Spiel."

Der Fremde antwortete:

"In deinem Spiel! Du bist nur eine kleine Spinne, die nicht die Ränder des Netzes erfassen kann, auf dem sie lebt. Aber wir erschaffen dieses Netz, erhalten es am Leben.

Aber du magst es so anstellen, dass man dich nicht entdeckt und in Zusammenhang bringt mit seinem Tod."

Cruímh schluckte schwer.

"Und die Schuld? Wer trägt diesen Berg von Schuld ab?"

Die Stimme erwiderte:

"Du warst es, der uns auf den Plan gerufen hat."

Der Königliche Berater fragte weiter:

"Und wie tragt ihr diese Schuld?"

Doch die Frage hallte in die Leere.

Tuan, der einzige, der im Sinne der Götter dem Land diente, das Sprachrohr der Götter und er sollte ihn töten.

Wer zu viele Fallen auslegt, mag sich selbst in einer davon verfangen.

Cruímh war ratlos.

Plötzlich ging die Tür auf, ein Lichtstrahl fiel in den Raum.

Eine kleine Maus sprang über die Schwelle in die Freiheit und rannte davon.

"Cruímh, warum sitzt du denn hier so allein im Dunkeln? Ist alles in Ordnung?"

Der Königliche Berater glotzte in das Gesicht des Hochdruiden.

Tuan fuhr fort zu sprechen.

"Komm erst mal raus, du siehst ja aus als stünde dir der leibhaftige Tod gegenüber."

Das war zuviel für den Mann.

Entsetzt sprang er auf und rannte so schnell es seine Beine zuließen in die Burg hinein, wo er fast Siorc umrannte.

Mit zuckenden Schultern und einem scharfen Blick sah Tuan ihm nach.

Was nur waren die Pläne der Götter?

Es schien ihm, als drehe sich das Rad des Schicksals, ohne jemals wieder still zu stehen.

Neue Zeiten brachen an.

Deirdres Boten aus dem Coven der Danu hatten ihm vom Eindringen Madhras und dem Opfertod Síochantas berichtet und davon, dass Amhrán die Braut des zukünftigen Königs, mit ihrer Meisterin Golendydd und Scathcrobh, dem Auge Taras auf der Flucht Weg zur Alten Bärin in den hohen Norden war, um vorbereitet zu werden, um seinen, Tuans, Platz, als Hochdruide an Solasards Seite einzunehmen.

Alles schien vollbracht.

Er hatte die Flamme seines Lebens aufgezehrt, um seine Aufgaben hier zu erfüllen.

Der Plan der Götter war sein Leben, aber auch eine Landkarte sagte wenig über die Landschaft, die sie zeigte.

Tuan lächelte, denn jetzt hätte Rabharta zu ihm gesagt:

"Mache dich nicht kleiner als du bist. Unterschätze nicht eine kleine Geschichte, eine kleine Flamme oder einen einfachen Krieger. Du bist ein guter Hochdruide und du sollst nie etwas anderes sein. Wenn ein Gärtner Fischer wird, gehen seine Bäume zugrunde."

Ein guter Mann war der erste Hauptmann.

Aber was sollte nun mit ihm geschehen? Tuan begriff sein Leben als gelebt, sein Schicksalsfaden würde bald enden. Er war nicht mehr von Nutzen hier. Das ganze Reich krankte, faulte und kein fauler Zahn bleibt an seinem Platz.

Wie sehr sehnte er sich nach den langen Gesprächen mit Rabh. Sie waren verschieden in ihren Ansichten über die Herrschaft des Reiches und wo Tuan einen neuen König forderte, stand Rabharta treu ergeben auf der Seite des alten Broc. Aber sie liebten beide ihr Land.

Das war es auch, was mit seinem Verschwinden zusammenhing, törichter Narr! Könnte er ihn doch noch einmal sehen. Wie sehr hatten sich doch die Zeiten geändert. Wieder flog sein Blick zu Cruímh, der aufgeregt in einem Gespräch mit Siorc vertieft war. Beide schienen nicht zu bemerken, wer sie beobachtete.

Forschen Schrittes näherte er sich den beiden. Als er sie fast erreicht hatte, blickten sie auf und stoben auseinander, als wäre ein Fuchs zwischen die Hühner gefahren.

Langsam senkte sich die Sonne dem Abend zu, und es begann zu dämmern. Tuan ließ die beiden ziehen und machte sich zu seiner Hütte auf. Dort nahm er seinen Stock und warf sich seinen dicken, grauen Umhang über. Dann trat er vor die Tür.

Sein Weg führte ihn durch die Mauerringe der Burg, wo einsam nur die verfressenen Ratten ein Fest mit den Resten, die vom Markt übrig geblieben waren, feierten. Aufmerksam huschte sein Blick hin und her, etwaiger Verfolger frühzeitig auszumachen.

Durch eine kleine Pforte verließ er die Burg.

Im Dunkel erreichte er den Turm, den ehemals die rothaarige Grainne bewohnt hatte. Aus den Taschen seines Umhangs zauberte er einen Schlüssel, schob ihn in das Schloss und öffnete die Tür, Sáilé blickte ihn neugierig an.

"Ihr seid mutig, edler Tuan. Aber das ward ihr ja schon immer, nicht wahr!"

Der Hochdruide folgte der Frau nach oben in den Söller.

"Nicht weniger als ihr, Sáile, oder wärt ihr sonst hier?

Was habt ihr mit den Leuten des Königs gemacht, die herausfinden sollten, was die Lichter des Nachts zu bedeuten haben? Man ist erschreckt darüber an den Fenstern der großen Halle. Es wird erzählt, es sei nie einer lebend aus diesem Turm in die Burg zurückgekommen."

Solasards Mutter führte den Mann in ein Zimmer, das goldenes Licht erhellte.

Sáile öffnete eine Kiste, die kostbarste Geschmeide enthielt.

Sie lächelte freundlich und antwortete:

"In der Tat erreichte keiner von ihnen die Burg, weil ich sie mit kleinen Geschenken versehen in ihre Dörfer zurückschickte. Auch dies ist eine Art Broc zu schwächen.

Aber was führt dich zu mir? Sicherlich ist ein Hochdruide in den heutigen Tagen mit anderem beschäftigt, als mit einem Höflichkeitsbesuch für eine lebende Tode. Denn sicherlich habt ihr schon von der Geschichte meines Hochmuts gehört, dem Anfang dieser Geschichte.

Nun, die Götter haben mich hart dafür gestraft, dass ich ihnen so trotzte und einen kleinen Berg der Schuld versuche ich nun hier abzutragen.

Oder wollt ihr mir gar in einer solchen Nacht das Leben nehmen, um es den Göttern darzubringen?"

Tuan betrachtete die Frau, die da vor ihm stand. Ihr langes Haar war streng zu einem Knoten zusammengefasst, umrahmte ein Gesicht, das von ihrem sorgenvollen Leben erzählte! Die schmalen langen Finger, die ihre Ellenbogen umklammerten, als würde sie sich sonst auflösen.

"Ihr seid einen langen Weg gegangen. Aber ich kann euch beruhigen, ich bin nicht hier, um euch ein Leid anzutun.

Das werdet ihr zu gegebener Zeit selbst tun, nicht wahr?

Stolz fließt durch eure Adern, und kein Mensch ordnet sich einem Hund wie Néart unter.

Die Frage, um derentwillen ich hier bin, ist eine sehr einfache. Wo ist Néart?"

Sáile ging einen Schritt zur Seite, um den Vorhang, der wohl ihre Schlafstatt abtrennte vom Rest des Raumes, zur Seite zu ziehen.

Tuan stockte der Atem bei der Abscheulichkeit, auf die seine Augen trafen.

Auf der breiten Strasse

Fionn reichte seinem Sohn einen Becher mit warmem Kräutertrank, den Sheela-na-Gig zubereitet hatte.

Der Vater sagte freundlich:

"Ich war so froh, dich wiederzusehen. Es gab schon Männer, die diesen Kampf nicht so gut überstanden haben wie du. Lass dir Zeit mit dem Trinken. Es ist sehr heiß, sehr heilsam und es wird die Erinnerungen ausbrennen. Der Herrin sei Dank ist nun alles überstanden, und du bist wieder bei mir.

Es gibt noch viel zu tun, und das ist erst der Anfang."

Noch erschöpft von den Anstrengungen der letzten Tage nippte Solasard nur langsam und erwiderte:

"Es ist so seltsam, fast als habe sich ein Schleier über meine Sinne gelegt. Ich kann mich an so vieles erinnern und doch scheint es da Lükken zu geben.

Ich sehe eine sehr schöne Frau und ich höre ihre Stimme, aber da ist auch etwas, etwas, das ich nicht mehr greifen kann. Ich weiß nicht, ob mich diese Hochzeit mit dem Land, der schönen Eriu, dem Thron näher bringt.

Das Volk kann nicht sehen, ob diese Ehe vollzogen wurde oder nicht, und sie werden mir nicht nur folgen, weil die Götter mich und meine Herrschaft gesegnet haben, sondern auch, weil es ihr Wille ist, wieder frei zu sein, in einem Land, über das ich die Hand halte."

Sheela-na-Gig trat an ihr Feuer und blickte zum Stein der Teilung, als sie erwiderte:

"Nein, aber es macht es dir leichter und das Volk kann sehr wohl erkennen, ob du gesegnet bist oder nicht.

Du bist gezeichnet, der König des Waldes hat dir sein Mal unter das Herz gesetzt. Sie werden dir folgen, Solasard. Aber erst musst du dich aufmachen zur alten Waldstadt. Dort wirst du Misnéachard finden, den Sohn Lás und Oiches, des Königlichen Paares von Tir na Samradh.

So wie du über Eriu herrschen wirst, ist es seine Aufgabe, seine Hand über das Sommerland zu halten. Zusammen wird es euch gelingen, die Eine Welt zu begründen, den Großen Frieden zu bringen.

Das ist euer Schicksal."

Solasard entgegnete:

"Es klingt so einfach bei dir, als wäre da kein Krieg zu führen, kein Kampf auszufechten. Welchen Preis werde ich zahlen müssen, um all das zu erreichen?

Du bist freigiebig mit deiner Weisheit und Hoffnung, aber alles, was du in der Zukunft siehst, muss erst einmal gelebt werden. Wirst du an meiner Seite stehen und deine Zauber wirken lassen im Gefecht?"

Sheela-na-Gig blickte in die Flammen.

"Ich bin Priesterin, Königin, keine Zauberin. Meine Aufgabe liegt nicht im Krieg. Dafür sind Helden da. Helden wie du, Solasard.

Und alles, was ich dir mitgeben kann auf diese beschwerliche Reise, ist Hoffnung und vergiss nie meine Worte:

Wenn ein fallendes Blatt den Boden noch nicht berührt hat, kann ein leichter Wind es wieder empor heben. Nichts ist endgültig, alles ist einzig vorläufig.

Du wirst ein gutes Leben führen, so lange du die Götter achtest.

Und noch jemanden will ich dir mitgeben. Er gehört nun zu dir, denn du gabst ihm seinen Namen, Cara gadhar."

Sie pfiff und der weiße Wolfshund, sein früherer Jagdgeselle, sprang freudig auf Solasard zu.

Der freute sich und sagte:

"Aber er ist, hoffe ich, nur ein einfacher Hund, oder?"

Die Priesterin antwortete lachend:

"So einfach wie andere Geschenke, die aus der Anderen Welt kommen. Sei ihm ein guter Herr und entlohne sein treues Herz, dann hast du nichts zu fürchten.

Ihr solltet euch aber bald auf den Weg machen. Das Volk wartet auf seinen wahren König. Nur ihm wird es sich anschließen.

Lerne so viel von deinem Vater, wie du nur kannst. Neamhní ist nun tot für ewig und Fionn mac Cumhail wird nun auf ewig leben, denn selbst wenn er schon lange tot ist, in tausend und tausend Jahren wird er nicht vergessen sein. So groß ist die Welle, die ihn in unser aller Herzen trug und ewig dort an unsere Seele brandet.

Vergiss nie, dass du nur ein Mensch bist, Solasard, aber lass dich auch von diesen Fesseln nicht halten. Sei der, der seinem Schicksal entkommt."

Sheela trat an den Schwertträger heran und zeichnete ihm eine Lebensspirale auf die Stirn. Dann verneigte sie sich vor ihm und schritt mit den übrigen aus dem kleinwüchsigen Volk in den Wald.

Ein Mädchen fiel Solasard besonders auf. Mit einem seltsam traurigen Blick berührte sie ihn, so als müsse er wissen, dass er der Grund für ihren Kummer sei.

Er lächelte ihr aufmunternd zu und wandte sich wieder seinem Vater zu.

"Wo ist eigentlich unser kleiner Freund Goworr?"

Im gleichen Augenblick hörte man in der Nähe des Waldes ein lautes Rufen und Zetern.

"Nein, nein, nein, ich bin nicht dein Frühstück, vermaledeites Riesenvieh.

Hilfeee, rettet mich doch, bitte! Autsch, lass sofort meinen Ärmel los, du Bestie!

Solasard, Fionn, so helft mir doch."

Die beiden Angerufenen betrachteten das Schauspiel gerade lange genug, um die Freundschaft des Zwerges nicht zu verlieren, aber doch lang genug, um sich an diesem Anblick ein wenig zu ergötzen.

Dann stapfte Solasard auf die beiden zu. Cara, der weiße Wolfshund, sprang zu seinem neuen Herren, stolz, ihm diese herrliche Beute zugetrieben zu haben.

Der Zwerg beschwerte sich heftig.

"Kaum sind wir dieses Pferd los, hast du schon wieder ein neues Anhängsel. Und ich weiß nicht, wem von beiden ich den Vorrang geben würde.

Ich hoffe übrigens, dass wir für die Fortsetzung unserer Reise unsere Füße in Anspruch nehmen und keine Vierbeiner, Freunde."

Solasard antwortete ihm:

"Siehst du hier irgendwo Pferde? Obgleich mir das lieber gewesen wäre. Aber diese Angelegenheit lässt sich ja klären, wenn wir die ersten Dörfer erreichen.

Kommt, lasst uns aufbrechen, so lange es noch tagt.

Vater, du wirst uns anführen. Goworr und ich werden die Augen aufhalten. Wir betreten nun wieder gefährlichen Boden und wissen nicht, was uns in unserer alten Heimat erwartet.

Ich werde das Schwert einstweilen verborgen auf meinem Rücken tragen und nicht an meiner Seite, wie ich es eigentlich sollte. Wir sollten so wenig Aufsehen wie möglich erregen."

Fionn antwortete schmunzelnd:

"Da brauchen wir uns keine Sorgen zu machen. Ein Zwerg, ein totgesagter König und der Träger des Blauen Schwertes der Wahrheit begegnen einem schließlich nicht alle Tage."

Solasard verdrehte die Augen und begann das restliche Frühstück zusammenzupacken. Goworr half ihm dabei, während Fionn das Feuer löschte.

Als alle zum Abmarsch bereit waren, ging Solasard noch einmal zu dem großen Stein der Teilung. Er legte seine Hand darauf, fühlte die Kälte, die Risse. Wie zu sich selbst sagte er:

"Es war ein langer Weg bis hierher und Amhrán, meine geliebte Amhrán, soll nicht vergessen sein. Sie ist keine Göttin, aber sie wird immer die Königin meines Herzens sein. Unter allen Göttinnen würde ich nur sie alleine wählen, ihr Herz und ihr Lachen. Ich will ihr ein guter König sein und sie auf Händen tragen, so lange ich es vermag.

Gemeinsam werden wir herrschen, gut und gerecht, so wie es die Götter wünschen. Und vielleicht werden Misnéachard und ich wirklich die Eine Welt begründen können, ohne Grenzen im Herzen, in den Köpfen, ohne Grenzen zwischen den Ländern.

Ich werde meinen Weg gehen und mein Schicksal erfüllen, und ich werde mit Amhrán glücklich sein, mit oder ohne den Willen der Götter.

Nur für Amhrán habe ich das alles getan und für sie bin ich auch bereit, die Krone zu tragen.

Ich wiederhole hier, was ich schon einmal sagte zu Beginn meines Weges:

Götter haben nur die Macht, die man ihnen gibt. Ich werde euch achten und ehren um Amhráns Willen. Aber ich werde ein König sein, der seinem Volk dient.

Das schwöre ich hier auf diesen heiligen Stein und Himmel und Erde sollen meine Zeugen sein und das Rad des Schicksals soll mich unter sich zermalmen, wenn es nicht so ist."

Ein Rabe hoch in den Lüften antwortete ihm dreimal und es klang, als lache er dabei.

Solasard ging hinunter zu seiner kleinen Gemeinschaft.

Tief in dem Stein aber hallte eine leise Stimme wider:

"Unter allen Göttinnen würde ich nur sie allein wählen."

Eine kühle Brise strich über Solasards Stirn und löste sich wie aus dem Nichts gekommen wieder auf.

Schritt für Schritt zogen die drei ihrem Ziel entgegen.

Der Hund blieb immer an Solasards Seite, als sei er durch ein unsichtbares Band mit ihm verbunden.

Die Lichtung lag bald weit hinter ihnen, und der Wald vor ihren Füßen verdichtete sich immer mehr.

Als es zu dämmern begann, machten sie sich aus Tannenzweigen einen behelfsmäßigen Unterstand.

Sie waren jetzt schon so nah an der Breiten Straße, dass sie kein Feuer wagen wollten. Es lagen genug Schwierigkeiten vor ihnen, da mussten sie nicht noch welche heraufbeschwören.

Solasard schlief schwer und traumlos. Fionn saß neben dem Hund und starrte in die Finsternis, während Goworr blind in seinem Reisesack umhertastete, um festzustellen, wie groß seine Vorräte noch waren.

Da war er ausgezogen, einen Schatz zu finden, im Land des Silbers. Jetzt würde er nach Hause kommen ohne Silber, ohne Gold. Nach Hause, von wo er geflohen war.

Einen anderen Schatz hatte er hier gefunden, zweifelsohne mehr wert, als alles Gold und Silber der Welt.

Freundschaft.

Und was für seltsame Freundschaften er geschlossen hatte. Man sollte einfach nicht so gierig sein und solche Begebenheiten schätzen. Dennoch war es nicht Freundschaft, die einen ernährte, oder doch?

Der Zwerg stutze. Was war das denn? Wo bitte, war denn sein altes Denken geblieben? Wer weiß, was sich sonst noch verändert hatte nach dieser Reise.

Vielleicht würde er ja auch hier bleiben, bei Solasard. Einer musste ja auf den guten Mann aufpassen.

Zufrieden lehnte er sich zurück und schlief ein. Träumte sich in eine herrliche Rüstung, strahlend vor Gold und Edelsteinen. Neben dem Hochkönig würde er dann stehen und sein Leben beschützen. Jedermann würde ihn achten, und niemand käme an ihm vorbei.

Der Traum zerbrach, als der Hund laut bellte und Goworr fast zu Tode erschrak.

Mürrisch warf er sich auf die andere Seite, aber der Schlaf wollte sich nicht mehr einstellen.

Endlich tagte es.

Sobald alle wach waren, brachen sie wieder auf. Etwas in Solasard trieb ihn zur Eile. Er konnte nicht die Hand darauflegen, aber fast schien es ihm, als rufe etwas nach ihm, zöge ihn fort.

Mühsam suchten sie sich ihren Weg durch den Wald, schweigend, jeder in seine eigenen Gedanken versunken.

Sie erreichten das erste Wetterhäuschen in der Nähe der Breiten Straße am Abend. In seinem Schatten wagten sie es, ein kleines Feuer zu entzünden.

Solasards Unruhe wurde immer größer. Er ging auf und ab, bis Fionn ihn endlich bat, sich doch hinzulegen.

Das Feuer war schon lange heruntergebrannt, als der Schwertträger immer noch wach in die Sterne starrte. Am liebsten wäre er ohne seine beiden Gefährten weitergegangen. Aber mitten in der Nacht machte das wohl wenig Sinn. Er versuchte sich zu entspannen, lehnte sich an die Wand des Wetterhäuschens.

Immer wieder flogen seine Gedanken zu Amhrán. Bald würde sie wieder bei ihm sein. Wenig Zeit war gewesen, um sie richtig zu vermissen und doch, in manchen Nächten... Wie fehlte ihm ihr Lachen, ihre Kindlichkeit, ihr ungestümes Temperament, aber auch ihre Stille, ihr großes Herz, das der ganzen Welt eine Heimstatt zu geben schien.

Ohnmächtig konnte sie über den Tod eines Schmetterlings weinen, sich in seine Arme flüchtend auf der Suche nach Trost. Manchmal schien sie ihm schwach zu sein, zu menschlich, um den unmenschlichen Dienst an den Göttern zu verrichten.

Aber wer, wenn nicht eine mit den Augen eines Kindes, konnte die Wahrheit sehen?

Ihre Trauer, ihr Schmerz, schien auch ihn so manches Mal zu erdrücken, aber er würde es ertragen.

Er hatte sie gewollt, er wollte sie noch immer.

Genau erinnerte er sich noch an den Versprechungsabend in Inis-Diomain. Jahre schien das her zu sein.

So viele hatten um ihre Gunst gekämpft. Zu unberechenbar, zu flatterhaft war Amhrán, dass er ihrer stürmischen Liebe zu ihm vertraute. Er hatte alles in die Waagschale geworfen. Die Sicherheit eines Hauses, den Stand seiner Familie, eine sichere Zukunft. Sie musste einfach sein werden, um alles in der Welt.

Wie gut verstand er da seinen Ziehbruder Dreoilín, der nun als Dragan den Frieden des Landes bedrohte.

Solasard hatte niemals auch nur geahnt, dass der junge Mann Amhrán ebenfalls begehrte. Nun war die Familie zerstritten und Bruder kämpfte gegen Bruder. Und doch würde er nichts anderes wollen.

Solasard wollte diese Frau besitzen. Er begehrte diesen Schatz immer noch so sehr, und niemals würde er sie einem anderen gönnen. Niemals, sie war sein.

Beltainè, die Nacht, in der sie zusammengefunden hatten.

Noch immer roch er die Kräuter in ihrem Haar. Ein silbernes Kleid woben ihr die Mondstrahlen auf den Leib. Wie leidenschaftlich sie war, hingebungsvoll. Ganz hatte sie sich ihm geschenkt und seinen Namen gerufen, immer und immer wieder, bis sie erschöpft nebeneinander lagen. Sie war eine schöne Frau und sie würden das schönste Paar in der Geschichte Erius sein.

Während Solasard sich dies vorstellte, kam der Schlaf endlich auch zu ihm, hüllte ihn ein und schenkte ihm süße Träume.

Kalter Nebel weckte die kleine Gemeinschaft am nächsten Morgen. Bald waren sie wieder auf dem Weg, damit ihre Glieder warm wurden.

Dann verließen sie schließlich das sichere Unterholz.

Die Breite Straße hatte sich nicht verändert, immer noch folgte sie ihrem alten Weg.

Es tat allen dreien gut, etwas vor Augen zu haben, an dem der Umbruch der Zeiten noch nicht genagt hatte.

Gut eine Viertel Meile vor ihnen lief eine Frau. Immer wieder blickte sie sich nach ihnen um, ängstlich fast!

Bis Mittag hatten sie den Abstand ein gutes Stück verkürzt.

Vielleicht konnte sie ihnen ja mit Neuigkeiten aushelfen.

Plötzlich setzte eine unheilschwangere Ruhe im Wald ein und auch Solasard wurde immer unruhiger.

Vorsichtig gingen die drei weiter. Auch die Frau vor ihnen hatte ihre Schritte verlangsamt und schien abzuwarten.

Solasard nahm das Blaue Schwert langsam von seinem Rücken und befestigte es an seiner Seite. Plötzlich erschallten laute Hörner im Wald, gefolgt von Rufen und Hufgetrampel.

Fionn zeigte mit dem Finger in die Richtung, aus der der Lärm kam.

Vor ihnen.

Die Frau! Sollte sie das Ziel dieser Jagd sein? Wer war sie?

Die Männer blickten sich an. Sie beschleunigten ihre Schritte, gingen schneller, liefen, rannten.

Als sie die junge Frau fast erreicht hatten, brachen weit vor ihnen Reiter aus dem Wald auf die Breite Straße.

Solasard staunte, es waren Hochelben.

Es mochten an die zehn Männer auf ihren schönen Pferden sein. Allen voran ein herrlicher Schimmel, schön wie ein leibhaftig gewordener Mondstrahl.

Kraftvoll trieb ihn sein Reiter voran.

So führte Gwyn-upp-Nudh die Wilde Jagd an. Jetzt hielt er inne, sammelte seine Mannen um sich, verschaffte sich eine Überblick. Schwerter wurden aus ihren Scheiden gezogen und fast schien es, als höre Solasard das schneidende Geräusch, wenn Metall über Metall gezogen wird.

Gerade wollte der junge Hochelb seinen Feinden, von denen bislang noch nichts zu sehen war, entgegenpreschen, als er die Frau sah.

Solasard und seine Gefährten hatten sie fast erreicht, als der Anführer der Elben seinen Männern etwas zurief.

Erstaunt blickten sie zu der Frau.

Solasard, der sie nun aus der Nähe sah, erkannte, wie jung sie war.

Plötzlich überschlugen sich die Ereignisse.

Die Hochelben preschten auf die Frau zu, während aus dem Wald eine ungeordnete Horde Berittener hervorsprengte.

Fionn zog sein Schwert und rief:

"Arcan, das Schwein! Das ist die Königliche Garde! Los wir müssen den Elben helfen! Was auch immer hier geschieht, wird sicher nicht mit rechten Dingen zugehen."

Endlich erreichten die drei die Frau. Goworr zerrte sie fast von der Straße.

Schon galoppierte der Hochelb heran.

Fionn sprang an die Seite Solasards.

"Jetzt wird es sich zeigen, was in dir steckt, mein Sohn. Mögen die Götter mit uns sein!"

Der Hochelb sprang von seinem Pferd und rannte auf die Frau zu.

"Gealán! Was machst du denn hier? Und jetzt haben wir diese Tiere auch noch geradewegs zu dir geführt.

Wer sind die drei tapferen Krieger? Gehören sie zu deinem Gefolge? Einen kenne ich wohl, auch wenn er totgeglaubt, und auch das Schwert des anderen kenne ich nur allzu gut.

Sei mir gegrüßt, Solasard. Lass uns die Klingen kreuzen gegen die Feinde eures Neuen Reiches."

Gerade als der Prinz geendet hatte, stoben die Männer des Hochkönigs heran.

Mutig kämpften die Sidhi und an ihrer Seite Fionn, Goworr und Solasard. Verbündete allein durch die Kraft des Vertrauens in die Wahrhaftigkeit der Elben.

Heftig drangen die Männer der Königlichen Garde auf sie ein. Sie mochten gleich stark sein an der Zahl.

Bald aber mussten die Schergen Taras erkennen, dass dies kampferprobte Krieger waren.

Solasard schwang das Blaue Schwert und fällte die Männer in blinder Wut. Grimmig drosch er auf seine Gegner ein, kraftvoll und ohne Angst.

Es dauerte nicht lange, da blies der Anführer der königlichen Garde in sein Horn und die wenigen Überlebenden sprangen auf ihre Pferde und galoppierten davon.

Nur einer brach durch die Reihen der Sidhi, preschte auf Gealan zu, lehnte sich weit aus dem Sattel, zerrte sie auf sein Pferd und stob davon.

Laut hallte ihr Ruf durch den Wald.

"Hilf mir, Misnéachard. Ich habe Nachrichten für dich! Hilf mir!"

Dann schlug sie der Unmensch ins Gesicht. Bewusstlos sank sie in seine Arme.

Pryrias Geschenk

Laut brachen sich die Wellen der Gezeiten an den Ufern des Landes der Verheißung. Gischt wehte hinauf zu dem Ort mit der goldenen Kuppel, wo sich eine ganz besondere Begegnung zutrug. Die Meister der Wandlung, jene, die die Andere Welt geschaffen hatten, fragten ihre Herrin, die mächtige Morhigán um Rat.

"Und nun? Was erwartet ihr von uns?"

Die dunkle Morrhígan schüttelte ihre schwarze Lockenmähne. Sie fuhr fort zu sprechen.

"Ihr seid die Meister der Wandlung. Glaubtet ihr, dass ihr einfach hierher kommen könnt, und wir für euch eure Rätsel lösen?"

Sie verjagte die Krähe, die auf ihrer Schulter gesessen hatte.

Dann fragte sie schmunzelnd:

"Und wo eigentlich ist Auda?"

Asir senkte seinen Blick und antwortete der Göttin des Schicksals:

"Ihr sucht, was unerreichbar ist und werdet es nicht finden bei denen, die ihr nun besucht.

Was ihr sucht, befindet sich nicht an einem bestimmten Ort, denn dies hieße, dass die Weltenseele sich an einem anderen Platz nicht befände.

Gäbe es einen solchen Ort, dann wäre ihre Kraft nicht allumfassend und es gibt keinen Ort, der nicht erfüllt ist von der Seele, ihrem Atem.

Was ihr sucht ist nicht das erste in allen Dingen. Wäre es so, was hätte es mit dem Letzten zu tun? Was ihr sucht ist nicht Anfang noch Ende, denn der Geist, die Seele, ist ohne Anfang und Ende.

Das Sein, das ewige Tá, befindet sich nicht außerhalb der Dinge, denn dann wäre es nicht innerhalb von allem.

Das Tá hat keine Seele und ist kein Geist, es ist nicht gleich dem Geschaffenen.

Wäre es so, dann wäre es Veränderungen unterworfen, aber das Tá ist nichts anderes als Sein.

Sagt nicht von ihm, es sei ein Körper oder ein Element, denn wie begrenzt wäre es dann.

Ich sage nicht, es sei kein Körper oder kein Element, denn dann würde ich leugnen, dass es ist.

Das Tá steht nicht und sitzt nicht, es geht nicht und kommt nicht, noch schläft oder wacht es. Das Tá ist erhaben über Namen und Eigenschaften und über Einordnungen.

Das Tá ist der Fluss und ehe nicht alle Seelen im Einklang sind, wird es keinen Frieden geben.

Was nun sucht ihr bei den "Göttern?"

Das waren seine Worte!"

Ein füchsisches Lachen huschte über die Klippen Tir Tairngires, dem Land der Verheißung.

Die blutrote Schleppe ihres Kleides wand sich, vom Wind getrieben, um die schwarze Säule an der die Göttin lehnte.

"Und trotz seiner Worte seid ihr hier, Asir, Agunna, Arisch und Atatir, ihr Meister? So hat ein Auda noch viel Arbeit vor sich.

Ich werde euch nicht helfen, denn hat eine Pryria nicht ebenso ein Recht zu leben wie eine Lá? Ist das Licht mehr wert als der Schatten?

Ihr seht nur einen kleinen Teil des Liedes, nur ein Stück des gewebten Tuches.

Bei all eurer Kraft und Macht, auch die Magie vermag hier nichts mehr zu retten. Die Zeit der Königin ist gekommen. Lasst der Pryria doch einen Sieg, sie wäre nicht was sie ist, ohne Lá, die Königin des Sommerlandes.

Ist es so nicht richtig, dass der Schöpfer stirbt durch sein eigenes Geschöpf?

Sorgt euch nicht um die Königin, denn ihr Gedeck liegt schon auf am Tisch der Götter.

Sorgt euch um den Schlüssel, nicht um das Tor."

Mit leisen Schritten ging sie davon und über dem Meer erschall dreimal der Ruf ihrer Krähe.

Die Meister der Wandlung blickten über die dunkle See, als die Wolken sich verdichteten und das Licht wie Gold vom Himmel fiel.

Agunna drehte sich um und betrachtete die weißen und schwarzen Säulen, die sich von dem grauen Schieferboden abhoben.

"Auda, er hatte uns gesagt, dass wir hier keine Antwort finden würden. Und doch geht es mir nun besser, da ich weiß, dass ich aus dieser Quelle kein Wasser schöpfen kann.

Immer schon war es sein Mut, der ihn vorantrieb, doch meines ist das Ungewisse nicht.

Das Wagnis.

Ich will jede Möglichkeit ausschöpfen, die Königin zu retten, das Licht.

Lasst uns nun gehen, Brüder. Hilfe fanden wir nicht, doch Antworten auf ungestellte Fragen."

Gerade als sie sich in einen Kreis gestellt hatten, erschien die schöne Eriu. Leicht wölbte sich der Bauch unter ihrem Gewand, Heimstatt ihres noch ungeborenen Sohnes.

Sanft lächelte sie aus dem wie frisch erblühten Gesicht einer werdenden Mutter. Leichten Schrittes näherte sie sich.

"Geht nicht so einfach fort, ohne Hoffnung. Seht, was auch immer geschehen mag, ich trage die Knospe in meinem göttlichen Leib und eines Tages wird sie zu ihrer vollen Pracht erblühen.

Gleich, was seinem Vater geschieht, das Große Licht, Solasard, wird nicht erlischen. Das Land wird immer überleben, auch das Sommerland. Gebt Lá nicht verloren in eurem Herzen, denn so wie ich den Keim des Lebens in mir trage, fließt ihr Blut in ihrem Sohn, und dieses Blut fließt noch im Blut ihrer Kinder und Kindeskinder und irgendwann vielleicht wird aus diesen zwei so verschieden Strömen ein kraftvoller Strom, ein Fluss. Gebt nichts verloren, denn nichts geht verloren in allem Sein."

Liebevoll legte sie ihre Hände auf ihren Bauch.

Die vier Meister der Wandlung vereinigten ihre Kräfte und begaben sich in den Strom der Zeit.

Erst als sie sicher vor der großen Eiche Tir na Samradhs standen, lösten sie sich wieder voneinander. Kein Atem hob und senkte mehr die Brust der Königin. Friede war auf ihrem Antlitz.

Im Inneren des Zeltes war es kühl. Kein Feuer brannte, kein Licht leuchtete.

Auda, der eben noch neben der bleichen Königin kniete, erhob sich langsam und kam ihnen mit einem fragenden Blick entgegen.

"Nun, waren euch die Götter hilfreich? Könnt ihr das Licht jetzt retten vor der Finsternis, wo beide doch dasselbe sind?"

Atatir schüttelte den Kopf.

Auda fuhr fort zu sprechen.

"Und wie sollten sie es auch? Haben die Elben doch auch ihren Ursprung und sind Teil der Menschen, der Kurzlebigen.

Und gab es jemals etwas Gemeinsames zwischen Mensch und Gott? Welcher Natur sollte es sein? Denn wo der Mensch nach Beständigkeit strebt, da ist es der Gott, der sie nicht ertragen kann.

Schufen sie eine Stunde, einen Tag, gar eine Jahreszeit, da wandelte ihre schöpferische Lust es schon zu etwas Neuem und vernichtete das Alte.

Kaum war der Mensch geboren, da warf die Weltenordnung ihm zu Füßen Alter und den Tod. Die ewige Qual, dem ausgeliefert zu sein, Gift einer jeden Stunde voller Muße, zu wissen, dass sie in ihren Fingern verrinnt. So klammert sich der Mensch an den Augenblick und die Erinnerung.

Sein ganzes Leben wirft er fort für den Traum, einen Augenblick festzuhalten. Das Wort, das Bild, Kunst und Musik nur klägliche Versuche, den Augenblick einzufangen und in ein ewiges Stundenglas zu bannen. Wie irrwitzig zu glauben, der Ort der ewigen Verheißung sei ein Zustand ewiger Seligkeit. Genau das Gegenteil wird er sein.

Ein unaufhörliches Auf und Nieder, ein Mahlstrom der Wechselhaftigkeit der Götter, bis sich die Sterblichen davon befreien und auch die Unsterblichen.

Das Leben ist Wandlung. Alle Lebensalter sind Häute, die immer wieder abgestreift werden, um in neuer Gestalt zu erscheinen, bis nur noch das reine selbst bleibt.

Kein Zauber, kein Gott vermag dies zu ändern. Sie beten zu den Göttern, erhoffen sich Vergebung und Gnade, die sie sich doch nur selbst gewähren können.

Erst wenn alle Menschen die Verantwortung für ihr Tun übernehmen, für sich selbst Verantwortung übernehmen und die Folgen jeder Entscheidung tragen und nicht auf die Gnade der Götter hoffen, werden sie frei sein.

Ich kann nicht etwas tun und hoffen, dass mir die Götter vergeben. Ich muss es tun oder lassen, ich muss mich entscheiden und die Folgen der Entscheidung tragen.

Ich sage, was ich denke, ich tue, was ich sage und ich bin, was ich tue. Alles ist gut, solange jeder in seinem eigenen Fluss ist, so wie Lá. Nur wenn es so ist, kann ich loslassen und gehen, wenn es Zeit ist. Jede Entscheidung ist wichtig und richtig und unanfechtbar.

Lasst uns nun dem Volk sagen, dass die Königin tot ist. Ihr Leib ruhe in Frieden, so wie ihre Seele."

Eine seltsame Stille breitete sich aus, kein Laut war zu hören.

Dann erhob sich ein leichter Wind, und mit einem Mal stoben die Vögel auf aus dem Geäst der mächtigen Eiche. Doch kein Laut entwich ihnen im Flug und als die Meister der Wandlung vor das Zelt traten, da fiel das erste goldene Blatt der Eiche vor ihre Füße.

Aufgeregt eilte ihnen der Rat der Weisen entgegen.

Daighear rief laut:

"Was ist geschehen? Sprecht!"

Doch die Meister traten nur einen Schritt beiseite und zogen eine Stoffbahn des Grianán zurück.

Auch Aer fragte:

"Sprecht doch! Was ist?"

Da trat Anam zu der Königin, und seine Tränen netzten ihr edles Antlitz.

Mühsam brachte er die Worte hervor.

"Das Licht des Mondes liegt im Schatten, und niemals scheint es wieder, wird es jemals wieder hervorkommen. Lá, der Tag, das Licht des Sommerlandes ist erloschen."

Da knieten auch die anderen vor ihr und erwiesen ihr die letzte Ehre.

Bald hatte sich alles Volk versammelt, um Abschied zu nehmen von seiner geliebten Königin. Mit Asche hatten sie sich Trauerringe unter die Augen gezeichnet. Manche saßen still bei der toten Königin und behüteten ihren letzten Schlaf. Andere wiederum hatten sich eingefunden, um sich in einem Lied ihres Schmerz hinzugeben.

Auch der Rat der Weisen saß in dem Zelt beisammen. Sie überlegten, was zu tun sei, jetzt, da das Sommerland führerlos war.

Oiche und sein Sohn Misnéachard waren in der Welt der Menschen unterwegs für eine andere Welt kämpfend, die nun endgültig verloren schien, und die Meister der Wandlung hatten sich auf die Traumstraße zurückgezogen. Für sie gab es hier nichts mehr zu tun. Nun würde das Schicksal seinen Lauf nehmen.

Wenig anderes blieb ihnen zu tun als abzuwarten, was die Zeit ihnen noch bringen würde.

Schweigend saßen sie beieinander und lauschten einem Trauerlied, das aus der Fern zu ihnen klang.

"Sie war der Tag, der Tag war Gold
und Sonne, Himmel ihr gar hold.
Sie schuf die Heimat wie ein Traum
Sie selber war der Eichenbaum,
und wie der Baum so wuchs das Land,
vom höchsten Berg zum hellsten Strand,
es schien so für die Ewigkeit
und nun ist alles schwarz und Leid.
Oh, Sommerland, es naht des Winters Tag,
der Sturm treibt uns, wohin er mag,
er raubt der Eiche Blatt um Blatt,
die Sonne er getötet hat,
er treibt durch alle Länder schon,
aus Asche nun die goldne Krone."

Plötzlich stürzte Fia in das Zelt. Sie rannte auf Mathair, ihre Mutter, zu und rief:

"Das Ende, das Ende ist nah!"

Fast gewaltsam zerrte sie die alte Frau nach draußen. Auch das andere Elbenvolk und der Rat der Weisen traten nun vor das Zelt.

In der Ferne zog eine schwarze Wolkenwand auf sie zu und schien das ganze Land mit einem Schatten zu überziehen. Angst erfüllte die Herzen der Elben und eine drückende Spannung erfüllte die Luft. Plötzlich ein Blitzschlag, ein kurzes Aufleuchten, dann eine böse verhängnisvolle Stille.

Aus ihr kam eine schnarrende Stimme:

"Die Königin ist tot, es lebe die Königin! Tretet ruhig näher, meine Untertanen, und erfreut euch an meinem schönen heiligen Leib."

Es war der Rat der Weisen, der zuerst wieder unter das Zeltdach trat.

Da saß Lás Körper auf ihrem Thron und doch schien er sich zu wehren gegen den bösen Geist.

Völlig entstellte Gesichtszüge, verkrampft und voller Hass, schufen eine abscheuliche Grimasse. Ihr ganzer Leib schien verdreht zu sein, als wehre er sich noch immer gegen die Bösartigkeit, die nun von ihr Besitz ergriffen hatte. Wieder erschall Pryrias Stimme aus dem Mund der Königin.

"Wie gefalle ich euch, meine Untertanen? Viele lange Jahre habe ich darüber nachgedacht, was ich euch antun würde, wenn ich jemals die Macht haben sollte, über euch Gewürm. Freut euch, das Böse, erdacht vor langer Zeit, wird auf so manche Weise wirken und mich erquicken. Und endlich ist es soweit! Nun ist auch das letzte Band durchtrennt, das mich fern hielt von euch.

Ich bin heimgekehrt und eine herrliche Heimstatt werde ich meinem Sohn Néart, den ihr den Abtrünnigen nennt, bereiten. Aber bald schon kehrt er zurück, als Herrscher der Welten. An einen Ort der Finsternis!

Und dies ist mein Geschenk an euch."

Düsternis breitete sich aus über Tir na Samradh.

Aus dem Dunkel aber zuckten helle Blitze. Mit einem lauten Donner krachte es und ein weißes Licht spaltete die Mächtige Eiche von der Krone bis zur Wurzel. Die beiden Stammhälften fielen wie gefällte Riesen auseinander und rissen das Sonnenzelt in zwei Teile, so dass der Thron nun frei auf dem Königlichen Hügel stand.

Überall breitete sich Fassungslosigkeit und Entsetzen aus. Verletzte, die der alte Baum unter sich begraben hatte, schrieen. Andere rannten verängstigt davon.

Mathair und Fia halfen so gut es ging.

Allein die Pryria betrachtete das Unheil genussvoll mit einem hämischen Grinsen.

Ihre wahnsinnige Stimme hallte über das Land.

"Seht meine Macht. Ich bin Pryria, ich bin der Sturm. Und ihr habt mich erschaffen!"

Eine Windhose drehte sich aus den Wolken und schien die ganze Zeltstadt in sich aufzusaugen, nur um dann einzelne Stofffetzen zurückzulassen und was einst frei und herrschaftlich war mit sich fortzureißen.

Die Sidhi eilten zum Wald. Zum zweiten Male fragte sich das Volk, ob es nun wieder heimatlos werden würde oder gar seine ganze Welt auf ewig verlöre.

Blitze und Donner trieben sie an, und dann drosch ein harter Regen auf sie nieder. Eiskalte Hagelgeschosse trafen Mensch und Tier, und Pryrias Lachen voll Genugtuung schien nicht enden zu wollen.

Ein Strom verängstigter Sidhi flutete in die Wilden Gärten, wo sie sich zusammen scharten.

Erschrockene Kinder wimmerten, alte Frauen weinten und Greise standen stumm abseits, Trauer und Groll in den Augen, die wettergegerbten Fäuste geballt.

Sie waren es, die einst aus der Alten Welt vertrieben wurden, die sich diese Welt geschaffen hatten in der Hoffnung, nun in ewigem Frieden leben zu können.

Sicher wähnten sie sich und doch erreichte sie selbst hier der Wandel der Zeit. Wie sollten sie die Aufgabe erfüllen, sich von der Sicherheit der alten Bräuche zu lösen, beruhend auf der Wiederholung des immer Gleichen umstellen zu einer Sicherheit, die ungewiss war und nur dem Bemühen entspringen konnte, ein gutes Leben zu führen?

Waren die Folgen des Handelns doch schon jetzt nicht mehr vorhersehbar in einer Umwelt, die sich ständig wandelte. Dieser Wandel aber würde nun ständiger Begleiter ihres Lebens sein, er war die einzige wahre Sicherheit, das einzige Zuverlässige.

Wohl denen, die hier geboren waren und nicht wussten um die Vertreibung und ihre Folgen. Größer mochte die Zuversicht in ihnen sein. Und selbst im Wandel trug der Wind noch ihre abscheuliche Stimme heran:

“Ja, flieht nur, ihr Schafe. So wie ich damals mit meinen armen Síofra. Aber es gibt kein Entrinnen. Ich werde euch überall finden und heimsuchen, bis in alle Ewigkeit.”

Nur schwer gelang es dem Rat der Weisen, die Menge zu beruhigen. Zu schnell, zu hart der Schicksalsschlag.

Doch dann... war Stille.

Allein der Regen peitschte durch ihre verlorene Welt.

Das Blätterdach schützte die Sidhi nur mäßig. Immer noch tobten die dunklen Wolken am Himmel, eine matte Düsternis verdunkelte das Land.

Der kleine Bach war schon über sein schmales Bett geflutet. Einige hatten Kristalllampen aus ihren Zelten gerettet, die nun das Bild der Vertreibung erleuchteten. Notdürftig bauten sie Unterstände, doch ruhen konnte niemand.

Endlich hörte der Regen auf. Doch nun senkte sich die Nacht hernieder. Doch weder die Wolkenwand riss auf, noch war der Mond zu sehen.

WASSER

Krachend zerbarst das Holzschwert. Mit Schrecken betrachtete Amhrán das abgebrochene Heft, das sie in der Hand hielt.

Scathcrobh lachte

"Wie heißt es so schön: Wie oft der Krug auch zum Brunnen gehen mag, eines Tages wird er doch zerbrechen."

Amhrán stutzte und erwiderte:

"Ach, tatsächlich? Ich dachte immer, es hieße: Der Krug geht zum Brunnen, bis er bricht."

Mit lauernder Miene fragte der Krieger:

"Das ist doch dasselbe, findest du nicht?"

Amhrán witterte die Falle, kannte das Spiel und konnte doch nicht widerstehen.

"Weißt du, Scathcrobh, viel Streit könnte vermieden werden, wenn die Menschen sich zuhören würden beim Reden, wenn sie sich den Sinn eines jeden Wortes überlegten, bevor sie es aussprechen und nicht gedankenlos mit den Werkzeugen ihrer Sprache umgingen. Denn zweifelsohne sind sich die Worte ähnlich, beider Sinnbilder, aber es ist die Bedeutung und die Stellung eines jeden einzelnen Wortes, die den Sinn ausmachen. Hörbar nur für einen achtsamen Zuhörer."

Scathcrobh grinste. Wieder einmal hatte sie gierig einen seiner Köder verschluckt.

Sich dumm stellend fragte er:

"Was meinst du denn damit? Es waren doch dieselben Worte!"

Ungläubig, fast empört schüttelte die junge Frau ihre in der Abendsonne rötlich schimmernden Haare, bevor sie Antwort gab.

"Glaub ja nicht, dass ich nicht wüsste, was du gerade tust. Aber beschwere dich nicht am Ende, du hast es schließlich so gewollt. Und ich will auch nichts hören, wenn ich mit dir fertig bin."

Scathcrobh erwiderte vorsichtig:

"Amhrán, das war bestimmt eine gute Ausführung und sicherlich leuchtet sie mir auch ein, aber das, was eine gute Hochkönigin und vor allem eine gute Hochdruidin ausmacht, ist die hohe Kunst der Gelassenheit. Und bestimmt weißt du auch, dass man seinem gegenüber erst schweigend zuhört, ohne ihn zu unterbrechen und erst dann antwortet."

Aus Amhrán platzte es ungeduldig hervor:

"Ich weiß das doch, Scathcrobh. Aber ich bin eine leidenschaftliche junge Frau und keine alte Jungfer, die ihrem Tod entgegensiecht. Ich bin lebendig."

Liebevoll betrachtete der Mann Amhrán. Das schmerzliche Gefühl, von ihr nie so geliebt zu werden, wie er sie liebte, machte sich in ihm breit.

Sanft lächelte Scathcrobh und blickte weit in die Berge.

"Ist gut, na, dann fang an, es mir zu erklären."

Natürlich wusste Amhrán, dass er ihr schon jetzt nicht mehr zuhörte und mit seinen Gedanken weit, weit fort war, im Coven, der Danu, wo er eine kurze Zeit glücklich gewesen war, mit ihr.

Den einzigen Trost, den sie ihm geben konnte, war ihre Freundschaft und die Scheingefechte, die ihn zum Lachen gebracht hatten.

Sie räusperte sich laut:

"Hör mir gut zu. Hörst du? Dann fange ich jetzt an. Sicherlich sind in beiden Bildern die Worte Krug, Brunnen, gehen und zerbrechen enthalten. In beiden ist es der Krug, der am Ende zerbricht, doch der Schwerpunkt der Aussage ist in beiden Sätzen verschieden.

Einmal geht es darum, dass der Krug geht, bis er zerbricht. Das heißt, hier geht es um eine unbestimmte Dauer, bis ein Ereignis eintritt. Niemand kann es genau vorhersagen und das Ende scheint noch offen zu sein, obwohl die dunklen Wolken schon am Horizont aufgezogen sind. Das Zerbrechen bleibt dem Zufall überlassen. Hier ist es wichtig, die Zeit zu genießen, bis das Unvermeidliche eintritt.

Der Dieb genießt seine Beute, bis sie ihm ein anderer wegnimmt, und der Krug geht zum Brunnen, bis er bricht.

Kannst du mir noch folgen?"

Scathcrobh rollte die Augen und nickte. Er wusste, es würde keinen Sinn haben, ihr ins Wort zu fallen. Irgendwie schaffte es dieses Weibsbild immer zu überzeugen, entweder mit ihrem Liebreiz oder ihrer Hartnäckigkeit. Nickend folgte er ihrer weiteren Ausführung.

Siegesgewiss sprach sie weiter:

"Bei dem zweiten Sinnbild hingegen kommt es auf die Folge der Handlung an, das Ergebnis.

Das Ergebnis ist, dass der Krug früher oder später zerbrechen wird, aber zu Bruch geht er auf jeden Fall. Deshalb ist es auch nicht wichtig wie oft er dazu zum Brunnen gehen muss.

Da nun das Ergebnis genauestens bekannt ist, stellt sich hier demnach nur die Frage, wann es sinnvoll ist, dieses geschehen zu lassen. Denn hier ist der Krug sozusagen nicht fremdbestimmt und vom Zufall abhängig.

Der Handelnde kann hier selbst den Eintritt des Ereignisses bestimmen, nämlich früher oder später.

Das ist, als würde sich eine Frau etwas in den Kopf setzen. Jeder vernünftige Mann weiß, dass er nicht umhin kommt, seiner Angebeteten den Wunsch zu erfüllen."

Scathcrobh hoffte sich verhört zu haben.

"Wie bitte?"

Amhrán lächelte verführerisch.

"Du weißt schon! Oder willst du mir sagen, du könntest mir widerstehen?"

Der Krieger schüttelte ungläubig den Kopf.

"Ich will dir vor allem sagen, dass du es nicht übertreiben sollst, junge Frau. Geh jetzt, die Alte Bärin wird schon auf dich warten. Und wir wollen sie nicht zu lange warten lassen. Ich bin schon dankbar, dass sie dir gestattet, weiter mit dem Schwert zu arbeiten."

Seine Schülerin nickte zustimmend und erwiderte:

"Auch ich bin froh darüber. Du hast mir gefehlt in der letzten Zeit. Ich fühle mich sicherer mit dem Wissen, mich nicht nur durch meine Worte verteidigen zu können. Ich möchte nie mehr wehrlos sein, irgendjemandem ausgeliefert, dem Worte nichts bedeuten, der Taten braucht, um für seine Gedanken zu kämpfen. Aber die Waffe soll mir nie zum Angriff dienen, nur zu Verteidigung."

Scathcrobh war stolz auf sie.

"Das sind die Worte einer Hochdruidin, Amhrán. Du bist stark geworden und doch hast du deine Zerbrechlichkeit nicht verloren. Lauf jetzt!!"

Nachdenklich blickte der Mann ihr nach. Sein Spiegelbild starrte ihm aus dem See zu Füßen des Berges entgegen, den die junge Frau nun empor eilte.

Kurz, bevor sie in der Höhle verschwand, drehte sie sich noch einmal um und winkte.

Sie hatte sich so verändert, seit sie dort oben bei Alaya lebte.

Aus dem einstigen Wildfang war eine junge, selbstbewusste Frau geworden, die ihren Weg ging und geradewegs ihren Zielen zustrebte.

Ruhiger und ausgeglichener war sie geworden. Scathcrobh wusste zu gut um ihre innere Zerrissenheit, die Geister, die sich in ihr stritten.

Schwer hatte sie sich von der Vorstellung getrennt, jedem gerecht werden zu müssen. Zu oft war sie in den Köpfen anderer unterwegs gewesen, hatte sich selbst verkrümmt und verbogen, um ja nicht unangenehm und schwierig zu sein.

Jedem hatte sie ihr weiches Herz angeboten in der Hoffnung, etwas von der Liebe zurückzubekommen, die sie so reichlich schenkte.

Amhrán hatte sich so weit von ihrem Herz entfernt, dass sie sich fast selbst verlor.

Mühsam hatte sie knurren, bellen und zuletzt auch beißen lernen müssen.

Aber es machte sie freier. Schritt für Schritt.

Wie sehr er sie liebte. Und es war wirklich schwer, ihr zu widerstehen.

Und doch blieb sie der wunderschöne und so grausame Schmetterling, der sofort davonflog, wenn man die Hand nach ihm ausstreckte.

Zu sehr fürchtete sie die Verletzungen der Menschen, flüchtete stattdessen in die Liebe zu ihrer Göttin, in deren Schoß sie sich so sicher fühlte.

Wer vermochte ein solches Herz zu gewinnen, zu heilen?

Und wer würde diesen Kindskopf sein Leben lang ertragen können? Denn eines war gewiß, gleich wie reif diese Frau eines Tages auch sein mochte, erwachsen sein würde sie nie.

Dies dachte auch Alaya gerade, als sie Amhrán zusah, wie sie ein schönes Muster auf den Boden der Höhle malte.

Lauernd fragte die Alte Bärin:

"Langweilst du dich, Amhrán?"

Erschrocken blickte sie aus ihrer Selbstvergessenheit auf und sagte:

"Nein. Ich überlasse mich nur der Seele dieses Steines."

Alaya lächelte und ließ sie fortfahren.

Nachdem so eine Stunde vergangen war und Amhrán wieder in die Gegenwart zurückkam, blickte sie die Alte Bärin an und sprach:

"Ich weiß, dass ich das Muster morgen schon wieder in den Falten meines Lappens auflöse, aber es nicht gemalt zu haben, hätte mich mehr Kraft gekostet als es morgen loszulassen."

Die Alte Bärin erwiderte:

"Ich bin stolz auf dich, Amhrán. Du bist eine gute Schülerin und du wirst auch eine gute Hochdruidin sein."

Fragend schaute die junge Frau in Alayas Augen.

"Das klingt nach Abschied, oder?"

Bedächtig nickte die Angesprochene.

"Ja, deine Zeit hier neigt sich dem Ende zu. Du warst lange genug hier und bald ist Beltainè."

Erwartungsvoll fragte Amhrán:

"Und was ist an Beltainè?"

Die Alte Bärin erwiderte:

"Dann wirst du die Göttin sein und der Gott wird zu dir kommen, um dem Kreis des Lebens zu neuem Leben zu verhelfen. Und du wirst den neuen Hochkönig krönen an Beltainè."

Alle Farbe wich aus Amhráns Gesicht.

Fast stimmlos erwiderte sie:

"So bald schon?"

Alaya betrachtete die junge Frau fast mitleidsvoll.

"Ich weiß, du hast Angst. Aber es ist ganz sicher nicht so schrecklich, wie du es dir jetzt vorstellst. Du hast dich verändert. Du bist reifer geworden.

Sicherlich ist es gut, wenn du Angst hast. Vertraue ihr, folge ihr! Sie macht dich aufmerksam und vorsichtig, aber lass dich nicht von ihr beherrschen."

Sinnend betrachtete Amhrán ihre Zeichnung.

"Was werde ich wohl am Hofe sein, zwischen all den Haien? Ein tumber Barsch, eine gesellige Forelle, ein weiser Salm?"

Alaya erwiderte freundlich:

"Ein letztes Rätsel für dich? Nun gut. So komm her an den Brunnen, dann gebe ich dir die Frage und die Antwort."

Amhrán stand auf. Sie hatte nicht ganz verstanden, was Alaya mit dem "letzten" Rätsel meinte, aber vertrauensvoll trat sie zu ihr und blickte in die Tiefe des Brunnens.

Ein blaues Licht leuchtete dort, wie pulsierende Ringe flammte es, zog sie in seinen Bann.

Ruhig vernahm sie die sanfte Stimme Alayas.

"Wer bin ich?
Ich schwimme in jedem Meer gut,
ich treibe in jeder Richtung,
ich tauche in jedem Teich.
Ich bin ein Teil jeden Teils
und doch ich selbst.
Ich erinnere mich,
ich bin Hai, Karpfen und Forelle,
ich bin Meer und Fluss.
Ich lerne im Spiel, im Ernst,
ich fliege und habe keine Flügel,
ich schwimme und bin kein Fisch,
ich denke und fühle und bin doch kein Mensch.
Ich bin, wo es nötig ist,
ich tue, was dringlich ist,
ich denke über die Himmelsgrenze,
meine Zunge ist ehrlich,
mein Herz ist offen,
meine Seele hat Vertrauen.
Ich habe einen Traum.
Wer bin ich?"

Eine Hand legte sich auf ihren Rücken. Dann verlor sie das Gleichgewicht. Amhrán kippte nach vorne und stürzte über den Rand des Brunnens.

Ihr Körper fiel dem blauen Licht entgegen und es schien ihr eine Ewigkeit, bis sie das Blau berührte.

Sie wollte schreien. Wasser strömte in ihren Mund und ihre Nase hinein. Amhrán schluckte, strampelte mit Armen und Beinen. Wie eine Verrückte kämpfte sie mit dem Nass und immer noch fiel sie in die Tiefe.

Luftblasen stiegen neben ihr auf. Schließlich gab sie kraftlos nach.

Sie fiel und fiel mit der plötzlichen Erkenntnis, dass sie eigentlich schon ertrunken sein müsste.

Erst jetzt wurde ihr klar, dass sie, was auch immer es sein mochte, dieses Nass atmete. Amhrán blickte um sich. Überall war dieses sanfte Blau und dann waren da mit einem Mal zahlreiche Fische.

Sie zogen an ihr vorüber in allen Farben und Formen.

Da war ein Schwarm silbern glänzender Thunfische und in ihrem Herzen der Wunsch, einer von ihnen zu sein, ein Teil dieser Gemeinschaft.

Die Fische schwammen zu ihr hin und schon war sie einer von ihnen.

Wie wohlig diese Sicherheit dazuzugehören, nicht allein zu sein. Sie spürten die Strömung des Meeres und folgten ihr.

Ein Hai tauchte auf, aber Amhrán schwamm sicher in der Mitte und ein anderer Fisch wurde verschlungen. Geborgen in der Masse schwamm sie weiter. Sie dachten nicht nach über den einzelnen.

Plötzlich tauchte ein Netz vor ihnen auf, über sich sah sie die dunklen Schatten der Fischerboote.

Mit einem Mal waren da nur noch diese Wände aus Maschen und ein helles Licht, das immer näher kam. Dann spürte sie einen stechenden Schmerz in ihrem Leib. Furcht vor dem Ende verkrampfte sich in ihr.

Amhrán atmete, hielt ein, aber als sie wieder ausatmete, schwamm sie wieder im sanften Blau des Meeres.

Da wollte sie doch lieber ein Hai sein. Allein durch Gedankenkraft wandelte sie sich wieder. Schön und majestätisch zog sie dahin. Hie und da schnappte sie sich einen unvorsichtigen Fisch und genoss die Achtung, die ihr entgegengebracht wurde.

So ließ es sich leben.

Über sich sah sie Thunfische, die in einem Netz um ihr Überleben kämpften. Sicherlich würde der eine oder andere für sie abfallen.

Auf ihrem Weg nach oben begegneten ihr ein paar verspielte Seehunde, die sich ein paar Muscheln abjagten. Sie waren zu wendig und gewitzt für den Hai.

Ihn zog es zu der einfachen Beute.

Amhrán genoss diese Gier in sich, sie schnappte nach den Fleischstückchen, die ihr entgegentrieben.

Ohne Maß schlang sie alles hinunter.

Dann entdeckte sie unter einem der Boote einen riesigen Thunfisch, der den Netzen entgangen war. Als könnte er sich nicht von seiner Gemeinschaft lösen, verharrte er dort.

Gerade als der Hai den Thunfisch erreichte, tauchte dieser unter dem Boot fort, doch als der Jäger nachstoßen wollte, schnitt ihm der metallene Kiel des Schiffes in den Rücken. Blut strömte aus der Wunde. In ihrer Pein krümmte sie sich.

Dann tauchten andere große wendige Fische vor ihren Augen auf und Amhrán brauchte einen Augenblick zuviel, um zu erkennen, dass dies ihre eigenen Artgenossen waren.

Schon hatten sich Zähne in sie verbissen und schüttelten sie, bis sie nichts mehr sah.

Wieder wandelte sie sich und wieder, so wurde sie ein Seehund, eine Möwe, ein Tölpel, ein Kormoran.

Schließlich fand sie sich in der Gestalt einer Walmutter wieder. An ihrer Seite schwamm ein junges Kalb. Gelassen zogen sie dahin, den Liedern ihrer Brüder und Schwestern lauschend.

Da tauchten schwarz-weiße Finnen auf und nur allzu zielstrebig zogen sie in ihre Richtung. Ängstlich versuchte Amhrán, das Kalb zu schützen und dann schwammen sie genau auf sie zu. Schützend blieb sie an der Seite ihres Kalbes. Erst mussten sie die Mutter töten, um an ihre Beute zu gelangen.

Amhrán nahm all ihren Mut zusammen und richtete sich zum Angriff, als vor ihr neue Bewegung entstand.

Ein silbernes Leuchten war überall, ein lustiger Tanz, ein kindliches Klicken und Antworten. Silberne Streifen zogen an ihr vorüber.

Sie schienen mit den Schwertwalen zu spielen, knufften sie in die Seite, zwickten sie mit ihren Zähnchen.

Manche Delphine schwammen in kleinen Gruppen, währende einzelne durch die Wellen des Meeres zogen. Sie waren wie lose Fäden, die sich jeden Augenblick zu einem neuen Muster zusammenfügten. Ja, so wollte sie werden ein Zusammenspiel von Kraft und Freude, von Eigenheit und Gemeinschaftssinn, ein lebendiges Wesen, klug und voller Liebe für die Welt und diejenigen, die sich darin befanden. Amhrán wandelte sich, genoss die Stärke ihrer Muskelkraft, mit der sie voran schnellte.

Und nun strebte sie dem Licht zu. Sie trieb sich vorwärts mit ihrer Fluke, bis sie das herrliche leuchtende Blau durchbrach und in das Licht der Sonne sprang. Sie atmete die Luft und tauchte wieder ein ins Meer. Amhrán atmete aus und gläserne Bläschen tauchten neben ihr auf. Sie glaubte sich fast verloren, als eine silberne Flosse neben ihr auftauchte.

Sie klammere sich fest, kraftvoll atmete sie aus, als sie auftauchte.

Alaya klopfte ihr den Rücken. Die junge Frau hustete, um sich dann wieder in der Höhle vor dem Brunnen zu finden.

Erstaunt blickte sie um sich. Sie griff sich an die Nase, da war..... Wasser, und es schmeckte nach Salz.

Fragend sah sie die Alte Bärin an.

Diese fragte:

"Was siehst du mich so an? Du hast schon einmal Wasser geatmet. So wie jeder Mensch vor seiner Geburt."

Amhrán grübelte nach, dann lächelte sie.

Alaya blickte ihr tief in die Augen.

"Und hast du eine Antwort für mich?"

Die junge Frau antwortete lachend.

"Ich werde ein Delphin sein! Ich werde ein Delphin sein!

Ich werde kein tumber Barsch sein, dem alles gleichgültig ist, so stirbt mein Herz. Natürlich würde ich mich auch in seiner Gleichmut wohlfühlen, aber doch nicht mein Leben lang.

Oder in der Geselligkeit der lustigen Forellen.

Wie majestätisch ist der Hai und doch so einsam, wie zahlreich die Karpfen, die Thunfische, doch sehnen sie sich wohl nie nach dem Alleinsein eines Haies oder einer Entscheidung, die nur von einem selbst getragen wird?

Es gibt für alles eine Zeit und die Kunst ist es, sich für das zu entscheiden, was nötig ist. Alles zu sein und frei davon. Wie hatte Golendydd immer gesagt: "Wenn du kein Weiser bist und kein Narr, dann bist du ein dem Käfig entkommener Vogel."

Ich will die Weisheit des Salms und seine Gelassenheit, aber auch den Antrieb des Hais, wenn ich ein Ziel ins Auge gefasst habe. Ich will die Sicherheit des Karpfens in der Menge und die Schnelligkeit des Seehundes, um ihr zu entkommen.

Ich will den Mut des Schwertwals, die Liebe der Walmutter und die Möwe, um meinem Lied eine Stimme zu geben.

Ich will alles sein, ein Teil von allem und alles ein Teil von mir. Und ich bestimme selbst, wann ich was bin und wie, genau wie der Delphin."

Alaya legte Amhrán etwas Kaltes in die Hand.

Erstaunt betrachtete diese das seltsame Schmuckstück. Es war eine silberne Brosche, in sich so verschlungen, dass sie alles sein konnte. Eine Wolke oder eine Blume, eine Flamme oder ein Delphin.

Amhrán bewunderte diese herrliche Arbeit.

"Sie ist wunderschön."

Alaya lächelte.

"Und nun ist sie dein. Das ist mein Abschiedsgeschenk, Amhrán. Ich weiß, dass du mich nie vergessen wirst. Die Brosche aber hilft dir vielleicht auch dann an meine Worte zu denken, wenn Aufregung durch deine Venen rast und Ruhe und Gelassenheit not tun."

Die junge Frau wich zurück.

"Aber es gibt doch noch so viel zu lernen!"

Alaya erwiderte:

"Oh ja, aber nicht hier. Jemand ist gekommen, um dich zu holen. Er hat seine Befehle und selbst ich muss mich ihnen fügen."

Ein Mann trat aus der Felsspalte.

Amhrán glaubte ihren Augen nicht zu trauen. Sie wollte das nicht glauben. Verrat! Verrat!

Angst raste durch ihren Körper.

Sie wollte es nicht glauben und doch gab es keinen Zweifel.

Es war derselbe Mann, dasselbe Gesicht, dieselben kalten Augen.

Nur mühsam bewahrte sie die Fassung.

Sie blickte zu Alaya, die ihre Gefühle offensichtlich nicht verstand. So beherrscht wie es ihr möglich war, fragte Amhrán:

“Nun, Totenschädel, wer schickt dich heute? Wieder Solasards Mutter oder wem dienst du noch?”

Der Mann schritt auf die junge Frau zu und Amhrán fürchtete schon einen Angriff, als er einen tiefen Kniefall vor ihr machte und erwiderte:

“Ihr seid die Hochdruidin Erius, und ich bin nicht auf Geheiß Sáiles hier. Ich diene nur einer Herrin, so wie ihr auch. Kommt, denn ihr seid der Altar des Schicksals, die Große Mutter hat euch gerufen und sie wird euch erst wieder entlassen, wenn der Stab der Hochdruidin übergeben ist.”

Die Wildkatze

Niedergeschlagen saßen die beiden Männer auf einem Baumstamm bei ihren Pferden. Iolaranam und Misniúil hatten den Wald weitflächig abgesucht so gut es ihnen möglich war. Nichts!

Sionnach blieb wie vom Erdboden verschluckt und das verhieß nichts Gutes. Iolaranam versuchte krampfhaft, seine Angst zu bezwingen:

"Sie werden sie bestimmt nicht töten. Sionnach ist eine ganz besondere Frau, sie wird sich bestimmt zu helfen wissen. Sie ist schlau und eine gute Kriegerin ist sie auch.

Was sollen wir nur tun? Dieses Untier wartet doch nur darauf, dass wir noch einmal auf diesen verfluchten Berg steigen, um sie zu befreien. Und damit liegt er auch richtig.

Wenn er ihr nur ein Haar gekrümmt hat, bringe ich ihn um. Ich..."

Misniúil legte seinem Gefährten tröstend eine Hand auf den Oberschenkel und sagte:

"Iolaranam, was geschieht, vermagst du nicht rückgängig zu machen. Beschäftige deinen Geist nicht mit Vorstellungen, was sein könnte, denke lieber nach wie wir diese Lage ändern können."

Der Anführer der Fianna stand auf und ging zu Gaoth, seinem schwarzen Hengst, um ihm den Hals zu klopfen und ihn zu streicheln.

"Am liebsten würde ich auf seinen Rücken springen, diesen verfluchten Berg erstürmen und Sionnach befreien. Ihm würde das bestimmt gefallen, nicht Gaoth?"

Der Hengst schnaubte und rieb seinen Kopf am Arm seines Herrn.

Misniúil erwiderte:

"Bestimmt ist das so, aber wir wissen ja noch nicht einmal, wo genau sich Sionnach befindet, Iolaranam."

Dessen blaue Augen blitzten seltsam im Dunkel des fahlen Mondlichtes.

"Dann müssen wir es wohl herausfinden, oder? Ich werde diesen Ort nicht ohne Sionnach verlassen. Aber vielleicht ist es besser, wenn du in die Waldstadt zurückreitest, um den anderen zu berichten, was hier vorgeht. Vielleicht können sie dann schon etwaige Maßnahmen für einen Kampf ergreifen."

Der Hochelb schüttelte leicht den Kopf.

"Ein Fianna lässt niemals einen Fianna zurück, nicht wahr? Und ein Sidhé lässt nie einen Gefährten zurück, schon gar nicht, wenn er sich in Not befindet.

Drei ritten fort und drei werden auch wieder heimkehren.

Und wann ist ein besserer Zeitpunkt, um ein feindliches Lager aufzusuchen, als die Stunden vor der Dämmerung, da Geist und Körper sich in wohligem Schlaf sicher wähnen?"

Gerade als die beiden wenige Schritte gegangen waren, hörten sie in der Ferne ein bedrohliches Knarren, ein Ächzen und Stöhnen.

Augenblicklich verharrten sie. Auf die fragenden Blicke Iolaranams vermochte auch Misniúil nur mit zuckenden Schultern zu antworten.

Das Geräusch wurde immer lauter. Der Anführer der Fianna nickte mit seinem Kopf in Richtung der Pferde und gemeinsam gingen sie zurück.

Leise flüsterten sie miteinander.

"Was ist das? Hört sich an, als zöge man eine riesige Walze durch den Wald. Wir sollten machen, dass wir hier wegkommen, Misniúil, denn was es auch immer ist, es kommt geradewegs auf uns zu."

Der Hochelb nickte zustimmend.

"Lass uns die Pferde nehmen und den Lärm, soweit es uns möglich ist, umgehen. Wir sollten in Richtung Berg ziehen. Jetzt spielt es keine Rolle mehr, ob es dort Wächter gibt oder nicht. Spätestens, wenn wir mit Sionnach auf der Flucht sind, werden sie entdecken, dass da nicht nur eine harmlose Frau unterwegs war."

Iolaranam lächelte hoffnungsvoll.

"Ich hoffe, das wissen sie jetzt schon."

Sie bestiegen ihre Pferde, banden die Zügel von Sionnachs Pferd an Iloranams Sattel und versuchten, sich so gut es ging, der Quelle des Lärms zu entziehen. Gemeinsam näherten sie sich dem Berg der Síofra. Da sahen sie die Ursache der unheimlichen Geräusche.

Die Hüttenstadt der Ungestalteten schien völlig abgebrannt. Der Berg schwelte noch ein wenig, so dass leichte Rauchwolken ins Tal zogen.

Oben aber auf der Spitze stand ein einzelnes Zelt. Es war von innen hell erleuchtet und warf verheißungsvolle Schatten an seine Wände.

Es schnürte Iolaranam das Herz zusammen. Er erkannte sie, wie sie ihren Kopf stolz in den Nacken geworfen hatte und trotzig die Brüste reckte.

Ein kalter Schauer voll des Hasses zog sich in seinem Bauch zusammen. Gerade wollte er Gaoth seine Stiefel in die Flanken drücken, als Misniúil ihn am Arm packte.

"Ich weiß, es ist schwer für dich, aber wirf einen Blick ins Tal."

Es fiel dem Anführer der Fianna schwer, seinen Blick von dem Zelt loszureißen, aber seine Augen folgten dem Zeigefinger seines Gefährten. Ihm stockte der Atem.

Da machte sich ein schier endloser Zug von Síofra auf den Weg. Ihre Gesichter, ihre unvollendeten Leiber waren so abscheulich, dass sich die beiden Gefährten schnell abwandten.

Doch dann fesselte etwas anderes ihren Blick.

Kaum bemerkbar bewegte sich etwas am Waldrand. Zuerst glaubte Iolaranam sich geirrt zu haben, aber dort standen an die hundert Pferde und ihre schwarz vermummten Reiter waren kaum zu sehen. Wie Standbilder standen sie da, als warteten sie auf einen Befehl zum Abrücken, aber nichts rührte sich.

Iolaranam beugte sich zu Misniúil und fragte:

"Was sollen wir tun? Was können wir tun?"

Der Hochelb erwiderte leise:

"Das hier ist nur die eine Seite des Berges, vielleicht gibt es eine Möglichkeit für uns zu entkommen, die wir jetzt noch nicht erkennen können. Lass uns den Berg langsam umrunden, ohne die Aufmerksamkeit dieser Bestien zu erregen."

Iolaranam nickte ihm zustimmend zu. Sich von dem Berg, dem Zelt zu entfernen, kam ihm wie Verrat vor.

Sie ritten ein Stück tiefer in den Wald, um besser vor den Augen der Reiter geschützt zu sein.

Iolaranams Gedanken jedoch waren bei Sionnach, so wie ihre bei ihm waren, als die Síofra sie auf der Flucht gefangen hatten. Am Waldrand bekamen sie die junge Frau zu fassen. Mit aller Gewalt mussten die Síofra die Fianna zum Gipfel des Berges zerren. Vor Dragan drückte man sie zu Boden. Dort verfluchte sie ihn so lange und so energisch, bis er sie mit einem gezielten Schlag bewusstlos schlug.

Als sie wieder zu sich kam, lag sie gefesselt und geknebelt auf dem Schaffell des Schurken.

Er lächelte sie herausfordernd an und sagte höflich:

"Es tut mir leid, dass wir dir dein spitzes Schnäbelchen stopfen mussten, aber ich habe wichtige Dinge zu entscheiden und dein Gezeter hätte mich nur allzu sehr dabei gestört."

Sionnach schnaubte in den Stoffknebel. Es fiel ihr schwer, nur durch die Nase zu atmen. Zudem hatte sie den ranzigen Geschmack des Fetzens auf der Zunge, so dass sie ständig würgen musste und Angst hatte, sich übergeben zu müssen.

Wehrlos musste sie mit ansehen, wie sich der Mann ihr näherte.

Er setzte sich zu ihr, blickte in ihre grünen Augen, die vor Hass nur so blitzten.

Jeden einzelnen ihrer Blitze nahm er mit einem Lächeln in die Finsternis seiner Augen auf.

Er strich mit seinem Finger über ihr Haar. Dann packte er sie am Hals und drückte langsam zu, während er sprach:

"Nun, du schöne Wilde, was machst du hier, in wessen Auftrag schnüffelst du hier herum?

Ich werde dich so oder so töten, aber du entscheidest, wie lustig es für mich sein wird.

Ich werde dir jetzt den Knebel aus dem Mund nehmen, überleg dir gut, was du sagst."

Er tat wie geheißen und dankbar blickte ihn Sionnach an, um ihm dann vor die Füße zu spucken.

Er holte aus, besann sich aber und sagte kalt:

"Wer seinen Speichel in den Himmel spuckt, dem fällt er ins Gesicht, und wer von einer Wildkatze Dank erwartet, wenn er sie aus einer Falle befreit, ist ein Narr.

Wer bist du?

Verkenne nicht deine Lage, du bist allein hier, und hier bedeutet eine Unzahl von Síofra und über hundert schwarze Reiter, die gerade angekommen sind aus dem Land der Schrecken und der Finsternis.

Nun, Kleines?"

Die Fianna musterte ihr Gegenüber und erwiderte:

"Entscheidend ist nicht die Größe des Kriegers im Kampf, sondern die Größe des Kampfes im Krieger, Dragan."

Der Angesprochene erhob sich und ging in seinem Zelt auf und ab.

"So hast du demnach schon von mir gehört, wie rühmlich."

Sionnach sagte angewidert:

"Das Wesen eines Mannes wird bestimmt von seiner Familie. Das Wesen eines Mannes wird bestimmt durch seinen Umgang. Das Wesen eines Mannes zeigt sich in seinem Gesicht und in deinem Gesicht, Dragan, ganz besonders."

Dragan kämpfte mühsam um Fassung. Er machte einige Schritte auf sie zu, hielt dann aber an und sagte:

"Wenn ich ja nicht wüsste, dass du es auf einen schnellen Tod abgesehen hast, wärst du schon tot, jetzt! Aber ich weiß ja, eine Frau belehren heißt, einen Sandsack zu füllen, der an der Seite aufgeschlitzt ist. Du wirst so nicht weit kommen, Wildkatze. Sag mir jetzt endlich, wer du bist."

Sionnach antwortete kalt:

"Ich will gar nicht weit kommen. Besser ein Tod in Not, als ein Leben ohne Gewissen. Ich könnte niemals so sein wie du, das Leben so verachten, die Liebe vergessend."

Das Feuer in der Feuerstelle loderte mit einem Male hoch. Dragan indessen wurde ruhig.

"Glaubst du das, glaubst du, ich verachte all das? Und deshalb verachtest du mich so?"

Sionnach betrachtete ihn mit einem fragenden Blick.

"Ich muss nicht hassen, wo Verachtung genügt. Du tust mir nur leid. Keiner übt Täuschung, der nicht getäuscht wurde, keiner tut Dinge, wie du es tust, wenn ihm dieses nicht selbst widerfahren ist. Das glaube ich. Dieselbe Umwelt kann Menschen zum Guten wie zum Bösen beeinflussen. Aber letztendlich entscheidet doch der Mensch, welchen Weg er einschlägt. Wo jeder vernünftige Mensch das Licht wählt, da wählst du bewusst den Schatten, die Finsternis. Umgibst dich mit den Unvollkommenen. Schätzt du sie höher ein als das Vollkommene?"

Dragan stocherte mit dem Feuerhaken in der Glut am Rande des Feuers herum.

"Vorsichtig, Wildkatze, entzünde kein Feuer, wenn du es nicht löschen kannst.

Ja, ich wähle die Unvollkommenheit, denn nur sie kann sich entwickeln.

Könnte es Liebe und Freundschaft geben in einer Welt ohne Streben?

Schmeckt das Brot dem Satten?

Nur Entbehrung weiß Erfüllung zu schätzen. Ich aber bin die Entbehrung, und ihr Menschen habt mich dazu gemacht.

Ich sage dir, Vollkommenheit ist der Tod. Ist nicht auch dein Vorurteil eine Schwäche? Du weißt nichts von mir, oder?

Die Menschen werden nie einander annehmen. Sie führen Krieg in der Liebe, in ihren Geschäften und selbst das, was ihnen heilig sein sollte, missbrauchen sie noch dazu. Ihren Glauben und das ist das Widersinnigste.

Wie viele Verbrennungen, Verfolgungen, Züge und Märsche, Ausrottungen ganzer Völker waren, sind und werden Menschen noch anheim fallen?

Jammervolle Zeichen menschlicher Unzulässigkeit und törichten Glaubens und doch entspringen sie den Gefühlen, der mächtigen Kraft des menschlichen Ur-Seins. Glaubst du wirklich, dass sie jemals damit aufhören können?

Der Mensch wird immer der größte Feind des Menschen sein. Unsere Vergangenheit wird immer unsere Zukunft sein. All die Fehler!"

Sionnach schüttele den Kopf.

"Nein, Dragan, ein Irrtum wird nicht besser, nur weil er Jahrtausende gepflegt wird.

Siehst du nicht, wohin sie dich bringt, die falsche Sicherheit der alten Sitten und Gebräuche? Du machst dich doch selbst zum Werkzeug des Krieges, des Zeichens menschlicher Unfähigkeit überhaupt.

Wenn du die Menschen verändern willst, wirst du das nicht durch Krieg erreichen. Die Menschen müssen sich lösen von ihren ewigen Wiederholungen und der Vorstellung, dass das Leben nur eine fortwährende Fortsetzung des Alten, Bekannten ist. Denn die einzige wahre Sicherheit entspringt doch nur dem Bemühen die Entscheidung zu fällen, ein gutes Leben zu führen.

Wir können nicht einmal den Wandel der Welt, die uns umgibt, voraussagen, wie sollen wir dann die Folgen unseres Handelns im voraus kennen?

Unsere Lebensbedingungen aber wandeln sich ständig und dieser Wandel ist am Ende die einzige Sicherheit, die uns bleibt."

Dragan erwiderte ungläubig:

"Das werden sie niemals verstehen. Glaube mir, ich habe es am eigenen Leib erfahren.

Deine Umwelt mag dein Leben beeinflussen, aber sie wird nicht deine Persönlichkeit verändern. Sicherlich mag eine Handlung einen Menschen dem Guten oder Bösen nähern, aber er ist es, der entscheidet. Jeder Mensch lebt in hundert verschiedenen Welten. Auch ich war Teil einer dieser Scheinwelten. Sie zerbrach wie ein alter Spiegel.

Die Menschen brauchen Führung, sie schaffen sich ein Bild von sich selbst, nach dem, das andere sich von ihnen machen. Unfrei sind sie geworden."

Sionnach schnaubte laut:

"Das ist doch alles Blödsinn! Ich erschaffe mich selbst durch das, was ich denke, fühle, tue. Und mit jeder Entscheidung schaffe, erhalte und erweitere ich mein Ich."

Dragan näherte sich ihr, beugte sich zu ihr herunter und grinste frech.

"Alles große Worte, weil du stark bist. Aber die anderen? Sie sind schwach, so wie du jetzt oder wie die Síofra. Sie brauchen einen Führer wie mich."

Sionnach ließ sich nicht einschüchtern.

"Wenn der Adler sich zum Hund gesellt, weil dieser ihn mit Fleischstückchen füttert, werden seine noch so starken Schwingen verkümmern. Und du bist nicht mehr als ein Hund."

Kalt spuckte sie ihm vor die Füße.

Grob riss er sie an den Haaren zurück, leise flüstere er ihr ins Ohr:

"Sei vorsichtig, meine Wildkatze, noch belustigst du mich. Wenn ich aber meine Geduld verliere.....

Denk daran, es sind die besten Schwimmer, die ertrinken und du weißt auch warum."

Laut brüllte sie:

"Ich hasse dich, ich hasse dich!"

Dragan genoss es, sie so außer sich zu sehen.

"Du hasst mich? Gut, vom Hass zur Liebe sind es nur wenige Schritte. Es sind auch nur wenige Schritte zum Abgrund. Sei vorsichtig, wenn du deine Richtung wählst.

Man erkennt das Wesen eines Mannes am Gesicht, nicht wahr? Dann werden wir einmal sehen, was die Menschen aus den Zeichen auf deinem Gesicht lesen werden."

Aus einer kleinen Scheide an seinem Oberschenkel zog er ein scharfes Messer.

Sionnach schrie aus Leibeskräften, aber es gab kein Entkommen. Er warf sie einfach auf den Rücken und setzte sich auf sie.

Laut dröhnte sein Lachen in ihren Ohren.

Nun war er die Katze, die mit der Maus spielte. Schwer spürte sie sein Gewicht. Sie versuchte sich aufzurichten, aber er drückte sie nur auf den Boden. Und wie viel Freude es ihm machte.

Schließlich beugte er sich nach vorne und setzte das Messer an ihre Schläfe.

Noch einmal nahm Sionnach all ihre Kraft zusammen. Sie stieß sich vom Boden ab und biss ihm in die Hand.

Dragan packte sie, schüttelte sie, doch gerade als er das Messer an ihre Kehle setzen wollte, kam eine schrille Stimme aus dem Feuer. Befehlend rief sie:

"Halt, ich dulde nicht, dass du sie tötest. Sie ist eine Itsasibela und sie gehört mir.

Ich will, dass du sie mir nach Tara bringst, hörst du?

Sie...gehört...mir!"

Dragan steckte lustlos sein Messer weg und erwiderte enttäuscht:

"Ja, edle Pryria, du, die du dir das Feuer vorbehalten hast."

Sionnach lag regungslos da. Itsasibela, eine Erinnerung versuchte da, an die Oberfläche zu gelangen, ein Traum.

Sie starrte an die Decke des Zeltes und fragte sich, wo wohl ihr Geliebter sein mochte.

Iolaranam und Misniúil waren auf der Rückseite der ehemaligen Hüttenstadt angekommen, als der Hochelb plötzlich durch die gehobene Hand zum Anhalten mahnte.

Wenige Schritte vor ihnen konnte nun auch Iolaranam einen Mann reifen Alters stehen sehen. In seiner Hand funkelte ein schwaches grünes Licht.

Erst jetzt erkannte Iolaranam, dass hinter dem Mann noch andere Männer und Frauen standen.

Misniúil stieg ab und deutete Iolaranam an, dasselbe zu tun.

Der Hochelb ging auf den offensichtlichen Anführer zu und sagte:

"Sei mir gegrüßt, Bruder. Wieder fließen die Bäche zum Strom und sehen Ursprung und Ende. Mein Name ist Misniúil, zu deinen Diensten."

Iolaranam hielt sich an den Zügeln der Pferde fest.

Der andere sagte:

"Sei auch du mir gegrüßt. Ich bin Draighean, der Herr des Kleinen Volkes. Wir sind aufgebrochen, um Solasard, dem zukünftigen Hochkönig zur Hilfe zu eilen. Doch mir scheint es, dass auch ihr unsere Dienste gut brauchen könntet."

Der Schlaf des Gerechten

Tropfen für Tropfen fiel der rote Lebenssaft auf den steinernen Boden, wo sich schon eine kleine Pfütze gebildet hatte.

Das Gesicht des Mannes war mit Blutergüssen überzogen und dick geschwollen. Blut und Speichel tropften auf seinen nackten Oberkörper. Blaue Striemen zeichneten ein Muster ausgetobter Wut darauf. Am Hals bildeten sich blaue Fingerabdrücke ab. Einer der Arme schien gebrochen zu sein und eine Rippe bohrte sich aus der Haut. Bewusstlos und gefesselt hing der Mann auf einem Stuhl.

Tuan schüttelte den Kopf und fragte:

"Was soll das?"

Sáile antwortete ernst:

"Er bezahlt. Glaub mir, der wird nie mehr eine Frau schlagen, nie mehr. Und ich habe mich noch beherrscht, Tuan.

Als ich die andere Welt verließ, habe ich versprochen, dass ich ihn und Dragan für meinen Sohn töten würde und dieses Versprechen werde ich auch halten. Aber vorher soll er wissen wie es ist, auf dem Boden zu kriechen vor Schmerz."

Sie holte aus und schlug Néart mit aller Kraft ins Gesicht. Sein Kopf viel von einer Seite auf die andere.

Tränen des Zorns schossen aus ihren Augen.

Tuan drehte die Frau zur Seite und zog den Vorhang zu.

"Wie lange ist er schon hier?"

Sáile antwortete als stünde sie neben sich.

"Vier Tage. Ich habe ihm etwas in seinen Wein gemischt. Die ersten zwei Tage wimmerte er wie ein Kind, wimmerte wie ich, als ich noch Hoffnung hatte, ihm zu entkommen. Ihr wisst nicht, was für ein Schwein er ist."

Leise sagte Tuan:

"Nein, ich weiß es nicht. Aber was ihr auch durchgemacht habt, Rache ist nicht eure Angelegenheit, sondern die der Götter. Er braucht Hilfe, Sáile, und zwar schnell."

Langsam drehte sich die Frau zu Tuan hin. Ihr verletzter Blick schmerzte ihn.

"Warum? Verrecken soll er. Die Götter? Und was ist mit den Opfern, haben die kein Recht auf Rache?"

Der Hochdruide verstand sie nur allzu gut, dennoch erwiderte er:

"Nur, wenn sie sich mit dem Täter auf eine Stufe stellen. Glaube mir, es gibt eine Gerechtigkeit. Ich weiß es, weil ich die Hand der Götter bin.

Aber Néart darf hier nicht sterben. Er ist zu kostbar. Ich brauche ihn noch.

Er wird einer der Felsen sein, auf denen ich den Turm des Untergangs errichte. Vertrau mir! Vertrau mir, so wie ich auf deinen Sohn vertraue."

Sáile horchte auf.

"Was wisst ihr schon von meinem Sohn!"

Der Hochdruide schien sich innerlich aufzurichten und seine Stimme wurde klar.

"So viel, dass er ohne meinen Schutz nicht all die Jahre überlebt hätte. Oder glaubst du, Broc hätte jemals seine Suche aufgegeben?

Und ich bin nur einer von vielen, die ihre Hände über ihn gehalten haben. Unterschätze nicht die, die die Wächter der Zeit sind, Sáile.

Ich werde jetzt gehen und Hilfe holen, damit dem Mann geholfen werden kann.

Er wird sich das Krankenzimmer mit deiner ehemaligen Zofe teilen müssen."

Sáile fragte erstaunt:

"Was, Tiné ist auch hier?"

Tuan antwortete:

"Nicht Tiné, Gealán. Sie ist wohl am selben Tag wie Néart hier aufgetaucht. Die Königliche Garde hat sie ein paar Meilen von hier im Wald aufgegriffen, als die Helden sich eine Verfolgungsjagd mit ein paar Hochelben lieferten. Einer von Arcáns Männern hat sie mit einem Schlag übel zugerichtet. Sie hat Kopfschmerzen und ihr ist dauernd schwindelig."

Sáile zerrte den Hochdruiden zur Tür.

"Ich muss sie sehen, jetzt sofort."

Tuan drängte sie zurück in ihr Zimmer.

"Sáile, es ist helllichter Tag draußen. Ihr könnt sie heute nacht sehen. Ich bringe euch gern zu ihr. Aber nicht jetzt."

Als wäre ihr plötzlich etwas klar geworden, sagte sie kalt:

"Wahrscheinlich braucht ihr mich auch noch, oder? Sonst hättet ihr mich ja wohl gehen lassen, nicht wahr!"

Der Hochdruide zog eine Augenbraue hoch und erwiderte:

"Du lernst schnell, Sáile. Genau so ist es. Es ist von entscheidender Wichtigkeit, dass ihr am Leben bleibst."

Nun war es Sáile, die schmunzelte, als sie antwortete:

"Mal sehen, ob ich euch den Gefallen tun werde."

Schweigend verließ sie der Mann.

Es dauerte einige Zeit, bis er mit vier Stallburschen zurückkam. In ihren Gesichtern war abzulesen, dass der Hochdruide einiges aufwarten musste, um sie in den Turm zu bewegen.

Vorsichtig schafften sie den Schwerverletzten hinaus.

Gerade hatten sie den inneren Bereich der Burg durchquert und schlugen die Richtung zu Rabhartas ehemaligen Zimmer ein, das jetzt als Krankenzimmer genutzt wurde, als ihnen Réalta begegnete.

Neugierig näherte sie sich dem seltsamen Zug, den Tuan da anführte.

Hoheitsvoll gebot sie:

"Halt! Was geht hier vor, Tuan? Wer ist dieser Mann und wo bringt ihr ihn hin?"

Innerlich rieb sich Tuan die Hände. Besser hätte auch er es nicht planen können.

"Räuber haben diesen Mann misshandelt. Er war wohl auf dem Weg zur Burg. Ich glaube, als er das letzte Mal bei Bewusstsein war, sagte er, sein Name sei Néart und ihr würdet ihn erwarten, Hoheit."

Néarts Augen flackerten, als er seinen Namen hörte.

Tuan beugte sich über ihn und drückte seinen verletzten Arm so fest, dass der Verletzte geräuschvoll die Luft einzog.

"Die Straßen sind nicht mehr sicher für einsame Wanderer, nicht wahr. Aber jetzt ist er ja hier und das gemeingefährliche Gesindel treibt sich nun vor unseren Toren herum."

Die Königin betrachtete ihren Verbündeten mitleidsvoll und befahl dann:

"Bringt ihn in mein Gemach. Ich werde mich selbst um den Armen kümmern."

Ohne Widerspruch wurde dem Wunsch der Hochkönigin entsprochen.

Zufrieden rieb sich der alte Mann die Hände und machte sich auf zu seiner Hütte. Dort ließ er sich zur Besinnung nieder und wartete den Abend ab.

Kurz nach Mitternacht klopfte es hohl an die Tür des Turmes.

Schnell warf sich Sáile einen schweren Umhang über und eilte die Treppe hinunter.

Tuan hatte sich schon selbst die Tür geöffnet und sagte:

"Wie ich sehe, habt ihr mich schon erwartet. Der Herrin sei Dank, ist die Mondin eine gute Laterne.

Los, wir müssen uns beeilen. Ich habe einen Jungen der Nachtwache bestochen, aber sein Dienst wird nicht lange dauern."

Schmunzelnd sagte Sáile:

"Dass sich auch ein Mann wie ihr solcher niederen Mittel befleißigen muss. Ist das nicht beschämend?"

Tuan zerrte sie zur Burg.

"Spart euch eure bissigen Bemerkungen! Ihr solltet mir dankbar sein, dass ich es euch ermögliche, Gealán zu sehen."

Neugierig fragte Sáile:

"Was ist mit Néart?"

Kurz angebunden antwortete Tuan:

"Réalta kümmert sich um ihn."

Die Frau blieb stehen und fragte laut:

"Bitte?"

Tuan stieß sie in die Seite und zog sie weiter.

"Es gibt einen Bund zwischen den beiden. Ein gewisser Madhra spielt dabei eine Rolle. Er hat viele Figuren in diesem Spiel und keiner weiß, auf wessen Seite er wirklich steht, außer... mir. Nun er wird noch seine Rolle zu spielen haben, bevor er seinem Schicksal begegnet.

Jedenfalls liegt Néart bequem in den Federn der wunderschönen, barmherzigen Hochkönigin und wird von ihr gepflegt. Sehr schön, so ist sie wenigstens eine Zeitlang beschäftigt, so dass ich in aller Ruhe meine Fallen stellen kann."

Sie betraten die Küche, als Sáile leise zurückwisperte:

"Und was für Fallen sind das?"

Der Hochdruide flüsterte leise zurück:

"Wenn Solasard Tara betritt, soll er ein gereinigtes Haus vorfinden, frei vom Unrat der Geschichte. Es wird ein neuer Anfang sein. Der Anfang der Einen Welt."

Leise schlüpften sie in das Krankenzimmer, wo Gealán schlafend in einem Bett lag. Ein fast heruntergebranntes Feuer kämpfte gegen die Finsternis, die lauernd in den Ecken saß.

Blitzartig erkannte sie, dass sie beiden nicht hier wären, ohne ihren Eigensinn. Etwas in ihr verfluchte sich, etwas anderes lächelte siegesgewiss. Sanft weckte Sáile ihre ehemalige Gefährtin.

"Gealán, wach auf, mein Herz. Ich bin es, Sáile."

Verwirrt öffnete die junge Frau ihre Augen, blinzelte und rieb sich den Schlaf aus den Augen.

"Sáile! Wie geht es dir? Was machst du hier?"

Freundlich lächelte die Angesprochene.

"Sind das nicht Fragen, die du mir beantworten solltest? Ich bin hier, weil Néart hier ist und weil ich ein Versprechen gegeben habe.

Aber warum hast du die Sicherheit Tir na Samradhs aufgegeben und bist hier?"

Eine Welle des Schmerzes brandete durch den Kopf Gealáns. Mühsam antwortete sie:

"Ich muss Misnéachard finden. Ich habe ihm wichtiges zu berichten. Ich weiß, wie die Pryria zu vernichten ist. Ihr müsst mir helfen und mich zu ihm bringen."

Sáile blickte erwartungsvoll zu Tuan, der das Wort ergriff.

"Wo finden wir ihn?"

Gealán antwortete schwach:

"Waldstadt."

Wie eine Flamme so erlosch ihre Aufmerksamkeit und sie dämmerte wieder in den Schlaf.

Gerade als sich Sáile zur Tür wandte, hörten sie Schritte im Gang.

Tuan flüsterte leise: "Wir müssen jetzt schnell handeln, um Gealán zu schützen. Ich werde versuchen, den Wachhabenden durch dich abzulenken, hoffen wir, dass es uns gelingt. Ich komme dann später wieder zum Turm. Ist das in Ordnung für dich?"

Sáile nickte ihm zu. Dann rief er:

"Wache! Hierher! Wache!"

Sofort stürmte ein riesenhafter Kerl den Raum. Sáile starrte entgeistert zum Hochdruiden. Der zeigte auf Sáile und rief aus:

"Nehmt dieses Frauenzimmer fest. Ich wollte gerade noch einmal nach der Kranken sehen, als ich sie hier vorfand. Bring sie in ihren verdammten Turm zurück und mauert die Tür zu.

Und dann sag Arcan ein paar Grüße von mir. Rabhartas Männer waren nicht so eine nachlässige Schweinebande wie ihr!"

Beim letzten Wort stürzte der Anführer der Königlichen Garde in das Zimmer und brüllte:

"Halt, was ist hier los?"

Der Wachhabende wiederholte Tuans Worte. Alle Farbe wich aus seinem rosigen Gesicht. Wütend schrie er:

"Schafft mir diese Frau vom Hals! Und du, Tuan, geh mir in Zukunft lieber aus dem Weg. Sonst endest du noch genau so wie dein geliebter Hauptmann.

Bringt die Schlampe in ihren Turm zurück! Vorwärts!"

Das letzte, was Tuan hörte, als er den Raum verließ, war ein:

"So mein Täubchen, da wolltest du uns wohl mit Hilfe dieser Untoten verlassen! Dich werde ich lehren, mir zu gehorchen."

Dumpfe Geräusche drangen aus dem Zimmer. Tuan wagte sich nicht vorzustellen, auf welche Art und Weise Arcan die junge Frau quälten.

Gerade als er durch die Küche ging, hörte er eine Tür.

Das musste Arcan sein, der sein schauderhaftes Werk vollendet hatte.

Leise stellte er sich in eine dunkle Ecke und lauerte auf Arcan. Der Anführer der Königlichen Garde ließ nicht lange auf sich warten. Eines säuisches Grinsen auf den Lippen, betrat er die Küche. Mit einem Krug Wasser wusch er sich das Blut von den Händen und dem Gesicht.

Angewidert folgte Tuan jeder seiner Bewegungen.

Das Schwein nahm eine der Fackeln aus der Halterung und machte sich auf den Weg zum Mannschaftsraum.

Wut verwandelte das Blut des Hochdruiden in Säure, die in seinen Adern kochte.

Entschlossen trat er in das Licht. Arcan war erstaunt ihn zu sehen, doch nicht lange.

Früh am Morgen herrschte große Unruhe in der Burg. Ein Wispern und Flüstern flutete durch die Hallen und Flure.

Schließlich betrat ein Wachhabender das Krankenzimmer, wo er den Hochdruiden bei der Verletzten fand.

Achtsam hatte dieser jede einzelne ihrer Wunden verbunden. Kalter Schweiß perlte auf der Stirn der verletzten jungen Frau.

Der Wachhabende sagte laut:

"Ach, hier seid ihr. Die ganze Burg sucht nach euch. Habt ihr denn noch nichts von der Untat gehört?"

Der Blick des Hochdruiden glitt über den geschundenen Körper der Frau und er fragte:

"Von welcher?"

Der junge Mann erwiderte verwirrt:

"Gab es denn mehrere in der Nacht? Ich dachte, die Sache mit Arcan sei die einzige."

Scheinbar ungeduldig ereiferte sich Tuan:

"Junger Freund, ich weiß wirklich nicht, wovon ihr sprecht. Vielleicht ist es euch möglich, mich über die furchtbaren Untaten der Nacht in Kenntnis zu setzen. Ich für meinen Teil schlief nämlich den Schlaf des Gerechten."

Das Gesicht zog sich zum bloßen Entsetzen zusammen, als er begann zu erzählen:

"Arcan, der große Anführer der Königlichen Garde, der wie ihr wisst, gestern nacht noch eine Flucht vereitelte, wurde Opfer eines nur allzu heimtückischen Anschlags.

Jemand hat ihm gestern nacht den Hals durchgeschnitten. Und irgend etwas anderes seltsames muss geschehen sein. Sein Leib ist wie von innen aufgebrochen. Seine ganzen Gedärme sind aus ihm hervorgequollen.

Das Furchtbarste aber ist, dass sein lebloser Leib oder besser das, was davon noch übrig war, erst heute morgen im Schweinestall aufgefunden wurde. Die Schweine hatten schon angefangen, ihn aufzufressen."

Leise flüsterte Tuan sich zu:

"Da ist der Arme doch wenigstens unter seinesgleichen dahingeschieden."

Der junge Mann räusperte sich.

"Was sagtet ihr?"

Tuan antwortete:

"Ich sagte, wäre der Arme doch von Anfang an unter seinesgleichen geblieben. Dann wäre er jetzt ein Edelmann. Ja, das Leben ist wie es ist. Lasst mich jetzt wieder mit der Kranken allein."

Der junge Mann sagte sehr leise:

"Ich fürchte, dass ich euch diesen Gefallen nicht tun kann. Der Hochkönig möchte euch sehen."

Tuan schloss seine Augen einen Augenblick und stand auf.

Schweigend folgte er dem Wachhabenden, der zielstrebig zur großen Halle eilte.

Auf den Bänken und Tischen lümmelten sich die Edelleute und ließen sich von Musikanten unterhalten. Wie eine voll aufgeblühte Blume schien die Gesellschaft die Zeit vor dem Verwelken zu genießen.

Broc und Réalta saßen auf ihren Thronen, zu ihren Füßen balzten Cruímh und Siorc um die Gunst des Königs.

Betrunken lallte Broc Tuan entgegen:

"Ah, da ist er ja, unser Hochdruide. Tuan, mein bester Freund, komm doch zu uns. Hier gibt es guten Wein zu trinken.

Schenke, bring unserem großen Druiden einen Kelch!"

Tuan erreichte den Hochkönig und winkte ab:

"Ich danke für die Güte, aber ich trinke so früh keinen Wein."

Broc blickte auf und sagte:

"Nicht?"

Ein lauter Hickser wurde von der Königin mit verdrehten Augen bedacht.

Geschmeidig perlten Réalta die honigsüßen Worte von den Lippen:

"Wie schön, dass ihr noch etwas Zeit für uns gefunden habt. Eine tiefe Trauer quält unser Herz, durch die große Lücke, die das Ableben Arcans hinterließ."

Trocken sagte Tuan:

"Wirklich? Jetzt könnt ihr doch euren Freund hier zum Anführer der Königlichen Garde machen. Bei seinen herausragenden Leistungen, hat er das doch mehr als jeder andere verdient."

Broc blickte verwirrt in die Runde.

"Welche Leistungen denn?"

Réalta funkelte Tuan giftig an, der fortfuhr zu sprechen:

"Oh, Siorc hat doch der Königin angeboten, einige Dienste eurer Hoheit zu übernehmen, um euch zu schonen. Ausritte zum Beispiel. Siorc ist immer bemüht, euch so gut es geht zu vertreten. Nicht wahr?"

Eifrig ergriff der Königliche Berater das Wort:

"Ja, Herr, das hat er und deshalb sollte er auch der Nachfolger Arcans werden. Ihr werdet keinen würdigeren Nachfolger finden."

Weinselig fragte Broc:

"Meint ihr?"

Réalta erwiderte schnurrend:

"Aber sicher! Ich finde, wir sollten deine Entscheidung mit einem guten Schluck bekräftigen, nicht wahr, mein Herzkönig?

Cruímh, lauf in die Küche und hole etwas von dem besten Wein."

Laut schrie Broc ihm nach:

"Warum nur etwas? Bring gefälligst das ganze Fass, du hässlicher Zwerg!"

Wenige Augenblicke später kam der Königliche Berater mit Kelchen und einem großen Krug zurück.

Misslaunig brüllte Broc durch die ganze Halle:

"Hatte ich nicht das ganze Fass verlangt? Du bist mir ein Diener deines Hochkönigs! Los, schenk ein!"

Mit Bedacht schenkte der Zwerg ein. Vorsichtig gab er Réalta und Siorc ihre Becher, doch Broc war schneller. Gierig schnappte er sich den Kelch, den der Königliche Berater mit zitternder Hand Tuan hinhielt und leerte ihn in einem Zug. Cruímh stockte der Atem.

Leise flüsterten seine Lippen: "Herr, nicht!".

Aber zu spät. Von einem Augenblick zum nächsten wurde sein Gesicht kreidebleich, Schweiß trat ihm auf die Stirn und seine Hand griff kraftlos in die Richtung des Hochkönigs. Der König warf seinen Kelch hinter sich und brüllte:

"Wollt ihr mich denn verdursten lassen, ihr Hunde? Auf, schenkt nach, sonst vergesse ich mich!" Nun hatte er die Aufmerksamkeit der gesamten Halle.

Der Zwerg regte sich nicht mehr, stand da, still und bewegungslos und ließ sich von Réaltha, die ihn mit fragendem Blick anschaute, den Krug aus der Hand nehmen.

Plötzlich krümmte sich der König, fasste sich an den Bauch und begann zu würgen. Speichel rann über seine Unterlippen und tropfte auf seinen Wams. Krämpfe schüttelten den alten Mann. Siorc, die Hochkönigin und Tuan verfolgten wie gebannt den Kampf des Königs. Totenstille herrschte in der Halle. Als hätte er noch einmal die Klarheit des Augenblicks in sich, stieß er sich ab von seinem Thron und wankte auf Cruímh, seinen Mörder, zu und streckte seine Hand nach ihm aus. Vergebens. In einem letzten Aufbäumen zuckte sein Körper, dann brach er vor seinem Thron zusammen. Die Spannung des Hofes entlud sich in aufgebrachtem Schrecken. Männer, Frauen, Adelige und Bedienstete stürzten nach vorn. Alle blickten auf den toten Hochkönig, nur Tuan heftete seine überraschtes Auge auf Cruímh.

Athraighs Wege

Athraigh schlief wie ein Stein. Den ganzen Tag war er nur zu Pferd unterwegs gewesen. Er wollte so schnell es ging nach Hause. Und doch war ihm nicht wohl dabei. Was war mit dem Schwur, den er geleistet hatte? Fiántas, dieses gerissene Weibsstück, sie hatte ihn genau in der Laune erwischt, in der ein Mann alles verspricht, betrunken und liebestoll.

Cluanaires leidenschaftliche Tochter würde ihm den Hals umdrehen. Aber Athraigh war noch immer und vor allem nach dem, was er mit Solasard durchgestanden hatte, davon überzeugt, dass dieser der richtige Mann für den Hochthron Erius war.

Nur wie brachte er das dem Fahrenden Volk bei, und vor allem Fiántas?

Sie war die einzige Frau, die all seinen Nachstellungen eiskalt widerstanden hatte.

Und nun war er auch noch wortbrüchig geworden. In seinem tiefsten Schlaf suchte sie ihn in grausamen Träumen heim und forderte die Erfüllung des Schwurs.

Je näher er seiner Heimat kam, um so leichter wurde sein Schlaf.

Was, wenn Fiántas das Fahrende Volk hinter sich gebracht hatte und Athraigh nun alleine stand?

Noch vor der Morgendämmerung erwachte der Namenlose, sattelte sein Pferd und machte sich auf den Weg.

Er war schon einige Meilen unterwegs, als er in einiger Entfernung vor sich seltsame Umrisse ausmachte.

Fast schien es ihm, als wackelte ihm da ein ganzes graues Heer entgegen.

Da waren Gestalten, die vermummt waren und andere, die Verbände an Armen und Beinen hatten. Ein merkwürdiges Gemurmel entwich ihren Mündern.

So schnell es Athraigh möglich war, stieg er ab und führte sein Pferd ins Unterholz. Er selbst suchte sich einen gut geschützten Platz im Dikkicht, der ihm doch noch den Blick auf die Breite Straße freiließ.

Er musste nicht lange warten, bis ihn der seltsame Zug erreichte.

Grauen und Staunen erfüllte ihn gleichermaßen bei dem Anblick dieser unfertigen Gestalten.

Schlimmer noch als die Síofra, denn das mussten sie sein, waren die Schwarzen Reiter, die sie begleiteten.

Ein bittersüßer Gestank von Verwesung wehte selbst zum Versteck Athraighs, wenn einer von ihnen vorüberritt.

Von dunklen Mänteln beschattet, die nur schwarze Stiefel mit spitzen Sporen enthüllten und Gesichter, die so grau und ausgemergelt waren, wie die jahrhundertealter Toter.

Aschfahle Haut, so dünn wie verdorrte Blätter, überzog bösartige Gesichter.

Knallende Peitschenhiebe hallten durch die Nacht.

Dann blieb einer vor Athraighs Versteck stehen und witterte in dessen Richtung. Gerade wollte er absteigen, als ein bellender Laut von weiter vorne erschallte. Der Reiter stieß seinem Pferd die Sporen in die Seite. Dunkles Blut tropfte aus einer nie heilenden Wunde. Dann preschte er davon. Stunde um Stunde zog das graue Heer an ihm vorüber.

Endlich weit nach Sonnenaufgang fand der Zug ein Ende.

Athraigh wartete noch eine weitere Stunde und setzte seinen Weg schließlich fort.

Er trieb das Pferd an, als ginge es um Leben und Tod. Und jetzt, da er gesehen hatte, welche Masse da auf Solasard zukam, schien es ihm auch so zu sein.

Dies war eine Masse, die nicht zu schlagen war.

Kurz waren seine Rasten, mehr dem Pferd zuliebe als seinetwegen.

Erschöpft und ausgelaugt erreichte er zwei Tage später Ath-Luain.

Dort suchte der den "Schlafenden Eber" auf. Athraigh erinnerte sich noch zu gut wie Solasard, Goworr und er selbst dort auf Draighean gestoßen waren.

Mittlerweile hatte das allmächtige Schicksal sie quer durch das Land geführt, Abenteuer und so manche üble Lage überleben lassen.

Blonag war wohl der Name der Wirtin, die ihnen damals ihre Scheune zur Verfügung gestellt hatte. Sie wollte er aufsuchen.

Doch soweit sollte er vorerst nicht kommen.

Kurz, nachdem er in das Städtchen eingeritten war, fiel dem Namenlosen sofort auf, wie wenig Leute auf den Straßen waren und von den wenigen gehörte die Überzahl zu der Königlichen Garde. Die wollte er nun nicht zu der gutmütigen Wirtin führen.

So ritt er wieder ein Stück aus dem Städtchen hinaus und kehrte erst nach der Dämmerung zurück. Im Dunkeln führte er sein Pferd durch die Gassen, bis er endlich den "Schlafenden Eber" fand.

Mutig trat er vor die Tür. Doch als er sie öffnen wollte, fand er sie verschlossen vor. Dennoch hörte er dahinter wispernde Geräusche.

Leise klopfe er an das Holz.

Eine Stimme flüsterte:

"Das Losungswort?"

Nun war guter Rat teuer. Athraigh überlegte und schließlich entschied er sich für ein leises "Solasard".

Endlich wurde ihm die Tür geöffnet. Eine große Hand packte ihn am Kragen und zog ihn in den Innenraum.

Gerade vernahm er noch ein:

"Du sollst doch deutlich sprechen...", bevor ihn ein Faustschlag ins Gesicht leicht benommen zu Boden warf.

Schon hatte sich ein Kreis gewaltiger Mannskerle um ihn versammelt und Athraigh sah sein letztes Stündlein kommen, als eine herrlich dicke Frau durch den Raum walzte und rief:

"Halt, nicht, den nicht! Den kenn ich!"

Niemals war Athraigh einer Frau dankbarer für ihr Erscheinen, als in diesem Augenblick. Ergeben blickte er zu ihr auf.

Sie beugte sich zu ihm herunter und wiederholte bestätigend:

"Ja, den kenne ich. Aber du siehst nicht mehr so frisch und abenteuerlustig aus wie beim letzten Mal, als wir uns begegnet sind, und um ehrlich zu sein, siehst du nicht nur alt aus, sondern stinkst auch wie ein toter Fisch.

Nun, Fremder, haben dich demnach deine Abenteuer mit Draighean, dem guten Waldläufer, doch wieder hierher geführt.

Auf der Flucht vor den Geistern der Nacht und diesmal allein, wie es mir scheinen will. Nun, was kann ich für dich tun?"

Mühsam erhob sich Athraigh und fiel auf einen Stuhl.

Kurz und bündig antwortete dieser:

"Ein Bier, ein Bad, ein Bett und wecken vor Sonnenaufgang."

Prüfend rieb er sich das Kinn.

Die Wirtin dröhnte durch den Raum:

"Gadaí, hol unserem Gast ein Met.

Nun, Junge, dann erzähl uns mal, woher du kommst und wohin du unterwegs bist. Die Pfade sind trügerisch heutzutage und ich weiß gerne, wen ich unter meinem Dach beherberge."

Mittlerweile hielt Athraigh einen gefüllten Krug in der Hand und schlürfte das Gebräu genießerisch.

"Nun, ich komme aus Uisneach, und ich muss dringend nach Bealaclugga, um meinen Ziehvater zu bitten, dem Hochkönig zu helfen."

Alle rissen die Münder auf und augenblicklich wurde dem jungen Mann der Stuhl unter dem Hintern weggezogen.

Entrüstet fragte Blonag:

"Wem zu helfen? Dem alten Broc?"

Nun schlug sich Athraigh auf die Stirn und antwortete:

"Nein, doch nicht dem. Solasard, Fionn mac Cumhails Sohn. Er wird unser neuer Hochkönig, aber er braucht Hilfe."

Entschuldigend wurde der Namenlose wieder hochgezogen und geradezu fürsorglich auf seinen Stuhl gesetzt, bevor Blonag mit ihrer Fragerei fortfuhr:

"Und wer, bitte schön, ist jetzt dein Ziehvater?"

Vorsichtshalber erhob sich Athraigh von seinem Stuhl, bevor er langsam und vorsichtig antwortete:

"Cluanaire, der Herr des Fahrenden Volkes."

Empört zischte die dicke Wirtin:

"Dieser Halsabschneider. Das ist dein Ziehvater? Nur gut, dass du das nicht beim letzten Mal gesagt hast. Und was soll Cluanaire für dich tun?"

Langsam wurde es Athraigh zu dumm.

"Ich bin jetzt, wie es für mich erscheint, Ewigkeiten mit Solasard unterwegs gewesen. Wir haben das Blaue Schwert der Wahrheit gefunden, er hat die Große Hochzeit mit dem Land in Uisneach vollzogen und nun ist der junge zukünftige Hochkönig auf dem Weg in die Waldstadt des Kleinen Volkes, weil er von dort aus den Unrat auf Tara austreiben will.

Da ist es doch das Geringste, was ich tun kann, meinen Ziehvater zu fragen, ob er mir nicht ein paar Männer geben kann, damit sich auch das Fahrende Volk an diesem schicksalsträchtigen Kampf beteiligt. Und kein Mann hat es so verdient, diesen Thron zu besteigen, wie Solasard.

Er ist klug, besonnen und gerecht und er ist jung und nicht so ein Tattergreis wie Broc.

Wenn ihr mich daran hindern wollt, bitte, ich werde niemandem eine Antwort schuldig bleiben."

Schon hatte er zwei seiner Wurfmesser in der Hand.

Aus einer der hinteren Ecken, wo sich in der Sicherheit der Dunkelheit ein paar Schatten versammelt hatten, erklang eine seltsam ruhige Frauenstimme:

"So wärst du wohl auch bereit, für deinen Solasard zu sterben?"

Mit einem unguten Gefühl in der Magengegend erwiderte Athraigh:

"Ja, sofort."

Höhnisch mengte sich die Stimme einer anderen Frau in das Gespräch:

"Siehst du, Gormeala, Männer sind so dämlich. Und wer würde dann wohl Hilfe bringen, wenn du nicht deinen Ziehvater erreichen würdest, nicht lebend jedenfalls?

Ich hoffe, der neue Hochkönig ist nicht so ein großer Narr wie du."

Hilflos sah sich Athraigh um:

"Wo bin ich denn hier hineingeraten, in ein Räubernest? Dann bringt es endlich hinter euch und macht dem Spiel ein Ende."

Da legte Blonag ihm eine ihrer schweren Pranken auf die Schulter und presste ihn sanft wieder auf seinen Stuhl.

"Ruhig Blut, junger Freund. Hier will dir niemand ans Leder. Crónachan, Gormeala, ihr Männer dort, macht Licht in eurer finsteren Ecke, damit euch der junge Mann erkennen kann."

Schnellstens wurde eine Kerze auf den Tisch gestellt.

Da saßen an die zwanzig Frauen und Männer.

Eine Frau mit so blondem Haar, dass es fast weiß war, erhob sich.

"Gestatten, dass ich bekannt mache, die Fianna auf dem Weg in die Waldstadt, um gemeinsam mit den anderen dort, diese elenden Síofra und ihre widerlichen Herren dorthin zu vertreiben, woher sie gekommen sind."

Athraigh gingen die Augen über:

"Ihr seid die Fianna? Ich hatte mir euch ganz anders vorgestellt. Nicht so verwildert und... ohne Frauen."

Crónachan lachte.

"Ja, so ändern sich die Zeiten und ohne uns wäre vieles schlechter und du zum Beispiel tot."

Der Namenlose blickte besorgt in die Runde und sagte:

"Und sind das alle, die von euch übriggeblieben sind?"

Da brach ein Gelächter los, bis Faolchú antwortete:

"Ja, mein Junge, alle. Bis auf die drei Einheiten von je dreitausend Männern und Frauen, die sich gerade zielstrebig dem Hügel von Tara nähern."

Da konnte auch Athraigh endlich wieder lachen.

Alle Anspannung schien von ihm abzufallen, und nun merkte er, wie müde er eigentlich war.

"Seid mir nicht böse, Freunde, aber ich spüre jeden Knochen im Leib, als wäre ich hundert Jahre alt. Mich zieht es auf mein Lager, lasst uns morgen weiterreden."

Freundlich antwortete ihm Gormeala:

"Morgen früh, wenn du erwachst, werden wir schon nicht mehr hier sein.

Du weißt selbst, Zeit tut Not, und der neue Hochkönig braucht jede Hilfe, die er nur bekommen kann.

So schlaf denn wohl und wir sehen uns spätestens auf dem Schlachtfeld.

Und du kannst deine Wurfgeschosse jetzt auch wieder wegstecken."

Bald schon ruhte er auf einem Strohlager und tatsächlich waren die Fianna schon lange fort, als er am nächsten Tag die Augen öffnete.

Nach einem ausgiebigen Frühstück und einigen fürsorglichen Warnungen für den Weg durch Blonag verließ er Ath-Luain in Richtung Bealaclugga.

Weiter und weiter ging es durch den Wald nach Loch-riabhach. Erinnerungen an den Anfang der Suche wurden in ihm wach und er schmunzelte, als er an die erste Begegnung mit Goworr dachte. Der Wald wurde lichter und lichter, bis er sich ganz in der Weite verlor.

Wieder zog er durch diese zerklüftete Küstenlandschaft, deren Felsen messerscharf und deren Spalten, Gräben und Löcher tödlich sein konnten.

Die Brandung flutete gegen dieses grausame Gestein, als wolle sie diese unfreundlichen, unwirtlichen Felsen wieder abtragen, um anderswo Schöneres daraus zu erschaffen.

Der Wind blies Athraigh um die Ohren. Die Mähne seines tapferen Pferdes wehte bald in die eine, bald in die andere Richtung. Dennoch liebte er diese Landschaft. Das verkarstete Gesicht zeigte sein Alter und seine Geschichte genauso wie ein menschliches.

Dann wurde es grüner und grüner.

Endlich erreichte Athraigh die mächtige Wagenburg seines Volkes. Es mussten sehr schlechte Zeiten sein, wenn sich so viele seines Volkes um ihr Oberhaupt scharten.

Da waren Wagen in allen Farben und Größen, und auf einer großen Koppel war eine gewaltige Herde von Shires zu sehen. Und auch bei den anderen Pferden glich keines dem anderen.

Sie hatten den Reiter wohl schon aus der Entfernung gesehen und wohin, wenn nicht zu ihnen, sollte er unterwegs sein?

So erreichte Athraigh den herrlich mit zahlreichen Silberarbeiten versehenen Wagen seines Ziehvaters, umgeben von einer Menschenmenge, die ihn erkannt hatte und freudig begrüßte.

Es dauerte nicht lange, da kletterte Cluanaire aus seinem Wagen, um seinen Ziehsohn zu begrüßen.

Fest schloss er ihn in seine Arme, hielt ihn dann ein Stück von sich fort, musterte ihn und sagte:

"Und, hast du den Basnahund erwischt? Mir hattest du es ja nicht geschworen. Ich kann dir nur raten, Fiántas besser aus dem Weg zu gehen.

Doch komm erst mal mit in meinen Wagen. Und ihr, Volk des Stammes der Diebe, bereitet ein Fest vor.

Macht ein großes Feuer und spielt auf. Lasst uns die Rückkehr meines Sohnes mit ein paar gebratenen Ochsen feiern."

Gemeinsam kletterten die beiden in den geräumigen Wagen Cluanaires. Erst nach einigen weiteren Augenblicken der Umarmungen und des Herzens fiel Athraigh auf, dass sie nicht allein waren.

Auf einer dreckigen Strohmatte lag eine kleine Gestalt, die bei jedem lautem Wort des Führers erschreckt zuckte.

Mitleidig fragte er seinen Vater:

"Wer ist das?"

Cluanaire winkte ab und sagte:

"Ach, die musst du nicht beachten, das ist Maoth. Sie arbeitet nur die Schulden ihres Mannes ab. Sieh dir nur ihr schönes Gesicht an, dann weißt du, wie ich mit einem gebrochenen Ehrenwort umgehe."

Mit einem kalten Grinsen hielt Cluanaire die Laterne in die Höhe.

Angewidert drehte sich Athraigh um und nahm seinem Ziehvater das Licht aus der Hand.

Verschämt verkroch sich die verunstaltete Frau noch mehr in das Innere des Wagens.

Cluanaire bot Athraigh einen Sitzplatz an und fragte:

"Warum bist du hier? Du willst doch bestimmt etwas von mir, sonst wärst du doch nicht hier, sondern bei deinem neuen Basna-Freund."

Athraigh erwiderte ruhig:

"Irgendwann muss auch die älteste Fehde einmal ruhen, Vater, und Solasard wird ein guter König sein. Zudem hat er dir doch nichts getan.

Vater, er braucht wirklich unsere Hilfe. Außerdem ist es wichtig, dass auch wir den neuen Hochkönig unterstützen."

Cluanaire nickte zustimmend.

"Oh ja, natürlich ist das wichtig. Aber wenn Frieden ist, verliere ich auch all meine gewinnbringenden Geschäfte mit der Königlichen Garde, mein Sohn."

Athraigh stand die Wut in seinen meerblauen Augen.

"Du tust was? Wie kannst du nur diese Schweine unterstützen. Hast du keine Ehre?"

Der fette Mann erwiderte:

"Von Ehre kann ich mein Volk nicht ernähren, aber das Silber, das ich verdiene, rettet uns vor dem Tod im Winter."

Athraigh antwortete:

"Wer nichts verdient außer Silber, der verdient auch nichts außer Silber. Und doch kannst du sie nicht essen, deine Schätze, du musst Nahrungsmittel beschaffen. Vielleicht können wir mit dem König ein Abkommen schließen, das uns das Leben wesentlich erleichtern würde."

Grübelnd sagte Cluanaire:

"Ich werde darüber nachdenken, Athraigh. Aber nun erzähle mir doch erst mal, was dir alles widerfahren ist.".

Der Namenlose berichtete seinem staunenden Ziehvater von den Wundern seiner Reise, den Erfahrungen und Lehren, die ihn auch verändert hatten, bis sie von draußen laut an das Feuer gerufen wurden.

Unter dem Jubel des Volkes wurde Athraigh an den Ehrenplatz geführt.

Heller Feuerschein verbreitete Wärme und Licht, überall war Musik und Tanz. Die Frauen warben um den zukünftigen Kronprinzen des Fahrenden Volkes.

Spät am Abend trat auch Fiántas an ihn heran.

Halb betrunken erkannte Athraigh zu spät, was die junge Frau wirklich vorhatte.

Nur einen Augenblick sah sie ihm tief in die Augen, dann blitzte etwas Metallisches auf. Dank einer glücklichen Bewegung fand der Dolch nicht seinen Weg in Athraighs Herz, sondern in den linken Arm.

Schmerzverzerrt blickte er auf die Wunde und schmiss wutentbrannt den Dolch fort.

Dann stand er auf, drehte ihr den Arm auf den Rücken und zerrte sie unter dem Beifall der Leute zu ihrem Wagen.

Laut schrie er sie an:

"Bist du wahnsinnig? Was sollte das, wolltest du mich umbringen?"

Fiántas schlug ihm mit der flachen Hand in das Gesicht und trommelte dann mit ihren Fäusten auf seine Brust.

"Du Hund, du hast ihn nicht getötet. Hast du denn kein Herz, fließt denn in deinen Adern nicht auch unser Blut?"

Athraigh, schlagartig ernüchtert, blickte ihr tief in die Augen und sagte traurig:

"Ich weiß nicht, welches Blut in meinen Adern fließt, Fiántas, aber auf meiner Reise habe ich gelernt, dass es nicht das Blut ist, das etwas über die Ehre eines Mannes aussagt. Komm, lass uns reingehen, meine Wunde muss versorgt werden."

Zickig kletterte die Frau vor ihm in den Wagen und hievte ihn mehr recht als schlecht hinein.

Dabei knurrte sie:

"Glaub ja nicht, dass du mich aufs Kreuz legen kannst wie meine Schwestern."

Athraigh gab zurück:

"Da brauchst du keine Angst zu haben. Ich bin ja nicht so verrückt wie du."

Lieblos verband sie seine Wunde. Dann fragte sie ihn fast verzweifelt:

"Warum hast du ihn denn nicht getötet, Athraigh? Du hattest es mir geschworen."

Der Namenlose antwortete:

"Er ist mein Freund, Fiántas, und Freunde bringt man für gewöhnlich nicht um.

Glaub mir, er wird ein guter Hochkönig sein und wir werden bestimmt nicht unter ihm zu leiden haben. Er wird es auf keinen Fall vergessen, wenn wir ihm nun helfen und er braucht unsere Hilfe dringend. Wir alle sind sein Volk und als solches sollten wir auch hinter ihm stehen.

Wenn du willst, dann töte ich ihn, falls er sich undankbarer als Broc erweist. Dann werde ich der sein, der ihn tötet. Das verspreche ich dir.

Kann ich vielleicht hier schlafen? Ich bin hundemüde und habe wenig Lust, Cluanaires Gastfreundschaft in Anspruch zu nehmen. Ich werde dir auch bestimmt nichts tun."

Gemeinsam lagen sie auf dem Lager. Fiántas auf der linken und Athraigh auf der rechten Seite.

Mitten in der Nacht rückte Athraigh immer näher hin zu dieser leidenschaftlichen Frau und schlang sogar seinen rechten Arm um sie.

Fiántas erwachte sofort. Zuerst war ihr diese Nähe äußerst unangenehm, doch er schien wirklich zu schlafen. Sanft, ganz sanft und vorsichtig schmiegte sie sich an ihn und er drückte sie noch fester an sich.

Wie ein Kind, das endlich nach Hause gefunden hatte, lächelte Athraigh im Schlaf.

Am nächsten Tag fand er sie schon wach vor, als er die Augen öffnete. Er betrachtete sie eine Weile, dann sagte er:

"Guten Morgen. Dein Stich brennt immer noch."

Freundlich erwiderte sie:

"Guten Morgen. Du hast ihn auch noch immer verdient. Denk daran, was du mir gestern versprochen hast. Ich werde dich daran erinnern, wenn es nötig ist.

Cluanaire hat einen Großen Rat einberufen. Einen, wo jeder sprechen darf. Das kommt nur sehr, sehr selten vor wie du weißt.

Aber wir beide wissen natürlich, dass es in Wirklichkeit nur zwei Redner geben wird: Ihn und dich, so mache deine Sache gut. Es hängt ganz alleine von dir ab, ob wir deinem Freund helfen."

Athraigh machte sich fertig und kletterte aus dem Wagen.

Das ganze Fahrende Volk hatte sich um die große Feuerstelle versammelt.

Gerade noch hörte er Cluanaire sagen:

"Und ich bitte euch, erinnert euch, wie es uns erging, als Broc bemerkte, dass wir auch die Fianna unterstützten. Die Königliche Garde hat unsere Wagen verbrannt und alle unsere Pferde gestohlen. Wollt ihr das noch einmal erleben?

Wenn dieser Solasard König werden will, dann soll er das, aber wir werden hier bleiben und abwarten. Und wir werden gute Geschäfte mit beiden Seiten machen."

Athraigh schüttelte angewidert den Kopf:

Während er auf seinen Ziehvater zuging, räusperte er sich laut.

Alle Köpfe drehten sich zu ihm, als er begann:

"Ich achte dich sehr, Vater. Aber wenn dieser Krieg vorüber ist, wird es nur noch eine Seite geben und dann Gnade denen, die auf der Seite der Verlierer stehen. Es ist Zeit, die alten Wege zu verlassen, Herr.

In Gefahr und Not führt der Mittelweg zum Tod. Dies sind meine Worte. Ich habe mich entschieden und ich werde meinem jungen Hochkönig dienen, so wie er es von seinem Freund erwarten kann. Du warst es Vater, der zu mir sagte: Wer zwei Hasen jagt, wird keinen fangen. Ich habe meine Entscheidung gefällt und sie war nicht schwer zu fällen. Alles wird untergehen und wir werden weiter sein, was wir immer waren, Ausgestoßene, wenn Dragan mit seinen Síofra diesen Krieg gewinnt. Aber an der Seite Solasards zu kämpfen, bedeutet sein Verbündeter zu sein und dies öffnet für unser Volk das Tor zur Einen Welt des Friedens und der Anerkennung. Ich werde diesem Weg folgen, ich werde diesen Weg wählen für das Volk, das eines Tages mein Volk sein wird und ich, Vater, will andere Wege gehen, als du. Ich will eine andere Zukunft für unser Volk, als im Abseits zu stehen. Wie auch immer ihr euch entscheidet, wer sich mir anschließen will, findet mich morgen früh hier. Möge Mut in euch sein und der Wille alte Wege zu verlassen und eine neue Welt des Friedens zu wagen."

Das Lied der Elben

Oiche, der König Tir na Samradhs, war weit gegangen. Die schwarzen Trauerringe unter seinen Augen ließen die bleiche Haut des Hochelben noch fahler erscheinen.

Tage war er nun unterwegs. Nächte. Meile für Meile hatte er hinter sich gebracht, denn weit in den Süden zog es ihn. Weit in den Süden eines Landes, das nicht das seine war.

Lá, seine geliebte Gemahlin, die Königin seines Herzens war tot. Ihr ewig junger, herrlicher Leib war seiner wundervollen Seele beraubt.

Wie durch einen Schleier fühlte er nun ihre Gegenwart und doch spendete sie ihm keinen Trost. Er wusste, er konnte in dieser Welt nicht zu ihr gelangen.

Bald, wenn er wieder zu Hause war, würde er ihr an den Tisch der Götter folgen, wo sie sehnsüchtig auf ihn wartete.

Zeit war es, die Zügel in die jungen Hände Misnéachards zu legen.

Wie sehr liebte er seinen Sohn und doch hatten große Sorgen lange Jahre diese Vaterliebe getrübt.

Als er zu einem jungen Prinzen herangereift war, hatte Oiche ihn einst gefragt:

"Nun, mein Sohn, du hast viel gelernt bei Auda und den Waffenmeistern. Mit welcher Waffe werden sie dich abbilden eines Tages, wenn du König bist?"

Misnéachard erwiderte ernst:

"Eines Königs Schwertarm ist seine Zunge. Keine Waffe ist besser als das Wort. Ich will mich nicht meiner Jugend rühmen, denn morgen oder übermorgen schon werde ich es wie Galle auf meinen Lippen spüren. Doch so wie meine Jugend und meine Kraft schwinden, gewinne ich die Kraft des Alters und die Weisheit. Aber ich will nicht eingebildet sein und mich darauf verlassen, dass ich wirklich weise bin. Ich werde mich mit dem scheinbar Unwissenden so gut besprechen wie mit dem anscheinend Weisen. Denn ich weiß, dass ich nicht das Maß aller Dinge bin und ein König soll seinem Volk dienen und nicht seiner eigenen Eitelkeit.

Keine Waffe soll Zeichen meiner Königswürde sein. Und wenn mich einer schlägt, so will ich es vorerst erdulden. Denn besser ist es, Unrecht zu erfahren als Unrecht zu tun.

Und vielleicht mag jener sein Unrecht erkennen und mir eine Wohltat dafür erweisen.

Besser ist es zu segnen, als dem Leid zuzufügen, der mich beleidigt hat.

Mein Volk wird auf meiner Zunge nur finden, was auch in meinem Herzen ist."

So edel dieses Herz. So spät fand ihn die Liebe.

Er wird ein guter König sein für sein Volk, ein König mit einem gebrochenen Herzen.

Das Herrschen mochte ihn ablenken davon.

Ganz leicht schmeckte Oiche nun das Salz des Meeres in der Luft. Er war nicht mehr weit entfernt vom Ziel seines langen Weges. Wenig hatte er davon wahrgenommen. Wie in einem leichten Schlaf war er seines Weges gegangen.

Nun war es wieder Zeit, die Sinne zu schärfen.

Es war Nacht. Wenige Meilen noch lagen vor ihm. Oiche begann leise eine Melodie zu singen.

Alte Worte, Silben nur, die tief und dunkel seinen Kehlkopf zum Schwingen brachten, sein Bewusstsein durch seine Stimme zu einem Sein verwoben. Es gab nun kein Inneres und kein Äußeres mehr.

Die Nacht nahm ihn unter ihre Fittiche und führte ihn sicher. Schritt für Schritt, Stunde um Stunde.

Kurz vor Sonnenaufgang erreichte Oiche den Ort seiner Bestimmung, einen mächtigen Steinkreis, einen heiligen Ort.

Das Licht des Tages hatte schon seine Finger nach den Schatten der Nacht ausgestreckt. Doch die stolze Mutter Nacht, eingehüllt in ihren dunkeln Mantel, dessen Nadelstiche Sterne waren, wehrte sich, so früh zu weichen.

Ruhe lag über dem Land. Weit reichte der Blick bis hin zum blauen Meer, das sich in der Unendlichkeit verlor.

Gelber Stechginster umkränzte den magischen Ort des Steinkreises, umwob ihn mit seinem schweren Duft, der die Seele betörte.

Schafe weideten im Tal. Ein einzelnes Rotkehlchen saß in dornigem Gestrüpp und beobachtete den seltsamen Besucher.

Allein, dies alles sah er, der König Tir na Samradhs nicht, als er an den Kreis herantrat.

Bedächtig, ganz bei sich, ging Oiche von Stein zu Stein, legte auf jeden seine Hände, erfühlte sein Lied, seine Kraft und nahm es in sich auf, bis sein Herz im gleichen Rhythmus pulste, die gleiche Kraft durch ihn floss.

Doch noch immer war der Kreis geschlossen und ihn durchschreiten bedeutete, den Fluss der Kraft zu unterbrechen. Als würde ein Band durchschnitten, dessen lose Enden nur durch einen Knoten wieder vereint werden konnten, der doch nie wieder Anfang und Ende grenzenlos verbinden würde.

Die Zeit schien still zu stehen.

Wie jeder Steinkreis, so hatte auch dieser Wächtersteine, die achtsam, die Wege des Kreises behüteten. Vorsichtig trat der Hochelb an sie heran. Er stellte sich vor den Kreis aus reiner Energie und legte seine Hände auf die Steine, die nun links und rechts von ihm standen.

Die Kraft der Steine erfüllte seinen Körper, seinen Geist und seine Seele mit Frieden. Er ließ alles los in sich, gab sich diesem Strom hin und fühlte, wie ihn der Sog langsam und kaum merklich zwischen die Steine zog.

Er gab sich allen Gefühlen hin, die ihn nun durchfluteten, ließ sich treiben, dachte nichts mehr, wusste nichts mehr, war nur noch ein nacktes Sein.

Da hörte er eine leise Stimme und er kannte sie nur zu gut, die ihm zuflüsterte:

"Bald, mein Liebster, sind wir wieder vereint, dann wollen wir das Wasser des Lebens sein in den Strömen der Zeit, doch noch hast du eine Aufgabe zu erfüllen. Erwache!"

Nur mühsam gelang es Oiche, sich darauf zu besinnen. Zu groß war die Versuchung, sich dem Fluss für immer hinzugeben.

Alle Kraft nahm er zusammen, um seine Gedanken auf sein Ziel zu richten.

Achtsam schritt er zwischen den Steinen hindurch. Seine Arme lösten sich von ihnen und bildeten ein Dreieck zwischen Oiche und der Linie zwischen den beiden Steinen.

Wie ein Schwan langsam zur Mitte eines Sees glitt und seine Wellen ans Ufer brandeten, um eins zu werden mit dem ihn umgebenden Land, so schritt Oiche in die Mitte des Kreises.

Langsam ließ er dort seine Arme sinken, schöpfte er Kraft und Atem.

Die Energie durchströmte ihn und dann erstand die Sonne aus dem tiefen Meer auf.

Kraftvoll und stark erhob der König der Hochelben seine Arme.

Klar und weit erklangen die Worte und Gedanken in einer Sprache, die dieses Land schon lange nicht mehr gehört hatte.

"Winde, ihr Winde, Wasser und Ströme, Erde und Steine, Lichter und Dunkel! Ich, Oiche, der Herr der Hochelben, König der Anderen Welt, ich rufe euch alle. Hochelben und Waldelben wie ihr da seid, zum Ort des Versprechens. Dorthin sollt ihr kommen und altes Unrecht soll vergeben sein, um eine Neue, um die Eine Welt zu erschaffen und zu halten. Frieden soll von nun an wieder herrschen in den Häusern der Tuatha de Danaan.

Kommt zum Ort des Versprechens! Kommt und eilt, die Zeit ist da!"

Noch, ehe der Hall in der Ferne verklungen war, fiel Oiche kraftlos zusammen.

Er wusste nicht, wie lange er so ohnmächtig dagelegen hatte, als er eine alte Frau neben sich sprechen hörte.

"Was sehen meine alten Augen da, was sucht einer wie du auch an einem Ort wie diesem? Ihr Weißblütigen müsstet doch wissen, dass ein Steinkreis nicht ungestraft durchschritten werden kann. Was glaubst du, wie lange der Fluss von Zeit und Raum jetzt wieder braucht, bis er im Einklang ist mit dem Lied der Erde?

Ihr habt hier nichts verloren, geht in eure eigene Welt. Und nehmt euer seltsames Pferd am besten gleich mit.

Kommt, ich helfe euch auf."

Die alte Frau zog Oiche hoch und schleppte ihn mehr recht als schlecht aus dem Steinkreis hinaus, wo sie ihn wie einen heißen Stein fallen ließ.

Mühsam rappelte sich dieser auf und fragte:

"Welches seltsame Pferd?"

Die Alte wies mit ihrem langen, spitzen Zeigefinger ein Stück abwärts und richtig, da graste ein herrliches Tier, das mit Sicherheit nicht von dieser Welt war. Er kannte diese Schimmelstute mit den roten Ohren und dem roten Schweif. Als er sie leise rief, warf sie stolz den Kopf in die Höhe, stellte die Ohren auf und suchte mit ihren klaren Augen den Rufenden. Noch einmal rief Oiche sie, da sah sie ihn. Die Erde trommelte unter ihrem Galopp. Ihre rote Mähne wehte im Wind. Dann stand sie neben ihm, wieherte, rieb ihren Kopf an seinen Armen. Sanft tätschelte er ihren Hals, strich er ihr über die Nüstern.

"Macha! Ich hätte nicht geglaubt, dich wiederzusehen. Die Gnade der Götter ist unergründlich."

Da erkannte er mit einem Mal, wer die alte Frau gewesen war. Doch als er sich nach ihr umdrehte, war niemand mehr da.

Noch erschöpft stieg er auf. Sodann machten sich die beiden auf den Weg. Gleichwohl sie schneller war und ausdauernder als jedes andere Pferd das Oiche kannte, trug sie ihn, als wäre ihr Rücken das weichste Lager der Welt.

Berge und Täler, Wiesen und Wälder glitten an ihm so schnell vorüber, dass es sein Auge kaum erfassen konnte. Kaum berührten ihre Hufe die Erde dieser Welt.

So ging es in einem fort.

Aus Sonne wurde Mond, dann war es wieder Morgen.

So wie die Welt an ihm vorüberzog, wurde Oiche von seinen Gedanken an seine geliebte Frau durchflutet, von Gedanken, was die Zukunft wohl bringen mochte. Wie lange würde es dauern, bis sie endlich wieder vereint wären.

Wie bitter schmeckte der Trunk aus dem Kelch der Trauer. Er hatte sie so sehr geliebt, ihr Lachen, ihren klaren Blick und ihre aufrichtige Art, die jeden Schnörkel durchschaute und ohne Umwege auf die Schwierigkeiten zuging, entschied und auch die Folgen ihrer Entscheidung trug. Sie war eine gute Königin gewesen, sie war eine gute Frau. Wie lange würde es dauern, bis wieder eine Königin auf diesem Thron sitzen würde und würde es Amhrán sein? Diese außergewöhnliche junge Frau, der es im Sturm gelang, das Herz seines Sohnes zu erobern. Es gab wenig, was Oiche tun konnte, um die Folgen des Krieges von seinem Volk abwenden. Aber er konnte seinem Sohn ein wiedervereinigtes Elbenvolk hinterlassen, das Seite an Seite gegen das Übel kämpfte. Was daraus entstehen mochte, lag in Misnéachards Händen. Der Vater hatte großes Vertrauen in seinen Sohn. Sein Volk wurde eine Säule des Friedens der Einen Welt sein. Darum hatte er sich auf den Weg gemacht. Deshalb war er hier.

Immer weiter in den Süden führte ihn sein Weg, weiter an der Küste entlang, Richtung Osten.

Endlich hatte er sein Ziel erreicht, weit unterhalb von Wyinklo an der letzten Landzunge, bevor sich die Insel im endlosen Ozean verlor.

Langsamer ging es nun voran. Kleine Hügel türmten sich auf zu hohen Bergen. Kaum wuchs Gras auf dem verkarsteten Gestein. Weißdornbüsche verströmten ihren Duft aus dem schiefen Geäst, das der Wind so lange schon gezeichnet hatte.

Keine Menschenseele weit und breit. Nebel wallte vom Berg ins Tal und immer noch waren sie unterwegs, weiter in das Gebirge hinein, die Stute schien niemals müde zuwerden.

Steine krachten zu Tal, rissen weitere mit sich hinfort.

Der Wind formte aus dem Nebel allerlei Getier, das scheinbar fauchend und jaulend ihren Weg begleitete.

Weiter und weiter zogen der Reiter und das fahle Pferd, das selbst schon fast eins mit dem Nebel war. Es war schon spät am Nachmittag.

Eben wurde der Weg nun, verbreitete sich weiter nach vorne und wurde zu einer Schlucht.

Oiche war gefangen vom Anblick, den diese Landschaft noch immer bot. Nichts hatte sich verändert. Jeden Baum, jeden Strauch konnte er benennen.

Macha spielte mit den Ohren und dann hörte auch er es.

Ein gewaltiges Rauschen, erfüllt vom rhythmischen Steinschlag, drang durch eine Nebelwand zu ihm vor.

Ungewissheit machte sich in ihm breit. Was mochte ihn erwarten, wenn er diesen Vorhang durchschritten hatte?

Waren die Elben gekommen, um ihr Versprechen zu halten, oder würde die einzelne Stimme eines schreienden, törichten Narren die Berge erfüllen?

Sorgenvoll stieg Oiche von Machas sanftem Rücken ab. Diesen Weg musste er alleine gehen. Macha, die wusste, warum er hier war, schmiegte sich noch einmal an seinem Arm. Er dankte Macha und der mächtigen Morrhígan. Die Stute schnaubte ihm noch einmal aufmunternd zu, schüttelte die Mähne und machte sich auf den Weg in ihre Welt.

Nun kam es auf Oiche an. Er atmete tief ein, er atmete tief aus. Endlich nahm er all seinen Mut zusammen und machte den ersten Schritt.

Sogleich hüllte ihn der Nebel ein. Der Hochelb konnte nur drei Schritte weit sehen. Mit jedem Schritt, den er ging, wurde das Rauschen und auch das Schlagen seines Herzens lauter.

Die Steine unter ihm waren klitschig und schlüpfrig. Vorsichtig setzte er einen Fuß vor den anderen, tastete er sich langsam vorwärts.

Schließlich lichtete sich der Nebel und bald trat der König des Sommerlandes ganz aus ihm hervor.

Beim letzten Schritt schloss er seine Augen. Er hörte den Wasserfall vor sich, spürte die Gischt auf seinen Wangen und wagte einen Blick. Nichts und niemand!

Es schnürte ihm die Kehle zu. Sein Herz raste. Und doch!

Da war ein Wald gewachsen am Wasserfall, und dann hörte er eine junge Stimme über sich sagen:

"Für einen kleinen Augenblick sah es fast so aus, als wolltet ihr zusammenbrechen und wieder eins werden mit der Großen Mutter Erde. Es hat wohl diesen Augenblick gedauert, bis euch wieder eingefallen ist, dass die Waldelben nur nachts ihre elbische Gestalt annehmen."

Schwungvoll sprang der junge Elb vom Ast einer großen Birke. Er trällerte ein kurzes Lied und plötzlich traten hinter den Bäumen zahlreiche Hochelben hervor.

Oiche starrte mit offenem Mund umher, und als sei all dies noch nicht genug, hörte er nun neben sich die wohlbekannte Stimme Anams, eines Mannes aus dem Rat der Weisen seines Volkes. Er konnte es kaum fassen.

"Seid mir gegrüßt, Herr. Einen langen Weg habt ihr gewiss hinter euch gebracht. Doch nun setzt euch, ruht euch aus und schöpft wieder Kraft."

Anam trat aus dem Schatten einer Weide und reichte seinem Herrn einen Becher mit dem Sommertrunk seiner Heimat.

Noch staunend stieß Oiche nur ein "Wie?" hervor.

Während sich nun die Hochelben um ihren König versammelten und auch die anderen vier Meister aus dem Rat der Weisen herantraten, erklärte Anam:

"Zum einen wird euch erstaunen uns hier vorzufinden. Doch dies ist ein Geschenk Audas. Ihr wisst, dass er eurem Sohn immer am nächsten stand von uns allen. Er brachte uns durch das Weltentor.

Noch andere prächtige Geschenke gab er uns mit, die wir dir gleich zeigen werden.

Ein neues Zeitalter beginnt nun, sagt er und nur einen Rat will ich euch mit auf den Weg geben: Seid nicht wie die Fische, sondern seid wie das Wasser selbst!

Das zweite Geschenk zum anderen haben wir keinem geringeren als eurem Sohn zu verdanken. Erinnert ihr euch an seine zahlreichen Besuche in der Alten Heimat? Nun, oft genug ging Misnéachard nicht alleine, doch jedes Mal kam er allein zurück und all diese jungen Männer hier warteten schon seit Monden auf die Geschehnisse, die er vorausgesagt hat."

Oiche lächelte stolz und schüttelte den Kopf.

"Und uns hat er immer gesagt, die jungen Männer seien in die Wälder gegangen, um sich auf unsere Vergangenheit zu besinnen. Möge die Große Mutter ihn segnen.

Aber wo sind die Geschenke Audas? Lasst sie mich sehen."

Anam gab sieben jungen Männern einen Wink, die brachten sieben schwarze Kästen zu ihrem König.

Sie waren aus so schwarzem Holz, wie Oiche es nie zuvor gesehen hatte. So hoch und breit wie eine Hand, schienen sie bis auf den sie abschließenden Deckel aus einem Stück Holz zu sein.

Einer der Männer trat zu dem König und öffnete vorsichtig seinen Kasten. Im Inneren waren die Wände mit einem seltsamen Metall ausgekleidet, das ähnlich aussah wie Mondscheinsilber. Darin glänzte eine schwarze, kristallene Kugel, die auf einer Schale aus Gold ruhte.

Oiche stockte der Atem:

"Die Palantri! Wahrlich, und wir glaubten sie verloren. Ein wirklich göttliches Geschenk!"

Bevor er uns verließ, rief er uns noch nach:

Dies sind die Sehenden Steine, verloren, vergraben und vergessen. Ewig sollen sie eine Tür sein zwischen zwei Welten, die nunmehr eine sind.

Als die Sonne schließlich untergegangen war, erwachten die Waldelben langsam, wandelten sich, bis sie wieder ihre elbische Gestalt angenommen hatten.

Kleine Lagerfeuer loderten im Dunkel, leichte Zelte wurden aufgeschlagen.

Oiche saß mit Anam und einigen Hochelben am Feuer und wartete darauf, dass die Waldelben sich von den Bäumen in unelbische Wesen zurückverwandelten. Wie viel war schon geschehen, seit jener schicksalsträchtigen Schlacht in der Ebene von Tailtiu, als sich das Volk der Elben teilte und fortan nur noch die Waldelben über das Antlitz Erius wanderten. Die Hochelben hingegen hatten sich in ihre Sidhe, die Erdhügel, zurückgezogen, dort lebten sie ihr eigenes Leben und kümmerten sich wenig um die Belange, der in ihren Augen, törichten Menschen. Selten gab es Begegnungen mit den Waldelben, die sich für die Welt der Menschen entschieden hatten. Auch wenn sie dort nicht sonderlich willkommen waren. Aus den wenigen Verbindungen zwischen Waldelben und Menschen war das Kleine Volk hervorgegangen. Nun saß er hier, Oiche, und wartete auf Shasza, die Herrin der Waldelben. Die Not hatte sie zusammen geführt und würde eine Wiedervereinigung der beiden Brüdervölker mit sich bringen.

Da trat die Waldelbin an sein Zelt. Ihr blondes Haar glänzte sanft im Widerscheins des Feuers.

"Sei mir gegrüßt, Oiche, du hast uns gerufen und wir sind gekommen. Du hast recht. Es wird Zeit die alten Lieder ausklingen zu lassen und neue zu singen. Viele Wege sind wir gegangen in dieser Welt und unser Herz hängt sehr an ihr. Damals schon konnten wir nicht verstehen, wie ihr so einfach in eure Andere Welt verschwinden konntet. Aber nun seid ihr hier, um gemeinsam mit uns und den Menschen, die alte Heimat aus den Ketten der Síofra und ihrer Herrin, der Pryria, zu entreißen. So lass uns alten Gram vergessen und Seite an Seite in die Schlacht ziehen."

Oiche nickte:

"Ja, so ist es, was auch war, es ist vorbei und nun sind wir hier. Lasst uns die Hände reichen und ein altes Bündnis erneuern."

Sie gaben einander die Hände und blickten sich tief in die Augen. Dann umarmten sie sich, drückten sich und traten vor das Zelt.

Gemeinsam begaben sie sich in die Mitte des Lagers. Dort hatten sich nun die Hoch- und Waldelben versammelt.

Oiche verneigte sich vor Shasza und ergriff das Wort:

"Freunde, welch' eine Nacht und wie werden die weiteren sein? Und doch, was auch immer daraus entstehen mag, dass wir heute hier sind, den Willen haben, gemeinsam für unsere alte Heimat zu kämpfen, ist für mich das größte Geschenk meines Lebens.

Die Zeit treibt uns vorwärts und wenig Zeit ist, um dieses zu würdigen und zu feiern. Lasst uns beisammen stehen und lasst uns ein wenig schweigen und dann, wenn der Krieg vorüber ist, lasst uns ein großes Fest der Zusammenkunft an diesem Ort feiern.

Ich hoffe sehr, dass dies von euch allen mitgetragen wird."

Shasza nickte. Stille legte sich über das Tal, als immer mehr Hände, die Hand eines Nachbarn ergriffen, eine Kette der stillen Freude bildeten, wer auch immer der andere war. Eine kurze Zeit herrschte völliger Frieden, dann löste sich die Kette wieder.

Shasza beugte sich zu Oiche und sagte:

"Ich sehe deine Trauer und sei gewiss, dass alle hier wissen um das Opfer, das du bringst. In Bälde schon werdet ihr wieder vereint sein, wie ihr es immer in Tir na Samradh ward.

Lass uns nun zum Wintertor gehen, damit wir den Schlüssel zum Sommertor singen können."

Gemeinsam machten sich die Waldelben mit den Hochelben auf. Ein riesiger Fackelzug bewegte sich im Gebirge auf den Wasserfall zu. Sie folgten einem Weg aufwärts, der so alt wie die Berge selbst war.

Wie ein gewaltiger Feuerdrache schlängelten sie sich empor. Dann erreichten sie das Tor aus Wasser.

Als sie den Wasserfall durchschritten, erloschen die Flammen. Ein anderes Licht herrschte hier, geboren aus den Brunnen der Anderen Welt.

Shasza und Oiche führten nunmehr die wiedervereinten Elben, gefolgt vom Rat der Weisen, tief in das Innere der Erde.

Eine gewaltige Rampe brachte sie in eine Höhle, deren Ausmaße unergründlich waren.

Blau leuchtete in ihrer Mitte ein glasklarer See.

Reihe um Reihe stellten sich die Krieger im Kreis um das Ufer.

Kein Laut störte die Stille, kein Wort ward gesprochen, bis jeder an seinem Platz stand.

Das Wasser warf blaue Ringe von Licht an die Felswände, die sich im Dunkel verloren.

Jeder Elb legte seinen linken Arm auf die Schulter seines Nachbarn und seinen rechten auf den, der vor ihm stand.

So bildeten sie ein lebendiges Sonnenrad und wie auf ein stummes Geheiß erklang ihr Lied:

"Hoch fliegt der weiße Schwan,
er öffnet uns das Tor,
weiß wie Schnee bringt er uns den Sommer
und sein Heil.

Weit reicht das Auge des blauen Falken,
er eilt zu den hellen Feuern Bels
und bringt uns den Sommer
und sein Licht.

Die grüne Biene tanzt unseren Weg,
sie nährt uns durch das Dunkel hindurch
und bringt uns den Sommer
und ihre Geduld.

Laut röhrt der rote Hirsch,
stolz durchschreitet er das Birkentor,
er bringt uns den Sommer
und seine Würde.

Der braune Bär steigt hinab,
vom Himmel auf die Erde,
er bringt uns den Sommer
und seine Kraft.

Golden breiten sich die Flügel der Eule aus,
sie schwebt durch die Dämmerung,
sie bringt uns den Sommer
und seine Wechsel.

Unsichtbar singt der Zaunkönig sein Lied,
er baut das Haus der Götterworte,
er bringt uns den Sommer
und sein Lachen.

Gelb ist das Auge des Salms,
er führt uns auf dem Weg durch die Zeit,
er bringt uns den Sommer
und seine Weisheit.

Grau ist das Fell des Ebers,
er begleitet uns durch die Schatten,
er bringt uns den Sommer
und seinen Schutz.

Weiß ist die Seele der Hindin,
sie führt uns durch den Wald,
sie bringt uns den Sommer
und eine Neue Zeit.

Schwarz ist das Gewand des Raben,
er ist das Tor zum Sommer,
er ist alle Tore,
er bringt uns das Heil.

Wir folgen dem edlen Ziel,
wir bewahren die Worte,
wir sehen die Pfade,
am Ende bleiben nur sie.

Wir sind in allen,
alle sind Teil von uns.

Was ist Überleben,
wenn die Welten nicht
als Eine überleben?

Was ist Vielfalt,
wenn es keine Achtung gibt,
keine Freiräume für jedes Wesen und jedes Sein?

Wir durchwandern die Zeiten,
wir öffnen die Augen zum Sehen!"

tuans opfer

Sáile wanderte auf und ab. Bei jedem Stein, der zur Mauer vor ihrer Tür zugefügt wurde, zuckte sie unweigerlich zusammen.

Nun war sie zum Nichtstun verurteilt, und dabei brauchte ihr Sohn doch ihre Hilfe jetzt um so mehr.

Die einzige Verbindung zur Außenwelt war nun das Fenster. Gestern abend erst hatte Tuan ihr einen Stein mit einer Nachricht umwickelt hinaufgeworfen, dass Réalta beim Begräbnis des Hochkönigs viele Opferfeuer wünsche.

Eins davon würde Gealán sein.

Erst nachdem der Schock abgeklungen war, hatte Saíle die eigentliche Nachricht verstanden.

Broc, der Hochkönig, der allmächtige Feind, war tot.

Aber wie wenig bedeutete ihr nun diese Genugtuung.

Gealán war in Gefahr und sie wollte ihr doch helfen. Lang genug hatte die treue junge Frau unter ihrer Verblendung gelitten. Was hatte sie nicht alles ertragen um Sáiles Willen und wie hatte sie es ihr gedankt? Bilder ihrer Suche, ihrer Zeit im Sommerland zogen an ihrem inneren Auge vorbei und Fragen.

Wie sollte sie so ihr Versprechen halten können? Ihre Gewänder, ihr herrlicher Schmuck gleißte im Licht der Kerzen, aber was hatte ihr all das gebracht?

Einen Augenblick der Erhabenheit in einem Leben voller Einsamkeit.

Wütend warf sie die Deckel der Truhen zu. Jetzt, da niemand mehr den Turm betreten und sie ihn auch nicht mehr verlassen konnte, war sie ohnehin zum Tode verurteilt.

Es musste einen Weg geben, aus diesem Turm zu gelangen. Eine kluge Frau wie Grainne hatte jahrelang in diesem Gebäude gelebt. Sie hätte sich niemals einsperren lassen, ohne einen anderen Weg in die Freiheit zu kennen als durch die Tür. Da war sie ganz sicher.

Sáile ging die Treppe hinunter. Sie würde einen Weg finden. Für ihren Sohn, für sich!

Réalta, die Hochkönigin, beobachtete von ihrem Zimmer aus die Arbeiten an dem ihr so verhassten Turm.

Sie grinste hämisch, drehte sich um und wandte sich wieder ihrem Verbündeten zu.

"Saíle wird uns keine Schwierigkeiten mehr machen."

Néart, der mittlerweile in der Obhut der besten Heilkundigen der Insel stand, nickte schmerzverzerrt, bevor er mit einer höheren Stimme als früher antwortete:

"Sie hat einen tausendfachen Tod verdient. Ich will, dass du sie verhungern und verdursten lässt und wenn sie geradewegs noch nicht tot ist und doch nicht mehr am Leben, dann sollst du den vermaledeiten Turm zum Einsturz bringen.

Das Große Licht, Solas-Ard, wird ihr dann den Rest geben.

Ob sie bei der Namensauswahl daran gedacht hatte wie sinnbildlich der Name ist, wäre auch alles so gekommen, wenn sie ihn anders genannt hätte, den Sohn Fionns?

Elendig soll sie im Angesicht der Sonne zu Staub verglühen. Der Wind soll ihre Asche hinfort wehen, damit ihre Seele keine Heimat mehr finden mag. Ich verfluche dieses Weib, ich verfluche sie."

Immer noch wachte er schweißgebadet auf und sah ihr hämisches Grinsen vor sich, wenn sie ihn immer und immer wieder geschlagen hatte, ihn in die Rippen getreten hatte. Wie eine Besessene hatte sie sich an ihm ausgetobt. Wie hatte er auch nur glauben können, nur einen Augenblick lang, dass er ihr vertrauen konnte. Immer noch fühlte er seine Haut platzen, schmeckte er das Blut von seinen Wangen und dann ihre grausamen Augen, als sie mit dem Messer vor ihn getreten war. Ihr wissendes Grinsen und später ihr satter Blick voller Genugtuung. Ein Schütteln ließ ihn erschauern.

Wenig wusste er von Réaltas Plänen. Davon, dass auch er nur ein Mittel zur Machterlangung der Königin war. Wie Hunde würde sie ihre Liebesdiener aufeinander hetzten, bis nur noch sie übrig sein würde, um die Krone gesichert und für immer tragen zu können. Wie wenig sie doch wusste von den Plänen der Herren und welche Rolle für sie darin vorgesehen war. Meistens kommt es anders, als der Mensch denkt.

Réalta setzte sich auf den Rand ihres Lagers, um den Mann zu besänftigen.

"Ruhig, ruhig, mein Lieber! Ich werde es genauso machen, wie du es dir wünschst. Aber du darfst dich nicht so aufregen. Deine Wunden werden sonst nicht heilen. Und wie soll ich denn herrschen, ohne dich an meiner Seite?

Wenn wir erst einmal Solasard geschlagen haben und dieses Loch hier von den gierigen Ratten gereinigt haben, wird alles wieder gut."

Néart erwiderte grimmig:

"Nichts wird mehr gut. Ich bin nur noch ein halber Mann. Aber das wird sie mir bezahlen. Dafür wird sie bezahlen!"

Mit Bitternis erinnerte er sich an die lustvollen Stunden mit ihr. Doch wo sich ein Lebensstab aufrichten sollte war nun nichts mehr. Nichts, nur Schmerz.

Schrill piepste seine Stimme.

Wieder trat Réalta an das Fenster. Mit Freude verfolgte sie die Arbeiten am Grabmal ihres Gatten. Die Grube war fertig ausgehoben. Nun wurden die Wände und der Boden mit Holzbohlen verkleidet.

Bald würde sein Haus des Übergangs angefüllt sein mit seinem Schwert und Speer, seinem Lieblingskelch, all den Dingen, die er auch in der Anderen Welt an seiner Seite finden sollte.

Heute Abend noch würde er auf seinem Kriegswagen dort unten verbrannt werden, wie es Brauch war, seit Alters her.

Wie herrlich! Réalta konnte es kaum erwarten, endlich die Herrschaft an sich zu reißen.

Neben dem Grab wurden riesige Holzberge aufgebaut. Das würde ein schönes Feuer geben, so wie Broc es auch verdient hatte.

Während sie ihren Gedanken nachhing, entdeckte sie Tuan, der kopfschüttelnd um das Grab schlich. Sollte er sich die Stelle nur gut ansehen, wie schnell konnte es geschehen, dass dort auch ein Feuer für ihn entfacht würde.

Der Hochdruide war ihr schon immer ein Dorn im Auge. Er konnte einfach nicht verstehen, dass eine Frau auch andere Bedürfnisse hatte, als eine gelangweilte Gattin zu sein.

Wie sollte er auch?

Es klopfte an der Tür. Die Hochkönigin durchquerte ihr Zimmer und öffnete.

"Siorc, mein Freund, tritt ein! Was kann ich für dich tun?"

Der neue Anführer der Königlichen Garde trat ein. Er blickte misstrauisch zu Néart, doch Réalta beschwichtigte ihn.

"Er ist auf unserer Seite. Du kannst frei sprechen."

Siorc grinste frech beim Blick auf die Stelle, wo einst das Gemächt des Elben gewesen war. Manche Nachrichten verbreiten sich schneller als der Abendwind. Dann riss er sich zusammen und begann zu erzählen:

"Dragan ist auf dem Weg hierher und er will deine Krone. Jetzt, da du alleine dastehst noch mehr als vorher. Allerorts ist von dem Heer zu hören, das ihm auf dem Fuße folgt.

Unsere paar Edelleute werden dem nicht standhalten können, und das Volk bewaffnet sich nur höchst ungern, um für dich zu kämpfen. Was willst du nun tun, meine Königin?"

Réalta verstand den Wink nur zu gut. Sie blinzelte zurück und antwortete ihm:

"Ach, das Volk, das muss dich nicht scheren. Heute nacht schon werde ich die Krone tragen und dann muss sich das Volk fügen, ob es ihm passt oder nicht.

Hast du die Königliche Garde mit den besten Kämpen des Reiches aufgestockt, wie ich es dir befohlen hatte?"

Der neue Anführer nickte und antwortete:

"Das schon, aber sie sind nicht sehr begeistert mit dem größten Abschaum des Landes Seite an Seite kämpfen zu müssen. Aber die Gefahr wird den Gemeinsinn schon stärken. Wenn die zum ersten Mal warmes Blut riechen und sich in die Hosen gemacht haben, werden sie froh sein, ein paar kampferprobte Männer in ihren Reihen zu wissen."

Die Hochkönigin rümpfte die Nase und fragte weiter:

"Was ist mit diesen seltsamen Geschöpfen, die Arcan im Wald gejagt hat? Wohin sind sie verschwunden und was sind sie überhaupt?"

Verlegen blickte Siorc in den Raum und blieb an Néarts blauen Augen hängen, die sich neugierig weiteten.

"Elben, Hoheit, es sind wohl Elben. Sie sollen ein Lager irgendwo im Wald haben. Aber wir können das ganze Gebiet noch so oft durchkämmen, ein feindliches Lager ist nirgends auszumachen. Seltsam ist nur, dass viele Hufspuren in den Wald führen, an einer Stelle plötzlich aufhören, aber keine Spuren hinausführen."

Néarts blaue Augen begannen seltsam zu glänzen, als er das Wort ergriff:

"Die Waldstadt! Sie sammeln sich in der Alten Waldstadt. Ein Ort der Sicherheit in Zeiten der Gefahr, nur erreichbar durch das Tor des Sommers. Sie liegt vor euren Augen und ist doch Teil der Anderen Welt." Ächzend atmete er ein und wieder aus, bevor er weiter sprach. "Niemand weiß, wo ihre Grenzen verlaufen und wie groß sie ist. Es gibt fünf solcher Orte auf dieser Insel. Jeder ist nur durch ein ganz bestimmtes Lied zu erreichen, und du kannst ihn nur finden, wenn du willkommen bist.

Wer weiß, wie viel Hundertschaften von Elben, Kleinem Volk und anderem Zeug sich dort schon gegen uns versammelt haben.

Ihr werdet ohne einen Bund mit Dragan und seinem mächtigen Heer nicht standhalten können."

Lauernd fragte Siorc:

"Und was bedeutet das?"

Néart musterte Réalta von oben bis unten, zog eine Augenbraue hoch und sagte:

"Eine schöne Frau ist die Hochkönigin, eine Witwe, wie furchtbar. Das Land braucht einen König, erinnert ihr euch? Beltainè steht vor der Tür. Das Land verlangt sein Recht. Stellt ihm die Königswürde in Aussicht und an Beltainè, nachdem Dragan erfolgreich die Schlacht geschlagen hat, soll er sein Blut mit dem der Erde vermischen zum Wohle des Landes. Ein alter Brauch, nicht wahr?"

Réalta blickte erstaunt auf und erwiderte mit einem halben Lächeln:

"Néart! Wie konntest du all die Jahre nur bei diesen unsterblichen Narren versauern? Das Land braucht solche Männer wie dich!

Das ist ja eine herrliche Idee. Findest du nicht auch, Siorc?"

Der überhörte keinesfalls den Unterton in der Stimme seiner Königin.

Fast zu erfreut sagte er:

"Oh ja, in der Tat, eine sehr gute Idee. Du hast Glück Réalta, dass das Land nach dem Blut eines Mannes giert. Im anderen Fall nämlich würde ich mich an deiner Stelle fragen, wen Néart dann geopfert hätte.

Einen schönen Tag wünsche ich."

Mit forschem Schritt verließ der abtrünnige Fianna das Zimmer.

Schnaubend rauschte Réalta hinter ihm her, laut die Tür ins Schloss werfend.

Endlich hatte sie Siorc erreicht, packte ihm am Arm und schlug ihm wütend ins Gesicht.

"Bist du wahnsinnig? Was sollte dieser Auftritt eben? Du wirst ihn noch soweit bringen, dass er unseren Plan durchschaut. Spar dir deine Eifersucht auf, bis all diese Narren unter der Erde sind und wir beide auf dem Thron."

Erbost blickte er ihr in die Augen.

"Du Närrin! Glaubst du wirklich, er wüsste nicht, was für eine Frau du bist? Der verkauft dich nur an Dragan, damit der sich die Hände an dir schmutzig macht. Wenn du einem wie dem vertraust, wirst du alles verlieren. Glaub mir, folge nur seiner Spur, dann wirst du noch oft an mich denken."

Schmeichelnd lehnte sich die Frau an den Mann. Ihre Worte waren Honig, als sie ihren Mund verließen.

"Das tue ich ohnehin. Aber ich bin hier die Königin und du tust, was ich dir sage, ist das klar?" eingeschüchtert nickte der abtrünnige Fianna. Mit zartem Schmelz für sie fort. "Ich vermisse dich, vor allem nachts. Wann können wir uns sehen?"

Siorc rollte mit den Augen.

"Nicht heute nacht, morgen, meine Königin. Hör auf meine Worte, vertraue nicht diesem Hund oder er wird dein Untergang sein.

Versprich es mir!"

Réalta antwortete gereizt:

"Gut, ich werde ihm nicht vertrauen."

Und in Gedanken setzte sie hinzu:

"Genau so wenig, wie ich dir nicht vertraue."

Lächelnd winkte ihm die Hochkönigin zu.

Es war Zeit sich umzuziehen. Sie warf noch einen schnellen Blick in die Halle, wo sie Tuan sah. Er schien auf dem Weg zu der Frau zu sein, die ohnehin heute nacht sterben würde.

Welche Zeitverschwendung!

Das dachte auch der Hochdruide, als er von der Halle auf die oberen Gänge schaute und Réalta in ihre Gemächer huschen sah. Bestimmt würde sie sich nun bereit machen für ihren großen Auftritt und doch konnte die zur Schau getragene Pracht nicht die Schlechtigkeit ihrer Seele übertünchen. Sie sollte brennen heute und nicht eine reine Seele wie Gealán!

Seit dem Besuch Arcans dämmerte sie in einem Zustand ständiger Bewusstlosigkeit vor sich hin. Das einzige, was Tuan tun konnte, war jeden Tag die Verbände zu wechseln.

Zehn Scheiterhaufen warteten am Grabe Brocs auf ihre Opfer. Eines davon sollte Gealán sein und die anderen neun stammten aus Familien, die den Fianna treu ergeben waren und einigen von ihnen Unterschlupf gewährt hatten.

Mit vor Stolz geschwellter Brust hatte Arcan ihm berichtet, wie sie auf den Höfen der armen Leute eingefallen waren, alles Vieh getötet hatten und die Scheunen abgebrannt hatten. Dann hatten sie die Töchter der Häuser geschändet, aber am Leben gelassen und ihre Eltern auf die Burg verschleppt. Wie Geister saßen sie nun in den Verliesen und warteten auf die Erlösung durch den Tod.

Wie krank würde diese Welt wohl noch werden?

Auf der Burg herrschte ein reges Treiben, Gewänder wurden geschneidert, prunkvoll und bunt, als ginge es nicht um eine Bestattung, sondern um ein Fest. In der Küche wurden Berge von Fleisch und Wild gebraten, um die Masse verköstigen zu können. Immer wieder wurden Fässer voller Wein angeliefert. Das würde ein richtiges Gelage werden. Köche, Mägde eilten durch die Höfe zum Markt und zurück, um allerlei Köstlichkeiten zu erstehen.

Der Abend kam zu schnell, zu schnell für Gealan.

Hunderte von Fackeln erleuchteten die Burg. Unzählige Menschen folgten ihrem Licht zum Grabmal des Hochkönigs.

Allen voran Réalta, die trauernde Witwe.

Galle stieg dem Hochdruiden in den Mund. Er schluckte, wie er schon so vieles geschluckt hatte, als der alte Hochkönig noch lebte.

Still, fast geräuschlos folgte ihnen die Menge.

Dann betrat die Königin durch eine Lücke im Ring der zehn Scheiterhaufen die Grube, hinter ihr stand Tuan, alt und auf seinen Stab gestützt, während sich das Volk darum verteilte.

Néart, Siorc und Cruimh standen in gebührendem Abstand und konnten kaum ihre Freude über das Abtreten ihres alten Feindes verbergen.

Der Hochdruide hatte allen Opfern, außer der ohnehin schon bewusstlosen Gealán, einen Betäubungstrunk aus Stechapfel und Binsenkraut verabreicht. So würden die Armen weniger leiden.

Réalta trug ihr golden schimmerndes Haar offen. Es wallte in Lokken über ihre Schultern und ließ Kleid und Haar eins werden. Auf den Anlass entsprechende Trauerkleidung hatte sie verzichtet. Schließlich würde ihr Gatte heute am Tisch der Götter speisen. Da gab es keinen Grund zur Traurigkeit.

Der König lag über und über mit Gold bedeckt auf seinem Wagen. Auf seinem Leichnam lag seine Krone, Zeichen der Macht über das ganze Land.

Wie gierig glitten die Blicke Réaltas immer wieder dorthin, als sie zu sprechen begann:

"Volk von Eriu, edle Männer und Frauen. Der König ist tot. Ich weiß nur zu gut, wie sehr wir ihn alle liebten, allen voran ich, seine ihn schmerzlich vermissende Königin.

Doch wir sollen uns nicht grämen.

Was für wundervolle Taten hat er vollbracht, wie viele siegreiche Schlachten hat er geschlagen für uns, goldene Ernten gesichert und vor Dieben geschützt.

Seht her, ihr Götter, welche herrlichen Geschenke er euch bringt und wie treu ihn seine Untertanen begleiten. Ja, und nun werde ich die Zügel in die Hand nehmen, so fürchtet euch nicht, ich werde euch eine gute, gütige Königin sein und es wird euch an nichts mangeln, wenn ihr mir treu und gehorsam dient, denn ich bin gerecht wie ihr wisst, gerechter als Broc. Lasst uns nun seiner ein letztes Mal gedenken."

Stille senkte sich über das Volk. Jeder wusste, wie die neue Hochkönigin ihr Volk beherrschen würde, durch Ausbeutung und Ungnade. Nur der Wind frischte auf und trieb die Wolken am Himmel vor sich her.

"Druide! Das Feuer!"

Nur zögernd gab Tuan ihr die Fackel. In einem hohen Bogen warf sie diese auf das Holz. Sofort entzündete sich das Stroh, das untergelegt war. Eine Flammenzunge zog rund um das Grabmal und ließ nur eine kleine Lücke, damit die Hochkönigin und der Hochdruide die Grube verlassen konnten.

Rauchfahnen schwelten auf, Flammen züngelten in die Höhe.

Nur Tuan sah, wie die Hochkönigin nach der Krone ihres Gemahls griff.

Energisch packte er sie am Handgelenk, zerrte sie aus der Grube und zischte:

"Du hast eine Krone, Réalta, die muss dir genügen. Lass ihm die seine. Im Gegensatz zu dir hat er sie sich wenigstens erkämpft und nicht erschlichen."

Die Hochkönigin hob eine Hand, als er ihr mit einem Blick Einhalt gebot.

"Noch bin ich der Hochdruide auf Tara und habe das höchste Amt inne, Königin. Wage es ja nicht noch einmal deine Hand gegen mich zu erheben."

Sein Blick traf Sáiles Gefährtin.

Die Flammen würden gleich an Gealáns Kleid lecken. Schon umhüllte sie der schwarze Rauch. Alle Blicke waren auf das Feuer gerichtet, als vom Wald ein ungeheuerlicher Lärm, ein merkwürdiges Stampfen, hörbar wurde.

Alle Aufmerksamkeit richtete sich nun dorthin.

Es schien, als bewege sich in der Dunkelheit eine noch dunklere Masse.

Nur mit Mühe konnte Tuan erkennen, welches ungeheure Heer sich ihnen da näherte. Ein Heer armseliger Gestalten, von denen doch so viel Böses ausstrahlte. Ein ständiges Grubbeln und Stöhnen war ihr Begleiter. An ihrer Seite ritten Schwarze Reiter, deren Zaumzeug fast unsichtbar war. Peitschen knallten grausam durch die Nacht.

Allen voran ritt auf einem herrlichen Fuchs, der im Schein der Fakkel seines Herrn selbst eine Flamme zu sein schien, der einzige Mensch und Anführer dieses seltsamen Heeres.

Es dauert nicht lange, da stand das Tier tänzelnd vor Réalta.

Bewundernd starrte sie auf dieses entstellte Gesicht, das sie durch diesen eisigen Blick menschlichen Willens fesselte.

Schwungvoll sprang der junge, ganz in Schwarz gekleidete Mann von seinem Pferd vor ihre Füße und verbeugte sich.

Mit einer tiefen Stimme sagte er:

"Ich bin Dragan. Ein Ruf nach Hilfe ereilte mich und hier bin ich nun, um mich und meine Mannen in euren Dienst zu stellen. Gemeinsam werden wir meinen Ziehbruder schlagen.

Ich werde euch das Blaue Schwert der Wahrheit mitsamt seinem unwürdigen Leib bringen."

Verblüfft nickte sie ihm zu.

Wie selbstverständlich fuhr er fort zu sprechen:

"Ich wollte eure Festlichkeit nicht stören. Wenn es euch nichts ausmacht, werden die Síofra hier draußen lagern.

Lasst uns nun in die Burg gehen. Es ist kühl geworden."

Wie selbstverständlich reichte Dragan der Hochkönigin seinen Arm, die ihren unterschlug. Gemeinsam schritten sie in die große Halle. Sie wusste die Gelegenheit zu nutzen und sie wusste, dass sie Dragan brauchte. Sollte er kurzzeitig denken, er wäre der, Herr auf der Burg und sie seine Dienerin.

Verwundert folgte Tuan dem Zug, als er einen Blick auf die Scheiterhaufen warf. Da waren nunmehr nur noch neun zur völligen Unkenntlichkeit verkohlte Leichen.

Gerade als er sich wegdrehen wollte, sah er im Blickwinkel zwei Männer, die etwas Schweres zu ein paar Pferden an der Mauer der Burg schleppten und konnte es sein...?

Einer davon war Rabharta?

Konnte es sein, dass der Hauptmann zurückgekehrt war, aber woher und warum befreite er Gealán? Fragen über Fragen wirbelten durch den Kopf Tuans. Oder wer war der Mann und was wollte er mit Gealán?

Die Menge schob ihn vorwärts in die Große Halle, alles Volk drängte hinein und der Mann verschwand aus seiner Sicht. Die Throne des Königspaares waren mit schwarzem Tuch verhüllt. Davor stand eine

Sitzbank, wo nun Réalta, umkränzt von Dragan, Siorc und Cruímh Platz nahm.

Wein wurde ausgeschenkt und Speisen gereicht. Alle feierten ausgelassen.

Tuan hatte sich zu dem Königlichen Berater gesetzt, der ihn mit Entsetzen anstarrte.

Ruhig sagte der Hochdruide zu ihm:

"Keine Sorge, Cruímh, ich werde niemals verraten, dass du es warst, der den Hochkönig getötet hat. Das war sogar noch besser als mich zu töten. Zum ersten Mal in deinem Leben ist bei etwas, was du getan hast, etwas Gutes herausgekommen. Sei vorsichtig, dass das nicht zur Regel wird. Es könnte deinem Ruf schaden."

Das Entsetzen in Cruímhs Blick schien noch einmal zu wachsen.

"Du wusstest es? Aber warum?"

Tuan atmete lange durch die Nase aus.

"Die oberste Aufgabe eines Hochdruiden ist den Göttern und dem Land zu dienen. Ich kann dem Land nur mehr durch meinen Tod dienen und ich bin bereit dazu.

Auch wenn ich ein Wächter der Zeit bin, meine Zeit hier ist vorbei, eine andere Hochdruidin wird kommen. Sie wird fortführen, was ich begonnen habe.

Ich hätte dich mitgenommen auf meine letzte Reise, aber anscheinend haben die Götter etwas anderes mit dir vor.

Und doch ist das meine letzte Nacht unter dem Dach Taras, aber ich werde nicht allein gehen."

Tuan blickte hinüber zu den drei anderen Tischnachbarn, als Dragan seinen Blick erwiderte.

Der Hochdruide hielt dem Blick dieser schwarzen Augen stand.

Dragan erhob laut seine Stimme und sagte in fast befehlendem Ton:

"Möchtest du nicht einen Segen sprechen über die zukünftige Herrschaft unserer herrlichen Königin? Das ist doch deine Aufgabe. Zu etwas anderem seid ihr Ratten der Götter doch nicht da, als die Krümel aus des Königs Hand zu naschen."

Réalta blickte den alten Mann auffordernd an.

Cruímh grinste dreist.

Langsam stand Tuan auf. Fast kraftlos schlich er in die Mitte der Halle auf seinen Stab gestützt. Dort sammelte er sich, streckte sich und ließ seine machtvolle Stimme ein letztes Mal erklingen:

"Hört ihr Götter, die ihr alles erschaffen habt. Ohne euch ist kein Werden und kein Vergehen!

Seht her in die Halle des Verderbens und erkennt die Fäulnis, die hier eingezogen ist.

So bitte ich euch, sendet Wasser, Feuer, Erde und Luft, um diesen Ort zu reinigen und Fluch über die Geier, die sich dort am Leichnam des Königs laben."

Mit einem Satz war Dragan aufgesprungen und mit gezücktem Dolch rannte er den Gang entlang.

Fast schien Tuan ihm seine Brust hinzuhalten und sicher fand der Dolch sein Ziel.

Der Hochdruide brach zusammen.

Lähmendes Schweigen legte sich auf das Volk auf dem Hof. Ein Mord am Hochdruiden, nur Unheil konnte daraus erwachsen. Nur Übles und noch Übleres. Menschen knieten nieder neben Tuan, doch sein Blick verschwamm immer mehr. Es war so kalt, ihm war so kalt und er fühlte, wie das Leben aus ihm sickerte.

Da vernahm er eine vertraute Stimme neben sich:

"Du Narr, so bist du am Ende für den alten Broc gestorben und nicht ich."

Ein letztes Aufflammen der Lebenskraft ließ den Greis antworten:

"Rabh, du! Dann kann ich in Ruhe sterben. Für Amhrán und Solasard! Kümmere dich um Eala, sie ist meine Tochter."

Dann fiel sein Kopf zur Seite und der letzte Odem seines Leibes entwich.

Rabharta schloß ihm die Augen und verließ seine Burg. Tränen netzten sein rußgeschwärztes Gesicht.

Das Geschenk

Der Hochelb sah der Königlichen Garde nach. Was hatte Gealán wohl dazu gebracht, in die Alte Heimat zurückzukehren? Báistigh?

Was würden sie ihr wohl antun auf Tara? Und welche Nachrichten hatte sie wohl für ihn?

Nun, was immer es auch war, er konnte es jetzt und hier nicht ändern.

Langsam drehte Misnéachard sich um und betrachtete den hageren jungen Mann, dessen blaue, strahlenden Augen ihm sofort zeigten, dass er hier Vater und Sohn vor sich hatte. Und welche seltsame Begleitung er da bei sich hatte. Einen Zwerg und einen Hund, der nur allzu offensichtlich aus den Wäldern der Erkenntnis stammte.

Der Anstand gebot es zuerst den alten Herrn zu begrüßen. Er legte seine Hand auf die linke Seite, nickte Fionn zu und sagte:

“Sei mir gegrüßt, Fionn mac Cumhail, häufiger Gast am Tisch meiner Eltern. Einen weiten Weg haben wir beide beschritten, um uns hier zu treffen. Es ist mir eine Ehre, dich zur Alten Waldstadt zu begleiten.”

Fionn nickte Misnéachard dankend zu und erwiderte:

“Ich kenne diesen Ort sehr gut, wie du weißt. Lerne nun meinen Sohn kennen. Sein Name ist Solasard, Solasard mac Fionn. Diesen Namen soll er von heute an bis zum Ende seiner Zeit tragen.

Reicht euch die Hände.”

Misnéachard gefiel, was er sah. Der Jüngling hatte genug Anstand zu warten, bis die Reihe an ihn kam. Trotzdem hatte er die ganze Zeit aufmerksam beobachtet, was um ihn vorging und den Hochelben und seine Männer nicht aus den Augen gelassen.

Und nun reichte er vorbehaltlos einem Fremden die Hand, um sich sein eigenes Bild von ihm zu machen.

Der Hochelb fuhr fort zu sprechen:

“Sei auch du mir gegrüßt, Solasard mac Fionn, Sohn des großen mac Cumhails. Das Lied, das das Blut in deinen Adern singt, kenne ich wohl. So wie ich auch die Worte deiner zukünftigen Hochkönigin kenne. Ein Herz wie ihres kann nicht irren in seiner Wahl und jetzt, da ich dir persönlich begegne, verstehe ich um so mehr, dass sie für deine Ziele eintritt.”

Verblüfft und ein gutes Stück misstrauisch fragte Solasard:

“Ihr kennt Amhrán?”

Der Sohn des Königlichen Paares antwortete freundlich:

“Ja, ich sah sie zweimal. Einmal als sie auf dem Weg zu meiner Schwester war. Sie ist eine bemerkenswert mutige Frau, sie wird eine große Hochdruidin des Landes werden und ich neige mit Achtung mein Knie vor ihrer Wahrhaftigkeit und Lebendigkeit.

Das zweite Mal indessen sah ich sie bei meiner Schwester in ihrem Coven.

Sie war die Hochdruidin des Covens der Danu, bevor sie hinterlistig umgebracht wurde.

Amhrán ist eine wundervolle Frau und ihr beide seid ein Paar, das des Hochthrones würdig ist.

Ich bin Misnéachard, der Sohn des königlichen Paars von Tir na Samradh, und ich denke, wir beide haben denselben Traum.

Lasst uns nun aufbrechen, reden können wir zu Hause, wo wir sicher sind.

Steigt bei meinen Männern auf. Auch ihr, Herr Zwerg. Oder reitet ihr den Hund?"

Nur missmutig ließ sich Goworr von einem der Hochelben auf sein Pferd helfen.

Schweigsam ritten sie durch den Wald. Cara Gadhar, der weiße Hund Solasards, hechelte freudig an seiner Seite.

Seltsam war der Wald. Der Frühling schien nah und doch zu schüchtern, sich jetzt schon in seiner ganzen Pracht zu zeigen. Als warte er darauf, dass das Beltainé-Fest seine Toren öffne.

Sie umgingen Tara weitestgehend und kreuzten das freie Land an der engsten Naht der beiden Wälder.

Es dauerte nicht lange, da stand Solasard in der Alten Waldstadt und die Augen wollten ihm schier übergehen vor Staunen.

So viel verschiedenes Volk hatte er noch nie, nicht einmal am Felsen der Teilung, auf einem Fleck versammelt gesehen.

Das waren die Völker, über die er herrschen sollte auf Eriu.

Und wenn es hier so friedlich zuginge, warum dann nicht auch auf der ganzen Insel?

Er sah Misnéachard in einem Gespräch mit Uasal vertieft. Wie bewundernd ihn der junge Elb ansah, fast liebevoll, so treu ergeben.

Würden seine Männer ihn eines Tages auch so ansehen? Und wer würden sie sein?

Hier schienen die Menschen in der Unterzahl zu sein, und in der Tat war er nur Gast in einer Stadt des Kleinen Volkes.

Was war mit seinem Volk? Würden sie einem Königsanwärter folgen, der sie geradewegs in eine Schlacht führte?

Es war seltsam, selbst einmal der Fremde zu sein, der Anteil nahm an einer Anderen Welt. Wie mochten sich wohl all diese Wald- und Hochelben oder das Kleine Volk fühlen, wenn sie auf einer Insel, bevölkert von Menschen lebten, die einst nur ihnen gehörte?

All die Anwesenden hier würden nur für ihn kämpfen, weil sie an eine friedliche Eine Welt glaubten, in der jeder den anderen annahm und achtete.

Es war da etwas, als Misnéachard von Amhrán gesprochen hatte, das ihn aufhorchen ließ. Aber Solasard wusste auch, wie schwer es war ihrem Schmetterlingsherzen zu widerstehen und es war besser, er war ein Vertrauter als ein Fremder, den sie nicht mochte.

"Eine seltsame Welt, nicht wahr? Auch ich hätte nie geglaubt, jemals einen Ort wie diesen zu betreten.

Dúghorm mac Bradán, Fianna, seid mir gegrüßt. Und wie ist eurer werter Name?"

Solasard drehte sich zu dem Mann, dessen Haare altersgrau waren und dessen blaue Augen doch so jung strahlten.

Der Thronanwärter antwortete:

"Mein Name ist Solasard mac Fionn. Ich bin der Träger des Blauen Schwertes der Wahrheit. Was machen die Fianna hier? Ich glaubte, Broc hätte diese tapfere Truppe ausgemerzt?"

Dúghorm betrachtete Solasard und antwortete lachend:

"Wir folgten einem Gerücht, das vor euren Füßen seinen Anfang nahm und hier nun ein Ende findet."

Der junge Mann verstand nicht ganz:

"Was heißt das?"

Dúghorm legte ihm eine Hand auf die Schulter.

"Kommt mit zu unserem Lager, da werden wir es bei einem guten Schluck Met schon zu klären wissen. Dort könnt ihr auch meine Frau kennen lernen."

Solasard schüttelte den Kopf.

"Aber mein Vater und Goworr... ?"

Dúghorm deutete in die Menge und sagte:

"Die befinden sich in bester Gesellschaft. Macht euch keine Sorgen. Kommt und nehmt euren vierbeinigen Gefährten mit. Ein schöner Hund. Ich habe noch nie einen weißen Wolfshund gesehen.

Kommt, kommt, wir sind weit geritten und haben viel erlebt, um euch zu treffen."

So folgte ihm der Schwertträger mit seinem treuen Begleiter.

Auch Goworr hatte eine neue Bekanntschaft gemacht. Eine junge Frau aus dem Kleinen Volk hatte ihm zur Begrüßung kühles Wasser vom Brunnen gebracht. Nun saßen sie beieinander und sie las jedes Wort von seinen Lippen ab.

"Solasard und die anderen wären ja jetzt noch nicht bei dem Schwert eingetroffen, wenn ich sie nicht begleitet hätte."

Die junge Frau staunte:

"Wirklich? Hattet ihr denn keine Angst auf diesen hohen Rössern? Unsere kleinen Männer fürchten sich schon vor den Ponys der Menschen."

Goworr blickte sich vorsichtig um, dann antwortete er:

"Angst, ich! Papperlapapp, ein Zwerg wie ich hat vor nichts Angst. Na ja, vielleicht ein bisschen. Aber sonst war ich wirklich einer der

Tapfersten, bestimmt so tapfer wie Fionn in seinen jungen Jahren. Wo steckt er eigentlich?"

Der Blick des kleinen Mannes streifte umher und fand den Gesuchten schließlich neben Dair, mit dem er sich eifrig austauschte.

Er mochte ihn sehr, den alten Helden, und war stolz an seiner Seite gereist zu sein und nun auch seinem Sohn zu dienen.

Höflich wandte er sich wieder der kleinen Frau zu.

"Magst du mich vielleicht ein wenig herumführen, dann könnte ich dir weitererzählen und auch etwas von eurer Stadt sehen?"

Sie nickte und sagte:

"Wie ist eigentlich euer Name? Ich bin Djamila. Das heißt die Schöne. Ich habe noch einen kleinen Sohn. Sein Name ist Laurin. Leider ist sein Vater von der königlichen Garde getötet worden."

Goworrs Wangen röteten sich leicht.

"Das tut mir leid. Ihr seid eine sehr schöne Frau und tragt euren Namen mit Recht. Doch, mit Verlaub, ihr solltet nicht alleine sein mit eurem Sohn. Mein Name ist Goworr. Aber ich weiß nicht, was es bedeutet.

Sagt mal, wer ist denn der Mann, der sich mit Misnéachard da so angeregt unterhält?"

Djamila blickte zu den beiden und antwortete:

"Das ist Uasal, ein Freund des Elbenprinzen."

Als hätte dieser seinen Namen gehört, blickte er zu dem Paar.

Dann wandte er sich wieder Misnéachard zu und sagte:

"Eine seltsame Begleitung hat der Schwertträger. Doch zurück zu dir. Du machst mir einen so nachdenklichen Eindruck, seit du zurückgekommen bist, und es will mir auch nicht scheinen, dass das etwas mit dem Thronanwärter zu tun hat.

Sage mir, Misnéachard, was geht dir im Kopf herum?"

Der Elbenprinz kraulte sein kurzes Haar und sagte grüblerisch:

"Wenn ich nur wüsste, was das mit Gealán zu bedeuten hat. Würdest du Báistigh holen und auch Rabharta mitbringen?"

Uasal nickte seinem Prinzen zu und machte sich auf den Weg.

Es dauerte nicht lange, da kam der Gefolgsmann mit den beiden Männern zurück.

Schnell war erzählt, was sich auf der Breiten Straße zugetragen hatte.

Báistigh wusste nicht, ob er sich freuen oder grämen sollte. Rabharta warf einen Blick zu Eala, der es zwar nun weitaus besser ging, die aber auch keine schwache Menschenfrau war.

"Wenn sie den falschen Leuten dort in die Hände fällt, sieht es nicht so gut aus für deine Freundin, Báistigh. Es tut mir leid, dass es keine besseren Nachrichten für dich gibt, nach deinem langen Weg vom Sommerland hierher. Aber vielleicht wird trotzdem alles gut. Manchmal sieht es schlimmer aus, als es wirklich ist. Trotzdem wir sollten sie dort so schnell wie möglich rausholen. Ich kenne die Burg in- und auswendig. Wir könnten uns heute nacht einschleichen und die Sachlage auskundschaften. Was meint ihr dazu?"

Gemeinsam überlegten die vier.

Währenddessen senkte sich der Abend über die Alte Waldstadt.

Die Glühwürmchen erleuchteten mit ihrem sanften Licht das Lager.

Alle hatten sich an Dairs Feuer versammelt, um Solasard und seine beiden Gefährten zu begrüßen.

Dem war ein wenig bange, vor so einer großen Menge zu sprechen, trotzdem hob er seinen Becher und sagte:

"Ich danke euch, Freunde, für dieses herzliche Willkommen. Ich bin kein Mann großer Worte oder langer Reden.

Vor geraumer Zeit war ich noch ein einfacher Mann, der nicht einmal wagte, von der Königswürde zu träumen, geschweige denn wusste, dass königliches Blut durch seine Adern fließt.

Doch die Götter beschenkten mich reichlich mit einer Frau, für die es sich lohnt, bis ans Ende der Welt zu ziehen. Freunden, so verschieden an Art und Wesen, doch in ihrem Herzen alle treu wie Gold, einem Vater, der tot geglaubt, nun wieder an meiner Seite ist und einem Schicksal, das ich gern verknüpfe mit dem Glauben an die Eine, Welt genauso wie Misnéachard, der Sohn des Königlichen Paares Tir na Samradhs hält.

Ich weiß wenig von diesem Mann, doch genug, um in der Schlacht Seite an Seite mit ihm zu kämpfen.

Gemeinsam wollen wir unsere Welten verknüpfen, zurücksehen und vorwärtsgehen!

In eine bessere Welt, in die Eine Welt!

Trinken wir auf das Wohl mutiger Völker, die ihr Schicksal selbst in die Hand nehmen. Trinken wir auf euch, Slán!"

Die Menge jubelte den beiden Männern zu. Achtungsvoll nickte Misnéachard Solasard zu.

Gemeinsam mit Uasal saß er bei Fionn. Musik erfüllte die Luft und überall war lustiges Treiben. Heute sollte gefeiert werden und so geschah es und Grenzen waren zwischen den einzelnen Völkern, nur Frieden, Achtung und Teilnahme.

Später am Abend öffnete sich noch einmal das große Holztor.

Aller Blicke drehten sich dorthin.

In vollem Galopp preschten Iolaranam, Misniúil und Sionnach in die Stadt. Auf den Fersen folgte ihnen Draighean mit den Männern und Frauen des Kleinen Volkes, die bis dahin verstreut im Land gelebt hatten und die nun ihren Beitrag leisten wollten, um ihre Heimat von den Síofra zu befreien.

Dair erhob sich, um seinem Anführer entgegenzugehen.

Doch dieser war schneller und erreichte den Greis, nachdem er erst wenige Schritte gegangen war.

"Nicht Dair, niemals gab es einen besseren Truchsess für das Kleine Volk, während ich, sein Herr, durch die Länder zog. Siehe, ich bringe dir unser Volk und Dank sei dir für die Weisheit und Güte mit der du mich vertrittst, während ich Schwertsuchende zu ihrem Thron begleite.

Wo ist Solasard?"

Der Gesuchte nahte und umarmte seinen Gefährten.

"Draighean, wie gut dich wiederzusehen! Sei willkommen. Setze dich an unser Feuer.

Was für Nachrichten bringst du?"

Der Mann des Kleinen Volkes nickte Iolaranam zu und erwiderte:

"Ich danke dir für das Willkommen, mein Freund. Doch die Neuigkeiten sollst du von Iolaranam erfahren, dem Anführer der Fianna. Er hat wohl am meisten gelitten, um dir die neuesten Nachrichten zu bringen."

Schon Dúghorm hatte ihm vieles von diesem Mann erzählt, der wie aus dem Nichts aufgetaucht war, um die Fianna wieder zu vereinen und zu dem zu machen, was sie einst gewesen waren.

Nun, da er den Mann leibhaftig sah, verstand er einiges.

Iolaranam musterte den Mann kurz, dessentwegen er vor scheinbar langer Zeit in Cill-airne aufgebrochen war.

Dann begann er zu sprechen:

"Die Síofra haben sich endlich auf dem Weg gemacht. In spätestens ein oder zwei Tagen werden sie auf Tara eintreffen. Über hundert Schwarze Reiter begleiten sie. Ich weiß wenig von diesen Bestien. Doch das wenige, das Draighean mir erzählte, erfüllt mich mit Angst und Schrecken.

Ich bin sehr beeindruckt von den magischen Wundern, die das Kleine Volk bewirken kann, und ohne die ich meine über alles geliebte Gefährtin sicherlich nie wieder gesehen hätte. Aber das ist eine Geschichte für ein anderes Feuer.

Es ist gut, solche Verbündete auf seiner Seite zu wissen und es gibt noch vieles zu tun."

Rabharta und Báistigh wechselten einen Blick, der Misnéachard keineswegs entgangen war. Doch der Prinz schwieg.

Iolaranam stieg von Gaoth ab. Sofort eilte Oighrigh herbei, um das Tier auf die Koppel zu bringen. Dankbar klopfte er dem Jungen auf die Schulter.

Saileach folgte dem Fianna mit dem Pferd.

"Ich wünschte, ich könnte auch auf so einem Pferd in die Schlacht reiten. Stell dir das nur vor! Meinst du, wir dürfen auch mit?"

Oighrigh blinzelte seinem neuen Freund zu und sagte:

"Meinst du, es gibt einen Weg, um uns beide davon abzuhalten? Ich weiß noch gut, wie Iolaranam mir damals das Jagdmesser meines Vaters gegeben hat.

Ich bin ein Fianna, genauso gut oder schlecht wie jeder andere auch. Und als Fianna ist es meine Pflicht und mein Recht, mein Land gegen jedweden Feind zu verteidigen."

Gemeinsam blickten die beiden verträumt zu dem Feuer, wo Iolaranam Camchéachta umarmte, der neben einer gutgelaunten Glaslasair stand.

Solasard, Misnéachard und Iolaranam gingen einige Schritte abseits des Feuers. Zu ihnen gesellten sich Rabharta und Draighean.

Der junge Thronanwärter richtete eine Frage an den Herren des Kleinen Volkes:

"Du hast sie gesehen, Draighean. Wie stehen wir da? Und was sage ich wir. Ich komme mir so nutzlos vor. Schließlich soll ich diesen Thron besteigen, aber ich habe nichts vorzuweisen als mich, meinen Vater und Goworr. Wer weiß, ob Athraigh rechtzeitig hier sein kann. Und bei allem, was ich von Cluanaire weiß, zweifle ich daran, ob er mir hilft.

Er ist ein Morna und ich kenne die Rachsucht dieses Stammes. Mit Genugtuung wird er wahrscheinlich meinen Untergang verfolgen. Es fällt mir schwer, so viel Hilfe von anderen anzunehmen.

Das Einzige, was mir noch bleibt, ist auf die Hilfe der Fianna zu hoffen.

Das Volk, ich denke, es wird die Schlacht abwarten, bevor es sich für eine Seite entscheidet.

Ich habe lange auf eure Rückkehr gewartet, Iolaranam, obwohl ich selbst noch nicht lange hier bin. Aber wenn ich eines aus der Geschichte gelernt habe, dann dass nur ein von den Fianna getragener König lange König bleibt in diesem Land.

Wollt ihr diese Schlacht für mich schlagen, Herr?"

Bevor Iolaranam nur Luft holen konnte, um zu antworten, mischte sich eine andere Stimme in das Gespräch ein.

"Aber Sohn, das ist doch keine Frage. Natürlich werden wir dir helfen. Oder hast du vergessen, wer ich bin?"

Iolaranam betrachtete den alten Mann, der da gerade in die Runde getreten war.

Einen Verdacht, der in ihm aufkeimen wollte, schüttelte er ab und fragte:

"Und wer bitte seid ihr?"

Solasard nickte dem Greis zu und sagte:

"Das ist Fionn mac Cumhail, mein Vater."

Iolaranam stockte der Atem. Dann schluckte er.

Fionn gab dem verdutzten Mann die Hand.

"Und überhaupt finde ich, sollten wir uns dieses Ihr und Euch sparen. Wir sind jetzt ein Körper, der aus vielen Teilen besteht, da ist kein Platz für falsche Höflichkeit. Oder was meinst du, Iolaranam?"

Der Angesprochene schüttelte erstaunt den Kopf und erwiderte:

"Recht so, Fionn! Seltsame Zeiten sind das. Ich hatte dich tot geglaubt. Es ist den Fianna eine Ehre, das Banner der Basna in die Schlacht zu tragen. Warum sollte nicht eine scheinbar aufgelöste Fianna-Schaft von einem scheinbar Toten in die Schlacht geführt werden, um seinem Sohn, von dem bis vor kurzem noch niemand gehört hat, auf den Thron zu helfen?

Der Haken ist nur, dass ich im Augenblick nicht einmal weiß, wo sich die restlichen Fianna aufhalten und Shasza, die wir hätten ausschicken können, ist selbst unterwegs, um ihr Volk zu sammeln."

Solasard strich mit den Händen über sein blondes Haar.

"Draighean, können wir diese Síofra überhaupt schlagen? Du sagst, sie seien unzählbar. Es erscheint mir so sinnlos mit dem, was wir hier haben, in die Schlacht zu ziehen.

Du sagst, das Kleine Volk, die Hochelben, die hier sind und die Fianna, von denen niemand weiß, ob sie rechtzeitig hier eintreffen, seien nur ein Drittel von dem, womit Tara und mein Ziehbruder aufwarten."

Misnéachard klopfte dem Thronanwärter tröstend auf die Schulter.

"Du darfst das nicht so sehen, Solasard. Die Síofra sind eine geistlose Masse. Wir werden wie eine Sense sein, die durch das reife Korn fährt. Um dieses Gewürm sorge ich mich nicht. Die Gefahr sind die Schwarzen Reiter.

Sie kämpfen mit vergifteten Waffen. Aber auch Tara wird eine Rolle in dieser Schlacht spielen.

Réalta wird alles an Edelleuten in das Spiel werfen, was gut ausgebildet ist am Schwert und dazu noch die Königliche Garde."

Rabharta ergriff das Wort und sagte:

"Aber die besten hundert Mann sind hier bei Measartha und mir. Du solltest nicht zu schwarz sehen, Solasard! Klasse siegt immer über Masse, auf die ein oder andere Art und Weise."

Gemeinsam gingen sie zum Feuer zurück.

Sie unterhielten sich noch lange in der Nacht.

Als Misnéachard am Morgen zu den Stallungen ging, fehlten zwei Pferde.

Er musste sich nicht fragen, wem sie gehörten. Rabharta und Baistigh waren ausgezogen, Gealán heimzuholen.

Bald würde Beltainè sein. Dann sollte sich Solasards Schicksal erfüllen und Amhrán sollte ihn mit der Krone des Reiches krönen.

Wo mochte sie nur sein? Was erlebte sie gerade? Schnell ließ er die Gedanken fahren.

Dann sah er, wie Measartha und Silín mac Tire durch das noch ruhige Lager schlenderten. Überall schien Glück zu sein und Erfüllung.

Sehnsucht erfüllte sein Herz. Bilder durchfluteten ihn. Das Gefühl, sie im Arm zu haben.

Schritte näherten sich von hinten, als er sich umdrehte erkannte er Solásard:

"Guten Morgen, Misnéachard. So in Gedanken versunken? Ist sie hübsch?"

Alles zog sich in ihm zusammen, als er antwortete:

"Nein, Solasard, sie ist nicht hübsch. Sie ist wunderschön."

Der Thronanwärter trat neben seinen Verbündeten.

"Kenne ich sie? Ist sie hier?"

Misnéachard schüttelte den Kopf.

"Nein, du kennst sie nicht. Sie ist auch nicht hier. Und ich weiß auch nicht, ob ich sie jemals wiedersehen werde."

Solasard erwiderte:

"Ich weiß, was du gerade durchmachst. Auch ich weiß nicht, ob ich Amhrán noch einmal wiedersehen werde. Vielleicht hat sie sich dann auch so verändert, dass wir gar nicht mehr zusammenleben können. Aber es wird bestimmt alles gut, Misnéachard. Ich muss weiter."

Der Tag wollte einfach nicht vergehen. Der Abend kam und Rabharta und Baistigh waren noch immer nicht zurück.

Auch der nächste Tag war angefüllt mit Vorbereitungen für die Schlacht.

Zaumzeug wurde geflickt und ausgebessert. Nochmals wurden alle Pferde betrachtet, damit nur starke und gesunde Tiere auszogen. Waffen wurden gereinigt und geschärft. Rüstungen ausgepolstert. Immer wieder trafen sich die Krieger und kämpften miteinander, teilten ihr Wissen, wuchsen zu einem Heer heran, dass von dem Gedanken getragen war, dieses letzte Mittel des Selbstschutzes und der Verteidigung nur kurz, aber dafür umso schlagkräftiger anzuwenden. Aus den Trümmern sollte die Eine neue Welt entstehen. Ein Ort, wo sich alle Völker achteten und in Frieden lebten.

Endlich, mitten in der Nacht erreichten die beiden mit der Schwerverletzten die Waldstadt.

Eala eilte zu Gealán. Sie legte der jungen Frau eine Hand auf die Stirn und schloss ihre Augen.

Lange Zeit saß sie so, wisperte Worte, die niemand verstand und atmete kraftvoll ein und aus.

Endlich öffnete die Schattenbringerin wieder die Augen.

Hoffnungsvoll hing Báistigh an ihren Lippen, der Blick ihrer grünen Augen allerdings bohrte sich in die Rabhartas, als sie anhob zu sprechen.

"Sie ist nun eine Wanderin jenseits der Ströme der Zeit. Ihr Geist treibt durch die Fluten der Gezeiten auf der Suche nach Heilung.

Die Verletzungen ihres Körpers, sie sind leicht zu heilen, doch die Wunde ihrer Seele erfordert es, ihren Geist zu ihr zurückzubringen, fort von der Traumstraße. Meine Kraft aber genügt nur für einen."

Rabharta verstand nur zu gut und doch fragte er:

"Wie meinst du das?"

Ealas Blick senkte sich, als sie antwortete:

"Ich kann sie retten, aber mein Geist würde es nicht überleben. Die Götter sind gnädig und senden mir eine Einladung, um nach Hause zu gehen."

Wortlos stand Rabharta auf und ging.

Báistigh schaute von Gealán zu Eala und fragte sie:

"Weißt du, was er hat?"

Leise antwortete ihm die Schattenbringerin, während ihm ihr Blick folgte:

"Ja."

Ihr Blick blieb bei Oighrigh hängen, der mit Saileach am Tor stand.

Was mochten die beiden nur wieder aushecken.

Das fragte sich auch Seabhaceo, der auf dem Weg zu den beiden war. In seiner freien Zeit hier hatte er begonnen, die Knaben im Schwertkampf zu unterrichten und willige, wenn auch zu stürmische, Schüler waren sie.

Als er die beiden erreichte, fragte er:

"Und was treibt ihr beiden hier?"

Saileach antwortete als erster:

"Oighrigh hat gesagt, dass seine Freundin, die Waldelbin, heute nacht komme und er dachte, wir beide wären der richtige Empfang."

Seabhaceo musterte die beiden aufmerksam.

"So, dachte er? Na, dann haltet mal schön Wache, ihr beiden, und dass ihr mir ja nicht dabei einschlaft."

Die beiden Angesprochenen setzten ihre wachsamsten Gesichter auf und grüßten den Fianna achtungsvoll.

Es mochte kurz vor Morgengrauen gewesen sein, als Shasza den jungen Fianna weckte.

"Oighrigh, schnell, bevor die Sonne aufgeht und ich mich wandele. Bring mich zu Misnéachard!"

Halbwach tapste Oighrigh mit seiner Angebeteten durch die schlafende Waldstadt, nur die Grillen zirpten schon wieder.

Endlich hatte sie ihn gefunden.

Es war nicht schwer, ihn aus seinem Wachschlaf zu holen.

Mit einem fragenden Blick sagte er:

"Guten Morgen, Shasza. Kann ich etwas für dich tun?"

Die Waldelben erwiderte ihm:

"Nein, das nicht. Aber ich kann etwas für dich tun. Ich muss mich beeilen, weil schon der Baum in mir erwacht. So höre!

Ich bringe dir hier das Geschenk einer guten Freundin, wie sie mir versicherte.

Das einzige, was sie mir sagte, war: Bring dies Misnéachard und sage ihm, auch wir halten unser Wort. Er weiß dann schon, was zu tun ist."

Schon zogen sich grüne Furchen über das Gesicht der Waldelbin und auf ihrem Haupt spross grünes Birkenlaub, als sie ihm mit letzter Kraft etwas in die Hand gab.

Schon hatte sich die Wandlung vollzogen und vor ihm stand eine herrliche Birke, als er seine Hand wieder öffnete.

Darin fand er einen einzelnen schwarzen Faden.

Beltainè

Sie waren schon lange unterwegs, er, der den Geís Solasards in ihr Leben gebracht hatte, und Amhrán, die nicht wusste, wohin er sie führen würde. Tausend Gedanken waren durch ihren Kopf gerast, als der schwarze Bote in Alayas Höhle, wieder in ihr Leben getreten war. Kurz war der Abschied von ihrer Lehrmeisterin gewesen. Noch immer hatte sie nicht verstanden warum. Niemals wäre Amhrán freiwillig mit dieser Bestie fortgegangen, hätte Alaya es ihr nicht zuletzt mit aller Strenge befohlen. Nun war sie schon wieder unterwegs, wann nur würde all diese Wanderschaft ein Ende haben.

"Wohin bringst du mich?", fragte Amhrán schnaufend.

Madhra schüttelte nur den Kopf über die Sturheit der jungen Frau.

"Willst du nicht doch lieber aufsteigen? Deine Füße und auch deine Lungen würden es dir danken."

Mit hoch erhobenem Haupt marschierte sie stolz neben dem glänzenden Rappen des Mannes her.

"Die vielleicht, aber nicht mein Herz. Du hast mir all das eingebrockt, die Wanderschaft, das Leben im Coven und nun wieder einen Marsch. Ich bleibe nur in deiner Nähe, weil Alaya mich darum gebeten hat. Andernfalls wünschte ich dir Pech und Schwefel an den Hals und ginge meiner Wege.

Und jetzt möchte ich endlich wissen, wohin wir gehen, Totenschädel."

Madhras Augen zogen sich gefährlich zusammen.

"Ich tue, was meine Herrin von mir verlangt, Amhrán. Auch für diese Arbeit muss es jemanden geben. Und wenn du wissen willst, wohin wir gehen, frage höflicher oder denk darüber nach, welches Fest uns ins Haus steht."

Überlegen antwortete sie:

"Gut, dann gehen wir nach Uisneach, um dort die Große Hochzeit zu feiern. Und doch führst du mich immer weiter in den Norden."

Madhra erwiderte:

"Nur der König feiert die Große Hochzeit in Uisneach, denn da ist der Ort, wo er sich mit seinem Land verbindet.

Du aber bist eine Priesterin, wirst eine Hochdruidin sein, du wirst die Göttin, aber kein König wird jemals der Gott sein.

Der an deiner Seite sein wird, muss selbst ein Priester sein, ein Druide, einer, der dir ebenbürtig ist, Amhrán."

"Jetzt weiß ich immer noch nicht, wohin du mich bringst! Und wer wird der Priester sein? Kenne ich ihn?"

Madhra schmunzelte:

"Du bist sehr neugierig, wie? Gut, ich werde dir all deine Fragen beantworten, wenn du aufsteigst."

"Und ich könnte dir keine weiteren Fragen mehr stellen außer diesen, wenn du absteigst, neben mir läufst und genauso außer Atem bist."

Der Bote Morrhígans setzte das ihr so bekannte Grinsen auf und zuckte mit den Schultern.

Schweigend zogen sie weiter.

Bald hatten sie den See der Alten Bärin hinter sich gelassen. Auch die kargen Berge begleiteten sie nur ein Stück, bevor der große Wald in Sicht kam.

Amhrán seufzte einmal laut auf, dann sagte sie:

"Gut, ich steige auf, aber du sitzt vorne. Ich will dich nicht in meinem Rücken wissen, Totenschädel."

Madhra hielt an und half ihr auf das Pferd.

"Mein Name ist Madhra und das bedeutet Hund. Denn ich diene der Schwarzen Herrin treu wie ein Hund. Du kannst mich demnach ruhig mit meinem Namen ansprechen, Amhrán.

Ich bringe dich zu Hernes See. Zum Heiligtum der Bodbh. Dort wirst du das Fest Beltainè feiern.

Ich glaube nicht, dass du den Priester des Heiligtums kennst. Er ist alt, sehr alt, ein todernster Mann, der keine Freude kennt im Leben und sich deshalb der dunklen Morrhígan verschrieben hat."

Amhrán brüllte ihm fast ins Ohr:

"Was, ein alter Mann und der wird der Gott sein? Was habe ich getan, um die Große Mutter so zu erzürnen?"

Der Mann antwortete ihr:

"Du solltest ihr dankbar sein. Soweit ich weiß, ist das dein erstes Beltainè als Priesterin. Das wird anstrengend genug für dich. Außerdem ist Alter ja auch ein Zeichen von Erfahrung und das ist vielleicht besser als auf einen unschuldigen Jüngling zu treffen, der nicht weiß wie eine wahrhafte Frau zu behandeln ist."

Amhrán grübelte nach.

"Eigentlich hast du recht und außerdem bin ich dann ja nicht mehr ich, da kann es mir auch gleich sein.

Wann werden wir da sein?"

Madhra antwortete ihr:

"Heute abend. Aber du solltest jetzt schweigen und keine Fragen mehr stellen. Beruhige deinen Geist und bereite dich auf das Fest vor."

Das war leichter gesagt als getan. Noch immer konnte Amhrán nicht so gut damit umgehen, dass sie hier hinter dem Mann saß, der all die Veränderungen in ihrem Leben verursacht hatte. Schließlich hatte sie nichts mit Solasards Mutter zu tun gehabt und doch hat dieser Hochzeitsabend ihr ganzes Leben verändert. Und trotzdem hatte sie all das näher zu sich selber gebracht.

Vielleicht sollte sie der Großen Mutter dafür sogar dankbar sein. Aber irgendwie war das alles nicht rechtens.

Ein weißer Bussard kreuzte ihren Weg. Ein Blitz in ihren Gedanken.

Misnéachard und sein herrlicher Schimmel Lasaír. Auch ihnen wäre Amhrán niemals begegnet ohne diesen Mann vor ihr. War all das auch der Wille der Götter?

Etwas glitzerte seltsam vor ihnen. Es waren die Blätter zweier prachtvoller Birken, deren Wipfel wie ineinander verflochten waren. Sie bildeten ein grünes Tor. Langsam ritten sie darunter hindurch. Dann sah Amhrán das Wasser des Sees, das durch die dunkelgrünen Blätter des Waldes schimmerte.

Plötzlich entdeckte sie die zierliche Gestalt, die am Wegesrand stand.

Voller Freude rief die junge Frau:

"Sheela, Sheela-na-Gig, was tust du hier?"

Die blonde Frau antwortete freundlich:

"Ich warte auf dich. Kein Sterblicher darf dieses Land betreten, der nicht sein Leben der Göttin geweiht hat und jederzeit zu sterben bereit ist.

Madhras Zeit ist noch nicht gekommen. Eine letzte Aufgabe wartet noch auf ihn. Dann vermag er heimzukehren in den Schoß der Mutter. Aber bis dahin darf er diese Grenzen nicht überschreiten.

Ich danke dir, Madhra, dass du dieses Kleinod sicher und wohlbehalten hierher gebracht hast. Eile nun, denn du bist die Hand der Göttin, eile, denn auf Tara erwartet dich dein Schicksal!"

Vorsichtig half er Amhrán vom Pferd herunter.

Höflich bot er Amhrán seinen Arm, damit sie vorsichtig absteigen konnte.

Dann kehrte er ihnen den Rücken zu und preschte davon, ohne ein Wort.

Sheela trat näher an die junge Frau heran und umarmte sie herzlich.

"Sei willkommen, Amhrán. Es ist eine Ehre, dich begleiten zu dürfen."

Amhrán holte Luft, doch Sheela legte ihr den Zeigefinger auf die Lippen und sagte:

"Sch, sch, du musst schweigen nun. Fremd ist diesem Ort das unnötige Gezwitscher der Menschen. Hier atmet die Stille ihre Kraft. Schließe deine Augen und beruhige dich. Lege deinen Arm auf meine Schulter, und ich werde dich durch das Labyrinth der Sinne führen. Kein Mensch darf diesen Ort mit seinen Augen sehen, denn niemand darf diesen Weg zweimal beschreiten."

Amhrán tat wie ihr geheißen. Sie besann sich auf ihre anderen Sinne und folgte Sheela vertrauensvoll.

Es dauerte nicht lange, da blieb ihre Führerin stehen. Mitten im Wald stand hier ein Lager, das einlud auszuruhen.

Die Hüterin des Waldes der Erkenntnis wies darauf und sagte:

"Öffne deine Augen nun. Hier sollst du schlafen, bis der Abend naht und dich ausruhen. Ich selbst sammelte die Kräuter, auf denen du ruhen wirst. Eine junge Priesterin wird dich wecken und an den Ort der Vorbereitung bringen.

Leg dich hin und schlafe wohl. Das nächste Mal, wenn du schläfst und wieder erwachst, wirst du die Hochdruidin Erius sein."

Müdigkeit überfiel Amhrán.

Sheela zog sie aus und brachte sie zu ihrem Lager.

Ihr schläfriger Körper lauschte noch eine Weile der Musik des Waldes, ihr Blick verschwamm immer mehr zu einem entspannenden Grün, bis sie ihre Augen schloss und nur noch den zarten Duft ihres Lagers wahrnahm.

Sie erkannte noch die Süße der Buchackerwinde und die Würze des Bärlauchs, dann fiel sie in einen tiefen, traumlosen Schlaf.

Amhrán erwachte von der Berührung einer Hand, die sie sanft am Arm rüttelte.

Schläfrig stand sie auf und ließ sich ein weiches, warmes Tuch umlegen. Die Sonne sandte ihre letzten Strahlen und färbte den sanft ihre Füße umwallenden Nebel rötlich ein.

Die Dienerin der Göttin führte sie zu einer Hütte, wo ein warmes Feuer leuchtete.

Nun erst erkannte sie, wer sie dorthin gebracht hatte.

"Sadv, du hier! Die Große Mutter ist so gnädig zu mir."

Schüchtern lächelte die Priesterin, als ihr eine andere vertraute Stimme antwortete:

"Sie kann nicht antworten. Sadv wird nur noch mit der Stimme der Göttin sprechen. Aber ich kann dir sagen, dass auch ich mich freue, dich wiederzusehen, Amhrán. Zumal vor einer Nacht wie dieser. Ich bin heute die Hand der Schwester und habe alles vorbereitet, damit Sadv dir ohne Schwierigkeiten dienen kann. Ich bin so stolz auf dich. Du wirst eine gute Hochdruidin, Amhrán."

Eite drückte die Freundin fest an ihr Herz. Wie lange hatte sie ihre Seelenschwester aus dem Coven der Danu schon nicht mehr gesehen. Waren es auch nur wenige Wochen, Amhrán kam es vor wie Jahre, zuviel hatte sich für sie geändert. Tränen sammelten sich in ihren Augen.

Eite nahm ihren Kopf in ihre Hände und segnete sie. Dann sagte sie:

"Ich weiß nicht, ob wir uns noch einmal wiedersehen. Aber falls nicht, möchte ich dir noch eines mit auf den Weg geben. Was auch immer geschieht, gleich, was du tust und bist: Verleugne niemals dein Herz! Denn du hast ein gutes Herz, und es wird dich immer auf dem richtigen Weg halten, solange du darauf hörst.

Ich bete für dich heute nacht."

Mit einem Lächeln verließ sie die Hütte.

Nachdenklich sah ihr Amhrán nach, bis Sadv einen Teller mit Brot und einen Becher vor sie stellte.

Amhrán kannte das Brot, kannte den Wein und die Kräuter und Essenzen, die beide enthielten. Davon zu essen und zu trinken bedeutete, sich ganz in die Hand der Göttin zu geben.

Sadv stand hinter ihr und streichelte durch Amhráns Haar.

Stück für Stück aß sie das Brot, das so holzig schmeckte und bitter. Schluck für Schluck trank sie den süßen Wein und schmeckte doch das Gift in ihm. Würde ihr Körper ihm standhalten?

Sanft fächerte Sadv das Haar auf, bürstete es aus, bis Amhráns Kopf nach hinten fiel.

Trägheit durchflutete die Frau, obgleich sie alles wahrnahm, was um sie geschah.

Sadv half ihr auf und führte sie in einen Nebenraum, aus dem Amhrán schon die feuchte Luft entgegenschlug.

Die junge Frau spürte jeden einzelnen winzigen Tropfen auf ihrer Haut.

Vorsichtig half ihr Sadv in eine steinerne Wanne. Im rechten Rand waren Nischen, die mit Ölen gefüllt waren und in denen entzündete Dochte schwammen, die den Raum erhellten.

Langsam glitt Amhrán in die bläuliche Flüssigkeit. Bedächtig breitete Sadv ihre Haare über ihrem Oberkörper aus.

Heute nacht sollte nur der Allmächtige Gott ihre Blöße sehen.

Noch konnte Amhrán entscheiden, ob sie jetzt lieber aufstand, um einer anderen ihren Platz zu überlassen. Jetzt war noch Zeit, doch wenn die blaue Flüssigkeit erst einmal in ihre Augen, Nase, Ohren, den Mund kam und sich in ihrem Leib mit dem Brot und dem Wein vermischte, gab es kein Zurück mehr.

Sadv sah ihre Freundin dort vor sich liegen und sie wusste, dass nicht jeder Körper auf die gleiche Weise mit dem Gift umzugehen vermochte. Auch wenn Sheela-na-Gig selbst die Öle und verschiedenen Tränke achtsam zusammengefügt hatte, Sadv fürchtete um Amhráns Leben.

Diese lag im Wasser der Wahrheit und sie wusste es, spürte wie es durch alle ihre Poren in ihren Körper eindrang, in ihr Blut. Heiliges Blut der Göttin für eine Nacht. Der Mann, der von ihm trank heute nacht, musste rein sein wie eine frische Quelle, sonst würde er sterben, so wie sie, wenn falsche Gedanken ihren Geist benebelten.

Ganz leise atmete sie ein und aus, dann glitt sie mit ihrem ganzen Leib unter die Flüssigkeit.

Ihr Herzschlag verlangsamte sich sofort. Ihre Augen öffneten sich. Luftbläschen stiegen aus ihrer Nase. Sie zog das Wasser ein, schluckte es, tauchte wieder auf. Sie fuhr sich über die Stirn, Zeichen, dass sie alle ihre eigenen Gedanken aus ihrem Kopf vertreib, strich sich über die Nase, wissend, dass sie allein durch die Gnade der Göttin atmete.

Sadv half ihr aus der Wanne und trocknete sie ab.

Ihre Freundin war nun klar bei sich, ein Teil allen Seins.

Bereitwillig ließ sich Amhrán abtrocknen. Mit einer schwarzen Paste zeichnete Sadv einen Mond auf ihre Stirn. Das Zeichen der Mondin unter ihrem Herzen wurde bemalt, ihre Brüste, ihr Bauch, ihre Lenden, die Waden und Füße und ihre Arme und Hände.

Ihr einziger Schmuck ein Mondstein, der sich blau glühend an ihren Hals schmiegte.

Eingehüllt in einen dunkelblauen Umhang, brachte Sadv ihre Herrin vor die Tür. Amhrán war nicht mehr sie selbst und doch nichts anderes.

Sie kannte den Ort nicht und wusste doch, wohin sie ihre Füße setzen musste im Dunkel des Waldes, um an das Ufer des Sees zu gelangen.

Dort lag ein Ruderboot und sieben Männer auf jeder Seite würden sie zu der Insel bringen, wo zwei Feuer hell aufloderten.

Hoheitsvoll stieg sie ein und wo das Boot den Nebel teilte, da schimmerte das Mondlicht im Wasser wie eine silberne Spur, auf der sie ans Ufer gelangte.

Ihr Kopf wusste nicht, was sie dort erwartete, aber ihre Seele, die Herrin ihres Körpers, wusste es nur zu genau. Ruhe war in ihr, Frieden, und das Wissen endlich am Ziel zu sein.

Nah und näher kam das Licht. Sie lächelte, als sie ausstieg und den Sand des Strandes berührte.

Hier irgendwo war derjenige, der sie vervollständigen würde, der aus Gott und Göttin, aus Mann und Frau, aus Ordnung und Chaos, aus Leben und Tod, aus allem eins schuf, die Welt, die alle Welten sind, das Eine. Licht, Dunkel und Schatten. Sein und Nicht-Sein.

Männer und Frauen näherten sich mit Fackeln. Da waren Elben und Menschen und solche, die beides waren. Hier waren sie einig, ein Volk, ihr Volk, gekommen, um ihr zu dienen und ihm.

Sie folgte dem Lichterzug fort von dem Strand in ein Wäldchen.

Im Schein der Flammen erkannte sie den janusköpfigen Gott aus Stein, der auf der Lichtung stand. Ihm gegenüber saß die Göttin, die ihm ihr Geschlecht weit geöffnet hatte.

Hasen huschten vorbei und eine Eule schuhute. Die Bäume trugen Mäntel aus Schlingpflanzen, die im Schein der Fackeln sich paarenden Tieren glichen.

Verlangen stieg in Amhrán auf. Es zog sie weiter, als riefe eine Stimme ihren Namen. Sie ließ den blauen Stoff zu Boden gleiten. Das Röhren eines brunftigen Hirschen drang an ihr Ohr, versetzte ihren Körper in seltsame Schwingungen. Es war ihr, als riefe sie so ihr Liebster.

Hernes See, Herne, der Hirschgott, der Herr über Leben und Tod, der Herr der Wilden Jagd, der an Samhain die Seelen aus der Anderen Welt führte. Er wartete auf sie.

Wie unter Bann kam sie ihm entgegen. Dann sah sie das Feuer. Beltainè, das Feuer des Bel.

Sie konnte ihn sehen. Er trug einen Mantel aus Hirschfell und über dem Gesicht die Maske samt dem Geweih eines Hirschen.

Durch die Flammen kam er ihr entgegen. Dann kniete er vor ihr nieder und berührte mit dem Geweih die Erde, die ihre Füße trug.

Kurz verweilte er so ehrerbietig, stand auf, legte seine rechte Hand auf sein Herz und streckte ihr die Innenseite seiner linken Hand entgegen. Auch Amhrán hielt ihre Hand vor sich. Eine Handbreit zwischen ihnen floss das eine Leben in das des anderen. Sie konnte seine Augen durch die Maske sehen und sie sah Tränen.

Ein Priester und eine Priesterin traten an sie heran und legten ihnen die Hände an die Gelenke des anderen, umbanden sie mit in Waid getränktem Tuch und drückten fest zu.

Als sie das Band wieder lösten, wickelte sich der mächtige Drache der Zeit blau um ihre Arme, ein ewiges Zeichen ihrer Würde.

Eine Priesterin legte Amhrán einen Umhang aus dem Fell einer weißen Hindin um. Es wurden zwei Messer gebracht, die das Paar in die Hände nahm.

Jetzt sah die Frau das Reh und den Hirschen, die ruhig in dem Feuerkreis standen.

Sofort verebbten die Flammen. Gemeinsam mit dem Mann schritten sie zu den Tieren, die für das Opfer bestimmt waren. Mit einem glatten Schnitt durchtrennten sie die Halsschlagadern.

Blut floss auf die Erde, bis das Leben aus den Tieren gewichen war.

Einen Augenblick des Ekels durchzuckte sie, aber die Priesterin wusste, dass es so sein musste, auch ihr Blut mochte heute noch fließen.

Männer und Frauen traten nun an das Paar heran, nahmen blutige Erde und zeichneten ihren Segen auf die Haut unter dem Mantel.

Amhrán verging unter diesen Berührungen, bis sie den Klang der Trommeln hörte und eine einzige Flöte aus dem Schilfrohr des Sees.

Nun wurden ihnen die Gewänder abgenommen und in der Schönheit seiner Blöße erblickte sie... Misnéachard. Sie war nur Staunen, noch immer perlten Tränen aus den geliebten Augen, sprachen aus, was die Lippen niemals sagen durften.

Das Verlangen überwältigte sie und doch noch war sie die Jägerin und er der Hirsch. Sie tanzten den Tanz der ewigen Jagd, vereinten sich und trennten sich, flammten auf, drehten sich umeinander, jagten sich, rangen mit sich, kämpften hart.

Dann verstummte die Trommel. Totenstille.

Amhrán war sich nur zu bewusst, was jetzt geschah.

Eine Frau mit einer schwarzen Lockenmähne trat hervor. In ihren Händen blitzte ein Messer und ein silberner Kelch.

Bald würde der Inhalt davon so blutrot sein wie ihre Haut. Amhrán wusste, es gab keinen anderen Weg und doch war in Misnéachards Augen keine Angst, nur das grenzenlose Vertrauen ewiger Liebe und ihr Blut würde sie beide nähren.

Sie spürte den Schnitt an den Fesseln kaum, fühlte nur ihr rasendes Herz. Dann war sie nicht mehr sie selbst.

In der Ferne stand Rhiannon und neben ihr Golendydd und neben dieser Alaya. Die eine hatte den Diamanten entdeckt, die zweite hatte ihn gereinigt und geschliffen und die dritte hatte ihn in der Herrin schönste Liebe eingefasst. Doch auch bevor der Diamant durch ihre Hände gegangen war, war er schon ein Diamant gewesen. Nun sahen sie wie die Göttin in ihr dem Herrn der Jagd, dem Elbenprinzen den Kelch des Lebens gab und er setzte ihn an seine Lippen. Unverwandt war sein Blick auf sie gerichtet. Weder Angst noch Misstrauen waren in seinen Augen, einzig Wissen und Liebe. Er trank und Schluck für Schluck leerte er den Kelch bis zur Neige. Eine junge Frau nahm ihm das Gefäß ab. Sie bemerkten sie nicht, standen sich gegenüber und verloren sich in den Augen des anderen. Schon waren ihre Seelen eins. Er, der nun der Herr der wilden Jagd war, streckte sich und tat einen Schritt zu ihr. Sie, die nun die weiße Hindin war, die Hirschkuh, die am Waldesrand wartete, um Reisende in die Andere Welt zu führen. Sie blieb stehen, wich nicht zurück und als er seine Hand in ihren Nacken legte, kam sie ihm zum ewigen Bund der Götter und der Menschen entgegen. Sie war nun alle Frauen, alle Völker und er, der Mann, der alle Männer in sich trug. Wie sanft waren seine Lippen auf den ihren, wie zaghaft kostete seine Zunge dieses Wasser ewigen Seins.

Doch die Frau, die früher Amhrán gewesen war, wollte von Zaghaftigkeit nichts wissen. Sie war die Frau, die Göttin und sie entflammte unter den Küssen dieses Mannes. Ihr Körper, der noch immer derselbe war, schien sich nur zu gut an all die Nächte voller Sehnsucht zu erinnern. Wild und unbändig drängte sie sich ihm entgegen, krallte sich in sein schwarzes Haar, fuhren ihre Hände über die samtene Haut seines Rückens.

Immer wieder nahm er ihr Gesicht in seine Hände und küsste es, als glaube er immer noch nicht, dass sie es sei. Dann sanken sie zu Boden und alles, was jemals Amhrán und Misnéachard gewesen ist, war vergessen.

Dort auf dem Altar ihres Glauben, auf der guten Mutter Erde, waren sie nur noch die Flammen ihres Seins. Wie Blatt und Blüte hervorgebracht von demselben Baum und doch so verschieden in ihrem Wesen waren sie das Leben selbst, die Liebe, ohne die es kein Werden gab für jedes Geschlecht und jeden Stamm. Aus ihrer Blüte würde die Frucht entstehen und die Blätter des Baumes würden sie nähren und am Leben erhalten, genauso wie die Wurzeln, die sie selber waren. So verschieden Blatt, Frucht und Baum und doch alles eins und allein doch nichts, denn sie brauchten andere ihrer Art, um sich zu befruchten.

Sie waren die zwei Ufer eines Flusses und sie ertranken in sich selbst.

Wie der Morgenwind, der Hoffnung bringt, berührte er ihre Haut, zeichnete er Spuren von Lust über ihren ganzen Körper. Sie gab sich hin, aller Geist war gewichen von ihr und einzig Lust war ihr geblieben. Amhrán bebte unter seinen Händen, stöhnte seinen Namen, fühlte ihn überall, auf sich, unter sich, in sich. Wurde fortgetragen von dieser Welle der Erregung, verlor sich in der Jagd ihrer Herzschläge, in der Spannung seines Treibens. Immer heftiger umklammerte sie ihn, immer näher drängte sie, als könnten ihre Körper ihre Seelen sein, tief und tiefer grub sie sich in ihn, schmolz sie dahin und er war nur noch Mann. Jagte sie vor sich her, wie der rote Stier das letzte Einhorn. Sein sollte sie sein, seine Frucht sollte sie in sich tragen, alles, was vor ihm war, wollte er auslöschen, auswaschen aus ihr mit seinem Samen. Nach dieser Nacht würde sie wieder eine Jungfrau sein, eine Heilige und die Mutter, die seine Kinder unter ihrem Herzen trug. So würde es sein. All seine Liebe flutete in sie, all ihre Liebe brandete in sein Herz.

Ihre Körper waren ihre Gedanken und ihre Gedanken einzig das bloße, nackte, menschliche Es, das sich weiter geben will, das in dem weiterlebt, was nachfolgt. Sie galoppierten durch Zeit und Raum und waren doch längst jenseits davon und als sie sich nur noch selbst überholten, Zukunft waren und Vergangenheit, die kleinsten Elemente allen Seins und doch das Sein selbst, da fanden sie sich wieder und für einen einzigen Augenblick waren sie ein Sein, ein Wort, ein Gedanke, eine Stimme, eine Quelle ewiglicher Freude.

Tränen rannen aus Amhráns Augen, wie bitterlich weinte diese junge Frau, denn in diesem einen Augenblick hatte sie erkannt, was sie ihr ganzes Leben missen würde. Sie hatte von den Äpfeln des Sommerlandes gekostet, aber ihr Fuß würde in diesem Leben niemals seine Schwelle übertreten. Misnéachard hielt sie fest, küsste ihr Haar tröstete sie.

Leise flüsterte er:

"Weine, meine Geliebte, mein Ein und Alles, weine und dann lache, denn grausam sind die Götter, dass sie uns das Paradies gezeigt, uns aber den Eintritt verwehrten. Und doch wissen wir jetzt, dass wir eins sind, immer eins waren und eins sein werden. Weine, meine Schöne, meine Einzige, nur die Zeit steht zwischen uns und um wie viel mächtiger ist unsere Liebe.

Erinnerst du, was ich dir sagte, bei unserer ersten Begegnung? Eines Tages mögen wir der Welt etwas besseres schenken, als Schwerter und alte Sagen und so ist es. Du trügst die Frucht unserer Liebe in dir und du weißt es!"

Erstaunt blickte sie auf ihr innerstes Selbst, fand diese kleinen Flammen leuchtenden Lebens. Ja, sie wusste es. Frieden kehrte ein in ihr wildes, verzweifeltes Herz und das Wissen, dass sie nichts trennen konnte. Wo auch immer ihre Körper sein würden, ihre Seelen würden sich wiederfinden in der Erinnerung an diese Nacht.

Schweigend lag sie in seinen Armen, langsam glitt sie in den Schlaf der Erschöpfung. Er hielt sie festumschlungen, während ihr Kopf an seiner Schulter ruhte. Über ihnen blitzten die Sterne, funkelten wie Edelsteine auf dunklem Samt, segneten die Liebenden. Kurz nur währte ihr Schlaf, dann schreckte sie auf:

"Oh, dass ich einschlief, wie wenig Zeit uns noch bleibt, den Rest meines Lebens mag ich verschlafen, doch für den Rest dieser Nacht gebe die Göttin, dass wach ich bin und ganz bei dir."

Lächelnd strich er mit einem Finger über ihre Wange und küsste ihr Haar.

Schmetterling, lebendig wieder nun, sagte sie, die Frau nun war:

"Ich hatte es mir anders vorgestellt, Beltainé. Nicht so nah bei mir, entrückter.

Ich hatte geglaubt, die Göttin in mir würde etwas Fremdes sein, etwas, das nicht zu mir gehört und von mir Besitz ergreifen würde, irgendwie war es auch so, aber auch wieder nicht."

Misnéachard hielt sie noch immer fest, wärmte sie mit seinem Körper. Er sah um sich und da war nichts nur Schatten hinter anderen Schatten.

Das Feuer war niedergebrannt und die Glut verstrahlte ein sanftes rotes Licht.

Mit der Weisheit der Elben antwortete er ihr:

"Was ist die Göttin? Sie ist die Liebe selbst und darum ist sie in jedem Wesen, in jeder Seele, die Liebe empfinden kann. So wie die Göttin in jedem ist, der liebt, ist jeder der liebt auch in der Göttin. Wie nun könnte sie etwas Fremdes für dich sein, wo doch die Liebe durch deine Venen pulst, dein ganzes Leben ist, dich vorantreibt und bei den Menschen bleiben lässt, weil du sie brauchst, weil sie dich brauchen.

Wohin solltest du all die Liebe ergießen, wenn nicht in die Welt und wie nötig werden wir sie haben, wenn die neue, wenn die Eine Welt geboren wird."

Amhrán schmiegte sich an ihn und erwiderte:

"Ja, ich weiß ja, dass es so ist. Aber diese Nacht sie war so unheilig, alles war so einfach, ich brauchte nichts zu tun, als ich selbst zu sein. Nun frage ich mich, warum ich all die Meilen gehen musste, warum ich so viel erleben, ertragen musste, wenn ich doch von dem allen nichts gebraucht habe in dieser Nacht.

War all das nun, dieser ganze Weg hierher vergeblich?"

Der Elbenprinz richtete sich auf und blickte in ihre dunklen Augen:

“Nein, meine Geliebte, keinen deiner Wege bist du vergebens gegangen. Alles, was du erlebt hast, hat dich erweitert, vervollständigt, hat dich näher zu dir selbst gebracht.

Heute nacht, jetzt und hier, weißt du, wer du wirklich bist, du kennst deine Stärken und deine Schwächen und du hast gelernt, dass Schwächen auch Stärken sein können. Dein ganzes Leben hat sich verändert auf dem Weg hierher, du hast Fähigkeiten erkannt und Fertigkeiten erlernt, all das hat dich verändert. Aber all das hat niemals deine Liebe verändert. Deshalb bist du hier, deshalb wirst du die Hochdruidin Erius sein. Es gibt vieles, was sie wissen und können muss, aber all das ist nichts, wenn sie keine Liebe in ihrem Herzen hat. Keine andere Frau gehört hinter den Thron, wo von Alters her, der Hochdruide steht und gottgefällig sein Amt verrichtet. Du wirst eine gute Hochdruidin sein, du wirst eine gute Hochkönigin sein und du wirst eine gute Frau für Solasard sein.

Du wirst seine Kinder gebären, sie großziehen und du wirst an mich denken und wirst immer wissen, was ich für dich empfinde.

Sei meiner Liebe sicher, lebe, aber vergiss mich nicht. Denn du bist alles, was ich habe.

Was auch immer dem Sommerland geschehen mag, was auch immer zerstört wird. Ich werde es wieder aufbauen, für dich. Damit es dein Auge mit Wohlgefallen erfüllt, wenn du heim kommst in unsere Welt, in unser Leben.

Hab keine Angst, ich werde auf dich warten auf der anderen Seite der Weltentores und dann wirst du nie mehr einsam sein und allein, und alles wird gut sein.”

Er küsste sie sanft. Ihre Lippen waren tausend unausgesprochene Versprechen, ihre Hände zeichneten ihre Namen auf die Haut des anderen. Einmal noch liebten sie sich und noch einmal und beide wussten doch, dass es schon Abschiednehmen war.

Schweigend lagen sie hernach beieinander.

Kaum dämmerte der Tag, als eine Stimme aus dem Dunklen sprach:

“Sei mir gegrüßt Misnéachard, König von Tir na Samradh, sei mir gegrüßt, Amhrán, Hochdruidin Erius. Wie schön euch doch noch gemeinsam anzutreffen in dieser hochheiligen Nacht. Denn ich habe Geschenke für euch.”

Aus dem Dunkel der Schatten trat hervor die mächtige Morrhígan, gleichsam erflackerte das Feuer und verbreitete seinen sanften Schein.

Fest umklammerte Misnéachard seine Geliebte
als die Göttin an ihre Seite trat.

Wieder erklang ihre sanfte Stimme:

“Ihr habt mich erfreut in dieser Nacht, ihr habt den Feuern gedient, all überall über die ganze Insel verstreut, waren es eure Flammen, die übersprangen von Fest zu Fest. Hättet ihr nur das Volk gesehen hinter euch in den Wäldern, Segen sei bei euch, möget ihr eure Liebe niemals verlieren, gleich, welche Prüfung des Schicksals ihr überleben müsst.

Für dich Misnéachard habe ich dies, die erste Apfelblüte in diesem Jahr.

Sie wird erst dann vergehen, wenn Amhrán ganz bei dir ist. Jedes Jahr an Beltaine sollst du dich dieser Nacht erinnern und du sollst das Fest mit ihr feiern, hier auf Inish Bodbh. Niemand sage, die Götter seien grausam. Ihr seid es, denn ihr seid es, die Verlangen in sich tragen. Doch diese Gnade sei euch gewährt, als Zeichen meiner Liebe."

Wie schön sie war mit ihrem schwarzen Haar, diesem Glanz, der unter der Kapuze ihres dunklen Umhangs hervorperlte. Mit einem freundlichen Lächeln reichte sie Misnéachard die Blüte. Immer noch wollte der Unglauben nicht der Freude weichen, als die Göttin weiter sprach:

"Und nun zu dir Amhrán. Auch du sollst nicht ohne ein Geschenk von mir weichen. Komm erhebe dich!"

Die junge Frau tat, wie ihr geheißen. Ohne Scham trat sie in ihrer ganzen Natürlichkeit vor ihre Göttin. Verwunderung war in ihr und Freude.

Sanft strich die Göttin über ihr Haar und sprach:

"Ja, Amhrán, weit gegangen bist du in der Tat, Angst und Schrekken waren auf deinem Weg und auch die Liebe selbst. Immer schon lag mein Segen auf dir, immer schon hat mein Auge deinen Weg verfolgt und selbst in deiner größten Not warst du nie allein. All meine Liebe hast du in den zahlreichen Wundern gesehen, die dir begegnet sind und du hast sie erkannt. Meine Dienerin zu sein hast du dich entschieden und war der Weg auch noch so steinig, du bist ihn gegangen.

Und auch jetzt, wo dich deine Pflichten von deinem Liebsten trennen, verweigerst du dich nicht, sondern bleibst auf deinem Weg.

Eine kleine Würde ist es da, Hochdruidin zu sein, doch das soll nicht alles sein. Weil eine solche Liebe in dir ist, sollst Heilbringerin du mir sein und, wenn auch Tote du nicht mehr zum Leben erwecken sollst, denn dies ist ihr vorbestimmter Weg, so sollst du doch die Gabe besitzen, die schweren Herzen zu erleichtern und Trost und Hoffnung, Heil den Menschen, Elben und anderen Völkern sein.

Wenn du ihn bittest, soll der Wind deinen Wünschen folgen und sich erheben oder schwinden, wenn gerecht dein Wille ist, Wasser soll dich tragen und immer Quell von Seelenkraft sein für dich, Feuer soll sich immer dort entzünden, wo es nötig ist für dich und alles, was der Erde entspringt möge seine Hand über dich halten und dich schützen und beschützen, denn du bist die Hochdruidin Erius und Heil ist in deinem Herzen, deinen Worten, deinen Taten und Gedanken. Du bist die Liebe selbst und die Liebe wirst du den Völkern bringen, heil dir, Priesterin, heil der Hochdruidin von Eriu. Nimm aus meiner Hand das Zeichen deiner Würde."

Die Göttin griff ins Nichts und aus dem Nichts tauchte ein Holzstab auf, verziert mit zahlreichen Tieren und Pflanzen, Elben waren darauf zu sehen und Menschen. Und doch schien es dem Auge, dass dies alles einzig Werk von kleinen, fleißigen Würmern, die sich durch die Rinde in das Birken-Holz genagt hatten, war.

Sprachlos nahm Amhrán den Stab entgegen, nur leise entfloh ein "Danke!" ihren Lippen.

Immer noch stand die Göttin dort im Schein des Feuers und noch immer hatte sie etwas zu sagen. Amhrán blickte stolz von ihrem Geliebten zu ihrer wundervollen Göttin.

Diese lachte sie an und sagte:

"Komm, leg dich wieder zu deinem Geliebten, zu deiner Seite der Stab deiner Würde und für deine Seele dies."

Die Morrhígan zog ihren schwarzen Kapuzenmantel aus und Amhrán erkannte in diesem Augenblick, dass es Misnéachards Mantel war, wie auch immer sie an ihn gekommen war. Die junge Frau legte sich zu dem Prinzen und die schöne, dunkle Göttin deckte sie zu.

"Ruht noch ein wenig beieinander, doch bald schon wird euch das Tageslicht trennen, beim Schrei der ersten Krähe", und schon war sie verschwunden.

Amhrán setzte sich auf und sagte:

"Misnéachard, was soll ich sagen, oh weh, was mache ich denn jetzt? Oh, Göttin hilf!"

Der Prinz lachte sie an:

"Nichts, du tust nichts als das, was du vorher auch getan hast. Du bist jetzt die Hochdruidin Erius und meine ganze Achtung gebührt dir. Reich beschenkt sind wir beide und doch bist du mein größter Schatz. Komm, komm her an meine Seite, dass ich dich noch einmal halte und liebe, bis der Morgen uns trennt, für eine lange, lange Zeit. Komm meine Geliebte ein letztes Lebwohl."

Zu schnell fand der Morgen das Paar, eingehüllt in Misnéachards Mantel saßen sie am Feuer. Über ihnen krähte die erste Krähe.

endlich

Viel zu langsam verging die Zeit in der Waldstadt. Überall war die Unruhe vor der Schlacht zu spüren und doch gerade deshalb kamen sich Wesen aus den unterschiedlichsten Völkern nahe. Wer würde schon wissen, was nach der Schlacht geschieht. Auch Oighrigh wurde von den Sorgen der Ungewissheit geplagt und haftete sich so Tag und Nacht an die Fersen der Waldelbin Shasza. Sie war ihm eine liebe Freundin geworden, eher Schwester, auch wenn der junge Fianna das alles etwas anders sah. Oft saßen sie beieinander, waren sich Trost und lenkten sich ab durch allerlei Schabernack. Auch jetzt saßen sie in seinem Baumlager zusammen. Über ihnen leuchteten die Glühwürmchen der Nacht.

"Noch einen", bettelte Oighrigh.

Die Waldelbin schüttelte ihr blondes Haar.

"Du bist ganz schön gierig für einen so hochanständigen Fianna, wie du einer sein willst. Wenn du mir heute so viele Küsse stiehlst, habe ich vielleicht keine mehr, wenn du als glücklicher Sieger aus der Schlacht zurückkehrst und das willst du doch nicht, oder?"

Mit großen Augen schüttelte der Junge den Kopf und legte sich eines der zahlreichen Kissen unter seinem Nacken zurecht.

"Nein, ich will dich heiraten, wenn ich siegreich aus der Schlacht zurückkomme."

Shasza schüttelte den Kopf und kraulte das raspelkurze rote Haar Oighrighs, der in ihrem Schoß lag.

"Du Tor! Und wie stellst du dir das vor, Oighrigh. Willst du mit meinem Volk zusammenleben, und was machst du, solange ich ein Baum bin? Willst du wider deine Art am Tage ruhen und in der Nacht leben? Verstehe mich nicht falsch, Oighrigh, aber es ist besser, du suchst dir ein nettes Menschenmädchen. Das ist besser für uns beide und einfacher."

Trotzig erwiderte er:

"Ich will aber kein nettes Menschenmädchen. Ich will dich, und ja, wenn es sein muss, dann will ich lieber nachts leben als ohne dich. Ich glaube, du bist es, die hier falsch versteht. Ich liebe dich. Und ich will mit dir zusammensein. Für immer. Es ist mir gleich, ob du eine Elbin bist oder ein Baum oder ein Stein oder ein Lufthauch.

Ich liebe dich, Shasza, und ich werde bald in die Schlacht ziehen. Willst du mich so gehen lassen? Abgespeist mit ein paar Küssen und ein paar Streichlern?"

Die Waldelbin verstand:

"Ach, daher weht der Wind! Und wie hattest du dir unser trautes Stelldichein vorgestellt? Hier in der Waldstadt, wo jeden Tag neues Volk eintrifft und alles bald aus den Nähten platzt?"

Hoffnung glomm auf in den leuchtend grünen Augen des Jungen.

"Dann würdest du wirklich? Du und ich? Saileach wird Augen machen, wenn ich ihm das erzähle. Ich meine, äh, ich meine, irgendwann einmal, nach einer anderen Schlacht, natürlich."

"Natürlich!" erwiderte die Waldelbin ernst.

Der Junge wollte aufstehen, um zu seinem Freund zu eilen, aber die Elbin hielt ihn zurück.

"Bleib hier, du Verrückter. Es ist mitten in der Nacht und Saileach wird vernünftigerweise schlafen, im Gegensatz zu dir.

Lass uns uns noch etwas unterhalten. Ich möchte heute nacht nicht alleine sein."

Oighrigh lachte und zeigte von seinem Baumlager über die Stadt.

"Nicht alleine sein! Hier bist du noch nicht einmal allein, wenn du ein stilles Örtchen suchst.

Und Saileach schläft bestimmt auch noch nicht, dazu ist er viel zu aufgeregt. Ein guter Freund von ihm ist heute eingetroffen. Es kommt mir so vor, als habe jeder hier einen guten Freund oder eine Freundin. Allenthalben sieht man Liebespärchen. Sie haben sich lieb und schmusen in geheimsten Ecken, nur du bist so wehrhaft, schreckhaft. Dabei hast du doch gesagt, dass du mich lieb hast. Aber beweisen willst du es mir nicht.

Warum können wir denn hier nicht zusammenliegen wie Mann und Frau?"

Gereizt antwortete Shasza:

"Weil wir es nicht sind, Oighrigh. Vielleicht ist es besser, deine Maneskraft für die Schlacht aufzusparen und mir erst dann deine Unschuld zu Füßen zu legen. Und dann nehme ich dieses Geschenk auch gerne an.

Ich wünschte, ich könnte dir das ausreden, Oighrigh. Wie oft werde ich nicht an deiner Seite sein können. Ich mag dich sehr, wirklich, aber ich glaube nicht, dass ich die richtige Frau für dich bin."

Der junge Fianna richtete sich auf und warf einen festen Blick in das Waldgrün ihrer Augen.

"Wenn es nur das ist, dass ich dir nicht reif genug bin. Gut, stell mir eine Aufgabe, gleich was es ist, ich werde sie lösen. Schwere Rätsel, gefährliche Abenteuer, tödliche Kämpfe, fordere, verlange von mir, was immer du willst, aber ich werde niemals aufhören, zu warten.

Stell mir eine Aufgabe, Königin meines Herzens, ich werde sie erledigen, wenn ich dadurch deine Hand gewinnen kann, gleich was es ist, Shasza.

Vielleicht bin ich in deinen Augen noch ein Kind, aber in mir, in meinen Gedanken bin ich ein Mann, ein Fianna, so wie die anderen auch. Ich bin mit ihnen geritten, habe gegen die widrigsten Übel angekämpft und habe genauso gelitten. Wenn es nur mein Alter ist, das dich schreckt, dann lass mich durch deine Aufgabe zum Mann werden, auch in deinen Augen. Du kannst mich nicht so einfach fortschicken. Ich habe die gleichen Rechte wie jeder Mann, der um dich wirbt."

Wie sehr rührte sie seine Verzweiflung, sein Mut. Dem konnte sie sich nicht mehr länger verschließen.

Shasza nahm ihn in den Arm, drückte und herzte ihn. Dann sagte sie mit feierlichem Ton:

"Gut, du sollst deine Aufgabe von mir erhalten. Aber ich möchte, dass du dich immer daran erinnerst, wie sehr du sie von mir gefordert hast, denn nicht immer wird sie dich an das von dir gesteckte Ziel bringen. Nun gut, dann höre:

Ein Kind wird geboren, ein Sohn königlicher Herkunft. In seinen Adern fließt das Heilige Blut der Götter, das Erlösung bringt. Sein Name ist Tobann, das bedeutet der Unerwartete.

Suche dieses Kind, Oighrigh, und schütze es vor allem Unbill, bis er an der Seite seiner Mutter zurückkehrt. Schütze es mit deinem Leben, wenn es sein muss.

Ist dieses Kind wieder in der Obhut seiner Mutter, so kannst du von mir fordern, was immer du willst. Das verspreche ich dir."

Oighrigh schmiegte sich an sie und sagte:

"Das klingt doch gar nicht so schwer, und wo finde ich das Kind?"

Shasza lächelte geheimnisvoll und antwortete:

"Da wo die königlichen Kinder der Götter geboren werden, Oighrigh. Genau da."

Missmutig brummte der Junge, ließ sich dann aber doch von Shasza weiterkraulen und döste vor sich hin.

Shasza schmunzelte leise vor sich hin.

Schließlich musste sie auch als Führerin der Waldelben für die Zukunft der Einen Welt, den Fortbestand des neuen königlichen Hauses sorgen. Sie hatte die Mittel dazu.

Ihr Blick glitt von dem Lager hoch in den Ästen einer Silberbuche hinunter in die Waldstadt. Hier herrschte nun Tag und Nacht ein buntes Treiben, ein ständiges Kommen und Gehen von Kundschaftern, die auszogen, die Lage im Auge zu behalten, kleinen Verbänden, die draußen, jenseits der Sicherheit des Waldes, eifrig Fallen bauten für das gewaltige Heer der Síofra, das vor Tara lagerte, der Burg, die einst für das wahre und gerechte Königtum stand.

Für Neuankömmlinge und Zurückgekehrte wurde es immer schwieriger, unbeobachtet zur Waldstadt vorzudringen.

Immer schon als letzte Zuflucht gedacht, war es ein großes Gelände, das fast zweimal die Festhalle Taras maß, aber nun wurde auch hier der Platz immer weniger. Aber auch das hatte sein Gutes. Nie waren sich die Völker Erius so nah wie in dieser Zeit der Verfolgung. Sie lernten einander kennen, fanden Gemeinsamkeiten, und ertrugen aber auch die Eigenheiten der jeweilig anderen. Es war die Zeit des Keimens, eines Neubeginns. Das langsame Werden der Einen Welt und doch waren sie nicht allein auf Erius Pfaden.

Die Schwarzen Reiter hatten vor dem Wald einen Zaun aus den gepfählten Leichen der Unvorsichtigen errichtet, doch dies war keine Warnung, nur Beispiel ihrer eigenen Grausamkeit. Schmerzverzerrt waren die Gesichter der Opfer. Es war nicht zu übersehen, was den armen Leibern alles angetan worden war, bevor sie den Frieden des Todes wie ein Geschenk empfangen hatten.

Angewidert lenkte die Waldelbin ihre Gedanken in andere Bahnen. Schon war es fast wieder Tag und Zeit einen Ort für die Wandlung zu suchen.

Da saß der Hauptmann des Hochkönigs unter einer Trauerweide, fast unsichtbar und doch sichtbar für sie.

Sanft bettete sie Oighrigh auf ein Kissen und deckte ihn zu. Mit einem Kuss auf die Stirn entließ sie ihn in seine Träume und kletterte den Baum hinunter.

Auf dem Weg, sich einen Schlafplatz zu suchen, gesellte sie sich noch zu dem traurigen Rabharta.

Hilflos blickte er auf, als die Waldelbin zu ihm trat.

"Sie wird gehen, für immer und mich im Stich lassen. Ach, dass mir das Herz noch einmal so schwer gemacht wird. Wie kam es nur, dass alles sich in meinem Leben verändert hat, seit Eala meine Burg betrat. Nun, wo sich alles dreht und wendet, will sie mich ganz alleine lassen. Ihre Angst ist ihr wichtiger als meine Hoffnung, meine Liebe. Du hast doch auch mit ihr gesprochen, was hat sie zu dir gesagt?"

Shasza setzte sich zu dem Hauptmann.

"Sie hat gesagt, dass sie es leid ist. Dass sie nicht mehr länger diese hochmütigen und selbstgefälligen Menschen ertragen kann, die doch nichts tun, als sich gegenseitig zu verletzten, zu hintergehen und zu missbrauchen."

Rabharta unterbrach die Waldelbin barsch:

"Und mir? Tut sie nicht auch mir weh, wenn sie auf ihre verdammte Traumstraße verschwindet? Das ist doch derselbe Selbstbetrug, den auch die Menschen betreiben auf ihre Weise. Betrachte sie doch! Der Blick eines gehetzten, verletzten Tieres. Aber ich habe ihr all das doch nicht angetan. Jeder Mensch trägt Verletzungen davon in seinem Lebenskampf. Aber warum müssen immer die dafür bezahlen, die sie zu heilen trachten?

Ich habe ihr gesagt, gut, dann gehen wir fort von den Menschen, wohin sie auch immer will. Aber sie umgibt sich immer mit einer Aura der Unantastbarkeit, dabei zerbricht sie bald an ihrer Härte, erfriert an ihrer Kälte.

Ich spüre so sehr, dass sie sich nach Liebe sehnt und Wärme, aber die Ruhe, die sie sich wünscht, wird sie nicht dort oben finden. Ihre Traumstraße ist auch nichts anderes, als die Flucht vor dem Leben, das sie scheinbar schon aufgegeben hat.

Ich habe auch Angst vor so Vielem, aber deshalb darf ich doch nicht aufgeben und davonlaufen. Das habe ich mein ganzes Leben lang getan. Endlich habe ich die Liebe gefunden und da soll ich sie auch schon wieder loslassen? Das kann doch nicht sein. Ich will das nicht so einfach hinnehmen, ich kann es nicht!"

Shasza verstand ihn nur zu gut.

Auch sie kannte die Einsamkeit, Rabharta war der Erste Hauptmann auf Tara gewesen, aber sie hatte ein ganzes Volk zu führen. Da war wenig Zeit geblieben für die Liebe. Nun schlich sich dieses Menschenkind in ihr Herz und obwohl sie um die Unmöglichkeit einer Zukunft wusste, wehrte sie sich nur halbherzig und sie wusste es. Sie verstand den Hauptmann nur zu gut.

"Und was willst du jetzt tun?"

Der Hauptmann stand auf und sagte:

"Ich muss noch einmal mit ihr reden. Ich muss zu ihr. Verzeih, aber ich muss zu ihr, bevor mich der Mut wieder verlässt."

Shasza nickte ihm zu. Langsam ging sie zu Oighrighs Silberbuche zurück.

So viele Gedanken schossen ihm durch den Kopf, als Rabharta auf dem Weg zu Eala war.

Warum nur hatte er mit Báistigh Gealán befreit? Anders hätte er Eala vielleicht doch noch überzeugt. Und doch, wer, wenn nicht er, wusste, wie es war, getrennt zu sein von dem, zu dem sein Herz in Liebe entbrannt ist. Nur deshalb war er mit ihm aufgebrochen. Ach, hätte er sich doch nie in diese Schattenbringerin verliebt.

Und doch war durch sie etwas in ihm wieder zum Leben erwacht, regte sich und wollte wachsen.

Wie glücklich waren Measartha und Silín, obwohl sie verschiedenen Völkern entstammten und Eala war wie Silín, eine Frau aus dem Kleinen Volk und vor allem war sie eine Frau.

Wie oft gingen die beiden Händchen haltend vor ihm gurrend und turtelnd durch die Menge, die für das Paar gar nicht da zu sein schien.

Missmutig überholte er sie dann. Er gönnte ihnen ihr Glück, trotzdem konnte er es nicht ertragen. Wie gut verstand er die Bitterkeit des Elbenprinzen, der seit der Ankunft seines Vaters und Shaszas wie vom Erdboden verschwunden war.

Wo er nur sein mochte und sein Schimmelhengst, was erlebten sie wohl?

Langsam hatte sich eine beträchtliche Zahl von Kriegern hier eingefunden. Früher hätte das den Hauptmann in ihm mit Stolz erfüllt, heute nahm er es kaum zur Kenntnis. Hier hieß er nur noch 'Der Hauptmann', aber nirgends hatte er sich weniger als einer gefühlt wie hier. Sein Herz war wieder menschlich geworden.

Nun bestand er aus anderem als Dienst und Pflicht, andere Werte in ihm verlangten erhört und gelebt zu werden, Liebe, Menschsein, das Leben selbst und die Freude daran, Partnerschaft.

Rabharta fand Eala weitab der Wege an ihrem Lieblingsplatz, einem kleinen Weiher, wo etliche gelbe Schwertlilien ihr magisches Strahlen verbreiteten. Hier bereitete sie sich auf die Rückführung von Gealárs Geist in ihren Körper vor.

Vorsichtig wollte er sich anpirschen, doch ihre Katzenohren entlarvten sofort das leise Knacken.

Neugierig wandte sie sich in Richtung der Geräusche. Sie sagte nichts, blickte ihn nur auf ihre tiefe eindringliche Weise an, als würde sein Hiersein ihren Schmerz noch vergrößern.

Schweigend setzte er sich zu ihr.

Eine Weile beobachteten sie eine große blaue Libelle.

Rabharta spürte ganz genau, wie die Spannung zwischen ihnen fast greifbar wurde.

Sie schluckte und sagte:

"Ich weiß, warum du hier bist. Aber ich werde Gealán helfen, auch und gerade, weil es mein Tod ist. Ich bin fertig mit den Menschen, Rabh. Gealán hat etwas besseres verdient als das, sie hat ihr ganzes Leben noch vor sich, deshalb werde ich ihr helfen, gleich, was du jetzt sagen wirst."

Rabharta schwieg lange, bis er ihr ruhig antwortete:

"So, Gealán, die Geschundene hat etwas besseres verdient. Und du, Eala, was hast du verdient? Nicht die Liebe eines Mannes, der dich über alle Maßen achtet und ehrt? Ich würde nichts Unmögliches von dir verlangen, Schattenbringerin, weil ich weiß, dass für dich nichts unmöglich ist, wenn du es willst. Hast du etwa schon dein ganzes Leben hinter dir? Wir könnten ein neues Leben beginnen, ein anderes Leben.

Wenn du fertig bist mit den Menschen, gut, dann gehen wir eben fort von den Menschen. Uns stehen doch alle Wege offen.

Und wo wir bei verdienen sind und bekommen. Habe ich das Schicksal verdient, dich zu verlieren, die, die ich liebe? Das Schicksal, das ich ertragen müsste, ohne dich?

Du wirst diese Welt verlassen, Eala, aber ein Geist, der genauso hoffnungslos wäre wie du, würde augenblicklich deine Stelle annehmen. Ist es das, was du willst?"

Traurig blickte sie ihn an.

"Nein, das ist nicht das, was ich will. Ich liebe dich auch, denke ich jedenfalls, aber ich bin zu müde, zu erschöpft mich noch einmal auf die Menschen einzulassen. Ich habe keine Kraft mehr dafür und ich könnte es nicht noch einmal ertragen, verletzt und abgelehnt zu werden. Ich will meine Ruhe. Ich bin so zerrissen in mir, dass ich selbst nicht mehr weiß, was ich will. Alles war so einfach und klar, bevor ich dich traf. Jetzt ist alles Durcheinander, verrückt, verdreht und ich weiß doch, dass ich ein Leben mit dir nicht meistern könnte. Nicht hier.

Ich weiß, dass ich zu schwach sein werde, um nach Gealáns Erwachen wieder hierher zu gelangen. Aber ich weiß ja noch nicht einmal, ob ich das überhaupt will, wieder hierher kommen. Ich weiß ja noch nicht einmal, ob das Liebe ist, was ich für dich empfinde. Ich kenne das Gefühl nicht, das ich in deiner Nähe habe und das verwirrt mich. Alles hat sich verändert, meine Gedanken, mein Fühlen, mein Handeln.

Selbst wenn ich bleiben würde, ich brauchte Zeit, um mich wieder dem Leben zu öffnen."

Er berührte sie sanft, doch sie zuckte zurück.

"Du sollst alle Zeit der Welt haben. Es gibt nichts, was der Eile bedürfte. Und ich will dich niemals zu etwas zwingen, was nicht dein Wille ist. Ich will doch auch nicht hier bleiben. Du musst dich bestimmt vorbereiten. Aber ich möchte, dass du weißt, dass ich neben dir sein und deine Hand halten werde. Und ich werde sie nicht loslassen, bis du wieder bei mir bist. Denn ich liebe dich und ich weiß, dass es so ist."

Cioná, die Heilerin der Fianna, trat räuspernd an sie heran.

Gemeinsam mit ihr und Rabharta machte sich Eala auf den Weg zu Gealáns Lager, an deren Seite Báistigh die letzten Tage zugebracht hatte.

Die Heilung ihres Körpers machten gute Fortschritte, aber noch immer lag sie in einem schlafähnlichen Zustand. Sie nahm nur Wasser zu sich und war bis auf die Knochen abgemagert.

Eala nickte Báistigh zu. Er setzte sich neben Gealán und ergriff ihre Hand. All seine Kraft, all seine Gedanken waren nun einzig auf seine Geliebte gerichtet.

"Gut, dann werden wir sehen, was ich auszurichten vermag. Ich werde mein bestes geben, aber vielleicht wird das nicht reichen. Die Wege sind finster nun, dort."

So setzte sie sich mit untergeschlagenen Beinen neben die Kranke. Sie legte eine Hand auf ihre Stirn und schloss die Augen.

An ihrer Seite kniete Rabharta, wie in ein Gebet vertieft. Mit einer Hand hatte er sich in ihre verhakt, mit der anderen hielt er ihre Handgelenke und fühlte wie das Leben durch die große Ader pulste.

Gleichwohl es gefährlich war, auf der Traumstraße eine schwache müde Seele zu suchen, fand die Schattenbringerin ihren Weg leicht.

Sie ließ sich von dem Zeitstrom mitreißen und entdeckte viele verletzte, verkrüppelte und verlorene Seelen von Menschen, Elben, Zwergen, vom kleinen Volk, von Tieren und Pflanzen, die ihr Schicksal nicht mehr ertrugen, oder die so verletzt waren, dass nur noch das Ausblenden des Seins Rettung bedeuten konnte.

Sie rief Gealán laut bei ihrem Namen, immer und immer wieder.

Was einst ein heller Ort gewesen war, mit Auen, Bächen und lichten Hainen, mit Steinen des Verweilens, des Lauschens, des Austausches und des Friedens, war nun ein Ort der Leere, von grauen Wegen durchzogen, die plötzlich abbrachen und in den Abgrund führten, in die Finsternis. Verschreckte Schatten flatterten durch diese Gänge und immer wieder stürzten Brücken und Stege mit lautem Krachen ein. Manchmal sah sie große, starke, warme Lichter, doch sogleich stürzten sich tausend graue Schatten auf sie, um sie aufzusaugen und selbst in Nichts zu verwandeln. Ealas Geist ging weiter, selbst grau und doch erstarkt durch die Verzweiflung und den Schmerz der anderen, der ihr zeigte, dass sie lebte und zu hause war. Hoheitlich schritt sie einher wie eine Königin und ehrfurchtsvoll hielten die schwachen Geister Abstand. Sie lächelte, hier war sie sicher, hier kannte sie sich aus, mochte dieser Ort auch noch so finster sein. Verglichen mit ihrem Herzen war er Licht.

Dann hörte sie ein Wimmern, und sie erkannte die Stimme. Gealán. Kaum noch glomm das Licht ihrer Seele auf. Eala trat an sie heran. Leicht fanden ihre klaren Gedanken den Geist der jungen Frau.

Der Hauptmann sah die Schweißperlen auf der Stirn seiner Liebsten. So sehr krallte sie sich an ihn, dass seine Hand blutete, ihr Körper bäumte sich auf. Der Puls wurde schwächer und schwächer und dann lag sie da, leblos, seelenlos. Fort.

Eala war zu hause.

Immer wieder flüsterte sie:

"Gealán, hörst du mich, ich bin gekommen, um dich heim zu holen."

Endlich drang schwach eine Antwort zu ihr:

"Wer bist du? Ich bin so müde, ich kann nicht mehr, lass mich hier, es ist bald vorbei."

Wieder schrumpfte das schon kleine Licht ein wenig mehr zusammen. Aufgeregt flatterten die ersten Schatten um sie, Eala wischte sie mit einem Gedanken beiseite.

"Warte, ich helfe dir, aber du darfst dich nicht wehren."

Tief ging Eala in sich, zog sich ganz in sich zusammen, bis sie nur noch eine einzige Quelle von Energie und Licht war, frei von Gefühlen, Wünschen und Begierden. Langsam näherte sie sich Gealán, bis sie ganz mit ihr verschmolzen war. Gierig saugte diese neues Leben, erstrahlte, glomm, glühte und entflammte neu an sich selbst. Dann trennte sich Eala wieder von ihr, trat hervor und spürte deutlich, wie viel Kraft sie die Teilung gekostet hatte. Gierig flogen die Schatten näher, aber noch hatte sie die Kraft und den Willen, Gealán sicher nach hause zu bringen.

“Weicht von mir, ihr Schatten”, rief sie aus mit der mächtigen Stimme einer Priesterin der Finsternis. “Ich banne euch aus diesem Kreis, flieht, bevor euch mein Wille niederzwingt, denn ich bin die, der ihr dienen werdet eines Tages. Noch ist nicht die Zeit, da ich heimkehre zu euch, wartet noch ein wenig, dann soll dies mein Heim sein und Hof will ich hier halten. Aber diese Stelle hier gehört mir allein und ihr wisst das. Bald, wenn sie gegangen ist, werden wir eins sein, doch nun flieht, dass meine Hand nicht über euch sei.”

Wie tausend Funken stoben sie auseinander und klar und klarer wurde Gealán, fast schon konnte sie ihre früheren Züge erkennen.

Erstarkt sprach die junge Frau:

“Wer bist du? Was machst du hier?”

Eala, die wieder ihre halbmenschliche Erscheinung annahm, um Gealán zu beruhigen, erwiderte:

“Ich bin Eala, eine Freundin von Baistigh, er hat mich hierher geschickt, um dich heim zu holen.”

Gealán betrachtete sie und sagte:

“Wo ist er denn? Warum holt er mich denn nicht selbst?”

Die dunkle Seele antwortetet:

“Er kann dich nicht holen, keine Seele, darf diesen Ort betreten, bevor nicht ihre Zeit gekommen ist, nur weil ein Teil meiner Seele schon gestorben ist, ist es mir erlaubt, hier zu wandeln. Aber auch ich habe meinen Preis dafür zu zahlen. Baistigh hat nicht die Macht und auch nicht die Kraft, hierher zu kommen, dich zu holen und wieder heimzukehren.”

Gealán versuchte zu verstehen und sagte:

“Und du hast die Kraft? Wer bist du, oder sollte ich besser fragen, was bist du?”

Eala lächelte:

“Ich bin eine Schattenbringerin, und es ist meine Bestimmung meine Hand über diesen Ort zu halten und ihn wieder zu dem zu machen, was er war, bevor die Welt aus dem Gleichgewicht kam. Ich bin Eala, der schwarze Schwan, und ich bin gekommen, um dich heimzuholen, damit ich in meinem Heim bleiben kann.”

Gealán stärker und wacher nun erwiderte:

“Das hier nennst du Heim, einen Ort der Verdammnis, wo nur die Verzweiflung wohnt und Angst und Schrecken. Wie leer und lieblos musst du sein, wenn du diesen Ort zu Hause nennen kannst. Hast du jemals wirklich gelebt, wirklich geliebt?”

Die Schattenbringerin zuckte wie unter einem Peitschenhieb:

“Ja, ich habe gelebt, ich habe unter Menschen gelebt und wie ein Korn zwischen zwei Mühlsteinen haben sie mich zerrieben, mich so oft verbogen, dass ich zerbrochen und gesplittert bin. Und nun, da ich endlich gehen kann, frei bin und gehen könnte, da versetzten sie mir den Gnadenstoß und schickten mir einen, der Liebe ist und Hoffnung, der mich retten könnte, wenn ich mutig wäre und all meine Kraft zusammen nehmen würde und spränge."

In Gealáns Gedanken tauchten Bilder von Baistigh auf und es sprudelte aus ihr hervor:

"So spring denn und das Netz wird erscheinen. Einst sagte mir eine Sternenfrau diese Worte, ich war verzweifelt, zerrissen, hin- und hergerissen zwischen dem Mut, die Liebe, das Leben zu wagen oder genau an diesem Ort hier zu landen. Ich bin gesprungen, habe mich geöffnet für das Unerwartete und mich darauf eingelassen und siehe, es brachte mir die Liebe in mein Leben. Du bist die Schöpferin deines eigenen Trübsals, warum hältst du andere für glücklicher als dich, warum verbündest du dich mit der Leere, dem Gleichmut. Siehe, ich liebe und Liebe ist in mir."

Eala erwiderte kalt:

"Und trotzdem hat dich diese Liebe hierher gebracht, an diesen kalten Ort. Warum sollte ich mich noch einmal dem Schmerz und all diesen Verletzungen aussetzen, wenn hier doch mein Weg endet? Nein, mein Seelenfrieden ist mir da näher als die Bocksprünge der Liebe. Ich wähle die Sicherheit der Düsternis, sie kann mich nicht verletzten, denn sie ist der Schmerz selbst."

Gealán konnte nicht glauben, was sie hier hörte.

"Aber wenn dich in deiner Gedankenwelt, am Ende sowieso nur der Schmerz erwartet, warum willst du nicht die Blumen der Liebe am Wegesrand pflücken und in ihrem Duft schwelgen? Glaubst du, du bist das einzige Wesen im Universum, das je Leid erfahren hat und Schmerz. Glaubst du das wirklich?

Vor langer Zeit in einem anderen Leben, da badete ich auch im Selbstmitleid, genauso wie du. Aber all das Zetern und Verschließen verändert dein Leben nicht, verändert dich nicht. Wenn du nichts veränderst, wirst du auch weiterhin nichts anderes bekommen als den Schmerz, den du so liebst und verehrst. Und glaube mir, auch hier kannst du dich nicht vor dir verstecken oder vor der Liebe. Denn die Liebe findet dich überall."

Die Schattenbringerin spürte immer mehr das Gealán erstarkte, aber ihre eigene Kraft nahm ab. Sie verstand das nicht, aber sie wusste, es wurde langsam Zeit für die junge Menschenfrau. Ruhig sagte sie:

"Nun gut, ich sehe, es kehrt wieder Leben ein in deine Seele, doch ich werde immer schwächer. Lass mich dich nun an die Pforte bringen, bevor ich noch mehr erlahme und uns beide nicht zu retten vermag."

In der Tat leuchtete Gealán immer heller und heller, während Ealas Licht immer mehr und mehr verblasste. Schon umkreisten die ersten Schatten ihre Erscheinung. Sie hatte keine Kraft mehr, um sich gegen sie zu verteidigen.

Zornig strebten sie voran. Gealán folgte ihr.

"Hätte ich mir meine Kraft für deinen Heimweg gespart und nicht für weise Reden. Meine Entscheidung steht fest. Du gehst fort und ich bleibe hier, komm nun, schnell, die Zeit eilt und ich spüre meine Kräfte schwinden."

Gealán hastete hinter der Schattenbringerin her.

"Wohin bringst du mich? Und warum wirst du schwächer, an einem Ort, der dir doch Stärke geben sollte?"

Da erschall ein leises Scharren:

"Sie bringt dich zum Sommertor, damit du in deine törichte Menschenwelt heimkehrst, auf der es keine Menschen mehr geben wird, wenn ich mit ihr fertig bin. Hattest du gedacht, du könntest einfach durch mein Allerheiligstes schleichen und ich würde dich nicht bemerken. Hast du vergessen, wer ich bin? Es ist mein Reich, dass du mir da streitig machen willst, Schattenbringerin. Du sehnst dich, nach nichts mehr als dem Tod.

Aber dein Bild vom Tod ist ein Trugbild. Es ist erst vorbei, wenn alles durchlitten ist. Du kannst nicht vor deiner eigenen Finsternis fliehen. Ich weiß es, denn ich bin die Pryria, die Finsternis selbst, die Flamme des Vergehens, das Feuer, das jeden eines Tages verbrennen wird und auch du wirst mir nicht entkommen."

Kälte ballte sich um Eala zusammen und erschwerte ihr Fortkommen. Weit vor sich sah sie das golden schimmernde Tor.

"Weiter, weiter, sprich nicht mit ihr und höre nicht auf sie, Gealán, fort schnell, schon spüre ich die Kälte."

Gealán eilte voran, flog vorwärts, magisch angezogen von dem wunderschönen Tor mit seinen goldenen verschlungenen Linien.

Und weiter sprach die Pryria:

"Eala, Schattenkind, was fliehst du vor mir, lass doch die Sterbliche ihren Weg alleine gehen. Ihr Schicksal ist ihr vorbestimmt, so wie dir das deine. Du fragst dich, warum du schwächer wirst, sie aber immer stärker. Ich kann es dir sagen, weil sie leben will, du aber nicht, weil sie ein Ziel hat, du aber nicht. Du willst dich nur fallen lassen und nichts tun, aber so findest du nie ein Ende, im Fall.

Lass mir doch das kleine Spielzeug, du hilfst ihr, weil sie kann, was du nicht kannst, weil sie ist, was du nicht bist, Liebe, Glaube, Hoffnung. All das hast du verloren, sie wäre doch eine viel bessere Beute als du. Ach, wie schön wäre es in ihren Schmerzen zu baden, sich zu suhlen in ihrer Verzweiflung, da gibt es bei dir schon lange nichts mehr zu holen. Du bist wie eine lebende Tote, du armes Kind. Glaubst du wirklich, du könntest sein, was du dir erträumst, hier? Du Träumerin, du wärst doch auch hier nichts anderes als ein leerer Schatten, geh zurück zu deinem rothaarigen Feuerfreund. Er mag dich mit Liebe füllen und mit Leben, dann magst du wiederkehren, armes Kind!"

Eis überzog Ealas Seele und etwas in ihr begann langsam und ganz tief zu sterben. Schwach und schwächer wurde ihr Licht, war fast zur

Gänze erloschen. Näher rückte das Tor und sie wurde immer müder, blieb zurück hinter Gealán, die eifrig, schimmernd voranstrebte.

Tiefer und tiefer bohrten sich die Worte Pryrias in sie, bald blieb sie im Schatten zurück, selbst ein leeres graues Etwas, verloren jeden Sinn, ihr Sein. Zu hause endlich. Frei nach all der Qual, alles löste sich auf, ihr Leben dahin. Der letzte Gedanke: Rabharta, ihn hatte sie geliebt, ihn hatte sie gefürchtet wie niemanden sonst, er war die Liebe selbst für sie. Dann war sie nur noch Schweben und Leere.

In diesem Augenblick öffnete Gealán ihre Augen. Sie sah Báistigh und fragte:

"Lebe ich? Oder bin ich zu Hause? Du musst Misnéachard sagen, dass er die Siofra vernichten muss, dann wird auch die Pryria sterben, denn sie ist die Síofra. Jetzt, schnell!"

Müde fiel sie in einen Schlaf der Heilung bringen würde.

Tränen liefen über das Gesicht des jungen Mannes, Tränen, die auch Rabharta nicht mehr zurückhalten konnte. Bleich wie der Tod selbst lag seine Geliebte vor ihm, leblos, als wäre alles Leben aus ihr gewichen.

Da lag sie, seine Liebe, sein Leben. Zum ersten Mal nahm er sie in den Arm, drückte er sie, verteilte seine Küsse über ihr ganzes Gesicht. Der Schmerz zerriss ihn fast.

Dann hielt er sie nur noch wimmernd im Arm, schaukelte sie hin und her und gab sich seiner Trauer hin.

Cioná brach es das Herz.

Da trat eine hagere Frau an das seltsame Paar heran, neben ihr ein bulliger Krieger, mit einer bedrohlichen Axt.

Die Frau fragte:

"Ist das Eala, die Schattenbringerin? Ich bringe ihr Nachrichten von Alaya aus dem hohen Norden. Beendet ist die Aufgabe nun, und entscheiden mag sie nun, was sie ist eine Lebende oder eine Tote."

Da blickte Rabharta sie mit Tränen gefüllten Augen an und sagte:

"Ich weiß nicht, wer ihr seid oder wer Alaya aus dem hohen Norden ist. Doch die, die ihr suchtet, liegt vor euch und eure Reise, so denke ich, war vergebens. Schaut, sie hat sich schon entschieden."

Da kniete die Hohepriesterin neben der Schwester ihres Stammes nieder. Sie legte ihre rechte Hand an die Lebensader, Ealas Hals. Dann blickte sie auf.

"Mein Name ist Rhiannon und dies ist Scathcrobh, wie ihr wohl wisst. Auch er ist vieler Dinge kundig. Die Trauer mag eure Augen trüben. Noch ist nicht aller Tage Abend, noch sind wir hier nicht vergebens. Kommt, Schwertpriester, kommt an meine Seite, unsere Schwester braucht unsere Hilfe."

Aus ihrem Reisesack nahm sie zwei Beutel, öffnete sie und legte jeweils einen links und den anderen rechts neben Eala. Scathcrobh machte sich auf den Weg, eine brennende Fackel vom Feuer zu holen. Dann kniete sich die Hohepriesterin neben die Schulter der Schattenbringerin.

Sie schloss für einen Augenblick die Augen und als sie sie wieder öffnete, erkannte jeder in ihrer Nähe, dass das, was hier kniete weitaus größer war als Rhiannon, die Priesterin. Diese alte Frau strahlte eine unglaubliche Ruhe aus, als sie in den linken Beutel griff. Mit ihrer linken Hand nahm sie eine Hand voll Salz, streute damit eine Linie von der Stirn bis zum Kinn, von Schläfe zu Schläfe. Dann griff sie mit ihrer rechten Hand in den rechten Beutel, nahm eine Hand voll dunkler Erde und zog einen Kreis um das weiße Salzkreuz. Tief atmete sie ein, tief atmete sie den Atem des Lebens über die scheinbar Tote, damit sich ihr Leib erinnere und zurückkehre.

Scathcrobh, zurückgekehrt, kniete gegenüber von Rhiannon, legte seine Gedankenkraft in ihre Werke, reichte ihr die Fackel, die sie nahm, ohne auch nur aufzublicken.

Immer wieder und wieder glitt sie mit dieser Flamme über Eala hinweg. Schließlich stand sie auf, gab Rabharta die Fackel, richtete die Knie der Schattenbringerin auf und richtete Eala auf, so dass sie sich über ihre Knie beugte.

Erstaunt folgten die anderen jeder Bewegung Rhiannons, wie sie jetzt hinter der Schattenbringerin kniete und ihre Hände auf ihren Rükken, ihre Lungen legte.

Rhiannon und Scathcrobh hatten die Augen geschlossen. Ihre Gedanken waren eins auf der Suche nach Ealas Geist, ihrem Willen weiterzuleben. Stille war überall, die Fackel zischte in Rabhartas Hand. Auch er blickte still in ihre Flamme.

In Ealas Leere brach ein Satz:

"Erhebe dich, Tochter des Lichts, Kind der Finsternis, denn deine Zeit ist noch nicht gekommen."

Da öffnete sie ihre Augen und als wäre sie aus einem bösen Traum erwacht, schüttelte sie Erde und Salz von sich. Sie atmete die Luft der Waldstadt ein, als würde sie es zum ersten Mal tun und als sie Rabharta sah, warf sie sich in seine Arme und weinte wie ein Kind. Lange hielt er sie so, langen küssten und herzten sie sich. Frieden war eingekehrt in das Herz der Schattenbringerin. Scheinbar.

Der kleine Tod

Frevel! Kein anderes Wort gab es für diese Untat. Sáile hatte Tuan bestimmt nicht sehr gemocht. Doch das war zuviel!

Mitleidig betrachtete sie sein Haupt, das auf den Zinnen der Burg auf einem Speer stak und den Raben der Morrhígan als Fraß diente.

Seinen Leib hatten sie vor das Stadttor geworfen, wo er langsam verweste. Beute der Ratten, die sich an ihm gütlich taten.

Sorgfältig achteten die Síofra darauf, dass ihm niemand zu nahe kam, um ihnen die Knochen nicht streitig zu machen.

Nach langem Suchen hatte Sáile endlich einen Weg nach draußen gefunden.

Der Brunnen in Grainnes Turm. Vor langer Zeit schon versiegt und deshalb ein guter Gang zu dem Brunnen in der Burg, über dessen Wasserspiegel er zu einer kleinen Nische führte. Nachts sicher vor den Strahlen der Sonne, konnte sie so ihrem Gefängnis entkommen.

Doch niemals war sie an den in die Wand eingeschlagenen Eisenstangen in die Burg geklettert. Sie würden sie töten, wenn auch nur ein Wachhabender Sáile sehen würde. Noch war es dazu zu früh. Erst musste sie ihr Versprechen halten. Und doch war es gut, von der Nische im Burgbrunnen zu wissen.

Manchmal mitten in der Nacht trafen sich hier Siorc und Cruímh, um ihre Pläne miteinander abzustimmen.

Dann war es gut, sie zu belauschen und sich ein Bild zu machen von den Vorgängen in der Burg.

So wie heute nacht. Geduldig wartete Sáile, bis sie die Stimmen der beiden hörte.

Cruímh begann den Reigen.

"Sei mir gegrüßt, Siorc. Froh werde ich sein, wenn ich meinen alten Leib nicht mehr mitten in der Nacht von meinem Lager quälen muss."

Siorc erwiderte ihm:

"Glaubst du, mir geht es anders? Und ich schlafe ja noch nicht einmal allein, so wie du. Wenn meine Männer mitkriegen, dass ich gegen ihre Königin arbeite, bringen sie mich um. Schließlich kennt sie die meisten der jungen Kerle mehr oder weniger persönlich. Ihre Besessenheit wird noch ihr Tod sein, glaub mir!"

Cruímh sagte zu ihm verschwörerisch:

"Deshalb habe ich dich doch um dieses Treffen gebeten. Réalta wird immer unberechenbarer. Ich kann ihre Liebschaften schon gar nicht mehr zählen, seit Broc tot ist. Aber das wäre ja noch nicht einmal so schlimm, doch jetzt beginnt sie auch noch, Néart und Dragan gegeneinander auszuspielen. Und das können wir uns nicht leisten.

Schließlich brauchen wir Dragans Heer noch, ganz zu schweigen von Néarts Wissen über die Elben und das andere Ungeziefer. Und wenn, kann nur einer wie er die Krone der Anderen Welt tragen und kein Sterblicher.

Wir wissen noch immer nicht, wie das mit diesen Weltentoren vonstatten geht."

Neugierig fragte der abtrünnige Fianna:

"Und was soll jetzt geschehen? Wie willst du verhindern, dass sie die beiden aufeinander hetzt wie junge Hunde?"

Der Königliche Berater rieb sich gut hörbar die Hände.

"Sie muss weg!"

Siorc war sich nicht ganz sicher, ob er das richtig verstanden hatte und fragte:

"Was genau meinst du damit?"

Cruímh antwortete ihm klar und deutlich:

"Réalta muss weg und mir ist gleich, wie du das anstellst. Ein Reitunfall, Gift. Ich habe schon so einiges über deine Liebeskunst gehört, Anführer der Königlichen Garde, vielleicht wäre das ein Weg. Dein Erfolg hat dich wohl noch anziehender gemacht für das weibliche Geschlecht?"

Siorc schnaubte lachend:

"Vielleicht! Aber ich habe langsam keine Lust mehr, die Drecksarbeit zu machen. Erst der verfluchte Hauptmann und jetzt auch noch die Hochkönigin."

Schnurrend erwiderte Cruímh:

"Nun, das zeigt doch, dass du dich von Opfer zu Opfer steigerst."

Wieder ernst fragte Siorc:

"Aber wenn Réalta stirbt, dann haben wir niemanden, der Dragan für uns an Beltainè tötet."

Der Königliche Berater gab ihm sofort Antwort:

"Doch, dich, den neuen Hochkönig. So hat das Land gleich beides. Ein königliches Opfer und einen Hochkönig, bei dem jedem klar ist, wohin ihn ein unangebrachter Thronanspruch bringt, Siorc.

Du musst jetzt nur noch überlegen, wie du die gute Réalta aus dem Weg räumst, mein Freund. Ach, wie herrlich wird das sein, wenn wir beide erst herrschen, Siorc."

Der Angesprochene fragte höhnisch:

"Ach, wir beide?"

Sofort verbesserte sich der Zwerg.

"Ich meine natürlich du als Hochkönig und meine Wenigkeit als Ratgeber an deiner Seite.

Ich muss jetzt wieder gehen, Siorc. Kümmere dich um Réalta, und ich kümmere mich um den Rest, dann schaffen wir das schon."

Siorc brummte ihm ein Abschiedswort entgegen und auch Sáile machte sich wieder auf den Weg zu ihrem Lager.

Siorc war froh darüber, dass die Burgtore geschlossen waren. Es war schon bedrohlich genug, tagsüber das gewaltige Heer dieser unfertigen Figuren vor der Burg lagern zu sehen und die Reitübungen der Schwarzen Reiter zu verfolgen.

Dragan hatte ihm erklärt, es seien Seelenlose, die ihm die Pryria als Garde geschenkt hatte. Wenn er wollte, konnte er sie mit seinen bloßen Gedanken lenken, doch das hatte er noch nicht versucht. Nicht groß genug war das Vertrauen in seine eignen dunklen Abgründe.

Schon lange kam keine Nachricht mehr aus der Anderen Welt in die Burg.

Aber manchmal sah Siorc, wie Dragan mitten in der Nacht mit einer gewaltigen Flamme in der Halle sprach.

Andere Nachrichten erreichten die Burg, dass sich immer mehr Verbände der Fianna zusammenzogen und sich wie ein Gürtel enger und enger um die Burg zogen. Doch so oft der Anführer der Königlichen Garde mit seinen Männern ausgerückt war, immer fanden sie nur kleine Gruppen von höchstens zehn Mann, die sie im Nu niedergemacht hatten.

Für seine Krieger war es ein Erfolg, ihm aber kam dieses nur allzu verdächtig vor. Es schien ihm, als sähe er den Wald vor lauter Bäumen nicht und doch mussten irgendwo die großen Kampfverbände sein.

Die Fianna waren alles in allem bestimmt an die zehntausend Mann. Immer aufgeteilt in kleine Kampfverbände, war nie aufgefallen, wie groß sie wirklich sind. Immer noch kämpften ganze Familien einzelner Fianna auf ihrer Seite. Ein so gewaltiges Heer ließ sich doch nicht so einfach verbergen.

Zu seltsam erschien ihm das alles, und er fürchtete sich vor Iolaranams Schläue, die scharf war wie ein neues Schwert. Sie hatten nicht mehr viel Zeit.

Siorc wollte nicht so recht an seine Zukunft als Hochkönig glauben. Nicht mit einem trügerischen Cruímh an seiner Seite und einem Iolaranam, der ihm mit all seinen Leuten auf den Fersen war. Aber nun gab es kein Zurück.

Und vielleicht mochte es ja doch gelingen.

Vorsichtig suchte sich der neue Anführer der Königlichen Garde seinen Weg zurück. Sich allein glaubend schritt er sinnend in die Große Halle Taras.

Zu spät erkannte er, dass diese Helligkeit nicht von einem gewöhnlichen Licht kommen konnte. Eine furchtbar schrille Stimme hallte durch den Raum.

"Es wird Zeit, Dragan, das Schwert aus der Scheide zu ziehen und die Erde mit Blut zu tränken, damit sie wieder fruchtbar werde. Unser Ziel ist nicht mehr weit.

Während du mit deinen Lieblingen gemeinsam den Acker pflügst, habe ich in der Anderen Welt schon mein Lager aufgeschlagen und bringe nun Halm für Halm, Strauch für Strauch, Baum für Baum, Seele für Seele unter meine Hand.

Die Kinder der Tuatha de Danaan werden kein Sommerland mehr finden, wenn sie es wagen sollten zurückzukehren.

Immer näher rücken die Welten, und mein Atem wird sie in Brand setzen, damit aus der Asche neues Leben entstehen kann. Unsere Saat, mein Schöner.

Für mich die Insel der Götter und für dich verbrannte Erde.

Die Zeichen stehen günstig. In drei Tagen schon gehört uns die Welt."

Der Hall verebbte und noch immer schaute Siorc wie gebannt in die Flamme, als ihn Dragan ansprach, der nun hinter der Flamme augenscheinlich wurde.

"Siorc! Heute ist wohl eine Nacht, die viele umtreibt. Komm her zum Feuer!"

Da erkannte der Abtrünnige, dass der nackte Oberkörper des Mannes ganz mit Brandnarben übersät war und sich auch jetzt schon wieder hässliche Brandblasen gebildet hatten.

Solasards Ziehbruder folgte dem Blick und erklärte dann lächelnd: "Ein geringer Preis für die Macht, die ich in den Händen halten werde. Hier vor diesem Thron werden beide liegen und um Gnade winseln. Keiner außer mir wird Solasard töten, jeder soll ihm aus dem Weg gehen und ich werde jeden töten, der es wagt, ihm auch nur ein Haar zu krümmen. Er ist mein, zusehen soll er, wie ich mir sein Liebchen nehme und sie unter mir vor Lust bebt, bevor ich ihr die Kehle durchschneide.

Und das wird das Letzte sein, was dieser Dieb sieht, bevor er in das ewige Feuer gezogen wird.

Und du, Siorc, was sind deine Pläne? Welche herrlichen Untaten wirst du vollbringen, um dir die Freundschaft des Hochkönigs zu verdienen?

Bedenke welch' herrliches Geschenk ich dir mit dem Tod Rabhartas gemacht habe, kannst du das überbieten?"

Der Angesprochene schüttelte seinen Ekel ab und erwiderte:

"Nun, ich habe die Leiche des Hauptmanns nicht gesehen.

Heute nacht noch wird die falsche Hochkönigin von meiner Hand fallen, denn deinen Untergang plante sie, um mit Néart allein zu herrschen. Das ist mein Geschenk für dich. Dann, wenn alle Schlachten geschlagen sind, bringe ich dir den Kopf von Cruímh, dem Königlichen Berater, denn auch er trachtet nach der Macht und glaube mir, jedes Mittel ist ihm recht, seine Pläne in die Tat umzusetzen. Denn kein anderer als er war es, der den Hochkönig tötete. Mit meinen eigenen Augen habe ich es gesehen."

Lauernd musterte ihn Dragan.

"Und wann wirst du mir in den Rücken fallen, Siorc, mein Freund?"

Der Anführer der Königlichen Garde verneigte sich vor dem Mann mit dem düsteren Blick.

"Wenn du meine Kreise achtest, niemals. Du weißt, alles, was ich begehre, ist die Königliche Garde, das Recht, die Fianna endgültig zu vernichten und das werde ich besser ausrichten als der alte Broc. Und ich will die schöne Sionnach, Iolaranams Wildkatze. Ich glaube, du hast ihre Bekanntschaft schon gemacht, mein soll sie sein, mehr will ich nicht von dir. Oder hast du sie schon vergessen?"

Dragan warf einen Kelch auf den Mann, der scheppernd neben ihm auf den Boden fiel. Siorc wusste nur zu gut, wie sehr Dragan es hasste, an den Überfall des Kleinen Volkes erinnert zu werden, die ihm diese wundervolle Frau gestohlen hatten.

Wütend erwiderte Dragan:

"Reize mich nicht, Siorc, und verspiele nicht dein Glück. Ich für meinen Teil fürchte, du wirst eine Begegnung mit Iolaranam auf dem Schlachtfeld nicht überleben und wen außer dir sollte er sich als Ziel vorgenommen haben, mein Guter?"

Siorc lachte plötzlich laut auf.

"Dich, alle werden dich jagen. Ich bin doch nur ein kleiner Verräter und werde in der Masse verloren gehen. Du aber bist der Wahnsinnige, der die Macht an sich reißen will, diese und die jenseitige. Glaubst du wirklich, irgend jemand wird Néart in seinem Zustand folgen?

Einem halben Mann, einem Mädchen. Du wirst dich entscheiden müssen, wem du die Andere Welt anvertraust, Dragan. Den Ort, den deine Hände nicht beherrschen, wirst du zuerst verlieren.

Du wirst der Fuchs sein, den alle jagen. Aber du wirst auch der Hochkönig sein, wenn du Solasard tötest, ihm das Schwert abnimmst und auf den Thron gelangst.

Große Aufgaben, Dragan!"

Der Angesprochene trat nah, ganz nah an Siorc heran, dass dieser die versengte Haut roch und fragte warnend:

"Und zweifelst du daran, dass es mir gelingen wird? Willst du daran zweifeln, du, der sein Leben nur meiner Gnade verdankt, du Wurm? Schleich dich und bereite dich vor, damit du alle deine Aufgaben erledigst, Siorc. Wir sehen uns auf dem Schlachtfeld.

Welch ein armes Schwein dieser Rabharta doch war. Zu glauben, dass es unter allen Menschen dieser Welt auch nur einen geben könnte, dem zu trauen wäre. Ein Narr, ein Narr des Schicksals!"

Siorc ließ den Verrückten stehen und machte sich auf den Weg zu den Gemächern der königlichen Hoheit.

Zielstrebig steuerte Siorc auf das Königliche Gemach zu. Einmal noch wollte er sie besitzen, nur er, bevor er ihrem Leben ein Ende setzen würde.

Leise öffnete er die Tür und trat ein. Eine große Bienenwachskerze verströmte ihren Duft und hüllte mehr ins Dunkel als sie erleuchtete.

Die Hochkönigin lag nackt auf ihrem Bett, umgeben von einem Traum aus seidigem Stoff, den einst die Elben für einen besseren König gefertigt hatten.

Golden schimmerte ihre Haut und ihr Haar, das sie zu einem geflochtenen Zopf zusammengefasst hatte. Sie war eine wunderschöne Frau und er begehrte sie.

Wie oft hatten sie sich geliebt, in den Stallungen, draußen im Wald, in den Gemächern des Königs, wo jetzt Néart tief und fest schlief.

Wie oft hatte sie sich ihm hingegeben, suchten ihre blauen Augen seinen Blick, in der großen Halle, blinzelte ihm zu, wissend, verschmitzt. Was für Pläne sie geschmiedet hatte, gemeinsam zu regieren, ob sie auch gemeinsam mit ihm fortgelaufen wäre? Ob sie für ihn auf den Hof und all seinen Tand verzichtet hätte? Siorc versuchte sie sich vorzustellen, in einer einfachen Hütte, am Herd, ein Kind an der Brust, ein anderes am Rockzipfel hängend. Er auf der Jagd. Nein, dass war nicht Réalta. Réalta brauchte ihre Kleider, ihren Schmuck, das Gesinde, das ihre Launen ertragen musste. Sie war die Hochkönigin und so lag sie nun auch vor ihm. Verführerisch, lockend, mit dem Wissen, dass, wenn sie ihn nicht eines Tages töten würde, er gewisslich sie umbringen würde. Sie war eine schöne Frau, was für eine Verschwendung, ihr das Leben zu nehmen.

Und doch vielleicht musste er sie ja nicht gleich töten, vielleicht reichte es, sie aus der Burg zu bringen, irgendwohin. Sie war eine herrliche Gespielin.

Ihre Augen, die die ganze Zeit auf ihm gerichtet waren, ihm folgten wie ein Raubtier, wandelten sich jetzt in ein Lächeln.

"Guten Abend, königliche Hoheit, wartet ihr schon lange?"

Siorc erwiderte ihr Lächeln.

"Nicht länger als dein Gespräch mit Cruimh gedauert hat. Was hat dich aufgehalten? Was hat er gesagt?"

Der abtrünnige Fianna setzte sich zu ihr und spielte mit einer Haarsträhne, die sich aus ihrem Zopf gelöst hatte:

"Nun, Cruimh, möchte, dass ich dich töte, außerdem meinte er, die heutige Nacht wäre geradezu geschaffen dafür."

Réalta strich die Strähne glatt und antwortete zuckersüß:

"So meint er das? und was meinst du, mein Liebster?

Der Anführer der königlichen Garde zog seine Stiefel aus und legte sich neben sie.

"Nun, ich meine, dass er froh sein kann, wenn er diese Nacht überlebt. Ich habe Dragan erzählt, dass Cruimh Broc vergiftet hat. Er hat mich aufgehalten auf meinem Weg zu dir, meine Schöne."

Die Hochkönigin schmiegte sich an ihn.

"Das war sehr klug, mein Liebster, vielleicht wird dieses seltsame Monster uns die Arbeit abnehmen und ihn für uns töten."

Siorc streichelte ihre Wange, berührte ihre Lippen, beugte sich über sie und flüsterte, leise, bevor er sie küsste:

"So war das auch gedacht, am Ende bleiben nur wir beide, mein Herz", und etwas ihn ihm wünschte, dass es wirklich so sei.

Die Frau drehte sich ganz zu ihm, sah in seine blauen Augen und antwortete:

"Ja, nur du und ich, bis dass der Tod uns scheidet. Was auch immer ich bei all den anderen Männern suchte. Geborgenheit und Liebe, bei dir habe ich sie gefunden. Du warst der erste, der in mir nicht nur die Königin gesehen hat, die ihm auf dem Weg des Erfolgs eine Stufe höher bringt, sondern auch die Frau. Du weißt selbst, wie einsam, mein Leben war, bevor du kamst.", still dachte sie für sich weiter: "Und wie einsam es wieder sein wird, wenn mein Gift deine Adern verbrannt hat. Meilenweit wäre ich mit dir fortgegangen, um wieder das unschuldige, freie Mädchen zu sein, das ich war, bevor Broc mich meinen Eltern gestohlen hatte. Wir könnten Kinder haben, ein friedliches Leben fern von der Burg und dem Hof. Aber all das verbietet dir dein Ehrgeiz, mein Krieger. Du hast mich schon verlassen, bevor ich dich töten werde."

Jung und ehrgeizig hatte er gewiss kein Verständnis für sie, ihren Wunsch nach Frieden und Stille. Sie rieb ihren Kopf an seiner Schulter, küsste ihn.

Siorc bedachte sie mit einem liebevollen Blick.

"Ja, meine Schöne, bis dass der Tod uns scheidet. Wir werden ein herrliches Paar auf dem Thron sein. Du wirst die schönsten Gewänder tragen und den kostbarsten Schmuck. Dutzende Diener werden dir zur Verfügung stehen. Endlich wirst du die geachtete und geliebte Königin an meiner Seite sein, von der du immer träumtest."

Die Hochkönigin knöpfte sein Hemd auf und kraulte sein wildes Brusthaar.

"Ja, so wird es sein. Du wirst der Hochkönig sein und kein Mann im ganzen Reich wird jemals wieder über dir stehen. Du kannst endlich beenden, was Broc begonnen hat und die Fianna ganz und gar vernichten."

Siorc lächelte, dabei hätte er alles getan, um mit ihr als Fianna leben zu können, aber zu spät. Die Tür war ins Schloss gezogen, die Entscheidung gefallen. Jetzt gab es keinen Weg zurück. Wohlig gab er sich ihren kundigen Händen hin. Sie genoss es, ihn zu führen, ihn wahnsinnig zu machen, nach ihr.

Mit Mühe verscheuchte der Mann die törichten Gedanken aus seinem Kopf. Und dann! Sie würde sich niemals damit begnügen, die Frau eines einfachen Mannes zu sein, nicht sie.

Küsste sie auf den Hals, schmeckte das Salz ihres Schweißes, züngelte über die Haut.

Sie drehte sie sich auf den Rücken, wölbte ihren Leib seinen Händen entgegen. Vergessen alle Gedanken, törichte Wörter eines leichten Frauenherzens.

Ein letztes Mal berührte er diese weiche Haut, strich über diesen herrlichen Körper, fühlte die Geschmeidigkeit der Brüste, die er neckte.

Réalta richtete sie sich auf, kam ihm entgegen. Ihre Lippen trafen sich leidenschaftlich, ihre Zungen tanzten den Tanz ewiger Begierde. Mit all ihrer Kraft zog sie ihn an sich, in sich.

Ihre Hände entledigten ihn gierig seiner restlichen Kleidung.

Sie trieb ihn voran. Doch diese Mal bestimmte er den Takt ihrer Musik. Er genoss es, ihren Leib wie eine Landkarte zu erforschen, wissend, dass es hier keinen weißen Flecken mehr zu entdecken gab. Jede Berührung ein leiser Abschied.

Er streichelte sie, küsste und leckte sie, ohne in sie einzudringen. Dann griff er nach einem Kelch neben dem Bett.

"Ja, alles wird wunderbar, wir werden alles sein, was wir immer sein wollten, ja, wir werden endlich frei sein."

Sie küsste ihn leidenschaftlich und hauchte:

"Ja, befreit von den dicken Mauern hier, die uns gefangen halten wie ein Kerker. Von den Speichelleckern des Hofes, all den Pflichten und Regeln, die mich einschnüren und fast ersticken lassen. Ach, es wird so schön sein, komm zu mir mein Liebster und gib mir einen Vorgeschmack dieser Herrlichkeiten."

Einen Augenblick überlegte Siorc, ob er ihr erzählen sollte, von seinen Träumen, einen Augenblick atmete er ein. Dann atmete er wieder aus, verwarf seinen Gedanken. Sie hätte mit ihm darüber gesprochen, wenn sie hätte fliehen wollen. Nein, zu spät, es waren nur die leicht daher gesagten Worte einer Frau. Er drehte sie auf den Bauch.

Tropfen roten Weins liefen über ihren Rücken, auf dem seine Zunge Zeichen malte. Er spielte mit ihr, reizte sie.

Endlich drang er in sie ein. Er hielt ihre Hüften, krallte sich in der Rücken vor ihm in dieses weiße Fleisch, trieb sie mit seinen Stößen fast zum Wahnsinn.

Sie warf ihren Zopf nach hinten, und er schlang ihn um ihren Hals. Der Mann in ihm konnte nicht mehr lange aushalten und auch Réalta stöhnte jetzt.

"Komm, komm, Liebster, mach mich frei und gib mir den kleinen Tod!"

Siorc trieb sie, nahm jetzt keine Rücksicht mehr. Er schlug sie auf ihren prächtigen Hintern, peitschte sie voran, galoppierte in ihr.

Gemeinsam überflutete sie das Gefühl des Höhepunkts.

Sie hörte nicht das Knacken, als sich die Schlinge um ihren Hals zuzog und ihr zartes Genick brach. Erschöpft rollte sich Siorc auf die

Seite. Er konnte ihren Blick nicht ertragen. Waren sie wahr gewesen, ihre Worte, ihr Traum? Oder war es doch wieder nur eine Finte? Hättest du nur früher geredet, Mädchen, nur früher geredet, aber hätte ich deine Worte überhaupt gehört?“

Néarts Ruf

Schwerter klirrten aufeinander, dass selbst die schlafenden Bäume erbebten.

Erschöpft rief Fionn seinem Gegenüber zu:

"Du ... sollst ... mich ... nicht ... schonen!"

Camchéachta, der noch immer zögerlich kämpfte, obwohl sich der Alte gewaltig zur Wehr setzte, schlug noch etwas härter zu. Jetzt reichte es Fionn allmählich. Wütend rammte er das Schwert in den Boden, stapfte mit großen Schritten auf den Bären zu.

Der konnte die Miene nicht ganz deuten und wartete deshalb höflich, bis Fionn ihm kraftvoll einen Kinnhaken gab und sagte:

"So, du Tier! Dich werde ich lehren, einen alten Krieger schonen zu wollen aus mitleidiger Ehrfurcht. Wenn du jetzt nicht anständig kämpfst, trete ich dir so lange auf die Füße, bis du es lernst."

Sprachlos verfolgte Camchéachta, wie der alte Mann zu seinem Schwert zurückstapfte und es wieder aufnahm.

Mit einem gewaltigen Schrei kam dieser auf ihn zugestürmt. Jetzt wehrte sich auch ein höflicher Großer Bär, und wie.

Erstaunt über die Wendigkeit und das Können Fionns tanzten ihre Schwerter wie von selbst in der Luft.

Er mochte den Mann gern und auch seinen Sohn, der den Fianna ihren alten Stand versprochen hatte, wenn sie über das Graue Heer der Siofra obsiegten. Solasard war ein König, für den es lohnte zu kämpfen. Obwohl er erst im letzten Jahr seinen leiblichen Vater kennengelernt hatte, bildeten die beiden eine kraftvolle Einheit. Und noch immer lernte der zukünftige Hochkönig vieles von seinem alten Herrn.

Ein gefährliches Zischen rauschte an seinem Ohr vorbei.

"Nicht träumen! In der Schlacht kann das dein Ende sein, Camchéachta, aber lass es genug sein. Ich bin müde."

Ehrfürchtig verneigten sich die beiden voreinander, bevor sie sich die Hand gaben und kräftig schüttelten.

"Komm, lass uns zurück zum Lager gehen. Ich habe so ein merkwürdiges Gefühl, das mich beunruhigt."

Fionn lachte und erwiderte:

"Tatsächlich? Da bin ich mal gespannt. Ich hörte von Oighrigh schon ein paar Geschichten wie sich das mit deinen merkwürdigen Gefühlen verhält. Na, dann gehen wir!!"

Auch im Lager herrschte eine merkwürdige Stimmung. Gemeinsam gingen die beiden Kämpen zum Brunnen, um etwas zu trinken.

Da öffnete sich das Tor und eine kleine Gruppe Menschen preschte hinein, allen voran ein kalbsgroßer grauer Wolfshund, der wie ein Blitz durch das Lager fegte.

Alle Blicke folgten ihm, bis er seinen Herrn gefunden hatte, der abseits mit seiner Geliebten turtelte.

Ohne Rücksicht darauf zu nehmen, sprang er an dem Mann hoch, der laut ausrief:

"Fiagaí, alter Junge! Wo kommst du denn her?"

Überrascht sah Iolaranam die anderen, die von ihren Pferden abgesprungen und dem Hund zu ihrem Anführer nachgeeilt waren.

Das war eine große Wiedersehensfreude, und im Nu war auch der Rest der schon länger hier lebenden Fianna da, um ihre Gefährten zu begrüßen.

Auch Gormeala und Crónachan waren darunter.

Iolaranam ergriff als erster das Wort:

"Ihr wisst gar nicht, wie gut es tut, euch zu sehen. Schon, nachdem ihr aufgebrochen ward, habe ich mich gefragt, ob es richtig war, euch fortzuschicken!"

Crónachan klopfte ihm auf die Schulter und erwiderte:

"Und ob es das war. Warte nur bis die Reihe an Faolchú kommt. Die besten Neuigkeiten sollst du von ihm hören, denn er hat das meiste dafür getan. Wir haben viele alte Bekannte von dir getroffen, Naosi und sollen dich von ihnen grüßen!"

Die Frau kniff ihre Augen flunkernd zu, ungeachtet der neugierigen Blicke Sionnachs.

Gormeala fuhr fort:

"Von uns soll niemand etwas über dein früheres Leben erfahren. Höre nun, was dir Faolchú für gute Nachrichten zu vermelden hat."

Der Erwähnte kam zu seinem Anführer und umarmte ihn herzlich.

"Es tut gut, dass ich nun all die Maßregeln für dein Ableben vergessen kann, Iolaranam. Die Zeit ohne dich war lehrreich, doch nun bin ich sehr, sehr froh, dich gesund wiederzusehen. Höre nun, Freund.

Viele sind dem Ruf der Fianna gefolgt, den wir durch das Land hallen ließen und so liegen drei Ringe aus je dreitausend Mann um den Wald und erwarten deinen Befehl. Ein einziges Zeichen genügt, und sie stürmen aus dem Unterholz hervor, zahlreicher als Ameisen und genauso erbittert kämpfend.

Sogar alte Männer und Frauen sind darunter. Diesmal kämpft das Volk Seite an Seite mit seinem Wachhund."

Er überhörte ein Räuspern im Hintergrund.

Die Freunde zogen sich ein wenig zurück, um ihre Erlebnisse auszutauschen. Crónachan trat an Saileach heran.

"Sei mir gegrüßt, Saileach! Nun, wie ist es dir ergangen?"

Der Junge betrachtete die schlanke blonde Frau und erinnerte sich sofort.

"Gut ist es mir ergangen, Herrin. Dir auch, wie ich sehe."

Crónachan fragte:

"Wo ist dein Sperber?"

Saileach pfiff einen kurzen Triller und ohne zu zögern, kam Halil auf seinen Arm.

"An meiner Seite! Bist du auch hier, um in der Schlacht zu kämpfen?"

Die junge Frau klopfte auf das Schwert, das an ihrer Seite hing und erwiderte:

"Ja, natürlich. Aber vorerst suche ich einen Mann namens Solasard. Weißt du, wo ich ihn finde? Ich habe Nachrichten von einem seiner Freunde."

Saileach wies auf den jungen Mann, der gerade bei seinem Vater stand.

Schon eilte die schöne Erscheinung weiter.

Fast im gleichen Augenblick hörte Saileach hinter sich zwei Stimmen:

"Und wer war das, Junge?"

Der Junge drehte sich um und erschrak.

Denn der eine der beiden war sein Vater und der andere... Scathcrobh.

Verdutzt schluckte Saileach und Scathcrobh ergriff das Wort:

"Saileach, so brauchst du auch wieder nicht zu erschrecken. Wie ich sehe bist du gut in die Sachen hineingewachsen, die ich dir am Anfang unserer Reise gab. Du siehst gut aus. Nun, wer war die Blonde, Gefährte?"

Mit einem fragenden Blick betrachtete Fearnóg seinen Sohn.

"Und ich möchte nicht nur wissen, wer die Blonde ist, mein Sohn. Du hast wohl einiges mehr erlebt, als du erzählt hast von deiner großen Reise. Vielleicht wäre es doch besser gewesen, ich wäre nicht hier in der Waldstadt geblieben, sondern du."

Saileach schluckte und versuchte die Röte, die sich gerade über seinem Gesicht ausbreitete, zu verstecken.

"Vater, darf ich dich bekannt machen mit Scathcrobh, dem Späher Rabhartas, auch genannt das Auge Taras. Er ist der Mann, den du eigentlich hättest begleiten sollen."

Mit gespieltem Zorn erwiderte der Vater:

"Oh ja, ich erinnere mich noch sehr gut an die Schandtat meines Sohnes und bin froh, dich endlich kennenzulernen."

Die beiden schüttelten sich herzlich die Hände, um dann wie aus einem Mund zu fragen:

"Und die Blonde?"

Erhaben reckte der Junge den Kopf und sagte:

"Das ist Crónachan. Eine Reisebekanntschaft! Sie ist eine Fianna. Warum fragt ihr?"

Die beiden Männer nickten sich zu und packten sich Saileach, bis er bereit war, ihnen alles über seine Begegnung mit ihr zu erzählen.

Schließlich fragte Saileach:

"Und was ist mit Bás?"

Scathcrobh deutete zu einer kleinen Koppel, wo ein paar Pferde umherliefen.

"Der Dunkle, dem sie alle folgen. Ich habe es ja gesagt, dass er was wird."

"Ja, das hast du, Scathcrobh, das hast du!", begrüßte ihn Rabharta, der sich zu ihnen gesellte.

"Sei mir gegrüßt Auge Taras, ich bin froh, dass du wieder hier bist, nicht nur um Ealas Willen. Wofür ich dir sehr dankbar bin. Es tut gut, alle meine Männer an meiner Seite zu wissen. Komm, lass uns ein paar Schritte gehen."

Der Krieger verabschiedete sich von Saileach und Fearnóg und folgte seinem Hauptmann.

"Und wie geht es Eala?"

Rabhartas Blick zeigte ihm, dass er besser nicht gefragt hätte.

"Eala, ja, Ealas Körper geht es gut. Sie hätte die Rettung Gealáns nicht überlebt ohne dich und Rhiannon. Aber es ist ein sinnloses Unterfangen gewesen, denn nun bereitet sie sich auf die Schlacht vor."

Scathcrobh schüttelte den Kopf.

"Ich weiß auch nicht, was ich ihr noch sagen, was ich noch tun soll. Alles habe ich versucht, aber sie will in die Schlacht ziehen, sagt, sie habe noch eine Aufgabe zu erfüllen und dass ich eine Rolle dabei zu spielen hätte."

"In die Schlacht, ist sie wahnsinnig?"

Der Hauptmann sagte ernst:

"Eher wahnwitzig! Ich verstehe es ja auch nicht. Sie liebt mich, sie sagt es mir sogar, aber sie hat ihre Entscheidung getroffen. Sie kann und will nicht anders, auch wenn sie mich noch so sehr liebt. Sie sagt sogar, gerade weil sie mich so liebt. Es wäre besser so für uns und für die gesamte Eine Welt. Ich wünschte, ich wüsste, was sie plant."

Scathcrobh erwiderte:

"Aber was will sie auf dem Schlachtfeld?"

Rabharta seufzte:

"Sie muss diese Aufgabe erfüllen. Ich habe auch nicht die leiseste Ahnung, aber seit sie von der Traumstraße zurück ist, ist das ihr einziges Ziel. Verstehe einer die Frauen!"

Scathcrobh blickte in den Himmel und sagte:

"Die Götter wollten die Männer prüfen und erschufen... die Frauen. Und was wirst du nun tun?"

Rabharta zuckte mit den Schultern.

"Was kann ich tun? Nichts, es liegt in den Händen der Götter. Ich könnte ihre Angst ja verstehen, wenn ich sie ändern wollte, ach, lass uns von etwas anderem reden. Es ist müßig von Honig zu sprechen und ihn nicht schmecken zu dürfen.

Erzähle mir lieber von deinen Erlebnissen, dann muss ich über meine nicht nachdenken."

Und so erzählte ihm sein Späher von Amhrán, Rhiannon und ihrem Leben im Coven, den Wegen, die sie gegangen waren und den Abenteuern, die sie bestanden hatten.

Rabharta lauschte den Worten, doch seine Augen verfolgten eine blonde Frau, die gerade mit Solasard ins Gespräch kam.

Das fragte sich auch der Thronanwärter, bevor ihn die Kriegerin ansprach:

"Entschuldige, bist du Solasard mac Fionn?"

Freundlich antwortete er:

"Ja, und wer seid ihr?"

Die junge Frau antwortete ihm:

"Ich bin Crónachan, eine Fianna. Vielleicht ist es für dich beruhigend zu wissen, dass wir auf dem Weg hierher auf einen deiner Freunde gestoßen sind. Sein Name ist Athraigh. Er war auf dem Weg zu seinem Ziehvater."

Neugierig und auch besorgt fragte Solasard:

"Und wo habt ihr ihn getroffen?"

Crónachan gab ihm zur Antwort:

"In Ath-Luain im "Schlafenden Eber"."

Da musste Solasard kurz lachen.

"Na, da wird sich Blonag bestimmt gefreut haben, einen von uns wiederzusehen. Das ist wahrlich gut zu wissen, und doch mache ich mir große Sorgen. Mein Vater hat mir einiges von den Mornas erzählt, und ich weiß nicht, ob ich ihn jemals wiedersehen werde."

Crónachan klopfte ihm tröstend auf die Schulter.

"Er ist ein guter Mann, der das Herz auf dem rechten Fleck hat, aber auch ein verdammter Windhund, so schnell bringt den nichts um. Bestimmt wirst du bald von ihm hören. Gib die Hoffnung nicht auf!"

Sie lächelte ihm zu und machte sich wieder auf den Weg zu ihren Freunden.

Solasard verweilte noch etwas abseits, als ihn Dair zur Seite nahm.

"Solasard, es tut mir leid, aber da ist noch jemand gekommen, und er behauptet sogar, dich von Kindesbeinen an zu kennen. Wie müssen vorsichtig sein, Feinde umlagern uns, und es wäre denkbar, dass sie versuchen, uns einen Verräter unterzuschieben."

Kurz nickend folgte Solasard dem Mann zum Tor, wo Oighrigh bei einem Man stand, den Solasard nur zu gut kannte.

Schon fing er an zu laufen und umarmte ihn:

“Shem! Was machst du denn hier, und was sollen Hammer und Amboss? Willst du dich als Schmied verdingen und so deinem Schwiegersohn zur Ehre gereichen?”

Der Schmied sagte nur drei Worte:

“Gratha an Inune.”

Dair verneigte sich tief und Solasard fragte:

“Was ist das?”

Dair, der sich wieder aufgerichtet hatte, erklärte es ihm:

“Das Schlagen auf den Amboss - Gratha an Inune. Von frühester Zeit an das Recht der Schmiede, jene Männer, die uns die Waffen gaben, um unser Land zu schützen. Aber sag mir erst, wen wollt ihr damit treffen?”

Der Schmied wandte seinen Blick auf einen weit entfernten Punkt und sagte:

“Dreoilín oder besser Dragan, wie er sich nun nennt. Er hat meine Familie beleidigt, dafür wird er mir Rechenschaft ablegen.”

Dair fuhr fort zu sprechen:

“Gratha an Inune. Es ist das rhythmische Schlagen des Hammers, das den, dem diese Musik gilt, zum Wahnsinn treibt. Ich möchte nicht in Dragans Haut stecken. Dennoch wäre es mir lieber, du würdest den Unhold Solasard überlassen. Oft genug hat er versucht, das Blaue Schwert an sich zu bringen auf die eine oder andere Weise und deshalb finde ich, sollte er auch dadurch sterben.”

Solasard legte Shem einen Arm um die Schultern und sprach:

“Die Wege der Götter sind unergründlich, und es wird einen Grund geben, warum du hier bist! Sei nochmals willkommen, vielleicht wird auch Amhrán bald hier sein. Ich hoffe es so sehr. Aber ich muss diese Gefühle hier aus meinem Kopf streichen. Wir stehen vor einem Krieg und es gibt noch so vieles vorzubereiten. Sei eingeladen an meinem Feuer zu sitzen! Komm, zukünftiger Schwiegervater. Wenn dies hier vorbei ist, werde ich deine Tochter an Lughnasadh ehelichen, so wie es vor einem Jahr sein sollte. Und vielleicht kannst du noch etwas für mich tun. Goworr, ein kleiner Freund, er würde gern alles über unsere Schmiedekunst lernen, vielleicht könntest du ihn eine Zeitlang unter deine Fittiche nehmen, wenn alles vorbei ist?”

Shem nickte ihm zu und klopfte seinem zukünftigen Schwiegersohn auf die Schulter.

Gemeinsam gingen die drei zu dem großen Feuer, wo auch die Fianna, nun endlich wieder vereint saßen.

Fernab schritt ein anderer Wanderer durch das Sommertor, still und unbemerkt, sein Pferd war müde von dem langen Ritt. Sein Herz weilte noch an einem anderen Ort. Seltsame Gefühle hatten ihn auf diesem Weg begleitet.

Er spürte noch ihre leichte Hand auf seiner Haut, schmeckte noch das Blut, das ihm sein Leben zurückgegeben hatte.

Die Götter hatten recht. Er durfte sie nie wiedersehen. Nicht in dieser Welt. Es würde ihnen beiden das Herz brechen. Sie würden verschmelzen und verglühen, wenn sie zu nah beieinander waren. So sehr brannte das Feuer dieser Liebe. Die Gnade einer Nacht musste für sie genügen, bis ihre Zeit gekommen war.

Es war so schon schwer genug, Solasard unter die Augen zu treten. Misnéachard musste sich ihm offenbaren, so konnte er nicht in eine Schlacht gehen, Seite an Seite mit ihm. Und Solasard hatte es auch nicht verdient, so betrogen zu werden.

Bestimmt würde sich alles ändern, wenn Solasard und Amhrán als Mann und Frau zusammen leben würden. Vielleicht würde sie ihn dann vergessen. Nein, das durfte sie nicht. Und das würde sie auch nicht. Seine Fingernägel schnitten in seine Haut vor Schmerz. Beltainé, er wusste sie würde da sein.

Ganz tief in seinem Herzen gab es für Misnéachard keine größere Sicherheit als Amhráns Liebe.

Dennoch war ihm auch die Freundschaft mit Solasard wichtig, aber um eins zu sein mit sich, musste er ehrlich sein und offen. Er brauchte das Vertrauen des neuen Hochkönigs, wenn sie die eine Welt erschaffen und halten wollten.

Die Welt kann sich nur verändern, wenn wir bei uns selbst damit beginnen.

Jetzt aber musste er schlafen, und vielleicht wäre sie ja in seinen Träumen. Er brachte sein Pferd zu den Ställen und versorgte es.

Gerade als er sich auf den Weg machen wollte, sich ein Lager zu suchen, kam ihm sein Vater entgegen.

Sie fielen sich in die Arme und einer berührte die Trauerringe des anderen.

Lange sagten sie nichts, bevor sie sich an einem kleinen Weiher niedersetzten.

Oiche blickte in den Lichterhimmel über sich und begann zu sprechen:

"Ein Sonnenstrahl hat deine Seele berührt, mein Sohn, und der wärmt auch mich. Gleich ob ich weiß, dass eine um so dunklere Nacht ihm folgen wird.

Deine Mutter und deine Schwester, sie opferten sich gerne, denn sie wussten, wie auch ich es weiß, dass dein Weg und der Solasards der richtige ist.

Nun, bald wird der meine mich wieder zu meiner herrlichen Gemahlin bringen. Dann werden wir wieder zusammen sein, am Tisch der Göttin. Du wirst der Herr über Tir na Samradh sein, wenn du zurückkehrst.

Und du wirst nicht dankbar sein für dieses Erbe, denn nichts wird unverändert sein.

Menschen werden um Einlass bitten und du wirst ihn ihnen gewähren. Und das ist gut, denn vieles können wir voneinander lernen und doch achte darauf, wen du über diese Schwelle treten lässt, dass die Herzen derer rein sind."

Misnéachard verstand die Worte seines Vaters nur zu gut, und er wusste, dass die Zeit reif war, dass der Vater sein Amt weitergab an seinen Sohn, um seinem eigenen Goldenen Pfad zu folgen.

"Vater! Ich..."

Oiche legte seine Hand beruhigend auf den Arm seines Sohnes und sagte:

"Ich danke Amhrán. Fast dein ganzes Leben schienst du mir lebendig begraben zu sein. Das Einzige, was dich nährte, war dieser Traum, eines Tages wieder in unsere Alte Heimat zurückzukehren und gemeinsam mit den Menschen zu leben.

Du und Solasard, ihr öffnet jetzt die Grenzen und gebt der Welt eine weitere Möglichkeit, die Eine große Welt zu leben.

Aber du hast auch noch ein eigenes Leben, Misnéachard, und das hat dir Amhrán geschenkt. Sie ist die Königin deines Herzens, die, die den Schlafenden erweckt hat. Mit der ihr eigenen Liebe und dem Vertrauen, das alles gut wird, eines Tages.

So lange es Liebe gibt, wird es immer Hoffnung geben."

Misnéachard antwortete seinem Vater:

"Was soll ich nur tun, bis sie bei mir sein wird? Für immer. In jedem Augenblick ist ein Teil meiner Gedanken bei ihr."

Oiche lächelte.

"Ein wahrer Meister, einer, der uns die Palantri wiedergab, warf einen Blick in einen Pfad, der in der Zukunft liegt. Sorge dich nicht, es gibt Arbeit in Hülle und Fülle, wenn du das Land vorbereiten willst für den Empfang, die Heimkehr der Mutter, deren Nachwuchs du zu Hause großziehen wirst.

Lebe, mein Sohn, und sei was du bist, Féin aon, der Einzige."

Der Elbenprinz wusste, dass es dazu nicht mehr zu sagen gab, und er wollte auch nicht mehr dazu hören.

So saßen sie bis zum Morgen beieinander, schweigend, wachend.

Gerade als die Sonne aufgegangen war, erschallen mächtige Fanfaren vor dem Sommertor. Dreimal erklang der gewaltige Ruf durch den Wald. Sofort war die Waldstadt wach. Alles eilte und drängte, um zu sehen, wer da Einlass verlangte.

Auch Oiche und Misnéachard begaben sich dorthin und warfen einen Blick hinaus. Nebel wallte am Boden des Waldes.

Vor dem Tor stand Néart. Neben ihm die furchtbaren schwarzen Reiter mit höhnischen Fratzen, die schwarzen Pferde ungeduldig mit den Hufen scharrend, als könnten sie es kaum erwarten, die Waldstadt dem Erdboden gleich zu machen. Stolz saß er im Sattel seines Rappen. Hämisch grinste er, als er seine Stimme laut erhob:

"Ich, Néart, Sohn der Pryria, Verbündeter Dragans und zukünftiger Gemahl der Hochkönigin Erius fordere eure völlige Aufgabe. Wenn ihr das Tor öffnet, wird euch nichts geschehen, wenn ihr uns treu und ergeben dient. Wollt ihr aber kämpfen bis zu eurer völligen Vernichtung, erwarten wir euch morgen bei Sonnenaufgang auf den Feldern vor den Toren Taras.

Zu ihren Füßen werden eure Köpfe rollen und den Raben der Bodbh als Spielzeug dienen.

Hier habe ich noch ein kleines Geschenk für euch. Vielleicht macht euch das die Entscheidung leichter."

Ein dreckiger Sack rutschte von seinem Sattel in das Gras. Dann preschte er mit samt den schwarzen Bestien davon. Nur der Nebel blieb zurück und ein lebloses, schweres Bündel.

Aufbruch

Eine schwarze Gestalt ritt durch die Nacht, auf ihrer Schulter saß eine Krähe, den Schnabel blutrot, dem zukünftigen Hochkönig sein Ross bringend.

Nebel wallte über das weite Feld, das noch unschuldig und still vor ihr lag.

Irgendwo im Schatten sah sie das Lager der Síofra. Taras hell erleuchtete Fenster waren wie Augen, auf der Suche nach Feinden.

Einen schönen Ort der letzten Ruhe hatten sich die Helden gewählt. Umrahmt vom gelben Stechginster, der mit seinen langen Dornen den Feiglingen den Weg abschneiden würde.

Die Sterne am Himmel wachten über das Schicksal jedes einzelnen. Ein jeder würde das Seine finden.

Die Morrhígan blickte um sich. Eine reiche Ernte würde sie einfahren, heute. Geburt und Niedergang eines Reiches. Ihr, der Nacht, folgte nach alter Gewohnheit, ein neuer Tag.

Was mochte er bringen? Was mochte der Krieg jenen bringen, die ihn fürchteten? So viel hing von dem ab, was die Menschen, was alle Seelen in der Verborgenheit ihres Herzens für sich ertragen mussten. Gleich einer Waage konnte der Krieg den Ruhm des einen steigern, den Ruhm eines anderen aber sinken lassen. Der Krieg war eine Brükke, die den Jammer und das Leid über den Fluss des Friedens und der Freude trug.

Und doch hatten sie ihn alle herbeigesehnt. Warum sonst öffneten sie ihm so bereitwillig das Tor zu ihren Herzen? Was würde bleiben danach? Ein Meer aus Tränen von Müttern geweint. Warum nur sehnt sich der Mensch so nach Krieg? Kennt er denn keinen anderen Weg der Wandlung oder Weiterentwicklung? Wenn alles ausgeschöpft ist, wenn alles vollendet ist zum Guten oder zum Bösen, warum teilt er nicht, warum ergibt er sich der Gier, dem Neid, anstatt den Weg des Friedens zu gehen und sich selbst durch seine Menschlichkeit zu erhöhen?

Nun, wie einfach ist die Antwort, weil er eben Mensch ist, und niemand kann seinem eigenen innersten Ich entkommen und sich selbst verleugnen. Wie leicht ist es zu sagen, solange noch ein Mensch aus Krieg einen Nutzen für sich ziehen kann, wird es keinen Frieden geben. Nutzen mag ein Ergebnis davon sein, aber ist es wirklich die Ursache des Übels?

Liegt die Antwort nicht viel mehr in den Menschen selbst, in ihrer Geschichte, in dem Weg von damals ins Jetzt und gibt er, wenn es so ist, wenn der Krieg Teil ihres Seins ist, keine Lösung aus der Verwirrnis?

Nun, die Lösung ist da, sie ist genau vor ihren Augen. Zu lösen heißt zu entscheiden, und sich für den Frieden entscheiden, heißt ihn zu wollen, ihn leben zu wollen. In ihrem Willen liegt die Möglichkeit sich von dem Fluch ihrer Rasse zu befreien. In dem Willen der Bewusstwerdung, in der Achtsamkeit gegenüber ihren Wünschen und Zielen, in der Unterscheidung zwischen wichtig und dringlich. Beobachtung und die Erkenntnis daraus sind die Wege, auf denen der Frieden in die Welt einzieht.

Doch das Ob und Wie und Dass, es liegt in den Händen, in den Gedanken und Herzen des einzelnen. Der Frieden wird kommen, wenn sie bereit für ihn sind, wenn sie sich ihm wirklich und wahrhaftig öffnen. Vielleicht nicht heute und vielleicht auch nicht morgen. Doch viele kleine Taten vieler kleiner Seelen bewegen doch das Große und so mag er eines Tages Einzug halten, in viele Weltenseelen, die doch die eine sind.

Dann, wenn die Menschen erkennen, dass in allen dasselbe Blut fließt und dasselbe Herz schlägt, dann wenn sie im anderen sich selbst erkennen, in jedem Menschen, jedem Tier, jeder Pflanze, jedem Stein. Dann erst wird wahrlich Frieden sein.

Mit einem gewaltigen Knirschen ging das große Tor von Tara auf. Mensch um Mensch ergoss sich aus diesem riesigen Mund, ein unerschöpflicher Fluss, der nicht zu enden schien.

Allen voran Dragan, Néart und Siorc auf ihren prächtigen Rössern. Eine Säule aus Feuer tanzte vor ihnen her. Hoch wie der Himmel und breit wie zehn Mann, loderten ihre Flammen und verbrannten alles, was in ihre Nähe kam.

Die Pryria war auf dem Weg zu ihren Kindern der Nacht, ihnen ein Licht zu sein auf dem Weg in die Finsternis, die sie der Welt nun bringen wollten.

Jetzt würden sie alle bezahlen, die Elben, die Menschen, alle. Vergebung war ein Wort, das es für sie nicht gab, nur Rache.

Unter ihr wurde das Gras zu Asche, zu Staub. Weit gellte ihr Lachen voraus.

Schweigsam ritten Néart, der künftige Herr der Anderen Welt, Dragan, der ungekrönte König und Siorc, der Anführer der Königlichen Garde hinter dem Feuerball her.

Es würde nicht mehr lange dauern, da würde Dragan seinem Ziehbruder, Solasard, das Blaue Schwert der Wahrheit entreißen und sich zum König krönen, ein ewiger Diener der Pryria.

Er glaubte doch nicht wirklich, dass die Síofra sich nicht auch gegen ihn wenden würden, wenn ihre Herrin es befahl.

Hinter den dreien folgte die Königliche Garde.

Die Edelleute, die sich nicht auf die Seite der Fianna geschlagen hatten, taten ihren erpressten Dienst und hofften, nicht von ihren wahnsinnigen Verbündeten erschlagen zu werden.

Zu ihren Seiten schritten Schwarze Reiter einher, die sie wie eine Faust umschlossen.

Bevor das Tor geöffnet wurde, hatte Dragan noch einmal jedem zugerufen, dass die Schwarzen Reiter jeden töteten, der versuchte vom Schlachtfeld zu fliehen, und noch etwas hatte er gerufen, hatte sich auf seinem roten Feuerross aufgerichtet und geschrien:

"Jedem, der Hand an meinen Ziehbruder legt und mit ihm kämpft, werde ich seine Schwerthand abhacken. Er soll von niemandem als mir angerührt werden. Merkt euch das! Niemand wird ihm auch nur ein Haar krümmen. Das Blaue Schwert der Wahrheit gehört mir, mir ganz allein."

Schweigsam zog der Tross voran. Nur das Geräusch der Rüstungen begleitete sie. Endlich hatten sich auch die Síofra hinter ihnen zu einer chaotischen Masse geformt. Immer wieder galoppierten die schwarzen Reiter an ihren Seiten entlang und peitschten sie in die Reihen zurück. Dann regungslos wartete das Heer auf seinen Feind. Alles wartete gespannt auf das Aufgebot von Misnéachard und Solasard.

All die Bilder glitten noch einmal an Dreoilíns innerem Auge vorbei, all die tausend Gelegenheiten, bei denen Solasard die Liebe seiner Eltern erfahren hatte und nicht er, all die Gelegenheiten, wenn der blonde Jüngling im Mittelpunkt stand und nicht er. Aber all das hätte er ertragen können, hätte er für sie ertragen. Aber das helle Sonnenlicht ihrer Augen fiel nie auf ihn, um seine Nacht zu erhellen. Als wäre er gar nicht vorhanden, so missachtete sie ihn, ihn, der ihr die Welt zu Füßen gelegt hätte, wenn sie ihn doch nur gelassen hätte.

Zu spät, zu spät einen anderen Weg einzuschlagen. Heute noch würde Solasard von seiner Hand fallen, heute noch würde er die Krone erringen, aber Amhrán würde nicht seine Königin sein. Tief und tiefer fraß sich der Schmerz und kalt und kälter wurde sein Herz, so kalt, dass nur Hass und Wut sich daran entzünden würden. Nun war seine Zeit doch gekommen. Still saß er im Sattel, sein eisiges Schweigen verbot jede Rede und Néart und Siorc waren froh darum. Auch ihnen war nicht nach belanglosem Geschwätz zumute. Was wäre auch zu erzählen gewesen? Die Toten werden nach dem Krieg gezählt und beide waren in ihren eigenen Gedanken gefangen. Siorc blickte auf seine Hände, was hatte er nicht alles mit ihnen getan, um jetzt hier zu sein, um diese Möglichkeit zu nutzten. Alles hatte er in diese Waagschale geworfen und nun? Was, wenn er sterben würde, vielleicht nicht einmal im Kampf, sondern weil ihn ein verirrter Pfeil traf? Fort mit diesen Gedanken. Es kann nicht sein, was nicht sein darf. Das war der Tag der Entscheidung, ein langer Weg, der damals seinen Anfang nahm in Çill-aírne, wo ihn Iolaranam fortgeschickt hatte, und der hier sein Ende fand, vor den Toren Taras, wo sein wahrer Platz war. Wie viel Blut klebte an diesen Händen, wie viel Leid und Schmerz, das sie anderen gebracht hatten. Nun, das Recht, war auf der Seite des Stärkeren und nach dem Umschwung fragte keiner nach dem Mörder, der der König vor der Schlacht war. Die Menschen hatten ein kurzes Gedächtnis, ein bequemes Gedächtnis. Sie wollen keine Schwierigkeiten, nicht ihre alten Sicherheiten verlieren, darauf konnte er sich verlassen. Gleich wie blutig seine Hände jetzt noch waren, nach der Schlacht würden sie blütenrein sein. Hämisch grinste er vor sich hin und nickte Néart zu. Dieser nickte zurück.

Leid tat ihm der junge Anführer der Königlichen Garde. Wie Korn würde er zwischen Dreoilín und ihm zermahlen werden, und Siorc war der einzige, der das nicht wusste. Nicht einmal etwas davon ahnte. Tja, ein Dieb sollte sich nicht zum Diener eines Diebes machen. Ja, nun war er angebrochen, der Tag aller Tage. Heute würde er seine Ernte einholen, all die Jahre, all die Schmach, die er unter den Sidhi erleiden musste.

Heute würde er sich rächen und mit einem Lächeln ihre wundersame Welt entzünden.

Heute waren sie es, die lernen würden, was es bedeutete heimatlos zu sein. Wie sehr er diese Gedanken genoss. Er hatte alles verloren, alles, woran ein Mann Freude empfinden konnte. Nur die Rache war ihm geblieben und das machte ihn zu einem fabelhaften Verbündeten für Dreoilín, den Drachen. Ja, gemeinsam würden sie die Welt erobern, sie zu einer verschmelzen.

Eine andere Form der Einen Welt, allerdings mit einem anderen Ziel als Misnéachards Traum.

Ihn zu schlagen, ihn und seinen Traum zu vernichten, war er hier. Néart würde den Beweis bringen, dass nicht Träume und Gefühle siegen würden, sondern einzig Taten und lang voraus geschmiedete Pläne. Hier war er und hier wartete er auf seine Zukunft. Endlich war er am Zug.

In der Waldstadt indessen herrschte ein reges Treiben.

Überall wurden Pferde gestriegelt und Waffen geputzt. Die Heilerinnen überprüften ein letztes Mal ihren Bestand, dass auch keines ihrer Heilkräuter fehlte.

Jeder einzelne Krieger war wichtig gegen die unzählbaren Síofra. Cioná, Eala und Rhiannon hatten sich das Feld aufgeteilt, so dass in der Nähe jeder Truppe schnell geholfen werden konnte.

Am Abend zuvor noch hatte ein Kriegsrat stattgefunden, an dem alle Anführer teilnahmen. Er dauerte nicht lange. Die Ziele waren nur allzu klar: Vernichten und Überleben. Jeder auf seine Weise. So einfach war das. Gealáns Nachricht war hilfreich gewesen, um zu verstehen, dass jeder einzelne getötete Síofra die Macht und Kraft der Pryria schwächte. Das könnte ihnen noch zum Vorteil gereichen. Sonst hatten sie nichts, was sie den überzähligen Feinden entgegen werfen konnten, als ihre Verzweiflung und ihre Einigkeit. Nur darauf konnten sie sich verlassen.

Bis zuletzt hatte Solasard auf Athraighs Erscheinen gewartet, doch seine Hoffnung blieb unerfüllt. Ein Stich versetzte ihm die Erkenntnis, und Sorge erfüllte sein Herz um den Freund.

Überall standen die Liebenden beieinander und verabschiedeten sich. Ein letzter Kuss, ein letztes Wort, ein letzter Gruß.

Silín und Djamila blickten neidvoll zu Eala und Shasza, die ihren Geliebten in die Schlacht folgen würden.

Auch Sionnach und Iolaranam wappneten sich für den Kampf.

Achtsam und ernsthaft überprüften die beiden noch einmal ihre ganz Truppe.

Oighrigh, voller Angst und doch erregt wie ein Junge vor der ersten Nacht, hatte sich schon zweimal übergeben müssen. Saileach ging es auch nicht besser, obwohl er Scathcrobh an seiner Seite hatte.

Einträchtig standen Solasard und Misnéachard beieinander. Niemand wusste von dem Vorfall in der Nacht, als Misnéachard an Solasards Feuer getreten war und ihn um eine Unterredung gebeten hatte.

Die meisten schliefen schon oder mussten sich noch um dieses oder jenes kümmern.

Sie waren ein Stück gegangen, als Solasard neugierig fragte:

"Was gibt es, Misnéachard, dass du dich nach einem solchen Ritt nicht ausruhen willst, sondern das Gespräch mit mir suchst?"

Das waren die klaren Fragen, für die er den jungen Menschen so sehr mochte.

Vorsichtig begann er:

"Wir müssen morgen in eine Schlacht ziehen. Rücken an Rücken werden wir kämpfen, einer des anderen Auge, seine Schildhand.

Wir werden das Tier mit den zwei Leibern sein, ein Herz, eine Hand.

Aber ich kann nicht in die Schlacht ziehen, ohne mich dir zu offenbaren. Nicht rein wäre mein Herz, meine Gedanken, mein Blick wäre getrübt, und wenn dies einzig mein Leben kostete, so wäre nichts dabei. Doch so ist es nicht. Deshalb bin ich hier."

Solasard zog seine Stirn in Falten und sagte:

"Was gibt es denn zu offenbaren. Wir sind vielleicht keine Brüder, obgleich wir, in Gedanken verbunden sind, durch unseren gemeinsamen Traum. Wenn es kein Verrat ist, kannst du mir ohne Sorge alles offenbaren. Es gibt nichts, worüber wir nicht sprechen können. Das werden wir noch oft tun müssen, wenn uns die Götter gnädig sind."

Misnéachard blickte ihn erstaunt an. So leicht hätte er es sich nicht vorgestellt. So nahm er all seinen Mut zusammen und sagte:

"Solasard, es tut mir so leid, aber ich kann es nicht ändern, selbst wenn ich es noch so sehr wollte. Ich liebe Amhrán, und wenn sie nicht dir versprochen wäre, würde ich alles tun, um ihre Hand zu gewinnen. Ich..., es muss mein Schicksal sein."

Bestürzt verharrte Solasard einen langen Augenblick. Dann prasselten wahllos die Schläge auf den Elbenprinzen ein, trommelten die Fäuste Solasards auf seine Brust, trafen sein Gesicht und Misnéachard wehrte sich nicht einmal.

Wie ein Schaf ließ er sich alles gefallen, ja Solasard schien es noch, dass er es genoss.

Schließlich ließ er davon ab und fragte schnaufend:

"Warum, warum?"

Ruhig erwiderte der Elbenprinz:

"Du weißt am besten warum, Solasard. Sie ist wie ihr Name, ein Lied. Voller Hingabe und Leidenschaft, ein Kind im Körper einer Frau, die doch die Tiefe des Alters in sich trägt.

Mein ganzes Leben lang werde ich in der Anderen Welt auf sie warten, bis sie das Tor durchschreitet.

Wenn ich nicht in der Schlacht sterbe, werde ich sofort danach verschwinden. Ich darf sie nicht mehr wiedersehen, und ich wünsche euch, dass ihr gemeinsam glücklich werdet, um ihretwillen, denn sie hat es so sehr verdient.

Ich weiß, wie du dich jetzt fühlen musst, aber ich musste es dir sagen. Wir können nur Ehrlichkeit fordern, wenn wir selbst ehrlich sind.

Es tut mir so leid!"

"Leid, es tut dir leid?", Solasard war fassungslos.

"Wie kannst du es wagen, jetzt hierher zu kommen, heute, in dieser Nacht? All die Zeit, all die Tage, Wochen hast du mich belogen und betrogen, mich verraten. Hattest du deinen Spaß, wenn du über mich gelacht hast? Es tut dir leid, und was erwartest du jetzt von mir, dass ich dir, nur weil morgen die Schlacht ist, vergebe und alles vergesse. Nein, mein Freund, so nicht, so ganz sicher nicht. Elben, gleichmütig und weise, vielleicht seid ihr nur schweigsam und sonst gar nicht anders als wir."

Misnéachard trat einen Schritt näher an ihn heran. Doch die Wut in Solasard ließ keine Nähe zu.

"Fort, fort aus meinen Augen, ich dachte, du wärst ein Freund, das habe ich wirklich gedacht."

Dann drehte sich der junge Mann um und eilte fort. Er stapfte in den Wald und überall, wo er auftauchte, krachte es. Eine Zeitlang wütete er so, überließ er sich dem Zorn, der Enttäuschung. Dann setzte er sich auf einen Baumstumpf. In der Ferne sah er das Glühwürmchenlicht der Waldstadt.

Tausend Bilder jagten durch seinen Kopf, vom Beginn seiner Reise, den Abenteuern und den wunderlichen Wesen, die ihn dabei begleitet und beschützt hatten.

Er erinnerte sich an die erste Begegnung mit Lyr, der seinen wahren Namen, Oiche, und seinen wahren Rang, König der Elben, verschwiegen hatte, trotzdem hatte er ihm treue Dienste geleistet, genauso wie Goworr, sein Zwergenfreund und Athraigh aus dem Fahrenden Volk. Dann war da noch Draighean gewesen, der Herr des kleinen Volkes und Macha, das Gottesgeschenk.

Sie alle waren Teil seiner Gemeinschaft gewesen, grundverschieden und doch alle Teil eines Ganzen und hier in der Waldstadt war es genauso.

Solasard wusste, dass ihn sein Land brauchte, sein Volk, ein Strauß wilder Blumen.

Heute nacht, jetzt, war der Zeitpunkt dafür die Verantwortung zu übernehmen. Jetzt war der Augenblick persönliche Angelegenheiten zurückzustellen und das zu tun, was getan werden musste.

Misnéachard war sein Freund und sein Verbündeter, wer, wenn nicht Solasard, sollte verstehen, wie leicht es war in Amhráns Herz zu ertrinken. Wo waren die Schwierigkeiten? Sie würde seine Frau sein, sie würde seine Kinder gebären und hinter seinem Thron stehen, um seine Hochdruidin und Hochkönigin zu sein. Mochte Misnéachard auf sie warten in der Anderen Welt. Wer konnte schon sagen, ob sie jemals den Weg dorthin fand.

Langsam ging er zum Lager zurück. Dort fand er Misnéachard noch immer am Feuer sitzend, still und verzagt.

Leise setzt er sich zu ihm und legte ihm einen Arm um die Schultern.

Etwas gefasster sagte Solasard zu seinem Verbündeten:

"Ich weiß, wie es dir geht. Sie nicht zu lieben bedeutete, die Augen vor der Liebe zu verschließen, denn sie ist die Liebe selbst.

Für das Übelste findet sie gute und erklärende Worte und erfüllt das härteste Herz mit Mitgefühl.

Sie ist ganz Geben, und Nehmen fällt ihr ebenso schwer, wie geduldig zu sein.

Ach, wäre sie doch wieder an meiner Seite."

Misnéachard sagte mit gebrochener Stimme:

"Bald schon wird sie wieder an deiner Seite sein, ihr ganzes Leben lang. Mit ihrem Lachen, der gespielten Gelassenheit und dem wild klopfenden Herzen. Bald schon, Solasard."

Der zukünftige Hochkönig legte dem Elbenprinzen einen Arm um die Schulter und sagte:

"Aber du wirst mit ihr im Sommerland leben, wenn ihre Seele von mir geht und es ist gut, dass ich weiß, dass sie nicht nur von mir geliebt wird, sondern dass der schönste Ort auf sie wartet, um sie zur Königin zu krönen.

Es tut mir leid, Misnéachard, und doch will ich nicht mit dir tauschen, mein Freund.

Komm, lass uns zurückgehen, der morgige Tag wird lang und kurz nur ist die Nacht."

Gemeinsam gingen die beiden zurück, einer in den Gedanken des anderen und doch jeder in seinem Herzen.

So standen sie nun beieinander und noch einmal beäugten sie Néarts Geschenk.

Was da vor ihnen lag, gebrochen, missbraucht und verunziert war Lás Körper.

Kein Knochen, der nicht gebrochen war, das schöne Antlitz bis zur Unkenntlichkeit entstellt. Die Pryria hatte diesen Leib wie eine Puppe benutzt und dann genauso achtlos weggeworfen. Beide verstanden die Warnung nur zu gut.

Wenn sie diese Schlacht gewinnen würde, gäben auch sie solch ein trauriges Spielzeug ab.

Auch Oiche kam zu der aufgebahrten Leiche. Er hatte für diesen Anblick keine Tränen mehr.

Es gab eine Zeit der Trauer, und es gab eine Zeit, diese Kraft in sein Wirken zu stecken, um die Welt zu verändern.

Seine Wut würde heute durch sein Schwert tanzen, und dann würde sein Leib hier neben dem seiner Gemahlin ruhen, und Frieden sollte es dieser Welt bringen.

Gestört wurden seine Gedanken durch ein lautes Wiehern vor dem Tor.

Solasard rief laut: "Athraigh, endlich!", aber nicht Athraigh schritt durch das Sommer-Tor, als es geöffnet wurde.

Sondern Macha war es, die da stand, und Solasard verstand das Zeichen der Göttin wohl. Tanzend kam sie auf ihn zu, rieb ihren Kopf an seinem Arm, stampfte auf, wieherte und alle Pferde antworteten ihr.

Auch die Hunde waren aufgeregt und liefen ihren Herren zwischen den Beinen herum, bis Oighrigh sich Fiagaís und Cara gadhars erbarmte und sich mit ihnen zu Saileach und Halil gesellte.

Gerade als alle bereit waren aufzusteigen, näherte sich Solasard ein seltsames Paar. Caochán, den er noch in Erinnerung hatte von dem nächtlichen Überfall auf sein Waldlager in der Nähe von Ath-Luain, wurde von einem anderen Mann, der ihm die Hände gebunden hatte, vor ihn gebracht.

Iolaranam, der in der Nähe stand, staunte. Hatte er doch geglaubt, der Mann aus dem Fahrenden Volk, der vorgab, Rabharta zu sein, sei längst geflohen.

Toit begann zu sprechen:

"Herr, die Fianna haben mich bei sich aufgenommen, obwohl sie zu allem anderen Grund gehabt hätten und später wollen sie mir sogar helfen, meine Frau zu befreien. Auch Caochán hier verdankt ihnen sein Leben.

Nachdem wir hier Zuflucht gefunden hatten, lebte er im Wald und bedauerte sich selbst.

Gestern nun kam er zu mir und bat mich, ihn zu dir zu bringen, denn er wolle mit uns kämpfen und seine Taten sühnen.

Dies habe ich nun getan, aber seid gewarnt, er hat das Herz eines Haies und tut dies bestimmt nicht ohne Hintergedanken."

Erbost spuckte Caochán Toit ins Gesicht. Doch dieser wischte sich nur mit dem Ärmel darüber und blieb ruhig.

Solasard und Misnéachard tauschten einen kurzen Blick, dann zog der Träger des Blauen Schwertes der Wahrheit ein Messer, schnitt dem Mann die Fesseln durch und drückte ihm das Messer in die Hand.

"Ich erinnere mich an dich, Caochán. Und auch an deinen Auftrag. Nun, du kannst jetzt versuchen, mich zu töten und Cluanaire das Schwert bringen, falls du einen Weg aus der Waldstadt findest. Oder du kannst jetzt dieses Messer nehmen und gehen. Ich werde die Erde der Waldstadt nicht mit deinem Blut besudeln, es sei denn, du forderst es von mir."

Der Mann aus dem Fahrenden Volk wog das Messer in seiner Hand ab und auch die Möglichkeiten, die er hatte.

Wortlos drehte sich der Mann um und ging zum Tor.

Als ihn nur noch wenige Schritte von seiner Freiheit trennten, drehte er sich noch einmal um und bevor das Messer seine Hand verlassen konnte und fiel er kraftlos zu Boden, durchbohrt von einem schwarzer Pfeil.

Hinter sich hörte Solasard eine helle Stimme:

"Es gibt Könige, die sind schon an ihrer eigenen Ehre gestorben, Solasard. Gebe die Göttin, dass immer ein Waldelbe hinter deinem Thron steht!"

Dankbar nickte er ihr zu.

"Das hoffe ich auch, Shasza. Das hoffe ich auch. Ich wünschte, ihr könntet in der Schlacht an meiner Seite sein."

Die Herrin der Waldelben grinste frech.

"Das werde ich sein, Solasard, und alle jungen Leute meines Volkes, deren Elbenherz größer ist als das Baumische in ihnen ebenso. Wir werden nicht viele sein, wahrlich, aber wir halten den Bund und das Wort, das wir unseren Brüdern gegeben haben."

Einige Männer des Kleinen Volkes trugen den Leichnam Caocháns fort.

Dann öffneten sich die beiden großen Flügel des Tores.

Stille senkte sich herab und jeder sandte noch ein letztes Gebet, einen letzten Gedanken, irgendwohin.

Aufbruch.

Die Schlacht

Dragan wusste nicht, wie lange er schon auf die gegenüberliegende Seite starrte, wo in der Ferne der Wald das Schlachtfeld begrenzte.

Er konnte sich nur noch schwer gedulden. Was hatte er nicht alles getan, damit dieser Tag kam.

Nun saß er auf seinem feuerroten Ross. Seine sonst schwarze Tracht hatte er in eine scharlachrote getauscht, die ihn eins werden ließ mit seinem Pferd.

Gebannt starrte er in die Ferne.

Niemand sagte ein Wort, alle warteten, dass das Gemetzel endlich beginnen möge. Denn nichts anderes würde es werden.

Unmöglich, sich der Masse der Síofra erwehren zu können.

Vor ihm stand die Pryria, nun im Tageslicht wieder die alte gramgebeugte Frau. Auch sie wartete.

Endlich regte sich etwas.

Noch, bevor irgend etwas zu sehen war, hörten sie Stimmen, die sich ständig wiederholten und der Wind trug die Worte zu ihnen heran:

“Héma hakija yu riba hariyame héma hakiya, héma hakiya you riba hariyame héma hakiya, héma hakiya yu riba hariyame héma hakiya.”

Die Pryria lachte. Sie kannte dieses Lied und den Zauber, der so alt war, dass nicht einmal die Vorfahren der Elben wussten, was seine Worte bedeuteten. Wo es dunkel war, brachte es Licht und wo immer das Böse aufbegehrte, brachte es Frieden und Heilung. Welche Narren, nichts konnte sie aufhalten und schon gar nicht die Magie dieser Kinder, die sich für weise hielten.

Unberührt wartete sie.

Unruhe breitete sich indessen aus bei den einfachen Geistern, den Síofra. Nur mit Gewalt konnten die Schwarzen Reiter sie zur Ruhe bringen. Allen voran ihr schrecklicher Anführer Grao.

Peitschenhiebe gellten über den Köpfen der Síofra.

Noch immer war nichts von den Angreifern zu sehen.

Doch jetzt flocht sich in das Lied noch ein anderes Element. Eine tiefe Stimme und das rhythmische Schlagen eines Hammers auf einen Amboss.

Laut hallten die Worte der Macht herüber:

“Anach Natat Udwas Betat Lebanie.”

Grauen erfüllte das Heer Taras.

Wenn nicht bald die Schlacht losbräche, würde das Heer noch dem Wahnsinn anheim fallen, den die Feinde ihnen sandten.

Das erste, was Dragan sah, war ein gewaltiges Licht, das ihnen entgegenstrahlte. Ein gleißendes Blitzen zwang ihn die Augen zuzukneifen, bis sie tränten.

Es schien, als kämen die Stimmen aus diesem Licht.

Zu schnell näherte es sich ihnen.

Dann plötzlich drängte es zur Seite und gab den Blick frei auf das, was sich dahinter verbarg.

Staunen erfüllte den Mann, beim Anblick des großen Heeres, das dort Stellung bezog. Noch konnte er nichts Genaues sehen und doch schien es ihm, als könne er Solasard an der Spitze des Keiles erkennen.

Links und rechts glomm noch immer dieses gleißende Licht, das vergessen ließ, dass eine helle Sonne über ihnen stand, dass es eine Welt gab um sie herum.

Auch der Schmied schlug noch immer auf den Amboss, doch schneller wurde nun der Rhythmus, und auch das Heer schien seine Schritte zu beschleunigen. An seiner Seite war Goworr, grimmig schritt er einher, seinen neuen Meister zu verteidigen und zu schützen.

Siorc und Néart wechselten einen schnellen Blick. Ein solches Heer hatten sie nicht erwartet.

Ein ungutes Gefühl beschlich sie.

Der abtrünnige Fianna drehte sich um, hoffte, dass die Masse hinter ihm seine Nerven beruhigen würde.

Doch dort tobte das Chaos. Die Síofra waren so erfüllt von Kampfeswut, dass sie begonnen hatten, sich gegenseitig wie Vieh abzuschlachten. Nur mit Mühe konnten die Schwarzen Reiter sie an einem Vorwärtsstürmen hindern. So manchen kostete das das Leben, bevor die Schlacht überhaupt begonnen hatte.

Dragan strich sich über die Narbe im Gesicht und drehte sich zu Siorc:

"Welch ein Anblick! Ich fürchtete schon, wir hätten es nur mit einer kleinen Räuberbande zu tun, die schnell überrannt werden könnte.

Aber so gibt es auch noch die Gelegenheit, ihm eine richtige Niederlage zu bereiten. Wir werden zwischen seine Freunde fahren, wie der Wahnsinn in die arme Seele und er wird nichts dagegen tun können, weil niemand mit ihm kämpfen wird. Armer Solasard! Er soll sehen, wie alle, die zu ihm stehen und ihm die Treue halten, dafür ihr Leben verlieren. Vielleicht lasse ich ihn sogar noch so lange leben, dass er mit ansehen kann was ich seinem kleinen Liebchen alles antun lasse von den Síofra.

Ein guter Tod, oder?"

Angewidert drehte Siorc seinen Kopf zur Seite, um zu sehen, wie Néart seinem Verbündeten nur lächelnd beipflichtete.

Zweifel erwachten in ihm. Zu spät! Er hatte seine Wahl getroffen, zum Guten oder zum Bösen. Jetzt galt es, nur am Leben zu bleiben.

Obwohl deutlich zu sehen war, wie sich Solasards Heer immer schneller bewegte, schien es Néart doch, als bewegten sie sich genau so langsam auf sie zu, wie zu Beginn.

Dies zeigte nur, wie groß die Entfernung noch zwischen den beiden Heeren war.

Der Hochelbe atmete stolz ein und aus, genoss es, endlich beweisen zu können, dass er noch ein ganzer Mann war.

Auch wenn Sáile ihm seine Manneskraft gestohlen hatte, seinen Ruf konnte sie nicht zerstören.

Endlich gab auch Dragan den Befehl, sich in Bewegung zu setzen. Endlich!

Die große Masse stürmte wie ein freies Pferd dem Feind entgegen. Nur die alte Pryria ging langsam, ließ die anderen an sich vorbeipreschen.

Ihre Zeit würde kommen, sie hatte keine Eile.

Mochten die Jungsporne erst einmal ihr Heißblut an den Narren abkühlen und sich beweisen. Wenn diese dann müde wurden, konnte sie immer noch ihre Kunst anwenden.

Zahnlos kaute sie auf ihren Lippen, stützte sich auf ihren Stock und ging langsam mit ihrem gekrümmten Rücken vorwärts. Sie beobachtete den Rat der Weisen, die die Palantri vor sich hertrugen und versuchten, einen Schutzschild um ihre Krieger zu legen.

Von weitem sah sie die drei großen Banner, die ihr dreist in der Luft entgegenglänzten. Für Solasard eine golden strahlende Sonne, für Misnéachard und die elbischen Völker ein silberner Mond und für die Fianna unzählige funkelnde Sterne.

Immer schneller rasten die Krieger aufeinander zu. Macha und Lasaír, die den schwarzen Gaoth in ihre Mitte genommen hatten, stürmten mit ihren Reitern voran, als wären sie der Wind selbst. Und doch gewann keines der Pferde die Oberhand. Auch die beiden Wolfshunde waren schon vorangestürmt, um sich ein Opfer zu suchen. Übel würden sie unter den Síofra wüten.

Solasard war zuversichtlich mit Misnéachard und Iolaranam an seiner Seite.

Schon von weitem hatte er seinen Ziehbruder ausgemacht.

Gradlinig strebte er auf ihn zu, als er sah, wie sich eine ganze Horde Síofra an ihm vorbeidrängte und über das Schlachtfeld auf sie zustürzte.

Noch einmal beschleunigten die Pferde ihre Geschwindigkeit, dann prallten die Massen aufeinander.

Hinter sich hörte er Misnéachard und Iolaranam, die gemeinsam mit Dúghorm, Camchéachta und Sionnach, die hinter ihnen geritten waren, die ersten dieser unfertigen Gestalten niedermähten.

Die anderen Fianna kämpften gemeinsam unter dem Befehl von Rabharta und Measartha und deren Männer. Dann folgten nebeneinander das Kleine Volk unter Draighean, an dessen Seite Saileach neben Scathcrobh und Fearnóg kämpften, Shasza und Antahan, Anlaog und die wenigen ihres Volkes, die ihren Tagesschlaf überwunden hatten und Oiche mit Misniúil und Uasal, die die Hochelben anführten.

Macha schnitt in die Reihen der Síofra wie ein heißes Messer durch Butter. Fast schien es Solasard, als wichen ihm diese seltsamen Figuren aus und selbst wenn ihm einer vor das Schwert lief, kam es ihm vor, als werfe er sich ihm widerstandslos entgegen. Selbst die furchtbaren Schwarzen Reiter schienen ihn zu meiden.

Schon war er abgeschnitten von den anderen und langsam aber sicher wurde ihm bewusst, dass er nur noch vorwärts reiten konnte. Dorthin wo der scharlachrote Mann unaufhörlich seinen Namen rief und ihn verhöhnte. Und die Schneise, die die Síofra ihm bildeten, führte genau dorthin, wo die zwei Ziehbrüder aufeinander treffen würden.

So wie auch Misnéachard vorangestrebt war, bis er Néart gegenüberstand.

Kalt maßen sie sich mit ihren Blicken, bis sie vorsichtig, fast spielerisch begannen, miteinander zu kämpfen. Nichts schien es mehr zu geben auf der Welt, nur diesen Feind und beide wussten, dass nur einer gewinnen konnte.

Sie brachten sich zahlreiche kleine Wunden bei, um den anderen zur Unvorsichtigkeit zu reizen, doch an Kampfkunst stand keiner dem anderen nach.

Misnéachard hatte zahlreiche kleine Schnitte am Oberarm und Néarts Gesicht zierte ein blutiger Schmiß auf der Wange.

Schließlich versuchte der dunkle Herr aus dem Kreis, der sich um sie gebildet hatte, auszubrechen und davon zugaloppieren. Jetzt schlug die Stunde des Elbenprinzen. Geschickt brachte Misnéachard Lasair an die Seite von Néarts Rappen und im Gleichklang flogen sie dahin.

Der Elbenprinz schloss die Augen, fühlte sich ganz in sein Pferd, spürte nicht die Schläge, und dann, als der Rappe Néarts nur mit einem Bein den Boden berührte, rammte er ihn in die Seite. Aus dem Gleichgewicht gekommen, stürzte das Pferd und begrub seinen Reiter unter sich.

Misnéachard hielt an und kehrte zu dem Mann zurück, der nur mit Mühe unter seinem Pferd hervorkroch.

Blut tropfte aus Mund und Ohren, alte Wunden rissen wieder auf.

Sich umschauend stieg der Prinz ab. Einige Síofra stürmten auf ihn ein, doch nur kurzzeitig, hier hatten sie ihren Meister gefunden.

Schließlich stand er vor dem Schwerverletzten und sagte:

“Siehst du, Néart, wie gut die Götter sind. Ich musste nicht einmal mein gutes Schwert mit deinem Blut beschmutzen, um dich zu töten.”

Ohne ein weiteres Wort pfiff er nach Lasair, stieg auf und ritt zurück zu dem Schlachtengetümmel. Hilflos wimmerte Néart vor sich hin.

Der Elbenprinz kehrte in die Schlacht zurück, wo sich Fionn an Oiches Seite gewaltig wehrte und seine Erfahrung mit aller Gewalt unter den Síofra predigte.

Ein schriller Schrei hallte über das Feld.

"Fluch dir, Misnéachard. Du hast meinen Sohn getötet und so sollst auch du in das Grab deines Kindes blicken. Dann denke an mich. Fluch über dich, Pryrias Fluch über dich und dein ganzes Geschlecht!"

Mit einem Mal erwuchsen unzählige Síofra aus dem Boden, wie gewaltige Wellen brandeten sie heran. Alles schien verloren, so zahlreich waren sie.

Da ging ein Beben durch die Erde und für einen Augenblick hielt die Schlacht inne, um zu sehen, was die Ursache war.

Da drangen die Männer und Frauen der Fianna aus dem Wald und eine gewaltige Herde Shire stampfte auf das Schlachtfeld. Allen voran Athraigh, der seine Freunde aus dem Fahrenden Volk in die Schlacht führte und auch Gadaí, Glic und all die anderen Freunde aus dem "Schlafenden Eber" stürmten in die Reihen der Síofra.

Iolaranam kämpfte kraftvoll auf Gaoths Rücken. Er kannte Atraigh nicht, aber er hatte seine alten Kampfgefährten erkannt und lächelte grimmig. Gaoth, sein schwarzer Hengst, trampelte so manchen Síofra nieder, bevor ihn sein Herr einen Kopf kürzer machen konnte.

Gemeinsam mit seinen Frauen und Männern schlug er eine breite Front in diese kampfunfähige Masse, die nur als Hindernis gedacht war, um ihre Kraft zu erschöpfen.

Kurz warf er einen Blick zur Seite, wo er stets ein Auge auf Oighrigh hatte.

Der Junge schlug sich prächtig. Seabhaceos Unterricht schien sich gelohnt zu haben. Gegner um Gegner fiel unter seiner Hand. Bald würde er eine Menge zu erzählen haben an den abendlichen Feuern. Junge Mädchen würden einem Helden wie ihm zu Füßen liegen.

Plötzlich kam etwas Rotes mit großer Geschwindigkeit auf den Jungen zu. Iolaranam kannte diese Fuchsstute, und er kannte den Mann, den er nicht vor ganz einem Jahr nach Tara geschickt hatte.

Angst erfasste sein Herz und er trieb Gaoth in die Richtung des Jungen.

Doch hatten die Síofra ihn vorher fast gemieden, drängten sie sich nun in seine Richtung.

Hilflos musste er mit ansehen, wie der Abtrünnige den Jungen erreichte. Oighrigh machte große Augen, als er Siorc sich nähern sah. Der ehemalige Fianna grinste über beide Wangen und rief ihm entgegen:

"Na, Kleiner, willst du dich mal an einen richtigen Krieger heranwagen und deine Übungen an diesen Würstchen unterbrechen?"

Wutentbrannt eilte der junge Fianna dem Krieger entgegen.

Iolaranam trieb Gaoth vorwärts, immer den Blick auf das ungleiche Paar gerichtet.

Schon hoben sie die Schwerter und schlugen aufeinander ein. Noch machte Siorc langsam und ließ dem Jungen Zeit, über die Folge seiner Hiebe nachzudenken. Der indessen glaubte sich sicher, wurde mutiger und erkannte nicht das Ziel seines Gegners.

Siorc sah nicht nur den Jungen, der da mit ihm focht. Er sah auch seinen ehemaligen Anführer, der verzweifelt an die Seite des Jungen zu gelangen suchte.

Wie ein Wahnsinniger schlug er auf alles, was sich vor ihm bewegte. Dann trennten ihn nur noch zwei Pferdelängen von dem Jungen.

Drohend hob er sein Schwert und rief Siorc bei seinem Namen. Auch Oighrigh drehte sich zu Iolaranam. Stolz lachte er über beide Wangen, dem Mann, den er so vergötterte, zu gefallen.

In diesem Augenblick traf ihn die Klinge Siorcs mac Drochobair, des Sohnes des Unheils, mitten in sein unschuldiges Herz.

"Neiiin!", schrie Iolaranam und sackte schmerzverzerrt in sich zusammen. Fast spürte er, wie sich der kalte Stahl in sein eigenes Herz bohrte.

Nun gab es kein Halten mehr, und unaufhaltsam drang er vorwärts. Aber je mehr er sich Oighrigh zu nähern schien, umso mehr Krieger drängten sich zwischen ihn und den Jungen. Da trat ein anderer Fianna neben Siorc und mit einem einzigen Handgriff zerrte er den Mörder aus dem Sattel und schleuderte ihn auf die Erde.

Camchéachta.

Wortlos zog er sein Schwert und hieb auf den Abtrünnigen ein. Hieb folgte auf Hieb, die Wut verlieh ihm ungeahnte Kräfte und bald stand Siorc ihm erschöpft gegenüber.

Schnaufend brüllte der:

"Komm schon, Cam, mach dem Ganzen ein Ende. Ich kann meine Arme kaum mehr heben."

Aber dieser rief:

"Du hebst jetzt deinen verdammten Arm und stirbst wie ein Mann oder ich hacke ihn dir ab. Du wirst für Oighrigh sterben wie es ein Fianna verdient, im Kampf, aufrecht stehend!"

Noch immer machte Siorc keine Anstalten seinen Schwertarm wieder zu heben. Da holte Camchéachta aus und trennte ihm den linken Arm von der Schulter.

Erstaunt starrte der Abtrünnige dahin, wo kurz vorher noch sein Arm gewesen war.

Angstvoll und mühsam hob er seinen rechten Arm, heftig zitterte das Schwert in seiner Hand.

Gebannt beobachtete er Camchéachta, der sich aus einer Drehung heraus mit Schwung näherte und mit einem glatten Schnitt seinen Kopf vom Hals trennte.

Wie aus einem bösen Traum erwacht, blickte sich der Fianna um. Auch die anderen hatten gute Arbeit geleistet. Shasza, Anlaog, Anathahn und ihre Freunde schienen überall zu sein. Nur noch wenige Síofra stolperten über das Schlachtfeld. Sie waren eine willkommene Beute für Pfeil und Bogen der Waldelben. Auch Goworr, der Zwerg, wehrte sich redlich an der Seite von Shem. Wie Nägel schlugen sie die Unfertigen in den Boden.

Doch auch die anderen hatten hohe Verluste erlitten. Er sah Oiche nicht mehr. Und auch bei den seinen fehlten einige bekannte Gesichter.

Vorsichtig legte Camchéachta den Leichnam des Jungen auf das Pferd. Immer noch hielt dieser das Messer seines Vaters in der linken Hand. Tränen liefen dem Mann über die Wangen, und für einen Augenblick ließ er sich fortschwemmen von seiner Trauer. Bilder tauchten auf von Gesprächen, von Abenden, an denen Oighrigh auf seiner Schilfflöte gespielt hatte.

Zärtlich strich er ihm die Haare aus dem Gesicht. Dann schrie er. Camchéachta brüllte sich seinen Schmerz aus dem Leib und sprang auf Siorcs Pferd. Mit gezücktem Schwert drang er wieder zu den anderen vor und half ihnen im Kampf gegen die Schwarzen Reiter. Heute würde keiner von ihnen davonkommen. Keiner!

Seine Wut kannte keine Grenzen mehr.

Am anderen Ende des Feldes sah er Iolaranam. Néart, mehr tot als lebendig, hatte sich wieder aufgerappelt, so weit es ihm möglich war. Weißes Blut tropfte aus Nase und Ohren. Doch der dunkle Elb wollte sich noch nicht verloren geben. Mühsam kroch er zu seinem Rappen, aufsteigen konnte er nicht mehr. Leise sprach er mit seinem Tier und es beugte sich zu ihm nieder, um ihn aufzunehmen. Dessen wurde Iolaranam gewahr und er galoppierte zu dem Elben hin, um endgültig zu vollenden, was Misnéachard begonnen hatte. Er trieb Gaoth zu Néart, mit gestrecktem Arm trieb er den Hengst vorwärts und als er ihn erreicht hatte, rammte er ihm sein Schwert durch den Leib, dass es ihn fast zur Gänze zerriß. Vom Pferd blickte er auf den finsteren Hochelben herab und sagte:

"Das ist für Oighrigh und für Maegwin und für all die anderen unschuldigen Seelen, die ihr durch euren Wahnsinn aus dem Leben gerissen habt. Ich bin derjenige, der dein Leid zu dir selbst zurückgebracht hat. So sollte es sein, so wollten es die Götter." Wie auch immer Néarts Körper ausgesehen hatte, er wusste, dass seine Seele jedes Wort verstanden hatte. Dann machte er kehrt, hinter ihm reihten sich all seine Reisegefährten ein: allen voran Sionnach und dann Camchéachta, Dughorm, Glennglas, Sliabhan, Glaslasair, Gormeala und Crónachan, Seabhaceo und sogar Cioná ordete sich hinter ihm. So erwiesen sie Oighrigh die letzte Ehre und so ritten sie zu den letzten Síofra zurück.

Wie ein Schwarm Bienen fielen sie über die Bestien her, die einen Kreis um die kämpfenden Ziehbrüder bildeten. Viele Hochelben fielen bei diesem Angriff.

Schließlich teilten sich die Schwarzen Reiter auf und bildeten eine Front gegen das gegnerische Heer, doch nicht ohne einen Teil bei Dragan und Solasard zu lassen.

Gemeinsam unter der Führung Rabhartas, Draigheans und Shaszas wurden die Reiter vernichtet.

Solasard drosch seinen Ziehbruder über das ganze Feld, weiter und immer weiter. Dragan wurde müde und müder, so erschöpft war er und als sich die Gelegenheit bot, sprang er auf ein herrenloses Pferd und verschwand in der Masse der Kämpfenden. Da stand der junge Herr, allein und ihm gegenüber eine schwarze Wand aus Reitern, die sich im bedrohlich näherten.

Da trieb Athraigh seine Mannen auf ihren schweren Rössern vor die dunkle Linie. An seiner Seite war Draighean und hinter ihm das Kleine Volk. Bitter wütete Scathcrobh unter ihnen, wie Wind, der das Schilf beugt. Nun waren es die Schwarzen Reiter, denen Schreckliches drohte.

Macha hatte wieder den Weg zu ihrem Herren gefunden und bald fand sich an ihrer Seite auch Lasair, der seinen Elbenfreund zu seinem Verbündeten trug. Keiner der Schwarzen Reiter überlebte diesen Angriff und am Ende blieb nur noch einer auf seinem schwarzen Pferd, ihr Herr und Anführer, Grao.

Sein Helm hatte das Gesicht einer Fledermaus, die eine rote Krone trug und das seine zur Gänze bedeckte. Sein riesiges schwarzes Pferd hatte eine finstere lange Satteldecke, so dass es im Galopp aussah, als hätte das Tier zwei Flügel.

Wie ein Besessener trieb er das Tier um den kleinen Kreis aus Menschen, der sich auf dem Schlachtfeld gebildet hatte.

Solasard und Misnéachard standen beieinander und beobachteten, wie der Fürst der Dunkelheit ihnen mit seinem Schwert drohte.

Ein Blick und die beiden trieben ihre Pferde voran. Nicht lange und sie hatten ihn erreicht.

Nur mit Mühe konnten sie ihre Pferde neben das seinige bringen. Weder Lasaír noch Macha konnten das Übel ertragen, das von diesem Vieh ausging.

Plötzlich zügelte Grao sein Pferd. Rückwärts ließ er sich von seinem Rücken rollen und sprang auf die Erde. Ein gehauchtes Wort und das schwarze Tier blieb stehen, damit sein Herr ein zweites Schwert ziehen konnte.

Misnéachard und Solasard preschten voran.

Metall drosch auf Metall, als sie Grao erreichten. Aber er hielt ihnen stand, zwang sie vom Pferd und drosch mit seinen beiden Schwertern auf die beiden Männer ein. Er griff den einen an und lenkte den anderen ab. Er war ein Meister des Wyda und er nutzte jede Möglichkeit, ihnen auch nur kleinste Wunden beizubringen. Hemd und Hosen waren von zahlreichen Rissen durchlöchtert.

Doch nur allzu bald verließen auch den Angreifer seine Kräfte. Immer heftiger drangen die beiden auf ihn ein. Blut tropfte aus ihren zahlreichen Wunden an Armen und Beinen und doch...

Solasard feuerte immer wieder Misnéachard an, wenn er angriff, um ihn zu entlasten und umgekehrt. Manchmal lächelten beide sogar.

Sie schienen auferstandene Helden vergangener Zeiten zu sein, wie sie gegen den Dunklen kämpften.

Doch die Verzweiflung gab ihnen ungeahnte Kräfte. Misnéachard versuchte immer wieder, Graos Mauer der Verteidigung zu durchbrechen.

Dann griffen ihn beide an, Solasard und der Elbenprinz.

Das Feld hallte wider von ihren Schlägen. Hieb folgte auf Hieb. Da kreuzte Grao seine Schwerter übereinander und ein seltsames rotes Leuchten breitete sich um ihn aus, und als er sprach, da wurden sie gewahr, dass es kein Helm war, den er trug, sondern dass der Helm sein Gesicht war. Seine Arme veränderten sich und ein Hauchen glitt über seine Lippen:

"Ihr werdet mich nicht besiegen. Ihr nicht! Wurmfutter!"

Erstaunt blickten Solasards blaue Augen in Misnéachards. Ein Blick auf das Blaue Schwert der Wahrheit, und Solasard wusste, was zu tun war. Fast schien es, als flüsterte es ihm das Schwert zu.

Der Elbenprinz schleuderte sein Schwert in die rote Krone, deren Leuchten sofort erlosch. Dann war nur noch das Zischen zu hören mit dem Solasard das Blaue Schwert durch den Leib des Dunklen Fürsten trieb.

Der neue König stieß seine Waffen in die Erde und fiel erschöpft auf die Knie. Misnéachard kam zu ihm und zog ihn wieder auf seine Beine.

Mit einem letzten gemeinsamen Stoß machten die beiden Krieger ihrem Feind ein Ende. Grao ging in die Knie und fiel um und wie seine Schwarzen Reiter begann er sich in Nichts aufzulösen.

Jubel drang an ihre Ohren, als hätte die Welt einen Augenschlag aufgehört sich zu drehen.

Die beiden Männer lagen sich in den Armen. So wurde ein ewiger Bund geschlossen, sichtbar für alle.

Doch gerade als sich die Sieger dem Freudetaumel hingeben wollten, hallte eine schrille schnarrende Stimme zu ihnen.

"So, nun habt ihr euren Spaß gehabt und ich auch den meinen. Meinen Sohn habt ihr mir genommen und meine Kinder vernichtet, abgeschlachtet habt ihr sie, wie Vieh. Und glaubt ihr wirklich, dass das alles war? Ein bisschen Schweiß und Blut und sonst nichts? Glaubt ihr, dass ihr so ungeschoren davon kommt?"

Die Pryria hob ihre Arme hoch.

Sofort schoss eine gewaltige Feuersäule zum Himmel und hüllte die Alte ein, ohne sie zu verbrennen.

Feuerwalzen rollten über das Feld und verbrannte alles, was sie berührte. Elben wie Menschen schienen wehrlos zu sein.

Da trat der Rat der Weisen hervor. Immer näher kamen sie dem Feuerwesen mit den Palantri, deren Licht noch heller gleißte.

Laut rief die Pryria:

"Glaubt ja nicht, dass ihr mich damit bannen könnt. Es gibt nur einen Menschen, der mich töten kann, nur einen aus dem Stamm der Itsasibela und sie ist..."

Sionnach trat aus dem Kreis der anderen hervor und erwiderte:

"Hier! Ich bin Sionnach. Ich atmete deinen Atem und so wie du mir einen kurzen Tod gegeben hast, gebe ich dir auch deinen Tod, denn ich will niemandem etwas schuldig bleiben hier auf dieser Welt. Oder erinnerst du dich nicht an unsere erste Begegnung auf dem Weg nach Cill-dara. Ich erinnere mich jedenfalls nur zu genau."

Die Pryria erwiderte ihr:

"Aber wie! Du kennst doch die Waffe nicht, die mich tötet."

Stolz reckte Sionnach ihren rothaarigen Lockenschopf in die Höhe.

"Liebe, du stirbst durch Liebe. Das wird dein Tod sein, Pryria. Denn die Liebe beendet, sie löst jeden Krieg."

Zielstrebig ging die junge Fianna mit ausgebreiteten Armen auf das Feuer zu. Wie gelähmt folgte Iolaranm ihren Bewegungen, unfähig etwas zu tun.

Da löste sich noch eine Gestalt aus der Menge und festen Schrittes folgte sie der Fianna.

Eala.

Immer näher kam Sionnach den Flammen. Die Schattenbringerin setzte Fuß vor Fuß, näherte sich der jungen Fianna. Wie gebannt starrten die anderen zu den Frauen. Da erreichte Eala, der schwarze Schwan, die Füchsin, Sionnach, und obwohl sie leise sprach, konnte jeder ihre Worte vernehmen:

"Sionnach, geliebte Schwester, denn das bist du, bleib, sie ist nicht deine Aufgabe. Du hast die Waffe sie zu vernichten, aber du könntest nur eines tun, dich opfern und dich vernichten oder du kannst am Leben bleiben und deine Liebe leben. Schau dich um, Iolaranam, die Fianna, sie brauchen dich.

Du bist eine Kriegerin und eine Kriegerin darf nicht ruhen, dieses ist dein Land, die Fianna sind sein Wachhund und sie werden eure Kraft und Treue brauchen im Umbruch der Zeiten und Welten.

Ja, du besitzt eine Waffe, aber ist nicht derjenige der bessere Kämpe, der weiß, wann er sie nicht benutzt?

Die Pryria, sie ist nichts anderes als der Tod selbst. Du kannst sie vertreiben durch dein Opfer, aber du kannst sie niemals vernichten. Sie ist die Pforte, die uns von Leben zu Leben führt. Sie ist die Wächterin der Traumstraße, die Hüterin des Shetiyyah, des Grundsteins aller

Welten, aber sie hat die errungene Macht missbraucht für ihre eigenen Zwecke. Sie hat ihre Würde verloren. Der Tod kann nicht der Wächter sein über diesen Ort, noch das Leben. Nur die Liebe kann den Grundstein allen Seins behüten, denn sie ist frei von Leben und Tod. Sterblich und doch ewiglich kann nur sie diese Flammen am Leben halten.

Du bist die letzte deiner Art, gib dein Blut weiter an die deinen und halte dich bereit.

Doch heute ist noch nicht dein Tag.

Heute ist mein Tag.

Heute werde ich die Herrscherin, die Hüterin der Traumstraße.

Denn siehe, ich war tot und die Liebe hat mir Leben eingehaucht und siehe, obwohl ich am Leben war, war ich tot und leer von allem.

Ich kenne beides, die Finsternis und das Licht. Wie klar und rein ist das Kristall in der Dunkelheit der Mutter Erde und wie dunkel sind die Seelen, die sich im hellen Licht tummeln. Doch weder Licht noch Finsternis sollen mich beherrschen.

Nicht Flamme noch Schatten will ich sein, sondern das Licht der Liebe, das seine Hand über alle hält."

Sionnach stand wie versteinert, als Eala einen Schritt in das Feuer tat. Flammen umzüngelten sie, aber sie verbrannte nicht. Als wäre sie selbst das Feuer schmiegte es sich an sie und umhüllte sie.

Rabharta stand still. Er hatte sie verstanden, endlich verstanden, was sie umgetrieben hatte. Auch ihr Blick fiel auf ihn und hielt seinen fest. Wieder erklang ihre Stimme klar und warm:

"Komm, Geliebter, du sollst nicht ohne mich sein, noch will ich die Ewigkeit ohne dich ertragen. Seite an Seite wollen wir auf unseren Thronen sitzen und die Traumstraße zu dem machen, was sie einst war, ein Ort des Friedens, ein herrlicher Ort voll Freiheit für jede einzelne Seele, die da war, ist und sein wird. Komm, mein Geliebter, unser Auge liegt auf der Einen Welt und die Müden und Erschöpften mögen ausruhen auf unseren Pfaden.

Es ist vollbracht, das Werk, wofür ich auserkoren ward, wofür ich gewachsen und gereift, nun will ich meine wahre Aufgabe erfüllen und du sollst bei mir sein.

Ich war tot und du hast mich wachgeküsst.

Liebe, sie endet nie, sie wächst und sie wandelt sich, aber sie hört nie auf.

Folge mir, mein Liebster, más é do thoil é, wenn es dein Wille ist."

Rabharta standen Tränen in den Augen und doch lächelte er. Sein Herz schien zu bersten vor Freude. Ja, sie war nicht mehr länger die Schattenbringerin und doch würde sie niemals etwas anderes sein.

Er ging auf sie zu und leichter wurde sein Herz bei jedem Schritt. Die Flammen, er sah sie nicht, er sah nur ihre Augen und die Liebe darin, die Freude, endlich zu hause zu sein.

Dann war er bei ihr, er umarmte sie und küsste sie, hielt sie und fast schien es, als wären sie eins.

Wurden sie zu Flammen oder waren sie die Flammen selbst?

Schmal und schmäler wurde die Flammensäule. Schließlich löste sie sich auf und mit ihr alle Síofra und anderen Unwesen der Finsternis.

Einmal noch erklang eine Stimme im Wind:

"Lebt wohl und lebt, wir sind immer bei euch."

Langsam lösten sich die Menschen und Elben aus ihrer Starre. Iolaranam wurde als erster wieder Herr seiner Sinne. Er stürzte zu Sionnach, umarmte sie und bedeckte ihr Gesicht mit tausenden Küssen. Sie lachten und hielten sich fest und als sei ein Bann gebrochen, brach plötzlich Freude aus. Jeder fiel jedem in die Arme ohne Ansinnen von Rasse und Geschlecht, heute und für immer waren sie ein Volk, ein Stamm, ohne ihre Wurzeln und Erinnerungen zu vergessen.

Nur Solasard lächelte halbherzig, denn dort vor den Toren Taras wartete sein Ziehbruder. Nun, es musste getan werden, was getan werden muß.

Mit einem Ruck zog er das Blaue Schwert der Wahrheit aus der Erde und machte sich mit seinem Gefolge auf den Weg.

Dragan schweißgebadet, den nackten Oberkörper von zahlreichen Wunden gezeichnet, stand vor dem Haupttor Taras und rief:

"Nun gibt es nur noch uns beide, Brüderchen! Und du wirst dieses Tor nur über meine Leiche durchschreiten."

Solasard erwiderte nichts. Ganz aufmerksam verfolgte er jede Bewegung seines Gegners. Sie waren gemeinsam groß geworden, hatten den gleichen Schwertmeister gehabt, kannten dieselben Kniffe.

Schlag folgte auf Schlag. Hart trafen die Schwerter aufeinander Solasards Hemd war zerrissen und eine böse Wunde klaffte an seinem linken Oberarm. Blut tropfte auf die Erde vor dem Tor. Immer wieder schlichen die beiden umeinander, schöpften Kraft für einen plötzlichen Ausfall, um sich immer wieder zu lösen.

In der Burg verfolgte ein anderes Auge den Kampf durch den Ausguck in der Pforte. Das Gesicht verdeckt durch ein hauchdünnes Tuch. Schon verlangte das Sonnenlicht seinen Preis.

So ging es in einem fort, bis Dragan sein Schwert fortwarf und ein Messer zückte.

Doch bevor er es seinem Ziehbruder ins Herz rammen konnte, öffnete sich die kleine Pforte.

Etwas Metallisches blitzte auf und drang in das Herz des Verräters, noch bevor Solasards Klinge glatt in den Leib Dragans eindrang.

Wie zu sich selbst sagte der Sterbende:

"Folge nicht der Waffe deines Gegners, Solasard, folge den Händen. Sie sind die wahre Waffe."

Erst dann betrachtete er die merkwürdige Frau, die vor ihm kniete.

Etwas Seltsames ging mit ihr vor. Fast schien es, als altere ihr Gesicht von Augenblick zu Augenblick, wurde faltiger und faltiger.

Solasard fragte sie:

"Wer seid ihr?"

Da trat Fionn vor und sagte:

"Sie ist deine Mutter, Solasard. Sie ist die, die dich geboren hat und den Geís auf dich gelegt hat."

Schon löste sich das Antlitz auf, als eine Stimme, leise wie ihre Asche im Wind, flüsterte:

"Ich habe mein Wort gehalten, Sohn."

Was von ihr blieb, war ein federleichtes Tuch, das der Wind mit sich forttrug.

Solasard schaute ihm nach.

"Komm, mein Sohn, die Welt wartet auf dich, dein Thron".

Leise war Fionn an seinen Sohn herangetreten. Dieser blickte ihm in die Augen und nickte. Wie seltsam, selbst im Tode war ihm seine Mutter so entrückt wie im Leben.

Allein durchschritt Solasard die kleine Pforte im Tor und leise schloß er sie hinter sich.

Jetzt begann die Zeit seiner Bewährung. Er warf einen Blick in den Hof und atmete zum ersten Mal bewusst die Luft, die er bis an sein Lebensende atmen würde.

Dann schüttelte er sich, warf das Leid des Tages von sich und öffnete seinen Freunden das große Tor.

Misnéachard kam auf ihn zu und dann stürzten Goworr, Athraigh und Draighean, die letzten Überlebenden seiner Gemeinschaft, auf ihn zu. Eine Welle erfasste ihn und er wurde fortgetragen. Freude, Erschöpfung, Trauer und Lebensfeuer durchfluteten ihn.

Abseits stand Fionn, stolz, still mit einem wissenden Lächeln auf den Lippen. Er kannte die Welt, die Solasard jetzt betrat, er kannte all die Gefühle, die jetzt durch die Blutbahnen seines Sohnes rauschten.

Iolaranam und die übrigen Fianna strömten gemeinsam mit Scathcrobh, Measartha und seinen Männern in die Burg. Die Wachhunde waren in ihr Haus zurückgekehrt und niemanden ließen sie darüber in Zweifel.

Die Tränen der Königin

Die Welle trug den jungen König in die Große Halle Taras, voran und voran trieb ihn die Menge und dann sah er sie, wie sie dort stand, still und lächelnd, sein geliebtes Herz, sein ein und alles. Amhrán.

Sie stand dort und hinter ihr stand...der Totenschädel. Da gab es kein Zögern mehr, unbändig stürmte er voran, vorbei an ihr, dem Licht. Mit einem Griff packte er den dünnhäutigen Mann, zog sein Messer und rammte es ihm mitten ins Herz.

Dann drehte er sich zu der großen Menge um und schrie:

"Und das mache ich mit jedem, der Anspruch erhebt, auf meine Frau, mein Land oder meine Krone. Gibt es hier irgendjemanden, der das anzweifeln will?"

Ein lauter Jubelruf war die Antwort. Endlich konnte er seine Geliebte wieder in den Armen halten und wie groß war die Freude. Sie drehten sich umeinander, dass ihnen fast schwindlich wurde vor Liebe. Immer wieder hielten sie einander fest und küssten sich. Met floß in Strömen und schnelle Füße verteilten, was die Plünderer in den Küchen noch übrig gelassen hatten. Es wurde ein berauschendes Fest, Musiker spielten auf, bis spät in die Nacht und Gaukler zeigten ihre Kunststücke.

Spät erst zog sich der König mit seiner Geliebten zurück. Sie wollten nicht in den kalten Räumen von Broc und Réalta schlafen, darum suchten sie sich ein warmes Plätzchen an einem Feuer in den Mauerringen der Burg.

Sie liebten sich und doch wusste Amhrán, dass Solasard nie Misnéachard sein würde. Er war der Hochkönig und sie war seine Frau, doch die tiefe Liebe ihrer Seele würde immer nur dem Elbenprinzen gehören.

Am nächsten Morgen, früh, mit dem Erscheinen der Sonne, stand Amhrán vor den Thronen des zukünftigen Königspaares.

Wie schön sie war. Sie trug ein metallisch-silbern schimmerndes Gewand und Misnéachards schwarzer Mantel lag wie eine Schleppe auf ihren Schultern.

Stolz beobachtete Goleudydd ihr Ziehkind. Sie würde nie vergessen, wie sie ihr am Abend nach der Schlacht aus der Burg entgegenrannte, ein lautes 'Siehst du, jetzt kann ich so viele Pferde züchten wie ich will.' auf den Lippen. Dann waren sie sich in die Arme gefallen, hatten sich geherzt, gelacht, geweint. So vieles gab es zu erzählen, und nur selten unterbrach die alte Hohepriesterin den wortgewaltigen Strom ihrer einstigen Schülerin, während diese sie durch die Burg führte und von ihren Erlebnissen berichtete.

Amhrán hatte ihr rotbraunes Haar offen getragen und die Brosche Alayas blitzte über ihrem Herzen.

Es war ein einfaches Ritual, in dem Rhiannon dem Mädchen den Stab ihres Amtes übergab. Sie erinnerte sich wohl an die Nacht, in der sie ihn erhalten hatte.

Tief verneigte sich die junge Frau vor ihrer Gefährtin und stolz reichte sie ihr diese Verantwortung voller Vertrauen.

Amhrán lächelte leise und strich sanft über ihren Bauch.

Sie war jetzt die Hochdruidin, niemand durfte vor ihr das Wort ergreifen. Es war schwer für Solasard zu unterscheiden zwischen seiner Frau und der Hochdruidin, sie, die jetzt die Stimme der Götter war.

Dann hatte sie sich vor allen Anwesenden verneigt und es fehlte keiner der Gefährten, der Freunde und Verbündeten. Auch vor Solasard verneigte sie sich, der vor ihr kniete. Auch er trug einen schwarzen Umhang als Zeichen seiner Trauer für all die Freunde, die ihr Leben für ihn gelassen hatten. Hemd und Hose waren in Falkenblau und blitzen darunter hervor wie seine Falkenaugen. Bei ihr stand Fionn, sein Vater, und aus seinen Händen nahm sie den leichten Silberreif, den sie ihm jetzt auf den Kopf setzte.

"Solasard, Sohn des mächtigen Fionn mac Cumhail, mit dem heutigen Tag bist du der Herr über die Insel Eriu, alle Rechte und Pflichten liegen in deiner Hand. Du sollst dein Land und dein Volk ehren und schützen. Möge es unter deiner Hand wachsen und gedeihen und mögest du dich immer der Tage erinnern, die hinter dir liegen. Damit sie niemals mehr wiederkehren."

Darauf kniete sie sich neben Solasard und Goleudydd trat nach vorn und sprach:

"Geliebte Schwestern, geliebte Brüder. Schon einmal standen wir so, in einem bescheidenerem Heim zwar, doch die beiden zu Trauenden waren dieselben. Es war an einem Sommertag und alles sollte er verändern.

Doch nach Jahr und Tag, nach manchem Kummer, Leid und Unbill hat die Freude gesiegt und mit ihr die Liebe.

So ist es Zeit, die Ernte dieser Treue einzubringen.

Der Winter ist vorüber und alles Alte und Graue hat er mit sich fortgenommen, damit die Farben wieder herrschen in diesem Land. Der Sommer steht vor der Tür und ein guter Sommer wird es werden. Zeit, das Land zu beackern, die Saat in die Erde zu legen und neue Ähren in den Himmel wachsen zu lassen, goldene, volle Ähren.

Damit das Samenkorn zurückkehrt in den Schoß der Mutter Erde. Dann wird der Winter kommen. Aber es wird auch wieder ein Frühling folgen. Und noch einmal sage ich euch:

Auch eure Liebe wird nicht immer nur ein Frühling sein, aber ohne Winter gibt es keinen Sommer. So laßt uns denn nun den Segen der Göttin auf uns herabrufen."

Alle Anwesenden standen auf und reichten einander die Hände.

Viele schlossen die Augen, als Goleudydds Stimme durch den Saal hallte:

"Gesegnet seist du, Dreifaltige, gesegnet die Kraft deiner Jugend, gesegnet die Weisheit deines Alters und gesegnet der Tod, den du bringst, um uns ein neues Leben zu schenken. Halte deine schützenden Hände über uns und dieses Paar und hülle uns ein in den Mantel deiner Liebe. Unser aller Mutter bist du, die du alles geschaffen hast und erhältst.

Durch dich wird alle Natur stumm und sinkt in tiefen Schlaf, und wenn es dir gefällt, sendest du wieder aus das Licht des Lebens und erweckst die Schlafenden. Du nährst das Leben.

Du bist die Große Mutter aller, die Quelle der Kraft von allem, was war, ist und sein wird. Ohne dich wird nichts geboren und nichts wird vollkommen.

Deinen Namen rufe ich an und bitte dich, uns und diese Gemeinschaft zu segnen, so wie wir dich segnen.

Solasard, dies ist deine Königin, Amhrán, dies ist dein König, liebt euch in Würde und seit eurem Land und eurem Volk, Vater und Mutter, die es so lange vermissen mussten. Eins seid ihr nun, das Große Licht und das Lied, möge eure Kraft und eure Liebe, unser Land aus der Finsternis ans Licht tragen."

Sanft küsste Solasard seine Königin und Hochdruidin. Nun stand er auf und er krönte die Frau, die er so sehr liebte mit einem fein gewunden Silberreif.

Rhiannon blinzelte den beiden zu und stieß Goleudydd, die sich zu ihr gesellt hatte, verschmitzt in die Seite. Endlich.

Wie weit waren die beiden gegangen, um endlich verbunden zu sein. Abseits stand Misnéachard. Er lächelte, doch sein Herz war im Eis und Stein und Schmerz.

Bald würden die beiden Hohepriesterinnen in Begleitung von Shem aufbrechen. Goleudydd, um ihre Aufgabe in Inis-Diomain weiter zu führen und Rhiannon, um Síochantas Platz im Coven der Danu einzunehmen. Eite und Sadv würden in der Obhut Amhráns bleiben und ihr in der kommenden Zeit hilfreich zur Seite stehen. Sie durfte sich nicht überanstrengen in ihrem Zustand.

Noch immer überließ er sie Scathcrobhs Schutz, obwohl Solasard am besten wissen müsste, dass Amhrán dessen nicht mehr bedurfte.

Nach der Krönung war Misnéachard mit den Körpern seiner Eltern und seiner Männer in das Sommerland zurückgekehrt. Sie würden bald einen ständigen Ratgeber senden, so wie er Solasard anbot, einen ständigen Berater in der Anderen Welt zu haben. Das wäre ein erster Schritt, damit die Welten leichter zusammenwachsen konnten. Für Amhrán hatte er keine Worte des Abschieds nur einen Blick tiefsten Schmerzes und ewigen Leids. Solasard war seltsam erlöst, ihn weit, weit fort zu wissen, auch wenn der König und Gefährte ihn achtete und schätzte.

Anstrengende Tage folgten nun. Verwundete mussten gepflegt werden und wieder bewies die neue Hochdruidin, was sie alles gelernt hatte und wie sehr sie gesegnet war von der Gnade der Götter. Unterkünfte mussten gebaut werden, Botschafter empfangen oder ausgesandt werden.

Solasard war dankbar, so viele hilfreiche Hände in seiner Nähe zu haben. Alles war neu für ihn, selbst mit Amhrán zusammenzusein. Regeln mussten beachtet werden, wann er mit wem und wann nicht zu sprechen hatte. Diese verbannte er allerdings sehr schnell aus seinem Gedächtnis. Andere Angelegenheiten hatte jetzt Dringlichkeit, für Hof und Fest würde später genug Zeit sein. Nun musste Ordnung geschaffen werden und das Leben wieder in geregelte Bahnen gebracht werden. Unermütlich war er dafür unterwegs und an seiner Seite immer seine geliebte Gemahlin, seine Hochkönigin und Hochdruidin.

Die Menschen mochten und achteten sie, die einen mehr, die anderen weniger. Aber sie würde lernen müssen damit umzugehen und jetzt, da Amhrán sich stark wähnte, ihrer selbst sicher und gut genug, würde ihr das auch gelingen.

Das Volk brauchte jetzt ein starkes Paar. Die Zeit nach der Schlacht war voller Ungewissheiten und Unruhe, bis Solasard und Amhrán das genaue Ausmaß des Krieges erkannt hatten. Ein Rat jagte den nächsten und der junge König war froh, so viele erfahrene Männer an seiner Seite zu wissen.

Langsam kehrte wieder Ruhe ein in der Burg, im Land.

Das Kleine Volk war in die Waldstadt zurückgekehrt. Measartha, der neue Anführer der Königlichen Garde würde dort ein gern gesehener Gast sein. Saileach hingegen lebte dafür auf der Burg, wo er Scathcrobh zur Hand ging.

Shasza und ihr Volk zogen sich wieder in die Wälder zurück. Mittlerweile hielt sie niemand mehr für Kobolde.

Der einzige, dem dieses Schicksal immer wieder widerfuhr war Goworr, der mit einem spitzen Dolch Cruímh aus der Burg gejagt hatte und sich nun zu Solasards persönlichem Leibwächter auserkoren hatte. Das sehr zum Leidwesen seiner kleinen Freundin aus der Waldstadt, die sich nicht in die gewaltige Burg traute.

Auch Fionn war nach einem langen Abschied von Sohn und Schwiegertochter wieder aufgebrochen. Sein Weg würde ihn zum Binn Gulbain führen, wo er noch eine Aufgabe zu erfüllen hatte.

Athraigh hatte Fiántas schon vorausgeschickt und erklärt, dass Solasard unmöglich in nächster Zeit auf seinen Rat verzichten konnte.

Die Fianna hatten Oighrigh auf dem Schlachtfeld begraben, unmittelbar an der Stelle, wo Eala und Rabharta in die Ewigkeit eingegangen waren. Ein seltsamer Baum wuchs dort jetzt. Silbern war der noch kleine Stamm und golden glänzten die kleinen Blätter an seinen Ästen.

Oft wanderten der Zwerg und sein Freund aus dem Volk der Diebe dorthin, so wie heute.

"Und nun, Athraigh? Jetzt sitzen wir dick und sattgefressen auf der Burg. Vorbei die Abenteuer nächtlicher Wanderungen, schöne Frauen, Kämpfe und Überraschungen."

Der Mann aus dem Fahrenden Volk blickte hinunter zu seinem Freund, der mit stolz geschwellter Brust neben ihm marschierte.

"Ja, da hast du recht, Goworr. Vor allem die stundenlangen Ritte werden dir fehlen. Macha hat dich ja ganz besonders gerne getragen, ich erinnere mich. Warte nur ab, bis Amhrán einen kräftigen Stammhalter geboren hat. Dann wirst du Abenteuer ganz anderer Art erleben. Zu dem ist noch immer nicht alles ausgestanden. Das Volk hat immer noch große Angst vor den Elben und ist unsicher.

Da gibt es noch einiges zu tun.

Und was ist denn eigentlich mit dem Fräulein aus der Waldstadt? Es wird Zeit, dass du dein eigenes Leben führst. Auch ich werde bald eine eigene Familie gründen."

Goworr grinste:

"Du und bodenständig, dass ich nicht lache. Wir können ja mal schauen, wer von uns beiden das schneller schafft. Ich werde jedenfalls eines Tages mit meiner kleinen Frau nach Inis-Diomain gehen und von Shem die große Kunst erlernen. Aber du und Familie? Das geht vielleicht bei Solasard und Amhrán. Sie sind ein so herrliches Paar. Ein besonderes Licht umspielt sie, wenn sie auf ihren Thronen sitzen.

Jeder spürt sofort, dass der Segen der Götter auf ihnen liegt. Hast du mal gesehen, wie höflich und liebevoll sie miteinander umgehen?"

Athraigh erwiderte verdutzt:

"Sag mal, bist du mit den beiden verheiratet oder mir ist das entgangen? Ich meine, es ist gut mit deiner Schwärmerei. Schließlich waren die beiden ja lange genug ein Paar. Aber ich muss dir doch zustimmen, dass sie ein gutes Königspaar sind. Es ist gut für Eriu endlich wieder einen jungen König auf dem Thron zu haben."

"Und eine junge Königin", piepste Goworr.

Still verweilten sie an Oighrighs Grab.

Solasard und Amhrán standen am Fenster ihres Gemachs und blickten zu den beiden hinüber.

"Frieden, endlich! Und doch liegt noch ein weiter Weg vor uns. Ich bin froh, dass du an meiner Seite bist, Amhrán."

Sie schmiegte sich an ihn und sagte:

"Ich auch, Solasard. Wir werden den Weg gemeinsam gehen.

Sieh nur, die zwei! Ein Zwerg und ein Mann aus dem Fahrenden Volk. Wer hätte geglaubt, dass sie eines Tages Freunde werden würden. Dass du König sein würdest!

Wir leben in Zeiten, in denen alles möglich ist. Das ist es, was die Menschen langsam erkennen. Dass sie die Verantwortung für ihr Leben selbst übernehmen müssen, und nicht der König, nicht die, die herrschen. Es ist nur bequemer, es ihnen anzuvertrauen, dafür ertragen sie sogar einen König wie Broc. Ich wünschte, das würde sich ändern. Und vielleicht ist es an uns, diesen Weg einzuschlagen.

Die Welten zu vereinigen und zu befreien macht nur Sinn, wenn sich auch der einzelne befreit. Erst wenn jeder sein kann, was er will, was er ist, sind wir am Ziel. Wahrlich ein langer Weg."

Sanft zwickte sie ihr Gemahl und sagte:

"Eine gute Freundin sagte mir einmal, dass der Weg mit dem ersten Schritt beginnt."

Sie lachten beide.

Das Land erblühte unter ihren gesegneten Händen. Frieden kehrte ein. Wunden heilten und aus Asche wurde fruchtbare Erde.

Doch keiner sah nachts die Tränen der Königin, wenn sie eingehüllt in einen schwarzen Elbenmantel am Fenster stand. Weit in den Norden schweifte dann ihr Blick, weit fort, zu einer kleinen Insel. Dort wollte sie ihm wieder begegnen in der Nacht von Beltaine.

IMBOLC

Eite tupfte ihr die Stirn und flößte ihr immer wieder von dem warmen Trank ein, während Sadv weich über den riesigen Bauch strich.

Amhrán rief seinen Namen und wusste doch, dass er nicht kommen würde.

Trotzdem hatte sie sich entschieden, im Coven der Danu zu entbinden.

Mühsam war der Weg hierher gewesen und doch war sie froh, der Enge der Burg für eine kurze Zeit entfliehen zu können.

Solasard hatte sie genötigt, wenigstens Scathcrobh mitzunehmen.

Aufgeregt schritt Rhiannon auf und ab, während das Auge Taras wartete, als sei er der werdende Vater.

Wellen des Schmerzes durchliefen die Gebärende. Sie brüllte seinen Namen und weinte all die Tränen, die eine Königin nicht vergießen durfte.

Und doch Amhrán hatte es so satt, dieses Gewicht mit sich herumzuschleppen, größer noch war ihre Unlust und die damit verbundenen Unannehmlichkeiten als die Angst vor der Geburt.

Sie wollte endlich wieder ausreiten können, kämpfen....

Die Wehen kamen in immer kürzeren Abständen und sie presste, bis sie glaubte, fast platzen zu müssen und endlich war es vorbei.

Wie klein das Köpfchen mit dem schwarzen Haar war.

Rhiannon band den Säugling ab und gab die Tochter ihrer Mutter. Glücklich drückte sie das winzige Wesen an sich.

Schon eilte die Hohepriesterin nach draußen, um Scathcrobh mit der freudigen Botschaft nach Tara zu schicken und dieser machte sich sogleich auf den Weg.

Plötzlich durchzuckte den Leib der Königin eine weitere Wehe. Eite wollte ihren Augen nicht trauen.

"Ein Junge, Amhrán, ein Junge. Zwillinge! Die Götter müssen dich sehr lieben und ihn, dass sie euch so segnen. Wie sollen sie heißen, Amhrán, deine Kinder?"

Die frischgebackene Mutter nahm ihr Töchterchen, zeichnete ihr die Lebensspirale auf die Stirn und sagte:

"Dein Name ist Siochain und, das heißt 'Frieden'. Du wirst mit mir nach Tara gehen und an meiner Seite zu einer würdigen Königin heranreifen."

Sadv wechselte einen misstrauischen Blick mit Eite, die vorsichtig fragte:

"Und dein Sohn?"

Amhrán nahm das Kind hoch, nachdem sie Siochain neben sich gelegt hatte. Auch ihm zeichnete sie die Lebensspirale auf die Stirn. Dann sagte sie laut:

"Wir alle haben die Worte der Pryria gehört und Worte sind wie Vögel, die entflogen sind. Nichts fängt sie wieder ein.

Höre Eite, und merke dir jedes Wort, höre auch du mein Sohn: So wird dein Vater zwar in dein Grab sehen, doch er wird dich darin nicht finden. So soll es sein!

Höre, Eite! Nimm mein Kind an dich und wenn sechs Monate ins Land gegangen sind, sollst du ihn zu seinem Vater bringen."

Rhiannon, die die ganze Zeit geschwiegen hatte, sagte nun:

"Amhrán, das ist ein Kind der Göttin und du kennst die Worte: Für den Vater nichts."

Da richtete sich die junge Frau auf und nahm ihre beiden Kinder an die Brust.

"Ich bin Amhrán und auch ich bin ein Kind der Göttin. Ab heute gilt ein neues Wort: Was der Mutter, das soll auch dem Vater nicht vorenthalten werden."

Die alte Frau lächelte und legte ihre rechte Hand auf ihr Herz. Dann sprach sie zu Eite:

"Ein junger Mann am Tisch der Götter wird sein Ziehbruder sein, ihm dienen und ihn lehren. Denn nur die Seele eines unschuldigen Kriegers darf das Heilige Blut hüten. Sein Name ist Oighrigh."

Eite nickte und wandte sich wieder an Amhrán.

"Sein Name, Amhrán, welchen Namen soll dein Sohn tragen?"

"Sein Name ist Tobánn, der Unerwartete."

Die Straße gleitet fort und fort,
Weg von der Tür, wo sie begann,
Zur Ferne hin, zum fremden Ort,
Ihr folge denn, wer wandern kann,
Und einem neuen Ziel sich weihn'.
Zu guter Letzt auf müdem Schuh,
kehr ich zur hellen Lampe ein,
im warmen Haus zur Abendruh`.

John Ronald Reuel Tolkien / Der Herr der Ringe /
Die Rückkehr des Königs

anhang

Name	Aussprache	Bedeutung
Aed mac Graine	Ed mac Gráin	Feuer, Sohn der Sonne
Aer	Ayr	Luft
Agunna	Águnna	Afrikanisch
Alaya	Alaya	Afrikanisch
Albhine	Ilven	Die Sommersprossige
Alisma	Alisma	Irland
Altán	Eltan	Schlucht
Amadán	Emaden	Narr
Amaranth	Amarant	Irland
Amhrán	Aura:	Lied
Anam	Enam	Seele
Anathahan	Anáthahán	Waldelbisch
Anatis	Ánátis	Irland
Anlaog	Anláog	Waldelbisch
Arannan	Aranan	Von den Aran-Inseln
Arcán	Erkan	Ferkel
Arisch	Árisch	Afrikanisch
Asis	Ásis	Afrikanisch
Atatir	Átatir	Afrikanisch
Athraigh	Éri:	Wechsler
Auda	Aúda	Wille
Báistigh	Basti	Regen
Banba	Banba	Irland
Bás	Bás	Tod
Blonag	Blonag	Die Dicke
Bodbh	Bów	Rabe
Bodmall	Bomall	Kampfübung
Bó	Boh	Kuh
Bran	Bren	Der Gesegnete
Bregon	Bregen	Skythisch
Bres	Bres	Der Schöne
Broc mac Cíocras	Broc mec Kikras	Dachs, Sohn der Gier
Caitín	Kétin	Kätzchen (Weidenblüte)
Caitte	Cátte	Der mächtig kämpft
Camchéachta	Camtschachta	Großer Bär
Caochán	Kischén	Maulwurf
Cara gadhar	Kara gar	Freund Hund
Carmann	Karman	Garten
Carraig	Kerag	Fels
Carria	Cärria	Hirsch
Cham	Cham	Heimstatt
Cian	Kian	Alter
Cioná	Kina	Stern
Cláirseach	Klersasch	Harfe
Cluanaire	Kluanarja	Schmeichler
Collach	kollach	Eber
Colpan	Colpen	Taube

Conan	Conén	Der Kahle
Corcaígh	Corgi	Altirisch
Cormac	Cormac	Rabe
Cormac mac Art	Cormec mac Art	Cormec Sohn des Bären
Cranda	Krenda	Krüppel
Crimhall	Criall	Altirisch
Crochnuit	Crochni	Gelbhaut
Croí	Kri	Herz
Crónachan	Crónachan	Dämmerung
Cruimh	Kriv	Made
Crunnchu	Crunschu	Rund
Cúchulainn	Kuchulin	Held
Currach von Life	Curach von Lif	Schiff der Flut
Daighear	Dair	Feuer
Dair	Derj	Eiche
Dallóg	Dallog	Blind
Danu	Danu	Muttergöttin
Deirdre	Dirdri	Die Toberin
Demne	Dem	Kleiner Hirsch
Dermit mac Cécht	Dermet mac Checht	Sohn der Pflugschar
Diarmaid mac Duibhne	Dermet mac Du	Der Neidlose, Sohn des Dunklen
Diorruing	Doring	Wasserstier
Djamila	Schamila	Die Schöne (arab.)
Dorsaide	Dorseid	Altirisch
Dragan	Dregan	Drache
Draighean	Dráin	Schwarzdorn
Dreoilín	Drolin	Zaunkönig
Dúghorm mac Bradán	Dujoram mac Bredan	Blau, Sohn des Lachses
Eala	Ela	Schwan
Eas	Es	Wasserfall
Éber	Eber	Der Blonde
Éices	Is	Vogel
Eire	Eir	Irland
Eite	Etja	Flügel
Eithne	Ítna	Kleines Feuer
Emergin	Emergin	Weißknie
Eochu mac Ercs	Echin mac Ercs	Sohn des Himmels
Erémón	Ermen	Der Pflüger
Ermit mac Cuill	Órmit mac Cwil	Sohn der Hasel
Ethniu	Inju	Kleine Flamme
Faolchú	Filcha	Wildhund
Fas	Fas	Wachsen
Fearnóg	Fjarnog	Erle
Fia	Fja	Reh
Fiacha	Fjacha	Krähe
Fiagaí	Fjagi	Jäger
Fiántas	Fiantas	Wildheit
Fimíneacht	Fiminasch	Heuchler
Fionn mac Cumhail	Fjon mac Cúal	Weiß, Sohn der Sklavin
Firinne	Firinn	Wahrheit
Fodla	Fodla	Irland
Gadaí	Gedei	Dieb
Gaoth	Gi	Wind

Glic	Klik	Schlaukopf
Gealán	Gala:n	Schimmer
Glaslasair	Glasláser	Grüne Flamme
Gleannglas	Glenglas	Grünes Tal
Gobha	Goba	Schmied
Goleudydd	Goleudid	Glänzender Tag (walisisch)
Goll mac Morna	Goll	Der Einäugige
Gormeala	Goramela	Blauer Schwan
Goworr	Goworr	Zwergisch
Grainne	Graín	Sonne
Grian	Grian	Sonne
Gwalch	Gwach	Falke
Halil	Chalil	arab.: Freund
Iolaranam	Iolarenam	Adlerseele
Iontas	Intes	Wunder
Ir	Ir	Iris
Íth	It	Speise
Lana	Lana	Edel
Lasair	Lasair	Flamme
Lá	La	Tag
Leoithne	Lonja	Leichte Brise
Liath Luachra	Lia Luchra	Graue Elbin
Luan	Luen	Der Wolf
Madhra	Medra	Hund
Maegwin	Megwin	Irland
Maghnis	Manis	Die Große
Maoth	Mi	Die Sanfte
Marú	Maru	Schlächter
Máthair	Metaír	Mutter
Measartha	Mesarha	Der Maßvolle
Míl	Mil	Der Soldat
Misnéachard	Mischnachard	Der große Edle
Misniúil	Mischnjuil	Der Kühne
Moirne	Morna	Der Geliebte
Muadhan	Muaden	Altirisch
Muirna	Murna	Zuneigung
Mydir	Mydir	Der Stolze
Naoisi	Noisí	Altirisch
Neamhní	Nevni	Nichts
Néart	Njert	Stärke
Oiche	Icha	Nacht
Oighrigh	Aíri	Eis
Oisin	Oischin	Rehkitz
Oscar	Oscar	Der Hirschliebende
Rabharta	Raurta	Springflut
Réalta	Ralta	Stern
Rhadamantys	Radamántus	die Weise und Gerechte, die Dinge formt
Rhiannon	Riánnen	walisische Pferdegöttin
Rigdonn	Rigdon	Brauner König
Roc	Roc	Haushofmeister

Roc Diocain	Roc Dicon	Haushofmeister Diocains
Ruad	Rúod	Der Rote
Ruadán	Rúadan	Der Rötliche
Sadv	Sadv	Alte Rehgöttin
Saileach	Seljach	Weide
Sáile	Salja	Salzwasser
Saol	Shil	Welt
Scath	Ska	Schatten
Scathcrobh	Skacrov	Schattenhand
Scota	Shcota	Die Irin
Seabhaceo	Shauko	Nebelfalke
Shasza	Shasza	Waldelbisch
Sheela-na-Gig	Shila-na-Gig	Hüterin des Waldes
Shem	Shem	Von Gott geliebt
Silín	Shilin	Kirsche
Siochain	Shishan	Frieden
Síochanta	Sishanta	Die Friedvolle
Sionnach	Shinach	Füchsin
Siorc mac Drochobair	Shirk mac Droschobar	Hai, Sohn des Unheils
Siúr	Shur	Schwester
Sliabhan	Shliaban	Weißer Berg
Solasard mac Annir	Solasard mec Enir	Großes Licht Sohn des Mädchens
Spíon	Spin	Dorn
Súil	Sul	Auge
Tagd	Ta	Dichter
Taliesin	Taliesin	Schöne Stirn
Tailte	Telte	Die Wohlgeformte
Talamh	Telaw	Erde
Tarbh	Tarew	Stier
Teanga	Tjenga	Zunge
Thorson	Thorson	Sohn des Thor
Tiné	Tjinja	Feuer
Tobánn	Tauén	Der Unerwartete
Toit	Tot	Rauch
Tuadh	Twód	Volk
Tuan	Twon	Ganzheit
Uasal	Uasal	Der Edle
Uisce	Iskja	Wasser

Erius Völker

Fomorer (auch Formorer)	Die Fomorer sind die Urbevölkerung Erius. Sie sind unfertig noch, wild, ohne Geist und Richtung. Kulturell stehen die Fomorer für das Chaos der Masse, für die Ansammlung aller Möglichkeiten der Schöpfung und ihrer Fortentwicklung zum Einzelnen in seiner gesamten Mannigfaltigkeit.
Nemeds Volk	Nemeds Volk ist ursprünglich vom Schwarzen Meer aus aufgebrochen, um Eriu zu erobern. Sie lebten mit den Fomorern friedlich zusammen, bis ihr Anführer Nemed starb und sie nach einem Aufstand wegen zu hohen Tributes von der Insel flüchten mußten. Eine Gruppe der Flüchtlinge ging in den Vorderen Orient nach Nordsyrien, eine andere kehrte zu ihren Wurzeln ans Schwarze Meer zurück.
Fir Bolg	Die Fir Bolg gehen zurück auf Nemeds Volk, das sich vom Schwarzen Meer aufgemacht hatte, Eriu zu erobern. Von den Fomorern nach einem Aufstand besiegt und nun führerlos, teilte sich das Volk. Eine Gruppe entschwand in den Norden Syriens, eine andere kehrte zu ihren Ursprüngen ans Schwarze Meer zurück, um als Fir Bolg wieder nach Eriu aufzubrechen. Dort angekommen verbündeten sie sich mit den Fomorern und lebten in einer friedlichen Gemeinschaft. Kulturell betrachtet sind die Fir Bolg Ordnungsbringer. Sie sind zielstrebig, ein Volk der Tat, die der Insel die Monarchie und ihre Herrschaftsregeln gaben und so der weltlichen Macht Form und Rahmen gaben.
Tuatha de Danaan Hochelben Sidhi Großes Volk	Wie auch die Fir Bolg gehen die Tuatha de Danaan auf Nemeds Volk zurück, das vom Schwarzen Meer aufbrach, um Eriu zu erobern. Nach der Niederlage durch die Fomorer flüchteten sie in den Mittleren Orient. Dort vermischten sie sich mit der ansässigen Bevölkerung und nahmen viele kulturelle Einflüsse auf. Sie wandelten sich und wurden Hüter von Weisheit und Wissen, ein Volk des Geistes. Nach Jahren in der Verbannung kehrten sie nach Eriu zurück und wurden die Tuatha de Danaan, das Volk der Göttin Danu. Die Menschen nennen sie Elben oder Hochelben, das Große Volk oder auch die Sidhi. Sie sind die Kulturbringer Erius stehen für die sakrale Macht, den Glauben an die Götter und den Zauber, der ihnen eigenen Magie. Die Tuatha de Danaan sind unsterblich, es sei denn sie entscheiden sich zu sterben oder werden getötet. Nachdem sie von den Milesern besiegt wurden, gingen sie in Erdhügel, sogenannte Sidhi, und nannten sich selbst danach Sidhi. Aus dieser Welt kehren sie immer wieder in die Alte Heimat zurück, um dort nach dem Rechten zu sehen.
Götter	Die meisten Götter Erius gehen zurück auf die Tuatha de Danaan. Wie diese sind sie unsterblich, können aber immer wieder und in jeder be liebigen Lebensform wiederkehren. Erius Götter stehen vor allem für ihre Lebensfreude, selbst, wenn sie als Schicksalsgötter auch den Tod bringen. Sie tanzen einen Reigen aus der kosmischen Vielfältigkeit, der sich durch alle Welten zieht.
Waldelben	Auch die Waldelben gehen zurück auf die Tuatha de Danaan. Doch im Gegensatz zu den Hochelben entschieden sie sich nicht dafür, in die Andere Welt zu gehen, sondern blieben in ihrer Alten Welt, die sie als ihre Heimat bezeichnen.

Mit den Bäumen dort gingen sie eine gegenseitige Verbindung ein, die den Bäumen ein schier unendliches Alter schenkte und die Waldelben vor den neugierigen Augen der Menschen verbarg.

Tagsüber nahmen diese Gestalt ihres Seelenbaumes an, um nachts wieder in ihrer eigenen Elbengestalt über die Erde zu eilen, als deren Hüter sie sich betrachten.

Itsasibela Die Itsasibela atmen den Geist des Orients gemeinsam mit den Tuatha de Danaan kamen sie aus dem Norden Afrikas nach Eriu. Dort verbanden sie sich mit den ältesten Blutlinien, den Fomorern. Sie tragen die ganze Geschichte dieser Insel in ihrem Blut. Die Itsasibelas finden sich in jedem Volk der Insel wieder, doch eher schlafend, bis diese Seite, einmal erweckt, sie voll erkenntnisfähig macht.

Siofra Die Síofra sind die andere Seite der Tuatha de Danaan. Nicht wie die Itsasibela durch die Kraft des Geistes gezähmt, verkörpern sie eine fast unkontrollierbare Kraft des kosmischen Chaos.

Sie sind einäugig oder einarmig, doch immer unvollkommen, richten aber in der Masse unbeschreiblichen Schaden an.

Sie sind die Gewalt, die das Tabula rasa lebt, damit das Neue, das Andere aus dem Schatten ins Licht treten kann.

Mileser Mit den Milesern betraten die ersten Menschen Eriu. Auf einem langen Weg von Ägypten über Kreta nach Sizilien und von dort nach Spanien, fanden sie den Weg in ihre neue Heimat.

Waren die Tuatha de Danaan Kulturbringer, so schenkten die Mileser Eriu das Handwerk, die Möglichkeit für ein Volk zu überleben.

Langhornrinder und deren Zucht, Windhunde aus denen die Wolfshunde für die Jagd hervorgingen, die Verhüttung von Eisen und Silber sind nur einige Beispiele.

Die Mileser sind Krieger, Eroberer, die mit Kraft Land einnehmen, um ihre Wurzeln darin zu versenken und auf immer dort zu bleiben.

Mearas Aus einer mehr als engen Freundschaft zwischen Mensch und Pferd erwuchs diese einzigartige Rasse. Ein Wesen, das die andere Art so sehr liebt, daß sie diese völlig in sich aufnimmt und selbst entscheidet, wann welche Form in Erscheinung tritt. Einer Diener und Beschützer des anderen und dessen, dem er sich verpflichtet fühlt. Immer wieder auch findet man sie in Verbindung und in der Nähe irischer Götter.

Kleines Volk Lange Zeit lebten die Waldelben und die Menschen unbemerkt nebeneinander und doch gab es immer wieder Begegnungen, Verbindungen der beiden Völker, die nicht ohne Folgen blieben.

Erst nur klein wuchs diese Gemeinschaft und gründete ein neues Volk, das Kleine Volk, das in Waldstädten lebt.

Gemeinsam mit den Waldelben machten sie es sich zur Aufgabe, ihre Welt zu schützen und zu hüten. So wurden sie einander Augen und Ohren und hielten die Wacht über die Geschehnisse der Insel.

Zwerge Nur wenige Zwerge finden einen meist beschwerlichen Weg nach Eriu. Meist sind es menschenähnliche kleinwüchsige Wanderer, die sich aus der Heimat Thule aufgemacht haben, die einmalige Schmiedekunst Erius zu erlernen.

Auch im Volk der Tuatha de Danaan gab es vereinzelt zwergwüchsige Elben, aus ihnen ist später der weltberühmte und gefürchtete Leprechaun hervorgegangen.

Im allgemeinen sind die Zwerge ein freundliches, aber auch eigensinniges und zähes Volk, hilfsbereit, aber auch geheimniskrämerisch, wenn sie sich glauben schützen zu müssen.

Keltische Begriffe und deren Bedeutung

Aillen	Drache
All-na-Meeran (altirisch)	Grenzstein,
Carraig Choithrigi (neuirisch)	Stein, an dem alle Provinzen Erius zusammentreffen
Almhuin	Weiße Burg Fionn mac Cumhails bei Kildare
Basna	Name von Fionns Clan (irisch für Hund)
Bel	Alter Gott des Feuers
Beltainè	Bel-tainè - Feuer des Bel (gespr. Beltäin) Bel - Beal (Fruchtbarkeitsgöttin) tine - (Feuer) Beltainè ist eines der vier größten inselkeltischen Jahreszeiten-Feste und wird am 01. Mai gefeiert. Jetzt bricht die Zeit des Überflusses an. Dieser Tag ist der Auftakt für die Sommerzeit und ein Fest der Fruchtbarkeit von Mensch, Tier, Pflanzen, der ganzen Schöpfung. Das Vieh wird zwischen zwei Feuern hindurch getrieben, um es vor Krankheiten zu schützen. Beltainè hat keine konkrete christliche Entsprechung.
Boand	Göttin des Flusses Boinne
Bracca	Hose
Brigid	indoeuropäisch: Hoheit Ursprünglich Göttin der britischen Brigantes, die sich im Südwesten Irlands niederließen. Brigit wurde zu einer der größten Göttinnen Irlands, was das Wort Brigid mit dem Wort Göttin gleichsetzt. Sie ist eine Sonnengöttin und die Lichtbringerin am Ende des Winters. Ihre Hand ist über dem Imbolc-Fest.
cenn-fine	Die irische Gesellschaft bestand aus vielen Tuatha (Völkern), die sich einem König (rí) unterordneten. Ein Tuath wiederum gliederte sich in verschiedene fine (Clans), die zum Teil bis in die fünfte Generation zusammenlebten. Der cenn-fine, das Familienoberhaupt, ist meistens das älteste Mitglied der Familie.
Cerviden	Sagengestalt Hirsch mit Menschenoberkörper
Comhaontas	(gespr. Kóintas) Bund mit den Göttern, bei dem von beiden Seiten etwas gegeben werden muß. Der Bund währt ewig.
Comoír	(gespr. Komor) Versammlung des Volkes im Zelt des Königlichen Paares von Tir na Samradh, Andere Welt.
Conaire Mór	Schwiegersohn Conns der Hundert Schlachten, Hochkönig von Tara, ist unbesiegbar, so lange ihm das Trinken nicht verweigert wird. Ein Beispiel des eben noch vollkommenen, guten Königs, der von einem gewissen Zeitpunkt an beginnt seine Gessa zu brechen. Selbst wenn er einen Freund wie Mac Cecht zur Seite hat, der alles Unglück zu vermeiden sucht, erfüllt sich sein Schicksal.
Conn der hundert Schlachten	Hochkönig Erius
Connla	In der irischen Mythologie ein Riese, der aus Lehm das Leben auf der Erde nach den Sternbildern formte, damit die Große Mutter ihnen Leben einhauchen konnte. Er ist der Hüter des Brunnens der Weisheit.

Corrbolg	Beutel aus Kranichleder, der die Schätze Manannán mac Lyrs birgt und Talisman von Fionns Clan.
Coven	Glaubensgemeinde, die in einer verlassenen Gegend zusammenlebt. Jene, die sich für diesen Weg entschieden haben, versorgen sich selbst und haben kaum Kontakt zur Außenwelt.
curad-mir	Das Heldenstück (meist die Keule vom Schwein). Das beste Stück Fleisch wurde stets dem tapfersten Krieger zugeteilt, der damit als großer Held anerkannt wurde. Diese religiöse Auszeichnung brachte einen Menschen den Göttern näher. Zuweilen galt der curad-mir, in Zeiten des Friedens, auch als Auszeichnung des Hochkönigs.
Dagda	Identisch mit Eochaid Ollathair. Sein Hauptname weist den Stamm des indoeuropäischen Wortes für 'Pferd' auf, was ihn als einen Sonnengott kenntlich macht. Ollathair bedeutet 'Allvater'. Er ist der Herr über die inselkeltische Andere Welt. Er ist der schöpferische Gott, der gemeinsam mit der Großen Mutter Leben schafft. Er erneuert und erhält fortwährend den Kosmos.
Dana	Mutter des irischen Göttergeschlechts. Sie ist die Große Mutter Erde. Sie gibt und nimmt alles wieder in sich auf.
Dromdraoidheacht	Dieser Zauber entspricht einem Geís, das heißt bei Nichterfüllung verliert der Gebannte seine Ehre, erfüllt er ihn, verliert er zwar auch seine Ehre, kann dies aber möglichst ehrenvoll vollziehen. Gleich ob er die, die den Geís ausgesprochen hat liebt oder nicht, er muß ihr folgen, um seine Ehre zu retten.
Druide	Das Wort "Druide" bezeichnet die Priesterklasse in ihrer Gesamtheit, ohne sich auf eine besondere Kategorie wie Priester, Philosoph, Magier, Dichter, Musiker, Hellseher, Astrologe, Astronom, Arzt usw. festzulegen. Durch die Achtung vor den Göttern wird er zum Priester berufen und ist Bewahrer des Wissens und der Weisheit, Diener des Glaubens und Hüter der Tradition. Der Druide ist Mittler zwischen den Göttern und den Menschen, deren Vertreter der König ist.
Falias	Eine der vier magischen Städte der Tuatha de Danaan, von der sie als Schatz den Lia Fál nach Eriu mitbrachten. Die Städte werden in Griechenland oder was wahrscheinlicher ist in Afrika vermutet. Sie waren Orte einer alten Hochkultur.
Féin aon	Der Einzige Titel einer Person, die in der besonderen Gunst der Götter seht.
Fialshai	Titel einer Hohepriesterin, die Prophetin und Seherin ist.
Fianna	Kampfverband zum Schutze des Reiches. Herausgebildet aus Jungen, deren Eltern zu arm waren, um diese zu ernähren. Später offizieller Kampfverband unter der Herrschaft des Fionn mac Cumhail. Sie zogen ein halbes Jahr übers Land und lebten den Rest des Jahres am Hofe des Königs. Nach der Auflösung durch Broc bestand die Fianna nur noch im Untergrund. Iolaranam hat die Splittergruppen wieder vereint, zu denen jetzt auch Frauen gehörten.
File	Vererbtes Amt der Gelehrtenklasse der Druiden.
Findias	Eine der vier magischen Städte der Tuatha de Danaan, vor der sie als Schatz Nuadas tödliches Schwert, vor dem niemand entkommt, mitbrachten. Die Städte werden in Griechenland oder was wahrscheinlicher ist in Afrika vermutet. Sie waren Orte einer alten Hochkultur.

Fir Bolg	Die Fir Bolg gehören zur vierten Einwanderungswelle und teilen sich mit den Tuatha de Danaan die Vorfahren. Sie waren ein Volk von Kriegern.
Fomorer	Die Fomorer lebten schon vor der zweiten Einwanderungswelle in Irland. Sie stellen die Kräfte des Chaos dar, die sich der Ordnung widersetzen. Sie wirken als gesichtslose Masse, die gelegentlich auch mit Ziegenköpfen dargestellt wird. Sie sind einäugig, einbeinig oder auch einarmig.
Gea buidhe	Der gelbe Speer, der aus Eschenholz gefertigt war.
Gea dearg	Der rote Speer, der aus Eibenholz gefertigt war.
Geís (sing.)	(ausgespr. gesh)
Gessa (plrl.)	Ein Geís ist ein Ge- oder Verbot, das eine negative oder positive Verpflichtung darstellt, die bindend ist. Man unterscheidet Gessa, die sich nach Glücks- und Unglückstagen richten, andere tabuisieren wirkliche Gefahrenquellen, wiederum andere haben einen vorwiegend rituellen Charakter, bei dem es darum geht, sich einer Pflicht oder Aufgabe fortwährend bewußt zu werden.
Gilla	Position bei den Fianna, deren Zuständigkeit es ist, für Unterkunft und Nahrung zu sorgen und gegebenenfalls auch die Umgebung auszukundschaften.
Gorias	Eine der vier magischen Städte der Tuatha de Dannan, von der sie als Schatz Lughs unfehlbaren Speer nach Eriu mitbrachten. Die Städte werden in Griechenland oder was wahrscheinlicher ist in Afrika vermutet. Sie waren Orte einer alten Hochkultur.
Grianán	(gespr. Grianen = Sommerhaus oder Sommerzelt) Ort der Versammlung der Sidhi in Tir na Samradh. Sitz der Königlichen Familie.
Gwenwyd	die Weiße Welt, der Ort, an dem alles eins ist im Fluß des Seins
Im'ri	Name von Fionns Schwert
Imbolc	Eines der vier größten inselkeltischen Jahreszeiten-Feste, das am 01. Februar gefeiert wird. Imbolc ist die Verabschiedung des Winters, die durch die Reinigung der Seele und auch des Hauses vollzogen wird. Dieses Fest findet seine christliche Entsprechung in Christi Erscheinung.
Itsasibela	"Die, die auf dem Meer fahren." Seevölker, die von Ägypten aus mit den Mittelmeerländern Handel trieben. Eventuell die Vorfahren der Tuatha de Danaan.
Lembas	Sehr lange haltbares, wohlschmeckendes Brot
Lochaber	(gespr. Lochaber) zweischneidige, riesige Axt
Lough	(gespr. Loch) See
Lugh	Lugh - der Helle, der Scheinende Lugh ist ein irischer Sonnengott, der von den beiden großen Urvölkern Irlands, den Fomorern und den Tuatha de Danaan, abstammt. Nach ihm ist das große Jahreszeitenfest Lughnasadh benannt, das Fest der Ernte.
Lughnasadh	Eines der vier größten inselkeltischen Jahreszeiten-Feste, das am 01. August gefeiert wird. Lughnasadh war die Beschwörung an die Götter, die Ernte vor Unheil zu bewahren. Mißernten brach ten unweigerlich Hungersnot und Tod in die Clans. Dieses Fest findet seine christliche Entsprechung im Erntedankfest.
Mac Cecht	Gatte Fodlas, König über Irland, sucht für Conaire Mór, den Hochkönig, Wasser.
Macha	Irische Muttergöttin, die zur Kriegsgöttin wurde und zur Triade der Morríghan gehört. Ihr Totemtier ist das Pferd.

Mag Tured	Ort an dem zwei Schlachten stattfanden. In der ersten Schlacht besiegten die Tuatha de Danaan die Fir Bolg und wanderten in Irland ein. Mit der zweiten Schlacht festigten sie ihre Herrschaft, indem sie eine neue Ordnung schafften, die die drei folgenden Stände widerspiegelten: Druiden-Königtum, Krieger und Bauern.
Manannán mac Lyr	Meergott und Hochkönig der Tuatha de Danaan, nachdem sie sich in die Andere Welt zurückgezogen hatten. Er lebt auf der Insel Emain Avalach (Insel der Apfelbäume), von wo aus er sich auf Tir Tairngire um die Götter kümmert. Er umhüllt sie mit einem Mantel, der sie unsichtbar macht, und richtet ihre Festmähler aus, die sie vor Alter und Verfall schützen. Schweine, die er abends schlachtet, stehen am nächsten Tag wieder unversehrt in ihren Ställen.
Mide	Hochdruide der Mileser
Míleser	Volk der letzten Invasion, die über Irland einbrach. Der Sage nach sollen diese von Ägypten über Kreta nach Spanien gelangt sein. Von dort setzten sie ihren Weg nach Irland fort, wo sie wieder seßhaft wurden und die göttlichen Ureinwohner (Tuatha de Danaan) in die Andere Welt vertrieben.
Morríghan	Irische Souveränitätsgöttin, Teil der Trinität Macha, Bodbh und Morríghan. Sie stellt die größte negative irische Muttergöttin dar, eine Kriegsgöttin. Die starke Betonung der Muttergöttin findet hier ihr Gegenstück im Konzept des unzerstörbaren Lebenskreis laufes, das den Tod als zurückgestautes Leben auffaßt, dem die Muttergottheit mit Hilfe des schöpferischen, zeugenden Gottes der Anderen Welt neue, individuelle Formen gibt.
Murias	Eine der vier magischen Städte der Tuatha de Danaan, von der sie als Schatz Dagdas Kessel, der "Niemals trocken" heißt, mitbrachten. Die Städte werden in Griechenland oder was wahrscheinlicher ist in Afrika vermutet. Sie waren Orte einer alten Hochkultur.
Nás	Burg in der Nähe von Kildare
Nemed	Auf diesen Menschen gehen die Stämme der Tuatha de Danaan und der Fir Bolg zurück.
Nuada	König der Tuatha de Danaan als diese in Irland einwanderten, zeitweise wurde er von Lugh vertreten, da ihm während einer Schlacht ein Arm abgeschlagen worden war und daher die innere und äußere Vollkommenheit des Königs und seiner Macht nicht mehr gewährleistet werden konnte.
Nuafairm	Newgrange, Grabanlage Bruig na Bóinne, Eingänge zur Anderen Welt, Sitz der Götter Erius, spirituelle Mitte Irlands.
Oenghus	Sohn von Dagda und Muttergöttin Boand, Gott der Liebe und des Friedens.
Ollathair	Titel Dagdas: Allvater
Palantri	Sehende Steine - Kristalle, durch die es möglich ist, auf große Entfernung durch Gedanken zu kommunizieren
Pryria	Anführerin der Síofra
Rath Grainne	Turm auf Tara, in dem Grainne gelebt hat; stand etwas abseits der Burg.
Samhain	(gespr. Sáu(w)en) Sam - Sommer; hain - Ende Samhain ist eines der vier größten inselkeltischen Jahreszeiten-Feste und wird am 01. November gefeiert. Diese Nacht und der darauffolgende Tag kennzeichnen den Beginn des Winterhalbjahres. Bis zu diesem Datum muß das Vieh von den Sommerweiden zurück sein, überzählige Tiere werden als Wintervorrat geschlachtet, Tribute und Abgaben müssen bezahlt sein. Das

	Leben in den nächsten sechs Monaten spielte sich nun überwiegend im Haus ab. Die Zeit des Geschichtenerzählens beginnt. Dieses Fest findet seine christliche Entsprechung am Fest Allerheiligen.
Samildánach	Ehrentitel Lugs "Meister aller Künste"
Shetiyyah	Der Grundstein auf dem die beiden Welten ruhen. Er ist Beginn und Ende aller Zeiten.
Shire	(gespr. Sheier) Größtes Kaltblutpferd der Welt beheimatet in Irland
Sidhé	(gespr. Shi) sid - der Erdhügel Der oder die Sidhé (Singular), die Sidhi (Plural), deren Bewohner. Ursprünglich das göttliche Volk der Tuatha de Danaan, das von den Mílesern unter die Erde in die sogenannten Erdhügel oder auch sid vertrieben worden ist. Im irischen Volksglauben wurden diese zu Elben (Sidhi).
Síofra	(gespr. Shofra) Dämonen des Chaos. Sie zerstörten, damit Neues entstehen kann.
Tara (Temair, ir.)	Hügel zwischen Navan und Trim mit herrlichem Rundblick. Sitz des Lia Fál, dem Symbol der Königsherrschaft, Grabhügel der Muttergöttin Tea. Hochburg der irischen Hochkönige. Sitz der weltlichen Macht.
Tethra	Altirischer Totengott, ursprünglich Heerführer der Fomorer.
Torques	fester, zumeist goldener oder bronzener Halsring mit einer Öffnung - Der Torques ist Symbol der Macht, Verehrung und des Schutzes. Ursprünglich wurde er von Göttern, Helden, Kriegern, Fürstinnen und Fürsten getragen. Anfangs war er Ausdrucks des weiblichen, zyklischen Prinzips und der Großen Mutter geweiht. Dann wurde er für die Krieger zum Zeichen der männlichen Macht und des Helden gemacht. Torques waren beliebte Dankesgaben für die Götter. Ein geschlossener Torques zeigte an, daß dessen Träger ein Sklave war.
Tuatha de Danaan	Das Volk der Göttin Danu führte die vorletzte der mythologischen Invasionen Irlands durch. Laut der Sage sollen sie aus dem Norden bzw. aus Griechenland zur Insel gelangt sein. Obwohl sie einen gemeinsamen Stammesvater in Nemed hatten, bekriegten sie sich mit den Fir Bolg. Die erste Schlacht wurde durch einen Kompromiß beendet, in der zweiten schlugen die Tuatha de Danaan die Fir Bolg, wurden aber dann später von den Mílesern in die Sidhè (Erdhügel, unter der Erde - Unterwelt) verbannt.
Ulate	Einwohner von Ulster
Y, Ba-Kall-Tal-Tag-Amam	Nordafrikanische Urlaute Die ersten "Worte" der Menschheit. Sprache der Koi-San

Geographische Begriffe Gestern - Heute

Aill de Mothar	Cliffs of Moher
Alba	Schottland
Ath-Luain	Athlone
Bealaclugga	Bealaclugga
Beantraighe	Bantry
Beith	Behy (Fluß)
Benn Etair	Kap Howth
Binn Gulbain	Benbulben
Cabhan	Cavan
Carra Siona	Carrick-on-Shannon
Carrthach	Carra (Fluß)
Ceann-mara	Kenmare
Ciar	Kerry
Cill-airne	Killarney
Cill-dara	Kildare
Clohanavowry	Giants Causeway
Cluain-maccu-Nois	Clonmacnoise
Coill na Taibhreamh	Wald der Träume
Conmacne-mara	Connemara
Connacta	Connacht
Creevaghcaol	Creevykeel
Culleum	gelegen im heutigen Country Kerry
Doir dha bhoth	Hain der beiden Hütten
Duibh-linn	Dublin
Eriu	Irland
Finnliath	ehemals ein Moor, heute Fluß Lea
Gaillimh	Galway
Garbhabha na bh-Fiann	Fluß Laune
Inbher Glai	River Bann
Inbher-Albhine	River Dilvin
Inis-Diomain	Ennistimon
Loch-riabhach	Loughrea
Lough Dergdherc	Lough Derg
Luimneach	Limerick
Magh-Ealla	Mallow
Magh-Nuadhat	Maynooth
Ros-cre	Roscrea
Siona	Shannon
Sliabh-Bladhma-Berge	Slieve-Bloom-Gebirge
Sliabh-Mis-Gebirge	Slieve -Mish-Gebirge
Temhair Luchra	gelegen im heutigen Country Tipperary
Tir na Crán	Land des Baumes
Tir na mBan	Land der Frauen
Tir na nOg	Land der ewigen Jugend
Tir na nOidhe	Land des Verderbens
Tir na Samradh	Land des Sommers
Tir nan Ogs	Land der Jugend
Tir Tairngire	Land der Verheißung
Tonn Toime	Tomes
Traigh-Li	Tralee
Uisneach	Uisnech
Wyinklo	Wicklow
Jona	Jona, schottische Insel
Dán Garbhán	Dugarvan
Hernes See	Lough Erne

quellen

Anam Cara, John O´ Donohue, dtv, 1997
Auf der Suche nach Merlin, Nikolai Tolstoy, Diederichs, 1985
Aufstand gegen die Masse, B. Bettelheim, Fischer, 1980
Baum und Blatt, J. R. R. Tolkien, Klett-Cotta, 1982
Celtic Warriors, J. Mattews, B. Stewart, Firebird Books, 1988
Das Buch der Eroberungen, J. Fitzpatrick, Paper Tiger, 1978
Das Ferne Land, F. Maclead (William Sharper), Edition Tramontane, 1986
Das geheime Wissen der Kelten, L. Lengyel, Herman Bauer, 1969
Das keltische Tierorakel, P. + S. Carr-Gomm, Aurum, 1994
Delphinstrategien, D. Lynch, P. Kords, Henrich, 1998
Der goldene Zweig, J. George Frazer, Rowohlt, 1922
Der keltische Baumkalender, M. Vescoli, Hugendubel, 1988
Der Westen von Irland, K. D. Francke, W. Kuballa, Weltbild, 1995
Die Druiden, Jean Markale, Goldmann, 1989
Die Druiden, F. Le Roux, C.-J. Gyonvarc´h, Arun, 1996
Die Göttin , Caitlín Matthews, Aurum, 1989
Die Hohen Feste der Kelten, C.-J. Guyon-varc´h, F. Le Roux, Arun, 1997
Die Kelten, H. Noelle, Bastei Lübbe, 1974
Die Kelten, Gerhard Herm, Rowohlt, 1977
Die Kelten, J. Moreau, Emil Vollmer, 1958
Die Kelten, C. Éluère, Ravensburger tb, 1992
Die Kelten und ihre Geschichte, Barry Cunliffe, Lübbe, 1980
Die keltische Frau, Jean Markale, Goldmann, 1972
Die Seele der Erde, C. Zettel, Bastei Lübbe, 1997
Die sieben Säulen der Weisheit, T. E. Lawrence, List, 1936
Die sieben Wurzeln, F. Hageneder, Neue Erde, 1989
Die Sinne verfeinern, R. Sonnenschmidt, H. Knauss, VAK, 1996
Die Wächter des Siegels, Graham Hancock, Bastei Lübbe, 1994
Die Weiße Göttin, R. von Ranke-Graves, Rowohlt, 1948
Erdkraft, R. J. Stewart, Heyne, 1992
Erdlicht, R. J. Stewart, Heyne, 1992
Fionn Mac Uail, M. Brunold, Im Waldgut, 1984
Foclóir Póca, An Gúm, 1986
Frauen in der keltischen Mythologie, M. Caldecott, Neue Erde, 1988
Greifvögel und Eulen, D. Singer, Franckh-Kosmos, 1992
Herbs, C. Grey-Wilson, Collins Gem, 1987
Irische Märchen, Hrs.: F. Hetmann, Fischer, 1971
Irish Myth and Legend, R. Coghlan, Appletree Guide, 1985
Irish Place Names, P. W. Joyce, Appletree Guide, 1870
Irish Proverbs, Chronide, 1986
Irland, F. Dressler, S. Weidemann, C. J. Bucher GmbH, 1993
Irland, S. Korte, M. Weigold, Goldmann, 1993
Irland, J. Beust, C. Vestner, Reise- und Verkehr, 1993
Irland, B. Schaff, Limes, 1997
Irland, R. Graglia, Bassermann, 1986
Irland - Mythologie in der Landschaft, S. Botheroyd, Jürgen Häusser, 1997
Irland Traumreisen, F. Dressler, R. Ulbrich, Weltbild, 1995
Irland - Die grüne Insel, W. Snowdon, O. Hoyer, P. Harhisen, Belser, 1995
Isis, G. Schoeller, Kösel, 1991
Keltische Märchen, Hrs.: F. Hetmann, Fischer, 1975
Keltische Mythen, I. Clarus, Walter, 1991
Keltische Sagen aus Irland, Hrs: M. Löpelmann, Eugen Diederichs, 1944
Keltischer Schamanismus, J. Matthews, Diederichs, 1991
Knaurs: Moderne Astronomie, H. - J. Störing, Droemer-Knaur, 1992
Könige der Nebelinsel, J. Chant, Bastei Lübbe, 1983
Lady Gregory´s Complete Irish Mythology, Smithmark, 1994
Lehrbuch der irischen Sprache, M. Ó Siadhail, Helmut Buske, 1980
Lexikon der keltischen Mythologie, J. u. C. Mattews, Wilhelm Heyne, 1988
Lexikon der keltischen Mythologie, S. u. P. Botheroyd, Diederichs, 1992
Lexikon der Mythologie, G. J. Bellinger, Bechtermünz, 1989
Magie und Mythologie der Kelten, M. Hope, Wilhelm Heyne, 1987
Magische Riten und Kulte, H. Braem, Heyne, 1995
Merlin, R. J. Stewart, Knaur, 1986
Mondgöttin, Inanna E. Hämmerling, Kreuz, 1990
Mythos und Kult bei Naturvölkern, Ad. E. Jensen, dtv, 1951
Offenes Geheimnis, Rumi, Knaur, 1994
Sieh! Das ist Liebe, Rumi, Sphinx, 1993
Sternbilder und ihre Mythen, G. Fasching, Springer, 1993
Stichwort: Kelten, A. Staudte-Lauber, Wilhelm Heyne, 1995
Symbole der Kelten, S. Heinz, Schirner, 1997
The animals of Ireland, Gordon d`Arcy, Appletree Guide, 1988
The Celtic Traditions, C. Matthews, Element Books, 1989
The Celtic Druids Year, J. King, A Blandfort Book, 1994
Wiederkehr der Kelten, M. Sills-Fuchs, Knaur, 1986
Wild Flowers, M. Walters, Collins Gem, 1994
Wisramiani, Manesse, 1989
Wyda, A. A. Schwarz, R. P. Schweppe, W. M. Pfau, Herrmann Bauer, 1994

Danksagung der Verfasserin

Ich sage Danke vor allem zu Torsten Wießmann. Sechs lange Jahre hast du mir den Rücken freigehalten, damit ich dieses Werk vollbringen konnte. Du warst der Hüter der Insel, auf der ich ungestört und frei arbeiten konnte. Du warst immer mein Solasard, doch unsere Herzen konnten sich nie finden, weil sie in anderen Welten weilen.

Als ich dich das erste Mal sah, Misneachard, hattest du mir schon mein Herz gestohlen. Du warst immer mehr als ein Freund, ein Bruder oder ein Geliebter. Du warst da, obwohl du nie erreichbar warst, verbunden durch ein Band von Liebe, das schon Äonen währt. Kein Mensch kann dieses Band jemals durchtrennen. Wir haben uns geliebt, wir haben gemeinsam um Oliver getrauert, wir haben nie zusammen gelebt, immer in getrennten Welten. Niemals wäre dieses Werk entstanden, ohne meine Liebe zu dir, die Sehnsucht, die Eine Welt für uns zu finden. Jetzt sind wir beide frei, und kraftvoll strebe ich zum Licht nun hin. Ich hätte nicht überlebt, ohne die einfachen Dinge, die du mir geschenkt hast. Lieder, einen Blick, deine Hand, die eine Strähne aus meinem Gesicht streicht, meine Tränen trocknet, deine Stimme, die mich tröstet in einer Welt, die langsam nur zur meinen wird, Worte, die mich erinnerten, wer ich bin. Lange bevor ich sichtbar wurde für andere, hast du mein Licht für die Menschen entflammt. Dafür danke ich dir, Michael Brandt, und für dich meinem Gott, jeden Tag.

Und keine Zeile der mehr als zweitausend handgeschriebenen Seiten wäre geschrieben ohne diese fleißige Hand, die mühsam meine Worte entzifferte, manchmal mehr über das Blatt geflogen, vor Hast eilender Gedanken, die aus meiner Feder geronnen. Mit starker Hand hielt sie die Zügel und den roten Faden fest, immer Mahner, immer offen und ehrlich. Nichts ist wichtiger für einen Schreiber, nichts wertvoller. Wenn ich mich fast am Ziel schon glaubte, fand sie noch schnell ein paar Reste der Nacht, die gefrühstückt werden wollten. Noch immer kann ich kaum begreifen, die Begeisterung, sich dieses gewaltige Werk zu eigen zu machen und meinem Chaos einen würdigen Rahmen zu verleihen. Ganz sicher weiß ich, daß es Inge Gruber zu verdanken ist, dass dieses Opus Vitae in dieser wundervollen Art und Weise, ein Geschenk für Schreiberin und Leser, vorliegt. Ich kann diese Schuld niemals abtragen, vielen tausend Dank.

Wenn Mike und Inge Gruber Herz und Hand von Beltaine sind, so sind da viele andere hilfreiche Geister, die sein Bauch, sein Urgefühl sind. Viele Jahre haben sie Liebe und Kraft gegeben, damit diese Knospe voll erblühen kann. Hier sollen sie genannt werden: Meine über alles geliebte Schwester Silin, in deren Hände ich mein Herz lege und bald auch mein Kind; meine edle Ban, dunkel und stark; Sionnach, die listige Füchsin; Siona, meine sanfte Löwin; Fanai, Bruder Pauls, der mich auf meinem geraden Weg hält, weil seiner krumm ist und Andreas, der diese Welt nur zu gut kennt. Immer wieder kann ich mich in eure Wärme fallen lassen, ausruhen und noch so vieles von euch lernen. Ihr seid mir Trost und Licht, wenn mein elbisches Herz blind ist sehenden Auges. Ihr werdet immer Teil meiner Seele sein, mein Wort darauf, und ich halte meine Versprechen. Wer, wenn nicht ihr, weiß das?

Ach, und Sigrid, mein Herz, gemeinsam haben wir dieses Heil dem Weltenfluß übergeben und vertrauenvoll zugesehen, wie es seinen Weg macht. Jetzt führen seine Wege zu Fergus mac Roy und ich weiß, dass es nicht minder spannend wird wie bisher. Hab Vertrauen, was dir zugedacht ist, wird dir in den Schoß fallen. Es ist schon da. Sorgsam und voller Vertrauen habt Ihr mich ausgewählt, damit ich mein Wissen mit euch teile. Lichter seid ihr und so beginne ich langsam meine Aufgabe an den Menschen zu erfüllen. Es soll nicht zum Schaden deines Kindes sein, dass sie die Andere Welt kennenlernen wird, Sigrid. Das wahre Wyda, das in unserer Seele lebt, will gefunden werden. Ich bin nur ein Staubtuch, das achtsam macht, das zum Vorschein bringt, was lange schon vorhanden ist. Ich bin nur eine Note im Weltenlied und welch' andere wundervolle Melodien bergen sich in dem wunderbaren Schwanenkind, der elbischen Stimme, Nis, die du dieser Welt geschenkt hast und die großen Anteil an meinem Herzen hat.

Auch die zahlreichen anderen Lektoren, Rechercheure und helfenden Hände sollen nicht vergessen sein: Elke Gekischs, Christel-Carola Klementz, Katja Roller, Kerstin

Kumpe, Dr. Thomas Haussmann, Dr. Stefan Körner, Andi Pfaff, Thomas Eixler, Judithe Lüddicke, Leon Lüddicke, Anna Lüddicke, Frank Gerlach, Gudrun Schaubach, Anke Rüger, Janet Weiß, Ramona Bohländer und Eva Sonnentag.

Besonders erwähnt sei auch Norman Helfrich, der Künstler, der mit viel Liebe und Können die Landkarte geschaffen hat.

Ein ganz besonders großes Dankeschön gilt Padraigh Padridge für seine fachliche und freund(schaft)liche Beratung in allen Fragen, die Irland und die Inselkelten betreffen. Aus deinen Händen empfing ich das erste St.-Brigids-Cross, von deinen Händen lernte ich sie zu flechten, tausend Dank dafür. Auch Críostóir mac Cárthaig von dem University College, Dublin, soll nicht vergessen sein. Danke für die tollen Informationen zu den Síofra.

Danke auch Markus Schirner, der mir den Weg in das Labyrinth des Verlagswesen gezeigt hat, der mich ausgerüstet und achtsam gemacht hat. Danke auch Ralph Peters und Regine Zopf für die Begleitung auf dem Weg. Durch euch durfte ich viele lehrreiche Erfahrungen sammeln, die mich erweitert und vervollständigt haben und Danke Stefan Ulbrich, dass du dir ganz sicher warst, dass dir ein guter Ball ein zweites Mal vor die Füße rollt. Jetzt ist er da und ich freue mich sehr auf die weitere Zusammenarbeit mit dir und dem ganzen ARUN-Team, ein Danke vor allem an Corinna für ihre Liebe und Achtsamkeit.

Danke sage ich auch zu meiner Familie, zu meinen Eltern und auch zu meiner Schwester Evi und ihrer Familie. Es ist schön zu wissen, daß wenn der Baum in sich fällt, er immer seine Wurzeln finden wird, um neu auszutreiben. Ich danke euch, daß ihr immer mehr akzeptiert, daß ich mein eigenes Leben leben muß und nicht eures fortführen kann.

Du warst es, Mum, die mir die Welt der Bücher nahe gebracht hat, mir ein Zuhause gegeben hat in Osgiliath, auf Kwanitupul und Arrakis, Welten, die weitaus interessanter waren für mich als Stricknadeln und Häkelgeschichten. Dafür danke ich dir sehr, auch wenn du diese Verrücktheit (aus Zeit und Raum) nicht verstehen magst. Danke auch Evi, Andi, Lena und Niklas, wenn es an Worten mangelte, helfenden Händen, wachsamen Ohren, ward ihr da und nahmt euch Zeit.

Als ich ein Kind war, einmal zu sehr vertraute und das teuer bezahlte, da nahmen sie mich bei der Hand und zeigten mir Wege, die ich zu gehen vermochte. Sie lehrten mich Licht im Dunkel zu sehen und langsam und sehr vorsichtig brachten sie mich der Welt der Menschen wieder näher und ließen mich doch an ihrer teilhaben. Gewappnet mit ihrer Liebe und ihrem Vertrauen, dem Wissen um die Kraft und die Wahre Kunst, einer Weisheit, die seit Äonen durch unsere Adern fließt, sichtbar nur für die Sehenden, bin ich nun wieder hier, um selbst Licht zu bringen, meinem Gott, der Liebe, zu dienen, den Menschen Hoffnung zu sein, ein Wegbegleiter, selbst nicht-wissend, nur Herz. Ihr, die Unnennbaren, ich gab euch Namen in meinem kleinen Menschenherzen, weil ich sonst eure Größe nicht zu ertragen vermochte, nicht die Gnade verstand, die mich euch nah brachte, haltet weiter eure Hand über mich, segnet und behütet mich, Comhaontas, MmC.

Das Gute kehrt zurück, so wie du, geliebte Judithè, danke, dass ich an Leons Seite sein darf, danke auch für deine Liebe, Anna. Kinder sind die Hoffnung aller Welten, sie werden die Schlafenden erwecken. Ich werde immer für euch da sein. Danke auch dir, Frank, für das hüten und gestalten meiner heimeligen WebSite (www.chrismegan.com).

Danke auch Djamila Leban, Tanja Jell und Inga Rittmeyer, eure Worte, Briefe, Anekdoten waren immer eine Ermutigung für mich. Danke auch Felida, Myrrhe und Anath vom Para-Forum.

So viele Lichter, die da jedes Jahr einkehren in mein Leben aufs Neue. Wunder, da ich schon so reich beschenkt bin mit jenen, die ich liebe und die Sorge um mich tragen, die Lichter sind und zu einander finden wie eine große Familie. Wie ein Fluß aus Liebe umhüllen sie mich, ein Fluß aus Liebe bin ich, der aus ihrer Liebe entspringt.

All meine Liebe und meinen Dank, sende ich dir, Paul, denn du hast mir eines der größten Geschenke meines Lebens gemacht, dieses kleine Herz, das so schnell noch unter dem meinen schlägt, achtsam, wachsam. Möge es die Liebe in der Welt finden, mit der es uns an Samhain geschenkt worden ist.

Unendlich ist die Gnade der Großen Mutter, ohne sie ist kein Werden und Vergehen, endlos ist die Liebe des Vaters, so kann eines nicht ohne das andere sein und doch sind sie eines, die Liebe selbst. Wie stark umhüllt uns ihr Mantel, wie sicher und geschützt sind wir in ihrem Schatten. Ihr Lächeln, ihre Freude, ihre Liebe, wir finden sie wieder in den Gesichtern unserer Liebsten, unserer Freunde, wir sind ihre Boten, ihre Harfen und Flöten. Es gibt keine Fremden auf dieser Welt, es gibt einzig Menschen, die noch nicht unsere Freunde sind. Laßt uns die Boten der Liebe sein, lasst uns offen auf alles Sein zugehen, mit Vertrauen im Herzen und Zuversicht in den Augen. Wir sind nicht allein, die Götter sind mitten unter uns. Ich sehe meine Götter im Antlitz meines Gegenübers und jedes Gegenüber ist mir willkommen.

All meine Liebe begleitet euch, ich war nur der Komponist, Ihr alle ward meine Noten.

Für die Eine Welt, wir können diesen Traum wirklich werden lassen.

Fragen zum Buch beantworte ich sehr gerne. Bitte habt Geduld mit mir, falls es einmal etwas länger dauert. Ich versuche, so zeitnah wie möglich zu antworten.

Ich freue mich drauf, eure

· chrismegan ·

Wehe meine Hand,
Was hast du alles an weissem Papier beschrieben!
Dem Pergament wirst du zum Ruhm verhelfen.
Und selbst einst nur die kahle Spitze
eines Knochenhaufens bilden.
(anonym, aus dem 12. Jahrhundert)

Solasards Gemeinschaft

Solasard mac Annir

Neamhní
(Knappe Fionn mach Cumhail)

Goworr
(Zwerg)

Athraigh
(Fahrendes Volk)

Lyr
(Sidhé)

Draighean
(Kleines Volk)

Sheela-na-Gig
(Hüterin des Waldes der Erkenntnis)

Macha
(Das Göttergeschenk)

Tir na Samradh

Atatir Arisch Asir Agunna Auda
(Die letzten der Großen Meister der Wandlung / Schöpfer der Anderen Welt)

Lá
(Königin)

Oiche
(König)

Misnéachard
(Prinz)

Anam Talamh Aer Daghear Uisce
(Der Rat der Weisen)

Madhra
(Weltenwanderer)

Neart
(Sidhé)

Báistigh
(Sidhé)

Máthair
(Sidhé)

Fia
(Sidhé)

Gealán
(Menschen)

Sáile
(Menschen)

Coven

Siochanta
(Die Seherin und Stimme der Göttin)

Cláirseach
(Bardin)

Bó
(Druidin)

Deirdre
(Hohepriesterin)

Rhiannon
(Hohepriesterin)

Eite
(Schülerin)

Caítin
(Schülerin)

Sadv
(Schülerin)

Amhrán
(Schülerin)

Scathcrobh
(Beschützer Amhráns)

Fianna

Gleannglas
(Gilla / Kundschafter)

Sliabhan
(Gilla / Kundschafter)

Ioloaranam
(Anführer)

Camchéachta
(Ratgeber)

Dúghorm
(Ratgeber)

Sionnach

Oighrigh

Cioná
(Heilerin)

Glaslasair

Seabhaceo

Crónachan

Gormeala

Tara

Tuan
(Ard drui - Hochdruide)

Broc mac Ciocras
(Ard ri - Hochkönig)

Réalta
(Hochkönigin)

Cruimh
(Königlicher Berater)

Rabharta
(Erster Hauptmann des Hochkönigs / Befehlshaber über das Heer)

Arcán
(Anführer der Königlichen Garde / Leibwächter des Königs)

Eala
(Die Schattenbringerin)

Measartha
(Vertreter Rabhartas)

Inis - Diomain

Tailiesin
(Druide)

Carraig
(cenn-fine
Oberhaupt des Familienclans)
⚭
Tiné

Goleudydd
(Hohepriesterin)

Néal
(Carraigs Schwester)

Shem
(Schmied)
⚭
Cloigín

Teanga
(Sohn)
⚭
Leoithne

Amadán
(Sohn)

Dreolín
(Sohn)

Solasard
(Pflegesohn)

Amhrán
(Tochter)

Tarbh
(Sohn)

Der keltisch

Duir

(Eiche 10.6. - 07.07.)

○	1	2	3	4	5	6	7
◐	8	9	10	11	12	13	14
●	15	16	17	18	19	20	21
◑	22	23	24	25	26	27	28

21.06. Sommer-sonnenwende

Tinne

(Steineiche 08.07. - 04.08.)

○	1	2	3	4	5	6	7
◐	8	9	10	11	12	13	14
●	15	16	17	18	19	20	21
◑	22	23	24	25	26	27	28

02.08. Lughnasad

Gort

(Efeu 30.09. - 27.10.)

○	1	2	3	4	5	6	7
◐	8	9	10	11	12	13	14
●	15	16	17	18	19	20	21
◑	22	23	24	25	26	27	28

Ngetal

(Schilfrohr 28.10. - 23.11.)

○	1	2	3	4	5	6	7
◐	8	9	10	11	12	13	14
●	15	16	17	18	19	20	21
◑	22	23	24	25	26	27	28

01.11. Samhain

Luis

(Eberesche 20.01. - 16.02.)

○	1	2	3	4	5	6	7
◐	8	9	10	11	12	13	14
●	15	16	17	18	19	20	21
◑	22	23	24	25	26	27	28

02.02. Imbolc

Nion

(Traueresche 17.02. - 16.03.)

○	1	2	3	4	5	6	7
◐	8	9	10	11	12	13	14
●	15	16	17	18	19	20	21
◑	22	23	24	25	26	27	28

Uath

(Weißdorn 12.05. - 08.06.)

○	1	2	3	4	5	6	7
◐	8	9	10	11	12	13	14
●	15	16	17	18	19	20	21
◑	22	23	24	25	26	27	28

Der namenlose Tag

(Mistel 09.06.)

○	1	2	3	4	5	6	7
◐	8	9	10	11	12	13	14
●	15	16	17	18	19	20	21
◑	22	23	24	25	26	27	28

Der Tag, der das Goldene Jahr (13 x 28 = 364 + 1) vollendet